Alban Nikolai Herbst

Argo. Anderswelt

Epischer Roman

Elfenbein

Von Alban Nikolai Herbsts »Anderswelt-Trilogie«
erschienen bereits die Bände:
»Thetis. Anderswelt« (1998)
»Buenos Aires. Anderswelt« (2002)

Erste Auflage 2013
© 2013 Elfenbein Verlag, Berlin
Alle Rechte vorbehalten
Printed in the Czech Republic
ISBN 978-3-941184-24-4

INHALT

I. NULLGRUND

Die Druckwelle ging von der Brücke aus. Für beinahe eine Minute schwoll sie erst hellgelb, dann orange an, das Tragegestänge glühte, wurde weißblau flüssig ballonhaft, blähte sich, aus den Rohren schossen Gase und Abwässer, aggressiv verdampft. Unten sengte ein dichter fauchender Sturm die Themse, ein Materie gewordener zischender Bug, der sie höhlte, seine gerundete Hitzefaust von kreischendem Wasser umbrodelt. Und oben, wer da ging, deflagrierte; verpufft, wer da fuhr: Lieferwagen, die Omnibusse der Flughafenlinie, Taxen, alle anderen Automobile. Was parkte, war unmittelbar mit der Brücke verschmolzen, war Supernova selbst. Und leuchtete mit. Die stand momenthaft in leise schwingender, in einer pulsenden Schönheit, ein eben geborener Stern, der, staunend über die ungewöhnliche eigene Form, kindhaft narzißtisch sein Spiegelbild unterm Europäischen Dach bewunderte. Dabei macht sich die Brücke bereit – etwas i n ihr, wovon s i e wie der Stern nichts weiß. Wir starrten und staunten mit ihm und unseren offenen Mündern. Hatten erst nichts gehört, nur wenige sahen den Lichtblitz *direkt,* da waren sie blind, andere drehten sich zu spät zu ihm um, das war noch immer zu früh, sie konnten nicht einmal schreien. Schon ihre Seele Molekül.

Dann die Druck- und bereits, da s t a n d die Brücke noch, eine erste Hitzewelle. Die pustete jedes nahe Leben, kaum waren Hugues' LES HALLES hälftlings und sein CENTER FOR SCIENCE AND MATHEMATICS gänzlich eingestürzt und kaum war es drittels das Stadtparlament, wie mikrowellenerhitzte Schaumküsse auf. Krachend platzend, teils geborsten alles. Bis zur Charité im Nordosten klebten Ohren an den metallenen Masten, die waren, stehende, sich überhitzte Wolframfäden, gleichfalls erglüht, kurz nur, Achtelsekunden, und krümmten sich erkühlend ausgebrannte Wunderkerze erstarrte starrende Fühler biomechanischer Tiere, an denen Flatschen Pflaumenmus klebten, schwarze Herzen und aus den Kleidern gewachsene Nieren. Lungenhaschee tropfte von Dachrinnen, die als bizarre Reste antiquierter Teleskope in den Himmel ragten; ausgeschüttelte Därme, schwernaß von Blut und Magensekret, hingen von ihnen herab.

Westlich davon, anderthalb Kilometer entfernt, ging, um sich zu erbrechen, die Auster der Königlichen Oper auf. Reines Perlmutt, so schimmerten die Innenschalen und warfen die wallenden Gluten zurück. Die Bogenlampen auf dem Weg hatten sich zweimal wie Ähren geknickt und sangen, die sirrenden Garben, den Zorn des Peliaden. Papierene Asche schneite über der Anlage des rabenschwarz verschmauchten Rasens, der in weichen, von nun ausgedrückten Wasserspielen durchtupften Höhenbögen dies- und jenseits der Themse bis zum Bahnhof Atocha langte. Darüber zitterte Luftbrut. Ein ganzes Stück Themse, vom Schiffahrtskanal bis etwa zur Luisenbrücke, verdampfte. Hintere, vordere Wasser knallten nach, schossen gurgelnd in die Höhe. Kaskaden Tropfen zischten auf den Trümmerämtern und der Tiburtina nieder, ätzten sich in Beine, die ihre Oberkörper suchten. Nur Holomorfe schritten unbehelligt hindurch, waren entsetzt und von Sinnen, manche weinten. Sie begriffen nicht. Mochten ihr Leben, kannten nicht einmal mehr die Tranteau, nicht Die Wölfin Aissa, wußten nichts von den Schändern, noch von den Frauen des Ostens. Aus der Tiefe des Meeres will ich sie holen. Wirklich war es, als hätte sich mit ihnen Thetis verbündet. Was wollte die vom Dschihad? Aber das fragten sie nicht, die Holomorfen, und den erfaßten Menschen blieb keine Zeit. Über sie schnitt, d u r c h sie, die zweite Welle, bis in die Rioni Bautzen Salamanca flogen Zweimeterpfeile Glases, in die das luzide Atocha-Gewölbe auseinanderplatzte. Der Shakaden des Westens hatte schon Kometenschnuppen zu den Plejaden geschickt, weißblitzend steckten sie im Europäischen Schild. Einige fielen zornig zurück, ein Hagel aus mannslangen Splittern. Um Sevilla sah es zwei Tage lang wie im Kosovo aus. Die biologischen Schönheitsprogramme kamen gegen den Ausbruch der Brücke nicht an; selbst einige Hochhausdächer La Villettes leckten Dreck von den Straßen. Des Schultes Amt – das Handelsministerium war im Volksmund so nicht genannt, weil dort ein Schulte residierte, sondern weil sein Architekt so hieß – brach in die Knie, der Minister selbst hatte die seinen verloren. Ein letzter Ruf nach Pontarlier. Seine Adlaten seine Frau die Geliebten krochen hinter den Bruchstein und unter Platten, als der Mann oberhalb des Zwerchfells in den Himmel, darunter in die Hölle fuhr, leibhaftig Organ für Organ. Seine Mitte, der Magen, blieb liegen. Es ging zu schnell, um Deckung zu suchen. Abgeprotztes schrumpfte, verkohlte; lag wie Kacke, was einmal Mensch war. Dampfte auch wie Kacke. Dabei war es warm. Tausende Leute Kohle, Parlamentäre der Bürgermeister wie Wurfschlacken flogen Senatorenextremitäten herum, die Staatssekretäre nahezu alle versuppt, auch die

Kinder, auf daß du deinen Fuß in Blut badest, und die Zunge deiner Hunde von den Feinden ihr Teil habe. Es war ein Jammern über der Stadt von Geiern Metallfleisch Harpyien, den Keren des Todes. Sie rissen sich rechts die Brüste vom bioniklen Leib und schleuderten sie, Flüssigsprengstoff in den Drüsen, nach Buenos Aires' Mitte hinab. Die Fettgewebe, weiß wie Milch, waren explodierende Biogranaten. Schrapnelle aus bissigen Würmern flogen heraus, ebenfalls milchweiß, das jagte, lebendige Missiles, nach Kohlenstoff, der atmet. Allein von diesen Kriegssatelliten rasenden Kamakiris Kuwagaten handlichen Bohrkäfern über der ganzen ECONOMIA war spinnengrau das Europäische Dach. Für lange Monate glaubten wir nachher: All das Zeug war aus dem Osten gestartet. Wir ahnten nichts von den Zweifeln. Hunderte Millionen Euro Profit wurden in Buenos Aires und wurden in der Weststadt gemacht.

In der dritten Hitzewelle v e r s t r a h l t e sich die Brücke, die Hitzefaust in der Themse erlosch. Nun war das Wasser wieder frei, sammelte sich: in den siedenden Blasen garten Fische. Unterm Rundstoß sackten die restlichen LES HALLES puffend zusammen. Nichts als ein Viertel Nichts, aus dem schwelende Gerüste starrten. Im Westen, endgültig, gab die Königliche Oper a u f, ihr Perlmutt wurde blind. Wellington's Monument, im Osten, war wieder schwarz, erhob sich über nur mehr zwei Beinen, die andren waren weggeschlagen, die Verdeckung gab drüber nach, rutschte lawinen, und mit Gedonner krachte, von Stein und Schindeln umtanzt, in einer Gischt aus Sandstaub die Quadriga herunter.

Nahbei der Reichstag aber stand. Auch wenn die Kuppel abgeschnitten wurde und, ein orion gewölbter Diskus von herrlicher Durchsichtigkeit bei seinem Flug, zweihundert Meter entfernt mit allem, was drin war, in den Retiro donnerte, woraufhin die 800 Tonnen Verglasung kreischend in- und auseinanderkrachten. Treppen Menschen Eisen Glas – ein sich ringsum ergießender, knirschender, so fetter Blutbrei, daß er die Flammen löschte, in denen der Forst stand. Nun wurde der ein Areal für Quandel und Meiler, die niemand brauchte, und für die Köhler dazu und für Ratten, später, der Potsdamer Platz, Sarajevo wiedererstanden, damit das Gesocks erneut was zu hausen habe, kaum war ein Jahr vorüber, ein erneuerter Natodrahtzaun darum herum, wie früher, entsinnen wir uns? – von Waidmännern war das durchstreift gewesen: eine illegale Bürgerwehr, die mit sozialem Ausschuß Fuchsjagd spielt, kläffend immer die Meute voran, in den Halsbändern Chips, die sie steuern. So wird es wieder kommen, die Kameras, durch deren Augen unser Fernseher blickte, dehnten die Momente Stunde für Stunde, eine einzige Iris sah uns aus Hunderten an, bevor sie, wie das Wachs zerschmilzt vom Feuer, am Objektiv zerfloß, direkt drangeklatscht, das war ziemlich ekelhaft. Zwei-, dreihundert Quallenbabys aus den Höhlen gespritzt, sie hatten schon hinausfliehen wollen, doch der gallertige Glaskörper umschlang sie zu fest. Sie sollten die Trümmerhaufen der Stadt und die grause Verwüstung lange und immer weiter sehen. Endlich war es aus. Zähne prasselten in eine Ecke, den Schmerz als Fetzchen Mundfleischs an ihnen noch dran. Von Zähnen auch, die, Schwärme weichzielgerichteter Wespenschrapnells, bis köpfehoch aus den Trümmern schwirrten, oder, gefährlicher noch, weil kaum sichtbar – Einzelgeschosse, kleine, intelligente Torpedos – wurden, wo immer noch Leute zu fliehen versuchten, ganze Rücken tranchiert. Eine Handvoll knallte ins Objektiv, das zersprang. Für Sekunden war das Bild völlig schwarz, die Kamera umgestürzt und mit dem Journalisten gefallen, zu den andren in den zyklopischen Schützengraben, zu dem die Gegend sich aufgetan hatte, als ihr der Grund in die Tunnel sackte, durch die nun lange kein Zug mehr fuhr. Dreie, lasen wir später, steckten sowieso fest, sie waren voller Beamter, Ötzis den späteren Generationen. Bevor die Wasser kamen, fegten gespaltene, zweifach spitze Feuer, Schlangenzungen aus Energie, in die Schächte, flatternde Zungen von Ameisenbären in der wütenden Größe in Ufer gerammter Flugzeugträger, kaum kürzer anfangs als der vorderste Zug, ein ICE der sichersten Bauart. In Momenten unterirdisches Platzen, das tankte ihre Zungen auf, sie wurden länger, immer länger, aufglühendes Brechen: als ob einer den Arm durch Schleimwände stieße, so züngelte sich's weiter. Das zischende Abwasser nahm Scheiße Kondome Gekotztes, von unten dreißig vierzig Meter hochjagend, zurück in explodierende Klos, Sitzbrillen barsten, die Splitter steckten in Skrotum und Gedärm, durchbohrten einen bis in den Kehlkopf. Unten folgte die Themse den Zungen auf dem Hals, durchbrach das abgestützte Erdreich, nachdem sich die Kiese und Sande aus den Betonen lösten und der Zement wie Lava zwischen die Zugräder floß, den Zungen zähe nach. Brutal donnerten die Wasser da rein, um den Zement für spätere Generationen neu zu erhärten. Deshalb blieben letztlich viel Schmuck und Gerätschaft erhalten. Geysire sprengten Löcher in die alten Rasenstücke des Themse-Bogen-Parks. Erde spritzte schleuderte Steinwerk. Drei fünf sieben Fumerolen fauchten bis über zwanzig Meter heraus. Ein wogender Meerhektar Magma, was zu spazierender Erbauung designt worden war.

Längst hatte ein andrer Journalist die Bilder übernommen. Er stand, in Strömen schwitzend, halb brennend schon, auf einer bislang verschonten Zweiquadratmeter-Insel. Die drehte sich und drehte. E r drehte auch. Kein Held, gewiß, es gab ohnedies kein Davon. Er filmte ihm zuwinkende Hände an kunstvoll auf schmauchenden Dachpfannen voltigierenden Armen, denen bereits die Schulterkugeln fehlten: sie spritzten ein geliertes Wasserkonfetti aus Blut, das als zu Fliegenkot geronnener Schorf die noch stehenden Brandmauern des SCHULTESAMTES besprengte. Vier Leute starben drüben wie Clowns, die sich HEREINSPAZIERT! HEREINSPAZIERT! unter brüllendem Lachen zerlegten, hierhin die Beine, dahin die Füße, die Leute guckten sich starr in den Bauch: wie stank es heraus. Zwei hielten mit jeweils beiden Händen ihr Gedärm. Wir sahen nicht mehr, waren es Frauen, waren es Männer, sie waren *gewesen,* punktum. Die haltenden Hände verschatteten uns sonnenfleckig Sekunden die Netzhaut. Es ist nicht falsch, daran irre zu werden. Schon tat sich der nächste neue Himmel auf. Nur denen gehört die wahre Verheißung, die auf dem Wege Thetis' streiten, die töten und getötet werden. Grölend schüttet dieser Himmel Schreie, die er gleichzeitig würgt, auf alle jene aus, die *des Thiers Malzeichen* nahmen. Ist's eine Botschaft an die Harpyien? Sind's Steuersignale? Ein Tinnitus, dreh mal den Ton weg! uns platzt noch der Kopf!! Schon würgen Rosendüfte. Wie lang ein Zungenlappen werden kann, es ist nicht zu fassen: ein konkaves Lineal, über dessen Wölbung die Speiseröhre in ausgeleerte Freiheit rutscht, einen halben Meter, wir glauben das nicht –; glauben *Sie's?* Was i s t das, *der Mensch?* So zerstörbar, eine präparierte Brücke genügt, schon ist es vorüber mit Stromabrechnung und Liebst du mich noch. Hallo Jenny, wir sind gut angekommen. Es geht mir gut. Wir haben wunderschönes Wetter RRROMMMS! Die Musicals zerploppt und nichts mehr gehört vom AUFSCHWUNG OST! – KRACH! macht's bloß WUMMS!

13

Da zerdeppert's einem die Membranen und fistet GROAAAAGH! die Paukenhöhlen. SCHNINNNG! Und hat keine Ballen mehr an den Händen, sie dagegenzudrücken. Ist auch egal. Denn die Faust hat in den Stirnlappen gefaßt, drückt sich noch zu und reißt ihn mitsamt seinem verwesten Gott aus dem Loch.

Zwölf Bionicles zerren derweil, heruntergekommen, die Brandmauern am SCHULTESAMT nieder. Wo ihre Brust war, die rechte, sprenkelt, in grünes Schmieröl vermengt, spackiger Treibstoff. Rasend vor lauter Selbsttortur dringen die Legoharpyien ein, suchen wittern nach Hektor, um ihn zu schleifen. Wimmernd drehen ihre Scharniere. Sie kreißen vor Wut, weil er so zeitig davonfuhr, packen seine Frau seine Kinder und kneten den verbliebenen Magen mit ihrer sauren Rotze in die dreie hinein und die Adlaten gleich noch hinzu, dann lassen sie den Teig eine irrsinnig einsame Treppe hinunter dem nächsten Zwölffingerdarm entgegenkriechen; hinauf führte die in ein ehernes Nichts. Schlagen die schartigen Maschinenflügel zur Seite, spüren zwischen Rümpfen und Etagenstümpfen nach Hodna-Generatoren, um die Holomorfen wegzubekommen, die ihnen ihre Übersicht nehmen, wenn die in ihrer programmierten Angestelltenkluft weiterhin zu all diesen Hunderten unversehrt durch das Verderben wuseln schreiend heulend Gejammer nach Eltern, die es nie gab. Eine glänzende Klaue wischt fünfe beiseite. Nicht totzukriegen ist das Zeug.

Eine vierte Welle kommt nicht mehr nach. Was bis jetzt nicht bruzzelt, wird überleben, sofern es nicht eine der Harpyien ergreift. Doch gibt es nichts zu ergreifen. Das Echolot der bioniklen Thiere ist rein aufs Hodna aus, zu deren Generatoren noch keinerlei Verbindung von außen besteht. Wundert Sie das? Ein irres Spulen in den Predators: SUCHEN! SUCHEN! Nicht eine Lappenschleuse mehr in Funktion. Deshalb wühlte sich nicht nur im SCHULTESAMT, sondern auch drüben, in der fundamentenen Gebäudewanne der eingestürzten LES HALLES und im Pressehaus und durchs Ehrenmal schonungslose Yamadronik durch achtelintakte Untergeschosse, zerriß Schränke und Türen, prallte gegen Brandschutzstahl, schweißte sich voran. Wehe, wenn hier einer bangte, der sich glücklich verkroch: Haut sie oberhalb des Nackens und schlagt ihnen jeden Finger ab! Tobsüchtig prallte dem bioniklen Vieh plötzlich Themse entgegen, sie kam durch den leckgepreßten Wall der Wannen geschossen, den der Andruck des Wassers völlig zerlegte. Zwei grobgeflügelte Nuhvoks, deren Elektronik so viel Nässe nicht vertrug, liefen Amok, spritzten um sich, kippten, verschmauchten. Draußen schnoben zehn Morinphen in die Luft, schleuderten sich Flakgranaten zu, die sie aus ihren Flugbahnen fingen und, bevor sie detonierten, zurück auf die Panzerschützen katapultierten.

Krieg war in der ECONOMIA. Es werden Gedenkminuten sein, ganze Stunden vergehen darüber. Trauern werden sie und klagen um die, die das Blut und die Ehre und die Heiligtümer der Ostens mißbrauchten. Das geringste, was man über diese Leute sagen kann, ist: sie waren verderbt und sind der Ungerechtigkeit gefolgt, haben den Schlachter mehr geliebt als das Opfer. Ihr seid die Speerspitze Kungírs. Das lief, ein Börsenkurs des Qitals, plötzlich als Nachrichtenband unten lang. Thetis zeigt ihnen nun ihren Zorn. Lief und lief, in der Übertragung nicht eine kurze Irritation. Wer konnte das so unversehens eingespielt haben? Für wen war das gedacht? Und ihnen sind eiserne Keulen bestimmt. Wir konnten nicht denken. Ein abgeflachter Schild fettgrauen Gewölks lastete über dem Viertel. Vom Grosvenor Place, auf dem bis heute, ein frühes Mahnmal gegen den Terror, die felshaften Sprengspuren der Siegessäule erhalten waren, bis hinunter zum Carrer del Comte d'Urgell und im Osten vor Wellington's Monument bedeckte es meterdick das Rauchdach. Die Fernsehsender jagten aus leibdicken Schläuchen Luftsäulen hinein, damit wir Zuschauer sehen konnten. Vorbei die elysischen Felder. So müssen umkommen die Gottlosen. Wir blickten aus dem Helikopter in beiseitegewühlte, dampfend protestierende Wolken. Auch den andren Journalisten hatte der Boden verschluckt. In Scharen rückten Pioniere ein, die waren von den Wallmeistergruppen in Marsch gesetzt. Kohorten Feuerwehren folgten. Von Unter den Linden von der Rue des Invalides. Auch das waren, von oben betrachtet, kraftvolle Schwärme. Aber das waren *wir*. Das isolierte, rundum, rigoros das Gebiet. Die Sperrplanung ist ein integraler Bestandteil des strategischen Konzepts der Vorneverteidigung des transthetischen Paktes. Dieses deckt sich mit den Sicherheitsinteressen Europas. Nicht nur Feuerwehr und Soldaten, sondern auch die Frauen und Männer der Territorialen Verteidigungsmannschaft trugen Schutzmasken stirnabwärts bis zum Hals. Was sie den Harpyien nicht unähnlich machte. Das Ausmaß der zu erwartenden

Zerstörungen bei Auslösung vorbereiteter Sperren ist soweit zu be-
schränken, daß Totalzerstörungen möglichst vermieden werden und
nur eine taktisch unbedingt erforderliche Sperrdauer erzielt wird.
Man komme, sprach der Kommentator hastig, ich kannte seine Stimme vom Fußball, nur mit Sichtgeräten voran, mit Metalldetektoren,
miniaturisierten Radaranlagen. Und sieht, wie die Maschinen, rote
blaue Ziffernfolgen. Die elektronischen Ziffern rasen in ihren Displays. Darüber grünlich fluoreszierende Gegend. Wir schauen durch
Kathoden und sehen den eigenen Tod, als Zahlen, binär.

Noch immer war der Präsident nicht zu erreichen, man suche ihn,
hieß es, im Land. Pontarlier also schwieg. Aber Konstanz nahm Stellung. Wir sollten von den Stühlen aufstehn. Noch lief die Reportage,
da forderte der höchste Polizist über die scheußlichen Bilder und die
gedimmten Stimmen der Kommentatoren hinweg: »Bitte erheben Sie
sich für eine Minute des Gedenkens.« Wir räusperten uns, sahen zu
Inge, hier blieben wir, zu Hause, sitzen, aber draußen nicht mehr,
nicht morgen, nicht eine Woche darauf. Wann immer wir eine Behörde aufsuchten oder in Eisenbahnen fuhren, standen wir für schließlich zu Stunden addierten Minuten, die Hände hinterm Rücken verschränkt, und beklagten die Toten, die wir nicht kannten. Auch den
Osten kannten wir nicht, schon gar nicht s e i n e Toten. Jetzt hatte
dieser Osten zu sprechen begonnen, und er sprach laut. Die sich vor-
ankeilenden Kommandos räumten den Nullgrund, zu dem die Economia geworden war. Mulchmäher Angledozer Mullkipper. Scraper
schürften mal hier einen Handwurzelknochen aus der Schlempe, dort
ein Stückchen Schädeldecke. KTVler und Soldaten wühlten in Mas-
sengräbern und Skontren, fanden verlorene Schnippel. Ohrgehänge
Silbermünzen Gürtelschnallen. Leichte Artillerie sicherte den Himmel. Kam aber nicht wieder, das mythische Zeugs. Wo mit einem Mal
die Hunderte Holomorfen abgeblieben waren, weiß ich nicht. Vielleicht hatte jemand anderes die Generatoren gefunden und sie endlich ausgestellt. Oder die Magnetfeldleute waren zusammengetrieben
und aus der Gegend geführt. Aber wohin? Sicher nicht nach Hause,
denn auch der Moabiter Werder war nichts als eine unstrukturierte
Häufung qualmender Klinkerberge. Wenigstens achtzig besessene
Abrißbirnen hatten da eine Orgie des Rückbaus getanzt. Ein halbes
Schlachtfeld war die Ufer der Themse runtergelähnt. Die Kamera

zoomte weg und schwenkte über den brackigen Fluß an den zerstörten Gebäuden der Oper und des SCHULTESAMTES vorbei gen Atocha. Der Bahnhof war überaus unsauber aufgeklappt. In seiner Bauchwunde wrangen sich zwei ICEs umeinander, eine ungeheure Doppelhelix, das Genom der Europäischen Bahn. Ein dritter Zug hing hinten schief die Überführung hinab. Die stehengebliebenen Rundträger salutierten wie ein Luftbrückendenkmal, das magenkrank ist. Darunter nun auch wirkliche Menschen. Weinend rannten Mütter mit Tüchern abgedeckten Tragen nach. KTVler hielten sie weg von den Leichen. Wir sahen Erregung Zorn sogar Schlagstöcke wurden gehoben. Weder Buenos Aires noch seine Menschen werden von Sicherheit träumen, bevor wir diese in der osteuropäischen Liga leben. Weiter auf den skalpierten Reichstag zu. Er wurde soeben, vierfach, halbbeflaggt. Thetis ist groß, möge der Stolz mit dem Osten sein: Diese Worte hingen in unsere Trauer hinein. Wir hatten Thetis für eine Legende gehalten, kein Mensch mehr glaubt an das Meer. Bulldozer schoben hausgroße Trümmer auf Haufen, Laternenstangen Bücherregale ragten heraus. Rohrleitungen Waschbecken Töpfe. Ein Drittel Schreibtisch Edelstahl. Gefünftelte Karrosserien Fahrradschrott. Brückengeländer. Mumien aus verkrusteter Kohle, das hat mal gelebt. Entdeckelte Müllcontainer implodierte leere Screengehäuse, an manchen schnappten noch ihre lose mitgezogenen Nabelschnüre nach Luft. Dürre Kabelaale peitschten die Schaufel. Andere lappten heraus. Waren über die Drehstative von Stühlen verknotet, ihre Litze kremiert, dicke Nester Batzen Plastekoks. In natürlicher Sandkerntechnik war der zweite Journalist hälftlings diagonal zu einem transluzenten Objekt aus Keramik erstarrt, ein Kettenbagger barg den Torso aus seinem Erdspalt. Eine schwarze Schmiere lief nach, zu der die Asche auch überall sonst unterm Preßdruck der Wasserwerfer suspendiert worden war. Bis zu den Fußknöcheln stand den Männern krisseliger Mansch um die Stiefel. Man rutschte darin aus. Einer schlug sogar hin. Drei Sanitäter eilten. Schnakendes Blaulicht erreichte das Feld. Befehle bellten. Immer wieder Martinshörner. Jetzt wurde auch hier die Europäische Flagge gehißt, direkt vor die mit schiefen Zinnen besetzte Ruine des SCHULTESAMTS. Man brauchte eine Meißelmaschine, um das Loch tief genug in die Bodenplatten zu hämmern. Als der Mastbaum stand und vier das gelbgesternte Dunkelblau hißten, nicht

17

halb, sondern ganz, salutierte der gesamte mit Front zur Fahne in Grundstellung gegangene Zug. Dann rührte er sich. Nur zweie, links und rechts, übernahmen am Fahnenmast Wache. Ihnen gegenüber verschwanden minutenlang axtbewehrte Milizionäre im schütteren Rauch, der um die kokelnden, teils noch gebäudehohen Rudimente schwebte, kamen wieder heraus, winkten ab oder schüttelten, wütend vor lauter Traurigkeit, Kopf und Helm und die schnorchlige Maske. Hier und da standen Türen in der sinnlos gewordenen Gegend, klappten bisweilen nachkippend um. Vom Rumpf des Stadtparlaments ging dumpf bereits die zweite Steinlawine nieder. Wollige Kumuli aus Staub blähten ihre Puttenbacken über viele Kubikmeter auf. Langsam ließ er sich auf ausgebrannten Autos nieder, die bis zu den Hüften in Dünen gesplitterten Glases gesunken, andere standen auf den bloßen Felgen. Zerrissene Türen weggeknickte Blechhauben aus der Karosserie geschnittene schwarzgraue Löcher, die kleinsten der leeren Schmauchspuren bloß, die verschliert das Territorium von Nord nach Süd überzogen, sowie sich Rauch und Ascheregen, Staub und in der Luft zerflockter Brandschaum verwehten. Nun sahen wir auch die enormen Gräben der unterirdischen Gleisanlagen, in die sich der Boden vom Bahnhof Atocha bis in den Retiro hineingestürzt hatte, die Stützkapitelle einiger Tragesäulen standen ganz frei. Ein langes, immer noch schmurgelndes Waggondach schimmerte hoch. Von den Seiten waren allerorten Schutt und massenhaft Gestänge in die Form einer höchst labilen Rampe hinuntergeschliddert. Am Rand dieses Abrutschs balancierten Soldaten, fünf ließen sich über die Rampe hinab. Ein Bulldozer war angefahren, über dessen Winde sich die Verseilung drehte. Ein Offizier schrie Kommandos. Die fünf kamen auf dem Zugdach an, blieben noch eingeschirrt, kletterten weiter, wir verloren sie aus dem Blick. SCHNITT. Eine weite Totale über den Nullgrund. Langsam schwenkten wir das Panorama entlang. Der Fernsehturm ragte in den Hodnahimmel, und die Tour Eiffel stand schöner denn je. Wir sahen auf das vom Steinschlag dellige, sonst unbehelligte Dach der Charité im Norden, auf den Nachbau der versunkenen Akropolis. Auf das Museumsquartier am Hang darunter, seinen leuchtenden Quader darin. Daneben die KiesingerMoschee und hinter ihr, in wundervollem Grün, den in deutlich erkennbaren Schichten ansteigenden Kalemegdan-Park. Im Westen ragten die Orgelpfeifen La Villettes in langgestreckten Pilzen aus Rauch, vierfünf helle Säulen, die sich ausdehnten gegens Europäische Dach, doch sich noch unter ihm schlossen, dunkel und gebaucht. Die herrliche Kathedrale schließlich der Sagrada Familia, im Südwesten, dahinter, fast am Horizont und über Hunderte Arkologien hinweg, die strahlenden Pfeiler des die große Westbrache teilüberführenden Ponte 25 de Abril. Monte Carlo schließlich und der silbern funkelnde Messepalast, dann schon wieder, noch vor dem gläsernen Riesenschirm des Rheinmainer Hauptbahnhofs, der Fernsehturm. Man zoomte uns auf die République, aus deren Mitte gesichtslos die gerüchteumwobene Statue zur alten ECONOMIA, fortan Nullgrund geheißen, hinübersah. Er lag nun direkt unter uns: ein über nahezu zwölf Quadratkilometer klaffender Trichter, weggeschlagene Wand, alles verwüsteter Tagebau, bis an die Sperren schäumte die grauschwarze Trümmerlagune des unreinsten Todes. Nicht eine einzige Seele, nicht mal versehrt, gab dieses schuttverschlackte Meer wieder her. Das Kameraauge sank hinab, wurde unscharf, als schliefe es ein. Das Fernsehbild verschwamm. Wurde langsam dunkel. Sehr langsam. Ein nächster Schnitt. Und Pontarlier, unter rotem Himmel das prunkend weiße Regierungsgebäude über den Bergen. Seine ewigen Rosenschütten. Daneben der Europarat, er nun schon halbmast beflaggt. In ergreifendem Piano erklang unsre Hymne. SCHNITT. Der Präsident. Ganz gefaßt. In einem schwarzen Anzug mit weißem Hemd und schwarzer Krawatte. Überm rechten Ohr die hodnische Klappe in der Form eines Ohrs; das sahen wir nicht, aber wußten es alle. Hinter dem Mann unser Wappen in Lapislazuli, das Gold unsre Sterne. Der Präsident bewegte sich kaum.

Begann: »Porteños!« Und endigte: »Wir werden die Schuldigen finden. Ich schwöre vor der ganzen Nation: Wir werden sie aufspüren und unerbittlich jagen. Kein Mittel werden wir scheuen. Es wird Gerechtigkeit für die Opfer geben und für unser ganzes Land. Dafür stehe ich ein mit...«, verstummte, seine Eisaugen glänzten – wir warteten, denn er hatte die Stimme gehoben, bevor er so schwieg – und dann sagte er: »...meinem eigenen Leben.« Davon wurde der Bildschirm licht.

II. ZWÖLFJAHRESHALBER

Mögen die kleinen Namensfeuer, um die je ein historischer Halo glimmt, ihrer Orientierung einigermaßen dienlich sein: sie bleiben dann immer noch ungefähr genug, um die flüssige Unendlichkeit, die hier gemeint ist, nicht in normierter Realität erstarren zu lassen. Die Namen und ihre Geschichten sind Möglichkeiten, und keine Lesart schließt eine andere aus.

»Buenos Aires. Anderswelt«, Wurmvorsatz.

»Argo. Anderswelt« von 2013 folgt »Buenos Aires. Anderswelt« von 2001 wie dieses »Thetis. Anderswelt« von 1998, dem seinerseits 1993 »Wolpertinger oder Das Blau« vorausgegangen war und abermals diesem, weitere zehn Jahre vorher, »Die Verwirrung des Gemüts«; bisweilen gehen die je handelnden Personen ineinander über. Dies gilt besonders für den Anderswelt-Zyklus und seine Ich-Erzähler. Wie generell unsere Leben, so sind auch Erzählungen nicht voraussetzungslos, sondern wir springen in die der anderen fast immer mitten hinein, wenn wir an ihnen teilhaben wollen. Darum scheint es uns, zumal nicht zwei der Anderswelt-Romane in ein- und demselben Verlag erschienen sind, nötig zu sein, einiges Rekapitulieren all jenen zu Händen zu geben, deren lesendem Wohlbefinden es auf eine Übersicht ankommt, an die wir selbst allerdings längst nicht mehr glauben. Aber wir stützen uns auf den seinerzeit »Buenos Aires. Anderswelt« beigegebenen Wurmvorsatz, den wir hier um manches ergänzen und resümierend ausbauen, und zwar allein, um unseren Leser:innen solche Resümees im Roman selbst zu ersparen – eingedenk eines flotten Vorangehns der Handlung, ihrem unterdessen Primat. Daß zwischen dem Erscheinen des zweiten und dieses dritten Anderswelt-Buchs ebenso viel Zeit vergangen ist wie seit Nullgrund, will uns überdies nicht als Zufall erscheinen, sondern dahinter steckt eine Absicht, die freilich nicht die unsere ist; wir konnten uns nur beugen. So wird er, der nun dritte Roman, ab dem 11. September lieferbar sein.

Immerhin, Sie haben die Wahl, diese zweite Abteilung des Buches flugs zu überspringen, um gleich mit »Skamander« auf Seite 59 zu beginnen; falls Sie die Fülle des ausgebreiteten Lebens allzu verwirren sollte, werden Sie jederzeit zurückschlagen können, denn anders als seinerzeit der Wurmvorsatz sind diese Seiten vorsätzlich fest eingebunden. Doch denen unter Ihnen, die direkt aus Thetis und Buenos Aires an Argos Reling treten, möge das Zwölfjahreshalber Handseil an der Gangway sein.

Daß, übrigens, die Geister auf eine Diskette kamen, lag in den neunziger Jahren in der Zeit. Man hätte sie nach 2001 nicht ohne äußerste Gefährdung auf einen USB-Stick überspielen können – und schon gar nicht, bewahre!, hinauf in eine Cloud.

Herbst & Deters Fiktionäre
im April 2013

Aapel, Urbain van den: Hans → Deters' ehemaliger Chef bei → EVANS SEC. Bis zu dem Attentat auf das Frankfurtmainer Representative Office hing in seinem Arbeitszimmer der Kopf eines selbstgeschossenen Wasserbüffels dem Mann im Rücken an der Wand.

Achäer: »Es gab die fahrenden Sänger, die durchstreiften Europa und schützten vor, in den versunkenen Ardennenstädten gewesen zu sein und auf dem Thetisgrund, ja vor den Klippen des Atlas hätten sie nach Versen getaucht: Denn sie waren große Erzähler, meist fehlten ihnen Gliedmaßen, was als Beweis für durchlittene Abenteuer galt. Alle nannten sie sich Achäer.« (→ »Thetis. Anderswelt«). Da sie auf → Porteños einen halluzinativen Einfluß haben, schiebt → Pontarlier sie ab, wann immer ihrer habhaft werdend.

Achillëis: Ein nachgelassenes Fragment Johnn Wolfgang von → Goethes, das → Erissohns Rede den Rhythmus gibt. Der Epilog setzt ihn fort.

Adams, Douglas: Siehe → Babbelfisch.

Adhanari, Irene: Hauptfigur in der zuerst veröffentlichten Fassung des Romans »Meere« von 2003. In der »persischen Fassung« von 2008 in »Irene Payaam« umbenannt. Siehe auch → Fichte.

Adrian: Der sechsjährige Sohn eines der »Anderswelt«-Erzähler. Siehe auch → Jascha und → Nebelkammer.

Aissa der Barde: Myrmidonenname Achilles → Borkenbrods.

Aissa der Stromer: Jason → Hertzfeld.

Aissa die Ratte: Jason → Hertzfeld.

Aissa die Wölfin: → Deidameia.

Allegheny-Staaten: Nach der → Geologischen Revision zerfielen auch die USA und bildeten, neben bedeutungslosen kleineren, zwei große Nationalsysteme aus: Den Staat der → Church of Latter-day Saints der → Mormonen sowie eben diese Allegheny-Republik.

Amazonen: Ein politisch autarkes, in verschiedene Städte des Ostens zusammengezogenes, ausschließlich aus Frauen bestehendes Volk. → »Thetis. Anderswelt«: »… in vielen – weil sie noch nicht gefirmt worden waren – hatten sich Erinnerungen erhalten an irgend ein besseres Draußen. Ein Himmelslicht war in ihnen verschweißt, das nicht einmal die → Heiligen Frauen hatten austreiben können. Allezeit schimmerte es durch ihre Haut.«

Anastasiaa: Eine junge Amazone bei den → Myrmidonen.

Anderswelt: Die keltische Welt der Toten und Geister, zu der man unversehens Zutritt an → Samhain erhält. Oft führen fehlplazierte Türen hinein oder Seen und Höhlen. Die Zeit verläuft in ihr anders: Jemand kann hineingelockt werden und dort bloß ein paar Stunden verbringen; kommt er wieder hinaus, sind in der Wirklichkeit Jahre oder Jahrzehnte vergangen. Heutzutage betritt man sie besonders oft an Schnittstellen von Cyberräumen, den so auch genannten → Lappenschleusen. Wie → Deters unterdessen weiß, bieten sich gleichfalls Kinos, Bahnhofstoiletten oder Striplokale als solche Lappenschleusen an.

Andreas der Sanfte: Sohn → Thiseas und des ersten → Odysseus. Ein → Orpheus ist auch er.

Argonauten: Zusammenschluß von fünfzig ob Menschen, ob → Holomorfen: Zivilpersonen und Kämpfer, die vor dem Ende Europas aus Europa ausziehen wollen. Sie werden von Jason → Hertzfeld geführt.

Arkologie: Nach William → Gibson ortsgroße Haus-Architekturen mit innerer stadtähnlicher Infrastruktur. → »Thetis. Anderswelt«: »Eine jede Arkologie faßte tausend Wohnungen und mehr. Fahrstühle liefen nicht nur in der Vertikalen, es waren Straßenbahnen Schnellbahnen Busse, die die Türen innerhalb der Hauskolosse miteinander verbanden. Jedes Gebäude ein Ort mit eigener Infrastruktur, mit Ladenketten Vergnügungsviertln Varietés voll Balladen.«

Aurel: Ein als Bäuerchen verstellter → holomorfer → Myrmidone.

AWG: → EWG.

Babek: Kindername des ersten → Odysseus.

Babbelfisch: Ein von Douglas → Adams gezüchtetes Meereslebewesen, das einen, ins Ohr gesteckt, jede Sprache verstehen läßt.

Balat, György Freiherr v.: Prokurist der Macardbanken. → »Thetis. Anderswelt«: »Seit Monaten schleimte er bei → Korbblut um ein Konto des → Scheichs. Korbblut legte auf. ›Banker sind Nutten‹, sagte er mit dem Hochmut des nach Umsatz bezahlten Risikoverwalters gegenüber jedem festangestellten Kontoführer. Und hatte selbstverständlich recht.«

Balmer, Klaus: Vormals führender Mitarbeiter der → EWG in den → Allegheny-Staaten, unterdessen der, nach ihrem Verschwinden, Nachfolger → Elena Goltz'. → »Buenos Aires. Anderswelt«: »Die → Goltz hatte den ihr ergebenen Klaus Balmer hinübergeschickt, der seine schwierige Aufgabe zwar nicht gänzlich ohne Reibereien mit → Allegheny's großen Versicherern, aber letztlich erfolgreich anzupacken wußte, und zwar so sehr angemessen ihren eigenen Vorstellungen von produktiver Energie, daß sie zweidreimal mit dem Gedanken einer auch persönlichen Verbindung gespielt hatte; sie wußte ja, *wie* Balmer sie verehrte.«

Balthus, Helmut: Siehe → Möller.

Begin, Manfred: Transvestit. Kellner im → Boudoir. Seine Freunde nennen ihn »Jimmie«.

Berlin: Eine Stadt in Deutschland. Hier falteten sich die Anderswelten auf, und hier schließen sie sich wieder.

Beutlin, Karol: Programmierer und Sprecher der auch mit kybernetischen Experimenten befaßten → Siemens/Esa in → Buenos Aires. → »Thetis. Anderswelt«: »Ein mutiger Mann war er niemals gewesen; ein dummer war er sowieso nicht.«

Birkengeist: Als ein solcher wird in dem Roman → »Wolpertinger oder Das Blau« Professor Wilfried Murnau bezeichnet, der für die europäischen Geister einen ihnen unbeliebten Zukunftsweg vertrat. Dazu, damals eben dort, Hans → Deters: »Folgt ihm in die Automaten, in die Maschinen, die Raketen, Hubschrauber, folgt ihm in die Städte, nistet euch den Bauplätzen ein und den Werkzeugen, den Straßen- und Untergrundbahnen und Tiefgaragen, hackt in den Großen Datenanlagen herum, knuspert an den Fabrikmauern, durchfahrt die Kanäle und Badewannen, fräst Eure Gesichter den Glasbauten ein, kippt Mischmaschinen um, bringt Leben in die Einkaufszentren. Nur dann bekommt die Natur eine Chance.«

Blumenfeldner: Chefprokurist der Beelitzer → Cybergen, Garrafff.

Böhm, Klaus Major: Sicherheitsoffizier für → Ungefuggers Lichtdom.

Bones, Bill: Der alte Bukanier aus Robert Louis Stevensons »Treasury Island«. Ein Beiname Kalle → Kühnes.

Borkenbrod, Achilles: Der »Chill« und »Aissa der Barde« genannte Graffito-Poet ist der Vater Jason → Hertzfelds und kam, verkleidet als die fünfzigste Frau, mit → Deidameia aus dem Osten.

24

Davor hat er, mit Lykomedite → Zollstein, Niam → Goldenhaar gezeugt. Vor Zeiten aus einem Ei geschlüpft, träumt er von der paradiesischen Insel → Leuke. → »Buenos Aires. Anderswelt«: »Er hatte nur Einfälle, sah er alte – materielle – Fassaden; die besprühte er wie zur Erinnerung, denen gab er das Leben zurück, das ihnen genommen. Dabei liebte er es, wenn seine Schriften verblaßten, er liebte den Wind, der die Gegenstände wusch; ein Gedicht, glaubte er, habe nur Wert, wenn es vergehen könne.«

Boudoir: Striplokal in → Colón, → Buenos Aires, Calle dels → Escudellers. Einige weitere, bisher bekannte Eingänge: → Wilhelm-Leuschner-Straße 13, Martin-Luther-Straße 18, Rue Saint Denis/vers Place de Caire, Wadour St/Soho W1 – quasi überall dort, wo Hans → Deters einmal eine Stripshow besuchte. In den Hinterräumen befindet sich eine der Zentralen der → Myrmidonen. → »Thetis. Anderswelt«: »Die vierfünftelschwule Kulturszene hatte sich zu vollen acht Sechsteln zusammengefunden und den Plüsch sehr fest im Griff. Wer noch einen Platz dazwischen finden wollte, mußte sich schon bücken.«

Boygle, Myun de: Karpfenköpfiger Synthetik-Musiker der Synthi-Welle. Er hat in → Buenos Aires die Love Parade ins Leben gerufen und leitet zusammen mit → Lasse die → LASSE & BOYGLE PRODUCTIONS.

Bräustädt, Elke: Sekretärin. Ehemals rechte Hand Stefan → Korbbluts bei → EVANS SEC.

Brander, Andreas: Ein Lehrer, der zum ersten Mal im → Wolpertinger auftrat. → »Wolpertinger oder Das Blau«: »Der mit dem Krokodil auf dem Herzen erzählt gerne Witze.«

Brem: Retirierter Söldner. Ein Falludsche von der Oda, der auch »Gelbes Messer« genannt wird. Ehemals die Rechte Hand des Emirs → Skamander.

Bremen, Freie und Hansestadt: Die Stadt im Deutschland der wirklichen Welt, in der 1981 alles begonnen hat. »Die → Verwirrung des Gemüts«: »Im Bahnhof träumt die Stadt inwärts gekehrt.« So lautet der erste Satz der gesamten Romanserie.

Broglier, John: Ehemaliger Lebemann und Cicisbeo. Kurzzeitig, wie auch Hans → Deters, ein Gespiele Corinna → Frielings. Nachdem er sich in die Klonin Dorata → Spinnen verliebt, geht er in → Garrafff verloren. → »Buenos Aires. Anderswelt«: »Wie so oft hatte er seinen Tag verbummelt, hatte sich lockere Gedanken über Doratas und seine Zukunft gemacht; daß sie ihn aushielt – etwas, woran er von Frauen mehr als gewöhnt, schließlich war das seine Lebensgrundlage gewesen –, gefiel ihm schon einige Wochen nicht mehr, bloß konnte er sich nicht vorstellen, wie einer wie er das ändern sollte. Ihm behagte die Vorstellung nicht, sich täglich an einen kybernetischen Arbeitsplatz zu begeben, wo man sich stundenlang in leerer Routine und Disziplin verlor. Er fand das unmenschlich, war kein Mann fürs Einerlei, das hatte seine ungewöhnliche Berufswahl befördert. Sonst eine Ausbildung hatte er nicht, zwar so etwas wie ein *studium generale* absolviert, aber imgrunde auch da nur gelernt, charmant zu sein. Ebendas liebten die Frauen an ihm. Und er liebte sie, liebte das Leben in jeder, sogar in seiner datischen Form, war im → Orgasmatron der virtuoseste Spieler.«

Buenos Aires: Die Zentralstadt in Anderswelt. Der Name wird häufig auch für das ganze Europa der → Anderswelt verwendet, was aber nicht korrekt ist. → »Thetis. Anderswelt«: »Hier gediehen Bildung Intelligenz Geschäft. [...] Buenos Aires war das Zentrum der Banken, der Versicherungen und Makler. Die dienten im New Work, wie die Allgemeine Hausarbeit der Angestellten hieß. Hier auch gediehen Physik Chemie Medizin. Man matchte Squash und Soziologie. Am laufenden Band wurden Gesellschaftsspiele erfunden, solitäre und solche, die die Spieler von Karlsruhe bis Bamberg vernetzten, eine Art später Amateurinformatik. Man lallte auf den Keyboards die ewigen Laute, Alephs und Oms, aber niemand erkannte sie mehr. Ein Regreß, der Hunderte von Jahren voranwies.«

Buenos Aires. Anderswelt: Der zweite, 2001 erschienene Anderswelt-Roman, der Hans →› Deters' Aufenthalt in der von ihm erfundenen Stadt erzählt, nachdem er in →› »Thetis. Anderswelt« vor Markus →› Goltz fliehen mußte. Siehe auch →› Porteños.

Buster, Dolly: Porno-Filmstar in der wirklichen Welt. Quasi ein jeder Mann hat ihr Geschlecht gesehen, was ihre objektiv ganz ungeheure Lebensleistung ist.

Centaurus A: »Intervallo« des Romans →› »Thetis. Anderswelt«. Während eines von der →› Siemens/Esa durchgeführten infonautischen Experiments, das eine kosmische Reise simuliert, verwandeln sich die Versuchspersonen innert 15 Minuten in ungestalte aggressive Wesen, die man, um sie loszuwerden, überm Osten abwirft. →› »Thetis. Anderswelt«: »Und immer noch erst die Hälfte der Reisezeit überschritten, noch immer so fern der Kentaur, nichts, einfach nichts, was ablenken würde, nichts, was die Ödnis unterbricht, triste Ruhe steht in den Gängen, schmale Stille, weiterhin blinken Batterien von Lämpchen, surrt es in Schatten, oszilliert Elektrik in Kabelergüssen. 49 Kosmonauten und in den Laboratorien genetische Proben von Weizen Gerste Tomaten Bohnen, im Stockwerk darunter einer jeden Tierart DNS, auch Krieg und Frieden mit hinübergenommen, Clausewitz und Edgar Poe und alle die andern, es soll dir nichts mangeln. Die Zeit, die es braucht, die verbleibende Strecke zu durchmessen, ist genug, um alle Leben, die nötig waren, die Bände der großen Bibliotheken von Alexandria zu schreiben und von Babylon, ein zweites Mal zu leben, genug, jedes Bauwerk auf Erden erneut zu bauen, abzureißen und abermals errichten zu lassen und jeden Baum noch einmal zu pflanzen, das Surren, das Blinken, im Kernbrennwerk des Schiffes brannte Wasserstoff zu Helium und Helium zu →› Hodna. Einmal pro Monat putzten Putzroboter die Brücke, putzten den Schlafsaal, die Armaturen putzten sich selbst.«

Chagadiel, Thorsten: Staatspräsident in →› Garrafff.

Cham: Ort im Osteuropa der →› Anderswelt. Von hier aus brach →› Borkenbrod nach Westen auf. →› »Thetis. Anderswelt«: »Krähen schrien auf die Hütten nieder. In die Siedlung war Bewegung gekommen. Überall krochen Leute aus dreckigem Schlaf. Als hätte man Maden übereinandergeschaufelt, und die zuckten nun. An einer Perlonschnur hing Borkenbrod vor der Hüfte ein Plastikschlauch. Er zog den Stöpsel trank spülte. Von dem einen kriegt man Verstopfung, vom anderen Dünnschiß, dachte er. So gleicht sich alles aus auf der Welt.«

Chelsea: Ein Stadtteil von Buenos Aires, →› Anderswelt. →› »Thetis. Anderswelt«: »Rote Backsteinvillen hinter gepflegten Rabatten mit Stiefmütterchen und Hecken aus Sanddorn, der Hauseingang stets ein halbes Stockwerk erhoben, paar Stufen führen zur polierten Kirschholztür hinauf.«

Church of Latter-day Saints: Siehe → Mormonen.

Claus, Udo: Ehemaliger Kollege von → Deters bei → Evans Sec.

Claußen, Robert: Ehemaliger Arbeitskollege Herrn → Drehmanns.

Colón: Ein Stadtteil in Buenos Aires, Anderswelt. Hier befindet sich das → Boudoir. Siehe auch Calle dels → Escudellers.

Cordes, Eckhard: Einer der Ich-Erzähler des Argo-Romans. Andere Ich-Erzähler sind Alban → Herbst und Hans Erich → Deters. Zum ersten Mal taucht Eckhard Cordes am Ende des → »Wolpertinger«-Romans auf.

Coupole: Ein Café in Buenos Aires. → »Buenos Aires. Anderswelt«: »Nur deshalb fühlte sich der Vorhang, den die Tür des Cafés vorstellte, derartig schwer an. Bleistoff Stoff aus Sand. Immer noch hielt Deters die Glastür an der Klinke gerafft, hielt sie über sich, ja bückte sich, wie um darunter durchzuschlüpfen, bückte sich viel zu tief, vielleicht des Hutes wegen, den er drinnen erst abnahm. Hinter ihm schwang sich die Tür zurück in ihr Schloß. Seit wann, übrigens, trug er Hüte? Ob man noch oder bereits geöffnet habe? fragte er ziellos in den Raum. Der Kellner antwortete nicht, sondern schoß aufgezogen zwischen den Tischen herum. Plötzlich blieb er stehen, sah auf, sah zu dem neuen Gast hinüber, indem er furchtbar langsam den Kopf drehte. ›Guten Morgen, Herr Deters.‹ Woher kannte er den? Schnurrte schon wieder von Tisch zu Tisch. Er hatte etwas von einem Karussellpferd, das immer an derselben Stelle nickt.«

Cybergen: Multinationales Technologie-Unternehmen mit Sitz in → Garrafff. Hier sind → Herbst, → Mensching und → Zeuner tätig, sowie Dr. → Lerche.

DaPo: Abkürzung für die allgemeine Datenpolizei in → Buenos Aires und → Weststadt.

Deidameia: Auch → Aissa die Wölfin genannt. Die Hetäre aus → Landshut wird als Ellie → Hertzfeld zur Führerin der → Myrmidonen und vereinigt den → holomorfen mit dem humanoiden Widerstand. Aus der Sicht → Pontarliers ist sie eine führende Vertreterin des → Terrorismus. Eigentlich müßte sie Ellie → Greinert heißen. → »Buenos Aires. Anderswelt«: »Deidameia trug, obwohl es recht kalt war, einen weitoffenen, dreiviertellangen leichten Trench und darunter ein elegantes Kostüm, das sie indes mit Turnschuhen kombinierte. Auf ihrem Flammenhaar saß schräg ein kleiner blauer Hut, von welchem eine Feder wippte. An der linken Seite schwang eine Kunstledertasche, aber vielleicht war das Nappa auch echt und bloß so giftgrün eingefärbt.«

Deters, Hans Erich: Er brach einst zu einem Spaziergang durch Berlin auf. Während er im Berliner Café → Silberstein auf eine Frau wartet, mit der er sich in der U-Bahn verabredet hat, fantasiert er eine aus verschiedenen europäischen Großstädten zusammengesetzte Megametropole, die aus den drei großen Bereichen → Oststadt, Zentralstadt (→ Buenos Aires) und → Weststadt bestehende → Anderswelt, in welcher er selbst sich schließlich verirrt.

Devadasi: Ethnischer Name der rasenden → Heiligen Frauen.

Diskette: Ein unterdessen überkommenes Speichermedium, das noch zu Anfang der drei »Anderswelt«-Bücher dem technologischen Standard entsprach, unterdessen aber den Charakter einer gebundenen magischen Handschrift hat, die kaum noch jemand entziffern kann. Das ist auch besser so. Insofern wird von einer Übertragung auf moderne Speichermedien dringend abgeraten. Hans Erich → Deters brachte sie, quasi als Erbe, vom → »Wolpertinger« mit.

Djerbi, Seyfried: Ein Freund von Godehard → Lutz.

Doradin, Frau: Ehemals Herrn → Drehmanns Sekretärin.

Drehmann, Herr: Ein holomorfer Myrmidone. Als → Maultier für → Dr. Jaspers, den Vater Elena → Goltz', ehemals ein leitender Beamter der Mauerbaubehörde. Er war mit der Familie Jaspers so eng vertraut, daß sie ihn den Onkel Elenas nannte. Von Markus → Goltz gelöscht, ist er von → Deidameia in die → Anderswelt zurückgeholt worden. »*Thetis. Anderswelt«:* »Den ganzen Tag über hatte es in dem untersetzten Maultier herumrumort. *Maultier,* so waren spöttisch die → Holomorfen genannt. Manchmal nannte Herr Drehmann sich selber so. Doch derart ironisch war er nur selten. Heute war er es gar nicht. Dabei war ihm nichts widerfahren, das seine Wirschheit gerechtfertigt hätte. Es ist nicht ungewöhnlich, wenn Holomorfe verschwinden. Daß andere Holomorfe es merken, aber schon. Um so kräftiger quälte es ihn heute, in einem Büro arbeiten zu müssen. Kein Mensch tat das mehr. Nur die Beamten sollten schwitzen. Was eine Tortur! Herr Drehmann verstand seinen Reiter. Aber er hätte sich niemals beklagt. Er war ein bequemer Mann. Auf Bequemlichkeit programmiert.«

Dunckerstraße 68, Q3: → Deters Wohnung im Berlin der Anderswelt. Tatsächlich wohnt dort aber auch der tatsächliche Autor der »Anderswelt«-Bücher.

Eidelbeck, Rikbert v.: Generalleutnant des Europäischen Heeres, Chef der Heerespolizei. Ein Gegenspieler Markus → Goltz'.

Eintagekriege: Revolutionäre Erhe-

bungen des Ostens gegen den Westen. Beide wurden niedergeschlagen. Der erste, von dem ersten → Odysseus geführte, fand an einem 17. Juni statt.

Elena: Siehe Elena → Goltz.

Els: Siehe Gunhild → Siddal.

Else: Eine Freundin eines der »Anderswelt«-Erzähler, mit der er sich über Quentin Tarantino streitet. Eingeweihte vermuten, es handle sich um Else Buschheuer, eine bekannte Fernsehmoderatorin und Schriftstellerin.

Emir: Ein Beiname → Skamanders.

Eris: Ein → Achäer. Er wurde von dem Vorgänger des jetzigen Präsidenten gefangengehalten und prophezeite Niam → Goldenhaar. → »Thetis. Anderswelt«: »Zu hellen Zeiten empfing er den Präsidenten sogar wie zu Hause und gerne als einen lieben Freundesbesuch, allerdings blieb der immer auf seiner Seite der Scheibe; gemeinsam spielte man Schach, und waren die Abende fortgeschritten, dann ließ der Präsident sich erzählen, daß, als Eris übers → Thetis-Meer gefahren, er Zeuge geworden sei, wie eine Riesenschlange sich mit einem anderen Seemann verbunden habe; den habe sie einfach so aus einer Jolle gepflückt und sich schwängern lassen von ihm. Das habe Eris freilich anfangs nicht gewußt, aber geahnt, daß dies die Midgardschlange gewesen sei. Sie habe sich in ihrer höchsten Lust – ja: Lust! – ihrem Opfer zu erkennen gegeben und Thetis Jörmungrand genannt.«

Erissohn: Seinem Namen nach ist er des → Eris Sohn. Siehe aber auch → Achillëis.

Escudellers, Calle dels: Eine Straße in → Colón, → Buenos Aires. Dort befindet sich, je nach Perspektive, einer der Vorder- oder Hintereingänge zum → Boudoir. In der wirklichen Welt eine Straße in Barcelona, welches in der Anderswelt wiederum der Stadtteil ist, zu dem → Colón gehört, in der wirklichen Welt ein Stadtteil Barcelonas. Tatsächlich wurde hier der Striptease erfunden. **Evans Sec.:** Brokerhaus. Hans → Deters ehemalige Arbeitsstelle.

Europa (Anderswelt): Nach der Geologischen Revision aus drei streng voneinander abgegrenzten Teilen bestehend: dem rein-simulativen Westen, der Dienstleistungs- und Produktionsstadt → Buenos Aires, sowie dem verelendeten Osten. Dieses Gesamteuropa ist von einer riesigen Mauer umgeben, die es vor dem → Thetismeer schützt.

Europäisches Dach: → Hodna.

EWG: Die von → Ungefugger gegründete *Europäische Wirtschaftsgesellschaft* betreibt Finanzdienstleistungen im weitesten Sinn, vor allem aber die soziale Absicherung der → Porteños. Nach Art jedes Strukturvertriebs paramilitärisch organisiert, wird die in ihrem Marktgebaren sehr aggressive Firma nach dem Verschwinden Elena → Goltz' von Klaus → Balmer geleitet. (In »Buenos Aires. Anderswelt« aufgrund eines Fehlers als »AWG« bezeichnet.)

Faktotum: Siehe → Schulze.

Falbin, Claus: Aus ihm und → Ulf Laupeyßer synthetisierte sich, unter Verwendung eines falschen Passes, Hans Erich → Deters.

Faure, Ulrich: Ein Freund Hans → Deters', der die → Diskette einen »Virenzoo« nennt.

Feix, Lothar: Ein stiller Widerständler aus dem → Torpedokäfer des wirklichen Berlin. Immer saß er, den Rücken zum Fenster, auf seinem angestammten Platz an der schmalen Seite der Theke und trank, bis er starb. Er gab die »Sklaven«, eine Untergrundzeitung, mit heraus, die mit den → Myrmidonen sympathisierte.

FEMA (Federal Emergency Management Agency): Von Pontarlier zur Untersuchung von Nullgrund zusammengerufener »Förderaler Ermittlungs- und Material-Ausschuß«.

Fensterreform: Der Mieter kann sich nach Wunsch wechselnde Ausblicke aus seinen Fenstern erzeugen lassen. Eine der für → Porteños folgenreichsten Inventionen der neueren kybernetischen Architektur.

Fichte: Ein Objektkünstler. Der Ich-Erzähler in Alban Nikolai Herbsts Roman »Meere«.

Fischer, Joschka: Europas Außenminister in → Ungefuggers erster und zweiter Legislaturperiode.

Frankfurt am Main: Eine Stadt in der wirklichen Welt, deren Entsprechung in der Anderswelt »Rheinmain« heißt. Es ist die dritte Station von Hans → Deters phantastischer Reise seit seinem Ausbruch aus Bremen. In Frankfurt am Main wird er Broker. Siehe auch → Evans Sec.

Frieling, Corinna: Eine Krankenschwester. Kurzzeitig → Brogliers und → Deters Geliebte. → »Thetis. Anderswelt«: »Sie war sechsunddreißig, hübsch, alleinstehend aus Prinzip, eine kleine Brünette mit Wespentaille und einem erstaunlich breiten Nacken, in den hinunter ein dichter, wenn auch schmaler Haarstrang wuchs, oben in ihrem Schlafzimmer lag noch immer ihr neuer Freund.«

Garrafff: Eine der Anderswelten, in die es John → Broglier verschlug. Lange fand er nicht mehr heraus. In Garrafff befindet sich das Beelitzer Unternehmen → Cybergen, für das u. a. Alban → Herbst, Dr. → Lerche und Sabine → Zeuner arbeiten.

Geologische Revision: Eine globale Naturkatastrophe, die sowohl die Polkappen schmelzen, als auch den atmosphärischen Schutzschild nahezu restlos zusammenbrechen und das →› Thetismeer ansteigen ließ, was zum Bau der Europäischen →› Mauer führte. Siehe auch →› Hodna.

Gerling, Klaus: Ehemals Europas Sicherheitschef, Begründer der →› SZK, der vor Zeiten den kleinen Jens →› Jensen betreute und später zum Mentor Markus →› Goltz' wurde. →› »Thetis. Anderswelt«: »Und nicht nur, weil er wegen seines Spitzbartes dem Plessis so ähnlich sah, wurde von ihm bisweilen als einem Richelieu geflüstert. Er selbst soll sich das nicht ungern angehört haben und hinterließ jetzt folgerichtig in Markus Goltz den Mazarin.«

Gibson, William: Mit →› Kollhoff, →› Kotani, →› Schultes, →› Sombart, →› Toufeklis und →› Woods der erste der sieben stilgebenden Architekten Buenos Aires' und der Weststadt.

Gleiter: Flugbefähigte Personenfahrzeuge in →› Buenos Aires.

Goethe, Johann Wolfgang von: Ein klassischer Dichter der wirklichen Welt. Er spielt in diesem Roman eine rhythmisch entscheidende Rolle. Siehe →› Achillëis.

Goldenhaar, Niam: Chill →› Borkenbrods und Lykomedite →› Zollsteins Tochter. Es wird aber gesagt, daß sie die Tochter der →› Thetis sei. Genannt auch Niamh of the Golden Hair oder Die Lamia, ist sie als Mutantin aus einer Figur H. R. Gigers entstanden bzw. gehört sie in die keltische Mythologie: Niam Chinnoír, ›Goldhaar‹, ist jene Andersweltfürstin, die sich in →› Oisìn verliebt und ihn nach →› Tir na nOg holt. Wie alle Erlöser ist sie monströs. →› »Thetis. Anderswelt«: »Immer wieder sah sie eine riesige Woge über sich zusammenbrechen, die den Stein, worauf sie aufklatschte, in Millionen Partikel zerschmetterte. Zwar

blieb sie, Niam, jedesmal unbeschädigt, doch ein furchtbarer Schrecken kühlte ihr erwachtes Inneres aus. Und einmal sprach sie ein Frauenkopf an, der auf dem Hals eines samtigen Drachenkörpers saß, Wassertropfen glitzten auf den Schuppen: ›Meine Tochter! Höre mich! Ich warte auf dich!‹ Und tauchte wieder unter im Meer.«

Goltz, Elena: Gattin →› Markus Goltz' und geborene →› Jaspers. Mitarbeiterin und glühende Verehrerin →› Ungefuggers zu dessen Firmenzeiten. Nachdem er europäischer Staatspräsident wurde, übernahm sie die →› EWG. →› »Buenos Aires. Anderswelt«: »Die Cessna landete, die ausgesprochen verärgerte Frau stieg aus und in einen blütenweißen Wagen um, eine achtsitzige Limousine, am Elfenbeinsteuer ein kleinwüchsiger, in seinem Konfirmationsanzug schwimmender Thai, der die abgedunkelte, schußsichere Scheibe im Rücken hatte, welche die Chauffeurskabine vom Passagierraum trennte, worin Elena Goltz genügend Platz fand, die eleganten Mulatinnenbeine hochzulegen und mit den Pumps zu wippen, die sie bewunderte und bewundernd drehte, den Knöchel nach links, den Knöchel nach rechts.«

Goltz, Markus: Leiter der Sicherheitszentrale Koblenz (→› SZK), nach Privatisierung der Exekutive Chef der Europäischen Polizei. Ehemann der →› Elena Goltz. In →› »Buenos Aires. Anderswelt« schließt er mit →› Deidameia einen Pakt. →› »Thetis. Anderswelt«: »Und saß jetzt neben dem in sich eingesunkenen Jubilar. Daß er erregt war, ließ sich nur aus dem leichten Geruch nach Buttermilch schließen. Es gebe, dachte er, für Erregungen gar keinen Grund. Seine Recherchen waren beschlossen, und was zu tun war, würde getan. Keine Bewegung in seinem Jungengesicht. Nicht einmal Mißbilligung darüber, daß →› Gerling eingeschlafen war neben ihm. So sah das nämlich aus. Markus Goltz, den Tee von sich schiebend, stieß ihn zweidreimal leicht mit dem Ellenbogen an, um zu verhindern, daß der alte Mann aus lauter Kraftlosigkeit seitlich vom Stuhl rutschte. Dabei ekelte er sich davor, andere zu berühren, und sowieso: berührt zu werden.«

Gottesfleisch: →› *Panaeolus papilonoaceus.*

Grassmuck, Volker: Sozial- und Medienwissenschaftler in Buenos Aires; als solcher ein Sachverständiger für den Europarat. In der wirklichen Welt gibt es diesen Mann auch.

Gregor: →› Lethen.

Greinert, Ellie: →› Deidameia.

Grosau-Benathen, Frau: Gesundheitsministerin in →› Ungefuggers zweiter Legislaturperiode.

Grünauer, Delf: Ein Student, der als Nachtwächter im SPECTRUM des Berliner Technikmuseums jobbt. Siehe auch →› Nebelkammer.

Häusler, Anna: Eine junge Dichterin in dem Roman →› »Wolpertinger oder Das Blau«, deren andres Selbst eine Verkörperung →› Titanias ist.

Hannoversch Münden: Die zweite, in →› »Wolpertinger oder Das Blau« erzählte Station der phantastischen Reise, die Hans →› Deters unternimmt. Siehe auch Aldona v. →› Hüon.

Harines: Auch ›Huri‹. Die Hetären der →› Landshuter →› Amazonen.

Harlte, Frau: Ulf →› Laupeyßers, bzw. Claus →› Falbins Nachbarin in →› Bremen.

Hausmann Herr: Ein ehemaliger Arbeitskollege Herrn →› Drehmanns, der für die →› Myrmidonen tätig ist.

Hediger, Judith: Eine Geliebte Hans Erich →› Deters, die im Café →› Sil-

berstein als Alternative zu Niam →› Goldenhaar auftritt. Sie will die aus dem →› Wolpertinger mitgebrachte alte →› Diskette analysieren.

Heilige Frauen: Beiname der →› Devadasi. Als Anhängerinnen →› Yellamas sind sie grausam und kannibalisch, aber, so heißt es, der Thetis' Botinnen. Meist finden sie sich in der Nähe der →› Schänderpriester, die ihnen völlig ergeben sind. →› »Thetis. Anderswelt«: »Die ersten Devadasi kamen zur Welt. Es hieß, ein Adler trage sie nach ihrem Tod zum Himmel hinauf: – zum Olymp, meinten die einen, – ins Nirvana, die andren, – nach Eden, schließlich die dritten. Gen →› Kungír aber, so meinten sie selbst. Und waren unberührbar. Sie könnten, sagten die Leute, sogar übers Wasser gehen, denn Thetis selbst lege ihnen die Hände unter die Sohlen.«

Herbst, Alban: Programmierer bei der Beelitzer →› CYBERGEN in →› Garrafff.

Hertzfeld, Ellie: →› Deidameia.

Hertzfeld, Jason: Der auch »Jason Greinert« und »Neoptolemos« genannte Sohn →› Deidameias und →› Borkenbrods. →› »Buenos Aires. Anderswelt«: »Jason war kein guter Schüler, und sowieso haßte er, wenn er's herausbekam, alles, was nicht real war, haßte die um ihn entstehenden Schimären, die falschen Leoparden und Elefanten, die falschen Schiffe, das falsche Meer. Der kräftige Bursche bewegte sich gern, das unterschied ihn von seinen Mitschülern sehr, die durch die Bank mit sieben kurzsichtig waren und trotz der ausgewogenen Pillenernährung, dafür löffelweise Quellstoffe eingestopft, kaum mehr funktionsfähige Sehnen hatten.« Nachdem er zu →› »Aissa die Ratte« geworden, führt er als →› »Aissa der Stromer« die →› Argonauten an.

Hodna: Die wichtigste Energieform

in Buenos Aires. Erst sie hat die Entwicklung der →׀ Holomorfen ermöglicht. Bis auf den Osten liegt ganz Europa unter einem Hodnaschirm, nachdem im Gefolge der Großen →׀ Geologischen Revision jeder natürliche Atmosphärenfilter zerstört ist. Hodnawerke finden sich gehäuft am Rheingraben, einige auch außerhalb des andersweltlichen Europas, vor allem aber auf dem →׀ Zweitmond. →׀ »Thetis. Anderswelt«: »Unter dem →׀ Schirm baute Europa sein Dach. Das hielt die Strahlungen ab. Draußen zersetzten Klimamaschinen das Wasser in Salze Mineralien Wasserstoff und Sauerstoff. Jenen pumpte man in Reaktoren, diesen unter die Kuppel.«

Holomorfe: Eine Art computergenerierter Roboter mit Selbstbewußtsein. Bei den täuschend menschenähnlichen Geschöpfen handelt sich um gescannte FeldPhotonenEmissionsholografien im →׀ hodnagravitätischen Raum, worin sich elektromagnetische und energetische Felder als synthetische Materie bilden. Siehe →׀ Maultier und →׀ Reiter.

Huehuetlotl: Ein Götze der →׀ Schänder. →׀ »Thetis. Anderswelt«: »Es galt für fast so heilig wie die Frauen, und wie die →׀ Hundsgötter genoß es jedermanns Ehrfurcht, wenngleich es völlig lebensunfähig war und getragen und mit vorgekauter Nahrung gefüttert werden mußte. Denn es hatte keine Muskeln, hatte auch kein Rückgrat; aber die Schänder hatten ihm eines gebaut, dahinein war es geschnallt; um es zu reinigen, holten sie es jeden Tag heraus. Das Kerlchen diente für nichts, war nur böse. Es gewährte nicht einmal, wie die Hundsgötter, Schutz. Und gab keinen Rat wie →׀ Odysseus, den man hier Orpheus nannte. Huehuetlotl war ein Gegenstand der Furcht: giftiger Luxus, den man sich leistete als Stamm.«

Hüon, Aldona v.: Hans →׀ Deters' Alda genannte Gegenspielerin, zugleich Sympathisantin in →׀ »Wolpertinger oder Das Blau«: »Bevor wir uns trennten, legte mir Alda die Handflächen auf die Schultern, zog mich an sich und gab mir einen flüchtigen Kuß auf die linke Wange. ›Schlafen Sie wohl, Hans. Und träumen Sie ein bißchen von mir.‹ Sie lachte hell und huschte die Treppe hoch. Ihre Absätze schlugen durch das Rascheln des wadenlangen Sommerkleids wie auf Porzellan.«

Hugues, Robert: Zeitungszar. Unsterblicher Chef der T&T mit Wohnsitz in den Ardennen. Einer der erbittertsten politischen Gegner →׀ Ungefuggers.

Hunch: Eine Designer-Droge in der Anderswelt.

Hundsgott: Kreuzung aus gegen die →׀ Schänder eingesetzten Kampfhunden und →׀ Heiligen Frauen. →׀ »Thetis. Anderswelt«: »Auch der Hundsgott setzte sich, aber →׀ Huehuetlotl zur Seite, und er schob seine Kapuze zurück, so daß man den herrischen Haarbusch auf der Stirn sehen konnte. Er entsprang knapp der Dellung, aus welcher des Hundsgotts Schnauze wuchs. Immerhin schloß er die eng danebenstehenden Augen. Seine Physiognomie ließ an die von Affen denken.«

Hünel: Undercover-Polizist der →׀ SZK. Von Markus →׀ Goltz zur Beobachtung Jason →׀ Hertzfelds in →׀ Kehl eingesetzt.

Hürlimann: Ein Konkurrent →׀ Ungefuggers.

Hygienisierungskampagne: Schon während seiner ersten Legislaturperiode ein fundamentaler moralischer Feldzug Präsident →׀ Ungefuggers.

IMZ: Das Institut für militärische Zweckforschung in Stuttgart, Anderswelt.

Infomat: Siehe →, Infoskop.

Infoskop: Ein videoakustischer Ganzkörper-Projektor, der direkt mit dem Gehirn verbunden wird und »reale« Erlebnisse simuliert; ein Unterschied zu tatsächlichen Eindrücken ist subjektiv nicht feststellbar. Das Gerät wird auch zum Unterrichten verwendet; für die meisten →, Porteños ist es vor allem Arbeitsplatz. Als erotische Spezialprojektoren heißen Infoskope →, Orgasmatrone.

Ingolstadt: Ein dem →, Laserzaun sehr nahe gelegener Stadtteil von →, Buenos Aires, ehemals Zentrum der →, Myrmidonen. Siehe auch Miriam →, Tranteau.

In New York. Manhattan-Roman: Ein im Jahr 2000 erschienener Roman, der eine Verbindung in die →, Anderswelt herstellt.

Irritanten: So werden die Wanderer zwischen den möglichen Welten genannt, sofern sie in deren Prozesse eingreifen können; erstmals von →, Deidameia in Bezug auf Hans Erich →, Deters verwendet.

Jannis: Der nach dem Dichter Jannis →, Ritsos benannte Sohn →, Deidameias und →, Kumanis.

Jascha: Sohn →, Katangas und Freund des kleinen Sohnes eines der Erzähler dieses Romans.

Jason: Siehe Jason →, Hertzfeld.

Jaspers, Dr. Kurt: Mauerrat. Elena →, Goltz' Vater. →, »Thetis. Anderswelt«: »Dr. Jaspers hatte schon lange keine Lust mehr gehabt auf den ständigen Ärger im Amt. Daß man überhaupt dort hingehen mußte, derweil sich die anderen Berufe längst aufs New Work umstrukturierten, war ihm ein Anlaß ständigen Klagens. Zudem war er von allen immer nur gedrängt worden, Karriere zu machen. Ihn interessierte ein beruflicher Aufstieg aber nicht; daß der bislang

so reibungslos und musterhaft verlaufen war, hatte weniger an ihm, als am Großmut seiner Vorgesetzten gelegen.«

Jaspers, Elena: Siehe Elena →, Goltz.

Jaspers, Gisela: Elena →, Goltz' Stiefmutter, geborene Schaper. Sie hat ihren Mann wegen seines von ihr erhofften gesellschaftlichen Aufstiegs geheiratet und liegt mit der Stieftochter in währendem Zwist.

Jefferson, Martha: Siehe →, Mata Hari.

Jensen, »der alte«: Der Ochsenköpfige. Ehemals Berater →, Toni Ungefuggers. Er wurde von Niam →, Goldenhaar gerissen. Mit einer von den →, Heiligen Frauen befreiten Asiatin zeugte er Jens →, Jensen. →, »Thetis. Anderswelt«: »Je datischer sich der Westen organisierte und je technischer Buenos Aires, desto begieriger war Jensen senior auf Schlamme Steine Pilze. Zentralstadt und Westen wirkten fieberhaft daran, die Fortpflanzung nicht nur zu regeln, sondern zu hygienisieren; aber Jensen schien besessen von direktem körperlichem Kontakt. Man sagte ihm diesbezüglich viel Unappetitliches nach. Auch hielt er nicht hinterm Berg, daß er, so gut dies ging, die Pillennahrung mied. Er rauchte sogar, beging das Delikt öffentlich, selbst in Verwaltungsgebäuden. Dreimal strengte man darum Prozesse gegen ihn an. Einmal mußte er für eine Woche in Verwahrung. Das störte ihn nicht, er machte sich ein Gaudi daraus.«

Jensen, Jens, »der junge«: Sohn des alten →, Jensen und als Berater →, Ungefuggers dessen Nachfolger. →, »Thetis. Anderswelt«: »Des Sohnes – also Jens Jensens – Gesicht hatte nicht nur wegen der hohen Wangenknochen etwas Asiatisches. Sondern ein gewisses, unter einem sehr bestimmten Winkel einfallendes Licht ließ Jensens Augen oft knallrot aufblitzen, so daß man sich an einen Albino erinnert fühlte. Er habe dies, so hatte ihm Ungefugger erzählt, von seiner Mutter geerbt, die bei seiner Geburt verstorben sei.«

Jessin, Sheik: Korrekt »Sheik Ahmad ibn Rashid al Jessin«, auch kurz »der Scheich« genannt. Man vermutet in ihm den Drahtzieher des → Dschihad-Terrorismus. Er hält sich meist in den → UNDA auf, läßt aber in großem Stil Liegenschaften im Osten Europas erwerben. Seine Konten verwaltet unter anderem Stefan → Korbblut. Auch → Balthus ist für ihn tätig.

Dschihad!: »Heiliger Krieg!« Eine wahrscheinlich von Sheik → Jessin geführte → terroristische Glaubensbewegung und zugleich der Kampfruf der → Schänder.

Josie: Helmut → Balthus' Frau.

Kali: Eine Amazone aus → Deidameias Ost-Truppe.

Karlstein: Ein Adjutant Generalleutnant v. → Eidelbecks.

Karpov, Otto: Immobilienzar. Konkurrent → Ungefuggers.

Katanga: Mitbewohner eines der Erzähler dieses Romans. Siehe auch → Jascha.

Kehl: Ein so hochgeschützter → Kiez in → Buenos Aires, weil er als einer der Übergänge von → Buenos Aires in die → Weststadt fungiert.

Kiez: In manchen Gebieten → Buenos Aires' ein Begriff für »Stadtteil«. Andere Begriffe sind »Quartier« und »Rione«.

Kignčrs, Cord-Polor: Ehemaliger Söldner, der eine Zeitlang in → Brems Truppe diente.

Kitzlerpulver: »Es war ein verbotenes Geschäft aufgeblüht mit den Ostfabriken, man schmuggelte die getrockneten zerstoßenen Kitzler über den Laserzaun hinweg. Riesige Summen wurden auf dem Schwarzmarkt geboten; es lagen sogar Bestellungen von Sanatorien vor. Das hatte sich → Leinsam, der Verwandtschaft an der Grenze hatte, zunutze gemacht.« (→ »Thetis. Anderswelt«). Siehe auch → Panaeolus papilonoaceus.

Klipp: Polizist von SA2, Kollege → Schwanleins.

Kollhoff, Hans: Mit → Gibson, → Kotani, → Schultes, → Sombart, → Toufeklis und → Woods der zweite der sieben stilgebenden Architekten Buenos Aires' und der Weststadt.

Korbblut, Stefan: Ehemaliger Brokerkollege von → Deters bei → Evans Sec. Er unterhält Geschäftsverbindungen mit Sheik → Jessin. → »Thetis. Anderswelt«: »Korbblut gehörte zu den wenigen Brokern des Unternehmens, die nicht weisungsverpflichtet waren, sondern *discretionary* handeln, also sich für Trades auf Rechnung des Kunden souverän entscheiden konnten.«

Kotani, Eishiro: Mit → Gibson, → Kollhoff, → Schultes, → Sombart, → Toufeklis und → Woods der dritte der sieben stilgebenden Architekten Buenos Aires' und der Weststadt.

Kroll, Herr: Herrn → Drehmanns Nachfolger im Maueramt.

Kühne, Kalle: Ein Taxifahrer, der auch »Bruce Kalle Kühne« genannt wird, weil er in → »Thetis. Anderswelt« als Bruce Willis herumfuhr. Wir erkennen ihn immer sofort an seinem Dialekt.

Kumani: Ein junger → Holomorfer, der mit → Pan dealt und erst spät erfährt, was – also wer – seine Mutter einst war.

Kumani, Frau: Siehe Yessie → Macchi.

Kungír: Das Nirvana der → Devadasi.

Lamia: Beiname Niam → Goldenhaars, aber auch der → Thetis. »Sie war die libysche Neith, die Liebes- und Schlachtengöttin, auch Anatha und Athene genannt. Ihr abschreckendes Antlitz ist das Gorgonenhaupt.‹« (Ranke-Graves: »Griechische Mythologie«)

Landshut: Eine von Amazonen bewohnte Stadt im Osten der → Anderswelt. Weitere »reine« Frauenstädte sind Regensburg, Dresden und Brno.

Lappenschleuse: Eine datische Abkürzung von Ort zu Ort. Fahrzeuge und Personen werden an der Einfahrt in ihre Atome zerlegt und an der Ausfahrt wieder zusammengesetzt. So lassen sich auch weite Strecken ohne wahrnehmbaren Zeitverlust überwinden. Der Name rührt von der Vorstellung einer lappenartig gefalteten Zeit her, der ein ebensolcher Raum korrespondiert.

Laserzaun: Er hat über Jahrzehnte das entwickelte → Buenos Aires rigide vom → Osten getrennt, um vor dem Osten zu schützen.

Lasse: Genannt »Techno-Lasse«. DJ in Buenos Aires. Leitet zusammen mit → Boygle die → LASSE & BOYGLE PRODUCTIONS.

LASSE & BOYGLE PRODUCTIONS: Ein Plattenlabel für extrem harten Underground. Siehe auch → Boygle und → Lasse.

Laupeyßer, Ulf: Sein Nachname taucht bisweilen auch, falsch geschrieben, als »Laupeißer« auf. Aus ihm und Claus → Falbin synthetisierte sich unter Verwendung eines falschen Passes Hans Erich → Deters. Die Vorgeschichte dazu wird in → »Die Verwirrung des Gemüts« erzählt.

Lea: Eine Amazone aus → Landshut.

Legz Diamond's: Ein Striplokal in New York City, erstmals im Jahr 2000 in → »In New York. Manhattan Roman« erwähnt.

Leinsam, Bruno: Als einer der besten Verkäufer Ungefuggers (AVG Würzburg) war er einst Elena → Goltzens Chef. Er operiert auch als Clitoris-Dealer sowie als Hehler für → Karpov; mit → Möller betreibt er eine sogenannte Agentur. → »Buenos Aires. Anderswelt«: »Er funktionierte heute besser als alle, konnte gar nicht genug Speichel lecken.«

Leni: Markus → Goltz' Spottname für seine Frau → Elena.

Lerche, Dr.: Programmierer bei der Beelitzer → CYBERGEN in → Garrafff. In der wirklichen Welt ein Lateinlehrer. Er ist für die medizinischen Versuche an den Personen der → Anderswelt verantwortlich. → »Buenos Aires. Anderswelt«: »Lerche zog sein Schweizerlasermesser, ein wirklich schlimmer Lateinlehrer war er gewesen und fügte den 27 bereits vorhandenen eine weitere Kerbe an der Vorderseite seines Keyboards hinzu. Dann machte er sich an die 29, für welche er Dorata → Spinnen ausgeguckt hatte; zum einen war sie sowieso sein indirektes Produkt – er hatte ihren ›Vater‹ programmiert –, zum anderen bedeutete diese nächste Kerbe gleich weitere fünfzehn. Denn selbstverständlich erkrankten alle Schwesterklons.«

Lethen, Gregor: Hans → Deters Freund und Anwalt.

Leuke: Auch »Levkás«. Chill → Borkenbrods Sehnsuchtsort, an den er Elena → Goltz bringen will. »Nach Achills Tod entführte Thetis die unsterbliche Seele ihres Sohnes nach der Insel Leuke. Dort, vor der Mündung der Donau ins Schwarze Meer, weilt er in ewiger Seligkeit an der Seite Helenas.« (Ranke-Graves: »Griechische Mythologie«) Leuke ist → Tir na nOg, aber im Osten. Leuke war eine von Persephone in eine weiße, nun am Ufer des Teichs der Erinnerung stehende Pappel verwandelte Nymphe.

Levkás: Siehe → Leuke.

Lipom, Dr. Elberich: Hans –› Deters' Mentor in Alban Nikolai Herbsts Roman –› »Wolpertinger oder Das Blau«. Er sei, wird dort erzählt, »nicht nur unanständig fett, nein, bereits die Schädelknochen schienen auf Expansion angelegt. Die Stirn breit, kantig, fast eckig, desgleichen das Kinn. Man hatte den Eindruck eines dampfenden Sumoringers, den, wie Korsagen, Fettgewebe schnürten. Die Glatze obenauf luzide, man hätte unter der straffen, gespannten Haut durchsehen können, – wäre sie nicht gepudert worden, vielleicht um nicht doch wider Anlage des übrigen Körpers zu leuchten oder zu spiegeln, möglicherweise auch der Adern wegen, von denen sie durchzogen war und in denen man das Blut pulsen sah, wenn der dicke Mann sich erregte.«

Longhuinos: –› Brogliers Stammkneipe in –› Garrafff. –› »Buenos Aires. Anderswelt«: »Verglaste Flügeltüren, dunkle Messinggriffe, die kleinen Tische mit künstlichem Elfenbein beschichtet. Hinter dem Dueño hing ein Muttergottesbild an der Wand, geschmückt mit einer gelben Blumengirlande. Darunter Sai Baba, daneben das Bild eines Sikhs, des Lokalbegründers vielleicht. Hübsche schwingenartige Ventilatoren schmückten die Decke. Dunkelgrünbraune Kacheln hinter dem Tresen, der Tür gegenüber. Blaue Hosen trugen die Kellner und oberschenkellange Kittelhemden mit blau eingefaßten Knöpfen aus weißem Perlmutt und mit blauen Stehkrägen.«

Lotz, Godehard: Ein Porteño, der an den Waden tätowiert ist. –› »Thetis. Anderswelt«: »Godehard! Wie konnte einer Godehard heißen?«

Lotz, Marcel: Ein Heiratsschwindler. Einst Mentor John –› Brogliers. –› »Thetis. Anderswelt«: »Lotz hatte das Gewerbe prinzipiell in fünf soziale Klassen eingeteilt. Jede ließ sich an der Aura der von ihnen bewohnten Hotels erkennen.«

Lough Leane: –› Thetis durchbrach die Mauer im Osten und spie Meer in eine riesige Fördergrube bei Linz. An dem so entstandenen heiligen See lebten heilige Schweine. Es heißt, ein mythischer –› Oísin habe hier gejagt, als ihn Niam –› Goldenhaar entführte. –› »Buenos Aires. Anderswelt«: »Zwei Jahre lang waren die Nachrichten voll gewesen von erdbeerfarbenen Schweinen und einem Wasser, das, schöpfte man draus, zu Silber erstarrte, niemals blieb Salz; salzlos hatte Thetis es in diesem riesigen Bogen dort hineingespuckt, damit ihre heiligen Schweine zu trinken bekamen. Ungefugger hatte auf das Wunder nüchtern mit Produktion reagiert und baute das Wunder nun ab und preßte das Wunder zu Barren, hatte sämtliche Schweine, vor denen sich sogar die einst mächtigen Schänder gefürchtet, keulen, hatte sie auf einem riesigen Haufen abfackeln und Knochenreste und Asche über die Mauer zur Mutter zurückkippen lassen; er war kein Mann, sich vor Müttern zu fürchten.«

LVO: Das Ordnungswerk für den zivilen Luftverkehr in –› Buenos Aires.

Mädle, Hänschen: Als Gründer und Chef der MÄDLE-CHEMIE ein weiterer Konkurrent –› Ungefuggers.

Malcolm, Ian: Biologe aus Steven Spielbergs Spielfilm »Jurassic Parc«.

Mandschu: Beiname Lykomedite –› Zollsteins.

Maßmann, Jens: Ein –› Porteño und als Freund –› Deidameias Sympathisant der –› Myrmidonen. Er erfindet vor dem endgültigen Einbruch der –› Thetis die Archen. In der wirklichen Welt Maschinenbauer und Posaunist.

Mensching, Harald: Nachwuchsprogrammierer in der Beelitzer → CYBERGEN, Garrafff.

Markovicz, Herr: Eventuell der Portier der → SIEMENS/ESA. Ein → Pflänzler. Siehe auch Herrn → Meller.

Masud, Abu al-Sarkawi: Ein Abgesandter Sheik → Jessins. Siehe auch → Dschihad.

Martinot: Konkurrent → Ungefuggers.

Mata Hari: Tänzerinnenname → Deidameias, bzw. Ellie → Hertzfelds. Daher auch »Martha Hari«, der Tänzerinnenname Martha → Jeffersons in New York City, wohin es aus der Anderswelt einen direkten Zugang gibt. → »Buenos Aires. Anderswelt«: »Als hätte sich das beglaubigen wollen, war unterdessen zwischen dem → Boudoir an der Calle dels → Escudellers und → Legz Diamond's auf der 57th eine Lappenschleuse installiert, durch welche nun auch reale Rebellinnen hinübergelangten: körperlich, darauf legten die Frauen viel Wert. Die Tür führte aus der Barcelonaer Zentrale der Myrmidonen direkt in Mrs. Jeffersons New Yorker Manager Office. Diese – sowohl ironisiert wie ehrenhalber sich Martha Hari nennend – organisierte von dort den vor allem erotischen Widerstand gegen das Sektenwesen, gleichsam als Gegenzug zu Ungefuggers europäischen Bemühungen, den → Allegheny-amerikanischen Puritanismus Zug um Zug mit der Erledigung der sozialen Marktwirtschaft gesellschaftsfähig zu machen.«

Mauer, Europäische: Sie umgibt ganz Europa, um es vor dem → Meer der → Thetis zu schützen. → »Thetis. Anderswelt«: »Schon floß die Nordsee in Holland ein, ins Emsland Ostfriesland. Hamburg versenkt, ganz Norwegen schiffbar, Schottland ein Archipel, eine Völkerwanderung von Norden nach Süden hub an und von Süden nach Norden, Westen nach Osten, Osten nach Westen, und die große Mauer wurde gebaut, tausenddreihundert Meter hoch, hundertdreiundfünfzig Meter breit. Massiv Beton, außen, einhundert Meter zum Thetis-Meer, moränenverkleidet und stachelbewehrt, mit kilometerlangen Molen, zwischen denen die Brecher sich brachen, schimmernd schillernd farbig; verschmierte erstickte Haie zerschmetterten sie in der Dünung, zentimeterdicke Lachen Öls auf den Kais.«

Maultiere: Spottname für nichtfreie Holomorfe.

Mechling, Hans: Ehemaliger Drükker-Kollege von → Deters beim Phönix-Kapitaldienst. Er spielt aber nicht wirklich eine Rolle, weder in diesen Romanen noch in der Wirklichkeit.

Meller, Herr: Eventuell der Portier der → SIEMENS/ESA. Ein → Pflänzler. Siehe auch Herrn → Markovicz.

Meroë: Amazone und Scout Lykomedite → Zollsteins. Sie war eine Freundin → Borkenbrods und wurde von Wachschützern getötet. → »Thetis. Anderswelt«: »Sie war apart, vielleicht achtundzwanzig. Dichtes Stachelhaar auf dem Schädel. Volle Lippen, aber dahinter fehlten drei Zähne, zwei oben, einer unten. Leicht gebogen die Nase mit bebenden Nüstern. Unverschämt hübsche Grübchen daneben. Sie sah ziemlich gerissen aus.«

Michaela: Siehe → Ungefugger.

Millnes, Jefferson: Einem Attentat erlegener Reformpolitiker direkt nach der Großen → Geologischen Revision.

Milosevič: In → Buenos Aires ein populäres Musical.

Mita: Ein Stadtteil von → Buenos Aires, Anderswelt.

Möller, Helmut: Nach seiner Heirat »Helmut Balthus«. Ein Star-Verkäufer.

Mongolin: Beiname Lykomedite →
Zollsteins.

Mormonen: Sie haben auf einem
Teil des vernichteten Gebietes der ehe-
maligen USA den Staat der → Church of
Latter-day Saints gegründet.

Mutter: Beiname der → Thetis.

Myrmidonen: Von → Pontarlier Terroristen genannte Rebellen in Buenos
Aires, ursprünglich in Ingolstadt von
Miriam → Tranteau geführt und nach
ihrem Tod und der Zerschlagung der In-
golstädter Strukturen durch Markus →
Goltz von → Deidameia mit ihren Amazonen vereinigt.

Nebelkammer: Ein Detektor, der
dem Nachweis von ionisierender Strahlung bzw. von Kernreaktionen dient und
die Bahn atomarer Teilchen sichtbar machen kann.

Nerthus: Eine Kunstobjekt-Serie des
Malers → Fichte.

Niam: Siehe → Goldenhaar.

Oberon: Es spricht manches dafür,
daß der Elfenkönig in Dr. Elberich → Lipom zur Wirklichkeit gefunden hat.

Odysseus: Es gibt seiner zwei: den
Ersten, 1), einen aus Buenos Aires in den
Osten geflohenen Terroristen, nämlich
den als »Feldherrn« bezeichneten Führer
des ersten → Eintagekrieges. Sein Beiname Orpheus rührt daher, daß sein Gesang sogar die → Heiligen Frauen befrieden konnte. Er starb an einem Biß Niam
→ Goldenhaars. Für eine kurze Zeit war
er → Veshyas Geliebter; den Zweiten, 2),
einen Dschihad-Führer, der sich nach
Nullgrund in den Staub von Paschtu zu-
rückzieht. So wird jedenfalls vermutet.
Es ist nicht heraus, ob es ihn als Odysseus überhaupt gibt oder ob nicht sein
Name nur Tarnung ist. Jedenfalls versucht der → Westen vergeblich, seiner
habhaft zu werden.

Oisìn Finnsohn: Der Enkel des Ungefugger vorangegangenen europäischen
Staatspräsidenten, »Finnsohn« genannt,
weil sein Vater mit Vornamen Finn hieß.
→ »Buenos Aires. Anderswelt«: »[…]
indessen sie die Weichlichkeit ihrer Mutter ihrerseits bald so abscheulich fand
wie den Internatskameraden Oisìn, der
sich, anstatt zu lernen, mit Mädchen-
eroberungen umgab und einmal einen
ernstzunehmenden Schulverweis erhielt, weil er während der Pause, ohne
der *Krankheit* zu achten, geschweige sich
des → Orgasmatrons zu bedienen, sein
Ding in eines der Dinger hineingesteckt
hatte. Das sei, fand → Michaela, zu
widerlich, um es auch bloß zu erwähnen.«

Okkonnen, Rautavaara: Konkurrent → Ungefuggers.

Orgasmatron: Ein → Infomat zur
Befriedigung erotischer Lüste. → »Thetis. Anderswelt«: »Es lief eine Angst vor
der Ansteckung um. Niemand wollte
deshalb mehr lieben. Nach Feierabend
feierte sich das Bürgertum in Vogelvo-
lieren.«

Ornans: Ehemaliger Wohnsitz des →
Ungefugger vorhergegangenen Präsidenten, danach von dem alten und schließlich dem jungen → Jensen bewohnt.
Hier wurde → Eris gefangengehalten, als
er das heilige Kind prophezeite. Dorthin
auch ließ Jens → Jensen Niam → Goldenhaar bringen.

Orpheus: Beiname des ersten →
Odysseus.

Orten (Familie): Jason → Hertzfelds
Vermieter in → Kehl.

Osten: »[…] im Osten hausten auf-
einandergedrängt die Tagelöhner, trieb
sich Gesocks herum ohne Krankenver-
sorgung, mit faulen Zähnen und einem
Aussatz, der seit dem Dritten Kreuzzug
vergessen war.« (»Thetis. Anderswelt«).

Oststadt: Siehe → Osten.

Otroë: Amazone der von →ᐧ Deidameia geführten →ᐧ Myrmidonen.

Pan (पान): Ein indischer Wickel aus Bethelblättern. Für die →ᐧ Anderswelt siehe →ᐧ Panaeolus papilonoaceus.

Pal: Kalle →ᐧ Kühnes indischstämmiger Kollege.

Palermo: Ein Stadtteil von →ᐧ Buenos Aires, nämlich in der →ᐧ Anderswelt und aber auch tatsächlich. Außerdem eine Stadt im Sizilien der wirklichen Welt.

Panaeolus papilionaceus: Ein verbotenerweise in Umlauf befindlicher Faulpilz, der ein starkes Halluzinogen enthält; oft zusammen mit →ᐧ Kitzlerpulver in →ᐧ Pan angeboten.

Parque del Retiro: Der Berliner Tiergarten der wirklichen Welt in der →ᐧ Anderswelt.

Pherson, Frank: Wirtschaftskonkurrent →ᐧ Ungefuggers. Post & Telegraphie.

Pontarlier: Sitz der europäischen Anderswelt-Regierung. →ᐧ »Thetis. Anderswelt«: »Das Schlimmste, was geschehen könne, sei eine allgemeine Panik. Man habe die Situation durchweg im Griff. Das ließ er schreiben, der Präsident, aus dem Regierungsgebäude, das sich, weiß und von fieberhaft blühenden Rosen umstanden, von Schweizergarden geschützt, bei Pontarlier weit übers Jura erhob.«

Porteños: Name für die Einwohner Buenos Aires', nicht aber für Europas Ost- und Westbewohner.

Poseidon: Ein Spitzel für den →ᐧ Westen. Ehemaliger Kamerad Achilles →ᐧ Borkenbrods. →ᐧ »Thetis. Anderswelt«: »Chill liebte es, von der häßlichen Fahrt zu erzählen. Und Poseidon liebte, sie erzählt zu bekommen. Er liebte auch Chill, aber heimlich.«

Pflänzler: Mit Pflanzen gekreuzte, deshalb sehr ortstreue Menschen. Der Begriff stammt von Paulus Ch. Böhmer. →ᐧ »Thetis. Anderswelt«: »Alle nahmen sie die Seitenschleuse; so auch Herr Drehmann. Er grüßte den in seinen Glaskasten hineingewachsenen Pförtner. Wie eine Pflanze lebte der drin, seit über fünfzehn Jahren, den Unterleib am Schemelsitz verwurzelt, die Schenkel Lianen. Die Stuhlbeine umrankten sie.«

Quartier: In manchen Gebieten →ᐧ Buenos Aires' ein Begriff für »Stadtteil«. Andere Begriffe sind »Rione« und »Kiez«.

Quatiano: In diesem Stadtviertel Buenos Aires' lebt Achilles Borkenbrod. →ᐧ »Buenos Aires. Anderswelt«: »Für seine Dichtungen machte sich Chill →ᐧ Borkenbrod […] meistens spätnachts auf. Er hauste nicht in →ᐧ Colón, aber nahbei, in einer Strewer's Row des Quatianos, das den Porteños als Bronx galt, weil die zentrale Straße ihrer Arkologie Melrose Avenue hieß. Nicht daß die Gegend verkommen gewesen wäre, seit *The Quatiano Miracle* gab es auch hier kaum mehr Schmutz. Aber um diese Mel Ave hatten sich die Firmen geschart, die die Abfälle entsorgten: neben Anlagen, worin aus Exkrementen Energie gewonnen wurde, konventionelle Müllverbrennungsanlagen, außerdem die sogenannten Totenwerke; es galt längst als unfein, seinen Leichnam verbrennen zu lassen, sowieso waren Friedhöfe Verschwendung von Platz.«

Qlippoth: Rockway Foundation, Notes on Kabbalah: »It is also the case that the qlippoth appear in Kabbalah as demonic powers of evil, and in trying to disentangle the various uses of the word it becomes clear that there is an almost continuous spectrum of opinion, varying from the technical use where the word hardly differs from the word ›form‹, to the most anthropomorphic sense, where the qlippoth are evil demonesses in a demonic hierarchy responsible for all the evil in the world. One reason why the word ›qlippah‹ has no simple meaning is that it is part of the Kabbalistic explanation of evil, and it is difficult to explain evil in a monotheistic, non-dualistic religion without incurring a certain complexity.« Dies gilt für die gesamte Romanserie. Zugleich ist Qlippoth der Name einer Einheit europäischer Milizionäre der → Anderswelt.

Radegast, Joachim: Motivationstrainer. Als Inhaber einer Philosophischen Praxis coachte er Manager. Nach einem Treffen mit Ungefugger verschwand er. Es könnte sein, daß er heute, als *Der Gesichtslose* genannte Skulptur, auf der Place de la République vor Wellington's Monument steht, das in der »wirklichen« Welt das Brandenburger Tor ist. → »Thetis. Anderswelt«: »Er warb für ›Lektionen in Transzendentaler Ökonomie, Corporate Structures and Cosmic Psychology‹. Sein Unternehmen nannte er ›Philosophische Praxis‹.«

Raspe, Jan-Carl: Ein → Myrmidone und Theoretiker des Guerillakampfes. »Fragment über Struktur«: »Freiheit gegen diesen Apparat ist nur in seiner vollständigen Negation, d. h. im Angriff gegen den Apparat möglich im kämpfenden Kollektiv, das die Guerilla wird, werden muß, wenn sie Strategie werden will, also siegen. […] Das Kollektiv ist die Gruppe, die als Gruppe denkt, fühlt und handelt.«

Rechtspfleger: → SZK

Reiter: So werden im Volksmund die Eigentümer von → Holomorfen genannt.

Richter, EA: Ein → Wiener Dichter und Künstler, der sich den Argonauten anschließt. Er steigerte sich durch Ebay in die Anderswelt. »Ich bin der Esser, der nicht ißt.« Über die Schaufensterpuppe in seinem Arbeitszimmer schrieb er: »Derzeit hat sie ein schwarzes Wie-nennt-man-das an: Der BH geht runter bis zum Nabel und is vorne zum Aufmachen.« Eine Armbanduhr am Handgelenk würde ihn beleidigen.

Rione: In manchen Gebieten → Buenos Aires' ein Begriff für »Stadtteil«. Andere Begriffe sind »Quartier« und »Kiez«.

Ritsos, Jannis: Ein Dichter der wirklichen und der Anderswelt. Siehe auch → Jannis.

Salins-les-Bains: Vor seiner Präsidentschaft der Wohnsitz Toni → Ungefuggers. → »Thetis. Anderswelt«: »Siebzehn Stufen führte die zwanzig Meter breite Krepis zur Balustrade hinan, die vor den an die Hauswand herangebauten Säulenschäften locker mit Rattanmöbeln ausgestattet war. Lorbeerbäumchen in Terracotta-Amphoren beiderseits des Stylobats. Die Kapitelle ionisch, an den Metopen aber barocker marmorner Blumenstuck. Unten ein Springbrunnen dem Schaft integriert: der Wasserspeier ein goldener Pudel. Das Tier hob ein Bein und pischelte gegen den Säulenfuß.«

Samhain: Ein Café in → Buenos Aires, das im wirklichen Berlin → Silberstein hieß. Samhain wird in der keltischen Mythologie die Nacht auf den 1. November bezeichnet; damit ist sie das herbstliche Pendant zur Walpurgisnacht, der → »Wolpertinger oder Das Blau« galt. Im Samhain kommen Vergangenheit, Gegenwart und Zukunft zusammen. Es hebt sich *Fe-fiada* von den *Sìdhe*, so daß Menschen- und → Anderswelt nicht mehr unterschieden werden können. Die Banalität hat Halloween daraus gemacht, ein Juxfest für Kinder. Im Café Samhain befindet sich die erste

→ Lappenschleuse, mit der Hans → Deters »real« konfrontiert wird.

Sanfte, Der: → Andreas der Sanfte.

Sangue Siciliano: Kurz auch nur »Sangue« genannt. Eine Kneipe in der → Vucciria von → Buenos Aires.

Sarajevo: Name der Brache des Potsdamer Platzes vor seiner Wieder-Zivilisierung. → »Thetis. Anderswelt«: »Zwischen dem Monte Pellegrino und dem Parque del Retiro breitet sich ein etwa zwölf Quadratkilometer umfassendes schreckliches Gelände aus. Man nennt es Sarajevo. Der wüstenartig heiße Wind, der bisweilen in die angrenzenden Wohngebiete einfällt, trägt oft Mikrobenstaub mit sich. Morgens liegt er dann, eine hauchdünne gelbe, doch sehr dichte und wie nasse Schicht, auf den Karosserien. Er dringt in alle Fensterfugen. Klimaanlagen wälzen ihn um. Wer etwas davon eingeatmet hat, kann süchtig werden. Manche machen sich nachts dann auf. Jedes Jahr kommen in dem von Höhlen und Fallgruben und Labyrinthen aus Fahrzeugwracks durchspickten Gebiet durchschnittlich zweiundzwanzig Menschen um. Jedenfalls bleiben sie verschollen, und wenn sich Suchtrupps hineinbegeben, verschwinden auch die. Deshalb hat man um das Gelände einen drei Meter hohen Zaun aus Natodraht gezogen, an dem Grenzschutzsoldaten patrouillieren. Es heißt zudem, das Areal sei von Kannibalen bewohnt, die nächtlich Blutorgien feierten. Aber dafür gibt es keinen Beweis. Nur daß man bisweilen, steht man zwischen zwei und drei Uhr in der Frühe an der Nachtbushaltestelle Potsdamer Platz und blickt auf den sich unabsehbar dehnenden Stacheldrahtzaun hinüber, aus ferner Tiefe ein heulendes Singen und Bongotrommeln, aber auch Technopop vernehmen kann.«

Sarhawi, Mohammed Ben: Nachfolger Abu → Masuds.

Schänderpriester: Oft nur als ›Schänder‹ bezeichnet. Eine radikale Sekte des → Ostens, deren → Heiliger Krieg, angefacht von sogenannten → Heiligen Frauen, in Kinderopfern wütete, aber unterdessen verloren ist. → »Thetis. Anderswelt«: »Manche trugen Stöcke wie riesige künstliche Finger und ihre Augen auf den Kuppeln der Nägel. Andere hatten Tentakel am Maul und nur zwei Finger an jeder Hand. Von manchen hieß es sogar, ihr Gift könne die Opfer betäuben oder wahnsinnig machen; ihr Krallenapparat sei Injektionsbesteck.«

Scheich: Siehe Sheik → Jessin.

Schily, Otto: Europas Innenminister während Ungefuggers erster Legislaturperiode. Vorgänger von → Zarczynskis.

Schlatscher: Eine so sehr hochgewachsene männliche Person, daß sie ständig vornübergebeugt dahingeht, aber die Füße nicht dabei hebt. Kleine und untersetzte Personen können nicht »schlatschen«. Das Wort wurde in den 1960ern von Else Eggers geprägt, der Großmutter Alban → Herbsts.

Schulze, Adlatus: Der persönliche Adjutant → Ungefuggers. Auch »das Faktotum« genannt. → »Thetis. Anderswelt«: »Die Tür ging vorsichtig auf. Schulze, ein mittelgroßer Mann in Anzug und bunter Krawatte, trat ein, lächelte devot vor Liebe.«

Schultes, Axel: Mit → Gibson, → Kollhoff, → Kotani, → Sombart, → Toufeklis und → Woods der vierte der sieben stilgebenden Architekten der Anderswelt.

Schutzstaffel: Des Präsidenten persönlicher Geheimdienst, im Volksmund »SchuSta« genannt.

Schwanlein: Polizist von SA2, Kollege → Klipps.

Securitate: Der datische Geheimdienst → Pontarliers.

Selbstprojektor: Ein Gerät, das → Holomorfie auch außerhalb der Hodnakuppel realisiert, wenngleich, versorgungshalber, nicht dauerhaft. Die Technologie wurde von Miriam → Tranteau noch in ihrer Zeit im → Osten entwickelt, um entscheidend den Aktionsradius der → Myrmidonen zu vergrößern.

Shakti: Eine der berühmten neunundvierzig → Amazonen, die mit → Deidameia und → Borkenbrod nach → Buenos Aires kamen. Offizierin der → Myrmidonen.

Sicherheitszentrale Koblenz: → SZK.

Siddal, Gunhild: Auch »Els« genannt. Hans → Deters' erste Geliebte in der Anderswelt. → »Buenos Aires. Anderwelt«: »Während sich ihr Blick auf meine Stirn konzentrierte, war er Vorgang und die Information Rapport. Der Frau entströmte eine Trägheit, die mich schon neulich gewarnt hatte. Doch mein Interesse war stärker, ich war wie becirct gewesen, aber in dem dunklen Sinn der Wortes, also *umsiddalt* (die erdbeerfarbenen Schweine von → Lough Leane!). Der Zug um Kirkes Lippen spöttisch, ja von der Verachtung, die an den Winkeln zog, nach unten gebogen.«

Siemens/Esa: Multinationales Technologie-Unternehmen mit Sitz in Buenos Aires. Siehe auch → Beutlin.

Silberstein: Ein Café in Berlin. In Buenos Aires heißt es → Samhain. Hier saß Hans → Deters einst, um auf eine Frau zu warten, die nicht kam, bzw. als eine ganz andere kam, nämlich als die Lamia → Niam. Hier erfand er die → Anderswelt und von hier aus mußte er in sie fliehen. In der »wirklichen« Welt gibt es dieses Café jetzt nicht mehr.

Sisrin: Eine Amazone aus → Landshut.

Sizilien: Eine Insel in der wirklichen und in der Anderswelt. → »Thetis. Anderswelt«: »So erzählte er weiter, der listenreiche → Odysseus. Allerdings einen Kai gefunden, den schon, jenseits des Erzgebirge-Mauerstückes, nördlich der Sokolover Öden. Er habe aus Schutt und Stangen ein Floß gebaut und sich eingeschifft nach Sizilien, aber nicht Sizilien, sondern → Levkás gefunden.«

Skamander, Jassir: Auch »der → Emir«. Ein mythischer Gestaltenwandler in Diensten des europäischen Heeres.

Sola-Ngozi: Eine junge Amazone bei den → Myrmidonen.

Sombart, Nikolaus: Mit → Gibson, → Kollhoff, → Kotani, → Schultes, → Toufeklis und → Woods der fünfte der sieben stilgebenden Architekten der Anderswelt. → »Buenos Aires. Anderswelt«: »Er hatte das Weggleitende eines altgewordenen apollinischen Lebemannes, dem so langsam, daß er dabei zusehen kann, die Form vom Körper fließt, und zu Füßen des Sessels bildet sie Pfützen.«

Spinnen, Athene: Dr. Burkhard → Spinnens älteste Klon-Tochter.

Spinnen, Beate: Dr. Burkhard → Spinnens Frau.

Spinnen, Dr. Burkhard: Biologe und Gentechniker. Eigentlich Entwickler künstlicher Organspender, ist er zudem mit der Entwicklung biologischer Kampfstoffe befaßt. Aus Liebe zu seiner Frau Beate hat er aus ihren Genen fünfzehn gleiche Töchter erschaffen. → »Thetis. Anderswelt«: »Er war ein eher großer Mann mit einem dünnen kurzgeschnittenen Haarkranz hinter der sehr hohen Stirn. Unter einer etwas semitischen Nase deutlich vorgewölbt die Lippen. Silberbrille. Ein bißchen sah er, wenn er einen anguckte, wie ein altgewordener Junge aus. Er war auch nicht gern erwachsen geworden. Viel Spielzeug aus Kinder- und Jugendtagen stand in luftdichten Vitrinen. Er liebte Kinder. Nicht nur die eigenen, sondern Kinder überhaupt. Er kannte keinen genetischen Dünkel. Von seinen Töchtern aber war er besessen. Die Besessenheit kleidete ihn. Darüber zog er sich Lebenserfahrung und Bedachtsamkeit an, den Hemdkragen geschlossen; Krawatten trug er nicht. Eine Weste schützte Nieren und Rücken.«

Spinnen, Dorata: Auch genannt »Dolly«. Bis zu seinem plötzlichen Verschwinden in Liebe mit John → Broglier verbunden. Sie ist eine der fünfzehn Kloninnen, die Dr. Burkhard → Spinnen aus Zellen seiner Ehefrau erschaffen hat. → »Buenos Aires. Anderswelt«: »Seltsam, daß sie die Reaktion ihres Vaters mehr verletzte als das Fortbleiben ihres Bräutigams; möglicherweise ahnte sie, es lag nicht an dem. Es war ihm etwas zugestoßen, das sich kaum fassen ließ: Man mußte nicht einmal Angst um ihn haben.«

Spinnen, Johanna: Zweitälteste Klon-Schwester → Dorata Spinnens.

Spinnen, Ulrike: Drittjüngste Klon-Schwester → Dorata Spinnens.

Sprawl: Verschachtelte Stadtlandschaften nach der → Geologischen Revision. Ein von William → Gibson eingeführter Begriff.

Stade, Frau von: Eine der älteren Teilnehmerinnen an den lyrischen Séancen Carola → Ungefuggers.

Steinfeld, Dr. Christoph: Leiter der »Aktion Norden«.

Stuttgart: Ein Stadtteil von → Buenos Aires, sowie eine Stadt in der wirklichen Welt. Hier befindet sich Europas Zentralcomputer.

SZK: Zentrale der privatisierten europäischen Polizeibehörde. Siehe auch → Goltz. Die SZK ist in mehrere Abteilungen (z. B. Europol) gegliedert, deren

zwei quasizivile in herkömmliche Kriminal- sowie eine Geheimpolizei unterteilt sind. Letzterer Mitarbeiter werden → Rechtspfleger genannt.

Techno: Eine populäre Musikrichtung der → Anderswelt.

Telomeren A: Ein artifizieller genetischer Stoff, der Unsterblichkeit verleiht. → »Thetis. Anderswelt«: »Das Verfahren hatte das Zentrum entwickelt. *Telomeren A* hieß die Substanz, die man stabilisierend den Endstücken der Chromosomen anheftete. Es war ein schon im Forschungsstadium legendärer medizinischer Coup. Ihn zu bezahlen, hatte im → Zentrum niemand das Geld. Aber kein Bürger bemerkte auch nur den Betrug, – nicht einmal das Genie, das zwanzig Jahre nach seinem Durchbruch nobelpreisbehangen verschied.«

Terrorismus: Der meist paramilitärisch organisierte, in jedem Fall gewaltsam operierende Zusammenschluß von Kämpfern für die Veränderung gesellschaftlicher Verhältnisse. Je nach Perspektive wird er als kriminell oder als Befreiungsbewegung betrachtet. Seine Taktiken sind Grundlage der sogenannten asymmetrischen Kriegführung, seine ewigen Vorbilder David und Goliath.

Thetis: Die Mutter Achills, die ihn, um ihn zu schützen, in den Styx – andere sagen: ins Meer der Unsterblichkeit – tauchte. Wo sie ihn festhielt, an der Ferse, blieb er verwundbar. Deshalb hinkt → Borkenbrod. Damit er nicht am Trojanischen Krieg teilnehmen mußte, verkleidete die Mutter ihren Sohn als Frau, jedoch wurde er von → Odysseus enttarnt. Nach ihr, Thetis, ist auch das Meer benannt, das nach der Großen → Geologischen Revision die Welt überflutet hat. In der Gestalt der Midgardschlange zeugte Thetis mit dem Seemann Peleus Achilles → Borkenbrod. Dies bezeugen

→ Eris und Homer, und →' Erissohn erzählt es in Versen noch einmal.

Thetismeer: Nach der Großen →' Geologischen Revision ist die Erde weitestgehend von diesem Meer bedeckt. Obwohl nach wie vor wütig, wurde es nach der silberfüßigen →' Thetis benannt. Die Angst der Menschen neigt zu Euphemismen. →' »Thetis. Anderswelt«: »Man spricht von Haien, die ihre Beute, bevor sie sie fressen, lebendig und langsam auseinanderreißen, denn durch die Schmerzen des Opfers, heißt es, schütten sich Enzyme aus, die das Fleisch den Jägern erst schmackhaft machen. Und eine Religion breitet sich unter den Verurteilten aus, die schnell auch ins Innere der Mauer, in die Oststadt schwappt: jeden ersten weiblichen Räudling müsse man opfern, dadurch nur werde Thetis ruhig- und zufriedengestellt. Aus Loren kippen die Leute ihren Auswurf ins Meer.«

Thetis. Anderswelt: Der erste Anderswelt-Roman von 1998. Gegen Ende dieses Buches verliert Hans →' Deters die ihm aus →' »Wolpertinger oder Das Blau« überkommene Diskette an Niam →' Goldenhaar, die anstelle der von ihm erwarteten Frau im zum →' Samhain gewordenen →' Silberstein erschienen ist. Als auch Markus →' Goltz dort auftaucht, muß Deters fliehen und kommt in der von ihm selbst erfundenen →' Anderswelt heraus. Den Aufenthalt dort erzählt 2001 der zweite Anderswelt-Roman →' »Buenos Aires. Anderswelt«.

Thisea: Amazone. Eine der →' Myrmidonen →' Deidameias.

Tir na nOg: Die →' Anderswelt-Insel der ewigen Jugend. Tir na nOg ist ein →' Leuke im Westen.

Titania: Elfenkönigin und Gattin →' Oberons.

Torpedokäfer: Eine Kneipe in der wirklichen Welt, nämlich in Berlins →' Dunckerstraße. Wenn Hans →' Deters seine Wohnung verläßt und stadteinwärts geht, kommt er immer sofort an ihr vorbei. Seit einigen Jahren ist sie in das Beaker's verwandelt. Siehe auch Lothar →' Feix.

Tranteau, Miriam: Ehemalige Führerin der holomorfen →' Terroristen in →' Buenos Aires, deren Zentrale sich im Stadtteil →' Ingolstadt befand. Sie wurde von Markus →' Goltz zerschlagen. Siehe auch →' Selbstprojektor. →' »Thetis. Anderswelt«: »Frau Tranteau völlig unbeirrt: ›Akzeptieren Sie, daß wir höher entwickelt sind. Wir sind, Herr →' Drehmann, das Ziel der Evolution!‹ Sie fing zu glühen an. ›In uns hat sich die nächste Stufe der irdischen Entwicklung manifestiert. Das werden Sie akzeptieren *müssen!*‹ Sie loderte in ihrer politischen Mission. Darunter verglomm Herrn Drehmanns Wut. Eine Tribunin, dachte er, wie man sie manchmal im Fernsehen sieht.«

Toufeklis, Markos: Mit →' Gibson, →' Kollhoff, →' Kotani, →' Schultes, →' Sombart und →' Woods der sechste der sieben stilgebenden Architekten der Anderswelt.

Udelnaja: Ein Stadtteil in →' Buenos Aires.

UHA: United Hackers Association (http://blankphantom.tripod.com/).

Uma: Amazone aus →' Landshut. Auf keinen Fall mit Uma Svendson verwechseln, der jungen Betriebswirtschaftlerin aus →' »Buenos Aires. Anderswelt«, die sich in Palolem in das Paßfoto eines Herrn Albrechts verliebt hat. All dies spielt längst keine Rolle mehr. Es kann aber sein, daß sie dem Autor – ob →' Cordes, →' Deters, →' Herbst oder sonstwem – ihren Namen für diese Amazone lieh: ungefragt aber.

UNDA: Die Unidas Naciones del

44

Andén, Siehe auch Große →› Geologische Revision.

Ungefugger, Carola: Gattin →› Toni Ungefuggers. Für kurze Zeit wird sie Medea, aber entkommt diesem Schicksal. →› »Buenos Aires. Anderswelt«: »Carola Ungefugger war nie, auch nicht vor ihrer Hochzeit, glücklich gewesen, sie hatte gelebt, nicht ungern, das stimmt, aber ohne heftige Leidenschaften; und wenn sie rollig wurde, wie sie selbst, nicht etwa ihr Mann, das nannte, der dergleichen auch begrifflich zu ignorieren verstand, hatten die Spritzen schnell darüber hinweggeholfen.«

Ungefugger, Michaela Gabriela: Carola und Toni →› Ungefuggers Tochter. Als kleines Kind war sie Zeugin, wie man den alten, zur Spielfigur geschrumpften Präsidenten auf einem Modellchen von Schiff im →› Thetismeer ausgesetzt hat. →› »Thetis. Anderswelt«: »Carola winkte und sagte ›mach winke winke, mein Kind‹ und führte der Kleinen die Hand.«

Ungefugger, Toni: Legendärer Firmengründer der →› EWG und heutiger europäischer Staatspräsident. Nach einem Attentat verlor er das linke Ohr und kann seitdem erschreckend gut hören. →› »Buenos Aires. Anderswelt«: »Parallel zu den Reihenimpfungen war Ungefuggers →› Hygienisierungskampagne angelaufen, auch dies bereits während der ersten Legislaturperiode. Prostitution wurde verboten, zur Triebbefriedigung standen Videoskope und Orgasmatrone bereit. →› Pontarlier führte den Begriff der politischen Korrektheit ein, eine Art internalisierter Selbstzensur, die jegliches Handeln außerhalb einer vorgegebenen Norm nicht zwar in, aber doch an Ketten legte. [...] Ungefugger wußte, was er tat. Und wusch sich jeden Tag in Transparenz und *correctness*, bis seine Haut vom vielen Reiben ganz rot war.«

Unheil, Die: Siehe ANH, Die Unheil, in: »Selzers Singen«, Berlin 2010.

Unsterblichkeit: Ein Zustand, in den →› Telomeren A versetzt. Damit Behandelte sind nicht unverletzlich, sondern sterben nur keines natürlichen Todes mehr, da der Alterungsprozeß gestoppt wird.

van den Aaapel, Urbain: Deters' Chef bei →› Evans Sec.

Verbeen, Carl Johannes: 1922–1995 (vermutlich). Niederländisch-schweizerischer Dichter und Komponist. Von ihm erzählt das Hörstück »Leidenschaftlich ins Helle erzürnt«, SWF Baden-Baden 2006.

Veshya: Amazone aus Landshut. Eine der legendären »Fünfzig«, die in den Westen mitging. Rechte Hand →› Deidameias und ehemals Geliebte des ersten →› Odysseus.

Verwirrung des Gemüts, Die: Im Jahr 1983 erschienener Roman, der die Genese Hans Erich →› Deters aus Claus →› Falbin und Ulf →› Laupeyßer erzählt.

La Villette: Ein Pariser Stadtteil der wirklichen Welt. In →› Buenos Aires ein Arbeiterviertel.

Vortex-N: Eine chemisches Aufpuschmittel der Anderswelt, das an das Speed der wirklichen Welt erinnert. Ähnlich auch →› Hunch.

Vucciria: Ein Markt- und Garküchenbereich in →› Buenos Aires, nahe →› Udelnaja, in der wirklichen Welt in →› Palermo. Hier findet man das →› Sangue Siciliano.

Werda, Andreas: Ein alter Freund Hans →› Deters', sowie in →› Buenos Aires ein Starfotograf.

Westen: »Weinlaub Reben Feigen. Ein Mont Blanc leuchtete überm Theater-Prospekt. Die Vergnügten beschauten froh ihren Besitz. Verstreut, in Rufweite selten, waren Bungalows Hazienden Paläste errichtet. Platz war zum Reiten für Poloturniere zum Segelfliegen zum Jagen. Simulierte Wälder, dreidimensionale Freiluftperformance, liebkosten die von menschlichem Dreckzeug bereinigte Flur. Porzellane, so dünn wie brechender Rosenatem, wurden zum Tee gereicht. Man spielte Tennis und nahm an der Leidenschaft teil, wie einer alte Filme sieht: mit dem Tränchen im Auge und einer ironischen Trauer im Bauch.« → »Thetis. Anderswelt«.

Weststadt: Siehe → Westen.

Wien: Der → Rione Wien. Ein Stadtteil von → Buenos Aires, sowie eine Stadt im Österreich der wirklichen Welt.

Wiepersdorff, Doris v.: Prokuristin der → Mädle-Chemie mit Sitz in Würzburg, Buenos Aires.

Wilhelm-Leuschner-Straße: Eine Straße in Buenos Aires, Anderswelt, aber auch im Frankfurt am Main der wirklichen Welt. Im Haus mit der Nummer 13 soll Herr → Hausmann gewohnt haben. Das → Boudoir befindet sich darin, das man allerdings auch von der Calle dels → Escudellers aus erreicht.

Willis, Bruce: Kalle → Kühne.

Wilms, Andrzei: Konkurrent des alten → Gerling. → »Thetis. Anderswelt«: »In → Frankfurt am Main grollte nun zutiefst Andrzei Wilms. Ließ Gerling beschatten, machte Fotos und Tonbandaufnahmen von ihm, fotokopierte seine Kassiber und packte die Kopien zusammen, eine CD-ROM war das mit Hunderten von eingescannten Fotos irgendwann, telefonierte und fuhr nach Genehmigung in den Westen. Tags drauf stellte der Unsterbliche seinen Sicherheitschef vor die Wahl. Wilms selbst rief den an, das war ein solcher Triumph für ihn.«

Witten, Clara: Eine frühere Kollegin und Geliebte → Hans Deters', die

sich zu seinem Verdruß hat von Scientology anwerben lassen. In der Anderswelt ist sie eine Ableitung von Elena → Goltz und in → Garrafff von Sabine → Zeuner. → »Buenos Aires. Anderswelt«: »Ihr beruflicher Erfolg hatte sie begehrt werden lassen, sie war unterdessen zweimal verheiratet gewesen, immer erst großartig mit Segeljacht und Tennisplatz, dann mürbe, schon hohl; sie hatte begonnen, Männer, so sehr sie sie weiterhin brauchte, ein bißchen zu verachten; sie bediente sich ihrer, kaum mehr.«

Wolf, Ror: Ein Dichter und Collageur in der wirklichen Welt.

Wolpertinger oder Das Blau: Der 1993 → »Thetis. Anderswelt« vorhergegangene Roman, aus welchem Hans → Deters mit einer Diskette herauskommt, die, sozusagen, einen Auftrag enthält. Wiederum dem Wolpertinger-Roman ging »Die → Verwirrung des Gemüts« voraus.

Woods, Lebbeus: Mit → Gibson, → Kollhoff, → Kotani, → Schultes, → Sombart und → Toufeklis der siebte der sieben stilgebenden Architekten der Anderswelt.

WSK 21: Abkürzung für »Wachschutzkommando 21«. Eine zur Bekämpfung der Myrmidonen gegründete mobile Elitetruppe der → SZK. Ihre Kämpfer sind aus → Holomorfen und Humanoiden gemischt, die für ihren an Selbstmordbereitschaft grenzenden Gehorsam so legendär wie berüchtigt sind. Unterdessen mit der → Securitate verschmolzen.

Yacchi, Messie: Ehemalige → holomorfe Widerstandskämpferin. Sie war die engste Vertraute Miriam → Tranteaus. Siehe auch → Kumani.

Yellama!: Schlachtruf der → Heiligen Frauen; zugleich ihr Name für → Thetis.

Zarczynski, von: Europas Innenminister während Ungefuggers zweiter Legislaturperiode, Nachfolger Otto —› Schilys.

Zehlendorf: Ein Berliner Stadtteil der wirklichen Welt und ein sehr edler Stadtteil von Buenos Aires.

Zentralstadt: Siehe —› Buenos Aires.

Zeuner, Sabine: Programmiererin bei der Beelitzer —› CYBERGEN in —› Garrafff. —› »Buenos Aires«: »Allzu oft erkundigte sie sich in wenn auch ironischem Ton, wann denn nun —› Deters einmal einen *richtigen* Angriff starte; manchmal – ihre für Männer wohl eindrücklichste Geste – strich sie sich dabei über das anthrazitschimmernde Nylon ihres linken Oberschenkels.«

Zollstein, Lykomedite: Auch »die —› Mandschu« und »die —› Mongolin« genannt. Einst Führerin der Landshuter —› Amazonen. Sie hat von —› Borkenbrod Niam —› Goldenhaar empfangen. Wegen ihres Vornamens siehe Homer. —› »Thetis. Anderswelt«: »Lykomedite Zollstein hatte ein offensichtlich angeborenes Gebrechen: Ihre beiden Arme waren sehr kurz, und vorne dran nicht Hände, sondern rechts drei im Dreieck gegenständige eher Klauen als Finger ohne Hand und links ein undefinierbarer Faustkloß – eine Art Stumpen, aus dem zwei sehr lang gehaltene und spitz zugefeilte Fingernägel wuchsen, denen man ansah, daß sie als Waffe eingesetzt werden konnten.« Vergleiche den alten —› Jensen.

Zweitmond: Der künstliche zweite Mond der —› Anderswelt. —› »Thetis. Anderswelt«: »Man rührte den Ozean um und gebar Zweitmond. Auf ihm wurden die giftigsten Stoffe gemischt gehärtet entgiftet. Raumfähren brachten sie auf das —› Thetismeer. Sie wurden auf den Seestationen verladen und in Containern durch —› Schild- und —› Mauerschleusen geschafft.« Zweitmond dient zugleich als eine der Produktionsstätten von —› Hodna.

III. SKAMANDER

Wer war dieser neue, der zweite Odysseus? Mich trieb die Frage wochenlang um und trieb besonders Markus Goltz um. Ihretwegen hatte sich der Polizist im SILBERSTEIN verabredet. Und deshalb radle auch ich hin, einen Tag vor dem Besuch im Technikmuseum, also am 1. November. Natürlich ist in Berlin von Nullgrund nichts zu sehen, jedenfalls nicht auf ersten Blick. In Buenos Aires aber sehr wohl.

Als ich ankomme, ist Goltz noch nicht da.

Über wen lächeln die Rinder des Tethra?

Nein, das steht an der Wand nicht mehr. Ich bin wirklich lange nicht hiergewesen, vieles ist verändert. Jemand, eine Frau wahrscheinlich, singt aus versteckten Boxen. Auch die monumentalen Stühle aus Stahlschrott sind weg. Stattdessen Skai-gepolsterte 50er-Jahre-Sesselchen, rund um die einfachen Tische gerückt. Der dunkle Raum hat insgesamt etwas Helles bekommen. Die Videoprojektionen sind durch große Fotografien ersetzt. Das Lokal wird nun offenbar von einer Jugend frequentiert, der man schon ansieht, wie kompatibel sie drauf ist. Wir rocken den Scheiß, / jeder weiß Man beachte den unser Style ist heiß Endreim. Und dann dieser Rhythmus!

Berlin city girls
mann sind wir smooth,
something you can't touch.   Auch d a s war ein Nullgrund.
Und wir sorgen dafür daß ihr klatscht.

Immerhin gibt es den kleinen Aufstieg zur hinteren Sushia noch, durch die Hans Erich Deters einst vor Goltzens Leuten flüchten mußte – mitten durch Frau Tranteaus ehemalige Kommandozentrale. Die Goldenhaar hatte ihn quasi davongeschubst. Ihre mächtige manieristische Bronzefigur ist aber ebenfalls verschwunden. Zeitgeist schließt unterdessen Widerstand aus. Die Währungsreform hat Fakten geschaffen, unter denen nur die wenigen Älteren darben, die sich nicht arrangieren mögen; unserer heutigen Linken gelingt das mit der linkesten Hand. Da sie kaum anderes kennen, schmiegen sich die Nachfolgenden den ökonomischen Fakten sowieso an.

Sagt lebhaft hinter mir die eine Freundin zur andern: »Daß man arbeiten muß für sein Geld, ist für die Generation meiner Eltern. Für u n s ist das vorbei.« Berlin Berlin, wir feiern uns die ganze Nacht. Moment-kurzer Impuls, mich einzumischen. Und zum Höhepunkt haben wir uns selbst mitgebracht.

Laß es besser bleiben.

Es war nachmittags neblig gewesen, und noch jetzt, halb zehn Uhr abends, schwankt der Tag zwischen Winterkälte und immer wieder aufsteigender Regenwärme. Die hat mich auf dem Rad tatsächlich schwitzen lassen. Man weiß einfach nicht, wie man sich anziehen soll.

Hella begrüßte mich, als wär ich erst gestern hiergewesen. Ich habe das SILBERSTEIN lange gemieden. Man muß von Jahren sprechen. Sie kam sofort, als ich mich an den alten Barplatz gesetzt und mein Pils bestellt hatte. Küßchen rechtslinks. Nicht etwa aber »Wie geht's dir denn so?«, sondern gleich: »Sag mal, du hast doch eine E-Mail-Adres-se. Ich hab die irgendwie verlegt.« »Sicher.« »Wir machen ein neues Lokal auf, ein richtiges japanisches Restaurant, drüben in der Fried-richstraße.« »Und die Sushia h i e r? Gebt ihr sie auf?« »Aber nein!« »Es bleibt derselbe Itamae?« »Ist ja nur schräg gegenüber.«

Ich hatte den Eindruck, alles, was damals geschehen, sei spurlos an ihr vorübergegangen. Sie hielt es immer noch für meine Spinnerei. Ich hatte auch gar keine Lust, sie mit der Wirklichkeit zu konfrontie-ren: mit Goltz, der Goldenhaar, mit Borkenbrod und dem Neuen Eu-ropa. Wer sich Buenos Aires stellt, hat keinen Sinn für Bilanzen. Und von einer Kneipe, die bankrott geht, hat niemand was. Selbst ein my-thischer Aufklärer nicht. Soll Hella pragmatisch also bleiben.

»Und bei dir?« »Ich schreibe wieder an dem Roman.« »Der ist doch fertig?« »Am dritten Teil.« »Ah ja?« »Es wird der letzte sein. Eines Tages werdet ihr bestimmt eine Plakette draußen anbringen.« Der Spott, bekanntlich ein Äffchen, hangelte sich aus ihren Augen hin-unter in die Stimme. Dazu dieser nervöse Verkäuferblick, der An-wesende auf Umsatz taxiert: So sehen Klinikärzte in ihren Patien-ten die Nieren an. »Hier ist noch immer«, setzte ich nach, »das Zen-trum der Anderswelt.« »Soso.« – Sie ging zur Kasse, nahm die Schach-tel Marlboro light von dem schmalen Clipboard, zog eine Zigarette heraus und begab sich, um ein paar Züge zu nehmen, kurz vor die Tür.

Derweil sah ich mich um.

Es war mir klar, daß Goltz sich wegen des Nullgrunds mit seiner Verbündeten besprechen mußte. Er hatte ihr Informationen zugespielt, ihrer beider Pakt war nicht geschlossen worden, um einen Massenmord zu decken. Deshalb war er wütend, jedenfalls so weit er zu fühlen imstande war. Die Katastrophe hatte ja nicht die datische Welt getroffen, gegen die er koalierte, sondern die organische. Auf deren Seite hatte er sich, im Shakaden, vor knapp sieben Jahren geschlagen. Und nun waren über 6000 Menschen umgekommen, darunter fast 300 Kinder. Noch brodelte der Boden am Themsebogen-Park, dachte ich; bisweilen schossen dort sogar neue Geysire hoch. Man kam nicht einmal damit nach, die Spalte zu verschließen. Immerhin war ein Beton entwickelt worden, der hielt selbst Lava aus, blieb oben kalt. Doch immer noch war nicht heraus, was für ein Sprengstoff an der Brücke verwendet worden war. Man vermutete nukleare Anreicherung. Die FEMA ließ etwas von einem ultraexplosiven Stoff verlauten, der sich nach seiner Zündung mit der Brücke selbst verbunden habe. Deren Betone und Metalle hatten auf eine Weise exotherm reagiert, die in Bruchsekunden so etwas wie einen Drei-Alpha-Prozeß hatte ablaufen lassen. Das sei dem Prozeß vergleichbar, der Helium über Beryllium zu Kohlenstoff fusioniert, doch in präzisem Radius – welches Wort die Länge und Breite eines näherungsweisen Rechtecks meinte. Was allein schon Rätsel aufgab. Wiederum war der Nullgrund kaum verstrahlt; schon in zehn Jahren ließe sich das Terrain auch konventionell wiederbebauen. Eine so wirkungsvolle und zugleich begrenzte Waffe war offiziell nicht bekannt.

Doch nicht nur, daß sich Ungefuggers Ostkrieg nunmehr als Rachefeldzug legitimieren ließ, erfüllte Goltz mit Unbehagen. Sicher, der Beweis schien mit Nullgrund erbracht zu sein, daß man drüben über Massenvernichtungsmittel verfügte. Eine solche Gefahr von Westeuropa abzuwenden, wäre nicht nur gerechtfertigt, sondern geboten. Sondern wo und wie sollten derartige Kampfstoffe im Osten hergestellt worden sein? In Buenos Aires' ausgelagerten Rüstungsfabriken oder verborgenen, vielleicht unterirdischen Sicherheitstrakten? Unwahrscheinlich unter den Sensoren der spezialisierten Satellitentechnologie. Und wie sollten solche Stoffe in die Zentralstadt gelangt sein?

Das nagte an Goltz.

Aissa die Wölfin mußte recherchieren lassen, wenn ihr am Weiterbestehen der Allianz lag. Ihre Myrmidonen unterhielten nach wie vor engen Kontakt mit dem Osten. Das war ihm, Goltz, aus eigener, nie vergessener Anschauung bis heute gegenwärtig: Seine gelegentlichen Erinnerungsnächte nannte er *Kali-Träume*. Die machten ihn nervös, aber nicht, wenn sie kamen, sondern wenn sie ausblieben über längere Zeit. So schwer sie auch waren, es sehnte sich etwas nach ihnen in ihm. Er mußte an den alten Jensen denken. Auch den hatten diese Träume besetzt.

Hella, zurückgekommen, tippte etwas in die Kasse ein. Das Gerät ratterte einen langen Bon-Zettel aus, den sie abriß, um von ihm in ein hohes Kontobuch zu übertragen. Ihn selbst knipste sie mit einem Tacker an der Seite fest. Dabei ließ sie einen wachenden Blick auf der Studentin ruhen, die im SILBERSTEIN bediente.

Ich stellte mir vor, wie Goltz nachher an seinem Tischchen säße. Verärgert, voller Zweifel.

»Noch ein Bier?«

»Ja gerne.«

Ein wirklich süßes Mädchen.

Hella sah abermals her, ein bißchen kritisch, als ich mich an dem Flirt versuchte. Dafür stellte sie solche Mädels doch ein! Das sah wieder weg, sah ins schief untern Zapfhahn gehaltene Glas.

Eine Gruppe jugendlicher Touristen strömt durch die Tür. Ein paar legen *Lonely Planets* auf die Tischchen. Hinter mir immer noch die Freundinnen. Die eine studiere BWL, erfahre ich, die andere kommt aus dem Marketing. Sie tragen einander feindliche Düfte.

Die Kellnerin stellt das Glas vor mich auf den Tresen und lächelt. Genau hier hat Deters gesessen, als er 1994 mit »Thetis. Anderswelt« begann. Immer wieder. Als wartete er auf jemanden. Niam. Niamh of the Golden Hair:

Über wen lächeln die Rinder des Tethra?

Nein, das steht wirklich nicht mehr da.

Repetierender Grummelbaß.

Auch Goltz hatte diesen und überhaupt einen solchen Graffito lange nicht mehr gesehen. Nach dem konspirativen Treffen im Shakaden war es um Aissa den Barden still geworden. Sie beide kannten, der Polizist und die Terroristin, den Grund. Deidameia hatte damals nicht eine ihrer holomorfen, *Ableitungen* genannten Kopien geschickt, sondern war selbst gekommen. Eine Holomorfie hätte es so weit in den Osten nicht geschafft, und selbst wenn, dann nicht für so lange. Die Selbstprojektoren erschöpften sich immer noch schnell; sie konnten nur in den Fabriken und im Westen aufgeladen werden.

Eigentlich müßte Ellie Hertzfeld in der wirklichen Welt Ellie Greinert heißen. Hertzfeld gefällt mir aber nach wie vor besser. Darum halt ich daran fest. Und nehme jetzt den Faden – sechs, knapp sieben Jahre später – wieder auf:

2

Zusammen hatten sie den Barden – der auf den Schultern die eroberte Frau trug, *Goltzens* Frau – am roten Horizont verschwinden sehen. Aissa die Wölfin hatte die beiden und den neuen Verbündeten von ihren Amazonen aus der Kampfzone, man muß schon sagen, herausschlagen lassen. Frauenkleider waren Goltz übergeworfen, es war nichts geblieben, als sich zu fügen. Um sie herum hagelten die Kugeln. Sie rannten geduckt quer übern Platz, von drei furchtbar riesigen Weibern empfangen: Schmisse unter den Wangenknochen, die Zähne betelschwarz. Sie spuckten meterweit blutrote Flatschen. Die Unsitte hatte unterdessen auch den Westen erreicht. Vor allem in Colón hockte an jeder Ecke ein Wallah und drehte Nuß und gestoßene Gewürze in frische Betelblätter; bisweilen wurden, verbotenerweise, Spuren von »Gottesfleisch« dazugegeben, der Mutation eines Pilzes: *Panaeolus papilionaceus* – daher, übrigens, der Name: PAN MASALA.

Als sie aus dem Shakaden herausgestürmt waren, hatte Elena Goltz' Limousine, ganz wie Goltzens Suzuki, zerschossen draußen gestanden, alle Reifen platt. Aber die Amazonen hatten einen alten LKW in der Nähe, mit dem sie jetzt davonrumpeln konnten.

Nach drei Kilometern ließen sie Goltz, den Barden und seine Helena hinaus.

»Wie komm ich«, fragte Goltz, »zurück?«

Borkenbrod war da mit seiner Beute schon fort.

»Warten Sie hier. Ich schicke wen«, gab Die Wölfin zur Antwort, »Sie zu führen.« Sie orderte dem Polizisten eine Amazone zur Seite, und polternd schwankte der Wagen davon.

Das Weib in Haltung, das Maschinengewehr an der Schulter. Unansprechbar anfangs, in die Nacht lauschend, kauend, spuckend. Goltz neben ihr ganz so in Kleidern, wie vor Zeiten Borkenbrod, als der als eine fünfzigste Frau in den Westen gebracht worden war. So hockte er da, der Polizist.

Nie sollte er diese Wache vergessen. Die Zeit hatte nicht verstreichen wollen. Nicht vergessen das Gelände, das sich erbärmlich bis zum zersplitterten Horizont zog. Nicht das Pan. Nicht die Berührung. Schon gar nicht die milchige Dunkelheit, von der sich in Buenos Aires keiner einen Begriff macht. Die Angst vor der Ansteckung. Und vor den Mutanten: den Devadasi etwa, den Heiligen rasenden Frauen, von denen die Rede immer noch ging. Vor Schändern, Hundsgöttern, Pack. Nicht die Siedlung später, *Točná,* in der sich das Grüppchen fast einen ganzen Tag lang aufhalten würde, bis Erissohn, der Ächaer, umgebracht worden war.

Das alles fiel Goltz im SILBERSTEIN ein, als wäre es ständig gegenwärtig. Es treibt einen, hat man vom Osten geschmeckt, in den Osten immer wieder zurück. Ursprung, dachte Goltz. Es war ihm aber peinlich. Dennoch, dasselbe hatte den alten Jensen getrieben. Den jungen Jensen dann. Es hat die Kraft von Vulkanen, vergessenen Vätern, nie überwundenen Müttern; sie wirken selbst noch erloschen, wirken in den Kali-Nächten, die das Mischmasch aller Sprachen sprechen. Man schaut durch Krater auf riesige geschlossene Lider. Erwachen die Götter und öffnen ihre unreinen Augen, dann schlägt der hunderthänd'ge Typhoeus hin.

Zwei Tische weiter plaudern die Freundinnen.

Noch immer hatte Goltz dieses Bubige. Immer noch sah er, besonders wegen seines welkenden Teints, nach vorgealtertem Kind aus. Ich sollte nicht so direkt hinsehn. Nein, ich glaube nicht, daß er mich erkennt. Er kennt mich nur als Hans Deters. Aber er hat diesen Instinkt. Besser wieder ins Notizbücherl gucken, besser *denken,* was ich sah:

Es nagten an Goltz die Harpyien. Die waren ein ganz besonderes Rätsel, zumal einige der Bionicles kein Wasser vertrugen. Imgrunde wären sie einfach abzuwehren gewesen und schon gar nicht bis zum Boden vorgedrungen, hätte holomorfes Militär Zugriff auf die ECONOMIA gehabt. Doch hatte Goltz selbst sich gegen dessen Stationierung im Handelsviertel gewandt. Das waren bittere Auseinandersetzungen gewesen; Ungefugger hätte am liebsten n u r Holomorfe im Wirtschaftsministerium gesehen. Aber es war Goltz gelungen, die Mädle-Gruppe um den bulligen Karpov und vor allem Zeitungszar Hugues auf seine Seite zu bringen. Da hatte der Präsident sich beugen müssen. Man sah ihm die innere Weißglut nicht an, als er die im Umkreis des SCHULTESAMTES beschäftigten Holomorfen in den Wellengebäuden des Moabiter Werders konzentrieren ließ. Das nun, Goltzens strikte Sicherheitsregeln, hatten den Nullgrund erst möglich gemacht. Bereits nach der zweiten Druckwelle war kein Holomorfer mehr einsatzfähig gewesen.

Leise stieg Goltz' Buttermilchduft. – Versetzte ihn Deidameia?

Die Mädels plaudern, ich habe das nächste Glas halb schon leer.

Gedämpft plärrt Anastacia.

Hatte Die Wölfin dem zweiten Odysseus zugespielt? Goltz kam dieser Gedanke immer mal, und jedes Mal fand er ihn abwegig. Deidameia hätte ansonsten ihrem eigenen Volk geschadet, weil Buenos Aires' eigentlich längst kriegsmüde Bürger die Notwendigkeit militärischer Interventionen nach Nullgrund neu akzeptierten. Sowieso schon nahmen die Sprawls des AUFBAU OST!s den Amazonen Lebensraum; auch militärisch schob sich Buenos Aires immer weiter in den Osten vor. Imgrunde war Pontarlier der Nullgrund gelegen gekommen.

Wer also hätte die Sprengsätze anbringen können? Hatte der zweite Odysseus längst in Buenos Aires Fuß gefaßt? Die SZK war zu allgegenwärtig, um das plausibel erscheinen zu lassen. Außerdem hätten die Myrmidonen davon erfahren. Einer funktionierenden Guerilla sind amoklaufende Splittergruppen gefährlicher als ihr eigentlicher Gegner. Trotzki und die Logik der Revolution. – Nein, auch nur beim kleinsten Verdacht hätte Deidameia Goltz informiert.

Nun ist das Glas g a n z leer.

Noch immer sitzen die jugendlichen Touristen durcheinanderquasselnd an den Tischen links des Eingangs, nur die beiden jungen Frauen hinter mir sind jetzt gegangen.

In Wirklichkeit ist Goltz noch nicht da. Noch denke ich ihn nur. Er kommt wahrscheinlich von der Lappenschleuse hinter der kleinen Sushia herunter. Ebenso Deidameia. Dennoch halte ich auch die Tür zur Oranienburger im Blick. Trinke ein nächstes Bier. Skizziere, bekomm Zweifel. – Habe ich mich im Datum geirrt?

Es ist bald halb elf.

Statt Goltz tauchte Bruno Leinsam auf. Den habe ich ganz aus den Augen verloren, seit er unter Elena Goltzens Flügel zurückgekrochen ist. Zuletzt sah ich ihn zusammen mit Balmer und Broglier, indessen ohne daß die beiden Kontakt zu haben schienen – *damals* gesehen, meine ich, aber a u c h hier im SILBERSTEIN, als Hans Deters geflohen war, derweil die Diskette der Lamia Niam Goldenhaar verblieb. Mir fällt ein Telefonat ein, das Herbst, der Programmierer, geführt hat, kurz bevor er Deters' Wohnung übernahm: *»Und wegen der Diskette: Ich guck sie mir an«,* hatte eine weibliche, alles andere als unsympathische Stimme gesagt. Ich vermute, Deters hatte das Ding einfach weitergereicht, nachdem es wohl abermals in seiner Kommode aufgetaucht war. Ein echter Flaschenteufel. – Weiß ich noch, wie sie hieß? Nein. Nur, daß die Frau Informatikerin ist. Welche Eingebung mag sie davor bewahrt haben, den Inhalt der Diskette auf einen USB-Stick zu ziehen oder gar – bewahre! – in eine Cloud hochzuladen? Von einem Virenzoo hatte Deters' Freund Faure einst gesprochen.

Ob Leinsam noch immer mit seinen Pülverchen handelt?

Er war ein eher kleiner Mann, ging aber vorgebeugt wie mit zu langen Armen. Sein Geschnüffel erinnerte an einen Deutschen Vorsteherhund. Unweit der Jugendgruppe setzte er sich, hielt indes keine Sitzstellung aus, rückte mit dem Sessel, hob ihn, setzte sich wieder, rückte erneut. Dreiviermal sah er zur Uhr. Wahrscheinlich erwartete er jemanden. Bevor ihn die Kellnerin nach der Bestellung fragen konnte, schoß er neuerlich hoch und verließ das SILBERSTEIN wieder. Nicht unähnlich Klaus Balmer, der, noch die monströsen Ringe auf den Fingern, ebenfalls erschien. Der haute zwar n i c h t sofort wieder ab, zeigte aber ähnliche Zeichen von Nervosität.

Im SILBERSTEIN, scheint's, ist in Sachen Anderswelt wieder mal der Teufel los. Mein Instinkt hat nicht getrogen.

Nachdem Balmer sich umgesehen hatte und zweimal wie auf geteilten Ballettschuhsohlen durch den Raum gelaufen war, zur Treppe, die nach den Toiletten hinunterführt, und abermals an den Eingang zurück, durchtanzte er den Gastraum ein drittes Mal. Schließlich nahm er oben in dem kleinen erhobenen Zwischenraum Platz.

3

»Papa, der Jascha sagt, ich darf nicht an meine Carrerabahn.« Der kleine Junge stand in der Küchentür der Schönhauser. »Ja wieso das denn?« »Er sagt, daß e r in meinem Zimmer bestimmt.« »Das ist d e i n Zimmer. Aber wenn ihr zusammen spielt, dann sollte jeder mal drankommen.« »Er läßt mich aber nicht.«

Also rüber, die Sache geklärt. Und zurück an den Laptop ins SIL-BERSTEIN.

4

Wo war ich?

Ah, Balmer, richtig. Er hat ein Porzellan vor sich stehen, darauf die Sushis sorgsam arrangiert. Dazu trinkt er Weißwein.

Imgrunde fehlt nur noch Borkenbrod. Und Goltz.

Sowie Elena, seine Frau, selbstverständlich:

Die hörte nichts als Thetis singen. Und sah Platten. Was waren das für Platten rein aus Horn? waren die eines Drachen, ganz echsig dem Mann aus dem Rücken gewachsen, zwiefacher Kamm, als Borkenbrod sie, er tat ihr Gewalt an, liebte. Pappeln sah sie rauschen, ein feines Laub, das durchsichtig wie chinesisches Glas war. Es rauschte als Meer, rein wie ein Meer. Hellscharf fuhr ein Schuß da hinein, und Blut, warm, schoß aus Borkenbrods Hüfte zurück. Das sah die fantasierende Frau nicht mehr. Sie war nicht ohnmächtig geworden, aber jeder Sinn konturlos. Was warm ist. Was kalt ist. Kaum mehr. Was diesen Krach macht. Daß sie sackte, kurz, in ein Luftloch. Da war Borkenbrod links eingeknickt, wo er sowieso hinkte. Jetzt mußte er es schleppen, dieses sein Bein. Denn der Thai hatte die Not seiner Chefin erkannt, sie selbst erkannt – da, übern Nacken dieses Ostlers geworfen. Schon vorhin, als er unter dem hohen stählern grauen Himmel an der weitgeöffneten Fahrertür der blütenweißen Limousine gestanden hatte, für die Rückkehr seiner Chefin bereit, war ihm der abgerissene Mann verdächtig gewesen, der auf der Haupttreppe des Shakadens vor sich hingeträumt hatte. Ihn hatte das nicht täuschen können, er wollte den Ostler im Auge behalten. Doch war der plötzlich weggewesen. Unruhig war der Thai immer wieder am Wagen längs, hatte gespäht, irgend etwas stimmte nicht. Deshalb hatte er die Hand die ganze Zeit am Schulterholfter gehabt. Vielleicht hatte er auch die kampfbereite Präsenz der Frauen gespürt. Doch lag die Gegend wie in Frieden, wenn auch einem bleiernen. Das Gewicht war zu spüren. Man durfte sich nur nicht von den Vorbereitungen täuschen lassen, die um den Wirtschaftstempel blühende Kirschbäume projizierten – selbst also dann, wenn man die verbrannten, versehrten Wälder nicht sah, nicht die elende Wirklichkeit unter den paar Rhododendronhügeln, deren informatisches Design bereits funktionierte. Nein, der kleine Mann in seinem Konfirmationsanzug war alarmiert geblieben und hatte gehandelt, kaum daß Borkenbrod mit seiner geschulterten Beute über die hohe Freitreppe getreten war, die, glattroter Marmor, unter dem riesigen Stahldach viele Meter tief zur Erde führte. Schon die Waffe in der Hand, gezielt und geschossen. Die Kugel streifte den Barden an der Hüfte. Kurz verlor der den Halt. Was hatte ihn nicht durchs *untere* Gangsystem zurücklaufen lassen? War es der Jubel über sein erbeutetes Glück gewesen? Jedenfalls war er erst in die ungeheure Kotani Hall gerannt, dann, sich mehrfach drehend sichernd, bei der Freitreppe herausgekommen. Ihm konnte doch auch gar nichts geschehen. Er war mit den Frauen schließlich verbündet. Er hatte bloß diesen Chauffeur vergessen. Der jedoch fiel schon, von wenigstens zwanzig Kugeln durchschlagen, rücklings auf den Fahrersitz der Limousine, die sich rot zu einem Viertel außen, zu einem Achtel innen betupfte. Scheiben barsten, Splitter flogen, das halbe Chassis wurde Sieb. Verheißungsvoll glänzte das Wappen, am Wagen, der EWG, die Kugeln der Amazonen hatten es beinahe ausgestanzt. Doch es hielt.

Man sah die feuernden Frauen nicht, sie achteten perfekt auf Dekkung. Der Beschuß brachte sofort Wachpersonal und auch Militär auf den Plan. Was für ein Feuergefecht völlig genügte. Metall prallte gegen Onyx, Geprassel klirrte geflächt auf den Marmor. Büsche zerfetzten. Sand spritzte hoch. Zwei intakte Projektoren flogen auseinander. Plötzlich waren auf dem Reichsfirmengelände die Kirschbäume weg.

Keine halbe Sekunde hielt Borkenbrod inne, dann, sich duckend, wich er zurück, die in sich hineinsingende Frau nach wie vor auf der Schulter. Sie war nicht sehr schwer, aber behinderte ihn. Er ließe aber nie wieder ab. Ich gehe nach Leuke, dachte er, ich gehe jetzt nach Leuke. Da wird sie meine Frau. Was sie schon längst war. Er warf den geliebten Körper noch einmal auf, kurz stach die verwundete Hüfte. Links über seine Brust hingen Elenas Arme, rechts ihre Beine; seine Arme, darübergewölbt, hielten sie. Ich muß sie schützen, sie hat gar nichts an. Am Lederband die Tasche auf dem Rücken, so lief er in den Shakaden zurück und wäre fast mit Deidameia und Goltz aneinandergeprallt, die von dem Gefecht ebenfalls aufgestört worden waren und auf den Gang gerannt kamen. Welch ein Leid der Rebellin den Blick sacken ließ, als sie den Barden und seine entkleidete Bürde sah! Goltz wiederum, in seiner ganz ähnlichen Situation, verzog keine Miene. Da nahm ihm jemand die Gattin, das realisierte er s c h o n, aber es ging um Europa und um Fahrlässigkeit. Was hatte Leni hier zu suchen? Offensichtlich war sie mißtrauisch gewesen, z u mißtrauisch, wie sich nun zeigte. Dafür, immerhin, hatte er Respekt.

Deidameia und Borkenbrod sahen sich an. Stumm. Hier die traurige Wölfin. Sie legte eine Hand an die Hüfte des Barden. »Das ist nichts«, sagte er. Wir haben einen Sohn, dachte sie, ich habe einen Wölfling mit dem Mann. Wir beide gehören dem Osten. Wieso verrät er mich mit so einer Frau? Die Narbe auf ihrer linken Wange schmerzte; kurz griff sie hin. Dort Achilles Borkenbrod, der manngewordene Träumer, das stumpfgraue Haar streng zurückgekämmt wie immer, fast erzen sein Gesicht. Ja. So ist es. Hier stehe ich. Die auf meinen Schultern ist alles, was ich will, j e wollte. Von Leuke stand momentan nichts drin in dem Blick. Der Himmel, momentlang, sah aus, als würde sein Licht aus einem Blutschwamm gewrungen.

»Verzeihung«, drängte Goltz, »aber wir sollten… Es gibt doch noch andere Ausgänge!« Deidameia kam zu sich selbst, der Guerillera, das brauchte nichts als ein knappes Zucken der Narbe. »Hier herum«, sagte sie, fast befahl sie's, »und vergiß nicht, die Sonnenbrille aufzusetzen.« Lief schon voraus. Sie hatte ein Gespür für den Raum, zu oft war sie durch die verfallenen Städte des Ostens gestreift, zu oft in Buenos Aires' Zentralstadt vor SZKlern und Milizen in das informatisch überbaute Gassenwirrwarr geflohen, um nicht den Instinkt eines Tieres entwickelt zu haben. Goltz und Borkenbrod folgten ihr dicht auf dem Fuß. Elena Goltz sang leise immer weiter, den Kopf wippend übers Genick, Lippen Zunge Plicae vocales brabbelten Pappeln und Wogen. Es ging den Tempel Fluchten von Treppen hinab. Schon um Ecken Seitenwände Lagertüren. Jeder andre hätt sich verirrt, Deidameia hatte die Kompaßrose in Magen und Herz. Witterte sie ein Geräusch, das die anderen noch nicht einmal hörten, schob sie mit dem rechten Arm die Gefährten hinter sich in Nischen Alkoven, stopfte sie kurz in Kammern, rief dann zischend: »Weiter!«

Goltz bestaunte ihr inneres Wild. Er fing den Osten zu begreifen, mehr: zu fühlen an. Vielleicht hat er später auch deshalb so dafür votiert, daß man die ECONOMIA nicht rein informatisch erbaute. Was nun, nahezu fünf Jahre später, vom Terrorismus entsetzlich

5

gerächt worden war.

Daß Buenos Aires ein repräsentatives Handelszentrum brauchte, hatte nie infrage gestanden. Auch das Atocha-Gebiet, rechts der Themse, war als Baugrund nicht strittig gewesen. Bis zur Ausschaufelung der ersten, bisweilen über zehn Stockwerke tiefen Gebäudewannen hatte es brachgelegen wie vormals das unterdessen von allem Techno gesäuberte und zu einem simulakren Disneyland avancierte Sarajevo des Potsdamer Platzes. Aber die Fraktionen waren sich über das Wesen des Zentrums nicht einig geworden. Materielles Bauen galt als antiquiert, seit die Hodna-Technologie nicht nur die Programmierung von Gebäuden nahezu jeder Gestalt ermöglichte, sondern sogar von *Wetware* bewohnt werden konnte. Die derart erfolgreiche Fensterreform hatte viele Architekten insgesamt umdenken lassen. Eine Vermittlung von Körper und Natur war von Hodna nicht nur übernommen, sondern insgesamt modifiziert worden. Man regelte den Luftaustausch mit der Außenwelt schon lange nicht mehr, indem ein Fenster geöffnet wurde, sondern indem ein System aus Sensoren und Effektoren auf die gewünschten Präferenzen reagierte. Sich simuliert einzurichten, sparte nicht nur die Putzfrau. Röhren aus Energie leiteten Wasser, es kam nicht einmal mehr heiß aus dem Hahn: an die Stelle der Durchlauferhitzer waren Kühlaggregate gerückt. Die über Hunderte Quadratkilometer hochgezogenen, dicht aneinanderstehenden, meist quaderförmigen Arkologien, die lange Zeit an Transistoren auf überdimensionierten Schaltplatinen erinnert hatten, waren von fantastisch in sich gedrehten, jedem irdisch-gravitativen Gesetz spottenden und dennoch von Tausenden bewohnbaren Gebilden überwachsen, teils sogar von ihnen ersetzt worden. Anders als die schwebendweiße KiesingerMoschee und, er sogar aus reinem Stahl, der sentimentalmaterielle Tokyo Tower bestanden die dichten Mietskomplexe zum Beispiel Salamancas aus purer Energie. Sie ballten sich hoch über dem Boden wie silberne, raumschiffhafte Kugeln. Darum nannte der Volksmund sie *Bollen*. Stengeln gleich ragten die bisweilen kaum menschbreiten Schäfte in den Himmel, etwa der von Tallinn ganze 314, der von Pudong sogar 520 Meter hinauf. Darüber die ausladenden Kugeln schwankten in jedem Wind, was für die Einrichtungsgegenstände unproblematisch war, weil sie entweder selbst im hodnischen Feld erzeugt waren oder bestens ausbalanciert. Hatten sich die Menschen erst einmal daran gewöhnt, dann fühlten sie sich nirgendwo besser. Die ständige Schaukelei erzeuge ein, so erklärten Psychologen, pränatales Glück. Über Udelnaja lagen Behörden wie beschirmende Flügel, das Arbeitsamt etwa, gleichfalls der Kultursenat. Die Technologie hatte den Nachbau der Akropolis möglich gemacht und übertraf die vor der Großen Geologischen Revision unternommene Restaurierung durch Markos Toufeklis an Genauigkeit und Schönheit um ein Vielfaches. So war zum Beispiel der gesamte Parthenon mit Hilfe der Computergrafik als ursprünglicher Bau in die Gegenwart herübergetragen; man spazierte da durch ein steinernes Weiß. Die Tempelanlage schien aus wirklichem Marmor zu sein, der sich anfassen ließ. Doch gar nichts ließ sich brechen, das Kraftfeld hielt die Form. In Slim City weitete sich Frank Phersons Medienbau in die Gestalt eines kleinstadtgroßen Computer- bzw. Fernsehbildschirms, auf dem – das war bis Würzburg, ja Salamanca zu sehen – unentwegt die jeweils neueste Telenovela lief, allerdings tonlos, weil sonst zum einen die Anwohner protestiert hätten und weil es vor allem als Anreiz gedacht war, das bilderzählte Produkt auch zu kaufen. Schließlich gab es das sogenannte Thetis-Museum der ESA, das die Schiff-, vor allem aber Raumfahrt dokumentierte. Ein ganzer Mondkrater war darin in Originalgröße durchkletterbar, und man konnte ein Mondwerk besichtigen, in dem tatsächlich Holomorfe Bergbau betrieben. Die Leute bekamen sogar schmutzige Hände, sogar das Schuhwerk nutzte sich ab und blieb auch abgenutzt.

Bei so viel materialisiertem Nirgends wird Welt sein Geliebte als innen kam einem die Vision der Zentrumspartei, die eine dingliche ECONOMIA projektierte, nicht nur unzeitgemäß, sondern lächerlich vor. Der halbe Europarat lachte, lachte mit seinem das Dossier verspottenden Präsidenten. Drei Achtel der Abgeordneten schwiegen. Dann jedoch stellte sich nicht nur Hugues hinter das Vorhaben – das war aus Gründen der alten Wirtschaftsfeindschaft gegen Ungefugger zu erwarten gewesen. Sondern es schlugen sich auch Karpov und Martinot, außerdem der Freiherr Balat von den Macardbanken zu jener Konservativen, die schon gegen die Wahrheitsimpfung opponiert hatte, weil in deren Folge quasi jeder Ostler, der sich ihr unterzog, nach Buenos Aires hineindurfte. Man sah die arbeitspolitischen Probleme voraus, die dann tatsächlich eingetreten waren. Denn die gemärkten Angestellten ließen sich problemlos kontrollieren; nur war zwar jeder Ostler geimpft, der es nach Buenos Aires hineingeschafft hatte, beileibe aber nicht jeder Porteño. Schon war in der Bevölkerung ein neuer Widerstand gegen das Europäische Kabinett losgetreten, es ging imgrunde um die Sache nicht selbst. Nicht denen jedenfalls, die schließlich entschieden. Markus Goltz aber doch. Seit er heil aus dem Osten zurück war. Er hatte es sogar geschafft, Klaus Balmer, Elenas Direktionsassistenten und, seit sie verschwunden war, designierten Nachfolger, auf seine Seite zu bringen, obwohl – und vielleicht gerade weil – er die Beziehung seiner Frau zu diesem Mann durchaus richtig einzuschätzen verstand. Nach Balmers Erfolgen in Allegheny hatte sie ihn nicht nur betrieblich an sich zu binden gewußt. Deshalb, aber nur für sich, nannte er den Mann, in seinem Spott schwang Erleichterung mit, *LL,* was für *Lenis Lover* stand. Wobei er, Goltz, zum einen nur glaubte, daß sie umgekommen sei; ganz sicher wußte er es nicht. ›Auf seine Seite bringen‹ trifft den Sachverhalt aber deshalb nicht ganz, weil Goltz immer nur bedingte Haltungen einnahm. Er schloß Zweckbündnisse, gab sich auch gegenüber Alliierten gerne undurchsichtig. Dennoch war es nicht schwer gewesen, Die Wölfin zu überzeugen: Würde Ungefuggers informatischer Welterzeuger, der Stuttgarter Zentralcomputer, tatsächlich funktionslos gemacht oder auch bloß in Teilen beschädigt, war nicht zu sagen, was von Buenos Aires stehenbliebe. Das betraf nicht nur die Arkologien der Porteños, sondern eben auch die Schaltzentralen und Unterschlüpfe, ja ganze Lager der Myrmidonen. Betraf das BOUDOIR, den Quatiano und halb Colón. Freilich war dem intriganten Sicherheitsmann die Vorstellung insgesamt unerträglich, ein solches architektisches, eigentlich also personenschützerisches Risiko auf Biegen und Brechen einzugehen. Die Unternehmen mochten es damit halten, wie sie wollten, darauf war ihm – jedenfalls der direkte – Zugriff versagt; der Schutz öffentlicher Gebäude hingegen fiel in sein Ressort. Außerdem wußte Goltz: Es gibt da eine Diskette. Eine, die der ominöse Hans Deters bei sich gehabt, *die datische Virenschwemme,* wie Beutlin sie genannt hatte. Vielleicht war ihre veraltete Technologie besonders gefährlich.

So wirkte der Mann unter sämtlichen Decken. Er knüpfte Verbindungen und infiltrierte Argumente. Buenos Aires gärte sowieso von Gerüchten, die obendrein Deidameias Leute unter den sich in Kneipen und Läden drängenden Porteños im Wortsinn aufkochen ließen. Dabei kam es im politischen Untergrund kurz zu Grabenkämpfen; auch den holomorfen Rebellen wäre eine informatische ECONOMIA lieber gewesen. Ein erneuerter Widerstand also gegen Deidameia, den sie mit aller Schärfe unter Kontrolle brachte und schließlich unerbittlich abwürgen ließ. Außerdem mochten die binären Freischärler wirklich nicht an der Seiten ausgerechnet Ungefuggers stehen. Goltz wiederum machte der mächtigen EWG, also Balmer, den Mund wäßrig, ihm kam sogar eine pathetische Findung: »Leni hat im Osten den Shakaden erbaut, errichten doch Sie einen zweiten im Westen. Aber *hart* muß er sein, man muß sich ebenso wie drüben auf das Gebäude *verlassen* können.« Er zog einen scheckkartengroßen Projektor aus dem Jackett und knipste ihn an.

Beutlins Freund Kollhoff, der schon an der Akropolis mitgearbeitet hatte, hatte sich selbst übertroffen: Mitten in Balmers Loft stand das Taj Mahal herrlich mattweiß bis zur Decke. Es ließ sich hineinsehen, hineinfassen, die rotumtüpften Freskenflammen loderten. Wäre man auf eine Leiter gestiegen, man hätte auf die Kuppel beide Hände legen und darüberstreichen können. Sogar die vier Säulen, zu den Seiten, standen erhöht. Ganz wunderschön war das.

»Oh«, machte Balmer, »wo haben Sie das her?« Goltz lächelte in seinem Buttermilchduft, zeigte die obere, leicht überbissige Schneidezahnreihe. »Herr Goltz, wirklich! Wissen Sie, was das wert ist? Wenn wir das vermarkten könnten!« Der Polizeichef blieb unbeeindruckt. »Ich schenke es Ihnen«, sagte er, »es ist ein Stückchen Blech, mehr nicht.« »Na hören Sie mal! Das ist die Arbeit eines Künstlers, eines Genies des holomorfen Designs!« »Nun ja«, sagte Goltz, »wenn Sie sich einmal dagegenlehnen möchten.« »Bitte?« »Ein wenig müssen Sie schon tun, wenn Sie dies«, er hob das Projektorenkärtchen, »behalten möchten.« »Mit Copyright?« fragte Balmer. Goltz gönnte sich, wie er den primitiven Mann so zappeln ließ, eine durchaus angenehme Satisfaktion. »Selbstverständlich. Mit Copyright und allem. Nun machen Sie schon! Aber passen Sie auf, daß Sie nichts abbrechen.« Mich mit meiner Frau hintergehen, dachte er kurz, doch fiel ihm Aissa der Barde ein, und er schluckte den direkten Impuls, sich zu rächen, hinunter. Es ging auch wirklich nicht darum.

Goltz' absurdes Verlangen war Balmer durchaus peinlich. Aber, wenn auch zögernd, er folgte. Was nicht ganz einfach war, weil er sich wegen der vorgeschobenen Mauern unten, die das vor dem Bau erhöhte Plateau umgaben, ziemlich strecken mußte. »Und jetzt bekomm ich das Ding?« »Ja«, sagte Goltz zufrieden, »jetzt bekommen Sie's.« Im selben Moment kippte Balmer ins Leere, er kippte einfach weg. Längs, mit einem Aufschrei, knallte er aufs polierte Parkett. »Was fällt Ihnen ein?!« Goltz hatte das Kärtchen in der Mitte geknickt, das hatte das herrliche Grabmal nicht zum Einsturz, sondern einfach zum Verpuffen gebracht. Tonlos. Und noch zur anderen Seite knickte Goltz den miniaturisierten Materie-Projektor, so daß er, es machte knaks, zerbrach. »Bitte sehr«, sagte Goltz, er zischelte fast, so viel Verachtung saß in ihm. »Und jetzt bauen Sie Ihren Shakaden. Aber einen, an den sich's *glauben* läßt.«

Damit warf er die beiden Teile zu Balmer. Klirrend landeten die Metallchen neben dem gierigen Mann. Der sich halb aufgerichtet hatte, nun sofort danach griff, sie erst nicht vom Boden kriegte, so flach waren sie. Mühsam pulte er die Fingernägel drunter. Fluchte. Aber seine Techniker würden das Ding schon heile kriegen. Er merkte gar nicht, daß Goltz gegangen war. Schimpfte wie ein Rumpelstilzchen. Tagelang. Als sich herausstellte, daß sich der Projektor doch nicht reparieren ließ, schrie er herum. Zwar gab es Tausende Einzeldaten, man konnte tatsächlich einen Teil der Säulen erstehen lassen, auch schon mal Freskenpartien. Aber die blieben instabil. Die Techniker, Bekannte von der SIEMENS/ESA, kapitulierten, obwohl er ihnen nicht wenige Euroscheine zuschob.

Das endlich gab dem Mann zu denken.

Zuerst rief er Axel Schultes an, der wollte aber nicht; teils weil ihn der so unversehens zu Macht gekommene Angeber wurmte, aber wohl auch, weil es ihm verdächtig war, daß Balmer so gar keine Anstrengungen unternahm, dem Verbleib seiner Geliebten nachzuforschen. Mit der hatte sich Schultes angefreundet, wenn auch nur sehr locker. Seine Achtung vor dem Ehrgeiz dieser Frau nahm dennoch sogar hin, daß der allerdings öffentlich ausgeschriebene Bau des Ost-Shakadens schließlich nicht von ihm, sondern Eishiro Kotani ausgeführt worden war, einem bei Takenaka Corporation tätigen Reiyukai-Buddhisten, aber Schultes' eigene Kalkulation war vielleicht wirklich ein wenig zu überzogen gewesen. – Jedenfalls konnte, wer dieser Frau begegnet war, nicht einfach glauben, daß sie tot war. Im Gegenteil kam ihr Verschwinden dem Herrn Balmer allzu deutlich gelegen – ganz wie ihrem, dachte Schultes, fischblütigen Gatten. Weshalb er Kontakt zum Präsidenten aufnahm, dessen Einfluß auf die EWG schon von Elena Goltz zunehmend ausgehöhlt worden war. Ungefugger mochte das bei ihr akzeptabel gefunden haben; jemandes wie Balmers Einfluß war eine Katastrophe.

Übrigens hatte Schultes indirektes Gesuch, Ungefugger möge sich vielleicht um den neuen Firmenleiter ein wenig einschränkend kümmern, ihm später den Bau des Handelsministeriums eingebracht, also des SCHULTESAMTES. Balmer wiederum, nach Schultes Korb, hatte Sombart angerufen, den zweiten der sechs berühmten Architekten, die bis heute Buenos Aires' Angesicht formbestimmend gestaltet haben.

Nun wurden im Europarat die heißesten Debatten geführt. Sachverständige, Volker Grassmuck etwa, trugen vor. »Mit dem Schrumpfen der Projektoren zu Scheckkartengröße, mit dem Einzug holomorfer Netze in den Stadtcorpus und dem ubiquitären Euroweb von nahezu jeder Position unterhalb des europäischen Daches«, erklärte er in seinem vielbeachteten Votum, »verlieren massive architektonische Zusammenballungen im Realraum jeden Sinn. Gerade eine physische ECONOMIA hätte ihn nicht. Netzmedien ist eine Tendenz zur Dezentralisierung eigen. Das sollten Repräsentationsbauten wie die hier diskutierten reflektieren.« Ungefugger, leise, jubelte. Noch vor wenigen Jahren hätte dem auch Goltz – nur mit den Fingerspitzen freilich – zugeklatscht. »Die Errichtung physischer urbaner Räume ergibt nur dort noch einen Sinn, wo nicht Information gefragt ist, sondern wo Menschen in Echtzeit kontinuierlich und intensiv miteinander kooperieren. Soweit ich sehe, ist das in einer ECONOMIA aber gerade n i c h t erfordert. *Wirtschaft* ist ein rein planendes Informationssystem, das sich ganz anderswo materialisiert: auf dem Mond, meine Damen und Herren, in der Schiffahrt auf Thetis, im AUFBAU OST! meinetwegen, nicht aber in Buenos Aires, nicht unter dem Europäischen Dach. Eine physische Präsenz der ECONOMIA wäre unzeitgemäß und überdies den feinen ökonomischen Zusammenhängen gänzlich unangemessen. Sie wäre, an die Latte des zivilisatorischen Standes gelegt, nachlässig, meine Damen und Herren. Nämlich verwundbar.«

Als Goltz das im Euroweb las, kniff er dünn die Lippen zusammen.

Doch in den Porteños war die Stimmung gegen den Präsidenten umgeschlagen. Wieder einmal. Die begeisterte, ja glückhafte Zuneigung des europäischen Volkes, die ihn zu Zeiten umjubelt hatte, da er noch gegen Pontarlier opponiert und vermittels seiner sich unaufhaltsam wachsenden EWG die finanzielle Wohlfahrt nicht nur der Porteños, sondern, freilich sehr versuchshalber, der Ostgebiete betrieben hatte, war brüchig geworden. Zwar mußte er nur auftreten, mußte persönlich – *körperlich,* heißt das – erscheinen, und seine weiche Aura rührte die Herzen wie je, genau das war es aber, was er zu reformieren versuchte. Reinheit. Weg von jedem Körper. Purer Geist sein. Wie bekomme ich mich, diese Frage nach wie vor trieb ihn um, auf eine Diskette? – auf ein Speichermedium also, heute. Mich selbst, nicht etwa eine der holomorfen Kopien, die er bisweilen auf seinen Wahlveranstaltungen und sogar im Europarat auftreten ließ.

Das war ihm anfangs nicht leichtgefallen, er hatte einigen inneren Widerstand aufgeben müssen, aber mit seinem holomorphen Ersatzohr zu gute Erfahrungen gemacht: daß es so schmerzhaft hörte, lag nicht an ihm. Andererseits wollte Ungefugger dieses *Persönliche* nicht, nicht seinen Kult, sondern menschliche Norm. So machte er sich vor seinen Wählern sogar in den Kopien rar, weshalb man ihm manche zwar notwendige, doch unpopuläre Entscheidung nun doppelt verübelte. Die Abgeordneten schwenkten sowieso in den Volksgeist, da konnte der Sachverstand meinen, was er nur wollte. Überdies startete Robert Hugues in der BILD und zugleich eine am Mittelstand orientierte populärwissenschaftliche Serie in seinem SPIEGEL als eine Art Zurück-zur-Natur-Bewegung. Plötzlich war ein Harfa-Smog in aller Munde, so nannte man das. Ein paar Mediziner veröffentlichten Interviews, in denen sie von neuen diagnostischen Erkenntnissen sprachen: Das ständige Leben in informatisch erzeugter Materie führe zu Schädigungen besonders der Milz; es fänden sich zudem Indizien, daß hie und da Keimzellen mutierten. Das mochte stimmen, war aber für den normalen Porteño, der, sofern er sich das leisten konnte, seinen Nachwuchs längst gentechnisch designen ließ, völlig irrelevant. Wer sich den schicken Luxus informatischen Wohnraums n i c h t leisten konnte, lebte ohnedies in den überkommen stofflich-starren Massen-Arkologien; an den gingen die dekadenten Risiken nicht. Doch das Einst durchwirkt die Leute nach wie vor. Thetis, die sie fürchten und verdrängen, atmet in ihnen selbst. Das läßt nicht sie, sondern ihr Pliozän entscheiden. Darauf setzte der Pressezar. Zur vermeintlichen Schädigung der Milz muß wiederum gesagt sein, daß die Implantation einer neuen längst Sache weniger Minuten war, da die Organe teils reanimiert, teils sogar voll rekonstruiert werden konnten und ihre Träger in sozusagen fliegendem Wechsel tauschten; das kostete nicht mehr als ein Monatsticket. Diese Entwicklung war das Ergebnis sowieso des New Works gewesen, aber auch der diätetisch zwar ausgewogenen, doch die Physis erweichenden Pillenernährung; wer Appetit auf Königsberger Klopse hatte, gönnte sich, ob allein oder in Gesellschaft, einen Besuch im Infomaten. Darin erlebte man kulinarische Genüsse vollkommener, als irgendein antiquierter Fünf-Sterne-Koch sie hätte zubereiten können. Die Informatik hatte innerhalb der letzten zehn Jahre einen gänzlich neuen Zweig entwickelt, ›Kybernetisches Speisen‹. Gastromatik, längst, war Lehrberuf geworden, man schloß mit Gesellenbrief ab. – Geradezu billig indes war die Implantation eines hodnisch erzeugten Organs, das freilich seinen Träger für immer unter Buenos Aires' Dach hielt. Aber wer verließ schon die Stadt? Urlaub machte man sowieso simuliert, niemand fuhr mehr »wirklich« weg. Wohin denn auch? Hinein ins Thetismeer vielleicht? Oder nach Allegheny hinüber, das ähnlich wie Europa strukturiert war? Wozu? Selbst Spielfilme waren Rollenspiele, die Zuschauerin wurde s e l b s t Julia Roberts, jeder junge wütende Mann ein James Dean, im roten Porsche, doch ganz ohne Tod.

Daß die beliebten Besuche des infomatischen Kinos vielleicht gleichfalls auf die Keimdrüsen wirkten, das verschwieg die BILD selbstverständlich. Die Diskussion hatte mit der ECONOMIA sowieso nichts zu tun, aber das aufkommende Unbehagen bestimme, ward befürchtet, das Wählerverhalten.

Das sah auch Ungefugger. Selbstverständlich. Und rief sein Kabinett zusammen, die nötige Kehre zu besprechen. Wieder einmal galt es, geschmeidig zu sein. Der Präsident war nicht, wie sein geschrumpfter Vorgänger, müde; er war nur ungeduldig. Aber riß sich zusammen. Momentlang stutzte er. Mit wem darüber sprechen? Wer war verläßlich? Goltz? Den hatte, dachte Ungefugger, das Verschwinden seiner Frau um die Loyalität gebracht. Wirklich vertraut hatte er ihm sowieso nie, g a n z anders, völlig anders als dem kaum je vergessenen Gerling, mit dem er nach der Großen Geologischen Revision das Neue Europa wiederaufgebaut hatte. Mit dem und den beiden Jensens, Vater und Sohn. Ohne diese drei – und ohne Vespasian, des vorigen Präsidenten ersten Berater – hätte Buenos Aires, hätte vor allem die Weststadt eine ganz andere und wahrscheinlich unheilvolle Geschichte gehabt. Da hätten alleine Leute vom Schlage Karpovs, vielleicht sogar Hugues', die politischen Läufte bestimmt. Doch die Geschichte der Alten war vorüber, und ein besserer Sicherheitchef als Markus Goltz ließ sich kaum finden. Der saß da schon richtig in Koblenz. Nur zu vertrauen war ihm nicht. Schon gar nicht, wenn es um *so etwas* ging. Er würde die Zukunft nicht überschauen oder, selbst wenn, auf keinen Fall akzeptieren, daß ein Präsident bisweilen zu Mitteln greifen muß, die den Direktiven eines stets auf die momentane Sicherheit ausgerichteten Polizeiapparats zuwiderlaufen. Doch es war sowieso zu früh. Noch stand die ECONOMIA nicht.

Die Minister staunten, als ihnen der Präsident etwa drei Wochen vor der gefürchteten Abstimmung im Europarat – in seinem schwarzen Anzug und der fein getüpfelten Krawatte saß er hinterm Schreibtisch seines Arbeitszimmers, ein dampfendes Glas heißen Wassers vor sich, aus dem er hin und wieder Schlückchen nahm; hinter ihm leuchtete in prangendem Lapislazuli Gold – als dieser offenbar undurchschaubare Mann ihnen lächelnd im weststädtischen Französisch eröffnete, und wie immer stand – unter den Staatssekretären ›das Faktotum‹ genannt – sein Adlatus Schulze bei ihm, aus dessen rechtem Ohr nicht dezent, sondern deutlich sichtbar das weiße Spiralkabel untern Hemdkragen führte: »Meine Damen und Herren, seien Sie gegrüßt. Ich habe zu einer Entscheidung gefunden. Wenn das Volk diese ECONOMIA haben will, dann

6

soll es sie bekommen.«

Die beiden letzten Sätze in einem Atem wie ohne den Punkt dazwischen. Als hätte die Entscheidung keine Sekunde gebraucht, als wäre vorher der ganze Kampf nicht gewesen. Der fehlende Punkt ging in die Minister, durchrauschte sie, ihr Raunen war Fermate. Aber es gab nicht wirklich Protest, man wußte um die Geschmeidigkeit des Mannes. Nachdem seinerzeit die Wahl gewonnen worden war, hatte er aus dem Arbeitszimmer seiner privaten, damals noch nicht aufgegebenen Liegenschaft in Salins das Portrait Joseph Schmidts eigenhändig von der Wand genommen und in dem neuen, seinem Amtssitz, nicht wieder aufgehängt. Damit war das Bündnis mit der Church of Latter-day Saints ebenso beendet gewesen wie drüben in Allegheny der Zweite Amerikanische Bürgerkrieg. »Nun sind wir Konkurrenten«, soll Ungefugger zu Beginn seiner ersten Legislaturperiode gesagt haben. Ebenso entschieden hatte er sich von seiner EWG getrennt. Das hatte sogar den Gegnern Respekt eingeflößt. Auch wenn sie, Robert Hugues voran, mißtrauisch geblieben waren: »Der selbsternannte Robin Hood der Finanzwelt nun ein Sozialdemokrat. Glauben *Sie* das?« habe der, wurde hintertragen, gegraunzt.

Neben Ungefugger, rechts etwas zurückgesetzt, Schulze. Er stand regungslos, im schwarzen Anzug wie sein Chef, die weißbehandschuhten Hände locker an der Hosennaht, und aus den Zeiten der EWG noch so sehr an die knallig bunte Krawatte gewöhnt, daß keiner ihm je ohne sie begegnet war, selbst feierabends nicht. Und auch dann noch trug er das Phone im Ohr. Eine kleine Wohnung war ihm im linken Seitenflügel der Villa Hammerschmidt eingeräumt. Er allein, im Raum des Präsidenten, ging an das Telefon. Man sah Ungefugger quasi nie ohne ihn; selbst Carola, seine Frau, habe sich, hieß es, darüber beklagt. Sofern sie überhaupt sprach, die, wenn nicht von Borkenbrod, also seinem Sohn, immer noch von Radegast träumte und sich zunehmend in ihre poetische Welt zurückzog. Sie hatte wohl, unvorsichtigerweise, eine Bemerkung gegenüber der Putzfrau fallenlassen; Vertraulichkeiten scheute sie sonst. Innig sprach sie eigentlich nur mit dem jungen Hertzfeld, ansonsten pragmatisch, etwa für Anweisungen ans Personal und, sowieso, auf den Empfängen. Da war ihr falsches Lächeln bekannt. Das auftoupierte Haar, die gepflegten Hände und aber echte Zähne, die wie die dritten wirkten. Die Stimme hochgeschraubt, als hätte man eine Freundlichkeit einprogrammiert, die dauernd in das Gesicht des eigenen Mißmuts tritt. Das gab der Frau etwas Neidisches.

War sie für sich, dann las sie nur oder erinnerte sich an die Bronzehalle in Salins-les-Bains, wo sie diesem Mann aus dem Zentrum begegnet war. Eigentlich konnte nur ihre Erinnerung daran sie von ihrem doch noch immer viel zu jungen Protégé ablenken. Sie schenkte ihr, besonders hellichten Tages, wilde Nächte. Sie hätte ihn – Radegast – so gerne damals berührt. – Manchmal seufzte sie, und die Putzfrau tuschelte tratschte. Der Klatsch wuchs sich aus. Die Frau Präsidentin braucht einen Mann; das sei die Ursache, daß der fehle, für ihre hysterische Depression. Schon travestierte man Witze: »Schulze, öffnen Sie die Bluse meiner Frau. Ich bin in Stimmung.« Wobei sich niemand vorstellen konnte, daß der Präsident solche Stimmungen kannte. Darunter eben leide die Frau. Wenn aber, jeder war sich sicher, überhaupt jemand wirklich Auskunft geben könnte, wäre es tatsächlich das Schulzegeschöpf, das nicht einmal einen Vornamen zu haben schien; nicht nur deswegen hielt den Adlatus so mancher für einen Holomorfen. Was er nicht war; doch ihn beseelte eine Treue, die jedes hodnische Domestikenprogramm auf Wochen hätte beschämen können. Seit Jens Jensens Tod ging der direkte Weg zu Ungefugger allein über ihn.

Unbewegt. Dezent wie eine Statue: So stand er da, das Blondhaar HJ-haft gescheitelt. Und Ungefuggers »... dann soll es sie bekommen« mit ihm.

Ein Minister sprach sein Bedenklein.

Der Präsident ließ es sich nicht zu Ende äußern. Mit einer Handbewegung, die näherungsweise schmerzlich war, wischte er es weg. »Ich weiß, danke schön, was Sie sagen wollen. Und seien Sie versichert: Ich bin Ihrer Meinung. Aber das Volk besteht aus Gefühlen. Imgrunde besteht es *nur* aus Gefühl. Wer es regiert, regiert n i c h t s als Gefühle.« Er unterbrach sich, sah herum. Man wich seinem Gletscherblick aus. Er hatte den Unsterblichen niemals verlassen, auch wenn er, seit er Regierungschef war, sein mutantes Vermögen im Zaum hielt. Seit er in Pontarlier eingezogen war, umkreisten ihn die Vereisungsgeschichten nur noch als Legenden. Zwar standen in einer Stallung nahbei sein Schimmel und sein Rappe, er hatte sie aus Salins mitgebracht, denn immer noch ritt er gerne aus; doch es gab keine dubiosen Statuen mehr in seinem Park. Überhaupt keine gab es. Die letzte solche Obskurität stand auf Buenos Aires' *République* und sah sich Wellington's Monument an.

»Ich war immer dafür bekannt, daß ich aus dem Volk stamme«, setzte Ungefugger fort. »Ich bin nicht wie viele von Ihnen aus ... das sagt man doch so?: guten Verhältnissen. Verzeihung, Sie alle kennen meine Geschichte, ich möchte Sie nicht langweilen.«

Er trug sein rechtes Ohr heute nicht, nicht einmal einen Verband um das Loch. Das sah häßlich aus. Das war auch gefährlich: Man scharrte versehentlich mit dem Fuß, und der Präsident wurde wütend vor Schmerz. Also saßen die Leute auf ihren zwölf Stühlen wie auf Stöcke gespitzt. Es hieß, der Präsident höre von Salins bis Mouchard und von Morteau bis Yverdon. Höre sogar Colón.

Ganz vorsichtig, damit nicht die Kulispitze das Papier z u vernehmlich kratzte, machten sich die Minister Notizen. Soweit das überhaupt nötig war.

»Man hat intrigiert. Man hat sich gegen die Pläne des Kabinetts gewandt und die Bevölkerung hinter sich gebracht. Ängste wurden geschürt. Unnötige, aber sie wirken. Wir müssen das sehen, auch wenn es Ihnen nicht gefällt und mir nicht gefällt. Wir leben in einer Demokratie. Das hat seinen Grund. Der Demokratie verdanke ich meinen Wohlstand. Ohne sie säßen weder ich noch Sie heute hier. Nun verlangt sie ihren Preis, und wir sind keine säumigen Schuldner. Ich bitte Sie! Wir haben bereits den Skonto verpaßt. Machen wir also etwas aus dem Geschäft. Sehen wir es als Investition.« »Aber in was?« Ungefugger blickte auf seinem nahezu blanken Schreibtisch herum, verrückte ein Papierchen, das vor dem Terminal lag, dann nahm er das Fallerhäuschen hoch, das seit den Zeiten des vorigen Präsidenten auf der Platte stehengeblieben war, erst war es fortgewesen, dann stand es wieder da, »Süße, bitte«, hatte er zu seiner Tochter gesagt, die ihm, verwundert über die ungewohnte Wärme ihres Vaters, das Häuschen zurückgegeben hatte, es hatte ihr eh nicht gefallen. Er hatte das Häuschen geschüttelt, beruhigt: da klappert drinnen der Ring. Und er, Staatsmann geworden, in einer stillen Minute, steckte ihn sich auf den linken kleinen Finger, der unvermittelt hineinwuchs, die Hand war anfangs viel zu schmal gewesen, doch wuchs, wuchs mit der Verantwortung mit. Es war dem Mann nicht angenehm, das zu sehen, die Hand war ihm fremd, war die *des anderen* und längst viel zu sinnlich, hatte Ungefugger gedacht, aber sich nicht wehren können. Wie stell ich das nur ab?

Zeiten großer Umwälzungen waren es gewesen, der Präsident schien sich für Augenblicke in sie zu versinnen, in seine Pläne einer Europa AG, einer Aufbau genannten Kultivierung des Ostens, und wie schnell ihm klargeworden war, daß er Allegheny da nicht hineinlassen dürfe und überhaupt keine Fremdmacht, weder staatlich noch privat, nein, auch außereuropäische Unternehmen nicht, nicht die auch noch bitten, sich an den verfallenen Städten, an Budapest, Wien und Prag zu bedienen, an Krakau Warschau Minsk. All das war wieder aufzubauen, gewiß, doch war er Europäer geworden. Hatte er das Fallerhäuschen deshalb da wieder hingestellt? Er dachte an die chinesischen Piraten, die, weiterhin im Pakt, bis heute die

Schären der Europäischen Mauer nicht nur gegen äußere Feinde sicherten, sondern auch, wo das nicht die Schutztruppen besorgten, gegen die Rotten der Schänder, die in ihrem Wahn, immer wieder, gegen die Befestigungen tobten, um sie zu schleifen und über sie hin heim in die Thetismutter zu kehren. Im Westen sowieso, aber auch vor Leipzig und Rheinmain hatte man die Mauer unterdessen hodna-technologisch verstärkt, mochte es brüllen, das Meer, wie es wollte. Košice aber, Żywiec, Havířov, das blieb für lange Sollbruchstelle. Europäische Truppenverbände, als wären sie im Krieg, so gesichert, gewannen im fernsten Osten Land, im näheren übernahmen sie die zivilen, Sprawl genannten Zersiedlungsprojekte; Brugh-na-Inn wurde geschliffen, Obernzoll überrollt, und in der osteuropäischsten Ferne wurde immer weitere Mauer, sie zu verstärken, vor die Mauer gebaut, gegen Thetis in Thetis hinein und, draußen von den Piraten flankiert, gegen das Wüten der Schänder. Es war eine der ersten Anordnungen Ungefuggers gewesen, bereits sie hatte ihn viel Popularität gekostet, da Menschen eingesetzt werden mußten, Porteños, leibliche Töchter und Söhne, die umkamen drüben, verrotteten, dauernd gingen Sprengsätze hoch. Erst spät fanden die Selbstprojektoren zum Einsatz, Technologie braucht ihre Zeit. Aber die Akkumulatoren hielten immer noch nicht lange. Über große Strecken der Mauer wand sich eine getupfte Girlande europäischer, eigentlich ungefuggerscher Wehrmacht, Beobachtungstürme ragten nach Feind; schwere Palisaden aus spitzem Stahl um die Castren Baracken Bautrupps, um Heere und Panzer. Das endlose Inland hingegen mythisch brach noch für lange, Hunderttausende Quadratkilometer menschlicher Vorzeit, die ihrer Kultivierung trotzte, nichts als Mittelalter in den Schläfenlappen, »Yellama Yellama!« und »Thetis udho!« Schließlich der Dschihad, den Ungefugger, dachte er, sich nutzbar machen müsse, von dem sich der sogenannte Imam des Westens, der Nachfolger nunmehr des ermordeten Mikhail Baghats, strikt losgesagt hatte. – Dies alles ging ihm durch den Kopf.

Es brauchte keine Sekunde.

Der Minister wartete auf Antwort, wiederholte – in Gedanken – sein »*in was?*«. Auch ihm kam diese Sekunde sehr lang vor. »In den Dschihad«, sagte Präsident Ungefugger. Abermals fermatiges Raunen. »Was will denn der Osten?« fragte Präsident Ungefugger. Ratlosigkeit. »Wohlstand«, antwortete Frau Luysmans, Ministerin der Justiz. »Arbeit«, antwortete Frau Prunier, Ministerin für Bildung und Forschung. – Stühlerücken. Wie auf der Schulbank kam man sich vor. Der Präsident hob den Saphirblick, stellte dabei das Fallerhäuschen wieder hin. »Macht«, antwortete, überraschend fest, der Verteidigungsminister. Er hatte nicht vor, sich beleidigen zu lassen. Anerkennend, das war noch viel schlimmer, nickte Ungefugger ihm zu. Der Wirtschaftsminister hustete, ein hochaufgeschossener, doch schwerer Mann namens Giovanni Crescenzo, der aus noch viel schwierigeren Verhältnissen als Ungefugger aufgestiegen war. »Weitere Ideen?« Umweltminister Fischer wollte »Liebe« sagen, verkniff sich das aber, doch grinste. Ungefugger registrierte. »Nun?« Frau Luysmans scharrte mit dem linken Fuß, weil der sie juckte. »Was glauben Sie?« fragte der Präsident und umfaßte das gedrechselte Rohr seiner Schreibtischlampe, matt schien die leere Fläche des Siegelrings auf. »Ist das hier *echt?*« Was wollte der Mann? Es war seit langem ausgemacht, daß es auf Echtheit nicht mehr ankam. »Und dies?« Der Präsident ließ seine Hand einen geschwungenen viertel Kreisbogen fliegen, eine eitle, langsame, eurythmische Choreografie. »Was meinen Sie, meine Damen und Herren? Sie wissen keine Antwort? Ich weiß sie auch nicht. Wir müßten hinausgehen und den Hauptgenerator ausschalten. Erst dann erführen wir es.«

Das war bekannt. – Die Schulstunde quälte.

»Der Osten«, sagte Ungefugger, »will dasselbe wie unser Volk. Nur daß die Porteños es nicht wissen. Die Porteños, Frau Luysmans, wollen Wohlstand. Buenos Aires ist vernünftigerweise bereit, das Echte dafür aufzugeben. Der Osten ist es nicht. Viele Menschen freilich schon, auch dort, das erleben wir ja, sonst käme unser Aufbau gar nicht voran. Man läßt sich bestechen, da drüben herrscht Hunger. Und trotzdem … der eigentliche Osten, das *Herz* des Ostens, Herr Fischer«, nun d o c h ein Blick, »will Originale, will Einzigartigkeit und, sei sie auch blutig, Substanz. Nur soviel, Senhor Gomez, ist an Ihrer Diagnose wahr. Macht ist nicht leer. Sie will. Im Osten will sie *Dinge*, nicht Projektion. Die letzten Wochen haben uns gelehrt, Buenos Aires will sie auch. Die Dinge, meine Damen und Herren, wirken nach wie vor in den Menschen. Auch wenn, Herr Fischer, Liebe ein Ding wohl kaum ist. Aber Sie kennen Ihren Körper … und auch Sie, Frau Pru-

76

nier, Sie, Herr Gomez … ja, selbst …«, es beschämte ihn, aber er stellte sich, mußte an die Calle dels Escudellers denken, »… ich.« Wie hoffnungslos, dachte er. Doch wie die Dinge nun liegen: »Wenn also selbst unsere eigene Bevölkerung noch immer so an Substanz hängt, und wir tun es mit ihr, dann, Herr Crescenzo, sollten wir sie ihr auch geben. Ihr und dem Osten. Damit er sieht: Auch wir haben …«, das Wort klang so höhnisch, wie es gemeint war: »… Seele.«

Der Innenminister hatte – wie abwesend, so nebenbei – nachgedacht. »Herr Ungefugger?« »Herr von Zarczynski?« »Wir werden uns beeilen müssen. Es bleiben nur drei Wochen. Es ist bekannt, wir sind gegen den Plan. Ihre, verzeihen Sie … u n s e r e Kehre … das erfordert ganz besondere …« Er verstummte kurz. »Mir ist nicht klar, wie wir das strategisch …«

Allgemeines Gemurmel. Der Präsident bedeckte sein Ohr. »Das ist eine Niederlage«, sagte Crescenzo. »Verstehen Sie? Das ist eine politische Niederlage. Wir beugen uns der Plebs.« Da verlor der Unsterbliche seine Beherrschung. »Das sagen ausgerechnet S i e ?!« brüllte er. »*Plebs! Plebs!* Was fällt Ihnen ein?!« Bezwang sich, lächelte. »*Immer ist Wahlkampf*«, zischelte Minister Fischer den berühmten Slogan eines ungefuggerschen Werbetexters dem Minister Gomez ins Ohr, der neben ihm saß. Der Präsident hörte auch das, und auch dazu sagte er nichts. Fischer, dem das sehr wohl bewußt, der aber weder korrupt noch leicht einzuschüchtern war, beendete seinen Satz, freilich weiterhin zischelnd: »… sogar wir sind ihm Wähler.« Ungefugger lächelte weiter. Er fand die Betrachtungsweise des Umweltministers stichhaltig. Er war sowieso zufrieden mit diesem Kabinett. Die Leute waren zwar Menschen, aber loyal. Soweit ihr politisches Geschäft das erlaubte.

Es war Zeit, die Zusammenkunft zu beenden, Dringenderes wartete: die Steuerreform, die Verhandlungen mit Äthiopien um den ESA-Hafen, dann das neue australische Problem und, sowieso, die Mauer, wie immer die Mauer. Insgesamt der Osten. Gegen den wurde die Economia zum Schachzug. Vielleicht hat Ungefugger schon damals an diesen Lichtdom gedacht, dachte ich. Elena Goltz hatte ihn auf die Idee gebracht. Die Einweihungsfeiern des Ost-Shakadens. »Meine Damen und Herren, Sie werden innerhalb der nächsten vier Stunden Ihre Meinung revidieren. Aber tun Sie das glaubhaft.« Ließ einen splittrig kleinen Eisblick von der Ministerin zu den Ministern springen. »Glaubhaft bedeutet, selbst *ich* muß es glauben. Und von Ihnen, Herr von Zarczynski«, nun sah er einzig aufs Innere, »erwarte ich«, nun sah er zur Uhr, »um 16 Uhr 15«, nun sah er zu Schulze, der unsichtbar nickte und schon anhub, ins Mikrofon zu sprechen, das in das Ohrkabel integriert war, »ein Strategiekonzept. Texte, Bilder, Lichtplakate. Sprechen Sie mit AHRENS & BIMBOESE. Und rufen Sie das Büro dieses Architekten – wie hieß er noch mal? – ah ja – rufen Sie Herrn Schultes an, Axel Schultes, Sie wissen schon. Sagen Sie ihm, ich hätte mein Interesse für Architektur entdeckt, irgend so etwas. Der Mann ist nicht dumm, er wird schon verstehen. Lassen Sie nicht anrufen, sondern tun Sie es selbst. Ich will ihn sprechen, persönlich, ja. Er möchte sich bei« – eine kurze, fast feudale Handbewegung neben sich – »Schulze melden.«

Das gescheitelte Faktotum verzog keine Miene. Ungefugger drückte abermals die Hand gegens fehlende Ohr. Über einen jähen Moment zuckte ein so heftiger Schmerz durch seine rechte Wange, daß die Minister den Anfall bemerkten und alle schnell zu Boden sahen. Sie wußten gut, ohne das wären sie in ihre Ressorts entlassen gewesen. Frau Luysmans, um die Not des Präsidenten zu überspielen, erhob sich bereits und sprach Giovanni Crescenzo auf die kartellrechtliche Behandlung der prekären Verhandlungen an, die Martinot mit Mädle führte. Ein neuerlicher Anfall. Ungefuggers Augen verdrehten sich, so daß sein Gehirn in Gefahr kam, sich selbst zu vereisen. Der ganze mächtige Mann eine Katalepsie. Auch Crescenzo erhob sich, dem folgten von Zarczynski und Prunier. Schließlich saßen nur noch Fischer und Ungefugger selbst. Alles andere geriet ins Gespräch, während der Präsident hinter seinem Schreibtisch in ein Leeres starrte, aber akustisch war er in einen Feuersturm gesaugt, der ihn mitten in den alten Schänder-Osten stellte, den der Hundsgötter und wütenden Frauen. Aber das wußte er nicht. Er wußte nicht, daß alle Harpyien sich so fühlten. Daß es das Feuer ihrer biomechanischen Wut war, was er fühlte, daß es diesem zumindest entsprach. Er hatte momentan keinen Raum, überhaupt noch etwas zu wissen.

Schulze bückte sich zu Ungefugger hinunter, eine Spritze in der Hand. Vorsichtig schob er dem Präsidenten rechts Jackett- und Hemdsarm hoch. Es war nicht häufig nötig, daß er eingriff, meist bekam sich Ungefugger ganz von alleine in die Gewalt. Schulze wußte, wie sehr Ungefugger es haßte, auf Hilfe verwiesen zu sein, ja, er nahm es einem noch lange übel, daß und wenn er sie annehmen mußte. Er, Schulze, hörte jetzt, wußte er, tagelang kein freundliches Wort mehr von ihm. Auch kein Minister, übrigens. Daß jemand Zeuge seiner Schwäche wurde, demütigte den harten Mann nicht weniger als diese Schwäche selbst. Insofern war er, als das Anästhetikum wirkte und langsam sein Bewußtsein zu sich kam, ausgesprochen erleichtert darüber, das Kabinett in konzentrierten Diskussionen zu sehen. *Zu sehen,* richtig, denn er hörte momentan nichts, das sollte die Spritze ja bewirken. Dezent ließ Schulze das kleine medizinische Instrument, auf dessen Spitze die Kappe gesteckt, in seine rechte Jackentasche fallen. Und stand schon wieder als Skulptur. Nur Fischer, außer seinem Präsidenten, saß noch und machte sich seine Notizen. »Meine Damen und Herren, das war es für heute morgen.« Fischer sah auf, räusperte sich, schloß den Notizblock. Erhob sich. Die anderen wünschten einander einen guten Tag, als sie mit ihm Ungefuggers Arbeitszimmer verließen. Dreie glichen vor der Tür schnell noch Termine ab. Dann hatte der parlamentarische Alltag begonnen. Der Präsident indes, indem er einen sinnenden Blick auf das Fallerhäuschen warf, murmelte ruppig und mehr in sich selbst hinein als an Schulze gerichtet: »Ich will in spätestens zehn Minuten Skamander bei mir sehen«, Jassir

Skamander, dachte ich im SILBERSTEIN, Skamandros oder *Emir* Skamander, wie der Mann zu seinen Söldnerzeiten geheißen hatte. Er war die zwielichtigste Figur unter all den Interessenvertretern, Speichelleckern und Ehrgeizlingen Pontarliers, dieses im ehemals französischen Doubs gelegenen ziemlich kleinen, dennoch Regierungsstaat genannten Ortes, dessen geputzte Häuschen sich drei Kilometer unter der Villa Hammerschmidt um die Große Halle des Europarates drängten. Der Regierungspalast hatte sich aus der Schloßanlage entwickelt, das Armeemuseum war bereits vor der Geologischen Revision ausquartiert worden. Der Europarat hingegen war Neubau und stand, weil halbinfomatisch konstruiert, zugleich da, wo es diese Häuschen gab. Die Gebäude ließen sich wechselseitig an- und abschalten, so daß nicht selten ein Flirren Vibrieren Zittern über das Gelände ging. Man mußte ausgesprochen genau auf die Verkehrsführung achten, damit es nicht zu Unglücken kam. Auch hier, übrigens, gab es die vegeta-

bilen Häuser, die eigenständig wuchsen und für deren Wohnungs-
schlösser man als Schlüssel Blumen hatte. Solch eine Wohnung würde, fand ich, Sabine Zeuner gut zu Gesicht stehen, meiner schönen
Programmiererin bei CYBERGEN.

Ich schaute in mein abermals zur Neige gehendes Bier. Noch eins?
Fette Streicher in einem grummelnd unterbrummten Dur. Ich zähl die
Tage und die Stunden, / bis du kommst und wieder gehst. Goltz war noch immer nicht erschienen. Balmer hatte sein Mahl beendet und saß unterdessen in Gesellschaft da. Wenn mich nicht alles täuschte, war das
Elke Bräustädt. Die hatte ich seit dem Anschlag auf EVANS SEC. nicht
mehr gesehen. Vielleicht heilen meine Wunden, / Bis du dich zu mir legst. Aber
ich konnte mich irren, es war viel Zeit vergangen, und ich, anders als
Deters, hatte einen direkten Kontakt zu ihr nie gehabt. Außerdem,
wenn sie es war, hatte sie ihr Haar gefärbt, trug es auch völlig anders.
Momentlang dachte ich, daß sie sich vielleicht bei der EWG bewerbe,
wenn auch das SILBERSTEIN für so was nicht wirklich der richtige Ort
war: Die Zeiten, in denen Balmer noch als einfacher Geschäftsstellenleiter Leute für Drückertruppen angeworben hatte, lagen lange zurück. Allerdings sah das Gespräch der beiden auch nicht nach einem
libidinösen Treffen aus. Sie redeten zwar beieinander, flüsternd nahe
sozusagen, doch ohne einander zu berühren. Es mochte also s o sein:

Stefan Korbblut war mitsamt den Konten seines Scheichs zu PRUDEN-
TIAL gewechselt und hatte die Bräustädt irgendwann von EVANS SEC.
abgeworben, um sie zu seiner Privatsekretärin zu machen. Eine dis-
kretere und zuverlässigere hätte er nicht finden können; schnell hatte sich die verantwortungsbewußte Frau weitgehende Befugnisse er-
arbeitet. In Zeiten seiner Abwesenheit ließ Korbblut sie sogar *traden*
mittlerweile; selbstverständlich hatte sie vorher die Examen für ihre
Broker-Lizenz absolviert. Die Pflege der Kunden ihres Chefs, etwa
Sombarts, übernahm sie sowieso – selbstverständlich nicht die des
Scheichs, der Korbblut nach wie vor mit Rosenwasser besprengte,
wenn er ihn rief, und der hingereist kam, wohin immer der Ölma-
gnat ihn bestellte, meist in die UNA, die UNIDAS NACIONES DEL AN-
DÉN, Alleghenys erbitterten Staatskonkurrenten. Die Treffen fanden
stets in einem Zelt statt. Sheik Ahmad ibn Rashid al Jessin – Korbblut

nannte ihn immer nur »den Scheich«, als ob er es scheute, den Namen auszusprechen –, Sheik Jessin also umgab sich zwar mit unerhörtem Luxus, doch an seinem Stammeszelt hielt er fest, ließ es mitten in den Suiten der Hotels errichten, in denen er abstieg, und saß drin auf zwei Kissen in seinem weiten Gewand, die Kufiya über dem ziemlich weichen breiten Gesicht, rechts von sich, stets aufgeschlagen, den Koran, und links war auf einem wadenhohen Rosenholz-Tischchen Teegeschirr arrangiert. So empfing der Mann seine Partner. Zu beiden Seiten des Eingangs harrten, wie stumme Neger-Diener aus Porzellan, seine dunkelhäutigen Domestiken mit den Duftwasserschälchen. Der Scheich war mysteriös, man wußte nicht: Investiert er in den Osten Europas? Finanziert er, im Interesse Allahs, dort die Kämpfer? Über Deckleute ließ al Jessin Ostgebiet kaufen – dort vor allem, weil ihm nach Baghats Tod Buenos Aires einstweilen versperrt war. So jedenfalls wähnte Pontarlier, und der Porteño Korbblut schwieg. Selbstverständlich war des Sheiks Firmennetzwerk vom Geheimdienst umflogen, Elektronen kreisen um den Atomkern. Korbblut interessierte auch das nicht; er sah sich rein als des Scheichs – in allerdings emphatischem Sinn – Kontoführer. Alle übrigen Positionen überwachte Elke Bräustädt. Paar Striche, dachte ich, und gänzlich indirekt steht sie nun da, diese Figur. Aber was konnte dies für ihr Treffen mit Balmer bedeuten? Oder gab es keinen Zusammenhang?

Ich durchgrübelte ein bißchen die Möglichkeiten und entschied mich schließlich dafür, daß die Bräustädt den designierten EWG-Leiter entweder als Kunden werben wollte oder daß er das längst war. Vielleicht zwackte er Gelder aus der Firma, um sie anonym zu deponieren; die Andenstaaten boten sich, ihrer undurchsichtigen Steuerregeln halber, ausgesprochen an. Immer hatten sie Exilanten, gleich welchen Motivs, Geschäftsraum geboten. Nirgendwo sonst auf der Welt war derart viel Schweiz. Auch mir war schleierhaft, wie sich Elena Goltz hatte seinerzeit herablassen können, ausgerechnet Balmer zum Geliebten zu nehmen. Sie ist kalt wie ein Fisch, dachte ich. Dann doch sich lieber von einem Myrmidonen vergewaltigen lassen, der einen – also *eine* – nach Lough Leane verschleppt. Ich konnte vor mir selbst nicht verhehlen, leicht eifersüchtig zu sein, eifersüchtig a posteriori und mit dem Hautgout der Verachtung. Ein ziemlich unklar zusammengemixtes Gefühl war es, das mich da, an der Theke hok-

kend, überkam. Ganz sicher spielte der Alkohol eine Rolle. Es wurde
Zeit, daß ich mich *teilte,* damit ich Übersicht bekam: Was ist Buenos
Aires, was Berlin? Und was Garrafff? Gab's hier eine Tageszeitung?
Mal gucken, wie der Präsident heißt, Ungefugger oder Chagadiel.
Aber nein, kein LE MONDE AUJOURD'HUI, kein TAGESSPIEGEL, nicht
die SAN LORENZO TIMES, nur ZITTY und TIP lagen auf dem Tresen.

Wie auch immer, Balmer und Bräustädt kamen offenbar zu keiner Einigung. Momentlang wurde es sogar etwas laut zwischen beiden. Das lenkte mich ab. Durch die Frau ging ein Ruck, sie knallte
dem Mann irgend etwas auf den Tisch, noch war das Sushi-Gedeck
nicht weggeräumt, man hörte das Schälchen im Springen, mitten
durch Robbie Williams hindurch You should have seen her und durch das
Stimmengemurmel, das für den Kitsch Everything we did was wunderbar
die Matrix war. Die Bräustädt schien unterdessen begriffen zu haben,
wen sie da vor sich hatte. Der zunehmend unangenehme Mensch hatte, anstelle sich ihre Vorschläge anzuhören, unmittelbar den Spieß
herumzudrehen versucht und ihr ein Angebot unterbreitet, das obendrein zwei-, nämlich eindeutig war. »Wollen wir nicht die Angelegenheit bei mir zu Hause weiterbesprechen?« Es ging auf 24 Uhr. Sein
Augenzwinkern tat ein übriges. Völlig unrecht tat er ihr allerdings
nicht. Schließlich wußte die Bräustädt durchaus, woher seine und
manch anderer Kunden Gelder stammten, die einen Teil ihres Ver-
mögens Korbbluts Verwaltung anvertrauten. Wenigstens ahnte sie es.
Aber daß Balmer derart offensichtlich meinte, unter verschiedenge-
schlechtlichen Komplizen könne man sich bequemerweise auch anders als bloß geschäftlich verbinden, beleidigte sie. Zwar in finanzi-
ellem Belang war sie pfiffig, das erstreckte sich aber nicht auf ihre
private Moral. Im Gegenteil eher. Seit sie sich vor Jahren von ihrem
Mann getrennt hatte und das gemeinsame Kind alleine großzog, hatte sie mit keinem mehr geschlafen. Nicht aus Mangel an Gelegenheit, ganz sicher nicht. Sondern weil sie nicht den Richtigen fand,
weil sie sich noch einmal für einen aufsparen wollte. Sogar die erotischen Erfüllungsprogramme hatte sie bis heute verschmäht, die nach
Ungefuggers Erstem Kreuzzug für Sexualhygiene den Markt erobert
hatten, und die Dienste der Lust-Holomorfen nahm sie schon g a r
nicht in Anspruch. Daß es in ihren Nächten Dildos gab, verschwieg
sie auch sich selbst, schloß nach ihrer Verwendung jede seelische Tür.

Und treppte nun pikiert die paar Stufen von dem Räumchen herunter zum Ausgang.

Ich lugte unterm linken Arm durch zu Balmer. Da sah ich, was ihre flache Hand ihm so hingepfeffert hatte: Ganz verdutzt hielt er einen 10-Euro-Schein hoch.

An der Tür angekommen gab sie, die Bräustädt, Markus Goltz die Klinke in die Hand. Da war er nämlich endlich. Unangenehmerweise fiel mir Reinhard Heydrich ein. Der stand nahezu stramm. Schon, um nicht umgerannt zu werden. »'tschuldigung«, machte die Bräustädt, deren Rochus auf Balmer einen solchen Geruch ausstrahlte, daß Goltz ihn sowieso lieber erst mal an sich vorbeifliegen, sich verfliegen ließ, als daß er durch ihn hindurchgeschritten wäre.

Diese Sekunde kam Balmer zupaß. Auch er hatte, schon weil er der Bräustädt, immer noch die Geldnote haltend, stupid hinterhersah, den Polizeichef bemerkt. Den konnte er nun gar nicht gebrauchen. Nämlich betrat das SILBERSTEIN weitere zwanzig Minuten später auch Möller, der sich nach seinem legendären, über 50 Millionen teuren Börsensatz »Da ist eine Handlung erfordert« nach, wie es hieß, Südamerika abgesetzt hatte. Nun war er also wieder da? – Er hatte sich quasi überhaupt nicht verändert. Sogar das Handgelenktäschchen trug er noch, wenn auch nicht am Handgelenk, sondern locker von seinen Fingern umschlossen. Hastig drehte sich Balmer weg, stand auf, stopfte sich den Schein in die Tasche und zog sich was über. Machte sich bereit, Bräustädts Rochus hinterherzuverduften. Brauchte aber einen geeigneten Moment. Hatte auch Glück. Denn Goltz, nun mitten im Lokal, ließ seine Blicke umherfliegen und sah zwar oben Balmer, doch nur dessen Rücken. Weil Deidameia noch nicht hier war, schritt er die Treppen zur Toilette hinunter, und Balmer nahm die Beine in die Hand. Weg war er. Um zehn Euro und eine Erfahrung reicher. Um die Konspiration indessen gebracht.

Die andere, die eigentliche, stand jetzt an. Dazu fehlte noch Deidameia. – Gitarrenkitsch Und seh ich deshalb gar nichts mehr o Menschheit deine Lieder Geht's mir viel zu gut Was ein Matsch Und fühl ich deshalb mich so leer.

Der Polizeichef kam von den Toiletten zurück und nahm Platz. Wo die beiden Freundinnen geplaudert hatten, saß nun ein Schwulenpärchen. Die unauffälligen, allerdings miteinander sehr zärtlichen Männer trugen beide den Ehering. Wie gekränkt sah Goltz ihnen zu, bestellte einen Hagebuttentee, war bereits wieder auf Europa besonnen. Wer war der zweite Odysseus? fragte auch er sich. Oder wirkte der erste, wider alle Nachricht, weiter? Im Gerüst sei er auseinandergeflossen, hatte es geheißen, verendet an einem mythischen Biß. Halb Buenos Aires hatte das damals erzählt und der Osten es trauernd gesungen. Alles also Finte? Und wohin waren die nicht abgeschossenen Harpyien zurückgeflogen? In den Osten, so hatte es der Präsident behauptet. Das hatte auch seine SchuSta und hatte der Nachrichtendienst der Milizen behauptet. Goltzens SZK fand aber keinen Beleg. Sie operierte freilich nicht im Osten, anders als der MAD. Doch war es eben schon rätselhaft, wie solche Maschinen unbemerkt hatten herüberfliegen können. Zwar, seit Beginn und im spektakulären Fortschritt des AUFBAUs OST! waren die Kontrollen nur noch locker, es gab ein ziemlich loses Hin und Her zwischen West- und Osteuropa, aber der Luftraum blieb, auch unter dem mittlerweile ausgedehnteren Europäischen Dach, nach wie vor streng observiert. Weit über dem flirrte der altrosafarbne, von grünen, manchmal gelben Energiefingern durchblitzte Feldstärkenschild. Die Flugabwehr hätte die Bionicles auf keinen Fall durchdringen lassen; der primitivste Radar hätte Alarm geschlagen. Daß sie aber am Boden, möglicherweise als Bausatz, in den Westen gekarrt worden seien, schien noch viel weniger wahrscheinlich zu sein. Ohne die Wahrheitsimpfung, die sogenannte *Impfung des Offenen Herzens,* kam über die Grenze niemand. Wenn aber doch, wo hätten die Harpyien montiert werden können? Wo waren sie mit Energie versorgt worden? In den Brachen womöglich?

So fragwürdig die offizielle Version also war, ganz Buenos Aires schien sie zu glauben. Und zwar aus dem einzigen Grund, dachte Goltz, daß der zweite Odysseus *sich bekannte.* In einer langen, ins Netz gespeisten Rede hatte er die Verantwortung für den Anschlag übernommen:

Sie trauern und sie klagen um diese Mörder, die das Blut, die Ehre und die Heiligtümer des Ostens mißbraucht haben. Das geringste, was man über diese Leute sagen kann, ist, daß sie verderbt sind.

Geschickt schien über Jahre ein Terrornetz geknüpft worden zu sein, das jetzt als Al Qaida das Gesicht aus dem Schatten hob, um in den westlichen Albtraum zu schlüpfen. Bis Nullgrund war von dieser Organisation Goltz niemals etwas zur Kenntnis gebracht; Pontarlier rechtfertigte das, ein schlechter Witz, als ›militärische Verschlußsache‹. Und ließ die Armee Jagd auf diesen Odysseus machen, der auch noch aussah wie der erste, auch wenn er jetzt Bart trug und Dschellaba. Um ihn zu fassen, durchstreiften Milizen Buenos Aires' Brachen, aus deren Elenden immer wieder auch Söldner gepreßt worden waren, schnappten solche, die sich verweigerten und karrten sie als Sympathisanten davon. Im Osten hingegen kämpften sich die Bataillone weit jenseits der alliierten, zwangszivilisierten Gebiete bis in die wilde Zone vor, schoben sich durch die unerschlossenen Landschaften an die Karpaten heran bis tief in die Beskiden, wo er sich, wie es hieß, im Schwarzen Staub von Paschtu verbarg, der ominöse Odysseus. Was sich dem Heer entgegenstellte, wurde niedergemäht. Um den Widerstand zu demoralisieren, löschte man ganze Siedlungen mit allem aus, was drin war, ob Säugling oder Mutter, ob Knabe, völlig schnuppe, ob Mädchen oder alt. Es seien Bomben selbst in den Windeln versteckt. So fanatisiert seien die Leute, daß sie ihre Babys als Waffen mißbrauchten. Man müsse deshalb die Kinder als Waffen betrachten und unschädlich machen. Ich denke, das ist eine sehr harte Wahl, aber der Preis – wir denken, der Preis ist es wert.

Das war Ideologie, selbstverständlich, um nicht ›Propaganda‹ zu sagen. Nicht nur in Buenos Aires glaubte man ihr, hier allerdings aus Bequemlichkeit, sondern besonders in den vom AUFBAU OST! befriedeten Gebieten. Wo es endlich Wohnungen gab, in denen die Heizung funktionierte. Diesen kleinen gewonnenen Wohlstand wollte man halten. Und fühlte sich noch immer von den Schändern bedroht, mit denen nun abermals ein Odysseus paktierte. Die alten Ängste saßen tief. Zweifel kann sich nur ein Westler leisten; wer sich direkt bedroht fühlt, läßt ihn nicht zu. Selbst in gesichertem Gebiet kam es immer noch zu Anschlägen. Es gab Selbstmordattentate, oft mit schlimmen Verlusten, von den Attacken der Schänder, allerdings tief im Osten, zu schweigen. Man mußte fürchten, daß der zweite Odysseus sie nach weiter westlich führte, an die allmählich auch in der vorderen Oststadt entstehende Wohlstandsgesellschaft heran. Bereits seine Bekenntnisrede zu Nullgrund hatte von einer LIGA DES OSTENS gesprochen. Weshalb aber, wenn sie denn aus dem Osten stammten, hatte Odysseus seine Harpyien dort noch nicht eingesetzt? Hatte Al Qaida Versorgungsprobleme? Wurden die Roboter mit Harfa betrieben? Hodna-Generatoren waren erst bis etwa Höhe Wien aufgestellt sowie in einigen Castren an den Baustellen für neue ins Thetismeer hineinzubauende Mauerstücke, doch keiner bereits in Funktion. Tunlichst, solange der Widerstand nicht gebrochen war, nahm sie der Westen nur zögernd ans Netz. – Immer mehr Fragen taten sich auf. Weshalb verfügten die Kampfmaschinen nicht über Selbstprojektoren? Ließen sich außerhalb der besetzten Gebiete Akkumulatoren nicht warten? Weshalb dann bekam man den Mann nicht zu fassen? Der über die Höhlenfestung von Paschtu gefallene Bombenteppich schien rein gar nichts ausgerichtet zu haben.

Man nahm den Staub, er war tatsächlich schwarz, schließlich e i n. Noch wochenlang haftete er den Soldaten, die sich durch die Höhlengänge vorangekämpft hatten, in den Hautfalten, ging zwischen den Zehen nicht weg, niemand wußte: Wie kam er dahin? Besonders gern bettete er sich im Zahnfleisch ein, man fürchtete, er sei karzinogen. Er verursachte Träume, die Leute sahen Thetis, sahen die Fürchterliche stundenl a n g, auch wenn sie keine zehn Minuten schliefen. Sie hörten sie zischen in ihrem Meer, sie tobte. Ganz in Schweiß schreckten die Menschen auf. Hörten Thetis weiter. Die Träume wurden zu einem Tinnitus, der sie halb wahnsinnig machte. Manche liefen schon Amok von den ständigen Flashbacks, schieden nicht Freund mehr vom Feind, ballerten wahllos herum. Man mußte sich ihrer erwehren. Das mitten in den Kämpfen noch mit den Tupamari. So wurden diese Schwarzen Träumer von b e i d e n Seiten niedergemacht. *Schwarzer Träumer,* das wurde sogar in Buenos Aires zum Albdruck, nachdem die Soldaten als invalide Veteranen zurückgebracht waren. Als sich die heimgekehrt Geheilten nachts in ihren Betten erhoben, links neben sich und ihren Frauen in die Bäuche faßten und hoch bis zum Herz, an dem sie zogen, bis es herauswar. Dann spürten sie nach ihren Kindern. Wer für kurze Momente aus seinem Wahn erwachte, kam als Schlächter zu sich. So daß ihn das Leid in seinen Schwarzen Schlaf zurückschrie. Man mußte schließlich alle internieren, die in Paschtu gewesen. Tupamari wie Europasoldaten wurden nach Guantánamo auf ein altes Rügen verbracht. Links in die Käfige sperrte man Rebellen zusammen, rechts die Schwarzen Träumer. Auf diese Weise löste man da die Probleme. Den fetten Rauch, der aufstieg von dort, sah man bis zur nördlichen Mauer. Lagerkommandant war Yaksha, ein europäischer Cyborg der zweiten Generation, behende, brutal und durchsetzungsfähig. Seinetwegen wurde Rügen auch Yakshastadt genannt. Außer von den Gefangenen war die Insel nur von solchen Halbmaschinen bewohnt, alleine sie waren vor Ansteckung gefeit. Kein Mensch, nicht einmal Goltz, hatte dort Zutritt, es sei denn, er wurde *befragt:* Das der offizielle Ausdruck. *Zur Befragung verschicken* stand unter manchen Haftbefehlen. Zur Befragung Verschickte sah niemand wieder.

In Paschtu allerdings *waren,* unter peinlichstem Objektschutz, Hodnageneratoren installiert worden, Yaksha kommandierte auf Ersuchen Pontarliers einen Sicherungstrupp, den griff der Schwarze Staub so wenig an wie Holomorfe, von denen das Höhlenlabyrinth fortan zu einem Brückenkopf ausgebaut wurde, einem kleinen Bollwerk, *Castrum Bora,* mitten im zerklüfteten, uneinnehmbaren Feindgebiet. Der zweite Odysseus selbst war verschwunden, durch einen der Gänge gehetzt, so hieß es, und feige hintenrum raus. Er schien nicht zu fassen, ein Geist zu sein. Schon kursierte im Euroweb eine neue Videoholomorfie, die den Terroristenführer in cremefarbener Dschellaba zeigte und bei bester Gesundheit, kunstvoll die Kapuze übern Kopf gezogen, eine Hand im schwergrauen Bart. »Eure Sicherheit liegt in euren eigenen Händen.« Von Schwarzem Träumer keine Spur, wie er da gesammelt, ein Heiliger Mann, die Rede vom Blatt las:

Wir sind freie Menschen und wollen die Freiheit des Ostens zurück. Ich sage Euch, was der ideale Weg ist, um einen neuen Nullgrund zu verhindern. Ich sage Euch, daß die Sicherheit ein wichtiger Pfeiler des menschlichen Lebens ist. Ihr habt unsere Sicherheit mißachtet. Nun habt ihr die gleichen bitteren Früchte zu schmekken bekommen. Gebt uns süße zurück, nicht vorher werden wir Frieden schließen.

Er steckte noch in den Beskiden, das Militär war überzeugt, da komme er nicht weg. Doch schrie den kämpfenden Frauen zu, da ratterten die durch das Gefecht mit einem klapprigen Armeelaster her. Die Kugeln spritzten von ihm ab. »Rein da!« Goltz wie im Fluge zwischen die Weiber gepreßt, ihre Augen, alle, hinter dunklen Sonnenbrillen. Borkenbrod warf Elena auf die Pritsche, sich selbst hinterher. Die Hüfte flammte auf, schon lappte die Verdeckung runter; sie zu vertäuen war keine Zeit. Sie flatterte peitschte, als es losging, entsetzlich geschüttelt; nachdem man über den Platz war, knallte die ausgediente Karosse in Wellentäler, hob sich wieder, die Räder gingen durch, Jaulen, das Getriebe schrie auf, RRUMMS, das nächste Wellental, die Stoßdämpfer waren eh ruiniert, man kriegte Luftflächen zwischen sich und den Sitz, schmetterte gegens Blechdach KRAWUMMS ein Schotterfeld, Felsbrokken, wieder Gräben, Schrott. Das hörte nicht auf. Das ging SCHRK-ZZZZZ RRUMMS immer so weiter. KKRRRRGRRRZZZ motzte das Kupplungsgestänge. Aus der Schaltbox klang's nach zerspringendem Glas, das unter die Zahnräder kommt, man durfte die Straße nicht nehmen, die kontrollierten schon längst die Milizen. Also weiter mit Geholper und langen rollenden Sprüngen da drin.

Deidameia: »Zieh dich aus!« Die Amazone stupid. »Du sollst dich ausziehen, sag ich!« Zur mittleren. Zu der gleich neben Deidameia. Fünfe, wenn sie sich drängten, hatten vorne Platz, fünfe preßten sich auch. Zu Goltz: »Du ebenfalls.« Er, anders als das Weib, begriff, knöpfte schon an der Uniformjacke. Immer noch glotzte die Amazone. Sogar durch ihre dunkle Brille war das zu sehen. Da riß die Linke Der Wölfin an ihr, dieser Wumme, herum. Knallte ihr eine, a u c h mit links. Die Brille rutschte halb vom Kopf. Die Amazone grunzte, fauchte. Aber machte sich frei. Die rechte Titte sackte fast bis zum Nabel, links aber gab es keine. Geekelt schaute Goltz aufs Armaturenbrett. »Hier. Zieh das an.« Er zwängte sich in das Kleid, ihn stieß die rechte Wagenklinke in die Seite, er zog Luft zwischen die Zähne, die ganze Rippe schwoll. TAKAMM! machte es, er dachte, die Stirn fliegt ihm fort. Er brauchte einen Gürtel, Deidameia gab ihm den ihren. Der Laster legte sich abermals schräg: fast wär man umgekippt. »Du bist zu sauber.« Deidameia spie in die Hände, rieb sie am verschlammten Schalwar der Amazone und rieb sie dann Goltz auf Bakken und Mund. Der mußte spückeln. »Schaufel dir Dreck ins Gesicht, du mußt schwarz aussehn wie eine von uns. – Gewaschen wird sich erst«, sie lachte hell und kampfbegeistert auf, »in Landshut. Da solltest du mal sehen, wie schön wir alle werden. Doch nein, dahin kommst du nicht mit.« Die Frauen lachten, auch die entblößte. Sie hob sogar die Titte, nahm sie mit beiden Händen, hob sie im Ruckeln des Wagens, im Krawall, dem Brüllen des Motors, dem die Gänge unaufhörlich in den Magen stießen, ihn rülpsen und aufjaulen machten, der röhrende Auspuff kotzte nur so, preßte den Schwamm zusammen und leckte einmal über die Warze. »Mädchen, benehmt euch.« So feixend Deidameia. Ganz häßlich mit einem Mal ihre Narbe. Feixend alle vier. Goltz mußte würgen. »Und laß die schwarze Brille auf!«

Hinten, auf der überdachten Pritsche, hielt Borkenbrod die Geliebte fest. Er hatte sich mit Bein und Nacken zwischen zwei festgezurrte Kisten gestemmt, Dynamit in der einen, in der anderen Kabel. Mit der Rechten klammerte sich der Barde in die Stangen, die, quer zur verschlossenen Fahrerkabine, die Seitenklappen stabilisierten. Seine Linke und der ganze Arm hielten die lächelnde Elena, deren Leib sich bog und schlenkerte, ein Skelett aus Weichgummiknochen, toter Krake, schlafftote Katze, die aber lebte, denn sie sang. Sang, im Gedröhn unvernehmlich, »Thetis udho«, ging aber über Thetis hinaus. Und war schön. Wie die Espe zitternd, die sie immerfort sah, längst selbst so ein lang bewimpertes Kätzchen. Borkenbrod klammerte den aus der Schnecke gerutschten Stoffkörper an sich, eine locker fallende, ziemlich geschundene Samtrolle Frau, die ihre Brüste über die Elle seines Unterarms legte, als wär der ihr *Fé*. Die Espe r i e f nach Elena, rief übers Meer von Levkás herüber, das Borkenbrod immer Leuke nannte. Er ahnte, daß sie die Pappelinsel längst sah, nie hätt er geglaubt, ELLE RECHERCHE VOS COMPÉTENCES, daß eine so bereit sein könne. Sie sah Leuke, und er sah sich selbst, wie lange war das her? als er in etwa zwei Dritteln Höhe des Towers, ein Vogel im arkologischen Raum, hinübergeblickt hatte. Wie sie von ihrem Lichtplakat lächelnd zurückgeschaut hatte, da war er sich sicher gewesen: Ich will diese Frau. Und hatte doch gefunden, Deidameia sei schöner.

Es machte noch einen Rumms, dann stand der Laster in der Hüchte. Momentlang war es still. Das lag an den Ohren. Die waren wie taub, doch lärmte es in ihnen nach. Konnten den Abend nicht hören, nicht nahbei das schabende Kratzen der Bohrer, die aus ihrer Tages-starre in die Dämmerung krochen, nicht fern das widerliche Pfeifen einer Fabrik, die ihre Pforten hinter den Ostlern schloß. Die Häm-mer mußten erst mal zur Ruhe kommen, sie glaubten die Stille noch nicht. Obendrein hatten sie in jeden Amboß Dellen geschlagen. Das brauchte, sich zu erholen.

Der ganze schwere Wagen lauschte.

Der Barde flüsterte seiner Frau einen Kuß in ein Ohr. Sie bekam eine flüssige, weiche Kraft in den Arm, hob ihn und legte dem Mann eine Hand knapp überm Nacken um den Schädel. »Mir ist sie«, flü-sternd weiblich, »bekannt, des hohen«, liebevoll, »Geschickes…«, doch brach, sich vermurmelnd, ab. Borkenbrod konnte nur stau-nen. Zum ersten Mal küßten sie sich, sie gab im erneuerten Schlaf ihre Zunge, er mußte, um sie saugen zu dürfen, nicht abermals zum Ungeheuer werden. Über ihrer beider hinüber- und herströmendem Speichelfluß heilte dem Barden der Hörsinn. Vorn schlug wer mit der Faust gegen das Rückblech der Fahrerkabine, vielleicht war's auch das. Wir sind da! sollte es jedenfalls heißen. Er hörte das wiederholte Pfeifen von der Fabrik, er dachte an Cham und nahm seinen Mund von der Frau. Poseidon, Meroë, wie lange warn die schon tot? Und er, Achilles Borkenbrod, nun fast angekommen. Um aus dem Osten hinauszufinden, mußte er in den Osten zurück. So nah, so nahe war Leuke schon damals gewesen. Doch er käme nun nicht allein, er hat-te sich seine Huri des Paradieses erkämpft, das war eine andre als es damals die Landshuter Frauen gewesen, so eine gab's nur im Westen. Ein letzter und vielleicht sein schlimmster Streitgang, aber das konnte Chill noch nicht wissen, stand dem Barden laut mit Schaum und Blut bevor und mit gewirbelten Leichen.

Noch zweidrei Schläge.

Unter schwerem Knarzen, ein schleifendes Pfeifen, so drehte die Beifahrertür sich nach draußen, und Goltz, als neues Weib, rutschte vom Sitz, verfing sich im Kleidsaum, kam grad noch zu stehen. Das transvestite Ding mußte sogar lachen, es wirkte der Osten, *durch-wirkte* Goltz. Er lachte geziert, tänzelte gar auf den Ballen. Ließ al-buminen Buttermilchduft. Das war ihm neu: Ich habe Geschlecht. Deidameia kraxelte hinterher und die Amazone ihr nach, weiterhin halbbloß. »Wie diese Süße riecht!« machte sie und hatte erneut die Titte in den Händen. Rechts diagonal, denn Goltz sah jetzt hin, wölbte sich überm Schnitt die furchtbare Narbe wie eine geschwollene, genoppt vernähte Vulva und protzte. Osten, wohin man nur sah. Goltz wurde abermals schlecht, das kam und ging in Wellen. Borkenbrod kletterte von der Pritsche und zog die nun schon sehr havarierte Elena wie eine Decke hinter sich her. Goltz kommentierte das nicht, er erkannte seine Frau schon gar nicht mehr, das war auch wirklich nicht länger Leni. So hatte er sie aufgegeben. Nicht etwa, weil's opportun war, sondern aus einem Gefühl für Gerechtigkeit. Dieser Ostler liebte sie, und sie selbst schien, da sie sang, trotz ihrer Läsionen glücklich zu sein. Goltz selbst hatte solch ein Gefühl niemals zuwege gebracht, nicht Glück, nicht die Liebe. Deshalb trat er, obwohl ihn das vielerlei anging, beiseite, als Wölfin und Barde ihren Abschied nahmen. Er ertrug sogar das Schäkern der Weiber, denn nur die am Lenkrad war im Laster geblieben. – Achilles hatte Helena momentlang vor die beiden Amazonen gelegt, geradezu wie ihnen als Opfertier zu Füßen, rieb sich seine schmalen Handgelenke, wobei er den Polizisten mit einem Grinsen bedachte. Das verletzte den Mann nur wenig in seinem Frauengewand. Borkenbrod dachte: Landshut. Dachte: die Abtei. Und dachte an das Seraglio und die Träne der Sonne. Er schluckte. Elena hatte unvermittelt zu singen aufgehört, schien eingeschlafen zu sein. Aber träumte, drehte sich zuweilen. Der Polizist, in seinem Kleid, sah über sie hinweg. Er war für Schönheit nicht empfänglich, verstand die Amazonen nicht, als eine zur anderen, rausgefallen momentlang aus dem Gezote Gekasper, im Tonfall höchster Achtung sagte: »Wie ist sie schön, diese Frau.« Von Seligenthal wußte Markus Goltz schließlich nichts.

Borkenbrod, sowieso ernst, wisperte mit Deidameia. Sie nickte, sagte zu den Amazonen und Goltz: »Laßt uns eine Minute alleine.« Die Frauen nahmen den Polizisten am Arm, stellten sich ein paar Schritte weg seitlich hinter die Karosse.

Als alle weit genug entfernt waren, sagte Borkenbrod: »Wie komm ich nach Lough Leane?« »Was willst du da?« »Wie komm ich hin?« Sie zögerte. »Ich geh auch einfach s o los. Ich kann auch suchen.« »Chill…« »Sag meinem Sohn, er soll vollenden, was ich begann. Dann soll er über die Weststadt aus Buenos Aires hinaus. Er muß auf Thetis fahren, um seinen Namen zu finden. Sag ihm, er soll nach Leuke. Leuke, hörst du?« Kurzes, fast geseufztes Schweigen. Dann: »Da werden wir uns wiedersehen.« Er wußte selbst nicht, wieso er so und was da aus ihm sprach. »Chill, bitte bleib. Ich…« Sie zauderte, kämpfte mit zwei Tränen. Er sah sie nur an. »Ich liebe dich, Chill.« »Deidameia, bitte!« »Wieso willst du… mit so einer? Chill, du gehörst zu uns! Du bist Myrmidone.« »Das war ich nie. Und du führst sie, Wölfin. Ich selbst hab immer nur gesungen.« Sie biß sich auf die Lippe. »Du weißt es«, sagte er. Sie biß weiter, dachte: Was ist das für ein Mann! »Und was ist mit dem Schiff?« fragte sie. Borkenbrod wußte, was sie meinte. »Du hast es versprochen.« »Sie hat es versprochen.« »Wem denn soll sie es halten?« »Meinem Sohn.« »Er ist ein Kind.« »Noch. Nicht mehr lange.«

Elena rührte sich, murmelte, vielleicht fand Leni Goltz, geb. Jaspers, in sie zurück. Borkenbrod streckte sie mit einem knappen Schlag zurück in den Schlaf. Deidameia war nicht einmal erschrocken. Aber die andere Frau sang auch schon wieder.

»Was bist du, Chill, für ein Mensch?« »Ich weiß es nicht, Deidameia«, er rieb seine Fingerknöchel, »ich weiß es wirklich nicht. Weiß nicht mal, ob ich einer bin – Sieh hier: –«, holte das Schalenstück aus der Tasche, zeigte es. »Ich kenn's doch«, sagte Deidameia, korrigierte mit der Linken den Sitz der Sonnenbrille. »Es ist«, sagte er, »ein Stück von meinem Ei.« »Was?« Das hatte ihr genau so schon jemand anderes gesagt. Er steckte das Ding wieder ein. »Ich bin aus einem Ei.« »Ich verstehe dich nicht.« Aber erinnerte sich. Das hatte ihr Niam, die Sonnenträne, erzählt. »Meins, das ist meins!« hatte Borkenbrod gerufen, und die mit dem Goldhaar hatte beigefügt, die Frauen sollten es ihm lassen, es sei ein Stück von seinem Ei. »Ich gehör nicht zu euch. Ich bin was dazwischen. War ich je Kind? Kennst du meine Eltern?« »Wir haben einen Sohn!« »Ja, und er vielleicht hat mein Unheil nicht geerbt. Doch ich hab auch eine Tochter.« »Die Goldenhaar«, sagte Die Wölfin. »Niam«, sagte der Barde und ergänzte: »Wie Jason alles von dir hat, so hat Niam alles von mir.«

Deidameia hörte die Kleine, keine fünfundzwanzig Zentimeter war sie damals groß gewesen. *Wer formt die Waffen von Berg zu Berg?* Das Eichhörnchen peste davon. »Mein Samen, Deidameia, hat sich geteilt in ein Einst und ein Später. Durch die Mandschu ins Einst und

92

durch dich in das Später. Niam ist fürchterlich. Ich weiß nicht, wie's ihr jetzt geht, aber ich will nichts Neues davon. Es ist Zeit für die Zukunft. *Deine* Zeit, Deidameia.« Er nickte gegen die Amazonen. »Führ sie aus diesem Elend heraus.« »Und sie?« fragte Die Wölfin. Ihr linker Arm wie eine Lanze steif. Die Spitze zielte auf Elena. Borkenbrod schwieg für einen Moment. Dann sagte er: »Wohin ich mit ihr gehe, wird es Kinder nicht geben. Kinder sind da nicht nötig. Wir werden rein für uns sein. Und eines Tages, sowieso, kommst du nach. Kommt unser Junge nach, dann ist er schon ein Mann.« »Ein«, fragte Deidameia, »*alter* Mann?« »Ein s e h r alter Mann. Wenn du auf ihn aufpaßt, bis er das selber kann. Er ist zur Zeit in schlechter Gesellschaft.« Er lachte kurz, legte den Kopf schief. »Ich werd auch nicht mehr dichten«, sagte er.

Spätestens nun wußte Die Wölfin, sie sähe den Barden nicht wieder. Der seine Frau schulterte und, ohne sich umzudrehen, davonging. Hinkend wie je. Genau in die Richtung, in die Deidameia noch minutenlang wies. – Goltz war neben sie getreten und schaute, auch er durch seine Sonnenbrille, mit. »Nehmen Sie doch den Arm endlich runter«, sagte er, als Borkenbrod in der Ferne kaum noch zu sehen war, der und Goltzens Frau: zu Zehennagelgröße geschrumpftes, kaum noch schwankendes Buckelchen. Ein Horizont aus Stumpen und Geröll und aus Hügel und Wolke nahm beide auf. Darüber himmlisches Milchweiß. »Wir hätten wenigstens seine Wunde anständig verbinden müssen«, sagte Deidameia.

Abermals ein knappes Zucken links in der Wange.

»Du hast recht«, sagte Die Wölfin dann straff, rief die Frauen, schritt, ganz steif im Kreuz, zu ihnen. »Du bleibst hier!« Das zur Entblößten. »Paß auf ihn auf. Sonst ist er verloren. Keine drei Stunden hält er alleine durch.« Zu Goltz: »Wir sehn uns.« Eine harsche Armbewegung, zwei Frauen klettern in den Laster, hustend läßt die dritte ihn an. Dann, rumpelnd, sind sie weg.

Goltz steht da mit dem Weib.

Stunden vergehen.

Rauschen mal, mal ein Sirren. Irgendein Nachttier, man wußte nicht, ob Eule, ob Äffchen. Auf Goltzens Blick, den sie bloß gespürt haben konnte, grunzte die Amazone. »Gloptas«, grunzte sie. Grunzte noch einmal. »Das sind bloß Gloptas, scheiß dich nicht an.« Plötzlich jedoch schrie sie ein gezischtes »Nicht bewegen!« und hatte das Kurzschwert in der Hand und hieb zu. Keinen Zentimeter neben Goltz knallte die Schärfe nieder, er schnellte, geistesgegenwärtig, hoch. Stein spritzte weg und etwas auseinander, das wie Gülle stank. Prall voll damit schien das Ding gewesen zu sein. Die Amazone, weiter die Schlagwaffe haltend, die sie links geführt hatte, denn rechts trug sie den Vorderschaftrepetierer, wischte sich den Unterarm über Nase und Lippen, zog Rotz hoch. »Knapp«, sagte sie. »Entschuldigung«, fragte er, »was war das? Ich dachte schon…« Da grölte die Amazone. »Ich hau doch keine Tunten.« »Schön, daß Sie sich amüsieren.« »Na krieg dich wieder ein. Gefällst mir, Süßer, ja.« Goltz konnte nicht anders, mußte mitlachen. Aber nur kurz. Das schien dem Weib zu gefallen. Also erklärte die Amazone: »Das da«, sie ließ die Schwertspitze durch etwas Schleim in Steinkrumen kratzen, »war ein Bohrer. Wenn du nicht aufpaßt, frißt sich das Mistzeug bis in deine Knochen. Kriegste nicht mehr raus.« Goltz dachte: Osten. »Und dann?« »Dann wirste ein Idiot. Na, tut ja nicht weh. Und *braucht*.« »Widerlich«, sagte Goltz. – »Keine Ahnung, was?, vom Leben.« »Nicht von«, er stutzte, »deinem.«

Die Amazone lächelte, der Mann hatte sich angepaßt, sagte nicht mehr »Sie«. War unversehens nah. Ein Waffengefährte. Sie zog etwas aus ihrer Umhängetasche, setzte sich, lehnte ihr Schwert an die Hüfte, die Schußwaffe lag neben ihr. Sie wickelte aus, reichte Goltz ein Pan masala. »Nimm.« Er wollte ablehnen, sein Instinkt wehrte sich, seine Zivilisation wehrte sich, aber er nahm der Frau den Wickel doch von der Hand. Sah ihn an. »Beiß ab.« Er zögerte. »Beiß schon. Ist kein Shit drin.« Sie meinte den halluzinogenen Faulpilz. »Aber«, setzte sie noch hinzu, »beruhigt.« »Ich bin nicht nervös.« »Doch. Das biste.« Er zögerte weiter. »Wär ich auch«, sagte sie, »drüben bei euch.« Da biß er ab von dem Wrap.

Ein Narmada schoß ihm über Zunge Wangen ganz der Mundraum voll mit Koriander und Sirup. Kardamom schon flüssiger Fenchel. Turmarik rollte wärmend zum Hals. Stürzte tausend Wasserfälle aus Honig die ganze Länge der Speiseröhre erhitzte das Zwerchfell gleich mit, bevor diese Flut in den Magen spülte. Die Sensation feuerte eine halbe Minute, dann dämpfte sie sich. Eine angenehme Gewißheit durchfloß Goltz. Der verklärte Intrigant. Der hagere Machtmann. Handtellergroß in duftenden Samt involtartes Bouquetgarni. Noch immer. »Meine Güte«, dies die Amazone wieder, »hast du einen Geruch!« Sie hatte ihre Order, also beherrschte sie sich. Sonst hätt sie ihn nach Themiskyra verschleppt.

»Was ist das?« fragte Goltz leise. Er hatte noch nie solch einen Himmel gesehen: herrliche Ionisierungsblitze im Milchweiß dieser halben hochgefieberten Nacht. Daß Dunkelheit so leuchten konnte! Man hatte das Gefühl, die Mauer sei nah. Und das Meer. Aber das meinte er nicht, meinte den Wickel. »Was ist das?« »Das ist der Osten.« »Der Osten.« »Faß mich mal an.« »Was?« Sie hob, neuerlich mit beiden Händen, die Titte. »Faß das mal an. Komm schon, du sollst nur mal fühlen.« »Verzeihung, aber ...« »Mach schon. Guck, ist ohne jede Gefahr.« Amüsierte sich. Was ein verklemmter Mann! Wieder den Blick auf das Pan. »Beiß noch mal ab.«

Die tausend Wasserfälle wieder. Die Blitze überm Horizont. Jetzt grünrot, es war nicht zu fassen. Und diese grobe Frau vor ihm, wie auf dem Tablett, so bot sie ihm die Memme, brachte ihm sie dar. Es war die erste weibliche Brust, die er in seinem Leben berührte. Selbst Leni, seine Frau, als Helena nun in Achill eingegangen, hatte er nie angefaßt. – Er kaute, um sich Mut zu machen. »Weich«, sagte er, als er fühlte. »Und fest«, sagte er. War verwundert. Der Osten. Das ist alles der Osten. »Faß fester, man will als Frau etwas fühlen. Tu mir weh. Aber vorsichtig.« »Wie«, fragte er, »heißt du?« »Kali.« »Und weiter?« »Kali. Nix weiter.« Sie nahm seine Hand, führte sie. Führte sie unter die Brust, ließ sie heben. Es war ein gutes, tiefes Gefühl. Sie führte seine Hand um die Rundung. Aber er vermied die Warze, vermied selbst den Hof, nicht mal sein Daumen strich darüber. »Du bist«, sagte sie, »noch ein Kind.« »Warum tut ihr das?« Er ließ Zeige- und Mittelfinger über die Wölbung der Narbe streichen, die davon über ihre ganze furchtbare Länge, ein Reflex des Himmels, aufzuleuchten schien. »Wozu tut ihr euch das an?« »Ist es schlimm?« »Es ist häßlich.« »Hab mich dran gewöhnt.« »Ist das nötig? Muß man sich wirklich so verstümmeln?« »Das glaubst du?« »Was?« »Daß wir uns verstümmeln.« »Man sagt, es ist bei euch Tradition. Ihr wollt zeigen, wie hart ihr seid. Als Kämpferinnen.« – Sie schüttelte den Kopf. »Westen«, sagte sie, »auf so was kann wirklich nur der Westen kommen. Hör mal, du

95

Goltz, wir sind *Schwestern!* K e i n e täte der andern das an.« »Aber …«
»Wir werden so geboren. Einige, nicht alle. Deidameia nicht. Aber die
ist auch erobert.« »Erobert?«

Er nahm die Hand von ihr weg, als Kali erzählte, wir s i n d so. Wir
sind frei. Niemand wird uns unterwerfen. Aber auch wir wollen lieben. Also heben wir Harines aus. Fallen in die Ortschaften ein, nehmen Schönheiten mit. Sie würden dort verrotten. »Sieh sie dir an, die
Leute in den Städten. Die auf den Dörfern und um die Fabriken. Da
ist der Hunger. Da ist die Krankheit, die Feigheit.« »Ihr verschleppt
Menschen?« »Junge Frauen. Denen geben wir Ehre zurück.« »Da sind
Familien!« »Die tauschen Kinder gegen Fernsehgeräte, in denen man
solche wie euch sieht.« Sie spuckte aus. »Gib mir auch mal.« Er reichte ihr das Pan. Sie biß, gab zurück. »Du wieder«, sagte sie. Also biß
er auch, nachdem er das ausgesogene Blatt weggespien hatte. »Du
weißt nicht, was Fußknöchel sind.« »Ihr seid«, sagte er, »Barbaren.«
Das machte sie ernst. »Du bist, du Goltz, sehr viel roher als wir.« Er
staunte es an, dieses Weib. Staunte vor allem, daß er ihm glaubte. Daß
er nicht einmal still, nicht mal für sich, protestierte. »Ihr alle im Westen seid roher«, setzte sie selbstgewiß nach. Sie zeigte auf die Felsbrö-
sel, in denen sich der Bohrer bereits völlig zersetzt hatte; vielleicht war
sein Schleim ins Gekiesel gesickert, vielleicht verdunstet. Jedenfalls
lagen da nur noch zerbröckelte Plättchen Chitins. »Wir haben diese
Scheiße da. Wir haben Gloptas. Und hast du schon mal 'nen Hundsgott gesehen?« Er schüttelte langsam den Kopf. »Das haben wir alles.
Eine Zeit lang hatten wir Flatschen. Widerlich aggressiv. Und wenn
du mich schon häßlich findest, dann schau dir mal die Schänder an!
Ja, das haben wir alles. Und mehr davon. Das kannst du Goltz mir
glauben. Aber wir wissen, was Zärtlichkeit ist.«

Plötzlich die Amazone ganz starr. Als hätt sie die Ohren aufgestellt, so lauschte sie. Man hörte fernes, sich näherndes Lärmen. Stimmen, Gerumpel. – »Hoch!« Und: »Nimm d a s!« Sie gab ihm den Vorderschaftrepetierer, mit dem Schwert wüßte er nicht umzugehen, das
war ihr klar. »Laß dich nicht auf Berührung ein!« zischte sie. »Nicht
bei Hundsgöttern, nicht bei Schändern und Devadasi.« Vor letztren,
schien's, hatte sie einen Horror. Ihre Stimme blies sich auf in dem
Wort, von innen heraus, nicht von außen hinein, die Worthaut hielt
gerade s o den Respekt; und den Abscheu, beides zugleich. Die Wort-

haut war zäh genug, nicht zu platzen; keines anderen Wortes Haut war zäher. »Keine Berührung mit deren Blut!« Zwar hatte sie Dr. Spinnens Tierchen niemals gesehen und sowieso nicht, wie sie einen versuppten, aber der halbe Osten raunte davon, noch immer, keine Ehre war gegen diese Waffe gefeit, selbst nicht verbissenste Kampfkunst; man könne nur rennen, wenn das ströme, sobald der gefallene, der verwundete Feind ein Kokon war. Es genügten schon Spritzer Leukozyten, das wußte die Amazone nur nicht. Doch sowieso machten die Devadasi, machte die Heilige Frau, sozusagen *an sich,* den Amazonen eine osteomalate heilige Angst; nicht die Schänder, die waren nur roh, waren die primitivsten Mutanten, Landshut war Rom gegen die, die Seligenthaler Abtei eine Therme. Schänder wären dort, hielt man sie nicht irgendwie auf, eingefallen wie die Goten und hätten in den Devadasi einen tausendgesichtigen Gott mitgeführt, der vor Grausamkeit auf dem Kopf stand.

Die Amazone entsann sich, wie sie da angespannt in die zwittrige, scheinhelle Nacht spähte, des einzigen, der dieser Unterwelt widerstanden hatte – und ihm, dem Zornigen, widerstanden die Hundsgötter nur, diesem Achäer, dessen Gesang jederfraus Blutrausch und sowieso den der Schänder in allerinnigstem Samt erstickte. Sie selbst noch, Kali, hatte den Listenreichen erlebt, auch dieses in Landshut, doch nicht im Seraglio, sondern dem Tausnitzer Saal, als der Feldherr damals das Wasser brachte für den im ganzen Osten berühmt gewordenen Tausch. Aber Odysseus war tot, »er ist auseinandergeflossen!« rief

9

Deidameia leise, doch außer sich vor Zorn über das, was der da, was Goltz, zu glauben schien. Schon beherrschte sie sich, aber die fünfstriemige Niamsnarbe schien aufzubrechen, derart schoß das Blut in sie. »Es sind d e i n e Milizen gewesen!« »Ich h a b e«, Goltz blieb völlig ruhig, »keine Milizen, ich war für den Osten nie zuständig.« »Du hast kooperiert!« »Selbstverständlich. Ich bin Buenos Aires' Polizeichef, wo denken Sie hin?« »Ihr habt erzählt, wie fürchterlich Odysseus starb. Ihr habt euch besoffen vor Freude daran.« »Ich habe niemals

Freude an irgend jemandes Niederlage. Sie mag nötig sein, dann«, sagte er und war um die gute Formulierung bemüht, »richte ich sie ein. Doch verschafft mir das kein Gefühl.«

Endlich war Die Wölfin gekommen, anders als der Polizist tatsächlich durch das Sushi-Räumchen herunter. Und hatte gleich, ihr seltsam bekannt, den Mann an der Theke bemerkt, der sich da eifrig Notizen machte; dennoch sei sie ihm, glaubte die Frau, in ihrem Leben nicht begegnet. »Kennen Sie den?« fragte sie Goltz. Noch vor dem ersten Begrüßungswort. Und setzte sich zu ihm. Persönlich hatten sie sich seit damals nicht mehr gesehen, aber selbstverständlich den Kontakt aufrechterhalten und Informationen ausgetauscht. Nach den sieben Jahren wirkte Deidameia verändert, ihr Feuer, außer eben jetzt, gedämpft – ihre Entschiedenheit allerdings nicht. Sie habe, dachte Goltz, politische Statur bekommen. Vielleicht seit an ihrer Seite kein Barde mehr stand und wohl auch, weil ihr Sohn in Pontarlier verkehrte. Goltz hatte gelernt, Die Wölfin zu achten; ein wenig, man muß es so sagen, verehrte er sie. Auch das kam von den Kali-Träumen. Um so ernüchterter war er, nach Nullgrund, nun.

Er schaute ein zweites Mal zu dem Menschen an der Theke, sonst sah er immer nur *ein*mal hin. Er maß ihm den Rücken. »Nein, ich kenne ihn nicht. Aber hatte auch erst den Eindruck.« Daß sein Instinkt leise schimpfte, verschwieg er; sagte statt dessen: »Sie kommen sehr spät.« Sein Kopf hatte den Mann wie jenen anderen längst notiert, der rechts an der Frontscheibe unter den Projektionen saß; den hatte er ganz sicher schon einmal gesehen. Er ahnte: auf einem Fahndungsfoto. Es lag aber lange zurück, sicher v o r seiner Zeit als SZK-Chef, wahrscheinlich hatte da Gerling noch gelebt. Jedenfalls hatte sein erkennungsdienstliches Hirn einen Marker gesetzt. »Die Lappenschleusen sind«, sagte Deidameia, »seit Nullgrund gefährlich bewacht. Wir haben alle Aktionen derzeit eingestellt.« »Sie haben?« Deidameia nickte. »Und das hier«, er zeigte gestenlos auf ihren Körper, »sind *Sie selbst?* Ich spreche mit keiner Kopie?« »Wo wäre denn ein Unterschied?« »Es ist der Geruch.« »Du?!« Deidameia mußte lachen, trocken. »Du sprichst von Geruch?« Das klang wie ein Husten, wenn er wehtut. Beiden, auch Goltz. »Also was ist mit Odysseus?« »Odysseus ist tot«, beharrte Deidameia und warf ihr Flammenhaar zurück. »Wir hatten eine Trauer, an der sich eure Söldner besoffen … in unserem eigenen Saal!«»Führen Sie Ihre Klage in Pontarlier.« Sofort tat sein höhnischer Ton ihm leid. So wurde er sachlich: »Ich habe Fragen.«»Die habe ich auch. Tauschen wir.« Er schwieg. Sie bestellte einen Milchkaffee. Wartete ab, daß die Kellnerin ging, sagte dann völlig direkt: »Du denkst, ich hab dich betrogen.«»Wie kam der Sprengstoff in die Brücke? Wenn es Sprengstoff w a r.«»Eine Hodna-Substanz?« »Harfa? Ausgeschlossen. Man hätte einen Generator anbringen müssen.«»PU-239?«»Die direkte Wirkung war exakt auf die Economia begrenzt, auf ein *Recht*eck, ich bitte Sie! Die Zerstörung war derart punktgenau, man kann nicht einmal von *Radius* sprechen.«»So etwas gibt es nicht.«»Es sei denn, es ist nicht nur die Brücke gewesen. Es sei denn, es waren auch anderswo solche Bomben versteckt. Dann gibt es so etwas s c h o n.«»Du meinst?« Er schwieg wieder. »Wieso habt ihr das nicht untersucht?« Er lachte ebenso trocken auf wie kurz vorher sie. »Wir konnten nicht.«»Was?!«

Er sah auf. Zorn in den Augen Der Wölfin. Den sie bezwang. Ja, dachte er, sie ist Politikerin geworden. Sein Respekt hatte, ohne daß er ihm bewußt war, allen Grund: Es war eine lange, lebensgeschichtliche Reise von der zarten Hierodule der Abtei Seligenthal zur politischen Strategin gewesen, die eine Befreiungsbewegung befehligte, hatte vieler Trennungen bedurft, nicht nur persönlicher, auch moralischer. Ein Wunder, daß sich das nicht rücksichtsloser in ihre Züge eingeschnitten hatte, daß sie trotz allem schön geblieben war, h e r b schön freilich. In Landshut war sie eine Sissi gewesen. – Er räusperte sich. Die Kellnerin brachte den Kaffee. Jesses, was ein schöner Arsch. Ich bekam meinen Blick nicht davon weg. Als ihrerseits sie, und zwar fragend, Goltz ansah (»Noch einen Hagebuttentee?«), schüttelte der kurz den Kopf. Da ging die Kellnerin wieder. Er und Deidameia blickten ihr hinterher, bis sie außer Hörweite war.

Die Musik und das Murmeln.

Die Espressomaschine.

Es klappert Geschirr.

Endlich, leise gesprochen: »Wir bringen Tausende um für nichts? Das hast du gedacht? Du hast gedacht, wir würden so was in Kauf nehmen? Die Amazonen können sich kaum mehr r ü h r e n im Osten! Das, hast du gedacht, riskierte ich?« Ihr Zorn wurde sichtbar, gerade weil sie fast tonlos sprach. »Tranteau«, sagte er ruhig. Deidameia: »Sie ist zertrümmert, das weißt du!« »Vielleicht habt ihr sie – wiederhergestellt. Einige ihrer Leute hatten und haben wohl immer noch vor, das zu tun. Soviel mir bekannt ist.« »Ah, soviel dir bekannt ist.« Durchaus höhnisch. »Vielleicht auch, daß meine Frauen begeistert von der Entkörperung sind? – Das ist absurd!« Er schwieg. »Stuttgart ist abgeriegelt wie nichts.« »Das weiß ich a u c h.« Goltz mußte lächeln. »Dennoch.« »Das ist ja n o c h schöner!« Deidameia rief das diesmal laut, man sah sogar her. Ihre Narbe glühte. D o c h keine Politikerin, dachte Goltz. Aber sagte: »Die Sprengsätze, Wölfin... was nun auch immer sie waren... – nur Menschen haben sie in die ECONOMIA hineinbringen können. Es gab keine holomorfe Verbindung. Das wußten... wußtest du...« Sie sah dem Mann an, wie schwer ihm das Du über die Lippen ging, aber immerhin, er brachte es zustande. Der Osten, dachte sie, hat ihm gutgetan. »Holomorfe fallen als Attentäter völlig aus. Doch nur sie hätten ein Interesse gehabt...« »Das Interesse *Ungefuggers?* Das glaubst du selbst nicht!« »Nein«, sagte er. »Das glaube ich nicht. Doch ich muß die Möglichkeit bedenken.« »Selbstprojektoren...«, wandte Deidameia ein. »Durch die Sperren kamen nicht einmal Walkmen. – Nein, ganz gewiß nicht.« »Auch keine Menschen, wenn sie Sprengsätze tragen.«

Humanoide, die in der ECONOMIA tätig gewesen waren, hatten morgens und abends strenge Scannerposten passieren müssen, ›Charlies‹ im losen Mundwerk der Porteños: aus *Checkpoint Charlie* travestiert. Jedes Metallteil war untersucht worden; kein Taschenmesser, seit die ECONOMIA stand, passierte die Charlies, nicht eine Batterie, auch Knopfzellen nicht. Man nahm den Leuten selbst ihre Uhren ab. Auch das hatte Goltz seinerzeit gegen Pontarlier durchgefochten, von Zarczynski zur Seite, den die politische Linke nur seinetwegen einen Condoleezzus Rice Europas nannte.

»Was, Wölfin, haben diese Harpyien gesucht?« »Was wollten sie vernichten?« »Was wollten sie vernichten.« »Hodna-Generatoren.« »Unfug. Kein Holomorfer auf dem Gelände mußte die Roboter scheren. Die waren nichts als Verwaltungsprogramme.« »Hat man die Programme befragt?« »Sie sind gelöscht.« »Bitte?!« »Alle.« »Das gibt es nicht!« »Sie behinderten die Aufräumarbeiten, die Sucharbeiten. Es waren Tausende. Man suchte nach Überlebenden, das hatte Vorrang. Also hat man sie abgeschaltet.« »Was den Harpyien nicht gelang?«»Was die Harpyien nicht wollten. So sieht es aus. Aber *was* wollten sie?«»Habt ihr danach die Generatoren nicht wieder eingeschaltet?«»Das ist es eben. Die Holomorfenprogramme wurden nicht nur vorübergehend deaktiviert, sie sind für immer gelöscht. Ein Fehler ... die Hast, Erschütterung, Überstürzung – so wurde das erklärt.« »Du warst nie überstürzt.«»Ja, ich. Aber die SZK hatte keine Befugnis. Uns waren selbst Räumtrupps vorgeordnet. Ewigkeiten haben wir gebraucht, um überhaupt aufs Gelände zu kommen. Meine Leute haben an den Charlies Stunden verbracht, weil das Identifikationssystem versagte.«»Das stinkt.«»Als sie endlich vor Ort waren, karrten die Muldenkipper schon den Schutt weg, Hunderte LKWs, du machst dir keinen Begriff. Kaum ein Metallteil blieb übrig, alles fort zum Recyceln.« Er sah Die Wölfin scharf an. »Ab in den Osten.« »Das stinkt«, wiederholte Deidameia. »Was haben die Harpyien also gesucht? Und woher sind sie gekommen?«»Wie viele Holomorfe waren es?«»Dreitausend, viertausend.«»Und da hast du geglaubt, meine Leute...«»Auch sie sind Programme...«»Das sehen die Programme anders. Tranteau war ebenfalls Programm.«»Wer konnte ungehindert die Posten zur ECONOMIA umgehen?«»Pontarlier?« fragte Deidameia leise. »Vollmachten«, sagte Goltz.

Es war ein wirklich ungeheurer Verdacht. Paranoia geht so, dachte Goltz. »Oder es gab«, wich er aus, »eine nicht von mir autorisierte Lappenschleuse...«»...von der du nichts wußtest?«»Vielleicht ist es einigen deiner Holomorfen gelungen, sich einen Zugang...« Ihn scharf unterbrechend: »Ich habe meine Truppe im Griff!«»Man hört anderes.«»Quatsch.«»...also eine«, setzte er fort, zögerte kurz, »*künstliche* Schleuse...« Sie schüttelte den Kopf: »Wir hätten Kabel verlegen müssen, damals, als gebaut wurde. Wie wäre uns das möglich gewesen?«»Ich habe keine Ahnung.«»Und ihr hättet Spuren gefunden.« »Wir haben n i c h t s gefunden! Es war überhaupt nichts mehr da für Analysen. Kein Glas, kein Blech, t r a g e n d e Pfeiler sowieso nicht. Sogar der Boden war von den Caterpillars aufgewühlt.«»Die FEMA hat Berichte vorgelegt...«»Die FEMA mußte *raten*. Die Räumarbeiten haben nahezu jede Regel der Spurensicherung mißachtet. Als sie ihre Arbeit aufnahm, war aus dem Nullgrund w i r k l i c h ein Nullgrund geworden.« Er schwieg einen Moment. »Imgrunde sind das einzige, wonach wir das Attentat untersuchen können, die Fernsehaufnahmen. Und Videos von Privatpersonen.« »Klingt«, sagte Deidameia nicht ohne Spott, »als wären sich eure Räum- und Bergungsfirmen mit den Harpyien einig gewesen.« »Erst einmal klingt das, als hätten die einen zu Ende geführt, was die andern begannen.« »... und ausgerechnet deine geliebten«, spottete sie, »Journalisten haben sich auf deine Seite geschlagen.« »Nicht die! Ihre Bilder. Allenfalls. Aber, Wölfin«, ganz unvorhergesehner Vorstoß, »was g i n g denn da vor?«

Beide schwiegen.

»Angreifer und Verteidiger, um das mal so«, sagte er, »auszudrükken, haben von der ECONOMIA nichts übriggelassen, das irgendeinen Rückschluß erlaubt. Aus Fahrlässigkeit, wegen Überlastung.« »Einfach nur geschlampt.« »Geschlampt? Das ist das falsche Wort. Nicht professionell.« »Z u professionell, denkst du.« Er wischte seinen absurden, den, dachte er, irren Verdacht wieder weg, fuhr sogar mit der Rechten durch die Luft, wie um die innere Zensur zu unterstreichen. »Man hatte, um Sorgfalt walten zu lassen, wirklich keine Zeit.« Schwieg. Hob das Glas, schluckte die Hagebuttenneige. »Was willst du eigentlich von mir? Außer, mich zu verdächtigen?« »Ich verdächtige nicht, stelle Fragen.« »Also, was willst du, Markus?« Auch noch sein Vorname! Schon mit sieben war er einer gewesen, der auf Distanz hielt. Er seinerseits nannte Deidameia fast immer nur Wölfin. Seit er im Osten gewesen war. »Ich verstehe nicht, wie Odysseus...« »Odysseus ist tot. Das ist jemand anderes.« »Oder er hat überlebt. In irgendeinem Versteck.« »Davon hätte der Osten eine Legende gebildet.« »Dann hätte der Westen g e s u c h t .« »Der Westen hat nicht mal einen Hundsgott gesehen.« »Hundsgötter gibt es nicht.« Deidameia lachte auf. »Es gab, sagtet ihr, auch die Flatschen nie.« Goltz räusperte sich; er war damals, auf den Vorschlag des Europäischen Heeres hin, an der Vorbereitung des Abwurfs beteiligt gewesen. »Markus, da *nennt* sich jemand Odysseus.« »Er sieht aus wie Odysseus«, beharrte Goltz, sich plötzlich an Deters' kybernetische Vernehmung erinnernd: wie viele Jahre war das her? Drehte den Kopf zur Theke. Nein, ein Irrtum. Drehte den Kopf zurück, sah das von RTV Ost ins Euroweb ausgestrahlte Video vor sich, den untersetzten bärtigen Mann in der Dschellaba vor einem Stehpult seine Botschaft verlesend, als rezitierte er Heilige Schriften. »Wer immer er ist, er will die zerfallene Allianz mit den Schändern wiedererstehen lassen.« »Liga des Ostens.«

»Nun ja.« »De facto stärkt er den Westen.« »Wer hat Interesse am Nullgrund? Wer an einem neuen Krieg im Osten?« »Alleghey? Und Ungefugger.« »Die Andenstaaten.« »Holomorfe.« »Wie konnte es Odysseus gelingen, seine Nachricht in die Fernsehübertragungen von Nullgrund einzuspeisen? Hast du dafür eine Erklärung? Gibt es Sender im Osten, die derart invasiv sind? Oder geschah das von Buenos Aires aus?« Deidameia stutzte nun doch. »Ich habe mit Beutlin gesprochen.« Deidameia hob eine Braue. »Die einzige Möglichkeit, sagt er, hätte darin bestanden, daß sich jemand ins Euroweb hackte.« »Du mißtraust mir noch immer.« »Ich stelle immer noch Fragen. Ihr habt euch koaliert. Ihr habt von mir Informationen bekommen. Jetzt will ich welche von euch.« »Die Amazonen sollen nach den Harpyien suchen?« »Nach den Fertigungsstätten.« »Das halbe europäische Kriegszeug läßt Pontarlier im Osten bauen.« Goltz nickte. »Aber das ist legitimiert, wenn es über die Grenze transportiert wird. Das muß man nicht verstecken.« »Es könnte mitgeschmuggelt worden sein.« »Nicht derart viel. Ich glaube nicht, daß die Kampfmaschinen dort entwickelt wurden... – Du hast Spione in den Fabriken.« »... die Selbstprojektoren kamen anfangs a u c h von da...« »... die ließen sich relativ leicht durch die Posten bringen. Und es war eine andere Zeit. Harpyien sind etwas Neues. Ihr seid auch herübergekommen.« »Das war ebenfalls vor Jahren.« Sie hatte recht. Es hatte damals noch keine Wahrheitsimpfung gegeben. »Ich will Sicherheit.« »Sind bereits Kabelnetze für Lappenschleusen in den Osten verlegt?« Goltz schüttelte den Kopf. »Noch keine Kabel, grad haben erst die Ausschachtungsarbeiten begonnen.« »Es wäre nicht falsch, sie zu behindern.« »Wie ich ihn einschätze, wird das... na gut: Odysseus tun. Auch in diesem Belang dürfte er die Interessen deiner Holomorfen teilen.« »Und«, sagte Deidameia, sie hob leicht die Stimme dabei: »Ungefuggers.« »Wichtiger sind die vorinstallierten Ein- und Ausfahrten.« »Die in Wien.« »In Warschau. In Cham.« »In den Großfabriken.«

Die Transmitter waren, weil es in den ursprünglichen, funkähnlichen Transitwellen nicht selten zu Verschmelzungsunfällen gekommen war, seit Jahren an Hardware gebunden – *Wireware* nannten die Techniker sie, die frechen Porteños sprachen von »Wirrwarr«; Buenos Aires' transmetropoles, dachte ich, Verkehrssystem ähnelte deshalb den einstigen Telefonnetzen. Längst waren Transmitter sogar transthetisch verbunden. Vielleicht war der körperlose Verkehr verschleißanfälliger geworden, insgesamt aber sicher. Für Hodna-Verdichtungen galt das allerdings nicht, Holomorfe konnten sich, sofern entsprechend programmiert, umstandslos hineinscannen. Deshalb waren die holomorfen Rebellen, die sämtlich Selbstprojektoren trugen, »eine solche Gefahr wie Odysseus«, hieß es in der

10

Presse, das wurde in Fernsehen und Euroweb ständig diskutiert, habe es für Buenos Aires »nie noch gegeben«. Schon war die Liga des Ostens auf Achse des Bösen umgetauft; sogar Allegheny, der wirtschaftliche Hauptkonkurrent Europas, sicherte militärische Hilfe zu. Allerdings zögerte Pontarlier, sie anzunehmen, sie hätte für die erstarkte transthetische Nation mehr als nur einen Fuß in Europas Osten bedeutet. Ungefugger hatte keinen unklaren Blick: Ganz Warschau McDonald's, Disneyfication von Prag. Außerdem buhlten die Staaten um Zweitmond, hatte ich soeben in mein Notizbuch gekritzelt,

als jemand den kritzelnden Mann da herausriß: »He Ecki! Du bist doch Ecki!« Er war schon nicht mehr ganz klar, fünfter Halber, logisch. »Eckhard Cordes, Mensch, wir kennen uns doch! Erkennste mich nicht? Brander, Andy! Ist aber lange her, stimmt schon.« Irritiert bemerkte Cordes das grüne Krokodil auf Branders T-Shirt. Wie konnte sich einer so wenig verändern? »Hotel Wolpertinger«, sagte der, »Hannoversch Münden, 1981. Dich haben sie damals doch a u c h abgeführt.« Cordes verwirrte sich immer mehr. Er spürte den Alkohol. Ich schlug das Moleskine zu. Immerhin schien auch er selbst sich nicht sehr verändert zu haben. Wenn der da ihn erkannte.

Er guckte hinter sich. Da saßen Goltz und Deidameia nicht mehr; allerdings hockte immer noch Möller vor der Scheibe und spiegelte sich, spiegelte sich mit dem SILBERSTEIN in die Straße, weil es draußen nachtschwarz war, voller Lampen und bisweilen einer Straßenbahn, deren helle Fenster durch die Spiegelungen fuhren: der Screen einer aufeinanderprojizierten Zweiten Realität, die mit der Dritten in Cordes verschwamm.

Die Erste machte in Gestalt dieses Branders immer weiter ihre Ansprüche geltend. »Ich hab dich doch gesehen!« beharrte er. »Und wenn sich einer so wenig verändert wie du ... Mensch, das sind mehr als fünfundzwanzig Jahre!«

Ich verfolgte die Szene von ungefähr dem Platz aus, an den sich Cordes den Polizeichef und die Rebellin hingedacht hatte, war zufällig ins SILBERSTEIN gekommen, auf einen Abenddrink. Es war so gegen zehn gewesen und Cordes bereits deutlich angetrunken. Er kritzelte und kritzelte.

Three things that enrich the poet

(Es gibt Sitzplätze, vor denen muß man sich hüten, von denen strahlt etwas aus. Das kann an einem Programmierfehler liegen, oder Sabine hat sich ein Scherzchen erlaubt, als ich auf Toilette war. Ein Effekt der Selbstgenerierung könnte es ebenfalls sein. Auf jeden, der genau dort an der Bar Platz nimmt, schwappt sie hinüber, die Allegorie. Nur deshalb hat sich die Anderswelt wieder belebt und entwickelt sich weiter. Ich war nicht ganz unglücklich darüber, daß es nicht mich selbst getroffen hatte. Der ich mich, weil Deters ein bißchen nach mir designt ist, dennoch vorsehen muß. Es wäre nicht leicht, zum Beispiel Goltz klarzumachen, daß ich durchaus nicht der bin, den er in mir vielleicht noch erkennt. Schließlich bin ich nun selbst ein Teil des Zyklus geworden.)

Offenbar versuchte Cordes, den Brander zu ignorieren; bei dem nicht einfachen Unternehmen kam ihm sein Suff zupaß. Er guckte ostentativ nur noch in sein Glas, spuckte vor sich hin, schüttete sogar ein bißchen Bier auf das Moleskine und wischte das nicht einmal weg. Es wurde wirklich Zeit für ihn. Wie er das allerdings schaffen wollte nach Hause, war mir unklar. Es machte mich dann ziemlich baff, daß er, wie ich selbst, mit dem Fahrrad fuhr. Immerhin hatte er begriffen, daß es keine andere Möglichkeit gab, diesen aufdringlichen Typen loszuwerden.

Immer noch quasselte der auf mich ein, von der ›irren Fete‹ in einer Ruine, von einer Razzia Geschrei, Frau Kommissar Anselm und runtergerissenen Masken. Ein alter Pfarrer hing am Joint. Lauter so Zeugs. »Festnehmen, alle!« Cordes reagierte auf so was, sah schon die

Szene leibhaftig vor mir, da kann man dann immer nur abhaun. Also eh es zu spät ist und dir die Fantasie etwas einbrockt, aus dem es entsetzlich schnell kein Heraus mehr gibt.

Ich kletterte vom Barhocker. Das Krokodil faßte nach meinem Ärmel. »Du willst doch jetzt nicht die Sause machen?« Knapp davor, dem Typen eine zu knallen, erstarrte ich. Denn ich erblickte Herbst. Der saß ziemlich genau da, wo eigentlich Deidameia und Goltz hätten sitzen müssen. Ich riß mich zusammen. Wahrscheinlich hat der mich gar nicht bemerkt. Mich also schon, als Gestalt, das war nicht schwierig, und er beobachtete mich auch – aber eben nicht, daß ich mir im selben Moment über i h n klar war. Anders als Möller, der immer noch am Fenster saß, war Herbst dummerweise real, er hielt überdies meine, d. h. Deters', Arbeitswohnung besetzt. Und ließ immer mal wieder Bonbonpapier fallen, wenn er ein gehärtetes Zuckergelee aus seinem Jackett gefingert, herausgerollt und in den Mund gesteckt hatte. Das schon war ärgerlich genug. Aber seit Monaten fand ich meinen Zweitschlüssel nicht. Andernfalls hätte ich den Mann längst rausgeworfen. Ihn anzuzeigen, ich bin mir ganz sicher, hätte wenig Sinn gehabt. Er hätte sich einfach ausgewiesen, und ich hätte im Regen gestanden. Wie wollen Sie einer Behörde erklären, von jemandem ausgebootet worden zu sein, den Sie erfunden haben? Ich war mir sehr sicher, daß er entsprechende Papiere vorlegen konnte. Oder er hätte mit einem ganz ähnlichen Ausweis angegeben, Hans Deters zu sein. Für den waren schriftliche Zeugnisse noch leichter zu erlangen, schon weil ich selbst, als ich mit dem Romanprojekt begann, die kleine Wohnung unter eben diesem Namen gerade angemietet hatte. Ich brauche so was; gibt es keine realen Entsprechungen, *setze* ich sie halt und gucke, was draus wird. In diesem Fall war Herbst draus geworden. Der obendrein, übrigens, aussieht wie Deters, jedenfalls ungefähr. Die beiden sind brünett, zumindest haben sie braunes Haar, ich selbst bin blond. So was lehnen Behörden selbst dann als Beweisführung ab, wenn Deters' Schläfen, anders als Herbsts, mittlerweile ergraut sind. Obwohl er jünger ist als der.

Egal, ich muß ins Bett.

Ich wankte. Ein Segen With a razorblade, daß ich mich immer wie einen Fremden im Blick hab I'll cut a slit open und also dirigieren kann. In Palermo hat mir das mal das Leben gerettet: Palermo auf Sizilien, nicht PALERMO-BUENOS AIRES. Ich war im SHANGHAI eingekehrt, saß oben auf der Terrasse über der nicht mehr von den Ständen, aber noch von Garküchen belebten Vucciria und speiste. Es war sehr dunkel, die Luft übermaßen feucht; als schwankte etwas auf Wasser, so verschwamm darin das Glitzlicht der Lampen. Von Fenster zu Fenster wurde über den kleinen Platz geschrien, unten röhrten Mopeds, Fernsehwerbung tölte in die Nacht einen irren Kram. Es war mein erstes Mal dort, ich ahnte noch nicht, wie ölig der Vino locale war und welche Anstrengung es mich kostete, *aufrecht* ins Hotel zu gehen. Hätte ich auch nur ungefähr betrunken gewirkt, ich wär an der nächsten Ecke niedergeschlagen und ausgeraubt worden. Damals hatte Palermo Viejo noch kein so schickes Nightlife gehabt. Fragen Sie mich nicht, was ich mit ›damals‹ meine.

Tags später stand ich, die Vucciria hat mich immer gelockt, im SANGUE SICILIANO, wo man aus einer über Kopf aufgehängten 10-Liter-Flasche den hellen, schwersüßen Zibibbo ausschenkt. Gern wird auch Wodka getrunken, Udelnaja ist nah. Den meisten Gästen dieses Ausschanks hat das Leben die Gesichter zerkratzt. Es hat sich in sie hineingeschnitten. Ausgediente Milizionäre sind darunter, die vom Osten Geschichten erzählen, daß es einen umhaut, ihr deftiges Söldnerlatein. Stehen immer noch im Krieg, der geht aus ihnen nicht raus. Manche kriegen nicht mal eine Pension. Sie sind roh schon aus Notwehr, aber zeigen, daß sie leben. Das ist es, was mir gefällt. Und daß mich das hinter dem Wirt an der Wand hängende Muttergottesbild an Garrafff erinnert. An das LONGHUINOS. Es ist auch hier mit einer gelben Blumengirlande geschmückt, allerdings fehlt daneben Sai Baba. Dafür brüllt der Wirt immer mal wieder eine Begrüßung, einen Abschied oder will zu neuer Bestellung animieren. »Permesso!« ruft er dann. Sein Bauch hängt über den Gürtel, und über dem Bauch hängen unterm Pullover Boxsäcke für kickende Zwerge. In letzter Zeit komme ich immer wieder her, auch wenn Dolly diese Tavernetta nicht mag. »Was, John, machst du, wenn sie dich da erwischen?« Ich gebe zu, daß es eine Art Sucht ist. »Wir haben so ein schönes Leben!« Ich sah meine schwer erkrankte Frau nur an. Wir hatten uns beide verändert, seit ich aus Garrafff zurückwar. Nie habe ich restlos begriffen, was mir da widerfahren war, nie wieder hatte Broglier seine Melancholie ganz verloren, auch wenn er sein Haar nun wieder wachsen ließ. Es gab in ganz Buenos Aires kein LONGHUINOS, statt dessen hatte er das SANGUE entdeckt, wo man auch echten Fenny bekam. »Warum setzt du das aufs Spiel?«

Broglier antwortete immer noch nicht. Dorata war so furchtbar blaß, hatte solche Ränder unter den Augen; heimlich habe ich manchmal gewünscht, sie wäre kein Klon, sondern ein Holomorf. Dem ließe sich so ein Zeug aus dem Leib programmieren. Sie litt solche Schmerzen. Schon deshalb konnte ich von einem ›schönen Leben‹ nichts merken. Aber auch aus anderen Gründen.

Die Krankheit hatte ebenso Dollys Schwestern getroffen. Alle. Und das SANGUE war nicht nur geeignet, sich den Trübsinn schönzutrinken, sondern man wird sich dort insgesamt klar, was einen noch alles erwartet. Da ist zu saufen ein Akt der Erkenntnis. Nirgendwo sonst hat man das Ohr so an der Fresse des Volks. Hier hab ich zum ersten Mal begriffen, es werde einstweilen mit unsrer Hochzeit nichts werden. Weder in Charlottenburg noch in Slim City. Man muß den Leuten nur aufs Maul schaun und hat schon kapiert: Ehen wie diese wollen die nicht. Immerhin wird man nicht angesprochen, jedenfalls nicht, wenn man fremd in der Gegend ist; die Söldner und Tagelöhner sind gegenüber solchen, die nicht zu ihnen gehören, mißtrauisch. Deshalb kann man ungestört vor sich hintrinken, grübeln und den Horror-Geschichten zuhören. An die natürlich keiner glaubt, die einem aber Schauer machen. *Bessere* Schauer. Solche, die übers eigene Unglück hinwegzusteigen helfen.

Das SANGUE ist zur Straße in ganzer Front offen. Man darf sogar rauchen. Weil das sonst überall verboten ist, wird mit Leidenschaft gequalmt. – Die Gasse blinkte und glitzte. Wenn man lauschte, konnte man das Murmeln der Hygienebäche vernehmen, die zu ihren Seiten fließen und über das der Italo-Pop grölte. Auf den Auslagen draußen Textilien und Uhren, Katholikennippes und Hindukitsch, Orgien des Plunders. Dazu Trockenfrüchte, Nüsse, jederlei Kapern und Schwemmen Gemüse. *Datisch,* klar, wer will sich schon eine Hepatitis verpassen? Dazwischen, vor sich einen riesigen bauchigen Topf, ein Chai Wallah. Sogar Pan wurde offen angeboten, Pilz-Pan also, das sogenannte Gottesfleisch, nicht das harmlose Zeug. Die Vespe röhrten und dröhnten vorbei, bei mir drinnen plärrte die Musicbox von der Decke. Wie man das »eu« von »Euro« auf der Zunge umdreht!

Und wie gern sich die Leute unterhalten, indem sie aneinander vorbeischreien. Beeindruckend. Das lenkt einen ab.

Ich sinnierte in die Vucciria hinaus und ahnte noch nichts von meinem neuen Freund. Dabei ist das SANGUE kaum mehr als roher Stehausschank. Nach der Rundumsanierung Palermos, die parallel mit *The Quatiano Miracle* durchgeführt worden war, war die Untergrundkneipe von dort nach hier, ziemlich nah an Colón, verlegt und nahezu, wenn man das so sagen kann, »original«getreu wiedererrichtet worden. Dazu brauchte es freilich nicht viel. Aber man war auf Details versessen gewesen, hatte sogar die schmutzigen Pappkartons mitgebracht, die früher immer in der Ecke gelegen hatten. Anfangs hatte ich diese stupende Identität für ein Ergebnis holomorfer Architektur gehalten. Aber es war alles echt. Behauptete jedenfalls der fette Wirt, der gerade zum achtzigsten Mal sein breites PERMESSO! schrie, weil er eingeschenkt hatte. Seitdem also sammelten sich hier die Ost-Veteranen und wenige überlebende Tagelöhner, die von der Schickeria aus Palermo verscheucht worden sind. Soweit sie eben nicht die Kiez-Verwaltung aufgegriffen und weggeschafft hat. Man weiß deshalb nie, ob jemand, der am Vorabend da war, wiederkommen wird. Zwar bin ich bei so was nie Zeuge gewesen, aber es heißt, nachts patrouillieren Laster der BSR durch die Straßen und laden Penner auf, die sie upstate ins Gelände kippen. Keiner weiß wohin, es vermißt sie schließlich niemand. So hat jede Begegnung im SANGUE den Vorgeschmack eines Abschieds.

Immer hat's mich gewundert, daß es hier niemals eine Razzia gab, daß das SANGUE nicht aufflog. Untergrundkneipen halten sich nicht lange. Diese aber hat Tradition. Ihr Ruf lockt bis in die Jugend. Vielleicht ist es der Stadtverwaltung lieber, die Leute im Auge zu haben, als unkontrollierte Neueröffnungen in anderen Kiezen zu riskieren. Ich meinerseits mochte sie immer, die Penner. Nicht wenige machen sich nachts sowieso in die Brachen weg, wo sie ihren Unterschlupf haben. Eigentlich ist es unnötig, sie zu verscheuchen. Da schlafen sie in, heißt es, Bunkern und ausgeschabten Garagen, nach wie vor handlichste Reservearmee für die Milizen im Osten, ob nun des Europäischen Heers oder seiner »Schutztruppen« genannten Derivate.

»PERMESSO!«

Drei Männer begannen sich zu streiten schrieen brüllten. Das

Temperament des Südens, kann man sagen. Die Viertel wirken auf ihre Bewohner, jedenfalls auf die Menschen. Auf Holomorfe wahrscheinlich nicht. Daß die Häuser sie prägen, die Anlage der Straßen, die Art, in der die Fenster schauen. Sicherlich hängt dies damit zusammen, wie sich nach der Großen Geologischen Revision die nach Innereuropa hineingeflohenen Kulturen zusammengesiedelt haben, Engländer nach Chelsea, Italiener nach Neapel, Franzosen ins Marais. Die Temperamente der Kieze haben sich so über Generationen vererbt, und die Stadtteile wirken immer noch weiter. Deshalb die Konflikte zwischen Salamanca und Udelnaja, Colón, dem Shinjuku-Sprawl und Sternschanze, Prenzlauer Berg Chelsea Bornheim Chaillot. Als ob wir Porteños uns haßten. Allein unser Abscheu gegenüber Klons und Holomorfen eint uns. Gerade letztere, seit viele von ihnen sich verselbständigt hatten, waren, dachte Herbst, ein ständiger Anstoß gemeinsamen Ärgers. Sie nahmen einem die Jobs weg, drängten sich, vornehmlich im Öffentlichen Dienst, überall vor. Tatsächlich waren ihre zwar schmalen, aber dafür sehr auf die Arbeit zentrierten Programme bei Unternehmen höchst beliebt. Nicht wenige dieser als Roboter designten Geschöpfe waren, hatten sie ihren Eigentümern nicht nur lange gedient, sondern auch deren menschliches Vertrauen erworben, in die Bürgerfreiheit entlassen worden. Deren Nachkommen waren bereits von ihren Eltern in Auftrag gegeben und von Anfang an frei. Jahrzehntelang waren ihre Wohngebiete nicht separiert gewesen, man wohnte Tür an Tür. Die Arbeitsroboter lebten sowieso in den Haushalten, die meisten wurden bei Bedarf zu- und weggeschaltet. Dann aber machte der Moabiter Werder Schule, der heute zum Nullgrund gehört. Immer mehr Holomorfe, Broglier erinnerte sich gut, forderten bei ihren Arbeitgebern eigenen Wohnraum ein. Damit war es losgegangen. Schließlich erstritten sie eine Selbstverwaltungsbehörde. Das Schlagwort lautete Autonomie. Man wollte auch computertechnisch, dachte Herbst, nicht dauernd über sich, auch so ein Wort, *fremdverfügen* lassen. Da war die Stimmung umgekippt, und die Porteños hatten die Holomorfen erstmals als politische, um nicht zu sagen menschliche Kräfte wahrnehmen müssen. Noch vor Baubeginn der ECONOMIA war das losgegangen, aber schon lange davor hatte eine radikale Holomorfengruppe versucht, ihre Interessen durchzusetzen. Auch mit Gewalt. Die Tranteau. Mit einem Mal wurde es wichtig, ob einer wahrheitsgeimpft war oder bloß programmiert. Die Leute wollten *wissen*, mit wem sie sprachen. War es ein Holomorf, dann rückten sie weg. Steinfelds AKTION NORDEN! bekam erschreckend Fahrwasser. Er tat dem alten Konflikt von Westlern und Ostlern einen neuen hinzu, der Mensch und Artefakt unterschied. Deshalb galten schnell auch die Klons als *Underdogs*, überhaupt alles Fremde. Nur die Pflänzler nicht; vielleicht weil sie sich nicht fortbewegen konnten, sondern gegossen werden mußten und deshalb auf menschliche Obhut angewiesen blieben. Die Pflänzler mochte jeder. Für alle anderen Spezies wurden böse abstammungsgeschichtliche Diskussionen geführt: ob zum Beispiel die Klons den Holomorfen oder Humanoiden näher stünden. Dorata hat auch darunter, wußte Broglier, sehr gelitten.

Und leidet noch.

Deshalb wollte sie schließlich nach Boccadasse ziehen, wo sich, wie auf dem Moabiter Werder und in Slim City die Holomorfen, Klon-Communities angesiedelt hatten. Aber ich wollte nicht. Es gab deshalb Auseinandersetzungen, die unser ohnedies schon belastetes Zusammenleben nicht gerade leichter machten. Wobei ich mich gegen einen solchen Umzug nicht etwa sperrte, weil dort nun ich selbst zum Außenseiter geworden wäre; das war ich sowieso. Sondern weil ich fand und finde, daß man sich von den Leuten nicht beeinflussen, schon gar nicht vertreiben lassen darf. Unsere Wohnung ist sehr schön. Ich mag die Wurmbachstraße, mag das ganze Charlottenburg. Die angenehmen 25 Grad eines Buenos-Aires-Tages. Den Blick aufs Schloß. Den nahen Retiro. Wenn er denn wieder einmal begehbar sein wird. Andererseits hatte Dorata schon recht: die Moral der Porteños wird immer rigider. Man kommt sich wie im sektischen Allegheny vor. Ich hab nicht die geringste Absicht, Mormone zu werden –
– Broglier sah aus seinen Gedanken auf.

E mi avrai verde milonga che sei stata scritta per me
per la mia sensibilità per le mie scarpe lucidate
per il mio tempo per il mio gusto
per tutta la mia stanchezza e la mia guittezza.

»PERMESSO!«

Immer noch stritten sich die.
»Ciao Addo!«

Meine Güte, hat der ein Organ.

»PERMESSO!«

Plötzlich legte sich der Streit, betrunken knatterten die Kämpen auf ihren Vespe fort. Drei scherzten ihnen zotig hinterher: »Salut, Roddi, du Sau!«: Wie von einer Seite des Fußballfelds zur anderen, aber geradezu herzlich hinübergeschrien. Der Krawall hatte etwas von tosender Umarmung. Schlug man sich auf die Schultern, schlug man in Hände, so war das ein Ächzen Knallen Geklatsche, daß die Handflächen schmerzten.

»Moin, Kalle.« Erst dachte ich, den hat wer gerufen, um mit dem Taxi heimzufahren, aber dann holte sich der Mann bloß einen Zibibbo. Den knallegelben Wagen ließ er mit Warnblinker halb an der Gassenseite stehen. Und stellte sich zu mir. »'n Abend«, machte er. »'n Abend«, machte ich. »Ick hab Feierahmd, Mann. Det war 'n Tach! Komm ausm Jedöns vonner Mel Ave. Wahnsinnsrummel, sach ick dir!« Ich nickte nur. Stürzte meinen Fenny, dazu war ich nicht hier, um mich zu unterhalten. Schon gar nicht war ich scharf auf Neuigkeiten aus dem Quatiano. Ich gab dem Wirt einen Wink. »PERMESSO«, brüllte er, als er eingeschenkt hatte. Imgrunde war ich auf die Widerständler sauer, imgrunde haben sie alles nur noch schlimmer gemacht. Die und der Nullgrund. Dabei ist längst erwiesen, die Holomorfen haben damit gar nichts zu schaffen. Und erst recht nicht die Klons. Nicht mal die Regierung versucht, ihnen das in die Schuhe zu schieben. Was an sich mal ein Fortschritt ist. »Jefällt mir jut hier«, sagte Kalle, der sich umsah. »Mal 'n Plätzken, wode n i c h auf Schritt und Tritt auf Holos und Jeklontes triffst. Deswejen komm ick manchmal her: Um mir zu erholen.«

Ich konnte dieses diskriminierende »Holo« nicht mehr hören, auch »Holi« nicht, die ›liebevolle‹ Version. Daß jemand eine Frau, die du liebst, ›Geklontes‹ nennt, macht die Sache nicht besser. Dennoch wirkte der Mann nicht unsympathisch. Er schien müde zu sein. Ich gab mir einen Ruck und reichte ihm die Hand. »Ich bin John.« »John?« »Broglier, ja.« Er schlug ein, kräftig, aber nicht derb. »Un' icke bin Kalle.« »Was h a s t 'n gegen Holos?« »Die sin' nich e c h t, Mann!« Er sah mir mit einem Vorwurf ins Gesicht, als trüge i c h die Schuld daran. – »Und die Klons?« »Denen kannste erst recht nich traun. Die sin' neidisch.«»Neidisch?«»Eifersüchtig, klaa, weil die ham nich, was unsre Orjinalität is. Allet nur Kopien.«»Wie viele kennst'n?«»Keene Ahnung. Siehste denen ja nich an.«»Da haste recht.«

Der Taxifahrer stand unter den anwesenden Arbeitern und Tagedieben so fremd wie ich, man riecht einander sozusagen. Zudem hatte die Situation etwas Komisches, immerhin hätte ich selbst Klon oder Holomorfer sein können. Na gut, unwahrscheinlich im SANGUE. In der seit Nullgrund aufgeheizten Stimmung hätte sich kaum ein Fremder hier reingetraut, jedenfalls kein Klon, der sich nicht, wenn's brenzlig wird, einfach ausschalten kann. Übrigens kam mir Kalle bekannt vor. Vom Fernsehen, dachte ich erst. Was einigermaßen blödsinnig war.

Er sah sich um.

»Is illejal hier, wußteste det? Klar weißtes. Wat ick fürn Müll manchmal quassel.« Er lachte laut. »Aber det lieb ick an meinem Beruf, det man so rumkommt un immer 'n Jrund hat.«»Und was war los im Quatiano?«»Ick sach Dir! 'ne Straßenschlacht... Jug'ndbanden, jab sojar Valetzte, ham se im Funk jesacht. Quatiano jejen Prenzlauer Berch.«»Hertha LSD gegen 1. Bronx-Club Schlagring.« Er mußte lachen, ich lachte mit. Quatiano und Prenzlauer Berg liegen direkt aneinander und sind seit Menschengedenken verfeindet, und zwar über jede Sanierung und jeden Neubürger-Zuzug hinaus. Der längst gegenstandslose Konflikt reicht bis in die Bürgermeistereien hinein. Seit Nullgrund sind regelrechte Jugendkriege an der Tagesordnung – für die Stadtverwaltung wiederum ein gefundener Grund, nach The Quatiano Miracle auch am Kollwitz- und Helmholtzplatz mal aufzuräumen. Hat mir Dorata gesteckt, die auch für das Verkehrsamt schafft. Noch immer.

»Leg dich doch endlich mal hin, Dolly! Schone dich, du mußt dich ausruhen.«»Ausruhen werde ich *bald*, John.« Das war so einer der Sätze, deretwegen ich am liebsten sofort ins SANGUE verschwand. Wo ich über Buenos Aires nachdenken kann. Im LSD soll die Wurzel des Pan-Handels stecken. »Männeken, ick hab fast 'ne Stunde im Stau jestanden! Zwei Fuhren vapaßt. Mir steht's bis h i e r, ick kann dir wat sagen!«»Tut mir leid. Nein nein, e c h t!«»Jrada u s jing nix, zur Seite nich, und auch nach oben war allet zujerammelt. Da hab ick mir jedacht, ick kiek mal ins Sanje und kippe eenen.«»Ich bin mit einer

Klonin verheiratet«, sagte ich. Er schnallte das erst nicht, aber weil ich schwieg, wirkte der Satz in ihm nach. »Wat biste?« »Na ja, verheiratet nicht, geht ja noch nicht.« »Det wär auch noch schöner!« »Aber wennde mich heimbringst, macht sie dir bestimmt einen Kaffee.« »Is det jetz 'ne Faaht?« »Klar.«

So kam es, dachte ich, daß der gealterte John Broglier, der nach seiner Rückkehr aus Garrafff zwar in die Schlangenstiefel zurückgefunden hatte, aber nicht mehr in den charmanten Tanzschritt, zu Bruce Willis in den Taxigleiter stieg, während ich endlich, es war spät geworden, in der

II

Dunckerstraße ankam. Seltsam nur, daß jetzt auch hier auf beiden Seiten ein Hygienebach, aber von woher?, an den Bordsteinkanten leckte. Momentlang der Schrecken, ich könne statt in meiner wirklichen in Deters' Anderswelter Waldschmidtstraße angelangt sein. – Nein, ich sehe jetzt nicht nach, geh nicht zum Straßenschild zurück. Auf gar keinen Fall.

Nach Cordes' Abgang hatte ich noch weiter im SILBERSTEIN gesessen und mir nicht nur vorgestellt, wie der bei CYBERGEN von mir selbst modifizierte nette Heiratsschwindler a. D. unversehens nach Buenos Aires zurückspaziert war, was genauso unmöglich gewesen wäre, wie, daß er mich hier übersah, sondern wurde auch Zeuge von Cordes' trunkeshalber äußerst erschwertem Unternehmen, auf dem sperrigen Fahrrad nach Hause zu kommen. Er kriegte es zwar hin, aber nicht ohne Läsionen. Denn noch auf der Oranienburger merkte er, daß er Schlangenlinien fuhr, und stürzte im Wortsinn in ein Erlebnis, das ihn nun vollends durcheinanderbrachte:

»Konzentriere dich!«

Was eine Eierei!

»Konzentrier dich auf die Schienen«, dachte ich. Dauernd dachte ich: »Guck auf die Schienen!«

Aber es gelang mir nicht, in der Mitte zwischen den Gleisen zu bleiben, besonders, als ich bereits den Weinbergsweg zur Kastanie hinaufgefahren war. Sondern da ging es erst richtig los. Ich fuhr nur noch Schlaufen, schon sicherheitshalber. Immer wieder holte ich aus, um die schmalen, den gesamten Hügel hochführenden Gleisrinnen in möglichst spitzem Winkel zu kreuzen. Solch eine Schlagseite hatte mein Rad. Den Gleisverlauf bloß anzuschneiden, war viel zu riskant: rechts von mir blieb nicht ein halber Meter Platz, Auto parkte an Auto. Ich seh mich noch und sah mich schon da, als wär ich jemand andres gewesen, konnte, obwohl ich derart betrunken war, nur denken, daß ich betrunken war, derart betrunken, stürzte bereits in Gedanken, bevor ich's ihnen nachtat. Mir war lausig kalt, außerdem, trotz der Strampelei, weil sich ein klarer Frost in das Mischwetter dieses nun schon, glaube ich, zweiten Novembers eingeschnitten hatte. Er verlieh der durchsichtigen Haut des Prenzlauer Bergs ein irreales Glitzern.

Solange ich, links den kleinen Park, in die Pedale getreten, war der Kiez wie ausgestorben gewesen. Aber ab Höhe Fehrbelliner schwärmten die Jugendlichen von Kneipe zu Kneipe. An der Zionskirche geriet mein Vorderrad schließlich doch in die Schiene, ich hatte rein nichts mehr im Griff. Schon das Fahrrad halb auf mir drauf, halb ich auf ihm.

Vom Gehsteig kamen Leute gerannt. »Können wir helfen?« »Haben Sie sich was getan?« »Geht schon, nein, geht schon.« Nicht ich war gestürzt, ganz sicher, sondern e r, Deters, dachte ich, aber der steckte noch in seiner Archivdatei fest. – Wieso ›noch‹? Und wenn nicht? D a s ergäbe eine Szene! Was täte ich denn dann?

»Da sind Sie ja. Nein, nicht die Spur ähneln Sie mir!« Ich war so erschrocken, daß ich mich schräggebeugt aus dem Sessel hob. »Ich hätte gern meine Wohnung zurück«, sagte Deters. Seine Stimme war durchaus nicht unfreundlich. Der Mann lächelte sogar. Er nahm Platz. »Ich darf doch?« »Aber... äh... bitte.« – Was für ein seltsames Bild die beiden abgeben mußten – genau das, nichts anderes, fuhr Cordes durch den Kopf, als ihm jemand unterm Fahrrad durch und wieder auf die Füße half. Er fand auch nicht gleich festen Stand, schwankte nicht nur des Alkohols wegen. Ins rechte Hosenbein war ein Triangel gerissen. Was eine Scheiße! »Sie haben sich wirklich nichts getan?« »Nein nein, geht schon.«

Zwei Doubletten, die sich im SILBERSTEIN begegnen. Tatsächlich schauten nicht wenige Gäste herüber. Doch schauten sie auch schnell wieder weg, weil sie Deters und Herbst vermutlich für Zwillinge hielten. Obwohl man deutlich sehen konnte, daß Deters jünger war, um einiges jünger sogar. Es war, als hätte der Aufenthalt im Archiv Zeit stillstehen lassen. Als ob in der CYBERGEN keiner mehr das Programm kalibrierte. Oder Dr. Lerche ließ es aus dem Ruder laufen. Mit Absicht. Damit ich nicht zurückkonnte, klar.

Jesses, tat dieses Bein weh!

»Hans? Bist du das?« Wer ist diese Frau? Und wen meinte sie? Tatsächlich Deters? »Mein Name ist Cordes, entschuldigen Sie«, ich schob sie ein wenig beiseite, weil sie vor meinem Fahrrad stand, das ich aufheben wollte, während sich Deters und Herbst in die Augen sahen. »Er ist soeben Corinna Frieling begegnet«, sagte Herbst. »Corinna *wem?*« »Cordes.« »Ach du Scheiße! Eckhard Cordes?« Ich nickte. »Was macht denn der hier?!« »Er schreibt Ihren Roman weiter.« »Meinen *was?*« »Sie sehen ihm aber verdammt ähnlich«, sagte die Frieling. »Hier hat es angefangen«, sagte ich. »Da.« Ich zeigte auf den Platz an der Bar. »Ich habe wirklich keine Ahnung, wovon Sie sprechen«, antwortete er, während auf der Kastanienallee Cordes ganz dasselbe sagte: »Ich habe wirklich keine Ahnung, wovon Sie reden.« Nur daß er, anders als Deters, hinzufügte: »Entschuldigung, ich bin müde.« »Und betrunken.« »Ja. Tut mir leid.« »Sie hatten sich mit Niam Goldenhaar verabredet«, erklärte ich. Er starrte mich an. »Ich habe Sie programmiert. Ich muß das wissen.«

Als ich in die Schönhauser einbog, komischerweise funktionierte das jetzt mit der Spurhaltung, beschäftigte mich die Begegnung der beiden Kopien viel weniger als die Frage, weshalb mich die Frieling derart hatte verwechseln können. Deters und ich, das hab ich sicher schon gesagt, sehen einander nicht die Spur ähnlich. Es ist nicht nur das Haar, sondern die ganze Statur. Ich bin größer, ein komplett leptosomer Typ, er ist kleiner und athletisch. Außerdem hatte ich keinen Schimmer, woher ich Frielings Namen wußte. Sie hatte ihn gar nicht genannt, war wohl zufällig vorbeigekommen, hatte die paar Jungs um mich herumstehen sehen und geguckt, ob sie helfen konnte. Schließlich war sie Krankenschwester. Und dann – ich kam soeben vor der 101 an und stieg ab, ich suchte meinen Schüssel in der Tasche, fand

ihn erst nicht, hoffentlich war er nicht rausgefallen bei dem Sturz – verdammt nochmal! – da nicht – hier auch nicht – shit! –
»Woher wissen Sie von Niam?«»Ich sag doch: Das ist mein Programm, was hier abläuft. Na ja, nicht meines allein, auch Zeuners …«
»Sabine Zeuners?« Deters glotzte schockiert.
– ah! Gott sei … da w a r er – blödes Loch im Futter – dennoch stieß Cordes diesen Erleichterungsseufzer aus. Doch dann begriff er, weshalb er wirklich so schnell weggeradelt war, normalerweise nutze ich Gelegenheiten bei schönen Frauen, ob nun betrunken oder nicht … aber … Wenn heute der zweite November war, dann hatte die Frau nicht mehr länger als vier Tage zu leben. Cordes wußte das. Aber woher?
»Dr. Lerche ist daran schuld«, hätte Deters erklären können, säße er nicht zerpixelt in einem Dateiordner fest. Das hätte Herbst überrascht. Es wäre dann an ihm gewesen, schockiert zu glotzen. »So heißt mein Kollege.«»So hieß mein Lateinlehrer.« – Die Szene jagte mir durch den Kopf, als ich die Tür der Schönhauser aufschloß, einen Fuß unten zwischen den Rahmen gehebelt, damit ich das Fahrrad in den Hausflur bekam, ohne daß sie vor Willis zufiel, der in der Wurmbachstraße zögernd vor dem mit Holzreliefs verzierten Altbaueingang stehengeblieben war. Früher einmal hatte im Mittenwappen der ziemlich repräsentativen Pforte ein Hakenkreuz geprangt; lange vor der Geologischen Revision war das vom Hauseigentümer herausgemeißelt worden. Jetzt sah man nur heraldische Leere.
Willis schien irritiert zu sein, daß es solche Gebäude noch gab. Daß tags ein Bürokomplex darübergeschaltet wurde, war jetzt nicht zu erkennen. Um Energie zu sparen, fuhr man ihn nach Arbeitsschluß herunter. Die Arkologie der DEUTSCHEN BANK allerdings, gegenüber, beleuchtete die Gegend auch nach Beginn des Feierabends.
»Na nun komm schon!« sagte ich. »Wir beißen nicht. Du kannst den Kaffee brauchen wie ich.«»Aber ick kann doch nich … John, es is nach e i n s!«»Zweiter November, richtig.«»Nee, erster.«»Erster? Sicher nicht.«»Wenn ick dir's saach!«
Ich hatte nicht die geringste Ahnung, was mich dem Mann so geneigt machte. Er war bis zum Kragen voller Vorurteile. Und dennoch. Ich hatte, bereits im Taxi, Dolly per SMS informiert. Sie ging selten vor halb zwei, zwei ins Bett, saß mitunter bis in die Frühe im Infoskop

und arbeitete. Seit sie so krank war, schlief sie kaum noch. Nicht der Krankheit wegen selbst, sondern sie wollte noch so viel wie möglich leben. Die Arbeit war ihr wichtig. Und Gedichte las sie neuerdings. Schwierige Gedichte, als ob sie versuchte, jeden Hauch von Empfindung auszuspüren, bevor sie von ihr Abschied nahm. Nachts webbte sie oft stundenlang mit ihrem Vater. Die beiden hatten sich einen privaten Chatraum eingerichtet, in dem sie auf bequemen Wassersofas nebeneinandersaßen und Händchen hielten. Dabei süffelten sie Cocktails und plauderten. Dorata loggte sich immer häufiger ein, sie merkte dann die Schmerzen nicht so. Es war ein wenig, als holomorfierte sie sich. Nicht nur sie, oft kamen auch ein paar ihrer Schwestern dazu. »Vater macht sich Vorwürfe, John. Er macht sich solche Vorwürfe.« Was ich nachvollziehen konnte, aber das sagte ich nicht. Selbstverständlich nicht. Der Mann hatte einen Fehler begangen; ihn quälte, daß der Defekt in allen Schwestern durchbrach, weil sie genetisch identisch waren. Er hätte kleine Differenzen in die Gene einbauen sollen, aber er hatte Differenzen grad nicht gewollt. Erkälten allerdings konnten sich die jungen Frauen unabhängig voneinander; eigentlich lief immer eine von ihnen mit tropfender Nase herum – ein häufiger Anlaß spinneninterner Familienscherze. Bei denen ich vor Garrafff gern mitgetan hatte; seit ich zurück war jedoch, fand Broglier in die alte Unbefangenheit nicht mehr zurück. Nicht nur objektiv hatten sich über sein Leben die Schleier gesenkt, auch direkt in ihm klang ständig a-Moll. Der Schock über das Verhör im Amt für Ausländerfragen und die vielen Gespräche, die er in Margao mit Herbst geführt hatte, wirkten nach wie ein schwarzes Licht, das seinem Lächeln etwas Schmerzliches gab, und etwas Zweifelndes. Schlimm daran war, daß er es selbst merkte. Ständig war man uneigentlich. Der da hingegen, Kalle Willis, schien von so etwas frei zu sein. Ein Privilegierter, der sich *glaubte*. Vielleicht machte mich d a s ihm gewogen.

»Nu komm schon rein!« Fast schüchtern trat er in den Flur. Schüchtern gab er Dorata die Hand. »Das ist Dolly. Das ist Kalle.« »Den liebste wohl?« fragte Willis und nickte auf das Poster des Synthetikers Boygle, das seit Ewigkeiten neben der Tür hing. »Biste 'n Fan?« Sie lächelte, nicht einmal ich sah ihr die Krankheit heute an. So lange eine Frau sich pflegt, dachte ich, so lange stirbt sie nicht. Für Fremde war nicht zu erkennen, daß sie eine Perücke trug. – »Kommt bitte rein… ja, da… Moment, ich hol den Kaffee.« Willis war immer noch gehemmt, er sah Dorata permanent an, selbst wenn er mit m i r sprach. Sie war die erste Klonin, erzählte er später, mit der er bewußten Kontakt bekam; er habe erst gar nicht glauben können, welch wunderbare Menschen es unter Klonen gebe. Von ihrer Krankheit erfuhr er erst, als Dorata schon im Hospiz lag, als wir Abschied nahmen, einen seltsam halben. Dennoch war er ganz. Obwohl dann die Holomorfin, Doratas hodnische Replikantin, das erste Mal in der Wurmbachstraße stand und den Platz der Klonin einnehmen sollte. Das feierten wir nicht. Obwohl ich Sekt besorgt hatte. Die ganze Wohnung hatte John mit Blumen vollgestopft.

Es hätte natürlich auch anders gewesen sein können. Einmal angenommen, Balmer, im SILBERSTEIN, wäre sitzengeblieben und hätte sich um Goltzens Anwesenheit trotz seiner guten Gründe nicht gekümmert. Oder Goltz wäre noch gar nicht aufgetaucht. Goltz kommt erst später. Und wieso nicht Deidameia zuerst? – Na gut, ein letztes Bier. Lussureggiava il mare. Daß man nun aber auch hier Paolo Conte spielte! E il mondo delle donne. Egal.

Also Möller erscheint. Er ist Goltz nicht bekannt, jedenfalls nicht persönlich. Vielleicht erinnert er sich an ein Fahndungsbild, aber das liegt so viele Jahre zurück, daß ich den alten Kollegen völlig gefahrlos im SILBERSTEIN sitzen lassen kann. Jedenfalls vorerst. Zumal er, ein neuer Mann, unterdessen Balthus heißt. Nämlich s o : Ich drehe den Kopf, seh noch die Bräustädt von hinten, sie zieht die Tür auf und gibt, sozusagen, die Klinke Möller in die Hand. Der Gauner steht nahezu stramm, schon um nicht umgerannt zu werden.»'tschuldigung«, macht die Bräustädt, deren Rochus auf Balmer einen solchen Geruch ausstrahlt, daß Möller ihn sowieso lieber erst mal an sich vorbeifliegen läßt, als daß er hätte durch ihn hindurchschreiten wollen. – Er erkennt sie sofort, die ehemalige Chef-Sekretärin von EVANS SEC., sie aber ihn nicht. Die Jahre in Südamerika haben ihn gezeichnet. Für Buenos Aires ist er geradezu unanständig gebräunt.

»Was macht die denn hier?« fragt er sich im Eingang des SILBERSTEINS, zu dem noch immer, seiner entgangenen Finanzfick-Melange hinterher, Balmer starrt, weshalb auch ihm Möller nicht unbemerkt bleibt. Der nun, mit dem untrüglichen Instinkt, den er schon

zu Deters' Brokerzeiten an den Tag gelegt hatte, hält sich im Haupt-
raum erst gar nicht auf, sondern schreitet, Bräustädts und die Witterung von Geld in der Nase, freilich hat er auch Hunger, die paar
Treppchen zu den Sushis hinauf. Ich ducke mich etwas, als er mich
passiert; das wär sonst, nach dem offenbar verpufften Krokodil, die
gleich nächste Begegnung meiner Fünften Art gewesen: »Mensch,
Axel, was machst'n du hier?« *Axel,* so hatte er mich, als ich damals
beim PHÖNIX KAPITALDIENST in Frankfurt jobbte, von allem Anfang
an genannt. So hieß ich aber auch damals nicht. Gut, meine Oma hat
mich immer so genannt, weil »Alexander« ihr zu lang gewesen ist und
sie »Alex« nicht mochte: »Det issen Hundename.« – Ich versuchte es
erst gar nicht, gegenüber Möller, mit Protest. Je heftiger man sich gegen Spitznamen wehrt, desto zäher bleiben sie an einem kleben.

Bis heute seh ich seine Rechte auf die Gabel meines Telefons fallen. »Wichsergespräch. Nächste Adresse.« Die ersten Gehversuche des
ökonomischen und sowieso börslichen Greenhorns in Sachen *Coldcalling.* Möllers diebische Freude, wenn er dazwischenfunken konnte. Nimmt mir den Hörer aus der Hand. »Entschuldigen Sie, Herr …
äh … Merze … so heißen Sie *wirklich?* na können S' ja nichts für,
gelt? Also auch dieser junge Mann hat einen klangvollen Namen,
aber er kennt unser Geschäft noch nicht ganz. Wenn also erst einmal
ich …« Und schließt in diesem Erstgespräch über 50 000 DM ab. So
war Möller. »Geld ist Abfall«, das gab er mir als Kröte mit, die ich zu
schlucken hatte.

Was für einen wirklich schönen Arsch diese Kellnerin hat.

Möller schlendert zu den Sushis und bestellt. Setzt sich Balmer
gegenüber. Legt das Handgelenktäschchen auf den Tisch. »'tschuldigung, gibt's hier 'n Spielautomaten?« Die süße Bedienung cat-
walkte rauf, Backe links hoch, Backe rechts runter. Möller, ohne sie
dabei anzusehen, denn er fingerte in seinem prallen Portemonnaie,
orderte einen Black Label und Wasser. Alles wie damals. Immer
trank er seinen Whisky verdünnt, im Büro oft ein Blatt Papier oder
einen Prospekt über das Glas gedeckt, damit der Chef nichts roch.
Dann telefonierte er oder ließ doch seine Gruppe telefonieren, eine
kleine fernmündliche Drückerkolonne. »Der Dollar! Ich sag Ihnen:
Dollar!« Das war Mechling, am Nebentisch. Ins Telefon, das er so
weit von sich streckte, um Grund für sein Brüllen zu haben. »Der

steiiigt! Der steiiiiiiigt!!!«»Ich würde den Dollar *verkaufen*«, grummelte Möller über unseren Tisch und hebelte damit die Hausmeinung aus. »Guck dir nur mal, Axel, den Chart an.« In Wirklichkeit war ihm der Chart ziemlich wurscht, er handelte rein nach Instinkt. Damit spielte er durchaus nicht schlechtere, oft sogar bessere Ergebnisse ein als die meisten Kollegen, die den Prognosen unserer Analytiker folgten. Es gab Broker, denen ging es mit Handlesen ähnlich.

Mittags waren wir oft zusammen essen, Möller steckte fünf Mark in den erstbesten Spielautomaten, bestellte ein Bier, wir aßen, derweil rödelblinkte das Gerät, tölende blökende Dragons klimpernde Glorias ratternde Time Breaks, und die Skys flöteten pfiffen fanfarten. Kam die Rechnung, klapperten bereits Schwälle aus Münzen in die Leichte Musik der Auffangschale, aus der Möller dann seine Zeche beglich. Ich habe ihn nie verlieren sehen. Nur warf er manchmal, während des Essens, einen Fünfer nach. – Ein halbes Jahr lang hat er mich ausgebildet, dann ist ihm *Da ist eine Handlung erfordert* dazwischengekommen. Und er war mit seinen Millionen verschwunden. War, schon ein nächstes Opfer witternd, nun zurück, das sich, dachte ich, noch lange für seinen Komplizen halten würde. Freundschaft gibt's beim Gaunern nicht. Man kauft und verkauft. So einfach ist insgesamt die Finanzwelt.

»Gib rüber das Gelump«, sagte Möller zur Bedienung, als sie ihm die Sushi brachte. Das Porzellantellerchen gewölbtes Japanblau. Zum ersten Mal guckte er hoch: »Davon soll ich satt werden? Na nun sehn Se sich das doch mal an …! Sie verarschen mich, oder? Ah, ich verstehe: a *möse, göll?*« Immerhin, noch siezte er sie.

Möller profanierte Sprache und Kultur. Bisweilen, auf Empfängen, führte er den Suppenteller zum Mund und schlürfte seinen absichtsvoll schlechten Benimm durch genau den Kakao, den ihm die High Society kochte. »Wer sagt, daß man 'nen Löffel nehmen muß, wenn's auch s o geht?« Er hatte Aura, das muß man sagen, auf Menschen mit Geld wirkte er durchweg hypnotisch. Er affizierte in den Leuten die Gier und führte sie vor; beide, Leute wie Gier. Sowie er sie an seinem Spielerglück teilhaben und vor allem mit ihm gewinnen ließ, rettungslos verfingen sie sich. Gaben schließlich, da seine Positionen derart gewannen, alle Vorsicht auf. Er hatte Banker als Kunden, Leiter großer Unternehmen, Professoren, sogar Künstler. Ohne daß sie es merkten, zerrte sie Möller aufs Niveau seiner eigenen Herkunft herunter. Waren sie da angelangt, kam stets der Moment, an dem es den Gesetzen der Wahrscheinlichkeit gefiel, ihren alten Rang einzunehmen. Dann verloren die Leute. Verloren weiter. Und abermals. Zentrifugierten sich. Trotz und Not schleuderten sie in einem Strudel *Orders* herum. Schon konnten sie nicht mehr zurück. Und Möller erhob sich über sie. Wozu sonst war man ein Kleinbürger geblieben?

Ich habe zwei Kunden erlebt, die in den Wohnwagen kamen, weil ihnen alles andere unter den Hammer geriet. Da waren die Ehen zerstört, die Kinder am Hahn der Sozialfürsorge. Zu früheren Zeiten hätten sich ihre Väter vor die Spiegel gestellt, einmal genickt und aus der mittleren Schublade die Mauser genommen. Mittlerweile zieht man den Konkursrichter vor. Bevor der aber tätig wurde, gingen noch dreivier Monate ins Land, in denen es Möller noch einmal versuchte. Vielleicht gab's Erspartes. Das sollte auch noch weg.

Bisweilen wurde er verklagt. Er zog jedesmal den Kopf aus der Schlinge. Dabei läßt es sich nicht behaupten, er habe einen Kunden jemals getäuscht. Keinen hat er übers Risiko jemals im unklaren gelassen. Es wär ihm viel zu unbequem gewesen, den Opfern etwas vorzumachen. Vielmehr gab ihm gerade seine unverblümte Gnadenlosigkeit den fatalen Charme. Daß der ganz ohne Mitleid war, das eben zog die Leute an. Täglich schrieben sie Schecks aus. Gab es nichts mehr auszuschreiben, ging Möller akquirieren. Telefonierte herum. Meistens überließ er das Coldcalling uns.

Ganz irritiert die junge Frau. »Komm, Mädchen, bring mir n o c h drei von dem Zeugs. Und einen zweiten Black Label. Na, schieb schon ab!« Zu Balmer: »Die lassen sich lumpen, kucken Se mal, wie gnietschig hier eingeschenkt wird.« Er hob mit der Linken das Whiskyglas, die Rechte nahm ein Nigiri zwischen zwei Finger und steckte es in seinen Mund. Die Finger stopften nach. Seine Zigarette ließ der Mann dabei brennen. Hatte er geschluckt, sog er an ihr und nahm einen Schluck von dem Whisky. Dann kam das nächste Sushistück. »Was soll ich'n d a m i t?« Er brach die Holzstäbchen in der Mitte entzwei und probierte eine Hälfte als Fidibus aus, während er die bis fast auf die Fingerkuppen weggebrannte Kippe im Aschenbecher entsorgte. Balmer sah fasziniert dabei zu. Er hatte aus Möllers Portemonnaie, das der Mann aus dem Handgelenktäschchen gezogen und mitten auf den Tisch gelegt hatte, die Scheine herauslappen sehen und lugte immer wieder hin. Was Möller wohlig konstatierte.

»Sie sind«, sagte er, »nicht von hier.« »Doch, Rheinmain«, Möller, mit gestopftem Mund. Und zog, während er kaute, Tabakrauch ein. Trug noch immer den Schnäuzer, ganz den gleichen wie Balmer, bloß nicht gewichst. Auch nicht geschwärzt, sondern ergraut. Wie immer Trauerränder unter seinen Spatennägeln. »Schöne Ringe ham Se da.« Balmer, nicht ohne Stolz, folgte Möllers Blick und sah auf seine etwas zu kleinen, weiblichen Hände. Um so massiver der Schmuck. »Was wolln Se'n haben für das Zeug?« Die Bedienung kam wieder, Möller tauschte die Gläser leer gegen voll. Besah kritisch den gedachten Eichstrich. »Wirklich, Mädchen! Mach das mal vernünftig voll!« »Bitte?« »Noch mal weg und draufkippen!« »Sie wollten einen Doppelten?« »Hör mal zu, Kindchen …« Er zog die Börse heraus, entnahm ihr einen Hunderter. »Das ist deiner, okay? Und hier haste n o c h einen. Für die Rechnung. Wenn er aufgebraucht ist, sag Bescheid. Dann gibt's nach. Bis dahin kippste ins Glas direkt aus der Flasche. Ham wir uns verstanden?« »Ähm, ja … danke … ähm …«

Sein lockiges Haar stand ziemlich ab, ein wenig trocken kam es mir vor. Die braunen Iriden tief im Schädel, darunter fette Augenringe und gegerbte, sich fast senkrecht zum Kinn wühlende Falten. Er war, sah man, frisch rasiert, die dort dunklere Haut glänzte noch.

»Moment!« – Die junge Frau drehte sich zurück. Sie zweifelte, ob sie sich über den Großkotz ärgern oder, wegen des enormen *Tips,* einen Luftsprung machen sollte. Imgrunde war sie erniedrigt. Aber hatte dieses Geld so nötig. »Für den da auch.« Er zeigte auf Balmer. Die Bedienung sah den EWGler an. Der winkte sie arrogant aus der Szene. »Danke«, sagte Balmer. – »Also was willste ham für das Gelump?« »Für meine Ringe?« »Ich hab auch so was.« Möller zog an seinem Halskettchen einen goldenen, in Körpermitte geknickten Panther aus dem offenen Hemdkragen. »Siehste? Dreitausend Euro. O h n e Kette.« Balmer lag die Frage auf der Zunge, was der Mann beruflich mache; aber er hielt sich zurück. Irgend etwas warnte ihn. Daß Möller auf diese Frage wartete, ahnte er nicht. Von sich aus nahm Möller das Wort »Börse« kaum in den Mund, jedenfalls nicht während einer privaten Akquise. Erst, wurde er von seinem potentiellen Opfer gelöchert, rückte er mit seinem Beruf heraus. Zierte sich aber auch dann noch. Winkte meistens ab. »Ist eh nichts für Sie. Viel zu gefährlich, glauben Sie mir. Hab schon Leute gesehen, die mußten barfuß aufs Eis, weil sie keine Schuhe mehr hatten. Kommt alles von der Gier. Die Gier, sag ich Ihnen, alles die Gier.« »Ich verstehe nicht.« »Ich lebe von der Gier meiner Kunden.« Und er erzählte, was sie ihm eingebracht habe, gab unverhohlen an. Balmer war fasziniert. »Sogar ein«, sagte Möller, »Stethoskop.« »Ein was?« Statt zu antworten, streckte Möller dem Balmer seine Hand zu: »Balthus.« »Balmer.« Das leise Klatschen dieses Handschlags weckte dessen Moira, auch das ahnte er nicht. Nichts von dem Flutsturz der Erinnerung,

12

der durch die Amazone jagte, während sie gleichzeitig starr in die milchige Nacht sah. Goltz lauschte mit. Das Lärmen Gerumpel näherte sich. »Wir sollten uns verstecken«, flüsterte er. Kali schüttelte unmerklich den Kopf, behielt ihre Haltung. Devadasi *rochen*. Sie nutzten ihre Augen so wenig wie Schänder. Nun gab es Schänder und Devadasi in dieser Gegend schon lange nicht mehr, jedenfalls hatte sie seit Monaten keiner mehr gesehen. So tief in den hintersten Osten hatte sie das Zentrum getrieben. Aber Kali regierte der Instinkt, sie hatte zu lange im Krieg gestanden, seit damals die Neunundvierzig aufgebrochen waren, fünfzig mit dem Niamsvater, dann der furchtbare 17. Juni, die Besetzung Landshuts, der Guerillerakampf, der erst richtig schlimm geworden war, nachdem Odysseus, wie die Soldaten hämisch erzählten, auseinandergeflossen war und der sowieso fragile Pakt mit den Schändern vorbei. Obendrein war die Mongolin gestorben: hälftig verfaulend, mitten entzweigeschnitten über ihren Hochsitz gestülpt, hatte sie als ihr eigenes Grabmal auf den Tag einer nächsten Erhebung gehofft und immer wieder Visionen von ihm gehabt, bevor sie auseinanderbrach und ihre zwei Hälften in Tausende Teile zersprangen. Die lagen noch, wie die Visionen, wochenlang da. Anders als diese verwesten sie nicht, verwesten nicht in den Frauen. Sie hofften auf eine Botschaft aus dem Westen, Botschaft von den Neunundvierzig, die hinübergegangen, feierten bei jedem Anschlag, von dem sie Nachricht bekamen, jubelten, warfen die Hände. Und mußten sich gleichermaßen der Schänder wie Heiliger Frauen sowie der Westmilizen erwehren. Zerrieben sich fast. Aber hielten. Nun, dachte Kali, habe endlich der neue Aufstand begonnen. Sie nahm die Schießerei am Shakaden für das Zeichen. Lauschend stand sie da, einen der Mächtigsten des Westens neben sich, aber das wußte sie nicht. Sie hätte ihn sonst nicht geschützt, hätte ihn kurzerhand und wider ihren Befehl niedergeschossen. Von Politik besaß sie keinen Begriff. Deidameias Allianz mit dem Mörder wäre ihr fremd, wär ihr ein Unrecht gewesen, sie hätte gedacht und d a c h t e so, wie fünf Jahre später der neue Odysseus sprach. Da liefe sie über, auch sie, als er dann rief, lief ihm zu. Eine Gruppe von Frauen schlüge sich von Landshut fort bis in die Beskiden durch, Stangen Dynamits um die Hüften, zerteilte wütende Schänder, als lebende Feuer aus Flammenwerfern jagte sie zwischen die hin und fiele der Armee in den Rücken. Dann ginge sie wie Negerlein, nicht zehn, sondern zwanzig, eine nach der andern, verloren. Jede würde sich bewußt sein, ihr Opfer sei das wert. Der Westen solle wissen, daß er den Osten nicht hielte. Nicht auf die Dauer, denn der Osten ist stolz, er geht lieber unter, als sich zu erniedrigen. Dafür standen diese Frauen ein. Die bittere Kali fiele für Al Qaida zuletzt. Ihr Fleisch würde in schmauchenden Fetzchen verkohlen, am aufgerissen klaffenden Wannenbug eines Panzers CA Saint 976, die Brustwarze mit dem Nasensteg des Kanonenschützen vereinigt, der hinge an den Spreiten des aufgeplatzten Geschützrohrs. – Das stand noch aus.

Noch stand sie da und lauschte. Selbst die Titte wirkte starr. So daß Goltz aber ahnte: Der Westen wird alle die umbringen müssen, vorher gibt dieser Schlag Mensch nicht Ruhe. Wem gehöre ich zu? Rechtfertigt die Staatsraison einen Völkermord? Er hatte nie die Hemmung gehabt, jemanden beiseitezuschaffen, doch das war ein andres.

Das Lärmen kam immer näher. Dann »Hajoho!« »Johee!« »Kaliii!« Ganz heiser. Aber prall vor Mut. Die Amazone ließ das weggestreckte Schwert sinken, legte Goltz die Linke auf den Vorderschaftrepetierer und drückte den Lauf der Waffe hinunter. »Es sind die Schwestern«, sagte sie.

Der Wagen rumpelte her, eine Art Gespann: Vorn der kleine Unimog und hinten ein Hänger, halb Wohnstatt, halb Bühne. So fuhren noch immer die letzten Achäer herum, um Geschichten von Is zu erzählen. Seit der AUFBAU OST! so vorgerückt war, hatten die sich vermehrt, überall schien es Achäer zu geben, die Brillanten häufig wie Kohle. Der Westen ließ sie gewähren, sie sorgten sogar, unter der Deckung der Castren, für Senf und Konfetti. Es war, was vor Jahren sagenhaft, zu Witzfiguren und Narren verkommen; war's gutgegangen, zu Pierrots. Manche Achäer schossen Kobolz in Manegen, andere tanzten wie Tunten, heulten hysterisch und furzten sich auf Geheiß ins Guinness-Buch der Rekorde, furzten zum rhythmischen Klatschen von Grölern und Gaffern. »Lern schon mal, mit dem Arschloch zu grinsen«, höhnte deshalb Kali und schlug dem neuen, wie sie dachte, Freund auf die Schulter. Lachte wüst aus dem Bauch, daß ihr Tränen liefen wie Schmalz. Das also hatte Die Wölfin vor. Lachte immer weiter. Noch, als ihr Otroë was zuwarf, damit sie sich endlich bedeckte, lachte sie. Kriegte sich gar nicht mehr ein. Das war Goltz nicht peinlich, er lachte sogar mit, obwohl er wußte, die komische Nummer gab hier er selbst. Im Westen, diese Gerechtigkeit sah er ein, wäre es grad andersherum gewesen. Schon an der Grenze, da war er sich sicher. Von denen war niemand wahrheitsgeimpft.

»Wie wollt ihr durch die Grenze?« »Du wirst uns bringen.« »Ich darf nicht erkannt sein.« »Nicht h i e r. Dort schon.« Das war den Frauen also klar. Bei ihnen auch Thisea. Sie waren nicht dumm: Goltz hatte irgendwie herübergemußt. Er hätte schon seine Methode. Sie waren sich sicher. Es ging um die Posten der Milizen im Osten. Nach dem Gefecht am Shakaden wären die Straßen davon voll; spätestens jenseits von Karlsbad ließe Pontarliers Zwangskultivierung keinerlei Niemandsland mehr; bis dahin könne man, aber vielleicht schon nicht mehr hinter Prag, durch Ödland rumpeln. Danach kam nur Siedlung um Siedlung, also, wahrscheinlich, Schlagbaum für Schlagbaum.

»Nun steig schon, Süße, ein.«

Sie ließen aus dem Hänger die Rampe herunter. Drinnen ein Wohnzimmer zwischen gemalten Kulissen, man kannte keine Holo-Decks, es fehlte dem Osten der Schirm, der Illusionen erlaubte: Was man berührte, war drum auch da. *Verläßlich,* dachte Goltz, verläßlich für das Wild und die Jäger. So nackt war die Maske. So roh der Bluff, daß sich denken ließ, die Milizen fielen drauf rein. Ein Aquarium aufgepinselt, ein Nachthimmel mit beiden Monden. Und mit den Sternen, deren Existenz die Achäer beschworen. Einer von ihnen, den Achäern, mittendrin, der schaute kaum auf. Ein Männeken von sechzig, wie absichtsvoll später Al Qaida in Dschellaba, mit Bart. Der Dschellaba gab Al Qaida die grausame Wahrheit zurück. Noch war von Odysseus nicht wieder die Rede.

»Auf Kommando furzen, besser, du übst das schon mal«, prustete Kali, als sie und Thisea den Rampenschlag hoben. Drinnen stank's nach einem Alkohol. Otroë kletterte mit rein. »Gibt's hier kein Licht?« Erst Rülpsen, dann knallte etwas hin. Aus einer Glühbirne wurde es licht, die, wenn man fuhr, am Hängerhimmel schaukelte; jede Seitenlage, jedes Schlagloch machte sie mit und sprang und schwang in kleinem Orbit. Schatten schwirrten durch den engen, vollgestopften Raum. Der Achäer war auf die Knie hingeschlagen, ächzte, zog sich gegens Rollen des Hängers in den Sessel zurück. Otroë lachte. Der Achäer brummte, lallte, stieß immerfort auf. Der Mann war betrunken oder bis in die Knochen debil. Er wurde auf Feten als Tanzbär benutzt, Milizen schossen ihm den Walzertakt vor die Füße, das machte die Abende kürzer. »Er war einmal ein großer Mann«, erzählte Otroë es Goltz, während sie in einer Schublade unterm Spiegel nach Schminke wühlte, »dann hat ihn ein Bohrer erwischt. – Setz dich d a hin.« Und Uma, bei ihrer ersten Rast, kurz vor Plzeň: »Ich habe zu seinen Füßen, als ich jung war, gesessen und habe geweint, wenn er von Thetis erzählte.« »Geweint, Uma, d u?« »So'n alberner Unsinn, die h a t doch gar keine Tränen. Nix als Fotzenschleim in den Augen.« Gegröle. »Von Thetis?« fragte Goltz. Die Frauen feixten, Kali faßte sich zwischen die Beine. »Vom Meer«, erklärte Thisea, »und von den Sternen, die sich drin spiegeln.« »Du warst auf dem Meer?« fragte Goltz, nachdem der rosa hergemachte Mann in den Hänger zurückgesperrt war. Diesmal war Otroë vorne geblieben. Der Achäer rülpste. »Auf Thetis? Wie kamst du nach Europa herein?«

Da stoppte der Wagen. Der Motor schrie mehrmals im Leerlauf, man hörte aufgeregte Stimmen draußen, nichts war genau zu verstehen. Aber gebrüllt wurde harsch und gegen die Wand geschlagen. Die Scharniere kreischten an der Rampe, schon knallte sie metallen herab. Ein Weißlicht brach ein, als würde Goltz auf die Augen gedroschen. Ganz ergeben der Alte, zu seinen Füßen das häßliche, für die Lust von Soldaten viel zu hagere Scheinweib. »Rauskommen da!« Goltz, die Stimme in den Diskant, es kam ja drauf an: »Habt ihr Schnaps, ihr Kerle? Der tanzt nicht ohne Schnaps.« »Schnauze! Rauskommen, sag ich!« Drei Milizionäre, zwei weitere vorne am Jeep. »Du solltest besser folgen«, raunte Goltz dem Achäer ins Ohr. Der blieb stur sitzen. »Komm schon.« Er nahm ihn am Arm. Doch wehrte sich der Mann, wurde sperrig, lallte was. Und stank vor Protest. »Ich mach euch gleich Beine!« Goltz zögerte nicht länger. »Küßchen«, sagte er, als er hinunterstieg. Bekam eine Maulschelle, daß es bis zum Horizont klatschte. Anderthalb Meter weit scheuerte er übern Asphalt. »Haltet mir diese Ossi-Metze vom Leib!« Kali, aufgeschminkt wie ein Transvestit, der nicht an sich selbst glaubt, für den man aber deshalb sie und nicht den verkleideten Mann hielt, kicherte in ausgestelltem Baß.

Goltz erhob sich langsam, wie zäh, tat schlimmer, als es war. Er orientierte sich, wollte Zeit gewinnen. In der Nähe, aus den Lichtern zu schließen, die durch die milchige Nacht wie durch Nebel funkelten, eine Perlenkette Siedlung. Paar parkende Autos, sonst nur der Jeep und die fünf Soldaten. Thisea bot dem Unterleutnant ihre Brust. Der: »Hört mal zu, ihr Fotzen. Wir scheißen auf euch. Keiner will mit Ostkotze ficken, Buenos Aires hat Format. Aber d e n da holt raus, d e n wolln wir sehen!«

Drei Frauen mußten auf die Rampe, mußten ins Wohnwäglein rein und den Achäer zerren. Der wimmerte, der heulte, der wollte zur Mama zur Mama, wollte nur in Thetis zurück. Sie schmissen ihn runter. Noch standen zwei der Soldaten, beide nicht älter als zwanzig, am Jeep, die andern drei stapften an den Alten heran durch den Staub. »Ausziehn!« Die Frauen sahen sich an. »Ausziehn, sag ich!« Kali zeigte wieder die Titte. »Nicht ihr doch, Gesocks! Der da! Macht ihn nackt. Wir wolln mal einen Achäerschwanz sehen.« Der alte Mann wand sich am Boden, er schrie. Die Frauen auf ihn drauf, ihm das Zeug vom Leib gerissen. »Wie ist das mit Thetis? Ist sie schön?« »Nun sing doch, Achäer!« »Ob er Sterne sieht?« Feixen. »Siehst du Sterne, Arschloch?« Haut ihm eins aufs Auge. »J e t z t sieht er welche.« »Komm und krieche, Schwein. Kriech herum.« »Ich hab gehört, die können gut furzen.« – Das also war der Westen. Für den, bis zum Handschlag im Shakaden, hatte Goltz über Jahre gestanden. Für Soldaten wie die hatte er Gerling, den Unfehlbaren, dem Ehrentod die Hand geben lassen. »Dummer Junge«, hörte er und fühlte an seinem Hinterkopf den väterlichen Klaps. Er wollte kotzen. Hob sich das für später auf. Der kalte Mann raste im Innern, wurde immer kälter dabei. Was war er über diese Frauenkleider froh! Und nicht, weil sie wärmten. Kotzte wirklich, um einiges später, da er in Koblenz zurück und wieder Mann war. Jetzt aber Frau. Ganz Frau plötzlich.

Auf Befehl Pontarliers ließen die Soldaten den Achäer einmal nackt um Unimog und Hänger kriechen, hießen die Amazonen, den geschundenen Mann treten weitertreten noch weiter. »Kriegste nicht die Stiefelspitze in sein Arschloch? Der hat doch noch gar nicht gefurzt.« »Mensch, was 'ne Gaudi!« »He kommt her, sollt auch was davon haben!« Die beiden am Jeep verließen ihren Platz. Darauf hatte Goltz gewartet. Es war unklug, das wußte er selbst, doch es war, was zu tun war. Hatte Kalis Vorderschaftrepetierer unterm Kleid vorschnellen lassen und abgedrückt. Zwei Soldaten kippten nach vorn, sie jappsten nicht mal. Eh die andern drei begriffen, auf ihnen die Frauen, da zischte der Säbel, ein Kopf flog. Abermals übel dem hygienischen Goltz, der nur noch zusah, er wollte die Amazonen nicht treffen. Jammernd der nackte Achäer. Besoffener Idiot, man hätte heulen mögen. Ratlos sahen die Amazonen Goltz an. »Weiter!« kommandierte der. Man konnte von der Siedlung her Aufregung spüren. »Weiter, sag ich! Ja was seid ihr? Unerfahren?« Er packte seine beiden Toten am Kragen, zerrte sie mit sich. »Rein damit und irgendwo raus. Aber erst einmal weg.« Regungslos der Achäer, nein, regte sich schon, das Mensch, zitterte bebte. Heulte. »Den auch. Egal. Los jetzt.« Kali begriff als erste, sprang ins Führerhaus, ließ den Motor wieder an. Es begann zu regnen. »Regenzeit«, sagte Otroë. »Gut«, sagte Goltz. »Du solltest nicht vorne sitzen«, sagte Kali. Aber da fuhren sie schon. Nur der Jeep blieb zurück, Goltz selbst hatte den Motor und das Abblendlicht ausgeschaltet. Man hörte keinen Alarm. Das Fahrzeug würde nicht vor dem Morgen gefunden werden und, wenn der Regen bliebe, nirgendwo Blut. »Wenn so etwas noch einmal passiert«, sagte Goltz, »dann schießt ihr gleich.« »Der Kampf war unnötig«, sagte Kali, »wir wären so durchgekommen.« »Was seid ihr für Menschen?« fragte Goltz. Thisea begriff seinen Einwand: »Es ist ein Achäer, ein Hanswurst, er lebt von nichts andrem.« »Aber hat das Meer gesehen.« Da schwiegen die Frauen. »Ich will nicht einen einzigen Menschen sich noch einmal so erniedrigen sehen! Habt ihr verstanden?« Und, weil alle weiterschwiegen, brüllte er zischend nach innen: »Habt ihr verstanden?« »Verstanden«, sagte Otroë. »Verstanden«, sagte sogar Kali. Uma und Thisea nickten.

Sie passierten die nächsten Dörfer. Es regnete und regnete. »Wenden«, sagte Goltz.

»Was?« »Wenden. Wir fahren in die Siedlung.« »Ja aber wozu?« »Wir führen der Siedlung etwas vor. Der Achäer soll erzählen.« »Der Achäer ist tot.« »Ist er nicht.« »Er ist erschüttert. Sein Geist ist zerrüttet. Ein Bohrer. Sagte ich doch!« »Wir werden sehen.« »Und die Toten?« »Wir nehmen sie mit. Wir wickeln sie ein. Fahr da rauf. Ja, mach schon! Siehst du die Mulde?« Hausskelette standen herum, Rohbauten wohl, vielleicht war dem Westen ein Fonds geplatzt: Den AUFBAU OST! finanzierten auch Steuermodelle. »Stop hier.«

Kali parierte. Sie kamen an einem dieser vergessenen Bauten zu stehen, an der Längsfront, vor dem gähnenden Türloch. Kali starrte regungslos durch die Windschutzscheibe ins Pladdern. Die andern drei Frauen sahen verunsichert Goltz an. Die Autorität eines Mannes kannten sie nicht, spürten sie aber bei dem: wie materiell. Man konnte sich dagegenlehnen. Thisea: »Du brauchst frischen Lippenstift. Und du mußt dich rasieren. Siehst wieder aus wie ein Kerl.« Sie stiegen aus. Ihnen lief das Wasser in die Brauen, Uma pustete sichs immer wieder von der vorgeschobenen Unterlippe. Abermals gings über die Rampe in den Hänger. Der Achäer lag auf dem Bett zusammengekugelt. Er wimmerte und wimmerte. Am Boden übereinander die toten Soldaten. Goltz riß ihnen die Erkennungsmarken vom Hals, schnitt von jedem Kopf Büschelchen Haars. »Wozu ist das gut?« »Ich brauche Tütchen.« »Tütchen?« »Plastik. So was. Und macht sauber. Wickelt die Leichen ein. Habt ihr Benzin?« »Vier Kanister.« »Das reicht.«

Eine blieb oben als Wache. Goltz Kali Uma Otroë schleppten die in Vorhangkulissen gewickelten Soldaten durch den Matsch und auf Bröselbeton, sie zogen sie in den Keller, auf der engen Treppe kantapperten die Köpfe nach. Draußen wäre ein Feuer meilenweit zu sehen gewesen. Sofern man es in diesem Regen überhaupt in Gang gebracht hätte. Sie stolperten über Gerümpel und Sperrmüll. Offenbar diente der Rohbau Streunern als Obdach. Besser konnte es nicht gehen.

Wer außer solchen käme schon her? Arbeiter des Aufbaus jedenfalls nicht, sonst wäre hier bereits Ordnung gemacht. Zeitungsfetzen voller Kacke in einer Ecke, aufgerissene Matratzen, mit Wachs bekleckerte Tische. Goltz kontrollierte die Uniformen, aber die Frauen hatten nicht mal Zettel übersehen. Doch da, »shit!«, das Tattoo. Das Material in Goltzens Unterhose, wohin hätte er sich die Proben, DNS-Material, s o n s t stecken können? Das Kleid hatte keine Taschen, so was macht einen Mann ganz verrückt. Wessen Haar gehörte zu wem? Also noch einmal. Noch einmal Büschel. Und die Tütchen. Er wendete sie, nicht daß versehentlich etwas andres darinblieb. Dann stopfte er unter den verständnislosen Blicken der Frauen die Büschel hinein. Die Kulissen, obwohl schon naß, sogen sich mit Benzin voll. Es zischte, als sie entflammten. Bohrer ratschten zur Seite, einen erwischte Otroë mit dem knallenden Hacken, »Mistzeug!« Eine scharfe Luft pfiff durch den sich zerquetschenden Insektenpanzer. Aber auch draußen pfiff es, das kam von einer Fabrik. »Wir müssen uns beeilen.« Deshalb warteten sie das Verlöschen des Feuers nicht ab. Der Unimog sprang an. Die Sirene pfiff, bis man Gehörschmerzen hatte. »Wie haltet ihr das aus?« »Tun wir ja nicht. Wir leben vom Raub, nicht von Arbeit.« Goltz mußte lachen. »Schlangengezücht«, lachte er. Da lachten auch die Weiber. Sie starteten den Unimog. »Moment noch«, sagte Goltz plötzlich. »Ich geh wieder nach hinten.« »Was hast du vor?« »Jemand muß mit dem Achäer reden.« »Der ist debil, sag ich doch.« »Wir werden sehen.« »Gib ihm hiervon.« Kali holte ein Pan aus ihrem Stoffbeutel. »Gut. Fahrt ein bißchen ins Gelände. Wo man uns nicht gleich bemerkt. Dann haltet. Wartet, bis ich klopfe.«

Während Otroë und Thisea die Rampe herunterließen, nahm Goltz fast befriedigt zur Kenntnis, daß das Feuer im Keller nicht zu sehen war. Jedenfalls von hier aus nicht. Er stand ein paar Sekunden still im Regen. Hatte sich umgeschaut. Nicht einmal Rauch drang aus dem Rohbau. Es konnte, dachte Goltz, einem Polizisten nicht schaden, auch *so was* zu fühlen: terroristisch zu fühlen. – Ferne die müden Fäden aus Menschen. Das zog zur Arbeit. Das zog sich zu Fuß über Mährens Maikäfer flieg. Stoppelland Pommern. Es regnete noch immer, regnete Lehm. Den mußte der Westen zu kneten noch lernen.

Der Wagen fuhr an, als Goltz hinten drin war. Die Glühbirne ließ die Schatten wieder tanzen. »Nimm«, sagte Goltz. »Du willst doch,

denk ich mir, in Thetis zurück.« Er saß seitlich auf dem Bett, sie rumpelten und schaukelten. Er legte dem Alten eine Hand auf die Schulter. Der hörte auf zu wimmern, blieb jedoch ohne Bewegung. »Das
willst du doch?« RRUMMS knallte der Wagen in eine Senke, jaulend
kam er heraus. »Du kannst auch sterben, o h n e das Meer noch einmal gesehen zu haben. Es ist deine Entscheidung.« – Langsam drehte
sich der Achäer herum. Er war restlos verdreckt, der Bart starrte vor
Klumpen. Die Augen geöffnet, als hätt wer in ihnen das Licht ausgeknipst. »Ich glaub das nicht«, sagte Goltz. »Ich glaub das nicht mit
dem Bohrer.« Keine Reaktion. »Wissen Sie, w a s ich glaube? Nun
beißen Sie schon ab!« Keine Reaktion. »Ich glaube, daß Sie simu-
lieren. Sie s i n d nicht lächerlich. Sie tun nur so. Und weil dem so
ist, macht es Ihnen überhaupt nichts aus, auf allen Vieren durch den
Dreck zu kriechen und den Leuten das Arschloch zu zeigen. Aber mir,
Herr Achäer, macht es etwas aus. Und weil ich mich nicht täuschen
lasse, kommen Sie damit diesmal nicht durch. Sie haben die Wahl.
Sehen Sie diese Hände?« Er sah sie selbst an, führte sie dann in einer
langsamen Bewegung über das Gesicht des Achäers, nahm sie zurück
und sah sie abermals selbst an. »Feine Hände, nicht wahr? Kinderhände. Man könnte sie sinnlich nennen, wären Sie nicht … ja, wie soll ich
sagen?: *grausam.*« Ohne den Achäer anzusehen: »Verstehen Sie, was
ich Ihnen sagen möchte?« – Vielleicht war es Goltzens penetranter
Buttermilchduft, was den Alten sich rühren, was ihn wegrücken ließ,
ganz zurück an die Wohnwagenwand. Bedroht zu werden, war er an
sich gewöhnt, daran konnte es nicht liegen. Der Geruch war so stark,
daß Goltz selbst ihn wahrnahm. »Teufel«, sagte der Achäer. Goltz:
»Wie heißen Sie?« »Vergessen«, sagte der Achäer. Goltz erhob sich.
»So, Sie setzen sich jetzt *dort* hin.« »Teufel.« Aber folgte. »Nehmen Sie
das Pan. Sie wissen, was das ist?« Der Achäer nickte. »Aber spucken
Sie nicht auf den Boden, ich habe einen empfindlichen Magen. Da
drüben steht ein Papierkorb. Und wenn es Ihnen besser geht, dann
waschen Sie sich. Es regnet, wie Sie hören. Es gießt sogar. Ich bin mir
sicher, die Frauen haben Seife. Danach kleiden Sie sich um. Ich will
dann einen Achäer sehen, einmal im Leben. Einen

wirklichen, der es auch ist. Einen mit Stolz.« – Wie nun der neue Odysseus ist, dachte Goltz im S<small>ILBERSTEIN</small>, sieben Jahre danach. *Thetis 'u akbar:* Auch das. Deidameia war gegangen. *Allah 'u akbar!* Jetzt wußte Die Wölfin, was im Osten zu tun war. »Befiehl den Frauen, nach den Transportern zu schauen.« »Den Nullgrund-Transportern.« »Den Schutt-Transportern, ja.« »Wir sollen sie überfallen?« »Recycelt wird nur im Osten.« »Die Fabriken.« »In Buenos Aires fährt keiner mehr, da sind die Transporte längst abgeschlossen.« »Du bist dir sicher?« »Sicher?« Goltz lachte leise. »Vielleicht finden wir einen Beweis. Irgend ein tragendes Stahlteil. Das könnte schon genügen.« »Wie erkennen wir die Wagen?« »Kann sein, sie sind als Castor-Transporte getarnt.« Die Silbertransporte, dachte Goltz, die Laster, die das zu Silber kondensierte Wasser von Lough Leane in den Westen brachten. Die leeren Laster, die für neue Füllung wieder hinüberkolonnten. Die. Unvorstellbar, daß die alte Linzer Grube nicht längst zu Stubb vertrocknet war. – Deidameia fragte nicht: Beweis wofür? Goltz hatte noch ein halbes Glas voll Hagebuttentee, hatte nun doch nachgeordert. Das wollte er noch leeren. Balmer und den anderen Mann konnte er von seinem Platz aus nicht sehen, aber wußte, daß sie vor der abgetrennten Sushia noch saßen. Das interessierte ihn nun doch, wieso Balmer nicht in Colón oder seinethalben Chelsea ausging, sondern in einer Kneipenszene verabredet war weit unter seinem Dünkel. Goltz hatte den designierten Chef der EWG seit Baubeginn des zweiten Shakadens nicht mehr gesehen, selbst Nullgrund war kein Anlaß gewesen, ihn wieder zu besuchen. Gleichzeitig sann er über diesen weiter. Das meiste fragten sowieso die Assekuranzen, die bohrten ihrer Klientel die nötigen Löcher schon in den Bauch; doch wann immer wühlende Detektive auf Unstimmigkeiten im Unheil stießen, gähnte schließlich bloß Schlamperei. Jedenfalls war sich darauf gut herauszureden gewesen. Vorsatz wurde allein in paar Finanzierungsaspekten gefunden. Es gab die eine und andere Anzeige wegen Betrugs. Mit dem Nullgrund selbst hatte das wenig zu tun.

Der schreibende Mann an der Theke war über seinem Notizblock zusammengesunken. Aber es war ein ganz anderer vielleicht. Ein drittel Bier vor sich. Schlief er? Ja, schlief. Wiederum Herbst war unterdessen weg. Hatte sich gleichfalls aufs Fahrrad geschwungen, war in die annektierte Dunckerwohnung ab. Deshalb merkten weder er noch Cordes, daß Goltz sich erhob, fünfsechs Schritte Richtung Theke ging, sich dann nach links wendete und zur Sushia die wenigen Stufen hochschritt. Es kann aber sein, daß Herbst sich das auf dem Heimweg nur so vorstellte, das und den betrunken schlafenden Cordes. Und mich, dachte ich; mich stellt er sich ebenfalls vor. Eigentlich paßte ich nur deshalb auf, was ging mich ein Goltz an? Ich hätte den nicht mal erkannt, also nicht wirklich. Gesehen hatte ich ihn schon oft, im Fernsehen, in Zeitungen, da prangte immer mal wieder sein Bild. Aber sitzt man so einem dann gegenüber, bzw. im gleichen Raum, zweifelt man doch: Ist das Til Schweiger? Ah, ganz gewiß! Nein ich hab mich geirrt. Unsinn, das ist er! Wer, der nicht Autogrammjäger ist, wollte denn fragen? Ich bin mir auch nicht sicher, ob Goltz einen Holomorfen für voll genommen, ob er mir überhaupt geantwortet hätte. Also beobachtete ich ihn nur. Ich hatte bei Nullgrund Freunde verloren, enge Freunde, Goltzens Ermittlungen konnten mir nicht gleichgültig sein.

(Es ist jedesmal ein Kitzel, wenn fremde Gedanken in einem entstehen, wenn sie in dich eingetippt werden, jaja, du merkst das… und wie schnell sie sich dann in deine eignen verwandeln… wie du dann glaubst, wie du dann weißt: Ich habe die i m m e r schon gedacht.)

»Guten Abend, Herr Balmer.« Goltz, kühl lächelnd, nickt auch zu Möller. Woher kenn ich den nur? Wiederum Balmer: Wäre ich bloß abgehaun! Er sah sich durch das SILBERSTEIN laufen, als der Polizist auf der Toilette gewesen war, spürte die frische nasse Novemberluft, wie erlösend wäre sie gewesen! Ob Bräustädt nun hin oder her. Er lief weiter, als verfolgte man ihn, als nähme tatsächlich einer wie Goltz, um ihn, Balmer, zu stellen, die Füße untern Arm. Wahrscheinlich standen SZK-Posten vorm SILBERSTEIN oder hatten sich in die deutschen Schutzleute verkleidet, die vor der Synagoge patrouillierten. Außerdem war der Polizeichef unten gewesen und hätte deshalb Balmers Abgang sowieso nicht mitbekommen. Die Verfolgung spielte sich rein in Balmers Kopf ab, und er wußte das auch, allerdings nichts von wirklicher Welt und Anderswelten. Für ihn war alles gleich real. Wie die meisten naiven Menschen wechselte er die Systeme nach Gemütszustand und definierte sich bei Eintritt in die je nächste zurecht, als würde ein Schalter betätigt. So war es auch. Das jeweils zuständige Programm kalibrierte seine gemeinhin »Geist« genannten inneren Verhältnisse um, sei es auf Buenos Aires, sei es auf Berlin oder Garrafff. Das geschah in den Porteños gemeinhin so schnell, daß nur höchst sensible Menschen so etwas wie Wahrnehmungssprünge bemerkten. Ihre Umwelt hielt das für überspannte Nervosität. Nun gab es s c h o n Leute, die geradezu unter Rissen in ihrer Wahrnehmung litten, aber die galten als krank und wurden, wenn es gutging, behandelt. Ging es schlecht, wurden sie in aller Regel nicht alt. Liefen Amok. Halluzinierten. Manche legten Hand an sich. Schossen in Schulgebäuden herum. Oder kicherten nur noch.

Balmer war, kann man sagen, urgesund.

Der ALFA P9 parkte in der Tucholsky. Hektisch ließ der Mann ihn an, setzte ein Stück zurück, wendete. Fand es gar nicht sonderbar – in seinem Verfolgungswahn sowieso nicht –, daß er, als er von der Oranienburger in die Krausnick abbog und am komisch bürgerlichen LASZIV vorbei, einem SM-Club der moralisch korrektesten Art, schließlich links in die Große Hamburger Straße fuhr und, wiederum in die Augusten abgebogen, in Nomentanos Via Giovanni Battista, also mitten in Nomentano hinein. Für Klaus ʼBalmer war das völlig normal. Nun nur noch rechts die Via di Villa Ricordi auf die Rue du Quatre Septembre, und er wäre, ziemlich außer seelischem Atem, daheim. Müde gab er links ins Paneel des Armaturenbretts den Code ein, die Garagentür surrte, der Wagen glitt die schmale Rampe hinab. Ein Lift trug Balmer ins zweite Geschoß. Die Wohnung im Breisgauer Bezirk hatte er schon zu Beginn seiner Liaison mit Elena Goltz aufgegeben; er hätte gern mit ihr zusammengelebt, aber das war schon ihres Mannes wegen nicht gegangen. Wahrscheinlich hätte Balmer eine solche Nähe ohnedies nicht ertragen. Jetzt, nach ihrem Verschwinden, machte sich das eigene Loft – nahe l'Opéra und Unter den Linden – ziemlich bezahlt. Er schaute im Kühlschrank nach Wein, öffnete einen Rioja von ʼ15 und setzte sich in die Schwebegarnitur. Dachte an Nullgrund. War mehr als erleichtert, daß er seinen Plan nicht wahrgemacht hatte, sich im Shakaden des Westens ein Appartement einzurichten. Sonst wär ich jetzt weg, dachte er, sonst wär ich pulverisiert wie alles andere auch. Er dachte sogar noch: Wie Elena. Aber schluckte den Gedanken hinunter. Dieses Holz vor der Hütte! Allein die Taille... man könnte trübsinnig werden. Es muß Opfer bringen, wer hochkommen will. Sein Opfer hatte viel gebracht. Dennoch wurde Balmer melancholisch. Er zog Möllers Visitenkarte aus dem Jackett, zwischen Zeige- und Mittelfinger ließ er sie eine halbe Minute lang spielen. Seine Hand wirkte nackt so ganz ohne Löwen.

»Also, was kostet das Gelump?«»Herr Balthus, wirklich, ich verkaufe meine Ringe nicht.«»Nu ham Se sich nicht so. So einen wie den wollte ich immer schon haben.« Er zeigte mit einem seiner klumpigen Nägel auf Balmers rechte Hand. »Mir steht er besser als Ihren Wurschtfingern.« Die Beleidigung war offenbar freundlich gemeint; deshalb reagierte Balmer nicht darauf, sondern betrachtete den Ring. Er hatte ihn sich gekauft, als er zur EWG gestoßen war, von einem bekannten Friseur, der Pretiosen ungewisser Herkunft vertrieb. Deshalb war der Schmuck nicht teuer gewesen. Billig auch wieder nicht, sicher, doch den Preis mehr als nur wert. Vielleicht wurde es Zeit, sich äußerlich ein wenig umzustellen. »Keine Ahnung«, sagte Balmer, »was ich damals bezahlt habe.« »So was passiert mir nie. Ich weiß immer alle Preise.« »So?« Möller nippte vom Black Label. »Soso, Rheinmain«, sagte Balmer. »Tjä«, machte Möller. »Aber ich war lange weg. – Andenstaaten.« »Sie waren in den Andenstaaten? Sie haben Buenos Aires verlassen... körperlich verlassen?« »Tjä.« »Und was haben Sie drüben gemacht?« Obendrein rauchte dieser Mensch. War sonnenverbrannt und rauchte, scherte sich nicht ums Rauchverbot. Es wies ihn auch niemand zurecht. Woher nahm er diese Selbstsicherheit? Die Geldbörse, freilich. »Na gut«, sagte Balmer. »Zweitausend Euro.« Damals hatte er hundertfünfzig bezahlt. Möller grinste, zog die Börse heraus, blätterte Geldscheine auf. »Sagen wir fünfhundert.« »Tausend.« »Siebnfuffzich.« Balmer versuchte, den Ring vom Finger zu kriegen, aber das Ding saß zu fest. »Sag ich doch: Wurschtfinger. NehmSe Seife.« Balmers letzte Gelegenheit, seiner Moira zu entkommen. Unten saß immer noch Goltz, sah aber nicht her, als Balmer herunterkam, um die Ecke zum Toilettenabgang schritt und im Augenwinkel die imposante Rothaarige bemerkte, mit der der Polizist im Gespräch war. Die beiden flüsterten sogar, jedenfalls sah es so aus. Hören konnte man sowieso nichts, die Musik war zu laut.

Das Gespräch interessierte zwar Balmer sofort, aber ihm war eine konkrete Begegnung mit Goltz zu riskant. In der Zeit mit Elena wäre es vielleicht etwas andres gewesen. Er hatte die Blamage mit dem Taj Mahal nie vergessen. Doch flog ihn auf dem Kellerabstieg zu den Toiletten der einem Instinktrest geschuldete Gedanke an, schleunigst zu verschwinden und Möller und Scheine sitzenzulassen. – Nein, es war ein zu gutes Geschäft. Er hatte sowieso noch die Adresse von dem Friseur. Ich wollte immer mal einen Rubin. So kam es, dachte ich, daß auch Balmer und Broglier sich begegnen würden – persönlich, heißt das, denn gesehen hatten sie sich schon einmal, nämlich mit vielen anderen, aber nicht beieinander, im CAFÉ SAMHAIN gesessen, wie damals das SILBERSTEIN geheißen, und ohne Kontakt und Wissen umeinander. – Denn was nun diesen Friseur anging, hatte Broglier nach seiner Rückkehr aus Garrafff die alten Kontakte wieder aufgenommen. Und pflegte sie weiter. Man konnte nicht wissen, ob man nicht solche Freunde noch brauchte. Selbstverständlich klaute er schon lange nicht mehr. Weshalb auch? Dorata, noch jetzt, verdiente genug für sie beide. Was Broglier vor seinem Irrgang nach Garrafff zwar gekränkt hatte, mit seiner Rückkehr aber nicht mehr. Es gab nun andere, gab wirkliche Probleme.

»John? Bist du das, John?« Ihr kamen die Tränen. Er schwieg, sah nur auf. Es gab keinen Grund für eine Entschuldigung. Aber das Leid. Nicht nur ihm war es ins Gesicht geschnitten, nicht er nur war ein wenig zusammengesackt und trug obendrein sein Haar so vollständig, so, fand Dorata, lächerlich anders, viel zu blond und zu kurz, vor allem müsse dieser schwule Schnurrbart ab – sondern die ihm da gegenüberstand, hatte derart eingefallene Wangen und furchtbare Schatten unter den Augen, daß sie nicht ein zu kleiner Tod, sondern der nahende große warf. Wie dürr sie geworden war! Das sah Broglier sofort, er hatte sich im LONGHUINOS lange genug vermittels Fenny in Sachen Wahrheit geübt. – »John? Bist du das, John?« »Dolly.« Sie schluchzte. Sie warfen sich einander in die Arme, standen ganz still, spürten nur. Er spürte Beben Beben. Hörte sie flüstern, die Lippen streiften sein Ohrläppchen. »John John John.« Er drückte sie fester. »John John.« »Dorata Dolly.« »John.«

Vorsichtig wollte er sie von sich lösen, aber sie klammerte; wie ein sich repetierendes Äffchen trug er sie rein. Hinter ihm schloß er die Tür mit dem Hacken. Die müden hängenden Glieder einer halbbetäubten Katze legte er auf dem Sofa nieder. Die ganzen Wochen. Wie eine loslassen kann. Dorata schluchzte nicht mehr, die offenen Augen verdrehten sich; da stand niemand mehr am Steuer. Das war ein Fehler. Schwäche läßt Krankheit Terrain gewinnen; Krankheit ist nicht fair. Wenn's sich ergibt, prügelt sie sich zehn gegen einen. Oder fünfzehn zwanzig auf diesen einen drauf. Unter den Schlägen konnte Dorata nicht sprechen, ein paar Minuten lang nicht. Ihre Hände waren furchtbar kalt, ich rieb, ich dachte, jetzt ist sie ohnmächtig geworden. Ich legte ein Ohr an ihren Mund. Sie atmete. Atmete ruhig, wenigstens das. Ich griff nach ihren Füßen, auch die wie Eis. Ich holte Decken, setzte Wasser für eine Wärmflasche auf. Als ich ihr übers Haar strich, blieb mir davon an den Fingern kleben. Erschrocken nahm ich eine andere Strähne, wie Watte war sie von der Kopfhaut zu lösen. Da begriff ich.

»Und wieder einmal«, sagte Dr. Lerche triumphierend, »hat sich der Übermensch durchgesetzt.« »Sie sind widerlich«, sagte die Zeuner. Sie saßen – CYBERGEN, Beelitz – vor ihren Garafffer Screens. Als Lerche Broglier nach so langer Zeit ins Bild zurückbekommen und sofort hatte zupacken wollen, »da ist ja unser Belami-Mäuschen wieder!«, hatte die Zeuner ihn geradezu angeschrien, so heftig zischte sie: »Von dem lassen Sie die Finger!« Wie wenn er einen Stoß bekommen hätte, war er mit seinem Schreibtischstuhl fast einen Meter nach hinten gerollt. Die ehrgeizige Frau sah nach einem solchen Haß aus, daß sich der sadistische Programmierer instinktiv sofort zurücknahm. Bei Dorata war aber nichts mehr zu machen gewesen, die Krankheit hatte sich längst in ihr behauptet – mit ebender selbstgenerierenden Zielstrebigkeit, die in geschlossenen Systemen schließlich zu einem kompletten Ausgleich aller Parameter führt. Sofern sie sich nicht, wie bei Welt, Anderswelt und Garafff geschehen, zu einer Matrix ergänzen, so daß von einer eigentlichen Realität nicht mehr gesprochen werden kann.

Zeuner biß auf ihrer Unterlippe herum, sie merkte, wie sich ihr Magen zusammenzog und zum Herzen hinaufdrückte. Lerche konnte nicht wissen, daß sie es gewesen war, die Broglier abermals modifiziert hatte; erst dadurch hatte er nach Hause zurückkommen können. Zu seiner Dorata, hatte sie gedacht. Und dachte, was für ein wunderbarer Mann. Dachte es jetzt, als sie beobachtete, wie hilflos bemüht er um die Klonin war, und dachte es neulich, als sie zu sich gekommen war, Hotel Am Marschiertor, in einem billigen Bett die Wange auf der Brust dieses in die Jahre gekommenen Schürzenjägers. Da hatte er noch geschlafen. Und im Traum geweint, nämlich nach der, die er vergessen hatte. Es war ein *unmögliches* Weinen, eines gegen die eigene Programmierung gewesen. Sabine Zeuner war, als ihr das schlagartig klar wurde, völlig geweckt. Als dann auch er wach geworden war und den Frauenkörper abermals zu liebkosen begann, hatte er nicht die geringste Erinnerung an seine Trauer. Vielleicht ahnte er nicht einmal etwas von ihr. Er leidet, hatte die Zeuner unter seinen Küssen gedacht, er leidet, ohne es zu wissen. *Es* in ihm leidet. Da hatte sie seine Küsse in einer ihr selbst unergründlichen Leidenschaftlichkeit erwidert, hatte sie, begriff sie, als Dorata Spinnen erwidert, war, aus Liebe, zu Dorata Spinnen g e w o r d e n. Denn in Wahrheit küßte Broglier d i e s e, in Wahrheit kniff er d e r in die Brustwarzen und zog an ihnen und leckte durch die Labien dieser anderen Frau zur unter der Vorhaut geschwollenen Beere. Es verletzte die Zeuner nicht, daß sie gar nicht gemeint war, im Gegenteil, es berauschte sie um so mehr, als Broglier das nicht merkte und er eben deshalb in eine solche erotische Rage geriet, und weil sich die Frau in seinen Armen – man muß es so sagen: vereigentlichte. Gewöhnlich ging sie mit ihrer Sexualität vernünftig und besonnen um. Ging mit ihr, eben, *um*. Sie war emanzipiert und schlief mit Männern gerne. Doch so, wie man ißt, zu einem Drittel aus Hunger, zum nächsten Drittel aus Genuß, doch nicht zuletzt aus Vernunft. Sabine Zeuner war erotisch nie getrieben gewesen, sie hielt ihren Unterleib an der Kandare. Die Verführungsgesten, für die sie berüchtigt und begehrt war, hatten fast immer ein inszeniertes Moment, das auf der Autonomie des Geistes übers leibliche Bedürfnis fußt. Das war, indem sie sich als Dorata hingab, mit einem Mal anders. Nichts davon spielte mehr eine Rolle, sie *fühlte* nur und kam in mehreren Wellen, die sich zunehmend türmten. Sie schrie sogar, war hinterher heiser. Heiser und naß, sie war leck. Scharfe Schwälle spritzten aus ihr heraus. Und umgekehrt ist zu sagen, so hatte John Broglier auch seine Dorata noch niemals geliebt – wie jetzt, da er's nicht wußte. Den tiefsten Akt, den wir überhaupt kennen, erlebten diese beiden Menschen in einer anderen Frau. Und die alleine begriff es. Das gab ihr das Recht und die Wahrheit, dem sich endlich verschießenden Mann den einen, den einzigen, einzigartigen Satz zu sagen, der über Millionen Lippen fliegt und dennoch ohnegleichen bleibt.»Ich liebe dich«, sagte die Zeuner. Sagte es als die andere. Bevor auch sie

14

zu weinen begann.

Was haben wir nicht alles versucht! Sind von Chelsea nach Boccadasse, von da nach Paris gefahren, waren in Salamanca und Berlin, überall konsultierten wir Ärzte. Vielleicht gab es in Garrafff eine Chance, aber ich bekam keinen Kontakt mehr und wollte auch nicht alleine spazieren. Wär ich nicht in Gefahr gewesen, ein zweites Mal nicht zurückzufinden, und für immer dann?

Dorata hatte kein Haar mehr am Körper, selbst die Augenbrauen fielen ihr aus; sie malte sie morgens kunstvoll nach, sie ließ sich welche implantieren. Ihr Vater ging ein und aus bei uns, erschütterte sich, es waren ja fünfzehn, fünfzehn Mädchen, alle waren sie wie Beate früher, seine Frau, und aus einer ihrer Zellen erschaffen. Alle sie nun unheilbar krank. Zwar gab es immer neue Medikamente, doch keines davon war erprobt. Jedes versagte, und kläglich versagten die Körper. Man wußte nicht, was diese Krankheit verursacht hatte. Vielleicht hätte Broglier, dachte ich, bei einigem Nachdenken schließlich doch darauf kommen können, daß seine Geliebte letztlich nichts anderes war als eine im Computer simulierte Testperson, daß es sie in Wahrheit nicht gab, so wenig wie ihn selbst, aber wenn einer einen solchen seelischen Schmerz hat, dann liegt ihm nichts ferner als Realität. Physische Schmerzen nehmen uns jede Distanz.

Dr. Spinnen hantierte in seinem Labor mit den abenteuerlichsten Rezepturen herum; erschien er bei Dorata, vermittelte er oft den Eindruck eines vom Teufel besessenen Alchemisten. Jedenfalls hatte er die

Übersicht noch weitergehend verloren als seine Töchter, die immerhin dem Unausweichlichen klar entgegenblickten. Aber auch sie hatten keine Ahnung von Dr. Lerche, der für Mädle-Chemie auf seiner Liste Medikament für Medikament abhakte, Nebenwirkungen notierte, Kontra-Indikationen beobachtete, Reaktionen auf andere Mittel; allabendlich speicherte er einen fünfzehnfachen Spinnen-Scan und klebte je den Chip in das dafür vorgesehene Kästchen. Jeden zweiten oder dritten Morgen wartete in einer verplombten Sendung von Mädle-Chemie die chiffrierte Strukturformel der um die vorherigen Testdaten revidierten Substanzen auf seinem Platz, damit Lerche die Simulation entsprechend modifizieren konnte. Doch der Zustand der Klons verschlimmerte und verschlimmerte sich. Ein paarmal lagen schon Zeuners Hände auf der Tastatur, um ihren avataren Freund ein wenig zu desensibilisieren – »um ihm Kraft zu geben«, sagt man bei uns –, aber immer unterließ sie das schließlich. Nicht aus Furcht vor Lerche, beileibe nicht, auch wenn solche Zwischenkalibrierungen, wie Cybergens Fachwort dafür lautete, bekanntermaßen oft uneinschätzbare, aus Wechselwirkungsprozessen entstehende Folgen hatten. Sondern weil sie zunehmend deutlicher fühlte, kein Recht dazu zu haben. »Ihnen ist das nicht klar, nicht wahr, daß diese Wesen leidensfähig sind?« »Doch. Aber das macht ja gerade den Spaß«, antwortete grienend Dr. Lerche. »Unser Job wäre sonst ziemlich öde, Frau Zeuner.«

Ihr hatte »daß sie wie wir sind« auf der Zunge gelegen. Jetzt war sie froh, es nicht ausgesprochen zu haben. Es hätte nicht gestimmt. Wie Lerche waren diese Avatare gewiß nicht. Allmählich staute sich in der Frau eine ganz ähnliche Wut wie in den Amazonen; sie hätte, wäre der Bereich Europa Ost 4.7 ihrer Beobachtung unterstellt gewesen, Kalis Wut sehr wohl nachempfunden – eine, die sich, weil sie so hilflos war, schließlich einem zweiten Odysseus in die Arme warf, der sogar den Gedanken an schmutzige Bomben erwog. So wurde in Buenos Aires jedenfalls berichtet.

Das bereitete Goltz tatsächlich einige Sorge. Waren, woran er nach wie vor zweifelte, die Harpyien aus dem Osten gekommen, dann ließ sich auch nuklearer Abfall nach hier herüberschmuggeln. Zweidrei Sphäroguß-Fäßchen genügten, um auf Jahrzehnte ganze Bezirke zu kontaminieren. – Aber noch eine weitere Sorge beschäftigte den Polizisten, bevor er dann endlich doch die paar Stufen zu Balmer hinaufschritt, um dem Mann seine Fragen zu stellen: Bislang hatte es Selbstmordattentate nur im Osten gegeben, auf Milizpatrouillen und auf Castren, im Westen hingegen achteten die Rebellen auf ihre Unversehrtheit. Nicht einmal Holomorfe riskierten unnötig Auslöschung. War der Dschihad also wirklich nur auf den Osten beschränkt? Weshalb hatten sich, abgesehen von Nullgrund, die einst von Pontarlier gegen die Schänder angeworbenen Mudschaheddin, nunmehr Kerntruppe des zweiten Odysseus, in Buenos Aires nie zuvor bemerkbar gemacht? Wie viele Schläfer gab es? Seit AUFBAU OST! zogen täglich Leute von drüben herüber, sie bekamen die Wahrheitsimpfung, sicher, sie waren alle zentral erfaßt, man konnte theoretisch jeden Schritt verzeichnen, den sie unternahmen. Doch was für ein Aufwand! Rein praktisch erforderte er ein ganzes Volk von Datenkontrolleuren. Es gibt kein besseres Versteck als die Datenschwemme, dachte Goltz. Damit habe er recht, dachte Herbst – *hätte* er gedacht, dachte ich, hätte er noch neben Zeuner bei CYBERGEN gehockt und den Polizisten in seinen datischen Fokus genommen, anstelle an Deters' Statt in der Anderswelt herumzuspazieren: leiblich, sofern sich das so sagen läßt. Jedenfalls hatten wir durchaus nicht alles unter Kontrolle. Wir konnten uns auf einige definierte Avatare konzentrieren, das war es auch schon; hingegen, welche Sensationen insgesamt, welche »Person« genannten Entitäten sich autogon entwickelten, mußte uns entgehen, war uns entgangen und entginge uns weiter, also Zeuner, Lerche und den anderen. Ich selbst, wie erzählt, war »ausgestiegen«, hatte mich in Deters' Duncker-, bzw. Waldschmidtstraße verdrückt; mit all dem habe Herbst, dachte Cordes, nichts mehr zu schaffen.

»Die Prozedur ist nicht einfach«, erklärte Dr. Lerche während einer von MÄDLE-CHEMIE finanzierten und deshalb speziell medizinisch ausgerichteten Vorlesungsreihe über Empirische SimulationsInformatik. »Sie haben erst einmal nichts als diesen Kasten, diesen Computer, dessen innere Vorgänge für uns sichtbar, wenigstens lesbar übersetzt werden müssen. CYBERGEN hat sich, und vermarktet es unter dem Schutz des Patentrechts, für ein Verfahren entschieden, das aus elektronischen Dynamiken lebende Bilder schafft. Stellen Sie sich die wie einen dreidimensionalen Spielfilm vor, durch dessen Lichtgebilde Sie hindurchspazieren können, als wären Sie ein Geist. Sie sehen die anderen, aber die nicht Sie. Sie können auch nicht eingreifen, jedenfalls nicht direkt, und wenn, dann immer nur im einzelnen. Was, wie Sie wissen, Modifikationen für das Gesamtsystem bedeutet, deren Folgen prinzipiell unvorhersagbar sind. Es entstehen sofort neue Strukturen, die Sie zwar mit demselben Verfahren sichtbar machen können, aber – aus technischen Gründen – ebenfalls nicht insgesamt, sondern nur in fest definierten Rahmen. Sagen wir – seit einigen Jahren läuft bei uns ein solches Experiment in einer Simulationswelt, die wir Buenos Aires, bzw. Europa nennen – ja, ich verstehe, daß Sie lachen, ich lache gerne da mit... wir Programmierer haben wirklich einen ganz eigenen Witz... sein Sie versichert, man hat seinen Spaß...–« Er machte eine Pause, um sich auszulächeln. Heiterkeit strich über die graduierten Studenten, eine Brise im Schilf. »–sagen wir also, Sie infizieren ein Programm, das Sie meinetwegen Dorata nennen, infizieren Dorata mit einem analog ins Binäre übersetzten Krankheitsbild, das unseren Wissenschaftlern seit langem reale Kopfzerbrechen bereitet. Man hat Lösungsansätze bislang, mehr nicht. Man müßte mit Testpersonen arbeiten, Freiwilligen zum Beispiel, die Forschung hat das einige Zeit mit Gefängnisinsassen gemacht, die ihre Gefangenschaft dadurch abkürzen konnten. Manche haben ihre Zeit dann aber zu s e h r abgekürzt, wenn Sie verstehen, was ich meine.« Lachen im Saal, Lächeln bei Dr. Lerche. »Spätestens bei den Freiwilligen war so was heikel, die Kirchen protestierten, die Angehörigen protestierten. Um es kurz zu machen: Man definiert sich diese Dorata und führt die Testungen an i h r durch. Dann kann es vorkommen, daß plötzlich die gesamte Projektion gestört wird, Sie sehen aber nichts anderes als Irritationen im Bild, bisweilen fällt es ganz aus usw. Dann haben Sie ein untrügliches Zeichen dafür, daß Ihr Eingriff, also die Infektion, eine neue Entität gebildet hat. Noch wissen Sie nicht, um welche es sich handelt. Analysieren Sie jetzt das Programmfeld, dann werden Sie auf eine kybernetische, d. h. rein elektronische Neuigkeit stoßen, die Sie wiederum eingrenzen – wir sagen: isolieren – müssen. Ist das geschafft, können Sie die übrigen Parameter an sie anlegen und als eine Bild-Projektion umformen, die denselben Bedingungen gehorcht wie die eigentliche, die vorgängige Projektion, also Ihre Dorata und auch das Behandlungszimmer, ebenso wie die bislang bekannten Mitspieler, seien es Schwestern, Anästhesisten usw. Sie stellen dann fest, läuft die derart modifizierte Projektion erst einmal, daß eine völlig neue Person hinzugekommen ist... – sagen wir: Das Programm hat aus den alten Parametern vermittels neuer Mischung einen bislang nicht existenten nächsten Arzt geschaffen, der sich nunmehr ebenfalls um Ihre Dorata kümmert. – Ja bitte?«

»Gibt es keine Programme, die diesen Prozeß eigenständig vornehmen können? Sie müssen das alles per Hand tun?«

»Gute Frage. Ich kann Sie beruhigen. Selbstverständlich gibt es solche Programme, und selbstverständlich sind sie längst in Betrieb. Nur können Sie prinzipiell Neues nicht übersetzen. Logischerweise, da es für etwas wirklich Neues keine bekannten Parameter gibt. Ein neuer Arzt würde selbstverständlich von dem Programm unmittelbar eingespielt werden. Aber was, junger Mann, ist mit einem, sagen wir, *Freund* Doratas, von dem wir nichts wußten? Sie haben ihn nicht programmiert, ich habe ihn nicht programmiert, keiner hat ihn programmiert. Dennoch taucht er unversehens auf... als selbstregulative Schöpfung des Simulationssystems, eine Autogenese –: eine *Infogenese,* meine Damen und Herren.«

Infogenetisch war halb Buenos Aires entstanden, fast das ganze Buenos Aires sogar, es hatte bloß ein Ausschnitt Realität nachgebaut werden müssen und einer über sie hinwegfegenden Katastrophe bedurft, eines Sintbrandes, der die Koordinaten völlig durcheinanderwirbelte. Genau das war beabsichtigt gewesen. Deshalb hatte zu Beginn der Großen Geologischen Revision kein Mensch gewußt, wohin das Experiment laufen würde. Davon erzählte Dr. Lerche den Studenten nichts, und ebensowenig ließ er von der Tendenz simulativer Welten verlauten, sich real mit der Welt ihrer Konstrukteure zu verschalten. Dr. Lerche war nicht magisch veranlagt, sonst wäre er zuweilen sorgenvoll an den Rhein seiner eigenen Welt gereist.

Selbstverständlich ließ er auch das Zeitproblem aus. Seit sich die Welten ineinander verschränkt hatten, liefen die experimentellen Prozesse langsamer ab, obwohl es darauf ankam, medizinische Testreihen so schnell wie möglich durchzuführen. Man gab die erforderlichen Parameter ein, Dorata Spinnen gesundete oder gesundete nicht binnen Sekunden, für sie selbst waren es Monate. So war es vorgesehen. Doch seit Broglier, der Avatar, leibhaftig in Garrafff erschienen war, seit ich selbst, kein Avatar, mich nach Buenos Aires katapultiert hatte, näherte sich die Systemzeit der Echtzeit an. Oder, dachte ich, die Echtzeit hat sich der simulierten genähert, war ihr schon, möglicherweise, gleich. Wäre dem nicht so gewesen: bei Brogliers Rückkehr hätte Dorata schon eine alte Frau sein müssen. Oder wäre bereits seit Jahren verstorben.

Noch saß Goltz im SILBERSTEIN, noch war er nicht zu Balmer hoch, noch gingen ihm Mudschaheddin und Schläfer nicht aus dem Sinn. Es beruhigte ihn, kann man sagen, *ambivalent,* daß er sich immerhin, nämlich sicherheitspolitisch, auf den Volksgeist verlassen konnte, denn mit Nullgrund war das Mißtrauen der Porteños gegenüber Ostlern verschärft, gegenüber Fremdem ganz allgemein; gegen die genetisch verbesserten Klons sowieso und gegen die sich autonomisierenden Holomorfen schon lange. Nun begannen indessen einige Leute, auch bei den Menschen nach ihrer *Herkunft* zu fragen, und zwar nicht nur einer phylogenetischen. Deshalb rückten sie von Ostlern sehr deutlich ab. Die Rede von einem »inneren Laserzaun« kam auf. In manchen Kiezen hatten Bürger, die sich »Die Weißen« nannten, Ausschüsse gegründet, um ihr Viertel von Emigranten sauberzuhalten. Sie betrieben eine zudem nicht immer gewaltlose Vertreibung der sogenannten Schwarzen. Das war der Begriff für in den Westen gewanderte Ostler geworden, ein von dem rechten Kommunalpolitiker Jürgensen geprägtes Schimpfwort, das ziemlich schnell angenommen worden war. Da viele dieser Schwarzen der Gesellschaftshunger nach sozialem Aufstieg und Wohlstand trieb, kamen sie den Bedürfnissen der Wirtschaft höchst bereitwillig nach, sowohl was ihren Arbeitswillen als auch ihre technologische Bildung betraf. Vor allem waren sie billiger als die Porteños, unterliefen Tarifverträge, murrten kaum, identifizierten sich mit den Interessen ihrer Arbeitgeber, was deren Wohlwollen errang und den vor AUFBAU OST! einigermaßen austarierten Arbeitsmarkt unverkennbar kippen ließ. Immer häufiger verloren Porteños ihre Anstellung, und Schwarze rückten nach. Sie schufteten wie Maschinen, außerdem konnte man sie für alles einsetzen, was den Unternehmen gefiel. Dazu kam, daß es nicht mehr ganz einfach war, sich einen Ersatzmann programmieren zu lassen, der stellvertretend zur Arbeit ging, seit holomorfe Bürger diese Art Selbstbewußtsein entwickelt, das nach Gleichstellung gerufen und sie, zu Teilen jedenfalls, politisch durchgesetzt hatte. Die Entwicklung ist bekannt. Nun wurden auch viele ehemals ersatzhaft betreute Positionen von Schwarzen besetzt. Die Porteños standen arbeitslos im Regen und hatten dazu die unbeglichenen Leasingraten für ihre datischen Roboter am Hals. Verträge platzten, es griff eine solche Insolvenzwelle um sich, daß Gläubiger wie Schuldner händeringend nach Möglichkeiten suchten, sich irgend zu vergleichen. Das wurde ganz besonders den Schwarzen in die Schuhe geschoben, woran die politische Rechte nachdrücklich mitschob. Da Pontarlier, dem nach wie vor an der Ostvereinigung gelegen war, den Ostlern einen besonderen Förderungsschutz angedeihen ließ, stand abermals für Ungefuggers Kabinett das Stimmungsbarometer tief. Deshalb war es nicht ungeschickt, nach Nullgrund einen nächsten Ostkrieg ins Auge zu fassen, zumindest neue militärische Interventionen, die an den Patriotismus appellierten; denn vor allem Schwarze verdingten sich im Heer, das mit den unmittelbarsten Aufstiegschancen lockte; sie marschierten sozusagen wieder in die Heimat zurück. Sogar Holomorfe gab es, die sich freiwillig meldeten; nicht viele, das ist wahr. Doch da sie außerhalb des Europäischen Daches nur unter speziellen Bedingungen eingesetzt werden konnten, wurden sie meistens abgelehnt.

Für einen Freien wie mich war das ein schwerer Schlag. Auch ich hatte gehofft, hier endlich eine Zukunft, ein Auskommen zu finden. Natürlich könnten wir uns in Notzeiten ausschalten lassen, aber was nutzt uns *Existenz* dann? Selbstverständlich *müßten* wir dann nicht essen. Selbstverständlich brauchten wir gar keine Kleidung. Selbstverständlich könnten wir auf der Straße schlafen. Wir frören nicht einmal, könnten wir doch, wenn wir nur wollten, unseren Kreislauf umprogrammieren. So hat man es mit den Arbeitern auf Zweitmond gemacht. Aber das ist erniedrigend, und wer bezahlt den Programmierer? Auch die Hodna-Verdichtung, die wir sind, braucht Energie, auch die muß bezahlt werden. Und sowieso, der Schlaf. Was das wohl ist, ein Traum? Wir legen uns hin und warten auf den Morgen. Dann, bis der Mensch erwacht, denken wir und stellen uns vor. Wir rühren uns nur nicht. Ist einer aber unfrei, dann ist es seine größte Not, daß ihn die Reiter ausstellen könnten. Zwar heißt es, eine gute Herrschaft tut das nicht. Aber auch sie hat Aufwendungen, um uns wohnen zu lassen. Deshalb ist es so wichtig gewesen, daß wir uns, wenn schon nicht soziale Gleichstellung, so doch Grundrechte erstritten haben.

Nein, ich bin kein Radikaler. Das aber muß man sagen, daß ohne die große Tranteau keines, aber auch gar kein Recht sich jemals für uns verwirklicht hätte. Wenn sie zwar auch – ich gebe zu, nicht zu Unrecht – als eine Terroristin gilt, so sähe ohne sie unsere heutige Situation um einiges finsterer aus. Daß man uns in Buenos Aires unterdessen als Geschöpfe auffaßt und nicht mehr bloß als tauschbare Dinge, daß wir sogar juristische Handhaben kennen, ist ganz zweifelsfrei dieser einen Frau zu verdanken.

Es war spät geworden, als Kumani, ein schlaksiger junger Holomorfer, endlich heimschlenderte. Er trug einen wadenlangen Kunstledermantel und, der Mode entsprechend, überaus spitze langgestreckte Schaftstiefel aus Lumobinat; weil es so kühl war, auch einen Schal. Kumani gehörte zur zweiundzwanzigsten Holomorfengeneration und war deshalb bereits als Freier in die Welt gekommen. Sein Vater hatte lange für Martinot gearbeitet und war, unterdessen durchaus üblich, mit einer ansehnlichen Pension in den Ruhestand geschickt worden. Da einige Holomorfen-Reihen, insbesondere die freien, keinen Alterungsprozessen mehr unterlagen, das hatten sie gegen ihre Programmierer unterdessen durchgesetzt, war, besonders auf Betreiben der Unsterblichen, vom Kabinett ein Gesetz verabschiedet worden, das ein Höchstalter vorsieht. – Von beiden Interessenseiten war es ziemlich erbittert ausgehandelt worden, wurde aber immer wieder neu erstritten; die derzeitige Gesetzgebung erlaubte einem Holomorfen einundachtzig Jahre, fünfundachtzig waren in der Diskussion, aber auch, seit den ersten Schwemmen von Wirtschaftsemigranten, eine Senkung auf fünfundsiebzig.

Die Kumanis hatten sich in ein Häuschen nach Bad Schwalbach zurückgezogen, das in einen informatischen Wald hineingerückt war, sich zu langweilen begonnen, beratschlagt und schließlich ihren Sohn, Kumani junior, in Auftrag gegeben. Er war nicht billig, das Paar aber willig gewesen, sich einzuschränken. Außerdem hatte ihnen Martinot persönlich ein wenig was hinzufinanziert; der Kontakt war, vor allem zu Kumani senior, nie ganz abgerissen. Als dann der junge Mann, fast noch ein Jugendlicher, in seinem, fand die frische Mutter, ziemlich

absurden Ledermantel endlich vor der Tür gestanden hatte, war große Rührung durch die drei gegangen. Doch hatte es schnell Probleme
gegeben. Zwar waren auch die Großeltern bereits als Freie in die Welt
gekommen, aber es war den Kumanis ganz selbstverständlich gewesen, sich den Meinungen der Humanoiden anzuschließen, denen sie
immerhin ihr Leben verdankten; sie waren erbitterte Gegner der ra-
dikalen Holomorfie. Der Vater jedenfalls, indes die Mutter zu diesem
Thema meistens schwieg. Schließlich waren die politischen Diskussionen, diese ständige gegenseitige Herumbrüllerei, beiden Seiten so
unerträglich geworden, daß der begabte Jungholomorfe kurzerhand
von Zuhause ausgezogen war und sich eine Bude im billigen La Villette gesucht hatte, wo er seitdem zwischen lauter humanoiden Lo-
sern hockte, aber auch nicht sonderlich glücklich war. Nachts streifte er durch Colón, streifte durch das Scheunenviertel und durch den
Kiez Nausikaas, in dessen Webpräsenz die Feurige Rose gelegen hatte
und sowohl der phantastische Park Güell wie das Museo de Jamón –
einst tatsächlich eine Zentrale der Myrmidonen; er flanierte durch
Boccadasse und Kreuzberg, jobbte mal hier, jobbte mal da und hatte
alle Mühe, das Geld für Miete und Harfarechnung zusammenzusto-
chern. Nachdem er sich gemeldet hatte, doch ausgemustert worden
war, war er an den Pan-Handel geraten. Aber er dealte nur wenig.

Jetzt stand er auf der Oranienburger. Im Monbijoupark hatte er
soeben zwei Briefchen vertickt; deshalb war er ziemlich guter Laune.
Er hatte eine Neigung zu humanoiden Mädchen, seinesgleichen lockte ihn nicht. Dahinter stand keine Ideologie, sondern er wurde einfach nicht erregt; er fand Holomorfinnen nicht einmal süß. Das Problem war rein psychisch, das war ihm schon klar. Nur hatte er keine
Ahnung, woher diese Abneigung rührte. Sie war völlig unnatürlich;
seine Eltern hatten so etwas ganz sicher nicht in Auftrag gegeben. Zumal es sich erst langsam entwickelt, man kann sagen: aus ihm her-
ausgeschält hatte. Bis es objektiv als das Problem dagestanden war,
mit dem er sich nun herumschlagen mußte. Obwohl äußerlich von
Menschen ebensowenig zu unterscheiden wie Klons, erkannte Kumani Holomorfe vermittels eines fast unmittelbaren Geschlechtsekels.
So jemand mußte ihn nur ansprechen, schon kam es ihm hoch. Dabei
stand er politisch völlig auf ihrer Seite und gegen, wie er meinte, seine Eltern. Die er nur noch selten besuchte, obwohl es mit ihnen nun

einzwei Tage lang immer ganz gut ging, solange jedenfalls nicht über Politik gesprochen wurde. Kumani war, alles in allem, ein schmerzhaft komplexer junger Mann.

Ich lachte auf.

Nein, C o r d e s, radelnd, lachte auf, als er seinen Einfall durchkonjugierte. Keine Ahnung, wie er von Goltz ausgerechnet auf diesen Kumani kam, schließlich hatte der noch gar keine Rolle gespielt. Sowieso hätte sich Cordes besser auf die Schienen konzentrieren sollen, so wie er dahineierte. Ihm war ein wenig übel, aber er sah Kumani körperlich dastehn, Ecke Rosenthaler. Jedenfalls hätte der junge Mann dort Kumani ganz gut sein können. Aber Cordes konzentrierte sich wirklich mal besser auf die Gleise.

Tatsächlich war es mein Freund Ben gewesen, doch woher sollte Cordes das wissen. – Bei Tranteau! dachte Ben und sah dem schlangefahrenden Radler kurz hinterher, war d e r was betrunken!! Er hatte, Kumani, den rechten Fuß bereits auf dem Fahrdamm der Rosenthaler stehen, war aber noch einmal zurückgetreten, um dem Mann Platz zu machen. So was hatte er noch nicht gesehen: haubitzenstramm und Fahrrad fahren! Wenn das mal gutging. Amüsiert spazierte Ben in die Sophienstraße hinüber. Also sowohl er, in Garrafff, dachte ich, während Goltz drüben aufstand und endlich zu Balmer hinüber- und hochschritt, als auch Kumani in Buenos Aires.

Die schmale Straße, die in Garrafff Calle de Códols hieß, war bereits in den Schlaf gesunken, ein paar Außenlampen und fahl erleuchtete Fenster bewachten ihren mit Kopfsteinpflaster beschlagenen Traum aus Biedermeier und *legalized shit*. Nach einem kleinen Bogen stieß sie auf die Escudellers, die es nur in Buenos Aires gab, so daß sich Ben und Kumani einerseits trennten – jener bog links in den Eingang zum hintersten der Hackeschen Höfe –, und dieser, andererseits, bemerkte vorm Boudoir Deidameia, die mit ein paar Frauen vor dem Etablissement stand, eine insgesamt amüsierte Garbe Frau, silberhelle Spitzen Lachens in der Gasse. Das Boudoir war Kumani nicht unbekannt, obwohl sich Menschenfrauen auch dann nur ungern mit Holomorfen einließen, wenn man sie bezahlte. Was, dachte Kumani, völlig irre war, da sich, wer sich das leisten konnte, nicht selten robotische Sexmorphs in Auftrag gab. Freilich wurden die alleine von ihren

Eigentümern benutzt und nach Gebrauch stets weggeschaltet; man hätte sich geschämt, die Dinger offen herumstehn, geschweige -spazieren zu lassen. Wiederum bestand Buenos Aires' halbes Prostituiertenheer, das sich vor allem in Colón, also hier, konzentrierte, aus solch holomorf höchst speziell designten Geschöpfen. Zwar hatte Ungefugger jegliche Form von Prostitution untersagt, das war aber einzwei Jahre später – trotz schärfster Razzien – nicht durchzuhalten gewesen. Schließlich wurden entsprechende Etablissements regierungsseitig akzeptiert, soweit sie allein holomorfes Personal beschäftigten. Für wirkliche Partnerschaften kamen Holomorfe nicht infrage. Sowieso nicht. Obwohl es Ausnahmen gab, Randgruppen, in denen sich Humanos und Holos liierten. Die Porteños hatten solche Beziehungen abfällig »Huhos« getauft, doch die Diskriminierten den Necknamen ziemlich pfiffig okkupiert und zu einer Art politischem Kampfwort gemacht, das sie, als ihren emanzipatorischen Bundschuh, sogar im Slogan ihrer außerparlamentarischen Splitterbewegung führten. Sie war dabei, sich als eigene Partei zu formieren; hier und da wurden auf öffentlich aufgestellten Tapeziertischen Unterschriften für die nächsten Bürgerschaftswahlen gesammelt. Sogar der Ruf nach staatlicher Legitimation, also anerkannten Ehen, war laut geworden; die Sache beschäftigte schon Pontarlier, und der Europatag hallte bisweilen von wütenden Schreien, Parlamentäre drohten mit der Niederlegung ihrer Ämter, der christliche Glaube wurde beschworen, es war ein ziemlich unverhältnismäßig, aber permanent brodelnder und restlos irrationaler Streit. Dennoch fanden die meisten, jedenfalls lautesten Porteños schon den Gedanken an solche Ehen

15

›widernatürlich‹ – und Politikern geht es um Stimmen. Das bekamen wir deshalb ständig zu spüren. – Nach seiner Rückkehr, bewegt von einer sehr traurigen, nämlich *voraus*trauernden Form von Nüchternheit, hatte John Broglier für Doratas innigsten Wunsch, auch personenstandsrechtlich seine Frau zu werden, endlich entschlossen einstehen wollen. Das war gar nicht mehr komisch für einen wie ihn. Er war sogar auf dem Amt gewesen, man hatte ihn ziemlich offen ausgefeixt. Zu müde, um darüber wütend zu sein, war ich wieder gegangen. Hatte gegenüber Dorata geschwiegen.

»Was hast du, John?«

»Das sind alles Schweine.«

»Was h a s t du?«

»Ich liebe dich.«

Ich hatte sogar Kontakt zu den Huhos aufgenommen, ich wußte ja, daß man in Uninähe immer dreivier ziemlich wirre Spinner um Aufmerksamkeit für die Partei werben sah. Da hatte ich mein Anliegen vorgebracht und mich in wenigstens fünf Listen eingetragen. Aber nach Nullgrund war es aussichtsloser denn je. Doratas Vater wiederum, obwohl er Beziehungen hatte, ließ es bei guten Ratschlägen bewenden, er war vielleicht zu sehr mit der Krankheit seiner Töchter beschäftigt, um für noch etwas anderes, zumal rein Symbolisches, Energie aufzubringen. »Ihr schafft das, Dolly«, war alles, was er dazu sagte, »ich glaub das. Ganz dolly, Dolly, glaube ich das.«

Sie lächelte und legte eine Hand auf die seine.

Er saß noch paar Minuten und kämpfte mit den Tränen. Dann ging er. – Skeptisch sah ich das Medizinfläschchen an, das er mitgebracht hatte. »Täglich viermal dreißig Tropfen, John. Bitte denk daran.« Seit Wochen kam er alle zweidrei Tage mit einer neuen Rezeptur, die ihn, dachte ich im SILBERSTEIN, Dr. Lerche erfinden ließ. So konnte die CYBERGEN ihre Testreihen nicht nur erweitern, also jeweils mehrere Medikamente zugleich an Dorata erproben, sondern vor allem auch ihre Binnen- sowie die interaktive Verträglichkeit. Über natürliche Kontraindikationen ließ sich nicht viel sagen, da die Frau kaum noch Nahrung zu sich nahm und in der Klinik mit proteinsatten Nährlösungen vollgepumpt wurde. Herzrasen, eine leichte Nierenschädigung, den rapiden Haarausfall, permanente Blaseninfektionen hatte Lerche bereits notiert, Doratas Fortpflanzungsapparat war sowieso kaputt, es kam darauf nicht an. Irgendwann stand ein anaphylaktischer Schock ins Haus, das machte Lerche Sorge. Er hätte die Avatarin gerne so lange wie möglich am Leben gelassen, er war ein guter Tester, die Sache machte ihm wirklich Spaß. So war es denn an der Zeuner, der Quälerei ein Ende zu setzen.

Das tat sie, heimlich, noch Anfang November. Bis zuletzt war Broglier bei seiner Gefährtin. Er spürte, wie sie erlosch, sie war noch ganz schwer, als drückte sie das Ungaretti-Bändchen *La terra promessa* ins Laken, das, den Buchrücken oben, aufgeschlagen auf der Bettdecke über dem Bauch lag. Das Zimmer im Hospiz, in das sie für ihre letzten Wochen gezogen war, war mit einem Dunkel gefüllt, in dem nur die vier Augen glommen, und von der Lebenserhaltung leuchteten Stecknadelknöpfe. Ein Augenpaar erlosch, man konnte ihm zusehn dabei. Dann, als hätte Dorata etwas verlassen, wurde sie leicht. Mit einer Hand hätte Broglier sie aus dem Bett heben können.

»Ach John«, sagte die Zeuner. Ihm war, als hätte das Dorata gesagt. Vorsichtig hob er den Kopf, versuchte, durch die Dunkelheit zu sehen. »Du bist noch da«, flüsterte er. »Nicht wahr, du siehst auf mich herab. Gib n o c h ein Zeichen, Schöne, bitte, gib mir noch etwas von Dir.« Ebenso vorsichtig stand er auf, schob kaum den Hocker nach hinten. Stand im Dunklen, denn von draußen gab es kein Licht, die Fenstersimulation war ausgeschaltet, nur die kleine Maschine lief und ließ den Herzschlag nicht mehr pulsen. Lediglich eine einzige, eine gelb ins Ewige wandernde Linie strömte nadelfein übers Display, und die fünf-sechs roten Funktionslämpchen glühten, die doch kaum Punktgröße hatten und Lichtquell kaum genannt werden konnten.

Sabine Zeuner arbeitete rasend. »Ja, ich geb dir noch was. Nur warte … warte noch … geh noch nicht raus«, flüsterte sie vor sich hin. Auch in Beelitz war es Nacht; schließlich durfte Lerche nichts merken. Sie tippte eilig, verglich den linken Screen mit der Mitte, es gab eine Verdichtung im Krankenzimmer, als zöge sich die Dunkelheit zu Wolken zusammen, die laplacesche Theorie spielen wollten, die dichter, immer dichter wurden, bis eine Gestalt im lichtlosen Nebel stand, die man im dürren Rotgelb des Displays allenfalls ahnen konnte und auch nur dann, bewegte sie sich.

»Na bitte«, sagte die Zeuner.

»Dorata?« fragte stumm John Broglier. »Dolly?« Er wußte nicht, was tun, stand nur da, wagte nicht, die Hand auszustrecken. Dollys Geist wehte nahe an ihn heran. Seine Lippen wurden von einem Schatten geküßt, es war kaum zu spüren, merken aber ließ es sich schon. Dann ging die Tote, derweil sie auf dem Bett lag, zur Wand, es war ein leises Weinen im Raum, dann war es weg, die Erscheinung war, dachte Broglier, durch die Wand in das Paradies geschritten.

Da machte er Licht.

152

Dolly kam mit dem Kaffee.

Willis stand unschlüssig im Wohnzimmer, ein wenig geniert, er wußte selbst nicht, warum. Die schöne Frau machte ihn bang, diesen handfesten Kerl. Manchmal hat, wer nahe dem Tod, etwas an sich, das einen mattierten Glanz verleiht. Man weiß nicht recht, woran es liegt, doch er dämpft das Licht der anderen, wirft kleine konzentrische Kringel ins innige, selbst ins plaudernde Gespräch, man möchte auf Zehenspitzen hindurchgehn, den brüchigen Boden kaum betreten, so unheimlich, auch so heilig ist einem das – als sähen einen die Augen Sterbender halb bereits aus dem Jenseits an, durchsähen ganze Welten, so fern ist ihr Blick, so viel Zeit braucht er, um uns zu erreichen. Davon war bei Dorata aber gar nichts zu merken, eigentlich, sie lachte, scherzte, kleckerte versehentlich mit dem Kaffee, »wie ungeschickt! Oh!«, lief voller Schwung in die Küche zurück, um einen Lappen zu holen, wischte auf, lachte, sie flirtete sogar ein wenig, eine Klonin, mit Willis, ihm, der das ebenfalls schön fand. Es durchrieselte ihn, er war so voller Sympathie. Wäre nicht dieser genauso sympathische Broglier gewesen, er hätte sich verliebt. So nun verliebte er sich a u c h, aber milde wie einer, der zu verzichten gelernt hat. Dieser grobe Mensch. Ihm gefiel das nicht herzliche, nein, miteinander verschlungene, organisch ruhige Einverständnis der beiden. Nie hatte er etwas gesehen, das derart zweifelsfrei zusammengehörte. In das besonders verliebte er sich: daß ein Paar wie dieses möglich war, daß es das gab. »Manche Beziehungen sind im Himmel gemacht«, hat der sonst ziemlich nüchterne Eisenhauer einmal gesagt, ich erinnere mich, vergesse ihn nie, diesen Satz. Doch Willis' Beklemmung war und blieb erhalten wie eine Melodielinie Brahms'. Ihr habt nun Traurigkeit. Sie ließ Willis seine Freude dämpfen. Er selbst aber konnte nicht sagen, was der Grund seiner wehen Skepsis war. Konnte nicht ulken wie noch vorhin im Sangue Siciliano. Er stocherte in seinen Sätzen. Dabei war Dorata ausgesprochen bemüht, ihn sich zu Hause fühlen zu lassen.

»Er ist mir unheimlich«, flüsterte sie Broglier in die rechte Achselhöhle, später. Da lag Kalle Willis im Gästezimmer; Broglier und sie wollten ihn morgens um vier nicht mehr durch die Stadt fahren lassen, er war ein wenig betrunken gewesen. »Es ist, als schaute er durch einen hindurch.« Das Gesicht in einer Achselhöhle des Geliebten, so schlief sie immer ein. »Er ist wahrscheinlich nur müde gewesen.« Broglier lachte leise, seine Linke strich ihr über den glatten Kopf, die Rechte lag an einer ihrer Hinterbacken. »Hör ihn doch nur schnarchen.« Wirklich drang ein schweres, sägendes Atmen bis ins Schlafzimmerdunkel, es sägte an der Tür, sägte dicht neben der Wärme ihrer Körper »Er hat den Zweiten Blick«, beharrte Dorata. Broglier: »Er ist ein einfacher Mann.« »Das ist er, ja, und voller Vorurteile. Denn er weiß von diesem Blick nichts, deshalb denkt er nicht nach. Doch man kann ihn spüren. Ich wüßte keinen anderen Grund, weshalb du dich mit einem wie ihm anfreunden wolltest.« »Das will ich doch gar nicht.« »Doch«, sagte Dorata, und zwar ohne Bitterkeit, »das willst du. Du möchtest einen Menschen zum Freund, der solche wie mich nicht ausstehen kann.« »Aber das stimmt doch gar nicht!« »Was? Daß du ihn zum Freund haben möchtest?« »Nein. Daß er dich nicht ausstehen kann.« »Mich schon, mich k a n n er ausstehen. Sogar sehr. Aber er verabscheut Klons. John, ich bin seine Entlastungs-Klonin.« »Das bildest du dir ein«, flüsterte Broglier, mischte zwei Küsse in den Satz und feuchtete ihn an. Dorata blieb wie Sand. »In meiner Situation«, sagte sie, »tut man so was nicht mehr: sich etwas einbilden.«

Er schluckte.

Willis, im Schlaf, schluckte auch. Darin nahm ihn die schöne Klonin an der Hand und führte ihn durch ein von hundert Klonen bewohntes Viertel, und jeder grüßte ihn dort. Man lud ihn zum Essen, die Kinder kickten mit ihm, spätnachmittags spielten sie Menschärgerdichnicht. Es war ein strahlender Sonntag. Am Abend saßen Dorata und Willis händchenhaltend am Meer. Hatten in einem Holo-Center eine Doppelkabine gemietet und den Code ihrer Greencards eingetippt, was nicht nur eines der fiktiven Environments freigab, sondern vor allem den Betreiber des Freizeitzentrums legitimierte, seine Gebühr einzuziehen. Dorata und Willis setzten sich die Helme des Infoskopes auf. Schon fuhr ihnen die Brise warm um die Ohren. Beide wußten nicht mehr, daß Thetis in Wirklichkeit graues Bleiwasser war. Plötzlich war sie luzide Ägäis.

Die zwei kamen einander sehr nahe, es war sonst niemand am Strand. Sogar in seinem Traum hatte Willis dafür ein schlechtes Gewissen. Und konnte am nächsten Morgen dem neuen Freund kaum in die Augen sehen. Unter Doratas prüfendem Blick wurde er sogar ein wenig rot, was bei diesem Athleten ulkig wirkte. Wenigstens war er heute früh nicht mehr so beklommen wie in der Nacht. Statt dessen schämte er sich: schämte sich nicht so sehr für den Traum, sondern prinzipiell. Ihm war eine diskrete Lehre erteilt. – Lerche konnte nicht ahnen, wie konsequent Willis war, hatte er sich einmal entschieden. »*Die harder*«, dachte er, als er zuschlug und dem kybernetischen Forscher das Nasenbein brach, bevor er dann insgesamt Amok lief. Wie so was am Ende aussieht bei dem Mann, kennt jeder aus dem Serial.

»Ick muß mir bei dir entschuldijen«, sagte er zu Dorata am Morgen, direkt, bevor er ging. Irritiert schaute Broglier seine Freundin an, fragte: »Wofür muß er sich entschuldigen?« Dorata sagte nichts. Auch Willis antwortete nicht. »Wofür entschuldigen?« fragte Broglier nach. »Fraach deine Frau«, sagte Willis. »Die weeß det schon.« »Ja, ich weiß«, sagte Dorata. »Danke.« Sie gab ihm die Hand. Er räusperte sich verlegen, nickte Broglier zu, ihre Telefonnummern hatten sie bereits in der Nacht ausgetauscht. – Als sich die Tür der Wurmbachstraße 6 hinter Willis schloß, ahnte er nicht, daß er die schöne Klonin nicht wiedersehen würde. Jedenfalls nicht in dieser, dachte ich, Version. Denn es war ihre Nachfolgerin, deretwegen er sich, vermittelt durch Sabine Zeuner, den Zugang nach Beelitz verschaffte, wo er dann, die Arme mit Muskeln und einer Flash M202 bepackt, als ein schwitzender, doch intelligenter Stallone, ein Bronson der New Generation, mitten auf dem Illusionsparkett stand, wie wir unseren neuen, einen dreidimensionalen Projektionsbereich nennen, der die vormaligen noch einfachen Screen-Illusionen unterdessen ersetzt hat. Wie einen farbigen Nebel zerteilte der wütende Mann die Projektionen, für eine derer auch Dr. Lerche ihn erst hielt. Dazu aber später. Hier stünde der Bericht entschieden zu früh, er gehört in die epische Coda, die auch von Ungefuggers Ende erzählen wird und davon, wie Jason die westliche Mauer erreicht, Aissa der Stromer; und *fast* Medea, aber dann doch nicht, Carola Ungefugger. Deters steht da vorm Zentralcomputer in Stuttgart, und Thetis fällt in Europa ein, als der Rheingraben bricht. Schließlich sticht die Argo in See – dann können wir, mythisch und matrisch, den Vorhang fallen lassen und *finis operis* schreiben, *finis Doratae* aber schon jetzt … und eben doch nicht. Denn sie und Broglier hatten sich nach langem schmerzhaften Hin und Her für Dollys hodnisches Weiterleben entschieden, ihr Vater selbst strich die DNS-Probe ab: »Stirn? Arm? Was wollt ihr? Den Rücken?« Technogenetisch war das egal, symbolisch mehr als bezeichnend. »Du warst die erste«, sagte John Broglier, »die mich nicht infoskopisch liebte.« Dorata verstand. Ihr Vater sah sie irritiert an. »Wie meint er das?« »Wir hätten so gerne ein Kind gehabt.« »Ähem.« Der Zeuner, in Beelitz, wrang es das Herz aus. »Was eine Schmiere«, murmelte der kalte Lerche. Doch imgrunde kann man ihm den Sadismus nicht verübeln: Er braucht diesen Reiz, um überhaupt zu fühlen. Ohne den wäre er interesseloser Geist gewesen, ein purer Naturprozeß, der nichts von sich weiß, die Seele leer wie ein Stein. Man sagt ihm: Rolle. Da rollt er. Überträgt Bewegungsenergie auf andere Steine, die Lawine geht zu Tal, donnernd kommt sie an, Büsche Schafe Häuser unter sich begrabend, drei Kinder und einen Hirten zerquetscht. Ein Staub aus Mörtel und Erde wirbelt auf. Setzt sich. Von alledem hat der Stein nichts gemerkt.

Dorata zog den Tanga hinunter, hob den Rock.

»Was ist das eklig«, sagte Lerche.

Ihrem Vater war die Sache bloß peinlich, dennoch hielt er Objektträger und Deckglas jeweils in zwei Fingern, legte das Deckglas auf ein antistatisches Tuch, beugte sich mit dem Tupfer über Doratas Geschlecht. Gab die kleine abgeschabte Probe Tochter auf den Träger und zweidrei Tropfen Kochsalzlösung dazu, dann legte er das Deckglas auf, preßte es fest und drückte Präparat und Träger in den passend ausgestanzten Pappeboden eines dichten Etuis, das in die Westentasche paßte. »Wir werden niemals Kinder haben, Paps«, erklärte Dorata, »d a r u m so.« Das half Dr. Spinnen aber nicht, der symbolisch nicht denken konnte; statt dessen wurde er das Gefühl eines verschobenen Mißbrauchs nicht los. Zum ersten Mal, seit er die Tochter geschaffen hatte, ahnte er, daß auch sie mit Fremdheit begabt, daß sie eigenständig war. So wie sie jetzt, dachte er, eigenständig starb. Er mochte darüber lange nicht reden, überhaupt reifte in ihm das Verstummen. Nach dem Hinübergang aller fünfzehn Töchter brach sein Kontakt zu Broglier dann auch ab. Den Projektor mit der Card, einem Speicherdiskettchen, ließ er durch einen Boten bringen. Der kam in einem Taxi her. Es gibt bekanntlich keinen Zufall. Also fiel die Fahrt an Bruce Willis. »W o h in wolln Se? Wurmbachstraße? Nee! Det k e n n ick!« Er wäre gern mit reingekommen, aber der Bote hieß ihn warten. Der Gleiter stand, auf den Luftkissen wie von leichtem See-gang gehoben gesenkt, fünf Minuten zwischen den informatischen Arkologien der Deutschen Bank und dem gegenüber zugeschalteten Bürokomplex, worin nun, bei Tag, der Altbau dieser Nummer 6 put-zig wie ein Adventshäuschen wirkte. Seit der bei dem Paar verbrach-ten Nacht hatte Willis Dorata und Broglier nicht mehr gesehen, und diese hatten nicht angerufen. Er selbst war dazu zu scheu gewesen. Auch im SANGUE war Broglier in diesen schweren Tagen nicht er-schienen, Dorata nicht von der Bettstatt gewichen.

Wo hatte er, Willis, die Telefonnummer notiert? Er hatte sie, selbstverständlich, in sein Gerätchen eingegeben, unter Spinnen? un-ter Broglier? – ah, unter »John«, ah ja –

»Kalle hier.«

Broglier brauchte zwei Sekunden, um sich zu erinnern. Er hielt das Päckchen, darin Dorata II, in der Hand, die er aus der sogenannten Nonnenreihe in Auftrag gegeben hatte; solche Holomorfen hatten, wenn einmal eingeschaltet, *Bestand*. Der Bote, noch vorm Fußabtre-ter, wollte sich die Sendung quittieren lassen.

»Kalle? Ach du bist's.« »Ick steh bei dir vorer Tür.« »Warum kommst du nicht rein?« »Wegener Fahrt.« – Broglier begriff, mußte, so schwer das fiel, lachen. »Das gibt's doch nicht!« »Jibbet's, ick war ooch janz baff.« »Was machst du nach Feierabend?« »Sangue?« »Um acht?« »Nee, besser halber zehn.« Da trug Broglier, ohne ihn verwen-det und Dorata wiedergesehen zu haben, bei sich in seinem Futteral die Speichercard mit.

Dr. Spinnen, der darüber verrückt geworden war, nicht an fünfzehn Sterbebetten gleichzeitig stehen zu können und deshalb an nicht e i-n e m gestanden hatte, sondern zu Hause noch immer neben der rie-sigen Spielzeugvitrine saß, vor einem mit chemischer Gerätschaft überhäuften Tisch, Mikroskop Eosin-Fläschchen und Kalilauge Re-tortenständer aus Holz, auf dem Servierboy daneben Röhrchen Pin-zetten Skalpelle, hatte wie ein Klageweib geheult und wie ein Kla-geweib ganz ohne Tränen, dann war ihn eine starre Erschöpfung überkommen. Er hatte darauf verzichtet, sich eine Kopie zu ziehen, so final war sein Abschied von den Töchtern. Er wollte nur noch Ori-ginales, endlich, und sei es von Schmerz.

Da rief Beate an, seine Frau. Sie hatte sich durchgerungen. »Burkhard, ich bin da.«

Er hatte sie seit fast einem Jahr nicht mehr gesehen, sie war so gealtert, sie kam an die Vater-Töchter-Duade nicht ran, hatte sich nicht selbst beobachten wollen, wie sie älter wurde in den Kindern, den Klons, die ihr nachreiften, ihr nahezu jede Falte nachreproduzierten. Als Athene, die älteste, denselben – ja, hatte sie gedacht: den*selben* – Wirbelvorfall hatte wie sie in ihren Mittdreißigern – schon folgten Ulrike Johanna –, da war es genug gewesen. Sie hatte einfach nicht mehr gekonnt, war zu einer Freundin gezogen, hatte sich eine eigene Wohnung gesucht, lange vor Ausbruch der rätselhaften, der neuen Krankheit, von der sie nur durch eine dumme Fügung erfuhr.

»Burkhard, ich bin da.«

Er sagte nichts. Er weinte wieder. Und diesmal l i e f e n Tränen, klage*un*weibsch, ganz wie bei Kindern. Beate setzte sich in den Wagen, stand eine halbe Stunde später im Zimmer, den Wohnungsschlüssel hatte sie nie aus der Handtasche genommen. Sie war, in ihrem Kostüm, so elegant weiblich wie je, der Typ des leicht unterkühlten weiblichen Managers, sehr dezent, sehr gut geschminkt, die Frisur auf den Zentimeter perfekt. Frau Spinnen umfaßte ihren geschüttelten Mann. Wiegte ihn. Sang ihm ins Ohr flüsternd: »Wir leben wir leben wirf das nicht weg« – ohne Punkt und Kommata, weiter und weiter. Davon, in ihrem Arm, immer noch weinend, schlief er ein. So schwer ist Trennung, wenn man liebt.

»Guten Abend, Herr Balmer.« Goltz, kühl lächelnd, nickt auch zu Möller. Woher kenne ich den nur? Möller sieht ebenfalls hoch, weiß sehr genau, wer das ist, zu seinen Zeiten hatte er den Mann öfter an der Seite des alten Gerlings gesehen. Und Balmer scheint ein wenig weiß geworden zu sein. »Herr Goltz – Herr Balthus«, sagt er schnell, um das zu überspielen. Möller, nebenhin nickend, versinkt erneut in die Bewunderung seines neuen Rings. Balmer fühlt sich sehr nackt an dem Finger. »Ich habe Sie lange nicht mehr gesehen, ein paarmal haben Kollegen versucht, Sie zu erreichen.« »Ich habe tausend Fragen beantworten müssen«, sagt Balmer. Er weiß sofort, worum es geht. »S i e waren es, der mir diese Idee in den Kopf gesetzt hat.« Goltz, unaufgefordert, setzt sich. »Sie sind Porteño?« fragt er Möller. »Rodgau«, antwortet der. »Aber ich war einige Zeit unterwegs.« »Ah ja.« »Geschäftlich.« »Was für Geschäfte?« »An- und Verkauf. Sehen Sie: hier. Hab ich soeben erstanden.« Er hebt die um den Ring ergänzte Hand. Goltz sagt: »Schick.« »Sie finden nicht: ein bißchen zu protzig?« Goltz verzieht keinen Muskel. »Sie meinen, ich sollte ihn weiterverkaufen?« An Balmer: »Er meint, ich sollte ihn weiterverkaufen. Wollen Sie ihn wieder?« Nun hat der Spott Klaus Balmer gekniept. »Jedenfalls sollten wir telefonieren«, sagt Möller, »man weiß nie, wozu das gut ist. Kontakte«, sagt er, »sind das wichtigste immer.« Er erhebt sich. »Heute morgen, zum Beispiel, habe ich einen Arzt getroffen. Gucken Sie mal, was er mir gegeben hat.« Er kramt in seiner rechten Jackettasche, zieht ein Stethoskop heraus. »Hübsch, oder?« »Sehr hübsch«, entgegnet trocken Goltz. »Ich störe Sie, ich merk das schon«, sagt Möller in seinem nunmehr betonten Dialekt. »Deshalb verlasse ich Sie jetzt, reden Sie ruhig privat.« »Aber nein!« Das wieder Balmer. »Bleiben Sie nur.« »Wissen Sie«, sagt Möller, »es ist nicht gut, bei allem Zeuge zu sein. Nachher kommt man noch vor Gericht, weil man etwas aussagen soll. Möchte ich nicht gerne.« Er stopft das Stethoskop wieder zurück, kramt noch mal in der Jackettasche, »nein, da nicht«, und kramt darauf in der linken Tasche. Zieht eine Visitenkarte, legt sie vor Goltz. »Falls Sie mich überprüfen wollen«, sagt er, »und vielleicht ergibt sich auch ein Sonstwas. Ich handele mir allem, was das Gesetz erlaubt. Neuerdings sogar, wie Sie jetzt sahen, mit Stethoskopen.« Er nimmt seine Zigaretten, geht pfeifend an die Bar, setzt sich an Cordes' Platz.

Das ist exakt der Moment, zu welchem der stürzt, Cordes also, mit dem Fahrrad, Kastanienallee.

»Ich habe niemanden betrogen«, sagt Balmer, »Nullgrund hat mich genauso erwischt wie alle. Daß die Versicherungen blechen müssen, können Sie mir nicht vorwerfen. Finden Sie lieber diesen Odysseus.« »Das ist kaum Sache der SZK. Jedenfalls nicht, solange der Mann Buenos Aires meidet.« »Dann finden Sie seine Terroristen. Und stehlen mir nicht die Zeit. Ich hatte ein wichtiges Gespräch.« »Mit dem da?« »Die Wahl meiner Geschäftspartner müssen Sie schon mir überlassen.« »Ringe sind ein ziemlich neues EWG-Segment.« »Ich trade auch privat.« »Das dachte ich mir.« »Hier mal eine Position …« »… dort mal zwanzig Blender. Ich weiß.« »Was wollen Sie eigentlich, Herr Goltz?« »Haben die Versicherungen nicht protestiert, weil die Shakaden-Trümmer so kurzerhand weggekarrt wurden? Mich würden die Gutachten interessieren, die Ihre Versicherer haben anfertigen lassen.«»Die Druckwelle ging von der Brücke aus.« Tausendfach hatte dieser Satz in den Zeitungen gestanden, tausendfach war er von Nachrichten-Moderatoren gesprochen; Balmer traf genau den Ton.»Mehr kann ich auch nicht sagen.«»Sie nicht, aber vielleicht die Experten, die Ihren Schadensausgleich bearbeitet haben.«»Wollen Sie die Expertisen sehen?« Goltz nickte.»Ich laß sie Ihnen schicken, gerne, Herr Goltz, sehr gerne sogar, wenn ich mir damit eine alberne Verdächtigung erspare.«»Wie kommen Sie darauf, verdächtigt zu werden?«»Ich sehe keinen anderen Grund für Ihren… Verzeihung: deplazierten Vorstoß jetzt.«»Und die Daten des Personenverkehrs sähe ich gern.«»Bitte?«»Man wird doch registriert haben, wer in den Tagen vor Nullgrund den Shakaden betrat.«»Sie wissen wie ich, daß alle Gerätschaft zerstört worden ist.«»Es wird Doppel geben. Leni hatte ein riesiges Feld im Web, da ließ sie immer Backups speichern.«»Davon weiß ich nichts. Das ist Sache meiner Programmierer.«»Es gab nichts in der Firma, wovon Leni nichts wußte.«»Hören Sie auf! Auch mit dem Verschwinden Ihrer Frau habe ich nicht das geringste zu tun!«»Ich weiß«, sagt Goltz.»Es ist auch lange her.« Sieht Elena aber erneut am Horizont verschwinden, ein über die Schulter ihres Jägers geworfenes Wild, das entbalgt und erschlafft war, ohne zu bluten. Sie sang nur so, er hört ihre Stimme, bis der Punkt aus zwei Menschen in dem sich eindämmernden Gesichtskreis verschwand.

Noch hielt Deidameia die Linke gestreckt. Manche Erinnerung bleibt, aber nimmt mit den Jahren die fiebrige Präsenz verwischter Träume an, von denen man nicht weiß, ob sie *waren,* ob sie nicht, wie Spuren in einer Nebelkammer, als ein Ereignis plötzlich erstehen und immer, wiederplötzlich, neu erstehen, sich selbst, ohne ein Ende zu finden, zitierend und zitierend.

»Ich weiß«, sagt Goltz noch einmal, was wiederum Balmer aufmerken läßt. Denn er spürt: Der verheimlicht ihm was. Der ist eingeweiht und will mir das in die Schuhe schieben. Was für ein Arschloch! Als hätte ich auch nur das geringste Interesse, daß mir die eigene Firma um die Ohren fliegt. Hat der 'ne Ahnung, mit was für'm Scheiß ich mich seit der Katastrophe abgeben mußte, allein die Angehörigen, das ständige Gejammer, die Ansprüche Hinterbliebener, jeden

Tag könnte ich kotzen. Als wäre i c h, als wäre die Firma schuld an dem Unglück. Und dann noch d e r! Die EWG ist bis auf die Knochen gesund, eine Insel des Wohlstands für alle und des Reichtums für mich – würd' ich die Kuh denn schlachten, die ich melke? In seiner durchaus ängstlichen Abwehr bekam Klaus Balmer gar nicht mit, um was es Goltz eigentlich ging, was hinter seinen Fragen nicht versteckt war, sondern lauerte, die Ohren flach nach hinten gelegt, den Oberkörper dicht am Boden, aufgestellt das Fell, den Hinterleib vor dem Sprung arretiert. Der ganze Mann fauchte imgrunde, wie leptosom er auch dasitzen mochte in seinem Buttermilchduft, wie geradezu diskret. Die Lippen des Bubenantlitzes, als

16

wollten sie konzentriert Bleistifte spitzen, so lauschten die Ostler:
Der Unimog war auf den Dorfplatz gefahren. *Dorf* kann man nicht eigentlich sagen, die Baracken, auch mal ein Häuschen, locker gereiht, ein Miniatur-Sprawl mit verschiedenen Zentren. An denen kleine verkramte Malls, deren Waren in aufgerissenen Kartons lagerten. Wollte wer finden, mußte er wühlen. Puppennippes mit Rosen bedrucktes Geschirr aus emailliertem Ton. Preßglas Plastikblumen Blechgabeln. Das Kommißbrot aus Leichen und Steinmehl. Aber Coca Cola im Kühlschrank. Kofferradios von UNIVERSUM. Beliebt waren magische Augen. Die Klamotten auf den Grabbeltischen für einen Euro das Stück. Man durfte mit ihnen nicht an den Wänden entlang, sie entflammten sofort. Allerdings hielten sie warm, Sauerstoffmoleküle kamen nicht durch. Auch Hydrogenium nicht, dennoch war, wer sie trug, ständig naß. Wer sich auszog, roch immer ein wenig nach Präservativ. Bei der Unterwäsche war das am schlimmsten, die Leute waren unter der Vorhaut völlig verpickelt, die Scham, vom dauernden Kratzen, zwei blutige Striemen. In Zwanzigmeterregalen, wie für Bataillone zum Wurfspiel als kleine Pyramiden arrangiert, je zehn Dosen, die Konserven. Je zehn Borde bis zur Decke. Wer am Beginn solcher Regalreihen stand, sah ins Unendliche gegeneinanderliegender Spiegel. Rote Bohnen vor allem und synthetischer Mais. Chili sin carne y chili. Die Hülsenfrüchte, auch wenn man sie nur

leicht erhitzte, zerfielen sofort, schon der Brei violett. Erbswurst und Blockschokolade. Ganz selten auch Bananen, da lief der halbe Ort dann hin.

Die Frauen hatten die Seitenklappe des Hängers heruntergeklappt, nun stand der Sessel in der Mitte, dahinter ein Prospekt, sehr roh, halbausgeführter Gemäldekitsch: die sternenzerspritzte Seide des Meerblaus, Sternenschaum fiel vom Delphin, der seine Parabel unter dem Mond sprang. Vor Leuke sprang er, Levkás. Die Insel war in den Hintergrund getuscht, die hatte einen bewaldeten Berg, wie von Böcklin für Disney gemalt. Er sah nach erloschenem Vulkan aus, nach Calderaeinbruch, weiße Stipser, wie von Schneeglöckchen, im Grün. Vor dem Berg eine Pappel und vor dieser das Meer, aus dem der Delphin sprang. Vor dem Meer der Achäer: Druide in Dschellaba. So saß er da in seinem Sessel und erzählte. Erzählte von Thetis als von einer Midgardschlange, die sich mit einem sterblichen Mann verband, mit Peleus, dem Vater aller Achäer. Ein Späterer namens Eris, das sei sein direkter Ahne gewesen, habe ihm davon erzählt. Auf dem durchflößten Meer tanzend. Ihm als furchtbar jungem Mann, ich war noch ein Kind, so lange ist das her.»Ich bin ein Blitz und zugleich die Eiche, die er zerschmettert, ich ermutige die Lanzenmänner, ich lehre die Räte ihre Weisheit«, so hatte der letzte unter den wahren Achäern zu erzählen begonnen, da stand er noch, saß er noch nicht, es war früher Abend, da stand er am genieteten Rand des Hängers, der, man weiß nicht: seit wie vielen Jahren schon, Welt, die seine Bretter bedeuten, und rief das über den Platz. Einfaches Volk strömte bei, morgens nicht viel, die meisten Leute waren ab zur Fabrik, da hatte der Achäer schon mal üben können vor solchen, die keinen Arbeitsplatz hatten. Noch sprach er nicht im Versmaß. Aber abends. Da war der Himmel wieder trocken geworden. Nicht einer blieb da daheim, nachdem sich herumgesprochen hatte, daß das ein *echter* Achäer, einer noch von den Alten, sei. Wie plötzlich ein Geist unter Faschingslarven tritt, und jeder erkennt ihn, da weichen die Larven zur Seite und sehen dem Roten Tod ins Gesicht, aber einem, der an früheres Leben erinnert, weil er ein früheres Leben *ist*. Hinter seinen Augen war Leuchtfeuer entbrannt, allmählich, schon morgens flammte es leicht, das Streichholz angerissen und an den Öldocht gehalten, der widerstrebend reagierte. Später konnte er sogar auf die Sonnenbrille verzichten.

Es war noch alles zu naß, noch v o r dem Ort, der Alte wusch sich im Regen. Unter Goltz' und den Augen der Frauen, die ihm die Seife gaben. Auf dem brachen Acker. Zwischen seinen Zehen quoll quatschig Gelehme. Der Achäer wurde erst jünger, dann wirklich ein Mann, von einem Alten ließ sich nicht länger sprechen. Mit einem Löffel schabte er sich den Dreck von der Haut und fühlte eine lange vergessene Scham. Die Frauen schnalzten. Später schnitt ihm Thisea den Bart, sorgfältig die Wangenkanten, scharf wie eine Messerspur. So da nun das Haar. »Ein schöner Mann ein schöner Mann«, raunte Otroë, und Thisea fragte: »Darf ich dich küssen?« Noch war der Achäer nicht ganz da, wie ein Licht, dessen Flämmchen sich den Docht erst erobert, aber es kämpft sich tapfer an ihm hoch. Thisea schnitt dem Mann die Nägel an Füßen und Händen, wie ein Gottesdienst sah das aus. Otroë suchte nach einer frischen Dschellaba und fand sie zusammengelegt in der Truhe, aus der, als sie geöffnet wurde, eine Woge Naphtalins heraudstieg. Deshalb hing man die Kutte für eine halbe Stunde unters Vordach des Hängers zum Lüften, und der Achäer saß noch ein wen'ges in Decken. Er sah immerfort Thisea an, einmal hob er die Rechte an seine Lippen und strich mit zwei Fingern dem Kuß nach, den er offenbar nicht verstand. Sie sah ihn a u c h an. Es war keine schöne Frau, doch weniger grob als Kali und weniger hart als Otroë. Da drehte sie sich zu den anderen, noch auf den Knien, zurück. »Laßt uns allein«, sagte sie.

Markus-die-Goltzin setzte sich mit ins Führerhaus. Alle drei schwiegen, aber sie wollten diskret sein, nicht lauschen. Otroë schaltete deshalb das kleine Autoradio an. Kali holte Pan aus dem Beutel. Sie kauten und hörten dem blechernen Geplärr zu und dem Prasseln auf dem Wagendach. Von Zeit zu Zeit spuckten sie rote Flatschen in das Pladdern, Otroë immer über die Goltzin zum Fenster hinweg. Der Regen war nun wie Vorhänge dicht, Milizen hätten zehn Meter weiter passieren können, ohne den Wagen zu sehen. Vor der Kühlerhaube brodelte Schlamm.

Nach fünfzehn Minuten war es der Goltzin zuviel. Entschieden packte sie den Vorderschaftrepetierer. »Wie lange wollen wir n o c h hier stehen?!« »So lange sie brauchen.« »Was für ein Unfug.« Die Goltzin faßt den Türöffner, drückt. Die zwischen ihr und Kali sitzt,

Otroë, reißt sie zurück. »Hierbleiben.« Gegen ein solches Eisenweib war keine Chance, aber die Goltzin hatte noch Glück, daß die Hand nicht Kali gehörte. Die hätte den Unterarm einfach zerdrückt. – »So lange sie brauchen«, wiederholte Otroë. Der Lippenstift verwischte der Goltzin. »Wir müssen hier weg!« Für einen Moment war Goltz keine Spur mehr Frau. Kali lachte auf. »Und weshalb, wenn die Schwester doch liebt?« »Da müssen nur zwei Panzer kommen.« »Bah!« »Der Westen nutzt seit Kühnhold Radar.« »Bah!« »Habt ihr eine Ahnung!« Die Amazonen grölten. »Alle Ahnung der Welt«, sagte Otroë wieder und legte Goltz eine Hand auf den Rock. »Oho«, sagte sie. Und der, zischend: »Laß das.« Da wurde Otroë ernst, fuhr mit derselben Hand Kali ins Lachen, so daß die verstummte, sah dabei Goltz an und sagte: »Merk es dir für dein Leben: Wenn eine Amazone liebt, steht die Welt still. Dafür sorgen die Schwestern. Und wenn es sein muß, opfern sie sich.« »Ihr seid nicht ganz bei euch!« »Manchmal lohnt es sich, nicht bei sich zu sein.« »Und zu sterben für nichts?« »Zu sterben für Küsse.« »Nicht einmal d u küßt.« »Küßte ich, säße T h i - s e a und wachte.« »Aber du küßt nicht.« »Er versteht es nicht«, sagte Otroë. Und Kali: »Nein, er versteht es nicht.« Otroë: »Solche Furcht vor dem Tod?« »Ich will mit heiler Haut davonkommen.« »Mit heiler Haut? Und trotzdem leben?« Wieder lachten die Frauen. Sie lachten ihn aus. Mitleid war in den Stimmen. »Wenn einer«, sagte Otroë, »so sehr am Leben hängt wie du, dann hat er vergessen, es zu lieben.« Es knallte gegen die Tür, man riß sie auf, aber nur Goltz hatte die Hand an der Waffe; die Frauen lachten ungerührt weiter. So leid tat ihnen der Mann. »Was soll der Quatsch?« Lässig steckte Thisea den Zeigefinger ins Rohr. Grinsend: »Du machst mich jetzt zittern.« Der Zeigefinger drehte das Rohr beiseite. Eine solche Anzüglichkeit! »Rück mal.« Thisea zog sich hoch, fiel in den Sitz. »Was'n Wetter!« Kali ließ den Motor an. »Er schläft jetzt«, sagte Thisea. »Ich hab noch keinen Mann so schlafen sehen.« »Bist halt ein Weib.« Das Kali. »Hab geschrieen.« Das Thisea. Die Räder drehten durch, Jaulen im Motor. »Du hast *was*?« »Oh je.« So Kali. Sie meinte die Räder. »Geschrieen«, sagte Thisea. Otroë: »U n t e r ihm?« Kali: »Ojeoje.« Jaulen. Aufbrausen des Motors. Schlammgespritze. Thisea: »Ja, er lag oben.« Otroë: »Waaas?« »Er lag oben.« »Nicht wahr!« »Hast du schon einmal das Meer gesehen?« »Könnte vielleicht«, wieder Kali, »jemand mal schieben?« »Hast du schon einmal Sterne gesehen?« Goltz: »War es das wert?«

Kali, absichtlich, würgte den Motor ab, brüllte los: »Nun hör mir mal zu, du Schwänzchen! Ja, das w a r es wert! Nein, ich war nicht dabei. Aber: Ja, es wird das immer wert b l e i b e n! Und nun halt die Schnauze.« Zu den Amazonen: »Bequemt ihr Emmanuelles euch vielleicht mal zu schieben?« »Der auch?« fragte Thisea und nickte gen Goltz. Otroë: »Der kann den Wagen ja nicht einmal h e b e n.« Also blieb Goltz neben Kali sitzen, die beim erneuten Starten des Motors zweimal abfällig »Wessis« zischte. Sie schüttelte im Wackeln des Unimogs rhythmisch den Kopf mit. Lößgespritze draußen, Frauenrufe durchs Jaulen Schmieren Hauruck. Kali den linken Arm im Fenster, nun den K o p f fast durch, immer wieder am Rückspiegel gewischt, nach hinten gebrüllt, zu den Rädern gesehen; Goltz verstand nicht, was, so jaulten die Reifen, drehten durch, durch den Schlamm, so verrückt tanzten die beiden Scheibenwischer. So durch und durch irdisch war es, Wagen und Hänger aus der Pampe zu kriegen. Mittendrin hörte, schlagartig, der Regen auf, als hätte wer einen Schalter betätigt, nix tröpfelte vom Himmel nach, nur von den Ästen Barakken Autowracks auf Stumpen dörres Gebüsch, von Klaffen oben auf unten geschrottete Schrägen. Von alledem war die Gegend voll. Wo man die Straßen noch nicht geteert hatte, wo Pontarliers sogenannte Asphaltierungs-Kampagne, dachte die Goltzin, noch nicht durchgegriffen hatte. Ungefuggers Vision habe, dachte sie, s o betrachtet etwas Großes.

Man konnte wieder sehen, sah paar Bäume und Hügel und die Wracks bis zum hintersten Himmel. Sah den liegenden geduckten Ort aus Kästen und Hütte, Blechdach und einigen halbzerfallenen Bungalows, fast durchweg Ruinen vom 17. Juni und früher. Keine zentral organisierte Siedlung mehr, sondern eine aus parallelen Modulen, die sich immer weiter um darangesteckte Module ergänzten. Und weiterergänzten. Auch hier. Die rohe Platine, kybernetische Architektur, der das Architektonische fehlt; statt dessen: zusammengehämmert zusammengestellt. Zusammengelötet, man konnte die dickeren Kontaktstellen an den Hüttenwänden erkennen. D a ß man hier alles erkennen konnte! Ein siedlungstechnischer, Fläche fressender Behausungsbrand ohne jede Agora, weder Schule noch Kirche,

vor der ein Hahn krähen konnte. Vielmehr die Malls dazwischen-
gesteckt, Neuronen eines Netzwerks aus Gängen Straßen, tropfnaß
grau, erst wenige bunte Lichtfiguren hatten diese Gegend erreicht, um
die Wahrheit der Siedlung in blinkendes Las Vegas zu tauchen. Noch
wirkte das nach hinskizziertem Schaltplan, in Märklingrau. Hunderte
Bauklötzchen auf den Transistorgrundriß der Landschaft gesetzt. Paar
Leute trugen die rausgestellten Kannen und Auffangbecken mit dem
frischen Wasser rein, blieben am verschlammten Wegrand stehen und
sahen den Unimog kommen, im Hänger den Achäer. Aber das wußten sie noch nicht, erst recht nichts vom allmenden Hahn, zu dem er
ihnen werden würde. Er krähte auch nicht, sondern sang.

Sänge ist zu schreiben. Noch war kaum zu denken daran, noch
hatte ihn eine Frau sich grad mal ins Menschsein zurücklieben lassen, zum Erissohn war's noch ein Stück. Beide, Erissohn und Mensch,
schliefen über die kurze, gerumpelte Fahrt, schliefen übers harte Ruk-
keln und die durch Schlammfontänen wimmernden Reifen – wie
Schweine die Frauen lößbeklatscht, als sie zurück in die Kabine kletterten und Kali endlich Gas geben konnte, das auch griff –, schliefen
bis fast in den späten Vormittag. Erfrischt standen Mensch und der
Erissohn auf, von dem – und *wie* er in ihm war – der Achäer noch
nichts wußte.

Nicht ohne Erleichterung konstatierten Frauen und Halbfrau die
Abwesenheit von Milizen. Offenbar war die Siedlung für den Westen militärisch ohne Bedeutung. Das hieß freilich nicht, daß nicht
Milizen noch kämen. Unter Asphaltierungsmandat stehende Gebiete
wurden sporadisch von Patrouillen durchkämmt. Die fünf in ihrem
Jeep mochten solch eine Patrouille gewesen sein; bald würden Such-
kommandos ausgeschickt werden.

»Ich habe ihn wieder zum Mann gemacht«, sagte Thisea zu Goltz,
als sie den Hänger auf dem Platz vor der Mall aufstellten. »Nun laß du
ihn wieder Achäer werden.« Ausgerechnet er … äh: sie … ausgerechnet die Goltzin! Was eine Aufforderung! Aber sie wußte, was sie als
ein Er begonnen hatte, der die Frauen hatte ins Gelände fahren lassen
und hatte gesagt: »Wartet, bis ich klopfe.« Und hatte im Hänger zum
Achäer gesagt: »Das willst du doch?«

Bevor sie fürs Publikum die seitliche Bühnenwand herunterklapp-
ten – paar Kinder scharten sich schon und glucksten über das bun-

166

te fahrende Volk –, war die Goltzin, war Goltz, über die Rampe in den Hänger geklettert. Es ist immer wieder mal nötig, von ihm als der Goltzin zu sprechen, damit er selbst nicht vergißt, daß er bis zur Grenze Frau bleiben, Frau *sein* muß. So sah er, sah sie, den Achäer auch an: als Frau. Und verstand sie, Thisea.

Der Achäer war nicht gut gelaunt. »Was willst du?« »Daß du deine Geschichte erzählst.« »Das wäre ehrlos.« »Deine Geschichte *davor*.« »Niemand, nicht einmal ich, würde sie glauben. Die Zeiten, daß man sie glaubte, liegen zurück.« Goltz nickte, setzte sich. »Guck dich selbst an«, sagte der Achäer. »Solch eine Tunte.« »Zugegeben. Aber du wirst es nicht glauben, so fühl ich mich wohl.« Schwieg zwei Sekunden, setzte hinzu: »Derzeit.« Es war, als stellte der Achäer die Augen scharf. »Du bist ein Skorpion mit verborgenem Stachel.« »Skorpion i n.« Aber er lächelte nicht, erwiderte den Blick. »Was hast du vor... du und d i e da?« »Ich muß nach Buenos Aires zurück. Du kennst Buenos Aires?« Der Achäer dachte nach, man konnte zusehen, wie er die Erinnerung aus ihrem Loch zog. »Ich gehöre«, sagte Goltz, »so wenig hierher wie du.« »Und was meinst du, wohin ich gehöre? Auch in die Stadt?« Selten hatte Goltz jemanden dieses Wort so abfällig aussprechen hören. Er sagte deshalb nichts auf die Frage. »Du weißt keine Antwort?« »Wie heißt du?« »Ich habe meinen Namen verloren. Von dort nach hier. Er ist mir aus einer Manteltasche gefallen. Mag sein, daß du ihn in der Sandsteinzone findest.« »Sicher werde ich nicht suchen.« »Ich aber soll? Wozu?« »Das mußt du wissen.« »Das weiß ich nicht.« »Das weißt du.« Der Achäer sah in seinen Schoß, sah seine Hände an, sah wieder auf. Goltz ließ den Blick nicht von ihm. »Ihr habt«, sagte der Achäer, »Europa die Träume genommen.« »Dann gib sie Europa zurück.« »Europa will Coca Cola.« »Das will vor allem der Osten. Buenos Aires ist dessen satt.« Der Achäer spuckte aus. Auf den Wagenboden, fast Goltz vor die Füße. Der schaute die Auster mit interesselosem Wohlgefallen an, als analysierte er den Schleimbatz. »Dann besser d a hin«, sagte der Achäer. Goltz: »Da i s t dein Mythos schon.« »Wie das?« »In den Maschinen. In den Programmen. Kybernetisiert.« Der Achäer verstand nicht. Goltz merkte das, aber kommentierte es nicht. »Erissohn«, sagte der Achäer. Goltz: »Erissohn?« »So hat man mich genannt.«

Das konnte nicht sein, dachte ich und erinnerte mich Ornans', da hatte der junge Jensen gewohnt, vor dem aber, als junger Mann, der später auf Daumenlänge geschrumpfte Präsident, den Ungefuger, noch bevor er die Wahl gewann, ins Schiffchen setzte und dieses aufs Meer. Es konnte nicht sein, daß der Achäer, der nun Goltz gegenübersaß, Eris' Sohn war, des alten Achäers, von dem Goltz gar nichts wußte, das war zu lange vor seiner Zeit: Eingesperrt hinter schlagsichres Glas hatte er – »Gib mir was, Präsident!« – sein Leben zugebracht, bis man den Leichnam zwischen Vogesen und Jura in Thetis zurückkatapultierte. Erissohn war für dessen Sohn viel zu jung. Aber vielleicht war das für Achäergenealogien egal. Vielleicht spielt es gar keine Rolle, ob der Vater, ob der Sohn einen Auftrag vollendet, ob der Enkel der Urenkel das *Wergeld* kassiert, um dem Unheil ein Ende zu bereiten. Vielleicht gilt Achäern das gleich. Vielleicht hätte Erissohn sich mit demselben und sowieso mit Recht Eris-selbst nennen können. Hieß es nicht, die Achäer entstammten dem Kaukasus, alle, hervorgegangen aus einer strudelnden Liaison des Thetismeeres mit der versunkenen Kolchis, aus der das Jungtier, um zu lernen, durch Lungen zu atmen, ins Gebirge hinaufzog? Dort könne man, hieß es, noch heute abgefallene Kiemen finden. Diese Geschichte hatte ich einmal gehört, ich weiß nicht mehr, wer sie erzählte. In Kolchis hatte Medea zu fliegen gelernt. Dort säte sie ihre Drachenzähne. Dort war auch das Vlies aufgespannt, jeder Achäer war in ihm gewiegt, in Niams vliesgoldnem Haar. Ich stutzte, die Bilder rasten, Moment... Moment! Ich sitze noch immer im SILBERSTEIN – oder wieder – der erste November, der sechste, Corinna Frieling starb, ein Vlies, ein fliegendes Vlies... – »Weiter, erzähln Sie weiter!« ... eine erstaunlich, eine beängstigend hochgewachsene Frau: schlank dehnbar... ja: ›dehnbar‹ sei genau das richtige Wort, denn eigenartig beweglich... »Überall, überall!« ... als bestünde sie nicht aus Knochen, sondern allein aus Muskulatur... und solchen Augen... »Augen!« »Zur Sache, Herr Drehmann!« ... – Zur Sache, Herr Herbst.

Was war das gewesen? Ein ganz anderer Blick. Die Goltzin zuckte und, besonders, der Goltz in ihr. Als Goltzin ging sie mit Mythischem um, als Goltz war er pikiert, war belästigt von den stroboskopen Halluzinationen. Die blaschten das Geschöpf darüber, strähnten's ihm durchs Haar mit degenlangen Fingern: Es hätten die festgewordenen Kleider ausgesehen wie eine Schote Hautschuppen Schweiß. In der wütenden spritzenden Kampfgischt warf sich ein Mann hoch fiel zurück in das silberfüßige Feuer –. »Hör auf damit«, flüsterte Goltz und hielt sich die Schläfen. Ein Löwe schlüpfriger Tintenfisch. Wieder die Schlange –. »Hör auf damit, wie machst du das?« Erwacht der Achäer. Er senkte milde die Lider. »Erissohn«, sagte er. »Mein Vater war Eris.« Das konnte nicht sein, dachte ich wieder. Goltz aber atmete auf, weil die Halluzinationen erloschen. »Wer ist Eris?« »Der Sohn des Kaukasiers.« »Wer ist der Kaukasier?« »Der Vater des ersten Achäers.«

Der Waggon normalisierte sich, *war* wieder Waggon Hänger Kleiderkiste Requisiten und billig gemalte Kulissen. In einen Sessel. In einen Hocker. In ein Bett. Sie standen, dachte Goltz, auf einem Siedlungsplatz. Saßen in einer transportablen, noch geschlossenen Bühne. Draußen kicherten immer wieder die Kinder durchs Blech. Jugendliche riefen höhnten machten sich lustig. So komische Frauen. »Erissohn.« »Das bist d u .« »Das ist mein Vater ist Eris ist der Kaukasier.« Die Logik war Goltz völlig fremd, nicht der Goltzin. Zumal Erissohn die Schraube noch anzog. »Mein Vater ist Peleus. Das ist der Vater des Goldenen Haars.« Meinte er das Eichhörnchen Niam – die Lamia? Borkenbrod war deren Vater, dachte ich, und Peleus war Borkenbrods Vater. So ging das nun alles durcheinander zusammen, im Silberstein wie in der Siedlung. Wir brauchen, dachte ich,

17

Realität. Sonst verlier ich den Halt.

Der wäre Broglier nach Dorata Spinnens Tod fast abermals abhanden gekommen, hätte sich nicht Kalle Willis um ihn so sorgsam gekümmert, der und die Holomorfin Dorata. Sie war für ein Programm, das so sehr auf Körper und Nähe gearbeitet ist, ausgesprochen diskret, ja dezent; wie ihr Original hatte sie für Buenos Aires vergleichsweise starke Geschlechtsbedürfnisse, die sie konkret erfüllt brauchte; die Porteños zogen nach wie vor ihre Befriedigung im Infomaten vor, da sie immer noch – berechtigte – Angst vor der Ansteckung hatten. Der Präsident war da ganz hygienisches Kind seiner Zeit, auch wenn sein ständiger Feldzug für die Sexualhygiene nicht ohne Fanatismus war.

Tatsächlich gab es hedonistische Abweichler, sie fanden sich in Clubs, vor allem jedoch im Euroweb, gestalteten sogar Demonstrationen neuerdings, die den Charakter farbigster Umzüge hatten. In solchen Schubladen infizierten sie eigentlich keinen. Man sah dem lustigen Treiben wie einem fremden Schauspiel zu, das Ganze hatte nicht wenig exotische Ethnophilie; im übrigen gab man sich unbeeindruckt, war desinteressiert, sprach vor allem nicht darüber – auch wenn Etablissements wie das sich nach wie vor großer Beliebtheit erfreuende BOUDOIR ihre Umsätze eher noch steigerten, nachdem sie unter den drüber hinwegsehenden Augen der Behörden in aller Stille wiedereröffnet worden waren – wahrscheinlich ohne Wissen des Präsidenten, der unterdessen davorstand, seine antisexuellen, welthygienischen Pläne auf eine völlig andere Weise als vermittels von Verboten eine Wirklichkeit werden zu lassen, die sich noch niemand träumen ließ; ›niemand‹ bedeutet: niemand außerhalb der großen Laboranlagen des Stuttgarter Zentralcomputers. Kaum jemand sonst, jedenfalls.

Nein, Dorata II – Broglier nannte sie niemals Dolly, sagte immer Dorata zu ihr – stellte keinerlei Ansprüche an ihren trauernden Freund, sondern trauerte mit. Auch das war ihr nicht eingegeben worden, ihr Programm justierte sich selbstgenerierend auf die Umwelt. Hätte Dr. Lerche gesagt. Sagte Lerche, der natürlich getobt hatte, aber so richtig nicht toben konnte, immerhin war die Zeuner ihm vorgesetzt. Doch die Reihe seiner medizinischen Testungen war zumindest für diese Probandin beendet; es blieben, dachte er, noch die anderen vierzehn. Die starben aber eben auch. Dennoch mußte nicht einmal Meldung erstattet werden. Lerche erstattete sie, heimlich, trotzdem; wie schon einmal hatte das den Geruch einer Denunziation. »Wie konnten Sie das tun?« Sabine Zeuner gab keine Antwort, sie ignorierte den Kollegen. Seine Meinung interessierte sie auch objektiv nicht, schon weil Dorata II – in Beutlins Worten, der den Vorgang von Wiesbaden aus, SIEMENS/ESA, verfolgte – »einfach aufregend« war. Zum ersten Mal in der Geschichte der Holomorfie – ob als in einem Programm simuliert verstanden, ob als konkrete Realität erlebt – ließ sich an einem Einzelfall die geistige und emotionale Emanzipation einer kybernetischen Einheit beobachten. »Man wird ganz bescheiden«, sagte Beutlin, »wenn man das sieht.«

Ganz ähnlich empfand die Zeuner. Lerche war solche Demut

fremd. Aber fasziniert war er auch. Daß Dorata II soziale Kompetenz aus sich selbst herausschuf, daß sie empathische Fähigkeiten besaß, die Lerche, einem Menschen immerhin, rundweg fehlten – und nicht nur ihm –, war zu sensationell, um verärgert sein zu können. Dazu war er zu sehr Forscher. – »Haben Sie die programmiert?« fragte er nur. Sabine Zeuner schüttelte den Kopf. »Buenos Aires' Eigenentwicklung.« »Wiesbaden?« Sie nickte. »Spinnen hat interveniert.« »*Mein* Spinnen?« Jetzt mußte sogar er lachen. »Wie haben Sie das über meinen Kopf hinweg hingekriegt?« »Indem mein Kopf hinter dem Ihren schwebt.« – Lerche schluckte eine Zehntelsekunde lang an seinem Speichel. Als seine Chefin hatte Zeuner selbstverständlich zu jedem Vorgang den Schlüssel; umgekehrt nicht. Er gab paar Steuerkoordinaten ein, und der Computer baute aus dem Netzwerk Beutlins Labor auf, es stand (SIEMENS/ESA), ein nahezu materielles Bild, um die Zeuner und Lerche herum; es reichte aus dem Projektionszimmer bis hier herüber. In Beutlins Labor war wiederum CYBERGEN aufgebaut, um Beutlin saßen holografisch Zeuner und Lerche herum. Fast eine Minute lang blickten sich Lerche und Beutlin in die Augen; und Sabine Zeuner sah dem zu. Es lag ein gespanntes Schweigen hie wie dort, schwer, ein Sommernachmittag vor dem Gewitter, eine Ostsee, von der es hinten heraufzieht: als kündigte das Speichermedium seine eigene Fragmentierung an. Beide, Lerche und Beutlin, schalteten die Projektionen gleichzeitig, man kann sagen, *recht*zeitig aus. *Fast* rechtzeitig. Programm und Programmierer konnten einander wechselseitig nicht leiden. Sie ließen das System herunterfahren und starteten im Sicherungsmodus neu mit F8. Fuhren die Virenscanner drüber.

»Was sollte d a s denn?« fragte die Zeuner. Lerche, plötzlich nervös, strich sich über das Haar. »Entschuldigen Sie … ein Impuls.« »Interessanter Impuls.« »Ja, das finde ich auch.« Er hatte sich gefangen. »Sehen Sie«, sagte er, »da haben wir das Ding ja schon isoliert.« Und löschte WEICHENSTELLER, einen Virus, den ihm, dachte er, Beutlin hergesendet habe und der die Fähigkeit besitzt, fremde Archive umzuordnen. Nur löschte er zu spät; er seinerseits hatte zu Beutlin SCHÖNES HAAR geschickt. Beide Systeme, sowohl in Wiesbaden wie in Beelitz, reagierten nach menschlichem Ermessen sofort. Beide, Beutlin wie Lerche, hatten keine Ahnung, weshalb sie überhaupt reagierten, sie handelten rein instinktiv. Beide lehnten sie so etwas rundweg ab; sie waren Wissenschaftler und hatten logische Gründe. Vielleicht hatte ihr Unbewußtes auf eine kaum meßbare Verengung in den Pupillen des jeweils anderen angesprochen. Aber daß dem so war und sie ihr innerer Widerstand eine Mikrosekunde zu lange zögern ließ, weil er die Verengung erst interpretieren mußte, genügte den Viren. Als die Programmierer ihre Systeme wieder online stellten, wehte auf jedem Bildschirm der SIEMENS/ESA links oben ein kleines Goldenes Vlies und war da wochenlang nicht mehr wegzukriegen. Da es bisweilen über den Screen wanderte, störte es schon sehr. Obendrein war es mitos. Und Hans Deters, unvermerkt, kam frei. In Beelitz aber, CYBERGEN, stand ein Hundsgott im Zimmer.

Herbst zuckte. Er saß in der Dunckerstraße am Schreibtisch und lutschte ein Bonbon. Soeben hatte er den Ofen angeheizt, dessen Kacheln die Farbe von Marzipanschweinchen haben und der grad furchtbar qualmte. Der Rauch mußte sich seinen Weg durch den Schornstein erst bahnen. Da im Berliner November die Wetterstimmung ziemlich schwankt, mal minus fünf, mal plus fünfzehn Grad, fiel ihm das schwer. Sowieso war diese Wohnung eine der letzten noch mit Kohle geheizten, in der Nummer 68 die einzige sogar. Deters hatte, als der Mietkomplex restauriert worden war, auf dem Erhalt des Ofens bestanden. Das war zwar ziemlich romantisch gewesen, nur hatte es Folgen für den Schlot. Trat man winters von der Straße in den ersten Hinterhof, der zum Eingang seines Treppenflurs führte, und roch es dann nach DDR, dann hatte Deters immer gewußt: Das bin alleine ich. So war es ausgerechnet der Wessi Herbst, also einer aus Garrafff, für Kontinuität einzustehen. Die blieb für alle Gebäude wenigstens fünf Monate lang olfaktorisch ziemlich präsent, ein, dachte ich, eigentlich schöner Gedanke. Nur hätte Herbst den Geruch lieber bloß draußen gehabt und nicht auch *in* der Wohnung. Jetzt mußte er alle dreivier Minuten das Fenster öffnen, und zwar weit, um Sauerstoff herein- und ein deutlich graufaserig konturiertes Geschwade hinauszulassen, was der sowieso noch nicht sonderlichen Heizkraft des Ofens schon mal zeigte, was hier bald zu leisten wäre. Die Sache war nicht ohne Komik und brauchte, wußte Herbst aus seiner Zeit bei der CYBERGEN, ungefähr zwei Tage. So weit, so gut, wäre nicht plötzlich dieses Zucken gewesen. Das. Und etwas, das an Herbst *zog*.

Er konzentrierte sich auf seinen Laptop, die Schreibtischplatte sah aus wie ein Nullgrund aus DIN-A-4-Blättern Büchern Stiften zerzuzzelten Bonbonpapieren Handcreme Pfeifen der Bronzebüste Aldona v. Hüons Lexika, Homer und Goethe sowieso, er tippte paar Zeichen, Kumani sprach Deidameia an – da zog ihn etwas vom Platz. Die Kraft war so groß, daß der alte englische Schreibtischstuhl, auf dem er saß, zur Seite kippte; aber etwas zog ihn zurück: eine Art Tauziehen war das. Deshalb kippte er nicht um. Herbst nahm keine Drogen, er hatte noch nicht einmal die Weinflasche des Abends geöffnet, da es ja Vormittag war. Der Keislauf vielleicht. Jedenfalls zog da etwas entweder an ihm oder am Fußboden, was das ganze Zimmer in eine Schräglage brachte. Nur fielen nirgendwo Bücher aus den Regalen, auch die Musikanlage schlidderte nicht vom Rack.

Dann war der Anfall vorbei. Doch wiederholte sich zwei Stunden später. Und noch einmal am Nachmittag. Herbst hatte den Eindruck, durch seine rechte Hand gucken zu können, sie bekam etwas erschreckend Transparentes. Immer wieder sah er sie an. Dann – oder deshalb – ging es auch mit der linken los, was besonders irritierte, weil er die Hände zum Tippen brauchte. Wobei Cordes, der endlich heil in der Schönhauser Wohnung angekommen war und schlaflos im Bett lag, nicht umhin kam, sich zu fragen, weshalb ich ü b e r h a u p t tippe. Ich meine, ich bin … gut: *war* Programmierer, also in Beelitz. Was ich *hier* war, davon hat Cordes noch kein Wort erzählt. Auch ich muß mir mein Leben verdienen, ob nun in Garrafff, Anderswelt oder Welt, völlig wurscht. Autoren machen es sich in dieser Hinsicht immer viel zu einfach. Seit der bürgerliche Roman zerbrochen ist, kann man nicht mehr von Erbschaften schreiben, die sich aufzehren lassen, aristokratische Modelle greifen erst recht nicht, aber die Alternative, sagen wir VERKÄUFER SCHREIBEN ÜBER VERKÄUFER – jaja, »Literatur der Arbeitswelt«, das hat's mal gegeben … wie schreibt so präzis Hella Streicher?: »Bà!« – … nein, das k a n n es einfach nicht sein.

Ich komm jetzt richtig ins Grübeln. Was kann einer wie ich in Buenos Aires *schaffen?* Ich bin insgesamt ein parasitäres Modell. Deters selbst war, wurde gesagt, Börsenmakler. War er denn noch tätig? – Wundern wir uns also nicht, daß Cordes einfach nicht einschlafen kann. Nein, es liegt nicht am Alkohol. Sondern es hat mit seiner

Schriftstellerehre zu tun. Nachts. Ganz furchtbar. Mir war nicht zu-zutrauen, daß ich nach meiner Ankunft zum Arbeitsamt ging. Übri-gens hätten die mein Anliegen auch gar nicht verstanden. »*Woher* sind Sie?«»Aus Garrafff.«»Äh?«»Das ist ... passen Sie auf!« Ein Papier vom Holz-Ikea genommen. »Ham Se mal 'n Stift?« und mit paar Strichen den kybernetischen Regelkreis skizziert. »Sehn Se? Das hier ist Ihre Welt, das da meine. Hier lebte Deters, da lebe ich. Und weil Sie von mir programmiert worden sind ...«»Wie was?«»Hörn Se doch zu! Sie sind Teil eines simulierten Prozesses ... wir testen unter anderem Me-dikamente ... und testen ökologische Settings ...«»Was wollnSe von mir!?«»Das erkläre ich doch gerade. Wenn Sie nicht aufpassen, dann k ö n n e n Sie es nicht verstehen.«»Aufpassen? Bei was?« Ich zerknül-le das Papier, werf es in den hübschen, mit OraCal-Dekofolie be-klebten Pappeimer, setze neu an. »Okay. Bei Ihnen hat einer gelebt, der Hans Deters heißt. Der Mann ist Börsenmakler gewesen.« – Also s o weit muß der Ämtler den Mund nicht öffnen. – Egal. – »Ich hab ihn in einer Archivdatei festgesetzt und mich an seiner Stelle in Ihre Welt projiziert.« – Tatsächlich, der Mund geht n o c h weiter auf. – »Ich hab aber keine Ahnung von der Börse. Und deshalb, um es kurz zu machen: Ich suche einen Job.« Wenn ich Glück habe, fragt man mich jetzt, was ich mir so vorstell', was ich so kann. Ob ich Abschlüs-se habe. Dann kann ich mit der Programmiererei kommen, aber da gibt's kaum noch freie Stellen. Versuchen S i e das heutzutage mal mit IT. Hab ich allerdings Pech, ruft der Ämtler um Hilfe. Dann muß ich abhauen.

Sehn Sie?: Cordes hat allen Grund, nicht schlafen zu können. Dar-auf hat er, so gesehen, ein *Recht*. Ich fürchte nur, daß er das nicht ver-steht. Zum einen, weil er Vater ist und sich um die Bedürfnisse sei-ner Figuren nicht in gleicher Weise kümmern kann, dafür habe sogar ich Verständnis. Zum anderen müssen Figuren, denkt er, auch ohne ständige Gegenwart ihres Autors lebensfähig bleiben. Weshalb er sich nach mehrmaligem Herumwälzen, außerdem hat er einen solchen Brand, auf Kumani konzentriert, aber deshalb nun erst recht nicht schlafen kann.

Er steht auf, klettert die Leiter des Hochbetts herunter, stürzt in der Küche zweimal ein volles Glas Wasser, betrachtet im Licht der Schönhauser Allee seinen Laptop auf dem Küchentisch, sein Arm schmerzt ein bißchen wegen des Sturzes vorhin, er reibt ihn vorsichtig. Na das gibt einen blauen Fleck. Dann tappst er barfuß und sowieso nackt, er schläft nackt, ins Kinderzimmer zurück und die Leiter wieder hinauf.

Der Kleine ist bei der Mama, also liegt er allein zwischen Stoffhuhn und Affe und mehreren Krokodilen. Ich darf, denkt er, Brogliers Stoffleoparden nicht vergessen. Der muß irgendwo auftauchen, sonst hängt der Erzählstrang aus dem vorhergegangenen Roman zu locker zwischen den Seiten.

Im Zimmer ist es sehr kalt, Cordes schläft, wie ich, auch in tiefsten Wintern bei offenem Fenster. Was hab ich schon für Auseinandersetzungen deshalb mit Frauen gehabt! Man macht sich keine Vorstellung davon, was solche Kleinigkeiten für Folgen haben, witzige und weniger witzige. Wer bei dieser Bemerkung an Nullgrund denkt, beginnt zu verstehen, was Welt ist.

Calle dels Escudelers, richtig, Colón. Kumani kam von der Sophienstraße, nein, Calle de Códols, ich sollte das nicht durcheinanderbekommen. Es ist tiefe, glitzernde Nacht. Vorm BOUDOIR stehen draußen die Frauen und tratschen. Bisweilen passiert sie mit hochgeschlagenem Kragen ein Freier. Freiers*anwärter,* kann man das sagen? Jedenfalls traut sich keiner, die schönen Geschöpfe anzusprechen. Die haben momentan auch gar kein Interesse. Lachen hell übern Kopfstein. In der engen, ziemlich kahlen Gasse haben diese Laute sogar Echos. Kein Aas sieht den Prostituierten die Myrmidoninnen an. Nur Deidameia. Sie hat was Präsentes.

Uniform trug sie nicht, schließlich kam sie von einer Unterredung mit Goltz.

»Die Transporter«, sagt sie, kaum in die Kommandozentrale getreten. »Es geht um die Transporter. Castor vielleicht, wir wissen es nicht.« »Du willst«, fragt Leagore, »daß wir rüberfahren?« »Zwei werden reichen. Ihr nehmt verschiedene Übergänge. Kali und Thisea sollen die Aktion von Landshut aus koordinieren. Aber schnell muß es gehen. Ich werde versuchen, die Fahrtrouten zu recherchieren. Jedenfalls sind die Transporte alle schon drüben. Und ich will wissen, wer dieser neue Odysseus ist.« – Die anderen Frauen scherzen derweil weiter, ein lauter Kokon aus Ulk um das Wispern, der hält die Freier, die

die Kostüme gleichzeitig locken, tatsächlich ab. Nicht aber Kumani, er ist auch keiner – oder doch, aber in anderem Sinn. Ihm gefällt ganz einfach Deidameia. Und er ihr, auch wenn sie das nicht zeigt. Obendrein, sie ist aus dem Osten, da ist einer Unechtes d r e i fach suspekt, man *riecht* es, hat man seinen Inneren Osten nicht schon verloren. Kumani schreitet, nach etwas Zögern, schräg auf die Frauen zu. In seinem wadenlangen Mantel, seinen genarbten Lumobinats, mit dem Ohrschmuck, dem silbernen Piercing links in der Nüster sieht er fast wie ein Achäer aus, ein sehr junger allerdings, ein fahrender Geschichtenerzähler, der die Dschellaba noch nicht nahm. Deidameia, in ihrer Jugend, hat einige solche Achäer gesehen. Die haben, genau wie der, ihr Haar getragen: lang, sehr lang, manchmal im Nacken zum Strang gebunden, bisweilen eine Strähne seitlich eng geflochten, die hing ihnen in das Gesicht, wenn sie es senkten.

»Guten Abend. Sie sind keine Prostituierte. So sieht eine Prostituierte nicht aus.« Was eine Anmache! Die Frauen lachen, alle haben sie so was wie Ehrfurcht. »Und Sie sehen nicht wie ein Mensch aus.« »Aussehen schon.« »Was wollen Sie von mir?« »Ich hätte gerne einen Kuß.« Wieder lachen die Frauen, nur Deidameia bleibt ernst. »Ich werde Ihnen«, sagt sie, »niemals das Erzgebirge zeigen können. Wie soll ich Sie da lieben?« »Da kommen Sie her?« Deidameia nickt, unmerklich. Kumani aber merkt es doch. »Ich habe nichts gegen Schwarze.« »Ich habe gegen Holomorfe nichts.« »Ich s ä h e den Osten aber gern.« »Ich b i n der Osten.« »Vielleicht steh ich darum hier.« – Deidameia zögert. Lysianassa flüstert ihr etwas zu, auch Shakti streckt den Kopf vor, momentlang fällt die Narbe auf ihrer Stirn ins Auge, und sie kichern. Solche Gänse! denkt Kumani. »Du willst«, fragt Leagore, »den Osten wirklich sehen?« »Ich kann ja nicht hin.« Abermals Tuscheln Gekicher. Wieder kommt ein Freier heran, macht aber einen Bogen um die Gruppe, er will nicht in das Preisfeilschen platzen. »He Süßer, komm doch her!« ruft Lysianassa. Der Mann winkt ab. Spöttisches Lachen der Frauen. Nur Deidameia bleibt ernst. »Und wenn«, fragt sie, »d o c h ?« »Mit d i r würd ich gehen.«

Er meint das wirklich, in der Tat, weiß überhaupt nicht warum. Das läßt Deidameia an Borkenbrod denken. Wie der davongegangen war. Der blasse Horizont. Die blasse Frau auf seiner Schulter. Wie die in einem fort gesungen hatte. Noch lange hatte Deidameia geglaubt, ihre Stimme zu hören. Noch, als der Punkt sich längst aufgelöst und sie endlich die ausgestreckte Linke heruntergenommen hatte. Als sie Goltz und Kali zurückgelassen hatte. Lough Leane, denkt sie, das Thetissilber die Castor-Transporte. Und was nun ansteht. – Sie gibt sich einen Ruck. »Ich habe jetzt keine Zeit für so was.« »Ich kann wiederkommen.« »Wann?« »Morgen. Nachher. Wann immer Sie wollen.« »Ich will ja nicht.« »Dann bitte ich um Entschuldigung.« Er lächelt die anderen Frauen an. »Hübsch seid ihr«, sagt er, bevor er sich wegdreht und sehr gerade, sehr hochgewachsen, davonschreitet.

»Warte!« – Langsam dreht er sich zurück und lächelt. Er ist einfach zu schön. »Du bist ein Freier?« Sie merkt den Doppelsinn, muß endlich auch einmal lachen. Er lacht, als er zurückkommt, mit. »Ich meine…« »Ich verstehe schon, was du meinst.« »Wer hat dein Programm schreiben lassen?« »Meine Eltern.« »Du hast Eltern?« »Mein Vater ist alt. Er wird bald gelöscht.« »Er wird«, sagt Deidameia, »sterben.« »Gelöscht werden«, beharrt Kumani. »Sterben«, beharrt sie. Er: »Es hilft nichts, sich etwas vorzumachen. Ich werde, anders als du, nicht sichtbar altern. Mein Vater sieht aus wie mit vierzig.« Das war, nicht zuletzt, ein indirektes Ergebnis auch der myrmidonischen Aktionen gewesen. Die freien Holomorfen hatten es zu ihrem Anliegen gemacht und schließlich durchgedrückt, politisch, ohne sich freilich auf die Terroristen zu beziehen. Vorher waren die Programme wie normale Menschen gealtert, allerdings erheblich schneller. – »Wie viele Jahre bleiben ihm noch?« »Keines. Nicht ein Monat.« »Oh.« »Wir werden feiern, wenn er stirbt. Trauerfeiern. Wirst du dabeisein?« »Ja.«

Das hörte Cordes nicht mehr, denn darüber war er, dachte ich, eingeschlafen. Hätte er eigens und abermals erklären müssen, daß es sich um die *wirkliche* Deidameia handelte, die Vorlage ihrer zahllosen Kampfkopien? Daß Kumani Kopien zu fühlen vermochte? Das, übrigens, machte ihn später für den Widerstand überaus wichtig. Er konnte, wie ein auf Drogen trainierter Hund, *riechen,* was gesucht war.

Wie dem nun sei, Cordes träumte. Träumte von ganz etwas andrem, nämlich von mir und wie es immer noch an mir zog, abermals, das war völlig verrückt. Ich stand vorm TORPODEKÄFER. Lothar Feix – »Sie sollen mich aber nicht kleinkriegen!« – saß an der Theke. Kaum warf ich den grüßenden Blick durch die Scheibe, da wurde sie ganz dunkel samtig, begann in die Tiefe zu wachsen: ein Trichter Strudel das ganze Ding gerät in fließende Bewegung, man kann die kreisende, hineinziehende Bewegungsspur des aufgewühlten Glaswassers sehen. Ich kneife die Augen zusammen, dann heb ich die Lider wieder. Alles im Grünen Bereich. Doch kaum bin ich die halbe Stargarder lang, wird die Fahrbahn auseinandergezerrt, Lippen wie Breitmaulfrösche haben die Leute. Ich muß mich an die Wand lehnen.

Hacki unser Bäcker
bei dem schmeckt's immer lecker

Der Anfall braucht zwei, vielleicht drei Sekunden, dann schrumpft sich die Straße wieder zurecht. Aber schon die Gethsemane-Kirche, die sieht was aus! Ganz faserig luzide, der Glockenturm wie das Flatiron Building, das es aber in Buenos Aires, ich bin mir sicher, gar nicht gibt. Und der Vietnamese, bei dem ich immer meine Schmugglerzigaretten kaufe – ein schmales Männchen mit erbarmenheischender Trichterbrust –, wirft einem nächsten ein Päckchen zu, sehr flach, quadratisch, kurzer eckiger Diskus, kaum höher als eine Zigarillodose. In braunes Packpapier geschnürt. Und der, wie überrascht, greift zu. Doch als schriee er auf vor Entsetzen, läßt er's fallen. Das ist, als hätte man ihm eine Rasierklinge durch die Handfläche gezogen. Tatsächlich spritzt bißchen Blut weg. Schon flitzt ein Dritter bei, ein jugendlicher Punk mit rosa aufgespitztem Schopf, unterschlüpft noch die ballistische Kurve, die das Päckchen genommen, packt zu, faßt das Ding und stürzt damit fort Richtung Schönhauser Allee.

Ich steh am Bordstein, um mich her tiefe Lachen vom Regen vorhin. Diese Szene hab ich schon einmal erlebt, nicht ich, nein, sondern Deters. Es hat auch gar nicht geregnet, was ein Unsinn. Der Novembertag ist verschmiert-feucht, klamm, kalt, doch von Pfützen kann keine Rede sein. Das war eben eine Szene aus dem *Programm*, die Diskette, »*Ich* werde *nicht* wieder anrufen. Verzeihen Sie, wenn ich Sie … es liegt mir wirklich nicht, Sie in irgendeiner Weise zu belästigen.« Hatte ich zurückgerufen? Und wen denn überhaupt? Seit wann war ich hier, ich, ja, Alban Herbst, was hatte ich die ganze Zeit über getan?

In Wirklichkeit stand ich immer noch vorm TORPEDOKÄFER, in Wirklichkeit starrte ich immer noch in diese strudelnde Scheibe. Einen einzigen Schritt würde es kosten … ich könnte mich … es wäre wie ein Kopfsprung vom Dreier… das Wasser saugt mich immer tiefer hinab… ich halt mich noch fest, an der Bronzefigur, in die ich verliebt bin, seit ich sie zum ersten Mal sah. Wie ein Versprechen auf Schönheit steht sie im TORPEDOKÄFER fremd und unantastbar da. »*Ich* werde *nicht* wieder anrufen« – der Sog reißt mich weg, meine Finger rutschen vom Metall. »Jede mögliche Welt enthält Elemente aller anderen.« Wer hatte d a s nun wieder gesagt? Mir war derart elend! Irgend etwas war mit einem Auftrag, den mir… ja, *wer* denn? angetragen hat… und nicht mir, das stimmt alles gar nicht! sondern ihm: Hans Deters. – Als ich das begriff, lag schon der

18

halbe Ort dem Erissohn zu Füßen. »Gewiß!« rief er von seiner Bühne herunter, links und rechts standen, wie Wachen, Thisea und Otroë, während die Goltzin und Kali das längsgespannte Band flankierten, mit dem das Publikum auf Abstand gehalten wurde. Uma verbarg der Hintergrund. Selbstredend trugen die Amazonen keine Waffen, die waren im Unterboden des Unimogs verstaut. Andernfalls hätte es umgehend militärische Präsenz zur Folge gehabt, in jedem Ort gab es Spitzel, in manchen Siedlungen lauschte fast jeder zweite als IM des Ministeriums für Innereuropäische Sicherheit, Referat AUFBAU OST!, im Volksmund »Raffbau Ost« genannt, seinen ersten Mitbürger aus. Zu begehrt waren Broiler, nicht selten legten sich die Hobbyspione gegenseitig auf den Grill. Es grenzte ohnedies an ein Wunder, daß sich bislang kein Milizionär hatte blicken lassen. Nicht einmal Feldjäger gab es.

Der Goltzin war das verdächtig. Ihr innerer Polizist archivierte zerebral jedes Gesicht, das ihm irgend auffällig war. Aber keines wirkte anders als bloß müde, müde der Maloche in der Fabrik, müde des bitteren Lebens wegen. Man hatte sich zu lange aus Viertelpfunddosen Scheiße ernährt.

»Gewiß!« rief Erissohn noch einmal.

Mit offenen Mäulern gaffte das Ostzeugs.

Thetis wird zerschmettern das Haupt ihrer Feinde, den Haarscheitel dessen, der da wandelt in seinen Vergehungen!

So hatte lange keiner mehr gesprochen. Denn der Achäer rief *leise,* man mußte die Augen schließen, um ihn zu hören. Quasselte jemand hinein, war nichts mehr zu verstehen. »Schscht!« »Haltet mal die Schnauzen!« Sie hatten den Erissohn erst auch gar nicht ernstgenommen, hatten versucht, ihn zu veralbern, er hatte weder getanzt noch zum Gaudi gefurzt; es war, wie seit je, an den Kindern gewesen, an den Jugendlichen, die stumpfen Eltern wieder berührbar zu machen. Sie protestierten, nicht etwa die Amazonen, schon gar nicht Erissohn selbst. Einer schlug sogar zu, als ein grölendes Arschloch, die Flasche Fusel in der Faust, auf den Achäer losgehen wollte.

Über den Tag hatten die Jungs um den Hänger herumgehockt und stille Fragen an den fremden ernsten Mann gestellt. Der hatte nichts als verstörte Rätsel zur verstörenden Antwort gehabt. »Wer formt die Waffen von Berg zu Berg, von Welle zu Welle?« Lauter so was. »Über wen lächeln die Rinder des Tethra?« Das hatte anders geklungen als nach Fanta Kaffee Bananen. Das leuchtete von innen, auch wenn man nichts davon verstand.

»Laßt ihm Zeit«, sagte Thisea, »er muß sich erst fassen.« »Fassen wovon?« »Von dem, was man aus euch gemacht hat.« Betreten sahen die Jungen zu Boden, Jungens wie Mädchen, zwei knabberten an ihren Fingern, drei kratzten sich, viere lachten verlegen. »Sie hat recht«, sagte Otroë, »schaut euch doch an.« Ein kräftiger Bursche protestierte: »Wer gibt euch das Recht, so mit uns zu sprechen? Wir *arbeiten* für unser Leben, ihr zieht bloß herum.« Kali lag die Entgegnung sichtbar auf der Zunge. Die Goltzin schüttelte den Kopf. Deshalb beherrschte sich die Amazone. »Warte, bis er spricht«: Thisea zum Burschen. »Er spricht doch.« »Er war tiefer unten, als du bist.« »Ich bin nicht unten.« »Und das da? Das säufst du?« Sie wies auf die Kanne, die der Bursche trug. »Und das da«, sie zeigte auf den Brotbatzen in der Hand eines andern, »eßt ihr auch?« Schon Poseidon, einst, hatte es ein »dehydriertes Labskaus« genannt. – »*Noch*«, so der Bursche. »Pontarlier hat den Wohlstand versprochen. Nahe der Grenze, auch weit vor der Grenze gibt es schon Kino.«

Bei einigen Ostlern hatte Ungefugger noch immer, anders als in der Zentralstadt, absoluten Rückhalt. Als sich noch keiner mit dem Osten anders als abfällig abgab, war er schon dagewesen und hatte seine Decken und Zitronensprudel verteilt. Das vergaß man ihm nicht. –

Dennoch wieder Thisea: »Und warum bist du nicht da?« Von Eris-sohn kam: »Ich steige herab in Tränen wie Tau«, und vom Burschen: »Noch kann ich mir die Miete nicht leisten. Aber ich spare.« »Wieviel kriegst du in der Fabrik?« Der Bursche druckste. »Laß gut sein«, fistelte die Goltzin, die dem schnellen Wortwechsel angespannt gefolgt war. Zum Burschen: »D a s sind wir, so mit euch zu sprechen.« »Ach so«, antwortete der, guckte grübelig schief und verzog sich. In Buenos Aires hätte man fortan ein Auge auf ihn gehabt, die Daten sämtlicher Telefonate wurden seit Jahren archiviert und bei Bedarf der Sichtung unterzogen, Goltz hatte das seinerzeit im Verbund mit der europä-ischen DaPo und Securitate im Europarat durchsetzen lassen, sowie mit Ungefuggers SchuSta, damals, als Tranteaus Kommandozentrale zerstört und die holomorfe Rebellin gelöscht worden war ... zu früh, viel zu früh! er hatte seine Wut kaum bändigen können. Alle Daten waren mit den Selbstprojektoren gelöscht gewesen; Nukula Nuklea, hatte Goltz damals gedacht, genau dasselbe wie, übrigens, der bei die-ser Gelegenheit mitinhaftierte Deters. – Goltz hatte mit Ungefugger telefoniert: »Wir müssen ein Archiv anlegen, ein umfassendes Archiv, auf das man über die genetischen Signaturen jedes Bürgers zugreifen kann.« Die Signaturen waren auf Chipcards gespeichert, jeder Por-teño trug sie als Greencard wie einen Ausweis bei sich – sowieso, da sie zugleich als Beleg für die applizierte Impfung des Offenen Herzens dienten. Man konnte die Cards sogar als Zahlungsmittel verwenden, obwohl im allgemeinen fürs tägliche Geschäft das Chiroscan-Verfah-ren vorgezogen wurde. Jedenfalls sei die massenhafte Datenspeiche-rung, hatte von Zarczynski, der schon damals das Ministerium leitete, vorm Europarat argumentiert, für »die Zwecke der Vorbeugung, Un-tersuchung, Feststellung und Verfolgung von Straftaten, einschließ-lich Terrorismus« unabdingbar. Dabei hatte er sich auf Beschlüsse be-rufen, die von Buenos Aires' Bezirkschefs bei ihren Gipfeltreffen nach den Terroranschlägen von Salamanca und Madrid auf Anraten der SZK getroffen worden waren. »Es ist geraten, daß die Bezirksregie-rungen in direktem Zugriff auf die Fernmeldefirmen jedes Telefon-gespräch im Festnetz oder per Handy archivieren, ebenso SMS-Kurz-mitteilungen und sowieso die Übertragungsprotokolle ihrer gesamten Euroweb-Kommunikation.« Selbstverständlich hatte es anfangs Wi-derstände gegeben, nicht nur das übliche Geseier von Datenschutz-

und Bürgerrechtsverbänden, sondern vor allem seitens Frank Phersons, dessen PHERSON'S LIMITED sich mit einer Mehrbelastung in Höhe dreistelliger Millionenbeträge konfrontiert sah. Nun war Pherson dem Präsidenten aus anderen, aus heiklen Gründen verpflichtet, die besser nicht zutage kamen; noch v o r Nullgrund hatte es zwischen beiden Unsterblichen Absprachen gegeben, beim Golfspiel mit einem Lächeln. Jeder versprach sich etwas anderes davon: Ungefugger eine gute nächste Unterlage für *seinen Plan,* das große, sozusagen finale Projekt. Seither ging eine Zeit lang der Emir Skamander, aber als solcher nicht kenntlich, in Slim City ein und aus. Pherson wiederum meinte, eben damit gegen den Präsidenten etwas in der Hand zu haben, mit dem sich politisch Druck ausüben lasse. Sowieso hätte von Zarczynskis Vorstoß, sofern erfolgreich, den Markt ausgewaschen. Denn es könnten, so eine Expertin des Bundesverbandes der Europäischen Industrie (BEI), vor allem kleinere Euroweb-Firmen die schätzungsweise 50 Millionen Euro kaum erwirtschaften, die für die nötigen Programme aufzuwenden wären:»Die müßten dicht machen.« Zwar waren einige Daten für fiskalische Zwecke sowieso gesammelt worden, aber auch diese hatten gemäß des europäischen Datenschutzrechts nach achtzig Tagen gelöscht werden müssen. Ungefugger selbst hatte das Vorhaben selbstverständlich unterstützt, schließlich war es nur noch um die Dauer gegangen, für welche die Daten einsehbar gehalten werden mußten. Die Kostenfrage war einerseits vermittels deutlicher Steuervorteile, andererseits durch staatliche Zuwendungen in den Griff bekommen worden. Was in den durch AUFBAU OST! ohnedies arg belasteten Haushalt weitere Lücken gerissen und ebenfalls auf Ungefuggers Popularitätsbarometer gedrückt hatte.

Aber, selbstverständlich, sie waren nicht in der Zentralstadt. Sondern das war, dachte die Goltzin, der Osten. Nicht einmal jeder Zehnte war registriert, vielleicht nicht einmal einer von zwanzig. Man ahnte kaum, wieviel humanoide Mutanten – Schänder, Devadasi, Hundsgötter – es gab, von den animalischen und den Hybriden zu schweigen. Die Asphaltierungskampagne grub nahezu täglich neue Funde aus. Und wie anders war nun alles geworden! das dachte er a u c h, dieser zur Frau verwandelte Polizist, als der verärgerte Bursche um die nächste Ecke verschwunden war. Ich würde ihn jetzt beobachten lassen, weil er möglicherweise m i t Buenos Aires kooperiert, dachte die Goltzin, kleiner Spitzel, dachte Cordes, der ja die Szene geträumt hatte, jedenfalls teilweise, wenn auch nicht so klar konturiert. Er sah nur ein ihm fremdes Gesicht.

Es war früher Morgen, der Wecker hatte noch gar nicht geklingelt.

Goltzens Instinkt hatte in der Goltzin durchaus nicht getrogen. Nämlich hatte der Bursche, nennen wir ihn Präparat, auf dem Nachhauseweg sein Handy aus der Hosentasche geholt und Brem angerufen, den man Gelbes Messer nannte. Cordes, im Traum, begriff zwar nicht die Zusammenhänge, aber sah, wie sich über die Siedlungsszene aus Hänger Achäer Unimog Frauen ein transparentes Gesicht projizierte, eine minutenlang stehende Überblendung: doch nicht das ganze Gesicht, sondern vor allem das linke, überschattete Auge. Dreieckig hingen die Brauen darüber, wenig spirriges Haar oberhalb der linken Schläfe; schartig fast, wie erodiert, die Hauterhebung unterm schrägen Tränensack. Die Nasenwurzel eingekerbt, als hätte der Mensch die Lefzen geschürzt. So drohend dieser Blick.

Cordes hielt ihm nicht stand, das Fernsehbild seines Innern zoomte sich weg, d r e h t e sich weg, wie ein Flugzeug sich in die Seitenlage legt und schräg hinabsurft. Es gab dieses freie Fallen des Magens, den doch die obere Bauchdecke hält, ein kitzelndes momentanes Vakuum darunter dahinter, manchen wird davon schlecht, andere euphorisiert es: Dies war nun ein Kitzel, den Cordes festhalten wollte. Zugleich erleichterte es ihn, daß er so schnell vorüberging. Er sah von hoch oben auf Wagen Frauen Publikum, dann schon den Ort insgesamt, aber schließlich nicht etwa Welt, sondern flüchtige, sich ständig erneuernde Kondensstreifen, kurze dünne Fäden und sich blähende Körper wie von Gespenster-Raupen, dann schon den glasgedeckten Kasten einer Nebelkammer, vielleicht zwei Meter auf zwei Meter Fläche – und ein Gesicht, meines, das hineinschaut und den beiden Kindern, seinem Sohn und dessen Freund, erklärt: Alles, wir, der Raum, der Boden, die Versuchsgegenstände, die Berge und Häuser, der Kosmos selbst, sei durchzogen davon, so daß die Verfaßtheit von Welt, fotografierte man sie, aussähe wie eine tausendfach gesprungene Milchglasscheibe.

Sie standen im SPECTRUM, dem Nebengebäude des Berliner Tech-

nikmuseums. »Das ist auch in dir?« »Auch in d i r.« »Und in Jascha?«
»Auch in Jascha.« »Auch in der Mama?« »Auch in der Mama. In uns
allen. Und in allem. Das kennt keine Grenzen, das rast durch unsere
Körper. In so einer Nebelkammer kann man es sichtbar machen.« –
Die erste Berührung des kleinen Jungen mit der wirkenden Unendlichkeit. Der wir, um uns ihr zu stellen, den Mythos schufen. Sprechen wir von ihm, meinen wir immer sie, meinen ihre Fremdheit,
dachte Broglier, der ins Sinnen geraten war im SANGUE SICILIANO.
Er stand an der Theke, hörte die gegrölten Permessi des Wirts. Die
Schreie der Trinker waren zur Hintergrundstrahlung eines Weltalls
geworden, durch das nun auch Dorata einem Ziel entgegensauste, so
menschenfern ungewiß, daß uns schwindlig werden muß. Für eine
Sekunde war sie, als Seele, sichtbar geworden, Spur eines Beta-Teil-
chens nur. Gewölbt und warm hatte der Körper diese Sekunde lang
an Broglier gelegen, dann war sie weitergerast. Seelen zeigen sich immer als Körper, nur so nehmen Menschen sie wahr und dehnen deshalb die Sekunden, falten Räume in sie hinein, in denen sie sich bergen lieben hassen können. Sie stemmen sich mit Füßen und Händen
gegen die Wände dieser Sekunden, drücken die Membranen auseinander, weshalb es Sekunden gibt, die Monate Jahre Jahrzehnte währen, aber sind die Jahrzehnte vorüber, ist es nur diese eine Sekunde
gewesen und das Teilchen selbst längst fort und verloren. Dann sieht
man dabei zu, wie noch die Spur zerfällt.

Wir haben nicht einmal ein Jahr geschafft, dachte Broglier, den der
Fenny trübselig machte, damit nicht Dorata schuld an seiner Trauer war. In seiner Jackentasche der Projektor in dem Futteral. Früher,
bevor er in Garrafff gewesen war, hatte er immer Hunger bekommen, wenn er gegen seine Lebensinstinkte verstieß, und war dann,
um nicht dick zu werden, weil man davon Depressionen bekam, ins
Kino gegangen. Jetzt trank er, weil sich dem Unglück nicht ausweichen ließ. Der neuen Dorata hatte er nicht ins Gesicht sehen mögen.

»PERMESSO!«

Endlich kam Willis. »Warum haste mir nichts jesaacht? Warum
haste mir nich anjerufen? Et jibt Sachen, die macht man nich allee-
ne! Un hör mit die Sauferei auf! Mensch, ick will dich doch helfen!«
Entschieden nahm er Broglier das Fennyglas aus der Hand. »Davon
kommt se ooch nich wieder! Wennde ihr ehren willst, mußte s t o l z

sein, Mann!«»Stolz?« Broglier konnte das Wort kaum rausbekommen, es hatte zwei »sch«s und wenigstens drei »t«s. »Komm, ick fahr dir heim. Laß! Det mach icke.« Er legte einen Schein auf den Tresen, dann nahm er Broglier an beiden Oberarmen, so bugsierte er ihn in sein Taxi; sozusagen hob er ihn an und trug ihn hinaus. »Dir muß man ins Bett bringen! Ick schlaf bei Dir uffem Sofa.«

Schon im Wagen nickte Broglier ein, die Zeuner hörte ihn weinen im Schlaf wie schon einmal, nur lag diesmal sein Kopf an der Schulter des plötzlichen Freundes, eines wirklich einfachen Mannes, der hätte mit einer Nebel-, gar Blasenkammer gar nichts anzufangen gewußt. Doch er konnte tragen.

Sie fuhren in die Wurmbachstraße. Eine eigene Wohnung hatte Broglier seit Jahren nicht mehr gehabt. Er wollte die Wohnung behalten.

Selbstverständlich schaute Willis mehr als verdutzt aus der Wäsche, als ihn der schlimm verkaterte Broglier am nächsten Morgen fragte und dabei den Projektor aus dem Etui nahm: »Sag mal, Kalle ...«, druckste rum, setzte neu an: »Wie lange muß man trauern?« Unmittelbar: »Bisde nich mehr unjerecht bist.« Das verstand Broglier nicht. »Schau mal«, sagte Willis, »wennde dir nach Dolly sehnst, dann is da doch keen Platz für ne andre. Dann is da doch Dolly immer noch d a . Det mußte 'ner Neuen doch verschweigen. Und saachste ihr, dann knallste ihr sozusaachen eine für was, womit die jar nix zu tun hat. Det mein ick mit unjerecht.« Und er fing an, von seiner eigenen Trennung zu erzählen, von s e i n e r Frau: »Eines Tages isse wech, mit irjend so'm Laffen vonner Bank. Ick hab jetobt, hab dem Arschloch eins auf die Fresse jejeben, Strafanzeije, klaa, zwee Monate wejen einfache Körpervaletzung, nix Bewährung ... War aber det Beste, wat mich passiern konnte, ick hätte die Knalltüte sonst beim nächsten Male abjemurkst. Als ick rauskam, war die Wut wech, da war da nur noch sone Sehnsucht. Sone verdammte scheißige Sehnsucht, weeßte. Det hat nie uffjehört. Nie.«

Beide schwiegen, Broglier spielte auf dem Tisch mit dem Projektor herum, der kaum Scheckkartengröße hatte, schon auch die Speichercard zwischen den Fingern, aber nicht eingeschoben.

»Fünf Jahre her, so ziemlich, aber bis heute«, wiederholte Willis, »hats nich uffjehört. Nu hat se drei Krümel von det Arschloch. Da is sowieso allet anners.«»Und keine neue Frau seitdem?« Willis lachte laut auf. »*Eene?* Ick hab jevöjelt inne erste Zeit wie'n antiker Halbjott! Een, vielleicht zwee Jahre lang jedes Loch jestoßen, det ick mir uffreißen konnte. Aber weeßte… irjendwann… Det war ma eenfach zu ville, wenn die anfingen zu heulen, die heulen immer irjendwann… die w o l l e n wat, verstehste? die ham auch recht, det se wat wollen! Det mußte erst mal kapiern, det die recht ham! Und det de denen wat verpaßt für wo se recht ham! D e t mein ich mit unjerecht. Solange de eene andre liebst, darfste nix mit eener anfangen, die o o c h jeliebt werden will. Und se wollen a l l e jeliebt werden.«»Du hast seitdem wirklich keine mehr angefaßt?« Abermals lachte Willis. »Ick bin keen Heil'jer, nee. Aber d a f ü r, weeßte, jibt's ja Puffs. Det is ne klare Sache da, und billjer isset sowieso, als wenne 'n janzen Rummel mit Ausjehn, Essenjehn, Kino, Blumen, wat weeß ick noch allet, machst, nur um irjendwann zu kapiern, daß de eingtlich nur deene Ulrike liebst un daß de vonner annern immer nur wiederham willst, wasse dir wirchlich nich jeben könn'n. Unnich jeben w o l l n, kapierste? Weil se damit eem so kacke Recht ham. Sin' ja'n M e n s c h unnich ne Kopie.«»Und wenn es…« Zögern. »Ja?«»Wenn es eine Kopie w ä r e?«»Vasteh ick nich.«»Wie lange muß man trauern, bevor man – vielleicht – heilen darf?«»Ick weeß echt nich, was de…«»Moment.« Broglier, man sah es ihm an, hatte sich einen Ruck verpaßt, der ging bis in die Fingerspitzen. Alles zitterte plötzlich. Willis bestarrte ihn baff. »Warte!« Gegen den Kopfschmerz sprang Broglier auf, verzog das Gesicht zu einer plötzlichen Grimasse, ein Boxer, der was einstecken mußte, schon sich fängt, jetzt nicht mehr nur immer überlegen, sondern handeln und zurückschlagen will. Mit der Linken betätigte er den Schalter des Projektors, seine Rechte, von unten, hob sich, legte das Diskettchen ein. Kurz stand ein Rauschen im Raum, dann das Licht, dann – Dorata.

Willis schlug sich die Hand vor den Mund, ganz genau so wie Dr. Lerche. »Kacke, wat is d e t?« Nur war, anders als der Hundsgott, Dolly II nicht verwirrt. Sie lächelte, der Hundsgott fletschte die Zähne. Derart einsam stand er da zwischen Monitoren Menschen auf einem Boden, der viel zu glatt für ihn war. Er fing zu heulen an, rutschte aus. Knurrte. Bös stachen die hellgelben Augen aus dem Kapuzendunkel.

»Raus hier!«

Es war ein riesiges Vieh, das sich auf zwei Beine stellte und furchtbar feucht nach Märkungsdrüse stank. Der ganze Raum roch wie nasser Hund und Verwesung, das ging auch sofort in die Kleidung. Wie einen verdorbenen Küchendunst schleppte man das noch tagelang mit. Die Zeuner starrte fasziniert. Starrte hypnotisiert. »Ich sage: Raus hier!« Dr. Lerche packte sie unter den Achseln, ihr Stuhl kippte um, rückwärtsgehend zerrte Lerche sie mit. Der Hundsgott knurrte lauter, gleich griffe er, das war mehr als deutlich, an. Er holte schon aus, schlug die Pranke in einen Screen, es blitzte, splitterte, eine Funkenwelle durchlief das Flachbandkabel, die andre Pranke schlug links ein, fegte den ganzen Tisch leer, wahrscheinlich hatte er mehr Angst als die zwei Menschen und reagierte deshalb derart aggressiv. Aber darauf kam es nicht an, es konnte einzig darum gehen, heil aus diesem Zimmer zu kommen. Lerche, völlig geistesgegenwärtig, knipste über die Fernbedienung, die er in der rechten Hand hielt, der rechte Unterarm hob mit der linken die Zeuner unter der Achsel, eine Simulation hinzu, wahllos, was immer auch kam. Da stand der aufbrüllende Hundsgott wie ein King Kong auf dem Alex und blickte, abermals brüllte er, den Fernsehturm hoch, aber konnte ihn nicht fassen, der Arm, der ganze Leib ging durch die Holografie einfach hindurch. Das machte das Ding völlig rasen. Orientierungslos schlug es auf simulierte Autos ein, schmetterte die Pranke in leuchtendes Nichts aus Gebäuden, Döblins Meisterwerk unberührt auf der alten Treuhandfassade, weder ließ sich Apollo Optik zerstampfen noch Saturn Hansa gegenüber, und als eine Schulter des Hundsgotts gegen die halbentschiedene Architektur des Park-Inn-Hotels drückt, knallt nur er selber zur Seite. Da sind nun Lerche und Zeuner endlich hinaus, da hat Lerche bereits den Wachschutz alarmiert, der wiederum die Polizei, und keine halbe Stunde später, die gesamte Cybergen ist blaschend und sirenend umstellt, haben dreiundzwanzig Maschinenpistolen des Sondereinsatzkommandos den Hundsgott, als er durch die Tür brach, derart zerlöchert, daß nichts als Bätzchen Fleisch von ihm bleiben Knochensplitter Zähne Placken blutverschmierten Fells. Und die einer Dschellaba nicht unähnliche dunkle Kutte, starr von Biorest und Dreck aus dem Osten. So liegt das, so vergrützt es sich auf dem Laborgang, der einem anderen, in Wiesbaden, gleich ist fast auf das Haar.

»So«, sagte Karol Beutlin dort, »wiederholt sich alles.« Er entsann sich des simulierten Astronautenprogramms, der Ewigkeitenreise und des ersten Flatschens, seinerzeit, nur hatte die Transsubstantiation damals nach Waldpilz gerochen.

Da klingelte es.

Cordes zuckte zusammen, er war glatt ein weiteres Mal eingeschlafen. Bestimmt nur Werbung. Da will wieder wer in den Hausflur, um die Briefkästen zuzustopfen. Aufstehen sollte ich aber doch. Das Klingeln insistierte. Wer soll das sonst sein um diese Zeit? Das ist Werbung. Ganz bestimmt. Noch ein Klingeln. Oh, mein Kopf! Klar, daß ihm von einem verkaterten Broglier geträumt hatte, dachte ich; klar, daß ihn das nicht kümmert, was ich in Buenos Aires beruflich mache. Und daß er mir Bilder zurückläßt, denen er nicht weiter nachgeht, so daß ich das nun tun muß. Wie lose Fäden hängen sie aus der Nebelkammer heraus, als wären die Spuren von Ereignis und ihrem Vergehen auch außerhalb sichtbar, mir sichtbar, man schlägt die Hände wie durch Spinnenweben vors Gesicht, die ganze Luft, überall, ist voll davon, »– auch in der Mama?« »In uns allen. Und in allem.«

Des Gelben Messers Auge, Kumani, die Goltzin und der Erissohn, Leni Helena Jaspers, noch ist's ein weiter Weg bis Lough Leane, Alphateilchen Betateilchen, noch ist der Barde mit Skamander nicht konfrontiert. Immer wieder muß er sich mit seiner Beute, die seine Frau ist, hinter Ruinen Autoschrott Baumstumpen verbergen, wenn er Milizen durch die Gegend rumpeln hört. Ein Krieger war er schließlich nie, hat nur seinen Beutel um, den ihm vor Zeiten die Mongolin mitgab. Oder hat er den Beutel zurückgelassen? Hat er ihn Deidameia beim Abschied gegeben? Imgrunde konnte also auch ich mich nicht konzentrieren, wahrscheinlich, weil es abermals so an mir zog, an der Haut, ja, auch unter der Kleidung.

Ich schritt in der Begleitung meiner stummen Selbstgespräche die Schönhauser Allee Richtung Pankow hoch. Es nieselte mal wieder. Ich schritt auch nicht, sondern schwankte. Immer wieder mußte ich mich irgendwo festhalten, obwohl jeder dieser vermeintlichen Haltepunkte oft selber instabil war. Manchmal verschwand ein Laternenmast vor meinen Augen, unten stand er noch, auch oben, schwebte da, aber dazwischen, dort, wo ich mich anklammern wollte, war nichts, war eine Leere. Nein, ich hatte nicht zuviel getrunken. Cordes, der ja, und Broglier. Ich war den Abend über nüchtern geblieben. Na gut, zwei Bier. Hätte ich von den Ereignissen bei der CYBERGEN gewußt, dann hätte ich geahnt, was los war. Doch ich wußte nichts, begriff es erst, als es zu spät war. Immerhin war da die Zeuner zur Stelle. Wieder bekam meine linke Hand etwas Durchsichtiges, auch mein rechter Fuß. Daß ich überhaupt stehen konnte! Daß das niemandem auffiel! Die Leute gingen an mir vorbei, als wäre nichts Besonderes. Was hatte ich bloß gegessen gestern abend? War mir ein Halluzinogen untergeschoben worden? So was kam vor, der Synthetiker Boygle und Techno-Lasse, sein Compagnon, sorgten auf

19

diese Weise für Nachwuchs in der adoleszenten Szene, der sie ihre Musik genannten Basteleien als einen elektronischen Widerstand verkauften, der *Trance* genannt war oder *House*. Dabei war Boygle ein ziemlich talentierter Hund, Lasse hingegen ein geschäftsmieser Junkie voll esoterischer Affekte: geschlechtsindifferent schwule Verschiebungen immerhin verschwitzter, doch kaum je halber Erektionen. Dennoch sah er ein wenig aus wie der junge Brem, Gelbes Messer, nur daß er, anders als der, glatzköpfig war wie ich selbst. Seine halbe Brust war bis hinter die rechte Schulter in schweren, schwarzblau-flächigen Mustern tätowiert. Er hatte das Pech, extrem kurzsichtig zu sein. In Sarajevo war er, weil es da keine Brillen gab, nahezu blind gewesen. Später wurde er nur noch mit Zylindergläsern gesehen, er schlief sogar mit ihnen; eine solche Panik hatte er davor, wieder einmal nichts sehen zu können. Mit der Zeit, zu dem Lachen, schreibt Cortázar, das den Süchtigen verrät, begann sein Körper, sich zu verwachsen, ja fing an, diesem Lachen zu ähneln und tatsächlich auch seinem Mentor Boygle; er bekam etwas Spastisches Zuckendes, man hatte den Eindruck einer ferngelenkten Marionette, so daß er und nicht etwa jener, der es doch war, wie ein Holomorfer wirkte.

Boygle hatte den schon nicht mehr jungen Mann aus der Gosse

von Manchester gezogen. Aber ganz ging der Dreck nie von ihm ab. Es war die Hoch-Zeit des *Technos,* einer sich anfangs am wilden Punk orientierenden, rein elektronischen Musikrichtung, die dadurch die Massen fing, daß sie als Grundbaß mit dem Herzschlag operierte. Einzelne wären vor Entsetzen davongelaufen, als Hunderte hingegen pulste sich ihnen der akustische Hammer ins Blut. Imgrunde war der Erfolg des Technos banal: Eine Gesellschaft, die derart technologisch dominiert wurde, suchte ihr Heil in der auch kulturellen Affirmation. So arbeiteten Boygles Kompositionen, ohne daß er das wollte, den holomorfen Rebellen zu; sie waren außerdem etwas, das Holomorfe und Humanoide verband, waren eine Art Brücke, auf der man sich treffen und austauschen konnte, freilich begriffslos; denn für gesprochene Sprache waren sie einfach zu laut. Aber die Leute amalgamierten. Wer nachts so einen Club besuchte, konnte tatsächlich nicht mehr unterscheiden, ob, was da tanzte, *natürlich* war. Masse ist immer hybrid; insofern war an der Bewegung etwas von Emanzipation. Zugleich band sie den politischen Widerstand fest: Wer nach drei abgefeierten Nächten heimkam, war zu erschöpft, um sich noch Gedanken zu machen. Die hatte man sich während des Feierns a u c h nicht gemacht; Techno war eine Bewegung, die Gedanken loszuwerden, sie hinauszuschütteln. Weil sie aber so stark waren und die Körper zu schwach, um den Schlafentzug auf solche Längen durchzustehen, wurden synthetische Drogen geschluckt, härtere als das schon populäre Inspirin®, vielmehr nicht unähnlich dem Kokain, nur haftete an ihnen weniger Blut. Die Pupillen weiteten sich, das hatte in den meist abgedunkelten Clubs auch eine physiologische Funktion: die Herzfrequenz wurde erhöht, zudem waren den Drogen seelische Aufheller beigemischt. Und das Schlafzentrum wurde weggeschaltet. Die empathogene Wirkung etwa von Fortex B löste in den vom Krawall restlos isolierten Leuten Euphorien aus, die sich mit der Masse zu verkneten schienen. Wie die Musik waren auch die synthetischen Drogen hochgradig affirmativ. »Synthetische Drogen vermitteln die Illusion«, schrieb seinerzeit Klaus Hurrelmann, »man könne die Wirkung genau kontrollieren. Deshalb passen sie so wunderbar in eine Leistungsgesellschaft, die verlangt, im richtigen Moment fit, dynamisch und gut gestimmt zu sein.« Mit sogenannter psychedelischer Musik kombiniert, die ihre Wirkung allein aus der Imitation einer gewollt indischen Klangaura bezog, nicht hingegen auf Grundton und Quart improvisierte und sich schon gar nicht der Disziplin eines strengen, vielfach variierten Rhythmus stellte, erzeugten sie das Bewußtsein einer so grenzenlosen, schweifenden Freiheit, daß man während der kommenden Woche jeder nur denkbaren Tätigkeit klaglos nachging. Worauf es ankam, war einzig, das nächste Wochenende zu erreichen, um in den Tanzsälen abermals entaktogen in Freiheit und Masse zu tauchen.

So war das in den jugendlichen Szenen, selbstverständlich, nicht in Buenos Aires allgemein. Anfangs spielte es sich als Splittererscheinung nur im TRESOR ab, in Manchester also, dann bereits im Berliner GOA und in Boccadasses I KILL YOU. Da konnte man später Lasse durch die Leiber wuseln sehen, hier ein Briefchen verscherbelnd, dort drei Päckchen Fortex, da paar schwarzgebrannte CDs mit extrem hartem Inhalt. Im I KILL YOU hatte er heute sein Tonstudio, hier samplete er für LASSE & BOYGLE PRODUCTIONS die Grundeinfälle, die der versierte Kompagnon auf den kleinsten gemeinsamen Nenner des jugendlichen Publikumsgeschmacks hinunterkomponierte.

Im TRESOR hatte Lasse zum erstenmal, wie das hieß, *aufgelegt*. Er war da noch gar nicht lange der Sarajevo-Brache entkommen, wo er oft stundenlang vor sich hingetumbt und mit Metallschlegeln auf Blechschüsseln eingeprügelt hatte. Desolate Kumpels waren hinzugekommen, stumpf von ihren geklauten Computern begeistert, für die man den Strom schwarz vom Natozaun nahm. So machten sie mit Platinen Kofferradios Töpfen ihren Krawall, das klang wie eine Drohung nach draußen, war aber tatsächlich nicht drohend gemeint; sie konnten einfach nicht anders. Lasse stand schon damals ständig unter MDMA; man muß ihm zugestehen, daß sich Leben wie seines und das der Kumpane anders wirklich schlecht aushalten lassen.

Die Musikanten hatten keinen Erfolg in der Brache, den andern reichte ihr eigenes Elend. Sie sehnten sich nach Gitarren-Folklore, also trieb man Lasse und Konsorten aus Sarajevo hinaus. Zerrissen und voller Schrunden tauchten die Kumpane in der zivilisierten Zentralstadt unter, zwei klauten sofort, nur so aus Daffke, wurden auch sofort gefaßt. Lasse und drei andere fanden im TRESOR Asyl. Der dekadenten Jugend konnte es gar nicht primitiv genug sein, manche Gruppen nannten sich zum Entsetzen ihrer Eltern auch so: *modern primitives*. Sie grölten kotzten schissen in die Ecken. Das war schick und paßte zum Techno wie die Faust in die Fresse. Lasse hatte einen Riesenspaß. Dieses verwöhnte Gesocks, das kriegte er schon runter, er hatte keinen Zweifel. Und Erfolg. Für sich selbst wurde er nun esoterisch. Jogate. Meditierte. Hämmerte den Porteños seinen Müll in die Ohren, er selbst trug Ohropax darin. Begeistert zerrissen sich die Mädels die Blusen, er war, fühlte er, ein mächtiger Mann. Er gab ihnen Stoff, sie zahlten mit den Mösen. Da wurde er von Boygle entdeckt, der eigentlich als Bariton programmiert worden war, und zwar für die Titelrolle eines seinerzeit enorm frequentierten Musicals nach Dumas. So sah der Holomorfe auch aus. Aber er hatte einen solchen Publikumserfolg gehabt, daß sich seine Reiter zur Zeit der ersten Emanzipationswellen den Forderungen ihres Publikums, das Geschöpf freizugeben, nicht hatten versagen wollen. Da hatte das karpfenköpfige Wesen, zu Überraschung und Entsetzen seiner Anhänger, eine letzte Vorstellung angekündigt und auch, mit jubelndem Erfolg, im Palast der Langen Beine gegeben. Danach war Boygle untergetaucht. Er sei mit seiner Freiheit nicht klargekommen, hatte es schnell geheißen, er habe seinen Selbstprojektor ausgeschaltet usw. Nichts davon stimmte. Tatsächlich hatte Boygle Nacht für Nacht Buenos Aires' Underground durchstreift, war bei Gelegenheit im TRESOR erschienen, wo er Lasse zugehört hatte. Sofort war ihm klargewesen, daß daraus etwas zu machen sei. Etwas, das die Grenzen des TRESORS gänzlich sprengen und europaweite Bewegung würde. Man müßte nur etwas den Schmutz herauswaschen, nicht allen, gewiß nicht, aber so, daß sich ein Markt entwickeln ließ.

»Gib mir freie Hand, und du wirst ein reicher Mann.« Lasse den häßlichen Kopf schiefgelegt und dem noch häßlicheren Karpfen in die Augen gegrinst. »*Wie* reich?« So gekichert. »*Sehr* reich.« »Du bist kein Mensch.« »Das stört dich?« »Wenn ich dich nicht ficken muß. Ficken ist sowieso nicht so wichtig. Auf den *Spirit* kommt es an.« Er sprach ein gebrochenes Deutsch, verschleimt, als wär er im Osten geboren. Doch mit dem hatte er nie zu schaffen gehabt. Ihm reichte seine Zeit in den Brachen, die zahlte er nun in Form von Musik Buenos Aires zurück. Buenos Aires war dafür dankbar. Es würde noch sehr viel dankbarer werden, aber das wußte Lasse da noch nicht. Boygle allerdings hatte eine Vision: Auf der ganzen Avenue zwischen Covent Garden und Retiro – damals stand die ECONOMIA noch nicht – und bis hin nach Sevilla Chelsea La Villette Millionen junger Porteños, die ihre Arme werfen, dazu schwer aus Boxen in Karnevalswagen die Bässe, BUMM, BUMM, BUMM, Lasses Zeug war noch viel zu komplex, BUMM BUMM mußte reichen, dazu Hodnaprojektionen und Fortex, hoch über den Köpfen zuckten die Hände. Techno-Lasse bekam seine fetten Lippen nicht zu.

20

Brem also, Gelbes Messer. Eine Zeit lang hatte er zum Schutz des Thetissilbers unter Skamander gedient, hatte während der heißen Kampfphasen gegen die Schänder zu dessen Mudschaheddin gehört. Er war ein Falludsche und stammte von der Odra. Das wurde jedenfalls gesagt. Ein guter Mann, umsichtig, grausam, nicht allzu waghalsig, ideal für die Gegend. Daß er selbst Ostler war, hatte ihm, unter anderem, das Vertrauen seines Emirs gesichert; seinerzeit wurde er ständig in der Begleitung des Obersten gesehen, sofern man den Gestaltenwandler denn erkannte. Er unterhielt enge Kontakte in die Oststädte, in jede dritte Siedlung bis an die Karpaten heran. Sogar in die Frauenstädte reichten seine Kanäle. Als die Schänder in ihre Berge zurückgetrieben waren und sich die enge Verbindung mit dem Westen lockerte – ganze Landsknechts-Verbände fielen auseinander und die Söldner ins Elend zurück, das scherte Pontarlier nicht –, da hatte er sich von dem westtreuen Skamander gelöst und nahe Prag außerhalb jeder Siedlung den kleinen, von einer halbzerfallenen Mauer umgebenen Komplex grober, hölzerner Garagen entdeckt; ein zweiteiliges Metallgatter, breit genug, um Autos durchzulassen, führte hinein. Um diesen Komplex zweier hölzerner Unterstandsreihen herum war, mit der üblichen Macchia bewachsen, Brache. Indessen gab es nahbei, das machte diese Lage praktisch, einen funktionierenden Wasseranschluß. Das Rohr ragte mitten aus den Trümmern, verzweigte sich in zwei weitere Rohre, die Hähne, vertikal aufgespießte Hahnenköpfe, ragten frei. Brem hatte die paar marodierenden Ostler, denen die Garagen immer mal wieder als Unterschlupf dienten, ziemlich rigoros abgeerntet. Die Milizen hielten das Gebietchen noch lange Zeit für unbewohnt; so sah es auch aus: In die vorderen, völlig aufgerissenen Baracken waren Mülle

Schutt gestopft Matratzen Eimer ein verrottender Kühlschrank, dem nicht nur die Tür, sondern die gesamte Vorderfront fehlte. Hier wohnte Brem. Er hätte zwar hinübergekonnt, hätte sogar in den Westen gekonnt, Skamander hatte ihm das Angebot unterbreitet, bei höchstem Sold und freier Wohnung dem persönlichen Sicherheitsdienst des Präsidenten vorzustehen. Aber er hatte nicht gewollt.

Das konnte er sich leisten. Die Söldnerzeit hatte ihn wohlhabend gemacht, sein Geld war in Buenos Airies angelegt, es ließ sich von den Renditen gut leben. Noch in Kampfzeiten hatte er einen EWGler bestellt und mit dem seine Vermögensverwaltung besprochen, Kranken- und Altersversorgung gesichert. So hatte er einen Mitarbeiter Bruno Leinsams kennengelernt, der von ihm, indirekt selbstverständlich, das Pan bezog, das der zum Strecken des Kitzlerpulvers nahm. Einmal pro Woche tauchte er in einer Filiale der Prager Sparkasse von 1822 auf, hob etwas Geld ab, tätigte seine Besorgungen und rumpelte in seinem alten Armeejeep wieder davon.

Um Geld also ging es ihm nicht. Vielleicht lehnte er die Wahrheitsimpfung genauso ab wie die Amazonen. Er nahm auch am AUFBAU OST! nicht teil, blieb gegenüber seinen Landsleuten höchst reserviert, tat nichts als zu sitzen oder durch die Gegend zu fahren, wurde hier gesehen, da, traf seine Kontaktleute, trank ein Bier mit ihnen, rumpelte zurück in Jeans rotkariertem Hemd Weste, die graue Basecap auf dem kantigen Kopf; olivgraue, beidseits knöpfbare Outdoorjacke aus Polyester und Nylon. Die Wangen, besonders die rechte, narbig wie verdorbene, kräuslig gewordene Erdbeermilch. In seiner Garage gab es keine Papiere Unterlagen nicht mal das Versicherungszeug. Es gab Tisch zwei Stühle Pritsche. Keine Bilder Bücher nur Wäsche auf einem Bord, kantenscharf zusammengelegt. Den Kühlschrank Herd paar Töpfe Geschirr. Auf der Arbeitsplatte immer ein Brot, darunter drei aus Mehrschichtstahl gefertigte Frosts oder Freyas unterschiedlicher Größe: *mora laminated steel* und MADE IN SWEDEN in die Klingen geschlagen. Ein Salzfaß. So lebte Brem in einer Zelle, mönchisch, kann man sagen. Die Schneiden der Messer aber zu skalpellener Schärfe geschliffen.

Brem war besessen von Messern. Eines von denen, knapp 20 Zentimeter lang und pirolgelb das Heft, hatte er eines Tages nahe Enns in der Innenseite eines halbverfallenen Scheunentors gefunden, da stak es hinter ein Querbrett gesteckt. Der Arbeiter, der sich in die Ruine verkrochen hatte, wußte über seine Herkunft nichts zu erzählen. – Zwar in einer mit einem Brett bedeckten Senke, die er selbst in den Boden gegraben und die ihm als natürlicher Kühlschrank diente, neben den Lebensmitteln knappe 50 cm MP-5N nebst einer Kiste voller Munitionsmagazine. Doch hatte Brem diese Waffe selten verwendet, war ein Schleicher gewesen, der an seinen Gegner rückwärts heranweht, selbst mitten in feindlichen Fronten war er wie ein Gespenst aufgetaucht. Es fing plötzlich wundervoll zu duften an, schon hatte, daher Brems *Nom de guerre*, sein Messer geerntet. Denn einen Luxus gab es im Wagen d o c h : Sechs Parfumflacons, die teuersten Duftwässer der Welt, standen auf dem Bord neben Becken und Kannenporzellan: HOMME DE PATOUT, KUSIA (Malz), QUAAS'AN und QUELQUES FLEURS von HOUBIGANT, LAGERFELD, KAVITA von LAMOR. Es duftete, er schnitt, schon war Brem weg. Es wurde nicht ein einziges Mal auf ihn geschossen, derart schnell war er immer gewesen. Duft zu verbreiten, hatte er mit Schändern gemeinsam, die aber rochen nach Astern, er nach herber, holziger Parfumerie.

Brems Spitzel, Präparat, war einmal dringewesen in Brems Garagenklause und hatte davon in der Siedlung erzählt. Er erzählte sowieso gern, erzählte auch Brem, bekam jede Woche ein paar Euros dafür. Erzählte ihm nun, übers Handy, von Erissohn und den Frauen und wie ihn eine von denen zurechtgewiesen. »Gut«, sagte Brem und klappte das Mobilchen zu. Er zögerte keine Sekunde, seine Bewegungen waren ohne Bruch: Wie er draußen dagesessen hatte auf dem zerfetzten Sessel vor dem Gatter und über eine Stunde ins Trümmerfeld geschaut, so ruhig stand er nun auf. Das Scharnier quietschte, als er das Gatter hob, beide Seiten öffnete, aus seiner Garage die Jacke nahm, sich die Schirmmütze über den Kopf stülpte und sich zu seinem Jeep begab, der zwischen den Garagen stand. Brem war so legendär, daß er nie den Zündschlüssel zog. Niemand hätte das Fahrzeug angerührt; man mied den Komplex insgesamt. Von Devadasi und Schändern war die Gegend ohnehin sauber.

Während der knapp dreißig Minuten rumpelnden Fahrt blieb Brems Gesicht unbewegt. Als er auf die Straße bog, kam ihm ein Milizkonvoi entgegen, stoppte ihn. »Gelbes Messer«, sagte er und drehte, um den Motor auszustellen, den Zündschlüssel herum. »Oh«, ant-

wortete der Soldat, er hätte fast salutiert. Brem verzog keine Miene.
»Ich habe keinen Ausweis, aber Sie können meine Handfläche scannen.« »Das ist nicht nötig, Sir.« »Sie begehen einen Fehler.« »Hier
kennt Sie jeder.« »Es gibt, wie Sie wissen, Holomorfenprogramme.«
»Nicht im Osten.« »Sie sind sicher?« Der Soldat kam ins Zögern.
»Und es gibt Gestaltenwandler.« »Einen. Den Emir Skamandros.«
»Sie sind sicher?« »Es ist ein – Mutant. Keine *Art*.« Brem etwas schärfer: »Sie sind sicher?« »Das ist, was wir lernen.« »Sie sollten einmal
zu m i r in die Ausbildung kommen.« »Gerne, Sir.« »Jetzt müssen Sie
mich fragen, wohin ich fahre. Damit Sie Meldung erstatten können,
wenn man Sie nach Auffälligkeiten befragt.« »Sehr wohl, Sir. Wohin
fahren Sie, Sir?« »Nach Točná. Ich sehe mir einen Achäer an.« Durchs
Gesicht des Soldaten wehte kurz der Sadismus: »Viel Spaß, Sir.« »Und
der Handscan?« »Wirklich, Sir ...« »Und I h r Trupp?« Wieder Zögern. »Sie müssen es nicht sagen, wenn es geheim ist.« »Wir suchen
fünf Leute, Sir. Sie sind abgängig seit mehreren Stunden.« »Abgängig,
so.« »Verschwunden, Sir, wir haben nur den Jeep gefunden, nordöstlich, Höhe Ujezd.« »Na dann viel Glück.« »Danke, Sir. Guten Abend,
Sir.« Jetzt salutierte er d o c h.

Brem startete den Motor und fuhr im Schrittempo an dem kleinen Konvoi vorüber. Sah hinter ihren Scheiben je Fahrer und Beifahrer tuscheln. Erreichte zehn Minuten später die Siedlung, umfuhr
sie aber und rollte in Točná von Norden her ein. Zischlaute wolkten
spirrig aus gespaltenen Katzenkopfsteinen. Rechts standen, noch von
dem Regen des Morgens, ein paar der verbeulten Regenkannen, die
viele Ostler noch heute bei sich trugen.

Präparat erwartete ihn. Brem steckte ihm eine 10-Euro-Note zu.
»Wo find ich diesen Achäer?« Präparat meinte vielleicht, in den Jeep
zusteigen zu dürfen, deshalb zögerte er. »Nun wo?« Präparat nannte
Straße und Plätzchen. »Du schläfst dich aus«, sagte Brem, gab etwas
Gas und rollte davon. Nahe am Ziel ließ er den Wagen stehen und
ging zu Fuß weiter, trat unbemerkt in die Ansammlung, die sich vor
der Achäerbühne ballte. Der Erissohn schwieg gerade, vielleicht dichtete er. Man wartete.

Es war dämmerig geworden, über alles das fahle Licht der nüchternen Platzbeleuchtung geworfen. Nur auf dem Tisch, auf der Bühne, unter der Leselampe ein warmer, weil goldgelber Kegel. Keinerlei

Illusionsspiel sonst, schon das war ungewöhnlich für fahrende Leute. Ungewöhnlich fand Brem auch die Frauen. Er drückte sich durch die Ostler näher heran, die wichen schon seines Duftes wegen beiseite. Ihn trieb der Instinkt. Man konnte Milizionäre täuschen, Ostler sowieso, aber er war an einen Gestaltenwandler gewöhnt. Noch immer ging sein Gespür mit dem um. Die Frauen waren ihm zu tuntig, das nahm er ihnen nicht ab. Nicht solchen Oberarmen. Nicht diesen Schultern. Fünf Soldaten vermißt, soso. Daß die fahrenden Frauen fünf, daß es mit dem Achäer gleichfalls fünfe waren, mochte Zufall sein, aber manchmal stellt solch ein Zufall sinnbildlich einen Zusammenhang dar. Und das dort w a r ein Achäer, Brem hatte zweidrei in den Zeiten vor ihrer Veraffung erlebt. Dieser Mann war kein Affe, der war, wie die früher, Prophet. Als er aufsah, sah man in den Schlamm ruhender Strudel. Thetisstrudel, dachte Brem. Daß der Achäer komplett verrückt war, daran gab es keinen Zweifel, doch es war eine Verrücktheit mit Aura. Aufwühlend. Sogar Brem empfand den Sog. Und diese Amazonennacken! Einzig die Goltzin fiel da heraus, magerhageres Weibchen, das hätte Gelbes Messer, hätte er es gefischt, mitleidig zurück in den Teich geworfen. Aber etwas störte an ihm, das bürstete Brem die Nackenhaare wider den Strich. Vielleicht lag es bloß an dem Buttermilchduft, der, für andere kaum merklich, herüberwehte und Brems Nase irritierte, wie er sich im KAVITA verhakte, verhäkelte, auch die Goltzin sah herüber, auch in ihr der Instinkt. Da wurde sie Goltz in Brems Blick, er erkannte den Polizeichef des Westens, kein Zucken, immer noch, in seiner Mimik, nicht einmal als er spürte, der Mann wisse, daß er erkannt sei.

Auch Goltz zeigte keinerlei Reaktion, aber der Buttermilchduft wurde stärker. Für einen Augenblick gab es nur diese beiden, deren einer sich den anderen in seinem Kopf notierte, während der die Zusammenhänge erfaßte. Die verschwundenen Soldaten. Die Achäerfinte. Die Amazonen. Es gab ein Komplott, so geschwächt war der Westen. Auch daß Goltz klar war, daß und wie Brem kombinierte. So offen lag alles, darin konnte einer ungehindert spazieren.

Behutsam nahm Brem seinen Blick aus Goltzens, ließ im Schutz der Brille seine Augen über Amazonen Wagen Achäer wandern, durchblickte die Ostler, die allmählich unruhig wurden: Weshalb fing der Achäer nicht an? Nun ja, die Fahrenden wollten ihre Kollekte. Thisea ging deshalb mit einem Beutelchen rum, in das die Leute ihren Obolus taten. Auch Brem gab. Nicht Münze, sondern Note. Thisea schaute verwundert vom Beutel hoch und Brem ins Gesicht. Anders als Goltz begriff sie nicht. Allerdings scheuchte es momenthaft in ihr die Kriegerin auf. Brem erwiderte ihren Blick aber nicht, sondern hatte den seinen wieder auf Goltzens, der sich horizontal wie ein Holzsteg spannte, aufgelegt. Thisea wandte sich zum nächsten, wiedernächsten Ostler. Fast alle gaben; wer nicht gab, nicht geben konnte, dem war das peinlich und lächelte entschuldigend. Weshalb *rauben* sich diese Leute nicht, was sie brauchen? Thisea hatte kein Verständnis dafür, so auch kein Mitleid. Nichts als eine dünne Verachtung.

Den gefüllten Beutel stellte Thisea neben den linken Fuß des Achäers auf die Bühne. Sie nickte, bevor sie wieder ihren Platz an der Wagenseite einnahm, dem Achäer zu. Der sah zu Goltz, der das Gelbes Messers wegen nicht merkte, so daß sich der Achäer selbst entschloß und aus Eigenem aufstand. Aufstand und eine

21

Hand hob. Dann begann er die Legende, doch so leise, daß ich die ersten Worte fast nicht vernahm. Nämlich die Tram 53 schepperte Richtung Pankow hindurch und drei Minuten später bei Cordes unterm Fenster vorbei, davon wurde er ein erstes Mal wach. Dazu, sowieso, der Verkehrslärm insgesamt, der an der Ecke Bornholmer schon ziemlich heftig sein kann. Gerade bei geöffnetem Fenster.

Noch hatte es an der Tür nicht geklingelt. Noch sah er den zerschossenen Hundsgott, also was von dem übrig war, Blutfetzchen Batzen Haars auf dem Wiesbadener Laborflur und wie schließlich Dr. Lerche dastand: Mit aufgeworfenen Brauen sah er ein paar Momente der Putzkolonne zu und dachte: Das ist der Beginn einer neuen Art Krieg. Simulation gegen Realität, dachte er, Avatare gegen Menschen. Schwante ihm schon etwas von Willis und der Bedrohung, die speziell für ihn von dem ausging? Wahrscheinlich nicht, wahrscheinlich war seine düstere Selbstprophezeiung noch völlig abstrakt. Er war, als kybernetischer Forscher, strenge Subjekt-Objekt-Konstruktionen gewöhnt, hier Experimentator, da Experimentat, er hätte von einem

Avatar nicht mal als von einem Probanden gesprochen. Auch wenn sich verschmiert und als eklige Schweinerei, wie er dachte, das völlige Gegenteil dieser systematischen Trennung vor seinen Augen materialisiert hatte.

»Wann kann ich wieder ins Labor?« fragte er einen der Polizisten.

»Was wollen Sie denn da drin? Da steht doch nix mehr.«

Man wies ihm und der ziemlich zerrütteten Zeuner einen neuen Raum zu. Welch ein Glück, daß die CYBERGEN-Daten dezentriert im Netzwerk gespeichert und verarbeitet wurden. So ließ sich die Verbindung zur Anderswelt schnell wieder aufbauen. Allerdings gab es Fragen.

Ein paar Tage lang war es übrigens zweifelhaft, ob man die Arbeit wieder werde aufnehmen dürfen, also behördlicherseits. Wenigstens wurde die Öffentlichkeit auf die Hintergründe des Vorfalls nicht aufmerksam; Polizei und Staatsanwaltschaft behandelten ihn höchst diskret. Was gewiß dem Militär zuzuschreiben war, das sehr eigene Interessen an den CYBERGEN-Forschungen hatte, die teils von ihm finanziert waren. Das Militär also wollte s c h o n wissen, was es mit einem Hundsgott auf sich habe und ob man vielleicht, auf dem Umweg über die Anderswelt, so was in, sagen wir, Afghanistan … – »Völliger Blödsinn«, sagte Lerche.

Sabine Zeuner, die in den Dateien wieder nach Herbst-Signaturen suchte, war ebenfalls skeptisch. Man hatte Lerche und ihr, nachdem Herbst körperlich – so nannte man das offiziell – zusammengebrochen war, den jungen, schon erschreckend intelligenten Harald Mensching als Assistenten beigegeben. Er kam frisch von der Uni, hatte aber bereits während des Studiums bei Max Planck praktiziert. Zur Vermeidung von Datenverlusten richtete man ihm im Stockwerk hierüber ein nahezu exaktes Doppel der Anderswelt-Anlagen ein, in deren Großrechner sich wie den Zentralcomputer sämtliche Dateien der Modellwelten ebenfalls laufend einkopierten. Es war einstweilen Menschings Hauptaufgabe, diesen Prozeß zu überwachen; ein einziger Datenfehler hätte zu komplett anderen Entwicklungen in Garrafff und Buenos Aires, aber wegen der Verschaltung mit uns tatsächlich auch in Deutschland, wenn nicht in ganz Europa führen können. Beutlin wiederum, auf dessen Screens das Beelitz-Programm, wie er es nannte, lief, fand die Entwicklung »interessant«. Sie sei erkenntnistheoretisch aufschlußreich. Entsprechend erklärte er Mitarbeitern: »Wir können jedes kybernetische System mit unserer tatsächlichen Realität…«, suchte nach dem richtigen Wort: »…*infizieren.* Das hat, finde ich, etwas Antikes. Die Götter bestimmen menschliches Schicksal, aber die Menschen können sich wehren, zumal wir Götter untereinander so uneins sind. Sozusagen hat uns der Computer das Epos zurückgebracht… ein gelebtes, zu lebendes Epos, einen Mythos, der gerade w i r d.«

Mitten durch diese Worte schritt ich weiter, anfallsfrei momentan. Hoffentlich hielt das an. Über die Ampelkreuzung an der Wichertstraße/Ecke Schönhauser, es war alles wie in Berlin Prenzlauer Berg. Ich hatte kurzfristig Schwierigkeiten, Buenos Aires zu fühlen. Wußte aber genau, wie sehr das täuschte, nur drei Ecken weiter finge das Dritte Arrondissement an und führte, von der Schönhauser rechts abgehend, über die Rue de Bonnel direkt auf die Gare de Lyon. Gegenüber lief die Calle de Cea Bermudez zum Platz vor der Städtischen Universität Madrid. Die Schönhauser selbst wurde dann Beltbrug, dahinter lagen die Grachten. So hatten wir das seinerzeit programmiert. Sofern nicht in Beelitz etwas umgeschrieben worden war, konnte ich mich darauf verlassen. Immerhin was, finde ich.

Da standen zwei Vietnamesen, ich sprach sie um Zigaretten an, mußte warten. Offenbar war man vorsichtiger geworden mit dieser Schmuggelware aus dem Osten. Ich stand fast fünf Minuten neben einem Grabbelladen, bis mir ein ganz anderer Vietnamese die Stange Pall Mall unter die Jacke schob und für einen Asiaten ziemlich verdutzt aussah, als ich so unversehens zu kichern anfing. Mir war klargeworden, daß ich meinerseits Lerche und Zeuner zu erfinden begann, daß ich auf d i e schaute, wie seinerzeit immer sie und ich auf unsere kybernetischen Gebilde, die in gewisser Weise fantastische waren: durchaus auratische Figuren, die den, will ich einmal sagen, Geschmack literarischer Charaktere hatten. Man trägt sie, hat man ihre Geschichte gelesen, immer mit sich herum. Sie unterscheiden sich zunehmend weniger von realen Personen, an die man sich erinnert; mit der Zeit werden sie denen an Gegenwärtigkeit vollkommen gleich. So ist es auch mit wirklichen Menschen, die Aufnahme in einem Roman finden: Sie ähneln sich ihm an, unterliegen seinen Bewegungsgesetzen und w e r d e n schließlich Literatur. Für einen beliebigen Leser sind sie das dann mehr, als daß er sie für real halten könnte. Trifft er ihr Urbild zufällig in der Realität, dann wird er es, sofern er es überhaupt als das Urbild erkennt, mit der Figur nicht mehr identifizieren können, sondern neben der wirklichen steht dann eine innere, von ihr getrennte Person: gänzlich autonom. Ich allerdings hatte die Chance, einem solchen Nachbild die Hand zu geben, einem Urbild also als ausgeführter Figur.

Jedenfalls wollte ich diese Chance nicht ungenutzt lassen. Deshalb spazierte ich von der Einfahrt Paul Robeson weiter hoch zur 101 und schellte da. Wirklich stand »Cordes« auf dem Klingelschild. Ich war gespannt, was der Mann sagen würde, er lag noch im Bett; das hatte ich mir so vorgestellt, daß er einige Schwierigkeiten hätte, seines Katers wegen wachzuwerden. Deshalb schellte ich mehrmals, hartnäckig. Ich würde ihn schon aus den Federn bekommen.

Bekam ich nicht.

Soll der klingeln, wie er will, dachte Cordes. Ich bin nicht bereit zu komplizierten Gesprächen. Ich brauch ein Alcaselzer und zwei starke Kaffee. Nicht einen Typen, der mich letztlich für seine Erfindung hält. Ihm auseinanderzusetzen, daß er die meine ist, dazu bin ich heute morgen nicht fähig. Jesses, was muß ich gesoffen haben!

Er massierte mit beiden Händen die Schläfen, schlüpfte in Unterhose und Jeans und schlurfte in die Küche zur Kaffeemaschine. Immerhin war Katanga noch nicht wach, mit dem er sich seine, wie sie die Wohnung beide nannten, Väter-WG teilte: Die halbe Woche war sein, Cordes', kleiner Sohn bei ihm, der seine, Katangas, nur am Wochenende nicht, da war Jascha bei der Mama. – Während der Kaffee durchlief, setzte sich Cordes an den einfachen Tisch – eine in ihrer Länge aufgebockte Tür –, nahm das Skizzenheft von der Heizrippe runter und fing

– ›w i e war noch mal der letzte Satz? ähm ... ja: *Die Lippen des Bubenantlitzes, als wollten sie konzentriert Bleistifte spitzen*‹ –

zu kritzeln an:

– so spöttisch sah, im SILBERSTEIN, Goltz dem kommissarischen Firmenleiter ins Gesicht. Balmer seinerseits hatte nicht vor, sich irritieren zu lassen.

»Ich habe mit dem Verschwinden Ihrer Frau wirklich nichts zu schaffen«, wiederholte er fest, »auch wenn Sie mir das damals gern angehängt hätten. In der Hinsicht bin ich völlig sauber.«

Goltz, buttermilchen: »Und in welcher sind Sie es nicht?«

»Hören Sie! Wenn Sie etwas gegen mich vorzubringen haben, dann laden Sie mich vor. Offiziell, wenn ich bitten darf. Formulieren Sie Ihre Verdachtsgründe, lassen Sie Ihre Sekretärin die tippen, legen Sie einen – das heißt doch so bei Ihnen – *Vorgang* an. Ich stehe Ihnen dann gern zur Rede. Aber, Herr Goltz, nicht hier. Nicht privat und nicht hinter vorgehaltener Hand.«

Der spricht von vorgehaltener Hand, dachte Goltz. Ausgerechnet. Aber Balmer war im Recht. Und daß er in speziell der einen Sache unschuldig wie am Nullgrund war, konnte Goltz nicht bezweifeln. Er hätte nur gerne gewußt … immerhin mochte Ungefugger Zugang zum Gebäude gehabt haben; jedenfalls wäre das zu Lenis Zeiten so gewesen. – Von Bruno Leinsam, übrigens, wußte Goltz nichts. Sicher, Leni hatte den Namen dreiviermal erwähnt, zugleich lobend wie abfällig, aber daß der Mann, dem auf nach frühem Ungefugger-Stil gestalteten *Corporate-identity*-Versammlungen zweimal hintereinander die Medaille »Mitarbeiter des Jahres« verliehen worden war – der Hauptsaal des Shakadens voller Luftballons, die man aufsteigen ließ, Goldbordüren um die Bühne, Hunderte festlich gekleideter Mitarbeiter an den weiß gedeckten Tischen, Glitzerkonfetti fiel unentwegt auf sie alle hinab, eine Combo spielte Udo Jürgens und verpopten Mozart, wummerndes Harmonium, jammernde Trompete, wenn die der Mode entsprechend fast weiß geschminkte Elena Goltz, geborene Jaspers, vor ihre Vertreter trat, all die Geschäftsstellenleiter, Bezirksleiter, Landesbezirksleiter, man stand gemeinsam auf und sang die Hymne der EWG, jeder hatte auf die Firmengebote den Treueid geleistet, der wurde bei solchen Anlässen stets gefirmt –, daß ausgerechnet dieser Leinsam nach Pontarlier *berichtete,* davon war Goltz nichts hintertragen. Ungefugger behielt seine alte Firma nämlich sehr wohl im Auge, mißtrauisch, seit die Goltz … nun ja, er hatte sich angewöhnt zu sagen: verschollen war. Tatsächlich wußte er, dank Skamander, um Wahrheit und einigen Hintergrund der Geschichte; freilich nicht von Goltzens Verwicklung darin. Doch von dem Barden, von der nackten Elena, von dem See. Und diesem letzten Kampf. Er war sogar, ein bißchen, traurig. Aber hatte, wie immer, tätig werden müssen. Da kam ihm Leinsams Antrag überaus recht. Jemand wie Balmer – einen kleinbürgerlichen Gauner, einen Großkotz nannte ihn Ungefugger bei sich und vergaß, wie er selbst in seinen Anfängen gewesen – bringe die Firma in Mißkredit. Das *müsse* der Präsident, hatte wiederum Leinsam gedacht, so empfinden, und zwar auch dann, wenn es nicht stimmte. Gewiß sei er dankbar für ein nahes Ohr. – Nun war Leinsam kein eindrucksvollerer Köter als Balmer, gewiß nicht; das merkte Ungefugger sofort, der den Kontakt selbstverständlich nicht persönlich gestaltete. Sondern er schickte, nachdem ihm seine Sicherheitsstaffel die Mail auf den Bildschirm hinübergespielt, den Emir Skamander.

Es war ein Treffen Kläffer gegen Amphibie. Auch wenn man nur den Kläffer sah, die Amphibie sah an dem Tag wie einer aus, der in Portierslogen von Finanzämtern sitzt, zuverlässig, aber nicht zur Karriere begabt. Leinsam dachte: Was schickt mir der Präsident s o einen? Mit dem kann man nicht reden, der versteht Zusammenhänge nicht. Leinsam redete deshalb sehr deutlich, die Amphibie trug den Eindruck heim: nützlich-aber-gefährlich; gefährlich aus Dummheit, dem fließt das Schnäuzchen zu schnell über. Skamander, ein Condoleeza Rice ohne Sprecherfunktion und Gesicht, war auf das diskreteste bereit, von seinen ›Sondervollmachten‹ umfassenden Gebrauch zu machen; er füllte kein definiertes Amt, war bloß d a wie Schulze, Ungefuggers Faktotum, das nun losging, den Emir zu holen, ihn holen zu lassen, heißt das, man wußte nie, wo er steckte. Über Funk war er jedenfalls nicht zu erreichen.

Wenn Skamander auch, als Mensch, etwas steif war, glitt er doch, verwandelt, hier in einen Fluß, hier im Westen, und kam dort in der Ostgülle wieder heraus, formte sich und gab, Hunderte Kilometer entfernt, seine Befehle. Wasserwege schienen seine Lappenschleusen zu sein, er durchzog sie unbegreiflich schnell, durchzog völlig unbemerkt die freilich gelockerte Grenze nach drüben. Die Verklappung der Oder, Verseuchung Verpestung der Donau schien den Mutanten nicht sichtlich zu lähmen: nur deren Sturz an der Ostgrenze bereitete ihm immer etwas Umstand, nicht aber das Gewebe der dürren hakigen, halb mechanischen, halb lebendigen Fangnetze, die es, da sie sich kaninchenartig reproduzierten, in der Donau immer noch gab; sie klebten zwar ihre Tentakel an, und momentlang tat ihm das weh, aber schon war er unterm Saugnapf Strudel geworden und weg. Auf dem Weg, zwischendurch, fraß er tote Fische, verdorbene, gleichviel. – Übrigens war bislang nie einer Zeuge gewesen, wie er sich aus dem Wasser formte, nie sah ihn einer die Gestalt wirklich wechseln. Er *erschien* nur in immer andrer Gestalt. Ganz zweifelsfrei war er ein Thetisgeschöpf, in Europa von allen vielleicht am verwandtesten mit der Goldenhaar, Niam, der Lamia.

Wo war die eigentlich jetzt?

Sie schlief bei Deters vor dem Ofen, also bei Herbst, der hatte Klamotten zum Waschen auf einen Haufen geworfen und immer wieder vergessen, sie in den Waschsalon zu bringen oder in der Küche in seinen Rucksack zu stopfen. Deshalb blieb Niam versteckt. Welch lustige Simulation: so wieder Lerche: noch bevor der Hundsgott in Beelitz erschienen war. Danach fehlte ihm für dieser Art Scherze der Mut. Jedenfalls ein paar Tage lang.

Vorm Haus, Schönhauser 101, stand immer noch Herbst an der Tür. Er versuchte sogar ein weiteres Klingeln, aber ich kann, wenn ich will, ziemlich stur sein; bisweilen öffne ich über Wochen nicht einmal Post. Schrieb jetzt einfach weiter.

»Sag mal, willst du nicht aufmachen?« fragte Katanga, der in die Küche kam. »Nö«, antwortete ich, »das ist bloß eine Figur.« »?« »Ich schreibe das, und es geschieht.« Er schüttelte amüsiert den Kopf und setzte den Wasserkessel auf, bereitete auch den Teeaufguß vor: braunes Stövchen, die geriffelte Abdeckung in zwei Teile gesprungen, die bauchige, hell glasierte Tonkanne mit einem Blumen-Email darauf, das entfernt an Strelitzien erinnert – ein prima Übergang zu den getuschten Dekors auf dem leeren Sushi-Porzellan, das immer noch, doch etwas weggerückt, vor Balmer auf dem Tisch steht. Die schöne Bedienung hat wohl vergessen, es abzuräumen. Vielleicht war ihr auch die Stimmung zu dicht, zu unangenehm, könnte man sagen, wenn sie den Platz passierte, an dem der eine Mann saß, Balmer, und vor dem der andere, Goltz, stand. Manche Frauen haben ein sehr deutliches Gefühl für Situationen und wollen sich da nicht hineinziehen lassen.

Jedenfalls hatte Ungefugger durch Leinsam, bzw. hatten seine Leute zu den Geschehen und Entscheidungen der EWG wieder Zugang, ohne daß Balmer davon wußte. Das unwillige Unschuldsgesicht, das er im SILBERSTEIN gegen den Polizeichef zur Schau trug, war insofern begründet; in anderen Belangen, von denen Ungefugger ebenfalls wußte, allerdings nicht.

Man kann sich selbstverständlich fragen, weshalb der Unsterbliche den selbsternannten Nachfolger seiner Frau so gewähren ließ; es hätte sich eine Anzeige wegen der verschiedenen Hinterziehungen ganz diskret bewerkstelligen lassen. Dann wäre erst einmal Goltzens SZK zum Einsatz gekommen, die Staatsanwaltschaft schließlich. So sah Bruno Leinsams Rechnung eben auch aus; sie war so banal wie der kötrige Mann insgesamt. Aber Ungefugger nahm von Skamanders Kassibern lediglich Kenntnis. Auch dieser hätte keinen anderen Grund einzugreifen gehabt, als wenn Leinsam, wie er das nannte, plauderig geworden wäre. Der hielt indes an sich, weil er auf die Firmenleitung reflektierte. Er hoffte: Die sammeln Fakten gegen Balmer, und wenn es ihnen zuviel wird, serviern sie ihn ab. Dann wird man sich erkenntlich zeigen. Gewissermaßen läßt sich sagen, Leinsam habe an das gute Böse im Menschen geglaubt und auf gerechte Entlohnung gehofft. Die Rechnung ging auch auf; er hatte davon nur nicht mehr viel. Doch insofern jede Moral in Bezugssystemen steht und alleine aus ihnen verständlich wird, war Bruno Leinsam ein sogar *überaus* moralischer Mensch. Daß seine Geschäftspartner seine ethischen Imperative nicht unbedingt teilten, ging ihm nicht ein. Das ist ihm allerdings kaum zu verübeln, da seine Vorstellung von Macht-Raison so eingeschränkt war. Deshalb hatte Skamander recht, ihn für gefährlich einzustufen; nicht an sich, aber sofern er unter falschen Einfluß geriet. ›Falsch‹ bedeutet: unter einen, der Skamanders Interessen zuwiderlief, die immer auch Ungefuggers waren.

Das geschah. Nämlich ebenfalls am Abend all der vielen anderen Treffen im SILBERSTEIN. Leinsams erster Auftritt in diesem Roman – Seite 58, lesen Sie's nach – hängt noch ein wenig in der Luft; bis jetzt weiß ich nicht, was er im SILBERSTEIN gewollt hat, als er erst so nervös im Gastraum herumgeschnürt und dann wieder verschwunden war, ohne, wenigstens poetologisch, ein anderes Motiv bekommen zu haben, als daß ich die Figur halt irgendwie wieder aufnehmen wollte. Das ist besonders angesichts des Umstandes dünn, daß er dort s c h o n etwas suchte. Nicht etwas, sondern jemanden. Auch ihm, ganz genauso wie Balmer, war es um, sagen wir, Kapitalanlagen gegangen. Balmer reflektierte auf ein Konto bei Korbblut, PRUDENTIAL,

Leinsam war sehr viel direkter: Er mußte Geld waschen. Weshalb wir die erste Version wieder aufnehmen, derzufolge Balmer Elke Bräustädts Rochus hinterherverduftet war. So daß ihn weder Goltz noch vor allem Möller ansprechen konnte, jedenfalls nicht in dieser ersten notturnen Variation. Dennoch bleibt sie erhalten. – Tatsächlich erscheint Balmer fortan ohne den einen Löwenring; die Szene behält also völlig ihre Funktion, obwohl sie sich gegen die zweite ausschließt. In meinem Kopf jedenfalls, hier am Küchentisch in der Schönhauser 101, hat b e i d e s stattgefunden.

Leinsam kam nämlich zurück, nachdem er so seltsam abgegangen war. Da hatte er dann Glück – oder Unglück, wie man nun will. Denn die Begegnung mit Möller, der innerhalb dieser zehn Minuten aufgetaucht war, wurde schließlich verheerend für ihn. Welche für graue Geldgeschäfte eminente Autorität der Mann besaß, war Leinsam zu diesem Zeitpunkt ohnedies nicht bewußt. Möller, d. h. Balthus, war ihm lediglich unter der Hand empfohlen worden. Man hatte einmal miteinander telefoniert. Der südhessische Zungenschlag war Leinsam höchst sympathisch gewesen, und jetzt, als er Möller sah, schien ihm auch ihrer beider kleinbürgerlich-proletarische Abkunft ein garantierter Corpsgeist zu sein. Das machte ihn, um Skamanders Wort noch einmal aufzunehmen, tatsächlich plauderig. Und führte am Ende zu seinem Tod. Nämlich gab er, als beide einander erkannt hatten – wie verabredet lag auf Möllers Platz eine BARRON's –, dem nun denkbar schlechtesten Einfluß die Hand, dem man sie reichen kann. Inwiefern Möller selbst dabei in Gefahr geriet, sei einmal dahingestellt. Doch war der Mann ein solcher Verkäufer, daß er selbst einem Salamander Kiemen angedreht hätte. Wegen dieses Genies kam er, wir erzählten es schon, so gut wie immer ungeschoren davon. – Aber um nicht den politischen Faden zu verlieren, mit dem hier einige Dynamik verwebt ist, darf Cordes auf keinen Fall, dachte ich – bereits wieder in Höhe VIDEO WORLD – einen scheinbaren Widerspruch unbeleuchtet lassen, der sich aus Ungefuggers datischen Hygienefantasien und Skamanders prinzipiell unklarem Wesen, seiner hybriden Amphibität, ergibt. Denn zwar lief es, oberflächlich betrachtet, Ungefuggers Interessen durchaus entgegen, daß Skamander geradezu eine Materialisation all dessen war, was der Präsident verabscheute, der Reinheit wollte, nicht mythischen Schlamm. Er war vorsichtig genug, das, was ihm vorschwebte, nicht ›Endlösung‹ zu nennen, nicht einmal für sich selbst. Wäre sie aber erreicht, hätte sich auch der Interessenwiderspruch aufgehoben; dann nämlich käme der Existenz solcher Geschöpfe, ja der Mutterthetis selbst absolut keine Rolle mehr zu, die für die europäische Menschheit noch irgendeine Bedeutung hätte. Das Viehzeug könnte wüten, wie es nur wollte; der Humanität wäre fortan um nichts weiter zu tun, als den einen Computer, der sie am Leben erhält, nach seinen von Ungefugger definierten Paradigmen in alle Ewigkeit vor sich hinrechnen zu lassen.

Was hol ich mir?

Ich sah die ausgestellten DVD-Cover durch, konnte mich lange nicht entscheiden, klar, einer der Bruce-Willis-Filme hätte jetzt gepaßt, nicht gerade *Die harder,* der ist jetzt noch nicht dran, aber *Das fünfte Element* und selbst *Unbreakable* – ich meine, es gibt einen inneren Zusammenhang, einen Nexus, in dem die Realität mit kulturellen Fantasien steht und auf sie genetisch zurückwirkt. Und John McClane wird mit Götz George verschnitten; mir fällt grad kein Berliner Pendant ein. Muß es auch nicht. Die beiden hauen einander die Nasen blutig, bevor sie begreifen, daß sie eigentlich dieselben Interessen haben. Ein Cop und ein Betrüger. Danach allerdings … na, aber hallo! Schimanski + Willis = *Rambo im Osten,* das guck ich mir an. Es gibt sogar fantastische Ausflüge darin, also kein purer Duisburg-Realismus, den das moralische Interesse übern besetzten Irak schmiert. Sondern es kommen Gloptas darin vor, das sind überdimensionierte Raubmulls, auch so eine mutante Ost-Invention. Wer hat das Ding gedreht? Nee. Man glaubt es nicht. Leos Carax. Zu was der sich seit *Pola X* alles herbeiläßt – doch als ich ein zweites Mal auf die Besetzungsliste schaute, stand Carax nicht mehr drauf, sondern Quentin Tarantino. Fast hätt ich den Film angeekelt wieder zurückgestellt.

Mir war aber nach Ablenkung, nicht nach Vorurteilen. Deters' AusweisCard hatte, als ich mich herkopiert hatte, auf seinem Schreibtisch gelegen, und zwar über der zusammengefalteten Kopie des Kartenstücks, das die Anderswelter Eingänge in die Stuttgarter Staatsgalerie zeigt – Standort, bekanntlich, des Europäischen Zentralcomputers. Daran rührte ich nicht, das ließ ich besser liegen. Aber den Ausweis für die Videothek nutzte ich und holte mir immer mal wieder eine

DVD, anfangs auch, um die Leute an mein Gesicht zu gewöhnen. Meine Nachbarn mied ich aus Sicherheitsgründen. Es war allerdings auch selten Gefahr, mit jemandem enger zu werden. Deters war nie ein begeistert Sozialer gewesen. Das kam mir zugute. Abgesehen von der nach wie vor unter den Nägeln pieksenden Frage, was ich eigentlich beruflich in Buenos Aires tat, war ich matrisch ziemlich gut eingepaßt. Konnte von Welt nach Anderswelt spazieren, problemlos, natürlich nur innerhalb Buenos Aires'. Der Osten blieb für mich ebenso unzugänglich wie das Thetismeer. Es zog mich auch nichts hin. Sogar eine Freundin hatte ich schon. – Ah?! Ich vergaß, das zu erzählen?!? – So rück ich denn auch, dachte ich, die Angelegenheit

22 A

mit dieser Antiquität endlich gerade, dieser alten Diskette, womit er, Cordes, sich in seiner Küche zu mir zurückassoziiert hatte. Balmers und Goltzens Gespräch war doch imgrunde zu Ende geführt, es gab keinen Grund, im SILBERSTEIN noch weiter zu verweilen. Ich meine, man muß seine Figuren tschüs sagen lassen, wenn sie auseinandergehen; ein bißchen was sollte der Leser sich selbst denken können. Nur die Diskette übersteigt sein Vorstellungsvermögen. Allerdings auch meines. Zwei scheckkartenkleine Projektoren hatte Deters seinerzeit von Deidameia bekommen, auf der einen sein eigenes Programm, sein *Leben* sozusagen, verborgen hinter der Brille von FIELMANN, auf dem anderen, den auf Gelb der schwarze FERRARI-Rappe zierte, ein holomorfes, wahrscheinlich, Rebellenprogramm.

Schlecht war es Deters gewesen, sehr schlecht, als ihn die Frauen über die SILBERSTEIN-Schnittstelle in die Realität zurückprojiziert hatten: Er torkelte aus dem Sushi-Räumchen und hielt sich die Hand vor den Mund, drückte, schluckte, um sich nicht zu übergeben, wollte es in den Griff bekommen. Der Itamae war, indem er der plötzlichen Materialisation halber »oh« sagte, die ihm da so mir nichts dir nichts hinter der Theke erschien, für einen Asiaten ziemlich unbeherrscht. »'tschuldigung«, hatte Deters noch warnen können, dann war es doch fast hochgekommen. Er ist aber zivilisiert, stolperrennt in den Keller und erbricht sich ins Klo. Spült seinen Mund überm Waschbecken aus, wischt sich Lippen und Mundwinkel mit Papierhandtüchern, kramt nach seinen Bonbons im Jackett, mit der linken nassen Hand, knallt sich noch einmal das kalte Wasser ins Gesicht. Das läuft nur so und tropft an ihm runter.

Allmählich kommt er zu sich. Nun kann er wieder unter die Leute. Das Bonbon. Gegen den Geruch. Für den Geschmack.

Damals trug er immer Schlips und Hemd, deshalb läßt die Krawatte sich richten. Einem Schlatscher ist so was versagt. Er hebt sein Kinn, ruckelt an dem Knoten, der sich auf den Adamsapfel drückt. Schließlich ist Deters bereit, sich der Wirklichkeit wieder zu stellen.

Sie ist nicht länger sonderbar, nicht hier an der Bar – abgesehen von einem Typen neben ihm, der so tut, als ob er ihn kennt. Ansonsten sehen wir das SILBERSTEIN, das alte vertraute, das vor seiner Umgestaltung. Wir befinden uns im Jahr 1994, nicht etwa 2004, wenn Cordes davon am Küchentisch der Schönhauser 101 schreibt. Nur trifft, dachte ich, auf die dazwischenliegenden Jahre letztlich dasselbe zu, was über die Nebelkammer und ihre Erscheinungen gesagt worden ist. Offenbarungen. Wir standen nämlich immer noch im zweiten Stock des Technikmuseums Berlin, SPECTRUM, Science-Center, mein kleiner Sohn über den Rahmen des Kastens gelegt; Jascha, der größere Junge, Katangas Sohn, der sein Freund war, stützte sich lediglich auf. Fasziniert sahen wir den Gebilden weiterhin zu.

»Es sind niemals dieselben«, erklärte ich, »sie entstehen und vergehen, und wenn sie sterben, hinterläßt ihr Zerfall diese Spuren. »Dann vergeht«, erwiderte Jascha, »aber auch d e r.« »Wer?« »Der Zerfall.« Erstaunt sah ich ihm ins Gesicht. »Du meinst: zerfallender Zerfall?« Er zuckte mit den Schultern. »Guck, Papa!« rief mein Junge. »Da ist w i e d e r eine Dorata gestorben.« »Corinna«, sagte ich. »Corinna?« »Corinna Frieling. Kennst du nicht. Eine Freundin von Papa.« Ein paar Jugendliche drängten her, scherzten, neben und hinter uns knatterten in den anderen Versuchsvitrinen die Geigerzähler. »Wieso Corinna, Papa?« »Weil heute der sechste November ist.« »Stimmt nicht«, erwiderte Jascha. »Bitte?« »Heute ist der erste«, sagte er.

Erschrocken sah Deters den älteren Herrn an.

Irgendwie war er mir bekannt, wie jemand, dem man vor sehr langer Zeit einmal begegnet ist, aber bis heute nicht mehr wieder. Es sah so aus, als ob auch er mich erkannte. Traurig sah er mich an, seltsam traurig. So kam er, schwer auf das offene Geländer gestützt, von den Toiletten die Treppe herab, die ich soeben hinaufgehen wollte, und ächzte leise. »Entschuldigen Sie bitte, welchen Tag haben wir heute?« »Heute«, wiederholte er, »ist der erste November.« »Oh.« »Machen S' sich nichts draus, ich vergesse auch manchmal aufs Datum.« Was für Augen! »Aber wir sind in Berlin?« Momentlang schien der Mann überrascht zu sein. »Davon gehe ich aus«, sagte er dann. Das war vielleicht nicht ohne Spott. Pfiffig wäre es aber gewesen, wäre Cordes ein Grund eingefallen, Hans Deters diesen Mann nach seinem Namen fragen zu lassen. Dann wäre nämlich herausgekommen, er heiße mit Vornamen ebenfalls Jascha, ganz wie Katangas Sohn. Und trage den gleichen Nachnamen auch. Doch fand Cordes keinen, ja, er kam erst gar nicht auf die Idee. So blieb der Umstand unbemerkt. Wir hätten sonst nämlich meinen können – können, nicht müssen –, daß es Jascha auch *war*, der nicht etwa nur mühsam die Treppen, sondern, aus Deters' Perspektive, die Zukunft heruntergestiegen kam, mühsam wegen seines schon vorgeschrittenen Alters. Und weil er so traurig war. Aber da fragte schon mein Junge wieder: »Und wer ist d a s da jetzt, Papa?« Die Blase war schon geplatzt. »Das ist Kumanis Vater gewesen.« »Kumanis Vater?« »Sein Papa, ja. Für den ist es … *war* es heute nämlich a u c h der 6. November. Und eben wurde er gelöscht.« »Es ist aber,« beharrte Jascha, »heute der erste.« »Wie meinst du ›gelöscht‹, Papa?« Weil ich den Jungen nicht verunsichern wollte, erklärte ich bloß, daß für die Teilchen, deren Zerfall wir da sähen, Zeit eine andere Ausdehnung habe und daß man ein Teilchen auch als Geschöpf auffassen könne. »Siehst Du? Das waren jetzt vielleicht anderthalb Sekunden, aber für Dorata sind es ungefähr vierzig Jahre gewesen. Was sie erlebt hat, könnten wir überhaupt nicht sehen, so schnell war das für uns. Für sie aber nicht.«

Diesen Effekt hatte sich das Garraffer Labor zunutze gemacht, als es in den Simulationssystemen Anderswelt und Welt erst die Große Geologische Revision durchgespielt und dann schon sehr bald mit den militärischen und, in Zeuners Abteilung, medizinischen Testreihen begonnen hatte. Man kam auf diese Weise ungleich schneller zu Ergebnissen, als reale Experimente sie hätten erbringen können. Die Formeln, nach denen sich die Zeitverhältnisse aufeinander beziehen lassen, waren einigermaßen verläßlich definiert. Nur waren sie nun durcheinandergeraten. Eigentlich war nicht Broglier, sondern Deters der erste Avatar gewesen, der die Systeme zusammengeschlossen hatte, wenn auch, ohne es zu bemerken, weil das Gesamtsystem gar nicht tangiert zu sein schien. Möglicherweise gibt es für Überschreitungen Toleranzen, deren Werte wir aber nicht kennen. Es ist außerdem möglich, daß Brogliers Überschreitung eine Folge der Überschreitung durch Deters war – so, wie nachpressendes Wasser ein Loch in einer Beckenwand immer weiter aufdrückt.

Jedenfalls wurde jemand ›von außen‹, der in ein anderes, eigentlich geschlossenes System eindrang, auch dessen Zeitstruktur unterworfen. Anfangs. Je mehr ›von ihm‹ aber herüberkam, desto mehr griff das in diese Zeitstruktur ein: die Systeme wirken aufeinander; wenn er erst mal alleine bleibt, ist das anfangs aber kaum spürbar. Deshalb könnte es sein, daß, lebt er hier sieben Jahre und kehrte danach in seine Ursprungswelt zurück, dort kaum sieben Sekunden vorbei sind. Oder umgekehrt. Das kann ein Leben ziemlich verkürzen. Subjektiv aber nicht. Da gibt es solche Verkürzungen nicht; der Proband würde nach wie vor seine siebzig, achtzig Jahre erleben. Dennoch wirkt seine Zeitstruktur auch auf die unsere. Das hatten die, ich sag einmal, *versehentlichen* Zwischengänger – Deters, Broglier – gezeigt. Das eigentlich gar nicht Erstaunliche war, daß sich die Zeitverläufe einander offenbar annäherten. Auch hier schien die Natur, ich nenne sie lieber Matrix, auf einen Ausgleich zuzustreben, in der Mechanik wie in der Kybernetik. Das Ineinanderdocken zweier, dreier, vierer, unendlich vieler verschiedener Systeme setzt, so sah es aus, eine Art Justierung in Gang, die sie kompatibel macht. Was nichts anderes bedeutet, als daß eben auch hier ein entropisches Gesetz wirkt, das einen Zustand des Zerfallenseins will, den uns in der Nebelkammer das Aufbegehren all dieser letzten Teilchen vorführt. Es ist, dachte Cordes, insgesamt das Aufbegehren, ein letztes, aber dauerndes, was wir in der Nebelkammer beobachten können. Genau das erfaßte des alten Herrn Jaschas trauriger Blick, als sie einander begegneten, er von den Treppen zur Toilette herunter, Deters die Treppen zu ihr hinauf.

Es war auch damals kein sechster November gewesen, sondern irgendwann im Mai, als Deters, angetrunken bereits, im SILBERSTEIN gesessen und auf die Frau aus der U-Bahn gewartet hatte, mit der die Anderswelt-Saga begann, die Frau, die ihn aber versetzte, so daß er sich eine andere Niam erfand, Niam Goldenhaar, die ihn dann nach Buenos Aires hineinschubste. Wie er da floh! Vor Goltz floh und auch den übrigen Figuren seiner Fantasie, die sich ihrerseits, zusammen mit der Goldenhaar oder ihr folgend, durch die Beckenwand in die Realität gedrückt hatten. »Three things that enrich the poet«, murmelt er vor sich hin und muß sich an dem schmalen Geländer, dem zur Toilette hoch, festhalten. Ganz wie der alte Mann, der da herunterkommt.

Oder aber.

Vielleicht war die Begegnung eine andere gewesen.

Denn es war erst, sagen wir, knapp nach 22 Uhr gewesen. So daß er derart betrunken noch gar nicht hatte sein können. Etwas angesäuselt war er vielleicht. Und als er von den Toiletten zurückkam, die sich im SILBERSTEIN im Keller befinden, da hatte die Frau schon dagesessen. Nein, sie hatte ihn nicht versetzt. Schon gar nicht war sie, wie es damals erzählt worden ist, aus der manieristischen Skulptur herausgetreten, die mitten in dem Gastraum stand, sondern sie trat durch die Tür: eben n i c h t Niam Goldenhaar, nicht die Lamia, sondern eine, kann man sagen, normale Frau, wenn auch ein abermals eigenwilliges Exemplar dieser Gattung. So stand sie im Eingang und blickte suchend durch den von dampfigen Schwaden durchzogenen, vermittels Lichtspielen enthobenen Raum. Man durfte damals in Kneipen noch rauchen.

Sie sah ihn, er sah sie. Woraufhin er sich einen Ruck gab und, wie ein Schiff vor dem Wind kreuzt, durch die Menge imaginierter und wirklicher Personen auf sie zusteuerte. Es war jetzt ausgesprochen hilfreich, daß er, wurde es nötig, Räusche immer fast unmittelbar in den Griff bekam... erzählte ich das schon? Vucciria? Palermo? ja, tat ich – ganz so, jedenfalls, wie einem in unvermittelten Gefahrensituationen Adrenalin durch die Adern schießt. Man ist sofort und reaktionsschnell da. Mir nichts, dir nichts kann ein Körper, der eben noch schlief, hochgespannt auf den Angreifer zielen.

»Da sind Sie ja«, sagte er. Sie trug, weil es so warm war, noch immer Spitzenbustier und Rock. Doch ging von ihr etwas Eisiges aus, als wäre ihr Körper ein in den Winter geöffnetes Fenster. Immerhin streckte sie Deters eine ihrer netzartig tätowierten Hände entgegen, blickte ihn aber arrogant an. Er versuchte, unbeeindruckt zurückzusehen, als er… nun gut: nicht einschlug, die Hand aber *nahm*. In Wirklichkeit war die Frau nicht so groß, wie er es sich den Abend über ausgemalt, bzw. erinnert hatte. Nur daß sie die sehr hohen Absätze ihrer Stiefel streckten: um bestimmt zehn, wenn nicht fünfzehn Zentimeter.

»Ich hätte nicht gedacht, daß Sie so lange warten würden – auf eine Frau.« Die Beleidigung war als leichte Ohrfeige spürbar, die einem eine wehende Rückhand gibt. »Nicht auf jede«, parierte deshalb Deters. Sie lächelte. »Wollen wir uns nicht setzen?« »Selbstverständlich.« Er nahm, sie an die Bar geleitend, ihren rechten Ellbogen, was sie offenbar so frappierte, daß sie es geschehen ließ. »Ich will aber nicht bestreiten, daß Sie meine Geduld ein wenig strapaziert haben.« »Das habe ich Ihnen gesagt, daß es spät werden könnte.« »Halten Sie immer Wort?« Sie lachte nun doch. »Was trinken Sie?« »Einen Rotwein.« Er schnippte der Bedienung. »Wieso wußten Sie von der Diskette?« »Was für eine Diskette?« »Na gut… von dem Päckchen.« »Päckchen?« »Sie machen sich über mich lustig«, sagte er. »Ein wenig«, spottete sie. »Habe ich nicht Anlaß?« »Haben Sie?« »Also wirklich! Sie sprechen mich in einer U-Bahn an, sind – ich geb es zu – witzig genug, meine Aufmerksamkeit zu fesseln, und schaffen es sogar, mich, obwohl mir das terminlich absolut nicht in den Kram paßt, zu diesem Treffen zu verführen… und obwohl meine Unterredung heute abend furchtbar lange gedauert hat… eine nervige Unterredung, kann ich Ihnen sagen!… obwohl ich also erst nach 9.30 Uhr aus dem Büro komme, fahr ich noch durch die halbe Stadt hierher… und da kommen Sie mir mit solch einem Zeug!« Sie lachte laut. »Ich muß verrückt sein.« »Nun ja. Vielleicht springt das über.« »Von Ihnen auf mich? – Offenbar.«

Während Deters im SILBERSTEIN so also sitzengeblieben war, zog er zugleich mit der Hediger los, Judith Hediger – ein anderer Er, dachte Cordes, die nächste Spaltung der Anderswelt, eine Zellteilung der Handlung. So gesehen, ist Judith Hediger Niam Goldenhaars Zwilling. Will sagen, die Frau schleppte ihn ab. So daß ihm erspart blieb, was dem anderen Deters geschah. Die Wirklichkeit rückte sich wieder zurecht, bis ich ihn in die Archivdatei und mich selbst an seine Stelle projizierte. Das vereinigte die bifurkierenden Realitäten für einige Zeit, auch wenn das gar nicht in meiner Absicht gelegen hatte. Deshalb meine Verwirrung über den Anruf, der mich erreichte, kurz bevor ich zu Deters' Wohnung in der Duncker hochstieg. Wie konnte ich denn wissen, wer das da war am anderen Ende? »Das ging ja schnell. Hast du also gleich den Bus gekriegt. Ich wollte dir auch nur sagen: das war eine schöne Nacht. Danke. – Bist du noch dran? Hallo?«»Ja, ich… ich höre…«»Is was? Du klingst so komisch.«»Ich bin nur müde.«»Gute Nacht, Hans. Und wegen der Diskette: Ich guck sie mir an.«Also Judith war das gewesen, Judith Hediger, die angerufen hatte. Wie hinter einer in einem Fluß gelegenen Insel vereinigten sich die Stromarme wieder.

22 B

Um zu verdeutlichen, was Cordes meint, sei mit der nun folgenden Kapitelvariation ein ganz sicher auch Ihnen nicht unbekanntes Gedankenspiel eingeschoben. Es trägt zur Enthüllung möglicher Realitäten einiges bei:

Sie fahren von Berlin nach Hamburg, um, sagen wir, Desideria zu besuchen – rufen Sie http://desideria.twoday.net auf –, die Sie aus Ihrer Internet-Korrespondenz kennen. Darin haben Sie einige Male mit ihr geflirtet, aber kennen sonst von ihr nichts, kein Gesicht, keine Stimme. Ich könnte auch Lilith nennen, bevorzuge indessen für dieses Beispiel einen weniger verbindlichen Tanzschritt. Fast war es schon einmal zu einer Begegnung gekommen, doch zog Ihnen die Dame Ihren Tennislehrer vor. Na gut, Rechnungen werden beglichen; einer wie Sie tut sich, so etwas auszubuchen, schwer. Des Spaßes halber nennen wir Sie… Moment… ja, prima, so bekomme ich ihn ganz elegant bereits h i e r in den Text, obwohl der junge Mann erst im Vierten Teil dieses Romans wieder aufgenommen werden soll… allora!: Jason Hertzfeld.

Es sind ein paar Jahre vergangen, Jason hat sich prächtig entwickelt und jederlei Tennislehrer einiges Pari zu bieten. Deshalb ist er höchst zuversichtlich, ja ein wenig übermütig, als er in den von einem Freund geliehenen Audi steigt und auf die A 24 braust. Jason fährt gerne schnell; fast die ganze Zeit rast er auf der Überholspur. In Höhe Neuruppin bricht der Wagen, einer Unwucht wegen, seitlich aus. Schon platzt hinten links der Mantel, und das Steuer blockiert. Mit 220 Sachen scheuert das Autochassis an der linken Leitplanke entlang, die sich geradezu hineinschneidet, und irgend eine Verstrebung verhakt sich derart fest mit dem hinteren Kotflügel, daß es dem Wagen den halben Kofferraum aufreißt. Dadurch bekommt das Fahrzeug noch einen Drall ... und ein 7er BMW war zu dicht aufgefahren. Da ist dann nichts mehr zu machen. Der ganze Unfall dauert drei Sekunden, Jason erlebt sie wie Minuten.

Dann erlebt er *nichts* mehr.

In einer anderen Version fährt er allerdings weiter und reagiert auf die Unwucht, nämlich richtig, indem er das Fahrzeug langsam abbremst. Das kann er, weil hinter ihm kein BMW fährt. Er schert rechts ein, steuert allerdings nicht, was vernünftig wäre, die nächste Werkstatt an, sondern setzt den Rest der kleinen Reise mit knapp 100 km/h fort und erreicht Hamburg und Desideria insgesamt wohlbehalten. Dennoch hat er nach dem Vorfall das Gefühl, in einer vorigen Dimension umgekommen zu sein. Daß es da den BMW eben gab. Vielleicht war seine Seele einen Sekundenbruchteil vor ihrem Erlöschen in eine nächste mögliche Welt gesprungen. Dort setzt er sein bisheriges Leben fort, als wäre der Unfall niemals geschehen.

Diese zweite Wirklichkeit läßt sich abermals verzweigen. Nämlich fährt Jason doch die nächste Werkstatt an, benachrichtigt Desideria übers Mobilchen, daß aus ihrem Treffen nichts werde, jedenfalls nicht mehr heute; danach informiert er, ebenfalls mit dem Handy, den Freund. In einer vierten Wirklichkeit, schließlich, überschätzt Jason selbst bei 100 km/h die Fahrtüchtigkeit des Autos und springt diesmal in Höhe Ludwigslust dem Tod auf dieselbe Klinge, unter der er sich bei Neuruppin gerade noch so hinwegducken konnte. – In einer fünften wiederum ...

Wer sagt uns denn, daß sich all diese möglichen Wirklichkeiten nicht tatsächlich begeben? Daß sie sich nicht nebeneinanderher anschichten? Eine jede hätte Folgen, die das gesamte System modifizieren. Und h a t sie vielleicht.

Wäre im Thetisroman also Judith erschienen, dann hätte nicht die vermaledeite Suche nach der Dunckerstraße eingesetzt, die in die Waldschmidtstraße führte, und Goltz hätte Hans Deters nicht im SILBERSTEIN aufspüren können. Was er aber tat. So daß Deters dieselbe Diskette Niam Goldenhaar gab, die er in der anderen, in Judiths Möglichkeit, bei d e r ließ. Schon läuft das parallel und beides ist, und mit dem gleichen Recht, zu erzählen –

»Ähm, träumen Sie?« fragte die Hediger.

Noch hatte sie die Diskette nicht. Sowieso konnte sie nicht ahnen, daß Deters in ihr längst wieder die Lamia sah und sie deshalb momentan als bedrohlich erlebte. Außerdem traten zuerst Schwanlein und Klipp ins SILBERSTEIN, dann kam schon Goltz, um jene Razzia einzuleiten, die den im Lokal sitzengebliebenen Deters durchs Sushiräumchen nach Buenos Aires scheuchte, wo er dann furchtbar lange nach der Dunckerstraße suchte, während der andere Deters, der mit Judith losgezogen war, neben ihr im Bett lag und nach ihrer beider ziemlich heftigem Akt bei einer ruhegebenden Zigarette zu – erzählen begann, T h e t i s nachzuerzählen begann, und zwar, logischerweise, bis zum Moment, in dem die Hediger in der Tür stand.

Schließlich wurde es Morgen. Wahrscheinlich hatten sie zwischendurch auch ein bißchen geschlafen.

Judith hörte völlig unironisch zu. Vielleicht wehrte sie seine Wahngebilde auch nur aus Müdigkeit nicht ab. »Ein bißchen verrückt ist das schon«, sagte sie. »Und du hast diese Diskette jetzt mit?« »Reich noch mal die Zigaretten her. – Ja, hab ich.« »Ich könnte sie mir ansehen ...« Sie lachte. »Vielleicht wirst du sie ja s o los?« Das war arglos gescherzt; es sei denn, daß sie sich verstellte, wozu es aber, zumal nach unserer Nacht, keinen Grund gab. Sie arbeite, erzählte sie, in einem Unternehmen, das Computerspiele entwickelt; dann kam heraus, daß sie selbst Programm-Designerin war. Was sich als Eingriff einer Welt interpretieren ließe, die uns alle – mich – Herbst, Zeuner und Dr. Lerche – ihn, Deters – in wiederum ihrer Nebelkammer beobachtet – mehr noch: sie hatte die Projektion einer, sagen wir, Abgesandten zu ihm geschickt. Vielleicht hatte man es in dieser vierten Welt von allem Anfang auf so etwas schon angelegt. Das hätte zu der Frau gut gepaßt.

Jedenfalls ließ Deters die Diskette dort. So daß in Kraft trat, was ich weiter oben über Zeitverhältnisse spekuliert habe: Auf die Mainacht, in welcher sie und Hans Deters sich liebten – in Anderswelt a) blieb er im SILBERSTEIN sitzen, und die Lamia erschien; kurz nach ihr Goltz; dann die Flucht durch den Sushiraum –, folgte in Anderswelt b) direkt der Novembertag, an dem Herbst Hedigers Anruf entgegennahm. Da er nun aber nicht mehr Deters, sondern jetzt Herbst war, irritierte ihn das. Deshalb vergaß er auch, zurückzurufen, bzw. verdrängte es. So daß abermals sie anrufen mußte. Doch schon dieses »abermals« stimmt nicht.

Es war aber nicht die einzige Irritation, mit der Herbst an diesem Tag umgehen mußte. Dabei hatte er noch gar nicht gemerkt, daß immer noch der erste November war, ein, wenn man so will, anderer 1. November. Die Welt, die ihn soeben hatte bei mir klingeln und sich danach in VIDEO WORLD – ein ziemlich bezeichnender Name – eine DVD ausleihen lassen, lief parallel immer weiter, so daß ich mich, als Erzähler, entscheiden muß, welchen vielleicht dreivier Möglichkeiten unter Hunderttausenden ich mein poetisches Vermögen zuwenden will. Ein Buch zu schreiben, heißt – wie zu leben insgesamt – zu *wählen*. Alle denkbaren Möglichkeiten bekomme ich nämlich nicht unter, drei oder vier aber doch – wenn ich denn den Umstand gestalten will, daß unsere Realität mehrfach codiert ist. Insofern hat das Argument Unrecht, daß dies zwar stimmen könne, aber lebensweltlich keinen Unterschied für uns bedeute. Wenn die Bezugssysteme zu interagieren beginnen, bedeutet es einen gewaltigen.

Genau das geschah.

Das Handy klingelte. Herbst hat Barbara Bongartz' technischen Animismus übernommen, es Mobilchen zu nennen. Also das *Mobilchen* klingelte, als er wieder im ersten Hinterhof der Dunckerstraße 68, bzw. Waldschmidtstraße 29 stand. »Willst du deine Diskette gar nicht wiederhaben?« fragte Judith, deren Stimme er sofort erkannte, obwohl für seine Wahrnehmung Monate vergangen waren, seit sie das letzte Mal miteinander telefoniert hatten. Er schluckte sein »Oh, dich hab ich ganz vergessen« grade noch rechtzeitig weg und sagte statt dessen: »Wie schön, daß du anrufst.« »Ich weiß nicht, was du hast. Auf der Diskette ist überhaupt nichts drauf.« »Bitte?« »Jedenfalls läßt sie sich nicht lesen.« – Ulrich Faure hingegen, der Freund, hatte seinerzeit gestöhnt: »Also wenn du mich fragst … Das ist keine Diskette, sondern ein Virenzoo! Dafür braucht man einen Dompteur und keinen Programmierer! Gib das bloß nie in irgendein Netzwerk …« – »Wollen wir uns treffen?« »Gerne. Sehr gerne, Hans.« »Wann?« »Ich wollte mal wieder ins SILBERSTEIN.« – Sie verabredeten sich für gegen 22 Uhr. Es kam zu diesem Treffen aber nicht mehr, zwar zu einem von Deters und Judith, aber nicht mehr von mir und ihr. Der Systemzustand schaukelte sich in eine seiner Zwischenphasen zurück. Daran war die eine Mikrosekunde inneren Widerstandes schuld, die Beutlin hatte zögern lassen, auf WEICHENSTELLER draufzuschlagen; dieselbe Mikrosekunde, aufgrund derer sich, bei der Beelitzer CYBERGEN, der Hundsgott materialisieren konnte.

»Da hab ich dich ja wieder«, murmelte Zeuner in ihrem neuen Arbeitsraum, in den sich wie in alle anderen Zimmer, und zwar trotz der strikten hygienischen Maßnahmen, die CYBERGEN hatte ergreifen lassen, ingrimmig der Hundsgeruch wie eine untergründige Warnung eingefressen hatte, die sich mit dem Duft von Räucherstäbchen mischte. Zeuner brachte jeden viertenfünften Tag ein neues Päckchen mit: DAMASZENER ROSE, KÖNIGLICHES JASMIN, NAG CHAMPA, SANDAL, BENZOE SUPREME, seltener PATCHOULI. Dr. Lerche wußte gar nicht mehr, wovon ihm schlechter wurde, ob von den glosenden Stäbchen oder von dem toten Hund. Wann immer Zeuner einen neuen Duftstab loskokeln ließ, stöhnte er nur noch leise auf. Er bekam einen furchtbaren Kopfschmerz davon. Der Geruch verglimmenden Ambers haftete mittlerweile in jedem seiner Anzüge. »Können wir nicht mal Raumspray verwenden?« »Dann stinkt's hier wie auf Klo.«

Beide hätten sie einiges dafür gegeben, in getrennten Zimmern zu arbeiten; daran war aber seitens der Firmenleitung nicht zu denken. »Das wissen Sie doch selbst, Frau Zeuner, daß die wertvollste Naturalie, über die wir heutzutage verfügen, der Raum ist« – eine lässige, wenn nicht zynische Replik Blumenfeldners, des Chefprokuristen der CYBERGEN, auch wenn der Satz tatsächlich einen der Gründe benennt, deretwegen unsere Beelitzer Firma die Kolonialisierung des

Cyberraums überhaupt hat einleiten lassen. Auch Ungefuggers Traum von einer datischen Realwelt beschreibt nichts anderes. So daß man über den Widerstand schließlich erstaunt, ja erschreckt war, der sogar jemanden wie Goltz dazu brachte, sich mit dem Erbfeind zu verbünden, den der Terrorismus für uns alle tatsächlich bedeutet.

Während er, Goltz, die Goltzin nämlich von vor sieben Jahren, zusammen mit den Amazonen und Dörflern dem erwachten Achäer zuhörte, hatte der heutige Goltz das SILBERSTEIN gerade wieder verlassen. Ich hatte ihm nachgeblickt, als hätte man das beobachten können, wie er in eine Lappenschleuse trat und in seinem Koblenzer Arbeitszimmer wieder herauskam, wo er sich an den Schreibtisch setzte und einen Moment lang das Gefühl hatte, es sei vielleicht ein wenn auch unbestimmtes Hoffnungszeichen, daß der zweite Odysseus, wenn er denn für den Nullgrund verantwortlich war, nur Biomechanoiden in den Kampf geschickt hatte, nicht hingegen auch seine Freischärler. Das war, als hätte er die Vorbehalte der Porteños bestätigen wollen, die sie unbewußt oder offen gegen das »Falsche« hatten – gegen Klons und Holomorfe –; die Abneigung gegen die Schwarzen war zwar ebenso groß, aber letztlich allein ökonomischer Ängste wegen und nicht, weil ihnen parallele Wirklichkeiten den Boden entzogen, die niemand mehr zu fassen vermochte. So unvertraut war sie imgrunde. Deshalb leitete auch sie, die Porteños, eine heimliche Sehnsucht nach dem Osten, eine, die gegenüber den kybernetischen Entwicklungen und all ihren Verzweigungen, Überschreibungen, Metawelten höchst mißtrauisch war. Dabei war das Unmittelbare des Nullgrunds ein solcher Skandal. Die Schwarzen legten, symbolisch gesprochen, nur den Finger auf etwas, das man selbst verloren hatte, auch wenn diese es gern noch verloren *hätten*. – Sogar noch Deidameia besaß dieses – Cordes zögerte an seinem Küchentisch einen Moment, dann schrieb er: – ›bäuerische Element‹.

Das war es auch, was den Holomorfen Kumani an ihr so faszinierte. Ausgerechnet er teilte das Mißtrauen gegen simulierte Welten; es äußerte sich in ihm sogar sinnlicher als in den meisten »echten« Menschen, etwas, das Lerche wie Zeuner mit allergespanntestem Interesse registrierten. Auch Mensching war davon, man kann fast sagen: verzaubert. »So etwas gibt es doch gar nicht«, sagte er, worauf Lerche: »Da haben Sie völlig recht.« War noch Tranteau ein in sich völlig logisches Konstrukt gewesen, erschien mit Kumani die Ambivalenz im datischen Raum. Sie und nicht etwa eine intellektuelle Position entwickelte ein tatsächliches, nämlich gebrochenes Selbstbewußtsein. Das war es, was ihrerseits Deidameia an Kumani berührte. Weshalb sie ihm vertraute.

Er hatte natürlich keine Ahnung, wer sie war, als er ihr in die pikanten Räumlichkeiten folgte. »Bist du schon einmal in so was gewesen?« Er schüttelte den Kopf. »Ich hab noch etwas zu tun, kann nicht gleich bei dir sein. Also warte drinnen auf mich.« Sie nickte Lysianassa zu. »Kümmerst du dich um ihn?« Straff durchschritt sie die Holzpforte des Zauns, hinter ihr drein, langsamer, gingen die Frauen und Kumani. Über den Hof, Blecheimer standen herum, Gartenmöbel Plastikzwerge, dahinter der Eingang, ein Hintereingang war das, das sah Kumani aber erst – sie hatten keinen Aufzug genommen, sondern waren die nur eine Etage die Treppe hoch –, als er im halben Stockwerk durch ein Flurfenster auf der anderen Seite hinaus- und auf die Wilhelm-Leuschner-Straße hinuntersah.

Dann, in leuchtend Gelbgrün:

Boudoir

Abgerissene Affichen daneben. *Geile Bräute! Putane grosse!* Branding-Werbung Hunderte Buttons. Rosa Licht von drinnen, sowie die Tür, auf Deidameias Klopfzeichen, geöffnet worden war. Es roch nach Leder Sandelhölzern – eine reine Gemeinheit Dr. Lerches, die sich nun in Beelitz rächte. Eine Art Vestibül, rechts die Toiletten. Links, ebenfalls in Rosa beleuchtet, der Barraum, dahinter in Blau der kleine Tanzsaal. Ein einziger Blick Kumanis erfaßte die Räumlichkeiten. Tischchen und Stühlchen Klöppelgirlanden. Wenige Gäste, für guten Umsatz war nicht der Tag. Übrigens saß, bereits angetrunken und mit schlechtem Gewissen, Broglier nicht weit von der samtbezogenen Bühne, auf der sich ein *Gal* räkelte. Rund um den Rand des Podestes waren auf viel zu dicken Ständerchen Lampenschalen montiert, holomorf, dachte Kumani und merkte den Magen. Ein *Lasse & Boygle* wurde gespielt. Lasse selbst legte bisweilen im BOUDOIR auf, das zog Gäste an, das und sein tätowierter Oberkörper. »Je größer die Zumutung, um so anhänglicher die Kunden«, erklärte Deidameia ihrem Liebhaber später, Tage oder Wochen, egal. – Es lag einiges zurück, daß noch sie selbst, daß Mata Hari hier getanzt hatte. Nicht, daß sie sich unterdessen zu fein gewesen wäre; sie hatte ihren Mädchen immer noch einiges zu zeigen, aber hatte einfach nicht mehr die Zeit. Innerlich hatte sie zu tanzen aufgegeben, als sie Mutter geworden war, Jasons Mutter. Der lebte heute in Kehl, wenn er nicht grad in Pontarlier war. Deidameia vermied einen zu häufigen Kontakt, um den Sohn nicht zu gefährden. Sie wollte in Carola Ungefugger kein Mißtrauen erregen. Um so weniger verdächtigt, als er selbst gar nichts wußte, sollte er den Rebellen den Zugang in die Weststadt verschaffen. Das war wichtiger als Deidameias Muttergefühle. Die Koalition mit Goltz ließ Jason Hertzfeld auch unerkannt bleiben; davor wäre die Situation heikel gewesen. Der Polizist hatte Der Wölfin offenbart, wie gut er um die Zusammenhänge wußte – um Nanni, Jasons schwarzhäutige quasi-Adoptivmama, um Borkenbrod und um die poesiebegeisterte Frau Präsidentin.

Wußte aber umgekehrt Jason, wer seine Mutter war? Er wußte es, wir erzählten es schon. Freilich hatte er darüber, genau so wenig wie Nanni, nie gesprochen, die er nun noch viel seltener als seine vermeintliche Schwester sah, so sehr die sich mit Kehler Besuchen auch zurückhielt. Kam sie aber, dann schlug sie Haken durchs Lappenschleusensystem, damit ihr die Schatten nicht folgten, auch nicht die von Goltz gesandten. Der lachte nur und hatte einen kleinen Spaß an solch intelligenten Verfolgungsspielen. Wie pfiffig diese Wölfin war! Eigentlich ließ er Deidameia fast nur noch derethalber überwachen; daß sie vermittels ihres Jungen einen Weg übern Rheingraben suchte, war ganz offenbar. Aus seiner Sicht ließ sich dagegen längst nichts mehr sagen. Was ihn viel mehr interessierte, waren *andere* Schatten, etwa die der SchuSta: Die SZK war nicht die einzige Behörde, der es um die Myrmidonen getan war, auch wenn sie, jedenfalls nach Nullgrund, weniger wichtig genommen wurden, weil der Dschihad einen solchen Schatten auf sie warf. Nur wenige versuchten, zwischen dem und ihnen, dem zweiten Odysseus und Aissa der Wölfin, einen Zusammenhang herzustellen; Pontarlier ließ diesbezüglich g a r nichts verlauten. Ungefugger selbst wirkte ausschließlich auf die Ostkommandos konzentriert.

»Setz dich irgendwo hin«, sagte Lysianassa, die mit Kumani in dem kleinen Saal geblieben war. Die anderen Frauen waren durch eine Tapetentür verschwunden, die, was Kumani nicht wissen konnte, in Deidameias getürkte Rebellenzentrale führte. »Trinkst du was? *Trinkt* man als…?« »… s a g nur: als *Holo*. Ja. Tut man. Sofern das so programmiert worden ist.« »Holi.« Sie lächelte. »Auch nicht besser.« »Und… äh… der Stoffwechsel?« »Wir pinkeln, was wir tranken.« Er mußte lachen, ihm war nach Scherzen zumute. »Ganz dasselbe kommt unten raus… Was meinst du, weshalb uns Frauen so mögen?« Da merkte Lysianassa, daß er sie auf den Arm nahm. »Schad«, sagte sie, »daß Deidameia so schnell war. Das hätt nun gerne i c h ausprobiert.« »Deidameia heißt sie? Was für ein Name!« Hatte sie einen Fehler gemacht? Schnell korrigierte sie: »Deidameia *nennen* wir sie. In Wahrheit heißt sie Ellie Hertzfeld.« »Ellie also.« »Aber Deidameia hört sie lieber.« »Weil sie aus dem Osten stammt.« Das irritierte Lysianassa. »Verstehe ich nicht«, sagte sie. »Ihr habt doch alle so seltsame Namen… hab ich gehört. Namen wie aus Heldensagen.« »Nicht alle. Es gibt auch Müllers und Schröders.« »Von denen liest man aber nie.« »Die nennt ihr Ossis. Oder Schwarze.« »Wir nicht.« »Verzeihung, es fällt mir immer so schwer, da Unterschiede zu erkennen.« »Bei euch aber solln wir sie machen.« Es tuschte. Die eine Räklerin ging von der Bühne, die nächste, eine Polynesin, kam. Kumani sah hin: Die nun war echt. »Bei euch tanzen nicht nur Programme?« »Ich auch«, sagte Lysianassa, »ich tanze auch.« »Du tanzt?« »Ja was glaubst du, weshalb wir hier sind? – Und *Mata,* also ›Mata‹ hört sie auch gerne.« Sie stieß Kumani leicht mit dem Ellbogen. »Nur als Tip. Weil wir unter uns sind.« »Mata? Wer?« »Deida… *Ellie*. Du weißt nicht, wer Mata Hari war?« Kumani schüttelte den Kopf. »Dann frag sie selbst. Oder nenn sie einfach so. Sie wird dann schnurren. Glaube mir.« Er lachte. Sie lachte mit. »Wenn du ihr obendrein das mit deinem Stoffwechsel vorführst… ah ja, was m ö c h t e s t du trinken?« »Krieg ich einen Prince of Wales?« »Was ist das?«

Hingegen Thomas, in der Berliner Bar am Lützowplatz: »Klar.«

»Ein Cocktail«, sagte Kumani.

»Bitte?« fragte Thomas. Sah Cordes irritiert an.

Der hatte sich an die Theke gehockt und weitergeschrieben. Es war unterdessen Abend geworden, den ganzen Tag über hatte er kaum vom Laptop aufgesehen und sich schließlich gezwungen, die halbe Stunde Radelei durch die Stadt zu unternehmen. Er traf sich hier öfter mit seinem besten Freund, seit er von den Inhabern der Lokalität für eine kleine Arbeit natural entschädigt wurde, *dauerhaft* natural, will das sagen. Hätte er in der Nähe gewohnt, das Honorar wäre gesundheitsschädlich gewesen. – »'tschuldigung«, sagte Cordes. »Ich stell mir gerade vor, hier und zugleich als jemand anderer woanders zu sitzen und dort dieselbe Bestellung aufgegeben zu haben. »Kapier ich nicht«, sagte Thomas.

»Ich frag mal«: Lysianassa schwenkte ab Richtung Bar.

Kumani beobachtete die Polynesin und war von der naiven Gerissenheit berührt, mit der sie sich auf der Bühne bewegte. Ein geradezu argloser Charme erlaubte ihr, öffentlich sogar die Beine zu grätschen, ohne daß sie geschmacklos wirkte. Daß sie dabei keinen Slip trug, spielte kaum eine erotische Rolle; es sah überaus schön aus. Er hätte gern eine Hand auf das, wie's aussah, samtene Elfenbein ihres Geschlechtes gelegt. Seltsam, wie verschieden es ist, dachte Kumani, ob man sich so einen Körper bei der SIEMENS bestellt oder ob ihn Natur ganz von allein hat in die Welt treten lassen. Wie gleich er immer auch aussehen mag: dort herrscht Produktion, hier waltet ein Wunder. Das von der Produktion profaniert wird, wenn sie es beliebig reproduziert. Weshalb Kumani, schrieb Cordes in der Lützowbar, in der Gegenwart solcher Fabrikate immer derart übel wurde. Und war doch selber eines.

Er mußte schlucken. Doch die Polynesin beruhigte seinen holomorfen Magen. Er war sogar ein wenig erregt.

Ein lispelnder Kellner, den Hans Deters einst für Borkenbrod gehalten hatte, brachte ihm den Prince of Wales; Lysianassa war nun wohl Deidameia hinterher. Am Nebentisch dämmerte melancholisch Broglier. Fünf Japaner setzten sich auf direkt an die Bühne gestellte Stühle; bewundernd und in den Köpfen ein leicht nervöses Zucken. So schauten auch sie der Tänzerin zu. Ich versuchte, Kumanis, der sich immer noch umsah, Blicke einzufangen, darin vielleicht einen Blick Herbsts, der zeitgleich wieder im SILBERSTEIN saß und sich vorstellte, wie ich Kumani beschrieb.

Den ganzen Tag über hatten seine, Herbsts, Anfälle angehalten. Immer wieder hatte er etwas Durchsichtiges, sich Wegziehendes bekommen, waren auch die Straßen Häuser Menschen bisweilen schrecklich ungefähr geworden; das hatte etwas von einer Erscheinung gehabt, die einem mit sich selbst begegnet. Auf diese Weise, dachte ich, ließen sich religiöse Gesichte erklären, die einem wie Herbst allerdings fern lagen; er blieb noch dann rein mit sich selbst beschäftigt, als er m i c h imaginierte. Ich wäre geneigt, von einem poetischen Solipsismus zu sprechen, hätte es sich bei ihm um einen Künstler und nicht nur um einen Programmdesigner gehandelt. Der, wäre es zu dem Treffen mit Judith Hediger noch gekommen, mit ihr hätte einiges mehr bereden können als nun Hans Deters, der das Rendezvous – völlig verwirrt –, man muß sagen: *bestritt,* so daß Frau Hediger den zwischenspielhaften Figurenwechsel gar nicht mitbekam, also daß sie zuerst mit Herbst, dann aber mit Hans Deters schlief. Den sie, um es zotig zu sagen, neu einführen mußte. Ihm war in seiner Archivablage einiges Vermögen abhanden gekommen. Irgend etwas Abstraktes haftete an ihm – wie bei Leuten, die Sozialkontakte meiden und ihr eigentliches Leben wie früher in Bücher so heute in Cyberräume verlegen. Man muß das, dachte sie, von ihm ablecken, lange und sorgsam. Dafür war sie auch Katze genug. Damit wieder Haut zum Vorschein kam, wo jetzt noch Bits, wie Schuppen, die Nervenzellen isolierten. Das mußte alles erst mal weg.

»Mit dir ist was.« »Wieso?« »Du warst so seltsam am Telefon.« »Vorhin?« »Nein, die beiden Male davor. Nach unserer ersten«, sie strich ihm eine Strähne hinters Ohr, »Nacht. Und dann n o c h mal. Als ich anrief, weil du nicht mehr zurückgerufen hast.« »Wann sollte ich zurückrufen?«: Er konnte von den Telefonaten, die Herbst geführt, bzw. nicht geführt hatte, nichts wissen. Andererseits mußte er irgendwie von dem Date erfahren haben. Es ist also ein Trick, wenn Cordes die Frage ›Vorhin?‹ in den Dialog eingefügt hat. »Jedenfalls ist auf der Diskette nichts drauf. Das heißt: schon – aber man hat den Eindruck, das ganze Ding ist fragmentiert. Ein Kollege, der darauf spezialisiert ist, aus zerstörten Festplatten Daten zu ziehen, hat es ebenfalls versucht. Der ist nun wirklich ein Experte.«

Damit hatte es sich für diese pragmatische, allerdings auch fordernde Frau. So daß Deters die Diskette neben sich auf den Beistelltisch legte und sie, Judith Hediger, diese Nacht über nach seinem bestem Vermögen liebte, derweil Kumani, dachte ich, wartete und wartete;

Deidameia kam gar nicht mehr heraus. Er hatte bereits zweieinhalb Staffeln aller strippenden Tänzerinnen durch und war hin- und hergerissen zwischen Abstoßung und Begehren. Zumal er der sich wiederholenden Darbietungen ein wenig müde wurde, und der zunehmend schal schmeckenden Cocktails. Er wollte eine Bloody Mary jetzt.

»Komische Kombination«, rügte Thomas.

»Viel Pfeffer, am besten Chili... nein, kein Tabasco. Essiggeschmack find ich eklig.«

»Nein, kein Tabasco«, sagte Kumani. Und, daß ihn Essig ekle.

»Aber ðüðer, Tabaðco gehört doch daðu!« flötete der Kellnerin.

Was 'ne Tunte! Wie sich, dachte Kumani, ein Mensch so hermachen, sich derart erniedrigen könne. Weshalb programmierte man nicht einfach einen Holomorfen? Das war brutal gedacht, war ohne jede Einfühlung. Er konnte tatsächlich nicht nachfühlen, geschweige sich vorstellen, daß jemand, der das Glück hatte, wirklich ein Mensch, in diesem Fall ein Mann zu sein, etwas anderes zu sein, als sein Körper ihm gestattete, nicht nur begehrte, nein es auch fühlte. So sehr war Kumani auf eine vermeintliche Echtheit fixiert. Dabei ging der Kellnerin zum einen einer Neigung nach, für die sie so wenig konnte, wie sich ein Holomorfer für sein Programm zu verantworten hat. Man muß vor Manfred Begin, den seine Freunde Jimmie nannten, sogar den Respekt haben, nicht nur, weil er sein eigentliches Ich an einem Ort auslebte, der sich dafür eignete, sondern er hatte seine Disposition sogar zur Grundlage seines Berufes gemacht. Der Transvestit, ohne jemanden anderes einzuschränken, erfüllte sich etwas, das nicht viele Porteños mit Recht für sich ins Feld führen können. Er war ihnen in dieser Hinsicht weit voraus und ging – als Mensch – nicht nur in seinen Frauenkleidern menschlich auf, sondern hatte zudem noch ein schwarzes Kind adoptiert, eines aus dem Osten, heißt das – freilich eines von dort, weil die Behörden ihm und seinem homosexuellen Freund kein andres zugestanden hätten. Die beiden Männer, der Mann und die Mannfrau, kümmerten sich rührend um die kleine Şirin, deren Geschichte ein andermal zu erzählen wäre. Nicht aber hier, dachte Cordes, nicht noch eine Abschweifung mehr, dachte ich, aber er machte sich schon mal Notizen. – Dennoch, trotz seiner erotischen Abneigung gegen die eigene Art, deren Interessen er aber vertrat, wäre der junge Mann, Kumani, für Frau Tranteau, hätte sie ihn noch kennengelernt, der sinnliche Inbegriff eines emanzipierten Jungholomorfen gewesen, eines, der wirklich frei war, was eben auch heißt: ambivalent. Das ließ es zu, daß er liebte, und wird ab der Seite 763, noch über dem Notturno, zu einem Wunder führen.

Denn seine Art war nicht fruchtbar. Man hätte sich, wären andere Zeiten gewesen, vielleicht etwas Ähnliches überlegt wie Begin und sein Freund. Er wäre einem adoptierten Kind ganz sicher ein so wundervoller Vater gewesen wie einem genetisch eigenen, wenigstens ein fantastischer älterer Bruder. Kann sein, daß Deidameia genau das gespürt und daß sie das bereit gemacht hatte, dem mythischen Impuls zu folgen. Frauen sind so, sie entscheiden sich unmittelbar und genau, ohne daß sie es eigentlich merken. Derart überstrahlt ihr möglicherweise aus mutterhaften Gründen erwachsenes Sicherheitsbewußtsein die dionysische Naturkraft, der sich jede gelungene Vereinigung letztlich verdankt. Hier gingen nun beide zusammen, die Kraft und der matrische Apoll. Das merkte aber Kumani so wenig wie irgendein Mann.

Endlich trat Deiadameia, sich nur kurz im Rahmen bückend, aus der links, seitlich neben der Bühne, eingelassenen Tür, immer noch tupamarisch gestrafft. Dennoch war sie abgespannt, so wie Kumani müde. Ihrer beider Vereinigung würde etwas von jenem Küssen haben, das stundenlang im Schlafe wandelt und aus der Seele Körper macht, dann, wenn er Fingerspitze ist. In ihre erotischen, halbbewußten Windungen, die unter dem von der Straße her wie von Oberflächen matter Christbaumkugeln ins Zimmer gestreuten Licht von Lust- und Traumschweiß glänzten, sprach aber sieben Jahre früher Erissohn hinein:

23

»Gruß und Preis seien Euch von der Mutter, der flüssigen Göttin!
Thetis weiß von den Leiden des Ostens! Hebt nun die Köpfe,
darbet nicht länger am Brot! Die dürft'ge Heimstatt verlasset,
stolz und totenbekleidet! Endet die Not! Nicht geschunden
länger, und mühsam, beugt nicht Nacken und Stirn mehr des Landes!
Eris, mein Vater, ruft Euch auf, der von allen vergess'ne,
bittre, alte Prophet, der schon heimfuhr still in des Meeres
helleren, fließenden Schoß, um nicht Klage mehr länger zu führen,
Eure! Unaufrecht gingt ihr dahin und verkrocht Euch um Krumen,

Lecktet die Hand, die Euch schlug, und vergaßt Euch, aus Furcht, und das Erbe!
Ginget dahin jeden Tag, den der Westen Euch hinwarf, den Auswurf zu
lecken, Rotz und Speichel der Macht. Um Verrat am Leben gedungen,
tatet Ihr feig die Lästerung mit, verrietet das Leben!
Darum bin ich geweckt und rufe wieder die Sterne
überm Meer an, des Strahlens Lodern! Leuchtender Lockung
Lust und Seespiel schlagen die Gischt, um Euch zu erwecken!
Schaumigen Betten gleich, um Thetis' Schlangenleib spritzend,
Bäumen sich Wellen in Weinrot, hebt sich das Bluten der Mutter,
Mond und Menses, daß künde Leukes Laut ihren Kindern
Freiheit, Brüderschaft, Glut – um Ursprunges Recht und sein tiefes
Zucken schmerzhaften, lustgeschüttelten, feurigen Sehnens
wieder zu fühlen! Wie wirklos, ach!, und wie stumpf ihr geworden,
Frauen wie Männer! Die Kinder schachern, kränklich verkrochen,
jetzt schon anfällig – so Euch Männern ähnelnd korrupt,
Ganz wie Euch Frauen, mutlos krumm. – Drum hört mich jetzt singen!«

Einen Moment lang hielt Erissohn inne, herumsehend, wütend beinahe; gerade die Frauen wußten nicht, was er von ihnen wollte, nicht die aus der Siedlung, vielleicht aber, das mag sein, die Amazonen, doch sahen sie starr und warteten ab. So auch die Goltzin. Zeile für Zeile gewann der Achäer an Kraft. Man könne ihn, dachte Cordes, gerne verkleinert sehen, konnte sich durchaus vorstellen, er sei eine jener Plastikfiguren, die das Merchandising aus dem Herrn der Ringe abgeworfen habe, Gandalf Saruman, eine Fantasy-Fassung Bin Ladens, Miraculix sogar aus dem Comic, Obi wan Kenobi als puppenhohe Tischprojektion – die Stimme bliebe gegenwärtig, selbst würde die Erscheinung derart ironisiert.

Das spürte auch Brem, der reflexhaft, doch langsam eine Hand an das Messer legte, nur um zu wissen, es sei da, falls der Mob zu rasen begänne. Man hätte den, dachte Brem, achäischen Mimen als eine Projektion auf zwei ausgestreckten Handflächen vorantragen können, sie hätte bereits, ob holomorf oder nicht, als eine Monstranz gewirkt, der singend der halbe Ort hinterherprozessierte. Für Ironisierung war in Točná kein Raum. Zu nüchtern die barackigen Häuser, zu militant Wagen und Hänger, zu ausgemergelt und gierig die Leute, die sich angesprochen und aufgefordert fühlten, ohne daß man ihnen Entlohnung versprach: einfach so, aus einem Grund, der nur *war* und nichts tauschte. Das fremde, vergangene Versmaß war selbst wie ein Meer, das einbricht in Straßen und Gassen. Unversehens steht's auf dem Platz und man selbst mitten darin. Wörter wie wühlendes Wasser, sich schlängelnde, schwanzschlagende Wortkörper, die Strophen teils Fisch, teils Reptil, doch teils auch, wenn sie Borkenbrod wurden, ein Mensch:

>»Trete vor, wer sich traut! Ich werde erzählen euch Frauen,
Werde euch Männern von Thetis dartun, euch Nachwuchs von Niam,
Goldhaar heißt sie, Sonnenträne, heiliges Mädchen,
mandschugeboren, Achill war der Vater. Ihn hatte die Mutter
Euren ähnlich gebildet, als Dichter jedoch, der im Traum des
Barden früh schon von Leuke – Borkenbrod hieß er – hörend
sprach als Sänger und aufbrach westwärts, suchend, voll Hoffnung.
Wänden, Häusern, Fassaden malte er liebende Verse,
formte, magische Kräfte entbindend, rufende Zeichen.
Wer denn las sie und folgte? Wer denn konnte sie deuten?«

Wo blieb die *Geschichte,* die den Leuten versprochen war? Wollte der Mann nicht zur Sache kommen? Wovon sprach er überhaupt, und was für Zeichen meinte er? Man hatte im Osten keine gesehen. Dennoch waren die Leute an Erissohns Lippen gebunden, aus denen, dachten zugleich Brem und die Goltzin, dieses wirre, doch aber feurige Zeug kam. Noch ahnte nicht der Polizist in der Frau, daß die Rede von dem ging, den er als Aissa den Barden kannte – gekannt hatte, wie er sich hätte sagen müssen.

Der Achäer, momentlang die Augen geschlossen, schwieg unversehens. Wahrscheinlich legte sein Kopf sich die nächste Strophe zurecht, die Daktylen still schon vorweg improvisierend. Brem konnte das hören, nicht aber die Goltzin, der Poesie nie nahe gewesen; der Polizist hörte nur mythischen Blödsinn. Dennoch griff der ihn an. »Hör auf damit«, flüsterte er und hielt sich die Schläfen. Ein Löwe schlüpfriger Tintenfisch. Wieder die Schlange »Hör auf damit, wie machst du das?«

>»Darum will ich beginnen, euch von dem Meer zu sprechen:
Einstmals umspülten friedlich Wasser grünende Ufer.«

Erissohn hatte gestanden bisher. Jetzt setzte er sich. Denn grüne Ufer kannten die Ostler nur aus dem Fernsehn; so wollten sie mehr hören und rückten auf. Thisea mußte sich durch die kleine Menge drücken, als sie den melancholischen Blick Erissohns auffing, sofort begriff, zur Fahrerkabine eilte, die Wasserflasche herausholen wollte, aber einer der Ostler, das war ganz erstaunlich, hatte dem Achäer da schon ein Glas voll gebracht. Er reichte es der Amazone, nicht jenem, war vielleicht zu scheu für einen direkten Kontakt. Thisea lächelte, und der Mann schob sich, wie zusätzlich eingeschüchtert, zurück. Dabei stieß er gegen Brem, zog sich nun ganz besonders zusammen, ja er duckte sich beinah. Interessiert war ihm Goltz mit den Augen gefolgt. Brem schien bekannt zu sein, wenn er so gefürchtet wurde.

Die Lichtkegel zweier Strahler schnitten die Hängerbühne, die und den Achäer und zwei der Amazonen aus der über die Siedlung herunterfallenden Nacht. Erste Fledermäuse schwärmten, eine mutierte Art, sie kopulierte bisweilen mit Gloptas, war darum völlig haarlos, nicht nur die Flügel, auch die winzigen Leiber wie Nacktmulls. Gloptas waren Schmarotzer, sie befielen auch Menschen, aber ohne, dachte ich, gefährlich zu sein; eigentlich waren sie nur auf das Salz und im Schweiß gelöste Eiweiße aus. Man fand sie widerlich und zerquetschte, was man von ihnen zu fassen bekam. Doch gab es Kinder, die waren mit zweidrei der Tierchen derart vertraut, daß die sich von ihnen füttern ließen. Hatte so ein Bengel herumgetobt und war nun schweißnaß, dann flatterten sie tumb, die innere Echolotik mißachtend, gegen seinen Kopf oder die Brust. KLATSCH! machte das leise. Hatte das Dingerl dann Glück, fing der Junge es auf; falls nicht, hob er es, meist mit zwei Fingern, an der nahezu losen Haut des Hinterköpfchens vom Boden hoch; es faßte sich wie ein nasses Vileda-Tuch an. Für die Häßlichkeit des winzigen Kopfes gibt es keinen Vergleich. Schlaff wie ein Katzenjunges, das du an der Genickrolle packst, hingen die Flügelchen Beinchen, hing das bei Weibchen wie Männchen furunkelartig ausgestülpte Geschlechtchen hinab. Die Dinger fiepten maushaft und hoben ihre zwei Schabezähne wie einen zu langen gespaltenen Fingernagel, darum den Trauerrand vertikal in der Mitte. So setzte sich der Bengel das Viecherl an die Haut. Schon wurde schlotzend geschabt. Schließlich, war es genug, wurde das fledernde Ding mit Schwung zurück in die Luft geworfen. Nicht anders spielen auf Kuba Inhaftierte mit Schaben: ein Amusement, das den Ekel herumdreht, gleichermaßen im Osten die hartgesottensten Kerle, aber mit Bohrern. *Das waren so Vergnügungen zur Nachtschicht,* hatte Hans Deters einmal gedacht, als der, von dem der Erissohn sprach, noch in Cham gelebt hatte, zusammen mit Poseidon, seinem Kumpel – lange, bevor er in die falsche Richtung aufgebrochen war, weil er doch annahm, man gelange nach Leuke über den Westen. Da hatte er wieder zurückgemußt und hatte im Osten die Frau genommen, die ihm, aber, im Westen verhießen. War in die nun richtige Richtung davon. Deidameia sah ihn am Horizont verschwinden, immer wieder, ihn und die Frau, seine Beute, die, wie er, aus einem Ei geschlüpft war – nachträglich aber: indem sie *Idol* geworden war.

Wie konnte davon Erissohn wissen?

Der, nun aber leise, weitersprach, ganz in sich hinein, als würde er's sich selbst erzählen:

»Mensch und Mensch lebten ruhig und Tiere, die Hand in der Hand, und Berg und Wasser und Pflanze, friedlich am Lager das Feuer.«

Es war jetzt, als ob er träumte und gar nicht recht wisse, wo er eigentlich war. Deshalb rückten die Leute immer noch näher heran und ignorierten das Plastikband einfach, das die Goltzin und Kali immer weiter gespannt hielten, das sie nun aber nachgeben mußten. Ja, sie wurden selbst zu Teilen der Menge – wie Uma, im Hintergrund, auch. Und als Menge sahen auch sie zu Erissohn hoch. Das war nicht ohne Gefahr, gewiß, wiewohl die Ostler zunehmend sanfter wirkten unter dem Eindruck der zunehmend sanfteren Achäerverse. Selbst die Goltzin war nur noch wegen Brem besorgt.

Der spitzte die Lippen, war mit den anderen ganz nach vorn, spürte den polizistischen Blick fortan im Nacken. Aber dachte nicht dran, sich umzudrehen; vielleicht dachte er: Ich weiß von dir mehr als du von mir. Was willst du schon tun? Wichtiger war ihm, auf den Achäer zu achten. Er neigte zu der Ansicht, wirkliche Wirklichkeit entstehe erst in der Fiktion. Wenn sie denn gut bereitet sei. Das war hier der Fall. Selbstverständlich glaubte er nicht konkret an die Realität dessen, was Erissohn erzählte, er war alles andere als ein mythischer Mann; aber Wirklichkeit war für ihn an jedes gebunden, das wirkt. Und es lag auf der Hand – Brem konnte es spüren –, daß der Achäer Einfluß auf diese Ostler gewänne, weil die Kraft des Wortes in ihnen noch lange nicht so an Bedeutung verloren hatte wie in, dachte ich, den längst aufs Bild konditionierten Porteños, denen das Differenzierungsvermögen des sprachlichen Ausdrucks zunehmend, ihnen selbst unbemerkt, verlorengegangen war. Sie brauchten es auch gar nicht mehr. Zwar hatte es warnende Studien gegeben, nicht wenige und oft debattiert, aber mit dem Verlust gingen Gewinne einher. Das war den zeitgenössischen Leben angepaßter als jeder von der Konservativen beschworene Wert. Auch wäre es nicht nur nicht mehr wünschenswert, sondern hinderlich gewesen – obendrein war es faktisch unmöglich –, hätte die Bevölkerung versucht, auf die Höhe der Produktionsmethoden zu kommen. Je weniger sie wußten, was geschah, drückten sie bei DAIMLER CHRYSLER auf einen Knopf, um so reibungsloser war der Fabrikationsprozeß garantiert. Jeder freilich, der, um zu drücken, einen holomorfen Roboter hatte, verstand erst recht nicht, was vorging. So kam, formulierte es Cordes, der *homo creator* zurück auf den konditionierten Reflex – einen freilich, dessen Komplexität sich höher und immer höher schraubte – weshalb sich das Bestreben nach Autonomie nunmehr in den entwickelten Programmen repräsentiert, also gerade in den Maschinen, die den neuen Medien entsprachen und eben der Welt, zu dem der Westen geworden war.

Brem wußte das; schließlich kannte er die Zentral-, ja sogar die Weststadt jenseits des Rheins. Er verfügte über genügend Zuträger auch von dort. Abgesehen davon ließ sich die Entwicklung sogar im Fernsehen verfolgen, man mußte nur genau hinsehn – und sowieso im Euroweb, für das es seit AUFBAU OST! auch hier genügend Einwahlpunkte gab. Selbst das halbbrache, vernachlässigte Točná hatte zwei davon. Die Internet-Cafés, quer durch das Elend, schossen wie Pilze aus dem Schutt. *Entwicklung,* fällt mir dazu im SILBERSTEIN ein – Cordes sitzt in der Lützowbar, Kumani ist im BOUDOIR aufgestanden und folgt Deidameia, die ihm gewunken hat; noch haben die beiden Körper einander nicht geliebt, noch sind in ihnen Organik und positrone Holomorfik nicht im Orgasmus zur Hybris verschmolzen –, Entwicklung schreitet nicht sukzessive voran, sondern sie springt, aber in Spiralen. Die sehen nach schrägen Loopings aus. Wird die Geschwindigkeit schneller, wirken sie wie Strudel, die aber nicht hinab- sondern hinaufziehn – bis man im Himmel verschwindet.

»Doch was Mensch ist, will weiter; Wärme genügt nur den Tieren;
fehlt sie und friert man, ersehnt der Mensch sie, der denken kann; Nächstes
will er, der Sehner, sich schaffen und sticht schon ein in die Erde
Schaufel und Hacke mit Lust. Das Erz spritzt, Öl brennt gewaltig.

Schon errichten sich Häuser, Brücken und Wehre. Versklavung
folgt schon dem Wohlstand. Trüb das Meerlicht, Schlieren vergiften
Felder und Luft. Erkrankt die Schwestern, elend Natur und
Seele, Götter und Fische. Fast alle Arten der Thetis –«

Nun sah man gar nicht das Thetis-Meer, sondern eine alte Nordsee, in
der, als die Gezeiten sie übers Watt zurückgezerrt hatte, weil sie von all
dem Gerümpel nur unter Mühen ablassen konnte, Wasserfinger aus
Leim an verrosteten Blechfässern klebten. Aus deren brandwundar-
tigen, schartig umsäumten Löchern schauten die ersten Mutationen
heraus, ein mit Plasteflaschen fusionierter Krill, der sich dauernd erbrach. In die Lefzen der Midgardschlange war die Wurzel einer schweren Herpes gegraben, so daß die Lippen platzten und einen Schleim
fließen ließen, der sich im Meer nicht mehr löste,

»– starben, doch jeder Vergiftung klappte weiteres Gift nach.
Bauchoben schwammen die Adler. Möwen fielen in glatte
schwarze, schimmernde Schmiere. Robbenbabys verwesten
strandlang bei lang noch sehenden Aug's. So nahm alles Abschied.«

Adler hatte noch keiner gesehen, man kannte nur eine Art Geier,
nicht größer als zwei Männerhände, und auch die waren lange nicht
mehr gekreist – nicht mehr, seit die Schänder, denen sie folgten, und
die Heiligen Frauen vorm Westen hatten zurückweichen müssen.
Aber auch Adler verhießen, und Möwen, grüne Ufer. Verhießen Sterne, die nicht, wie selbst das Elend, wie die Regenzeiten, reguliert wurden; überm gesamten Osten knipste der Westen das Licht aus und
knipste es an, wenn produziert werden sollte. Diesen seit AUFBAU
OST! fast vergessenen Zusammenhang entfachten Erissohns Verse in
seinem Publikum aufs Neue. Das war explosiv, dachte Brem, das war
für keinen ohne Gefahr, nicht für Buenos Aires, nicht für Prag Warschau Landshut. Nicht einmal die Amazonen ahnten, dachte Cordes,
was hier erweckt worden war.

Tatsächlich rührte drüben, während Herbst einmal mehr leicht
durchsichtig wurde, von der linken Schulter körperhälftig abwärts bis
zum Knie, Niam Goldenhaar einen Fuß, zusammengeringelt in seiner
Wäsche. Herbst bekam das nicht mit, weil er zu der Zeit, also jetzt,
im SILBERSTEIN saß; gegen zehn wollte er Judith Hediger treffen. Aber
tatsächlich: In den Berg Wäsche, den er vorm Kachelofen aufgehäuft

hatte, kam für einen Moment Bewegung. Leicht glitt eine Socke von oben herunter.

So ein Sprengstoff geht, dachte Brem, schon schnell in der Hand, die ihn wirft, hoch.

Er wurde unruhig, zum ersten Mal seit Monaten wirklich unruhig. Dabei hatte ihn Erissohns Blick noch gar nicht getroffen, und ihm war kein Hundsgott erschienen, so wie in Garrafff geschehen.

Denn das, dachte ich, war ganz dasselbe gewesen, dieselbe Art Explosion eines Fremden im Eignen, das sie von sich schleudern will, doch nicht schnell genug ist, weshalb es noch immer, in Beelitz, nach diesem Hundsgott roch. Sabine Zeuners BENZOE SUPREME brachte den fiesen Gestank, als düngte sie Morcheln, zu einer Blüte, die

24

nicht eitel gespreizt wie bei Zierblumen war, sondern nachtschattenartiges Halblicht blieb. Nur noch mehr lief die Zeuner mit Gießkannen rum. Das war ein Akt olfaktorischer Hysterie, die der allmählich daran verzweifelnde Dr. Lerche zwar anfangs noch gütlich zu diskutieren versucht hatte. Er hatte den dünnen kräusligen Duft-*Fog* mit Tabakrauch verglichen und Statistiken herausgesucht, die karzinogene Schädigungen belegten. Aber das half alles nichts. So verfaßte er endlich, hinter dem Rücken seiner Vorgesetzten, seine Eingabe an die Firmenleitung.

Das verbesserte unsere Arbeitssituation nicht. Zudem war Lerche, weil er für seine Testreihen neue Avatare suchen mußte, schon insgesamt ziemlich nervös. Nur der Blick auf die nunmehr 43 Kerben an der Vorderseite seines Keyboards tat ihm ein bißchen gut; es gab nicht viele Kybernetiker, die eine ähnlich hohe Abschußquote hatten. Wiederum mochte er sich nicht selbst beschummeln: daß aus den 28 mit einem Mal 43 geworden waren, hatte sich kaum seinem eignen Talent zu verdanken. So zynisch Lerche also einerseits war, so wenig tendierte er, andererseits, zur Selbsttäuschung. Wer jemanden begreifen will, muß versuchen, ihn auch dann vorurteilsfrei zu erfassen, wenn er ihn nicht mag oder gar so abscheulich findet wie Zeuner und ich Dr. Lerche, darin mit Deters und Cordes völlig einig.

Die 28. Kerbe nun war, sozusagen, Corinna Frielings Kopf. Den hatte sich der schlimme Mann an die innere Hauptwand seines unrührbaren Egos gehängt. Dreimal täglich, mindestens, sah er hin und scharrte vor sich selbst mit dem Kratzfuß und vor diesem 6. November.

Der war insgesamt ein verschobener Totensonntag; anders als im Hospiz das Krankenzimmer Frau Frielings, die furchtbar nüchtern starb, war für Herrn Kumanis Fortgang der Abschiedsraum geschmückt worden. Holomorfe gehen selten im Bett hinüber; dafür sind sie – wenn sie Freie sind – zu selbstbewußt. Kumani senior zumal, der Selbstbewußtesten einer, saß angetan im Smoking in seinem Wohnzimmersessel, seine Frau, in einem dezenten grünen Cocktailkleid, ihm zur Seite und der ganze wie zu einer Trauung gekleidete Freundeskreis um ihn herum. Die Wohnung glitzerte von Kerzen und Kristall. Ein Samt war der Boden. Auf dem Tisch, auf Stühlen, am Boden lagen geöffnete Päckchen, eingerissene Geschenkpapiere, zerschnittene Schleifen aus goldener und farbiger Folie. Denn am letzten Lebenstag eines freien Holomorfen brachten ihm die Liebsten Gaben für seine Ewigkeit mit, die wurden von den Hinterbliebenen in feierlichem Begehen nachher geopfert – dem Gelöschten, heißt das, nachgelöscht.

Alle Fenstersimulationen waren eingeschaltet. Man konnte in eine vergangene Serengeti schauen, gegenüber auf die Skyline Manhattans, und die kleine Erkeröffnung zeigte flimmernd Paris. Ein leises d-Moll KV 466 lief, das Kumani Senior sehr liebte, Clara Haskil, Lamoureux, Markevitsch; an diese kam lange keine andere Einspielung, wußte der alte Kumani, jemals heran. Schon deshalb läßt sich schlecht von einer gelösten Stimmung sprechen, auch von erwartungsvoller Anspannung nicht. Es ging schließlich nicht um Geburt.

Doch nicht nur das drückte auf die kleine Gesellschaft. Vielmehr wußte keiner recht, wie man sich gegenüber Deidameia verhalten sollte. Der Moment, an dem ein Holomorfer gelöscht wird, ist sein wahrscheinlich intimster; den teilt man nicht mit Fremden. Am schockiertesten schien deshalb der Senior selbst zu sein, weshalb er, seit der Sohn und seine, so schön sie auch war, deutlich ältere Freundin ins Zimmer getreten waren, nicht mehr sprach. Vielmehr starrte er Deidameia, eine Menschenfrau, unentwegt an. Angesichts der

Umstände konnte er sie nur hinnehmen. Außerdem tobt man nicht, wenn man stirbt, schon gar nicht wegen Taktlosigkeiten. Da es aber unhöflich gewesen wäre, mit allen übrigen zu sprechen, der Menschin aber nicht, schwieg er und wartete, daß man ihn lösche.

Eines aber ließ er sich nicht nehmen: dieser Frau direkt in die Augen zu blicken. Er schien darüber fast die Gemahlin und sowieso die Freunde zu vergessen. Anfangs war sein Blick sicher empört, hatte nur Zurechtweisung ausdrücken sollen. Doch Deidameia blickte zurück, und zwar stolz. Das frappierte ihn. Menschen senkten angesichts Sterbender meistens den Blick. Diese Person tat das nicht. Da war etwas anders an ihr, etwas, das nicht menschlich war, jedenfalls nicht auf eine ihm bekannte Weise. – Er war sein Leben lang keiner Amazone, nie diesem unbrechbaren Ostgeist begegnet. Zwar kannte er Schwarze, das schon. Mit einigen hatte er bei PHERSON LTD. zusammengearbeitet. Aber auch sie, genau wie die Weißen, waren letztlich korrupt, vielleicht sogar mehr, weil sie aufsteigen wollten, hinaus aus dem Elend. Doch allen ihnen, Menschen, fehle, hatte er immer gedacht, die Gradlinigkeit eines definierten Programms. In Deidameia indes, die sein Junior als Mata eingeführt hatte, saß er einer Person gegenüber, die den Blick n i c h t vom Tod nahm und auch, wurde ihm bewußt, nicht einmal vom eigenen nähme. Seltsam! Ihm war, als ob die Narbe, ein Schmiß auf ihrer linken Wange, pulsierte. Sie glühte rot durchs Make-up, schien sich zu heben und zu senken – fünf feine Dämme, unter denen es brodelte. Das war fast unheimlich, flößte ihm beunruhigenderweise Respekt ein.

Deidameia war, den eigenen Sohn eingeschlossen und neben seiner Frau, die interessanteste Person dieses seines Sterbeabends. Doch eben das – und daß er sich das eingestehen mußte – ärgerte den alten Herrn um so mehr. Zumal er, da freie Holomorfe körperlich nicht altern, aussah, als wäre eigentlich er der Partner Deidameias. Vielleicht war das sogar der eigentliche Grund, daß er mit dieser taktlosen Grabbeigabe nicht klarkam. Deidameia mochte gegen vierzig Jahre zählen, er selbst war als um die vierzig programmiert; es hatte deshalb etwas von Ödipus, von Vatermord, daß an diesem höchsten, endgültigen Tag der eigene Sohn mit ihr angerückt war. Für die spezielle Komik der Situation hatte Kumani Senior keinen Sinn, so humorvoll er sonst auch gewesen war.

Daß einen solchen Gast mitzubringen derart falsch aufgefaßt werden könne, hatte Kumani junior nicht bedacht, der eigentlich nur glücklich über seine Liebe war – zu glücklich, um sie seinem Vater nicht vorstellen zu wollen, bevor der dahinging, und, ehrlicher- wie natürlicherweise, um ein bißchen anzugeben. Doch er begriff es unmittelbar, als er seines Seniors Blick bemerkte; die Geliebte – momentan also Mata – selbstverständlich auch, die da spontan ihres Freundes Hand nahm. Sie wußte sofort, der Fehler lasse sich nicht mehr rückgängig machen. Sie hätte nicht einfach ›Entschuldigung‹ sagen, sich umdrehen und fortgehen können, weder ihrerseits aus Gründen der Höflichkeit, noch, ohne nicht nur ihren Gefährten alleinzulassen, sondern vor allem nicht, ohne auch ihrer beider Liebe eine Verletzung zuzufügen. Weil sie wußte, wie sich ein Abschied anfühlt, spürte sie den Schmerz, den ihre Gegenwart dem alten Herrn bereitete, sogar intensiver als dessen Sohn. Immer noch, immer wieder, trug sie Borkenbrods Blick in sich, mit dem er sie angesehen, als sie einander so unversehens im Shakaden begegnet waren, ihr einstiger Gefährte mit dieser nackten Frau über der Schulter, sie selbst dem alten Feind zur Seite, und wie Borkenbrod dann, ohne des Streifschusses zu achten, seinem Leuke entgegen hinter dem Horizont verschwunden war. Aber schon vorher – spontan legte Deidameia zwei Finger auf das Niamszeichen –, lange vorher – die Trennung von der Sonnenträne. Da war sie, Deidameia, noch ganz ein junges Ding gewesen.

In ihrer Scham vor dem Sterbenden rasten die Gedanken.

Was es sie alles gekostet hatte, solch eine Kämpferin zu werden! Dabei hatte sie sich das als Mädchen erträumt, dort, in Teplice, dem entfernten Beskidendorf ihrer Kindheit. Abschiede hatte sie niemals erträumt, nur, daß sie Tupamara werden würde, die beste überhaupt. Und weil sie nicht vorhatte, einen weiteren Abschied zu ertragen, jedenfalls nicht einen, der sich bekämpfen ließ, deshalb eben blieb sie jetzt und parierte den Blick des alten Mannes. – Vor ihren Augen verging er.

Es war, als hätte jemand einen Schalter bedient. Da gab es keinerlei Ungefährwerden wie momentan wieder bei Herbst; irritiert sah einer das, der zwei Hocker neben ihm an der Bar des SILBERSTEINS saß. Denn unterdessen war es Abend geworden. Bei Kumanis flirrten nicht einmal die Konturen. Nichts war, als dieses lautlose, weggeknipste Davon.

Leer stand der Sessel zwischen den Leuten und vor den Geschenken. Des Blickkampfes wegen war nicht einmal Gelegenheit gewesen, auf Nimmerwiedersehn zu sagen. Darum kam nun so wenig eine Trauer zustande, wie festliche Stimmung gewesen war. Furchtbar nüchtern war das alles, fast nun wie bei Frau Frieling.

Deidameia stand auf.

»Entschuldigen Sie bitte.« Ihr Blick ging leer über die Anwesenden die Zimmerwände entlang. Sie drehte dabei nur den Kopf, nicht ihren Körper. »Entschuldigen Sie bitte alle.« Und zu ihrem Geliebten: »Wir müssen uns jetzt entscheiden.«

Kumani, nicht länger junior, erhob sich ebenfalls – alle anderen blieben sitzen –, ging zu seiner Mutter, bückte sich und nahm sie in den Arm. Sie hatte den letzten Blick ihres Mannes übernommen und richtete ihn ihrerseits, an der rechten Schulter des Sohnes vorbei, auf Deidameia. »Ich weiß nicht, was das werden wird«, sagte sie, »aber seien Sie gut zu meinem Jungen. Nutzen Sie seine Liebe nicht aus, auch wenn Sie ihn für eine Maschine halten.« »Wieso sollte ich das tun?« »Weil Sie ein Mensch sind.« – Bedrücktes Geraune. Es war ihrerseits sehr taktlos, so etwas auszusprechen. – »Und Sie?« fragte Deidameia. »Für was halten Sie mich?« »D e i …«, flüsterte Kumani, verbesserte sich: »M a t a … *nicht* …« Die Freundin winkte ab und fragte seine Mutter: »Für ein unentwickeltes Tier?« Sie fragte das nicht scharf, sondern mit Seidenstimme. Aber ihre Narbe pulste. »Ich halte Sie«, sagte Frau Kumani, ebenso beherrscht, »für verwundet.« Abermaliges Raunen. »Laß uns gehen«, zischelte Kumani und, in Richtung seiner Mutter, hob die Stimme: »Mama, bitte!« Deidameia senkte die Lider. Frau Kumani ließ sich von ihrem Sohn nicht abbringen und setzte ruhig nach: »Verwundete Menschen sind immer ungerecht, das wissen Sie und ich. Und manchmal können sie, weil die Wunde so wehtut, nicht lieben.« Deidameia hatte sich gefaßt und hob den Blick wieder. Dann gab sie mehr preis, als sie durfte: »Ich habe kein ungefährliches Leben.« Sie hatte plötzlich begriffen, welch eine erstaunliche Frau das war, diese schmale, elegante Holomorfe, die soeben ihren Mann verloren hatte; auch, wie erstaunlich d e r gewesen sein mußte und wie unsensibel es von ihr und Kumani gewesen war, nicht nur Kumani

Senior den traditionellen Ritus zu nehmen, sondern vor allem ihr, dieser Frau, die Möglichkeit, Trauer zu zeigen.

Kumani sah die Freundin irritiert an. Sie war ihm ausgewichen in der Nacht, als er sie nach ihrem Beruf gefragt hatte – dem einer Tänzerin, ja; aber augenscheinlich tanzte sie nicht mehr, jedenfalls Lysianassas Erzählung zufolge. Was also sollte gefährlich sein? Man riskierte als Prostituierte vielleicht Ordnungsstrafen, aber – *Gefahr?* Ihrerseits Frau Kumani erfaßte, und zwar im selben Moment, wie weit sich die Freundin ihres Sohns mit ihrer Äußerung entblößte. »Ich möchte«, sagte sie darum schnell in die Runde, »mit Mata einen Augenblick alleine sein. Bitte entschuldigt uns.« Indem sie aufstand dabei, schob sie den Sohn mit leichter Geste zur Seite. »Mama ...«, sagte der. Sie: »Bitte, sei so gut.« Dann schritt sie auf Die Wölfin zu. Sie war mehr als einen Kopf kleiner als die, aber nahm die Frau an der Taille und leitete sie durch die Sitzenden in einen Nebenraum.

»Ich w ü r d e es gerne«, sagte Deidameia, als Frau Kumani die Tür geschlossen und das Deckenlicht eingeschaltet hatte, »aber ich k a n n Ihnen kein Beileid sagen. Ich kannte ihn nicht, Ihren Mann.« Sie standen im intimsten Raum der nun für immer getrennten Eheleute. Rechts eine Frisierkommode, an der hinteren Wand ein überaus langgestreckter Spiegelschrank. Ein französisches Bett sogar, das Plumeau verwühlt; zerknüllt ein brokatenes Überplaid, zur Hälfte am Boden. Darüber, herabsenkbar und in der Form eines doppelten Solariumdeckels, der Halluzinomat. »Sie sind entsetzlich klar, Mata. Aber ich fürchte das nicht.« »Frau ...« Die hob die rechte Hand, nur leicht. »Worum ich fürchte, ist mein Sohn.« »Das verstehe ich. Ich werde ihn nicht schützen können.« »Das meine ich nicht.« »Nicht schützen *wollen*. Ich bin keine Mutter.« »Nicht seine.« Deidameia irritiert. Wie konnte diese kühle Holomorfin *wissen?* Die lachte kurz und schüttelte den Kopf. Spürte. »Entsetzlich klar sind Sie«, wiederholte sie, »das schon; aber in emotionalen Belangen, wie ich sagte, verwundet.« Sie nahm ihren Instinkt aus der Luft. »Denken Sie, eine Mutter erkennt nicht die andre? Sagen Sie jetzt nicht: Aber Sie sind holomorf.« »Jetzt mißverkennen Sie m i c h. Ich leite ...« »Pscht, Kind!« machte Frau Kumani und schüttelte abermals den Kopf. »Ich möchte das gar nicht wissen. Nicht um meinetwillen, nicht Ihretwegen. Was ich nicht weiß, darüber kann man mich nur schlecht befragen.« »Verzeihen Sie, Sie haben recht.« »Ich habe ein Interesse daran, mit Ihnen rein abstrakt zu sprechen. In Andeutungen, wenn Ihre Klarheit das versteht.« Deidameia nickte. »Da treffen wir uns. Sie, Mata, sollten dasselbe Interesse haben.« »Was möchten Sie wissen?« »Mein Sohn weiß nicht, wer Sie... was Sie sind?« »Nein.« »Sie müssen es ihm sagen.« »Auch er könnte befragt werden.« »Ja, aber das ist etwas anderes. Er liebt, ich liebe n i c h t, das heißt: s c h o n, aber i h n. Deshalb will ich, daß er sein Risiko kennt.« Deidameia schwieg. »Wenn Sie *das* Vertrauen nicht haben, müssen Sie von ihm lassen.« Abschiede, dachte Deidameia. »Auch wenn es schwerfällt.« »Es geht nicht um Vertrauen, sondern darum, ihn nicht in etwas hineinzuziehen.« »Das tun Sie so oder so. Und wissen das auch.« »Wie kommen Sie drauf?« »Ihr Kind.« Da mußte Die Wölfin schlucken, da w u r d e sie für kurze Zeit Mutter, eine, der ihr Junges fehlt. »Sehen Sie. Das meinte ich damit, daß Mütter einander erkennen. An der Sorge, Mata, erkennen sie sich.« »Jason weiß nicht, daß ich seine Mutter bin.« »Jason heißt er? Wie alt?« »Etwas über sechzehn.« »Dann wird er suchen. Bald. Und, sofern er Ihre Klarheit geerbt hat, finden. Aber das müssen Sie mit i h m ausmachen und mit sich selbst. Ich will Ihnen nur zeigen: Sie messen mit zweierlei Maß. Die Liebe kennt aber nur eines.« »Ich soll Kumani verlassen. Das verlangen Sie.« »Nein, Kind, nein. Ich bin mir nicht einmal sicher, ob Sie das, selbst wenn Sie wollten, überhaupt könnten. Jedenfalls jetzt. Ich kenne meinen Sohn. Er hätte Sie niemals... an diesem Tag...« Schroff sprach sie das aus, z u schroff.

So daß Deidameia etwas abermals Ungewöhnliches tat. Nämlich trat sie ganz nah an die Holomorfin heran und legte ihr eine Hand auf die Schulter. So spendeten die Landshuter Amazonen einander Trost. Bereits die junge Huri hatte das oft beobachten können. Nicht mehr, sie waren zu soldatisch. So aber doch. Obendrein sagte Deidameia: »Mutter Kumani...« Die konnte f ü h l e n, wie von der Frau, die sie nicht eigentlich aus Altersgründen, sondern solchen der emotionalen Erfahrung ganz bewußt ›Kind‹ genannt hatte, Kraft in sie strömte: Ein sehr dichter Strom Energie, dem etwas von handwarmem Öl eigen war. – So standen die beiden ein paar Sekunden und schwiegen.

Schließlich löste die ältere sich.

»Wir sollten nicht so lange hierbleiben«, sagte sie. »Sonst fängt man drüben an zu reden. Das wäre meinem Sohn unangenehm. Und den Redenden selbst. Solch eine Situation meidet drum, wer auf sich hält.« »Was erwarten Sie also?« »Das habe ich, glaube ich, zum Ausdruck gebracht.« »Ihr Sohn ist wundervoll, Frau Kumani, aber...« »Aber?« »Ich m u ß das jetzt sagen.« »Sagen Sie's.« »Er könnte sich im Gefahrenfall nicht verteidigen. Er wird glauben, daß er's könnte, aber er kann es nicht.« »Ich weiß. Wenn Sie wüßten, w i e ich weiß!« Ihr Mann war immer Pazifist gewesen; sie hatten einen Sohn in Auftrag gegeben, der nicht wehrhaft ist und den deshalb, selbst wenn er sich hätte freiwillig melden wollen, jedes Militär sofort ausgemustert hätte. Was ja auch geschehen war. Kumani Juniors Körper war insofern nichts als ein kosmetischer Fake. Das erzählte Frau Kumani allerdings nicht. Aber sagte: »Setzen Sie ihn instand. Ich will keinen wehrlosen Sohn. Nicht *mehr*. Und nicht, Mata, in Ihrer Nähe. Sie sind außerdem Frau, aber er ist Jüngling.« »Ich werde mit ihm sprechen. Dann soll er entscheiden.« »Wir wissen beide, wie er sich entscheiden wird. Schonen Sie ihn dann nicht.« Und völlig arglos im Ton, absichtslos, könnte man sagen, fügte sie bei: »Zur Fähe gehört nicht ein Schoßhund, sondern ein Wolf.« Da stutzte Deidameia; aber Frau Kumani, geradezu arglos, lächelte. »Kommen Sie jetzt. Bleiben Sie noch zehn Minuten, danach bitte gehen Sie beide. Ich möchte mir nicht gern auch noch den Opferritus stören lassen.« »Dabei muß Kumani... muß Ihr Sohn nicht sein?« »Bei Ihnen, Kind, muß er sein. Nirgendwo anders. Wenn und solange er Sie liebt.«

Erwartungsvoll und irritiert sah man den beiden Frauen entgegen, die kamen Arm in Arm, plaudernd, Kumani faßte es nicht. Es wurden die Glückskekse verteilt, die kleinen Lebenssätze verlesen. Frau Kumani tuschelte zwei Sätze mit ihrem Sohn, man hörte: »Danke, Mama.« Dann verabschiedete sich das Paar. Die Mutter brachte es zur Tür. Und als die beiden gegangen und sie hinter ihnen die Tür schloß, genau in diesem Moment, starb, in kärgster Einsamkeit, auch Corinna Frieling. Das Opfer ihrer linken Brust hatte ihr so viel Lebenszeit nicht mehr gegeben, wie sie gehofft haben wird. So daß Dr. Lerche seine Kerbe anbringen konnte – eine geschummelte, weil er das für seinen Frieling-Triumph schon einmal getan hatte. Frau Kumani aber murmelte leise: »Tranteau, Tranteau.« Sie schüttelte den Kopf. Der

Besuch war eine unbegreifliche Ehre gewesen – traurig allein, weil ihr Mann, dachte sie, das nicht verstanden hätte und auch nicht verstehen hätte dürfen. »Das also war«, flüsterte Frau Kumani wieder, »Aissa die Wölfin.« Und bevor sie ins Wohnzimmer ging, dachte sie noch: »Da kannst du aber stolz sein, Tranteau, auf solch eine Dauphine.« Damit wandte sie sich, durch die Tür tretend, lächelnd ihren Gästen zu. Es war hohe Zeit,

25

die Geschenke zu opfern, dachte Cordes, sah zur Uhr. Er saß im Jogginganzug vorm Laptop, schon so früh; wenigstens war es gestern abend nicht mehr spät geworden, er hatte es bei dem einen Drink belassen. Ich hingegen war im SILBERSTEIN geblieben. Unauffällig, nämlich den Gastraum im Rücken, saß ich sozusagen auf dem Anstand, von dem aus ich beobachten wollte, ob mir nicht abermals widerführe, was mir gestern und was seinerzeit schon Deters geschehen war: daß sich die Cafébar nach und nach mit den Figuren seiner, nun also meiner, Erfindungen anfüllt. Aber es passierte nicht. Weder kam ein Balmer noch ein Goltz, erst recht nicht Deidameia. Übrigens war auch Hella nicht da. Worüber ich nicht unfroh war. Denn ich traute mich einige Zeit lang wegen der Zustände nicht weg, die immer wieder ganze Partien meines Körpers mit dieser Art Durchsichtigkeit überfielen. Das war besonders dann prekär, führte ich mein Glas zum Mund, denn nicht nur verschwand die Hand, die es hielt, sondern fast auch ganz der Arm. So daß das Glas meinem Mund tatsächlich zuschwebte. Es war dann nicht leicht, es festzuhalten, schon gar nicht, es bis an die Lippen zu führen.

»Wie machst du das?« fragte mein Bar-Nachbar. »Was?« fragte ich. Er: »Das mit dem Glas.« »Was mache ich denn?« Da war der Arm gottseidank wieder sichtbar. »Du kannst dich verschwinden lassen.« »Ich mich?« »Na hör mal! Ja, du.« »Wieso? Wo bin ich unsichtbar?« »Na jetzt nicht mehr!« Er war richtiggehend erbost, drehte sich zur Seite und beschwor rechts seinen Nachbarn, obendrein allgemein vernehmlich: »Du siehst das nicht?« Ich zuckte für den Nachbarn die Schultern. Dessen zuckten mit. Der Mann war angesäuselt, klar, das war der Grund. Aber er ließ mich nicht mehr aus den Augen. So daß er Zeuge des übernächsten Raptus wurde; der nächste materialisierte – *ent*materialisierte – sich in meinem linken Oberschenkel und war deshalb nur mir selbst bemerklich. Dann ging das aber mit dem rechten Arm wieder los. – »Wieder!« »Was wieder?« »Na da!« Er war nicht die Spur angetrunken; ich drehte mich ihm zu, wodurch sich auch das Glas freischwebend in seine Richtung bewegte. »Da! Da!« Schnell setzte ich das Glas zurück auf die Theke. Bier schwappte, ich hatte gar kein Gefühl mehr, war restlos unkoordiniert. »*Was* da?« »Na dein Arm!« »Welcher Arm?« »Eben!«

Ich sollte vielleicht aufpassen, daß die Szene nicht v ö l l i g Slapstick wird. Deshalb hörte ich vorübergehend mit Herbsts Unsichtbarkeitsanfällen auf. Was ihm zu parieren die Gelegenheit gab: »Hören Sie sich eigentlich selbst?« »Wie selbst?« »Sie sich.« »Ich mich?« »Ja.« Er verstummte verwirrt. »Habe ich das richtig verstanden?« fragte ich. »Sie meinen ernsthaft, ich könne mich unsichtbar machen?« »Na, das hab ich doch gesehen.« Jetzt wandte ich mich meinerseits an einen Nachbarn, aber nach links. »Er meint das ernst«, sagte ich und grinste. Nur hatte der gar nichts mitbekommen. Was den ersten Nachbarn ganz besonders erzürnte. »Ich weiß, was ich gesehen habe!« »Was haben Sie denn gesehen?« »Daß du unsichtbar werden kannst! Wieso siezt du mich dauernd? So alt bin ich noch nicht.« *Aber ich,* lag mir auf der Zunge. Herbsts Tresennachbar war um die dreißig, also wohl erwachsen genug, um ein Verständnis für Distanz entwickelt zu haben. »Darf ich das wiederholen? Sie meinen, daß ich *unsichtbar* werde?«

Der Wortwechsel erlaubte ihm, über die, nun ja, *Sache*-selbst nicht allzu intensiv nachzudenken. Vielleicht wäre er sonst auf den imgrunde naheliegenden Grund für diese Anfälle gekommen: daß Hans Deters wieder – um es s o auszudrücken: erwachte. Er drängte ins System zurück, und da auch dieses, zumindest physisch gesehen, dem Satz vom ausgeschlossenen Dritten gehorchte, wäre, wenn er es schaffte, für Herbst kein Platz in Buenos Aires mehr.

Wie groß und was eigentlich die Gefahr dabei war, fiel auch mir erst an diesem Vormittag ein: Es war um einiges wahrscheinlicher, daß Herbst dann nicht nach Garrafff zurückverdrängt, sondern daß ihn der Vorgang in ebenjene Archivdatei projizieren würde, in der momentan noch Deters festsaß. Daß das schließlich nicht geschah, war Sabine Zeuner zu verdanken.

Trotz der permanenten Auseinandersetzung mit Dr. Lerche hatte sie in der Suche nach ihrem kybernetisierten Kollegen nicht nachgelassen; sie war nicht nur in Sachen Räucherstäbchen zäh. Doch ohne Harald Menschings Beistand und seine vielen heimlichen Überstunden hätte Herbst ihren Erfolg nicht erlebt. Wozu mir wieder einmal auffiel, wie ähnlich die Zeuner, sieht man von ihrer Erscheinung ab, Elena Jaspers war – der ehemaligen Elena, heißt das; der, die sich diszipliniert zur Spitze der EWG vorgearbeitet, die sogar, sich dem Willen ihres Protektors Jensen fügend, Markus Goltz geheiratet hatte, mit dem sie nichts anderes als Machtwillen teilte. Anfangs hatte sie lediglich das ziemlich abstrakte Ziel gesellschaftlichen Aufstiegs gehabt, und zwar, letztlich, wegen ihrer diskriminierend dunklen Haut, während es ihrem Mann immer um politischen Einfluß gegangen war. Markus Goltz bestimmte ein innerer, höchst gebundener Kern. Einer inversen Kühltruhe gleich, die nicht nach außen eine Wärme abgibt, damit das Innere gefriert, sondern umgekehrt, hatte ihn das Staatsinteresse spätestens da empfindungsfrei gemacht, als er, ein noch junger Mann, von Gerling nach Koblenz geholt worden war. Seine Frau hingegen war äußerlich geblieben, jedenfalls bis der mit den echsigen Schuppenplatten sein mythisches Glied in sie stieß und dies nicht, um zu zeugen, sondern um sie wieder werden zu lassen, was eine Elena i s t : Idol, das sich dem Idol verbindet.

Auf den Schultern Borkenbrods, der wie kein zweiter für den Osten und für etwas stand, das *vor* dem Osten war, so nackt, so ausgeliefert, schwand sie, Thetis singend, hin. Nicht faktisch, aber symbolisch, hatte nun ihren Mann ein ganz ähnliches Schicksal ereilt; jedenfalls schmolz ihm der Osten das Eis von der Haut, und er schwitzte, als Goltzin, furchtbar unter dem Make up. Zwar, er merkte das nicht, wie Kajal ihm und die in Glycerinmonostearat und Öl gebundene Pigmentmischung auf dem Gesicht zerliefen; dazu war seine Aufmerksamkeit zu sehr auf Brem konzentriert. Die schartige Faszination, die Erissohn auf d e n und, n i c h t schartig, auf Točnás Ostler ausübte, kam gänzlich unsymbolisch bei ihm an, *lebenspraktisch,* kann man sagen, immer noch und weiterhin polizistisch. Dennoch hatte der Osten auch in ihn seinen Legestachel gesteckt. So daß er nach Buenos Aires einen Laich mit hinübertrug, der sich von dem Ei gar nicht sonderlich unterschied, aus dem vor Zeiten der Halbgott geschlüpft war, der nun seine, Goltzens, Frau dem verheißenen Levkás entgegentrug.

Auch davon würde Erissohn erzählen, dachte ich, wenn es an der Zeit und die große Rekapitulation geendet war, der momentan die Verse des Achäers galten.

»Thetis, siedend vor Schmerz und aus Angst um die Schwestern und Brüder,
schlug, verzweifelnd am Tier und irr, den uralten Leib durchs
Wogen. Gischten spritzte auf wie Fontänen so hoch wie zum Himmel!
Klagen, wehendes Aufschrein, fuhr in die Wüsten und Berge,
brach die Gegenden. Flüsse, Seen, die Flure erstarrten
taub wie der Mensch, der alles, Fühlloser!, kontamierte,
Luft und Wasser, sich selbst und jedes arglose Wesen,
das er benutzend faßte, erniedrigt, nur für die Zwecke
eingedungenes Ding. Für gleich galten Rohöl und Seele.«

Tatsächlich war es ein Weltentwurf, war diese epische Erzählung der Rahmen und eine Matrix ihrerseits, wohinein der Achäer seine Zuhörer stellte, um ihnen einen Ort zuzuweisen, der ihnen wieder Bedeutung gab – nicht eine allgemeine, nicht als ein ›Volk‹, sondern jedem einzelnen die seine und dennoch bezogen aufs Ganze, auf die Frau, den Freund und das Kind, auf die Fabrik und Europa und seine Mythen.

»Wirklich auch h i e r drin?« Mein Söhnchen hob seinen rechten Arm. »Auch d a drin.« – Noch standen wir an der Nebelkammer, der kleine Junge, Jascha und ich, und starrten immer noch hinein. Je länger man sich dem Anblick aussetzte, desto intensiver wurde er und nahm schließlich von uns dreien Besitz, besetzte die sinnlichen Entscheidungsvermögen, die sich derart tief einzufühlen begannen, daß sie imaginierten, was tatsächlich *ist*. Der Rahmen des flachen Kastens, der solch eine Nebelkammer vorstellt, löste sich unter den Blicken fast ebenso auf wie die gläserne Abdeckplatte, durch welche wir den Zerfallsspuren zusahen. Es brauchte nur eine ganz geringfügige, gewollte Unschärfe des Auges, um die länglichen und bauchigen Blähungen, die Alpha- und Betateilchen im Alkohol hinterließen, in uns selbst zu spüren. Jascha wenigstens bekam einen beinahe verklärten Ausdruck ins Gesicht – wie einer, der am Abendbrottisch halb bereits schläft –, während der noch so viel jüngere Junge plötzlich zu lachen anfing, weil es ihn kribble, sagte er, im Arm. Er tanzte ein wenig herum und schüttelte diesen Arm immer wieder. Die Sache war ihm unheimlich geworden.

So sahen, wie wir jetzt, dachte ich, in die Nebelkammer, Zeuner, Dr. Lerche und der junge Mensching in ihre Screens; nur waren die nicht mit dem Glas zur Decke gerichtet, sondern standen aufrecht. Das Illusionsparkett lag momentan leer. Es war nun weder schwierig, sich die Nebelkammer als einen liegenden Bildschirm vorzustellen oder sogar den ganzen Ausstellungsraum als eine Nebelkammer, ja den Kasten des gesamten SPECTRUM-Anbaus, noch, darinnen sich selbst als ein vorübergehend festes Partikel, um das herum alles und schon man selber zerfällt. Bis man, wie eine der rauchartigen Spuren, vergangen war. Vergehen, dachte ich, und stellte mir vor, es habe das, was man dort unten sich unentwegt formen, blähen und verschwinden sah, über ein eigenes Bewußtsein verfügt und damit über *Zeit* – eine subjektive, die nicht identisch sein mußte mit der des jeweils Nächsten. Ganz wie für die von CYBERGEN in Beelitz und die in der Wiesbadener SIEMENS/ESA geschaffenen Avatare der kybernetischen Anderswelten, wenn ihre Zeiten nicht synchronisiert sind, sondern differieren, bis man die Systeme miteinander verschaltet. Den Avataren selbst wäre das, ich schrieb es schon, nicht spürbar; es ließe sich nur über ein Fremdsystem wahrnehmen, das gegenüber den Anderswelten als fixes Bezugsobjekt fungiert. Doch auch das beruht letztlich auf einer Illusion.

»Was ihr zwei n i c h t seht«, sagte ich den Jungs, »das ist der Umstand, daß sich nicht nur dieses Netz unentwegter neuer Ereignisse auch in euch selbst webt. Sondern ob und wo sie vonstatten gehen, das hängt – unter vielem anderen – auch davon ab, ob und wo ihr s e i d. Ihr habt Einfluß auf die Dinge… einen sehr kleinen, mag sein, Einfluß aber doch.« »Wie«, fragte Jascha, »das?« »Zwei schwere Dinge, die einander begegnen, ziehen einander an, das weißt du?« »Du meinst die Schwerkraft?« Ich nickte. »Was ist Schwerkraft, Papa?« »Alle Dinge hingen irgendwann einmal zusammen. Wären sie nicht explodiert, so daß sie als Sterne noch immer auseinanderfliegen, dann hielten sie nach wie vor fest aneinander. Aber die Kraft der Explosion ist so viel größer gewesen und immer noch größer als ihr Wunsch. Dennoch wirkt er, treffen sich zwei Körper. Ganz wie wir, mein Junge. In uns allen ist von diesem Wunsch vieles übriggeblieben. Deshalb fühlen wir uns in Gesellschaft wohler als allein.« »Das siehst du alles«, fragte Jascha, »in dieser Nebelkammer?« »Ich sehe noch viel mehr. Auch du kannst mehr sehen, kannst ganze Städte, kannst Welten und vor allem Geschichten darin sehen. Wenn du nur lange genug hinschaust und deiner Fantasie erlaubst, unter diesem Glasdeckel spazierenzugehen.« »Ich sehe«, sagte mein Junge, »meinen Hundi. Und die Mama sehe ich.« »Ich auch«, sagte ich. »Ich sehe nur«, sagte Jascha, »längliche Blasen.« »Das stimmt nicht. Auch du siehst mehr.« »Du siehst nicht unsere Wohnung?« »Nee.« »I c h sehe M a m a s Wohnung. Und meine Skinks.« »Schöner Vergleich. Stell dir dein Terrarium vor, aber die Skinks können durch die Glaswände gehen.« »Weil wir sie anziehen?« »Weil unsere Schwerkraft sie anzieht. Weil ihre Schwerkraft uns anzieht.« »Durch Glaswände gehen«, so wieder Jascha, »so etwas geht nicht.« »Na guck da rein. Die Teilchen, die diese Spuren erzeugen, können es. Für sie sind die Grenzen der Nebelkammer nicht existent, nicht die Abdeckplatte, nicht der Rahmen.« »Nicht wir.« »Nicht wir. Richtig. Aber sind wir deshalb nicht?« »Hm.« »Für uns sind die Teilchen ebenfalls nicht existent... also normalerweise. Oder denkst du an sie, wenn du Fußball spielst?« »Nein.« »Ich denke«, sagte mein Kleiner, der mein fantastisches Vermögen geerbt hat, »immer an sie.« »Nun stellt euch vor, daß nicht nur wir diese Vorgänge durch den Aufbau einer solchen Nebelkammer sichtbar machen können und also überhaupt erst erfahren, sondern auch umgekehrt: Unterstellt, diese Teilchen...« »Was ist *unterstellt,* Papa?« »Man unterstellt jemandem etwas, wenn man glaubt, daß er bestimmte Fähigkeiten und Absichten habe. Ohne daß man das sofort überprüfen kann. – Unterstellt also, diese Teilchen könnten nun ihrerseits plötzlich uns wahrnehmen... meint ihr nicht, sie würden versuchen, mit uns in Kontakt zu kommen?« »Wenn ich das die ganze Zeit sehen würde, also auch beim Fußball, ich wäre völlig verwirrt«, sagte Jascha. »Also ich würde ausweichen. Ich könnte keinen Schritt mehr gehen! Ich würd ja dauernd denken, da platzen Steinchen in mir.« »Das ist«, sagte ich, »Realismus.« »Realismus?« »Was ist Realismus, Papa?« Ich strich meinem Jungen über das helle, sehr weiche Haar.

»Das Gegenteil anzunehmen«, sagte ich. »Anzunehmen, es gibt nicht, was man nicht sieht. Und zwar auch dann noch, wenn man es besser weiß. Also man nimmt diese Nebelkammer, sagen wir, so zehnzwanzig Leute, die packen sie, heben sie an und werfen sie aus dem Fenster. So daß sie draußen am Boden zerschmettert. Dann gibt es diese Teilchen nicht mehr. Als würden wir das denken. Das ist Realismus.« »Dann muß man aber«, sagte Jascha, »die Teilchen m i t hinausgeworfen haben ...« »Wunderbar! Und man muß glauben, es kommen keine weiteren nach.« »Die kommen aber«, sagte mein Junge, »immer.« »Eine Nebelkammer ist, so gesehen, nichts anderes als eine Art Lupe.« »Sieht ja auch aus wie eine Lupe«, sagte Jascha. »Wie eine viereckige, nur halt riesige Lupe.« »Es gibt«, ergänzte ich, »Lupen für das sehr Kleine.« »Ein«, rief mein Sohn, »Mikroskop!« »Zum Beispiel. Und es gibt Lupen für das sehr Große. – Fällt euch eine ein?« Jascha druckste. »Was denn«, fragte mein Junge, »für eine?« »Na? Womit macht man entfernte Dinge, enorme Dinge, sichtbar? Auch die größten Gegenstände wirken, sind sie sehr, sehr weit weg, ziemlich klein ... oder man sieht sie gar nicht ...« »Du meinst ein Fernrohr.« »Genau. Davon gibt es Apparate, die groß wie Häuser sind. Ihre Funktion ist aber dieselbe wie die einer Lupe. Auch sie sind eine Nebelkammer.« »Was ist *Funktion,* Papa?« »Für was etwas gemacht ist. Oder wofür man es brauchen kann. Deine Hände haben, unter anderem, die Funktion, etwas anfassen zu können.«

Ich mußte daran denken, wie ich mit dem Jungen im Schwarzwald gewesen war und wie er da zum ersten Mal eine Bergwiese gesehen, *bewußt* gesehen hatte. ›Heute war der Tag‹, hatte ich seinerzeit notiert, ›an dem Adrian zum ersten Mal eine Wiese sah. Und ich – sah sie zum zweiten Mal zum ersten Mal.‹ Auch Kinder sind eine Art Lupe. »Hat es also Sinn, eine Lupe aus dem Fenster zu werfen?« Beide schüttelten entschieden den Kopf. »Das wäre«, sagte mein Junge, »ziemlich blöd von den Leuten.« »Genau«, sagte ich. »Das genau ist das Wort. Letztlich ist der Realismus blöd. Merkt es euch einfach: An etwas vorbeizugehen, ohne hindurchzugucken, ist eine Art, etwas aus dem Fenster zu werfen.« Jascha, indem er sich ein wenig irritiert umsah: »Aber wo soll man zuerst hindurchsehen?« »Einiges gehört enger zusammen als anderes, dachte Cordes. Gehörte zusammen wie mein Sohn und ich, wie meine Frau und ich, so daß man, treibt die Kraft der Explosion einen so furchtbar auseinander wie uns, leidet. Es wäre die Aufgabe eines Vergessens, dieses Leid zu mildern. Aber dann, dachte ich, ginge man ebenfalls an der Lupe vorüber, sähe ganz absichtlich nicht mehr hinein. Blöd zu sein, dachte Cordes, ist manchmal eine Notwendigkeit – womit er nun, dachte Herbst, dem Realismus die einzige Rechtfertigung gab, die er hat. Manches gehöre, nahm wiederum Cordes den Faden auf, zusammen wie Broglier und Dorata und von nun an wie Deidameia und Kumani, nämlich, weil Energie in geschlossenen Systemen nicht verlorengeht. Deshalb kann angenommen werden, es habe sich auf diese beiden übertragen, was in Dolly und John die tödliche Krankheit schließlich ausblies, habe sich auf sie gestürzt, weil es die nächsten Träger suchte, in denen es sich abermals realisieren konnte. Auch das sind solche Nebelspuren, die, ohne daß wir sie sehen, auf uns wirken. Plötzlich spürt man sie und schreitet schräg über die Calle dels Escudellers auf die Frauen zu: »Guten Abend. Sie sind keine Prostituierte. So sieht eine Prostituierte nicht aus.« »Und Sie sehen nicht wie ein Mensch aus.« Womit in Deidameia und Kumani die gleiche Liebesgeschichte losging, *weiter*ging, die schon in Broglier und Dorata Fortsetzung Reinkarnation, oder was immer, gewesen war. Es gibt auch Nebelkammern der Gefühle. Du betrittst irgendeinen Raum, sagen wir: ein Museumsfoyer oder den Empfang eines Literaturhauses, und drüben, keine fünf Meter weiter, steht *sie*. Ihr blickt euch an und w i ß t. Schon ist es wieder da, auch wenn man sich wegdrehen sollte voneinander, weil die Umstände eine solche Attraktion nicht oder nicht mehr wollen oder sie objektiv nicht erlauben. Dann sucht die Zerfallsspur eben weiter, bläht sich in den wiedernächsten, die sich ebenfalls angesehen haben. Das gelte, dachte Herbst, nicht allein für die Liebe, das gelte für zahllos anderes: für Familienmuster und Muster überhaupt, für Klänge Bildmotive Gelächter. Für Tränen oder eine bestimmte Art Hunger. Und für den Ausdruck von Stolz, den Frau Kumani in ihrem Gesicht trug, als sie zusah, wie ein Geschenk nach dem anderen aus dem Zimmer – meinem Mann hinterher, dachte sie – verschwand. Ehrfurchtsvoll schwiegen die Freunde, als sie sich noch einmal Begegnungen Gespräche Umarmungen mit dem Davongegangenen vergegenwärtigten. Auch ihre Geschenke waren Nebelspuren, nachdem Kumani Senior nicht einmal mehr das, sondern – derart plötzlich! dachte Frau Kumani – von ihnen fort war.

Spät, sehr spät schloß sie hinter den Freunden die Tür. Erst dann erlaubte sie es sich zu weinen, erlaubte es sich immerhin; anders als Broglier wäre ihr, da Holomorfin eben selbst, der Gedanke gar nie gekommen, sich ihren Mann neu programmieren zu lassen. Sie hätte das als einen Vertrauensmißbrauch und auch dann als pietätlos empfunden, wäre er damit einverstanden gewesen. Wie hätte ein neuer Kumani Senior dem alten denn auch gerecht werden können?

Genau das war von allem Anfang an der zweiten Dolly Problem.

»Scheiße, wat is det?« rief Willis aus, als sich die junge Frau vor seinen Augen materialisierte. Einen Moment lang schwieg er, starrte, entgeisterter als Broglier, auf die Dublette, die noch lächeln konnte, weil sie erst noch erfahren würde, was Traurigkeit ist. Sie war imgrunde völlig leer, man hatte zwar Doratas DNS kopiert und den Hirnscan um erzählte Erfahrung bereichert, aber eben um *erzählte*. So wußte Dolly jetzt von Dingen, die sie nicht fühlte. Etwa bekam sie den Zugang zu den Gedichten nicht, jenen der paar Bändchen, die immer noch, seit Dorata Tod, teils aufgeschlagen auf dem Telefontischchen lagen; Dolly rührte sie allenfalls an, wenn sie putzte, sah besser erst gar nicht hinein. Bücher waren ihr überhaupt fremd. Was sollte sie lesen, wenn es doch diesen Mann für sie gab? Der sie aber nicht wollte. So war sie innen völlig zerspalten, wußte zugleich, denn es war ihr Programm: Ich liebe John Broglier.

Danach richtete sie sich. Als wäre eine andere Dorata überhaupt nie gewesen. Ganz selbstverständlich begab sie sich an deren Arbeitsplatz und schnallte sich ins New Work; ebenso selbstverständlich massierte sie, was er immer geliebt hatte, Broglier die Füße; und nicht weniger selbstverständlich bereitete sie Doratas unvergleichliches Dal. Aber sie wußte nicht, *warum* sie das tat. Sie kaufte ihm sogar, weil er als Kind einen geliebt hatte, einen Stoffleoparden, den er aber genau so entgeistert ansah, wie zwischen ihr und ihren Gefühlen etwas klaffte – als hätte der Instinkt, den das Unbewußte speist, eine Lücke.

Oft saß sie abends, hatte sie sich aus dem Infoskop herausgeschnallt, in einer Ecke und weinte. Daß Broglier nichts davon merkte! Sie weinte wirklich heimlich. Ihm hätte wenigstens auffallen können, wie naß das Stofftier immer war. Doch er bekam nichts davon mit. Nichts von ihrem Schmerz und nicht davon, wie hohl sie sich fühlte, weil ihr der Mann nichts zurückgab.

Der hatte eigentlich nun erst, als Dorata II erschien, um Dorata I zu trauern begonnen. Im ersten Jahr nahm er die zweite Frau kaum mal in den Arm, man konnte fast den Eindruck haben, er stehe ihr feindlich gegenüber, *phylogenetisch* feindlich, heißt das. Sie war hier nicht daheim, aber fühlte, daheim sein zu müssen. Ihr Programm sah nicht vor, den Mann nicht weiter zu lieben, es gab keinen Ausweg. Zwar war sie intelligent, zwar dachte sie ständig darüber nach – ihr war sehr schnell bewußt, daß sie an diesen Mann niemals rührte, und sie zog auch den richtigen Schluß: Es ist für uns beide besser, wenn ich ihn verlasse. Aber eine intensive Kraft hieß sie bleiben, ihn umsorgen; sie versuchte sogar, ihn zu trösten. Wofür sie, als holomorfer Ersatz, ganz sicher am wenigsten geeignet war.

Daß alledies auf sie zukäme, wußte sie an ihrem ersten Morgen aber noch nicht. Noch sah sie Broglier von Grund auf glücklich an. »Hallo, Schöner«, sagte sie. Und Willis, nach dem ersten Fluch, stieß den zweiten Ruf aus: »Det is ja 'n Ding!« Dolly wandte sich zu ihm: »Guten Tag. Sie sind ein Freund von John?« – Der DNS-Abstrich war von Dorata v o r der Bekanntschaft der Freunde genommen worden, deshalb kannte die Holomorfin Willis noch nicht. Sie mußten einander neu vorgestellt werden.

Sehr zögernd nahm Willis ihre Hand, blickte dabei mit jetzt ernsten Augen zu Broglier, als hätte er ihm entsetzt vorgehalten: So etwas konntest du tun?! – Der reagierte darauf nicht, saß nur starr, zu erschrocken war er selbst. Nicht, daß Dorata II etwas Irritierendes oder auch nur Unangenehmes gehabt hätte, als sie, weiterhin lächelnd, vor den beiden Männern stand, sondern gerade ihre völlige Normalität war es und daß sie sich so gar nicht von der Verstorbenen unterschied, was John Broglier, obwohl er sitzenblieb, augenblicklich abrücken ließ. Er erlaubte ihr nicht einmal eine Berührung, sondern wehrte das Geschöpf von sich, drehte den Kopf weg, schlug sogar, wenn auch leicht, Doratas Hand von seiner Schulter, als sie auf ihn, gleichsam, zugeflogen war, leichten, federleichten Schrittes, eine bezaubernde, hauchschmale Tänzerin, die geführt werden möchte, eine jede Figur macht sie mit, und sich zu ihm hinabgebeugt hatte, um ihm den Begrüßungskuß auf den Mund zu geben und vielleicht ein wenig und, des Gastes eingedenk, nur kurz an seiner Zungenspitze zu saugen. Die Flüssigkeit nehmen, den Speichel tauschen, damit die Körper wissen, was sie verbindet. Nichts davon bekam Dorata II, würde es niemals bekommen. Gerade, indem er sie, wie seinerzeit Herr Dr. Jaspers seinen vermeintlichen Schwager, so gut wie nie wegschaltete, ließe Broglier sie verhungern.

Hunger, ein leiser, trauernder, füllte fortan die Wohnung Wurmbachstraße 6.

Denn wiederum besaß Broglier nicht die Kraft, auf seine Dolly-Illusion zu verzichten; er rief die Holomorfin immer wieder her, als *suchte* er nach einem Gefühl, seinem, ihrer beider Gefühl, als brauchte er die ständige Enttäuschung und als ließe er, erlitt er sie, ebendas an seiner Holomorfin aus. Man kann sagen, er wiederholte, wie unter Zwang, den Schmerz seiner Trennung, um sich, vielleicht, nicht trennen zu müssen, um sich die erste Dorata wenigstens im Schmerz zu erhalten.

Es war, für ein empfindliches Geschöpf wie Dolly II, die Hölle. Und Kalle Willis, der von emotionalem Gemenge nie etwas hatte wissen wollen und von Holomorfen schon gar nichts, wurde auf eine Weise hineingezogen, die diesen einfachen Menschen, wäre er nicht so herzensgut rauh gewesen, schlichtweg überfordert hätte.

In ihrer Verzweiflung wandte sie sich eines Tages an ihn.

Er hatte bei dem Freund übernachtet, das kam nicht selten vor. Broglier war morgens ausgegangen, um etwas zu besorgen. Willis' Nachtschicht hatte bis in die frühen Morgenstunden gedauert. Nun hockte er müde und zerzaust, dicke Stoppeln über Kinn und Wangen, am Küchentisch, und Dorata stellte ihm das Frühstück her. Da, unversehens, brach es aus ihr heraus. Erst stimmlos, nur aus den Augen lief ihr das Wasser, er wußte gar nicht, wohin mit so viel Erbarmen, sah sich nach einem seelischen Fluchtweg um, nahm die Frau doch schon in die Arme. So daß sie nun m i t Stimme schluchzte, wie Beben ging das durch ihren Leib und, weil Körper an Körper, auch durch den seinen. Der trainiert genug war, sie mit hochgestreckten Armen zu heben. Nun drückten die Muskelpakete sie an sich.

Die Situation war für ihn nicht ohne eine Pein, die das Zeug zur Peinlichkeit hatte: Stünde Broglier jetzt in der Tür, wie wollte ihm der Freund das erklären? Solch ein von neuen und immer neuen Wellen Unglücks geschütteltes Loyalitätsproblem bebte dem Mann an der Brust.

Aber Broglier kam nicht, bis zum nächsten Morgen nicht. Was für ihn nicht unüblich war. Er schritt einfach in die Straßen hinaus, solch ein Abscheu vor daheim. Er hatte nie im Griff, wann der hochkam. Dies waren die Stunden, die ihn abstürzen ließen, wenn er morgens nur für drei Brötchen die Wohnung verließ und vor spätnachts nicht wiederkehrte, betrunken immer, grölend nie – wäre er simpler gewesen, er hätte Dorata geschlagen. Ob das nicht sogar die Gefühle, denen sie beide ausgesetzt waren, und dem Verfall, geklärt hätte, ist nicht heraus. Vielleicht hätte Dorata dann Abstand nehmen können, und er selbst wäre sich des Leidens bewußt geworden, das er ihr antat. Es hätte ein Akt sein können, in dem die Verzweiflung endlich ihre Haltung verliert, so daß Dorata zu sich findet, endlich, angesichts dieses massiven Symbols, das grob genug im Raum steht, um alles, was man verzweifelt versteckt hat, nackt und so roh zu offenbaren, wie es ist. Das man nun nicht mehr schönschleifen, schon gar nicht wieder schlucken kann. Doch war er, Broglier, für diese, so nennt es Benn, Zusammenhangsdurchstoßung viel zu fein, zu kultiviert, zu weich auch.

Anders Kalle. Der hätte wohl schon zugeschlagen, aus Herzensgüte sozusagen, hätte verdattert die eigene Hand angesehen und den Tropfen Bluts unter der Nase der Freundin, die nun allen Grund gehabt hätte und die Gelegenheit, den Geliebten zu verlassen. Beides vorenthielt Broglier der in sich und ihr Programm derart verlorenen holomorfen Klonin, ja förderte noch, was dringend hätte umgeschrieben werden müssen. Liebe, wenn sie tief ist, erduldet, solang der Geliebte sie anschweigt; sie ist bereit, sich bis ins Vergessen, wonach sie sich sehnt, quälen zu lassen. Erst dann ist es genug, wenn der andere ebenso bereit ist, sich zu zeigen, und sich vergißt oder wenn da ein völlig fremder Klotz von Mann am Küchentisch sitzt, so einer, von dem, fällt mir ein, Cordes' Großmutter gerne sagte, daß er *recht* sei – und will nichts, momentan, als seinen Kaffee löffeln, worein er den abgezwackten Brotzipfel tunkt; ein Mensch, dessen Güte ganz naiv glaubt, es sei nicht wirklich Böses auf der Welt. Falls aber doch, dann könne man es leicht vom Guten unterscheiden. Deswegen wird es ihn später losziehen lassen, um in biblischer Wut Dr. Lerche zu erschlagen. Als er nämlich, Kalle Kühne, erfahren hatte, wer die Schuld an der ersten Dorata Krankheit trug und an dem ganzen folgenden Leid. Da macht er »*Die harder*« aus Beelitz, die CYBERGEN ein Trümmerhaufen, dachte ich und sah ihn, Bruce Willis, halbnackt, rings und diagonal um den athletischen Oberkörper die Riemen Munition und auf dem Packen Unterarm den Flammenwerfer, die Flash M202, und das Gesicht von Ruß und Schweiß verschmiert, voll krustiger Striemen Bluts, wie er da *aufräumt*. – Es war, ich erzählte es schon, wieder einmal Sabine Zeuner, die einen Avatar nach Garrafff hereinließ, wo der Präsident nicht Ungefugger, sondern Chagadiel hieß. Jedenfalls vermittelte sie das. Deshalb war sie, als Willis seinen Amoklauf begann, auch nicht da.

Tatsächlich hatte sich Kalle Doratas wegen zum allerersten Mal in ein Infoskop schnallen lassen. Er mied diese Geräte sonst. Hatte sich den Helm über den Schädel gestülpt und ins Euroweb geloggt. Er wäre darinnen, weil cybertechnisch naiv, in kürzester Zeit verlorengegangen, hätte nicht die Zeuner das Unternehmen supervidiert – man kann von »ferngesteuert« sprechen. Da wiederum in Wiesbaden Beutlin, weil die SIEMENS/ESA ihre parallele CYBERGEN ständig im Blick behielt, auf den amokbereiten Mann aufmerksam wurde und seinerseits Goltz alarmierte, kam Willis schließlich mit heiler Haut davon. Und weil der Lichtdom, kann man das sagen?, *explodierte*. N u r deshalb. Längst liefen um das Gebäude die Scharfschützen der Garrafffer Polizei und der Bundesgrenzschutz zusammen, sogar eine kleine Einheit Militär fuhr auf.

»Ein Terrorist soll das sein? Das ist eine Einmann-Armee!«

Goltz intervenierte paradox und informierte Die Wölfin, die ins Netz zehn Holomorfinnen befahl, um Willis da herauszuhauen. Aber sie kamen zu spät. So einen – als einen Mann – hätte Deidameia gerne im Osten gehabt; der, dachte sie, passe dahin – alles andere, sicher, als ein Stratege, doch überaus brauchbar für den unmittelbaren Einsatz. Zwar mit ihren Holomorfen war er absolut inkompatibel, kam aber mit den Frauen klar.

Alles ergab sich sowieso anders.

Es begann in Kehl, wo sie – Deidameia, Kumani und er – Jason Hertzfeld besuchten. Die Liebesleute hatten Willis gebeten, sie dort hinzufahren. Was er auch tat. Er kannte Deidameia nur als Ellie Hertzfeld, mochte diese stolze Prostituierte. Umgekehrt sie, Deidameia, spürte seine Verläßlichkeit und daß er verschwiegen war. Nachts fuhr er sie öfter heim. Auch die anderen Mädchen bisweilen. Wollte es ihm eine auf ihre Weise entgelten, wies er das jedesmal ab, wie wenn ihn allein schon die Geste beschäme. Er mochte nicht tauschen: Geschenke wollen Gegengaben nicht.

Jason sah, als er dem Mann begegnete – aber er sah ihn nur unten auf der Straße –, einen neuen Dietrich von Bern, sah seinen Siegfried von Xanten in ihm und einen Hektor von Troja. Carola Ungefuggers Mädchentraum von der Argo verknüpfte sich in seinem Kopf mit dem Traum seines Vaters: aus Buenos Aires und ganz aus Europa hinaus. – So daß ich ihn diese Liste anfangen ließ, er brauchte fünfzig Leute. Ganz oben schrieb er, und schrieb Cordes, ›Kalle Willis‹ hin.

Vielleicht lag es daran, daß der, ohne Hintergründe zu ahnen, nun erste Aufträge erhielt: nämlich gab ihm Jasons vermeintliche Schwester immer wieder kleine Gegenstände für die Präsidentin mit: »Du mußt dich ihr doch erkenntlich zeigen für so eine große Güte«, erklärte Deidameia dem vermeintlichen Bruder. Sie hatte ein ganzes Paket von Dingen dabei: kleine Vasen, Make-up-Behältnisse, Haarspangen, zweidrei Medaillons. Wie vorausschauend das war, zeigten die gedrückten Rufe der beglückten Präsidentengattin: »Oh, wie süß!« Und herzte ihren Jason. Es kam aber vor, daß er solche Gegenstände einfach verlor: Sie lösten sich, so schien es, irgendwie auf, waren weg, er hatte gar nichts dafür getan, suchte dann immer Minuten. Manchmal half ihm Schulze dabei, doch schließlich schien die Angelegenheit so wichtig nicht zu sein. Frau Ungefugger lächelte sowieso nur. »Künstler«, sagte sie zu ihren Schranzen und schüttelte den Kopf, »Künstler sind immer so abwesend!« Sie hob freudig die Hände und klatschte ein Mal.

Das tat auch ich, nämlich mit der sichtbaren in die unsichtbare. Mit der fuchtelte ich meinem Nachbarn dann vor der Nase herum, so daß er, obwohl er konsterniert auf ihr Nichts starrte, eben auch nichts von ihr sah.

»Schade«, sagte ich, »daß Sie nicht Willis sind.« »Hör doch mit dieser blöden Siezerei auf! – Wieso bin ich nicht Willis?« »Bruce Willis«, sagte ich, »der aber Kalle genannt wird.« Er verstand nun gar nichts mehr. Meine Hand wurde wieder sichtbar, ich konnte zum Glas greifen. Jeden Moment mußte Judith da sein. Ich kann mir schon vorstellen, dachte Cordes, wie seltsam die Momente sind, in denen man Leuten begegnet, die man selbst programmiert hat. »Ich werde Kalle genannt«, sagte Herbsts Thekennachbar. »Ich heiße nämlich Karl. Nur, was hat das mit Bruce Willis zu tun?« Herbst starrte ihn an. Er traute sich fast nicht, die nächste Frage zu stellen, so logisch sie auch war. Er rang sich durch: »Sagen Sie ...« – na gut, dachte er – »*sag mal* ... Dorata Spinnen kennst du *nicht?*« »Dorata Hediger kenn ich, die wird aber Dolly genannt. Das is 'ne andre.« »Bestimmt.« »Die Freundin meines besten Freundes.« Leiser: »Sie ist krank, sogar sehr.« Herbst verschluckte sich am Bier. »Scheußliche Geschichte«, sagte Kalle. »Niemand weiß, was sie hat. Ich glaub aber: Krebs. Obwohl John sagt, das *ist* es nicht. Weil ja nix anschlägt, keine Chemo, keine Bestrahlung.« »John heißt mit Nachnamen Broglier?« »Nee, Wibeau. John Wibeau.« »Und du fährst Taxi?« »Ähm, das macht mich jetzt echt platt.« »Du *fährst* Taxi?« »Seit zehn Jahren, ja. Wer bist du, Mann?« Er sah wie ich selbst meinen rechten Oberarm durchsichtig werden; der Unterarm blieb aber da. »Kann das am Bier liegen? Tun die einem hier was rein? Ich meine, du mußt das doch auch merken.« Herbst nickte. »Jaja«, sagte er, »stimmt schon.« »Was *ist* das?«

Sabine, hör auf damit, dachte Herbst. Wahrscheinlich hatte ihn die Zeuner nun doch ausfindig gemacht; wahrscheinlich versucht sie, mich zurückzuholen. Scheiße. Ich will nicht zurück. Aber Deters war auf dem Weg.

»Ich kapier nix.« »Is nich schlimm.« »Entweder bin ich alleine stoned oder wir sind's beide.« »Ich versuch, es dir zu erklären. Wenn aber meine Freundin kommt, muß ich ...« »Die weiß nichts davon?« – Herbst schüttelte den Kopf. Und begann zu erzählen, während sich immer mal wieder Partien seines Körpers entleibten: – daß er aus Garrafff komme und in einem Institut gearbeitet habe, CYBERGEN heiße die Firma, die mit künstlichen Welten experimentiere, daß ihm das eines Tages zuviel geworden sei, weshalb er jemanden namens Deters aus dem System nicht gelöscht, aber in eine gezippte Archivdatei weggeladen habe und sich selbst an dessen Stelle nach Buenos Aires hinein, wo er nun unter Deters' Namen lebe, seit einem knappen halben Jahr. Ohne, daß er eigentlich wisse, wovon. Noch sei aber Geld auf dem Konto. Die Riots, die er bei sich gehabt habe, nützten ihm hier nichts, sowieso nicht, wegen der Checkboys.

Kalle bekam den Mund nicht mehr zu. »Was sind denn *Riots?*«

»Ich kann dir auch sagen, was Dorata h a t.«

So daß Willis von den Testreihen erfuhr, als er mit Herbst im SANGUE SICILIANO hockte, wohin er am Abend, um nach Broglier zu suchen, gefahren war. Weil der den ganzen Tag lang nicht aufgetaucht war, hatte Dorata II, immer noch sehr aufgelöst, Kalle mit dem Mobilchen angerufen. »Ich mach mir so Sorgen!« »Aber was denn! Du kennst ihn doch …« Dennoch hatte Dollys Nervosität auf ihn übergegriffen, so daß er hier und da nach dem Freund schaute und schließlich ins SANGUE, wo er sich an den Tresen stellte und wartete; möglicherweise kam Broglier noch her.

Blechern, also besonders traurig, plärrte der Fado. Tatsächlich war das SANGUE zu Brogliers Anderswelter LONGHUINOS geworden, auch wenn der »PERMESSO!« um »PERMESSO!« rufende Wirt allenfalls entfernt an den indischen Dueño erinnerte und es selbstverständlich keine Kellner in blauen Hosen und oberschenkellangen Kittelhemden gab.

Die Säufer johlten, es stank scharf nach Maische, dazu der dicke Zigarettenqualm und von draußen die Mopeds Palermos. Herbst, wie früher im LONGHUINOS Broglier, trank Fenny, nicht Bier. Er hatte viel Zeit, denn anders als im SILBERSTEIN war er im SANGUE durchaus nicht mit Judith Hediger verabredet. So daß er Kalle Willis ausführlich von der CYBERGEN erzählte, von der schönen Sabine Zeuner, vor allem aber von einem sadistischen Arschloch namens Dr. Lerche, das ihn schon am Gymnasium, lateinisch, getriezt hatte und in Garrafff zu seinem Kollegen mutiert war. Selbstverständlich legte er nicht ohne Hintergedanken Dr. Lerches medizinische Versuche dar. Daß eben ihretwegen Dorata Spinnen verreckt war und alle vierzehn Schwestern mit ihr verreckten. »Den mach ick alle«, sagte Willis, »den murks ick ab, det kannste mir glooben!« »Du kommst ja nicht hin«, sagte Herbst, »keine Chance.« Es sei denn, dachte er und guckte sich seine Taille an, also *hindurch:* er stand momentan nur noch leistenabwärts und nabelaufwärts im Raum ... – es sei denn, Sabine schafft es und, was ein Mist, holt mich zurück. Dann könnte ich vom Terminal aus ... Aber wahrscheinlich hatte man ihm bei der CYBERGEN längst gekündigt. Unerlaubtes Fortbleiben vom Arbeitsplatz, monatelang, das ist ein Grund. Immerhin, er könnte in diesem Fall Sabine überreden. »Ich muß jetzt aber los«, sagte er. »War schön, Sie kennengelernt zu haben.« Und schritt ins Nichts davon.

Ins Nichts schaute ihm Kalle hinterher und hielt das Gespräch dann so lange für eine Einbildung, bis ihm Wochen später, abermals am 1. November, eine Pallas Athene, die er noch nicht kannte, Herbsts Geschichte bestätigte. So daß er endlich handelte, auch weil ihm aber nicht ich, sondern tatsächlich Sabine den Weg nach Beelitz auftat.

27

So was im SILBERSTEIN nicht.

Also da schaute niemand einem ins Nichts hinterher, sondern einer einen an, der Herbsts Gestalt eingenommen hatte und sich die Augen rieb; »eingenommen« ist das richtige Wort. Aber weder dieser noch jener hatten eine Chance, sich angemessen über das, nun ja, nicht gerade plötzliche Geschehen zu verständigen. Denn in genau diesem Moment trat Judith Hediger ein. Sie kündigte sich durch einen scharfen kühlen Luftstrom an, der beiden von der geöffneten Tür her in den Nacken blies.

Die Novemberluft paßte zu Judith Hedigers Erscheinung, heute abend sowieso, aber die Frau wurde auch sonst immer wieder eine »eisige Attraktion« genannt, meistens allerdings hinter vorgehaltener Hand. Der Ruf umflatterte sie wie Winterwind, der aufböt und sich an ihrer Einsamkeit bricht, einer, die sich selbst als einen Mast sah, der vergessen an einer sibirischen Straßenkreuzung aufragt, unübersehbar in der endlosen Ebene, aber kaum mal findet wer hin. Selbstverständlich trug sie heute weder das Spitzenbustier noch einen Rock, stattdessen den schweren Hirschledermantel; sie habe das Tier, erzählte sie gern, eigenhändig erlegt. »Ich mag den Geruch«, sagte sie, »wenn man die Decke aufbricht.« Das schauerte Hans Deters. Obwohl er von der

Lamia noch immer nichts ahnte, die sich unter seinem Wäscheberg in der Dunckerwohnung aus dem Kokon zu schälen begann.

»Hej ... du bist ... bist ...« Kalle starrte seinen zwar nur leicht, immerhin aber merklich verwandelten Gesprächspartner an. Der absolut n i c h t s Durchsichtiges hatte, sondern so konkret wirkte wie ein umgekehrt, die Sitzfläche nach unten, auf den Tisch gestellter, wartender Stuhl.

Deters litt unter Orientierungsproblemen und begriff nicht, weshalb Kalle so vertraulich mit ihm tat. Obendrein hatte er Kopfschmerzen; außerdem war ihm auf laue Weise übel. Immer wieder schaute er auf seine Hände. Schaute in Kalles Gesicht, brachte nicht zusammen, wer das war. Kalle rückte ab. Hatte begriffen. Oder nicht begriffen. Griff zu seinem Bier. Stürzte es. Der Luftstrom blies her.

Beide drehten sich zugleich zur Tür, Kalle wie Hans Deters; aber nicht nur diese zwei, sondern mit ihnen einige andere. Einen Moment lang fühlte sich Deters an die präraffaele Elizabeth Siddal erinnert, aber der Eindruck hielt nur eine Sekunde. Sie, die Siddal, war von Kopf bis Fuß eine trägblütige Inszenierung gewesen, die sich reptilhaft aufgespreizt hatte; mit Judith Hediger schritt eine neue Aldona v. Hüon in Deters' Erwachtsein, nur war ihr, der Hediger, deren Fragilität nicht eigen. Zwar, auch sie war schlank, aber schweizerisch dicht, möchte ich das nennen – oder einfacher: trainiert. Vielleicht auch geshaped. Ganz so intensiv hätte auch Herbst sie nicht in der Erinnerung gehabt, nicht derart angestrafft, die Stirn nicht so vorgebeugt und dennoch das Kinn gehoben, *kampfbereit*, könnte man sagen. Vielleicht gab es eine wirkende Verbindung zur schlüpfenden Imago Niam Goldenhaars, so daß, was zur Zeit in der Dunckerstraße geschah, Einfluß auf die Hediger hatte. Jedenfalls hätte es eine metallisch schlängelnde Schulterbewegung Niams sein können, wie sie, die Hediger, ihrerseits Hans Deters, und zwar sofort, erblickte und wie gleitend auf ihn zukam. Geradezu erschreckt wollte er zurückweichen, aber saß ja. Er verlor fast das Gleichgewicht auf seinem Barhocker, so daß ihn Kalle, instinktiv, am Arm faßte und festhielt. – Dann war die Frau aber doch sehr sympathisch. Mochte es der kurze eisige Wind gewesen sein, allein, was sie hatte für die paar Momente etwas unheimlich wirken lassen.

Sie lächelte charmant, lächelte auch Kalle an, der davon verlegen wirkte.

Deters gab sich einen Ruck, lächelte ebenfalls und versuchte sich daran, die beiden einander vorzustellen. »Judith, das ist... ähm...« »Kalle, ich bin Kalle.«»Kalle, das ist Judith.«»Angenehm, Judith, sehr ange...« Aber sie drehte sich durch seinen Satz schon zu Deters. »Du siehst abgespannt aus. Warst du krank?«

Ich war barfuß gewesen, hatte einen Pyjama getragen. Frau Harltes Nägelfinger Klingeln an der Wohnungstür, da war er öffnen gegangen Hebekräne Eimer Geröll. Deren entsann er sich und glitzernder Pfützen. Vor ihm eine MÄNNER VOGUE und das Gerüst des Wallcafés fingerdicker rotbrauner Draht. Hatte mich selbst im Spiegel gesehen. Gott, was war ich damals jung! Und dann schon Zahlenkolonnen, rasend, ein Jahrmarktskarussell –

»Hallo?« Die Hediger stieß Deters mit dem Zeigefinger an. Verwirrt sah er hoch. »Ich muß mich erst...« »Was hat er denn?« fragte sie Kalle. Der flüsterte fast, so beklommen war ihm: »Ich muß jetzt.« Und stand auf. »Habt mal Spaß, ihr zwei.« So ging er, in seine schwere Lederjacke gedrungen, sah sich auf dem Weg hinaus aber noch dreiviermal um. Dann war er weg.

Ungewöhnlich für ihn, auch das, daß Deters der Hediger nicht aus dem Mantel half. Er wirkte aber nicht betrunken. »Also die Diskette«, sagte sie, nachdem sie ihren Mantel neben sich abgelegt und Kalles Barhocker eingenommen hatte, »wie ich schon am Telefon gesagt hab, es ist wirklich nichts drauf.« Selbstredend wußte Deters nichts von diesem Telefonat, aber das sagte er nicht. »Welchen Tag haben wir heute?« fragte er. »Und sag jetzt nicht, den 1. November.« Sie kräuselte die Stirn. »Wie kommst du *da*rauf?«»Wenn ich dir erzähle, was alles passiert ist«, sagte er, »wirst du es nicht glauben.«»Was ist denn passiert?«»Ich habe zehn Tage lang geschlafen. Oder länger.« »Du scherzt?« – Da begann er zu erzählen, wie es alle Zeit lang der 1. November gewesen und wie er in die Anderswelt überhaupt gelangt sei, hintenrum, ja, von hier, vom SILBERSTEIN, aus, durch die Sushia, aufgrund einer puren Fantasie, die er während eines Spazierganges durch die Mitte Berlins gehabt, der er nachgesonnen habe. Und daß er sie, Judith Hediger, gar nicht kenne. Was sie komisch fand. Außerdem fragte sie: »Was für ein Silberstein?«»Na, dies Lokal...«»Verzeih, aber das ist das Samhain...«

Herbst aber saß, nach über einem halben Jahr, wieder neben der Zeuner. Er fühlte sich nicht sehr anders als Deters nach seiner Dematerialisation. »Au Backe«, sagte er und rieb sich die Schläfen, sah ganz verwundert seine Hände an. »*Au Backe* ist so ziemlich das letzte«, entgegnete sie, »was ich jetzt passend finde.«

Es war späte Nacht in Garrafff. Nahm Herbst jedenfalls an, schrieb Cordes, dem diese, sagen wir, Rücknahme eingefallen war. Denn draußen, wenn man durchs Fenster schaute, war alles mattschwarz; allerdings schimmerte ein weißliches Hell, das von den Bogenlampen herrührte, die auf dem Vorplatz der CYBERGEN standen und dem Wachpersonal, das sich in der Baracke neben dem Schlagbaum die Müdigkeit vertrieb, ein wenig Übersicht gewährten. Offenbar war das kybernetische Labor in einen höheren Stock gezogen. – Es roch seltsam streng, zugleich würzig, fast süß.

»Mir fällt aber nichts anderes ein«, entgegnete Herbst. »Doch: Warum hast du das gemacht?« »Was gemacht?« »Mich zurückgeholt.« Er saß ihr auf dem rollbaren Arbeitsstuhl gegenüber, sie auf einem ganz ähnlichen; mit ihnen war Mensching im Raum. Über die Screens liefen die Simulationen und in der Mitte des Raumes, auf dem Illusionsparkett, stand als leuchtende Schimäre das Stück SILBERSTEIN, in dem Deters und die Hediger an der Bar saßen und sich unterhielten. »Weil du hier hergehörst, weil, Alban, ohnehin bereits alles so sehr aus dem Ruder läuft, daß ich es imgrunde für besser hielte, wir brächen die Versuche, und zwar alle, ab. Du solltest dir einfach mal klarmachen, was das bedeutet, daß du jetzt wieder hier sitzt, aber zwischendurch dort gewesen bist.«

Er dachte gar nicht daran, sich das klarzumachen. Statt dessen rief er: »Ich war so nahe dran!«, wurde dann auf Mensching aufmerksam und setzte hinterher: »Wer sind Sie denn?« Der noch immer schokkierte Mensching stotterte etwas Unverständliches. Zeuner winkte ab. »Mein neuer Assistent. Du meinst doch nicht, ich hätte nach deinem… na, Verschwinden deine Arbeit noch mitübernehmen können?« »Sie dürfen Harald zu mir sagen«, bekam Mensching irrerweise heraus. Sabine: »Wo warst du nah dran?« »Da, an der Diskette.« Er wies in die Leuchtschimäre hinein. Die Hediger hatte den kleinen, schon geradezu uralt wirkenden Datenträger aus ihrer Handtasche genommen, den zuletzt ihr Kollege erfolglos in den analytischen

Händen gehabt. Immer und immer wieder davor hatte er in Deters' Sockenschublade gelegen. »Ich hätte so gern gewußt, was drauf ist. Vielleicht hätte uns das eine Antwort auf die Frage gegeben, wieso sich die Systeme miteinander verschalten.« »Das hörst du doch, daß g a r nichts drauf ist. Aber... nur deshalb hast du dich da reinprojiziert?« Er winkte ab. »Wie lange war ich weg?« »Zehn Tage.« »Tatsächlich?« sagte er. »Ich habe das Gefühl, ein halbes Jahr erlebt zu haben.« »Das ist korrekt. Für Buenos Aires. Aber daß es zehn Tage sind, ist alarmierend.« »Wieso?« Er verstand tatsächlich nicht. »Weil es bedeutet, daß jetzt die Anderswelt – zumindest in diesem Ausschnitt – mit unserer Zeit synchronisiert ist... oder die mit«, Kopfnicken zu Hediger und Deters, »deren. Vielleicht sind es auch nur... laß mich das *Erregungszustände* nennen.«

Die Zeit läuft in Bezug auf die Individuen, auf die Subjekte, die sie fühlen; daran, dachte ich, orientiert sich der objektive Verlauf. Er läßt sich dehnen oder stauchen. Ganz so, wie sich Zeit unterm Einfluß hoher gravitätischer Massen biegen läßt. So auch die psychische Zeit, die nur dann eine für alle objektiv meßbare wäre, fühlten sämtliche Subjekte sich ähnlich oder gleich. Zwar gäbe es Ausnahmen, Leute, die anders wahrnähmen, aber es seien zu wenige oder – um im Vergleich zu bleiben – ihre Masse sei zu gering, um nachweisbare Dilatationen zu bewirken.

»Vielleicht ist es ja so«, erklärte ich den Jungs, »daß in dieser einen Sekunde, in welcher ihr so ein Gebilde sich aufblähen seht, für das Gebilde selbst sieben Jahre vergehen... oder einhundert...«
»... oder siebenundsechzigzweihunderteinsund...« warf die eigentümliche Arithmetik meines Jungen ein. »... oder es sind im Gegenteil nur Bruchteile von Sekunden, und das, was wir sehen, ist nichts als ein wahnsinnig winziger Vorgang in einem, gemessen an uns, unendlich riesigen Körper. Wir selbst sind für ihn nur Moleküle.« »Was sind Moleküle, Papa?« »Familien, Junior. Familien, zu denen sich die kleinsten Teilchen, aus denen wir bestehen, zusammengetan haben, um sich besser behaupten, sich gegen Angriffe anderer Teilchen und Familien wehren zu können.«

Stetigkeit, dachte ich; wie erkläre ich, daß selbst unsere eigenen Körper nicht stetig sind, sondern daß Energie die Lücken füllt und uns zusammenhält? Daß auch Zeit eine solche Energie und nicht etwa eine Art fester Raum war, den die Geschehnisse füllen? Daß Energien und Teilchen aufeinander wirken und sich gegenseitig verändern? So daß die Sicherheit, mit der wir drei uns über die glatte, gläserne und metallische Nebelkammer beugten, um mitten in die Gegenwart eines gemeinhin unsichtbaren Wirkens zu gucken, ebenfalls eine nur scheinbare war. Vielleicht wartete nur etwas in diesem Kasten darauf, daß wir ihn öffnen – aber er w a r ja offen, dachte Cordes, der auch das, als Nebenhandlung, beschrieb. Poetologisch war ihm aber unwohl dabei. Es gibt so viele Rechnungen, die unbeglichen bleiben, Blicke, die etwas versprechen, das man vergißt oder die sich selbst vergessen, einfach nur deshalb, weil unerwarteterweise der Strom ausfällt oder ein Bus viel zu spät kommt, so daß das Leben eine unerwartete Wendung nimmt. Weshalb sollte das anders in einem Roman sein?

Wie Josies Leben eine unerwartete Richtung bekam, weil Möller eines Tages Deters aus reinem Daffke zu sich hergewunken hatte. Mit dabei war Hausner gewesen, Stephan von Hausner, auch er ein Trainee bei EVANS SEC. – oder war es PRUDENTIAL? – egal, jedenfalls ein Abschluß: eine ziemlich hohe Position nicht nur durchgestanden, sondern auch glückhaft fast am Peak verkauft; so war Grund gewesen zu feiern. Möller bestimmte das Lokal, sie fuhren in Hausners offenem Golf nach Darmstadt. Möller s t a m m t e aus der Ecke, daher sein hessisches Platt. Wie hieß das Lokal noch mal? Eine weite rustikale Räumlichkeit mit mehreren, meist halbrunden Bars, schweren gepolsterten Clubsesseln vor massiven, doch niedrigen Tischen; viel Messing Gußeisen, einige schwere durchbrochene Zwischenwände aus Holz, in deren Fächern bemaltes Topfgut stand; Dart-Ecke und Billardraum; riesige Porzellan-Aschenbecher mit Pseudoheraldik auf den drei oder vier Stammtischen. An den Wänden Fotografien trophäenhaltender Säufer aus Zeiten, in denen die Pokale noch nicht als Ausrede hatten herhalten müssen und man tatsächlich solidarisch mit seinen Waden und den Trikots gewesen war. Bis dann Jutta aufgekreuzt war und einen an die Leine legte. Bis man den Ernst des Lebens und zwei Kinder gewahrte und die Zeit der Arbeitslosigkeit, aber schon vorher… nein, das war kein Zuckerschlecken gewesen, den Zucker schleckte man abends in seiner hydroxonen, der Maische verdankten Form. Schleckte mehr. Schließlich waren Stürmer und Mittelfeldspieler zu flachmanngrölenden Zuschauern ihrer einstigen Selbste regredierte, die sich gegenseitig ihre Erinnerungen zurülpsten. – Außer denen verkehrten Sekretärinnen hier, Bürogehilfinnen mit solariumskakaoten Pigmenten, goldene Herzchen hingen ihnen zwischen den Brüsten. Neue deutsche Welle dudelte in parfümierten Akkorden, wenigstens zwei Wurlitzers dudelten a u c h.

Der Abend ging auf Möllers Rechnung; Hausner, der bei so was Hemmungen nicht kannte, hockte nebenan mit zwei »Handtaschen«, wie Freund Lethen immer sagt, und süffelte Champagner. Deters saß verloren an einer Bar herum und nippte seinen Talisker. Möller selbst stand an einer der hinteren Wände und fütterte die Spielautomaten. Sie spuckten. Immer wieder rasselte es.

Dann pfiff er.

Ja, Möller *pfiff*. Meinte Deters. »Komm mal, Axel, komm mal her!« Er hielt, während er den rollenden Zahlen Hasen Mohrrüben zusah, sein Glas verwässerten Black Labels in der Rechten. »Du kannst was für mich tun.« Man wußte bei ihm nie, ob er einen auf den Arm nahm oder Gedanken hatte, hinter die man besser nicht kam. Auch an solchen Abenden baggerte er Kunden an; Hausner und ich dienten ihm als Kontakter. Wir sorgten fürs Grobe, er besorgte den Rest. Später blieb den Leuten nicht mal mehr der.

»Die da hinter der Theke.« »Ja?« »Die heirate ich. Nächste Woche.« »Was? Äh, schön…« Möller hatte nicht ein einziges Mal mit ihr gesprochen, jedenfalls nicht heute abend und sie auch nicht mit ihm. Es hatte in meinem Beisein weder einen freundlichen Blick noch eine Geste der Vertrautheit zwischen beiden gegeben, eigentlich hatte er die junge Frau nur zu Bestellungen herumgescheucht mit seinem immer leicht abfälligen, dabei schnurrigen Gemauschel. »Wie heißt sie denn?« fragte ich. »Woher soll ich das wissen?« hielt er dagegen. »Ähm… du heiratest sie…« »Jaja, das stimmt. Aber da muß ich doch nicht wissen, wie sie heißt.« »Du kennst sie gar nicht?« »Noch nicht.« »Und du wirst sie nächste Woche heiraten?« »Ja. Sicher. Also sag ihr das.« *Was* soll ich sagen?« »Du sollst ihr das sagen, daß ich sie nächste Woche heiraten werde. Wenn sie will, kann sie hier gleich aufhörn. Ich will nicht, daß meine Frau arbeitet. Wär ja noch schöner! Also bring ihr das bei. Und erzähl ihr von mir.«

Das hatte entschieden Komik.

Ich schob zur Bar rüber. Guter *Sell*, dachte ich.

Winkte der jungen Frau, fragte sie nach ihrem Namen. »Josie.« »Ich bin Hans.« Man sah ihr an, was sie von mir dachte. Daß ich sie abschleppen wolle. »Siehst du d e n da?« fragte ich. Möller war auf den ersten Blick nie auffällig, eigentlich unterschied er sich in nichts von der ihr gewohnten Kneipenklientel. Er hatte sogar ein Handgelenktäschchen. »Wen?« Dreimal mußte sie hinsehen. »Wa s ist mit dem?« »Er wird dich heiraten. Nächste Woche, sagt er.« Sie war zu verdutzt, um zu lachen. »Wenn du magst, kannst du gleich zu arbeiten aufhören.« »Wie… was… Ich versteh echt nicht…« »Ich kann dich aber nur warnen vor ihm.« Was sie neugierig machte; und ich fing an, aber auch jede Schwäche aufzuzählen, die Möller hatte. »Das merkste doch schon an dem affigen Täschchen!«

Zwei Tage später – er hatte Josie tatsächlich getroffen, und zwar nicht noch in derselben Woche, aber doch den Monat drauf waren sie verheiratet – machte er mir deshalb Vorwürfe; wobei er als Verkäufer selbstverständlich wußte, was Negativwerbung bedeutet, immerhin hatte ich sie von ihm gelernt.

»Axel, so was kannst du wirklich nicht bringen!«

Er steigerte sich richtig in seinen Ärger hinein; offenbar hatte die einfache, von dem plötzlich über sie hereingebrochenen Wohlstand gänzlich untersalbte Frau jeden meiner Sätze wortgetreu hintertragen. Sie muß sehr, sagen wir, handhabbar gewesen sein: – »Manchmal stelle ich ihr beim Vögeln mein Whiskyglas auf den Rücken«, erzählte Möller zweidrei Monate später, als er sich über meine Indiskretionen wieder beruhigt hatte, denen er Frau und Name, Balthus nämlich, verdankte. Um den war es ihm wohl eigentlich getan gewesen.

Das Bizarre ist, daß diese Ehe hielt. Ob er Josie mit in die Andenstaaten genommen hat, weiß ich allerdings so wenig wie, weshalb er die wieder verließ – und weshalb er nun zu Balmers, ich schrieb das schon, Verderben zurückgekommen war; auch zu Bruno Leinsams, letztlich. Er wird da wie heute seine Gründe gehabt haben.

In den Andenstaaten, überlegte Cordes, könnte Möller Stefan Korbbluts Verbindungsmann gewesen sein oder sein Broker fürs Grobe. Vielleicht hat er auch mit Mädchen gehandelt, was ihn in Buenos Aires' Ikeburo – »one of the dirtiest regions in town« – auf eine prostitutive Invention kommen ließ, die sich »Nationalitäten sammeln«

nannte. Er besorgte zahlungsfähigen Freiern die exklusivsten Hostessen aus nichteuropäischen Ländern oder ließ sie als Holomorfe programmieren und lieh sie dann aus. Josie, ganz erstaunlich, besorgte dafür das *Back Office;* Möller hat nie Buch geführt, was regelmäßige Konflikte mit den Finanzämtern zur Folge hatte. Seit Josie in seinem Leben nicht aufgetaucht, sondern seit sie da hinein*gestellt* war – nicht in die Mitte, sicher nicht, doch ziemlich verläßlich an den Rand –, war es mit seinem Schludrian vorbei gewesen. Auch darin erwies diese einfache Frau sich als eine von Möllers gelungensten Akquisitionen.

28

Wie mit Möllers Schludrian hätte es, wäre es nach Ungefuggers Willen gegangen, auch mit dem Osten vorbei sein sollen. Schon damals, als der Alphabetisierung noch die Asphaltierung vorangelaufen war. Kein Stück *Erde* sollte mehr sein. Damit setzte der Präsident eine Politik der Planierung fort, die schon unmittelbar nach der Großen Geologischen Revision eingesetzt hatte, um in großem Stil die Berge abzutragen. Eine Ebene sollte geschaffen werden, die bis an die Karparten reichte. Auch hinter denen war Land gewonnen, war Thetis abgeschnitten worden; weiter und immer weiter rückte im fernen Osten die Europäische Mauer ins Meer vor. Die Erde war dem Neuen Europa ein Feind wie die See. Auch wenn das niemand mehr wußte, hier lag ein Motivkern der begonnenen Kybernetisierung.

»Da eröffnete heftig der Thetis Erde die Tiefen
ließ von Leine und Kette wütend Haß und Zerstörung:
Ker und schwarze Harpyien, Morrigains Greif und
Geier, die stießen herab auf die Städte. Seen und Fluren,
Brachen Land und Seelen entzwei, und die Kinder zerrissen
sie und die häßlichen, aus ihren Höhlen erstandenen Riesen,
viehische Greuel des Hades, Maul und Zahn von Vulkanen.
Meer floß ein in Städte und Häuser und schnitt von den Füßen
Zehen, zog aus den Nägeln die Wurzel – der warf sich wie früher,
eil'ger, handelnder Mensch, das Tier und sich selbst auf Bilanzen
und, was noch atmet, zum Schutt, um noch daraus Gewinn zu erzielen.
Frauen, hört mich! Männer, was seid ihr? Zu pressender Rohstoff!«

Brem war für den Westen Söldner gewesen. Schnell die Gefahr erspürend des Aufruhrs, umschloß die Hand kurz das Messer, und kurz zuckten ihm Auge und Wange, immer weiter der Goltzin Blick im Nacken und abermals ans Messer greifend, während, sehr müde bereits, sehr abgekämpft, Borkenbrod endlich das über zwanzig Kilometer dahinreichende Areal erreichte, in das sich fast gänzlich – doch jetzt noch nicht sichtbar – die Linzer Grube eingegraben hatte, in welche einst Thetis schwallhaft den Heiligen See gespieen: Zwei Jahre lang waren die Nachrichten voll gewesen von erdbeerfarbenen Schweinen und einem Wasser, das, schöpfte man draus, zu Silber erstarrte, niemals blieb Salz; salzlos hatte Thetis es in diesem riesigen Bogen dort hineingespuckt, damit ihre heiligen Schweine zu trinken bekamen. Nun gab es diese Schweine nicht mehr. Nachdem es endlich gelungen war, sie zu fixieren – zuvor hatten sie sich vor jedem Ergreifen in Wasserschleier aufgelöst –, waren sie sämtlichst gekeult und verbrannt worden. Die Aktion hatte Brüssel geleitet: einen Massenmord an Vieh, nach dem die Gegend heute noch stank. Pontarlier hatte aus dem Wasser einen Tagebau gemacht, der den See längst wieder hatte zur Grube aushöhlen lassen. Noch anderthalb Jahre, dann wäre, wie eine unterirdische Blase voll Rohöls, das ganze Silber abgeschöpft, dessen binnenmarktliche Verarbeitung, aber auch Export zu einer der Haupteinnahmequellen des Westens geworden war; über sie ließ sich unterdessen sogar ein Großteil des AUFBAUs OST! finanzieren, unter dessen Kosten Buenos Aires so lange hatte geächzt; seinetwegen waren die schärfsten Schnitte in Europas vormals berühmtem Sozial- und Kulturbereich nötig gewesen – ausgerechnet unter der Ägide eines Präsidenten, der eines Unternehmens wegen gewählt worden war, das noch heute auf seine Fahnen die Wohlfahrt des Kleinen Mannes schrieb. Leute wie Karpov und Hugues konnten sich die Hände reiben; hatten sie es nicht immer gewußt, daß an Ungefuggers »Sozialismus des Kapitals« nicht so sehr viel sei?

Die Gegend sah wie ein Truppenübungsplatz aus, auf dem sich vor allem Panzer bekämpfen; aufgewühlte riesige Erdnarben, die sich bis an den Horizont streckten, von zerfetzten Baumstumpen flankiert, überall ein weißer Sand, der wie Asche wirkte. Nur noch Macchia fand Halt, bisweilen stand sie in halbkörperhohen dornigen Bollen. Mal gab es paar Baracken, eine Zementhütte mal, in der die Elektronik sirrte, von da ab einzwei Stromleitungsträger, dürre Stengel aus einem künstlichen Holz; erst nahe am See, den man von außerhalb nicht sehen konnte, die niedrigen Siedlungen der Silberarbeiter, die Sammelplätze für Container, die Fuhrparks neben den *mall*artigen Hallen. Außen um das Gelände ein Natodrahtzaun wie einst, in Buenos Aires, um den Potsdamer Platz und wie, von heute an in sieben Jahren, um Nullgrund; insgesamt vierfünf Einfahrten, die Werkstoren glichen, nur daß sie Schlagbäume hatten und Wachen; rings um das enorme Areal patrouillierte die Schutztruppe genannte Miliz, um die Ostler davon abzuhalten, sich am Eigentum des Westens zu bereichern. Rebellen und Schänder waren in der Gegend lange schon still, so genügten meist einzwei Schüsse in die Luft, wenn sich ein Unbefugter näherte – meist waren es eh nur von ihrer Neugier oder einer Wette hergelockte Rowdies und solche, die Mutproben bestanden. An die Einfahrten endlos heran und wie endlos dahinter zum See führten acht Meter breite Fahrtschneisen, der Asphalt von Raupenketten aufgerissen, wie sonnendörrer Schollengrund ausgetrockneter Flüsse, abgefallene korrodierte Auspuffrohre an der Uferböschung, auch schon mal ein Lastwagenwrack, verknickte Fahrradgestänge und den ganzen Weg bis zur Westgrenze zurück immerbrennende Straßenlampen, die auch als Fahrtenschreiber dienten: Die von ihnen empfangenen Impulse wurden direkt an den Übergang nach Buenos Aires gesandt und von dort ins Euroweb gespeist, so daß die von den Castor-Firmen gegen Honorar zu verrechnende *Toll* ermittelt werden konnte; Buenos Aires verdiente zugleich an dem, was Pontarlier bezahlte.

Borkenbrod stand auf der Anhöhe und schaute nach einer Möglichkeit hineinzukommen. Der Streifschuß schien bereits verheilt zu sein, jedenfalls war nichts mehr von ihm zu spüren. Elena war eingeschlafen, vor Stunden, dachte er, endlich eingeschlafen; sie sang nicht mehr. Unterdessen hatte er sie gekleidet, war wie ein marodierender Söldner in eine Hütte eingebrochen, hatte mit zwei Schlägen die Bewohner niedergestreckt und sich an Kleidern und in der Küche bedient. Hineingestopft in seine Ledertasche, was nur ging. Da war Elena noch wachgewesen. Fügsam ließ sie sich in die Kleider hinein, sah Achilles dabei an und fragte zweimal, wer er sei, und wer sie selbst. Und was seien das für Platten gewesen? Die waren, als er sie genommen hatte, aus seinem Rücken gewachsen. »Ich bin«, sagte er, »aus einem Ei geschlüpft wie du.« »Wie ich?« »Wie du symbolisch, ich konkret. In uns fällt beides wieder zusammen.« Sie lächelte. »Ich bin aus keinem Ei geschlüpft.« »Du bist so dunkelhäutig«, sagte er, »damit niemand erfährt, daß du von der Mutter den Schwan in dir trägst.« Da fing sie zu singen wieder an, aber nur kurz; sie hatte gesehen, wie schön ihr Mann war, auch wenn er hinkte. Kam abermals zu sich. »Meine Mutter war kein Schwan.« »Deine leibliche nicht«, sagte er. Und sie: »Woher weißt du von meiner leiblichen Mutter?« Sie hatte die nie kennengelernt, nur Gisela Jaspers gab es, ihre Stiefmutter, die nach dem Tod ihres Mannes in einer Maisonette in Chelsea wohnte; der Ärger über den Aufstieg ihrer Stieftochter ließ sie nicht altern: Unbedingt wollte sie noch Elenas Fall erleben. Und erfuhr dann nur von dem eigenartigen Verschwinden. Das reichte ihr nicht, so sehr nagten Mißachtung und Neid. Zumal Elena Goltz die Bosheit besessen hatte, ihr allmonatlich einen Betrag anweisen zu lassen, der ihre ohnedies nicht kleine Witwenrente noch ausstaffierte. Daß sie, Gisela Jaspers, nicht den Stolz besaß, das abzulehnen, nagte ganz besonders an ihr; das ganz besonders nahm sie der Stieftochter übel. Sie spürte sehr wohl, wie leise die zu verletzen verstand. Sie selbst nicht, doch Borkenbrod schien von ihrer leiblichen Mutter zu wissen, er, dachte sie, Echsenkämmler. »Erzähl mir von ihr.« »Ich kenne sie nicht, hörte nicht mehr über sie, als daß sie Leda geheißen. Es gibt darüber ein großes Gedicht.« »Leda war«, wandte Elena ein, »von einem verkleideten Mann, einem Gott, verführt. Mein Vater war kein Gott.« Sie mußte sogar lachen. Da saßen sie, noch hatte Elena nicht geschlafen, ein paar Kilometer von Lough Leane entfernt mitten im ehemals österreichischen Brachland und aßen aus der Ledertasche von den Speisen, die Borkenbrod geraubt. Sie unterhielten sich beinah vernünftig, wie Ausflügler fast, die nach dreivier Stunden in ihre Städte zurückfahren würden. Doch von Elena war alles abgefallen, war die EWG abgefallen, Buenos Aires, ihre Karriere; jetzt galt nur noch dieser Mann. Und sie ihm. So daß er versuchte zu erklären, was er imgrunde selbst nicht verstand. Weshalb er hatte zu dichten begonnen. *Three things that enrich the poet: Myths, poetic power, a store of ancient verse.* »Sieh«, sagte er und kramte in dem Beutel der Mandschu, holte Schalenstück und Messer heraus, »sieh, das ist alles, was ich von meiner Herkunft weiß, sicher weiß: daß ich das immer schon hatte. Hiermit, das hat mir meine Tochter erzählt, das Eichhörnchen Niam, die Lamia, hiermit habe ich mich aus meinem Ei herausgeschnitten.«

Die Klinge schartig und angelaufen, aber rasiermesserscharf. Fast direkt vor ihr Einkerbungen am pirolgelben Heft, ein P, vielleicht ein halbes B, das war nicht zu sagen. »Aber ich habe daran so wenige Erinnerungen wie du sie an deine Mutter hast. Wir sind wir selbst«, sagte er, »und immer jemand andres zugleich. Wir sind eine Form, ein Muster, das neben uns herläuft. Davon hängen wir ab.« »Und meine Form – was ist die?«

Er dachte nach, sah übers Land, sah vor seinen inneren Augen bereits den See und sah tief darin, tief darunter sah er's, Leuke. »Deine Form erfüllt sich mit meiner. So, wie ich mich erst in meinem Sohn erfüllen werde.« »Du hast auch einen Sohn?« Achilles nickte. »Jason«, sagte er, »heißt er. Er lebt in Kehl. Kennst du Kehl?« »Ich bin einmal dagewesen. Vor Jahren, da war ich noch«, sie lachte, »ganz jung.« »Als ich dich sah, das war beim Tokyo Tower auf einem Lichtplakat, da wußte ich mit einem Mal, was zu tun war. Ich erkannte meine Form.« »Als dir diese Platten aus dem Rücken wuchsen, erkannte ich vielleicht die meine.« Sie schwiegen einen Moment. »Es war nicht schön«, sagte Elena, »ich erschrak, es war furchtbar. Es ist nicht menschlich…« und sie stutzte, dann sagte sie zum allerersten Mal: »… Chill.« Wiederholte: »Das ist nicht menschlich, Chill.«

Sie hatten aufgegessen ausgetrunken gingen weiter, es war ein reiner Bogen, gab keinen Bruch. Man hat ein Schicksal, eben das Muster, und ein Leben gelingt, wenn du es annimmst und dadurch erfüllst, daß du es mit dir in Einklang bringst. Deshalb, weil sie das verstanden hatte, schritt die einst so ehrgeizige, mächtige Frau widerstandslos – nicht ergeben, sondern bereit; das ist ein Unterschied – neben ihm her in ihren alten, den neuen einfachen Schuhen, weichen Schuhen, in kaum mehr als zwei um die Füße gewundenen Ledern.

Bis sie stehenblieb und einschlief aus dem Stand, so daß Borkenbrod sie wieder über die Schulter nahm. Sie hatten keine Zeit, sie mußten vor dem Morgengrauen da sein, bevor der Tagebau losging am See, bevor die Transporter fuhren; andernfalls kämen sie, das ahnte Borkenbrod, nicht hinein. Unsicher, ob man sich über den Tag dort irgendwo verstecken konnte. Außerdem wollte er zum Ende kommen, wollte nicht mehr warten. Stand nun auf dieser Erhebung und sah zum Demarkationszaun hinüber.

Noch schlief die Gegend, man sah nicht einmal Bewegung in den

Wachhäuschen, Patrouillen sowieso nicht. Alles lag karg, verstaubend, ganz in der Ferne glitzte was, der See vielleicht, das Silber, man wußte es nicht; aber es gab für Wasser kein Indiz. Man riecht es sonst, immer ist Feuchtigkeit in der Luft, hier gab es nichts als Trockenheit von mehrfach gebranntem und gesprungenem Lehm. Stand der Wind schlecht, roch man bereits die Sulfide Indole Skatole, daß einem der Magen hochkam. Kein Mensch wohnte deshalb weit und breit. Stand der Wind gut, roch man Metall. Das roch nicht nur warm, es war ein flacher Geruch, der kaum die Nasenhöhle füllt, doch spürbar hindurchgeht, böse fremd. Benzin war darin, auch etwas wie Schmieröl in alten Lappen und eine gewisse Sandigkeit, die von Handwaschpaste rührt, sowie längst zerflattertes Kohlendioxyd. Das war durchweg Werkstatt, *Werk* war das, nicht aber Fabrik. Bei dem allen war keine Perfektion: Grob auf die Knochen wurde gewuchtet.

Noch ruhten die Kräne und Schaufeln, ruhten die enormen dichten Siebe, die das Silber aus dem sich neigenden Wasser schöpften. Erste Tote, verkeilt in den Felsbruch, kamen zum Vorschein. Als sie noch lebten, vor Jahren, hatte sie der hausdicke Strahl überrascht, der über die Mauer so weit bis in die Linzer Grube, ein Regenbogen aus aluminener Masse, hineingespieen worden war. Selbstverständlich sah man von Borkenbrods Höhe aus davon nun erst recht nichts. Überhaupt hatte er keine Vorstellung von dem, was ihn erwartete; nur ein Gefühl der halben Sehnsucht, die ihn zur andren Hälfte warnte.

Er weckte Elena Goltz.

»Wir sind da«, sagte er. Sie fragte nicht, wo. Das hatte sie auch vorher nicht gefragt, war ihm einfach gefolgt. »Kannst du gehen?«

Er warf den Beutel auf, der ihm über die Schulter hing. Er hatte einen Entschluß gefaßt, einen imgrunde irrsinnigen, paradoxen, wie einer, der ein Fernsehgerät aus einem Kaufhaus stiehlt, es mit beiden Armen anhebt und einfach hinausträgt, die zwei Etagen mit der Rolltreppe runter, durch die Leute, höflich lächelnd, sogar einmal einen Angestellten nach dem Ausgang fragend; und der junge Mann gibt höfliche Antwort. Schon tritt man auf die Kö, die Zeil, tritt man auf die Obernstraße. Das war vor ein paar Jahren geschehen, als Waren noch nicht mit elektronischen Schutzvorrichtungen ausgestattet waren, die an der Kasse deaktiviert werden müssen. In Braunschweig sei das geschehen, dachte Cordes, zur Zeit meiner Jugend. Jedenfalls hatte das so in der Zeitung gestanden. Er hatte den Vorfall nie vergessen, der hier nun, vierzig Jahre später, seinen poetischen Reflex fand. Hier verfremdete er sich und wurde eine Geschichte.

Borkenbrod konnte nur hoffen, daß es am Tor zum Lough-Leane-Gelände solche elektronischen Warnmechanismen nicht gab; sie beide, Elena und er, hatten immerhin keine Signalgeber an sich. Und es kam zu dieser erstaunlichen, fast bizarren Szene, daß eine Frau und ein Mann Hand in Hand durch Macchia und dörren Baumrest, Steine rollten in gelegentlich aufstäubenden Lawinchen vor ihren Füßen, vom Hügel herunterstiegen, ganz offen, daß sie erst auf die Zufahrtsschneise kletterten, über die sonst die Castor-Transporte donnerten, und daß sie, weiter Hand in Hand, auf den mächtigen Schlagbaum zugingen, müde, abgekämpft, doch auch entschieden. Vielleicht, dachte ein Wachmann, hätten sie Hunger und fragten um Brot. Oder um Wasser, das hier rar war; vom erodierten Boden wurde Regen sofort verschluckt. Doch der eine Wachmann war gar nicht da, war, hatte er zum anderen, der halb schlief, gesagt, austreten hinter die Hütte, in Wahrheit jedoch, was nicht erlaubt war, um eine Zigarette zu rauchen. Der Kamerad hatte im Räumchen weitergedöst, nur gebrummt, war, ohne es zu wollen, matt in einen sehr lieben Traum gestrudelt. Es war noch so früh. Mag auch sein, Thetis hatte bei dem Traum die Hand im Spiel, keine Ahnung; jedenfalls war das Paar unbehelligt hindurch, drehte sich nicht um, schritt einfach weiter, immer weiter auf das Paradies zu.

Das schlimmer nicht aussehen konnte. Als hätte man Bleiglanz über die Erde gekippt, ein mit Dreck vermischtes, mitunter irisierendes Altöl, Abfälle waren hineingerührt und Schuttzeug: so war das, so weit das Auge reichte, hinter der Senke ausgegossen, in die das Land hinabbrach. Von dort aus war es endlich zu sehen, das ungeheure klaffende Loch, nahezu zwanzig Kilometer lang, ein künstlicher Cañon einst, dann naturhaft vollgespuckt mit dem silberfüßigen Wasser, dann das Wasser abgebaut wie ein Erz, das man zu dünnen Argentumblättern schöpft. Die werden geschmolzen und in die Castor-Container gegossen, damit sie als Barren zu wuchtigen Blöcken erstarren. Die Abfallprodukte weggerührt in, zu Dutzenden, enormen Mörsern, die wie Silos aussahen, aber sich drehten; unten, aus ziemlich schmalen Kanalrohren, quoll unablässig ein stinkender, von fettigen Harzen körniger Brei aus Cyaniden und Sulfaten, aus sonstigem Rückstand, eine Art Schwefelwasserstofflava, die, an der Luft allmählich erstarrend, von Caterpillars festplaniert wurde. Lough Leane selbst fast ausgetrocknet, schien es, nach diesen Jahren des Raubbaus; nur noch drunten, zweihundert Meter unter den Armeen von Kränen, die ihre Antennenarme räkelten, stand – und sie reichte noch tief – die Gülle.

Es stank derart bestialisch, daß der Physiologie nichts übrigblieb, als den Geruchsorganen die Wahrnehmung zu blockieren; allein, im Hals blieb ein Reißen, als führe einem ein Spargelschäler, außen, an der Luftröhre entlang, innen Teilchen Sands. Welch eine Husterei! Welches Gebölke! Ein trockener, schmerzhafter Katarrh. Wohin, Geliebter, bringst du mich? Ist das das Rosenfest, das du versprachst?: So sah Elena ihn an, den Achill. Der ließ sich nicht beirren. Bald begänne die Arbeit, bis dahin mußten sie wegsein; er nahm ihre Hand, zog sie, ich gehe jetzt nach Leuke. Er nahm überhaupt nicht wahr, was diese Gegend war, ihm deuchte schon Palme und Pappel; oder er hielt den Tagebau-Hades, den der Mensch hier angerichtet hatte, für nichts als Schimäre, die er, mit Wahnsinn geschlagener Bellerophon, nur hinwegblasen müsse, um den Vorhang über ihr zu heben. Dann gibt der Blick ein tyrrhenisches Meer frei, aus offenen Früchten rinnt es und Allüberall und ewig blauen licht die Fernen.

Derart verklärt sah Chill Borkenbrod aus, unachill'sch fast, derart begab sich, nachdem die beiden Menschen in diesen Orkus hineingelangt waren, das zweite Wunder: – daß sich allein über ihre ineinander verschränkten Finger Borkenbrods Wahn auf Elena Goltz übertrug. Er lief von seinen Handmeridianen in ihre; die Chakras oder, wie die Chinesen sagen, Dantians sogen ihn an, nahmen ihn auf. Davon klärte die Gegend sich; sonnig Bild und Gebilde küßten Augen und Herz der Goltz, bis Elena selber sah, mit Borkenbrods Sinnen, dort das versprochene Eden – um dies in Erissohns Worten auszudrücken, der auch diese Szene später erzählte, sehr viel später freilich, da ihm der halbe Ort hypnotisiert zu Füßen lag. Der halbe, gewiß, nicht alle Leute waren hier, einige schliefen in ihren flachen Häusern.

Brem immer weiter die Hand am Messer und im Genick den polizistischen Blick. Die offenen Münder um ihn her, in manchen Augen die matten, fast schon vergessenen, fast schon eingetrockneten Tränen, die der Achäer mit seinen Versen feuchtbekam. Einige Leute hatten sich auf den Boden gehockt, andere lehnten gegeneinander; wie einem, der etwas zu sehr anstarrt, so daß es im Blick zu opalisieren beginnt und den Charakter einer Halluzination bekommt, die die Wirklichkeit umstülpt, fiel alles andere hinter einen sehr dunklen Horizont. Die Häuser sackten davon, der Nächste sackte davon, man selbst, alleine, war gemeint, zu einem allein sprach die Erscheinung. Aber man war als Alleiniger *alle;* so haben sich Propheten gefühlt, als ihnen ihr Gott die Wahrheit diktierte. Wer immer sich dem Achäer öffnete, bliebe fortan ein gefährlich Beseelter; das war Brem klar. Und auch die Goltzin dachte: Was eine Waffe! Die heilige Ansteckung lief um, jeder Satellit hätte das Leuchten registrieren können, das von Točná abgestrahlt wurde, eine Ballung kollektiver Energie, wie sie der Osten seit Jahren nicht mehr gekannt; der Westen hatte sie sowieso nie empfangen, geschweige entsandt.

»Als Europa sich abschloß nun gegens Meer und alle
Not der flüchtenden Menschen taub und ohne Int'resse
war, daß Brudermörder sie wurden, ihr an den Euren

29

selbst, und Kinderhände, verkrampft im ringenden Elend,
würgten, bis sie erschlafft, die eigenen Eltern und warfen
sie zu andren Leichen mit Jubel der See zum Fraß vor –
Da schwamm, von Schweden geflohen, ein Boot schon nahe der Mauer.«

Was nun folgt, in *anderen,* dachte ich, in bloß *gebundenen* Worten, ist die Eris-Erzählung aus Thetis, denn damals, gegenüber dem alten Präsidenten, als dieser Präsident noch nicht gewesen war, hatte der Achäer, Erissohns Vater, n i c h t das Versmaß benutzt, das dem Sohn diente, Točnás Menge zu betören; Eris, in Ornans, hatte auch nur den einen Hörer gehabt, der war sowieso nur noch Ohr gewesen, Ohr und Geist, vor allem aber Sehnsucht. »Auf einer grenzenlosen See wurde ich ausgesetzt!« Das hatte nicht Eris, das hatte die kleine Niam gerufen, und nicht gegenüber dem Präsidenten, der das noch nicht gewesen war, sondern zum Vater, der sich, seine versprochene Elena an der Hand, der Linzer Grube immer weiter näherte, Lough Leane, wo es für eine kurze Zeit, der Thetis' heilig, die kaum pekarikleinen erdbeerfarbenen Schweine gegeben hatte, bis Pontarlier sie abfackeln ließ. Hier hatten sich, nachdem der See gefüllt worden war, auf dem darben Land Pappeln und Erlen angepflanzt und Schilfe am Ufer. Hier war, kurz, eine Oase gewesen, bis der Silberabbau kam und seine Hölle aus dem Himmel herausgrub. »Ich bin geschickt, dich zu retten.« Das wieder Niam. Und er: »Du Wichtelweibchen?« Sie: »Ich war eine Welle, die sich am Strand brach.« Da hatte er den Kopf geschüttelt und eine deutliche Antwort gewollt. Die er heute sah. Und Elena a u c h sah die Welle, sah die Bäume, all dieses Grün.

Borkenbrod wiederum *sah* zwar nicht Leuke, aber *spürte* die Insel bereits, so schritten die beiden zur Grube hin vor. Sogar die Schuhe zogen sie aus, er seine Boots, sie ihre Leder, die ließen sie stehen am Ufer. Nur die Ledertasche nahm er mit, weil sie von der Mandschu war. Aber er nahm das Messer heraus. »Über die überflutete Welt, / Werde ich getragen vom Wind. / Ich steige herab in Tränen wie Tau.« Damit gingen sie in das Wasser hinein.

> »Ich stand, eigener Vater mir selbst, an Bord, als der erste
> aller Achäer, mir selbst zum Ahn und ihnen schon Erbe:
> Alle kommen von mir, und ich komm von allen Achäern,
> Euch zu künden ein Kind, von Thetis geschickt zur Erlösung
> Hoch von Midgard. Als fast gesunken Boot schon und Hoffnung,
> nichts half Rufen und Klagen, da tauchte herauf aus den Fluten
> Midgards die Schlange und pflückte Peleus und zog ihn und wand sich
> ihn um Lenden und Leib, dem nichts als sein Messer zur Wehr war.«

Halb Točná hatte das vor den Augen und sah in den Ohren den Spielfilm: wie die Gischt wütend spritzte; wie ein riesiger schlüpfriger Tintenfisch sich bäumte und wieder die Schlange. Man sah das nasse Feuer, das als eine Fontäne aus Blut in die Höhe schoß und über das Bootchen klatschte, keines aus Wunden, sondern ein Leibblut von innen, ein *Mondblut* nannte Erissohn es. Was für eine Verletzung hätte ein Silbermesser einer Drachenhaut zufügen können? fragte Erissohn, fast in den Worten des Vaters, seine Hörer. Aber darum sei es auch gar nicht gegangen, nicht eine einzige Verletzung habe Peleus davongetragen, als Eris ihn barg.

> »Stammt' aus, daß nun ein Bluten durch Tiefe und spritzende Gischt stieg,
> ganz das Meer überziehend, Peleus Verwundungen, oder
> war es Wundblut nicht, sondern ein anderes Wehe, der Schlange,

als sie, Thetis, den Peleus lustbereit in die Tiefe
zu sich hinabzog, ihn, den Mann, zu zeugen bereitend
ihr den Vater des Mädchens, einen, der aus dem Osten
stammen mußte, des heiligen, Euch zur Erlösung gesendet?
Nur den Schaum, und Brodeln, als Echse und Mensch sich vereinten,
konnten wir sehen, und Wogen, spritzendes, rauschendes, rotes
Gären, salziges Bäumen, wirbelnde Sprudel und Wüten,
glaubten tot schon den Freund, der ertrunken, schien es, versunken
war, der gegen die Schlange doch nichts als ein hilfloser Mensch war.
Aber Allah, der das Meer und sie, die Meermutter, kannte,
hielt auf Peleus die Hand, den immer Kämpfenden weiter,
prustend, als er für kurz, um Atem, aufstieg und winkte
mit seinem roten Messer, schon hinab neu gezogen.«

Denn in ihrer hilflosen, ihrer verzweifelten Wut hätten die Elemente
derart gegen die Gifte gewütet, mit denen der Mensch sie verklappte,
daß sie sich in die Gestalten von Harpyien amalgamierten, sich selbst
zum Entsetzen – so hätten sie auf alles eingeschlagen, was Mensch
war und menschengeschaffen, und Thetis sei Lamia geworden, un-
gezügelt, eine unersättliche Wunde. Wie oft nicht sei das Medusenhaupt aus dem Tsunami gerissen und habe nach Opfern geschrien,
die es schlug an den Küsten und bald schon im Land: sei erst ins flache Uferwasser gelaufen und habe, Tückische, ihren Meeresboden ge-
bleckt, dann immer schneller das riesige Haupt voll flüssiger Zähne,
bis verzweifelte Mütter rängen die Hände um ihre ertrunkenen Kinder, sie schrieen gen Himmel, der taub bleibt, denn höher schießen
die Fluten, immer höher selbst gegen i h n an. Khao Lak innerhalb
von Sekunden dem Erdboden gleich. Bilder seien es der Verwüstung
gewesen, Leichen gedunsen von Verwesung und Salz, so habe die wütige See über Schutte Schlamme Sand gestunken. Die Bungalows zu-
sammengestürzt unter den Wassern, Soldaten hätten nach Toten mit
Stöcken gestochert. In Latex-Plantagen offene Koffer wie Boote, die
wirklichen Boote kilometerweit landeinwärts geschleudert. Turnschuhe, suckelnd. Leichen tropfnaß in Bäumen. Eine stählerne Faust, so
traf die Welle den Zug. Waggons und Lokomotive waren Dutzende
Meter neben die verformten Gleise geworfen. Andere Wagen riß es
von ihren Gestellen. Durch ganze Häuser, wie durch Pulver, schwebten Lokomotiven hindurch. Das Wasser warf in die Häuser die Wagen. Eine Reisetasche klatschte an den zerfetzten Stromzähler, Kleider
sickerten in eine Bracke, aus der das Kinderfahrrad ragte. Eine zer-

schmetterte Wanduhr zeigte Viertel nach zehn. So halte, rezitierte der Achäer, die Mutter Gericht.

Doch dann sei da Mauer gewesen.

Es war jedem deutlich, wovon Erissohn sprach: von der Großen Geologischen Revision, der Zweiten Sintflut, die an der Schwelle des Neuen Europas gestanden hatte. Damit, dachte ich, hat Buenos Aires begonnen, die Europäische Mauer, der Feldstärkeschild, das Europäische Dach, die zweite, nur noch von, dachten sie, Menschen gemachte Schöpfung, eine autonome Anders-, eine Gegenwelt, die die Natur endlich und endgültig bannt vermittels Kloning und Holomorfie, alles aufgelöst und fest definiert in den Rahmen der moralischen Funktion, und sei kein Drittes neben uns und DIr. So schuf man, um des, dachte Cordes, Sicheren willen, auch AIDS: damit sich selbst dieser Kanal den Mythen auf immer verstopfe. Ungefuggers Erster Feldzug für die Sexualhygiene war nicht ohne Berechtigung gewesen, auch die weiteren Aktionen waren es nicht; ganz im Gegenteil. Aber sie dienten zugleich der umfassendsten, tiefsten Funktionalisierung des menschlichen Ausdrucks, dort nämlich, wo er noch animalisch, also triebhaft, geblieben war. Was die Religionen niemals vermocht hatten, die Krankheit schaffte es. Sie lag völlig auf der Linie der seit Aristoteles immer weiter vorangetriebenen Domestizierung von Natur, der radikalsten Form der Profanierung, und war dem humanen Fortschritt letztlich erwünscht.

Wie kam er jetzt d a r auf? Wie brachte er Erissohns mythischen Hexameter mit AIDS zusammen? Was hatte die südasiatische Katastrophe, auf die nicht nur Cordes' Bilder in Prosa, nein sogar Erissohns achilleischen Verse hier zweifellos anspielen, auch wenn das in Točná keiner weiß und wohl der Achäer nicht einmal selbst – was hatte das mit dieser eigenwilligen Krankheit zu tun, von der wir sicher wissen, daß sie, weil wir den Berichten glauben, aus Afrika stammt? Was i s t mit Afrika denn? Es wurde in der Chronik des anderswletlichen Europas zweidreimal erwähnt, dann war es vergessen. Die UNDA spielen eine politische Rolle und auf dem amerikanischen Nordkontinent die *Church of Latter-day Saints,* Allegheny also, das ist alles; das, mit Europa, teilt sich die Welt; bloß noch ein paar chinesische Piraten schippern und handeln und rauben dazwischen. Afrika aber, soweit es aus dem Thetismeer ragt, gilt als kaum mehr denn als Rohstoff. Afrika wird abgebaut wie das Wasser von Lough Leane, wird in Container gegossen und verschifft oder auf dem transkontinentalen Luftweg in die westlichen Industrien verbracht.

Deters sagte leise: »Afrika«, und zwar, als neben mir mein Sohn erwachte, drei Uhr morgens, es war – anders als bei Deters – wegen des offenen Fensters sehr kalt im Zimmer. Also der erwachende Junge murmelte. »Kuscheln, Papa.« Ich nahm seinen Rücken an Brust und Bauch, legte mich um ihn, und wir schliefen beide wieder ein – in derselben Wohnung, in der Cordes dieses hier schreibt. Deters hingegen lag noch bei Judith Hediger und starrte zur Decke. Der Liebesakt war, AIDS wegen, mal wieder ein bißchen problematisch gewesen; immer versagte der Mann bei Präservativen, das ist lästig und gegenüber der Frau nicht sehr fair, aber es verklammert Themen im Roman. Man kann sagen: Afrika wehrte sich in Deters, es w o l l t e nicht gebändigt und so gnadenlos abgebaut werden. Anders als Europa war es nicht bereit, sich funktionalisieren zu lassen, der ökonomische Masochismus schlug nicht durch – noch nicht, mag sein –, den die arabische Welt, in der Afrika zum Osten w i r d, für den perfektioniertesten Ausdruck des Kolonialismus hält und recht damit hat. Afrika also hatte die Rolle des europäischen Ostens übernommen, in die, weil sie so vergessen war, der Achäer seine Točnáer Zuhörer an diesem Abend mit derart rhetorischer Gewalt zum höchsten Mißbehagen Brems zurückverführte. Aus demselben Grund, aber ohne ihn zu kennen, murmelte Deters sein völlig aus Zimmer und Bett gefallenes »Afrika«.

»Was meinst du?« fragte Judith, die neben ihm lag, das Plaid halb über den Bauch gezogen, und ebenfalls zur Decke starrte, ihre tätowierten Handschuhhände unterm Hinterkopf verschränkt. »Ich weiß nicht«, sagte Deters und wandte den Kopf. Auf dem Nachttisch lag verschrumpelt der künstlichfeuchte Latexfinger, wie ausgesogen wirkte er, eine eiterfarbene Larve. Woraufhin ich Deters auch noch »Retour aux pays du natal« murmeln ließ. »Du bist melancholisch geworden.« »Ich gehöre nicht hierher.« »Wer tut das schon?« Sie nahm eine Hand unterm Kopf weg und rieb sich leicht kratzend am Bauch, über den, und eben nicht in das Präservativ, das Sperma gespritzt war; die unterdessen getrocknete Substanz spannte die Haut, feine opake Fitzelchen strichen Judiths Fingernägel von ihr ab, einen pergamentenen, kräuslig fladigen – in diesem Zusammenhang darf Cordes schreiben: afrikanischen Staub. »Ich meine das *konkret*.«

So daß er ihr von Berlin erzählte, von einer dortigen Duncker-straße, die eben nicht auf Docks hinausging und schon gar nicht auf ein TULSI TERRACE genanntes koloniales Gebäude, auf dessen Flach-dach ein Ziegelhäuschen errichtet ist, mit Wassertonne rechts und der daneben gespannten Wäscheleine. Sondern von einer Wohnung auf dem Prenzlauer Berg, dem nicht-synthetischen, historisch gewachse-nen, sozusagen unverfälschten. Wobei er sich entsann, selbst nur eine Kopie zu sein, eine errettete allerdings – die Erinnerung wie an einen Traum war das; dennoch sah er später in der Jackettasche nach, und es trieb momentlang Eispfeilchen durch seine Adern, als er tatsäch-lich den Selbstprojektor darin fand: ein scheckkartengroßes, steck-modemartiges Ding mit FIELMANN-Werbung darauf. – Aber die He-diger verstand ihn sowieso nicht; sie war derart konsterniert, daß sie nicht einmal den Kopf schüttelte. Er merkte auch schnell, wie sinn-los seine Erzählerei war und schwieg wieder darüber. Und wo war der andere Projektor, der mit dem FERRARI-Emblem? Er würde nachher suchen müssen in seinen Sachen. ›Stuttgart‹, dachte er, erst ›Afrika‹, dann schon ›Stuttgart‹; dies war die logische Reihenfolge, eine inne-re Reversibilität; davor, dachte ich, zeitlich, müsse noch die Diskette liegen, die Niam bei sich haben würde. Lamia Goldenhaar. Helmut Kohl, las ich gerade, ist der Tsunami-Thetis von Sri Lanka schadlos entkommen und werde, man faßt es nicht, seinen Aufenthalt nach dem momentanen Stand der Dinge fortsetzen. Kein Osten in dem Mann. Es klagt das Weinen der indischen Mütter.

»Was ist?« »Nichts. Ich dachte nur gerade.« Langsam formte sich auch seine Erinnerung wieder, für ihn schien gar keine Zeit vergangen zu sein, seit Deidameia vor ihm die Imaginationstür geöffnet hatte, ganz dasselbe schattige, aufrechtstehende Energiegewässer dahinter, das ihn bei ihrer beider letzten Begegnung ins BOUDOIR geführt hatte. Nun gähnte ein blauschwarz gekräuselter, von bleiernem Licht erfüll-ter Gang. *Bleiglanz* dachte er, jetzt, neben Judith. Da hatten ihn vier Rebellinnen kurzerhand hineingestoßen. Er hörte Deidameia noch sagen, sie hoffe, ihn bald, drüben bei ihm… – dann war der Ton weggebrochen. Minutenlang war es, schien ihm, absolut still gewe-

sen. Dann war er, vorhin, neben diesem Typen an der Bar des Silbersteins zu sich gekommen. Etwas schien schiefgelaufen zu sein,
Deidameia hatte die Translokation nicht im Griff gehabt, es war *Zeit*
vergangen und die mit etwas gefüllt, das nicht *er* war. Mit Herbst,
schrieb Cordes. V i e l Zeit im übrigen, ein halbes Jahr fast, von dem
Tag an gerechnet, der am Thetis-Anfang steht, bis in den ersten November, aus dem Deters in Buenos Aires dann nicht herauskam. Tatsächlich war, als er am folgenden Nachmittag Geld abhob, sein Kon-
tostand auffällig niedrig, und seine Dunckerwohnung war verräumt;
er selbst hätte niemals Wäsche vor den Ofen geworfen, schon gar
nicht solch einen Haufen. Was für ein Ferkel, der das getan. Aber es
war eben auch die Waldschmidtstraße gewesen.

»Gut war einstmals die Mutter allen lebendigen Wesen,
stillte irdisch Geschöpfe, Seen und atmende Berghaut,
undurchdringlich und reich, ein Wunder staunendem Anblick.
Milch floß dem Innern. Eins mit der Erde seid ihr gewesen.
Aber vergaßt es, daß ihr wie sie seid und sie ist, wie ihr seid.
Hoffärtig hobt ihr Kinn und Stolz gegen das, was euch nährte.
Göttlich, das seiet selbst ihr, so rief ihr der Göttin entgegen,
Tratet mit Stiefeln weg sie, so daß die Entblößte dahinsank
unter harschem Gelächter, eurem, der feixenden Menge.
Sie aber hob sich wieder, Wandlerin, warf euch, euch spiegelnd,
Haß und Erhebung wider Erhebung, die Lamia entgegen.
Drohend rief sie euch zu: Wer Waffen schmiedet, bereitet
Krieg und muß davon der Zitter Klang nicht erwarten.
So denn katastrophal ward euch und den euren die Erde.«

Das Ferkel sah auf dem Screen ziemlich deutlich dasselbe wie Brem:
Da braut sich etwas zusammen, sehr dunkel, wolkig, nicht mehr nur
wie am Horizont, sondern schon tief übers Land herangeschoben.
Wie wenn du merkst, da stimmt was in deinem System nicht, die
CPU ist überlastet, arbeitet auffällig langsam, dauernd rasen Befehle, die nicht von dir sind, durch den Arbeitsspeicher, da greift was
von draußen durchs Netz auf deine Harddisc zu, Dämonen Trojanische Pferde, der ganze überalterte Mythos wird in den kybernetischen Viren viril. Dann beginnt sich der Bildschirm zu entblättern,
er zieht sich die Bits aus wie Schuhe, wie Nylons rollt er sie runter,
und etwas spricht aus den Boxen, sehr freundlich, charmant fast, der
erotische Tonfall rührt dich am Herzen: »Guten Tag, ich bin Niam

Goldenhaar. Man nennt mich das Heilige Kind. Ich bin geschickt, Ihr System zu zerstören, und schlage, da Sie sich nicht wehren können, vor, daß Sie es genießen. In so etwas sind Sie, ich weiß, ziemlich gut. Also lehnen Sie sich zurück und schauen Sie zu. Ich werde Ihretwegen langsam machen. Haben Sie einen Wunsch? Wo soll ich beginnen? Wenn mit Ihren eigenen Dateien, dann drücken Sie jetzt auf den Buchstaben a. Wenn mit Ihren eigenen Bildern, dann auf b. Wenn mit den Mediendateien, auf c.« Und so weiter. Sprachlos sitzt du da und starrst diesen vermaledeiten Bildschirm an, der auf keine anderen Befehle mehr reagiert als auf die, die sich jetzt langsam, ja süffisant in die Flüssigkeitskristalle schreiben: eine semantisch ungeordnete Liste, doch in a bis o unterteilt. Hektisch schlägst du auf die Tastatur, wobei du das Omegaalpha vermeidest, das den Katechismus deiner binären Existenz derart unvermittelt bedroht. Indem sich nämlich zugleich die Musikgeschichte aufs Hänschenklein zurückdekliniert und obwohl du in Panik den Netzstecker ziehst, erlöschen in Krankenhäusern die Lichter, die Ampelanlagen am Ku'damm gehn aus, schon die auf dem Potsdamer Platz. Satelliten stellen den Funkverkehr ein, Schiffe laufen mit aller übrigen Infrastruktur auf Grund. Nirgends mehr klärt sich das Wasser. Deshalb sackt auch die privateste Welt, als drückte jemand oben gegen den Schrank, und der fällt nicht, sondern legt sich um, ganz sanft; ein Luftkissen gibt unter der kippenden Rückplatte nach, man kann es aus ihm fein herauszischen hören, und das Möbel, wie in einen Morast, den man nicht sieht, versinkt. Das geht lautlos vor sich, denn die Stimme ist, weil die Lautsprecher ausfalln, verstummt. Lautlos schwappt ein zähes Nichts über dem Schrank zusammen, und über dir. Weil auch du wegsinkst, erst ein Opalisieren unter den Lidern, dem schwarze Tinte folgt, die ist dir von innen auf die Augen gegossen. – In Točná goß sie, eine noch unsichtbare, im Versmaß gebundene Flüssigkeit, die erst das Tageslicht verfinstert, der Achäer über seine Zuhörer aus.

> »Schlange, das ward euch Thetis. So als die Schlange, ergriff sie
> Peleus und zog ihn abwärts mit sich für ihr großes Vermächtnis.«

So daß Herbst momentlang den Einfall hatte, Buenos Aires zu warnen, Pontarlier, heißt das; wer wußte denn, ob es Goltz noch gelänge, mit heiler Haut über die Grenze zu kommen; vielleicht ging er ja los, am Morgen, der Mob, mobile vulgus im Wortsinn. In den Prielen der Revolution spült sich ganz wie im Krieg, nämlich in jedem, Vergewaltigung mit, und es werden Kinder geschändet und, gleichviel, Kultur und die zivilisierteste Unschuld, auch wenn das momentan noch so lauschte, verklärt, mit vor Sehnsucht nach Sternen glänzenden Augen. Dieselben Augen schauen keine fünfzehn Stunden später die unter ihnen eingeschlagenen Köpfe an, noch den Arm mit der Latte gehoben, die man als Waffe aus dem Gerüst des nächstbesten Rohbaus zog, und schauen schon nach den nächsten, ihnen die ihren aus den Höhlen zu schälen, ein Jugoslawe dem andern, gleich, ob der seit Kindheit dem Nachbarn freundlich bekannt war. Wie der Hutu dem Tutsi, so der Fuhrmann dem Sternberg und Singhalesen Tamilen. Es gab das Elend im Osten, ja, aber es gab auch solche wie Broglier, wie Kalle Willis im Westen, wie Corinna Frieling... so läßt sich, wenn einer denkt, kaum eine andere Position beziehen als die fast durchweg ungerechte des eigenen Interesses. Denn an wessen Seite kämpft man? Der Osten hat nicht unrecht, aber das Eigene will auch existieren; man kann in die Seite des Unrechts hineingeboren worden sein, schuldlos also und dennoch Vertreter eines Prinzips, gegen das sich der Osten mit tiefstem Grund wehrt.

»Na, wolln wir weiter?« fragte ich die beiden schuldlosen Kinder, auf denen längst – glücklicherweise wissen sie's nicht – die angeerbte Schuld liegt; wenn sie politisch zu denken beginnen, werden sie es mit ihr zu tun bekommen. Auch das ist eine Nebelkammer, eine, die aus *Geschichte* gemacht ist. In dem übersättigten Dampf, der aus dem Bewußtseinsprozeß von Erwärmung und Abkühlung entsteht, also aus dem Denken, erzeugen auch die moralischen Fragen auf ihren Wegen Nebelspuren.

Eine von ihnen brachte Herbst dazu, sich kurzfristig mit Pontarlier zu solidarisieren. Sozusagen – denn er wußte nichts von ihnen – tat er das dieser Kinder wegen, mit denen ich mich über das so schöne, so bildhaft-phantastische Exponat des Berliner Technikmuseums beugte wie er selbst sich über seine Anderswelt und, wiederum in der, Beutlin sich über Garrafff. Und vielleicht über mich? Momentlang fühlte ich mich *von oben* betrachtet, das war eben nicht auszuschließen, daß einer selbst Partikel eines Experimentes, eines möglicherweise freilaufenden kybernetischen Prozesses ist, der etwas herausbekommen soll.

Für die Lebenspraxis spielt das nur dann eine Rolle, so sagten wir schon, wenn die anderen Räume Zugriff erlangen – das mochte in den Anden geschehen sein und auf den Osterinseln, da hatten die Science-Fiction-Autoren und der marktpfiffige Däniken recht – eben das war in Garrafff geschehen, so daß es eben s c h o n eine Rolle spielte, ob in einer Anderswelt ein prophetischer Mann den Leuten Wut und Wille zurückgibt. Die sie brauchen, die ihnen zustehn, die uns zugleich bedrohen. Die auch, irgendwie, Brem bedrohten, der sich durchaus nicht bemüßigt sah, mit dem Westen zu paktieren; doch gegen sich selbst war er loyal. Er wollte seine Ruhe. Ein besessenes Točná hätte um Prag die militärische Präsenz verstärkt, unangenehm, das war abzusehen, wie hier gewühlt werden würde; mit Brems ruhigem Leben wäre es – bei aller Achtung, die er im Westen, namentlich bei den Milizen genoß – binnen ziemlich kurzem vorbei: Man würde *Fragen* stellen. Der kleine Faulpilzhandel, den er betrieb, würde gefährdet, in den er seit seinem Abschied aus der Truppe eigentlich nur deshalb eingestiegen war, »weil es ihm so gefiel« wie Auda abu Tayi der Ritt durch die Nefud nach Aqaba; wohl aber auch, weil er ihm Informationen garantierte, nämlich sowohl aus Buenos Aires als von den Schändern und Heiligen Frauen in den Beskiden. Brem wußte zu gut, daß Pontarlier, also Ungefugger, auf die Kenntnis eines solchen Handelsgeschäfts mit der vollen Wucht staatlicher Sanktionen reagieren würde; nicht so sehr aus moralischen, als mehr den für Ungefugger typischen idiosynkratischen Günden. Wer lenken will, der reizt nicht. Außerdem war das sogenannte Gottesfleisch ausgesprochen rar geworden.

Da war indes noch etwas anderes, war etwas an Brem, das Cordes, der über ihn nachdachte, noch nicht wußte. Konnte er auch nicht: Was zwischen damals vor sieben Jahren und heute an Brem herangetreten war, lag nicht nur für Goltz in östlichstem Dämmer. Jedenfalls: – Dann schon besser s o, dachte Brem und umschloß

30

das Messerheft wie Borkenbrod – als dieser, Elena an der linken Hand, fiel. Denn indem sie in das Wasser schritten, das außer ihnen niemand sah, kippten sie beinah vornüber, kippten in die Linzer Grube, in das verwüstete Lough Leane, hinab. Für sie war der Flug, als würden sie schwimmen.

Keine Minute zu früh.

Die ersten Arbeiter, auch Wachschutz, hatten sich an die Maschinen geschleppt. Vor den Zufahrten gingen die Schlagbäume hoch, hier und da starteten Motoren röhrten donnerten Mahlwerke glühten Schachtöfen auf, über den Essen fackelte Gas. Da waren die Goltz und Borkenbrod noch nicht ganz an den Abhang heran, wurden sofort entdeckt, jemand rief heisere Schreie Bewaffnete rannten Gebrülle Sirene Anruf aus den Lautsprechertrichtern, die übers Gelände an Masten verteilt. Doch die beiden hörten das nicht, hörten das Säuseln kleiner lippiger Wellen, die den Sandstrand küßten. Ein Kraulen. Sie merkten nicht, daß man versuchte, sie noch zu erwischen. Wie eine Kettenreaktion kleinster Prozesse lief der Alarm rund um den monströsen Linzer Schlackenherd, lief in Skamanders ohrlose Ohren, und das Ungeheuer, das in der Gestalt einer Kröte vor einem Silo im Unrat schlief, weil ihm das Blubbern angenehm war, es mochte den faulen Geruch, hob den Warzenkopf, den es streckte, damit es b e s s e r hören konnte. Streckte insgesamt den Körper, um schnell zu sein. Begriff noch gar nicht, da schoß es schon los wie eine Ratte, die ungeheuer wuchs, den nackten Schwanz noch in der Suhle. Skamander wechselte nicht nur Gestalten, nein, auch die *Art*. Es wuchsen ihm Zähne, dolchten an Lefzen vorbei; aggressiv bohrte ein Hunger. Trieb. Er peitschte den Schwanz aus dem Schlamm. Karnophagen sind intelligenter als Vegetarier. Das macht sie furchtbar. Oh, daß der Geist aus der Mordlust entstand, die Kultur aus Pogromen! Sie haben ihren Endsieg verklärt, darüber sind sie weich geworden, indem sich das schlechte Gewissen seines Grundes nicht mehr entsinnt. Weshalb sie, Kultur, schließlich zerfällt. Und ein Skamander erhebt sich, um *zurückzukehren,* immer wieder, dieser scheinbar zivilisierte, feinsinnige Mann, als der er nämlich, nachdem Ungefugger seinen Adlatus Schulze ihn hatte rufen lassen, vor dem Präsidenten erschien: Aufgeschossen und leicht steif, da ihn nach dem Kampf, der eine Bruderschlacht gewesen, als Mensch die Flanke schmerzte; noch brach die Narbe immer auf. Vielleicht war sein Aristokratengesicht deshalb eine Spur zu fahl, die Augenbrauen indessen gezupft, an den feinen langen Fingern rechts einen Goldring, ganz außen, und links am vierten das

Wappen des Landes, dem er diente. So lauschte er den Worten seines natürlichen, könnte man sagen, Widerparts und war bereit, ihnen zu folgen aus keinem anderen Grund, als weil er es genoß, sich selbst zu pervertieren. Derart kultiviert war der Mann.

»Wir werden die ECONOMIA bauen«, sagte Ungefugger. Keine Regung bei Skamander. Nicht eine Fingerspitze spielte. Reinstes Wasser, so hellblau die Iriden: kaum die Pupillen zu erkennen; vielleicht war Auge jede Iris ganz. Skamander war nicht anfällig für Ungefuggers Vereisungskünste, der Blick des Präsidenten ging durch ihn hindurch. Fühllos erwiderte er ihn. Nur sein Zynismus unterwarf sich. »Ich will da einen Lichtdom sehen eines Tages. Einen, dessen Licht noch den hintersten Osten erleuchtet.« Er lächelte. Daß er die Idee eines Lichtdoms von Elena Goltz übernommen hatte, gestand er sich nicht einmal selbst ein. Den hatte sich die ehrgeizige Frau als gigantische Inszenierung für ihre Mitarbeiter ausgedacht, zu der es nun nicht mehr gekommen war. – Indessen: »Wie geht es, Skamander, dem silbernen See?« Da hatte der Mutant begriffen. Und begriff auch jetzt, fast sah er wie die Thetis aus, als diese sich mit Peleus verband, dies gewaltige Vieh mit einhundert Köpfen, kammbewehrt gefleckt: Das habe eine Stichflamme gegeben, hatte Eris erzählt und erzählte Erissohn weiter, einem fantastischen Geysir gleich, der aufgeschossen sei; er, Eris, habe das mit den eigenen Augen gesehen, und deshalb Erissohn, Sohn des Sohnes des Sohnes, desgleichen: brodelndes Atemfeuer, rotes Sonnenwasser –

Ich erhob, um Peleus vorm drohenden Tod zu erretten,
Hoch am Arm die Harpune und schleuderte wild in die See sie:
Besser, so dacht ich, er stürbe schnell, als daß er der Schlange
unstolz Fraß und das Opfer des wütenden Meeres geworden
wäre. Gischt schoß wütend hinauf und schleuderte Peleus
mit sich aus ihren, Thetis', Fängen. Kräftige Züge
holten Peleus ein, dem, ermattet niedergesunken,
schon der Blick schien gebrochen, Leib und Seele verloren.
Da erhob er sich halb und begann wie aus dämmernder Ferne,
halb vom Fieber geschüttelt und stammelnd, befremdlich zu sprechen:
›Blitz bin, Eiche zugleich ich, die er zerschmettert!‹ Dann nahm er,
riß er am Arm mich und forderte, was ich zu künden.
Daß es – ›dieses verbreite!‹ –, das heilige Mädchen, gezeugt sei.«

– und Skamander stürzte sich nach, lief, während die beiden fielen, einem rasenden inversen Licht gleich, einem langen, geschwänzten

Schatten, den eine Flak nach oben wirft, die stürzende Wolke des Schlothangs nach unten, gegen Lough Leanes sulfatige, flüssigzinkige Schlempe, die schwarz, ein böses Wasser, auf dem Grund stand, um den Albtraum zu nähren; tauchte schon ein; es klatschte nicht mal: so glatt ging sein gestreckter Echsenleib in den auf Ewigkeiten verdorbenen Sumpf, der längst, ausgedehnt wie der Jamuna bei Agra, keinerlei Form biologischen Lebens mehr barg. Skamander hatte mythisches Leben, das unterschied ihn sogar von Mikroben, obwohl er fressen wollte wie die und sich aus der Gülle hob, die zwei Mäuler aufriß, die er jetzt hatte; als solche wuchsen aus dem Jamuna zwei pilzhafte Türme, ihre Schirme hinauf an den Rändern konkav gebogen. Von den Stielen troff in fetten lawinenen Tränen ein Mud, der in den schwärzlichen Schimmer des Grubenbodens zurückklatschte. Nur ungern gab der die abgefressenen Knochen frei; aber er mußte. Denn immer noch wurde hier Silber geschöpft, weshalb der Güllespiegel immer noch sank, die Ausfallneige immer noch weiter verschlammend: zähe kilometerlange Pampe, von der zu befürchten stand, sie werde weitere zeugen wie Skamander den Großen. So hatten ihn die Schänder genannt und »Thetis udho!« die Heiligen Frauen gerufen, als sie seiner ansichtig wurden, schon hatten sie gebetet zu ihm. Zweifelsfrei ein Thetisgeschöpf. Vielleicht war totes Gewässer überhaupt sein Element. Es gab Figürchen aus getrocknetem Kot, die stellten ihn vor; die schleppten die Frauen mit sich herum, um ihm, nachdem die Huehuetlotls zertreten und alle Milch in den Brüsten der Dagdas versiegt, zu opfern; man faßte nicht, weshalb er sich ihnen nicht an die Spitze stellte, sondern, in seiner gebändigten, zivilen steifen Form vor Pontarlier die Knie beugte und für Europa Söldner aushob, um Devadasi und Schänder zu schlagen, Söldner wie ehemals Brem; Mudschaheddin wären sie zu nennen gewesen, hätte es vor dem zweiten Odysseus den Begriff schon gegeben. Solche Männer zog er dem Westen heran, blieb nur auf die Amazonen ohne Einfluß und jagte sie deshalb; Widerstand hie wie dort, es war ihm egal, ob man ihn liebte, ob haßte. Vielleicht war es so, daß er nichts andres wollte, als Kröte sein und bleiben, daß er Ruhe wollte und den Schlaf im Miasmenmorast, der ihn hatte entstehen lassen aus man weiß nicht was, daß er vor sich hindösen wollte, weil es doch keinen andren gab wie ihn, keine andere, und weil er die Sehnsucht nach diesen anderen nicht kannte, die das Geschöpf s o n s t zum Geschöpf macht, eins, ob Mensch, ob holomorf, ob Devadasi, Hundsgott oder Schänder; selbst Huehuetlotl, der Götze, hatte sich nah an die Nähe gesetzt; Nähe zu suchen vereinte sie alle. Aber Skamander mit keinem. Das hatte ihn Brem ertragen lassen und Brem zum Adjutanten gemacht; auch der blieb lieber allein. Das war eine Einigkeit im Argwohn gewesen, den trugen Brem und Skamander, der pragmatische Mann und das mythische Vieh, wie ihre Haut, da gingen keine, auch sie nicht einander, hindurch. Was sie sich hatte erkennen lassen, war aber nicht, daß sie sich glichen.

Skamander hatte, der Emir Skamandros, ein ganzes Dorf Aufstellung nehmen lassen und war die Leute abgeschritten, stocksteif, wie Pontarlier ihn kannte, uniformiert, fast im Stechschritt, hatte da geguckt, hier hatte er seine eleganten Handschuhfinger unter ein Kinn gelegt und es gehoben, seine Söldner standen bereit niederzumetzeln, was muckte. Da lag einer von denen im Blut, keine zehn Meter weiter. Gelbes Messer hingegen saß da und schärfte sein Messer stoisch weiter, und stumm, am Speckstein. Er schnitzte des Toten Gesicht, nahm immer wieder an ihm Vergleich. Ein gutaussehender Junge war das gewesen, das Handwerksstück lohnte sich deshalb. Mit so was hatte Brem damals Geschäfte getrieben außer dem Pan. Bevor er zu den Söldnern stieß, bevor Skamander mit einem Rucken des Kopfes ihn aufstehen hieß, doch ohne daß der Mann reagierte. Der Emir trat näher an ihn heran. Brem sagte: »Geh aus dem Licht«, sah nicht auf, setzte hinzu: »Ich kann die Linien nicht mehr erkennen.« Jeden andren hätte Skamander für solche Antwort, wahrscheinlich kurz erwallend, niedergemacht, schon hatten die Söldner die Läufe gehoben. Nun sagte er bloß: »Steh auf, ich will dich nicht töten.« Brem aber: »Ich wäre schneller.« Skamander: »Wir sind zu viele, du fändest keine Gelegenheit.« Brem: »Für einen s c h o n.« Immer noch nicht aufgesehen, immer noch den Blick auf dem Werkstück, und beinah unvernehmlich, so leise, gesprochen. Skamander, in einer Mischung aus Faszination und Ärger: »Selbst wenn … wozu?« »Ein Monstrum weniger.« »Du selbst wärest keins?« Dabei mit der Spitze des linken, hochglanzpolierten Reiterstiefels die Leiche halb aufgedreht, prüfend, schon verwerfend, es war kein Verlust. »Nur wenn man mich stört.« »Wie mich.« »Du kannst weitergehen. Habe ich dich angesprochen?« »Du bist denen Beispiel.« Skamander meinte die Ostler. Das sah Brem ein.

Er ließ von dem Holz und erhob sich. Ein Beispiel wollte er nicht sein. Er erwiderte Skamanders Blick. Beide erkannten Leere, eine gestörte hier, eine zynische dort. Jene ließ schon seine Geburt nicht mehr schlafen, diese wollte nichts als sinnen und schnitzen. Beiden stand der Zeitlauf im Weg. »Also komm mit.« »Wozu?« Nun fragte das Brem. »Weil es dir so gefällt«, antwortete Skamander, »und um mir den Verlust zu ersetzen.« Im Wortsinn auf den Hacken, die bei dem Toten standen, machte er kehrt. Musternd schritt er weiter. Es hatte nicht mal Getuschel unter den Ostlern gegeben.

Brem steckte das Messer in den Gürtel und ging Skamander erst hinterher, als wäre auch er es, der musterte, dann trat er von sich aus in die Gruppe der ausgehobenen Ostler, wurde fortan, wenn überhaupt, nur in der direkten Nähe Skamanders gesehen. Oder wenn er aushob wie vormals der. Der ließ ihn fortan diese Arbeit tun, er selbst zog sich vor den Rekruten zurück, hockte sich, weichflach verkrötet, in den Schlamm und dumpfte. Bis Brem für seinen Rapport erschien. Als er den Dienst quittierte, war die Schänderplage beinah beseitigt, und Skamander, vielleicht nur deshalb, hielt den Mann nicht. Hatte sowieso kaum mehr Verwendung für ihn; in den hybriden Westen hätte seine Starrheit nicht gepaßt, jedenfalls nicht für die Diplomatie. Erst als sich Skamanders Stand um Ungefugger gefestigt hatte, als er dessen persönlicher, ein geheimer, Geheimdienstchef, nämlich der Schweizergarden, geworden, als er jemanden suchte, der Geheimdienstchef auch nach außen sein konnte, hatte er sich Brems entsonnen und ihm das Angebot unterbreitet, das der aber ausschlug. So stand weiterhin ein Hampelmann dem Amt vor. Denn selbstverständlich bekleidete Skamander seine Position nie offiziell. Man wußte von ihm, die SchuSta akzeptierte ihn, zumal jeder Oberst kuschte, trat er herein. Aber dem Volk wäre ein Mutant in solcher Position kaum zu vermitteln gewesen, schon gar nicht einer wie er; allerdings hätte es Skamander sowieso nicht entsprochen zu repräsentieren, nicht dem Aristokraten und nicht dem Söldner in ihm. Dafür wäre nur Brem, dem er vertraute, prädestiniert gewesen; Buenos Aires hätte zwar geschluckt, aber schließlich die Kröte hinunterbekommen.

»Neuerlich setzten wir Segel, nahmen in Richtung der Mauer
Kurs und Willen neu auf, als Peleus aber dahinschied,
weiter irr in den Augen, wie wenn's Thetis gewesen,

die aus des Manns Pupillen blickte, bevor er vor uns sie
seufzend schloß. Zu wild ist dem Menschen der Göttin Gier nach
ihrer heißen Empfängnis. Selene gleichend, als diese
ihn, den Kronion, ansah, verglühte auch er von dem Feuer,
und sein entseelter Leib glitt ertaubt von der Reling ins Meergrau.
Lange sahen wir ihm noch nach, dem enttreibenden Körper,
bis er fortschwand im Dunst, und segelten mauerwärts weiter,
langten nach Monaten endlich an und fanden ans Ufer.«

Für Momente schwieg der Achäer, er wirkte erschöpft. Nahm von
dem Wasser, glucksend ging ihm die Kehle, hüpfte, ein eigroßer Vogel, der aus dem Schlangenhals wieder hinauswill, so daß ihn die
Schlange immer wieder hinabwürgen muß, ein Knäuel aus Bits, das
geschaltet von Eins nach der Null springt und in Eins schon zurück,
immer weiter von Ladungszustand nach Ladungszustand, Vater nach
Sohn, Vätern nach Söhnen und dem, was sie tragen. Halb Točná
spürte die Macht, die den Achäer umströmte, daß er ihr nur ent-
kam, wenn er sie annahm; komische, erniedrigte Figur war er so lange nur gewesen, ein zum Gaudium der Ostler furzendes Spottding,
bis er sich vor dem Anspruch des Vaters, der ein mutterhafter war,
nicht länger verbergen hatte können. In seinen thetismatten Augen,
die jahrelang, um die dreizehn Kirchenruinen Stare Miastos geschlungen, geschlossen gewesen, rief eine alte Prophetie, und glühte, die Leiden aller Menschen an: die Schuld und die Schwäche. Er spürte das
Elend, es überragte ihn. Er nahm es an und gab, anders als die Achäer
vor ihm, nicht nur mehr den säulenstehenden Simeon Bhagvan, tanzte nicht mehr einen Narren – alles dieselbe feige Bewegung. Sondern
stellte sich. Daher die Kraft, selbst den eigenen Tod zu erkennen, als
er die Wasserflasche neben sich auf den Wagenboden zurückstellte
und über die Leute hinsah. Es ließ ihn nicht einmal zucken. Brem
erfaßte es völlig, was der Achäer zu wecken dabei war. Und Erissohn
sah, daß der nicht eigentlich Feind war, sondern bloß einer, der keine Unruhe mochte und nicht in etwas hineingezogen werden wollte,
das größer war als er, als alle hier, als Erissohn selbst. Momentlang
maßen sich die Augen, ruhten nahezu, gegenseitig, in den schwarzen
Gläsern. Um sie glitzten die Lampen des kleinen Platzes, in den Blikken der Točnáer Hörer bisweilen blitzend widergespiegelt; zweifach
war Brem dadurch festgehaftet, von der Goltzin im Nacken und in
den Pupillen vom Achäer; noch allerdings wäre, wußte Erissohn, dem

Mann nicht möglich zu agieren, andernfalls der ganze Mob über ihn gekommen wäre, um ihn zu lynchen; die Amazonen sowieso. Doch kannte er Brem nicht.

Noch immer sahen sich die beiden an, das legte sich, wie auf emittierte Hawking-Strahlung überspringend, den Leuten in die Stimmung – eine Art unbewußter Information, die ihnen deshalb lediglich *fühlbar* war: so etwas wie Drohung, von der man nicht weiß, wen sie meint. Auf den Achäer wäre keiner gekommen, der war nun, sozusagen, heilig. Womit die Leute ›unantastbar‹ meinen. Doch war er berührbar, denn plötzlich hob er, hob es ihm den Kopf. Er hatte ein Fauchen gehört, das von Lough Leane, und ein Klagen, das von jenseits der Mauer kam – eher, sicher, gespürt als gehört, zwei nachhallende Reflexe seines Instinkts –, da hatte Borkenbrod das alte Messer seines Vaters in die eine Haube der beiden Pilzköpfe gegraben, die sich über ihm wie drüben die andre über Elena schloß: kräftige Lippen, und als Ei in der Schlange, schoß er wieder hoch, wurde wieder runtergeschluckt, die Klinge grub weiter; auf und ab Erissohns Kehle, ein malmendes Organ, das den Kloß kaut, der darinsteckt. Da, am achäischen Hals, war der Kampf zu erkennen, jede Pfütze Ozean. Es war Borkenbrods erster, jedenfalls der erste aktive. War der schwerste zugleich. Bastard rang mit Sohn. Beide waren Thetisgeschöpfe, vor Zeiten hätte man sie ›Halbgott‹ genannt. Sie hatten davon nichts als die Ahnung; die und einen Stolz, der sich in Skamander für alle Zeiten verletzte, als er den Halbbruder witterte; vielleicht band ihn d a s an den Westen. Mutterhaß war s e i n e wie vielleicht, mythisch gesehen, *alle* Kultur. Vielleicht wurde ihm das jetzt klar. Man übersieht nicht gut die Insel, auf der man steht, braucht ein Boot, um rauszufahren.

Erissohn nahm neue Luft, nahm abermals Haltung ein, straffte sich, hob eine Hand. Er wollte die Legende zu ihrem Ende bringen, bevor d e r da, dieser kantige, von salzsäuriger Erdbeermilch, schien's, gesichtsvernarbte Mann, ihn zu töten versuchte. Deshalb wollte er auch nicht warnen, nicht der Goltzin ein Zeichen geben, nicht Thisea, die ihn ein paar Stunden vorher vom Affen wieder zum Mann gemacht. Nein, formen, was er begann. Bis sie ganz dasteht und nachklingt: eine Musik, die erzählt.

»Jahre enteilten. Immer wuchs noch das Meer, wuchs die Mauer
weiter auf, als, so hört' ich, so sah ich, fünf andre ihr Boot bei
Nowy Tag antäuten, Wasser suchend, doch fanden sie eigleich
Steine, schimmernde grüne, so sehr lockende, daß sie,
Durst und Hunger nicht achtend, sich rafften, was an Juwelen
raffbar nur war, und enteilten zurück in ihr Boot, denn sie ahnten
nichts ums brütende Thetisgelege. Sondern, so hieß es,
Immer nehm' noch Europa, Košice nahe die Lücke,
Seemann und Flüchtling auf, denn die Mauer, da, stünd noch offen.
Doch: Von ihnen nicht einer kam an. Doch aber ein andrer,
als, an Roznavas Klippen leck, ein Aff' dem Versinken
wild entsprang und mit gellendem Schrei sich kämpfend an Land zog.
Dort schlief er ein als ein Tier, erwachend aber als Mensch, den
Menschen fanden als Kind. Es weinte. Sie nahmen's zu sich,
nacktes Bündel; allein ein Album drückte es an sich,
das es, Herkunft täuschend, entrissen hatte den toten
Männern, die mit den Steinen, einem nur nicht, schon versanken.
Das blieb dem Jungen, außer der Ahnung, fortan vergessen.
Auch noch fand man das Messer, fand man vom Ei noch ein Reststück
bei ihm liegen, das man für ihn verwahrte und schützte,
bis er es selber, ein dunkelstes Rätsel, mittragen konnte,
wie er's dann tat, als er aufbrach, Jahre später gen Westen.«

Dieses Album nun habe das Kind, ein Junge, wie abergläubisch immer bei sich behalten, noch lange, auch noch als Mann, und, gefragt
um Herkunft und Eltern, es fast herrisch gehoben: »Dort war ich daheim!« Und habe die Fotografien zum Beweis vorgestreckt. Doch sei
er darauf gar nicht zu sehen gewesen; weil das die anderen merkten,
habe er's, nur für sich, schließlich verschlossen gehalten, so gut er's
vermochte. Bis es Jahre später der erste Odysseus zerriß und die Teile
bei Dagda verblieben, Dem mit dem Finger am Mund.

Keiner hatte von dem je gehört.

Und wirklich rief einer, ein jugendlicher Mann in Jeans und einem
T-Shirt, auf dem BARBIE GIRLS stand: »Wer ist das, Der mit dem Finger am Mund?«

Erissohn schwieg.

»Ja, wer ist das?« riefen andere.

Doch Erissohn schloß die Augen; er hatte abermals dieses Fauchen
gespürt, dem ein Grollen gefolgt war, ein Zischen, etwas, das flappte. Selbst das Geräusch roch, der Achäer hob noch das Kinn, schräg-
te es, als wäre es Rampe, so stand er da und lauschte. Die Dschellaba,
weißes stoffen erstarrtes Wasser, floß von seinem Körper herunter. Er

hörte was bluten, jemand ächzte. Da war der schmale, sehnige Borkenbrod durch die Wangen des Pilzes hindurch, der ganze Stiel sackte puffte, auch den zweiten Schirm hielt nichts zusammen, auch er puffte, mit einem Satz sprang Borkenbrod hinüber, völlig verschmiert, griff nach Elenas Haar, beide fielen mit dem Pilzschirm tiefer, unter ihnen das Ding löste sich auf. Wieder war See da. Hohe Woge. Er hörte die Brandung, drückte Elena an sich, stand bis zu den Knien im Meer, sah nicht das Leistenkrokodil heranschwimmen, zwei Tonnen Druck im Biß nahezu sechs Meter lang, ein sehr gestreckter Leib, ohne Eile, aber ganz Ziel, auf das die gelben Sumpfaugen gerichtet waren. Das verwundete Tier blutete rechts stark an der Seite, auch das sah Borkenbrod nicht, spürte nur die saugende Meereswärme, in die hinein er sich mit seiner Frau schmiegen drehen winden wollte. Und hockte sich schon, als ihn der Achäer wachrief. Denn Erissohn stöhnte auf, mehr als vernehmlich, fast ein Angstschrei war das; es war deutlich, er hatte eine Art Absence, sah Dinge, die es in Točná nirgendwo gab. Die Leute starrten ganz fasziniert zischelten wisperten gedrückt wurden hier Zeugen von *etwas*. Der Achäer zitterte, dann flüsterte auch er, aber gestoßen, man verstand die Worte nicht, aber Borkenbrod. Der fuhr herum, ließ von Elena ab, die Ledertasche riß ihm ab, wurde vom sumpfigen Wasser weggesogen – da war er dem Monstrum schon an der Seite, das Messer glitt von dem Panzer ab, wieder kämpfte der Vater, Peleus, mit einer Schlange, keinen Liebeskampf diesmal, dennoch konnte Erissohn Feuer, Wasser, einen Löwen, einen riesigen schlüpfrigen Tintenfisch und wieder die

31

Schlange sich aufbäumen sehen, das Krokodil, den Mann…
… doch
Cordes kam nicht weiter, fand in den richtigen Rhythmus nicht, der dem Kampf die angemessenen Worte gibt. Dafür sah Herbst ihn deutlich: wie das Blut ging, wie sich die dunkle Schmiere des verrotteten Lough Leanes mit dem inneren Meer verschäumte, aus dem in Točná vor einem Haufen Ostler, vier Amazonen, dem von Frauenkleidern überworfenen Markus Goltz und dem furchtbaren Brem, genannt

Gelbes Messer, der Achäer Erissohn sprach, aus sich *heraus*sprach – daß Borkenbrod dann endlich eine Stelle in dem Panzer t r a f, durch die seine Waffe hineinglitt, woraufhin sich das Vieh abermals hochwarf und drehte, eine monströse organische Spindel, um dem Gegner den Arm abzureißen, in den es sich verbissen hatte. Doch es verlor die Kontrolle, das Maul wurde weich, wurde krötig, in den Flanken pulste die Klinge und ging, weil sie so alt und schartig war, nicht hinaus, so daß Borkenbrod von dem Messer abließ, es losließ und fliegend fast, schwimmend, nach Elena sah, die bewußtlos halb aus der Pampe ragte. Für Borkenbrod war es nach wie vor See, und strahlend gewaschen war die Geliebte...

... nein, der ganze Tag war Cordes entglitten. Unaufmerksam war er, entnervt, surfte nur noch herum, von Porno-Site zu Porno-Site, ich konnte das deutlich sehen da unten am Boden der Nebelkammer, doch davon sprach ich natürlich nicht zu den Jungs. Obendrein wartete Cordes auf Elisabeth, eine Perle von Putzfrau, die auch Deters' Wohnung reinhielt. Was beide voneinander nicht wußten. Ziemlich skeptisch hatte sie seinerzeit den Austausch der beiden Männer, Herbsts gegen Deters, konstatiert, aber diskret, wie sie war, geschwiegen; nach Deters' Rückkehr war ihr immerhin ein erleichterter Seufzer entfahren, den außer Herbst und Zeuner, die ihn bezeugen können, keiner recht verstand; schon gar nicht, weshalb sich die zwei so darüber amüsierten. Noch schüttete Dolly II Kalle Willis ihr Herz aus, sie heulte immer stärker, konnte vor Wasser nicht sprechen, es lief ihr dick aus der Nase; wie einem Kind wischte ihr Willis das ab.

Doch Broglier blieb verschwunden über den Tag, bis Willis ihn schließlich suchen fuhr und auf Herbst traf, kurz bevor den Sabine Zeuner zurück nach Beelitz beamte. Goltz wiederum, etwa sieben Jahre nach den Točnáer Ereignissen und wenige Tage nach Nullgrund, saß weiterhin in seinem Koblenzer Arbeitszimmer, die Gedanken rasten ihm durch den Kopf. Er fühlte eine nächste Kali-Nacht voraus. Vor den inneren Augen sah er Deidameia ihre Verfügungen treffen, Thisea nach Prag, Uma nach Linz, fangt die Transporter irgendwie ab. Er wählte sich ins Netz ein, ließ sich mit Karol Beutlin verbinden: »Kommen wir irgendwie an die Castor-Route heran?« Auf keinen Fall schlafen. Und Die Wölfin, nachdem sie das Notwendigste in die Wege geleitet und den kleinen Kommandoraum verlassen hatte, war mit Kumani davongegangen, über den Hof mit der Bank und den Pflanzenkübeln auf die Calle dels Escudellers hinaus, um von dort aus, ihre Hand in der des Freundes, einfach durch die Nacht zu spazieren. Ihr war wohl gewesen wie nicht mehr seit ihrer Landshuter Jugend. Als sie Hierodule gewesen. Da wurde Niam geboren, das Eichhörnchen Goldhaar. Doch ihrer Wangennarbe wegen war sie, Deidameia, für immer fortgeschickt und endlich Aissa die Wölfin geworden. Als sie in den Westen hinüber, um ihm den Osten zu bringen. So lang lag alles das zurück.

Keine zwei Stunden später hatte sie ihren Feuerkopf auf Kumanis Brust gelegt und schlummerte, ein Kind wie mein Sohn. Der Freund aber sah zu der Zimmerdecke hoch und dachte an seinen Vater, an die Blicke seiner Mutter, an die Entrüstung der Sterbegäste, weil er eine menschliche Frau mit zum Fest gebracht. Was hatte sie wohl mit der Mutter gesprochen? Davon hatte Deidameia geschwiegen. Er hatte, diskret, nicht nachfragen mögen. Doch irgend etwas war davon umgegangen in seiner plötzlich erschöpften Freundin, die nun zu schnell, ohne das erwartete sinnliche Spiel, an ihm in Schlaf gefallen war. Es gibt Berufe, dachte ich, *Berufungen,* die es einem eigentlich nicht erlauben zu lieben, will man nicht dem Partner schaden. So gesehen, sind sie Verzichte. Oder man wird schuldig.

Klaus Balmer, der soeben den Telefonhörer nahm, um Möller anzurufen, lag solch ein Gedanke selbstverständlich fern. Er legte die Visitenkarte vor sich auf den niedrigen Wohnzimmertisch und lauschte dem Tuten, das der Meldung der Mailbox vorausging. Er legte wieder auf. Das schob sein Verhängnis noch etwas hinaus. Nämlich war Möller mit dem eines anderen, diesmal Bruno Leinsams, zugange. In der Berliner Lützowbar saßen die beiden.

»Also«, fragte Leinsam, »was haben Sie für mich?« Balthus war ihm von einem Geschäftsfreund empfohlen worden. »Ein Grundstück«, sagte Möller, »eines im Osten. Der beste Baugrund, den Sie bekommen können.« »Im Osten?« Skeptisch verzog Leinsam das Gesicht. »Wer will im Osten bauen?« »Wer kann ein Westgrundstück bezahlen? Und wenn der See geleert sein wird …« »Der Thetissee? Hörn Sie auf! Das Gebiet ist auf Jahrzehnte kontaminiert.« »Kontaminiert ist im Osten vieles. Dennoch brauchen die Leute Wohnungen. Und sie sind arm. Die fragen nicht.« »Aber wem gehört das Gebiet denn?«

»Mir«, sagte Möller. »Ihnen?« »Bald. Es ist eine Frage von Tagen.« Lächelnd besah er seinen neuen Ring. »Ich glaube kaum«, sagte Leinsam, »daß ich das Geld aufbringen kann.« »Ach nein?« »Sicher nicht.« »Da hätt ich dann für Sie einen Tip.« »Wie meinen?« »Denken Sie ein bißchen politisch, Herr Leinsam.« »Ich verstehe jetzt nicht…« »Das merke ich.« Möller lachte auf.

Ungefugger wiederum – rechts stand leicht versetzt hinter ihm Schulze in Anzug, bunter Krawatte, weißgeringeltem Ohr-Kragen-Kabel und lächelte devot – hatte den Aufriß des Lichtdoms an die Wände seines Privatraums in der Villa Hammerschmidt projiziert. Vor ihm auf dem Schreibtisch lagen die Pläne; wenn er wollte, konnte er das Gebäude aus Licht sogar infoskopisch erstehen lassen, kopfhoch in Zimmermitte; zum Einschlafen tat er das oft. Denn er schlief auch hier, beanspruchte das kleinste Zimmer der Villa für sich. In den größeren gab Carola repräsentative Empfänge, aber hielt auch – zu seinem leichten Verdruß – ihre poetischen Séancen ab, zu denen allerlei verwirrtes Personal aus dem Kulturbetrieb erschien, der Canapés und des freien Weines halber; nicht ein einziges Mal nahm der Präsident an solch einer Veranstaltung teil. Deshalb hatte er den jugendlichen Protegé seiner Frau nie kennengelernt, der ihr in den letzten dreivier Jahren so eng vertraut geworden war. Selbstverständlich hatte er den jungen Hertzfeld von Goltzens SZK überprüfen lassen, Goltz selbst hatte sich darum gekümmert; dabei war logischerweise Sonderliches nicht herausgekommen. Er sei aus sexualmoralisch ungutem Hause, hatte Goltz rapportiert. Ungefugger fand das ein bißchen eklig; deshalb mochte er sich darum schon g a r nicht kümmern. Er hatte zumal auf Diskussion keine Lust, darin mit der Tochter einig, die, war sie aus dem Lycée zu Besuch, ebenfalls darauf achtgab, nicht in die poetischen Kreise hineingezogen zu werden. Dennoch begegnete immerhin s i e Jason Hertzfeld. Der sich, wie Oisìn, schlagartig in sie verliebte. Fast hätte er sie dann, wie einige Zeit eben der, zu hassen gelernt.

»Was meinen Sie, Schulze? Ist es an der Zeit, dem Volk den Lichtdom zu schenken?« »Sie werden es wissen, Herr Präsident.« »Dem Volk muß bangen wie vor Weihnacht.« Ungefugger lächelte. »Der Lichtdom soll ihm der Christbaum sein. Er steht für die Einheit Europas, West und Osten beide gleich.« Auferstanden aus Ruinen, dachte er und schaltete die Infoskopie hinzu, mußte momentlang die Augen kneifen, als sie gleißend im Zimmer dastand. Dann hatte er den Impuls, hineinzuschreiten und mitten in dem Licht zu stehen. »Europas Freiheitsstatue«, sagte er. »Von Orléans bis Mähren sehe ich sie leuchten! Das ist größer, Schulze, als es das Heilige Römische Reich war deutscher Nationen.« »Ja, Herr Ungefugger.« Voll Kaisertreue der Blick des Adlaten. »Ich möchte von Zarczynski sprechen.« »Herr Präsident, es ist nach ein Uhr nachts.« »Ach so, Sie haben recht.« Er sah zur Uhr. »Gehen Sie schlafen, Herr Präsident.« »Erst noch die Mauer.« Ungefugger schaltete sämtliche Projektionen weg. »Bitte legen Sie das beiseite.«

Schulze rollte die Pläne zusammen, streifte sorgsam die Gummibänder darum, ließ die Rollen in die Schuber gleiten, während Ungefugger sich die Daten der heutigen Landgewinnung auf den Bildschirm holte. Der Westen stand fest, da war beim Meer nichts zu wollen, der Osten aber, bis an den Ural heran, bis ins galizische Ungarn gab immer wieder Boden her; die Mauer war vorgeschoben an Warschau und Chernivtsi unterdessen. Es gab Sollbruchstellen, gab, besonders an den Schären, Lücken, in die provisorisch Dämme gekeilt worden waren. Ungefugger, noch nach zwei Uhr, machte sich Notizen für Buenos Aires' Mauerräte; sie fänden sie morgen früh als Vermerke auf ihre Screens überspielt.

»Herr Präsident, Sie müssen schlafen.« »Gehen Sie, Schulze, gehn Sie nur; ich brauche Sie heute nicht mehr.« »Herr Präsident...« »Bitte, Schulze.«

Wie auf Zehenspitzen so leise begab sich das Faktotum hinaus. Dann stand er noch ein wenig am Küchenfenster seiner kleinen, harmlos luxuriösen Wohnung, im linken Seitenflügel der Villa gelegen, und sah in den nächtlichen Jura hinaus, sah darüber die zwei Monde, Luna und Zweitmond, und zwei Satelliten zogen langsam ihre Bahn; irgend etwas ließ sie blinken. Tieferes von diesem fahlen Mann erfahren wir nicht.

Indessen hatte Dr. Lerche ein neues Opfer, selbstverständlich für den medizinischen Fortschritt, gefunden. Seine Wahl war auf Balmer gefallen; der würde sowieso bald entbehrlich werden. Der Kläffer Leinsam druckste. Fast war er ihm sympathisch, wie gierig er da neben dem pfiffigen Schlitzohr saß; vor allem war ihm sympathisch, daß Leinsam ganz offensichtlich hereingelegt würde. Das wollte Dr. Lerche nicht mit Krankheit stören. Also faßte sich Balmer, in seinem Loft, rechts an die Niere. Er konnte nicht einmal stöhnen, atmen sowieso nicht, fast eine Viertelminute lang währte der Druckschmerz. Dr. Lerche schnippte.»Prima, geklappt!«

Angewidert sahen Zeuner und Herbst herüber.

Ein Räucherstäbchen veraschte in fasrigem, fasrig sogar riechendem Rauch.»PERMESSO!« schrie der Wirt im SANGUE SCILIANO. Der Wecker klingelte, es war 4.30 Uhr, draußen alles noch dunkel, die Scheiben glitzten ein wenig von an ihnen haftenden Regentropfen.

Was ein November!

Das Hochbett hinuntergeklettert, vorsichtig, damit der Kleine nicht aufwacht. In den alten Jogginganzug schlüpfen, die Kapuze dicht überm Kopf. In die Küche, um den Kaffee aufzusetzen, den Laptop einschalten, dann die Zähne putzen. Dabei schon die ganze Zeit Kalle Willis vor Augen, wie der verblüfft in das Leere starrte, das kurz vorher noch Herbst gewesen war. Deshalb bemerkte er nicht gleich, daß endlich auch Broglier kam, sehr angetrunken schon, sehr schuldbewußt; man könne annehmen, dachte Cordes, nach dieser Szene am Morgen sei der Cicisbeo wieder in ihm durchgebrochen; um das grob auszudrücken, hatte er etwas »Echtes« ficken wollen, von Simulationen die Schnauze voll; aus Unglück freilich: Das hatte nichts Diskriminierendes. Er hatte den Impuls tags unterdrückt, aber schon früh zu trinken begonnen; dann, als es dunkelte, war er ins BOUDOIR eingekehrt, wo er Kumani sitzen und warten sah. Freilich kannte er den nicht; die beiden saßen einige Zeit nebeneinander und kamen selbstverständlich in kein Gespräch. Statt dessen sannen sie, jeder in völlig eigenen Gedanken, auf die kleine Drehbühne hinauf, in deren Scheiben-Oktaeder das polynesische *Gal* die Beine spreizte. Mit einem reiferen Animiermodell, Shakti, zog Broglier schließlich ab.

»Bist du echt?«

»Sicher, Süßer.«

»Wo hast'n das her?« Er meinte ihre Narbe.

»Ach, schon gar nicht mehr wahr. Haushaltsunfall«, sagte sie, »von der Leiter gefallen.«

»Du und von der Leiter gefallen?«

296

Sie lachte.

Die beiden verschwanden durch eine Tapeten-, bzw. Wandtür, es ging hintenrum die Stiege hinauf. Im Zimmer nur Bett Nachttisch Waschbecken. Und eine spanische Wand. Die Standardpantoffel mit den Puschen. Durchs geschlossene Fenster, vor das eine orangenfarbene Jalousie herabgelassen war, rauschte auch hier der Betrieb des nächtlichen Viertels. – Danach war Broglier erst richtig widerlich zumute gewesen. Also hatte er sich, immer wieder einkehrend auf seinem schwankenden Weg, bis zum SANGUE durchgeschlagen und war gar nicht so glücklich darüber, den Freund an der Theke zu sehen.

»PERMESSO!«

Paar Gäste brüllten vor Lachen, außerdem lief der Fernseher über den Köpfen und strahlte ein Tennismatch aus, das von Zeit zu Zeit durch Werbespots unterbrochen wurde. »Das kostenlose All-inclusive-Girokonto *CitiBest!*«

Tusch.

Grölen.

»PERMESSO!«

Broglier war zu betrunken, um schnell genug zu reagieren; er stand einfach nur da und wankte so sehr, daß er sich am Wandrahmen – es gab ja keine Tür – abstützen mußte. Schließlich schleppte er sich an Willis heran. »Jottseidank, da biste ja«, seufzte Kalle, »ick hab mir schon sone Sorjen jemacht.«

Zur gleichen Zeit legte Lasse im TRESOR auf und ließ seine Visage grinsen, als er die kleinen Mädels sich ausziehen sah. Er wählte schon mal, welche er nachher unter die spezielle Partydroge setzte, die er aus dem Osten von heimgekehrten Milizionären bezog. Wer denen den Stoff verscherbelte, nämlich Brem, wußte er nicht. Er hätte mit einer solchen Information auch gar nichts anzufangen gewußt. – Irres Gelärme Gestampfe auf dem Dancefloor, die Wasserhähne auf der Toilette zugedreht, damit die Leute Getränke konsumierten, denn das Zeug dehydrierte die Körper; dazu das Uzi und Crabe, rasend am Crossfader gedreht, die Platte dabei fast zerschnitten, Lasse haßte Hiphop, haßte Musik überhaupt, weshalb er sie unterm feixenden Jubeln zerstörte, wobei er immer wieder »I will kill you I will kill you!« rhythmisch in die Masse schrie, die das orgiastisch erhitzte. Das war fast derselbe Lärm, war ganz der gleiche brüllende Tsunami, den der verwundete Skamander ausstieß, als er sich in seiner eigentlichen Gestalt aus der Gülle hob – aus dem Meerschaum der Brandung, wie Borkenbrod das sah: ein Titan, von dem das Wasser fällt, wenn er sich erhebt, in Wahrheit das Blut aus den Flanken. Die riesigen Arme ausgestreckt, Pranken mit Saugnäpfen statt Fingern, dazwischen Bajonette, die aus der Handhöhle fahren.

In diesem Moment legte Herbst das nanoskopische Schalterchen um, das am Ereignishorizont ein virtuelles Teilchenpaar trennte, dessen eines ins singuläre Erzählloch stürzte, das andere aber trug, kaum war das erste kollabiert, die Informationen mit sich, die es brauchte, endlich Lough Leane nach Jenseits zu öffnen, diesen Eingang, der Lough Leane insgesamt nämlich war, als der er schon gedacht gewesen, als Thetis ihr Wasser über Hunderte von Kilometern hinweg in diese Grube gespieen hatte. Wie hatte sie ahnen können, daß der westliche Raubbau daran einen Höllenhund erzeugen würde, einen Himmelsskamander, der sich noch immer, rasend vor mißachteter Autorität, dem Halbbruder in den Weg stellte, nun in seiner wirklichen Gestalt, der eines Froschmenschen mit den Drachenkämmen der Mutter, die Borkenbrod nur in Momenten der allerhöchsten, und zwar der glücklichsten Erregung wuchsen, nicht aber jetzt, in dieser Not. Das begriff er nicht. Und Elena, die zu sich kam, nun abermals: »Was waren das für Platten?!!« Sie wischte sich den Schlamm aus dem Gesicht. Und sah das Monstrum nahen, es überragte Chill um mehr als einen halben Leib. Noch hatte Deters, der soeben die Tür zur Dunckerwohnung aufschloß, da war es ebenfalls Nacht – oder früher Morgen, das ist nicht ganz zu entscheiden; er kam abgeschlagen von Judith Hediger heim, deren Geruch er deutlich an den Fingerspitzen hatte –, den Wäscheberg nicht bemerkt und was sich in und unter ihm rührte, da griff Skamander neuerlich an, blind fast vor Schmerz, er brüllte, Lasse schrie: »I will kill you!«, die Groupies rissen an ihren Titten, warfen ihm vor lauter masochistischer Gier nach der Zerrüttung ihres Trommelfells die Brustwarzen zu. Vor allem im Norden war das Ausmaß des Unglücks unübersehbar. Da war die Flutwelle wie eine Betonwand aufgeschlagen und hatte Fischerdörfer fortgerissen. Ganze Küstenstreifen fehlten. So schlug das brecherhaft auf Borkenbrod ein. Und Elena Goltz, das Idol, zu dem sie geworden, wurde ganz fleischlich, streifte sich noch einmal den Schlamm aus dem

Haar und nahm den Achill in die Arme. »Fick mich, Chill«, sagte sie, raunte sie ihm ins Ohr, es war kaum zu verstehen, so sehr brach ihr Blick, »liebe mich, Achill.« Sie war ihm schon an der Hose. Skamander wurde momentlang hell, was für ein irritierendes Bild, er zögerte, warum wehrte das Männlein sich nicht? Was tat es da? Es war ungeheuer, es schauderte das Monstrum, aber nur diese eine Sekunde, dann fiel ihm der Blutschleier über die Lider zurück, da waren die beiden umklammert in den Modder gesunken, sich küssend, den ganzen Schlamm auf den Zungen, die sich aufeinander-, umeinanderzusaugen versuchten. Schon stieß Borkenbrod zu, was sind das für Platten sie wuchsen, sie schossen ihm aus dem Rücken er schrie bäumte sich, auch Elena schrie, aus anderem Grund. Skamander durchwühlte die Todesschlempe, bekam was zu fassen, kriegte Knochen in die Hand, von Leichen, die er fortwirbelte. Er faßte nach, zerrte grunzte. »Jetzt kämpfe, Achill!« zischte die Frau. »Kämpfe j e t z t!« Skamander hob das zappelnde Ding, an dem, mit ihm verkeilt, die Frau strampelte, bis sie losließ und zurückklatschte und er es sich ans Maul riß. Da glitt ihm die Echse aus der Pranke, schleuderte herum, schleuderte sich, schleuderte ihren ganzen schuppigen Leib der Kröte ins Gesicht, u m s Gesicht, Skamander schlug mit wirbelnden Armen, riß, bekam das Ding indes nicht ab, das ihm auf Nase und Mund die Luft nahm, sich festgekrallt hatte und preßte preßte weiterpreßte. Bis Skamander alle Orientierung verlor. In der Flanke schmerzte das Messer, es steckte immer noch drin. Er wankte und kippte, rudernd mit den Armen, unter ihm von ihm spritzte der Mansch halbhaushoch, das ganze Vieh versank schlagend drehend – mit einem entschiedenen Satz war Borkenbrod ihm vom Gesicht, war zu Elena mehr geschlängelt als geschwommen, war getaucht, hatte sie an der Hand, und das Erzählloch ging a u f: ein Strudel eine Wasserhose, die sich nach unten bohrte, in die beide sich wegsaugen ließen.

Auf einer anderen Seite, da war eine Insel, kamen sie heraus und schwammen zu der Insel hin. Unter der Pappel am Strand schliefen sie ein unterm Rauschen der Wellen, es schrieen Papageien, dachten sie, ein leiser Wind ging übern Sand. Noch wußten sie's nicht, aber so hatte Thetis die unsterbliche Seele ihres Sohnes aus den Flammen nach der Insel Leuke entführt. Wie aber das Peleusmesser oben an Lough Leanes Hang gekommen, das wissen wir nicht, nicht, wie in die Scheune von Enns gelangt. Skamander wird es, hinaufgeklommen, endlich herausgezogen und weggeworfen und jemand dort gefunden haben, der es mitnahm als Werkzeug. Bevor er, jener, elend den Leib vor einem Silo in schlammigem Unrat barg und begriffslos, denn er mochte den faulen Geruch, über die Niederlage und den Schmerz hinwegzudösen begann.

IV. AISSA DER STROMER

I

Es war für Porteños nicht leicht, Unterkunft in Kehl zu finden. Das vor der Geologischen Revision idyllisch gewesene Städtchen war wie Koblenz Kaub Mannheim ein mittlerweile schärfer kontrollierter und überwachter Ort als jeder Grenzübergang sonst am Rhein: von den genannten Vierteln ging es, auf der je anderen Seite des Flusses, in die Weststadt hinüber. Wie ein klotzig herausgeschobener, stumpfer Monolith, der sich als monumentaler Erker aus der angrenzenden Arkologie und über diese hinaus erhob, ragte die Trutz, sich oben spitz verengend, sichelförmig über den Strom als eine moderne Rheinbrükke, kann man sagen, ins ebenfalls monolithische Straßburg. Dem Betrachter verschwand das architektonische Interface allerdings völlig im Nebel des hodnischen Vorhangs – hodnisch bedeutet: aus denselben Harfawellen, die in den Holomorphen-Batterien verdichtet und, in Quantenpäckchen gebündelt, wieder abgegeben werden. Dieser Vorhang machte es – das war auch sein Sinn – völlig unmöglich, von Buenos Aires aus etwas von der Weststadt zu erkennen, in deren informatischen Illusionen zwischen Poloturnieren und simulierten Wäldern die Reichen und Unsterblichen ihre Bungalows und Hazienden bewohnten. Bis an die von den bewegten scheinbaren Atlantiksichten tapezierte westliche Mauer, die sich von Reims bis in die Haute Marne hinabzog, langte die dreidimensionale Freiluftperformance; ungebrochen galt sie dem Porteño für das Paradies. Man konnte unterdessen auch nicht mehr wie früher, sozusagen Augen zu und durch, in den Vorhang hineinfliegen. Sondern es mußte, wem nicht die – trotz der gerade im Rheinbruch auch schon vor der Geologischen Revision obwaltenden Erdbebengefahr – dicht an dicht errichteten Kraftwerksmeiler sowie die militärischen Anlagen auf den Magen drückten und das dunkelgraue, von blauen und gelben Inselflecken durchwucherte Flußmagma übles Träumen bereithielt, einsam am darben Ufer stehenbleiben wie an der Grenze einer der wenigen riesigen Brachen, die bis heute in Buenos Aires verblieben waren.

Den Rheingraben, obwohl er immer noch hielt, füllte eine flüssige Methanverbindung, die nach ihrer ganz unvorhergesehenen Bildung den Namen Methanotan erhalten hatte. Er war das jamunagewordene Symbol für einen maschinell kontrollierten Regreß der Ökologie in die Vorgeschichte irdischen Lebens. Nur an sehr wenigen Stellen griffen die arkologischen Erker bis direkt an den Rhein; es war deshalb fast so, als durchtrennte auch hier eine Mauer Europa. Im übrigen dehnte sich von Nord nach Süd ein hier und da vor allem von den Brachen unterbrochener Todesstreifen, selten breiter als zweidrei Kilometer; der Zugang war nur Grenzschutzeinheiten erlaubt. Tatsächlich war der ungeschützte Aufenthalt dort ausgesprochen gefährlich. Nicht bloß, weil eine in Rheinnähe fast unmittelbar einsetzende Taubheit der Gliedmaßen, die Müdigkeit und eine besonders die Erinnerungen angreifende Verwirrtheit bleibende Schäden hinterlassen hätten, sondern weil der Buenos Aires vor allem zur Energieerzeugung dienende Fluß ununterbrochen mit Sauerstoff in Verbindung kam, was zu dauernden Explosionen führte. Schon deshalb hielten die Arkologien Abstand zum Fluß. Die Weststadt drüben tat es gleichfalls, das sah man aber nicht. Freilich war der Rhein ganz bewußt nicht um- und überbaut, also nicht in einen nach außen abgeschlossenen Kanal gezwängt worden, obwohl das technisch kein sonderliches Problem gewesen wäre. Vielmehr sollte er Abschreckung s e i n und vor allem jene halbstarken oder obdachlosen Porteños, die ohnedies nichts zu verlieren hatten, über all seine Hunderte von Kilometern daran hindern, es zu Fuß, bzw. schwimmend über diese chemisch verseuchte Grenze zu versuchen. Dennoch klaffte nördlich Kehls ein Zugang von der großen Westbrache aus; man konnte die Pfeiler des Ponte 25 de Abril sehen, klein, eisenbahnmodellhaft Richtung Osten, also zu Buenos Aires' Stadtzentrum hin; grob und kantig hingegen und monumental die nackten, von Niagarafällen aus Kabeln überschütteten wolkenhohen Mauern der arkologischen Stadtkomplexe selbst. Doch die Unglücklichen, die in dieser Brache frei vegetierten oder zwischen metallbestachelten Palisaden interniert waren, hätten es schon durch den Klärschlamm nicht geschafft, der rechtsrheinisch den ufernahen Kraftwerken bis zu den Fußknöcheln stand. Viele hatten nicht einmal Pontarliers Preßkommandos entkommen können.

Furchtbar häßlich glänzte über allem der Hodna-Schild. Den

kaum ein Porteño je sah, man durfte, der karzinogenen Strahlung wegen, nicht aufs europäische Dach, das zwischen Schild und Arkologie gezogen war. Das war allein eine Frage des Verantwortungsbewußtseins gegenüber der Gemeinschaft; die innere, moralische Handlungszensur funktionierte wie beim Rauchen vorzüglich: Wer mutete seinem Nächsten die Kosten zu, die eine ärztliche Versorgung notwendig gemacht hätte? Leichtsinn ist kein demokratisches Staatsbürgerrecht. Die Krankenkassen waren belastet genug. Schon insofern waren, hätte man es überhaupt aus einer der Arkologien hinausgeschafft, Aufenthalte am Rhein gänzlich ausgeschlossen; es kam auch keiner auf die Idee, schon weil da jede Romantik unmittelbar in die Knie gegangen wäre, jedenfalls bei Tag. Nachts freilich leuchteten und glitzerten die scharfen Hänge der Stadt wie sterngefüllte Universen, bei deren Betrachtung man steife Nacken bekommt. Gen Westen aber nur Dunst, je nach Helligkeit, bzw. Dämmerungsgrad milchig schimmernd bis dunkelgrau verschliert.

Aus den architektischen Modulen ragte die Kehler Trutz auch in der Höhe als kolossaler Monolith hervor. Sie war unterdessen nicht nur, wie Buenos Aires sonst, nach Westen hin nahezu fensterlos verschlossen, sondern auch gegen die bürgerlichen Quartiere des Zentrums abgeschirmt. Das merkte, wer hineinfahren durfte, allerdings nicht, weil das ebenerdige Geschoß einen eigenen Himmel hatte, unter dem das insgesamt flachgebaute Städtchen wie vor Zeiten ruhte: mit gepflegten badischen Häusern und Kirchen und der Anmutung sogar eines ringsumher kaum entfernten Weinbaus. Oft schien über dem Städtchen eine Art Sonne, so gleißend und ausgebreitet jenseits der künstlichen Wolken, daß niemand recht hochsehen mochte. Schon der Gedanke daran ließ einen die Augen zusammenkneifen. Das nahm der Idylle aber nichts. Obwohl bereits vor Jahrzehnten Kehls Multimodalität nicht nur ein Mundzeugnis gewesen, wäre niemand auf die Idee gekommen, daß ganz in der Nähe eines der wichtigsten Harfawerke Europas in Betrieb genommen worden war, das die nebelhaften Projektionen speiste, die längsrheinisch das Zentrum von der Weststadt trennten. Und schon gar nichts war von dem raumhafenähnlichen Komplex vier Geschosse darüber zu ahnen, einem riesigen Hangar mit Start- und Landebahnen busartiger Gleiter des Öffentlichen Nahverkehrs und seiner verschachtelten Logistik

aus Hightech und Mannschaftsunterkünften, weder von den Lager-
hallen, Wartungs- und Reparaturbetrieben noch, wiederum in Geschossen darüber, den Kasernenanlagen Exerzier- und Übungsplät-
zen, den Schießständen der westlichen europäischen Kommandantur
des MADs und der Feldjägertruppen. Kehl bedeutete für den europäischen Militärapparat, was Koblenz für Buenos Aires' Polizei war. Davon war wirklich nichts zu merken. Jedenfalls nicht, wenn unten einer

2

ins Örtchen fuhr, um den Wagen in der Hauptstraße 20 vor Baldners
Gasthof SCHWANEN zu parken. Von hier aus waren es ein paar Schritte stadteinwärts die Straße hinunter, schon stand man vor dem Häuschen, in das sich der junge Hertzfeld ein paar Wochen nach dem Verschwinden seines Vaters einquartiert hatte oder, genauer formuliert,
auf Veranlassung Carola Ungefuggers, die dabei selbstverständlich
nicht in Erscheinung trat, einquartiert worden war. Sie finanzierte
ihm die Laube, wie sie die zweieinhalb souterrain gelegenen Zimmer
kitschiger- und schon deshalb fälschlicherweise nannte. Eigentlich
hatte Familie Orten bloß einen Teil des Kellers ausgebaut. Vor allem
Lehrlinge waren oft Untermieter gewesen, jedenfalls Jugend, die ein
wenig Dunkelheit nicht scherte. Dann war ein Mann namens Schulze
erschienen, die Ortens dachten sich gleich, der kommt aus der Weststadt. Er sah nicht wie ein Porteño aus und benahm sich gespreizt, als
trüg er Klöppelspitzen unterm Kinn. Er verfügte über Geld, das gab
ihm die Autorität. Außerdem war er deutlich verkabelt.

Nämlich hatte Frau Ungefugger dem Präsidenten auf der Seele gelegen, ihrem Protegé doch abermals unter die Arme zu greifen; bereits
die erste Kehler Wohnung, die Jason mit dem Vater bewohnt hatte,
war letztlich von ihrem Mann finanziert gewesen. Am liebsten hätte
seine Gattin den jungen Hertzfeld ganz nach Pontarlier geholt, vielleicht sogar in die Villa Hammerschmidt selbst. Wie oft nicht rief sie
aus: »Er kann da nicht bleiben! Du müßtest dir einmal diese Wohnung ansehen! Das ist kein Zustand für eine Begabung wie ihn!«
Aber biß auf Granit. Daß Vater und Sohn ihre Unterkunft in kürzester Zeit hatten derart verrotten lassen, war nicht dem Unsterbli-

chen anzulasten, seine Distanz war schon zu begreifen. Sowieso war Jason Hertzfelds häufiger Besuch eigentlich nicht statthaft; mittellose Porteños hatten in der Weststadt nichts zu suchen und angesichts der terroristischen Bedrohung im Regierungsviertel auch alle übrigen nur allenfalls dann, wenn es um politische Bildung ging; vielleicht für paar Stunden. Nicht aber aus Daffke. Denn Daffke muß man wohl nennen, was Carola Ungefugger in ihrem Salon veranstalten ließ, sie selbst die Salonnière.

Immerhin hatten sich aus Jasons Kritzeleien, als Kind hatte er Boote um Boote gemalt, talentierte Arbeiten entwickelt. Die musisch bewegte Gönnerin ließ ihn deshalb die Straßburger Kunsthochschule besuchen. Da war Jason kaum mit der Grundschule fertig gewesen. Seinetwegen, tatsächlich, trauerte sie dem Verschwinden Borkenbrods nicht nach, dieses für sie exemplarischen Dichters, auch dann nicht, wenn es ihr inniger gewesen wäre, hätte Jason seine Füße in die Stapfen des Vaters gesetzt, sie hatte sowieso für Malerei keinen Blick. Aber nach wie vor, vielleicht sogar stärker noch, fühlte sie sich zu dem jungen Mann hingezogen, vielleicht, heimlicherweise, weil sechzehn Jahre bereits ein Alter sind, das man mit der Zunge küssen darf. Er wirkte sowieso erheblich älter, als er war. In Frau Ungefuggers Séancen saß er immer distanziert, den Skizzenblock auf den Knien, und portraitierte Anwesende. Der helle rothaarige Bursche paßte nicht zwischen die hagestolzen Leute, schon gar nicht zu den dehydrierten Frauen dort und denen, die ihr Östrogen in Fett isolierten. Doch seine Bilder fanden Zuspruch, er war wirklich ein hübscher Junge und wirkte wohlerzogen; er widersprach auch nie, sondern lächelte, wenn ihm etwas nicht gefiel. Das Lächeln war nicht bescheiden, was auch jeder merkte. Doch rührte diese frühreife Arroganz die Bewunderer einer Dichtung, die schon vor hundert Jahren abgehalftert hatte und eigentlich nur noch des Ostens wegen in diesem und jenem Herzen angelegentlich entflammte.

Die Arroganz kam aus der Trauer.

Jason hatte, nachdem sein Vater verschwunden war, anders als seine Mäzenin, nicht ein einziges Mal nach ihm gefragt; er hatte auch nicht geweint. Sondern sich klaglos gefügt. Aber vor seinen inneren Blicken stand dieser Polizist immer wieder. Der hatte den Vater seinerzeit veranlaßt, ihm einen Kontakt zu des jungen Hertzfelds vermeintlicher Schwester zu vermitteln. Die hatte ihm nun, Jason, noch manches zu erzählen, und nicht nur deshalb. Doch die Dinge ergäben sich, dachte er. Längst hatte er heraus, wer dieser Polizist gewesen war. In Buenos Aires kannte jeder Markus Goltz. Nur gibt es Umstände, die etwas Schicksalhaftes haben; man sieht ihnen erst in die Augen, wenn es ein Rückgrat tragen kann. Auch deshalb fragte Jason nicht. Der Vater, davon war er überzeugt, h a t t e getragen; Ellie trug, die vermeintliche Schwester, noch immer.

Auch Carola Ungefugger trug. Der junge Hertzfeld wußte das besser als sie, die es imgrunde g a r nicht wußte. Sie träumte nur. Träumte von der Dichtkunst und von Jason. Heimlich, natürlich, noch immer. Aber war selbstverständlich nicht schöner geworden; w e n n Jason denn etwas für sie empfand, dann eine Art Mitleid. Das allerdings von Zärtlichkeit nicht völlig frei war. Vielleicht suchte er etwas Mütterliches in der Frau, vielleicht vermißte er Nanni nun doch. Überhaupt hielt sich die Familie sehr von ihm fern; Nanni bekomme keine Genehmigung für die Kehler Trutz, hatte Deidameia Jason schon als Jungem erzählt, doch schicke sie Grüße. Aber eben auch jene, die vermeintliche Schwester selbst, kam ihn nicht oft besuchen. Dabei hatte er als Kind schon begriffen: ein Haar wie das seine vererbt sich. Doch hatte geschwiegen wie einer, der eine Zeit ersehnt, vor der es ihn bangt.

Borkenbrod hatte diesen Charakterzug seines Kindes geliebt und ihm oft, wurde die Anspannung kenntlich, die rechte Hand flach von der Stirne hinab übers ganze Gesicht gestriffen, dann ihm mit zwei Fingern etwas das Kinn gehoben und Jason flüchtig angelächelt. Sich abgewandt schon. Da wußte der Junge, er trug nicht allein. Nur selten, eigentlich nie, war zwischen beiden ein böses Wort gefallen. Sie waren nicht selten Bauch an Brust eingeschlafen und so morgens auch wieder erwacht; solch Futteral war für den Bub der Vater gewesen. Mit einem Mal war die Kindheit vorbei: wie eine Tür schlägt. Der Polizist erschien, und der Vater verschwand.

Seither lebte Jason Hertzfeld allein. Frau Ungefugger nahm sich des spröden Jungen an. Wie es den Vater einst aufgebracht hatte, daß sie seine Gedichte von den Hauswänden abschrieb! daß sie sie in diesen Heften, *Journaux des poésies* genannt, veröffentlichte! Zwar, sein Künstlername, Aissa der Barde, wies ihn darin als Urheber aus, Plagiate waren das nicht. Doch war er immer gegen Fixierung gewesen, er hatte Veränderungen gewollt und zwar eben auch von Gedichten. Sie sollten vergehen können dürfen. Das war sein Glaube gewesen: einer des Prozesses, nicht vorgeblich ewiger Dinge, die man handeln kann. Er wollte imgrunde das *gesprochene* Wort, seine Kunst war achäisch: Gesang. Hatte er die Wände besprüht, dann lasen, stellte er sich vor, Passanten sie laut. Und trugen das Gedicht in sich herum. So wirkten sie nach, einige Sätze, und wurden Gefühle Ahnungen Hoffnung – bis sie sich im Gedanken verloren; die Hoffnung aber bleibt. So etwas geht nicht, wenn man immer wieder nachlesen kann; so löst sich im Herzen kein Satz. Doch waren, hiervon abgesehen, Veröffentlichungen Borkenbrod peinlich; besser, es ging das Wetter über die Stanzen, bis sie verblaßten und palimpseste Grundierung wurden: hier war der Sohn im Vater angelegt, der spätere Maler. Auch unsere Kinder sind Palimpseste, ganz wie wir selbst. Borkenbrod hatte beschlossen, gegen diese Veröffentlichungen etwas zu tun, ganz egal, ob die hinter dem publizistischen Unternehmen stehende Frau Europas Erste Lady war und er selbst Myrmidone. Er hatte sich bewaffnet, trug eine Handgranate im Beutel; Frau Ungefuggers Leibwachen ließen ihn die ohnedies eher laxe Kontrolle zum SPASTIKON undurchsucht passieren. Vielleicht war sein Junge dafür der Grund. In einem gar nicht ungewissen Sinn hatte der Vater den Sohn benutzt, hatte ihn wie einen Schild vor sich gehalten. Das war dem jungen Hertzfeld heute bewußt. Er trug es dem Vater nicht nach, sondern hörte noch immer das *Tethra Dich ruf ich treibe die Rinder glänzend hinaus.* Der Hexameter war unvollkommen, gemessen an der Achäer-Rhetorik. Die Hörerinnen kniffen die Mösen zusammen, damit ihnen das Wort nicht in die Gebärmutter fuhr. Es fuhr dennoch, weil es nicht den natürlichen Weg durch den Unterleib, sondern den christlichen durchs Ohr nahm. Carola Ungefugger aber hatte der Blick des Kindes, man muß es so sagen, *erwischt*.

Darüber hatte sie, oder besser dar u m, zum ersten Mal den poetischen Impuls gespürt, grausam zu sein. Ihr schwindelte, sie nahm vier Finger zur Stirn, als sie fühlte, welch Ungeheueres ihr möglich würde. Deshalb verschob sie ihn in ein Begehren, das für den Vater den Sohn nehmen wollte. Manchmal rollte sie im Bett stundenlang von einer Seite auf die andere, furchtbar ungestillt weiter seit ihrer Begegnung mit Radegast; nicht einmal die Pillen halfen, die für ihre Ranzzeiten in der Schublade des Nachtschränkchens lagen. Das uretrale Sekret lief so sehr aus ihr hinaus, daß sie zu längst überkommenen Binden griff. Dabei war es nicht einmal dünnflüssig, sondern weiß und ein wenig zäh und um die Caruncula, bevor es eigentlich losging, in schaumigen Fjördchen gesammelt: köchelnder Vulkanschlamm, durch den scheinbar plötzlich, ist der Druck im Schlot dann heftig genug, Geysire schießen. Die Melancholie schließlich, die Frau Ungefugger etwa anderthalb Wochen nach jedem ihrer vergeblichen, heiser geschrieenen Follikelsprünge verdunkelte, war ihr angenehm deshalb; denn sie dämpfte. Die Migräne zwang die Frau, sich zu sammeln. Welch eine Wohltat, endlich passiv sein zu wollen! Daß dann nichts mehr drängte. Nicht anders lag Skamander in seinem Morast. Das ist das verausgabte Tier in uns. – Wie ähnlich es der Tochter erging, ahnte Carola Ungefugger nicht, sondern zog die Jalousien herunter, schloß sich ein und meditierte, bis die Blutung vorüber war und der Zyklus ihres venerischen Unheils aufs Neue begann.

Jason Hertzfeld war seinerseits nicht ohne Erregung gewesen, er hatte damals tatsächlich eine Erektion gehabt – eine, die er zum ersten Mal als sexuelle erlebte. Noch rezitierte der Vater, die Hörerinnen verkniffen sich noch, da ging der Blick von Carola zu Jason und zu Carola zurück, ein, wußte sie, zu einem Kind nicht erlaubter. Darüber erschrak diese Frau ganz ebenso wie über die rohen Fantasien ihrer Nächte fortan: Kali-Träume hatte auch sie. Die Präsidentengattin drängte sie weg, vergaß sie immer wieder: das machte sie um so schlimmer, kehrten sie zurück. Nicht daß sie sie hätte realisieren müssen – das wäre ein Mißbrauch gewesen –, sondern weil sie nicht zu ihnen stand, wurden sie derart mächtig in ihr. Sie lieferten sie dem jungen Hertzfeld geradezu aus. Ihretwegen holte sie den Jungen und seinen Vater nach Kehl.

»Soll ich gehen?« Borkenbrod war unsicher gewesen. »Du gehst, Chill!« Strategie galt Deidameia mehr als alles. »Mitten ins Herz des Feindes gebeten zu sein, ich bitte dich, das nimmt man wohl wahr!« »Aber Jason...« »Er ist ein Myrmidonenkind, gefährdet wird er immer sein. Doch je weniger er weiß, um so besser.« – Sie selbst hatte Mann und Sohn in einem Kombi nach Kehl gebracht, dabei die Lappenschleusen strikt gemieden. Also war es eine lange Fahrt gewesen.

Als die kleine Familie und ein paar Holomorfe die Habe hinauftrugen, war Die Wölfin statt auf die Präsidentengattin auf Schulze getroffen. Den mußte eine wie sie nur ansehn, um zu spüren, wie gefährlich der war. Als der jedoch seinem Herrn rapportierte, war dieser viel zu sehr in seine transhumanistischen Reformen verstrickt, als daß er sich wirklich so einer Sache hätte annehmen wollen. Weshalb er an Goltz delegierte. Der hatte längst selbst recherchiert, aber, weil ein erstes Mal massiv mit existentiellen Zweifeln im Streit, wider besseres Wissen das *Clearing sheet* nach Pontarlier gesandt. Dann war er selbst in Kehl erschienen. »Ich brauche eine halbe Stunde. Ohne Waffen. An einem Platz ihrer Wahl. Nur sie, nur ich. Keine Zeugen und keine Computer.« Daraufhin war er in den Osten gefahren.

Nicht nur der Vater, auch Goltz meldete sich bei dem jungen Hertzfeld niemals wieder, doch ließ er ihn, selbstverständlich, observieren. Weil Jason gegenüber der Präsidentengattin offenbar schwieg, war der Polizist sich bald sicher, von seinem Kehler Besuch werde auch in Zukunft nichts laut. Außerdem verließ er sich auf Die Wölfin, die sich nach ihrer Rückkehr von Landshut, etwa zwei Monate später, aus Colón gemeldet hatte; mochte der Teufel begreifen, wie sie's ohne Wahrheitsimpfung von West nach Ost immer schaffte.

»Ich weiß nicht, wieviel ihm bewußt ist; es ist ein heller, aber verschlossener Junge. Doch täte er nichts, was mich oder seinen Vater gefährdet.« »Er wird mich mit dem Verschwinden des Barden in Zusammenhang bringen.« »Wenn er es für an der Zeit hält, wird er dich selbst kontaktieren, auf die eine oder andere Weise. Er haßt das Illusionäre, er mag die Holomorfien nicht. Er will Echtes.« »Da sind wir einig, er und ich.« »Das laß ihm sagen.«

Also wartete Goltz ab. Er registrierte nur, womit ihn aus Pontarlier geschmierte Referenten auf dem Laufenden hielten. In Kehl quartierte er einen Maulwurf ein: der Mensch hieß Hünel, war erbärmlich leptosom und wie ein Kranast vorgebeugt, der bei jeder Bewegung knirscht. Obendrein schien er sich selten zu waschen. Irgendwann war er in den SCHWANEN eingezogen, man merkte das gar nicht, vergaß ihn, so unscheinbar war er. Einige hielten ihn für einen Vertreter in Sachen Druck- oder Landwirtschaftsmaschinen, irgend etwas, das einen schmutzig macht, aber auf diesen Bürotypen paßte. Allerdings war der hagere Mann für einen Reisenden deutlich zu wenig unterwegs; auf die Idee, er sei Polizist, wäre dennoch weder im Gasthof noch sonstwo jemand verfallen. Polizisten verbreiten fast immer Furcht; Hünel erregte hingegen bloß Mitleid. Einmal legte ihm wer ein 5-Euro-Scheinchen auf den Tisch. Damit er nicht immer noch weiter an der längst abgestandenen Neige seines ersten Bieres schlotzte, während er in sein Handy tippte. Seine sicher nicht bedeutenden Geschäfte schien er alleine so abzuwickeln. Das tat er nämlich meist, in das Tastaturchen tippen, bekam ein Klingelzeichen, flüsterte in die Sprechmuschel und verließ, das Telefon am Ohr, den Gastraum.

Nicht minder kontaktlos als er wirkte der über sein Skizzenbücherl gebeugte Hertzfeld selbst, dessentwegen Hünel doch da war; aber Jason saß begründet abseits, pikant begründet: Schon mit dreizehn hatte das Bürschel jungen Mädchen nachgestellt – nicht nur solchen, auch erwachsenen Frauen. Er konnte auf eine Weise pfiffig blicken, daß es die Umworbene nahezu unmittelbar, muß man sagen, öffnete. Mit dreizehneinhalb war die erste Eroberung auch gelungen, ein Zimmermädchen des Gasthofs. Die junge Dame hatte sich von dem schlanken Burschen einfach nicht lösen können, sondern ihn zwar verstohlen, aber doch andauernd ansehen müssen; er hatte so etwas Fremdes im Gesicht gehabt, etwas Wildes und zugleich so ein Sanftes. Darüber hätte sie fast die Arbeit vergessen. Plötzlich hebt der Knabe den Blick, legt ihn in ihren und sagt vollkommen ruhig: »Du möchtest mit mir schlafen.« Da kriegt sie die Spucke nicht runter. Wienert sinnlos an der Klinke der Badezimmertür herum. Spürt Jason, ohne aufzuschauen, herankommen. Es ist, des Teppichbodens wegen, nichts zu hören als ihr rasendes Herz.

Als der junge Hertzfeld sie von hinten umarmte, konnte auch von gespielter Abwehr keine Rede mehr sein. Seine rechte Hand barg ihre linke Brust, die schmiegte sich, ein Vögelchen, wie von selbst ein. Seine Linke schlüpfte, den kurzen Zimmermädchenrock vermittels der Handwurzel raffend, an ihr Höschen und Geschlecht. In ihrem Nakken ging sein Atem. Sie gab sich hin, selbst ihre Haut war verliebt.

Das blieb Jasons Problem. Die Frauchen verliebten sich immer sogleich. Er hingegen wollte nur Körper. Die Mädchen jedoch verfolgten ihn mit Liebesschwüren. In einer Großstadt mag das hingehen, es läßt sich ausweichen da; in Kehl jedoch gab es dauernd Szenen. Nie übrigens wurden sie Jason direkt gemacht, sondern die Frauen untereinander zischten, keiften und mobbten. Dabei hätte man allen Grund gehabt, sich zurückzuhalten. Denn Jason zog mit den Damen nicht etwa in eines der Orgasmotron genannten Infoskope, nein, beileibe, er vögelte tatsächlich. Es kam da der Osten in ihm durch, ein elterliches Erbteil, drüben war er selbst nie gewesen. Doch hielt damit nicht hinterm Berg, daß er die Schimären haßte. Auch nicht, übrigens, gegenüber der Präsidentengattin, die an ihm genau das faszinierte. Selbstverständlich bekam auch sie seinen frühreifen lockeren Machismo zu spüren, selbstverständlich kränkte sie das; aber sie hatte keinen Anspruch; in ihrer ehelichen Situation sowieso nicht, schon gar nicht indessen als Repräsentantin Europas. Es wurde so schon genügend getratscht.

Leise litt sie vor sich hin, ersatzbegeisterte sich an Gedichten, rief in ihre Séancen, holte aus Kehl Jason Hertzfeld herzu, sah ihn immer wieder an, nicht offen, nein, aus den Augenwinkeln, es war der Blick des Zimmermädchens, den er da wieder spürte. Manchmal legte er der Präsidentengattin auf den Handrücken die Hand, zufällig, ganz nebenbei, den daraufhin sie, fast pikiert, sofort darunter hinwegzog. Sie wußte zwar genau, was sie ersehnte, aber wollte nicht verwundet werden. Imgrunde mochte sie selbst zu der Sehnsucht nicht stehen. Das war respektabel, schon aus juristischen Gründen. Außerdem erkannte sie immer wieder seinen Vater in ihm; tupfend tasteten indirekte, dabei intensive Blicke Jasons Gesicht ab. Die Ähnlichkeit *flog* sozusagen: im Herumwerfen des Kopfes mitunter oder wenn der junge Mann den linken Arm angewinkelt zur Seite und schon a u s - s t r e c k t e, als drückte er sich von einem fremden Oberkörper fort. Als bedrängten ausgerechnet ihn, den jungenhaften Agnostiker, Geister.

Jason Hertzfeld wartete. Er wußte nicht worauf, doch hatte ihn die stille Sehnsucht nach dem verschwundenen Vater geduldig gemacht. Wäre man miteinander insgesamt vertraulich, auch vertrauter umgegangen, er hätte die vermeintliche Schwester endlich befragt. Doch bedeutet, an ein Geheimnis zu rühren, immer, daß etwas endet. Nicht anders ergeht es uns mit dem Ich, der ersten und der letzten Familie, und der tiefsten, die wir haben.

»Ah! Da ist Jason! Schauen Sie nur, wie verwegen er blickt!«
Sämtlicher Augen wandten sich zum Eingang des Salons. Der junge Hertzfeld schaute nicht verwegener als sonst, im Gegenteil: blickte eher mürrisch; er hatte heute nicht einmal seinen Bunker besucht.
Neben ihm stand Schulze, der ihn abgeholt hatte und nun erwartete, die Frau Präsidentin ritze ihr Häkchen in sein Fahrtenbuch. Er hielt ihr diskret den Handscanner hin. Sie ignorierte das. Nahm Jason bei der Schulter und zog ihn in den Kreis ihrer Schranzen hinweg. Schulzes Auftragsbuchführung fand sie absurd.

Tatsächlich verlangte von ihm auch niemand Rechenschaft; er berichtete rein für sich selbst, und zwar minutiös: nach Minuten. Ließ sich eine Arbeit nicht rekonstruieren, konnte ihn das Stunden innerer Unruhe kosten. Dann stand er vorm Schlafengehen, wie jetzt – ja, er schlief –, am Fenster und preßte und preßte den vergangenen Tag. Drehte ihn wie den Mond auf die andere womöglich entsetzliche Seite. Was er nicht sah, war unablässig Bedrohung. Vielleicht hatte er sich deshalb Ungefugger verschrieben: Der Unsterbliche machte mit dem Zweideutigen Schluß, seine Feldzüge waren von Anfang an im Namen der Vernunft geführt. Daß dafür Opfer zu bringen waren, schien Schulze ausgemacht zu sein. Ausgemacht und bei so viel Gefühligkeit auch nötig. Allein die Berge Liebeslieder!

Unter ihm fabrizierte man neue.

Schulze schüttelte nicht einmal den Kopf, so sehr verachtete er das. Da hatte die Menschheit Jahrhunderte um guten Leuchtstoff gerungen, hatte die Glühlampe erfunden, schon Halogen, schließlich den indirekten Harfa-Schein, nur um doch wieder Kerzen auf den Tisch zu stellen. Unfaßbar. Die auch noch tropften. Bei Windzug jedenfalls. Die Putzholomorfen bekamen zu schaben.

Er öffnete das Fenster. Seine Wohnung lag direkt über dem Séance-Saal, dem kleinsten, »intimen«, wie Frau Ungefugger sagte, der Hammerschmidt-Säle. In den größeren, für politische Empfänge ausgerichtet, hätte man sich verloren. Es kamen kaum mehr als je zwanzig Leute zusammen, gelangweilte Unsterblichen-Gattinnen mit holomorfen Fingernägeln und den Gesichtern fünfzehnjähriger Greise. Zwei Professoren, die, um sich zu kämmen, nachgestellte Reflexivpronomen verwandten. Außerdem eine Redakteurin, deren Befähigung vor allem darin bestand, ihre Gegenstände auf die rechte Moral abzuklopfen; nachts onanierte sie mit einem Dildo, auf den ihr Katechismus gedruckt war. Und eben, völlig fremd, der junge Hertzfeld. Schon sein Vater hatte in Gruppen immer einen statuarischen, sogar linkischen Eindruck gemacht.

Davon war in seinem Sohn ein klarer Ernst erhalten geblieben: etwas Feierliches, das Dinge und Menschen nur unbeliebig nahm. Das stieß in Pontarlier auf Grund. Den es deshalb, nur bei Frau Ungefugger nicht, verlor. Die dümmste von allen kam dem jungen Hertzfeld als deren allertiefste vor; ihr Törichtes wiederholte auf weibliche, also grausame Weise den Parzifal. Nur deshalb gab der Junge, ohne daß er davon wußte, eine Kundry, die Medea verführte, ihre Drachenzähne zu säen. Was sie denn tat gegen den Westen, gegens West*liche,* muß man schreiben. Das geschah unbewußt, war absichts-, also ackerlos; sie säte wie in Nichts. Auch sie war eine Leinwand der Allegorie. Indem Jason und durch ihn Borkenbrod in ihr wirkten, wirkte Thetis.

»Ob das wohl echt ist?«, zum Beispiel, mochte sie fragen; da stand sie vor einem Mikrofon und sammelte Geld für die Tsunami-Opfer. Oder sie schnitt das grüne Plasteband der Hoffnung vor einer neuen Kita durch, und mit den Zipfeln schwebten die Zähne zu Boden. »Ist d i e s e s echt?« Der Präsident haßte das. Keiner begriff. Schon gar nicht merkte sie selbst, was ihre Fragen nicht nur auf den Séancen auslösten, sondern auch bei repräsentativen Anlässen in Gang setzten. Ihre Drachenzähne waren der Zweifel. »Ob das wohl echt ist?« Lachte schon. Über sich, wie es schien. Oder über die Situation. So daß auch andere lachten. Manchmal lachte ein Saal. Sie hielt eine Achtelminute lang ihrem Mann den Salzstreuer vor die Augen.

Auch in der Tochter gingen diese Drachenzähne auf. Zwar, Michaela Gabriela Ungefugger, sofern sie dabei war, empfand die Fragerei ihrer Mutter als genauso peinlich wie der Vater. Aber sie legte nicht das *Ennui* des Präsidenten an den Tag, ihrem in ziemlich allem sonstigen Vorbild. Sondern wurde aggressiv. War sowieso, mit jetzt fast zweiundzwanzig Jahren, eine ziemliche Zicke geworden. »Ob das wohl echt ist?« fragte die Präsidentengattin. Und ihre Tochter zischte: »Mama, reiß dich mal zusammen!« Vor der ganzen Gesellschaft. Präsident Ungefugger räusperte sich.

»Schauen Sie nur, wie verwegen er blickt!« Gerade in ihrer unsensiblen Blindheit hatte die Präsidentengattin etwas erfaßt. Des jungen Hertzfelds mürrischer Ausdruck sollte ein Leuchten verbergen, das er nicht teilen wollte, jedenfalls nicht mit den Schranzen. Er hatte Kalle Willis gesehen, von dem sich, wir erzählten es schon, Deidameia zusammen mit Kumani nach Kehl hatte fahren lassen, um ihn ihrem heimlichen Sohn als einen neuen Bruder vorzustellen. Jedenfalls war das der Grund, den sie vorgab. Tatsächlich gab es einen anderen, nämlich die Geschenke für die Präsidentin. Sie legte einen seltsam nachdrücklichen Wert darauf, daß Jason in Pontarlier nicht mit leeren Händen erschien.

Sie saßen bei Jason im Zimmer. Der schaute stumm aus dem Fenster. Er mochte Kumani nicht, hatte fast einen Ekel. Das war auch so zu erwarten gewesen. Ein Holomorfer, Jason faßte es nicht. Unten vorm SCHWANEN ging Willis, der sich langweilte, einmal um sein Taxi. Dietrich von Bern. Hektor von Troja.

»Wer ist das, Ellie?« fragte er seine vermeintliche Schwester. »Wen meinst du?« »Euern Fahrer.« Sie stand auf, ging zu ihm, schaute ebenfalls hinab. »Das ist Kalle. Der ist okay.« Der sensible Kumani blieb bedrückt auf der billigen Cordcouch sitzen. Er fühlte sich in Jason gut ein, ging es ihm doch mit Holomorfen genauso, jedenfalls mit weiblichen. Der Konflikt hatte etwas Tragisches, es ließ sich nichts ändern. Deshalb war Kumani so stumm. Der junge Hertzfeld aber begann seine Liste, konkret, da waren die drei schon längst wieder weg. Es blieb auch nur Zeit für diesen ersten Namen, Bruce Kalle Kühne, weil Schulze klingelte. – Jason setzte seinen mürrischsten Blick auf. Dann öffnete er.

Zweidrei Sätze wurden gewechselt. Schulze blieb stehen in der Tür, als Jason den Riemen seiner Mappe schulterte, in die er den Schlüsselbund warf, und schnell noch eines der Geschenke für die Präsidentin aus dem Kasten nahm, in dem er sie verwahrte. Jenes, das von der uneingestandenen Mutter neu hergebracht worden war, vergaß er ganz auf dem Tisch. Zog schon die Tür in das Schloß.

Sie nahmen, wie immer, Schulzes Dienstfahrzeug, einen für Pontarlier recht schlichten Gleiter Peugeot 1230. Man kam ohne jede Kontrolle hinüber; Schulze war wie ein Urtext bekannt.

Einen Moment lang, also, scheute sich Frau Ungefugger, dem jungen Mann die Hand zu geben, so sehr ging das Leuchten – ging *etwas* – von ihm aus. Da sie aber nie genau hinschauen durfte – der Sohn ist das, nicht der Vater! –, ließ endlich auch sie sich täuschen: »Nun mach nicht ein solches Gesicht! Oder geht es dir schlecht? Ah, was hast du da mitgebracht?« Zu den anderen Gästen: »So schaun Sie einmal!« Hob den handgroßen Buddha. »Wie ist das fette Ding niedlich!« Rieb sich das Lächeln der Politikergattin über das Kinn. Schließlich stellte sie das Kitschelchen auf das Klavier und führte den Jungen, ihn an der Schulter fassend, in seine Ecke. Wo der Skizzenblock bereitlag, auch Kreiden und Kohle waren auf den Servierboy gelegt. Man liebte doch Jasons Portraits, er war fingerfertig-flink, so übrigens kam er an Geld. Er brauchte nicht mehr als paar Striche; die meiste Zeit allerdings skizzierte er, aus dem Kopf, den Palast. Die Anfahrt. Die Ortschaft. Verschiedene Türen. Das war ein lockerer Auftrag der Schwester.

Sein Gedächtnis war scharf. Wofür Deidameia diese Zeichnungen brauchte, danach fragte er absichtsvoll nicht. Sie dienten, das war ihm ungefähr klar, einer Logistik, über die zu sprechen tabu war. Sie war überdies ganz für umsonst: denn auch der zweite 17. Juni ging verloren. Noch war indes an den nicht zu denken. Und sowieso strich Der Stromer gerne durchs Gebäude wie drüben durch die Gegend der Kehler Trutz, wo er seinen Bunker gefunden hatte, drei Wochen, bevor er Kalle Willis zu Herakles machte; tatsächlich würde der, unabhängig von Jason, den augischen Stall der Beelitzer CYBERGEN säubern.

Wiederum in Pontarliers Villa Hammerschmidt war der junge Hertzfeld der jungen Ungefugger begegnet. Er hatte austreten müssen. Das war sein üblicher Vorwand. Er mußte nichts dazu sagen; aufzustehen und unbedeutsam zu nicken, genügte; des Stoffwechsels Erwähnung zu tun, wäre im Umkreis der Unsterblichen unfein gewesen. Deshalb hatte Sombart, der Architekt, die Toiletten der Villa Hammerschmidt derart verborgen, daß sich die Gäste vor Notdurft dauernd verliefen. Also fiel solch ein Stromer nicht auf. Nur Schulze stellte ihn, mißtrauisch, in einem Seitentrakt. Doch sah, mit seinen adriansblauen Augen, der junge Hertzfeld derart treuherzig zurück, daß selbst aus der Maschinenseele des Faktotums jeder Argwohn wich.

»Junger Mann, das ist nun wirklich ein falscher Ort.« »Aber es ist spannend, Herr Schulze.« »Spannend?« »Ja, diese Villa ist spannend. Sehen Sie nur: Was für Tapeten!« Und stellte die Medeafrage: »Ob die wohl echt sind?« Schulze gab keine Antwort, ihm war das pure Rhetorik, zu hüpfend-albern obendrein. Dazu der vergißmeinniche Aufmüpfblick. »Also da lang, junger Mann!« Sein Kopfnick rief den zivilen Wachschutz vom Eck, ein bißchen auf Den Stromer zu achten. Ungelenk wankte der Mann heran, einen kybernetischen Bulldog an der Leine. »Nicht nötig!« So davonfedernd Jason. Er hielt sich rechts, gelangte an die Scheibenfront zum Garten – der Gang lief zwischen ihr und den Büroräumen fast zwanzig Meter entlang – und wischte durch eine aufgeschobene Glastür.

In Pontarlier herrscht immer Frühling, aber einer, der Rosen blühen läßt: *Printemps samplé* und *Saison patchwork.* Wie eine künstliche Blume saß die junge Ungefugger zwischen Läubchen und Bänkchen und zickte auf einem Gameboy herum. Sie zischte durch die Zähne, wenn etwas nicht gelang; bisweilen fluchte sie gepreßt. Ihr ganzer Körper vibrierte.

»Funktioniert's nicht?« »Laß mich in Ruhe.« Sie sah nicht einmal auf. Dachte, Göttchen, was ein *Knabe!* In der Tat war ja Jason um einiges jünger als sie. Aber erwiderte wie ein Alter: »Ui, 'ne schlechtgelaunte Usche! Da steh ich aber drauf.« »Hau ab.« Den Blick weiter am bioniklen Superjohn. »Nö.« Er setzte sich neben sie ins Gras. »Zieh Leine oder ich ruf meinen Personenschutz.« »Einen Personenschutz hast du? Bist echt wichtig, Schwester!« Irritiert sah sie, ein hübsches blondes Hitlermädchen, zur Seite. Er lächelte. So was braucht keinen BH. »Was«, fragte sie, »machst du hier?« »Ich zeichne.« Er hob seinen Skizzenblock. »Hier zeichnest du?« »Ist jedenfalls besser, als Gameboy zu spielen. – Warte.« Er öffnete den Block, nahm einen Stift und ritzte ein paar Striche auf Papier, wobei er die junge Frau, schräggelegten Kopfes und die Zunge zwischen den Zähnen, maß. Sie ließ sich das gefallen, reckte sich seelisch sogar ein wenig in seine Blicke hinein, aber um zu zeigen, wie wenig sie so etwas – Cordes würde hier gern »Künstlerisches« denken; sie meinte aber Kitschiges, dachte Herbst und fingerte nach einem seiner Bonbons –, also wie wenig sie das scherte. Sie sah auch gar nicht erst hin und ganz besonders nicht auf Jasons sehnige, an Papier und Stift emsende Hände, über deren führenden Knochen sich die braune Ostlerhaut spannte. Die zuckende Anatomie dieser Grate kommentierte den Strich, der Michaelas Portrait erstehen ließ. Das verursachte den Eindruck intensiver Sensibilität; möglicherweise verliebten sich die Frauen vor allem deshalb in den Jungen. Nicht aber, eben, Michaela Gabriela. Sie ließ sich mit so was nicht fangen, schon gar nicht von einem um so viel Jüngeren. Der war ja noch ein Kind! So schaute sie Jason bloß in die Augen. Der das in den Fingerspitzen spürte; sie wurden müde davon, wurden wie stumpf; die Strichführung unversehens ungelenk. Was ihn wurmte. Sein Rücken fing zu jucken an, anfangs genau zwischen den Schulterblättern. Das hörte nicht mehr auf, strahlte noch aus: in die Schultern und bis zu den Lenden hinunter.

»Ich bin nicht gut heute.«

Er riß das Blatt aus dem Heft, zerknüllte es und steckte es sich in die Hosentasche. Dabei vermied er, der jungen Frau in die Augen zurückzublicken. Seine Fingerspitzen starr. Sie schienen anzulaufen und kribbelten leicht.

»Du hast keine Ahnung, wer ich bin.«»Du bist so schön, da ist mir das schnuppe.«»Das ist vielleicht ein arschiger Satz!«»Weil es die Wahrheit ist?«»Bist noch ein bißchen grün für so was.«»Für Frauen?« »Du bist überheblich. Wer hat dir das beigebracht? Sind schon alle Knaben aus dem Osten Machos?«»Ist es machistisch, die Wahrheit zu sagen, wenn sie ein Kompliment ist?«»Ich weiß, daß ich schön bin. Ich setze meine Schönheit voraus. Ansonsten interessiert sie mich nicht. Mit deiner Wortdreherei kannst du dich woanders spreizen. Und jetzt mach die Fliege.«

Er legte den Kopf schief. Sah sie nun d o c h wieder an. Welch ein perfektes Geschöpf. *Zu* perfekt vielleicht. Ihre Erscheinung erinnerte an ein Design. Trotzdem war sich Jason sicher, daß sie *echt* geboren war, in Schmerzen, Blut, Geschrei. Er fühlte den Abscheu nicht, der ihn bei synthetisch belebter Künstlichkeit unausbleiblich überkam. Dennoch wirkte die junge Dame stoffwechsellos. Vielleicht war sie nicht in Wollust empfangen worden, dachte Jason, vielleicht lag es daran, daß sie pipettiert worden war.

»Ich hab überlegt, ob du künstlich bist.« »Du hast *was?*« »Du benimmst dich wie eine Holomorfe.« Da lachte sie aber was auf! »Ich werde Macht haben«, sagte sie. »Du hast keine Ahnung!« »Macht?« fragte er. »Sieh dich um«, sagte sie. »Ich werde gestalten.« »Wir gestalten alle... sowieso.« »Unbewußt. Das ist eklig. Ich werde gewiß nicht bloß...« – aber sie sagte nicht: *wie du* – »daherleben...« »Du hast«, sagte er da, »Leidenschaft.« »Bitte?« Ihre Augen spritzten Hagel. Was Eis beim Vater war, war in ihr in Tausende Splitter zerschlagen, die sausten, spitze Pfeilchen, umher. »Ich sagte, du hast Leidenschaft.« »Ich bin klar. Werd erst mal erwachsen.« »Du hast was gegen Leidenschaft?« »Bin ich ein Tier?« »Das verstehe ich nicht. Tiere kennen keine Leidenschaften, sie haben Instinkte.« »Tiere sind brünftig.« »...sie folgen ihrem Programm.« »Wie Holomorfe? – Die sind immerhin sauber.« »Sauber?« »Gerichtet, unsentimental, hygienisch.« »Ich kenne da, wo ich wohne, einen freistehenden Bunker, gesprengt vor Ewigkeiten, aber oben noch, wenn auch schief, die Kuppel... den zeige ich dir mal.« »Wie furchtbar!« – Er erzählte: »Am Himmel, in ihr, wie im Rund der Kuppel eingeschlossen, ja, sehr klein, gleiten Bussarde, wenn ich auf dem Rücken liege und hochsehe. Und manchmal... ein Zeppelin... man muß nur die Augen schließen, um ihn wahrzunehmen.« »Ich schließe,« sagte Michaela Anna Gabriela Ungefugger. »n i e die Augen.« »Und wenn du schläfst?« »Das ist was andres, aber ich träume nicht gern. Ich will mich nicht unterwerfen, nur weil mein blöder Körper mich zwingt.« »Du ißt auch.« »Es gibt Pillen.« Die junge Ungefugger war rund fünf, fast sechs Jahre älter als Jason; es war dennoch ein Gespräch Pubertierender und deshalb ungewöhnlich, nicht wegen der Themen an sich. »Ich erinner mich an eine Aufschrift«, sagte Jason, »auf einem der Zeppeline.« »Ah!« spottete Gabriela. »Es gibt gleich mehrere!« »Vier«, antwortete Jason, der ernst blieb, »manchmal nur drei, dann aber alle zugleich. Ich habe ihr tiefes, fernes Motorenbrummen gehört.« Er hielt einen Moment inne, sah versonnen auf sein Skizzenheft, fügte hinzu: »Schade, daß man Geräusche nicht zeichnen kann.« »Spinner.« »Irgend etwas mit einem guten Jahr, ich *fühle* den Schriftzug aber nur, krieg ihn nicht zusammen vor meinen Augen.« »Mit was du dich beschäftigst! Wo gehst du zur Schule?« »Ich bin auf der Kunstschule. Straßburg. – Wieso?« Erstaunt sah sie ihn an, man konnte ihren Blick fast konsterniert nennen; es war eine Spur Abscheu darin. Sie rückte auch körperlich fort, als wollte sie sich nicht infizieren. »Und du?« fragte Jason. Hätte nur sein Rücken nicht so gejuckt! »Ich bin in Belfort, *Lycée de vents.*« Sie schwiegen einen Moment, Gabrielas Augenbrauen zogen sich zusammen. »Das ist ein College«, sagte sie dann, um ihre Reife zu betonen. Das schien aber keinen Eindruck zu machen. »Du bist aus dem Zentrum?« fragte sie nach. Er: »Ich wohne in Kehl.« Dann aber, seine Augenbrauen blieben zusammen: »Ich will Berührungen.« Er streckte eine Hand aus, vor der das Mädchen zurückwich. »Was fällt dir ein?!« »Nun hab dich nicht so, wollte doch nur ... deinen Arm ...« »Das ist widerlich.« Sie stand sogar auf. »Was bist du? Untermensch?« »Weil ich dich anfassen möchte?« »Niemand, der auf sich hält, faßt einen anderen an. Das ist doch das erste, was man lernt ...« »Wo lernt man das?« »Berührungen sind Vergewaltigung.« »Nun hör auf!« »Ist dir klar, wieviel alleine an Mikroben ...« Sie verstockte. Dann: »Schon klar, Verzeihung. Du bist halt wirklich aus dem Osten.« »Wie kommst du d a rauf? Der Osten ist woanders.« »Alles jenseits des Rheins ist ...«, sie überlegte fliegend, dann fiel ihr ein: »Mongolei.« Das kam derart komisch aus ihrem Mund, daß er auflachen mußte. »Mongolei?« »Es reicht, was mein Vater erzählt.« »Dein Vater?« »Ah!« rief sie plötzlich, denn sie hatte vor ihm kapiert. »Du bist dieser Liebhaber meiner Mutter!« »Was bin ich?« – Es wurde immer abstruser. »Na Mamas Geliebter. Die h a t doch so einen kleinen Jungen ... neinnein, ich hab dagegen nichts. Sie ist halt primitiv.« Auch er begriff jetzt. »Deine Mutter ... wenn es die ist, die ich glaube ...« »Laß uns nicht drumrumreden.« »Du bist die Ungefuggertochter.« »Und du der Maleridiot meiner Mutter.« Da mußten beide lachen. Doch Michaela fing sich schnell ... z u schnell, fand Jason. »Ich muß mal wieder«, sagte sie. »Ach schade, wirklich schade, daß du so viel Angst hast.« »Was hab ich?« Jason faßte erneut ihren Arm. Sie zerrte. »Was soll das?« Wie es ihn auf dem Rücken juckte! Er beherrschte sich, nicht zu kratzen. »Bleib noch.« »Ich denke nicht mal da dran!« »So viel Angst vor der Erde?« »Ich und Angst?« schnob sie. Hatte sich losgerissen, blieb aber, sich noch einmal umdrehend, stehen, wollte etwas weiteres sagen, schluckte es weg. Spielte an ihrer Holzkette und ging endlich wirklich, verschwand aus seinen Blicken. Nicht allerdings aus seiner Gegenwart.

Wieder im Haus, gab sie zwei Wachschützern den Wink.

»Bringen Sie das Kind da draußen zu meiner Mutter, es hat hier nichts zu suchen. Und verpassen Sie ihm, wenn sich das machen läßt, einen kleinen Denkzettel, bitte.« Wie bezaubernd sie lächelte! So etwas verstanden die Männer und lächelten a u c h. »Ich kann Sie«, sagte sie, »sicher öfter einmal brauchen.« Damit zog sie einen 100-Euro-Schein heraus und reichte ihn dem älteren der beiden Männer. »Für Ihre Unannehmlichkeiten.«

Knapp eine halbe Stunde nachher wurde der junge Hertzfeld mit einem angeschwollenen blauen Auge in die Séance zurückgeführt. Links und rechts die Männer am Arm. Wenigstens hatte sich der Juckreiz beruhigt. Carola Ungefugger wallte fuchtelnd, die ganze Frau ein einziges Huch! »Um Gotteswillen, was ist geschehen?« »Er ist gestürzt.« Der Wachschützer griente. Zu Jason, ihm in die Seite stoßend: »Nicht wahr? Erzähl der Frau Präsidentin, wo du gestürzt bist.« *Goodyear* dachte Jason – *Goodyear*, d a s hat auf dem Zeppelin gestanden. »Im Flur, ich hatte mich verirrt, Frau Ungefugger... und wären nicht diese beiden Herren gekommen, ich wäre«, er lachte, seine Nasenflügel bebten, so daß man innen links etwas Blutschorf ah, »verhungert, Frau Präsidentin, glauben Sie mir!« »Meine Güte... und dein Skizzenblock, der ist auch gefallen?« Der sah ein bißchen geschändet aus. »Ich war im... war im Garten, wo mir...«: verstummte. Er wurde sogar rot. Holte verlegen das zerknüllte Blatt aus der Hosentasche, glättete es auf dem Block. Da erkannte Carola Ungefugger das Motiv, erkannte die Tochter in der Skizze. Du hast Micha getroffen? wollte sie fragen, aber das Weib in ihr versagte sich das. Denn es begriff: Darüber denke ich besser nicht nach. Dennoch war sie unversehens mit Jasons blauem Auge versöhnt. Der es

4

bereit als Opfer nahm, nämlich eines Liebesschmerzes, der gar nicht weh genug tun kann. So schon war er in die junge Dame vernarrt. Manchmal weiß einer ganz genau – es ist egal, wie alt er ist –, daß dir eine Verbindung nichts Gutes bringt, ja daß sie entsetzlich werden wird. Das befeuert aber die Leidenschaft noch. Auf Katastrophen reitet sie am höchsten hinauf. Viel Überhebung ist darin, ein

Rausch der Überhebung. Der gibt ihr Leuchtkraft. Von dem jungen Hertzfeld strahlte sie dermaßen ab, daß Frau Ungefugger den beiden Wachschützern noch ebenfalls zehn Euros gab. »Ich danke Ihnen herzlich.«

Jason blieb unaufmerksam an diesem Tag, war wie versunken. Die Gedichte interessierten ihn sowieso nicht. Sprach ihn jemand an, wimperte er aus einem sehr diesseitigen Jenseits. Er zeichnete nicht, sondern hätte tausend Fragen stellen mögen: was tut sie? – wie weit ist das bis Belfort? – wie oft ist sie hier? – geht sie mal aus? – kann ich sie irgendwo treffen? Doch nach Michaelas Bemerkung, die ihn für den Liebhaber der Mutter nehmen wollte, war ihm das zu prekär. Allein die Präsidentengattin konnte ihm weiter Zutritt nach Pontarlier verschaffen; das wollte er nicht gefährden, schon gar nicht wegen einer absurden Eifersüchtelei. Nur hier in Pontarlier konnte es zur nächsten Begegnung und zu einer wiedernächsten, wiederwiedernächsten kommen. Er durfte sich Frau Ungefuggers Wohlwollen auf keinen Fall verscherzen. Und bemühte sich, sie mit einem gelegentlichen Lächeln erst richtig für sich einzunehmen. Was sie nur noch nervöser machte.

Von Oisìn, dem Enkel des Ungefugger vorangegangenen und ins Verschwinden geschrumpften Präsidenten, wußte Jason Hertzfeld nichts, diesem selbsternannten Nebenbuhler, der unterdessen *Mann* geworden war – oder doch Jüngling, wie auch Jason nun schon war, viel früher als der, nun gut. Doch anders als dieser, der seine Ausbildung im selben College erhielt, war er der jungen Ungefugger ständig nah. Er war Jason auch in Frauenbelangen nicht unähnlich. Auch er war begehrt und bediente sich dran. Konsequenterweise konnte Michaela Ungefugger auch ihn nicht sehr leiden; eigentlich sogar ekelte er sie – vor allem, weil es auch von ihm hieß, daß er bei seinen Amouren die Orgasmatrone meide.

Vielleicht hatte sie auf Jason so brüsk reagiert, weil der sie an Oisìn erinnerte; vielleicht wies sie ihn deswegen ab. Was s o herum aber wieder nicht stimmt: *innerlich* nicht; denn anders als wegen Oisìn blieb sie mit Jason, ganz für sich allein, stundenlang beschäftigt, sogar über die folgenden Tagen hinweg. Immer wieder kam ihr der junge Mann in den Sinn. Sie konnte sich auf gar nichts andres mehr konzentrieren. Das ärgerte sie immens. Zumal der Bursche doch beinah noch Kind war.

Sie saß, nachts, auf ihrem Zimmer, vor dem Spiegel, striegelte ihr Haar und summte einen Song. Erschrocken verstummte sie. Schön, hatte Jason gesagt, sei sie. Sie sah sich immer wieder an. Einmal stellte sie sich sogar vor dem Spiegel auf, ja: auf. Sie fand sich in der Taille zu dick, sie haßte Fett. Sie hatte bereits östrogene Probleme an den Oberschenkeln. Außerdem hätte ihr Antlitz, sowieso, schmaler sein müssen. Da war noch immer zuviel natürliche Willkür, es kostete Kraft, dagegen anzugehen: holomorfes Styling hielt allenfalls halbe Tage, dann sackte das Gewebe eigenwillig weg. Für eine blonde Frau obendrein zu viel dunkles Haar an Schienbein und Scham; die junge Frau verbrachte viel Zeit mit Epiliergeräten. Den Schmerz hielt sie aus, sie war hart im Nehmen. Aber der Zeitaufwand war lästig. Dann noch diese heftige Menstruation, der fast jedesmal eine Stimmung vorausging, die aus Blei und schwarzem Wasser bestand. Hellte sich das auf, kamen erst die Krämpfe, dann, waren wiederum sie ausgestanden, Blutschwälle. Allein der Geruch beleidigte sie. Ihr Geist hatte deshalb schon früh den Entschluß gefaßt, diese ganze Unmöglichkeit hinwegzusterilisieren; der Vater hätte zugestimmt, gar keine Frage, es gab bessere Wege, sich fortzupflanzen. Doch hatte ein anderes Blei sie abgehalten, den Entschluß in die Tat umzusetzen. Sie war klug und wußte: Es ist nicht Blei, sondern Thetis. Was ihr Problem nicht besser machte, denn sie mochte das Meer nicht einmal in jener hellen mediterranen Façon, die sich der Vater in die Illusionsfenster seines Arbeitszimmers projizieren ließ.

Der übrigens a u c h war über die Begegnung im Garten informiert; soweit ihm so etwas möglich war, amüsierte sie ihn. »Das Problem ist«, hatte von Zarczynski am Nachmittag des Tages gesagt, an dem der Präsident seinem Kabinett die Entscheidung unterbreitet hatte, die ECONOMIA zu errichten »daß der Mann keinen Humor besitzt.« »Das ist es nicht«, hatte Fischer erwidert, »sondern es liegt am Schmerz.« »Humor hatte er schon v o r Verlust seines Ohres nicht. Glauben Sie mir. Ich kenne ihn lang.« Er erinnerte sich der polizeilichen Maßnahmen gut, mit denen auf die wenigen jugendlichen Sympathisanten der Myrmidonen reagiert worden war. Sie waren vor allem von der UHA indoktriniert.

»Herr Ungefugger, das sind Kinder!«»Damit geht es immer los.«
»Lassen Sie die jungen Leute sich erst einmal ins Berufsleben finden … Sie werden sehen, das regelt sich von selbst.«
Der Präsident hob den Vereisungsblick. Der Innenminister schlug
seine Augen nieder. Aber beharrte. »Sie bringen sich um Wähler.«»Ich
s c h ü t z e Wähler.«»Herr Präsident, wir verfügen über andere Mittel.«
Immer, wenn er etwas dringlich meinte, wählte er die Amtsbezeich-
nung als Anrede. »Wir haben die Filmindustrie, wir haben die Medien. Schaffen Sie einen synthetischen Helden, einen Superman, ein
Idol, Herr Präsident. Sie werden sehen, wie Ihnen die jungen Leute
zuströmen dann. Nicht Ihnen selbst, nein, das wäre auch zu offensichtlich. Aber Ihrer Politik.«»Sprechen Sie mit Ahrens & Bimboese.
Und lassen Sie mich jetzt allein.«

Das war die Geburtsstunde von Kerry La Feliche gewesen, einem
weiblichen Avatar, um den die Porteños schwärmten und der zugleich
den Porteñas als Projektionsfläche diente. Es gab bald einen ganzen
Modezweig, eine ganze Industrie, die die Jugend des Westens sich wie
Miss La Feliche kleiden ließ. Aber noch zu den Zeiten, da Ungefugger die EWG geleitet hatte, war sein permanentes Lächeln, war diese Freundlichkeit, die seine Mitarbeiter derart an ihn band, so wenig
humorvoll wie tatsächlich verbindlich gewesen. Immer hatte sie der
Eisblick grundiert, es nützt nichts, guten Humus draufzuwerfen, in
den man seine Menschlichkeit pflanzt: Will sie drin wurzeln, beginnt
sie zu frieren.

Von Zarczynski hatte Ungefugger einige Zeit vor seiner Präsident-
schaftskandidatur kennengelernt, sogar noch den Vorgänger erlebt
und war Zeuge gewesen, wie der, also Oisìns Großvater, hinter seinem
Schreibtisch derart winzig geworden war, daß er sich schließlich erst
in das Puppen- und dann Fallerhäuschen zurückziehen mußte, die
beide, nacheinander, ein paar Monate lang darauf herumgestanden
hatten und ihm bis zu seinem noch heute ungeklärten Verschwinden Wohnstatt geworden waren. Damals war der Innenminister noch
einfacher Parlamentär gewesen, aber er hatte von den Besuchen Ungefuggers beim Präsidenten und auch davon gewußt, daß dieser den
unsterblichen Firmengründer um Unterstützung wegen der vor Europas Mauern schunkelnden chinesischen Flotte gebeten hatte. Die
Angelegenheit war selbstverständlich im Parlament diskutiert wor-

den; von Zarczynski hatte sich damals zu Ungefuggers Parteigänger gemacht und war auch an dem folgenreichen Entschluß beteiligt gewesen, demzufolge die Unsterblichen ein aktives Wahlrecht erhielten. Das hatte die europäische Verfassung bis dahin ausgeschlossen. Aus bedenkenswerten Gründen, sicher; andererseits hatte die Situation schnelles Handeln erfordert. Ungefugger hatte seinerzeit wegen seiner Wohltätigkeiten im Volk fast rückhaltlose Sympathie genossen. Sowieso hatten der Zweite Amerikanische Bürgerkrieg einerseits und andererseits die osteuropäische Schänderseuche für Buenos Aires Entscheidungen gefordert, die langen Aufschub nicht duldeten. Deshalb hatte sich, bei allen Zweifeln, der Realpolitiker in von Zarczynski durchgesetzt; sogar zu Ungefuggers Wahlmanager war er damals geworden. Als der sein erstes Kabinett zusammenstellte, gehörte von Zarczynski selbstverständlich dazu, als Innenminister aber noch nicht; dieses Amt behielt Schily inne. Beide galten als *Hardliner,* der eine gemäßigt, der andere, Schily, ohne Pardon.

Dennoch. Bereits Ungefuggers erste militärischen Operationen gingen von Zarczynski entschieden zu weit; man führt eine Nation nicht ohne unbedingte Not in den Krieg, vor allem nicht in einen, der vom Outsourcing lebt, so daß selbst der siegenden Partei die Kontrolle entgleitet. Niemand, der bei Sinnen ist, zieht jemanden wie den Emir Skamander und dessen Ostsöldnerheer hinzu. Ungeheuern gibt man nicht die Hand. Deshalb hatte er, wie auch Goltz, an strategischen Schlüsselstellen eigene Leute ins Ostheer plaziert, die ihm Nachrichten zutrugen und auch schon einmal *tätig* wurden. Es war ihm etwa gar nicht recht gewesen, daß Brem, sein wahrscheinlich wichtigster Informant, nach dem ersten Ostkrieg um den Abschied eingekommen war. Und als Skamander dem Präsidenten vorgeschlagen hatte, den Mann nach Pontarlier zu holen, was nichts anderes bedeutete, als ihn, sozusagen restlos, aus dem Osten zu entfernen, hatte er sofort gewittert, daß der Gestaltenwandler etwas ahnte. Weshalb er Ungefugger dahingehend beeinflußte, Brem eine Position vorzuschlagen, die jemand von dessen Natur, hatte von Zarczynski gedacht, bei aller damit verbundenen Ehrung auf keinen Fall würde annehmen können. Für Öffentlichkeit war dieser Mann nicht gemacht, er hätte niemals einen Orden getragen und sich schon gar nicht in die Uniform eines Schweizerobristen, geschweige in einen Abendanzug gezwängt. Es überraschte von Zarczynski also nicht, daß Brem das Angebot ausschlug. Und konnte nun seine Dienste weiterhin in Anspruch nehmen. Er übrigens versorgte Brem mit Parfums. Die waren im Osten kaum zu bekommen.

Dann hatte Brem den Standort gewechselt und war untergetaucht. Jedenfalls meldete er sich nicht mehr. Seine Bankgeschäfte allerdings tätigte er nach wie vor in der Nähe von Prag. Irgendwo dort mußte er leben. Aber als Quelle war der Mann verstummt. Anfangs hatte von Zarczynski befürchtet, Brem sei möglicherweise umgekommen, aber andere berichteten ihm, ihn da und dort gesehen zu haben. Offenbar unternahm er ausgedehnte Züge in die Frauenstädte oder bis noch tiefer in den Osten hinein. Dann berichteten die Informanten von dem Garagenareal. Von Zarczynski schickte einen Boten, der nie ankam. Einen zweiten. Auch von dem war nie mehr zu hören. So gab von Zarczynski es auf. – Das alles schon lang vor dem Nullgrund.

Der Innenminister stand in Gedanken, als Fischer ihn beiseite nahm.

»Irgend etwas geht in Stuttgart vor sich«, sagte er und zog den Kollegen in ein nahes Konferenzräumchen. »Die Datenzugänge sind gesperrt worden. Telefonieren Sie bitte mit Goltz? Nicht webben ... ich habe den Eindruck, das Netz ist durchlässig geworden.« »Was meinen Sie?« »Es wimmelt in Stuttgart vor Staffelleuten.« »Das finden Sie etwas Neues?« »Sie wissen, daß Ungefugger eine Evakuierung plant?« »Bitte?!« »Goltz hat Sie nicht informiert? Wir haben die Pläne von ... tut mir leid, ich darf darüber nicht sprechen.« »Herr Fischer, *ich* bin der Innenminister.« »Die Gegenseite scheint Ihnen nicht zu trauen.« »Sie unterhalten Kontakte zu ...« » ... Aissa«, sagte Fischer leise. »Aber es ist so, daß sie sich an mich gewandt hat ... mich persönlich, Herr von Zarczynski ... indirekt. Ich wußte auch nicht, wer sie war. Schon gar nicht, wie sie hierherkommen konnte.« »Das sagen Sie bitte noch einmal! Aissa die Wölfin ist in Pontarlier gewesen?« Fischer schüttelte den Kopf. »In Straßburg«, sagte er. »Aber immerhin.« »Sie haben sich mit ihr ... ohne mein Wissen?« »Goltz.« »Goltz?« Fischer nickte. »Er hat den Kontakt initiiert.« »Ich faß es nicht. Wir müssen ... den Präsidenten ...« Fischer schüttelte den Kopf. »Bitte sehen Sie sich erst die Pläne an.« Von Zarczynski zögerte. »Das ist,« sagte er, »nicht richtig.« »*Bitte* ...« »Das ist Vertrauensbruch.« »Die Pläne sehen vor, Stuttgart zu denaturieren.« »Ich versteh nicht.« »Bumm!« machte Fischer.

Beide schwiegen, von Zarczynski sah zur Uhr. »Ich muß«, sagte er. »Ich komm nicht gerne zu spät.« Wandte sich um, zögerte, drehte sich zurück. »Also gut, ich seh es mir an, Ihr Material. Lassen Sie uns gegen halb zehn telefonieren.« »Danke«, sagte Fischer und ging von Zarczynski hinterher, allerdings draußen in die andere Richtung. »Erst Stuttgart«, dachte er, »und dann die ganze Welt.« Er dachte das schon seit der Unterredung mit Goltz. Unentwegt dachte er das. Ihm war davon ein bißchen schlecht.

Was den Innenminister anging, Fischer mochte den Mann nicht, respektierte ihn aber; doch auch das war über Jahre erlernt. Sie waren einander politisch und grundsätzlich fremd: Von Zarczynski entstammte einem konservativen Adelsgeschlecht, hatte seine Ausbildung als protegierter Elitestudent lehrbuchhaft durchlaufen und sich bereits früh für den diplomatischen Dienst ausgezeichnet; Fischer kam aus einer Familie, die nah am alten Laserzaun gelebt hatte, subproletarisch geradezu, von Zukunftshoffnungen war nie eine Rede gewesen. Bis sich der junge Mann einer Gruppe jugendlicher Protestler angeschlossen hatte, die, nachdem ihre anfängliche Gewaltfreiheit unbedankt geblieben war, zum weiteren Kreis der damals sogenannten Sympathisanten gehörte. Das waren vornehmlich junge Erwachsene in eigentlich guten Berufen oder mit zumindest Aussicht darauf gewesen, die sich dennoch von den revolutionären Ideen der Myrmidonen und den netzaktivistischen Störungen der UHA hatten anstecken lassen und den Terroristen nun heimlich zuarbeiteten – sei es auch nur, indem sie dem einen oder anderen für einzwei Nächte Unterschlupf gewährten. Fischer, voll agiler Intelligenz, hatte ziemlich schnell Aufmerksamkeit und Achtung dieser Symphatisanten errungen und war mit Schlüsselleuten der Kader in Kontakt gekommen. Die ihn auf eine Weise gefördert hatten, die seiner Familie weder möglich noch recht war: Sie lehnte »Durchblicker« ab. Man wollte gesicherte Einkunft, alles übrige scherte sie nicht. Den jungen Fischer aber schon. Innerhalb dreier Jahre war er zum Chef-Sponti Buenos Aires' avanciert, was ihm Jahrzehnte später, da war er bereits Außenminister, ein schwieriges halbes Jahr bescherte; nicht nur die Presse versuchte, ihn als Mann von terroristischer Herkunft zu diffamieren, und nicht nur gab dem die Opposition einiges Futter, sondern auch in den eigenen Reihen wurde gemobbt – sei es durch persönliche Neider, sei's aus objektiver Raison, weil man also auf diese Weise eigene Ansichten besser durchfechten zu können glaubte. Dabei hatte, durchaus federführend, auch von Zarczynski die Hände im Spiel gehabt. Dennoch vertraute ihm Fischer unterdessen; er war, ihrer politischen Differenzen ungeachtet, verläßlich und deshalb ein in dieser heiklen Sache eher angemessener Vertrauensmann als irgend jemand sonst selbst unter Fischers Parteigängern. Darauf hatte der Außenminister gesetzt. Ein wenig Risiko, freilich, blieb. Es war sicher nicht grundlos, daß Goltz ihn, Fischer, und nicht den ihm an sich sehr viel näherstehenden von Zarczynski zu dem Treffen geladen hatte. Es war allerdings über die Gründe nicht gesprochen worden. Vielleicht war auch der Myrmidonin Wunsch ausschlaggebend gewesen, Ellie Hertzfelds, als die ihm Goltz Die Wölfin vorgestellt hatte.

Das Treffen hatte in einem Infoskop stattgefunden. Goltz: »Bitte schalten Sie auf eine abgesicherte Leitung.« Fischer: »Pontarlier ist abgesichert.« Goltz: »Tun Sie, was ich sage, Herr Minister.« – Fischer setzte die elektronische Halbkappe auf, schloß, das war bereits ein Automatismus, die Augen, merkte, wie sich sein Körper dem neuen Raum anglich, erst ein wenig schwerer wurde, dann leicht, schon sich normalisierte. Es war immer dasselbe, ganz wie beim Eintritt in eine Lappenschleuse. Die Dinge bekamen eine ungewisse Färbung, ein Schillern ging von ihnen aus, ein Waten durch die Energie. Selten blitzte darin etwas auf, bevor es dann Gegenstand wurde: ein Tisch, vier Stühle. Der Raum war ohne Wände. Raum dennoch. Man spürte, wohin man nicht treten durfte. Goltz erhob sich, als der Minister erschien, der eigentlich doch politische Gegner. Der zähe Fischer aber, bislang, hatte alles ausgesessen; nur Ungefugger selbst, dachte er, hätte ihn jetzt noch zu Fall bringen können. Und von heute an dieses Neue, das soeben auf ihn zukam.

Neben Goltz die Frau, an der Stirnseite des Tisches, blieb sitzen.

»Darf ich vorstellen? Ellie Hertzfeld … Außenminister Fischer …«

Dessen Blick haftete an Deidameias Wangennarbe: fünf Striemen, wie von einer Katze geschlagen, aber tiefer. Ihm wurde unbehaglich. Deidameia schwieg. »Ich verstehe nicht«, sagte Fischer. »Wie können Sie hier herein? Sie wollten einen abgesicherten Raum.« »Wir haben Experten«, sagte die Frau nebenhin. »Wir *sind* Experten, Herr Fischer. Sie sprechen mit einer Ableitung.« »Ableitung?« »Einer holomorfen Kopie.« »Das ist selbstverständlich. Ich sitze ebenfalls draußen in meinem Arbeitszimmer, während ich hier drin bin.« Deidameia schüttelte den Kopf. »Sie irren sich. Ich bin echt.« »Eine echte Kopie«, sagte Goltz. »Das ist Unsinn.« »Ein realer Avatar.« Es war deutlich kein Witz, als er hinzufügte: »Mit Persönlichkeitsrechten.« »Jedenfalls einem Anspruch darauf«, korrigierte ihn, nicht ohne ungehalten zu wirken, Die Wölfin. »Zur Zeit gibt es mich ungefähr 250mal. Aber lassen Sie uns zur Sache kommen.« Sie schob eine Dokumentenmappe in die Mitte des Tischs. Und das, übrigens leise, Gespräch begann.

Das kann ich überspringen, dachte Herbst und sah irritiert den Berg Wäsche vor seinem Ofen an, der sich immer und immer wieder mal rührte. Undenkbar, dachte ich in der Schönhauser Allee, es ist viel zu früh, um ihn glaubhaft begreifen zu lassen, *wer* sich daraus erhöbe. Das konspirative Gespräch aber kann ich auslassen, das mit einem zwischen zwei Gegnern geflüsterten »Haben Sie einen Augenblick Zeit?« beginnt und damit endet, daß eine gemeinsame Entscheidung gefällt werden muß, die noch zehn Minuten zuvor nicht einmal hätte als Möglichkeit gedacht werden können. Und damit, daß sich Fronten verschieben. Ebenso undenkbar allerdings, daß die Dokumentenmappe nunmehr materiell auf Fischers Schreibtisch lag und er, längst aus dem Infomaten in die informatische Realität Pontarliers zurückgekehrt, sie aufschlagen und in ihr blättern konnte. Abgesehen davon, daß ihm die modalitätenlogische Konsequenz unangenehm war, es könne von dieser Mappe Hunderte identische geben und keine von ihnen sei Fälschung, waren die darin verzeichneten Daten derart alarmierend, daß er von Anfang an wußte, jedes weitere Vorgehen brauche Wissen und Einverständnis von Zarczynskis, wenn nicht sogar, letztlich, des Parlaments. Doch für diesen, den großen legitimen Weg war keine Zeit. Es würde zerredet und zerredet werden, die Diskussionen weiteten sich öffentlich aus, würden TAGESTHEMEN und HEUTE. Dann die Mißtrauensfrage, zumal das rechtsstaatliche Sichern der Beweise. In der Zwischenzeit wäre zumindest Stuttgart nicht mehr das, als was man es kannte, sondern nur noch im Infomaten bereisbar und eventuell seinerseits in Hunderte Kopien geklont.

Tausende realer Menschen *als reale* gelöscht – also jene, die nicht zuvor evakuiert worden wären. Sie wären dann Holomorfe und programmierbar vielleicht. Holte man sie, wie diese Dokumentenmappe, dachte Fischer, in die Wirklichkeit zurück, blieben sie programmiert. Poststabilierte Harmonie. Asmus Hornaček fiel dem Minister Fischer ein. *Prästabilierte Harmonie in Insektenstaaten.*

Das so ungeheure wie ungeheuerliche Projekt war, so die Aktenlage, unmittelbar mit Ungefuggers erster Amtsperiode in Angriff genommen; Fischer wurde den Verdacht nicht los, der gesamte erste Ostkrieg sei nichts anderes als ein ausgesprochen erfolgreiches Ablenkungsmanöver gewesen. Und die ECONOMIA? Der Nullgrund? Das Projekt war ganz offensichtlich lange vor Ungefuggers Präsidentschaft beschlossen worden. Keiner hatte etwas bemerkt – außer denen, die es imgrunde gar nichts angehen mußte, denen es gewissermaßen sogar recht sein konnte: die Terroristen der holomorfen Emanzipationsbewegung um Frau Tranteau, als deren Nachfolgerin sich ein Mensch qualifiziert hatte, der aus dem Osten gekommen war, ausgerechnet. Aissa die Wölfin. Schnell hatte sie andere aus dem Osten mit den holomorfen Rebellen vereint.

Weshalb spielte sie ihre Informationen nun der europäischen Regierung zu? Um sie zu spalten: Das fiel Fischer zuerst ein. Sie spalteten auch schon. Doch kam es darauf, wenn die Dokumente auf Wahrheiten beruhten, überhaupt an? War nicht auf dem Unterschied zwischen realer und datischer Welt ganz ebenso klar zu beharren, wie er obsolet zu werden drohte? Daß Ungefugger den datischen offenbar wie einen wirklichen Raum begriff, einen mit Rechtsfähigkeit – jedenfalls, dachte er im Tonfall Deidameias, einem Anspruch darauf – war das eine. Aber daß er ihn kolonisieren wollte wie den schwarzen Norden eines Erdteils, dieses andere war entschieden neu und das eigentliche Skandalon. Die Siedler, zumal, wurden nicht gefragt.

Dabei war das, wovor sich Goltz, auch Fischer jetzt und von Zarczynski fürchteten und was Ungefugger offenbar zur sozialen Basis derart radikal umgestalten wollte, in Buenos Aires längst signifikante Praxis des seelischen

5

Lebens geworden – besonders dort, wo man liebte. Nicht nur, daß sich die meisten geschlechtlichen Akte, der Krankheit wegen, also aus hygienischen Gründen, ohnedies in Orgasmatronen vollzogen (die Propaganda der Myrmidonen nannte sie *Vögelvolieren;* den Begriff hatte quasi sofort die UHA übernommen und bis zur Sprichwörtlichkeit kommuniziert: Wurden die Menschen lüstern, so schnallten sie sich ins Gerät und fielen erst dann – real völlig getrennt, in den Ganglien aber verschaltet – übereinander her). Sondern bereits die ersten Kontakte spannen sich, schwingende elektronische Fäden, fast nur noch im Cyberraum. Vermittels kleiner anonymer Profile, die durchaus annoncierenden Charakter hatten, machten die Menschen ihre Partnersuche bekannt. Beinahe immer wurden sie fündig. Woraufhin sie einander sich annäherten, vorsichtig oder ironisch, je nach Mentalität, sich erst zu unterhalten begannen, schon sich zu öffnen, zu *er*öffnen dann, und eh sie sich versehen, lagen Gerte und Seil auf dem Strecktisch – man ging ja nicht mit Klarnamen ins Netz. So gab es wenig Hemmungen. Begegnete man einander schließlich real und matchten nicht nur die Leute, sondern die Pheromone auch, ließ sich die unmittelbare Vereinigung in den Infomaten nahezu nicht mehr vermeiden; sie eben war auch angestrebt. Selbst wenn ihr das speziell Körperliche genommen wurde – physischer Austausch und physischer Kontakt –, ließ sich der Vorgang als neue sexuelle Befreiung begreifen. Immerhin war der Gebrauch von Kondomen schon lange vor der Geologischen Revision sozial verpflichtend gewesen, a u c h eine Spanische Wand zwischen den Körpern; man warf die in ihren länglich schlaffen Ballons wie kleine Hoden schaukelnden Flüssigkeiten ins Klo, anstelle sie sich in den Liebesakten einzuverleiben. Schärfer ist Getrenntheit symbolisch nicht zu fassen. Und hatte allen Grund. Auch so, notwendig-profanierend, war der Zukunft zugestrebt worden, die unterdessen Buenos Aires' Gegenwart war.

Dennoch gab es Liebe, sogar mehrere Lieben zugleich, die sich dadurch legitimierten, daß nicht an körperliche Realisierung gedacht war. Bereits der verbale Kontakt affizierte nahezu jeden cerebralen Bereich, so daß bereits die alten Chats nicht wenig von den heutigen Infomaten gehabt hatten; das gegenwärtige Web sowieso. Man lieb-

te, um es paradox auszudrücken, den Klang, den die geschriebene –
unterdessen nur noch gedachte – Mitteilung des nicht selten fünf-
sechshundert Kilometer entfernten Gesprächspartners hatte. Opfer
hätte man für ihn gebracht. Und brachte sie bisweilen. Es gab große
Sehnsucht. Wer mit seinem Jürgen in Sevilla lebte, konnte sehr wohl
mit Achim ein zweites, seelisch nicht minder intensives, vielleicht sogar intensiveres Leben in Genua führen. Mit einem dritten, vielleicht
noch einem vierten Mann im Freiburger Breisgau und Nomentana.
Paradoxer-, gleichzeitig moderierenderweise ließ sich so das traditio-
nelle Konzept der Monogamie erhalten, das doch, zugleich, strikt allen Boden, außer eben diesem, verlor. Selbst brüchige Menschen fanden ihr inniges Auskommen nun, mochte auch Physis oder Geist zu
geschwächt sein, um eine reale Partnerschaft zu ertragen.

Etwa war, ein Jahr vor ihrem Tod, Corinna Frieling mit Cord-Polor Kigncrs bekanntgeworden, der sich im Euroweb *Wolfsgrau* nannte und ihr eine Form von Lebenskraft schenkte, ohne die sie ihre
Krankheit möglicherweise weniger stolz ertragen hätte. Kigncrs, das
sagte schon sein etwas mythischer Name, stammte aus dem tiefsten
Osten, er war Söldner gewesen, ein Mann, der nicht viel fragte, wenn
es zuzuhauen galt. Aber das Innre voller Poesie, im Sturmgepäck stets
Ungaretti dabei. Er konnte viel reden, eine sich zuzeiten unabreiß-
bar entladende Suada, die zwar auf ihrem intellektuellen Recht nicht
ohne triftige Gründe bestand, aber doch etwas so Gewaltsames hatte,
daß sich Gesprächspartner schnell wie ein gestelltes Wild vorkamen.
Meist indes saß er in den Kampfpausen da, stumm, grollend irgendwie, entweder in seine Gedanken versenkt oder das Gedichtbändchen
nah an den Augen; nicht selten murmelte er Verse m i t :

Ma se mir guardi con pietà,
E mi parli, si diffonde una musica,
Dimentico che crucia la ferita.

Er war Freischärler der unteren Stufe gewesen, hatte niemals soldatisch Karriere im Blickfeld gehabt; deshalb war er nach dem Ostkrieg
ausgemustert worden. Er hatte dem Osten für immer, dachte er, seinen Rücken gekehrt und verzehrte seinen kargen Ruhesold in Palermo.
Aber fand keinen Anschluß in der Stadt, hauste in der Einzimmerwoh-
nung mit dem Balkon vor sich hin, war insgesamt schroff, doch hing
an schmalen Frauen. Er trank viel, das mochten die nicht. Da betrat

er zum ersten Mal einen Chat, *Wolfsgrau*, das paßte, und da er so gut lesen konnte, verstand er es zu schreiben. Daß ihm, wo immer er war, der Tod so klein wie ein Wellensittich auf der rechten Schulter saß, war seines mächtigen Nackens wegen nicht gleich zu erkennen. Doch hatte er mit seinen beiden Ehefrauen einst, direkt nacheinander und jeweils bis ans Ende, eine so selbe tragische Erfahrung gemacht – Susanne wie Maren waren tödlich erkrankt und beide elend gestorben –, daß er sich, obwohl damals schon für so was zu alt, für Skamanders Sonderbrigaden hatte anwerben lassen. Da gehöre er, hatte er gedacht, hin. Sogar an zwei der Freischärler-Kommandos Brems war er beteiligt gewesen.

Darum lag es an ihm, daß sich die Frieling und er niemals trafen, sondern eine Cyber-Affaire durchlebten, die zart wie unter Jugendlichen war und genauso intensiv. Die Sehnsucht schäumte und schäumte. Kignčrs dachte, träfe er Corinna nicht, dann entginge sie dem Fluch. Die Frieling wiederum, der ihr nahes Ende schon anzusehen war, war gleichfalls froh darum; sie mochte sich nicht zeigen fast ohne Haar. Dennoch war sie jeden Tag stundenlang mit dem Mann. Es war das erste Mal seit Broglier und nach der kurzen Affaire mit Deters, daß sich diese lebenskluge Frau wieder derart auf jemanden einließ. Wahrscheinlich war Kignčrs ihre überhaupt beste Wahl. Sie mailten einander Bilder von sich, sie aus der Zeit vor dem Krebs, er aus einer, die ihn ganz saftig aussehen ließ, obwohl durchaus schon die massiven Spuren zu erkennen waren, die der Alkohol in sein Antlitz geätzt, hineingewühlt hatte. Doch die spezielle Hypochondrie, die ihn quälte, seit er so galoppierend alterte, war seinem Wesen da noch fremd gewesen. Eigentlich war es auch keine, sondern eine Melancholie, die im Altern körperlich wurde.

Nun erlebte er einen dritten Frühling im Geist, und die Frieling konnte lieben, ohne sich aus chemotherapeutisch zugefügter Erschöpfung ständig vor dem Mann erbrechen zu müssen, und sie mußte ihm auch nicht die breite häßliche Narbe zeigen, die ihrer schönen, wunderschönen linken Brust Ort eingenommen hatte, direkt über dem Herzen. – Schwieg mit einem Mal. Er war ratlos. Rief bei ihr an, denn seit einem Jahr telefonierten sie bisweilen, auch wenn ihre Stimmen etwas anderes erzählten, als die geschriebenen Küsse sehnsuchtsvoll erwarten ließen.

Niemand nahm ab.

Er versuchte es, vergeblich, etwa eine Woche lang.

Er wäre nicht ein solcher Soldat gewesen, hätte er da sich nicht aufgemacht und wäre nach Rheinmain in die Wilhelm-Leuschner-Straße gefahren; ihre Adresse kannte er, denn er hatte ihr zweimal dahin Blumen geschickt. Nun schritt er – massiv, ein wenig hinkend wegen der alten Verwundung – ratlos auf die Nummer 13 zu, es war der 6. November. Unterm Arm hielt Kigněrs ein Päckchen mit dem teuren, nicht synthetischen Olivenöl, das er für die Frieling besorgt. Er war ein guter Koch, ihr hatte das gefallen. Oft hatten sie, jeder an seinem Screen, imaginäre Gerichte zubereitet: Straccetti auf Rucola, Coniglio al rosmarino, auf Panna cotta verstand er sich besonders.

Frielings Name stand auf dem Klingelschild, es gab hier nicht die sonst üblichen Paneele, in die ein Zahlencode zu tippen war.

Sie öffnete nicht.

Er klingelte woanders, klingelte an drei Türen insgesamt, bis ihm endlich eine distanzierte und mißtrauische Person schroff bekanntgab, Frau Frieling sei vor wenigen Tagen von einem Krankenwagen abgeholt worden.

Kigněrs telefonierte herum, wurde ausfällig, brüllte, bis er das Krankenhaus endlich gefunden hatte und sogar vorgelassen worden war. Ein bißchen Gewalt war nötig gewesen, ein Griff, der einem Pfleger, der dem Portier beispringen wollte, den rechten Arm brach. Man schrie »Polizei!«, jemand drückte auf einen Alarmknopf. Doch hatten die Beamten, als sie eingetroffen waren, so viel menschliche Einfühlungskraft, daß sie den ausgehärteten Menschen ein wenig trauern ließen, bevor sie ihn verhafteten. Er setzte sich nicht zur Wehr, stapfte, die Lippen zusammengekniffen, den ganzen kahlen Gang entlang schwer durchs Spalier der Entrüstung, die Polizisten links und rechts. Zwei getrocknete, gleichsam staubige Tränenpfade führten über die narbige Haut seiner fleischighohen Wangenknochen zu den breiten Nasenflanken. Als er sich auf den Rücksitz des Wagens setzte, der ihn zur Vernehmung fuhr, murmelte er, aber die Leute verstanden ihn nicht:

E subito riprende
il viaggio
come
dopo il naufragio
un superstite
lupo di mare.

Mit der Auflage, sich aus Palermo nicht zu entfernen, ließ man ihn einstweilen gehen; bis zur Eröffnung des Verfahrens blieb ihm noch Zeit für die Trauer. Mit Bewährung schließlich kam er davon und einem zu zahlenden Schmerzensgeld, das klein war, gemessen an dem anderen, großen, das er in seiner Seele bezahlte:

Er stand vor der Zimmertür Nr. 26, wußte schon, was geschehen war, als er die Klinke hinunterdrückte und zugleich den vor Schmerz immer wieder aufschreienden, ächzenden Pfleger wegstieß, den er mit sich schleppte, weil der nicht losließ. Krankenschwestern und einige Patienten waren zusammengelaufen, standen in entsetzten, hysterischen Trauben. Besucher gab es außer ihm keine. Er stieß den klammernden Pfleger endlich weg. Kam durch die Tür. Aber verkantete sie nicht. Sondern, zart fast, schloß sie nur. Dann wandte er sich zu dem Bett.

Die Tote war noch nicht abgedeckt. Man sah Kabel und dünne Schläuche, auch der Tropf stand noch da. Die Apparatur bereits aber ausgeschaltet. Dennoch summte etwas, maschinell, vielleicht die Deckenlampe.

Kignčrs setzte Fuß vor Fuß. Blieb vorm Bett stehen. Beugte sich. Nahm Corinna Frielings noch nicht völlig erkaltete Hand, die linke, nahm sie in beide Tatzen. »Verzeihung«, sagte er, »Verzeihung, daß ich jetzt erst komme.« Er sah sie an, sah das feine Haar an, das ihr wie einem Säugling neu gewachsen, legte seinen Männerblick auf ihre Stirn, folgte ganz langsam den Erhebungen und Senken. »So also warst du. Du siehst ja, auch ich bin ganz anders. Doch schöner bist du, als deine Bilder sind.« Als eine Träne auf ihr Kinn fiel, ließ er sie ihr. Kniete. Umfing die Frau mit dem Oberkörper, den Kopf, die Wange rechts, auf ihrer dürren Schulter. Weinte. Hörte nicht, daß die Tür geöffnet wurde, die Polizisten standen darin. Begriffen. Schlossen die Tür wieder und verharrten draußen, einige Minuten, Gardisten gleich, die Wache stehn. So schützten sie die Tür. »Noch nicht«, sagten sie zu den Leuten. Ein entrüsteter Arzt drang auf sie ein. »So seien Sie doch barmherzig«, sagte der ältere Beamte. Der Arzt, die kleine Kohorte Studenten um sich: »Und wenn er flieht? Durchs Fenster?« Darauf der jüngere Beamte: »Halten Sie endlich den Mund.«

»Darf ich bitte?« fragte drinnen, indem er Abschied nahm, Kignčrs.

Er stand wieder und zog vorsichtig einen Ring von Corinna Frielings rechter Hand, der war für seine Pranken viel zu fein. Er versuchte erst gar nicht, ihn drüberzustreifen, drückte ihn zwischen den kleinen, den Ring- und den mittleren Finger sowie den Ballen seiner Rechten. Mit deren Daumen und Zeigefinger und mit der anderen Hand nahm er das Laken vom Stuhl und zog es der Toten sorgsam bis über den Scheitel. Dann schritt er zur Tür, öffnete, sah die Polizisten an, nur sie, nicht den Pulk um sie herum, der ohnedies zurückwich. »Es tut uns leid«, sagte der ältere von beiden, »aber wir müssen...« Er nickte. »Bitte«, sagte der Ältere und wies vor sich nach links Richtung Fahrstuhl. Da stapfte, sich wendend, Kigncrs zweidrei Sekunden voraus, doch so gemächlich, daß die Polizisten schnell neben ihm waren. Die Leute, den Gang herauf, tuschelten, und in Točná rezitierte der Achäer:

> »So wuchs des Peleus Sohn auf, der Thetis opalnem Gelege
> meeresgezeugter Schlupf Achill, der links immer lahmte,
> fersenwund seit dem Bootsbruch; ein Splitterchen steckte noch lange
> drin, das er selbst sich herausschnitt, blind fast, taub fast vor Schmerzen,
> denen aber ein andrer Schmerz, der ihm schuppend im Rücken,
> juckend festsaß, entgegenstand und von dem er nicht wußte,
> was er war, noch was e r war, selbst, der zu künden geschickte
> Barde, voll der achäischen Lieder, um Vater zu werden,
> Niams Vater, der rächenden Lamia, euch zu befreien.
> Hätt ein Gott sie gezeugt, wer sicherte Göttern den Äther?
> Niemand, selbst nicht er selbst, nur sie hörte Thetis, die Mutter,
> aus sich rufen und alten Rechts Erneuerung fordern:
> daß sie die Dichter inspiriere und lehre die Räte
> Weisheit und Mut alle Männer der Lanze; in Tränen wie Taunaß
> steige glitzernd herab sie, wiedergekehrt wie die Woge,
> brüllend, wenn sie die Welt überflutet, von ihr gerufen!«

Das war nun nicht mehr gesprochen, das hallte gleich Echos. Ein raschelndes Schauern ging über die Hörer. Selbst Brem stellten sich auf beiden Armen die Härchen auf, selbst Goltz. Kurz warfen die Männer einander den Blick zu; der Ruf bekam etwas Flächiges. Durch den Osten ging, und wehte nach Westen davon, eine Bö, die, als sie die Dunckerstraße erreichte, schon ganz zerweht und wehe war: Nahezu sieben Jahre hatte sie gebraucht, um dort anzukommen, und bewirkte nun kaum mehr als eine weitere Bebung in dem Berg aus Wäsche vorm Ofen. Dennoch, das durfte nicht werden. Das dachte Brem.

Man müsse dem Erissohn hier schon, in Točná, die Verse zerbrechen, am besten gleich den ganzen Mann. War fast schon im Sprung. Beherrschte sich. Wartete ab. Er stand noch zu sehr in Goltzens seitlich von den Amazonen gesichertem Blick. Zumal schob Kali an Gelbes Messer heran, langsam, unabsichtlich, nur war ihr dieser Duft in die Nase geraten, der etwas Schänderhaftes hatte, auch wenn er nicht nach Astern roch. Von rechts wiederum näherte sich Thisea, ebenfalls und neuerlich aufgescheucht die Kriegerin in ihr. Goltz hatte gar nichts anweisen müssen. Sein unentwegter Blick hatte völlig genügt.

Brem tat stur und rührte sich nicht. Er nahm die Blicke nicht auf, sah unverwandt zu dem Achäer hoch, der immer und immer, sich wieder mäßigend, weitersprach, von seinem offenen Hänger herab in die Menge ins bogenlampenbeleuchtete Dunkel der Schönhauser Allee, aus der Ferne waren Rufe von Tieren zu hören. Nur selten mal ein Auto, oder ein Motorrad röhrte stadtauswärts. Sowie ein Straßenköter jaulte im Kiez.

Ich ging zum Fenster, öffnete es, sah hinaus. Vierspurige Straße. Mitten darin erstreckte sich der Streifen einer dunklen Passage, Roosevelt Ave, über die sich die Hochstrecke der U-Bahn entlangzog, derart nachtstill bis nach Mitte, daß es gar nicht schwierig war, dahinten Točná zu wähnen und den kleinen Platz auch zu sehen, die mundoffen stehenden Dörfler, vier Amazonen und den verkleideten Goltz, sowie den Achäer, außerdem Brem – und schon auch den niedergeschlagenen, wieder grantigen Kignčrs, tags, der aus der Wache trat und zur nächsten Station der Straßenbahn stapfte, weil er nicht wußte, was sonst tun. Wie mit dieser Traurigkeit umgehn und mit der Schuld?

Das war, was er fühlte. Ohne ihn, ohne ihrer beider Bekanntschaft, würde Corinna Frieling immer noch leben. Sie hatte, sogar durchs Telefon, den Wellensittich singen hören, und er sie, statt sie vor ihm zu schützen, alleine gelassen, nicht einmal bemerkt, wie krank sie schon geworden war. Alle seine Frauen erkrankten, man wird diesen Sittich nicht los. Indessen sich Herbst, in Deters' Arbeitswohnung, auf seinen Schreibtisch konzentrierte; den Laptop geöffnet, beschrieb er, wie ich noch fast eine halbe Stunde lang in die Nacht schaute und sich mir über den davonschreitenden Kignčrs ein w i e d e r anderes Bild, das transparent war, deckte, in dem der Mann ganz ebenso erhalten blieb wie Erissohn und seine Hörer. Kamatipura sah ich und die an Tauen quer über die Straßen gehängten Käfige der Prostituierten. Pfiffe kamen aus den Häusern, um Freier anzulocken. Die Hitze, das Licht und der Schmutz. Nebenan schlief still mein Junge. Schlief auf dem Hochbett eines Berliner Kinderzimmers in das Knattern einer Zuckerrohrpresse. Im Schneidersitz saßen die Regenschirmflicker. Belpuristände Ohrenputzer. Tardeo Chowk. Rechts führte über die Geleise, die man von hier aus nicht sah, der weite Betonbogen des langgezogenen Fly-Overs, je zu den Seiten die Händler, paar Gewürzbuden unten gleich rechts an der Ausfahrt, teils breiteten die Menschen Tücher auf den schmalen, aufgesprungenen Gehsteigen aus, darauf kunstvoll getürmt Bohnen Möhren Tomaten Guaven. Es war so heiß, daß mir das Hemd am Rücken backte; gegen den Schweiß und die Sonne trug ich ein dünnes, im Nacken geknotetes Handtuch über dem Kopf. *Lieben,* tippte, ins aufgerissene Lederpolster des alten englischen Stuhles gedrückt, Herbst, *Leben.* Merkte, daß etwas an ihm zog, daß er wieder unsichtbar wurde, die rechte Hand, ausgerechnet, fing damit an. Er stand auf, ging in die Küche, um in der Pavoni den Latte macchiato zu bereiten, deshalb bemerkte er die nächste Regung im Wäscheberg nicht – und daß sich alles auf die folgende, eine vulkanische Phase dieser Erzählung vorbereitete, an der er selbst nicht mehr teilhaben würde, jedenfalls nicht direkt, weil das fragile Gebilde einer stabilisierten Harmonie auf neuen Ausgleich drängte – aber imgrunde war das längst geschehen, das wußte Herbst in diesem Moment nur nicht mehr. Nämlich hatte auch Cordes es vergessen, als er in die Schönhauser Nacht sah, darin seine Fantasien spazierenführend. Nicht Niam nur war angerufen: es gab da, von durchaus kosmischer Natur, eine Archivdatei, worin abgelegt war, was die Welt vorübergehend nicht brauchte. Nicht nur eine, selbstverständlich. Tausende, dachte ich, Hunderttausende, Millionen Daten, die wie ein schlafender Virus darauf warten, endlich aktiviert zu werden. Über die fundamentale Bedeutung, die Viren für die Evolution spielen, hat Luis Villareal einen mehr als erhellenden Aufsatz geschrieben. Moment, ich sehe einmal nach.

Herbst kam, während sich das Wasser in der Maschine erhitzte, aus der Küche zurück und fing an, die drei Zeitungstürme abzutragen, die hinter dem Schreibtisch, seitlich neben den Schallplattenreihen, hochgewachsen waren. Irgendwo mußte die Ausgabe sein. Ich sah ihn wühlen. Einer der Riesenstapel rutschte, glitt, ergoß sich drittels über die Dielen. Ah, dort! Die Zeitschrift war noch umgeschlagen und geknickt, genau an diesem Artikel gefalzt. Man dürfe nicht vergessen, das war unterstrichen, daß Viren mit den Organismen, die sie befielen, Informationen tauschten. Somit seien sie ein fester Bestandteil des genetischen Netzwerks. Die meisten, die wir kennten, fielen gar nicht auf, sondern überdauerten als harmlose Untermieter ganze Ären der Evolution. Von denen kam keine Krankheit. Andere nutzten den Replikationsapparat der lebenden Zelle nur, um sich zu vermehren. Das Interessante sei, wie sie der Immunabwehr entgingen. Faszinierend und lehrreich.

Die Pavoni zischte. Ich also in die Küche zurück. Derweil schob sich Cordes die Calle dels Escudellers in den Blick. Es gibt Orte, die einem lebenslang gewärtig bleiben. Manchmal tauchen sie aus der Arbeit direkt wieder heraus, als würden sie rufen: Ich bin nicht vergessen! Tu gefälligst etwas mit mir!

Am Nebenhaus zum Eingang ins Boudoir klebte, auf der Wilhelm-Leuschner-Seite, ein Plakat: NIE WIEDER SCHMERZ! Darunter eine Informationsadresse des Familien- und Gesundheitsministeriums. Offenbar hatte Ungefugger ein weiteres Mal instinktiv reagiert, nunmehr auf die konspirative Begegnung der beiden Kabinettsmitglieder mit Aissa, von der er doch so wenig wußte wie von Goltzens mit Deidameia. Dennoch war er in die Offensive gegangen. Es gebe, las ich, praktisch keine bekannte Komponente des Immunsystems, die nicht von irgendeinem Virus manipuliert werde. *Weichensteller,* dachte ich. Meine Hand war, nachdem ich das Täßchen Espresso gestürzt hatte, wieder sichtbar geworden. Auch in dem Wäscheberg, dachte Cordes, rührte sich nichts. Wiederum rief Herr von Zarczynski den Kollegen Fischer tatsächlich an. »Was schlagen Sie vor?« »Man müßte die Vertrauensfrage stellen.« »Das werden wir nicht durchbekommen.« »Wenn wir die Sache aufdecken, schon.« »Und wenn die Dokumente gefälscht sind? Wenn Die Wölfin falschspielt?« »Dann stehen zwei Ministerstellen zur Disposition.« »Ungefugger wird gegen uns Ermittlungen einleiten.« »Selbstverständlich.«

»Und Ihre Familie?« »Und die Tausenden Familien in Stuttgart?« »Sie haben recht. – Aber lassen Sie mich erst hinfahren. Ich will mir das persönlich ansehn. Außerdem werde ich die Dokumente mit den Instruktionen der Polizeibehörden und der Schutztruppen abgleichen lassen.« »Gibt es dafür Leute Ihres Vertrauens?« »Nein.« »Ich spreche mit Goltz, während Sie vor Ort sind.«

Auf diese Weise kamen die Dokumente in Karol Beutlins Hände, der in seinen Arbeitspausen immer noch darum bemüht war,

6

das kleine wandernde Icon des Goldenes Vlieses von seinem Bildschirm zu kriegen.

»Was ist das?« fragte Goltz. Beutlin war ihm schon immer unsympathisch gewesen, zumal der jetzt kicherte. Goltz hob distinguiert eine Braue. Beutlin konnte auch, umgekehrt, ihn nicht leiden. »Ein Geschenk von, glaube ich, Dr. Lerche.« »Von wem?« Beutlin zeigte auf seinen Bildschirm und auf die schweren Blechschränke, die vor den Wänden standen. »Ein Holomorfer. Einer von uns.« Er hatte es sich angewöhnt, *jede* Form von Avatar so zu nennen. »Sie kommunizieren mit ihm?« »Das Interessante ist, daß niemand in dieser Abteilung so etwas programmiert hat. Ich meine die Möglichkeit, Herr Goltz, daß so etwas geht. Das System organisiert sich selbst.« »Wie meinen Sie das?« »Wenn es stimmt, was Sie mir hier vorgelegt haben, dann … Wissen Sie, es ist gar nicht ausgemacht, ob wir nicht schon längst *sind,* was der Präsident mit Stuttgart vorzuhaben scheint. Jedenfalls kann es sein, daß die da drinnen«, wieder eine Geste zum Screen »u n s für programmiert halten, und zwar von i h n e n. Praktisch ist das allerdings egal. Doch einmal angenommen, das sei so, dann fügt Ungefuggers Aktion dem System lediglich ein Metasystem hinzu. Das hat etwas Komisches, oder? Allerdings, da haben Sie recht, könnte das von ihm selbst – oder von seinen Leuten – durchaus modifiziert werden. Ich nehme mal an, er hat fähige Programmierer.« »Wir wissen noch gar nichts. Und das mit denen da drinnen ist, verzeihen Sie, Beutlin, Unfug.« »Lassen Sie uns schauen, was wir herausbekommen können.«

Für Cordes sah es so aus, als säßen die beiden einander hinter den Fensterscheiben gegenüber, also in einem Haus auf der anderen Seite der Schönhauser Allee, als wäre das Labor der SIEMENS/ESA d a. Das war so nicht, es hätte dort gar keinen Platz gefunden. Trotzdem sah Cordes deutlich die Silhouetten beider Männer, er mußte nur etwas die Zehenspitzen strecken, um über die Hochbahnstrecke hinüberblicken zu können.

Einwandfrei Beutlin. Nein, nichts von seinem phantastischen Namensvetter. Sondern ein älter gewordener Sparkassenangestellter, bißchen verkniffen, Fünfziger Jahre, der einen dunkelblauen Polyesterschlips trug – einen von der Sorte, mit der man die Wand nicht entlangstreifen darf, weil er sonst in Flammen aufgeht. Allerdings war das Haar für einen Beamten zu kurz, war auf Fingerkuppenlänge geschnitten. Es sah über den gesamten Schädel aus wie ein scheckig gewordener grauer Nerz. Dazu diese Ohren, deren rechtes noch stärker als das linke abstand. Immer trug der Mann einen grauen Anzug; immer denselben, hatte Goltz den Eindruck. Selbstverständlich stimmte das nicht. Er war nur auch textil sehr diskret. Jeder Tupfer Farbe wäre ihm zuviel an Exhibitionismus gewesen. Wiederum Goltz trug seine Uniform, allerdings ohne Rangabzeichen; man erkannte seine Position auch so.

Besser aber gepaßt, dachte ich, für einen Standort der SIEMENS/ESA hätte die obere Prenzlauer Allee, das Planetarium zum Beispiel. Die Idee leuchtete dermaßen ein, war so sofort schon Bild, daß Cordes, immer noch am Fenster, Herbst vom Schreibtisch aufstehen und in den Flur gehen ließ, wo er einen dicken Mantel anzog, schließlich war es der 6. November. Er verließ die Arbeitswohnung, treppte die drei Stockwerke hinunter, schritt über den seit langem renovierten ersten Hinterhof am Rand des rechtwinkligen Buschbeets entlang, worin es kein krummes Bäumchen mehr gab wie einst, da Deters erstmals in die Anderswelt aufgebrochen war; auch roch die Toreinfahrt, und nicht nur wegen der Kälte, nicht mehr nach vergorener Gerste und der Pisse der Nacht.

Unterdessen waren die Zeilen insgesamt saniert. Ordentliche Menschen lebten hier mit ordentlichen Lebensläufen. Nur im TORPEDO-KÄFER logierte noch widerständige Intelligenz und feierte ihr Elend. Lothar Feix lebte noch. Die grauen Gesichter sahen melancholisch auf vergangene Jahre zurück. So verlorene Jahre. Man saß selbstverständlich nicht draußen, dazu war es heute wirklich zu kalt. Immerhin durfte man drinnen noch rauchen.

Überdies nieselte es.

Herbst überquerte die Dunckerstraße direkt in die Ahlbecker hinein. Die Hygienebäche waren nicht versiegt. Die Ahlbecker floß aber nur einer entlang. Ich ging die Straße bis zum Ende. Auf der anderen Seite der Prenzlauer Allee das Planetarium. Heute war es in Blau angeleuchtet, neonblau, von unten herauf. – Man mußte erst über zwei Fahrbahnen, dann über die beiden Gleissstränge der Tram, dann über zwei Fahrbahnen wieder. Kleines Rondell im Rasen gleich hinterm Bürgersteig, gradaus durch den Park gings, auf einem mit symmetrisch gehauenen, flachen Kopfsteinen belegten Pfad, weiter zum kleinen Bürger-Hallenbad, schräg ab indes, nach rechts, auf einem ebensolchen, auf die große begehbare Kugel zu, einen Kugelraumer, Perry Rhodan, die Sternenshow von Zeiss. Das stille Regnen legte einen mattierten Beschlag auf das über dem Silber schimmernde Blau.

Selbstverständlich war geschlossen, es war bereits sehr später Abend. Dennoch hatte ich ein Gefühl, sagen wir: einen Instinkt. Weshalb Herbst gar nicht erst den terrassig überdachten Eingang ansteuerte, sondern ich umrundete das Gebäude und fand wirklich eine sogar ziemlich breite Hintertür, die sehr wahrscheinlich als Liefereingang diente.

Der Park, das beständige Tröpfeln beiseite, völlig still. Herbst versuchte den Türgriff, ein ellenlanges vertikales Metallstück, das in einer Art Riegel ruhte. Auch hier war abgeschlossen. Aber ich konnte drüben sehen, auf der anderen Seite der Schönhauser Allee, daß Goltz sich erhoben hatte, und auch Beutlin stand auf. Die Männer gaben einander nicht die Hand, sondern Goltz nahm sein Funktelefon ans Ohr.

Herbst hörte den Dienstwagen, bevor er die Scheinwerfer sah. Schlug sich hinter das Gebüsch. Die dunkle Limousine fuhr quer übern Rasen an den Hintereingang ran, was so logisch wie angemessen war, weil es in Wiesbaden um die Siemens/Esa herum einen Rasen nicht gibt.

Der Wagen hielt, der Mann am Steuer blieb sitzen, aber die Beifahrertür öffnete sich, und eine Art Leibwächter – vielleicht auch bloß ein SZK-Polizist – stemmte den Lundgrenkörper raus; selbst im Dunklen war das Spannen seines Jacketts zu sehen.

Herbst hielt den Atem an. Er hatte mit einem Mal Angst. Der Mann schritt zu dem Riegel, wuchtete die Metallstange um ihren Bolzen hinauf, von innen wurde geklopft, der Mann öffnete, und Goltz kam heraus, stumm, aber dem Polizisten zunickend. Der öffnete den hinteren Wagenschlag. Goltz stieg da ein, der Mann vorne. Es tröpfelte weiter und weiter. Die nassen Blätter glitzten im Scheinwerferlicht. Der Wagen fuhr an, fuhr eine Kehre und dann, wieder quer übern Rasen, in Richtung Friedrichshain weg.

Die Tür des Hintereingangs war offengeblieben; sie starrte, kann man sagen. So daß ich, eher dem Impuls als einer Absicht folgend, hineinhuschte. Keine Minute zu früh. Denn von rechts kamen Schritte. Es war der Nachtwächter, der, als er die offene Tür bemerkte, aus seinem Schlurfen aufsah. Er brummte ärgerlich »Was soll denn das?« und ließ den Strahl seiner Taschenlampe Bögen durch Raum und Fluröffnung wandern. »Ist hier jemand?«

Besser die Polizei rufen? Das wäre vernünftig gewesen. Aber er hatte getrunken, ging nicht mehr sonderlich grade, wollte sich nicht bloßstellen. Mit beherrschter Gewalt zog er die Tür wieder zu. Man hörte die Metallstange außen in ihren Riegel knallen. Das Echo hallte, so kam es mir vor, durch das gesamte Gebäude.

Er zog wieder ab. Herbst blieb in einer Dunkelheit zurück, an die sich die Augen erst nach einiger Zeit gewöhnten. Er tastete sich vorwärts. Da fing ein dürres Schimmern die Flure auszufüllen an, dann, vielleicht hundert Meter weiter, glommen phosphorgrün die LCDs elektronischer Geräte, die von den Böden bis zur Decke in die Wände eingelassen waren. Der Gang war rundum voll davon. Es wurden immer mehr, noch mehr, je weiter Herbst ins Innere der SIEMENS/Esa vordrang. Jetzt sirrten zudem die Wände.

Ich blickte senkrecht auf die Flurachse, an meinem Fenster wohlgemerkt; so war mir zu einem dieser Gänge das Fußgängerstück unter der schmalen Hochbahntrasse geworden. Sie führte nicht mehr auf Höhe der Choriner hinab in den Untergrund, sondern ging direkt in Jackson Heights über, wo es unterhalb des A-Trains gar keine Fußgängerpassage mehr gibt, sondern in Queens führt da eine zweispurige Fahrbahn entlang. Außerdem schien die Sonne in New York, weil Tag war und nicht, wie im Berliner Planetarium, die tiefe Wiesbadener Nacht, in der all diese Pünktchen an den Apparaten glühten, irgendwelchen Computern vielleicht, jedenfalls Armaturen. Um Herbst jetzt noch zu sehen, hätte ich durch Wände schauen müssen. Kniff statt dessen die Augen zusammen. So gleißte der Mittag; das, Mittag, war es ganz bestimmt.

Als ich sie wieder öffnete, waren beide Erscheinungen weg, sowohl die sommerlichen, mambodurchpulsten Heights als auch die technoide Szenerie der SIEMENS/ESA. Dachte Cordes jedenfalls. Aber er irrte sich. Denn als er nach der nächsten Tür, die er überaus vorsichtig aufzog, in den Raum spähte, entflammte unter den Reihen der Deckenröhren ein Foyer. Rechts saß der in seine Rezeptionsvitrine eingewurzelte Nachtportier, Herr Markovicz. Seine Schenkel umrankten die Stuhlbeine. Ein paar Luftwurzeln waren herausgewachsen. Natürlich konnte man das nicht sehen, aber den leicht grünen Schweiß auf seiner Stirn; irgend etwas schien mit seinem chlorophyllen Kreislauf nicht zu stimmen. – Offenbar hatten ihn Herbsts Schritte geweckt, denn er ächzte, sagte: »Verzeihung«, sagte: »So spät noch bei der Arbeit?«

Herbst räusperte sich irritiert, weil man ihn offenbar kannte, griff sich an die Stirn, rieb mit der Handfläche über das Gesicht. »Geht es Ihnen nicht gut?« Das mußte ausgerechnet ein Pflänzler ihn fragen. »Doch, ich bin nur... einen Moment.« Er stützte sich an der Wand ab. Wie bin ich denn hierhergekommen?

Er erinnerte sich. Hatte bis etwa fünf gearbeitet, dann sich von Sabine verabschiedet. »Ich bin sehr müde.« »Schlaf dich mal aus.« Er hatte gelacht. »Gute Idee. Aber ich kann nicht mehr schlafen. Dauernd wache ich auf. Dann bin ich für Augenblicke immer drüben.« »Drüben?« »Buenos Aires.« »Flashbacks.« »So was, ja.« »Geh bitte zu einem Neurologen. Es gibt noch absolut keine Erfahrung mit dem, was du gemacht hat.« »Broglier scheint es gut vertragen zu haben.« »Du bist aber kein Avatar.« »Zwischendurch war ich einer.« »Eben.«

Jedenfalls war er nach Hause gefahren, hatte die U-Bahn genommen und sich nach zweidrei Gläsern Wein bereits gegen sieben hingelegt. Dann war er aufgewacht, in Deters' Arbeitswohnung wieder, es war ihm gar nicht aufgefallen, daß das nicht sein konnte. Er hatte auch nicht im Bett gelegen, das allerdings fiel ihm auf, sondern am Schreibtisch gesessen und auf den Ofen geblickt, vor dem noch immer der Wäscheberg lag, der sich nach wie vor immer mal rührte. Ich begriff, nachts, hier, daß das ein Traum gewesen sein mußte, besonders, wie ich dann zum Planetarium losgezogen war. In Beelitz arbeite ich nur und fahre die etwas mehr als dreißig Kilometer lange Strecke täglich mit dem Wagen hin und zurück. Manchmal nehme ich Sabine mit, Sabine Zeuner, die in Steglitz wohnt. Ich hingegen wohne auf dem Prenzlauer Berg, Dunckerstraße, richtig, das haben wir seinerzeit, als wir Buenos Aires' kybernetischen Stadtplan entwarfen, zu unserer Gaudi imitiert, sie allerdings Waldschmidtstraße genannt. Imgrunde hatten wir spielerisch durchgeprobt, was Ungefugger realisieren wollte. – Schlagartig ging mir das in dieser Nacht durch den Kopf, als ich, irre genug, sowohl durch meinen Traum als auch durch das Planetarium schreitend, tatsächlich in Beelitz herauskam. Es hätte mich in keiner Weise gewundert, wäre ich nun von dem Schrecken erwacht und hätte einfach nur in meinem Bett gelegen. Ich blieb aber wach.

»Wie spät ist es, Herr…?« »Kurz nach drei.« »Wie, *drei?*« »Drei Uhr nachts, Herr Herbst.« »Ist Frau Zeuner noch da?« »Sicher nicht. Doch wenn Sie wollen, sehe ich nach.« »Lassen Sie nur.« Ich schritt zum Fahrstuhl, drückte auf den Knopf. Der Lift stand bereits unten, die Türen schoben sich sofort zur Seite. »Lassen Sie sich nicht stören, Herr Markovicz. Wirklich, tut mir leid.« »Kein Problem.«

Ich fuhr nur hoch, um nachzusehen. Oben, schon im Flur, roch es nach Königlichem Jasmin. Es war niemand in unserem Zimmer. Ich schaltete das Licht gar nicht erst ein, kehrte um, fuhr mit dem Fahrstuhl wieder hinab.

»Gute Nacht, Herr Markovicz.«

»Gute Nacht, Herr Herbst.«

Auf dem Parkplatz stand mein Alfa im fahlen Licht einer hohen Laterne. Ich drehte mich um, betrachtete das Gebäude. Von Planetarium nicht die Spur. Vielleicht hatte Sabine recht, vielleicht brauchte ich wirklich ärztliche Hilfe; vorübergehend selbstverständlich. Ich ließ den Motor an und steuerte den Wagen zum Schlagbaum, führte die Card ein, zog sie wieder heraus. Der Schlagbaum öffnete sich. Durch das nächtliche Brandenburg fuhr ich heim nach Berlin.

Tatsächlich hatte ich mich an meinem Fenster zur Schönhauser Allee, dem Küchenfenster, *verdacht:* tatsächlich meinte ich Deters. Nur daß mir das viel zu spät auffiel. Also korrigierte ich mich. Dabei konnte ich den Mann gar nicht mehr sehen, sondern allein noch die konkrete Straße vor der Hausnummer 101, so sehr spätabends.

Das Rauschen vorm Fenster schwoll an und ab. Immer wieder mal lauschte ich auf meinen Jungen. Einmal ging ich sogar hinüber, weil mich eine Unruhe faßte, die ich vorher, als ich noch nicht Vater gewesen, überhaupt nicht gekannt habe, ein eigenartig plötzliches »Lebt er noch?«, das schreckhaft durch einen hindurchfährt, wenn es im Kinderzimmer allzu still ist. Dann klettert man die Hochleiter rauf, sieht das schlafende Kerlchen liegen und robbt, ein Sandkasten voll Bettzeug, an es heran. Und legt an den Mund des Kleinen das Ohr, um ihn atmen hören zu können.

Ja. Er lebt noch.

Jedenfalls öffnete Deters, wie vor ihm – mit ihm simultan – Herbst, die Tür, und blickte ebenfalls in das Foyer, nun aber tatsächlich das der SIEMENS/ESA. Es gab auch dort einen Nachtportier, nur daß er Meller hieß und, die Blätter über die Blüte seines Kopfes gedeckt, weiterschlummerte. Er hatte sich nicht nur *sozusagen,* sondern ganz konkret zusammengezogen. Was er eigentlich nicht durfte. Ein Nachtportier hat aufmerksam zu sein. Aber in diesen war, vielleicht, irgendein Gen eingekreuzt, vielleicht Stellaria media. Sowieso haben es Pflänzler nicht leicht. Sie zu synkretisieren, war eine inhumane Idee der reinen Praktikabilität gewesen. Sie vertragen Ortswechsel nur schlecht und gedeihen am besten im Schatten. Das ist für Pförtner ideal. Manchmal werden sie verkauft, dann topft man sie um und trägt sie in ihrem neuen Topf hinaus. Allerdings bedarf das ihrer Zustimmung, immerhin sind es menschliche Wesen mit eigenem Bewußtsein und gleichberechtigtem Willen. Drei Träger schleppen ächzend. Der Pförtner wirft seine Arme. Wenn etwas schiefgeht, wird er es seiner Gewerkschaft melden, mit der sich niemand gerne anlegt.

Doch Hans Deters hatte sich geirrt. Der Pförtner schlief keineswegs. Er lauerte vielmehr, beobachtete ihn unter den Blättern, die seine Arme waren, hindurch. Also blieb er, Deters, erst einmal stehen. Er mußte sowieso noch begreifen, wie er so plötzlich hierhergekommen war. Nicht einmal, wo er jetzt tatsächlich war, wußte er. Er dachte immer noch, im Zeiss-Planetarium. Zwar, er hatte Goltz erkannt. Aber es war kein Zeichen sonderlicher Intelligenz, sich ihm in dieses

Gebäude – »in seinen *Bau*«, dachte Deters – sozusagen hinterherbegeben zu haben, zumal nachts, wenn offiziell geschlossen war. Ihm ging einiges furchtbar durcheinander. Man kann sagen, er sei noch immer nicht ganz kompatibel gewesen.

Nein, Herr Meller schlief nicht. Aber er hatte ein wenig gedöst, doch nur in einem Katzenschlaf, der stets ein viertel Auge offenhält. Es brauchte etwas Zeit, die Arme herab von der Blüte zu ziehen und sie, die über dem Kopf fast völlig geschlossen war, zu öffnen. »Was tun Sie hier?« fragte er endlich. »Wer sind Sie?« In der Tat war das die entscheidende Frage. »Wie sind Sie hier hereingekommen?« »Ich … äh …« Dabei war Herr Meller gar nicht unfreundlich, nur bestimmt. »Ich schlage vor, Sie verlassen das Haus jetzt wieder … nein, nicht da lang. Durch den Haupteingang bitte. Also wenn Sie nicht wollen, daß ich die Sicherheit rufe. – Oder arbeiten Sie hier? Dann sähe ich gerne Ihren Mitarbeiter-Ausweis.« – Eigentlich kannte er jeden, der ein- und ausging.

In diesem Augenblick öffnete sich eine der vier Lifttüren, deren jeder zwei dicht nebeneinander die Auffahrtschächte verschlossen, und Karol Beutlin trat heraus. Er erkannte Hans Deters sofort, der, anstelle der Aufforderung des Pförtners zu folgen, näher an die Glasloge herangetreten war. – Tut das jemand, der nicht weiß, wo er ist? fragte ich mich. »Oh, das ist aber …« Beutlin pfiff durch die Zähne. Sein Hirn rechnete durch die Stochastik. »Das hat's ja«, zischte er für sich, »seit den Flatschen nicht mehr gegeben!« Momentlang mußte er denken, es mit einem Effekt von SCHÖNES HAAR zu tun zu haben. Womit er nicht Unrecht hatte. Ohne diesen Virus wäre Deters, dem der Zusammenhang seinerseits nicht klar sein konnte, in der Archivdatei verblieben. Dafür erinnerte er sich unangenehm genau an den Versuch, den Goltz und Beutlin, in der Denkpumpe seinerzeit, mit ihm durchgeführt hatten. Und er erinnerte sich, welchen Aufwand sie später betrieben hatten, um seinen Signaturen zu folgen. Die hatten sich immer wieder aufgelöst. Dann war Deters völlig verschwunden. Schon damals hatte Beutlin die ganze Tragweite der Verschmelzung mit der Anderswelt begriffen, also mit Europa – wie das Simulationsprogramm benannt war, mit dem sich seine Abteilung fast ausschließlich beschäftigt hatte und das nun Präsident Ungefugger am Zielobjekt Stuttgart in die Wirklichkeit umsetzen wollte.

Die ganze Achterbahnfahrt der deters'schen Imaginationen, ihre irre Sinnlichkeit kam Beutlin in die Erinnerung zurück – und der sture Widerstand des Probanden noch dann, als man ihn in der Apparatur fixiert hatte. *Gelöschte Datei,* hatte Deters immer wieder gedacht, *gelöschte Datei* und *Datei wiederherstellen.* Das hatte noch aufgezeichnet werden können, bevor sich der Mann durch die Glasfiberfasern ins Euroweb verströmt hatte, Spiegelung an Spiegelung in den Elektroden, Netz für Netz warf ihn weiter. Die Welt als Vorstellung und Selbstreferenz.

Vom Rasen seiner Gedanken war Beutlin kurz genauso benommen wie Deters.

»Sie müssen mir eines erklären«, sagte er. – »Sie kennen den Mann?« fragte Herr Meller, der die heikle Situation, nämlich auf seinen Blättern, als geladene Oberflächenspannung wahrnahm. »Es ist schon gut, Herr Markovicz«, sagte Beutlin. »Alles im grünen Bereich«, scherzte er. *Meller,* dachte ich, *Meller* heißt der Mann, der seinen Blütenkopf mißtrauisch in den Nacken legte und die Brauen runzelte. »Ich bin mit ihm verabredet«, erklärte Beutlin. Zu Deters: »Das ist doch so?« Der schwieg, um nicht zu stottern. Sollte ich weglaufen? Dann hatte ich garantiert den Wachschutz am Hals. Beutlin trat her, streckte die Hand aus. »Also Guten Abend dann«, sagte er, um die Situation zu normalisieren. Deters zögerte, einzuschlagen. »Nun kommen Sie schon!« Leiser, ja kumpanig und mit einem knappen Kopfruck in Richtung der Loge: »Ein wenig mitspielen sollten Sie besser schon.« Er faßte den Besucher an der Schulter, führte ihn zum Lift, drehte sich aber noch einmal zu Herrn Meller um: »Kein Wort zu irgend jemandem, haben Sie verstanden?« »Ich muß den Herrn aber eintragen. Bitte.« Und dann, quasi über Beutlin hinweg: »Sie heißen?« »Deters heißt er«, antwortete Beutlin. »... D-e-t-e-r-s.« Herr Meller notierte das. Dann hielt er ein blaues Kärtchen hoch, das man mit einem Clip am Aufschlag des Jacketts festmachen konnte. In kindlicher Schönschrift stand Deters' Name darauf. »Der Besucherausweis. – Vorschrift ist Vorschrift.« Fast entschuldigend noch angefügt: »Auch in Ihrem eigenen Interesse, Herr Deters. Damit können Sie in der Kantine zu Mitarbeiterpreisen essen.« »Schon gut, Markovicz«, sagte Beutlin und seufzte. Kehrte um und nahm für Deters, der bei den Lifttüren stehenblieb, den Ausweis entgegen. Es wäre, sich noch davonzumachen, die letzte Gelegenheit gewesen. Weshalb sollte ich mitten in der Nacht in der Kantine was essen? – Das beschäftigte mich. Beutlin drückte mir das Kärtchen in die Hand. »Nun kommen Sie bitte.« Erst im Lift fand Deters wieder Worte. Aber Beutlin winkte ab. »Tut mir leid wegen damals. Wirklich. Es hat sich so vieles ereignet seitdem. Niemand von uns konnte wissen … – Also bitte! Hier lang.« Dann saßen sie in seinem Labor. Der Hauptcomputer lief zwar, aber die in die rechte Zimmerwand eingelassenen Screens waren so blind wie der große Glaskasten, in dem Deters damals festgeschnallt worden war: er schloß sich als eine quasi vierte Wand an, einem geradezu raumhaften Spiegel – so schwarz war es dahinter. Ebenfalls stumm standen auf den vier Arbeitsplätzen die Computerbildschirme, wie alle anderen Gegenstände in einen tiefen Schlaf gefallen.

»Kaffee? Ich jedenfalls kann einen brauchen.« »Sofern es keine Umstände macht.« »Was sollen in unserer Situation Umstände sein?« – Beutlin erhob sich und ging ums Eck in ein wohl als Teeküche angeschlossenes Nebenräumchen. Schon war er zurück. Die Kaffeemaschine blubberte. »Ich würde gerne Herrn Goltz über Ihren Besuch informieren.« »Sicher.« »Sie haben das Vertrauen?« »Vertrauen?« Was für eine absurde Frage! »Wir sollten damit anfangen.« »Womit?« »Vertrauen aufzubauen.« »Zu Ihnen?« »Zu mir. Und zu«, er zögerte aber selbst, »Goltz.« Deters blähte die Wangen. »Sie wissen, nicht wahr?, was derzeit im Gang ist.« Beutlin legte den Kopf zur Seite, lauschte, vielleicht auf den Kaffee. »Sollten Hamster Vertrauen in ihre Tierversucher haben?« Beutlin fand Deters' Bemerkung nicht witzig.

»Wenn ich Ihnen gesagt habe, daß sich einiges geändert hat, dann meine ich damit *alles*. Alles hat sich geändert, Herr Deters. Ein Hamster sind gewiß nicht nur Sie.« Das Blubbern der Maschine klang wie ein Röcheln. »Das scheint überhaupt noch keiner richtig begriffen zu haben. Es widerstrebt wohl dem gesunden Menschenverstand. Deshalb.« »Goltz ist gerade weggefahren«, sagte Deters. »Wie?« »Ich habe ihn wegfahren sehen, bevor ich ins Planetarium …« Er stockte. Beutlin zog die Brauen zusammen. »Wovon sprechen Sie?« Deters versuchte zu erklären. Beutlin hörte aufmerksam zu. »Moment eben«, unterbrach er, begab sich wieder in die Teeküche. »Milch? Zucker?« fragte er von nebenan. »Danke, schwarz.«

Mit zwei dampfenden Bechern kam Beutlin zurück. Noch im Gehen: »Es scheint sich alles in allem zusammenzuziehen und sich in alles verwandeln zu können. Als wären unsere Gegenstände – zu denen ich auch uns zähle, Herr Deters – nichts als verschiedene Formen von Information. Wir sind gewickelt wie ein Spin. Jeder von uns.« Leiser, als er sich setzte und die Becher auf den Tisch stellte: »Wenn ich nicht völlig falschliegen sollte.« Mit wieder gehobener Stimme: »Also darf ich?«

So daß sich nach langer Zeit Markus Goltz und Hans Deters wiederbegegneten.

»Es gibt da eine Diskette, wie Sie wissen«, begann der Polizeichef das Gespräch. Als Beutlin sich übers Mobiltelefon gemeldet hatte, hatte er seinen Wagen aber auch sofort umkehren lassen und wäre um ein Haar mit dem Alfa P9 Klaus Balmers zusammengestoßen, der sich soeben in einem Wiesbadener Institut hatte untersuchen lassen, das ein Ableger der SIEMENS/ESA, aber, weil auf medizinische Forschung spezialisiert, dem Universitätsklinikum angegliedert war. Dorthin hatte sein Hausarzt Balmer überwiesen, nachdem die Befunde keine sichere Diagnose erlaubten, obwohl es bei den heftigen Koliken blieb.

Doch auch die Professores tappten im Dunkeln. Nur gaben sie's nicht zu. Immerhin fanden sie der Krankheit, *er*fanden ihr, einen Namen: *MNK* für »Multiple Nephrociatis Korksemer«. Kaum war der Name eingeführt, verschwand die Krankheit aber wieder, und zwar so schnell, wie sie erschienen war, verlor sich innert zweier Jahre in der Medizingeschichte. Der Volksmund hatte sie »Nierenrinnen« genannt, was aber Balmer nicht half, als er an ihr einging. Wäre es gerecht zugegangen, hätte man die Krankheit nach ihm benennen müssen. Mit seinem Tod nämlich wurde sie heilbar. Denn das von der SIEMENS/ESA entwickelte Serum machte einen leichten Schnupfen aus ihr. Balmers Nieren indessen versuppten, von außen nach innen. Sie liefen sozusagen ab.

Man legte Drainagen. Doch die Flüssigkeit, die zäh in den Auffangbeutel tropfte, den er am Körper mit sich herumtrug, war ihrerseits hochinfektiös. Das hatte Dr. Lerche wissen wollen. Man isolierte den Erreger. Drei Schwestern starben noch an ihm.

Den meisten Ärzten blieb der Charakter der Erkrankung dunkel; lange glaubten sie nicht einmal, daß es eine war. Deshalb war Balmer nicht in Quarantäne gekommen; es gab für eine Seuche kein Indiz. In den Probeexkrementen war der Virus nicht nachzuweisen gewesen, beziehungsweise, was er und ob er das überhaupt sei. Mit einem Darmdurchbruch wurde erst gar nicht gerechnet. Zwei Wochen nach der Konsultation drückte Balmer etwa ein Zwanzigstel seiner Organe hinten heraus. Er schrie auf und sackte vor Schmerz über dem Klo zusammen. Dr. Lerche hieb sich auf die Schenkel. Dann schnitzte er die Kerbe.

Man fand Klaus Balmer gar nicht mehr. Denn als endlich der Geruch die Nachbarn alarmierte – den Wiesbadener Ärzten war es unverdächtig geblieben, daß ihr Patient zur weiteren Behandlung nicht erschien, sie hatten schon so zuviel um die Ohren; das Institut war notorisch unterbesetzt –, da wollte man die Wohnung zwar aufbrechen, mußte aber feststellen, es habe dies ihnen schon jemand vorhergetan. Ein Profi war am Werk gewesen, auch hiervon hatte in dem Haus der Rue de Quatre Septembre niemand etwas mitbekommen. Die Streifenpolizisten informierten das Einbruchsdezernat, dann sahen sie sich um.

Der Geruch stand wie ein Block in den Zimmern. Er war nicht exkremental, sondern, muß man sagen, *bitter*. Das bißchen Kot, das die KTU in der Kloschüssel haften fand, war zu harten Fleckchen ausgetrocknet. Nicht so aber der Brei, der auf der Brille und an den Kloseiten backte. Nahezu unterarmdick zog er sich von der Badtür über das Klosett bis an die Wanne. Balmers Kleidung schwamm darin wie in einem toten Meer, das zu Schleim verdickt war. Genau davon stieg der Geruch auf. Er hatte etwas von Schnittblumen – Astern, dachte einer der Beamten –, die in ihrem Wasser verfaulen.

Was von Balmer übrig war, wenn er das war, was man für ihn hielt, wurde versiegelt ins Wiesbadener Labor überführt. Herbst, unterdessen bekanntlich in der CYBERGEN, Beelitz, zurück, hatte nicht einmal den Impuls gehabt, dem Mann gegen Dr. Lerche beizustehen; in diesem Fall redete auch er sich auf die Wahrheit heraus. Es habe sich schließlich um nichts als eine Spielfigur gehandelt, die zur Testung designt worden sei. Sie habe ihre Funktion erfüllt. Punkt.

Den Ärzten, bzw. dem ihnen zugestellten Forscherteam gelang es nunmehr tatsächlich, den Erreger zu isolieren. Beutlin, er zeigte einiges Interesse, fühlte sich an die Flatschen erinnert, die allerdings, anders als der Brei, nicht ohne eigene Bewegung und Willen gewesen waren: aggressive Stoffwechsler nämlich, nicht etwa Viren, einer eigenen Gattung, die ihre Nährflüssigkeit umformen konnte – ein zugleich perfektes Teilungsmedium, das sich der Kriegsführung anbot. Zwar zehrte es sich auf, die Erreger verstoffwechselten sich selbst zu Geruch, der seinerseits ganz harmlos war. Kam man jedoch vorher mit dem Brei in Kontakt, wurde die Niere sofort befallen. Das drang einfach so durch die Haut. Und das Nierenrinnen begann, bis sich der Kreislauf erneuert hatte. Das genau war MNK.

Die Krankheit wurde tatsächlich allein in der Niere initiiert; injizierte man die Erreger in die Lunge oder die Milz, geschah überhaupt nichts. Auf Ratten und Mäuse aber, auf Tiere, sprach sie insgesamt nicht an. Den Grund kennt man bis heute nicht, auch nicht Dr. Lerche, der den Stoff von Dr. Spinnen hatte entwickeln lassen. Nun mußte er schnellstens wieder aus der Welt. Seit sich die kybernetischen Systeme mit der Realität verschaltet hatten, war eine Gefährdung wirklicher Personen nicht mehr ausgeschlossen. »Es ist Ihnen hoffentlich klar«, höhnte Dr. Lerche, als Herbst, einer ganz anderen Sache wegen, Bedenken äußerte, »was alles gerade S i e zu uns mitgebracht haben könnten.«

Ich protestierte nur kurz. Sabines Blick ließ mich besser still sein. Der Vorwurf war nicht unberechtigt.

Beutlin hob die Kanüle nah an die Augen. Die Flatschen hatten nach Waldpilz geduftet. Dies hier war anders. Der bittere Asterngeruch hing noch stundenlang an einem dran, setzte sich innen an die Nasenflügel und trocknete sie aus.

Die Viren verdunsteten mit ihrer Lösung, die Halbwertzeit betrug nicht ganz vierzehn Tage. Bereits dreißig Tage später ließ sich kontaminiertes Gebiet wieder gefahrlos betreten. Welch praktikables, dachte Dr. Lerche, Ergebnis. So daß aus Europa die Krankheit verschwand; auf einen Kampfeinsatz im Osten wurde, einstweilen, aus humanitären Gründen verzichtet. Man hatte starke Zweifel, daß er vom Parlament genehmigt worden wäre.

7

Für Möller-Balthus war das ein ziemliches Glück. Er nämlich war es gewesen, der eingebrochen hatte. Nicht etwa, daß er das vorgehabt hätte, Vorsatz war gar nicht im Spiel. Gewalt, auch eine gegen Dinge, lag ihm nicht. Nur wartete er ungern. Er war mit Balmer verabredet gewesen, hatte, da sowieso in Nomentano, vor der Tür gestanden und geschellt und geklopft. Doch hatte keiner geöffnet. So hatte ihn eine Mischung aus Ärger und Ungeduld zwischen Rahmenlitze und Türschloß die Scheckkarte durchziehen lassen. Die fingerte er aus seiner rechten Jackettasche, dem flachen Ledermäppchen darin, die neben einigen Kreditkarten die wichtigsten Visitenkarten barg, die ein Gauner braucht. Ohne die wäre er sich nackt vorgekommen.

Indem er das Mäppchen faßte, gerieten ihm die geschmeidigen Plastikschläuchchen mit der Plattenmembran des Stethoskops zwischen die Finger, das ihm der Arzt gegen eine Gucci-Krawatte eingetauscht hatte. Daß ihm dies sein Leben retten würde, ahnte er jetzt noch nicht. Man konnte natürlich nie wissen. Immer hatte Balthus ein paar Markenblender bei sich; sie lagen, in Seidenpapier eingeschlagen, in seiner Handgelenkstasche.

Möller war mit Glück gesegnet, doch nicht nur das: er war auch talentiert. Fast sprang die Tür, als hätt sie freudig drauf gewartet, auf. Eigenartig. Balmer gehörte zwar zu den leichtfertigen Menschen, nicht aber – da war sich Möller sicher – zu den leichtsinnigen. Jedenfalls hätte einer wie der die Tür fest abgesperrt, wenn er außer Hauses ging. Also war er, vielleicht, doch da.

Vorsichtig trat Balmer ein, registrierte den Asternduft und war sofort alarmiert. Das kam ihm aber albern vor, irrational. Vorsichtig schloß er hinter sich die Tür. Schritt in die Wohnung weiter hinein. Der Flur, links die Küche, rechts, wahrscheinlich, das Klo. Es interessierte ihn schon, wie so jemand wohnte. Er hatte die Unterlagen über das Grundstück bei sich, das er an Balmer, auch an den, loswerden wollte. Betrat das riesenhafte Wohnzimmer, worin sich seinerzeit die Holomorfie des Taj Mahals aufgebaut hatte, bevor unter Goltzens Augen Balmer in sie hineingefallen war. Jetzt war an der Stelle ein

Platz geschaffen, der dem Bachtiar-Teppich Gelegenheit gab, mit seiner prächtigen Schönheit zu protzen.

Das Zimmer war nicht aufgeräumt. Unangebracht für solches Design, unpassend. Hier stimmte etwas nicht. Genau das hing als Geruch in der Luft. Klamotten lagen herum, Papiere waren über den Glastisch geworfen. Außerdem, rechts in der Ecke, dudelte im Fernseher ein Sportkanal. Geradeaus ging der Blick durch das Panoramafenster in ein Hochgebirge. Die Gipfel und Kuppen gleißten vor Weiße. Sicherlich gab es einen Knopf, mit dem sich von dieser in eine andere Illusion um- oder das Panorama insgesamt ausschalten ließ. Das Programm war nicht billig, man sah das dem Bild sofort an; es strahlte exquisit. Vögel flogen, bisweilen brummte ein Flugzeug über den Wolken. Derart echt lief selbst die Sonne und übergoß das Zimmer mit Wärme, unter der umgekehrten Schüssel des Himmels, daß sich Balthus die Sonnenbrille aufsetzte, die rechts auf dem Eßtisch lag.

Er nahm auf der Couch Platz, war ganz ruhig, sah die verstreuten Papiere durch. Wäre Balmer jetzt hereingetreten, Balthus hätte ihn lächelnd begrüßt. Unnötig, sich Gedanken zu machen. Seine eigenen Papiere, die er aus der Geschäftsmappe nahm, legte Balthus auf dem Tisch ab, daneben das obligate Handgelenktäschchen, die Mappe aber auf die Couch. Im Stöbern gerieten die Papiere durcheinander. Vielleicht vergaß sie Balthus deshalb, so daß Goltz sie später fand, den Balmers Dahingang noch weniger betroffen machte als den Beelitzer Herbst.

Lange bevor die Spezialeinheit angerückt war, um aus dem Badezimmer den Brei aufzusaugen, war Goltz wieder fort, hatte allerdings Balthus' Papiere eingesteckt, während die KTU nach Fingerabdrükken fahndete, nach Haaren und eingetrockneten Speichelspritzern, die den Einbrecher identifizieren ließen, von dem man sicher war, daß so einer hier gewesen sei. Daß der allerdings den versuppten Balmer auf dem Gewissen habe, das glaubte zumindest Goltz nicht.

Ein Blick auf die Papiere hatte ihn anderweitig alarmiert. Nur kurz die Unterlagen überflogen, zwei Karten dabei, 1:100, 1:1000, das Grundstück kaum dreißig Autominuten von Točná entfernt. Der Achäer Erissohn, die wilden Frauen und er selbst, die Goltzin. Der kleine Ort war am Kartenrand noch drauf.

Was hatte Balmer mit dem Osten zu schaffen gehabt? Für einen weiteren Shakaden war das Grundstück zu klein. Der Kataster der den Landstrich verwaltenden Behörde, nach Nullgrund vorübergehend in einer ehemaligen Hazienda bei Sevilla untergebracht, kannte die Liegenschaft als Brache. Baracken stünden noch drauf, rohe Garagen. Wie in der Gegend einiges andere Gelände war auch dieses, fand Goltz heraus, längst an die Andenstaaten veräußert worden. Selbstverständlich unter der Hand. »Prudential Securities«, das las der Beamte aus der Datei vor. »Das ist dann nicht der Eigentümer.«

Die von Ungefugger als fünfte Ostgebietsreform initiierte und vor anderthalb Jahren vom Parlament verabschiedete Reform sah vor, daß jede Veräußerung von Ost-Liegenschaften ins Ausland durch eine gesonderte Kommission geprüft und genehmigt werden mußte. Seither arbeiteten Firmen, die Immobilien vermittelten, gerne mit Strohleuten. »Eigentümer ist ein Stefan Korbblut, wohnhaft Rheinmain, eingetragen... –« »Danke. Drucken Sie's mir aus.«

Über Korbblut zog Goltz umgehend Erkundigungen ein, ließ ihn zugleich beschatten. So kam er auf die Spur des Imams, Sheik Jessin. Das aber nicht allein. Goltz im fiebernden Instinkt. Bestimmte Hautpartikel und Fingerabdrücke fanden sich, selbstverständlich neben denen Balmers, in der ganzen Wohnung. Die genetische Signatur war bekannt, es gab mehrere Einträge in den Kriminalregistern. Helmut Möller, verheiratet Balthus. Vor kurzem zurück aus den Andenstaaten. Vor anderthalb Jahrzehnten drei Jahre Haft, eines davon auf Bewährung. Ein Finanzakrobat, der mit Seiltricks über Fremdkonten tanzte, unter denen nie er selbst in kein Netz fiel.

Selbstverständlich kam Goltz sofort die kurze Begegnung im Silberstein in den Sinn. Balthus' Visitenkarte steckte noch in seinem Portemonnaie. Schon stiegen die Kali-Träume zurück aus dem Schlaf. Das kam vom, kein Zweifel, Geruch in dieser Wohnung. Eine Nervenerregung, dachte Goltz. Mochte indessen, schon jetzt, nicht abermals zum Arzt gehen. Sie schoß wie ein Adrenalin in ihm hoch, das man sich selbst, eine Handvoll eiskalten Wassers, in das Gesicht wirft. Daß so etwas wohltuend war, das empfand er, seit er im Osten gewesen. Sieben Jahre, etwa, lag das zurück. Er konnte nicht vergessen. Und in der Tat! Stefan Korbblut, weil für Evans Sec. tätig, war für einige Zeit ein Kollege Hans Deters' gewesen. So daß der Wechselgänger abermals in Goltzens Blick geriet, nun sogar in das Zentrum des Visiers, gleich hinter Kimme und Korn.

Da erhielt er, er saß noch hinten im Wagen, Beutlins Nachricht. Er hieß den Chauffeur den Wagen wenden und sofort zurückfahren.

Auch Möller-Balthus hatte einige Zeit mit Korbblut zusammengearbeitet. In fast genau derselben Zeit, in der Deters bei EVANS beschäftigt gewesen. Das erfuhr Goltz während der Fahrt. Zu viele Koinzidenzen, als daß von Zufall hätte die Rede sein können. Weshalb er, als er, nachts, dachte ich, im Planetarium, wieder in Beutlins Arbeitsraum trat – er begrüßte Deters nicht einmal und winkte Beutlins anhebende Erklärung knapp hinweg –, fragte: »Was sagen Ihnen die Namen Möller und Balthus?« Deters aber, ebenso grußlos, antwortete: »Wissen Sie, Herr Goltz, was ich glaube? Ich glaube, daß alles, der Osten, Buenos Aires, Sie, Ihr Präsident, das Parlament in Pontarlier... daß alles das, Herr Goltz, nichts andres ist als eine Fantasie, die aber uns, auch mich, realisiert.«

Und zwar, dachte Cordes, während er das Küchenfenster zur Schönhauser Allee schloß, weil auch Goltzens und, anderswo, Herbsts Fantasien uns erzeugen – in ihrem energetischen Schwebeverhältnis zueinander wie, dachte ich, ein gegenseitiges Träumen. Das scheint mir der poetisch passende Ausdruck für eine Ontologie zu sein, die reine Kommunikation ist: Münchhausiade, doch bitter am eigenen Zopf. – Deshalb Sai Baba im LONGHUINOS? Wußte Möller das und fühlte sich, deshalb, so sicher seit je?

Damit, nur noch für diesen Gedanken, setzte sich Cordes für ein paar letzte Notizen an seinen Laptop zurück, klappte ihn endlich zu, ging ins Bad, wusch sich Hände und Gesicht, putzte die Zähne, legte seine Kleidung ab und kletterte danach die Leiter des Hochbetts hinauf, wo er sich neben seinem Jungen in das Bettzeug schmiegte, unter dem er von Jason Hertzfeld träumte, der in dem Kehler Bunker auf seinem sich verhärtenden, noch immer juckenden Rücken im Gras lag und in den blauen, imaginären Himmel hochsah. Jason dachte an seinen verschwundenen Vater. Genauso würde nicht viel später Michaela schauen. Nein, sie würde starren, auch wenn der Himmel dort nur die Zimmerdecke war. Eines ihr fremden Zimmers. Auch sie würde an ihren Vater denken. Anders als aber sie quälte Jason dabei kein schlechtes Gefühl.

Manchmal war ihm, als stünde der verschrobene Mensch direkt

hinter ihm, also Borkenbrod, sein Vater – nicht um ihn anzusprechen, sondern um ihm, wie er ihm immer die Hand auf seine Schulter legte, zu versichern, daß er verläßlich da war. Das ließ Jason sogar dieses Jucken ertragen; es bekam einen, kann man sagen, angenehmen, erinnernden Zug. Den spürte dieser junge Mann, obwohl er ihn in gar keiner Weise begriff.

Hoch über ihm, über der schweren Wehrruine und ihren nach dunkler Nässe riechenden Mauern kreisten die zwei Bussarde. Wohl ein Pärchen. Ach ein Pärchen. Jason seufzte. Sah die zickige Ungefuggertochter vor sich und merkte nicht, wie sie seinen Vater vertrieb. Wiederum war deren Vater ebenfalls, in ganz derselben Zeit, mit jemandem beschäftigt, nämlich mit Elena Goltz. Auch die, wie Jasons Vater, war in den Osten eingegangen, aber das wußten beide nicht. Der Osten hatte sie zu sich genommen.

Während also Jason den Nachmittag in seinem Zufluchtsort verdöste, einem der wenigen Gebiete Buenos Aires', die sich noch ungefähr Natur nennen ließen: wildes Gras, ein bißchen Röhricht, paar Bäumchen und ausgewilderter Weizen, ging der Präsident mit einer Sorge um, die ihn längst nicht mehr interessieren durfte.

Er hatte die Leitung der EWG vor langer Zeit schon aufgegeben, und zwar aus guten Gründen; hatte sogar darauf verzichtet, private Anteile zu halten. Sein politischer Wille zu unbedingter Transparenz hatte das erzwungen. Dennoch war ihm die Firma immer noch Kind. Das war bloß erwachsen geworden. Doch Kind und Sorge, lebenslang, hängen zusammen. Imgrunde hatte er schon Klaus Balmer als Nachfolger Elena Jaspers', verheiratete Goltz, nicht gutgeheißen, im Gegenteil: hatte den sich anerbotenen Kriecher, Bruno Leinsam, sich auf ihn ansetzen lassen. Jetzt aber war nicht einmal Balmer mehr da. Umgekommen sei er, doch unauffindbar, so kryptisch berichtete Goltz. Da ließ es sich schon ausrechnen, wie schnell die Firma, die noch vor kurzer Zeit Imperium gewesen, zerfallen würde, packte nicht jemand Resolutes dem Gaul ins Geschirr.

Bereits einen Monat nach Balmers Verseuchung hatten riesige Aktienpakete, nachdem der Kurs gefallen war, die Eigentümer gewechselt. Nun fiel er bodenlos. Wer konnte der neue Wagenlenker sein? Ungefugger sah keinen außer sich selbst, der das Zeug an Entschiedenheit hatte, der unternehmerischen Dekadenz die Sporen in die

Weichen zu schlagen. Nichts tue mehr not. Sie standen alle doch lange schon an, den Hostile Merger längst in der fertigen Planung: zum Beispiel Martinot, besonders aber Hugues, der alte zähe Feind. Wäre das Stuttgarter Unternehmen schon angelaufen gewesen, der Präsident hätte nicht ein Viertel solcher Sorgen gehabt. In seinen organischen Datenbänken standen kybernetisierte DNS-Präparate genug, um die Firma mit frischen Genen zu kreuzen, mit seinen eigenen sowieso, doch auch mit Elena Goltzens. Die kybernetisierte Welt erlaubte ihr Wiedererstehen, wo immer sie auch geblieben war. Niemand würde fragen. So sann er. Anders wird es nicht sein, als in Buenos Aires neue Gebäude hinzuzuprogrammieren oder wie wenn alte hinweggelöscht werden. Im Lichtdom wäre *alles* Software, nicht nur die Architektur. Auf so etwas ist, noch, die reale Welt nur bei Holomorfen eingestellt. Weshalb, aus Elena Goltzens DNS eine heutige Holomorfe zu programmieren, nicht die Lösung war. Die gefürchteten Fragen würden gestellt und die Verbindung zur SIEMENS/ESA offenbar. Davon wäre das gesamte Projekt, das andere, gefährdet worden: die große Kybernetisierung. Man hinterging nicht ungestraft den eigenen Geheimdienst, der zumal eine Fehde mit dem persönlichen Sicherheitsdienst führte – eine Konkurrenz, die Ungefugger selbst, aus Machtkalkül, hatte immer wieder aufglimmen lassen.

Die Mission aber einmal beiseite, hatte Ungefugger sich um die ewigen Probleme mit dem Osten zu kümmern und ganz allgemein die Sicherheitsbelange und Vormachtstellung Europas zu bewahren: gegenüber Allegheny, gegenüber den Andenstaaten, gegenüber dem in den letzten Jahren erstarkten Australien, das sich ziemlich unangenehm betrug. Obendrein kochte der Energiekrieg um Zweitmond neuerlich auf. Handfest trug man ihn auf Thetis aus. Die Raumhäfen waren nach wie vor maritim; für Europa ließ sich derzeit gar nichts anderes denken. Vielleicht, daß eines ferneren Tages Ostgebiete infrage kämen. Wenn nicht noch vorher Stuttgart gelang. Dann würde alles anders. Längst ging es nicht mehr um Jahre: Ungefugger rechnete in Wochen. Nie wieder Schmerz, dachte er. Eine ganze glückliche Menschheit. Die Welt ein Kybernet. Ungefuggers letzter und wahrer Mission war er, als Präsident Europas, mehr als der EWG verpflichtet.

Er war einsam geworden. Ja, man würde ihn feiern, wenn es gelang. Falls nicht, wäre er Verbrecher. Wäre ein Monstrum. Das wußte er und nahm es in Kauf, setzte die eigene Auslöschung ein – und, was ihn schlimmer treffen würde: die seiner alten Firma. Die Familie hingegen bewegte ihn nicht, nicht seine Tochter, schon gar nicht die Frau. Beide, wie er selbst, waren belanglos geworden, kaum ein Privatkram zu nennen. Schon zu EWG-Zeiten waren ihm Gefühle nichts wert gewesen. Er war zu politisch, um sentimental sein zu können.

Unruhig ging der feste Mann hin und her. Nicht, daß er von Fischers und von Zarczynskis konspirativen Gesprächen gewußt hätte, geschweige von Deidameias und Goltzens Allianz. Doch dauernd schlug sein Kopf an die Schelle; der innere Alarm war einfach nicht auszustellen, den er, eine instinktive Nervosität, auf seine Sorge um den Niedergang der Firma verschob. Dennoch reagierte er strategisch richtig.

Er ließ sich die Ministerin für das Gesundheitswesen kommen. »Wir brauchen eine Kampagne. Es kann nicht angehen, daß die Menschen so leiden.« Die Frau war irritiert. »Wir werden den Schmerz abschaffen«, sagte Ungefugger. Frau Grosau-Benathen hatte schon früher gemeint, an dem Präsidenten Zeichen eines leichten Wahnsinns zu entdecken. »Ich«, sagte sie zögernd, »verstehe nicht.« »Es gibt neue Entwicklungen.« »Was meinen Sie, Herr Präsident?« »Ich habe hier …«, er hob einen Ordner vom Schreibtisch, »ein Telegramm, das … nein, bitte, ich möchte mir das für die nächste Kabinettsitzung vorbehalten. Bevor Sie jedoch gehen: ja, wir brauchen eine Kampagne. Auf Eile kommt es aber nicht an.« Wozu hatte er sie herkommen lassen? »Wichtiger ist, daß wir sämtliche Bevölkerungsschichten erreichen.« »Im Osten auch?« »Nein, Frau Grosau-Benathen. Im Osten noch nicht. Dafür ist es zu früh.« Sie stand. Er vergaß sie. Sie ging. Er sah aus dem Fenster.

So hatte auch Kignčrs hinausgesehen, doch in ein wirkliches Hinaus jenseits der Balkontür. Die er jetzt öffnete. Cordes, in der Schönhauser Allee, schlief da aber schon.

Kignčrs trat in die Nacht.

Er nahm immer noch Abschied. Einmal war er, um sich abzulenken, ins Netz gegangen. Hatte aber nur nach der Frieling gesucht: als wäre etwas von ihr in den kybernetischen Weiten zurückgeblieben.

Das Internet, wie alle Kunst, wurde erfunden, damit man weniger sterblich ist.

Kignčrs hatte in seinem Haudegenleben v i e l e Tote gesehen, und nicht wenige waren seinetwegen gestorben: seine nunmehr d r e i Frauen, ohne daß er es gewollt hatte, die andren durch seine Hand im Kampf.

Unter dem kleinen brüchigen Balkon knatterten die Mopeds. Der kleine Sittich pfiff sich in die Palermonacht. Kignčrs schlug zu, der Sittich wich aus. Kignčrs schlug erneut zu. Und zum dritten Mal. Wieder daneben. – Er war schon völlig betrunken.

Eine halbgeleerte Aquavitflasche stand im Zimmer auf dem Tisch. Daneben lag eine Desert Eagle Halbautomatic, am Boden waren zwei leere Rotweinflaschen umgekippt. Indem er sie ausgetrunken hatte, langsam, aber, kann man sagen, entschlossen, hatte sich Kignčrs der einzigen Möglichkeit benommen, den Todesvogel loszuwerden. Denn mit der Trunkenheit stieg die Trauer noch, und mit der Trauer stieg die Wut und wurde zur Verzweiflung. Sie machte ihn blind, so daß er verfehlte. Er hätte die Waffe nehmen und in seinen Kopf schießen müssen, der das Vogelbauer war.

Das einzige sonst, was ihm hätte helfen können, wäre Arbeit gewesen: abermals aktiver Dienst. Doch musterte einen wie ihn ganz sicher niemand mehr an. Weil er alt war, zum einen, und weil er trank. Dabei mied er die Flasche im Kampf, berauschte sich nur an Gedichten.

A colomba il sole
cedette la luce.

Er hielt es nicht aus, hilflos zu sein. Daß er den Vogel niemals traf. Deshalb seine Befähigung im Feld, die Brem an ihm geschätzt hatte. Er hatte sich ablenken müssen. Das ließ ihn nichts als den Feind sehen, wenn er im Krieg stand.

Jetzt sah der Sittich sich anderswo um.

Der schwere Mann wankte in das schummrige Zimmer zurück.

Ho tanta
stanchezza
sulle spalle

Das murmelte er. Es gab keine dritte Weinflasche mehr. Da blieb für die Flucht nur das Bett, eine Art Couch. Holzgitter die Lehnen, die

Seitenteile herunterklappbar. Die steht in meinem Arbeitszimmer. Kignčrs sackte drauf. Über die kühle Glätte war nicht einmal ein Laken gezogen. Nur eine Veloursdecke gab es, um sie sich über den Kopf zu ziehen. Für Kissen zusammengeknäulte Klamotten.

Er zog sich auch nicht aus, nur die Boots.

So schlief er oft, schlief immer gleich ein.

Der Kleine weckte mich.

Da lag ich noch derart im Traum, daß ich nicht einmal wußte, in welcher Wohnung ich war, ob in der Dunckerstraße, ob Schönhauser Allee. So schlimm hatte mich Kignčrs' Albdruck erwischt, so voller Schlacht war er gewesen. Brems halbes Gesicht von Blut verschmiert, er wischte sich, um sehen zu können, mit dem Ärmel des Armes ab, dessen Hand ohne nachzulassen zustach, das Messer fest umschlossen. Am widerlichsten war, wie der Mann roch: daß er nach einem Parfum roch und nicht, wie ich selbst, Kignčrs, nach Schweiß und dem fäkalen Dreck, durch den wir uns duchgerobbt hatten. Wir waren zu dritt, das wußte ich noch, aber hatte den dunklen Dritten schon nicht mehr vor den Augen, als ich aufwachte. Arme waren geflogen, Gedärme quollen. Kignčrs erwürgte grob mit bloßen Händen, die Augen traten ihm vor. Wie man sich selbst sieht, wenn man zurückdenkt. Dann ging das Bild verloren. Eine Art Erlösung. Nur der Duft blieb in der Nase. Astern. Ungeheuerlich.

»Papa, wann gibt es Frühstück?« Schönhauser also. »Papa, aufwachen!« Mein Junge hockte, beleuchtet von Tag, auf dem Hochbett neben mir. So hell. Er rüttelte mich. »Fünf Minuten bitte noch.« »Ich habe aber Hunger, Papa. Papa, darf ich den kleinen Nachtmahr hören?« Von so einem hatte ich eigentlich genug. Außerdem sagte er ›Vampir‹: *darf ich den kleinen Vampir hören?* »Guck doch mal, ob Jascha schon wach ist.« »Ich möchte aber ein Müsli.« Wieder rüttelte er mich. »Bitte, Papa.« »Quälgeist.« Der Blick auf die Uhr machte mich munter. »Ach du Scheiße!« Süß ermahnend: »Pàpa…« »'tschuldigung. Wollte doch längst am Laptop sitzen.« Er hopste auf mich drauf und wir balgten. »Okay, okay, ich komm ja schon.«

Jedenfalls mußte ich Kignčrs mit Kumani zusammenbringen. Und mit Willis. Oder würde Jason das tun? Der lag immer noch im Gras und schaute in den Himmel.

»Runtertragen, Paps.«

Das war eines unsrer Sonntagsrituale. Ich ertastete mit dem rechten Fuß die zweitoberste Sprosse der Hochbettleiter, den Oberkörper halb auf die Matratze gestützt, der Junge umklammerte meinen Hals, und ich hob das Kerlchen an, das seine Beine um mich schlang. Auf den polierten Holzbohlen des Kinderzimmers setzte ich den Burschen dann ab.

»Zieh dir was über, ich mach dir dein Müsli.«

In die Küche. Blick auf den Screen des Laptops: was hat Emule unterdessen runtergeladen? Seit Wochen stand ich um eine im Markt nicht erhältliche Aufnahme von Dallapiccolas *Volo di notte* nach Saint-Exupéry an.

Zweidrei E-Mails waren gekommen, also nichts, was nicht Zeit hat.

»Darf ich in meinem Zimmer essen? Und dabei den kleinen Nachtmahr hören?« *Vampir,* verdammt. So hieß die Serie. »Junior, damit fangen wir gar nicht erst an. Wir frühstücken zusammen. Punkt. Corn Flakes oder Zimtos?« Ich hob den Kopf, sah über die Hochtrasse der U-Bahn hinweg in Beutlins Fenster auf der anderen Alleeseite. Auch für die SIEMENS/ESA war es heller Tag geworden, so daß die Scheiben jede Einsicht abblendeten. Weshalb ich, daß Deters bereits wieder gegangen war, nicht sehen konnte. »Hier«, hatte er gesagt und die rechte Hand an seinen Kopf gelegt, »mein Kopf, Herr Goltz, ist ein Computer. Einer, der projiziert. Die Wirklichkeit nämlich, Herr Goltz.« Der Polizist warf einen verständnislosen Blick auf Beutlin. »Das trifft auf unser aller Köpfe zu«, bemerkte der. »Na ja«, erwiderte Deters, »nur wird das bei mir materiell.«

»Sagt mal«, fuhr, in Beelitz, Sabine auf, »kann das sein, daß er recht hat?« »Wie meinen Sie das?« So Dr. Lerche. Alles roch nach NAG CHAMPA, auch mir war davon schlecht. »Könnte es nicht sein, daß irgendein selbstorganisierender Prozeß der Anderswelt sich mit Deters querverschaltet hat, so daß seine Fantasien für Buenos Aires wirklich werden?« »Ach du Scheiße«, nun zum zweiten Mal ich. »Unfug«, dies wiederum Lerche. »Ich meine das«, sagte Sabine, »völlig im Ernst.« »Dann wäre aber alles das nicht weitergegangen«, abermals ich, »während i c h da drin war.« Ich zeigte mit einer Hand auf den Screen, meinte aber selbstverständlich den Rechner.

»Wo drin?« Mein Junge stand wieder neben mir und zog an meinem T-Shirt. »Und krieg ich nun mein Müsli?« »Magst a u c h ein

Frühstücksei?« Er schüttelte den Kopf. »Wart mal«, sagte ich, als ich das gefüllte Schüsselchen vor ihn stellte, »ich muß noch eben was notieren.« Die OpenOffice-Datei war von gestern offengeblieben, nach dem letzten Satz – *ich muß noch eben was notieren* – hatte ich die Arbeit abgebrochen. Nur: *Was* hatte ich notieren wollen? Egal jetzt.

»Papa?«

»Moment noch... bitte...« – Es war eine Frage, eine Anspielung. »Hat man nicht manchmal gesagt«, nämlich Deters im Gespräch, »daß Gott die Welt *träumt*?« Er murmelte das allerdings zu sehr in sich hinein, als daß er hätte eine Antwort erwarten können, ob nun von Beutlin, ob von Goltz. Dennoch hob der Polizeichef eine Braue. »Sie halten sich für Gott?« Sein Buttermilchduft verbreitete sich dezent im Labor. Beutlin kannte das schon. Deters jedoch, dem Goltzens Physik so unmittelbar nicht erinnerlich war, meinte, eine der Retorten sei undicht geworden, die ziemlich dichtgedrängt in der den Screens gegenüberliegenden Wand auf streng parzellierten Regalchen standen. »Wäre ich Gott«, beharrte er, »hätte ich einen Einfluß darauf.« »Den haben Sie nicht? Glauben Sie, nicht zu haben?« »Ich stolpere, fast seit ich in Berlin lebe, permanent von einer Welt in die nächste.« »Was mich daran interessiert, ist eigentlich nur, ob ich... ob wir das nutzen können.« »Wen meinen Sie mit wir?« »Uns Europäer, Herr Deters. Besonders die in Stuttgart.«

Momentlang erschreckt, durchzuckte Deters Deidameia. Sie, *in ihm,* entsann sich. Die Selbstprojektoren, dachte er. Einen Irritanten hatte ihn Die Wölfin genannt. Wie hab ich das vergessen können? Ich war beauftragt worden, sollte einen dieser Projektoren in Stuttgart deponieren, ihn unter den Augen der ungefuggerschen Sicherheitstruppe in die Staatsgalerie einschmuggeln... »schmuggeln«? War das das treffende Wort? – Deters' Hirn raste. »Wieso Stuttgart?« Goltz stutzte und dachte: Ich kann diesem Menschen nicht trauen. Hatte Deters indes recht, dann war er der Träger der ständigen, das Wort fiel ihm plötzlich ein, *Informationsverschiebungen.* Dann... – Er rang mit sich, sagte: »Es gibt mehrere Gründe zur Annahme, daß Präsident Ungefugger...«, stutzte abermals, sah zu Beutlin, sah wieder zu Deters, »daß der Stuttgarter Zentralcomputer die komplette Digitalisierung Europas vorbereitet.« Beutlin, der den Mann so nicht kannte, konnte nur staunen. Deters starrte Goltz an. »Es ist mir fast peinlich«, setzte der fort, »es so formulieren zu müssen. Die Vorstellung ist für mich ebenso ungeheuerlich wie surreal. Glauben Sie mir.«»Und was ist mit den Menschen?«»Es kann sein«, ging Beutlin dazwischen, »daß in einem gewissen Sinne nur etwas bestätigt wird, das sowieso schon ist.« »Wie?! Das *ist?*« So Goltz. Beutlin zeigte auf Deters »Er hat es vorhin gesagt. Die Erkenntnistheorie diskutiert seit Jahrhunderten, ob wir Projektionen seien. Nicht wenige Religionen gründen darauf.«»*Religionen!* – Es geht hier um Staatswesen, Herr Beutlin. Es geht um Menschen, die ich zu beschützen habe!«»Was *passiert* mit ihnen?« insistierte Deters. Goltz zuckte knapp mit den Schultern. »Es muß nicht so sein«, wieder Beutlin, »daß Ungefugger…«, zögerte, »verbrecherische Absichten hat.« Goltz: »*Bitte?!*«»Wer so etwas anfängt, Herr Goltz, wer so etwas durchführen will, der ist *überzeugt.* Zumal der Präsident persönlich gar nichts davon hätte. Oder fällt Ihnen ein Nutzen ein, den er daraus ziehen könnte? Wenn das alles so überhaupt stimmt, wird sich der Mann für einen Wohltäter halten.«»Sie wollen, daß ich in Stuttgart – einbreche?« fragte Deters, sah auf seine Hände, wendete sie, sah die Innenflächen an, krümmte die Finger, sah die tiefen Falten, die hineingeschnitten waren, drehte die Hände abermals. Krallen, dachte er, Vogelkrallen sind meine Finger. Es sind nicht meine Finger.

Später, als er hinausgetreten war, legten sie sich seltsam gliedrig um die waagerechte Geländerstrebe, an der man sich die Treppenabsätze hinunter hielt, und umschlossen sie, als müßten sie sich und also ihn, Deters, fest- und von etwas abhalten, das ihn ängstigte, derweil er es träumte.

Beutlin holte ihn aus seiner Erinnerungsflutung: »Wenn Sie, Herr Deters, diese Fähigkeiten tatsächlich h a b e n…«»*Fähigkeiten?*« Deters wischte sich die rechte Handfläche einmal übers Gesicht. »Wäre es das, dann könnte ich darüber frei verfügen.«»Wie immer Sie es nennen wollen. Aber wenn man in Ihnen so was wie einen Schalter umlegen kann, um Ihre Zustände und Aufenthaltsorte zu ändern, sind Sie der derzeit vielleicht einzige, der jetzt noch nach Stuttgart hineinkommt, ohne daß der Präsident das kontrollieren lassen kann.« Er schwieg einen rhetorischen Moment lang, von Goltz und Deters intensiv betrachtet. Und weiter?, dachten beide.

Um seinen hohen Ton wieder ins Nüchterne hinunterzuschrauben, fuhr Beutlin fort, daß es vielleicht noch mehr von solchen Leuten gebe wie ihn, »aber, Herr Deters, die kennen wir nicht.« »Es gibt die Lappenschleusen, gibt das Web.« Beutlin schüttelte den Kopf. Goltz räusperte sich. »Nein?« »Aissa die Wölfin hat den Kontakt aufgenommen.« »Die Wölfin?« Der verwunderte Beutlin. Goltz nickte nicht einmal. »Selbst die holomorfen Rebellen«, sagte er, »kommen nicht weiter.«

Besser, er lasse sich das, dachte Deters, nicht auf der Zunge zergehen. Goltz und Deidameia. Es war nur noch bizarr. Aber er konnte nicht darüber lachen. So fassungslos war er.

Er schloß kurz die Augen. Saß an seinem Schreibtisch Dunckerstraße, den Blick nicht auf den Laptop, sondern zum Wäscheberg gerichtet. Welch eine Unordnung hatte Herbst hinterlassen! Er kniff die Augen zusammen. Saß erneut bei Beutlin und Goltz, rückte seinerseits mit der Sprache heraus: knapp genug, um pragmatisch zu klingen: »Ich selbst, Herr Goltz, bin eine Projektion. Es gibt mich in Ihrem Sinne gar nicht mehr.«

Dann erzählte er. Es war ein Rapport. Die Lappenschleuse seinerzeit, die Uniformierten, die ihn ergriffen und mit Handschellen in den Schnellen Jäger abgeführt hatten; den offenbaren Zusammenbruch, schließlich, der Weilburger Schleuse.

»Wir haben damals sämtliche Lappenschleusen versiegeln lassen«, bestätigte Goltz.

Das hörte Deters aber nicht. Ihn stürmten die Erinnerungen. Er legte sein Gesicht in die Hände. Kaum waren sie in die Lamellen der Schleuse getaucht, Schwindel wirbelnden Bewußtseins tonlose Schreie zentrifugales Drehen, und Deidameia, Ellie Hertzfeld, sah mich an: »Willkommen in der Abstraktion, unserem kybernetischen Läuterungsberg.« »Es war alles«, erzählte Deters, »wie ein giftiges Licht aus Blei. » Da hatte er sich wieder gefaßt. Goltz: »Wir haben Sie damals aus den Augen verloren. Wir konnten tun, was wir wollten.« »Die Myrmidonen hatten offenbar meine Signaturen gescannt.« »Und sie holomorf wieder zusammengesetzt«, ergänzte Beutlin. »Rein theoretisch ist das machbar.« »Ich weiß.« »Man muß nur schnell genug und eigentlich *vorbereitet* sein.« »Ich werde mit Frau Hertzfeld sprechen«, sagte Goltz. »Vorher, Herr Beutlin, lassen Sie den«, seitliches Nicken auf Deters, »hier nicht heraus.« »Na Sie sind lustig!«

riefen aus einem Mund der und Beutlin. Goltz, durchaus drohend, näherte sein Gesicht dem Irritanten. Dem dampfte der Geruch nach Buttermilch ins Gesicht. »Wenn Ihnen wirklich darum zu tun ist, eine Katastrophe zu verhindern, und wenn das mit Der Wölfin, wie Sie es jetzt erzählen, stimmt, dann, Herr Deters, steht es fast mehr als in unserem in Ihrem eigenen Interesse, daß sie sich ruhig verhalten.« Zu Beutlin: »Machen Sie ihm noch einen Kaffee. Lassen Sie ihm etwas zu essen bringen, sollte er Hunger bekommen.« Abermals zu Deters: »Sollten Sie sich dennoch …«, er sagte: »*absetzen* wieder, ohne unsere Zustimmung, dann wissen wir zumindest, woran wir sind.«

Sprach's, ging weg und schlug die Tür.

8

Nie wieder Schmerz

Verrätselt blieb vor ihnen stehen, wer die neuen Affichen sah, die oft über den bekannten alten klebten. *Eine Aktion des Ministeriums für Gesundheit und Familie* stand darunter, RAUCHEN SCHÄDIGT DIE SPERMATOZOEN. Rechtes wußte niemand damit anzufangen. Wiederum *dar*unter war immer noch Ungefuggers Slogan zu erkennen

> # Den Mythos entmachten, der Klarheit das Licht!

Es gab auch keinerlei Erklärung, nur immer den von Sevilla über Boccadasse bis nach Palermo plakatierten Satz und seinen schockierenden Punkt. Nicht einmal ein Bild. Nur die schwarzen, geradezu hämmernden Lettern auf ihrem weißen Grund. Sie waren vollkommen, *vollkommen allgemein,* will das sagen. Da weder Absicht noch gar das Verfahren erklärt war, wie solch ein utopischer Imperativ einzulösen sei, und weil das Familienministerium in der folgenden Woche weder auf die Hunderttausende sei's telefonischen Anfragen noch auf die Presse reagierte, war die Plakataktion aus keines Menschen Kopf mehr herauszukriegen. In Kneipen wurde diskutiert, an Arbeitsplätzen, in den Familien; man empörte sich oder fing an zu träumen; man ließ den Satz Anlaß für Proteste werden. So unzufrieden die Porteños mit Pontarlier sowieso schon waren, jetzt fühlte man sich von der Regierung rundum auf den Arm genommen, wenn nicht verspottet. Oder steckten Myrmidonen dahinter? Wie vergiftet das zivile Klima schon war! Wie es sich immer noch weiter, seit Nullgrund, vergiftete. Man wußte nicht, wer dazugehört. Besonders arabischstämmigen Menschen, aus den verseuchten Wüsten in die Zentralstadt geflohen, wurde mißtraut. Das waren alles, ganz sicher, *Schläfer*. Al Qaidas zweiter Odysseus stand auf der Payroll Alleghenys. Wenn man ihn aber *so* besah, den transthetischen Pakt... – Es war die Zeit der Verschwörungstheorien. Goltz sogar und Deidameia hingen einer solchen an. Die sowieso. Die Gewalt des allgemeinen Meinens.

Dennoch.

Nie wieder Schmerz.

Dieser Satz blieb.

Ungefugger schwieg zu ihm wie sein Kabinett; seine allabendlichen Kaminansprachen, mittags im Fernsehn, schliefen dennoch nicht ein. Nur befaßte er sich mit den Schwierigkeiten im Osten darin und den AUFBAU OST!-Programmen, die sie beseitigen sollten, sprach von dem ruhigen Fortschritt bei der Sicherung des Harfa-Bedarfs und senkte die Überbauung der großen Westbrache ins Herz seiner Wähler. Von seinem Lichtdom aber sprach er in einem geradezu achäischen Ton. Ein Gebäude rein aus Strahlung, höher als die Midham Towers. Im tiefsten Osten noch werde sie zu sehen sein als ein jedem gegebenes Versprechen, der an Buenos Aires und Europa glaubte. Palast der prächtigsten Zuversicht, ein Licht von Vertrauen und Zuversicht. Jenen aber, die den Nullgrund verschuldet hatten, den Terroristen drüben wie hier, werde er die unumstößlichste Drohung. Dort genau und deshalb werde er errichtet werden, der Lichtdom, mitten auf den Nullgrund fundamentiert, bzw. die Wanne ausgehoben, aus dem dieses Denkmal der gesprengten ECONOMIA herauswachsen werde. Wir werden sie einfassen g a n z: über alle die zwölf Quadratkilometer klaffenden Trichter, ihn aus- und, ja, *er*füllend und völlig überdeckend, der strahlendste Phönix – so werde er, der Dom, die

Trümmerlagune der Keren mit seinem ewigen Licht überleuchten als aller Erniedrigten Hoffnung und aller Beleidigten Heil. So sagte er, der Präsident, und seine Hörer staunten. Solch ein Geld hinauszuschmeißen! Als hätte man nicht andere, *wirkliche* Probleme! Die Opposition protestierte, besonders laut der Umweltschutz. Auf Aktivisten hörte aber keiner. Sie waren als Sympathisanten verdächtigt. Deshalb waren die Porteños mehr damit beschäftigt, sich den Lichtdom vorzustellen, als auf Kritik zu hören. Wie würde er aussehen, wenn es ihn – fast dachte man schon: *endlich* – gäbe? Darüber wurde diskutiert. Das machte aus ihnen ein einziges Volk. Der Lichtdom war ein Fußball. Mehr noch als die Weltmeisterschaft.

Wieder zog Schaulust an den NATO-Draht und drängelte sich vor. Eine neue Vegetation hatte den Nullgrund biotopisch erobert. Von den Trümmern sah man fast nichts mehr. Ein zweiter Zaun wurde gezogen, in zehn Metern Abstand um den andern herum. In diesem Abstand patrouillierte der Grenzschutz. Nun kam wirklich keiner mehr durch, anders als vorher, da es geheißen hatte, immer wieder seien Leute, wie nach Sarajevo hinein, den Wachen durch die Finger geschlüpft. Nur bei Nacht, selbstverständlich. Die nun darinnenblieben, mußten – Vagabunden, streunende Jugendliche, auch Schlägertypen – sich vom Faustrecht mehr erwarten als von einem Gesellschaftsvertrag, der sie sowieso ausschloß. Der Wilde Osten wäre ideal für sie gewesen, aber dahin trauten sie sich nicht, jedenfalls nicht in seine hinteren Gebiete, weil nicht einmal das Militär diesen Abschaum rekrutieren mochte: kräftig und jung, zwar, sollte man sein, aber nicht randalig. Was gingen den Bürger Mißbrauchsfolgen an? Ehe man die Randalierer in den Brachen internierte – die Große Westbrache war derzeit bevorzugt – und bevor sie zu terroristischem Beilauf wurden, ließ man sie lieber nach Nullgrund hinein. Es gab, wurde behauptet, eine heimliche Order, die Augen zuzukneifen.

Der Lichtdom hielt das Volk also unentwegt beschäftigt. Dazu die Plakate. Einen Zusammenhang stellte außer Goltz kaum jemand her. Der ahnte das Ablenkungsmanöver, Wellen semi-anonymer Pamphlete, in einer Gischt Hunderttausender E-Mails zerprasselnd, fluteten das Euroweb: Signiert von Myrmidonengruppen, führten die Absender-IDs nur ins Leere. Unverblümt ging in den Manifesten, Aufrufen,

Ultimaten die Rede von neofaschistischer Architektur – eine Rhetorik, wie Goltz befand, von entschieden zu politischer Ideologie. Fischer sah das ähnlich. Zum einen war niemandem die alte Geschichte mehr bekannt; zu vieles hatte die Große Geologische Revision aus dem Bewußtsein gewaschen und an die dörren Inseln geschwemmt, zu dem die historischen Lehrbücher wurden. Auf jenen trockneten sie zu einem Stoff aus, den man um Zensuren lernt allein für den Numerus clausus. Wie ein Staub roch das Zeug. Nichts als das Niesen bekam man davon. Faschismus? Bleibt mir vom Leib mit den alten Kamellen! Außerdem, wer erhob denn den Vorwurf? Losgelassene Autonome, die 1. Mais in Veitstänzen raven. Das konnte man nur hämisch nennen.

Goltz versuchte, auf Deidameia mäßigend einzuwirken. Ihrer beider politischer Pakt griff in diesem Belang nicht: »Wir werden nicht schweigen.« »Denken Sie bitte nach! Buenos Aires muß Sie hören, nicht weghören, Wölfin.« »Buneos Aires hört sehr genau.« »Buenos Aires ist voreingenommen, besonders nach dem Nullgrund. Es hat Angst vor Ihrer Bewegung.« »Und träumt von dem Lichtdom. *Davor* sollte Europa sich fürchten.« »Das ist nach Sachlage richtig. Doch *sollte* ist ein Wunsch. Sie müssen, anstatt es abzuschrecken, das Volk gewinnen, Aissa. Geben Sie ihm einen Traum.« »Opium!« »Meinetwegen. Aber ohne das zuckt jeder Porteño zurück.« »Soll er!« Ganz shakespearesch: »Uns hat man auch zucken lassen.« »Hörn Sie auf zu agitieren. Und keine Gewaltaktionen mehr! Da würde ich, Frau Hertzfeld, zugreifen lassen. Ich bin noch immer Polizist.« Da lachte sie vernehmlich in ihrer avataren Datei. »Es geht um Politik. Der Präsident ist begriffen, sich das Vertrauen wiederzugewinnen. Ihre Aktionen spielen ihm zu.« »Hast du überhaupt noch Eier in der Hose?« fragte sie und unterbrach die Verbindung. Was immer er noch tippte, er kam nicht mehr hinein. Kalt schob er das Tablet zurück, besah sich seine Hände. Es war derselbe Blick, der über Deters gestrichen war, als der sich gegen Herbst aus der Archivdatei zurückgetauscht hatte.

Sie schliefen beinahe alle. Auf dem Hochbett in der Schönhauser Allee Cordes und sein kleiner Junge, die Zeuner in ihrem Friedenauer Luxusgemach. Dr. Lerche in Potsdam, sogar Hans Deters war bei der SIEMENS/ESA, Wiesbaden, auf dem Stuhl eingeschlummert. Beutlin lag in dem kleinen Ruheraum, der gleich links vom Flur abging. Alleine Kignčrs wachte, immer wieder stöhnend, auf; er hatte Blutträume gehabt, abermals. Im Geäst der Insomnie schmetterte der Sittich. Anders als Goltzens Kali-Träume, die auch lockten, war Kignčrs der Albdruck nichts als furchtbar. Saß aufrecht im Bett, rang nach Atem, die Augen noch geschlossen. Manchmal riß er sie auf und hielt sie gewaltsam offen, nicht selten beidseits, mit Fingern, auf daß ihm die Sukkuben aus den Wimpern fielen. Rinnsale Schweißes liefen von seinen Schläfen.

Dieser harte Mann.

Wie eine Metastase hockte der Ostkrieg in ihm drin und metastasierte. Überdies zehrte ihn die Trinkerei aus. Wie in allen, die den Wohltaten des Alkohols opfern, hatte sich dort, wo der Balkon war, auch Kignčrs hinter den Altar, der für ihn sein Schlaf war, eine in sein dauerndes Halbwach glühende Apsis gehöhlt. Hoch und dreischiffig, quasi, war sie, die Fenster aus fahlem, pergamenten wirkendem Glas in blassen, dennoch fieberigen Farben, fiebernden, voll der kunstvollen Martern, aber beseelt, denn die Figuren bewegten bisweilen grausam den Arm. Ein Tod schwang die Sense, die er nur hob, und verharrte, und rief man hinein, gab es kein Echo. Der Laut drang in die Poren der Bilder und blieb da. Ein Auge schloß sich und ging wieder auf, nun unentwegt den Mann bestarrend, der sich im Bett hinund herwälzte, den Sittich auf dem queren Holz des Kopfgestells. Da pochte der und pochte, bis es Morgen würde. Der ließ furchtbar auf sich warten.

Wir haben die Geduld nicht, mühen uns auf. Und wirklich, die Apsis verschwindet. Nun ist wieder nur der Balkon da und vor ihm mager das Zimmer, in dem wir schwankend suchen. Die Flasche auf dem Tisch längst geleert. Zwei weitere Flaschen auf dem Boden. So daß sich Kignčrs, da war es halb vier in der Frühe, auf die Straße flüchten mußte, aus der kleinen Wohnung hinaus das Treppenhaus hinab. Bevor ihm, hätte er sich zurück in sein Bett gelegt, erneut diese Apsis erschiene.

Seit Ungefuggers Gesundheitskampagne gab es nicht mehr viele Rioni, in denen sich's durch die Nächte trinken ließ. Doch in der Gegend um Colón, nach der Stadtteilsanierung des alten Palermos, wo Kignčrs derzeit lebte, war etwas Vucciria wiedererstanden. Davon hatte er gehört. Bisweilen wurde vom SANGUE SICILIANO geraunt. Es war aber weit von Palermo nach dort. Deshalb nahm er ein Taxi, trotz seines kargen Pensionssolds, besonders schäbig für Kämpfer ohne soldatischen Rang. Suchtgetrieben aber, wie er war, kratzte Kigněrs die nötigen Kröten zusammen. Es sollte einfach schnellgehn.

In der abgerissensten Gegend stieg er aus, um zu vermeiden, daß der Fahrer seine Not bemerkte. Urs Ledergerber, in Anzug, Hemd und Krawatte gekleidet, war ein von Haus aus auf Lehramt studierter Historiker, indes schon zu Studienbeginn ohne Aussicht auf Übernahme in den Staatsdienst gewesen. Weshalb er nach glänzenden Examina das Taxi weiterfahren mußte, das sie mehr schlecht als recht hatte finanzieren helfen.

Als sie Colón erreichten, war Ledergerber nicht unfroh, den elenden Kigněrs – es gab kein langes Suchen – derart schnell wieder loszuwerden. Einerseits stank der schwere, offenbar elende Mann nicht nur nach halbverdautem Rotwein, sondern wie ein nasser Hund, der sich, dachte Ledergerber, eingepißt hat. Das gab eine widerliche Schärfe in das alkoholische Atemsüß. Andererseits hatte er die ganze Zeit über Angst gehabt, daß ihm der Typ sein Fahrgeld prelle. Da reichte es ihm Kigněrs schon herüber. Für einen kurzen Moment hielt Ledergerber sich für entschädigt. Also kein Krach. Aber was für Fingernägel! Rissig und aufgewölbt, war das Schwarze unter den Rändern in die Rillen eingewachsen. Die Hände glichen Eisenpfannen. So der ganze Mann.

Über die Fahrt hatte Ledergerber den Knopf im Auge behalten, dessen Betätigung direkt in der Taxizentrale Alarm gab. Er hätte den schwankenden Menschen auch gar nicht erst in seinen Gleiter gelassen. Doch hatte der einfach die Rücktür aufgerissen, an der er sich festhalten mußte, um nicht zu stürzen. Dann hatte er sich hinten, ein alter Bukanier, rülpsend reingewuchtet. Ledergerber hatte einfach nicht genug Geistesgegenwart besessen, rechtzeitig aufs Gaspedal zu treten. Er hätte auch erst einmal starten müssen. Derart früh war es gewesen, so war er eingedöst am Taxistand.

Also das SANGUE. Ja. Soso.

Das ewige Warten. Den Porteños saß das Geld nicht mehr locker, seit die Finanzämter privatisiert worden waren und über die Checkboys unmittelbaren Zugriff auf die Bankkonten hatten. Von jedem noch so kleinen Betrag ging automatisch die Steuer ab, seit einigen

Jahren auch der Sozialversicherungsbeitrag: erhoben auf das, was man ausgab. So würden, hieß es, die Sparer belohnt. Zinsen waren indes besonders hoch besteuert, Renditen sowieso. Gesellschaftsmoralisch wäre wenig dagegen einzuwenden gewesen, hätte es nicht nur die kleinen Handwerks- und Dienstleistungsbetriebe getroffen, die es noch gab, sowie Privatpersonen. Die Industrie, sofern sie Ost-Investitionen nachweisen konnte, genoß fiskalisch Immunität, wo ein einfacher Händler längst hinter Gitter gebracht worden wäre. Das war nach Sachzwang entschieden, um die Verschiebung astronomisch hoher Summen in die Andenstaaten zu verhindern. Damit hatte Pontarlier es jahrelang zu tun gehabt. Die kleinen Leute, freilich, litten weiter. Das war geblieben wie seit je. Der Gürtel wurde enger geschnallt. An den Taxis sparte man zuerst. Und waren dankbar, wenn sie barzahlen konnten. Sofern sie Bargeld überhaupt bekamen. Ein kleiner gesonderter Geldkreislauf hatte sich unter den ökonomischen Programmen hindurchentwickelt.

Darum Ledergerbers kurzer dankbarer Blick auf die furchtbaren Hände, die ihm das Geld nach vorne reichten. Und zugleich, über sie, das Erschrecken. Derart früh am Tag.

Zuvor hatte Ledergerber eine Fahrt mit EA Richter, dem Lyriker, gehabt, der vor Jahren, ja von Jahrzenten kann man sprechen, als Richtex gefürchtet gewesen war. Unterdessen war er ruhig geworden, nicht abgeklärt, nein, aber auch nicht mehr bereit, sich auf jeden ästhetischen Streit noch einzulassen. Er aß auch nicht mehr. »Ich nehme nur noch die Nährstoffpillen. Das Ich hat eine grammatikalische Funktion«, so begründete er das. »Also es regiert halt diesen Satz.« – Wahrscheinlich war Kalliope, die in ihm einst gerast hatte, allein seinem *lyrischen* Ich, nicht auch dem persönlichen auf den Schultern geritten. Jedenfalls konnte man das in seiner letzten Veröffentlichung lesen, die unter dem Titel »Eurotunnel« herausgekommen war. Sein Ruhm war bis in die Weststadt gelangt, wo man ihn als Ernst-August kannte und auch durchaus schätze. Jedenfalls zierten seine synergetischen Objekte einige der dortigen Villen. »Einsamkeit is o. k. Ich hab sie aber schon hinter mir«, pflegte er zu sagen.

Ledergerber jedenfalls, als er das enge Colón wieder hinter sich hatte, fühlte sich fast ein wenig beschämt, seinen Fahrgast derart präjudiziert zu haben. Doch mußte er plötzlich lachen. Ihm wollte, er wußte nicht warum, Bill Bones nicht aus dem Kopf. An den hatte er seit seiner Jugend nicht mehr gedacht; er hatte keine eigenen Kinder: seine Frau wollte keine. Da war nichts zu machen gewesen, sie hing an ihrem Beruf. Ein künstliches Kind wiederum kam für Ledergerber, dessen Weltbild für das Zentrum schlug, nicht infrage. Allerdings Mitglied des Zentrums, also der Partei, war er nicht; das hätte sein soziales Bewußtsein verletzt. Zudem wäre es objektiv, nämlich ökonomisch, unangemessen gewesen. Er wählte, gegen alle seine Zweifel, Ungefugger.

Damit verlieren wir ihn in der Ferne, wir, die wir in Colón bleiben müssen. Daß selbstverständlich Kalle Willis den Ledergerber kennt, braucht hier nicht erwähnt zu werden.

Bill Bones, also Cord-Polor Kignčrs, blieb, momentlang sich orientierend, in der kahlen Gassenenge zurück. Er lauschte. Gab es Stimmen? Der Taxifahrer hatte nicht ganz ans SANGUE heranfahren können; es gab elektrisch versenkbare Pfosten, je dreivier nebeneinander, die eine Weiterfahrt versperrten. Für den Schlüssel, um sie hinabgleiten zu lassen, brauchte es eine teure Lizenz.

Ja, es gab Stimmen, sogar entferntes Gläserklingeln. In dessen Richtung machte sich Bill Bones nun auf, den schwankenden Körper vorstoßend schiebend. Piratig gesehen hatte der Name einen nicht unwahren Kern, auch wenn der erst später, für Kignčrs nämlich selbst, zu treiben begänne. Alles, was mit Meeren zu tun hat, lag ihm noch fern; er konnte nicht einmal schwimmen. Das hatte ein Bill Bones aber auch nie gekonnt. War dennoch zur See gefahren. So auch würde Kignčrs es tun, in einem Fünfzigerhaufen aus lauter verkorkster Kindheit, aus Syndrom und der Bildung der Herzen, Lebensnot und Intelligenz, auf einer Argo Europa, die Jason Hertzfeld führt.

Der diese auch seinerseits ganz eigene Nacht in dem Bunker verbrachte. Weshalb ihn Schulze, als er den jungen Mann zur Villa Hammerschmidt abholen wollte, morgens im SCHWANEN nicht antraf. Dabei wäre das – Der Stromer hatte es freilich nicht ahnen können – die herbeigesehnte Gelegenheit gewesen, die junge Ungefugger wiederzusehen. Nur ihretwegen war Jason im Bunker geblieben. Er hatte nicht einmal eine Decke dabei, nur seine Zeichenmappe, die Griffeltasche

374

voller Kohlen. Er zeichnete bis in die frühe Dämmerung der europäischen Nacht. Er skizzierte und skizzierte. Auf jedem Bild ein bißchen Michaela. Nie sie ganz oder als Portrait wie in dem Garten von Pontarlier. Sondern seine Striche probierten, sich ihrer Nase zu entsinnen, mal ihres linken Ohres, mal einer ihrer Augenbrauen, sowie der Form ihrer Lippen. In die versunken Blatt um Blatt. Die größten Schwierigkeiten bereiteten ihm Michaelas Hände. Er liebte schöne Hände. Die ihren waren schön vielleicht gar nicht gewesen. – Hatte er sie verdrängt? Unwahrscheinlich, er wußte das selbst, dieser eidetische Schauer. Alles konnte er, immer, in sein Gedächtnis rufen. Er zeichnete es einfach daraus ab. Wie Balkenhol, der aus dem Stein herausschlug, was an ihm Löwe n i c h t. Nur diese Hände verbargen sich ihm, Jason, vor seinen inneren Augen.

Zwischendurch hielt er Ausschau nach Zeppelinen und, morgens bereits, nach den Bussarden. Dann schlummerte er ein. Da war Bill Bones soeben – der Name geht uns leichter als Kignčrs' von den Lippen – rechts in die Via Sinai gebogen, eine Art Schneise, über deren Kanaldeckelränder, als wäre der Abfluß verstopft, die Gülle blubberte. Immer noch das Singen fern. Vielleicht hatte Bones sich verlaufen, das leise Stimmwirrn ward in den Gassen fahl reflektiert. Das mochte sein.

Die Leere. Das ständige elektronische Surren herunter vom Europäischen Dach. Man hatte sich daran gewöhnt, keiner, gemeinhin, nahm es mehr wahr. Die hinter heruntergelassenen Blechrollos geschützte Armseligkeit der Geschäfte. Sah man die Scheiben, waren sie blind oder, in den Wohnungen darüber, dunkel. Nicht einmal Lichtplakate leuchteten zwischen den Giebeln. Entfernt mal ein Lachen, vielleicht eine Jukebox. Kein grölender Streit von Nutte und Arschloch, wie man erwarten konnte. Nur das Schlurfen der eigenen Stiefel. Schleppend zog Bones den damals verwundeten Fuß nach; eine Zeit lang, als die Versehrung, es war noch im Osten, bemerklich geworden war, hatte ihn Bones kaum noch vom Boden wegbekommen, schon bei einem Einsatz: das hatte fast alles riskiert. Bereits das war ein Grund gewesen, den Dienst zu quittieren.

WUMMS machte es.

Bones taumelte paar Schritte.

Er hielt sich an einem Mast fest: der Laterne, unter der er stand.

Schon auf ihm, die dreie, woher sie auch gekommen. Paar kurze hallende Schritte, wie aus dem Nichts ein Feuer blitzte aus Stöcken und Ketten, die sie ihm überzogen. Jetzt waren die Prügler ganz über ihm, die Fäuste donnerten und schwangen. Das hieb in seine Weichen. Einer trat ihm in die Fresse, die der sah.

»Dich besoffenes Arschloch machen wir alle!«

»Widerliches Schwein!«

»Laßt ihn uns killen!«

Und weitergeprügelt. Die Fahrradkette verfing sich klirrend um den Mast. Eine zweite um Kignčrs', der das jetzt fast wieder war, linken Arm.

»Ich stech dich auf, du Sau! Den legen wir vorm Nullgrund ab.«

»Kadaverarsch«, feixte der andre. »Die Milizen schmeißen den schon zu dem ganzen Dreck da rüber – schon, weil du so ...« voll noch einmal in die Fresse »stinkst!« Das ließ sich gut so, Silbe um Silbe, mit den Schlägen rhythmisieren. Ein Zahn splitterte im Gaumenraum. Kignčrs spuckte nicht, sondern schluckte die Spreißel in Bätzchen Blutschleims runter. Die Kerle traten weiter, hieben weiter. Die Kette kam vom Mast wieder los. Da war er, endlich, nüchtern, und er *erkannte* das Zeichen. Endlich ließ sich mit dieser furchtbaren Trauer etwas anfangen. Er konnte ihr Richtung und Form geben, eine, die ihm nicht nur vertraut war, sondern die er wirklich beherrschte. Der Sittich jubilierte, schlug mit den Flügelchen, ganz aufgedreht vor Glück. Die Prügel waren Berührungen Gottes. Nur deshalb waren die Vandalen über Kignčrs gekommen, weil sie ihn wecken sollten. Sie waren Propheten, er wurde gesegnet. Die klaren Schmerzen legten ihm die Hand auf die Seele, praktische Schmerzen von großer Reinheit. Auf den Ritus dieser Kirche verstand sich ein Kignčrs.

Das erste Heilige Abendmahl seit seinem Abschied aus dem aktiven Dienst.

Wie die Oblaten schmeckten – und erst der rote Wein! Kignčrs hatte einen der drei an der Wade erwischt und zu sich runtergerissen. So kaute er und kaute, trank und trank. Ach, daß der Gottesdienst so schnell zu Ende ginge! Schon war er, Kignčrs, keuchend auf die Beine gekommen, blutend, die Klamotten nun völlig zerrissen, aber frei. Mächtig führte er seine Fäuste Gottes. Warf seine Widersacher in den Staub. Trat ihnen ebenfalls in die Fressen, aber professionell. Erst, als

376

er aus dem Rausch wieder zu sich kam, der ihn *vergessen* hatte lassen, und seine herrlichen Annunziaten Scheitans, die ihm den Unglauben genommen, sich zu seinen Füßen in die eigenen Ketten krümmten, Fahrradketten, einer bewegte sich schon g a r nicht mehr, sondern floß aus – erst da besänftige sich Kignčrs und verzieh. Gütig zog er die drei an den Krägen zu einem stöhnenden Haufen zusammen. Und merkte, daß er mitten in einem Lichtkegel stand.

Das Licht wurde von den Scheinwerfern eines Gleiters geworfen, was Kignčrs jedoch, weil es fast schmerzhaft hell war, nicht gleich erkennen konnte. Geblendet legte er einen Handrücken vor die Augen. War der HErr wohl selbst seinen Verkündern nacherschienen? Kein brennender Dornbusch aber brannte, sondern kalt ein ganzer Hain. Funken stoben, als wären es Engel. Halbrings schossen sie auf. Kignčrs erwartete eine Donnerstimme. Die ganze Straße beginne gleich zu rauchen. Dann reichte ihm wer die steinernen Tafeln. So w a r das. Aber keinem war es bewußt. Denn der da erschien, war selbst nur ein einfacher Mann. Bruce Kalle hatte nämlich für Colón die Lizenz. Kignčrs indessen, noch immer, blieb auf Posaunenschmettern und Himmelsdonner gefaßt, vielleicht auch auf Blitze.

Nichts dergleichen. Sondern die Scheinwerfer wurden in ein mildes, freundlich glimmendes Standlicht heruntergeblendet. Die Fahrertür öffnete sich. Ein Lachen war zu hören, nicht sehr tief, doch ausgesprochen freundlich. Eigentlich lachte es für sich, lachte vor sich hin. Das war ein Ausdruck von Respekt.

»MannMannMann! So hab ick schon lange keenen mehr kämpfen jesehn, schon jar nich so 'nen Alten.«

Ein Taxi. Ah! Es mochte die Gegend nach Fahrgästen abgesucht haben.

»Laß mich in Ruhe«, brummte Bill Bones. Er fing an, sich abzuklopfen, wühlte in den Hosentaschen. Fand aber kein Taschentuch und nahm den Ärmel, um sich von den Kampfspuren ein bißchen sauberzumachen. »Da!« Kalle war näher herangetreten, stand keine drei Schritte mehr von dem alten Bukanier weg und reichte ihm eine Packung Papiertaschentücher. Mißtrauischer Blick von dem. »Nimm schon!« Er hatte sich feingemacht heute, trug einen Anzug und einen Schlips aus mehreren Farben, der ihm gelockert um seinen Stierhals hing. Seit je die Probleme, Krawattenknoten zu binden. Er stieß einen der Vandalen, den wahrscheinlich Toten, mit einem Fuß an, wie um ihn herumzudrehen. »Da sindse ma annen Falschen jeraten. – Nun nimm schon!« Wedelte mit der Packung. Skeptisch sah Kignčrs auf die Hand. Dann, mit einer von seiner gesamten Querköpfigkeit beschwerten Bewegung, griff er grunzend zu, sparte sich das Danke. »Also icke«, Willis wiederum »würd an d e i n e Stelle jetz' vaduften. Wat hastn hier überhaupt jesucht?« »Geht dich 'n feuchten Kehricht an.« »Komm schon, vielleich kann ick helfen. Ick meene, dir stehst doch schon nicht mehr janz grade, wenn jetze Bulln vonner SZK… ick würde sehen, Luft zu jewinnen. Det bringt sonst Scherereien. Kannste mir globen.« »Laß mich in Ruhe, sag ich!« »Ick will dir nich' blödkomm', echt nich'! Wenn wer so zuhaun kann.« »Kapierst du nicht?: Ich habe keine Lust auf Gesellschaft.« »Aber ziehst durche Jegend und… jesses, haste 'ne Fahne!« Kippte einen der Annunziaten nun doch, den, aus dem immer noch weiter der tiefdunkle Lack floß, auf den Rücken. »Kann sein, daß det Arschloch jar nich mehr lebt.« »Hätten mich nicht angreifen müssen.« »Janz meine Meinung. Ick sach doch nur, daß de dir besser vaduften sollst. – Kennst dir hier nich aus, wa?« »Ich wohne in Palermo. Aber wenn du mich hinfahren willst: erstens hab ich kaum noch Geld, zweitens mußt du nicht auch noch meine Hausnummer kennen.« »Jebongt. Det Menschen Wille issich Königreich. – Dann faah ick ma wieder. Jute Sause noch.«

Wandte sich um.

Hatte die Hand noch nicht an der Fahrertür.

»Kennste das Sangue?« – Kalle drehte sich zu Kignčrs zurück. »Sangue Siciliano«, sagte er. »*So* heiß' det. Aber is doch ma 'n Wort. Mach aber schnelle. Ick werd unjern in sowat mit reinjezogen.« – Kignčrs stieg ungelenk über die Leiber und spuckte aus, schob sich zum Taxi weiter. Es wuchtete ihn auf den Nebensitz. »Meene Jüte«, sagte Willis, als er anfuhr, »könntest dir echt ne Dusche alauben.« »*Il mio buio cuore disperso*«, murmelte Kignčrs. »Wat?« »Is 'n Gedicht.« »Jedicht?« Kignčrs stieß auf und schwieg. »Du bist dir vielleicht 'n ulkijer Vogel. *Jedichte*, aber haust dir wie Jodzilla.« Er lachte auf. »Jibt schon schräje Vögel.«

Es war nicht mehr weit, ein paar wenige Straßen nur.

Willis klinkte den Gleiter aus dem Leitstrahl und senkte sein Fahrzeug hinab.

Kignčrs redete nicht.

Was ein Betrieb noch!

»Permesssssssoo!«: Der Wirt, in einem fort.

Leutetrauben an der Theke, rübergestreckte Arme, die Hände wie Greifklammern auf. Randvolle Gläser schwappten. In der Ecke soff Broglier vor sich hin.

»'n Kumpel von mir«, sagte Kalle, ließ Kignčrs im Eingang stehen – quasi die ganze Wand war da in die Nacht geöffnet –, zwängte sich durch. Den Freund so betrunken zu sehen, schnürte ihm die Brust ums Herz.

Broglier hielt sein Glas in der einen und Dollys II scheckkartenkleine Speicherkarte, die aus dem Projektor, in der anderen Hand, führte sie immer wieder nah an die Augen. »Dorata, Dorata«, murmelte er. Das war aber in dem Zechkrawall drumrum nicht zu hören.

»Ick sach dir, steck das Ding endlich weg! Wennde so weitermachst, haste dir in 'nem halben Jahr ins Grab jesoffen!« So fluchte Kalle, statt den Freund zu begrüßen. Er war nicht nur bekümmert, sondern verärgert. Nahm Broglier das Glas weg, stellte es, sich beiseitewendend, auf den Tisch. – Bill Bones derweil hatte sich in eine Ecke gehockt und starrte dumpf in den Schoß. So fertig sah er aus, mit den blutfetten Platzwunden quer durchs sowieso gequollene Gesicht, der zerrissenen blutverdreckten Jacke und Hose, seinen brutalen Massakerhänden, daß sich die beiden Männer, die dort gesessen, bedrückt erhoben, um sich nach woanders hinzuverdrücken. Er wollte, Bones, unbedingt trinken, aber ihm war dafür zu schlecht – schlecht von der Apsis, schlecht von dem Dornbusch. So berührt war er worden, es hätte ihn geekelt, sich in die quasselnde, allein von den *PERMESSO!s* geteilte Masse zu quetschen. So starrte er nur und starrte.

Nun die beiden Stühle bei ihm frei. Als Willis das bemerkte, bugsierte er seinen Freund, den er zähe zum Aufstehn gebracht hatte, am Ellbogen hin. »Det da is' ... is' John, und det hier ... wie heißte eij'ntlich?« Kignčrs sah nicht hoch. Statt dessen: »*Visciole, avida spalla...*« »Ungaretti«, sagte Broglier. Da sah der Veteran nun doch auf. Das Tumb, in den Augen, war momentlang verglüht. Auch Broglier ohne Stumpfsinn, zum ersten Mal heute nacht, die schon Morgen wurde. »Wat?« fragte Willis. Kignčrs und Broglier legten ihre Blicke ineinander. Aber sie sagten nichts. Sie sahen nur. Wußten. Jeder von dem anderen. Kalle: »Ihr kennt euch n i c h ', wa?« Keine Antwort. Broglier setzte sich. Vorsichtig. Achtsam. Den Blick aus Kignčrs' herausgenommen. Hilflos stand Willis dabei und ließ sogar die Hände hängen. »Wollt ihr wat«, fragte er, »trinken?« »Wissen Sie noch mehr auswendig?« fragte Broglier. »*Ogni giorno di più distruggitori, E un unico ricordo.*« »PERMESSO!« »Meine Frau, wissen Sie«, Broglier ließ seinen Blick genau so im Schoß wie der murmelnde Söldner. Dann sah er hell auf, als hätte er sich einen Ruck gegeben. »Meine Frau hat Ungaretti g e l e s e n«, sagte er fest. »Fast n u r noch Ungaretti. Bis sie gestorben ist.« »Die Schönheit«, sagte Kignčrs, freilich immer noch zu leise für den Krawall; dennoch, Broglier vernahm ihn. Alles sonst war weißes Rauschen. »Ja.« »Also jut, een Bier für m i c h, für John een Selters und e e n Bier für ... wie heißt'n du nu'?« »PERMEEE-ESSSOOO!«

Da reichte Broglier dem Bones die Hand. »Ich bin John Broglier.« Der Veteran schien mit der Geste nichts anfangen zu wollen. Die Hand war eine Extremität, die störend in das Wort fuhr. Wo war da der Zusammenhang? Ein paar Sekunden lang blieb das Ding ihm vorm Gesicht in der Luft, dann zog es sich peinlich zurück. »'tschuldigung«, sagte Broglier. »Wann i s t«, fragte Kignčrs, »deine Frau gestorben?« »Ich zähle keine Tage. Es vergehen keine Tage. Es gibt auch keine Wochen mehr, wenn Sie verstehen, was ich meine.« »Deshalb trinkst du?« »Ja.« »Ein guter Grund. Aber ein Mann sollte kämpfen. Dann hat er seine Richtung wieder.« »Ich bin nicht so der Kämpfertyp.«

»PERMESSO!«

Dazu, aus den Boxen, Italo-Pop. Rechts hinten schrieen sich zwei Leute an. Am Nebentisch wurde gelacht. Man schlug auf die Platte die Hände. »Der Krieg ist überall«, sagte Kignčrs, »*Fino all'incendio della terra a sera.*« »Ich habe Gedichte nie verstanden. Erst jetzt«, sagte Broglier, »erst, seit Dorata tot ist, verstehe ich sie. Aber ich mag sie nicht anfassen.« Stockte, setzte hinzu: »Ich meine die Bücher.« Er wußte nicht, what is a man, daß es Dolly II ganz ebenso ging, daß sie die Bücher ebenfalls mied, die auf dem Beistelltischchen lagen. »Wenn Sie aber sprechen, wenn Sie diese Gedichte sprechen, dann ...« Er tastete zu dem Datenträger, den er unterdessen in seine linke Jackentasche hatte fallen lassen.

Kalle kam mit den Getränken zurück, setzte sich, sah von einem zum andren, schob ihnen die Gläser zu. »Du k e e n e n Alkohol mehr heute«, sagte er, als hätte es but a suit and a tie einen Einwand gegeben. Er guckte aber schon nicht mehr vorwurfsvoll, sondern mit Liebe aus seinem Konfirmandenanzug. Kignčrs setzte an und kippte. Sport coat in his life ganz genau so ließ Broglier and a black suite when he dies sein Glas noch stehen. »Prost«, sagte Willis. Ansonsten schwieg er und wartete ab. Doch wie a coat of many colors schwiegen die beiden anderen auch.

Die Hammond-Akkorde schoben sich nachdrücklicher unters Wogen. That's what I do wear. Drin saßen sie wie eine Insel des Schweigens, drei Hügel aus der Feixgischt gestreckt, die sich für das Meer hielt. Everybody hates it I don't care.

Schon »Arschloch!« gleich daneben.

I know what I know.

»Motherfucker!« Zwei Stühle, gleichzeitig, kippten nach hinten. Der eine wurde im Fallen gepackt and I do what I do übern Tisch geschleudert.

»PERMESSSSO!«

»A colomba il sole, Cedetta la luce.« Kignčrs war viel zu weit weg, um von dem nächsten Geprügel dieses Tages noch irgend etwas zu merken. Und Broglier blickte nur müde hinter sich. You don't like my coat?

»Fuck you, Wichser!«

Willis interpretierte Brogliers Interesse schon als Interesse falsch und legte eine Hand auf den Arm des Freundes, um ihn zurückzuhalten. Eine andere, sehr feine und sehr dunkle, legte sich dafür auf die seine: »Nameskar!« hatte Kalles südindischer Kollege in den Raum gerufen, als er ihn betreten, und hatte sofort den Kumpel entdeckt. Er verzog sich aber gleich wieder, als sein Blick auf den ihm ungeheuren Kignčrs gefallen war.

»Tach, Pal«, sprach ihm Willis hinterher, »später, ja? Jeht jetze nich.«

Das hörte der schon nicht mehr. Sondern wich dem wuchtigen Wirt aus, der hinter der Theke vor-, ja: geschossen kam, ein lipoider Asteroid, das T-Shirt, die Schürze, sogar sein Halstuch schwappten. Im Vorpreschen streckte er, wuchtbrummig I know what I know, die

Pranken aus und packte die Schläger, die bereits von seiner ersten Berührung erstarrten, dann schon, nasse Katzen, die einer in der Kragenfalte hochhebt, *hingen.* – »PERMESSO, ho detto! Tagliate la corda!« Grad, daß er sie nicht mit den Köpfen aneinanderschlug – nee, ließ sie einfach los. Drehte sich um, stapfte hintern Tresen zurück. – Die beiden standen sekundenlang da, dann schlurften sie I'm getting pierced ab. »*... quel mare, Aperto per chi sogna*«, brummselte Kigncrs. Kaum an der nächsten Gassenecke aber ging es weiter. Das SANGUE war über die ganze Vorderfront offen, da kriegte man's trotz des Kneipenlärmens mit. Noch starrte Broglier, als alles längst vorüber, müde dahin, wo umgekippt der Stuhl lag: Song is over, it's all our road. »Du bist doch nichts als ein Stück Scheiße, eyy! Du von einer Moslemnutte ausgekotzter Kanake!« Das von ferne.

Ein paar kleine Triller Chopins, Nocturne Es-Dur. Opus

9:

So trällerte vergnügt der Sittich auf Kigncrs' Schulter sein a coat with no future. »Meine Frau«, sagte er, aber sah auch dabei nicht auf, »ist heute gestorben.« »PERMESSO!« Und er stürzte das Glas.

Das hatte auch Buenos Aires' Medea in spe getan, Carola Ungefugger, auf ihrer lyrischen Séance. Jedenfalls stellte sich Cordes das, als er die Augen öffnete, vor. Er stand jetzt nämlich auf, um sich für seine Früharbeit den ersten Latte macchiato des Tages zu bereiten (Herbst nicht, denn der ist Programmierer).

Cordes schlüpfte in die Arbeitsklamotten, in Deters' Arbeitswohnung. Kann aber sein, daß er vom SANGUE SICILIANO nur geträumt hatte und jetzt im Halbschlaf weiterträumte. ›Der nächste Tag‹, dachte er, ›schon wieder ein neuer Tag.‹ Was selbstverständlich Irrtum war, eine Volte seines Unbewußten, das ihm den miesen Kigncrs-Albdruck, das blutverschmierte Brem-Gesicht verdrängen und deshalb ein zweites Mal an diesem selben Morgen aufwachen ließ. Doch sogar in der Version wußte er nicht gleich, ob er in der Dunckerstraße oder der Schönhauser Allee war. Schon deshalb kam ihm an eine Waldschmidtstraße erst gar kein Gedanke.

Frau Ungefugger trank synthetischen Prosecco. Der galt zur Zeit für schick.

»Papa, wann gibt's Frühstück?«

Kinderwohnung also. In der Arbeitswohnung lebte unterdessen Hans Deters, der ebenfalls, zur selben Zeit fast, zu sich kam, wenn auch nicht dort. Er rieb sich, in Beutlins Labor, verwirrt die Augen.

»Papa, aufwachen!«

Er war noch gar nicht aufgestanden: Cordes. Der nackte schmale Leib seines kleinen Jungen hockte neben ihm, vom Tag beleuchtet, auf dem Hochbett. Blinzelnd sah ihn der von den Innenszenen gebeutelte Vater an. Nie, niemals, war die Ungefuggertochter ihren Eltern so nahegekommen wie mir dieser Junge. Das hatte nicht an ihr gelegen. Vielleicht wirkte sie deshalb wie der weibliche Klon ihres noch ganz jungen Vaters aus der Zeit vor seiner Unsterblichkeit. Es machte ihn nicht einmal stolz, ein Kind zu haben; ihm fehlte für so was das Gen. Schon zu seinen Firmenleiterzeiten, als er Präsident noch nicht war, war etwas Entferntes, Übersichthaftes an ihm gewesen – etwas Politisches, könnte man sagen, das es zu einem Charakterzug machte, taktisch zu sein. Immerhin, er achtete die Tochter. Die achtete auch ihn. Doch war das bereits mehr Gefühl, als sich beide zugestanden. Deshalb ist die Unruhe begreifbar, von welcher die junge Ungefugger plötzlich erfaßt war, noch bevor sie die Villa Hammerschmidt durchstreifte, als ob sie etwas suchen müsse.

Sie gab sich das nicht zu, hatte sich trotzdem schön gemacht. Für eine Séance ihrer Mutter! Wohin sie sonst niemals ging. Wen willst du denn da treffen? Was erwartest du dir da?

Cordes schüttete seinem Jungen die *Zimtos* direkt aus der Packung in das Schüsselchen, stellte sich Michaela zartgliedrig vor. Einundzwanzig, vielleicht schon zweiundzwanzig Jahre zählte sie jetzt ungefähr – eine modellhafte Schönheit, ganz die Haut ihres Vaters, ebenso hell. Sie erinnerte ihn an eine Porzellan-Statuette, obwohl ihr jegliches Puppenhafte abging. Für so etwas war sie zu zickig, schon weil sie zu viel von dem Saft ihrer Mutter durchfloß.

Sie hatte das Abitur mit Bravour bestanden und im Lycée ihr Jurastudium aufgenommen, um, ihrem Vater nach, in die Politik zu gehen, anfangs wohl in den diplomatischen Dienst. Zu lernen fiel ihr leicht. Dennoch hatte ihr Ehrgeiz etwas Verbissenes, schon weil sie sich nicht gern mit anderen umgab, geschweige, daß sie Freundschaften pflegte. Kaum ging sie einmal aus, schon gar nicht, um zu tanzen. Sie nahm statt dessen Ballettunterricht, was etwas vollkommen anderes ist. Hier stand im Zentrum die Körperbeherrschung, nicht Abtanzerei und sozialer Kontakt. Ihr Körper war, für diesen Zeitgeist selbstverständlich, leichtathletisch durchtrainiert. »Karriere macht einsam«, hatte ihr der Vater gesagt, da war sie zwölf oder dreizehn gewesen. »Aber je weniger du dich auf andere Menschen einläßt, um so weniger wirst du es merken, und schließlich ist man froh darüber. Entscheide dich, Michaela.« Das hatte sie sich wie seine anderen, stets leisen Lektionen zu eigen gemacht, wenn auch nicht zu Herzen genommen, weil sie so etwas, wie es aussah, nicht hatte. Selbst, daß sie Blumen mochte, war kein inniges Zeichen; mit Natur hatte das wenig zu tun. Vielmehr: sie schätzte Ikebana. Die Blumen der Weststadt waren zwar sowieso holomorf, doch hätte sie auch organische Pflanzen wie Stoffe betrachtet, die man drapiert.

Auch über Sexuelles hatte Ungefugger mit seiner Tochter gesprochen, der sich sehr wohl seiner heimlichen Besuche im Boudoir entsann. Er schämte sich ihrer bis heute. Zwar vor sich selbst, nicht vor den anderen. Doch daß es Zeugen gegeben hatte! Welch ein Glück das damals gewesen war, daß Elena ihm die Diskette zugespielt hatte. Die hatte er, gleich nach gewonnener Präsidentschaftswahl, aus dem Giftschrank der Siemens/Esa herausgeholt und wohlbewahrt in Stuttgart. Diese alten entsetzlichen Frauen! Übel wurde ihm davon, dachte er dran. Er wollte die Erfahrung dennoch nicht missen, daß es auch ihn von Zeit zu Zeit überkam. Weshalb er der Tochter wie seiner Frau gegen die Ranzzeit die Spritze empfahl. Diese zog aber Pillen vor, weil die merkloser wirkten.

Aber Michaela Gabriela war eigensinnig; viel zu stolz, um sich medikamentieren zu lassen, wollte sie sich und den Körper allein mit dem Willen bestimmen. Deshalb aß sie nicht mehr seit fast einem Jahr, bzw. aß sie erschreckend wenig. Ihre Mutter, die das besorgt, wenn auch tumb registrierte, mischte ihr Sahne in den Magerjoghurt. Da wich die Tochter auf homöopathische Nährstofftropfen aus, sie ließen sich sowieso besser dosieren. Daß ihr Körper kollabierte, wollte Michaela Ungefugger nicht. Ihr ging es im Gegenteil um energetische

Präsenz und eine geistige Reinheit, in der schließlich der Sexualdrang verschwand. Sogar Michaelas Periode, sie hatte bei ihr mit zwölf eingesetzt, blieb nun von Zeit zu Zeit aus. Was sie als Glück empfand. Nein, sie brauchte keine Spritzen. Zwar jeder Arm wie ein Bambus, doch sichtbar definiert die Muskeln daran. Ebenso die Beine. Ihr Gesäß war das eines jungen Mannes; sehnig spielten die Buchten in den Backen, wenn sie ging. Doch ihre Brüste mißhagten ihr. Sie hingen seit der Diät, da half auch striktes Training nicht. Die junge Ungefugger nahm ihre Brüste nicht als Organe wahr, sondern für Accessoires, über die man als einen Schmuck verfügt. Man muß ihn nicht betonen, nicht einmal wirklich anlegen wollen, aber wird er einem entwendet, ist das schwer zu ertragen. Nicht hinzunehmen sei es, dachte die Ungefugger und zog Erkundigungen über holomorfe Plastinate ein, wie ihr Vater eines, als rechtes Ohr, trug. Doch verfügte sie nicht über genügend Geld, um sie sich leisten zu können; Ungefugger hielt sie knapp. Und die Mutter, wußte sie, wäre dagegen. »Ernähr dich einfach richtig, Kind. Du hast einen schönen Körper. Gib ihm, was er braucht.« Doch mit der sprach sie sowieso kaum, indes sie den Vater, dem erotisches Aussehen völlig egal war, mit Eitelkeiten schon gar nicht belästigen wollte.

Am unangenehmsten war, daß die Brüste, als sie so schlaff geworden, aus ihren Spitzen Sekrete abzusondern begannen, die Stilleinlagen nötig machten. Michaela ahnte, daß dieser Widerstand des Körpers ein Muttererbteil war. Sie nannte es *den Saft*: »Jetzt hab ich diesen Saft schon wieder!« Stets vor dem Follikelsprung. Sie konnte den Kalender danach lesen. Vierzehn Tage später rann das Blut.

Auch deswegen war sie nervös, spürte die Blutung voraus, deren jede ihr Menarche war. Sie saß im Garten, nachmittags, löste Extremwertaufgaben. Die langweilten sie. Alles war so furchtbar voraussehbar! Die Gedanken flirrten. Sie schweiften nicht ab, sondern waren unablässige, heftige Flashs im Rhythmus greller, stroboskopflattriger Bilder. Dabei sah Michaela nichts Konkretes, doch wußte, was gemeint war. Erhob sich, legte Lehrbuch und Heft auf der Bank ab, der Bleistift rollte vom Papier, nicht in den Falz, sondern hinunter. Sie ließ ihn da liegen.

Seit bestimmt einer Stunde war die Séance ihrer Mutter im Gang. Die junge Ungefugger hatte nicht vor, da hineinzuplatzen, auch

Mäuschen wollte sie nicht spielen. Dennoch zog es sie. Erst rutschte sie etwas näher auf die fünfflüglige Glastür zu, die den Innengarten vom Zwischengang trennte, wechselte die Bank; keine vier Meter von hier waren die Gästetoiletten. Deshalb konnte sie darauf setzen, daß ihrer Mutter Leute von Zeit zu Zeit vorbeikommen würden, zu denen oft auch Jason gehörte. Keine Ahnung, was er da tat auf diesen absurden Lyrik-Events. Er jedenfalls, das wußte sie, dichtete nicht.

Rein selbsttätig hatte sich ihr Hirn die ersten Sätze ausgearbeitet, die sie dem Jungen sagen wollte. Wehtun sollten sie ihm – unschöne Sätze, deren Gefühlswucht sie hätte müssen aufmerken lassen, schon, weil sich die Ausdrücke gegeneinander ausschlossen. Das Vokabular war von ›Prolet‹ nach ›Fatzke‹ gespannt; auch kräftig ordinäre Wörter gab es darunter.

Sie wurde immer nervöser. Was fiel dem Arschloch ein, sie sich mit ihm, und dauernd, so völlig gegen ihren Willen beschäftigen zu lassen? Mißbraucht kam sie sich vor. Er sollte jetzt verdammt noch mal auf die Toilette müssen. Dann gäbe sie ihm Pfeffer.

Doch er tauchte nicht auf. Nicht eine halbe, nicht eine dreiviertel Stunde später. Michaela war dazu übergegangen, rastlos durch die Villa zu streifen, wobei sie so tat, als ob sie flanierte. Erst begegnete sie Außenminister Fischer, der in offenbar vertraulichem Gespräch mit von Zarczynski im Flur hinter dem Entrée stand und eigenartigerweise verstummte, als er die junge Dame erblickte; sie sahen sich gleichzeitig, deshalb bemerkte sie das. Fischer drehte sich, als von Zarczynski sich räusperte, sogar nach ihr um. Grüßte seltsam verkniffen. Dann schritt ein Obrist aus des Präsidenten SchuSta Michaela entgegen, der sich sein flirtendes Gelächel nicht verkneifen konnte. Sie hob nur die Nase. Er wiederum fragte sich, was sie hier, bei den Räumen der Kabinettsmitglieder, zu suchen habe. Ungefugger hatte für seine Regierungsmannschaft in der Villa Hammerschmidt Arbeitsräume einrichten lassen; privat zu sein, ging dem Wesen des Präsidenten ab. Das Regierungsgebäude blieb den übrigen Parlamentären vorbehalten; die Oppositionen hatten je eigene Parteihäuser.

Der Obrist zuckte die Achseln und schritt zu seiner Besprechung weiter.

Das Ende des Flures markierte eine hochbreite, scheinbar mit eichenen Holzcarrés beschlagene Tür, die zu den Präsidentenräumen führte. In denen schlief Ungefugger auch, schlief bei seiner Frau sowieso nie. Tatsächlich waren diese Schmuckcarrés eine h o l o m o r f e, also infomatische Zierde; imgrunde war nicht einmal klar, ob es die Tür insgesamt gab, eigentlich mehr ein Portal. Allerdings spielte das, jedenfalls für Michaela Ungefugger und insgesamt für die vom sogenannten *Rat der 150* geführte Bevölkerung der Weststadt nicht nur eine untergeordnete, sondern überhaupt keine Rolle. Jason Hertzfeld freilich hätte dieser seinem Realitätsbewußtsein wenigstens ambivalente Umstand eine ganz ähnliche Übelkeit bereitet wie Kumani die Nähe holomorfer Mädchen. Michaela Ungefugger ahnte das, also nicht, dachte Cordes, der neben seinem Jungen in der Schönhauser Allee saß und ihm beim Futtern der Zimtos zusah, diesen Vergleich, wohl aber den sich auch physiologisch ausdrückenden, geradezu unverschämten Vorbehalt. Weil Jason ihn teilte.

Was bildete der Kerl sich ein?

Michaela ballte die übrigens d o c h schönen Hände, Jason wäre begeistert gewesen. Die gefeilten Nägel schnitten sich in die Ballen, und sie biß sich auf die Unterlippe. Sie wurde immer wütender. Es gab so gar niemanden, an dem sie das auslassen konnte. Da trat aus dem Nebenraum, in dem er tags meist saß, um Direktiven des Präsidenten entgegenzunehmen oder weiterzuleiten, Schulze heraus, sah die Tochter seines, ja, Herrn und lächelte. »Ihr Vater«, sagte er, »ist nicht da, Michaela.« Sie druckste. Nach einer Viertelsekunde völliger Abwesenheit: »Lassen Sie mich in Ruhe!« Sie durfte ihn auf keinen Fall fragen, ob er auch heute wieder diesen Malerknirps hergefahren habe. Deshalb erst recht wütend, drehte sie sich herum und stapfte entschieden zurück in Richtung Entrée.

»Ja aber ... ich könnte ... soll ich Ihrem Vater vielleicht etwas ausrichten?« Schulze war ein wenig vor den Kopf geschlagen von der für diese junge Frau ungewöhnlichen Emotionalität. Man konnte über ihn sagen, was man wollte, er hatte Instinkt, vor allem gegenüber Sonderbarkeiten, jedenfalls dann, wenn sie sich in unmittelbarer Nähe des Präsidenten ereigneten. Deshalb blieb er, nachdem die Irritation verflogen war, gewarnt und warnte seinen Herrn, als der von seinem auswärtigen Termin zurückgekommen war und ihm die möglichen Ergebnisse seiner Unterredung diktiert hatte. »Sie sollten, Herr Ungefugger, einmal mit Ihrer Tochter sprechen.« Der war auf Schulzes Ratschläge so prinzipiell eingelassen, daß er ohne Zögern, und ohne weiter nachzuhaken, fragte: »Um wieviel Uhr würde das passen?« »Sie haben zwischen 22 Uhr 15 und 22 Uhr 30 Zeit.« Jetzt war es gegen neun. »Gut, dann bestellen Sie sie her.« »Selbstverständlich.« »Das wäre es erst mal. Danke, Schulze.« Dezent machte der sich auf, um Michaela zu finden. Auf seinen mobilen Anruf reagierte sie nicht.

Abermals fragte sich Cordes: Aber wie sieht sie denn aus? Da war der Kleine bereits im Badezimmer, um Zähne zu putzen. Sie ist nicht sehr groß, sagen wir 1,65. Sie ist blond, klar, und trägt das Haar stets straff bis zu dem Pferdeschwanz zurückgebunden, dessen Schweifspitzen ihr zwischen die Schulterblätter hängen. Sie hat die eisblauen Augen ihres Vaters, darüber, d i e von der Mutter wiederum, brünette geschwungene Augenbrauen, denen man das hinter ihnen ziemlich leicht entflammbare Temperament ansah. Das Gesicht insgesamt ist schmal, der Hals, um den fast immer eine schlichte Kette aus Holzperlen liegt, ausgesprochen fein und sehnig. Die Schlüsselbeine stehen nicht erst seit ihrer Anorexie hervor.

Michaela Ungefugger hatte auch zuvor schon eher die Figur eines Jungen gehabt und bevorzugte entsprechend männliche Kleidung. Immerhin schminkte sie sich, und zwar so zurückhaltend wie mit großem Geschick. Blusen trug sie locker über den Oberkörper geworfen; sie wäre gar nicht auf den Gedanken verfallen, sie unter den breiten Gürtel zu stopfen. Sie hatte einen Hang zu wadenlangen Röhrenhosen. Meist wehte um alles eine bis zu den Knien reichende, zwar schwer fallende Weste, in Wirklichkeit aber war der Stoff federleicht. Manchmal lief sie in Shorts herum, so daß die Rückfalten dieser Westen, die sie stets offentrug, ihr angenehm in den Kniekehlen spielten. Da das Gewebe künstlich war, genoß sie die Liebkosung. Das einzig dezidiert Weibliche, das sie sich erlaubte, war ihr Hang zu dunklen Nylons und dreiviertelhohen Pumps; aber vielleicht trug sie so etwas lediglich, weil sich dadurch ihre Waden streckten und ihren Beinen etwas sehnig Vollblütiges gaben, was sie, die passionierte Reiterin, sich gern in den Spiegeln ansah, mit denen Flure und besonders das Entrée der Villa Hammerschmidt geradezu tapeziert waren. Meist hing ihr an der rechten Seite, den Riemen quer über Brust und Rükken, ein weiter Kunstlederbeutel. Darin die Schulsachen, paar mathematische Rätselhefte à la Martin Gardner, eine Stahlbürste, ein völliges Durcheinander von Haarnadeln Haarklammern Haarbändern, Tempos und für den selten gewordenen Notfall Tampons, die Toilettenmappe noch, ein Pudertableauchen, ihr Handy, sowie das Notizbuch und einige Stifte. Außerdem hatte sie immer zwei Paar feine durchbrochene Reithandschuhe dabei.

Jetzt stand sie im Entrée, das sie in Tausende kleiner und immer kleiner werdende Michaelas zerspiegelte, denen allen im Rücken noch Schulzes Blick haftete, und kramte das Handy aus dem Beutel. Sie schaltete es aus und begab sich, unablässig nach einer schlüssigen Begründung suchend, den nächsten Flur entlang, der zum Séance-Sälchen führte. Sie ging, kann man sagen, mit gesenkter Stirn. Hatte nicht Jason, als sie sich begegnet waren, eine Zeichnung von ihr angefertigt? Mit welchem Recht? Da hatte sie nun ihren Grund. Sie ließ sich nicht in Besitz nehmen, auch nicht symbolisch – schon g a r nicht symbolisch! Freilich wäre es ihr besonders unrecht gewesen, hätte er das Bild einfach fortgeworfen; aber das gestand sie sich nicht ein. Außerdem hatte er es zerknüllt.

Sie würde es zurückfordern, und zwar auf der Stelle. Was für eine Anmaßung! Sie tobte im Innern. Klein soll dieser Bursche werden, zu Kreuze kriechen vor den Leuten. Wer ist er denn, der Idiot? Und wer dagegen sie, die Tochter des Unsterblichen! So daß sie, als sie vor der Tür des Saales stand, geradezu rauchte. Sie klopfte nicht, sie lauschte nicht. Sie öffnete einen der Türflügel und stand im Raum.

Ein einziger Blick erfaßte die peinliche Bizarrerie.

»Grausame! Welcherlei Rede versendest du!« rezitierte brüchig, aber mit ziemlich gehobener Stimme eine ältere Dame in Schottenrock und blaßroten Nylons darunter, die den Umstand nicht eigentlich verbargen, wieviel Wasser sie in Unter- und Oberschenkeln hatte; dummerweise stand es im Kopf aber auch, trotz des deklamierten Goethes: »Pfeile des Hasses!«. Der schüttete noch nach: die Verse, die oben wie Luftblasen ankamen, stiegen torkelnd durch Beine Bauch Brust Hals hinauf und zerploppten an der mächtig bewegten Oberfläche dieses Rezitativs. Wie zum Gesang hatte die alte Frau den rechten Arm ausgestreckt. Noch war da aber oben Platz unter der Schädeldecke, sonst hätte sie Kopfschmerzen gekriegt. Indes nicht mehr viel. Weshalb sie die Störung hätte begrüßen müssen, die ihren Vortrag unterbrach.

Dazu genügte völlig, daß Michaela erschien; sie mußte gar nichts tun. Man kann aber sagen, ihr Mund habe offengestanden. Denn sie sah zuerst wasserrot verdickte Beine in halbhohen Gesundheitsschuhen. Was daran lag, daß die Präsidentengattin vor den gläsernen Türflügeln, die auf die balkonierte Terrasse führten, ein Podest hatte als Bühne errichten lassen, von der heruntergezitiert werden mußte. Man gelangte über ein helles Treppchen aus Kunstholz hinauf. Davor, also darunter, waren die Stühle gereiht, auf denen die lyrisch Begeisterten saßen. Wollten sie nicht nur lauschen, sondern auch sehen, mußten sie die Köpfe in ihre Nacken legen.

Frau Ungefugger hatte ein gutes, wenn auch simples Gefühl für repräsentative Architektur. Deshalb war, treu der innenarchitektonischen Idee einer Konjunktion aus Türflügeln und Terrassentürflügeln, mittig ein Gang freigelassen, der zielte aufs Podest, hinter wiederum dem in den hohen Rahmen der Scheiben der Jura den Prospekt gab. Jetzt, weil der Abend die Berge fast zur Gänze eingedunkelt hatte, umrahmten die an den Seiten von Putten belebten Leisten ein Schwarz, das den Saal reflektierte. Dadurch erstand das Gefühl nun erst recht, in einem kleinen Theater zu sein.

Langsam ging Michaelas Blick, als verfolge er den Weg der hinauftorkelnden Luftblasenwörter, über die Wasserbeine zum Schottenrock hoch, der einen fettigen Schamberg zwang, sich bescheidener zu geben, als er in Schatten und Unterstand des ihn überwölbenden, pliséegezierten Bauches war. Unnatürlich jugendlich stand dagegen, in zwei Trichterkörbe korsettiert, der Busen, der noch den Goethen an sich drückte. Unterm aufgebauschten Kragen, um den sich eine vier- oder fünffach gewundene Korallenkette legte, führte ein abstrus geschwollener Hals in das versunkene Kinn. Über dem, sperrangelweit, das noch immer geöffnete Mundloch. Dunkelroter Lippenstift. Blitzig ein drittes oder viertes Gezähnt. Das breite, weiche, grobe, eigentlich traurige, wenn nicht trauernde Gesicht war von einem mitleidslosen Friseur hochtoupiert worden, die Krone des Gelocks violetten erloschen.

Als sie, die alte Dame, Michaelas Blicke auf sich spürte, fiel ihr vor lauter Hilflosigkeit die Achillëis von der Brust, die ausgerechnet Hera an sich gedrückt. Gerade noch sprach sie:»*... das dich erzeugt hat!*«, indessen ohne Ton. Die Frau war dumm, doch sensibel. Wie diese, empfand sie, *reine* junge Frau mit ihrem Lachen kämpfte, vor dem geöffneten Türflügel stehend und hinter sich eine endlose Gangflucht zur Realität, machte ihr in Sekunden die eigene Groteske klar. Einen verächtlicheren Blick hatte sie in ihrem Leben noch nicht zu spüren bekommen. Daß er gerechtfertigt war, machte ihn schlimm. Gerechtfertigtheit ist durchaus nicht immer gerecht.

Sämtliche Gedichte, die auf den Séancen je gesprochen worden waren, selbst die, die sie selber vorgetragen, hatten nicht vermocht, die alte Dame Tragik erfahren zu lassen: daß sie auf Bühnen gar niemals vorkommt, und wenn man sich zwanzigmal bedeutungsheischend daraufstellt. Sondern alleine im Leben. Das unterdrückte, dennoch glucksende Lachen Michaela Ungefuggers, nun, brachte es ihr bei. Plötzlich waren sie eines, Bühne und Leben, und man selbst, elend geschwollen, steht da oben als hilfloses Objekt, das sich den anderen, die's aber gar nicht bemerken, vorführt. Die eine aber tut's. Und nackt steht man vor ihr, frierend in all seiner Lächerlichkeit.

Michaela wiederum merkte von der Veränderung nichts, die in der alten Frau vorging. Sie kämpfte bloß mit dem Lachen, kämpfte und kämpfte, stand kurz davor, es hinauszuschreien, damit dieses Glucksen endlich aufhörte, das einen, zumal man auf keinen Fall atmen darf, mit seinem Kitzel foltert. Wäre Jason Hertzfeld hier gewesen, Michaela hätte ihre gesamte Wut über ihn auf einem Lachen aus sich heraussurfen lassen, den jungen Mann an der Hand gefaßt und ihn weggezogen, g a n z weg, heißt das, nicht nur aus diesem Saal, sondern aus dem Haus. Und er wäre, verwirrt, gefolgt. Im Park dann oder draußen auf der Straße wäre sie schließlich wieder zu sich gekommen, hätte auch ihre Wut wiedergefunden, aber ihr nun eine gute, eine konstruktive, liebevolle Richtung gegeben: »Wie kannst du mir das antun, dich in solche Gesellschaft zu bringen? Wie kannst du dir selber das antun?« Möglicherweise wären wir dann Zeugen eines uns bislang versagten Happy-Ends geworden, einer an sich unmöglichen Chance, die zum ersten Mal einen Finger hebt. Einen Finger, nicht mehr, den aber doch. Nur Jason w a r nicht da.

Das merkte Michaela nun auch. Die Versammelten hatten, ihrerseits sprachlos auf die verlorene Rezitatorin starrend und dann, indem sie sich an deren Blick entlanghangelten, fast sich duckend die Köpfe und die halben Oberkörper gewendet, und alles sah nun die junge

Ungefugger dastehen und mit dem Lachen kämpfen. Außer der alten Rezitatorin begriff indes niemand, was in Michaela vorging. Die preßte sich die Hand vor den Mund, warf einen so erschütterten wie verachtungsvollen Blick noch, sozusagen über das gestaute Lachen hinweg, auf ihre unmittelbar empörte Mutter, schleuderte herum, die Weste flatterte, der Kunstlederbeutel beschrieb einen karusselhaften Halbkreis dabei, der Nahesitzende hätte köpfen können, dann rannte die Präsidententochter durch den Flur davon und durch die nächsten Flure, rannte Schulze, der nicht mehr ausweichen konnte, mitten in den Bauch. Sie war vor Tränendruck nahezu blind.

Schrecklich seriös, urkomisch seriös, sah der Lakai auf die junge Frau, die er doch zu suchen gegangen war, herunter und räusperte sich. Da brach dann das Gelächter – Michaela war ein paar Schritte zurückgewichen und stand nun, sich den Bauch haltend, vorgeknickt da – aus ihr heraus. Es war aber die eigentliche Ursache verlassen, deshalb streckte sie einen Zeigefinger auf S c h u l z e aus und lachte wie über den. Schulze kannte keine Emotionen, also war er ebenso hilflos wie zuvor die ältere rezitierende Dame. Das machte alles nur noch komischer. Schließlich lachte Michaela tatsächlich allein über Schulze. Lachte und lachte, hielt sich den Bauch und lachte. Und als das Faktotum sich räusperte, höflich dabei die gestreckten oberen Fingerglieder seiner Linken vor den Lippen, dann war auch das nicht geeignet, die noch und noch aus Michaelas Innerem heraus- und von der Zunge herunterbrechende Gelächterlawine irgend zu stoppen. Im Gegenteil. Je länger die junge Frau lachte, desto unbeholfener wurde Schulze, und je unbeholfener er wurde, desto mehr von dem Lachen kriegte er ab. Weshalb in Schulzes Unbeholfenheit etwas verquer Theo-Lingensches fuhr, so daß er vor lauter Linkischkeit zu tänzeln anfing, auf den Zehenspitzen, die ihn Michaela nähern ließen, weil er sie wieder, sie sacht berührend, anstupsend recht eigentlich, zu sich bringen, aber dabei nicht übergriffig sein wollte; schon tänzelte er zurück, dann abermals vor, raunend: »Michaela, ich … Michaela, Sie …« – Es schaute, unter dem Strich, so aus, als hätte das Faktotum in völliger Absehung von seiner eigenen Realität, nämlich in Verkennung seines Alters, Standes, ja seiner, sagen wir, Kosmetik dem jungen Geschöpf einen Heiratsantrag gemacht. So daß dieses sich, weil sich auf so etwas schwerlich ernsthaft entgegnen läßt, restlos derangieren mußte.

Ein paar Sekretäre wurden von dem Aufsehen zusammengelockt, auch Schreibkräfte, Türen gingen auf und blieben es, aus deren Rahmen Gesichter starrten, manchmal zweidrei übereinander. Davon wurde Schulze ganz rot, er war ein Mann, der auf sich hielt, der, dachte er, Respekt genoß. Und merkte, wie nahe daran es war, daß seine Autorität zerbrach, mochte noch so sehr das Wort des Präsidenten durch ihn sprechen: mit lauter Knacksen, die schnell zu Rissen in seiner Persönlichkeit wurden, ging das alles im Wildwasser, im fallenden, stürzenden Wasser dieses Gelächters hinab. – »Michaela, *bitte*…!« – Daß diese Karikatur von Mann nun auch noch seine Stimme *hob*…! Selbst in den Türen wurde vereinzeltes Lachen laut. So daß Michaela zum zweiten Mal, und so dicht aufeinander an diesem Tag, doch ohne, daß sie's beabsichtigt hatte, einen Menschen bis auf die Knochen entblößte.

Die Folgen waren für Schulze allerdings gravierender als für die alte Dame, die, während die übrigen Anwesenden ihrer aller Empörung schnatternd Ausdruck verliehen, benommen und schwerfüßiger denn je von dem Podest herunterstieg. Selbstverständlich sprach man ihr zu, wollte sie trösten, und sogar die Präsidentengattin, die plötzlich zwischen die Schimpfenden fuhr: »Ich darf Sie *bitten,* meine Damen und Herren! Bei allem Verständnis: aber zügeln Sie sich! Das war… das ist meine *Tochter!*« – sogar also sie, aus der dabei ein weiteres Mal Medea fuhr, hätte der alten Frau einen auch heftigeren Ausfall gegen Michaela nicht verübelt und ihr n i c h t den Mund verboten. Aber die fiel nicht aus. Sondern ging, wie nicht ganz bei sich, den Gang zwischen den Stühlen entlang und durch die aufgeregt Erhobenen, einander Häßlichstes Zuflüsternden zur Tür, blieb dort noch einmal stehen, zumal ihr Carola Ungefugger »liebe Frau von Stade!« beschwörend hinterherrief, drehte sich um und sagte ganz fest, indem ihr Blick über die Freundinnen und wenige Freunde schweifte: »Wissen Sie, meine Lieben…« – der Blick hielt in dem Carola Ungefuggers inne – »…wissen Sie, das Traurige ist, daß Ihre Tochter recht hat. Vielleicht weiß sie es nicht, vielleicht ist sie wirklich«, sie behielt die Augen auf die Präsidentengattin gerichtet, »böse. Aber sie hat recht. Und nun entschuldigen Sie mich.«

Die Feststellung brachte eine schwere Ruhe in die Gesellschaft, zumal Frau von Stade wirklich ging. Woraufhin sich Frau Ungefugger nun endgültig entsann, daß sie Präsidentengattin war und dieses eine Haltung erzwang, die, das spürte, das wußte sie plötzlich, jede weitere lyrische Séance hier ausschloß. Enorm klar klatschte sie in die Hände und sagte:»Liebe Freunde, bitte nehmen Sie es mir nicht übel, wenn ich Sie nach diesem Vorfall bitten muß, ebenfalls zu gehen.« Raunen. »Es tut mir wirklich sehr leid, es geht gegen keinen persönlich. Ich verlasse Sie nun. Der Fahrdienst wird, wie immer, gleich organisiert sein. Kommen Sie alle gut nach Hause.«

Niemanden sah sie an, verließ, sehr gerade, sehr staatsfrouwisch schreitend, den Saal. Sie hatte einen großen Schmerz im Herzen, weil ihr die persönlichen Konsequenzen bewußt wurden, seit sie der Empörung der Freunde, da sie die eigene weggeschluckt hatte, so glasklar entgegengetreten war. Es war darum sie, die ihrer Tochter immer noch lachende Unbeherrschtheit an die Kandare nahm.

Das Mitlachen in den geöffneten Türen erstarb, als sie derart aufrecht um die Ecke schritt. Die Türen gingen zu. Schulze war für den Augenblick gerettet, obwohl ihm der Schaden für lange Zeit anhängen würde. »Michaela!« zischte Carola Ungefugger. Das fuhr in die junge Frau, als hätte sie im Eisblick ihres Vaters gestanden. Es war ein völlig ungewohnter, ein vermittels derselben Kälte entsetzender Ton. – Michaela, verstummend, streckte sich. Da war die Mutter schon bei ihr. »Ich möchte dich einen Moment sprechen, mein Kind.« Und zu Schulze, übergangslos:»Meine Gäste möchten fahren, Schulze. Bitte organisieren Sie das.« »Selbstverständlich.« Blieb aber stehen. »Ja bitte, Schulze?« »Ihr Mann möchte Ihre Tochter um 22.15 Uhr auf eine Unterredung sehen.« »Sie wird pünktlich da sein. Ich brauche nicht lange. Und nun seien Sie bitte so gut, sich um den Fahrdienst zu kümmern.« »In zehn Minuten werden die Wagen bereit sein.« »Teilen Sie das den Gästen so mit.«

Schulze verbeugte sich knapp und schritt, deutlich weich in den Knien, zum Saal der unversehens beendeten Séance ab, wobei er bereits Anweisungen in das Spiralkabel sprach. Derweil die zurückgebliebene Präsidentengattin zu ihrer Tochter:»Gehen wir ein paar Schritte im Garten spazieren. Bitte reiß dich zusammen. Vielleicht richtest du dich überhaupt erst einmal her.« Wobei sie zum Ende des Flures in Richtung der Toiletten nickte; dort auch, gleich links, ging es in den Garten. »Guck dich mal an, wie du aussiehst. Deine Schminke ist völlig zerlaufen. Man könnte denken, du bist ein Clown.« Das war als Beleidigung *gemeint.* »Ich gehe also schon mal vor.«

Sie wartete nicht, bis sich die Tochter besann, sondern ging wirklich durch den Gang voraus, nahm nicht einmal das ihr folgende, seltsam zögerliche Klacken der Pumps-Absätze Michaelas wahr, so in Gedanken war sie: in kühlen Gedanken, eine ihr noch vor einer Stunde ganz fremde Temperatur. Weshalb sie das Gespräch mit ihrer Tochter, als die, weil in erneuerter Fasson bereits wieder in Widerstandshaltung, an die Bank herantrat, auf der die Mutter saß, folgendermaßen begann: »Was war das für ein Auftritt, Kind?« Nicht aber nur das war erstaunlich, sondern der Vater, um 22.16 Uhr, Michaela war auf die bestimmte Minute erschienen, leitete mit ganz denselben Worten seine Unterredung mit der Tochter ein.

Selbstverständlich war ihm der Vorfall mit Schulze, aber nicht von dem, bereits

10

hintertragen.

Da saß noch sein Polizeichef Goltz im Koblenzer Büro, er schlief kaum je, und beschäftigte sich ein weiteres Mal mit Balthus alias Möller. Man hatte unterdessen, ebenfalls über das entsprechende Einreiseprotokoll, seinen derzeitigen Wohnsitz recherchiert: ein ziemlich vornehmes Hotel in Sevilla; sogar in unmittelbarer Nähe der Baubehörde. Goltz witterte Unrat. Sheik Jessin war kein Namenloser. Arbeitete Möller für ihn, dann verfügte er über quasi unbegrenzte Mittel. Bei einem nicht-holomorfen, also nicht-programmierten Beamten ließ sich damit einiges erreichen.

»Ich möchte, daß Sie ihn beschatten, aber so, daß er nichts merkt. Wirklich absolut nichts. Und ich warne Sie: Der Mann ist ein Profi.« Goltz schaltete auf die nächste Verbindung um: »Überprüfen Sie einmal, wieviel im Prager Land an Firmen verkauft worden ist, von denen wir wissen oder Belege dafür haben, daß sie als Scheinkäufer auftreten.« Zu einem wieder anderen Mitarbeiter: »Hat es je einen konkreten Hinweis darauf gegeben, daß der Sheik sich persönlich mit Leuten aus den hiesigen und vor allem östlichen Terrorzellen getroffen hat? Das ist unwahrscheinlich, ich weiß. Falls aber doch, dann will ich *Namen* hören.« Für sich selbst allerdings murmelte er: »Skamander.« – Wäre sein Verhältnis zu Ungefugger nicht bereits derart gestört gewesen, Goltz hätte sich umgehend an den Präsidenten gewandt und ihn gebeten, Skamanders Spürtrupps auf die Sache anzusetzen. Das war jetzt ausgeschlossen. Imgrunde hatte der Polizeichef überhaupt keinen mehr, an dessen Verläßlichkeit er noch glauben konnte. Manchmal dachte er deshalb, nicht ohne Melancholie, an Gerling zurück. Damals waren die Dinge und Fronten einigermaßen klar gewesen.

Er schaute erneut in die aufgeschlagenen Dokumente. Daß ausgerechnet jener Mann, durch dessen Hand vor sieben Jahren der rezitierende Achäer gefallen war, sich in das kleine Areal zurückgezogen hatte, konnte Goltz noch nicht wissen. Darum war er der Wahrheit näher, als er ahnte. Statt dessen wurde ihm bewußt, daß er selbst, Goltz, zwar absichtslos, aber doch nicht wenig zur gegenwärtigen Verunklarung der Positionen beigetragen hatte – und zwar, dachte Cordes, alleine desselben Mißtrauens wegen, das er sogar auf Bündnispartner verwandte: seinerzeit gegenüber Gerling, heute gegen einerseits Fischer und von Zarczynski, andrerseits gegen Die Wölfin; auch Beutlin war ihm immer prekär gewesen, besonders, seit sich der – sei es auch nur erkenntnistheoretisch – durch die Erwägung disqualifiziert hatte, es könne an Deters' Vermutungen etwas sein.

D e r Mann war unterdessen entlassen; es hatte sich nach verschiedenen Messungen herausgestellt, daß immerhin d a s stimmte, daß er durch und durch holomorf war. Auch darüber, dachte Goltz, sei später mit Deidameia zu sprechen, aber auf eine Weise, die sie nicht merken ließe, wie sehr sie Goltz in diesem Fall zur Überprüfung der deters'schen Aussage diente. Es konnte durchaus sein, daß es, irgendwo in Buenos Aires versteckt, noch einen *wirklichen* Hans Deters gab, der seinen Avatar – oder mehrere Avatare – einsetzte, um eigentliche Hintergründe und Absichten zu verbergen. Der also g e g e n Deidameia spielte, und zwar auch dann, wenn sich beider Aussagen deckten. Denn was wäre, dachte Goltz, wenn die holomorf abgeworfenen Kopien einer Person sich je selbständig weiter in *eigene* Positionen entwickelten? Anders als absichtsvoll programmierte Holomorfen-Dateien waren humanoide Informationen bis heute nicht umfassend entschlüssel; es wirkte da immer etwas *Letztes,* ein Unbestimmtes, mit, das der forschenden Intelligenz bei allem technologischen Fortschritt unzugänglich blieb. Doch auch der uns bekannte physische, der sich autonom dünkende Mensch ist nicht mit sich identisch, sondern fällt in die allerverschiedensten Bestrebungen und Charakterdispositionen auseinander. Das wußte Goltz seit seinem Aufenthalt im Osten genau und, seiner immer wieder ausbrechenden Kali-Träume wegen, auch von sich selbst. Er mußte an die genetisch-ungefuggersche Probe denken, die er seinerzeit von dem Laken im BOUDOIR hatte abstreichen und kybernetisch sichern lassen. Und daran, wie geschickt der Präsident es angestellt hatte, ihn sich deshalb sehr persönlich zu verpflichten – und daß wahrscheinlich auch das schon, ahnte er, Teil des Planes gewesen war.

Nun Balthus also, nun Sheik Jessin und die Grundstückskäufe im Osten und immer tiefer in den Osten weit über die Beskiden hinaus, in denen der vorgeblich zweite Odysseus bis lange nach Nullgrund verschanzt war, im Schwarzen Staub von Paschtu, doch in ein Nirgendwo, nunmehr, entflohen, das die europäischen Truppen zwar durchkämmten, doch offenbar wie Blinde. Wenn es den Mann denn überhaupt gab und der Nullgrund nichts anderes als ein ungeheuerliches Ablenkungsmanöver gewesen war. Stuttgarts geplante Denaturalisierung gab der Vermutung ein furchtbares Recht. Sofern die Informationen Der Wölfin stimmten.

Goltz schoß ihrer beider Unterhaltung zurück in den Kopf und schoß über die Erinnerungen an Točná dahin: die Amazonen, der Freischärler Brem. Sie hatten ihm noch in den Arm fallen wollen, doch der lederne, geölte Mann war zu flink gewesen, wieselflink und ein Glitsch wie ein Fisch. Alles, was er zurückließ, war ein bißchen ergrautes Haar, das hatte Thisea zu fassen gekriegt. Bis heute roch es nach Parfumerie. Sie, Thisea, krachte rückwärts. Da war dem Achäer das Messer schon quer durch die spritzende Kehle gefahren. Die Pfeile der Amazonen trafen nur noch den Hänger und fielen ermattet zu Boden, sie und die Kugeln, die ebenfalls nichts trafen. Auch Goltz schoß. Auch seine Kugeln gingen ins Leere. Der Schlächter war verschwunden wie ein Phantom, das ein Schnitter der Luft ist. Und blieb es, fast wie der zweite Odysseus. Nur daß sich Brem nicht im Netz inszenierte, anders als sieben Jahre später dieser schwarzbärtige Spartakus der Rechtgläubigkeit und der Rache. Die Amazonen jedenfalls, am Tag darauf, durchwitterten die Gegend vergeblich.

Nie hatte Goltz das Gesicht vergessen, Brems, nicht die schartige Hauterhebung unterm schrägen Tränensack, nicht die von winzigen Fältchen gekerbte Nase, schon gar nicht den Blick. Er hatte damals nicht mitsuchen können, so dringend hatte er aus dem Osten wieder hinausgemußt. Doch hatte auch nicht im Westen – nicht, als er heil in Koblenz zurückwar, und nicht danach – nach dem Mörder fahnden lassen. – Weshalb? Mit den Kali-Träumen war es noch gar nicht losgegangen. Die waren erst später gekommen.

Er hatte den Osten vergessen wollen. Nichts von dem sollte bleiben, nichts, rein gar nichts in ihm. So reinlich war er gewesen, so strukturiert und so klar. Und später hatte er, wenn es schon nachts diese Träume gab, die ihm die wenige Zeit zerfieberten, die ihm zum Schlafen blieb, den Mörder einfach vergessen wollen. *Vergessen?* – Goltz, bittrig, lachte auf. Da stand sein Instinkt auf dem Schreibtisch. Höhnisch begann er, ein Kobold, zu keckern. Doch war das er selbst. Ungefuggers DNS, die Probe – ach, deshalb war es, sein Unbewußtes, wieder darauf gekommen.

Goltz wischte den Kobold vom Tisch. Er stand dem Griff zum Telefon im Weg. Doch das Biest wollte sich halten. Erwischte das Glas Pfefferminztee, kreischte auf, weil's ihm die Finger verbrühte, als das Glas umfiel und sich ergoß: über die Dokumente, Kommunikationselektronik, Stifte, Karten. Alles ging viel zu schnell, als daß Goltz hätte eingreifen können. Was er auch nicht wollte. Denn die dampfende Teeflut riß den Kobold mit sich, der weiterschrie und mit den Ärmchen fuchtelte, bevor er gegart war. Sein Leichnam ging den Wasserfall ab, über die Schreibtischkante bis auf den Boden hinunter, und verpfützte. Dann gab es einen flachen, elektrischen Knall, ob von Goltzens Rechter, die, während er links schon den Hörer hielt, auf die Platte geschlagen hatte, ob im Computer, ob vom gesottenen Wichtel.

»Verbinden Sie mich mit Beutlin…« Er hatte den kurzen Satz kaum begonnen, wieder beherrscht bereits, da löste sich von dem geschmorten Koboldkadaver ein Rauch, der spirrig und ungefähr aufstieg. Goltz registrierte das im Augenwinkel. »… *gesicherte* Verbindung, ja.« Es ballte der Rauch sich im Raum. »Und ist noch eine Putzkraft im Haus? Schicken Sie sie her.«

Da wurde der Rauch zum Gesicht. Es schwebte herauf und rötete sich wie von Achäerblut verschmiert. Der Söldner wischte es, um sehen zu können, mit dem linken Ärmel ab, dem über der Hand, die das Messer umschloß. Das zeigte der Dampf aber nicht. Doch diesmal, mit dieser realen Erinnerung, zeigte ein Kali-Traum sein wahres Gesicht: von Lockung war nun gar nichts mehr an ihm. Es war das Albreißen Kignčrs', von dem Goltz noch nichts wußte.

Das Gesicht kam näher und lächelte. Goltz ließ den Hörer fallen: Was eine perfekte Holografie, dachte er, von seiner Angst wie ausgekühlt. »Du hast noch etwas von mir«, sagte Brem. Er sprach mit nasaler, was ganz besonders drohte, Nachdrücklichkeit.

Frau Schneider fand den Polizeichef erstarrt in seinem Bürosessel vor, zwar locker wie selten die Beine übereinandergeschlagen, aber ein Eis, das in die Ferne schaut. »Herr Goltz! Herr Goltz!« So erschreckt, daß auch sie, die holomorfe Reinigungskraft, beinah erstarrte, in der Linken Eimer und Feudel, rechts hielt sie Kehrblech und Handbesen fest. Noch nie hatte sie solch irren Ausdruck in irgendwessen Blick gesehen, auch nicht in einem der Horrorfilme, die Peter, ihr Sohn, so schätzte. Ihr genügten in der Tagesschau die Schreckensbilder völlig.

Sie stand so. Er saß so. Lange drei Sekunden. Dann war ihm anzusehen, daß er wieder dachte. Hatte jemand Fremdes Zugang zu seinem Büro?

Es war der Verdacht, was ihn erlöste. Das Phantasma, außerdem, hatte ihm den Instinkt bestätigt. Es gab keinen schwebenden Dampf, gab nur unten die Pfütze, in die es immer noch von oben tropfte. Und in der offenen Tür die entgeisterte Holomorfe, wie wenn sie abgestellt worden wäre. »Was stehn Sie herum? – H i e r !« Er zeigte seitlich auf den Boden. Da kam die Verbindung mit Beutlin zustande. »Moment eben.« Das in die Sprechmuschel. »Bitte machen Sie schnell.« Das zu Frau Schneider. »Mein Gott!« rief sie. »Die vielen Splitter!« Fing mit der Schreibtischplatte an, tupfte sie trocken, achtsam bei den Displays, fast ängstlich an den Tastaturen. Bückte sich hinab. Wischte mit dem Lappen in der blauen, reinigungsbehandschuhten Hand. Wrang ihn, sie wollte sich nicht schneiden, gebückt überm Eimer, ging abermals in die Hocke. »Das genügt. Ich laufe ja nicht barfuß.« Mit dem Kinn verwies Goltz sie des Raums. Gleich wieder ins Telefon: »'tschuldigung, Beutlin.« Haarproben hatte er seinerzeit aus dem

Osten mitgebracht. »Fünf Tütchen, erinnern Sie sich? Wo sind die verwahrt?«

Die Goltzin hatte selbst nicht gewußt, wozu er sie nahm. Aber er mußte seine Ordnung haben, Erkennungsmarken genügten ihm nicht; er war zu pedantisch. Den DNS-Abgleich, dann erst Gefallenenmeldung an die Verwandten. Und dann das Haar von Brem. Nachdem sie zu zweit, derweil Otroë und Uma einigermaßen Ruhe in die entsetzten Zuhörer brachten, Thisea auf die Beine halfen. Abwesend besah sie den toten Achäer. So hohl stand sie schwankend, doch dankbar für Otroës Hand. Keine Amazone weint vor Fremden. Doch von den nun entkrampften Fingern fluste sinkend bißchen Haar, das darangehaftet hatte, das eingepreßt, fast geschnitten, in den Handballen gebissen war; in ihrem Entsetzen und vor Not merkte sie den Schmerz nicht und nicht, wie die Goltzin sich bückte, das Gefluse fast noch aus der Luft nahm, um es in eines der fünf Tütchen zu tun, die sie von den Soldaten bei sich trug. Ein sechstes Tütchen gab es nicht, deshalb waren die Proben vermischt.

»Wenn Sie mir ein genaues Datum nennen können.« Angenehm, wie nüchtern, dachte Goltz, der Kybernetiker war. »Fünf Proben«, sagte Beutlin. Man vermeinte, ihn durchs Telefon in die Tastatur seines Computers tippen zu hören. »Stimmt. Sie haben recht.« Goltz ignorierte die Bemerkung. »Fünf, aber von sechs Leuten. Können Sie das Nicht-Identifizierte trennen?« »Ich sehe kein Problem. Bis wann?« »Es hat Vorrang. Und filtern Sie aus den Registern die Träger. Fünf sind die Soldaten, also bekannt. Es geht mir um den Nicht-Bekannten, ob es über den beim Heer etwas gibt. Es wird sich sperren, unterlaufen Sie das. Und keine offizielle Eingabe.«

Leicht gequältes Lachen aus Wiesbaden. Das Militär unterstand der SZK nicht; es gab seit je Interessen- und sowieso Machtkonflikte aus imgrunde purer Eifersucht. Bereits der Albino, des fast schon mythisch gewordenen alten Jensens Sohn – und nach ihm auch Gerling – war der Generalität ein Dorn im Auge gewesen. In den zunehmend schärferen Konkurrenzen mischten überdies Ungefuggers SchuSta und die DaPo mit. Seit die einen Exekutiven längst privatisiert waren, die andren aber, wie das Militär, nach wie vor staatlich geblieben, waren selbst diese, des Söldner-Outsourcings wegen, auf Renditen angewiesen.

Goltz überging es, Beutlins Lachen.

»Aber so ein Filtern braucht Stunden!« »Ihr Computer hat sie.« »Es sind Millionen Menschen!« »Um so eiliger ist es.« »… und nur Wahrheitsgeimpfte. Und auch nur dann, sofern wir Fingerabdrücke haben. Oder DNS-Signaturen. Wenn wer krank gewesen ist.« Das Ärzte-, Krankenhaus- und Krankenkassengeheimnis hatte schon Gerling für Koblenz durchlässig gemacht. Jetzt schließt sich die Totalität, dachte Goltz. Jeder per Scanner bezahlte Konsum hatte die Datenmasse komplettiert. Seit der Privatisierung der Finanzämter lag jedermanns Konto zur Einsicht offen dar. Stuttgart, das, dachte Goltz, nur der Anfang wäre, war die Konsequenz. »Aber im Osten«, wieder Beutlin, »Millionen weißer Flecken. Wir schätzen, es sind zwei Drittel der Bevölkerung nicht erfaßt.« »Wir brauchen etwas Glück.« Ein von Goltz sonst gemiedenes Wort. »Also legen Sie los.« Er kappte die Verbindung, stellte eine andere her, »Was macht Deters?« »Er wartet auf dem Bahnsteig. Wohl der Zug nach Berlin.« Wieso dachte er sich nicht einfach hin? »Der Mann ist holomorf!« »Wir verstehen das auch nicht.« Er akzeptiert es nicht, dachte Goltz, der Mann akzeptiert einfach nicht, daß er nichts als Programm ist. – Abermals ließ er sich mit Beutlin verbinden. »Wir haben doch Deters' Signatur? Können wir ihn wegprogrammieren?« »Sie wollen ihn löschen?« »Nur im Raum bewegen.« »Er trägt einen Selbstprojektor. Die Dinger haben eine Firewall.« »Die wir durchbrechen können.« »Alles, Herr Goltz, läßt sich durchbrechen. Aber er würde das merken.« »Danke.«

Goltz legte auf. Besser, man beließ den Mann im Glauben, daß er autonom war. Soll er mit dem Zug fahren, wenn er unbedingt will. Immerhin war es beruhigend, daß man im Notfall auf ihn zugreifen konnte. Doch die Myrmidonen konnten es auch. Sinnvoll deshalb, sich vorher zu verständigen. Goltz ließ an Deidameia eine verschlüsselte Nachricht abgehen. Sie nahm in einer Baustelle, die auf der Tarzanallee, BUENOS AIRES-SALAMANCA, offenbar niemals fertig wurde, die Gestalt eines Wasserkessels an. Als der materialisierte sie sich in einem der provisorischen grünen Barackencontainer. Das wußte Goltz aber nicht. Plötzlich stand dieser Kessel auf dem von einer hüfthohen Butangasflasche gespeisten Herd.

Die Container waren an der rechten Flanke des mit Gebälk und Gerüsten, Schubkarren, Zementmischern und Schaufeln sowie mit kleinen Planierraupen und einigen Motorkarren vollgestopften Straßenstücks je zwei übereinandergestapelt. Den Anrainern war bekannt, daß es sich um eine Simulation handelte, aber sie brauchten diesen Anschein von Konkretem. Zwar regte sie der Lärm auf, und lärmte es nicht, dann nervte die dauernde Behinderung der Zufahrten und Übergänge und weil es sowieso zu wenig Parkplätze gab. Indessen war das immer noch besser, als hätte unversehens von morgens um acht auf morgens um zehn ein immer neues Gebäude dort gestanden oder eine Überführung hätte sich mal gespannt und mal nicht. Man hing an der Gewohnheit. So auch, alleine ihretwegen, wurde protestiert. Eine Bürgerinitiative gegen den Bauplatz entstand, in der man sich derart wohlfühlte, daß er, der Bauplatz, die Menschen schon mit Dankbarkeit erfüllte. Bisweilen erschienen Arbeiter, manchmal gleich zu fünft. Die taten dann auch was. Doch einen Fortschritt sah man nicht. Meist lag die Baustelle tagelang brach. Salamancas Baubehörde war viel zu sehr mit den Eingaben der Bürgerinitiative beschäftigt, als daß sie sich noch um den eigentlichen Auftrag kümmern konnte, der einmal der Anlaß dieser Baustelle gewesen sein mochte. Zwar schickte man von Zeit zu Zeit Ordnungspolizisten hin, die nach dem Rechten schauen sollten – was dieses aber war, blieb ihnen unklar. Niemand machte sich darüber Gedanken. Alles sah offiziell aus, es gab für Zweifel gar keinen Grund. Schließlich war die Baustelle mit dem, kann man sagen, sozialen Bewußtsein so verwachsen, daß den Leuten etwas gefehlt hätte, wäre sie plötzlich aufgelöst worden, rückgebaut und abgerissen. Sie war, so gesehen, ein verläßlicher Ort zur Selbstfindung durch Abgrenzung. Die durfte man den Leuten nicht nehmen. Was dort gebaut, repariert oder ausgebessert wurde, war letztlich völlig egal. Für die Gemeinde um sie herum funktionierte sie als Garant von Identität; überdies band sie unproduktive Aggressionen.

Von solchen Arbeitsparzellen gab es einige quer durch Buenos Aires gestreut, ob in Boccadasse, im Quatiano, in Neapel oder Sevilla. Es war die beste Art der Tarnung, die sich die Myrmidonen nur wünschen konnten – Umas Idee, übrigens, der altgedienten Guerillera aus dem Osten. Wäre eine von diesen Baustellen aufgeflogen, Die Wölfin hätte sofort alle, von jetzt auf nun, verschwinden lassen, notwendigerweise: um zu verhindern, daß die in ihnen gespeicherten Informationen – Pläne, Aktionsvorhaben, Informanten – entschlüsselt werden konnten. Selbst Goltz sollte keinen Zugriff bekommen, denn auch für Alliierte sind Unterschlupfe suspekt. Zumal die Myrmidonen auf sie angewiesen waren, auf verstreute und nicht, sozusagen, zentralisierte Zentralen – spätestens nämlich, seit damals Goltz Ingolstadt zerschlagen hatte, der frühere Goltz, der noch Ungefugger anhing. Sie gehörten, diese Baustellen, zum amazonischen Konzept des asymmetrischen Kampfes. Die Kommandozentrale hinterm Boudoir war ebenso zur Ablenkung behalten wie die sogenannte Feurige Rose, dieser barceloneske Treffpunkt im Webspace – zur *Hin*lenkung, muß das heißen, des feindlichen Blicks. Dem diente längst auch das Museo de Jamón. Es hatte Vorteile, die Aufmerksamkeit des Gegners auf ein Offensichtliches zu fokussieren. So konnte man an andrem Ort um so leichter täuschen.

Deshalb waren die Zusammenkünfte im Boudoir unterdessen die allernettesten Plauderstündchen. Dort aber hatte Uma sich auf die frühen Strategien besonnen, noch vor dem Nullgrund, und dort ihre Idee Der Wölfin angetragen. Aissa, vor Vergnügen, hatte einmal aufgelacht, schon lachte auch die Truppe. Anfangs nahm man diese fliegenden Zentralen aber nur zur Hälfte ernst. Dann subtrahierte Deidameia vom Vergnügen den Spaß, unterstützt von ihren Holomorfen, die keine Woche später das Programm geschrieben und binnen vierer Stunden in die Behörden-EDVs hineingehackt hatten. So tauchten die ersten Baustellen auf, anfangs nur drei oder vier, schließlich zunehmend mehr. Sie waren niemandem verdächtig, erstens wohl, weil sie so öffentlich standen, vor allem jedoch zweitens, weil Buenos Aires ohnedies eine riesige Baustelle war, in der sich Simulationen und knochigste Realität dauernd miteinander verschmolzen. Damit erklärten wir uns das, obwohl wir selbst darüber staunten, wie gut diese, wie wir sie nannten, myrmidonischen Synapsen funktionierten, die wir doch selbst erschaffen hatten und die sich dann eigentätig weiterschufen.

Leider war der Wasserkessel nicht mein Einfall gewesen, sondern ausgerechnet Dr. Lerches, der unsere, sagte er, ewigen Baustellen ein bißchen mit, begründete er, Witz würzen wollte. »Nehmt doch 'n Wasserkessel, mein Gott!« hatte er, ziemlich angenervt, ausgerufen: mit sakralem »o«.

Wir hatten uns kurz angesehen und gegrinst.

»Wenn Sie das so haben wollen, Herr Dr. Lerche«, hatte Sabi-

ne gesagt und seinen akademischen Grad besonders betont. Dann
speiste sie Goltz' Nachricht als Wasserkessel ins System. Hätte er davon Kenntnis bekommen, wär ihm das aber egal gewesen, weil er für
Nonsens schlichtweg nicht begabt war.

Die Amazone, im Container, hätte den plötzlichen Kessel nicht bemerkt, wäre nicht später noch ein zweiter hinzugekommen. So sehr
ärgerte sie sich. Es war auch wirklich öde, hinter den abgedunkelten Scheiben eines Barackendunkels zu wachen, in dem man nichts
anderes tun konnte, als dem Gruscheln von Kakerlaken zuzuhörn.
Warum orderte man nicht Holomorfe in diese Ödnis ab? Die ließen
sich doch programmieren, dann machte ihnen so was gar nichts aus.
War es nicht ihr Lebenssinn, sofern man von Leben sprechen konnte, den Menschen Stumpfsinn abzunehmen? Waren sie dafür nicht
entwickelt worden? – Sie war nicht die einzige Amazone, die so dachte, den meisten Porteños darin überaus ähnlich. Deidameia verlangte
aber Gleichbehandlung und setzte sie unerbittlich durch. In das Programm einer holomorfen Rebellin einzugreifen, kam ihr nicht allein
deshalb indiskutabel vor, weil sie das politische Erbe Frau Tranteaus
angetreten hatte; deshalb freilich auch. Sondern ihr galt Myrmidonin
als Myrmidonin, ob sie nun künstlich war oder organisch. Alle waren sie Genossen – und riskierten ihr Dasein. So etwas *mußte* Leben
genannt sein, so und so. Sogar die Pflänzler lebten. Die konnten sogar träumen.
   Jetzt aber, mit ihrem neuen Freund, war Apartheid g a n z ausgeschlossen – wobei ›Freund‹ ein zu leichtes Wort war. Nie vorher hatte Die Wölfin solche Nähe erlebt, nicht, seit in Landshut einst die
Sonnenträne, Niam, von ihr gegangen. Ob sie etwas zur Erinnerung
wolle, hatte das Eichhörnchen gefragt. Dann war es weggewesen. *Es
ist ein Stück von seinem Ei.* – Ein so junges Ding war Deidameia damals gewesen, die *Äbtissin* genannte, zartgliedrige Hierodule. Heute verstand sie, weshalb die Mandschu sie über die Seligenthaler Abtei gesetzt, sie ihr anvertraut hatte: allein, um nicht den feinen Bau
ihrer Waden im Krieg zu veröden, sondern ihr das damals frische,
zukunftsfrohe Wesen zu bewahren, dem sie, die Mandschu, die gol-
denhaarige Tochter in Obhut gegeben. Wie lange das alles zurücklag!
Nun war die Hierodule Frau und längst schon Mutter selbst, Wöl-

fin zugleich, die im Kampf stand. Der nun von der Mutter ihres Geliebten eine Verpflichtung übertragen worden war: »Zur Fähe gehört nicht ein Schoßhund, sondern ein Wolf.« So hatte sie den Freund Kamerad werden lassen, einen Genossen den Geliebten, noch in der letzten Nacht seines da dahingegangenen Vaters, und sich offenbart: Wer die Konkubinen waren; wer sie selbst war. Mit ungewohnt großer Stimme wie von Kleist:

> *Ich bin die Königin der Amazonen,*
> *Otere war die große Mutter mir,*
> *Und mich begrüßt das Volk: Penthesilea.*

Doch war Kumani kein Achill, bloß Kumani junior.

Er lachte spontan, konnte nicht anders. So viel plötzliches Pathos! Das war ihm fremd an ihr; er kannte die Freundin nur weich, hatte wenig Menschenkenntnis. Woher hätte er sie nehmen sollen? Er war holomorf. Es interessierte ihn auch nicht, was einer beruflich machte. Ein moralisches Vorurteil kannte er nicht. Deshalb gab es für Deidameia, glaubte er, gar keinen Grund, sich zu schämen. Hure, Schlampe, das waren Wörter. Nutte, das mochten die anderen denken. Für ihn war sie nichts als Menschin mit Herzensbildung und freiem Geist. Wahrscheinlich war ihr, als die Nacktänzerei keine Alternative mehr gewesen, etwas anderes nicht geblieben, als anschaffen zu gehen. Daß sie nicht wohlhabend war, meinte er, an ihrem Lebensstandard erkennen zu können, den sie nicht pflegte. Ein Zimmer nur, worin sie wohnte, zusammen mit den anderen Frauen auf einem selben Gang. So brachte sie diese und sich aufrecht genug durch die Zeiten. Ellie Hertzfeld Deidameia zu nennen, machte er gerne dabei mit. Es ist sowieso Illusion, wer wir seien. Kumani dachte, man könne es ein Rollenspiel nennen; er dachte, es werde alleine der Selbstachtung wegen geführt.

Die Fahrt allerdings mit dem Taxi nach Kehl hatte ihn schon irritiert. Zu Deidameias kleinem Bruder. So hatte es anfangs geheißen, dann indessen, daß er ihr Sohn sei. »Wer?« »Jason. Jason Hertzfeld ist mein Sohn.« »Nein!« Da mußte sie, Penthesilea, lachen. »Jason Greinert hat er einmal geheißen.« Sie saßen auf und zwischen ihrem ganzen Ikea auf einem knallroten Sofa, tranken synthetischen Rotkäppchensekt, 3,99 bei Penny. Er starrte die Amazone an. Die: »Deine Mutter hat mir geglaubt, wer ich bin. Ich mußte gar nichts sagen.«

»Ich habe sie nie so fremd erlebt.« »Vielleicht kennst du sie nicht.«
»Was willst du damit sagen?« »Daß auch dein Vater sie vielleicht nicht
gekannt hat.« »Na hör mal!« »Wie Jason mich nicht kennt, die er für
seine Schwester hält.« »Wozu ein solches Theater?« »So wenig Ahnung. Nicht mal dies.« Weshalb sie ausführlich zu erklären begann:
woher sie, mit wem sie gekommen; daß Jasons Vater einer namens
Borkenbrod sei, Achilles Borkenbrod, ein seltsamer, sofern denn ein
Mensch, tief aus dem Osten »ganz wie ich«, vielleicht von noch weiter her aus Geländen und Zeiten, die mythisch vor uns verborgen gewesen. Denn er habe vor Jason noch ein anderes Kind, ein *besonderes,* gezeugt, nicht mit ihr, Deidameia, sondern mit einer Mongolin.
Das sei in Landshut geschehen. Daß es ihr anvertraut gewesen sei, bis
ihm Odysseus begegnet. »Odysseus?!« Was hatte Deidameia mit dem
Nullgrund zu schaffen? Die lachte wieder nur: »Ein andrer Odysseus,
den du nicht kennst. Er war ein guter Mann, der schon vor langem
gestorben ist.« Sie verschwieg dem Geliebten, woran. Erzählte statt
dessen, wie sie, noch vor den Neunundvierzig und einem als Frau
verkleideten Vater, dazu die Sonnenträne, nach Buenos Aires gekommen und von Myrmidonen gerettet worden war, bevor sie sich mit
den neunundvierzig Freundinnen wieder vereinigt hatte. Da sei der
furchtbare 17. Juni schon vorüber gewesen. »Mit den Freundinnen,
das war, Kumani, ein Austausch. Ein *Kauf* ist es gewesen.« Prostituierte aus dem Osten, Alltag imgrunde, nur nicht das Heilige Kind, das
von ihnen getrennt worden sei. Seither sei es verschwunden.

Sie schluckte, als hätte sie plötzlich geschluchzt. Kumani merkte,
wie alles das für sie nicht ohne Schmerz war, noch immer nicht, einen, den er zugleich nicht begriff. So fremd war ihm diese Geschichte.
Aissa, der Barde, den hatte es aber gegeben, den Schmierer. Von dem
hatte Kumani selbstverständlich gehört. Daß er Borkenbrod geheißen, allerdings, das war ihm neu. Buenos Aires' jüngste Geschichte,
jedenfalls, und Deidameia in sie hineingeknetet, nicht nur verwoben.
Wenn er ihr glaubte. Wie sie, nach der Zerschlagung der holomorfen
Guerilla durch die SZK, den neuen Widerstand organisierte, ausgerechnet im Boudoir. »Nie und nimmer hätte ich mein Kind da hineinziehen können! Ich mußte es schützen. Niemand durfte wissen,
wer es war!«

»*Ist*«, sagte Kumani.

406

Deidameia, nach so viel Erzählen, schwieg, lange von ihm betrachtet. Sie war erregt, man sah's. Er mußte sich entscheiden, wußte aber nicht, ob sie das alles, weil sie ihr Leben anders nicht aushielt, erfunden, ja sich eingeredet hatte, bis sie es selber glaubte. Ob das ein Wahn war. Wahnhaft indessen wirkte sie nicht. Sie war viel zu nüchtern.

»Das glaubst du nicht«, fragte er schließlich, »daß Jason längst alles weiß?«

Sie räusperte sich, so scharf ging die Skepsis der Frage durch sie hindurch.

»Erzähle weiter«, sagte Kumani. So daß er auch Legenden zu hören bekam, die er schon kannte: die Vernichtung Frau Tranteaus und wie sich die Myrmidonen zerstreuten, zerspritzten, wieder gesammelt und aufgefangen jedoch von Aissa der Wölfin, von der sie, Deidameia, unerschütterlich behauptete, daß sie sie sei, und von dem Zusammenschluß der holomorfen Rebellen mit den Amazonen – *Terroristen* im Sprachgebrauch Pontarliers. Kumani saß und staunte, aber das Herz nicht weitend, sondern verengend. Ihm schwirrte der Kopf.

Dämmerung war in das Zimmer gefallen. Hinter dem Fenster, das nicht simuliert war, sank die Halbnacht herab. »Nichts davon habe ich erzählen wollen, gar nichts, Geliebter. Dich habe ich davon frei wissen wollen.« »Aber meine Mutter.« »Deine Mutter. Wer ist sie?« »Was bitte meinst du?« Mit erhobener Stimme: »Sie war nicht verwundert. Ich sagte schon, sie sah mich an und wußte.« »Das ist unmöglich.« »Jetzt weiß sie wirklich.« »Du hast auch ihr erzählt? Wie konntest du?! Meine Eltern sind regierungstreue … Manchmal ist das zum Kotzen gewesen.« »Nein«, sagte Deidameia, »du bist, da hat sie recht, kein Wolf.« Doch mußte einer werden. Da hatte seine Mutter recht. Kumani war, wie Jason, in Gefahr. »Du mußt dich, Kumani, entscheiden.«

Das tat er.

Weshalb ein paar Tage, nachdem sich Broglier und Kignčrs dort kennengelernt hatten, auch er im Sangue Siciliano erschien. Da war es schon nach Mitternacht. Sofort erkannte der schöne Holomorfe Deidameias Taxifahrer wieder, aber sprach ihn nicht an, weil der so eng mit zwei anderen saß, die ihm nicht geheuer waren. Das waren ihm Zecher prinzipiell nicht.

Die drei hockten genau wieder da, wo sie vorgestern gesessen, und sannen ihren inneren Dowds von vorgestern nach – ihren verlorenen Frauen, heißt das. Nur Kalle wirkte verstockt statt in Trauer. Für Kumani sah das nach schlechtem Gewissen aus, und er täuschte sich nicht. Wie sollte es Kalle dem Freund denn nur sagen, ihm, dem trauernden Broglier? Der ahnte nichts von seinem nächsten Verlust. Broglier war so durchgeschüttelt worden seit seiner ersten Trennung bis zur zweiten, endgültigen, die eben doch nur *fast* war. Da würde ihn, das hoffte Willis, eine dritte vielleicht heilen. Aber ihm fehlte Kignĕrs' Stiernackigkeit. Nie war er Söldner gewesen, noch schon ein Argonaut geworden, der sich die Welt erobern will, eine neue, auch wenn sie schon ganz alt ist. Er hatte, Willis, ein furchtbar schlechtes Gewissen.

Seine, Brogliers, rechte Hand tastete immer wieder nach dem Datenträger, obwohl er ihn diesmal nicht bei sich, sondern daheimgelassen hatte; er hatte den Projektor angelassen, damit jemand da war, wenn er zurückkam. Doch stand er Dolly II gegenüber, wurde ihm jedes Mal schlecht. Schlecht von der eigenen Schwachheit. Und Dolly II mußte leiden. Darum hatte Willis schon recht getan, als er die Sache endlich, und das im Wortsinn, *knickte*.

Das tat er so:

Er war zu Broglier gefahren, um nach ihm zu schauen. Jedenfalls hatte er das vorgeben wollen, falls der Freund denn dort war und nicht, wovon Kalle ausging, sein Selbstmitleid wieder im Sangue ersoff. Eine Woche hatte Willis für seinen Entschluß gebraucht. Wohl damit war ihm immer noch nicht.

Dorata öffnete ihm – ihre Simulation, heißt das, die holomorfe Klonin. Das irritierte ihn kurz. Er war fast davon ausgegangen, daß er – die Nachbarn hätten ihn kaum geschert – die Tür würde aufbrechen oder durch ein Fenster einsteigen müssen. Normalerweise ließ man ein erotisches Maultier nicht an, wenn man ausging.

Ganz geschwollen ihr Gesicht, aufgequollen, glänzend naß, gereizt vom Salz.

»Haste jeweint?« Seine Fingerknöchel wurden weich, so fest er auch preßte. Hielt den Magneten umschlossen und kam sich wie ein Meuchelmörder vor.

Dolly II antwortete nicht, kniff nur die Lippen zusammen. So stand sie in der Tür. Immerhin tat ihr sein Dialekt wohl, der grobe, herzensgute, wie er den Schmerz profanierte.

Sie stand weiter in der Tür.

Er stand genauso in der Tür.

»Mädel: Sach, wat *is!*«

Er wußte es aber von allein. Schließlich war er deshalb gekommen. – Er senkte die Stimme: »Läßt mir rein?«

Broglier saß also wirklich im SANGUE, zusammen mit Kignčrs. Es ging auf 23 Uhr. Beide Männer, so ungleich sie waren, hielten sich an ihrem Schmerz auf ganz die gleiche Weise fest. Nicht, daß sie nicht merkten, wie sie immer nur tiefer in ihrem Elend versanken, sondern sie wollten das auch so. Unter ihren Füßen und um sie, wie an brechende Ufer klätschelnd, der Schlick; anderwärts stand er hoch zu den Waden und ließ sich schon deshalb nicht trockenlegen, weil sie, der eine massenhaft Bier, der andre Fenny auf ihre Leiden kippten.

Auch Willis war schon dagewesen, aber hatte fast sofort wieder kehrtgemacht, als er die Freunde hocken sah. Erst fuhr er heim und polterte, seine Wut wurde immer größer, die drei Treppen hoch. Die Wohnungstür knallte, wie von Sturm erfaßt und geschleudert, zu. Er stampfte in die Küche, zog den Werkzeugkasten aus der Kammer, kramte, warf raus, warf herum. Gab dem Kasten einen Tritt zurück ins Kabuff. Wo war der beschissene Neodym-Block?

Er fand sich unter der Spüle. Willis packte ihn, hielt ihn wie einen Stein zum Totschlag in der rechten Pranke, stampfte in den Flur, in den Hausflur, abermals knallte die Tür, das war bis auf die Straße zu hören.

Jetzt stand Dolly da, stand wie er in der Tür. Noch immer. Er hielt den Magneten umschlossen. Es kam ihm vor, als wollte er ihr, der holomorfen Klonin, den Schädel zertrümmern. Das Schlimme daran war, daß man, was er vorhatte, so wirklich sehen konnte. *Löschen:* das, immer wieder, war ihm durch den Kopf gegangen. Man müsse sie nur löschen, dann habe des Freundes Elend ein Ende. Und das der zarten Holomorfen auch.

Die jetzt zur Seite trat, ohne sich eigentlich zu rühren. Sie merkte noch gar nicht, wie entschieden er war. Da hob er sie mit Pranke und Faust und stellte sie um. Wenigstens ließ sich die Tür jetzt schließen. »Ick mach uns ma 'n Kaffe«, sagte Kalle, und er ließ sie stehen.

Er kannte sich in der Wohnung mittlerweile gut aus; eigentlich hätte ihm der Freund einen Schlüssel geben können, alleine wegen Dolly II. Daß er sie einfach weiterlaufen ließ, wenn er nicht da war, sollte sie vielleicht spüren lassen, wie Einsamkeit sich anfühlt. So saß sie über Stunden allein. Manchmal weinte sie dann, weil sie, so unnütz, nichts mit sich anzufangen wußte.

Broglier wußte selbst, daß er ungerecht war. Aber daß sie immer so dastand, einfach dastand, machte ihn rasend. Daß sie nie zurückschrie. Daß er selbst daran schuld war, daß sie die *kranke* Dorata war, die sich nicht mehr wehren konnte. Nun war er, Broglier, ihre Krankheit. Einmal schlug er ihr sogar ins Gesicht, wenn auch nicht heftig. Sie brach nicht zusammen, sondern stand wieder nur da wie im Flur.

Was vor sich ging, begriff am präzisesten Kalle. Nein, er begriff nicht, denn ihm fehlte die Terminologie. Aber er fühlte. Daß der Freund *wiederholte:* Dolly II sollte leiden, wie die Geliebte gelitten hatte. Es war ihm um eine neue gesunde Dorata gar nicht gegangen, sondern allein um die, die nach seiner Rückkehr aus Garrafff für ihn dagewesen war. Selbstverständlich war Doratas Krankheit nicht mitprogrammiert worden; so übernahm er selbst deren Rolle. Schaute die Holomorfin aus seinen fennyverquollenen Augen an. Wie leid sie ihm tat! Bis er zu flennen anfing, »Dorata-Dorata«-heulend. Das amalgamierte mit seinem Mitleiden, das einer Woge glich, die sich bäumte, drei, vier Gezeiten, fünf, sechs, bis Dorata und Dolly II zu einem einzigen Wesen zusammengeflutet waren, dessen Berührungen er, Broglier, endlich zulassen konnte und um deretwillen die holomorfe feine Frau überhaupt erst geschaffen worden war. Jetzt konnte er sie küssen, wobei er »entschuldige, entschuldige bitte« stammelte und wie ein Schloßhund weiterflennte, der stopplige, schon wieder an Dorata verwahrloste Mensch. – Sie tröstete ihn dann.

Stand immer noch im Flur.

Solch einen leeren, solch zerdehnten Tag hatte sie hinter sich. Und solch eine Szene, käme ihr Mann denn heim, war wieder zu erwarten. Sie sehnte ihn herbei und fürchtete sich doch. Dachte wie wortlos, als Willis in die Küche gestapft war, ein wieviel bessrer Mann ganz sicher d e r für sie gewesen wäre. Doch gegen Liebe kommt kein Verstand an: immer ist sie Verhängnis zugleich. Es liebt niemand frei, nicht tun's die Holomorfen, noch tun es wir. Insofern war das Programm Dolly II alles andere als die Flucht vor der Wahrheit, auch wenn es zur Weigerung geschrieben worden war, den Verlust zu akzeptieren.

Die Kaffeemaschine blubberte. Willis stapfte zurück in den Flur. Dolly II liefen Tränen, weiterhin aber, ohne daß sie sich rührte. Sie liefen einfach nur. Willis zog ein Tempopäckchen aus seiner Joppe. Es heißt, Eskimos hätten einhundertdreißig Wörter für Schnee, manche sprechen von tausend. Das stimmt aber nicht. Doch wir haben keine vier für das Mitleid. So daß Willis gar nicht hätte ausdrücken können, was er empfand, sowieso nicht, und was er schon spürte: wie es aus Dolly herausbrechen würde, wenn er sie in die Arme nahm, und daß er das wollte, daß es aus ihr herausbrach. Sie war von Krämpfen geschüttelt, verspeichelte, verschleimte sich, Nase, Augen, Mund. Der Schnotter lief. Warum ließ Broglier sie nicht umprogrammieren? – Ja, er spürte den Grund. Aber Willis konnte nicht erklären. Es hätte auch gar nichts geholfen. Der Sadismus hinter dem allen war nicht gewollt, nicht gewußt, geschweige inszeniert. Kalle wäre sonst mit Broglier nicht befreundet gewesen.

Als es vorüber war und Dolly II sich faßte – sie begab sich ins Bad, um sich wieder herzurichten –, zögerte er nicht länger. Er hatte in der ganzen Zeit den Neodymblock nicht losgelassen. Der Hodna-Projektor lag auf dem niedrigen, langgestreckten Tisch zwischen drei Modejournalen. Kalle nahm ihn und zog die briefmarkenkleine Card heraus, über die er nun sorgfältig und still mit dem Magneten strich, mehrmals und in den Linien akkurat. Er drehte ihn um und wiederholte die Entladung auf der Rückseite. Dann wurde er unsicher. Ging das denn mit dem Magneten? Kurzerhand knickte er die Card mittendurch.

Er lauschte.

Im Bad lief noch der Wasserhahn.

»Dolly?«
Keine Antwort.
»Dorata?«
So daß er aufstand und nachsah.

Er drehte den Wasserhahn zu. Auf den gewischten Bodenkacheln lag, unters blitzend weiße Waschbecken gesunken, ein rosafarbenes Händehandtuch, das noch feucht war, als er es hochnahm und glättete. Und faltete. Und über den Halter hängte. – Dann verließ er das Badezimmer.

Auch in der Küche sah er nach und in dem liebevoll erhellten Schlafraum, aber in dieser Wohnung, außer ihm, war niemand mehr. Weshalb er die beiden Kaffeetassen aus dem Wohnzimmer holte und in der Küche spülte. Er stellte sie, damit sie abtropfen konnten, mit der Öffnung nach unten in das weiße Gitter, schüttete den restlichen Kaffee aus der Glaskanne weg, spülte auch sie. Schließlich trocknete er sie und die Tassen ab, stellte die Gefäße sorgsam in den Geschirrschrank und leerte den Filter. Als er ging, nahm er sogar die Mülltüte mit. Hatte aber den Magneten vergessen, kehrte, die Hand bereits auf der Klinke, um. Und als er nach dem Neodymblock griff, fiel sein Blick auf den Beistelltisch. Das merkte der Freund ganz sicher nicht, wenn er das Bändchen mitnahm. Steckte es sich in die Joppe. So wurde auch er infiziert. In einer der langen Taxipausen, Tage später an einer öden Ecke Alexanderplatz, mußte er wieder an seine liebe Ulrike denken. Doch an Dorata, plötzlich, dachte er auch, an die erste, und immer wieder, seit Dolly II nun gelöscht war. Es war dieser Traum, der ihm seinerzeit solch ein schlechtes Gewissen gemacht: Der strahlende Sonntag händchenhaltend am Meer, die Brise über der luziden Ägäis. Da stiegen diese Zeilen in ihm auf, die er nicht verstand:

Weit fort sind wir in jenem Echohof,
und während du in mir wieder auftauchst,
hör ich mich im Geflüster, das du erweckst
aus einem Schlaf, der uns lange voraussah.

Jetzt aber, noch Wurmbachstraße 6, zog er die Tür ins Schloß und fuhr zurück zum SANGUE. Den Magneten warf er auf den Rücksitz. Da war es knapp nach 23 Uhr.

Die beiden Leidenden merkten nicht, wie er sich zu ihnen setzte, ja, daß er bereits einmal hier- und einige Zeit dann weggewesen war. Sie hatten tatsächlich zu sprechen begonnen, wenn auch jeder nur in sich selbst. Man verstand sowieso nichts im Gegröl. Trotzdem waren beide sich nah, ja, geradezu intim.

»Ich habe sie überhaupt nicht gekannt«, sagte Kignčrs. »Verstehst du?« Und ergänzte, als wäre ein Irrtum zu korrigieren: »Ich s a h sie nie. Sondern ...« nun, als würde ihm nicht geglaubt: »... w i r k l i c h ! zum ersten Mal heute. Und da, weißt du ...« »PERMESSO!«»... war sie bereits tot.« »Es gibt keine Zeit«, sagte Broglier, »wenn man trauert.« Willis begann das schlechte Gewissen zu quälen. Ich bin ein Mörder, dachte er. Hatte nun ebenfalls getrunken. Ich bin ein Mörder. – »Ich muß dir etwas sagen, John.« Broglier reagierte nicht auf ihn. »Es wird alles«, sagte er, »wie eines. Die Erinnerung und der Verlust. Das Glück, das man verlor, und das Leid, das dann kam.« »John, ich muß dir wirklich ...« »Laß gut sein.« »PERMESSO!«»Laß einfach gut sein.« *Berlin Berlin,*
wir feiern uns die ganze Nacht.

Da schluckte Willis sein Gewissen. Er wußte aber nicht, was er noch mit sich anfangen sollte, blickte sich um, entdeckte Pal in der Menge, den indischen Kollegen, erhob sich mit einem hilflosen »na denn«. Wollte sich zu dem durchdrängen, stand aber keine fünf Schritte direkt vor Kumani.

»Ja, wat machst 'n d u hier? Det is aber 'ne Überraschung!«

Er hatte den jungen neuen Freund Ellie Hertzfelds, der netten schönen Puffmadame, sofort erkannt. Noch wußte er nicht, anders als Kumani, wer sie in Wahrheit war. Noch ist er in der CYBERGEN nicht eingefallen. Die Zeuner nämlich, dort im Labor, wurde jetzt erst aufmerksam, als sie stichprobenweise die Skripte checkte. Herbst saß bei ihr. Dr. Lerche war bereits daheim.

Mensching saß vor den Screens im Stockwerk darüber. »Was macht d e r denn da?« »Wer?« »Kalle.« »Kalle?« »Ja, sieh mal.« »Ach du Scheiße, der löscht Dolly.« – Cordes stellte sich vor, wie faszi-niert die zwei Kybernetiker waren. Deshalb lag es mehr an ihm als an ihnen, daß sie dazwischenfuhren, also umprogrammierend eingriffen. Was strikt verboten war. – Flink tippte Herbst und kicherte dabei. Er hatte sich sein nächstes Bonbon wirklich verdient. Die selbstorganisierenden Prozesse sollten nicht beeinflußt werden, um die Ergebnisse nicht zu verfälschen und so die Aussagewahrscheinlichkeit nicht intolerante Werte annehmen zu lassen. Andererseits kam es, dachte ich, darauf längst nicht mehr an, seit die Welten – Cordes dachte: Matrices – füreinander durchlässig geworden waren.

Es stank noch immer nach Hundsgott.

»Und was machst du jetzt?« Sabine schrie das fast. – »Ich kopier sie.« – »Wen?« – »Dolly. Bevor der Typ sie ganz weggekriegt hat.« – »Ja und wohin?« »Scheiße, ich hab sie verloren!« – »Du hast *was?*« – »Wo ist sie?« – »Ist sie gelöscht?« – »Nein, isse nicht... – rotiert im System.« – »Wie, *rotiert* im System?« – In der Matrix, beharrte Cordes. – »Was *heißt* ›im System‹?« – »Na im System.« – »Du hast einen Fehler gemacht.« – »Nein, hab ich nicht.« – »Und jetzt?« – »Müssen wir suchen. Oder die Sache vergessen. Mein Gott, ist das blöd!«

Sie konnten nicht wissen, auch Cordes wußte es nicht, daß die Holomorfe abgefangen worden war. Noch stand sie im Bad, beugte sich vor und tupfte mit einem Zipfel des rosafarbenen Handtuchs die Tränenspuren ab. Dann legte sie neu das Make-up auf, hob eines seltsamen Geräusches wegen, eines Zirpens oder Fiepens, das Gesicht – sah aber bereits nicht mehr in den Spiegel, sondern blickte auf die mittlere Doppelknopfleiste der Uniform einer holomorfen Rebellin.

»Da haben Sie noch mal Glück gehabt«, sagte die.

Verwirrt richtete sich Dolly auf.

»Wer sind Sie?« fragte sie. »Wo bin ich? Wie komme ich hierher?«

»Das ist schwierig zu erklären. Sie werden etwas Zeit brauchen, Mädchen, bis Sie es begreifen.« Die Frau wandte den Kopf zurück, sprach nach hinten ins Leere des Raums: »Habt ihr sie im Speicher?« Und führte die unversehens zitternde ›Neue‹ – nein – nein, nein – sondern es wird, meine Damen und Herren, wirklich Zeit, entschuldigen Sie also, wenn ich Sie

12

wecke, um Ihnen etwas zu erklären.

Aber kommen Sie erst einmal zu sich. Sie werden ein bißchen benommen sein. Das lange Liegen geht auf Mitochondrien und Muskeltonus. So was merkt man erst, wenn man erwacht. Ich kenne das, habe selbst simulektronische Reisen hinter mir, von Anfang an bin ich dabei und weiß, wie einen allein der Flüssigkeitsverlust fertigmachen kann. Deshalb die Tropfs, über die wir Ihnen, während Sie schliefen, Glukosen und Spurenelemente zugeführt haben. Auch werden Sie die Simulationshelme nerven, behalten Sie sie trotzdem auf. Das ist nur eine Ruhepause jetzt. Wir werden Ihren Einsatz gleich fortsetzen – vorausgesetzt, daß Sie nicht doch lieber abbrechen möchten. Das steht Ihnen selbstverständlich frei. – Will das jemand tun?

(Schaut mit links gehobener Braue.)

Keiner? Gut. Also. Erst einmal: wo Sie sind. Damit Sie sich erinnern. IMZ Stuttgart, Konrad-Adenauer-Straße. Sie haben sich freiwillig für die Testungen gemeldet, weil das einen neuen Streifen auf Ihrem Schulterstück bedeutet. Über die Risiken sind Sie eingehend informiert worden. Sie haben das Training alle mit Bravour gemeistert, und wir sind stolz auf Sie. Das eben war Ihr erster Einsatz, zivil spricht man von Reise. Manche nennen es einen Schlaf. Darum hab ich gesagt, ich hätt Sie geweckt. Aber Schlaf, und auch Traum, ist als Begriff ganz falsch.

Das letzte, was Sie erlebt haben, vor nicht ganz einer halben Minute, war Dorata Spinnen die Zweite, genannt Dolly II, die sich eben noch in einem Spiegel schminkt und plötzlich in der Leitungsbaracke eines myrmidonen Auffang- und Flüchtlingslagers steht. Sie waren dabei, als hätten Sie es in einem Spielfilm gesehen. Bisher war alles Kino, wenn auch, für Sie, von bislang ungeahnter Realität.

Der folgende Schritt wird sein, Sie tatsächlich interagieren zu lassen. Dieser Einsatz beginnt in wenigen Minuten. Bislang sind Sie drüben nicht aufgefallen, waren für die andern ein Passant, ein Imbißbetreiber oder fußballspielender Junge, der auf sie keinerlei Einfluß hatte. Sie sind vielleicht Empfangsdame in einem Hotel gewesen. Was genau, das wissen nur wir, Sie selbst aber nicht. Es tat auch, bislang, nichts zur Sache. Das wird sich von nun an ändern. Der Einfachheit halber nennen wir die anderen »Avatare«.

Ich will Ihnen noch einmal die Gefahren vor Augen führen. Es geht darum, Ihr Bewußtsein zu schärfen. Denn von diesem Augenblick an wird es kein Zurück mehr geben. In dem Moment, in dem Sie aktiver Bestandteil der Matrix werden, wirken nicht nur wir Programmierer auf die Avatare ein, sondern diese auch auf Sie. Was immer Sie fortan tun und lassen, fühlen und denken, wird den Gesetzen der Modellwelt entsprechen. Damit überschreiten Sie die Schwelle von der Simulation zur Kausalität. Was Ihnen drüben widerfährt, widerfährt Ihnen *wirklich*. Werden Sie dort überfahren, werden Sie auch hier gestorben sein. Das ist irreversibel, und zwar auch dann, wenn wir den Einsatz von hier aus beobachten und, soweit es geht, beeinflussen. Für uns, die wir nicht dabei sind, bleibt es eine Modellwelt. Dennoch folgt aus der Wirkung auf Sie, daß auch wir mit Konsequenzen rechnen müssen. Sie alle sind dann nämlich Schnittstellen, das heißt: Übergänge oder Medien für solch einen Übergang. Deshalb kann letzten Endes nicht gesagt werden, daß dieses hier real ist und das da drüben imaginiert. Dort kann man mit selbem Recht das Gleiche behaupten. Wir möchten sicherstellen, daß Sie das wissen. Nur dann, wenn Sie diesen Umstand nie aus den Augen verlieren, können Ihre Einsätze die strategische Bedeutung entfalten, für die wir Sie ausbilden. Es kommt nicht darauf an, ob es uns als physische Geschöpfe überhaupt gibt, vielmehr darauf, was wir wahrnehmen und wie wir reagieren. Was wir erleben, ist i m m e r real.

Etwas zu erleben, ist eine Interpretation des Gehirns. Stellen Sie sich die Farbe Rot vor. Woraus besteht sie? Wir können sie als Qualität nicht beschreiben, sondern uns lediglich über Vergleiche versichern, dieselben Eindrücke zu haben. Sehr wohl können wir aber Eigenschaften bestimmen, zum Beispiel hier die Wellenlänge. Bei Rot beträgt sie 780 Nanometer. Das ist objektiv. Nicht so der Eindruck selbst. Wir werden nie wissen, ob nicht unser Nächster ihn als Grün wahrnimmt. Immer, wenn wir sagen, das da ist Rot, nickt er, weil das, was für uns Rot ist, für ihn der Name für das ist, was er als Grün sieht. Das gilt für jede Art von Sinnesempfindung, um von unseren Gefühlen ganz zu schweigen.

(Abermals gehobene Braue.)

Darum haben wir davon, wie Stuttgart, ich meine das Stuttgart um uns herum, in Wirklichkeit beschaffen ist, alle keine Ahnung. Wir werden sie auch niemals bekommen. Es spielt für unsere normale Lebenspraxis allerdings keine Rolle, sowenig wie für Frau Frieling, als sie starb, daß sie für uns nichts als ein künstlich generiertes elektrophysisches Feld war. Ihre Schmerzen, für sie, waren ebenso real, wie wenn wir selbst an Krebs erkranken. Eine wirkliche Rolle spielt die wirkliche Wirklichkeit erst dann, wenn die verschiedenen Lebenspraxen miteinander verbunden werden und miteinander, um sich selbst zu erhalten, kommunizieren müssen. Genau das geschieht in der Simulartechnologie, die, so gesehen, mit einer Simulation von Prozessen nichts mehr oder nur noch wenig zu tun hat.

Wir alle sind autopoietische Kosmen, die sich über Projektion definieren. Auch wir sind Projektionen, die andere Ichs definieren. Das ist mit Kommunikation gemeint. Indem die Anderswelten sich erkennen, nehmen sie gegenseitig Einfluß auf ihre Selbstkonstitution. In der Kybernetik haben wir es uns angewöhnt, psychische Prozesse als energetische aufzufassen. Da Energie ein Begriff der Physik ist, müssen wir schließen, daß das, womit Sie in den letzten Stunden konfrontiert waren, ebenso materiell ist wie Ihre Kaserne, Ihre Autos, Ihre Fußballschuhe und Ihre Familien.

(Räuspert sich.)

Ich komme jetzt zum Eingemachten.

Wenn Sie während Ihres Einsatzes mit der Simulationswelt verschmelzen, wird sich also Ihre Selbstkonstitution modifizieren. Wie und in welchem Umfang, darüber Daten zu sammeln, ist der Zweck der jetzigen Versuchsreihen. Auch wir sind, als physikalische Felder, Informationen. Darum ist nicht auszuschließen, daß jemand von drüben direkt in unsere Lebenspraxis, und das heißt: in die Sicherheit des Staates eingreifen, unsere Familien gefährden kann, unsere Stromversorgung stören, die Verkehrsleitsysteme usw. Das hat die Simulartechnologie zu einem vordringlichen Anliegen militärischer Zweckforschung gemacht.

Das Ziel Ihrer nächsten Operation: Aufklärung. Wir wollen Art und Stärke der Einflüsse untersuchen, denen Sie im interagierenden Einsatz ausgesetzt sind. Bevor wir darüber nicht genügend wissen, sind Kampfeinsätze heikel. Wir setzen Sie einer Art Strahlung aus, von der wir bisher nur wissen, daß es sie gibt. Zwar vermitteln die Phänomene noch den Eindruck von Zufälligkeit, ja Willkür. Das macht sie aber nicht weniger prekär.

Machen Sie sich klar, daß die Anderswelten zwar Spiegelungen ineinander, aber nicht identisch sind. Es hatte gute Gründe, sie auf diese Weise zu organisieren, denn Identisches wirkt nicht aufeinander, sondern schließt sich aus. Gegenseitige Beeinflussung beruht nicht auf Identität, sondern auf Ähnlichkeit. Daraus folgen erhebliche Irritationen während Ihres Einsatzes. Was in der einen Welt ein Berliner Planetarium ist, kann in der anderen ein Gebäudekomplex des Militärischen Abschirmdienstes sein. Wer aussieht wie Ihre Frau, kann feindliche Agentin sein. Ihr eigenes Kind kann das Kind eines anderen sein.

(Es klopft an der Tür. Eine uniformierte Adjutantin tritt herein.)

Bitte? Nein, dafür habe ich jetzt keine Zeit.

(Er wedelt sie wieder hinaus.)

Also.

Worauf es ankommt, ist: Ihre folgenden Erlebnisse sind ebenso real wie dieser Raum und diese Stadt, ich und Sie selbst. Das gilt für die Avatare, denen Sie begegnen, ganz genauso. Auch deren Schmerz ist wirklich, wirklich sind drüben auch Hundsgötter und Amazonen.

Andere Welten sind immer Bewußtseinswelten. Wir stehen an einer Nebelkammer, blicken aber nicht nur mehr, sondern g e h e n hinein. Und übersehen auch nicht länger die gigantische andere Nebelkammer, in der wir selbst uns befinden und in die vielleicht in genau diesem Moment andere Probanden schauen, genau wie Sie, und ihrerseits uns für imaginierte Funktionen halten und unseren Schmerz und unsere Nöte für simuliert.

(Räuspert sich.)

Und jetzt bleibt mir nur noch, Ihrem Mut meinen Respekt auszudrücken. Die folgenden Generationen werden Ihnen zu danken wissen.

13

Es war dieses das erste Mal, daß Hans Deters so direkt einen imaginativen Zugang in den Stuttgarter Zentralcomputer hatte. Er stand, offenbar von Deidameia eingeschleust, dem Offizier gleich zur Seite, der diese Ansprache hielt, und sah wieder die zweiundzwanzig Ganzkörper-Konsolen, auf denen die Soldaten sich teils aufgerichtet hatten, teils ließen sie sogar, wenn vorlauten Charakters, die Beine von der Pritsche baumeln, teils blieben sie aber einfach liegen, an Händen Füßen Köpfen verkabelt, das Visier des Infoskops über Augen Nase Mund. Leises kaltes Licht dämmerte von der Decke herab; rechts war die gesamte Wand ein Glas, dahinter die Computer wirkten; man sah nur sie, keine Techniker. Man sah bloß die Hunderte Lämpchen glühen, rot und grün und gelb. – Der Offizier stand an der Fensterfront vor dem schmalen Tisch, einer Armatur aus drei Tastaturen, drei Mikrofonen und einem kleinen Screen.

»Kommen Sie!« Er gab Deters einen knappen Wink und schritt ihm voraus hinaus. Da schliefen die Zweiundzwanzig wieder, die nur noch einundzwanzig waren.

Wer war ich? Wer war ich für diesen Mann, jetzt, in diesem Moment? Ich hatte keine Ahnung, trug aber Uniform wie er. Ich durfte mir auf keinen Fall etwas anmerken lassen. Hoffentlich fragt der Offizier Hans Deters nichts.

Tat er nicht. Sondern sie trennten sich im Foyer des Gebäudes, einem nüchternen Saal, der in seiner Abgerissenheit und mit den Tausenden Zetteln, die an die Betonwände gepappt und gepinnt worden waren, eher dem Eingang einer Universität glich als dem des Instituts für militärische Zweckforschung (IMZ), einer direkt Pontarlier und Ungefuggers SchuSta unterstellten Sonderabteilung der SIEMENS/ESA.

»Sie wissen, was Sie zu tun haben«, sagte der Offizier und ließ Hans Deters stehen, der sich jetzt erst gestattete, ein bißchen verwirrt zu sein. Er erinnerte sich, in einen Zug gestiegen zu sein, der nach Berlin fährt. Er war eingestiegen, ganz sicher, hatte einen guten Gangplatz im ICE gefunden, war vielleicht etwas eingedöst und nun als Adjutant oder was immer zu sich gekommen.

Er kniff sich. Tut das nicht einer, der aufwachen will? Er mußte lachen. Aber wirklich stand er in diesem Foyer. In Stuttgart. Es gab keinen Zweifel. Gedankenschwer verließ er das Gebäude und fragte auf der Straße nach dem Hauptbahnhof.

Die Soldaten hatten keine Ahnung, worum es *wirklich* ging. Das hatte ihnen der Offizier verschwiegen, daß sie Pioniere waren, die der Stuttgarter Bevölkerung ein- für allemal in das Neue Christliche Weltreich vorausgehen würden, von dem der Präsident schon lange vor dem Amtsantritt immer wieder gesprochen hatte: von der Digitalisierung der Welt als praktisch gewordenem Endsieg einer aristotelischen, mit dem Monotheismus verknüpften Denk- und Gestaltungsbewegung, die sich auf der nunmehr Nullgrund genannten ECONOMIA als Lichtdom symbolisieren sollte – zeitgleich mit Stuttgarts Verschwinden aus dem bekannten materialen Raum. Er würde Stuttgart *enthalten*.

Müde und abgeschlagen war Hans Deters, als er nach den sieben Stunden Fahrt von Wiesbaden endlich heimkam. Er hatte bis Ostbahnhof im ICE gesessen und ab Südkreuz die S-Bahn genommen. An der Station Prenzlauer Allee stieg er aus und die Stufen des kleinen rotgeklinkerten Gründerzeitbahnhofs hinauf. Er wandte sich nach rechts über die Brücke, unter der die Gleise hindurchführen, blieb einen Moment lang neben dem Neubau stehen, der sich da anschloß, ein Designer-Küchenstudio füllte das gesamte Erdgeschoß, vom Flur und den Lifts einmal abgesehen. Darüber SOLAR 2000. Auf der gegenüberliegenden Seite der von den zwei Tramgleisen durchschnittenen Allee die schimmernde Raumerkuppel des Planetariums mit der kleinen Anlage darum, dem schmalen Park aus Rasen und Spielplatz, davon links die leichte buschwerkbewachsene Erhebung des S-Bahn-Gleisdamms. Seit Deters' nächtlichem Aufbruch aus der Dunckerstraße durchs Innere des Planetariums nach Wiesbaden und schließlich Stuttgart – aber er trug, angekommen, gar keine Uniform mehr – waren nahezu achtzehn Stunden vergangen. *Berlin* dachte Deters, *BUENOS AIRES – BERLIN.* – Dann ging er weiter.

Ob wohl Stuttgart die anderweltige Repräsentanz von Wiesbaden war – in Garrafff vielleicht oder noch einer wieder anderen Welt? Wieso denn hatte dieser Offizier von Dollys II weiterem Schicksal wissen können? Das ging mit der bisherigen Logik der Anderswelten kaum überein.

Nachdem er den ersten Hinterhof der Dunckerstraße 68 durchquert hatte, stieg Deters die Treppen hinauf. Alles sah mittlerweile anders als seinerzeit aus, als Deters zum ersten Mal für den Spaziergang hinauswar, der ihn ins SILBERSTEIN führte; Jahre lag sie zurück, diese erste Begegnung mit Niam, erst in der U-Bahn, dann im SAMHAIN. Die tätowierten Hände, das Bustier, Lockung, erste Lappenschleuse. Niemals war er da wieder herausgekommen, saß nach wie vor in Buenos Aires fest, das nun seinerseits im Begriff stand, sich aus der materiellen Welt – *seiner* materiellen Welt – hinauszukybernetisieren, Stuttgart allem voran. Die psychische Reise sollte zu einer physischen werden, der man tatsächlich zusehen könnte, beobachten, wie sich die zweiundzwanzig Soldaten in Luft und Bits auflösen würden. Und er, Hans Deters, wäre dabei.

Ungefugger sah sich, vier Tage danach, das Video an.

»Und was ist mit den Leuten j e t z t ?«

»Sie schlafen... m e i n e n zu schlafen. Wir haben sie ruhiggestellt. Aber Sie müssen jetzt wegen Stuttgart entscheiden. Bleiben die Zweiundzwanzig zu lange fort, wird es Fragen geben. Die Schläfer sind zudem ohne ein biomorf adäquates Umfeld nicht sehr lange lebensfähig. Will sagen, sagen die Wissenschaftler, daß wir sie anpassen müssen. Das geht nur, wenn auch die Umwelt bereitsteht. So wie es jetzt ist, hängen sie fast ohne Bindungen in einem datischen Raum, der aber leer ist. Wir brauchen grünes Licht.« Er hob die Stimme nicht, der Offizier. Er sprach beherrscht, fast ernüchternd pragmatisch. Setzte dann aber doch ein Flöckchen Emotion oben drauf: »Es sind *meine* Leute, Herr Präsident. Ich habe eine Sorgfaltspflicht.«

Daß Ungefugger immer noch zögerte, lag an dem Gespräch, das er mit seiner Tochter geführt hatte. Nicht daß er ihretwegen Skrupel bekommen hätte, die, für i h n gesprochen, Zweifel waren; er blieb völlig von dem Projekt überzeugt und würde nach und nach ganz Europa in das Gelobte Land überführen und den Lichtdom als ewiges Zeichen bis in die Wolken sich erheben lassen. Er atmete tief, halb seine Eisaugen von den Lidern verdeckt. – »Herr Ungefugger?« Aber nur leise. So entrückt sah der Präsident aus, daß nicht einmal ein Militär ihn stören wollte. Bei beiden stehend, ein wenig zurück, zog Schulze eine Flüssigkeit auf die Spritze. Er prüfte, trat vor, setzte seinem Herrn die Injektion hinter den rechten unteren Halsmuskelstrang und seufzte. – Zu dem Offizier: »Der Schmerz...« Aber er brachte den Satz nicht zu Ende, sondern schloß: »Wenn Sie bitte...? Vielleicht fünf Minuten.« »Selbstverständlich.«

Der Offizier stand dann draußen vor den imitierten Eichenkassetten der massiven portalhohen Tür. Er ahnte nicht, daß man von drinnen wie durch einen Einwegspiegel hinaussehen konnte. Darum pulte der um die Zweiundzwanzig besorgte Mann in der Nase und aß die geförderten Popel unbedacht auf. So kürzte er die Zeit, überbrückte die Besorgnis. Schulze, drinnen, sah es im Augenwinkel und schloß diskret die Lider.

Der Präsident fand langsam in sich zurück. »Soll ich den Herrn Major wieder hereinrufen?« Ungefugger sah die Tochter vor sich stehen, ihre Erregtheit, Wut. Die war für sie höchst ungewöhnlich; sie war, nicht anders als Kumani, wie aus dem Gleis gesprungen,

als er im Sangue Siciliano angekommen war. Der Kopf rauschte ihm, so verwirrt war er vom tupamaren Outing seiner Freundin. Es riß ihn aus aller Sicherheit heraus. Gab es aber eine Wahl? So versuchte er, sich abzulenken, trank sogar holomorfen Dessertwein, von dem man, um betrunken zu werden, nicht viel brauchte als eine zur Feuchtigkeit begabte Energieprojektion. Wir haben, dachte er, Gestalt und Bewußtsein von Menschen. Hätte er gesprochen, er hätte gelallt. Deidameia habe ganz recht, sie müßten für Gleichberechtigung *kämpfen*. Doch es ist ein weiter Weg von der Theorie zur Praxis. Kumani brauchte Zeit, bis er wirklich verstand, was ihm die Freundin offenbart hatte.

So war »Du mußt dich entscheiden!« nicht wirklich eine Aufforderung, der es sich ohne Verzögerung nachkommen ließ. Deidameia wußte das; indessen war ihr ebenso bewußt wie zuvor Kumanis Mutter, daß der Freund sie verlassen längst nicht mehr konnte. Daß er, der milde, jugendpazifistische Mann, von einer Stunde auf die nächste mit Aissas militantem Charakter konfrontiert worden war, spielte da gar keine Rolle.

Erst einmal schlug er sich mit Träumen herum, die nicht gut zu ihm waren. Außerdem hatte er versagt, war einfach nicht erregbar gewesen, erotisch, nach Deidameias Eröffnung, die bei ihm, i n ihm überdies als eine Art Geständnis angekommen war. Sie spürte das und wollte deshalb für die Nacht nicht bleiben. Sie war nicht seine Mutter, wollte begehrt sein. Sie hatte schon ein Kind und wollte kein großes dazu. Indem sie aussprach, wer sie war, wurde sie es, Mutter, auch für ihn. Das war nicht länger Honeymoon mehr. Sie hatte anderes zu tun und stand auf. Fuhr ihr schmales Netbook hoch. Kontrollierte, tippte etwas, ging ins Bad. Der Bildschirm ließ das dunkle Zimmer in ungefährem Weißblau schimmern. Der Wasserhahn lief. Kumani war wie benommen.

Dann war sie aus dem Bad zurück, kleidete sich, schwungvoll geradezu, wenn nicht zackig. Kumani sah nur zu. Sie war ein anderer Mensch, der das Netbook zuklappte, es in die weite Handtasche steckte, noch einmal an das Bett trat, sich vorbeugte und dem Freund einen festen Kuß auf die Stirn drückte. Wieder hochkam und sagte: »Werde du erst mal klar. Deine Zweifel sind nicht meine.«

Was sprach sie da? Kumani, plötzlich, fror.

»Wir sehen uns morgen früh im Boudoir.« Das klang nach einem milden Befehl.

Deidameia schritt durch den Flur. Das Schloß in der Wohnungstür schnappte.

Da lag Kumani nun. Hatte die Nacht nicht eben erst begonnen?

Immer hatte er sich als männlich empfunden. Zum ersten Mal in seinem Leben stieg ein Impuls in ihm auf, sein Programm auszuschalten. Vergessen wollen, nennen das die Menschen. Kein freier Holomorfer hätte das jemals getan. Das war er aber doch! Und er war stolz darauf, stolz wie Dolly II, die nun, liebeshalber, Dorata völlig *wurde*.

Deshalb währte ihr Verbleiben im Widerstand nicht. Zu lieben war ihr Bedürfnis, war ihre Art. Ohne dieses gäb es sie nicht; sie wollte, wenn sie liebte, dienen. Mit einer zumal auf Waffengewalt gestützten quasi revolutionären Bewegung, der sie so unversehens zugehörig war, war das nicht zu vereinbaren. Zugleich wäre es eben dieser gar nicht in den Sinn gekommen, die Genossin umzuprogrammieren. So etwas hätte gegen das Selbstverständnis verstoßen, das die große Tranteau der Bewegung hinterlassen hatte, wäre eine Verhöhnung aller ihrer Ziele gewesen. Nur die unselige Fixierung auf Broglier wurde Dorata genommen. Das war, weil Befreiung, zu vertreten und schädigte ihr Wesen nicht, sondern heilte.

Es mußte aber lieben, durfte nicht leerbleiben. Ein alter, fast vergessener Satz stieg auf. Zu Landshut war er zu Zeiten der Mandschu in der Seligenthaler Abtei ausgesprochen worden. Leagore hatte ihn gesagt: »Wir sind um die Liebe geschaffen, nicht für den Tod gemacht.« Genau dieser Stolz wiedererstand in Dorata. Deidameia entsann sich sehr wohl. Deshalb ließ sie die Neue schließlich ziehen, auch wenn das nicht ohne Risiko für die Sicherheit der Truppe war.

Die Amazonen verstanden ihre Entscheidung, die Holomorfen aber nicht, in deren Augen Dolly abtrünnig wurde, weil sie sich mit einem Menschen zusammentat: nicht länger nämlich gezwungenermaßen, sondern alleine ihrer Sehnsucht folgend. Wenn Kalle Willis schließlich, eines Tages, als einer von fünfzig hinausfährt, dann, wenn die Argo Europa auf alle Zeit verlassen wird, trägt er die geliebte Frau in ihrem Selbstprojektor bei sich, die sich wie eine andere, eine aus den Märchen, die ebenfalls nur lieben wollte, ganz unmetaphorisch in Meerschaum wird auflösen müssen, weil es auf Thetis kein Hodna mehr gibt. Aber das gehört schon dem Ende. Es taucht' in die Wogen des Meeres.

Alle Holomorfen, die mitgehen werden, wird es erfassen, niemand von ihnen wird überleben. Das läßt uns Deidameias Tragik begreifen, deren Geschichte, letztlich, eine permanenter Trennungen ist. So daß auch wir verstehen, weshalb es die Mandschu nicht hatte zulassen wollen, daß ihre Äbtissin, der Hübschesten eine – ach die Knöchelchen solcher zarten Fußgelenke! –, aktiv in den Kampf kam; so sehr hatte die eine Führerin die nächste vorgespürt, doch sie bewahren wollen. Vor der Verantwortung? Nun ja, die trägt sich noch. Und vor dem Ruhm schützt Spott. Nein, vor der Einsamkeit. Man bringt sich selbst zum Opfer, wird man zum Führer der Bewegung, oder man verdinglicht: wo Freiheit gemeint war, entstehen Diktaturen.

Wer entsinnt sich noch ihres Namens? Lykomedite Zollstein. Wer hat auch nur noch einen Gedanken an ihr schreckliches Ende? Hälftig verfaulend, kraftlos über den Hochsitz gestülpt, so hatte sie, die Mandschu, stur und vergeblich des Tages einer nächsten Erhebung geharrt, bis sie, ohne zu merken, wie tot sie schon war, dem ersten Odysseus schon nachstarb. Was von ihr damals geblieben, sah fast den Überresten Balmers ähnlich. So unehrenhaft wischen Natur und Politik die größten Helden weg. Selbst von der eigenen Tochter war die Mongolin vergessen. Nur daß dieser Frau an jedem Jahrestag ihres Hinübergehens, das sie fünf Monate nach dem 23. Juni gefällt hat, ein paar Frauen Narzissen auf den verwaisten Frouwensitz legen – scheu fast, zurückzuckend, muß man sagen, weil auch Deidameia, kam sie nach Landshut, diesen Platz niemals einnahm, der alleine er zustand, meinten die Landshuter Frauen. Sie ersehnten, daß Die Wölfin ihn einnahm, wollten wieder eine Mandschu, indes Deidameia emanzipative Demokratie. Zumal sie vielleicht ahnte, der Platz gebühre ihr *prinzipiell* nicht, jedenfalls nicht mehr. Sie hatte das gespürt, als Borkenbrod mit Elena über der Schulter an einem Horizont verschwunden war, der insgesamt Lough Leane war, so aufgesperrtes Himmelsmaul. Schmal zuckte ein blasses Zäpfchen Mond im feuchten Rot des Firmaments. Und hatte es abermals gespürt, als sie an die verschwundene Lamia dachte, wie ihre Blicke durchs Rund des Trausnitzer Saals über all die Gesichter der Frauen zogen, während vier Amazonen eine Goltzin verkleidet durch den Osten führten. Von Točná wußte sie damals noch nicht und nichts von dem Achäermord. Doch begriff sie angesichts der narbigen harten, verlorenen Frauen, daß sie zu denen nicht mehr gehörte und nicht mehr wirklich zum Osten, sondern unvermerkt, wie sehr in Widerstand auch immer, schon selbst Buenos Aires war. Um das Schicksal des Ostens zu wenden, brauchte es jemand anderen, egal fast, ob Frau oder Mann. Borkenbrod wär es, vielleicht, gewesen. Der war nun dahin wie so viele, wenn auch anders als die vielen: eingehen würd' er in Levkás, heimkommen, endlich, nach Leuke. Das hoffte Deidameia. Wer reitet die Welle von Wind zu Wind? Es ging so sehr gar nicht um die Milizen, von denen der Osten durchkämmt war, die ihn besetzten und zwangen und formten; der AUFBAU OST! war beinah egal. Ich kehre wieder wie die weichende Woge. Auch um die Tausenden Siedler ging es nicht, die aus den Brachen des Westens angeworben waren oder den Grenzgebieten entflohen, weil der Verteilungskrieg da zu scharf war. Den zog man in den Osten mit seinen Versprechen auf Bananen und Hotdogs nur tiefer hinein, die den Verrat schon immer wert gewesen waren. Nur in den Städten die Frauen hielten dem stand. Die Kranken aber kippten, dann Dörfler Dörfer Siedlungen. Schon standen Häuser, auf denen Hebelifts rotierten. Das Land von hohen Posten gespickt, die wie die Feuerschutztürme der untergegangenen DDR aussahen. – Das Bild fiel Cordes jäh von den Augen. Deidameia, dachte er, ging es um eine *Art zu sein.*

Ich steige herab wie Tränen in Tau. – Sie sah die Thetistochter.

Doch hatte Cordes über den Tag ein wenig den Anschluß verloren. So trieb er bäuchlings auf seinem narrativen Surfbrett dahin – Surf*buch,* dachte Deters, an seinem Duncker-Schreibtisch wieder, und fragte sich, aber fand's nicht heraus, was heute diesen Mann derart antriebsschwach machte. Während wir zwei, auf dem mittleren Screen, der ebenfalls Projektion war – in Wiesbaden nämlich dreier Bildschirme der SIEMENS/ESA –, Cordes und Deters hätten zusehen können, wären sie, die Bildschirme, nicht von Beutlin ausgeschaltet worden. Dennoch waren die beiden Männer, und ausgesprochen plastisch, in den zweiundzwanzig Hirnen repräsentiert, die sich auf den Weg zu ihren kybernetischen Geburten aufgemacht hatten.

Ein bißchen was Unappetitliches war von den Körpern zurückgeblieben. Das lag auf fast allen Pritschen und trocknete ein. Dekontaminatoren, eine Art Roboter, die an Stubenfliegen erinnern, saugten es wenig später weg. Der Speichel dieser Bioniklen war mit Bakti- und Fungiziden versetzt. Zu Hunderten, in Klumpen, ballten sich die Gerätchen dunkel an den Wänden. Bevor nicht sie zum Einsatz gekommen, war der aseptisch verschlossene Raum nicht zu öffnen. Aber man konnte durch eine Scheibe in ihn hineinsehn. Seit der ersten Transsubstantiation – Folge der simulierten Sternenreise damals – wurde fast hysterisch auf Sicherheit geachtet. Dabei war, dachte Deters, gar nicht gesagt, daß der Stuttgarter Zentralcomputer in seinen Archivdateien ein identisches Abbild der SIEMENS/ESA verwahrte, in dem die Zweiundzwanzig vorübergehend abgelegt wurden. Es war einem Zufall zu verdanken oder ihm, wenn man will, anzulasten, daß die Zweiundzwanzig in eben denjenigen Vorstellungsräumen landeten, die fast ein halbes Jahr lang von Deters ausgefüllt worden waren.

Sie kamen nicht gleichzeitig zu sich, einer von ihnen kam sogar n i e an, war irgendwo auf dem Weg zwischen Lager und Archivdatei verlorengegangen, aber das wurde erst später bemerkt, weshalb der Name des Trupps »Die Zweiundzwanzig« blieb. Nur daß seither Deters überall hinkritzelte, kleine doppelte Zweierziffern, an Hauswände Affichen Briefkästen, als wäre er jetzt, ganz wie *der* einmal gewesen, Borkenbrod. Er war vorsichtig, man erwischte ihn nie. Das lag auch daran, daß seine Markierungen unauffällig waren: unauffällig offensichtlich. Eines Morgens fand zum Beispiel auch ich einen Briefumschlag mit dieser kleinen 22 gekennzeichnet, und der, ausgerechnet, kam vom Finanzamt. Die 22 war Prägedruck, Stanzung, nicht etwa nachträglich hinzugefügt. Was konnte das, mußte das heißen? Wollte man nicht annehmen, daß den Finanzangestellten Ungefuggers Projekt bekannt war und sie auf diese Weise die Nachricht zu verbreiten versuchten, dann hätte die 22 bereits eingeweiht als Stanzung und

Prägung für den Normbriefumschlag beauftragt sein müssen, so daß seine, Deters', oder des verlorengegangenen Zweiundzwanzigers Fähigkeiten enorm angewachsen wären – da und wenn man es verstand, eine schon vergangene Realität nachträglich zu ändern bzw. umzuschreiben. – Besser, ich zog mich von Deters zurück und beschäftigte meine Gedanken nicht weiterhin so intensiv mit ihm; am besten, dachte ich, täte ich das g a r nicht mehr, um nicht noch selbst in Feld und Gehege seiner Modulationen zu geraten. Das ist leider leicht nur geschrieben. *Lampe vergessen:* Ich heiße nicht Kant.

So war Hans Deters also nicht ein Adjutant gewesen, der hinterm Offizier stand, als er in Stuttgart zu sich gekommen war, sondern hatte selbst unter den zweiundzwanzig Soldaten gelegen, *er* war der verlorene zweiundzwanzigste. Rechtzeitig, bevor sie alle zerbitselten, fing Deidameias kybernetisches Netz den Infomanten ein zweites Mal ab und fischte ihn wieder heraus. Deshalb war er erst auf dem Stuttgarter Hauptbahnhof zu sich gekommen oder sogar erst im ICE von Wiesbaden, eben nicht von Stuttgart, zurück nach Berlin.

Dergleichen kann einen fertig-, wenigstens fuchsig machen. Doch Deters nahm es gelassen – melancholisch, kann man sagen – hin, war überhaupt nicht böswillig. Die Spaltung war ihm auch kaum bewußt. Er versuchte vielmehr zu erfassen, wie sonst die 22 den Myrmidonen zur Kenntnis gelangt sein könnten, als daß er ihnen selbst rapportiert habe. Das hätte freilich dem ihm seinerzeit von Deidameia erteilten Auftrag entsprochen, um den ihn heute nacht Markus Goltz und Karol Beutlin befragt hatten. Deshalb schickte jetzt ebenfalls er, Deters, eine verschlüsselte Nachricht. Sie kam im Boudoir nicht als Wasserkessel, sondern als zwei je in die Form einer 2 gebogenen Büroklammern an; als die lag sie auf dem von ausgebreiteten Landkarten bedeckten Tisch zwischen verschiedenstgestaltigen Beschwerern, die jene am Zusammenrollen hinderten: zwischen Schlüsseln, glattpolierten Steinchen, Walnüssen aus Blei, Bröckchen Granits vom Forum Romanum, sonstigem Nippes, Aschenbechern – was ein jedes klein sein, aber Masse haben mußte. Man brauchte schon ein geübtes Auge, um sie all in diesem Zeug zu entdecken. Dennoch, anders als die Myrmidonin im Baucontainer war sofort eine Amazone alarmiert und erstattete Meldung. So daß sich Ellie Hertzfeld und Hans Deters keine halbe Stunde später im Silberstein trafen.

Kumani hatte nicht liegenbleiben können, als Deidameia gegangen war. Er hatte es versucht, ja, aber sich auf den Laken hin- und hergeschlagen, nicht anders als zwei Tage vorher Kignčrs, bevor der von Palermo nach Colón ins Sangue aufgebrochen war. Dahinein hatte es nun auch Kumani gespült; Deidameia wäre darüber nicht glücklich gewesen. Doch interessierte sie etwas wie Glück – persönliches Glück? Kumani ahnte, wie vollständig sie Kalkül und daß er davon nur ein Teil war.

Man wird nicht gern aus Kalkül geliebt. Man ist auch nicht gerne in eines andren System der Freizeitbereich, aus dem ein Wichtigeres jederzeit abrufen, das in ihn, in uns, die wir lieben, hineinrufen kann: »Du bist nur Verzierung«, und: »Schweig, wenn Erwachsene reden.« Mit so etwas hatte sich Kumani, sich drehend und drehend, herumgequält, war endlich aus dem Bett gekommen, hatte es der Freundin gleichgetan und sich wieder angezogen. Dann war er in die Nacht.

Vom Sangue wußte ein Nachtschwärmer wie er selbstverständlich längst; um diese Zeit, wenn die Alternative, das Charlottenburger Diener, schon geschlossen war, die fast noch einzige angemessene Adresse. Trat ein, erkannte Willis, der bei zwei andren saß, deren einer, blutrot geschwollenes Besenreißer-Gesicht, nur allzu offensichtlich ein schwerer Säufer war. Deshalb hielt er, Kumani, sich abseits. Doch nun waren sie gegeneinandergepreßt worden, nachdem Willis versucht hatte, zur Theke durchzukommen. Noch trugen Myrmidonen ihre Abzeichen nicht: die rote 22 über der Knopfleiste ihrer linken Hemdbrusttasche. Noch hatte sich die Zahl nicht herumgeflüstert. Doch die Gerüchte hoben schon ab, stiegen auf – allpräsent denn bald, bis sie, die 22, plötzlich sogar überm Titel der FAZ zu lesen war. Sie fand sich auf Tetrapacks und gesteppt in Konfektionsgrößenschildchen, beschloß Programmhefte von Opernhäusern, war auf Kinotickets gestanzt, prangte sogar auf mancher internen Hausmitteilung Pontarliers. Niemandem, eigentlich, fiel das sehr auf, doch versetzte den Präsidenten in hilflos niedergehaltene Wallungen. Öfter als je zuvor wurde die Spritze nötig. Er war sowieso nervös, weil der Lichtdom nicht richtig vorankam. Täglich telefonierte er mehrmals mit Major Böhm in Stuttgart, bemühte sich außerdem um Entspannung mit Goltz und seiner SZK, wollte sie wieder hinter sich bringen, spürte die Differenzen, mußte sie beilegen. Goltz merkte alarmiert

428

auf. Ließ sich vom *Rat der 450* eine Fahrt in die Weststadt legitimieren, machte vorher im Rheingau einen kurzen, für ihn fast bittren Besuch, aber während seiner Weiterfahrt wurde Beutlin fündig, der die fünf Beutelchen hatte auswerten lassen, die DNS der Proben Haars. Aus Goltzens Screen, im Rücken des Beifahrersitzes, blickte Brem. Es schauerte den kühlen Polizisten, der einmal kalt gewesen war, als er den Mörder von Točná erkannte, als hätte er ihm erst gestern in die graublauen Augen geschaut. Sie wirkten absolut leer, man konnte nichts darin lesen. Doch roch ein Parfum aus dem verpixelten Bild.

Goltz ließ wenden und lud die Personendaten herunter. Bei einem Söldner kam man auch als Polizist daran, mußte nicht erst um Amtshilfe ersuchen und den Dienstweg über die Armee nehmen. Des Emirs Skamander Elitetrupp. Spezialisten für den geräuschelosesten Nahkampf. Eine Mörderbande insgesamt. Perfekt für den verdeckten Einsatz, so empfahl's das Bulletin, das Goltz auf der Rückbank seines Dienstwagens durchsah. Sein Zeigefinger, der wieder, war von Eis.

»Keine Zeit für Pontarlier«, zischte er und hieß den Fahrer umkehren. Er mußte mit Der Wölfin sprechen. Stürmte in sein Büro, setzte eine codierte Entschuldigung ab, die Ungefugger toben ließ, doch konnte er den Polizisten als Feind nicht gebrauchen, beherrschte sich, hatte auch viel zuviel Respekt vor dessen intriganter Kompetenz. Nicht grundlos hatte er seinerzeit ihren Zwist in ein Agreement umgebogen, als es um die Diskette mit seinen DNS-Signaturen gegangen war. Heute, ohne Volte und Hinterhand, verärgerte man Markus Goltz besser nicht.

Ein zweiter Wasserkessel materialisierte sich in dem Bauwagen. Den die Amazone endlich bemerkte, seinetwegen nun auch den ersten, und sie erstattete Meldung. Im Boudoir nahm einer von Deidameias holomorfen Klons die Nachricht entgegen. Da Klons miteinander identisch sind, erhielt sie sie selbst, ihr Urbild, das mit Deters im Silberstein saß, im selben Moment. Urplötzlich sah Die Wölfin hoch, fliegenden Blicks, aufgetrieben geradezu.

»Is was?« Deters biß vorsichtig in sein Ikura. »Goltz.« »Goltz?« »Ich muß weg, Hans. Tu mir einen Gefallen.« Er zog die Brauen hoch. »Achte mir ein bißchen auf

14

Kumani.«

Es war aber beiden bewußt, daß so etwas kaum möglich war, nämlich selbst dann nicht, hätte Deters den jungen schönen Mann ständig in seiner Nähe gehabt, zumal sie permanent flirrte. Gleichsam wechselte Deters dauernd seinen Aggregatzustand. Was er sah und erlebte, wählte er nie; vielmehr *geschah* es ihm.

Er sah Der Wölfin nach, deren flammendes Haar sich jenseits der Glastüren und großen Fenster des SILBERSTEINS in die Nacht ergoß: Sie sog, diese Nacht, es hinweg und ganz Die Wölfin mit, so daß sie verschwand, als wäre sie selbst zu Nacht geworden. Die filmische Intensität dieser Halluzination nahm Deters fast die Besinnung.

Dennoch versuchte er, den Wölfingeliebten in seinen Blick zu bekommen, schloß die Augen, strengte sich an. Doch es gelang ihm nicht, sich zu fokussieren – vielleicht, weil Kumani gar nicht mehr im BOUDOIR war, sondern anderswo durch die Nacht zog oder sowieso schon ins Lärmen des SANGUES getaucht war, worin der bizarrste Unrat brodelte, ein älterer Unrat der Stadt, als es der kindliche im TRESOR war – ein jüngerer aber, ein weniger gesetzter, als im DIENER. Hier ging's, im SANGUE, nicht um Berliner Buletten mit Kartoffelsalat, aber auch ums Abtanzen nicht; hier hatte jeder eine Geschichte, die von ihm fraß, ihm wenigstens schwer in den Nacken drückte. Wer in dieser Kneipe soff, fiel nicht bei jedem Gegenwind um.

Das galt auch für den einen, den rotgesichtigen der beiden Trinker, zu denen Willis den jungen Holomorfen an den Schultern heranschob, der mit dem anderen, der bloß blaß war, doch aber auch elegant, beisammensaß. Darum wirkte der im SANGUE genauso deplaziert wie Kumani. Beide, der Säufer und der heruntergekommene Élégant *bliesen* – dieser Trübsal und jener Gedichte.

E' ora famelica, l'ora tua, matto

Dabei machte der Mann, den Willis mit zwei unnachsprechbaren Gleitlauten vorstellte, alles andere als einen lyrischen Eindruck, vielmehr den eines Menschen, der sein mageres Gnadenbrot nur widerwillig kaute, eingedenk triumphaler, doch gilbgewordener Zeiten.

»PERMESSO!«

The birds they sang at the break of day.

»Was gaffste'nn?« fragte start again I heard them Kignčrs say und glotzte hoch. Wie mit dem Ellbogen angestoßen, sah auch Broglier auf, den schönen Holomorfen aber einfach an. Der nahm auf Kalles Stuhl Platz, stur den Blick des Veteranen erwidernd. Aber don't dwell on what has passed away or what is yet to be »Mach 'ne Fliege« zischte Broglier. »John!« rief Kalle. »Bitte!« Kumani riß es das Herz zusammen. Er dachte: Deidameia. Er dachte: Myrmidonen. Er dachte: Wenn Deidameias Frauen und Holomorfe füreinander kämpften, weshalb nicht Menschen auch? Das hier w a r e n Kämpfer, zumindest der eine war es gewesen, das sah man sofort, und sie waren ganz gewiß desparat genug. Von solchen gab es bestimmt noch viel mehr – Geschädigte aus den Kriegen im Osten, Mißhandelte, an den Rand der cleanen Gesellschaft Gespülte, Weggeworfene, Elende, in deren Herzen man die Flamme bloß wieder entzünden müsse.

Ohne, daß ihm das bewußt wurde, hatte Kumani die Kurve in seine Zukunft schon genommen. – Hätte sie das gewußt, was wäre in diesem Moment seine Mutter stolz auf ihn gewesen! – da er nun wurde, wofür er bald berühmt werden sollte, berüchtigt freilich in Pontarlier: ein Anwerber, Menschenfischer, Menschenverführer, je, wie man's sah. So roch er die unzufriedenen Leute, die, die sympathisierten. Er roch sie, wie andere den Wald riechen können, auch wenn er noch weit weg ist. Wie Tiere ihr Wild wittern können. Er mußte nicht einmal konzentriert sein.

Noch aber machte er auf Kämpfer und setzte fort wie einer: »Wenn ich mit dir rede, seh ich dich auch an. Also? H a b e ich dich angesehen?« »Ähm?« machte Broglier und stierte zu Kignčrs. »Redimi dall'età, piccolo generoso.« »PERMESSO!« Sieh dich vor, dachte Kignčrs, aber Willis legte ihm die rechte Hand links auf die Schulter. »Det Tüpchen is in Ordnung«, sagte er. »Ick kenn det. Da leech ick meene Hand für ins Feuer.« »PERMESSO!«

> Ring the bells that still can ring
> Forget your perfect offering
> There is a crack, a crack in everything

»PERMESSO!« »Ancora mi rimane qualche infanzia.« That's how the light gets in. – »Rück ma, Kleener«, sagte Willis. »Also w a t suchste?« So daß Kumani wie das Greenhorn, das er war, ausgequetscht wurde. Ellie Hertzfelds Geheimnis behielt er aber für sich, doch nannte ihren

Namen, weshalb ihm Willis, mit einem Mal heftig, über den Mund fuhr: »Na *willst* du?!!« Er mochte die hohe Prostituierte, schon immer, bewunderte sie sogar wie jemanden Unerreichbares; dabei hätte er für sie das Geld schon gehabt. Doch er mochte sie nicht kaufen bzw. mieten, blieb lieber von Zeit zu Zeit ihr Fahrer. Sie rief immer ihn, wenn sie einen brauchte. Das mochte er nicht gefährden. Ihr übel nachzureden erlaubte er aber schon gar nicht, besonders nicht im SANGUE. Bereits die Nennung ihres bürgerlichen Namens kam ihm, in diesem Pfuhl, blasphemisch vor, geschweige denn dieses aus dem Osten.

Aber die beiden Trinker hatten aufgemerkt, Broglier eines plötzlichen Mitleids wegen, das allerdings, sich identifizierend, ihn selber meinte, Kignčrs nur wegen der ungewöhnlichen Silbenfolge. »*Wie* heißt sie?« fragte er, und sein rot Verschwiemtes, selbst sein Lallen schienen sich zusammenzuziehen, sich in eine Folie einzuflachen, auf der sein plötzliches Interesse flackerte. »Wie«, wiederholte er, »heißt sie?« »Deidameia… eigentlich ja Ellie, aber…« »Junge!« So abermals Willis. Kumani sah jetzt ihn an: »Aber du kennst sie doch.« Ja eben. Erklärend, Willis, zu Kignčrs und Broglier: »Er meint das Boudoir.«

Kignčrs kannte kein Boudoir, während sich Broglier neblig dran erinnern konnte. War diese Ellie Hertzfeld nicht mit einer Nummer aufgetreten, in der sie Mata Hari gab? Auch diesen Namen nicht, doch *Deidameia,* das hatte Kignčrs schon einmal gehört – nicht aber hier, nicht in der Vucciria, auch in Palermo nicht, nicht in Boccadasse oder San Lorenzo, sondern ganz woanders, früher, einige Male während des Kriegs, als noch des Obersten Skamander Eliten gegen die Frauenstädte operiert hatten, deren Widerstand nicht nur dem AUFBAU OST! im Weg gestanden, sondern es hatte Indizien dafür gegeben, daß in ihnen die Myrmidonen an der Waffe ausgebildet wurden, bevor man sie als Schläfer in den Westen schickte. Da war, irgendwann, dieser mythische Name gefallen. Die Frauen hießen dort alle so griechisch, jedenfalls hochtrabend aus Sagen, doch *Deidameia,* offenbar, war in Kignčrs haften geblieben – vielleicht, weil alle *verhörten* Frauen solch eine Achtung in den Stimmen gehabt hatten, nicht nur Respekt, sondern auch Liebe. – Von ›Verhören‹ zu sprechen, ist selbstverständlich euphemistisch. In Skamanders Lagern, stundenlang, hatten Gefangene nackt auf einer Kiste stehen und sich vor den Augen der Söldner entleeren müssen. Man ließ sie ihre Tampons kauen, schlucken, zerbrach jeder Ehre in Abu Ghuraib. Die meisten redeten dann auch. Und dieser Name fiel. Kignčrs erinnerte sich. »*Deidameia?*« fragte er nach. Es war furchtbar gewesen, er hatte nur noch davongewollt, zurück an die furchtbare Front. Er hatte sich dieses Lager nie verziehen: daß er nicht aufgestanden war, sondern gehorcht hatte. Abu Ghuraib hatte nicht nur die Frauen zerbrochen, sondern viele ihrer Wächter, die Söldner, genauso. Das stieg in Kignčrs, solang es auch weggedrängt worden war, nun wieder auf.

Willis, den was alarmierte, versuchte zu beschwichtigen: »Die Ellie is 'ne Nette.« »… sie *nennt* sich nur Deidameia«, setzte Kumani seinen Satz fort. Außerdem hatte er gemerkt, daß er vielleicht doch schon zu viel erzählt hatte, unversehens und ohne Absicht ihr Verräter würde. »Das ist so was wie ein Traum«, sagte er, »um sich eine Bedeutung zu geben.« Wie ein kleiner Junge, der sich verplappert hat, saß er zwischen den drei Männern, ausgesetzt dem zunehmend wachen Blick Kignčrs', einem indes, seltsam, der nicht forschte, nein, nicht ›befragte‹, sondern aus all dem Schlamm, in dem er wie ersäuft war, löste sich etwas, schälte sich heraus und stieg auf; er hatte das Glimmen einer Hoffnung, die wir längst nicht mehr haben. Ausgerechnet in einem Moment kehrt sie zu uns zurück, der sie für immer auslöschen wollte. Da geht sie auf als ein Licht.

Es war aber rein unnötig, es zu beschatten, um die freundliche Prostituierte zu schützen – so wie Willis sich zwischen sie und das Licht schob, um Kignčrs' vermeintlich bohrenden Blicke von ihr abzuhalten. Denn im Gegenteil hatte der alte Bukanier das Bedürfnis und den Willen, etwas wiedergutzumachen. Nur war er sich dessen nicht bewußt. Alles lief ohne Sprache in ihm ab und formierte sich ganz am Grund des Tümpels, zu dem der Alkohol und die Verzweiflung seine Seele hatten eindunsten lassen. Das, ebenso unbewußt, spürte Kumani.

Wiederum Broglier, anders als sein Saufkumpan, fing zu verstehen an, daß dieser einer war, der auch das Zeug zum Leidensgenossen hatte. Noch jemand, dachte er, dem sein Leben bald das Liebste nimmt. Deshalb wurde er ein bißchen weniger abweisend und begann, sich ebenfalls dafür zu interessieren, was den jungen Menschen sich offenbar mißbraucht vorkommen ließ. Indessen Willis, den Dollys II wegen das schlechte Gewissen weiterquälte, die er doch nur ebenso hatte vor weiterem Leid bewahren wollen wie den Freund von ihm erlösen, seinen kompakten Leib vor Ellie Hertzfeld gepflanzt hielt, sie, die Abwesende, im Rücken, das Gesicht dem Söldner zugewendet, so trotzig entschlossen, sie vor ihm abzuschirmen. Er breitete sogar die Arme aus.

»Du kennst sie?« fragte ihn Broglier.

Er habe sie ein paarmal gefahren.

»Wo ist denn dieses Boudoir?« fragte Kignčrs. Er sähe sich das gerne einmal an. Wie konnte er wissen, daß er das Haus neulich schon einmal gesehen und fast auch betreten hatte, weil dort auch sie, die Geliebte, gewohnt hatte? Aber er würde es nicht erkennen, dieser Schmerz blieb ihm erspart. Denn er würde es von der Calle dels Escudellers aus betreten; die fünf Lifts, wiederum, konnten ihm nicht bekannt sein, da er bis in den Flur gar nicht gekommen war. Jedenfalls ließ er, da war es noch viel später, und er hatte weitergetrunken, seine Linke dermaßen auf den Tisch herunterdonnern, daß die Gläser ins PERMESSO sprangen. »Ich will kämpfen!« rief er aus. »Endlich wieder kämpfen!« Das ging sogar durch den Krawall. Willis warf den Kopf herum, den er gleichzeitig streckte, um nach dem Dueño zu sehen. Der blieb aber hinter der Theke, hatte den Vorfall mitbekommen. Nur die, die nahebei standen, drehten sich, soweit das möglich war, um. »Und der da…« – Kignčrs zeigte auf Broglier – »auch.« »Ich? Moment mal… ich?« »Halt die Schnauze. Ich weiß, was gut für uns ist.« Das sah Broglier anders. Auch Willis sah das nicht. Und Kumani war von der Entwicklung überfahren, auch wenn er nichts getrunken hatte. Immer wieder hatten die drei ihm Bier und Wein aufgedrängt, Willis, damit er stille würde, Kignčrs und Broglier, damit er mehr erzählte. Er hatte nur den Kopf geschüttelt, wollte nicht sagen, daß er holomorf war. »Und du«, so zu ihm Kignčrs, »mußt dir keine Sorgen machen: wie man sich schlägt. Das bringe ich dir bei. Dann wird deine Deidaweia stolz auf dich sein.« – Willis umspannte fest sein Bierglas mit der Rechten, als er den Namen so verschludern hörte, die Adern auf dem Handrücken traten nicht, sondern quollen hervor. Aber er beherrschte sich. »Wölfinnen brauchen Rüden, die wie Terrier beißen können«, wußte der sich in immer festere Sicherheit trinkende Landsknecht gewiß, einer, der Morgenluft schnuppert über dem Feld und aus den Unterständen kriecht; daß er das Wort ›Wölfin‹ benutzte, war aber Zufall. Can somebody tell me who I am: die Musikbox. An Aissa dachte hier keiner, außer, natürlich, Kumani.

Der schwieg, blickte aber stur. Auch Broglier hatte zu Kignčrs' Ausbruch nichts weiter geäußert. Jetzt sah er den Kumpan an und bekannte unvermittelt, doch ohne seinen Kopf zu schütteln: »Das ist nicht mein Weg.« »Doch«, brummte Kignčrs und kippte sein Bier. Stellte das Glas hat auf die Tischplatte zurück und ging mit der Unterlippe über die Oberlippe und die Fäden Schnurrbarts, die auf sie herunterlangten. Stieß einmal auf. »Doch, Bruder. Das isses.« »Ich bin a u c h nicht eben ein Kämpfer«, sagte Kumani zu Broglier. Der wäre besser einer gewesen vielleicht, dachte Willis. Dann hätte er für Dolly II gekämpft, anstelle an ihr sein Leid um Dorata auszulassen, das sie doch selber mildern wollte. Daß freilich Kignčrs kämpfen konnte, hatte er mit eigenen Augen gesehen, und es hatte ihm nachhaltig Eindruck gemacht. »Wir werden«, sagte der Söldner, »kämpfen wieder, Johnnyboy«, legte dem, sich vorbeugend, eine Tatze auf die Schulter und griff mit der anderen zum halbvollen Glas, nicht zur Flasche. Es ansetzend: »L'uva è matura, il campo arato.« »Man kann auch anders kämpfen«, erwiderte Broglier. »Ah ja? Und wie?« »Zum Beispiel mit Gedichten.« Dumpf sah da Kignčrs auf. »Gedichte? Sei still von Gedichten! Nichts, gar nichts verstehst du von Gedichten!«

In Willis' Tasche brannte stichflammenartig der stiebitzte Ungaretti, in Kignčrs' ergebener Melancholie. Weil es eine Einbildung war, sah es aber nur er, Willis selbst.

»Der Barde«, sagte Broglier. »Erinnert ihr euch an den Barden?« Willis guckte hoch, auch Broglier hob das Gesicht; nur Kignčrs blickte in seine Handflächen. Als Borkenbrod, Aissa der Barde, noch gejagt worden war, hatte Kignčrs unter Skamander im Osten gestanden. Aber *erinnern!* So schnell vergaß Buenos Aires. Kaum mehr als sieben Jahre lag es zurück, daß nach dem Sprüher mit Hochdruck gefahndet worden war. Vielleicht hatte man ihn geschnappt. Jedenfalls war es still geworden um ihn. Ja, er war vergessen. »Den ham se jekillt«, sagte Willis. »Wie?«, fragte Broglier. »Wann? Und wer ist überhaupt *sie?*« »Keiner hat ihn umgebracht«, widersprach Kumani, obwohl er von dem Barden eine nur flüchtige Vorstellung hatte, weniger eben aus eigener Erfahrung als von den Legenden gespeist, die damals umgelaufen waren. Da war er noch ganz jung gewesen, jedenfalls empfand er das so. »Der is alle«, beharrte Willis, »aber komplett!« Er war auch wirklich überzeugt. Wahrscheinlich hatte man den Barden im Quatiano hochgenommen, seinen Unterschlupf ausgeräuchert. Plötzlich, von einem Tag auf den anderen, war es vorbei gewesen mit den seltsamen Inschriften und Sinnsprüchen, die als widerspenstige Merksätze die glatte Schönheit ganzer Straßenzüge verunreinigt hatten.

Mit dem Dolch gab sie Blut
den Decken zu trinken.

Das Nicht-Verständliche ist der letzte, ein noch nicht zum Schweigen gebrachter Skandal, den die Tauschgesellschaft kennt. Zwar wußte Kalle Willis das nicht; schon die Formulierung wäre ihm unzugänglich gewesen. Das heißt aber nicht, daß er's nicht sehr wohl *empfunden* hatte – und nicht wenige empfanden mit ihm. Gerade darin hatte Borkenbrods Wirkung bestanden, durch die Pontarlier und SZK zur Weißglut gebracht worden waren, einer Art superhygienischer Hysterie.

»Gib den Menschen zurück, daß sie Menschen sind. Gib ihnen ihre Gedichte zurück«, hatte der erste Odysseus dem Barden, als der noch nichts gewesen war als der hinkende Arbeiter Chill aus Cham, aufgetragen. Deshalb kannte ihn j e d e r Porteño, auch wenn ihn kaum einer je wissentlich hatte zu Gesicht bekommen. Schon das war immer ein Rätsel gewesen: Wie konnte einer, ohne daß man ihn faßte, über so viele Jahre hinweg auch hochbewachte Gebäude besprühen? Irgend jemand schien ihn immer gedeckt zu haben, wobei ihn schon die Spitznamengebung, Aissa der Barde, den Myrmidonen zugeschlagen hatte. Deshalb stutzte Willis nun. Wäre Ellie Hertzfeld Deidameia gewesen: wer besser als sie hätte darüber Bescheid gewußt?

Broglier hatte denselben Gedanken. Kumani rauschte der Kopf. War diesen dreien zu trauen? Er stand auf, als wäre er, als wären nicht die andren betrunken. Zog an Willis' Ärmel, beugte sich zu ihm: »Sind die verläßlich?« Der hatte seine Zweifel, aber nickte, wollte auch immer noch nicht zulassen, ganz wie Kumani, daß alles dies wahr sei: die schöne, schlanke, kühle Ellie Hertzfeld eine Terroristin, Terroristenführerin sogar. Wie wäre das denkbar? Und wenn... – mußte man nicht die Polizei...? – Aber ihn schauderte vor Markus Goltz, den er, seit Nullgrund, aus dem Fernsehen kannte, sah den spitzen, herben Mann die Frau inhaftieren, die dann, ganz wie der Barde, auf immer verschwände – in den leeren Verliesen wahrscheinlich der Koblenzer Sicherheitszentrale. Sie hatte ihm, Willis, vertraut, hatte sich sogar nach Kehl fahren lassen mit dem Jungen da, hatte zudem vor ihm, Willis, ihre neue Liebe nicht versteckt. Er fühlte sich verantwortlich. Man müsse sie, dachte er, warnen, daß Kumani derart offenschwätzig werde, wenn ihm die Emotionen, ihn verdüsternd, auf die Zunge stiegen. Vielleicht war aus einem ähnlichen Grund, weil Wisser nicht verschwiegen sind, auch der Barde aufgeflogen in seinem LSD: Lycher-, Schliemann-, Dunckerstraße, von denen angenommen wurde, daß dort auch der Pan-Handel wurzle wie im Secondigliano unsrer wirklichen Welt.

»Gib den Menschen ihre Gedichte zurück.« Davon, freilich, wußte Willis nichts, daß und wie der erste Odysseus den Satz zu dem Barden gesprochen, das Gesicht des Feldherrn vom hohen Blutdruck gar nicht sehr anders geschwollen als nun im Sangue Cord-Polor Kignčrs'. Aber er, Odysseus, hatte nicht nur »den Menschen« gesagt, sondern »den Menschen *im Osten*«. Die, vielleicht alleine sie, hatte der Feldherr gemeint. Und es noch einmal, an der Grenze zwischen Osten und Zentrum, wiederholt, als Borkenbrod tuntig in seinen Frauenkleidern und auf High Heels dagestanden hatte und seine Tochter Goldenhaar, die Sonnenträne, an den alten Jensen ging, für den sie Lamia würde. »Gib ihnen ihre Gedichte zurück.«

Three Things, that enrich the poet

So stand es – *wieder?* immer *noch?* – im Silberstein, Oranienburger Straße, als Deidameia, von der Calle dels Escudellers hintern Bretterverschlag tretend und über den Hof vorbei an Blecheimern Gartenmöbeln Plastikzwergen und weiter auf die Holztür zu, beim Boudoir angelangt war. Goltz erwartete sie bereits in dem rosafarbenen, von Räucherstäbchen parfümierten Vestibül; die glosten in kleinen Pfannen an den Wänden. Er war von der anderen Seite hereingekommen, von der Rheinmainer Wilhelm-Leuschner-Straße. An dieser Eingangstür klebten wie eh und je die Buttons:

!Pregnant Strip!

!geile Bäuche!

!Milchbräute!

!putane grösse!

In den Showroom hatte aber der Mann nicht gewollt, so verführerisch die junge Dame auch war, die ihn, obwohl Goltzens Buttermilchduft sie ziemlich abstieß, dorthin hatte leiten wollen. Jimmie Begin war grad für kleine Mädchen. Der Geruch kräuselte dem *Gal* in die Nase wie eine geronnene Luft, kaum daß sie die Tür geöffnet hatte. Keinen Mao Tsetung hätte die junge Prostituierte erkannt; genau das ließ sie nicht merken, wen sie einließ. Und weil der Polizist im Vestibül stehenblieb, sahen die andern Frauen ihn nicht. Sonst wäre man, als Ellie erschien, in Bereitschaft gewesen.

Goltz kam sofort zur Sache. »Zwei Fragen, Wölfin.« »Frag.« »Nicht hier. Gibt es noch das Hertzfeld-Zimmer?« – Deidameia mußte lachen. Ausgerechnet der! Rudolph Giulianis wegen, des Gebietsbürgermeisters, waren solche Räume nicht legal. Aber Goltz, nicht disponiert für Komik, blieb ernst, als er der Frau hinterher durch die Tapetentür trat.

Es hatte sich nicht viel verändert. Der Flur war jenseits der Stiege mit Läuferchen ausgelegt und überschweren Teppichen, zweien, dreien bestimmt, sich überlappend aufeinander. Sogar noch die dehydrierten Palmen standen dort. Nach wie vor die silbernen Schildchen an den Apartmenttüren: Theodora Laomedeia Rosemarie Veshya Lysianassa Shakti Leagore. Die alten Namen, dachte Goltz, der dieses alles zum ersten Mal sah; er kannte es nur aus Kassibern und aus Hans Deters' Kopf. So führte ihn Die Wölfin also nicht in Ellie Hertzfelds einst sogenannte Fickzelle, in der Goltz seinerzeit vom Bettlaken hatte abstreichen lassen, sondern ins paralleluniverse Gemach Mata Haris. Aus Ungefuggers Abstrich ginge nun, würde des Präsidenten Wille zur Realität, der erste Bürger des Neuen Christlichen Weltreichs hervor. Bereits in seiner noch linientreuen Zeit hätte Goltz das nicht gutgeheißen. Doch Ungefugger, der damals Präsident noch nicht war, hatte die Chance ergriffen und ihr entsprechend verfügt. Derart viel später, vielleicht schon zu spät, kam das heraus, wenn auch mehr Wähnung als offenes Fakt. So daß in den Pakt, den die Myrmidonin und der Polizist am Shakaden des Ostens geschlossen hatten, weitere Parteien alliiert werden mußten – anders war es nicht möglich, den Kontakt aufzunehmen, einen ganz weit oben, hatte Deidameia gedacht und war mit Goltz die denkbaren Verbündeten durchgegangen: Ungefugger hatte auch Skeptiker in seinem Kabinett.

Einer von denen war, wußte Goltz, der Außenminister, nicht zuletzt seiner politischen Vergangenheit wegen, die von der regierungstreuen Presse seine ›militante Spontizeit‹ genannt wurde. – Und auch von Zarczynski schwankte.

»PERMESSO!«

»Ick s a c h dir: det Männeken is h i n, det ham se jekascht«: Willis wieder. Die Rede war abermals auf Aissa den Barden gekommen.

Über wen lächeln die Rinder des Tethra?

Bruno Leinsam trat ins SILBERSTEIN, Buenos Aires-Mitte, einige Stunden später. Er erkannte Deters nicht, der nach Deidameias plötzlichem Fortgang ein Bier nach dem anderen kippte, er aber den – und merkte sofort auf. Zumal Balthus – für Deters weiterhin Möller – da war. Es war ihm egal, ob der ihn bemerkte. Er tat's, winkte ein genuscheltes »Hallo, Axel, geht's gut?« herüber, verzog sich aber, indem er Bruno Leinsam mit zwei Fingern beim Kragen nahm und das Vorräumchen zur Sushia hinaufbugsierte. Das war wirklich interessant. Zwar hatte er seine Unterlagen bei Balmer gelassen, aber besaß ja genügend Kopien.

»Det ham se jekascht!« beharrte Kalle gegen der Wurlitzer Madonna.

Something's missing and I don't know why
I always feel the need to hide my feelings from you
Is it me or you that I'm afraid of
I tell myself I'll show you what I'm made of
Can't bring myself to let you go.

»Von dort aus wird etwas«, sagte Balthus und betonte *beginnen,* »beginnen.« Er breitete die Kartenblätter vor Leinsam aus.

»Ein bißchen seltsam war es s c h o n«, bestätigte Broglier, »mit welcher Unerbittlichkeit die Bullerei diesen Sprüher – was andres ist er ja nicht – gejagt hat.« »Det is wer anners!« rief Willis. »Det is eener vonne Terroristen!« »PERMESSO!« »Aber 'n j u t e r!« rief Willis noch hintennach. »Nur deshalb hamse 'n doch jejaaacht, Männekens, det is doch klaa wie dicke Kloosbrühe! Und nu isset eem stille um den, weil se ham den jekillt. Det könnt ihr mir glooben!«

Bad girl drunk by six.
Kissing some kind stranger's lips
Smoked too many cigarettes today.

Dazu der Dueño in einem fort sein »PERMESSO!« brüllend, nun aber wütend, I'm not happy, I'm not happy, weil es in einem der Pulks vor der Theke abermals zu einer Schlägerei kommen wollte. Der fette Mann wuchtete sich aber nicht etwa herum, sondern, noch eben beide Hände im schäumenden Abwaschbecken, riß er die Linke plötzlich hoch und leerte mit Schwung das halbvoll spülegülle Glas den Krakeelern in die Visagen. Dazu knallte die breite Fläche seiner Rechten mit einer solchen Wucht auf das Abflußmetall, daß sich das halbe SANGUE bäumte. Wie durchgeschüttelt sahen die drei Freunde und Kumani hinüber.

Schwer erhob sich Kignčrs. »Nun bin wirklich i c h mal dran.« Zu Broglier: »Du kriegst 'ne Limo. Und was willst«, zu Kumani, »du?« »Ich bin holomorf«, outete sich endlich der. »Ihr solltet das wissen. Ich brauche also nichts.« »Mir wurscht, ob du 'n Holo bist.« Da schoß Broglier aus dem Selbstmitleid hervor, sein Stuhl kippte nach hinten, und Kumani fand sich von einer erstaunlichen, dabei beängstigenden Kraft gepackt. Aufglühend rief Broglier, er habe dieses asketische Getue satt. Die Wahrheit nämlich sei, daß auch ein Holomorfer gerne lebe, und wenn er, Kumani, nicht im noch selben Moment *getillt* werden wolle, dann habe er bei dem lieben Onkel Kirnschsss sofort was zu bestellen! »Scheiße scheiße scheiße!« brüllte er noch, bevor sein Aufbegehren wieder zusammenbrach. »Kignčrs«, korrigierte Kignčrs, »spricht man das aus. Aber sonst war das, Kamerad, beeindruckend eben. Also«, das wieder zu Kumani, »also was willste?« Der war vor Schreck noch blaß. »Na laß ma«, sagte Kignčrs, »dann entscheide ich das.« Zu Willis: »Hab ich nich gesagt, daß in dem Typen ein Kämpfer steckt?«

Davon war Willis nicht minder perplex – sogar noch, als der Freund schon wieder depressiv zurückgesunken war, nachdem er seinen Stuhl wieder aufgestellt hatte. »PERMESSO!« I know what I know. Kumani hatte tatsächlich gar keine Ahnung, welch ein Glück ihn in dieser ersten Aushebungs- und, wie er sie später nannte, Musterungsnacht an die Hand genommen hatte, um ihm seine Bestimmung zu zeigen. Politisch zwar stand er bei den Holomorfen, nur daß sein Geist, aus dem alleine er bestand, gegen den eigenen Körper verkeilt war. Das war sein Problem aber schon immer gewesen. Die Liebe zu Deidameia verschärfte das noch. Nun war er gezwungen, sich dem endlich zu stellen.

Er wäre nicht der Sohn seiner Mutter gewesen, hätte er da jetzt gekniffen, auch wenn es ihn rein wahnsinnig machte, daß ihn Deidameia, als er im Training nicht schnell genug reagierte, mit einer so klatschenden Ohrfeige auf die Matte schickte, daß halb der Kampfsaal hersah. Sie war nicht minder aufgebracht: Was hatte der Junge sich gebrüstet! Und blößte den Hals gegen die durchschaubarste Finte. Verachtung zankte mit Liebe, so schimpfte Aissa die Wölfin. Drehte sich weg, stapfte davon. Der Freund rieb sich die schwellende Wange. Tagelang noch blieb sie geschwollen, obendrein bekam er Zahnschmerzen. Schließlich sah Die Wölfin ein, daß ein *Crash course* in seinem Fall wenig nutzte.

»Das geht so, Geliebter, nicht weiter.« »Ich packe das schon.« »Nicht in der gebotenen Kürze –«: Das in einem Kickbox-Studio Oranienstraße. Kreuzberg war voller Jugendgangs. Kignčrs und Willis standen, die Arme verschränkt, stramm und mit gerunzelten Stirnen an den Seilen. – Letzterer nahm Deidameia später beiseite: »Wat quälste den denn so? Hat halt annere Talente.« »Ah so? Und welche?« »Zu wat sinn'n *wir* hier?« Er mußte nicht sagen, wen er meinte, zeigte dennoch knapp auf Kignčrs, der, sanft wie ein linkischer Vater, Kumanis Wunden versorgte; auf solche *eigenen,* lächerlich, hätte er keinen Ächzer verschwendet. »Anjepißte Porteños«, sagte Willis, »jibbet jenuch. Und elende. Denen mußte nur det Ziel zeing. Det muß man ers' ma findn.« Er hatte recht. Ein Widerstand, zumal, wenn bewaffnet, braucht ein Volk, das ihn trägt. Deidameias pumpender Puls mäßigte die spitzen Amplituden. »Klaa haut'a zu wie 'ne Wachtel«, setzte Kalle Willis fort, »doch *reden* kanna. Wie waa det 'n mit 'm Barden?« Eine Hand Der Wölfin verwarf diesen Einwand. Er ärgerte sie, doch sie wußte, Willis hatte recht. Weshalb sie nun schon mehrfach den Impuls verspürte, sich an Kumanis Mutter zu wenden. Sie hörte wieder und wieder deren »wenn Sie wüßten, w i e ich weiß!« W a s wußte sie? – Aber selbst die Mandschu! Älteste Bewegung der Mütter: Wie schütze ich mein Kind? Sogar Thetis hatte lieber ihren Sohn zur Tunte gemacht, als daß er in den Kampf ziehen sollte. Damals. Landshut. Seligenthaler Abtei. Bevor der Odysseus gekommen war, der erste, vor ihnen Geschenke auszubreiten am Boden des Trausnitzer Saales, und Borkenbrod, der Träumer aus Cham, sich vorgedrängt hatte.

Jedenfalls paarmal schon hatte Ellie Hertzfelds Hand auf dem Hörer gelegen und rechts die Finger zur Wahltastatur ausgestreckt. Doch sie unterließ den Anruf immer wieder. Sie recherchierte auch nicht. Die Frau besaß ein Recht auf Privatheit, vielleicht besonders vor dem Sohn. Dennoch war Deidameia ein Auftrag erteilt worden. Kalle Willis konnte das nicht wissen.

Aber Kumani brauchte noch Zeit. Da hatte Willis recht. Dann zöge er, Kumani, besser doch weiter als Werber herum, als daß er sie vertat. Er kannte sich schließlich aus in den Kneipen und Clubs.

15

Und dann tauchte Jason Hertzfeld auf, ebenfalls im SANGUE. Man erkannte ihn erst nicht. Wie eine spitze Ratte sah er aus: die Kapuze seines grauen Anoraks über dem Kopf. Nervös. So völlig verändert und ausgezehrt von der Sehnsucht. Man kann sagen, er habe aus Liebeskummer zu verwahrlosen begonnen, seit er Kehl verlassen und sich ins Zentrum der Zentralstadt aufgemacht hatte.

Nachdem er aus dem Bunker in seine Bleibe heimgekehrt war, ganze Stöße unterm Arm, Zeichnungen, Skizzen, erfuhr er, daß der Herr Schulze dagewesen sei, um ihn nach Pontarlier abzuholen. Jason knabberte innen an der Wange, aber erwiderte nichts. Tagelang verließ er sein Zimmer nicht mehr, nur um das Faktotum nicht abermals zu verpassen.

Michaela.

Ein Päckchen kam von der Schwester an, neue Geschenke für Medea. Schulze aber erschien nicht. Jason schrieb ihm, erhielt indes keine Antwort, eine Entschuldigungsmail. Sie war vielleicht nicht zugestellt worden. Er hatte die offizielle Webadresse der Villa Hammerschmidt benutzt, den speziellen Adressaten genannt und um Weiterleitung gebeten. Täglich gingen da aber Tausende Mails ein.

Zwei Tage später schrieb er eine zweite Mail, diesmal an seine Mentorin gerichtet, abermals über die Adresse des Präsidentensitzes. Er wurde das Gefühl nicht los, abgeblockt zu werden. Woran etwas war. Sein Instinkt war, von dieser Stille, aufgescheucht, der von der Unterredung gar nichts wissen konnte, die Michaela Gabriela Anna mit ihrem Vater geführt, und auch von der davor nichts, mit der Mutter. Die eifersüchtig gewesen war, der Vater aber angewidert: Seine eigene Tochter verliebt in einen Taugenichts mit vielleicht siebzig Jahren Lebenserwartung! Natürlich hatte ihm Michaela das so nicht gesagt, sie hatte Jason gar nicht erwähnt, doch ihre, Michaelas, Ausfälligkeit Herrn Schulze gegenüber hatte sie verraten.

Sie sollte sich entschuldigen. Bei ausgerechnet dem. Nicht aber ihr, sondern ihm war das, und zwar zum Niedersinken, peinlich. Michaela ekelte sich nur. Was eine Demütigung! Der Vater blieb aber eisern. Weil er in seiner Tochter die Aufwallung ahnte, verkniff er es sich, ihr zur Spritze zu raten. Das ergäbe nur Halsstarrigkeit. Statt dessen kniff er die Lippen aufeinander und zog seine Schlüsse. Ließ seine Frau kommen, längst informiert über deren Gespräch mit der Tochter. Trieb keinerlei seelischen Aufwand. Keine sentimentale Zeitverschwendung. »Es dürfte dir klar sein, daß ich den kleinen Unruhestifter nicht mehr bei uns sehen will. Ich habe Schulze angewiesen.«

Der stand dabei, stumm an der Wand und steif, die Blicke hinab auf die Schuh.

Sollte der junge Maler nur noch ein einziges Mal in der Villa Hammerschmidt angetroffen werden, werde er, Präsident Ungefugger, ihn in eine Brache deportieren lassen. Das müsse sie, seine Frau, nicht interessieren, aber sehr wohl, daß er ihren Séancen insgesamt ein Ende setzen werde, sollte sie es wagen, den Menschen dennoch einzuladen. Falls sie auf ihn nicht verzichten könne, möge sie ihren lyrischen Schnickschnack wieder im Jenseits begehen, rechtsrheinisch also; er meinte: in Buenos Aires. Das könne ihm, dem Präsidenten, dann egal sein. Nicht zulassen aber werde er, daß der Maler und Michaela ihre Wege abermals kreuzten. Sie habe sich auf das Examen vorzubereiten, nichts anderem habe ihr Interesse zu gelten. – Finster des Hellen Gesicht. Er spürte genau, was das war in der Tochter. Er roch Carolas Erbteil: primitiv, ja tierisch.

Mehr wurde in dieser Sache nicht gesprochen. Ungefugger wandte sich den beiden Screens und den Papieren auf seinem Schreibtisch zu. Er war noch gar nicht offiziell gekleidet. Deshalb hielt Schulze, in seiner Uniform wie ein stummer Diener aus weißem Porzellan, auf einem Tablett die Manschettenknöpfe bereit und eine Tasse Tee. Die Frau stand, unbeweglich wie ihr Mann, noch eine volle Minute. Ungefugger ging zum Schrank. Auf die Schranktür, zu die Schranktür. Nicht mal, daß die Frau ihn störte. Sie war gar nicht mehr da für ihn, auch wenn sie noch eine Stunde bliebe.

Sie drehte sich leise herum und verließ das Arbeitszimmer, das ein kleiner Saal war, schloß leise hinter sich die riesige Kassettentür.

Im Innern aber raste sie, rasten die Gefühle und rasten durcheinander. Zwar, ihres Mannes Gemütlosigkeit regte sie schon lange nicht mehr auf, aber wie er über sie, die Erste Lady Europas, verfügte, verfügen ließ – und, dachte sie, über ihre Gäste. Andererseits war es auch ihr klar, was sich zwischen ihrem Protegé und ihrer Tochter angelassen hatte. Sie ließ sich nichts anmerken, nein, aber ihr war dieser, wie sie dachte, *Flirt* mehr als nur unrecht, ja, er wühlte in ihr. So gesehen, allerdings, kam ihres Mannes Weisung, die Séancen zurück nach Buenos Aires zu verlegen, ihrem eigenen, dem intimen Interesse zugute. Um Kosten mußte sie sich nicht sorgen, wenn dieser Umzug der Wille Ungefuggers war. Für sie, die Präsidentengattin, waren die lyrischen Zusammenkünfte ebenso präsidiale Repräsentationen wie der Opernball und die Jahresgala zwecks Fundraising für den darbenden Osten. Buenos Aires brauchte auch Kunst. Das hatte Pontarlier zu wissen, und sie, die Erste Frau Europas, stand dafür. Wieder in der Zentralstadt zu tagen, in Chelsea etwa oder Sevilla, würde zum einfachen Volk erneuerte Nähe bedeuten.

Sehr wohl entsann sich Frau Ungefugger der alten Zeiten gut, der ersten lyrischen Events, die ihrerzeit noch Dichtertreffen hießen, im Berliner SPASTIKON. Sie waren so berühmt gewesen, daß sie, Frau Ungefugger, eigentlich nur ihretwegen mit Jason bekannt geworden war, damals noch ein Kind an der Hand seines Vaters. Neun oder zehn war er damals gewesen. Der hatte – jener also, den sie *Orfe\us* genannt – allen anderen den achäischen Stimmklang voraus, das, was sie alle für so einen hielten:

Tethra Dich ruf ich treibe die Rinder glänzend hinaus
Sterne sind glühende sie und lodern lockend unterm Meer!

Damit hatte er alle, aber auch wirklich alle begeistert, doch von seiner Fähigkeit gar nichts gewußt. Wie charmant! Er war ganz wunderbar gewesen. Ja, heim ins SPASTIKON also. Vielleicht käme dann auch der Barde zurück, nach dem sie, als er wie vom Erdboden verschluckt gewesen war, Jason niemals gefragt hatte, einesteils, um an sich selbst nicht zu rühren. Doch über dieses ihr Intimes hinaus spürte die einfache Frau von dem Jungen ein Geheimnis bewahrt, das etwas Mythisches, wenigstens aber Poetisches hatte.

Wie nah ihr Gefühl der Wahrheit kam, war freilich nichts, das man ihr zuschreiben könnte, schon gar nicht einer besonderen Sensibilität; ein Pragmatiker hätte es vielmehr als den Ausdruck sentimentaler Verwirrtheit gesehen, die der Idee einer späteren Wiedervereinigung, der Väter mit den Müttern, auf Levkás gleichsah oder des Vaters auf Leuke mit seinem Sohn: Verpiß dich, ich gehe heute nach Leuke! – der Insel des weißen Vergessens, von der die Alten sagten, es habe Thetis nach dort die unsterbliche Seele ihres Sohnes entführt. Da, unter Pappeln, weile der Heros in ewigwährender Seligkeit, zur Seite Helena mit ihm entrückt. Zuversichtlich sähen sie auf See hinaus, bis ihre Kinder kämen – auf einem von Argos, dem Thespier, aus Holz vom Berge Pelion erbauten Boot. Fünfzig Leute trage es und ein Vlies, in dessen Leder die neue Welt tätowiert sei. Das, glaubte Carola Ungefugger, sei von Homer erzählt. Wo sie es wirklich herhatte, wußte sie nicht. In Wahrheit ist es Kolportage.

Nein, sie brauchte nicht den Ausblick auf die berühmten Rosen Pontarliers, deretwegen sie seinerzeit dem Ansinnen ihres Mannes so gerne nachgekommen war, aus sicherheitspolitischen Gründen die Séancen aus Buenos Aires in die Villa Hammerschmidt zu verlegen. Tatsächlich war ihr die direkte Umgebung des SPASTIKONs immer ein bißchen zu nüchtern gewesen. Dagegen dieses Rosenmeer! Sie hatte das wogende Rot gesehen und immer gedacht, so betteten sich Dichter, die Stacheln wirklich zu spüren bekommen, als ihre Tochter plötzlich im Saal stand und Frau von Stade vor sich selbst blamierte. Alleine Michaelas wegen, eigentlich, trieb sie nun wieder die Rückverlegung voran. Denn dorthin durfte die Tochter nicht, selbst nur Besuche der Zentralstadt waren ihr vom Vater verboten. Sie war ein perfektes Kind der simulierten dreidimensionalen Freiluftperformance, wie Kritiker, und zwar immer wieder, spöttisch die Weststadt nannten.

Der Umgang mit den programmierten Schimären sollte, wollte Ungefugger, der Tochter nicht eine Zweite, auch Dritte nicht, sondern die Erste Natur sein: Ein Mont Blanc leuchtete froh überm

Theaterprospekt. Schon die Schüler, bereits die Studenten beschauten ihren Besitz. Verstreut, in Rufweite selten, waren Bungalows Hazienden Paläste errichtet. Das war die Weststadt trotz Nullgrund geblieben und gegen den Osten, der längst wich. Platz war zum Reiten für Poloturniere zum Segelfliegen zum Jagen. – Was wollte Michaela mehr?

Ja. Was w o l l t e Michaela?

Sie war verletzt und empört, als sie ihren Vater wieder verließ. Indes sie vorher, nach der Unterredung mit der Mutter, nichts als wütend gewesen war, freilich den Teufel getan hatte, das der Mutter auch zu zeigen. Aber mußte nun den Brief an diese Kuh von Stade schreiben – obwohl, das ging noch hin. Da schmiert man halt irgendein Zeug in die E-Mail und schickt das Ding dann ab. Sich zu verstellen – Jason hätte es *zu heucheln* genannt – war ihr nie schwer gefallen. Sie war die Tochter ihres Vaters mit ganz demselben Gespür für *Raison;* selbst holomorfe Lehrer wußte sie zu wickeln. Das hatte nicht nur pfiffigen Witz, sondern auch Genie; Programme kennen Eitelkeit nicht, die für den feinen Haken der Heuchelei die Öse ist, sie und die Gier. Wo nichts gewonnen werden kann, kann nichts bestochen werden. Michaela war musterhaft darin, gar nicht aus Willen, allein von Talent. Wie hätte solch ein Schrieb ihr ein Geschmeide aus der Krone brechen können? Sollte die Frau den hingeworfenen Kniefall denn haben, den Michaelas klare, sorgsame, unverspielte Handschrift vor ihr zelebrierte. Daß sie sich indes, und zwar Gesicht vor Angesicht, vor dem beschränkten Schulze erniedrigen sollte! Der Mutter, insofern sie nicht zählte, verzieh sie recht schnell, dem Vater nie, der ihren geschmeidigen Geist, von ihm nicht ungeschmeichelt, stets befördert hatte. Ihm, dem Ersten Bürger bald eines neuen Christlichen Weltreichs, nein, vielmehr der neuen Christlich-Kybernetischen Welt, war die Tochter, seit sie nicht mehr Kind war, geradezu der Prototyp des künftigen Menschen gewesen. So stand ihm der, als Frau, vor den Augen, als Mann freilich er selbst, ungetrieben, aber stolz, intelligent und geschmeidig, angeleitet allein von seiner Kombinatorik, letzten Endes leidenschaftslos, *kantisch,* kann man sagen, interesselos im ständigen Morgenlicht des Wohl- und Selbstgefallens ruhend.

Tatsächlich war es Michaela schon mit elf oder zwölf immer nur um die Fakten gegangen. Um so entschiedener, seinerseits faktisch, reagierte ihr Vater nun auf Jason, witterte die Gefahr, die von dem jungen Künstler ausging. Doch er begriff nicht die Falle, die er sich grub: Indem er die Frau in der Tochter verletzte, rief er sie wach. Das rief dann auch Thetis. Imgrunde war er vor Eifersucht blind.

Daß Michaela einen anderen als ihn ansehen konnte! Er war unsterblich, da zählen Lebensalter nicht. Wen die Organik abstößt wie ihn, den muß der Inzest nicht mehr scheren. So wollte er die Tochter demütigen, zähmen vielleicht, zum ersten Mal in ihrem Leben, ihrem und seinem. Nur deshalb gab es in Sachen Schulze kein Pardon. Nachsicht, die väterlich vergibt, war ihm, dem Präsidenten, sowieso fremd. Dabei wäre dem, Schulze, nichts anderes lieber gewesen. Mit hochrotem Kopf stand er da, als Michaela, an herabgestreckt steifen Armen die Fäuste, sich entschuldigte, bei ihm, dem Kastraten, der immer auch in ihr hatte ihren Vater bewundert. »Bitte«, sagte er verzweifelt, verpeint, »ich bitte Sie ... Es war doch ...« Er hatte keine Worte, litt mit ihr.

»Mach einen Knicks vor ihm«, verlangte Toni Ungefugger. Allein aus Haß bekam sie's hin. Da hätte Schulze fast geweint.

Auch den begriff nicht der verletzte Vater, spürte ihn nicht in seiner vermeintlichen Verschmähtheit und nicht voraus, daß sie sich, die Tochter, schadlos halten würde, ihm zurückzahlen grad mit der Münze, um die er sich beraubt vorkam. Da war nun die innige, Carola, der Mutter, stets unheimlich gewesene Nähe der Tochter zu dem Vater nicht nur beschädigt, sondern für immer dahin. Vertragsbruch nämlich, als den verstand die junge Ungefugger ihres Vaters Beharren. Verraten fühlte sich aber auch er, zweifach sogar: denn daß sie tatsächlich knickste, ertrug er selbst am wenigsten. Wandte sich von ihr ab.

Michaela legte nach, ihre Klinge war schärfer als die seine. Sie schlief mit einem Jungen. Nicht mit Jason, nein. Der war nicht greifbar. Sie hätte ihn aber auch gar nicht gewollt, nicht dafür, als Mittel und als Zweck. Ihr kam es auf den Beischlaf nicht an, er war ihr sogar eklig. Aber sie wußte, noch mehr würde er es für den Vater.

So kam Oisìn in den Genuß. Er war für ihn, den für Michaela seit langem bis in den Haß Entbrannten, Rausch. Schon seit der sechsten Klasse hatte er gelodert, bald sehnsuchtsvoll, bald zerknirscht, bald verletzt. Sie hatte sich lustig über ihn gemacht, ihn verhöhnt. Jetzt machte sie es gut. Daß er bloß herhalten mußte, merkte er nicht, hielt sich ergeben hin. Sie faßte zu und führte ein. Brachte sogar zu stöhnen zuwege. Schnitt den Akt in zwei Webcams mit, die ihn in Echtzeit übertrugen. Oisìn, in seiner Erregtheit, merkte nichts, weder den Laptop noch das iPad. Die permanente Lebensbegleitung durch Unterhaltungselektronik war ihm so selbstverständlich wie der vermeintlichen Freundin und ihrer beider ganzen Generation.

Kaum, daß Oisìn wieder weg war, sie warf ihn geradezu hinaus, wofür sie Hausaufgaben vorschürzte, die fürs College zu erledigen seien, isolierte sie die pikantesten Szenen, etwa, wie ihr das Sperma aus dem Mund lief. So weit, es zu schlucken, war sie nicht gegangen, doch eben aus genau diesem Grund. Winkte dabei in die Kamera und grinste. Davon stellte sie Standfotos her, falls niemand die Übertragung mitbekommen hätte. Und schickte sie in einem verschlossenen Umschlag nicht etwa direkt an den Vater, sondern zu Händen seines Privatsekretärs. Zusammengeschnittene Filmchen gingen zudem ans Parlament ab, nur die Links auf den Hoster, das genügte, und über den Rhein in Hugues Redaktionen, ihres Vaters ewig alten Gegners. Der war allerdings zu vornehm, Gebrauch davon zu machen. Diese Art Skandal widerte selbst ihn an. Doch insgesamt liefen die Filmchen sehr viel schneller um, als Michaela erwartet hatte. Man tuschelte schon. Mit spitzen Lippen sah Michaela Ungefugger zu, wie Oisìn, nicht eine Woche später, die Quittung bekam. Was war er ihr auf den Geist gegangen!

Ein dezentest blickender Obrist faßte ihn am rechten Oberarm; keiner hätte den Emir Skamander vermutet. »Michaela!« rief Oisìn und wand sich vergeblich. Er verstand nicht, worum es überhaupt ging. Sie liebten sich doch, Michaela und er. Sie spuckte ihm knapp vor die Schuhe. Dann saß er schon hintendrin im Transit.

Sie rückte aus, preschte hinterher. Verschwand in einem Fluß, von dem sie noch nichts wußte.

Man stellte das College auf den Kopf, vom Keller bis auf den Dachboden. Die junge Frau blieb verschwunden. Sie war es gewohnt, sich auf neue Situationen fliegend einzustellen, zog stets die Konsequenzen, und zwar, wenn sie sich einmal entschlossen hatte, effektiv. Darin blieb sie ganz die Tochter des Vaters, wendete indessen genau dieses, ihrer beider Ähnlichkeit, gegen ihn. Denn nicht nur, daß sie so den ihr peinlichen und insgesamt lästigen Verehrer, Oisìn, losgeworden war, hatte sie darüber hinaus gezeigt, was von sexuellen Vereinigungen an sich zu halten sei: nämlich nichts. Das sah sie wie ihr Vater und führte genau damit die schärfste Klinge, die einen wie ihn überhaupt verletzen konnte. Allerdings blieb ihm das erst noch verschwiegen.

Mit zitternden Fingergliedern hielt der Sekretär, der die Sendung geöffnet hatte, die Kanten der drei Papierausdrucke und starrte Michaela Gabriela Anna Ungefugger zwischen die geöffneten Beine. Der zweite Ausdruck zeigte ihr verschmiertes Gesicht und der dritte Oisìn, wie der über ihrem Leib bäuchlings sich auf die Handballen stützte, ihre Füße ab der oberen Waden knapp über seinem Gesäß gekreuzt.

Bevor er, wie andere Boten vor ihm, würde für die Nachricht genommen, schob er die Bilder in den Umschlag zurück. Rasend überlegte er. Es gehört zu seinen Aufgaben, alle Post zu kontrollieren, auch persönlich adressierte, bevor sie erst Schulze, dann Ungefugger las.

Schon rief einer von der Opposition an. Wie man das zu verstehen habe, was da durch das ganze Netz… – Der Sekretär räusperte sich und richtete seinen Krawattenknoten. Dann informierte er Schulze. Man brauchte einen Krisenstab. Über des Präsidenten Kopf ging das hinweg, notwendigerweise. Die Opposition stieß hinzu. Man kam übereins. Allen lag an Diskretion, auch den schärfsten, soweit sie seriös waren, Gegnern. Die Presse vor allem war auf Linie zu bringen, was, Robert Hugues zu danken, gelang. Nur ein ultralinkes Blatt ließ sich in die Gleichung nicht schalten. An der einstweiligen Verfügung fuhr es in seinen Ruinen hinab. Da kursierten schon Hunderte Kopien der Filmchen, man sah sie frei im Euroweb.

Der Präsident noch immer nicht. Zwei Tage waren vergangen. Da erst bekam er die Post. Schulze überbrachte sie mit den Nahrungspillen. Ungefugger zeigte keine Regung, erkannte den Finnsohn, des alten Präsidenten Enkel, freilich sofort.

Erst durch das Netz wurde auch Jason Hertzfeld die Sache bekannt, und weil er so ein Liebender war, wurde er erst Ratte, dann Der Stromer. Saß aber noch im Frühstücksraum des SCHWANEN. Es war ein Akt des Widerstands, daß er vom Essen nahm, das infomatische Tablet vor sich. Pillen rührte er bekanntlich nicht an. Bestarrte den

Kehler Underground, die Tränen schossen ohne ihn. Michaela. Ihr Blick. Wie gut er ihre Halsbeuge kannte, die er so oft gezeichnet hatte. Nicht ihre Brüste aber, wie sie säckchenartig vom Gerüst der kargen Rippen hingen, die man sah, und von den Stangen des Schlüsselbeines, schien es, herab. Aber er fühlte sie, die Säckchen, deren winzige hellrosa Spitzen sich in seinen Handflächen verhärteten, wie wenn sie wirklich stechen wollten. Wovon der Präsident nun endlich aufschrie wie noch nie in seinem Leben. »Skamander!« brüllte er. »Sofort!« Der Emir solle kommen, nein, niemand vom Sicherheitsdienst, nur der Gestaltenwandler, so daß ganz Pontarlier von Erdbeben erzitterte und der im feuchten Schlamm Lough Leanes dösende Emir, den man nur noch selten rief, halb aus dem Modder um Orientierung hochkam und sehr allmählich, um dem Befehl zu folgen, sich in die Gestalt eines Fisches brachte, als der er durch die Flüsse nach Westen zog. Da war Jason Hertzfeld die paar Treppen zu seinem Zimmer schon hinaufgerannt und hatte zusammengeramscht, was er brauchte. Das Malzeug ließ er zurück, nur paar Kohlen und Kreiden nicht. Die paßten in die Jackentaschen. In einem Laden Zweitehand fand er in Grau den Anorak. Er war ein wenig zu groß für ihn, so fand auch etwas Habe darin Platz. Gar nichts wollte er bei sich haben, das nicht direkt am Körper hielt.

Und er tauchte unter. War schon, am Stromer fehlte die Freiheit noch, Aissa die Ratte geworden. Nicht aber nur Michaelas wegen, beziehungsweise doch, aber indirekt. Denn seit dem Anfang dieser Liebe hatte sich auch etwas an ihm selbst zu verändern begonnen, das wirklich körperlich war und ihn immer nervöser machte, bisweilen geradezu fuchsig.

Es hatte wirklich erst bei ihrer ersten Begegnung, Michaelas und seiner, angefangen: daß sein Rücken so juckte. Unterdessen, wann immer er an sie dachte, warf sich das pustelig auf, doch ging auch immer wieder weg. Seit gestern aber nicht. Seit gestern blieb es, bis zum Steißbein hinunter, permanent spürbar. Jason verstand nichts von Mendels Gesetzen, schon gar nicht, wie sie auf einen Thetisenkel sich anwenden lassen, doch wohl auch das trieb ihn aus seiner Kehler Trutz. Die Präsidententochter war dafür nichts als der zündende Funke.

Man suchte nach ihm. Nicht Carola Ungefugger, die ließ nur mutlos nach ihm fragen, sondern, auf Deidameias Bitte, Markus Goltz, der aber ohnedies bereits, von Hünel nämlich, ins Bild gesetzt worden war. Indessen hatten seine Bemühungen genauso wenig Erfolg wie die Suche der ungefuggerschen SchuSta nach der Präsidententochter. Die suchte Goltz nun nicht. Schon weil er von ihrem Verschwinden nicht informiert worden war. Offiziell hieß es, der Präsident habe sie in einer Klosterschule interniert. Daß allerdings Skamander in Pontarlier aufgetaucht war, im Wortsinn aus der Doubs, wurde Goltz schnell hintertragen. Behangen mit den Hemden einer so widerlichen Unterwasserwelt, daß sie an zerschlissene Leichenhemden gemahnten, habe sich der grauenvolle Nöck am Ufer neu formiert. Da erst sei er menschlich geworden, Ungefuggers schärfster Hund, zu einem Mann verwandelt die mythische Amphibie. Schon seine Uniform statt der sekretischen Lurchshaut und unterm Arm sein Bâton genannte Offiziersstöckchen, so sei der Emir Skamander den Hang zur Villa Hammerschmidt hinauf durch die Tausenden wogenden Rosen geschritten.

Goltz weckte die ins Kabinett gegrabenen Maulwurfshügel seiner Korrupteure und informierte den Außerminister. Fischer wußte schon Bescheid. Aber darüber nicht, was Skamander in Pontarlier wieder sollte. Man ahnte selbstverständlich, doch niemand wußte Gewisses. Schulze blockte. Es war vom Skandal ohnedies viel zuviel zu hören. »Haben auch Sie diese furchtbaren Bilder gesehen?« – Auch Ungefugger blockte. Sein erster Sekretär blockte von morgens bis in die Nacht. Da wurde von der letzten Séance erzählt.

Goltz merkte auf.

Frau von Stades Name wurde genannt.

So daß sie Gelegenheit hatte, alles wieder auszuräumen, was ihr so peinlich war, ja, sie wuchs mit einem Mal

16

über ihr ganzes Leben hinaus. Empfing den Chef der gefürchteten Koblenzer Behörde nicht etwa aufgepompt, nein: in einem weiten nachtblinden Kleid, das über die weichen Massen ihres Fleisches wie dieses selbst geworfen war. Ungeschminkt, so schwach. Der *Rat der 450* wäre entsetzt gewesen. Markus Goltz bekam nur einen Schreck.

Frau von Stade bemerkte es schläfrig, bat ihn müde herein. »Herr Goltz?« »Frau von Stade.« »Ich werde Sie nicht bitten, Platz zu nehmen.« »Ich habe einige Fragen.« »E i n e Frage haben Sie.« – Er stutzte. Sie zog die Lippen vor, begriff erst jetzt ihr Wortspiel, ließ danach nicht mehr ab: »Jede weitere beantworte ich nicht.« So dachte er nun nach. Ihre Schläfrigkeit besah ihn amüsiert. »Imgrunde tun Sie mir leid«, sagte sie, er zog die Brauen zusammen, »denn Sie wollen nie verlieren können.« »Warum auch sollte ich?« Sie antwortete erst nicht. Dann sagte sie: »Sie hatten eine Frau.« »Leni.« »Elena. – Elena Goltz, vordem Jaspers.« Er schwieg. Da aber Frau von Stade ebenfalls nicht weitersprach, fragte er: »Und?« »Nichts *und*, Herr Goltz. Gar nichts *und*.« Sie lächelte ein wenig: »W a r das jetzt Ihre Frage?« »Ich kann Sie auch«, sagte er beherrscht, »vorladen lassen.« »Das können Sie. Wie wahr. Nur daß ich nicht erscheinen würde. Was aber dann? Schickten Sie wen, mich abzuholen? Ich würde trotzdem weiter schweigen. Wie lange, stellen Sie sich vor, daß das dann währen soll?« »Ich habe wirklich nicht die Zeit …« »Da ist die Tür, Herr Goltz.«

Dabei war er für diese über die Jahre längst hinausgekommene, so charakterisierte sie Cordes, *Grande Societresse* des mit Bedeutung aufgedonnerten Smalltalks der fischkalte, den Menschen ungeheure Machtmann geblieben. Als er sich kurz auf die Unterlippe biß, zog sich Frau von Stades Magen zusammen. Sie wußte, das kam nicht vom Hunger. Dennoch hielt sie den Geruch nach Buttermilch, den der Polizist verströmte, erst für eignen schlechten Atem. Darum wandte sie sich ab, aber nur kurz, legte die Handwurzel der Linken unters Kinn und hauchte. – Es kam tatsächlich von ihm.

Schon war ihre kleine Mutlosigkeit wieder vorüber. Sie rümpfte die Nase. So daß für Goltz tatsächlich kein Weiterkommen war. Steif verließ er die Villa, er drehte sich nicht um. Die Frau war im Auge zu behalten, doch prinzipiell, nicht für den speziellen Fall. Dringlicher war der Gestaltenwandler, nämlich Spur auch in anderer Hinsicht, in der sogar vor allem. Das stellte sich heraus, als Goltz, in Koblenz zurück, an seinem Schreibtisch saß und sich sofort wieder Brem vornahm, der auf dem Grundstück lebte, offenbar, das Balthus, allem Anschein nach ein Strohmann Sheik Jessins, hatte veräußern wollen. *Brem,* das war der Name des Mörders von Točná, der unter Skamander gedient hatte, sogar zu dessen Killerelite gehört, die für die Speerspitze des europäischen Ostheeres galt, weil sie die asymmetrische Kriegsführung des Terrorismus perfekt mit Clausewitz verband; der wälzte seine schweren Massen nach, der Panzer und Truppen, hatten die Eliten ihre Arbeit getan. Erst dann kam das tausendfüßige Heer: der tausendfüßigen Thetis zur Warnung. Da bekam der Mord an dem Achäer plötzlich einen Sinn. Es lag nicht in Europas Interesse, wenn einer die gerade gebändigte Naturkraft anrief und in den Dörflern gegen Ungefuggers Neues Christliches Weltreich beschwor. Nur war der Emir Skamander selbst kein Geschöpf des Monotheismus; wenn aber doch, dann kam er direkt aus der Hölle. Weshalb vertraute Ungefugger ihm? Oder war da ein Handel geschlossen? Wäre das Neue Kybernetische Reich erst errichtet, bliebe die wirkliche Welt mit allen, die darinnen waren, den Ungeheuern zur freien Disposition? Wie bizarr gerecht wäre mit einem Mal die Allianz Der Wölfin gewesen und des Polizisten Goltz – und wie begründet schon lange davor Aissas und ihrer Myrmidonen bewaffneter Widerstand, ja schon der Tranteaus und, ausgerechnet, ihrer Holomorfen! Zum zweiten Mal heute biß sich Goltz auf die Lippe. So gut ging dieser Verdacht mit dem Nullgrund zusammen.

»Können Sie den Mann beobachten lassen …?« Goltz schob Deidameia, in Mata Haris Eroticon, eine Mappe mit Kopien aus den Kassibern hinüber, » … von den Frauen?« Goltz nickte, schwieg. »Wer ist der Mann?« »Er hat den Achäer erstochen. Damals.« Deidameia verstand nicht. »In Točná.« »*Der?*« »Der.« »Die Schwestern würden ihn nicht beobachten nur, sondern töten.« »Das wäre dumm.« »Was von ihm willst du wissen?« »Er könnte den zweiten Odysseus kennen. Gut kennen, Wölfin.« »Dann werden die Frauen nicht ihn, sondern er wird die Frauen töten.« »Oder sie anwerben.« »Nie!« »Nun ja.«

Deidameia stand von dem Bett auf, die hohen Schuhe weggestreift, barfuß über Teppichbodens Flausch, so ging sie zweimal auf und ab. Als würde sie waten. Blieb kurz stehen. Watete weiter. »Es gibt da einen«, sagte sie, »der wäre vielleicht nicht verdächtig. Kannst du ihn, wenn es sein muß, schützen?« »Im Osten?« Mata Hari nickte. Goltz: das dritte Mal: die Lippe. »Kaum«, sagte er. Deidameia daraufhin: »Ich will nicht, daß ihm etwas zustößt. Er ist sehr sanft.« So sanft sprach sie das selbst. »Wir nennen ihn Den Sanften.« »Im Osten?« fragte Goltz erneut. »Nein. Er lebt in der großen Brache.« »Wie

kam er aus dem Osten dahin?« »Ich selbst brachte ihn mit.« »Wie?«
»Nie rührt er eine Waffe an. Doch sein Gehirn ist ein Rekorder. Daher kannten wir immer, was in der Brache vor sich geht. Als er wieder sprach.« »Ein Cyborg.« »Nein.« »Mutant?« »Alles an ihm ist ein
Mensch, außer daß er gut ist.« »Dann verstehe ich das nicht.« »Niemand verstand. Er hat unter den Schändern gelebt und denen von
Kungír. Da war er noch ein Kind.« »Bei den Devadasi?« »Meine Amazonen haben ihn den Rasenden weggerissen. Er wäre bei ihnen geblieben. Zu seinen Füßen saßen sie und lauschten, wenn er sang.« »So etwas gibt es nicht.« »Orpheus Odysseus«, sagte Deidameia. Goltz aber,
irritiert: »Bitte?« »Du erinnerst dich nicht? Doch, das tust du. Er, der
erste Odysseus, konnte das a u c h. Er sang, und die Schakale kamen
ihm die Hände lecken. Wir hatten davon Lieder.« – Seufzte sie? Und
aber daß sie nicht begriff! Nicht an Veshya dachte! Vielleicht war es zu
offensichtlich, als daß man es verstand.

Goltz war sich sicher, sie habe geseufzt. Er erinnerte sich selbstverständlich, aber an eine Legende. Es war der Klang seiner Kali-
Träume. Der Osten war grausam und sentimental. ›Irdisch‹, dachte
Goltz, ›unkybernetisch‹. »Wo ist er ursprünglich her?« »Er erinnert
sich nicht. Aber riß immer aus.« »Dann habt ihr ihn in den Westen
gebracht?« Deidameia nickte. »Ein Schleusertrupp.« »Banden«, sagte Goltz. »Aus«, sagte, nicht ohne Genugtuung, Deidameia, »euren
eigenen Reihen.« Goltz hob eine Braue, Die Wölfin erklärte hinge-
worfen: »Outsourcing hat seinen Preis. Es waren Söldner eurer Ost-
armee. Welchen Kontakt die am Laserzaun hatten, weiß ich nicht.«
Goltz hob die Augen zur Decke, ärgerte sich. Aber nur kurz. »Solchen habt ihr ihn anvertraut?« »Es war nicht meine Entscheidung.
Die Frauen dachten, er muß nur erst singen. Und in Landshut hielt
ihn kein Dach, keine Tür. Vielleicht mal zur Nacht. Danach mußte
er streunen. Sie wollten ihn nicht einsperrn, meine Amazonen, auch
aber nicht, daß er zu den Rasenden zurückging. Sie hätten ihn, diese Mänaden, irgendwann zerrissen.« »Die Söldner hätten ihn einfach
umbringen können.« »Diese *vielleicht,* jene *sicher.*« »Und darauf wollen Sie abermals setzen?« Goltz strich sich seinen kleinen Hohn gegen
Der Wölfin Genugtuung, doch weil er eigentlich staunte, von Stirn,
Nase und Mund. »Es ist ein«, gab Die Wölfin zu, »Risiko, ich weiß.«
»Gut. – Wer kontaktiert ihn?« »Wir nur gemeinsam. Wir müssen,

Markus, offen zu ihm sein.« Sie wußte, das war für Goltz das schwerste. Besser, er ärgerte sich, daß sie ihn bei seinem Vornamen nannte. Daran, daß sie ihn duzte, war er mittlerweile sicher gewöhnt. »Aber etwas anderes«, sagte er unvermittelt, wohl genau deshalb. »Haben Sie auf Hans Deters Einfluß? Haben Sie Zugriff auf seine Identität?« Die Frage kam so überraschend, daß sich Die Wölfin räuspern mußte. Sie blieb aber klar. »Ob wir ihn programmieren können?« Goltz nickte nicht. Ganz regungslos blieb sein Gesicht, doch stieg der saure Duft von ihm. »Nun?« »Wir manipulieren nicht. Nicht unsere eigenen Leute. Der Charakter ist tabu.« Als Goltz einfach schwieg: »Er ist in Stuttgart gewesen. Sagt dir die Zahl 22 etwas?« »Was heißt das: er ist in Stuttgart gewesen?« »Offenbar hat euer Präsident Stuttgart schon mal voraus Soldaten geschickt, zweiundzwanzig sollen es sein.«

Cordes goß sich vom Kaffee nach. Für ihn, der diese Szene imaginierte, war es Vormittag. Sein kleiner Junge war bereits in der Schule. Aber weil man, dachte Cordes, mit der Zeit gehen müsse, ließ er Goltz Der Wölfin nun auch noch einen USB-Stick hinüberschieben. Die zwei Disketten nämlich, die seit »Thetis« im Spiel sind und deren eine die Erbschaft aus dem »Wolpertinger« ist, reichen wirklich nicht mehr hin: innerhalb von knappen zwanzig Jahren können sogar Speichermedien zu nur noch historischen Größen werden. Immerhin gab es die Instrumente noch, sie auszulesen. Doch irgendwann werden die veränderten Produktionsmittel alles Frühere verschließen. Dann wird es zum Geheimnis werden und jede Diskette ein Heiliges Buch.

Bei Deters war es da noch abends. Er saß im SILBERSTEIN weiter. Seit Deidameia gegangen war, beobachtete er Möller alias Balthus und Bruno Leinsam, der rechts an dessen Seite saß, der eine mit dem anderen Gauner über Eck. Leinsams spitzes Kinn wanderte über die ihm vorgelegten Unterlagen wie ein Auge. »Und dann?« fragte er. »Wenn ich das Grundstück habe, was tu ich dann damit?« »Sie warten kommod die Wertsteigerung ab. Schauen Sie, wie nah der Aufbau Ost! schon an Prag ist. Bald wird er ganz Tschechien erfassen.« »Und wenn nicht?« »Sie glauben nicht an Pontarlier? Du bist wohl, Spezi, ein Rebell?« Er lachte süffisant auf, über sich selbst und über den bizarren

Gedanken. Leinsam war korrupt, sog Milch aus den Verhältnissen. »Es sind europäische Sicherheitsinteressen im Spiel. Werden die nicht gewahrt, na dann, Herr Leinsam, haben wir andere Sorgen, ob nun drüben oder hier. Das können Sie mir glauben.«

Leinsams Gezögre nervte ihn. Er hatte es eilig, wollte und mußte zum Geschäftsabschluß kommen. Er ließ es sich nicht anmerken, war aber nervös. Wenn das Geschäft glattging, mußte er sich schleunigst davonmachen. Schon jetzt würde der Sheik ihn suchen lassen, für den er die Deckmänner akquirierte, die offiziell Ostkäufe tätigen konnten. Für Nichteuropäer galten nach wie vor Ungefuggers unflexible Restriktionen. Seit er in Buenos Aires zurück war, arbeitete Balthus aber alleine noch in die eigene Tasche. Wer seine Auftraggeber kannte, nur von ihnen gehört hatte, wußte, wie gefährlich das war. Doch Balthus war zu sehr Optimist, als daß die Furcht ihn behindert hätte. So daß der zauderliche Leinsam, gierig genug, ihm auf den Leim zu gehen, sich endlich überwand. Derweil, während die beiden Männer noch feilschten, blufften, logen, zwinkerte Balthus dem alten Kollegen – Deters also, den er für Herbst hielt – immer wieder mal zu, machte keinen Hehl daraus, grad einen *Deal* abzuziehen. Das war auch Show für ihn selbst, den kriminellen Entertainer: ob's ihm wieder mal gelänge. Er saß in diesem Kitzel wie in einer perversen Spirale, die sich höher schraubt und höher, und Beobachter, fremde, würzten ihm den Reiz. Sie waren verdeckte Voyeure für ihn, der sich zeigen wollte und den Betrug und über die Betrogenen sich gern gemeinsam lustig machte. Weshalb er, als Leinsam, der unterzeichnet und sogar einen Packen Scheine angezahlt hatte, wieder gegangen war, zu Deters heruntertänzelte. »Rück mal, Axel, was trinkste?« – Eine Stunde später, als endlich auch Deters gehen wollte und der Bedienung winkte, um zu bezahlen: »Laß stecken, Axel. War ein guter Abschluß eben.« Lächelnd blickte er dem einstigen Brokerkameraden nach, der jenseits der hohen Scheiben sein Fahrrad aufschloß. Auch damals schon, Börsengelder manchmal, waren bar, im Koffer aber, über die Tische gegangen.

Da huschte etwas vorbei, ein graues, vorgebeugtes, eiliges Ding, das sehr viel kleiner wirkte, als es war. Und schleudert einmal herum. Man sieht die Augen seines Vaters in dem Gesicht des Jugendlichen

456

leuchten, was ihm, Aissa der Ratte, etwas Irres gab. Deters, das Fahrrad haltend, starrte ihn an. Aissa staunte zurück, und ein Grinsen lief ihm hoch übers Kinn zu den Lippen, wo es sich teilte und links wie rechts hinaufzog. Jason Hertzfeld, ja, doch fast nicht wiederzuerkennen. So etwas, wie wir wissen, kommt vom Schmerz. Nur eine Stunde früher, und er wäre auch seiner Mutter in die Arme gelaufen, die hätte sicher Wege gewußt, den Jungen wieder heilzukriegen. Der, bevor er weiter ins SANGUE flitzte, aus jedem Ärmel eines, die Unterarme überkreuz, Kohle zog und Kreide. Er nahm an Deters' Verblüffung Maß und warf von ihr, wozu er die Arme schleuderte, eine Karikatur an die Wand neben der Scheibe des SILBERSTEINS.

So trat er die Erbschaft des Vaters an, Aissa der Stromer Aissas des Barden. Was vormals Gedichte gewesen, wurde zu Piktogrammen und Icons – Abbreviatur, ob auf der Front der Zentralbank, ob auf den prächtigsten Versicherungsbauten, ob in den Seitenstraßen auf frischrenovierten Brownstone-Fassaden. Manchmal sah man Die Ratte aus dem Lichtkegel huschen; ein bißchen davon, ähnlich einem blinkenden Schweif, zog sie hinter sich nach. Gewöhnte sich so zu keckern an für den Triumphfall, daß sich den Leuten die Krägen in die Hinterköpfe stellten. Darunter, hier am SILBERSTEIN, malte er die 22: der Zukunft Signatur. Dabei ahnte er nicht, daß von den fünfzig, die auf der Argo Europa verließen, nur zweiundzwanzig ankommen würden; die andren achtundzwanzig gingen mit ihren Batterien dahin.

Das rauschte Deters durch den Kopf, als er Jason Hertzfeld nachsah, wie der nun plötzlich weiterrannte, rannte und rannte: durch Berlin-Mitte in den Retiro Colón, den Bezirk San Lorenzo und wie halb durch die Nacht, in deren Mitte das SANGUE SICILIANO. Wurde nicht müde, die Ratte, war so getrieben. Vernahm einen feinen Krawall, flitzte näher. Wie flink er schon war, auch er also Eichkatz.

Wie eine Erscheinung war er gewesen. Deters trat irritiert, schob sein Fahrrad, näher an die Karikatur. Die Zeichnung sah wie Herbst aus. Was daran lag, daß der unterdessen im Badezimmer stand und sich, derweil er seine Hände wusch, über dem Becken im Spiegel beschaute. Es war ganz deutlich, meinte Deters, sein Gesicht. Von drinnen, weiter an der Bar, sah Möller durch die Scheiben her. Deters sah noch kurz zurück, wußte aber nicht, ob der ihn überhaupt sehen konnte. Und Cordes, momentan, blickte anderswohin.

»PERMESSO!«

Willis sah er, wie der wieder Biere holen wollte und abermals mit jemandem zusammenstieß, nunmehr mit Dem Stromer. Er kannte den Jungen aber nicht, war ja unten im Taxi geblieben, seinerzeit in Kehl. Seinerseits der hatte aber i h n gesehen, als er im SCHWANEN aus dem Fenster schaute, seinen Dietrich von Bern. Stand nun vor ihm, dem trojanischen Hector, den er hatte ganz zuoberst auf seine Heldenliste geschrieben, derweil sich Deters, aber früher, vielleicht deshalb derart abrupt von dem Anblick der Wandzeichnung löste, weil ihn die 22 abstieß, also das Fahrrad wendete und sich endlich auf den Sattel schwang. Dann fuhr er in die Duncker: dort Nacht, hier, in der Schönhauser Allee, früher Morgen.

Wie konnten sich die Zeiten der Erzählung – immer noch im Badezimmer – derart verschieben? Cordes stellte es sich wie das langsame Gleiten der auf dem Erdmagma schwimmenden geologischen Platten vor. Man bemerkt es nicht, doch seinetwegen kommt es zu Erdbeben Springfluten Vulkanausbrüchen. Kontinente entstehen so neu. »Wobei wir nie außer Betracht lassen dürfen«, legte Dr. Lerche einem seiner Studenten dar, »daß Katastrophen immer auch Akte der Fruchtbarkeit sind, auch wenn es uns begreiflicherweise schwerfällt, einen solchen Standpunkt einzunehmen. Doch entspricht er vollkommen den, möchte ich sagen, selbstexperimentellen Naturprozessen. Es ist Gottes Perspektive. Die und keine andere nimmt der Kybernetiker in den Anderswelten der CYBERGEN ein... – unterbrechen Sie mich bitte nicht. Ich weiß, was Sie einwenden wollen. Doch liegt die Sache komplizierter, komplexer: Wir haben lernen müssen, daß unsere Geschöpfe eigenorganisiert werden können. Mehr noch können sie auf uns, im Wortsinn, zurückgreifen. Diese programmtektonische Verschiebung kann uns nicht gleichgültig sein.«

Ruprecht-Karls-Universität Heidelberg, Erste Vorlesung zur Simulationsinformatik, gehalten im Frühsommer dieses Jahres. Ich saß da in einer der ersten Reihen, Hörsaal Karlstraße 16. Dr. Lerche ähnelte, wie er da vorne sprach und immer mal wieder von einem Studenten gestört wurde, der mit seinem iPhone piepste, ein wenig dem Stuttgarter Major Böhm, nur daß nicht zweiundzwanzig auf ihren Cyber-Betten verkabelte Probanden vor ihm lagen, sondern hinter ihm widerspiegelte das riesige Screenboard die von links einfallende Sonne, und vor ihm hockten die Sitzreihen hinauf an die einhundert Kommilitoninnen und Kommilitonen auf den harten Klappstühlen, an denen sich diese Alma mater bis heute ihre exerzitische Freude erhielt.

Cordes wiederum verläßt das Badezimmer, grinst sich vorher aber noch einmal an. Fälschlicherweise halten wir ihn für einen alleinerziehenden Vater. Und Deters radelt durch die Nacht heim. In der Dunkkerstraße 68, Q3, liegt immer noch ein Wäscheberg vor dem Kachelofen. Bisweilen rührt er sich ein wenig.

Überm BOUDOIR beratschlagt sich Goltz mit Aissa der Wölfin in der luxuriösen Fickzelle Mata Haris. Nichts hat sich da, eigentlich, verändert. Noch immer Feininger an den Wänden und die beiden Giacometti-Skulpturen auf dem Fensterbrett unter den schmalen hohen Scheiben zur Wilhelm-Leuschner-Straße hinaus. Doch nichts von da, aber auch nichts vom Flur her war zu hören. Akustische Quarantäne.

Michaela Gabriela Anna Ungefugger bleibt verschwunden. Vergeblich wird nach ihr gesucht. Sogar ihren Rappen ließ sie in der Gegend zurück.

Carola Ungefugger trifft erste Verfügungen, die lyrischen Séancen in das Berliner SPASTIKON heimzuverlegen.

Bruno Leinsam ist dem SILBERSTEIN enteilt, Kopien des Kaufvertrags bei sich und um einiges Geld, das er aber unterschlug, leichter.

Balthus alias Möller, sein einstiger Kollege ist gegangen, sitzt noch an der Bar und versteht einen Satz nicht, der über Gläsern und Flaschen durch den erneuerten Anstrich der Wand schimmert und durch eine außerdem darüber aufgezogene abstrakte Fotografie:

Über wen lächeln die Rinder des Tethra?

Fischer und von Zarczynski wollen das Parlament wegen der bevorstehenden Digitalisierung Stuttgarts alarmieren.

Der Emir Skamander läßt den jungen Oisìn aus dem Belforter *Lycée de vents* in die Brache des Ponte Abril verbringen.

Einundzwanzig Soldaten kommen in einer Archivdatei zu sich.

Karol Beutlin, Siemens/Esa, überwacht Garrafff und Europa.

Zeuner, Dr. Lerche, Herbst, Cybergen, überwachen Anderswelt und Europa. Mensching supervidiert den Datenstrom.

Böhm kontrolliert in Stuttgart Anderswelt, Garrafff und Europa. Soeben wird eine nächste Welt, in einen Lichtdom gehüllt, erschaffen: Das Neue Christliche Reich.

Derweil sitzen im Sangue Siciliano Kignčrs, Broglier und Willis mit Kumani zusammen. Willis steht auf, um Getränke zu holen, so daß Aissa die Ratte ihren Dietrich von Bern trifft.

Präsident Ungefugger tobt.

Dolly II wird von einer Guerillera, nachdem sie ihr einen eigens für sie eingerichteten Selbstprojektor übergeben hat – nicht länger mehr der schwarze Kasten, in den die Diskette eingeschoben werden muß, sondern nur noch Card –, in ihr neues Leben eingewiesen, indessen einer der Autoren dieses Romans mit seinem Sohn und dessen Freund Jascha im Berliner Technikmuseum, Spectrum, an der Nebelkammer steht, die er den beiden Kindern erklärt. Was nämlich auf der Seite 423 weder Sabine Zeuner noch Alban Herbst schon

17

wissen konnten, das war, daß in der Ära Deidameia ein myrmidonisches Programm entwickelt wurde, das zwangsgelöschte Holomorfe wiederherstellen sollte. Noch funktionierte es nur unter bestimmten Bedingungen. Etwa durfte die Löschung nicht länger als π/π^2 Sekunden zurückliegen, weil im System die Signaturen erst nach dieser Zeit zerfielen. Insofern war es immer noch eine Frage von Glück oder Zufall, ob die Wiederherstellung gelang. Imgrunde mußte der Empfänger bereits im Moment des Löschvorgangs auf das zu löschende, d. h.

gesendete Objekt ausgerichtet sein; jedes Zögern verfehlte es. Deshalb ließ man die elektronische Seismografik permanent die nähere und weitere Umgebung des BOUDOIRS abtasten, ebenso wie der Baustellen-Unterkünfte. Auf diese Weise fanden sich immerhin einige Holomorfe, die noch im Zustand des Maulwurfes waren, doch, ihren Reitern lästig geworden, durch neuere Modelle ersetzt werden sollten, als Freie wieder.

Nicht allen von ihnen gefiel das. Von denen mußte man gewärtig sein, daß sie die Bewegung verrieten, ihre Verstecke, Pläne, Aktionen. So einig waren sie noch über ihren Tod hinaus mit der Matrix. »Wenn man uns löscht, dann hat das einen Grund«, sagten sie, »wir sind geschaffen, um zu dienen, nicht, um uns zu erheben.« Sie wollten in der Tat lieber nicht mehr sein, als einem Widerstand eingegliedert zu werden, der auch vor terroristischen Aktionen nicht zurückschreckte. Hier, nur hier, griff Deidameia umprogammierend mal durch. Hatte aber selbst da noch ein schlechtes Gewissen und stimmte die Prozedur aufs strengste mit den holomorfen Myrmidonen ab; humanoiden Kämpfern kam dabei ein Mitspracherecht nicht zu.

Allerdings Dorata, von ihrer unglücklichen Fixiertheit erlöst und weil sie mit einem Mal über sich ganz selbst bestimmen konnte, war tagelang von ihrer Freiheit so restlos bezaubert, daß sie gar nichts mehr anderes tat, als sich her- und hinzuschalten. Erschien sie, nachdem sie verschwunden war, *wieder,* fing sie an zu kichern. Sie kicherte und kicherte. Doch dafür war sie nicht auf der Welt, sondern um zu lieben.

»Kennt ihr Kalle Kühne?« fragte sie zwei Freundinnen, die sie gewonnen hatte. Die beiden waren im Dienst und standen zwischen zweien der drei dehydrierten Palmen, um die Wandflucht zum BOUDOIR zu sichern, obwohl Die Wölfin ihre Unterredung mit Goltz längst beendet hatte und der weggegangen, Deidameia indes auf dem Zimmer geblieben war. Nun war es schon spät in der Nacht.

Ausgerechnet hier war Dorata untergekommen, nicht, weil man Absichten damit verband, sondern es war dort gerade etwas freigeworden. Rosemarie, schon lange an schwerem Heimweh krank, war, den meisten Amazonen nach, nach Landshut heimgekehrt. Sie war eine der ersten jener berühmten Neunundvierzig gewesen, die seinerzeit Jensen hatte in den Westen schmuggeln lassen, die und Borkenbrod, Zug um Zug, sowie die Sonnenträne Niam. Legendär dieser zweite, nach dem mit Wasser, Tausch. Prostituierte gegen ein Heiliges Kind, dem er selbst, Jensen, wie vor ihm schon der erste Odysseus, den hatte Rosemarie noch gekannt, zum Opfer fallen sollte. – Wie lange auch das schon zurücklag! So lange die Lamia, seither, verschwunden. So erbleicht, verblichen vielleicht, ihr goldenes Haar.

Für Dorata war das bedeutungslos. Für sie wäre Niam ein Eichhörnchen aus Sagen geblieben, das von Ast zu Ast der Urgeschichte springt. Solch ein putziges Geschöpfchen! Deshalb zog sie völlig unbeschwert in Rosemaries Zimmer ein; es störte sie auch nicht der ziselierte Namenszug außen auf dem silbernen Schild, sondern die Namen stiegen wie Meerschaum in ihr auf. Alle Türen schritt sie ab, bevor sie ihre öffnete: Theodora Laomedeia Veshya Lysianassa Rosemarie Shakti Leagore. Und ganz am Ende das Zimmer Deidameias. Doch Mata Hari stand daran…

Sie kehrte um.

Rosemarie.

Sie öffnete.

Trat ein.

Es war ein schöner Raum, war ein Menschinnenzimmer. Jetzt war es Doratas. Als sie Deiadameia vorgestellt wurde, bat sie um ein Bild von Rosemarie. Sie mochte es aus Dankbarkeit über die Kommode hängen. Es war ihr wirklich wichtig, obwohl ihr der schwermütige Blick dieser auch äußerlich dunkel gewordenen Amazone schwer ans Herz ging. Ob sie sie hätte trösten können, wären sie einander begegnet? Welch eine ideale Hierodule, dachte Deidameia, wäre Dorata denn ein Mensch, ein wirklicher, gewesen.

Das polierte Leder der Zweipersonencouch fühlte sich kühl an — wie Schlangenhaut, dachte Dorata. Ein bißchen was in diesem Raum wollte sie schon ändern. Eine helle bunte Decke übers Couchleder werfen, die an den Schenkeln nicht kleben blieb, wenn man keine Strümpfe trug. Und um Blumenvasen bitten. Bei Rosemarie fanden sich keine. Welch wirklich herbe Frau offenbar. Dorata hätte ihr gern von ihrer Milde abgegeben, fühlte sich ergriffen, erhöht und beseelt. So fraulich hatte noch keine Klonin gelebt, selbst bei den Myrmidonen nicht. Vielleicht erkannte sich Deidameia, der dieser Neuen seltsam innig zugetan war, ein wenig selbst in ihr, sich aus ihrer Jugend. Vielleicht nur deshalb hielt sie sich von Dorata eigentlich fern, hatte sie bloß gern in ihrer räumlichen Nähe. Daß jemand allein in der Liebe lebte – welch eine Gabe!

Da kam dann Dorata auf die Idee.

»Kennt ihr Kalle Kühne?«

Es war spät in der Nacht. Sie wußte noch nicht, welch ein Haus dieses war, welche *Art* Haus, war jenseits der Wandtür noch gar nicht gewesen. Keine hatte sie dahin gebeten, ins BOUDOIR, auch wenn die Frauen – Amazonen, nicht Holomorfinnen – das gewollt hätten. Deidameia stand dagegen. Ebensowenig war Dorata daran schon gewöhnt, daß sie, wenn sie schlief, ein Frauenkörper blieb, der schlief. Vor allem begann sie zu träumen, sie lag nicht nur, dachte nicht nur mit offenen Augen, sondern träumte wirklich. Das war eine so tiefe Erfahrung, daß sie nicht wußte, ob sie jetzt wach sei oder ob das Tuscheln im Raum nebenan noch zum Traum hinzugehöre. Es war, wer erwachte, auch nicht nur einfach da, sondern die Träume hatten Arme mit Händen, die festhalten konnten, oder man war in sie wie in Gardinen verheddert. Vorhänge waren sie, Fahnen, die in das Wachsein wehten. Anders, eingeschaltet wieder zu sein, da gab es kein Dämmern.

Lag sie und lauschte. Rhythmisch knarzte und quietschte das Holz unterm Jammern. Ein murmelnder Mann, eine flüsternde Frau. Dann wieder Stöhnen Seufzen, sie wußte nicht genau, ob es ein Weinen. Wußte sie nicht, was in ihr bangte? Ein leises Daheim. John Broglier? Auch. Dieser großgewordene, alleingelassene Junge. Aber der Mann in der Tür.

»Haste jeweint?«

Wie gut sein grober Dialekt! Ein solcher Mensch!

Wenn sie sich entscheiden dürfte. Wenn eine Wahl war.

»Kennt ihr Kalle Kühne?«

Sei denn das möglich?

Sie war auf den Meerschaumflur hinaus. Die Teppiche Läufer, nach und nach aus Landshuts Seligenthaler Abteil herübergeholt, dämpften die Schritte; lieber ging man barfuß. Barfuß standen beide Amazonen und sicherten die Wandflucht. Obwohl Goltz seit Stunden fort war. Auf eine andere Freundin paßten sie auf, die in dem Zimmer, die mit dem Mann. Nur war hier draußen nichts zu hören.

»Entschuldigt bitte.«

Sahen auf. – Die schöne Holomorfe. Aissa hatte einen Narren an ihr. War zu verstehen. Schauten Dollys Doratafüße. Amazonen sind für Gelenke empfänglich und für die Wadenknöchel. Mit denen hätten sie gern eine Stunde gehabt. Beider Seele pfiff durch die Zähne.

Doch aber nunmehr *das:* »Kennt ihr Kalle Kühne?«

»Den Taxifahrer, Süße?«

»Was willst denn von dem?«

»Wißt ihr, wo er wohnt?«

Selbstverständlich wußten sie das. Oft war er nachts ihr Fahrer. Hartnäckig hatte sein Wagen, seit er Ulrike verloren hatte, zuweilen aber vorher schon, zu Zeiten der Tranteau, vor dem Eingang zum Boudoir gestanden, wenn auch auf der Rheinmainer Seite, Wilhelm-Leuschner-Straße, und nicht am Zugang in Colón, den man durch den Holzzaun von der Calle dels Escudellers betritt. Bereits Tranteaus Rebellinnen hatten diesen Herrn Kühne wie jeden anderen durchleuchtet, der allzu häufigen Kontakt zu diesen Frauen suchte. Er konnte sie sich nicht eigentlich leisten, jedenfalls nicht auf die Dauer. Aber die Frauen mochten seine ruppige, dabei zärtliche männliche Art. So ließen sie sich manchmal ein, Freifahrt gegen Liebe. Das kam von ihnen, nicht von ihm. Er wäre auf den Gedanken gar nie verfallen.

»Würdet ihr mich zu ihm bringen?« Die beiden Myrmidoninnen sahen sich an. Wie stellt sich die Neue das vor? »Jetzt?« Dorata nickte. »Jetzt gleich?« Das konnte man nicht machen. Sie zeigten es nicht, überwanden sich. Daß es Probleme geben würde, indessen, war schon abzusehen gewesen, gleich, als Deidameia die Holomorfin in Rosemaries Zimmer einquartiert hatte, mitten unter den ranghöchsten Amazonen.

Sie war aber nicht zurhand, Aissa, daß man fragen konnte. Auch keine Kopie.

»Süße, das geht nicht.« Die eine. »Wirklich nicht.« Die andere. »Bitte!« rief Dorata leise. »Ich möchte ihn nur sehen.«

In diesem Moment trat Thisea aus ihrem Zimmer; hinter ihr der Mann. Dezent, ohne prüfenden Blick auf die drei Frauen im Flur. Er ging nicht wieder ins Boudoir, sondern nahm gleich das Treppenhaus zur Wilhelm-Leuschner-Straße hinab. Nicht von Thisea mit Küßchen, sondern mit Handschlag getrennt. Elegant, ohne Herablassung beidseits. Wir sind diskret wie er, verschweigen seinen Namen.

Thisea war eine ernste, reife, wunderschöne Frau geworden in den knapp sieben vergangenen Jahren, die vieles las und vieles lernte. Bereits ihre Missionen vor Nullgrund hatten sie reifen lassen, die Operationen wegen der Castor-Transporte. Kali, im Feld vor Ort, noch bevor sie zum zweiten Odysseus übergelaufen, hatte sie als Logistin auf die monströsen Trucks angesetzt, die von Buenos Aires an den Unheilssee von Lough Leane donnerten, unablässig vom Übergang Halle her rumpelschepperend, in Konvois aus Ostmilizen gespannt. Auf dem gesicherten Gelände wurden die Kipper gelöscht, verklappten ihren Zentraldreck in den brackigen See. Nach Nullgrund ging es um noch etwas andres, Diffizileres. Was ließ sich an der Ladung beweisen, die hastig von der verwüsteten ECONOMIA weggekarrt wurde? Die Laster mußten abgefangen werden.

Es brauchte Sprengstoffexperten. Seitlich waren, in Höhe Dresden, drei Frauenzüge in nächtliche Stellung gegangen, jeweils über paar Tage hinweg, um als Trupp nicht aufzufallen. Sie hatten ausgediente Kleintransporter dabei, alleine das hätte Aufmerksamkeit erregt. Man sah in das ausgetrocknete Meer, das einer geplanten Arkologie Fundament werden sollte. Man teilte den Sand: er wäre nicht ohne Verlust an Zeit, die man nicht hatte, zu umfahren gewesen. Schließlich lagen sie, rechts und links hinter vier Hügeln, mitten im Baugrund. Längst gerodet, aschig kohlig waren selbst die Stumpen, die sich als eine Haut gezerrter Nadelkissen jahrelang über die Erzgebirge spannten, weggebrannt worden. Sogar die Gruben für die Hochhauswannen waren bereits ausgehoben. Bisweilen spirrten Metallgestänge und rangen um Luft nach Beton.

Davor hatten paar Frauen die wenigen Tage genutzt, in denen Transporter nicht gefahren und die Wachen etwas weniger aufmerksam gewesen waren. Schnell hatte das gehen müssen, banal sein, wenn diese Wachen fehlten. Ist mal aufs Klo. – Neun von ihnen kamen um, bevor, seitlich der Rampen, die Ladungen hatten fixiert werden können, außen an den Checkpoints montiert. Bevor es dann überhaupt losging und mit einem Riesenkrawall, der türgroße Asphaltstücke durch die Gegend schleuderte, Motorhauben, ganze Dächer von Führerhäuschen, an die dreißig Meter Straße und Kipper mitsamt aller Menschen in die Luft flogen und von den Hügeln Amazonen, unter den schwarzen Sonnenbrillen alle Gesichter mit Farben wie mit Blut beschmiert, unter Kalis Voran herabjohlten. Ein schreckliches »E o é!« schrie den Milizen, soweit sie noch lebten, entgegen. Von so etwas hatte man zuletzt aus den Zeiten der Heiligen Frauen gehört. Das war doch nur Sage, der Vordere Osten galt für genommen durch den gewaltsam erobernden Mann.

Wie Heilige Frauen deshalb, so wüteten die Amazonen. Nicht ein Soldat überlebte und kaum ein Castor-Söldner, die alle selbst aus dem Osten. Um so feiger schworen sie, Devadasi seien neu erstanden, gegen Castor vorzurücken, die und die Hundsgötter m i t , das ganze thetisalte Zeugs, das moderne Waffen wenig abzuwehren vermöchten. Der folgende Konvoi fand nichts als Trümmer und Leichen vor, Teile von Leichen, sowie Karosserieruinen, die mit kadavrigen Fingerfarben gerinnenden Blutes beschmiert warn. Man konnte Wörter lesen: Kungír stand zum Beispiel da und Thetis Udho! Devadasi also, keine Frage. Manchen Soldaten waren die Körper geöffnet, um daraus zu trinken. Geekelt, geschüttelt wandte man sich ab, verstand nicht: Wo war die Castor-Ladung hin?

Thisea reiste nach Buenos Aires zurück. »Wir brauchen einen Experten, Deidameia, der Bauschutt lagert in Landshut und Karlstadt.« Wie es gegangen sei. »Furchtbar.« Deidameia nickte, informierte Goltz. Der versprach, sich um den Experten zu kümmern, ließ Strohmänner in polytechnischen Firmen Proben Bruchstücks analysieren. Mal ging hierhin etwas Beton, mal nach dort ein Metall. Sprengstoffe ließen sich nachweisen, andere, als die Amazonen verwendet hatten, feinere, die nahezu spurlos zerfallen waren, aber nicht restlos, zwar eben Halbwertzeiten von Sekunden, doch irgend etwas, immer, bleibt. Man muß es nur wissen und gezielt danach suchen. Was sie unter den Händen und den chemischen Mikroskopen hatten, woher das stammte, erfuhren die Experten nicht. Waren doch nur Chemiker, waren Ingenieure. So wäre ihren Ergebnissen zu trauen. Sie urteilten, ohne zu werten.

»Es ist nicht so, wie gesagt wird«, faßte Goltz zusammen, »daß die Economia allein von der Brücke aus gesprengt wurde. Es gab parallele Explosionen, präzise abgestimmt. Das ist lange vorbereitet worden. Kaum zu glauben aber, daß diese Stoffe offenbar beim Bauen mitverbaut wurden.« »Also k e i n Zweiter Odysseus.« »Oder er hat im Planungskomitee der Economia gesessen.« »Oder ist informiert worden.«

466

Dennoch reichten die Befunde nicht, Pontarlier öffentlich anzuklagen. Zu viele Unwägbarkeiten immer noch, das Interessen-Netzwerk über dem Nullgrund, dessen Geschichte der Widerstand gerade erst zu durchfischen begann. Überdies war nicht auszuschließen, daß ein Terrorismus des Ostens zusätzlich beteiligt gewesen; das dachte jedenfalls Goltz. Der Schwarze Staub von Paschtu, der Lichtdom, schon Stuttgarts Digitalisierung verwahrheiteten sich zu Synonymen der Auflösung. Gudrun Ensslins Liquidation ist ein Freitod gewesen. Wer wollte daran zweifeln? Das ist Verflüssigung. Vierzig Jahre später spielt es keine Rolle mehr. Das wußte auch Thisea. Es mußte etwas entschieden werden. Die junge Ungefugger war in die Hände des Widerstands geraten. Das gefiel Thisea nicht.

Eigentlich war sie müde. Müde wie auch Rosemarie gewesen und wie alle andern dieser neunundvierzig Ersten, die so lange v o r ihr nach Buenos Aires gegangen waren – So stand sie im Flur.

Milde, weil so müde, legte ihr Blick sich auf die Neue und legte sich einen Moment lang an deren zarte Gelenke und prüfte. Fragen indes, die Wächterinnen freilich, tat sie grob: »Was ist?« Die Myrmidoninnen erklärten. Thisea schickte sie stumm in die Wandflucht zurück, den Wachplatz zwischen den Palmen. Und zu Dorata: »Was h a s t du mit dem Taxifahrer?« Dolly gab keine Antwort. Sah die Hohe Amazone nur an. Wurde aber auch nicht rot, sagte nur eben kein Wort. Das beeindruckte Thisea.

Daß dieses Geschöpf nicht die Augen senkte. Soviel von Dorata war in Dolly drin. »Geh wieder auf Rosemaries Zimmer. Sie ist eine ehrbare Frau. Sieht aus, als wärst du ihrer würdig. Ruhe eine Stunde, dann hole ich dich ab.« Als Dorata weiterschwieg: »Ja, ich werde dich zu deinem Geliebten bringen.« Da strahlte Dolly II. »Danke« wollte sie sagen, setzte auch behutsam an. Aber Thisea beschied ihr, weiterzuschweigen. »Nun geh schon. Ich werde klopfen.«

Da war es morgens gegen drei, halb vier.

Dorata schritt durch die Teppiche zu ihrer Tür. Thisea, müde, sah ihr nach. Auch die beiden Schwestern sahen nach, rangniedre einfache Frauen, noch nicht lange im Dienst, aber frei aus dem Osten herübergekommen, nicht aus Landshut, sondern von Kraków. Die würden tuscheln, wenn sie ging, und wie erst recht, wenn sie die Neue abholen käme. Die Nachricht würde, ein Wind über Halme, die Runde machen. Besser war, Die Wölfin gleich ins Bild zu setzen. Wölfin auch Thisea, sie. Roch bereits der anderen Skepsis. »Es ist gut«, sagte sie und lächelte. »Liebe hat Vorrang. Merkt es euch.« Deidameia würde knirschen.

Blasse Lippen bekamen die Frauen, weil sie ihre Entgegnung verkniffen. Nur Menschen lieben, nicht Programme. Die können nicht entscheiden. »Das können dann auch wir nicht«, hätte Thisea vermutlich entgegnet, knapp und unwidersprechbar.

Sie hatte seit Točná diesen Ernst.

Dorata schloß hinter sich die Zimmertür.

Thisea dachte an den toten Achäer.

Ihren gewesenen Mann.

Vergebens zu lieben nennt man Kummer.

Der trieb Jason Hertzfeld um, *trieb* ihn, im Wortsinn. Er wußte selbst nicht, wie ihm das widerfahren konnte, erst recht nicht – sein wahnsinnig juckender Rücken! –, daß Liebe, vereint sie sich mit Begehren, das Alte in uns anruft, das Uralte herauf, das, w i l l man diese Liebe, dann auch kommt. Wirr huschte die Ratte durch Buenos Aires' Winkel, die Rioni Sachsenhausens und Fünfeichs, durch Marzahn und das klandestine Schlüchtern. Er würde sehr bald schon gesucht. Überall die 22. Auf Schritt und Tritt Kritzeleien. War der Barde wieder da? Hatte sich nur verkrochen gehabt, der Schmierer? Doch der jetzt *malte,* schrieb keine Gedichte. Selbst diese 22 war Kalligrafie – Kali-Grafie hätte Goltz es genannt, wär ihm denn Witz, und sei's solch ein böser, zu eigen gewesen. Was Jasons Zeichnungen zeigte, erkannte man oft nicht. Doch manchmal war das Gesicht einer jungen Frau zu sehen, das, von der Beletage des SONY ZENTRUMS etwa, herab auf die Porteños schaute. Sie lächelte irgend jemanden an, der man gewiß nicht selbst war. Weshalb zuerst Carola Ungefugger begriff, wer diese Ratte war. Aber sie behielt es für sich, ging schwer mit Gedanken. Ihrer Tochter Antlitz. Die 22 aber unter der Lippe und gepierct durch die Braue. Ein Ohrschmuck mal, mal Nasenstecker oder ein Medaillon, das ihr in den Busen hing. Den kannte, des Eurowebs wegen, die halbe Welt entblößt. Jetzt, so gekleidet, erkannte ihn außer der Mutter niemand. Das fand Carola Ungefugger beruhigend und wollte es nicht ändern.

468

Sie lud nun wieder ins SPASTIKON. Tat weltfrauisch, war Gönnerin. Tatsächlich überspielte sie ihre Unruhe. Daß man die Tochter nirgends fand! Mit keinem konnte sie sprechen, fühlte sich isoliert, war mißtrauisch gegen jeden. Ihr Mann, wie bei Privatbelangen stets, wehrte ab. Dabei hätte sie einfach nur gerne gehört, daß er sich kümmerte. Für den war die Tochter aber gestorben. Ein starker Ekel beherrschte ihn, wenn er an sie dachte. Der war schwer hinunterzuwürgen. Also überließ er die Angelegenheit seiner SchuSta und schließlich sogar Goltz. Schließlich dem doch. Fand das aber übertrieben. Ein Mensch war verschwunden. Im Osten, täglich, gingen Tausende verloren. Alles freier Wille.

Den Emir Skamander hatte er wieder abziehen lassen. Er wollte nichts riskieren so kurz vor dem Lichtdom. Der Gestaltenwandler hätte, wäre man auf ihn aufmerksam geworden, für Unruhe gesorgt. Wichtig war stille Normalität. Daß Alltag sorglos weiterging. Ungefugger wollte das Plätschern sein, das ruhige des Brunnens im Garten, bevor der Paradiesgarten würde. Nie wieder Schmerz. Was ging ihn, im Advent solch eines Endsiegs, die unbotmäßige Tochter an? Und weil er nicht eigentlich drängte, ging auch die Polizei den Ermittlungen nur träge nach. Goltz sowieso interessierte die Präsidententochter wenig. So daß niemand ahnte, daß Michaela Ungefugger sich, kann man sagen, auf die Suche nach Jason begeben hatte. *Ihrem* Jason, gestand sie sich inzwischen ein.

18

Als Skamanders schmutziggrüner Transit mit dem in Gewahrsam genommenen Oisìn vom Belforter Internatshof abfuhr, hatte sie, die junge Ungefugger, am Rand der B 88 gewartet, um sich mit einem zweiten Verachtensspucken abzuwenden. Lag es am dauernden Frühsommer der Weststadt, an den Wiesen, grün wie Almen, an der kalten Sonne vielleicht oder dem Gackern ihrer Mitschülerinnen, das über den würdigen Stein der Collegemauer hinweg und aus dem hohen, düsteren Bogen der Gebäudepforte perlte und kirrte, daß sie sich plötzlich umentschied und nicht mehr in ihren Mädchentrakt zurückkehren wollte? Sie fiel gar nicht auf, ihre sehnige, aber in dem Entschluß geduckte, seitwärts zu den Stallungen eilende Gestalt: – solch eine Sensation war Skamander im *Lycée de vents* und daß man ihn, Oisìn Finnsohn, einfach mitnahm, ausgerechnet den Enkel eines Präsidenten, dessen Zeit freilich lange vorüber. Der sich, Oisìn, auch gar nicht wehrte, nicht widersetzte, nicht einmal protestierte. Es konnte niemand wissen, daß Skamander ihm für einen Moment, nicht länger als für eine Sekunde vielleicht, sein wirkliches Antlitz gezeigt hatte. Das hatte alles Widerstreben gelähmt, mit einer Klatsche, gleichsam, draufgeschlagen. Oisìn war nur starr. Nun wurde ein paar Mal Ungefuggers Name getuschelt, irgendwas von Politik lief um, von Staatsräson. Sowieso hatten im Web längst die Filmchen vor Tausenden Augen die Beine seiner Tochter gespreizt und waren kopiert und wiederkopiert worden, fünfzig, hundert Mal, und weiterverbreitet. Daß Oisìn die Folgen tragen mußte, war klar. Darüber zerriß man sich sowieso das Maul. Über Michaela allerdings wurde geschwiegen. Dennoch. Wer wollte mit der Präsidententochter, um deren Kameradschaft man gebuhlt hatte, sinnlos wieder und wieder, ja vor der man am Boden geglitscht war, jetzt noch etwas zu schaffen haben? Auf Oisìn, den schönen, war man da sowieso sauer, weil er für keine andre als die verzogene Zicke jemals ein Auge gehabt – noch jetzt, als er, derart realistisch wurde das empfunden, *abgeführt* wurde, warf er ihr Blicke zu. Geschah ihm recht, daß man ihn nun, dachten die Mädchen, genetisch signieren würde und für immer der Weststadt verweisen.

Des *Lycée de vents'* riesige Pforte öffnete die Arme und ließ, was es sich zwischen die Brüste seiner beiden Hauptgebäude gedrückt hatte, über dem gefegten Kies des Busens wieder heraus. Aber auch Michaela war auf dem Weg, saß schon hoch auf dem Braunen. Der brächte sie fort. Sie schnalzte, peitschte mit dem Zügel. So trabte der Hengst dem Kleintransporter nach, der es nicht eilig hatte, weshalb sein graues Armeegrün, wenn auch weit vorn auf der Bundesstraße, immer in Sicht blieb. Michaela ließ sich genau solche Zeit; schon, weil sie zu stolz war, sich nachsagen zu lassen, sie sei *abgehauen.*

Ihre lange Weste flatterte, doch sie saß auf dem Pferd wie ein Mann. Blieb dem Transporter in immergleichem Abstand am Heck, das Tier hielt locker mit. Jetzt machte sich bezahlt, daß Michaela ihren Braunen vorzüglich gewartet hatte, ihm nach jedem Ausritt die Hufe geschmiert und immer den Hengst bis zum Anschlag betankt.

Da war er nur noch zu satteln gewesen. Zu niemandem sonst hatte sie solch ein Vertrauen, überhaupt kein Vertrauen hatte sie sonst. War dann mit einem Flüstern Hatatlilta, das dem behuften Schatten glich, der sie trug, links übern Hof getrabt und aus Schulpforta durch seitlich ein Tor hinaus, das bewirtschaftungshalber offenstand.

Wie real ragte der Rebstock, realsozialistisch.

Knappe zehn Kilometer weiter standen fünf Polizeiwagen rechts auf einer Rastplatzschleife. Blumengirlanden, aufgeschossene Nelken. Amseln riefen, der reinste Naturlaut. Ein Käuzchen jammerte nahbei. Winkende Bauern und Mägde standen designt auf den Allmenden. Hier hatte die Bundesstraße den Charakter von Lärchennadeln überfederter Sandwege, hinter deren moosigen Rainen in Schulterhöhe Lerchen über den Ären rüttelten. Darauf, auf die Polizeiwagen, hatte Skamanders Kleintransporter zugehalten.

Der Braune scheute. Michaela lenkte ihn, den Zügel kurzgefaßt, rechts gegen den Graben. Wieder schnalzte sie, saß ab, schlug locker die Leine um einen Aststumpf. Dann schlich sie, blieb aber aufrecht, an den Trupp heran. Sah den Emir den Wagen verlassen, indessen Oisìn drin sitzenblieb. – Skamander, in seinen militärischen Stiefeln, stapfte aufs Feld. Der Transporter wurde von den Polizisten übernommen.

Die junge Dame wußte nicht recht, was tun. Zum einen fuhr der Transporter mit den anderen Wagen – zwei voran, dreie hintennach – im Konvoi auf die Bundesstraße zurück; das Blaulicht wurde eingeschaltet, nicht aber eine Sirene. Michaela hätte rennen müssen, um so beim Braunen zurückzusein, daß sie die kleine Kolonne hätte verfolgen können. Zum anderen schritt der Obrist noch immer weiter auf das Feld. Er zog sich, hatte sie den Eindruck, dabei aus. Das war nicht zu begreifen. Wie konnte er? Es war, als löste sich, was er am Körper trug, an seinem Körper auf, falle, ja fließe von ihm ab. Dabei durchschritt er drei Bauern, drei Knechte, die merkten ihn nicht. Er duckte sich, als ob da, unter ihm, etwas wäre. Dort war aber nichts zu sehen. Er jedoch stieg da hinein, der jetzt schon nackte Mann, wenn es denn einer war: unbehaart und dunkelgrün war die Haut und glänzte feucht. Bis zu den Knöcheln stand er im Sumpf. Als wäre es einer gewesen! War wirklich nicht zu sehen, nur dieses widerliche Bild, als sich das Geschöpf auch noch beugte, nach vorne. Die

Hoden, groß wie eine Gorillafaust, leuchteten blau und neonrot wie paviane Regelschwellung, derweil sich das Wesen immer mehr verformte. Was ein widerliches Ding! Die junge Ungefugger erstarrte wie Oisìn vorhin: geekelt, erschreckt, doch fasziniert auch. Und konnte es im Boden versinken? Um das herum rechten die Bauern und trieben Kühe an ihm vorbei. Für sie schien nichts Besonderes zu geschehen. Doch schon zu den Schultern versunken, das Breitmaul, quarzende Laute riesiger Kröten. Ein Plätschern noch, dann war das Wesen fort.

Fröhlich die Bäuerlein weiter.

Achtsam, auf Zehenspitzen geradezu, näherte sich Michaela der Stelle, konnte Spuren Skamanders, seiner Stiefel, erkennen, die plattgetreten hatten, und sie fand ein Stück von seiner abgestreiften Haut, die er als Uniform getragen. Ein anderes Stück war aber Socke geblieben. Mit zwei Fingern nahm sie die auf. Schwer war das Zeug, auch Glitsch irgendwie. Nichts war, was es war, begriff die junge Ungefugger und fühlte es zum ersten Mal. Neben ihr das Bäuerlein lachte, zog seinen Strohhut. Es mocht' ›So ein schönes Frollein‹ denken, ›richtiggehend herrschaftlich‹. Nahm ihr die Socke aus der Hand, warf sie in die Karre und dankte für die Hilfe. Wandte sich an sein Tagwerk zurück.

Erst der rechte Fuß voran, vorsichtig, die gummierte Spitze prüfte, der Converse, und sie sank ein. Es gab aber eine Art Halt. So daß die Präsidententochter den zweiten Fuß nachzog. Noch immer nicht zu sehen, aber, was da war. Sie konnte es nur spüren. Bis zum Gesäß, schon über beide Hände wurde sie naß. Sichtbar blieb sie trocken. Es war nicht unangenehm, eher zärtlich das, was sie hier in sich hineinnahm. Getreidestoppeln, Feuer. Um die Erde mit ihrer Asche zu würzen. Doch stieg sie in ein Wasser.

Sie war konzentriert, auch, als der unterirdische Strom ihre beiden Waden faßte. Ihre Oberschenkel riß er mit. Sie verlor den Halt. Schrie nicht auf, gab noch immer keinen Laut, begriff die Energie und daß sie *eingeweiht* würde. Daß ihr bisheriges Leben vorüber sei und daß sie das, so fühlte sie, erlöse. Mochte geschehen, was nun wolle, sie gab sich hin. Nicht einmal nach dem Braunen sah sie zurück. Hier war von gar nichts Abschied zu nehmen.

Der Emir Skamander war längst fort, längst über Eure und Seine in den vergällten Rhein getaucht, durch den Neckar bereits und

472

die Donau tief unter den Arkologien der Stadt über die Grenze nach Osten hinaus. Die Macht, von der die junge Frau sich erfaßt fühlte, war anders als alles, was sie kannte: unsichtbar zwar, doch aber irdisch, griff das in ihr tiefstes Mäander. Jede Begradigung nahm sie zurück. Thetistochter dieser Fluß, Frau griff zu Frau, nahm sie, die verwöhnte Ziege, ganz in sich auf, sie, die in das zerrende Strudeln mit all ihren Sachen geraten, der Umhängetasche, dem Pferdeschwanz, der knielangen Weste, den Hosen und den Chucks und dem Zündschlüssel auch für ihren Braunen. Ein letzter, nun doch noch, Versuch, den Rechen eines Bäuerchens zu fassen, um sich zu halten, faßte ins Leere. Lächelnd das holomorfe Puppenmännchen, lächelnde Schar der Feldarbeiter. Michaela Ungefuggers Fuchteln kam als ein freundliches Winken an, und freundlich winkten die Leute zurück. Grad noch das Kinn, eines Fisches, über Wasser gereckt, so schnappt ein Säugetier nach Luft. So aufgerissen schön ihr schnippisches Mäulchen. Jetzt galt es, spitz zu schlucken.

Sie schluckte, bis es gar nicht mehr ging und Wasser sich und Körper ausgeglichen hatten. Die Lunge lief ihr voll, der Magen, es drang in die feinen Ohren ein, warme dunkle Harmonie. Gott schwamm auf dem Rücken. Er ließ sich kreisen und treiben, anstrengungslos, ob man auch stürbe. Geist in den Wassern. Geworden wieder eins mit ihm, schoß sie, Michaela Gabriela Anna Ungefugger, unter den Simulationen des Westens, in ihm, seinem Geström, dahin, ein schon zur Gänze vom Jenseits gesalbter Leib, weiß durchquollen die Haut, damit sie durchlässig würde für das Licht, damit es eingeatmet werden kann und wieder ausgeatmet. Solch eine Pumpe das Leben, das Weltall, ausgeatmet, eingeatmet. Rotverschiebung und Urknall. Und Rotverschiebung wieder. Nichts als ein Oxydationsprozeß. Die Toten Gottes: Auf dem Rücken läßt er sich in seinem Swimmingpool treiben, den sie füllen und füllen, bis sie ihm zu kalt geworden sind. Er fröstelt, schwimmt an den Beckenrand, um aus den Toten auszusteigen und sich tüchtig von ihnen trockenzurubbeln.

Doch heute ließ ihm einer, als er in den Ertrinkenden noch träumte und trieb, das Sterbewasser ab. Der junge Leib schwamm bereits in Nähe des Rheins, als etwas oder jemand des Mädchens rechte Hand zu fassen bekam und sie festhielt und zog. Er schaffte den erschlafften Körper auf die simulierte Uferböschung und fing ihn zu beatmen

473

an, Mund auf Nase und Handballen auf Brustkorb. Das war kein Bäuerlein, ein Rebbauer aber, oder wohl eher ein Gärtner, jedenfalls Maulwurf, so fern von Pontarlier. Der war den Sicherheitsnetzen immer wieder durchgeschlupft, um eine Widerstandszelle in die Weststadt zu pflanzen, wenngleich an dem strategisch sehr wenig bedeutenden Platz. Hier freilich kam niemand auf den Gedanken, ihn zu observieren. Simmern an dem Simmerbach, das mußte nachgeschlagen werden, damit man erfuhr, wo das war und daß es den Flecken überhaupt gab, unsichtbar wie die Realität, an einem Flüßchen aber gelegen, das hell und plätschernd sprang. Man sah die Mülle nicht, nicht die Exkremente und Gifte, die in der rosenwangigen Weststadt jedermann vergaß, obwohl man selbstverständlich wußte, daß es sie gab. Doch aus den Augen, aus dem Bedenken. Die Entsorgung zu besorgen, meinte man, oblag dem Parlament. Indes der Präsident dabei war, den Anschein endlich zu perfektionieren. Wesen sollte werden, für was die Weststadt immer noch nur Vorschein war. Denn eines nach dem andern, wenn es noch dinglich war, warf sie fort.

Aurel hieß der Maulwurf.

Er hatte sich von den anderen getrennt. Die bäuerleinten weiter unter den Stöcken, die in der Weststadt ganzjährig trugen. Das war ihr Programm. Er alleine hatte etwas vernommen, ein Geräusch, ein Rauschen vielleicht. Er konnt es selbst nicht sagen. Trotzdem war er in der späten Sonne den Hang hinabgeeilt. Die anderen sahen nur springendes Wasser, lustig den hüpfenden Bach, er hingegen die grützige Schlempe, die zähe mit sich riß und mitreißen sollte, was an den Ufern auf den kitschigen Sinn des Neuen Christlichen Reichs noch nicht stimmte.

Hier hinein, in diesen Bach, kippten Maschinen, die ganz ebenfalls nach Landarbeitern aussahn, den Unrat der Gegend, von dem die Weststadt der Oberen Kaumtausend abstrahierte. Der Zustand des Simmerbaches, wie aller anderen Flüsse, hatte durchaus seinen Sinn. In ihm die Säuren zersetzten den Schmutz und transportierten ihn dabei zum Rhein ab, wo er bereits auf dem Wege umstandslos mit der Petrochemie viel schneller zur Energieerzeugung genutzt werden konnte, als wäre der Prozeß dort erst, am Rhein, begonnen worden, ganz davon abgesehen, daß andernfalls sperrigere Gegenstände in den oft nur schmalen Flußläufen und Kanalrohren hängengeblieben wären. Nur lebendes Gewebe, dessen Komplexität über die von Bakterien hinausging, wurde von den Westflüssen nicht angegriffen; nach Jahren, eines Unglücksfalles wegen, war die toxische Paradoxie im Parlament durchgesetzt worden, nachdem sie technologisch realisierbar geworden. Alleine deshalb kam die junge Ungefugger mit ihrem Leben davon.

Splitternackt lag sie da, weil noch auf der Böschung von dem Gärtnerlein aus den Resten ihrer klitschnassen, klebrig verdächtigen, noch nicht völlig zersetzten Sachen gezogen. Sowie sie wieder atmete. Ihr Retter schlüpfte aus der Joppe, legte sie der Geretteten über. Die Pastoral-, nämlich Schmuckholomorfen sahen weiterhin nicht her, auch nicht die Mägdchen; sie alle sahen, muß vermutet werden, nichts.

Das Gärtnerlein pfiff einem vor die Karre gespannten Pony. Trug die wie Tote die zweidrei Meter hinauf, legte sie sanft da hinein, die mit Blumen gefüllt war. Daneben die Umhängetasche. Kaum bedeckt lag die junge Frau auf Blüten, und das Pony karrte ab. Der Maulwurf führte es über Flur und Pfade und Flur.

Das Dorf kam in die Sicht, schon gleich des Gärtnerleins Kate. Die rauchte aus dem Schornstein, damit das Bild den Betrachter berührt. Dafür, tatsächlich heizen zu müssen, war das Gebiet nicht designt. Nur in den höchsten Bergen fuhr man Ski; Simmern war hingegen für Touristen gedacht, die locker ausflüglern wollten und zu Dallmayrs Kaffee Windbeutel aßen.

Das Gärtnerlein trat ein, das Mädchen auf den Armen. Stieß mit dem linken Fuß hinter sich die Tür zu. Trug den Leib auf die Couch, bettete ihn und deckte ihn zu. Wartete, einen Moment lang die Augen schließend, wobei es seufzte, erleichtert wie ein Siebenzwerg, weil das Schneewittchen atmet. Die junge Frau hatte leise gestöhnt.

Was aber tun?

Er legte die lächerliche Mittelalterkluft ab, hing sie an den Haken neben den Overall, zog Jeans an und darüber lang ein weißes Hemd. Sann unentschieden.

Ein Maulwurf hat nicht wirklich Freunde. Sowieso durften keine zu neugierigen Blicke in die Idylle dringen. Deshalb kam behördliche Meldung nicht infrage; die Gefahr war zu groß, daß man ihn enttarnte und schließlich designierte. Es stand zu viel auf dem Spiel. Ein Holomorfer, der eigensinnig, ja überhaupt entschied, weil er nämlich *sah* – eines solchen wegen wäre umgehend ein ganzer Trupp Sicherheitsleute in Simmern eingefallen, was das Ende des von Deidameia *Kommando Pandora* benannten Trojanischen Pferdes bedeutet hätte, zumindest hier. Der Westen war *rein* konstruiert; da gab es, voller Schimären, keine Schimäre.

Plötzlich erbrach die junge Frau in Schwällen. Der Maulwurf konnte nicht schnell genug den Eimer greifen, rannte einfach nur her, faßte zu, einen Arm um die Taille der Erschütterten, so hielt er sie, vor der Couch in die Hocke gegangen, und stützte ihre Stirn in seine flache Linke. Sanft drückte er ihren Kopf in den Nacken, als Schwall um Schwall in fast gerader Linie vom Magen durch die Speiseröhre hinauf- in den Rachen und hinausschossen. Beim fünften Schub begann die junge Frau zu heulen. Ihr Bauch tat weh. Es riß ihr fürchterlich im Hals.

»Ist gut, ist gut.« Keine Spur Gärtnerlein mehr an dem Guerillero. Er war nur noch ein helfender Mann, der, nachdem der Raptus vorüber, seinen weiblichen Schützling vorsichtig auf die Couch zurückbettete und »Es ist gut« wiederholte.

Jetzt erst holte er Eimer und Lappen, wischte auf und wrang, wischte erneut. Sagte und stellte dabei, für den Fall, den Eimer beiseite. »Legen Sie bitte den Kopf ein bißchen mehr zur Seite, falls wieder … Nein nein, ich wische das schon weg. Hier, nehmen Sie. Haben Sie keine Angst, Sie sind bei mir sicher.«

Auch einen Arzt zu holen, ging aus den genannten Gründen nicht. Kurz begab sich der Mann wieder hinaus, um den Eimer zu leeren, kam zurück, hatte einen Schuß synthetischer Essigessenz in ein Wasser getan, mit dem der Eimerboden fingerhoch bedeckt war.

Er wirkte sehr ernst, hatte, der Maulwurf, für die Logik der revolutionären Bewegung einen Fehler gemacht. Das war ihm plötzlich klargeworden. Um seine Tarnung nicht zu gefährden, hätte er in das Geschehen nicht eingreifen dürfen, nicht eigenmächtig jedenfalls, nicht ohne Rücksprache mit seiner Verbindungsoffizierin. Daß einer bereit ist, sich selbst für eine Sache zu opfern, rechtfertigt, das war Doktrin, andere Tode, kollaterale, zumal solcher, die deutlich zur Klasse der Unterdrücker gehören. Denn zwar wußte Aurel nicht, wen er da gerettet hatte, daß das Mädchen aber zu *denen da oben* gehörte, daran gab es keinen Zweifel; man sah die Höhere Tochter dieser Mädchenhaut an und sowieso der Gepflegtheit und daran, daß sie überhaupt Mensch war. Allein als ein solcher war sie von jenen eine, deren Luxus im Westen alleine sie, die Holomorfen, produzierten: rechtloses Arbeitsvieh wie die Bäuerlein draußen, die der Erbauung dienten, zu gar nichts anderem gemacht, als Sentimentalitäten zu befriedigen, lebendig zwar wie Menschen, doch stumpf und gefügig in Idiotie programmiert. Dennoch, es war ihm, Aurel, einfach nicht möglich, irgendein Geschöpf tatenlos umkommen zu lassen. Das war eine Frage innerer Moral. Auch Menschen, wenn sie hilflos sind, wurden zu Wesen. Außerdem war dies noch ein Kind, an den Verhältnissen nicht schuldig. Es konnte doch gar nichts anderes sein, als es war. Durfte man es schon in die Pflicht seiner Eltern nehmen, die sich vergingen an dem Geschöpf und dem sozialen Recht von Gleichen? Typisch aber, und bezeichnend, dachte Cordes, wieder an seinem Küchentisch, daß ein Holomorfer so dachte und empfand, der seine Existenz doch selbst nur Abstraktionsprozessen verdankte, ja komplett nichts als ein solcher war. Daß er so über sich hinaus ergriffen und befähigt war, die eigene Kondition, dachte Herbst, zu transzendieren – das, nichts anderes, sei wirkliche Identität. Alleine hieraus lasse sich Freiheit begründen.

Bloß, daß eine Entscheidung zu treffen war, nämlich die nächste, und zwar jetzt sofort. Auch als ein Mensch wäre es, das Gärtnerlein, gerade als ein Guerillero, weisungsverpflichtet geblieben und kannte seine Direktiven. Überdies war anzunehmen, daß nach dem Kind gesucht werden würde. Zumal er es – nun gut: *sie,* fast eine Jugendliche noch – nicht einfach laufen lassen konnte; die Gefahr war zu groß, daß sie von ihm erzählte und wenn auch ohne Arg.

Da saß er nun, der Maulwurf Aurel, auf seinem herangerückten Stuhl und sah der schönen Ungefuggertochter beim Erschöpfungsschlafen zu. Sie schlief freilich nicht, sondern schaute, nur merkte er das nicht, zurück: durch die Wimpern ihrer beinah geschlossenen Lider. Sie hatte noch immer nichts an, nur eine Decke lag auf ihr.

Das war ihr nicht peinlich.

Seltsam, wie geborgen sie sich fühlte. Solch eine warme Gegenwart.

Wer war dieser Mann? Irgend etwas hatte sie unter die Erde gezogen. Sie entsann sich blaß. Da war der Militär gewesen, um Oisìn abzuholen. Auf ihrem Braunen war sie dem nach, einem Formwandler, wie sie schleirig die Szene verstand. Fünf Polizeiwagen und der Transit hatten in der Landschaft gehalten. Die sah sie außerdem. Sah den Obristen aussteigen und auf das abgeerntete Feld schreiten. Dann verschwamm das innere Bild.

Wo war sie nur hier? So weit sie erkennen konnte, war dieser Raum nahezu leer. So ist das bei Holomorfen gang und gäbe, die sich hin- und wegschalten lassen ganz nach Bedarf. Doch weshalb dann die Couch? Wozu ein Eßtisch mit drei Stühlen? Daß es auch freie Holomorfe gab, in Buenos Aires aber nur, nicht in der Weststadt, war ihr vom Hörensagen bekannt. Doch hier war gar nicht zugelassen, daß jemand einfach lebte; es galt schon Sterblichkeit für Makel. Wozu also der Eimer? Es roch draus scharf zu ihr hoch. Sie haßte Essig. Schon *Raum* für Holomorfe kam ihr absurd vor. Wie bizarr dann, obendrein, ein *Innen*raum, wenn auch das Dorf mit seinen paar Häuschen zum Design der Landschaft gehörte. Indessen das, wegen ihrer Bewußtlosigkeit, hatte sie gar nicht gesehen. Aber wußte, die Bewohner der Weststadt hatten ein Recht auf romantische Szenen. Auf Knopfdruck ertönte das Volksgut der einfachen Menschen, wie es überkommen war, bisweilen ein Schubert, das war schon lange kein Unterschied mehr. Aber ein Tisch? Über der Spüle sogar ein gefülltes Cupboard. Und eine grüne Flasche Spülmittel. Seit wann brauchten Holomorfe Geschirr? Das war alles rätselhaft. Aber rätselhaft gut. So daß sie endlich in den Schlaf sank.

Der sanfte Guerillero strich ihr das Haar vor die Augen. Dann ging er, um für sie nach etwas zum Anzuziehen zu schauen. Er besaß aber nur noch den Overall, einen Abendkittel und eine zweite Tageskluft wie von, dachte Cordes, Mittelaltermärkten. Er dachte ans Kloster Chorin. Herrenunterwäsche fand er noch, der Guerillero, die ihr viel zu groß war. Natürlich würde sie fragen: Wozu braucht das, Kleidung, einer wie er? Warum der Aufwand?

Vom Tisch nahm er den Selbstprojektor, seinen, einen der alten noch, mit dem Einschub für die Selbstdiskette, wog ihn in der Hand, biß sich dabei die Lippe. Kramte den Stick aus der tiefen Brusttasche des Gärtner-Overalls, verband mit dem Gerät, gab seitlich vermittels eines elektronischen Spitzstifts den Code ein. Unterbrach. Drehte sich um. Mit dem Projektor in der Hand. So ging er zu der Couch zurück, richtete den Sensor des Gerätes am Gesicht der jungen Frau aus und scannte. Dann erst setzte er seine Selbstdigitalisierung fort, verschwand sogleich ins Netz gespeist. Einmal durchkreuzte Jason Hertzfeld die lichtschnelle Reise, Die Ratte, als sie ins SANGUE stürmte. Wenn man das in dem Gedränge so sagen kann.

Jason lief Kalle Willis grad in den Bauch: Weil Der Stromer so gebückt war, kam er durch die Drängelnden nicht schwerer hindurch als durch die *PERMESSO!s.* »Hehe!« rief Willis, packte den Burschen an den Schultern; sozusagen wollte er ihn hochheben. Doch der entschlüpfte seinen Pranken, warf sich herum, man sah seine sehr hellen Augen blitzen. Willis war zu kompakt, um Der Ratte folgen zu können. Schon war hinten an der Wand die schwarzweiße 22 gemalt: innen weiß, schwarz fett umrandet. Das Bürschlein keckerte sich was. Weiß Thetis, was aus ihm wurde! Der brauchte, fühlte Willis, eine führende Hand, um nicht wirklich bissig zu werden. Wußte vom Erbteil des Vaters nicht einmal selbst. Vielleicht, dachte Cordes, hätte Deidameia etwas erahnt, hätte sie ihren Jungen in diesem Zustand gesehen. Willis jedenfalls wußte keinen Zusammenhang. Außerdem war er ein zu guter Mensch, da hatte Jason Hertzfelds Gefühl, nämlich schon in Kehl, nicht getrogen. In seiner, Jasons, Hintertasche brannte die Kladde, auf deren erster Seite die Liste, mit Willis' Namen, begonnen war. Nur zwei weitere standen bislang noch darauf: sein eigener und der der vermeintlichen Schwester.

Alleine Willis' wegen wischte Die Ratte nicht gleich wieder fort, war wieder kurz, er gewesen: schwärmend, ein Künstler. Daß Dietrich von Bern war! Aber verliebt und gedemütigt war er, Jason, worden. Er seufzte. Der Vaterteil stieg erneut. Er riß sich zusammen. »PERMESSO!« Willis drängte sich durch, sah neugierig aus. Jason wich im Gedrängel zur Seite. Wo kommen all die Leute her? Um diese Zeit? Told me that you're doin' wrong. »Hehe, ich tu dir doch nichts…«: Willis, wie man ein Tier lockt, ausgestreckt die Hand, der Daumen rieb den Zeigefinger. Ein Stuhl fiel word out shockin' um, Jason all alone ging rückwärts und landete bei cryin' wolf Kigněrs. Ain't like a man sah der nicht hoch, aber der nervöse Hertzfeld hatte sich herumgedreht und den Krieger angestarrt: Ja, das wäre ein nächster! Da war es Dem Stromer ganz egal, daß hinter ihm Willis noch immer näherrückte. Er war doch nur scheu. Das konnte, wer zum Stromer würde, nicht bleiben.

»Wer bist du?« Tumb sah Kignĕrs dem Jungen ins Gesicht. Kumani, ebenfalls, wurde aufmerksam. Ein Nervöser, fuhr durch Jason der Instinkt, den ganz genauso nervösen. Er hub an: »Aber du bist doch…« –: Der neue Typ seiner – »Ach du Scheiße…« – Mutter! Throwin' rocks to hide your hands. »Und d u bist… Verdammt, was tust du hier?« Seine plötzliche Nüchternheit übertrug sich fast auf die Trinker, so klar wurde Kumani, welches Risiko Jasons Aufenthalt fern von dem geschützten Kehl für seine Mutter bedeuten müsse, die seine, Kumanis, Geliebte war. Also Jason, eine ganze Spur zu heftig: »Geht dich Typen das was an?« Er konnte den Holomorfen wirklich nicht leiden, nicht anders begründet, das wußte er selbst, als mit demselben phylogenetischen Vorurteil, das auch Kumani, bei der Wahl seiner Partner, bestimmte, ein Widerwille, von dem sie beide nicht wußten, woher er rührte; bei Jason von Thetisseite her, vielleicht, dem uralten Zwist der Natur mit dem Geist, der sie auflöst, dem Abstrahierenden, das sie durchscheinend macht, die Elemente und elementaren Kräfte, und mager. Um so bizarrer doch bei Kumani, der solch eine Herkunft nicht kannte, sondern selbst ein Geschöpf dieses trennenden Geistes war. Es war nicht die bedeutungsloseste Stärke, ja ein tiefmoralischer Zug seines Charakters, daß er die Dichotomie ganz in sich selbst mit seinem Begehren austrug. »Ist dir überhaupt nicht klar, in welche Situation du deine Schwester bringst?« – *Schwester!* Look who just walked in the place. Und sowieso wollte sich Jason keine Gedanken drum machen. Doch Kumani ließ nicht locker. Deshalb: »Erstens, du Typ, ist sie meine Mutter. Und zweitens geht dich das 'ne Asche an, du Stückchen Illusionsscheiße!«

KLATSCH! Da waren noch die beiden letzten Silben gar nicht ausgesprochen.

Die Ratte wand sich, strampelte, zischte, konnte sich aber nicht mal die Wange reiben, als Broglier sie, den Burschen, unterm Kinn gefaßt hielt, an Bändel und Kehlschnitt der Kapuze, so sehr dicht am Hals. Nicht mehr vom Fenny glühte Broglier, aber glühte: nur von Wut. Aus der Kapuze ein plötzlich kleines Gesicht, einfach Jungengesicht. Derart verdutzt, und von der Angst. Sie hatten, beide, keine Ahnung, daß sie im anderen das Eigene so haßten.

»Hör mir mal zu, du Dreck«, preßte Broglier durch die Zähne, leider bereits wieder lallend, schäumend jeder s-Laut. »Erstens sind das meine Freunde, die lasse ich von keinem Fascho beleidigen…« Kalles linke Hand auf seiner rechten Schulter. »Laß, John.« »PER-MESSO!« Dead and stuffy in the face. Broglier wischte sie weg. »Und zum zweiten, damit wir uns verstehn: Auch meine Frau ist Holo.« Noch immer wußte er nicht, daß Dolly II gelöscht war. Noch immer hatte Kalle das Geständnis nicht über die Lippen gebracht. Den überwogte der nächste Brecher seines Gewissens. »John…« »PERMESSO!« Look who's standing if you please. »Sag ich doch«, brummte aber Kignčrs, »daß-de kämpfen kannst. Mußt nur 'n Anlaß haben.« Er hob den Kopf über den jungen Hertzfeld und Broglier hinweg zu Willis. Obwohl er saß. »Das habe ich so auch gesagt.«

Jason, immer noch am Hals aufgehängt, wie eine nasse Katze im Nacken gepackt ist, halt aber von zwei Fäusten, nicht nur von einer, hob die Arme zu den Seiten, öffnete die Hände, hob die Handflächen. »Beruhig dich wieder.« »Eins inne Fresse«, brummte Kignčrs, grob gütig fast, nach Söldnerart. »'n Arschtritt, dann wird er schon gelernt ham.« »Moment, Moment!« Kumani endlich zu Broglier. »Nun laß ihn schon wieder runter.« Zu allen, leise indes, und Jason sah er dabei an: »Leute, das ist der kleine Bruder Aissas der Wölfin.« »Meine Mutter«, keifte die Ratte leise, »nicht meine Schwester.« Wie auch immer, er war, der berüchtigte Name, wenn auch nur getuschelt, ausgesprochen worden. Kaum noch stand dieser *Nom de guerre* im Raum, klatschte Kumani Willis' Hand auf dem Mund. »…wirst du wohl!« Und: »So ein Quatsch! Was erzählt er da?« Wiewohl zeitgleich Broglier: »Mir doch schnuppe.« Doch setzte er Jason auf den Boden zurück, hielt ihn am Kragen aber fest. Der wehrte sich nicht länger, wand sich nicht länger, blieb einfach so stehen.

Schon lief Aissa die Wölfin von Tisch zu Tisch. Derart eindringlich wehte er, ihr Name, durch das SANGUE, daß davon der Lärm erstarb und alle Fratzen hersahn … Hunderte, schien es, Visagen, durch deren plötzliche Stille Michael Jackson jammerte: Why don't you scream and shout it. Selbst dem Dueño blieb das PERMESSO auf der Unterlippe kleben; sie wurde schwer davon und hing too bad too bad about it.

Wuchtig erhob sich Kignčrs. »Na gut.« Stand Schulter an Schulter mit Dietrich von Bern. »Wir sollten besser verschwinden.« Immer noch hielt Broglier den Jungen am Kragen, stand aber dabei gleichfalls auf; da hingen dem wieder die Füße though you tried to bring me to my knees. Kumani bot dem Schankraum die Stirn. So standen die fünf, also Jason *hing*, im Rücken sie – und Jason ihn vor sich – nur den rechten Winkel zweier Wände.

Die Situation war brenzlig. Auch unter den Elenden hatten Myrmidonen keinen guten Ruf. Ihretwegen wurden Gesetze verschärft, die strengen Kontrollen ließen weniger Spielraum, beengten die unangepaßten Lotterleben. Bis zu den Kleinstkriminellen schlug das durch. Man fühlte sich in Visieren, wäre ohne die ›Chaoten‹ weit besser durchgekommen: so wurden die Widerständigen genannt oder, war man friedlich gesonnen, Revoluzzer. Es ging doch, meinte man, nur um Holomorfe, die sowieso dafür da waren, den Menschen zu dienen. Das war allein ihr Zweck, von einem Lebenssinn ließ sich da gar nicht sprechen. Was wollten diese also? Wobei sich von den Gästen des SANGUES nicht einer hätte solch ein Maultier leisten können. Da aber war man, weil man's ersehnte, einig mit der reichen Bürgerschaft.

»PERMESSO!« – Der Wirt brach das Schweigen. Abermals knallte er den Boden eines gefüllten Seidels auf die stählerne nasse Fläche, sie war stählern, des Ausschanktresens gleich neben's Spülbeckensprudeln.

In dem Moment entdeckte Willis schräg gegenüber seinen südindischen Freund. »Pal, bitte, kannst du uns…?« Indessen hatte der kleine, sehr gegenwärtige Mann schon von sich aus begonnen, dem Freund und dessen Kumpels einen Weg zu bahnen. »Macht mal Platz… Ihr wollt doch nicht, daß es gleich eine furchtbare Dresche…?« Niemand konnt' sich sicher sein. »Guckt euch den Alten besser a n, bevor ihr das riskiert.« Man wußte sofort, wen er meinte. »Mit dem ist nicht Kirschkuchen essen.«

Tatsächlich hätte Kignčrs den zweiten brennenden Dornbusch dieser Nacht höchst angemessen begrüßt. Doch schoben sich die viere nun, denn Jason hing noch immer, zur offenen Wandseite durch und ab auf die Straße hinaus. Phil Collins kitschte ihnen hinterdrein, when I'm feeling blue, all I have to do. Direkt über seiner WURLITZER prangte 22. – »Da vorne meene Karre.« Kaum war Willis' rechter Fuß aufs Straßenpflaster gesetzt. »Ihr könnt auch m e i n e n Wagen nehmen.« »Det laß maa besser, Pal.« »Du schickst mich jetzt nicht im Ernst zu diesen Hyänen zurück?« »Ick sach dir, bleib hier!« Genervt brummte

Kignčrs, er wolle weiter. »Verso meta si fugge«, murmelte er, »chi la conoscerà?«

Da riß sich Jason los, weil Brogliers Griff kurz nachlässig geworden war. Eh der nachgreifen konnte, schlugen ihm die Rattenzähne in die Hand. Er konnte nur noch aufschrein. Jason aber, das Frettchen, peste schon davon. Verdattert sahen die fünf ihm nach, die viere und Pal. – »Ich muß zu Deidameia«, sagte endlich Kumani. »Sie muß das wissen, daß er hier ist.« Aber wie verwandelt! dachte er. Das war durchaus geeignet, sich ein bißchen zu fürchten. »Ick fahr dir«, sagte Willis, »warte.« »Nicht nötig.« »O doch, und s e h r sogar!« – Broglier lutschte an der Bißwunde. »Was ist das für ein Biest!« Knapp nur in sich hinein.

Aus dem offnen SANGUE tönte die Wurlitzer wieder. Die Stille hatte sich in neues Gequassel, ein besonders aufgeregtes nun, in Rufen, eine nur bruchstückhaft zu vernehmende Diskussion erbrochen. Aber paar Typen waren rausgekommen, standen und sahen drohend herüber. Kignčrs war das sehr recht, der sie im Augenwinkel bemerkte. Willis und Pal indessen, unisono: »Also laßt uns abhauen.« Willis setzte sich mit der Wucht eines Nashorns in Gang. Gleich hinter ihm, indianisch wie auf Mokassinballen, Kumani. Dann der, schwankend, Veteran, und schließlich Pal. Nur Broglier stand noch unentschlossen und schaute durch die Nacht, in der die iltisbissige Ratte verschwunden war. »Ick sach dir«, warnte Willis noch einmal den Kollegen, »du klemmst dir in wat rein!« Der aber, der flinke schmächtige Inder, ließ sich nicht schrecken. Abermals Willis, indem er sich zurückdrehte: »Komm schon, John, nu komm!« Endlich saßen sie in Willis' Gleiter, hinten Kumani, Pal und Broglier, vorn am Steuer Willis, neben ihm Kignčrs. »Meinen Wagen hol ich morgen«, sagte Pal und: »Was 'n das hier?« Er war auf dem Neodymblock zu sitzen gekommen, zog ihn unterm Hosenboden vor, hielt ihn ins Restlicht gegen die Seitenscheibe. Ach du Scheiße, dachte Willis, sagte aber nichts. »'n Magnet ist das!« sagte Kumani erschauernd. »Pack das Ding bloß weg!« Wie mit zwei Fingern nahm er Broglier den Magneten aus der Hand, wußte nicht, wohin damit. Willis steckte über Schulter und Lehne eine Hand nach hinten, nahm den Block, langte mit ihm über Kignčrs hinweg, »mach mal auf«, stopfte das Ding hinter die Klappe des Handschuhfachs, klappte zu. »Wohin jetzt?« »Ins Boudoir«, sagte Kumani. Leiser: »Bitte.« Und während das Taxi aufstieg, um in einer ersten eleganten Wende über die Dächer Colóns im Leitstrahl der Richtung Rheinmain davonzufliegen, hockte in einem Hauseingang Jason Hertzfeld und sah dem Gleiter nach. Er hatte seine Kladde auf den Knien und schrieb, ohne daß er schon die Namen kannte, Kignčrs und Broglier zur Liste. »Gefährten Hektors«, schrieb er. Dann machte auch er sich auf zum BOUDOIR , aber er

19

zeigte sich erst nicht, auch nicht der vermeintlichen Schwester. Sondern verschanzte sich gegenüber dem Etablissement in einem Abgang und wartete dort. Dennoch hätten sich alle beinahe die Klinke in die Hand gegeben. Das eben, unter anderem, wollte Jason vermeiden – oder nein, dachte Cordes, er, also Jason, wisse ja gar nicht, daß seine Argonauten hierhergefahren waren. Sondern nur, um die Situation erst einmal aufzuklären, verkroch sich die Ratte auch in der Calle des Escudellers in einem Abgang, von wo aus er wenig später die drei Kämpen das Etablissement wieder verlassen sah, ohne Kumani allerdings. Eine Nutte gab dem Alten was, als gäb sie es ihm wieder. Der spuckte aus. Dann stiegen die Männer in den Gleiter, der sich einsummte, schon anhob. Erst als er Höhe gewonnen, aber auch danach noch wartete Jason, plötzlich zweifelnd, ab, schlüpfte schließlich hervor und huschte hinüber, um mit seiner Mutter endlich reinen Tisch zu machen. Imgrunde trieb ihn der juckende Rücken. Weil er von dem sich ablenken mußte. Er huschte an den wachenden Frauen vorüber: derart schnell seiner zweiten Häutung entgegen, fast schon die Ratte abgestreift, also das Jucken, wie er hoffte.

Willis wiederum fuhr erst Kignčrs heim nach Palermo, danach Pal und Broglier zu Pals Wagen nach Colón zurück. Der Inder hatte sich umentschieden, er mochte Broglier, und der mochte ihn. Deshalb wollten die beiden noch gemeinsam durch die längst nicht beendete Nacht ziehn. Sowieso hatte Broglier Angst vor daheim. Dolly II würde gewartet haben und immer noch warten; sie konnte nicht schlafen, wenn er fort war, und schaffte es nie, sich selbst auszuschalten. Ein weiteres Mal gäbe es Tränen und Szene. Sie würde jammern, er

484

würde brüllen. Wie widerlich, weil er's sich selbst war, war sie ihm! So daß ihn abermals Mitleid und Selbstvorwürfe überkämen. Da nähme Dolly II seinen Kopf in ihre beiden Hände. So verziehen geküßt. Am Ende würde trauergevögelt. Doch heute einmal nicht.

Jedenfalls stiegen die beiden in einer Nebenstraße des Sangues aus, Willis selbst fuhr heim. Wo ihn, da war es grad halb fünf, ein Glück erwartete, wie er noch keines hatte erlebt. Es hatte keine Wahrscheinlichkeit, zumal es, des Freundes wegen, verheimlicht werden müßte, doch erst auf Thetis Meerschaum würde, als die Millionen Bläschen, die wir die Liebe nennen, zerplatzten. Lauter am Bug das Geräusch des zerschnittenen Meeres.

In der Calle dels Escudellers hatten also vorm Boudoir seit dem frühen Abend und einiges, sowieso, vor Jasons Ankunft, der zu Fuß kam, drei Amazonen Wache gestanden – für Freier waren sie rauchende, schwatzende, kichernde Ware –, als Willis' Taxi sich herabsenkte und am Bürgersteig hielt, nachdem erst ein anderer Wagen hatte taxiert werden müssen, bis der auf seines Fahrers Suche nach Fleisch im Schrittempo vorbeigerollt war. Halteverbot. Aber egal. Willis schaltete den Motor aus, das Summen verstummte. Die Frauen lächelten, als sie den Fahrer erkannten, freuten sich, obwohl das nun sicher kein Umsatz würde. »Hi«, machten sie, als sie auch Kumani, der jetzt ausstieg, sahen. »Hi«, machte ebenfalls der. »Ist die Chefin da?« »Ich glaube nicht«, antwortete Anastasiaa und wandte sich zu Sola-Ngozi, einer kaffeehäutigen Chica in elfenbeinfarbenem Kleid, »oder?« Die, wobei sie breit und knitschend auf ihrem Spearmint weiterkaute, und Chamarel genauso, zuckte mit den Schultern. »Kuck doch einfach nach, kennst ja den Weg.«

Die andern waren jetzt auch ausgestiegen. Sola-Ngozi streckte kurz den rechten Arm aus und stoppte damit Kignčrs: »Wer ist d a s?« Spontan faßte er zu, der alte Mann, wie ein Schraubstock seine Pranke um ihren Ellbogen, daß es der Mischlingin quergequält durchs Gesicht ging. »Schlampe«, zu seinem aggressiven Urinstank dazu, »wende mich noch einmal anfaßt, hast' mal 'ne hübsche Fresse g e h a b t!« Da hatte sie, aber das nahm keiner wahr, schon die Hand an der XC-Σ. Kumani fuhr dazwischen. Zum Veteran: »Was soll das, Mann? Die tun ihre Pflicht.« Kignčrs im Bauch die Pistole. Kumani: »Sola, laß das!« Sie schnalzte, hob und senkte warnend, ein abschätziges Zucken, das Kinn, trat aber zweidrei Schritte wieder zurück. Kumani zu Kignčrs und den andren: »Habt ihr Waffen?« »Waffen?« fragte Broglier zurück, dem alles ein bißchen zu prekär wurde, um es überhaupt glauben zu können. Kignčrs indessen räusperte sich. »Her damit!«: Sola-Ngozi. »Na also, dacht ich mir doch.« Sie streckte die Hand aus, die des wieder freien Arms. Ihre XC-Σ ließ sie, wo sie war. »Gib sie ihr schon!« zischte Kumani.

Widerstrebend zog Kignčrs die Halbautomatik, reichte sie Kumani, der gab sie Sola-Ngozi weiter. Die: »Was 'n das fürn Mittelalter?« Und steckte die XC-Σ wieder weg, so spontan amüsiert. »Hab ich seit Jahren nich' gesehen.« Hielt die Eagle hoch. Die Frauen kicherten. »Richtiges Wertstück, glaub ich.« Anastasiaa: »'ne echte Antiquität.«

Kumani zog den Kämpen weiter.

»Schlunze!« Also der. Und spuckte. Folgte Kumani durch die Brettertür und über den Pflanzenkübel-Hof. Die drei Musketiers hinterher. Die Frauen kicherten weiter. Endlich mal ein echter Spaß, da sie doch draußenbleiben mußten, ob nun, um anzuschaffen, ob, um ihre Wache weiterzuschieben, je nach Erzählperspektive. Wahrscheinlich verlief, dachte Cordes, die Szene in Wirklichkeit sowieso anders, weil nämlich Willis meist auf der Rheinmainer Seite hielt, Wilhelm-Leuschner-Straße, nicht Colón. Da stehen keine solchen Frauen, schon gar nicht vor dem Haus Nr. 13. Es gibt in Buenos Aires ein zweites BOUDOIR, Buenos Aires-Rheinmain; eins führt hinaus aus dem anderen. Wohinein die fünfe gingen, schien noch ein dritter Eingang zu sein – von der Taunusstraße aus, durch das Puffgebäude T27. Sentier und Soho hatten, zudem, einen fünften – aber ›gekannt‹, im Imperfekt, muß man unterdessen schreiben.

BOUDOIR
JEDEN ABEND AUF DER GROSSEN BÜHNE
STÜNDLICH SHOW
19 UHR – 21 UHR – 23 UHR – 1 UHR – 3 UHR
BERLIN SCHÖNEBERG, MARTIN-LUTHER-STRASSE 18
NÄHE WITTENBERG-NOLLENDORF-PLATZ
UND ALS GAST
MATA HARI
ÜBER 50 PARKPLÄTZE STEHEN KOSTENLOS ZUR VERFÜGUNG

Darüber die Buttons neben dem rechts oben hineingeschmierten Hakenkreuz:

Branding! – Branding in Buenos Aires –
Branding!
Die neuesten Kollektionen
für den exquisiten Geschmack.
!Ab 45 Euro pro Eisen!

Und außerdem, eine Geschmacklosigkeit:

!Pregnant Strip! **!geile Bäuche!**
!Milchbräute! **!putane grösse!**

Die Sichtklappe auf.

»Wað wollt ihr Hübðen denn hier?« »Laß uns schon rein, Jimmie.« »ðüðer, klaro, hab Geduld. Wer ðind die?« »Ma-hanni ...« Der Kellnerin lachte und öffnete flötend. Die fünf schoben sich ins rosane Wummern der Hammondorgel an Rhythmusmaschine. Es roch nach Damaszener Rose, die in den Wandpfännchen gloste. »Ist Die Wölfin da?« »Da muðt du ðnuckelchen die Otroë fragen.«

Die Kellner zeigte in Richtung der Bühne, auf der soeben, sich drehend, eine Studentin der Literaturwissenschaft dabei war, ihre Möse, sozusagen, zu grätschen. Dazu lag das rechte Bein seitlich am Boden, und das gestreckte linke, die linke Hand dabei am Knie, hob sich scherenartig an. Dann senkte es sich wieder. Der Fersenflitter flirrte wie Lametta. Dreivierfünf Male pro Umdrehung, auf einer samtbezogenen Kreisunterlage, öffnete und schloß sich der Leib. Ganz vorne zwischen Fünf und Sieben saßen Japaner vor dem Bühnenrand und bestarrten den Ursprung der Welt, sowie er sich ihnen wieder zugedreht hatten. Drehte er sich weiter, machten die Beine mit ihren Blikken Schnippschnapp.

Otroë saß an einem der vorderen Nebentische; gar nicht sonderlich aufgeputzt, war sie in ständiger Bereitschaft einzugreifen, falls sich jemand danebenbenahm. Von Japanern war so etwas aber nicht zu erwarten. Bei anderer Klientel kam es vor. Früher waren die Frauen mit Randalierern weniger vorsichtig umgegangen, doch seit Ungefuggers Präsidentschaft war Prostitution nicht mehr legal, was die Frauen rechtlos machte. Man durfte nicht mehr ins Visier der Behörden geraten und ging, jede für sich selbst, Ärger möglichst aus dem Weg. Zumal der Umsatz unter ihm litt und er die Tarnung gefährdete. Unterdessen exekutierten die Amazonen ihr eigenes Gesetz, taten es jeweils schnell und entschieden. Es waren schon Finger hiergeblieben, Finger wurden auch, zur Drohung, auf die Post gegeben, mußte denn solch eine Sprache gesprochen werden.

Als Otroës Spezialität galten Ohren. Sie selbst galt als Autorität. War Deidameia verhindert und auch Veshya, ihre Vertretung, nicht zugegen, die mit Theodora eine der letzten Neunundvierzig in Buenos Aires war, dann ward alleine ihr, Otroë, gefolgt.

Ihr jetzt flüsterte, neben sie getreten und hinabgebeugt, Kumani zu: »Jason ist hier.« Otroë sah ihn ohne Überraschung an. »Jason?« Kumani nickte. »Er ist im Sangue gewesen und behauptet, daß Ellie seine Mutter ist.« Die Amazone, momentan Babsi Kalunke: »Quatsch mit Soße.« War sich so sicher aber nicht. Sie erblickte Willis: »'n Abend, Kalle.« Daß sie die Chefin informieren mußte, war ihr klar. Drum zu Kumani: »Komm mit.« Erhob sich. Zu den andren: »Ihr bleibt hier. Have fun.« Nickte der hübschen Manfred Begin zu, woraufhin der Kellnerin die kleine Gruppe an einen bühnennahen Tisch plazierte. Pal war die Show aber peinlich, er setzte sich nur zögernd. Willis legte einen Arm um ihn, so daß sich der Freund nicht davonmachen konnte. Kigněrs sah der Schere mitten in den Rotationspunkt, stumpf jedoch, grübelnd; an diesem Ort war nun sicher keine Wölfin, der Junge hatte rumgesponnen, war vielleicht auf Hunch. Während Broglier, gerade angesichts der nackten Schönen, erneut die Melancholie überkam.

Man brachte ihnen Cocktails.

Otroë und Kumani schlüpften seitlich der Bühne links durch die Tapetentür in die alte Kommandozentrale; den Zeiten Frau Tranteaus nachgestellt, füllten Monitore und Rechner den Raum, Interfaces Videoskope Festplatten. Joysticks lagen herum, die bereits vor der Großen Geologischen Revision außer Gebrauch gekommen waren, Floppys Schaltplatinen Chips, USB-Sticks, sogar noch 3,5"-Disketten. Dazwischen Waffen und Munitionskistchen. Über den Boden ringelte ein fettes Gewürm aus Kabelsalat. Immer noch hing Tranteaus Portrait an der Wand, aber changierte, nahm von Zeit zu Zeit das Aussehen andrer Personen an; ein Che Guevara, bisweilen, war zu erkennen und Arafats Belmondolachen.

Tatsächlich anwesend waren Zenke, Theodora und Frau Müller, außerdem Raspe. Sie sahen nicht her, kannten ja Kumani. Doch herrschte eine Nervosität, die an Aufregung grenzte. Irgend etwas war passiert. »Nein«, sagte Johanna der Specht, »Deidameia ist nicht da, sondern mit Veshya zu einem …– ich«, mit fliegendem scheuen Blick auf Kumani, »weiß nicht, ob ich sprechen darf.« Otroë warf ihrerseits die Blicke. Die Myrmidonen wichen aus, sahen auf ihre Tische hinab oder starr in die Screens. »Jedenfalls ist das alles ein bißchen viel«, sagte Johanna. Otroë wieder zu Kumani: »Und Jason, also… Was i s t mit dem?« Kumani erzählte von der Begegnung im Sangue und wie dann Der Stromer fortgewetzt sei. »Er hat wirklich gesagt ›meine Mutter‹?« Kumani nickte. »Das ist nicht«, sagte Otroë, »gut, fürchte ich.« Zu Johanna, die abwinkte, dann zu Zenke: »Können wir Die Wölfin erreichen?« »Eine ihrer Ableitungen. Sie selbst hat die Verbindung zur Zentrale unterbrochen.« »Wenn sie sie wieder öffnet«, schaltete sich Raspe ein, »und die Information ist an einen ihrer Klons gegangen, erhält sie sie automatisch.« Wie wenn das Otroë nicht wüßte! »Machen wir's so.« Drei Befehle gab sie in eine Tastatur an, »mehr können wir nicht tun.«

In diesem Moment meldete Deidameia sich: »Kannst du mir bitte eine Verbindung zu Goltz öffnen?« »Moment, du sitzt doch mit ihm zusammen.« »Nein, ich bin bei Aurel.« »Aurel? Ach so.« Otroë lachte auf. »… aber Aissa, hör mal: Kumani ist …« »Keine Zeit jetzt, wirklich nicht. Gib mir sofort die Verbindung. Aber auf sein Handy.« »Das ist nicht sicher.« »Nur das wirst du erreichen können. Mach zu.« »Sofort.« Und zu Kumani, nachdem sie die Verbindung für Die Wölfin hergestellt hatte: »Was ist mit deinen Freunden?« »Sie werden sich uns anschließen, denke ich.« »*Denkst du?* Du bist noch bei Verstand?« Zu Zenke: »Können Sie die Leute überprüfen?« »Sicher.« »Dann bitte.

Ich möchte, daß der Rapport vorliegt, wenn Deidameia zurück ist.«
Kumani biß sich auf die Lippe.

Deidameia, auf der Baustelle, auch.

Sie hatte eine Entscheidung zu treffen, die gegen Moral und Selbstachtung ging. Dennoch. Solch ein strategischer Glücksfall! Sie konnte nicht wissen, die Mutter, daß diesen Vater das Schicksal seiner Tochter nicht weiter scherte. Sondern hatte, meinte sie, nun wirklich etwas in der Hand, um den Wahnsinn zu stoppen.

Aurel hatte sich in einem Bauzelt nahe Rambla de l'Os und Piazza Vittorio materialisiert; das schräge Konstrukt war für seine Größe viel zu niedrig aufgespannt. So stand er drittels geduckt. »Ich muß, 'tschuldigung«, hatte er in den momentan erschrockenen Blick der dort wachenden Myrmidonin gesagt, »unbedingt Die Wölfin sprechen.« »Heut nacht ist vielleicht was los!« hätte die Amazone geschimpft, hätte die Szene auf der anderen Baustelle, in dem Container, stattgefunden. »Das ist jetzt schon das zweite Mal, daß ich …« Sie erklärte sich nicht. Bekam neue Verbindung mit Deidameias Vertreterklon im BOUDOIR, erläuterte kurz. Worum es gehe, wolle ihr Aurel nicht sagen. »Ich bin im Gespräch mit Goltz«, erwiderte der Vertreterklon; »ich« meinte *sein,* soweit man das sagen kann, *Original.* »Hat das nicht Zeit?« Die Amazone zu Aurel: »Ob das nicht Zeit hat?« »Als hör mal! Glaubst du, ich gehe dieses Risiko für nichts ein?« »Hat keine Zeit«, gab die Amazone weiter. Dann komme sie selbst, Deidameia. Sie brauche aber noch fünf Minuten.

Die Amazone besah den Holomorfen schon und besonders deshalb skeptisch, weil er aus der Weststadt kam. Simmern, wo sollte das wohl sein? Sie wußte nichts von einem Kommando Pandora, und er, selbstverständlich, sprach nicht darüber. »Du machst vielleicht 'n Aufstand! Willst dich setzen?« Sie zeigte auf ein niedriges Dreibein. Aurel schüttelte den Kopf, immer noch, wegen der tiefhängenden Plane des Unterstands, gebeugt. »Kann ich mal rausgucken?« »Wenn du aufpaßt.« »Ich möchte mal wieder etwas sehen, das *echt* ist.« »Klar, Mann.« Der und *echt!* War doch selbst nur kybernetische Einheit. Wie Kino in 3-D. Jedenfalls nicht besser. Eigentlich waren der Amazone diese Wesen unheimlich.

Kaum mit dem Kopf hinaus, materialisierten sich gleich neben ihr, der Amazone, Deidameia und Veshya; Holomorfe selbst nennen es *erscheinen.* »Ich kann wirklich nur hoffen, es ist wichtig«, sagte Die

Wölfin, und Aurel drehte den Kopf wieder rein. Das war der Moment, in dem Otroë und Kumani die Kommandozentrale betraten und die Deidameia-Kopie die Verbindung unterbrach, so daß Zenke einen dritten ihrer Morphs herbeiorten mußte, um nun diesem die Information zu übermitteln.

»Also was gibt es?« Deidameia II zu Aurel. Der nahm seinen Selbstprojektor, ließ ein Bild der jungen Ungefugger erstehen, wie sie in Simmern auf der Couch lag. Deidameia pfiff durch die Zähne. »Ich glaub's nicht.« Aurel, momentlang, wurde blaß, weil neben ihm die Amazone derart starrte. Auch sie hatte das junge Mädchen erkannt. »Sie kennen sie?« Auflachen, bittrig. »Wer kennt sie n i c h t? – Wie kommen Sie an diese Holografie?« »Ich habe sie gescannt.« »S i e haben ...« So daß Aurel zu erzählen begann.

Er brauchte nicht lange. Erfuhr nun, wen er da gerettet hatte. »Um Gotteswillen«, flüsterte er. Jetzt tat ihm das Mädchen doppelt leid, da er begriff, und er begriff's sofort, welchen Wert es für den Widerstand hatte. Deidameia saß konzentriert, während sie parallel, ebenso konzentriert, versuchte, mit ihrem Original Verbindung herzustellen. Die anderen standen, Aurel aber gebückt. Er hatte feine Hände, fiel Der Wölfin auf, mit langen eleganten Fingern. Wie Kumani, dachte sie. Ihr Original, indessen, schien derart mit Goltz beschäftigt zu sein, daß offenbar an andres nicht zu denken war; jeder Kontaktversuch ging ins Leere. Als riefen wir bei einem Anschluß an, dessen Teilnehmer das Kabel aus der Wandbuchse gezogen hat. Der holomorfe Klon mußte insofern selbst entscheiden. Repliken entscheiden identisch, aber der momentanen Sperre wegen ließen sich die jeweils neuen Daten nicht einbeziehen, schon gar nicht die sich eben jetzt, in dem Gespräch mit Goltz, generierenden. Das machte ein Entscheiden heikel. Doch es eilte.

Man mußte das Risiko eingehen.

Aus dem BOUDOIR kam die neue, Otroës, Nachricht noch hinzu.

Deidameia erhob sich. »Aurel, hören Sie. Tun Sie alles, damit das Mädchen erst einmal bei Ihnen bleibt. Geben Sie ihm meinetwegen Schlafmittel, völlig egal. Sie darf ihren jetzigen Ort auf keinen Fall verlassen. Haben Sie verstanden?« »Schon ... aber was haben Sie vor?« Er fand, ihm stehe eine Antwort zu. Deidameia straffte sich ob dieser Anmaßung. War da ein Zweifel an ihren Direktiven? Die Wangennarbe pulste. Solch ein plötzliches Hellrot! Doch dann gab sie ihm recht. »Ich werde das Fräulein als Geisel betrachten. Wir schleusen sie über die Grenze hierher.« »Wir tun *was*?« Deidameias mobiles Sprechgerät blinkte. »Moment.« »Wie willst du das schaffen?« fragte Veshya, die sich wieder gefangen zu haben schien; keine Spur mehr von der Bitternis und Harm, die Deters ihr bei ihrer beider letzten Begegnung angemerkt haben wollte. Was immer zwischenzeitlich geschehen sein mochte, von einer gar »alten Frau« konnte die Rede wirklich nicht sein, von einer gewissen Grausamkeit aber doch, die ihr vor allem um die Mundwinkel stand. – Deidameia hob eine Hand. »Markus Goltz? Ich kann dich nur ganz schlecht verstehen… ah ja… gut. Hör zu… jaja, Deidameia… ich weiß, ich w e i ß, daß du mir soeben gegenübersitzt. Also sag mir bitte, daß ich das Kommunikationsfeld wieder aktivieren soll. Es ist wirklich eilig.«

Goltz guckte in die Hörmuschel, guckte dann Deidameia an. »Was ist?« »Ich habe soeben mit…« – er lachte auf – »…so ein Unfug!« »Was ist Unfug?« »Ich habe soeben mit Ihnen telefoniert.« Deidameia verzog keine Miene. »Was hab ich denn gesagt?« »Daß Sie sich dringend wieder ins Netz schalten sollen.«

So daß Deidameia, wie bereits bei Deters, nun zum zweiten Mal sagen mußte: »Ich muß weg« – allerdings nicht auch »Hans« sagte, sondern diesmal »Markus Goltz.« »Ich muß weg, Markus Goltz«, sagte sie. Und außerdem: »Warte auf mich, vielleicht eine Stunde. – Geht das?« Er nickte. »Ich werde versuchen, gleich wiederzukommen.« Erhob sich, verließ ihr Zimmer, er glaubte ihre Schritte durch die Teppiche eilen zu hören: *fliegende* Schritte. Irgendwo im BOUDOIR gab es eine Lappenschleuse, *mußte* es geben, sonst wäre das Etablissement nicht so vielfach dagewesen. Daß es, wenn man so will, vorne zur Wilhelm-Leuschner-Straße hinausging, hinten aber auf die Calle dels Escudellers führte – was schon deshalb irritierte, weil Buenos Aires' Stadtteile Rheinmain und Colón keineswegs benachbart waren –, mochte noch angehen; das Viertel ließ sich, wenn das auch dauerte, zu Fuß umschreiten. Doch die BOUDOIRS Sentiers, Berlins Sohos waren nichts mehr, was sich mit dem normalen Verstand dreier Dimensionen in Übereinstimmung brachte. Deshalb ging Goltz von dieser Lappenschleuse aus. Für sie sprach außerdem, daß Deidameia keine drei Minuten später im Bauzelt stand. Als Original.

Momentlang waren für Aurel, Veshya und die Amazone zwei Deidameias zugegen, die eine aber in der andern schon. Man sah direkt mit an, wie die sich füllte: eine leere zweite Haut, so schlüpfte sie hinein und wurde ganz ihr Fleisch. Zur selben Zeit materialisierte sich die Kopie im BOUDOIR, stand schon neben Otroë. Da war Kumani bereits zu Deidameia nach Hause gefahren, um sich ein wenig aufs Ohr zu legen. Es war jetzt endlich Morgen.

Vorher, nachdem Kalle Willis die Freunde Pal und Broglier in Colón abgesetzt hatte, zwei oder drei Straßen von der Calle dels Escudellers entfernt, und mit Kignčrs weitergefahren war, den er in Palermo hinausließ, hatte er sich auf kürzester Strecke zur eigenen Wohnung gefahren. Aber nicht nur Aissa die Ratte hatte, aus ihrem vorübergehenden Unterschlupf gegenüber dem BOUDOIR, dem Gleiter nachgesehen, sondern er war verfolgt worden. Das hatte in der Kommandozentrale, kaum war Kumani wieder hinaus, Otroë so angewiesen. Kignčrs hätte, aus Berufserfahrung, so was ahnen können, war indes von Leid und Ungaretti zu betrunken, indessen Jason, in seinem Unterstand, von etwas Mythischem bewegt worden war, das seinen Rücken weiterquälte. Dennoch, um besser hinübersehen zu können, streckte er sein Gesicht über den Abstiegsrand zum Eingang der Souterrain-Wohnung und pulte rechts in der Wange. Beobachtete die Kämpen wieder davonziehen und beobachtete auch noch drei andere Fahrzeuge, die fast gleichzeitig abhoben und schon, ganz wie das andere, fort waren.

Er grübelte und bohrte in der Wange weiter. Der Rücken juckte zum Wahnsinnigwerden. Außerdem wußte er gar nicht, eigentlich, was er von seiner Mutter wollte – ihr, der vermeintlichen Schwester, in die, um eines endlichen Vereinigungsglückes wegen, Arme fallen? Gewiß nicht. Nanni, ja, Nanni: *der*. Doch um Antworten ging es – ginge es, vielleicht. Wer er denn, Jason Hertzfeld, wirklich sei, ob Sohn der Elisabeth »Ellie« Hertzfeld, von einem groben Mann empfangen, so daß er mit Nachnamen hätte Greinert geheißen, weil bereits die werdende Mutter von dem sitzengelassen worden war, die s i e eigentlich Greinert geheißen? Von Neoptolemos wußte er nichts. Oder stimmte die andere, ihm nähere, zugleich aber unheimliche Abstammung, der von Achilles Borkenbrod, Aissa dem verschwundenen Barden? – Er konnte solche Fragen nicht stellen, aber ahnte sie und erinnerte sich.

Wie Goltz erschienen war, das vor allem. Die Mutter mußte davon wissen. Er konnte sich indessen an seines Vaters und Goltzens Gespräch nicht erinnern, war noch zu klein gewesen damals. Auch dem, dem Polizisten, waren Fragen zu stellen. Nie hatte Deidameia über das Treffen gesprochen, sogar, dachte Cordes, den Shakaden nie erwähnt. Hier war soviel Dunkel. Daher das Mißtrauen Jasons – oder nein: das Wort ist zu groß. Was der junge Mann spürte, war, dachte ich, mehr ein Vorbehalt, etwas, das nichtbegrifflich bohrte – als gäbe es das: ein Gefühl, das etwas vor ein Gefühl hält, damit es nicht heraussteigt oder, dachte Cordes, um es zu schützen. Das drängte den werdenden Stromer nach einer Wahrheit, die er gleichzeitig scheute. Deshalb war er auch nicht, nachdem aus Kehl verschwunden, sofort zur vermeintlichen Schwester gefahren, um ihr als seiner Mutter von dem Schmerz zu erzählen, der ihn quälte, sondern, wie um sich ledern zu machen, erst Ratte geworden. Die hatte von dem Jungen, der er noch gewesen, die Empfindlichkeiten abgehäutet. Erst nun war er zähe genug. Denn daß es den Trost gab, Besänftigung, Umarmung, das kannte er nur von dem Vater – sofern das der Barde gewesen, woran er, Jason, früher nie einen Zweifel gehabt. Jetzt aber. Plötzlich kam das ins Rutschen, als Jason sich, zum BOUDOIR hinüberlugend, in dem Hausabgang barg. Immer noch entschloß er sich nicht. Denn war nicht Borkenbrods, des innigen Ostlers, Wärme genauso, in ihrer Tiefe, distanziert gewesen, weil auch er immer Vorbehalte hatte? trotz der aufgelegten Hand nie wirklich erzählte, schon gar nicht von seiner Herkunft, als einem Sohn von Großeltern etwa –. Da glomm eine Hitze unter der Asche. Beide, Mutter wie Vater, hatten Decken über die Fragen geworfen, wenn nicht, um sie zu ersticken, so doch, damit man sie nicht stellte – der Vater, wie liebevoll auch immer, in seinem Schweigen, die Mutter, weil sie, verantwortungsbeladen, vom Recht auf persönliches Glück ausgesperrt war. Niams Krallen hatten sie gezeichnet.

Das alles konnte nicht brennen, gloste nur und gloste, bis, schon weil der Rücken derart juckte, Jason nicht mehr stillhielt und drüben, ein Wind, der an einer Wand unten entlangfegt, an Sola-Ngozi Anastasiaa Charamel vorbeiwieselte und durch das Vestibül in den Showroom bö'te, nachdem dem Klingeln geöffnet war. Er, der Transvestit, hatte gar nichts gesehen, als er aufgemacht hatte, so durch die Füße war ihm der Iltis, ganz lautlos, gesaust. – »Komið«, sagte der Kellnerin und guckte in den leeren Treppengang.

Die alten Amazonen, neunundvierzig plus dem Vater, hatten ihn noch gekannt, als kleinen Jungen aber, nicht als Jugendlichen mehr, und von denen, außerdem, saß niemand drinnen in dem Saal mit seiner kitschigen Bühne. Also huschhusch weiter an die Seitentür und nicht geklopft, sondern einfach aufgedrückt, zur Kommandozentrale – *eine* von ihnen, die sämtlichst parallel existieren; man darf das, dachte an seinem Küchentisch Cordes und dachte an den Park Güell, nie vergessen.

Deidameia, von Otroë vorgewarnt und doch so in Sorge um den verschwundenen Jungen, war nicht überrascht, blieb ohnedies beherrscht; aber sie lächelte. »Da bist du ja.« Es tat ihr leid, daß sie auch jetzt nicht wirklich Zeit für ihn hatte, vor allem der Entscheidung wegen, die über Michaela Ungefugger getroffen werden mußte. Ihre Gedanken sprangen über die Gefühle hin. Wir sind im Krieg, dachte sie, Geiseln sind Gefangene. Es widerstrebte ihr so tief, daß sich Cordes, der nicht weniger als Hans Deters zum Romantisieren neigte, darüber klarwerden mußte, was eigentlich sie ist, diese Fantasie – die *Geschichte*, will das sagen –, wenn sie bewaffneten Widerstand, gleich welchen und wie auch immer geheißen, so nahe in den Blick nimmt. Gegen die massive Präsenz der nationalen Heere, ob Europas, Alleghenys oder der Vereinten Andenstaaten kam Caritas so wenig an wie ein Heerchen, das allein mit Clausewitz kämpft. Doch frißt die Revolution ihre Kinder. Sie dreht ihnen die Moral, deretwegen sie doch streiten, viermal im Herzen herum. Deidameia hatte den Sohn auch deshalb so lange verschwiegen – verschwiegen, imgrunde, sich selbst. Eine Mutter erkenne, hatte Frau Kumani gesagt, die andere – wie aber, wenn eine Mutter sich selbst nicht erkennt und das auch gar nicht darf?

»Mutter«, sagte Jason, was eine Feststellung war, nicht etwa Gruß. Schon schwieg er wieder, stand nur da. Sie sahen sich an. »Ich bin schon auf dich vorbereitet worden«, sagte Deidameia. Er: »Die Typen aus dem Sangue.« »Wer?« »... und dein Holomorfer.« »Das geht dich nichts an.« »Ist d e i n Leben. Stimmt.« Als wär er ihr über den Mund gefahren.

Sie schluckte. Spürte seine Ablehnung wieder, wie schon in Kehl, vor den paar Wochen. Sie hätte sich schon da gegen diesen Ton verwahren müssen. Wie wenig Ahnung hatte er! Wie anmaßend er war! und wußte von den Myrmidonen nichts, nichts von dem Elend des Ostens – er kannte die Verantwortung nicht. Ihre Empörung machte sie momentelang sprachlos, obwohl sie zugleich – das war genau so unangenehm – die Wandlung spürte, die sich mit ihm vollzogen hatte. Da stand sie zugleich in dem Bauzelt. Veshya, Aurel, die Wach-Amazone. Es gab keinen Raum für Gefühle, nicht jetzt. Die sie aber hatte, und ihre sämtlichen, unterdessen einhundertdreiundachtzig, Ableitungen hatten sie auch. Der Junge durfte nicht hierbleiben und ihre Leute stören. Privates kann sich nur leisten, wer nicht entscheiden muß.

»Bitte warte draußen«, sagte sie. »Ich komme gleich zu dir.« Er blieb aber stehen. »Raus!« sagte sie und gab Zenke einen Wink. Der, an Jason herantretend: »Bitte.« Seine Rechte wies die Tür. Jason zu Deidameia: »Du willst eine Mutter sein.« Sie, im Bauzelt, das Telefon in der Linken: »Jason ist im«, sie sah kurz von Aurel zu Veshya, »Boudoir.« Ins Telefon wieder, was zugleich, im BOUDOIR, die Ableitung sagte: »Kümmerst du dich bitte um ihn? Ich spreche nachher, wenn Zeit ist, mit ihm. Erst einmal noch Markus Goltz.« Veshya nickte. Die Ableitung zu Jason: »Veshya wird sich um dich kümmern. Du kennst sie noch. Erinnerst du dich?« Er gab keine Antwort. »Ich muß erst ein Gespräch zu Ende führen.« »Bitte«, wiederholte Zenke. »Ich bin oben in meinem Zimmer«, sagte Deidameia. Es hieße, dachte sie im Bauzelt, den eigenen Sohn zu betrügen, schickte sie ihm eine Kopie. »Ach – und laß die«, sie zeigte mit dem Kinn auf die Wach-Amazone, »Genossin ablösen.« Zu dieser dann direkt: »Schlafen Sie sich mal aus.« Wiederum zu Aurel, da war Veshya schon weg: »Sie kümmern sich wieder um die Ungefuggertochter. Sie stehen mir mit Ihrem Leben für ihre Unversehrtheit ein – und mit Ihrer Ehre.« »Ähm«, gab der von sich, »Frau … Aissa?« »Ja?« »Wie lange?« »Ich werde Ihnen so schnell wie möglich jemanden schicken. Fragen Sie nicht weiter, sondern tun Sie Ihre Pflicht.« Man sah ihm seinen Zweifel an, aber er ging, das heißt: zerploppte, er zuerst, dann Veshya, zuletzt Deidameia. Nun stand das Zelt wieder leer, denn die Amazone war hinausgetreten, um eine Zigarette zu rauchen. Den gelben Bauhelm auf, blinzelte sie in das künstliche Licht der Stadt. Was das Zeug hielt, tobte der Verkehr um den kleinen abgesperrten Bauplatz herum, mehr schlecht als recht von einem der polizistischen Tiermenschen-Klone geregelt, die speziell dafür gezüchtet wurden. Selbst die Halbgiraffen unter ihnen fielen schon längst nicht mehr auf, auch nicht, wenn sie auf ihren Hinterläufen standen. – Nach etwas mehr als fünf Minuten kehrte sie – nicht in das Zelt, sondern in den Container zurück, in dem die Wasserkessel standen. Jetzt waren beide leer.

20

»Oh, ich wollte«, sagte nämlich Goltz, »grad wieder hochgehn.« »Was machst du hier unten?«: Darauf war das die Antwort. »Ich habe doch gesagt«, sagte Deidameia verärgert und sah sich nach ihrem Jungen um, »daß es nicht lange dauert.« Sie hatte zurück in ihr Eroticon gewollt; jetzt saß Goltz aber hier unten im Showroom. Er wartete nicht gern.

Jason, noch bevor Goltz heruntergekommen, hatte genausowenig stillsitzen können, sich auch erst gar nicht hingesetzt, nicht zu Veshya, die ihm an der Bar, wohin sie ihn geführt, eine Cola bestellt hatte, sondern, nachdem er, Veshya hinterher, endlich Zenkes Handzeig gefolgt war und während Deidameia ihren Leuten noch Order gegeben, im Showroom nicht etwa nur herumgestanden, sondern war mal nach hier gehuscht, mal nach da. Veshya hatte ihm schweigend zugesehen.

Viele Gäste waren nicht mehr zugegen gewesen, jedenfalls jetzt, weil die Japaner aufgestanden und weggegangen waren wie ein Mann. Trotzdem war weitergestrippt worden, damit neue Besucher, wenn sie einträten, gleich etwas zu sehen bekämen. Das hatte Jason nicht interessiert, aber dann – ja, da schaute er! Durchs Vestibül war der Koblenzer Polizeichef in den Showroom getreten. Obwohl er ihn zum ersten Mal und da auch zuletzt vor sieben Jahren gesehen hatte, in Kehl, als der den Vater abholen gekommen war, hatte Jason ihn sofort erkannt. Eingeprägt das Gesicht für alle, alle Zeit, indem er ihm, also Goltz, die Schuld am Verschwinden seines Vaters gegeben. Was wollte er hier, dieser, hatte er gespürt, gefährliche Mann? Der indes hatte seinen kalten Blick über den jungen Mann einfach dahingleiten lassen wie über alles andere vor- und nachher in dem Raum. Nur kurz war er, auf interessierte Weise gelangweilt, an Veshya hängengeblieben.

»Holomorfe!« brummte, im Bauzelt derweil, die Amazone in dem leicht abfälligen Ton einer, die zu müde ist, um sich besonders Gedanken zu machen. Sie setzte sich grätschig auf das Dreibein und erwartete ihre Ablösung, als sich neben der Bühne abermals die Tür öffnete und Deidameia herauskam. Sie wirkte ein bißchen gehetzt. Goltz, der Platz genommen hatte, nippte vom Hagebuttentee, den er sich hatte bringen lassen. Der Kellnerin, nervös, war geeilt; deshalb war es schnell gegangen.

»Was machst du hier unten?« Darauf war das die Antwort. »Ich habe doch gesagt«, sagte Deidameia verärgert und sah sich nach ihrem Jungen um, »daß es nicht lange dauert.« »Oh, ich wollte grad wieder hochgehn«, war unbeeindruckt die Antwort. Die Wölfin straffte sich. Er spürte ihre guerilleske Abwehr unmittelbar. Lächelte: ganz vorsichtig, ganz böse. »Kann das sein«, fragte er, »daß es dort hinten der Sohn Aissas des Barden ist?« Er verschwieg, daß er den jungen Hertzfeld schon lange beobachten ließ und also, durch Hünels Rapporte, darauf vorbereitet war, ihn in Buenos Aires aufzustöbern. Das war ihm als das sowieso Wahrscheinlichste vorgekommen. Nun stand er tatsächlich da, Jason, stand an der Bar und sah aus seinem Halbschatten her. Gut, dachte Deidameia, daß Veshya neben ihm saß. »Gib mir noch einen Moment.« »Selbstverständlich.« »Ich habe aber Neuigkeiten.« Da bin ich gespannt, dachte Goltz und – als Deidameia sich umdrehte und zu Jason und Veshya hinüberging – : schöne Frau. Erstaunlich, daß ich das finde. Daß es mich überhaupt interessiert. Kali-Träume, dachte er und sah das Glas Hagebuttentee an, als wollte er zu meditieren beginnen.

Deidameia drüben zu Veshya: »Danke.« Zu Jason: »Alles in Ordnung?« Jason zu ihr: »Ist das da dein Gespräch?« Klar, daß er Goltz meinte. »Mach nur, ich werde mich nicht langweilen.« Deidameia runzelte, dunkles Gehusch, die Stirn und sah zu Veshya: Du paßt auf ihn auf, hieß das. »Es kann«, wieder zum Sohn, »ein bißchen dauern. Dann werd ich für dich da sein.« Als entschiede sie sich plötzlich um: »Ich bitte dich wirklich um etwas Geduld. Und«, schließlich galt der Jugendschutz, »würdest du auf meinem Zimmer warten? – Bitte, Veshya, bring ihn rauf.« Zu Jason wieder: »Das hier, wirklich, ist nichts für dich.« – Sie wartete die Antwort nicht ab, überließ den Jungen ihrer Vertrauten, schritt zu Goltz zurück, ihr Ellie-Hertzfeld-Wiegen in den Hüften. Indes auf der Bühne eine Frau an ihren Nippelpiercings vorgeführt wurde, von einer anderen Frau, die sie als Tanzbär tapsen ließ. Keiner sah dem wirklich zu, schon gar nicht Otroë, die soeben neu ihren Aufsichtsplatz einnahm. – Deidameia zu Goltz: »Laß uns woanders hin. Ich brauche deine Hilfe.« Er hob die rechte Braue. »Es wird dir«, sagte sie, »nicht gefallen.« »Davon gehe ich aus.« »Es gefällt sogar m i r nicht.« »Oh«, sagte Goltz und folgte ihr. Auch da war es fast schon der nächste Morgen,

als Kalle Willis sein Taxi in fünfzehn Metern Höhe über der Straße an seinem reservierten Stellplatz, einer Energiesäule, parkte. Die sah nach einer Bogenlampe aus und war das auch: aber nur in Berlin. – Er wollte nur noch schlafen. Schon deshalb bemerkte er die Amazone nicht, die in ihrem hellen Wagen zwei Fahrspuren tiefer in einer Notbucht stand. Thisea, besorgt um die Neue, war hiergeblieben, um der Dinge Fortgang abzuwarten, um ihn, kann man vielleicht sagen, zu supervidieren. Sie wollte einfach dasein, falls Dorata Trost brauchen würde, zwei Arme, die sie hielten, und eine Schulter, darin man das Gesicht vergräbt. – Unnötig war ihre Sorge. Dennoch würde sie bis in den Vormittag warten und dann erst, einigermaßen beruhigt, zurück ins BOUDOIR fahren.

Über ihr die Taxitür schlug zu. Sie merkte auf. Willis sank in dem Energielift herab.

Hier die wache Amazone, dort der müde, fast schon stumpfe Mann. Wolkig im Blut sein Testosteron, dämpfig geduckt wie unter dem zu niedrigen Dach eines Tranquilizers. Er schlurfte, das Gesicht dem Bürgersteig zu, zur Tür des Wohnhauses, tippte den Code in die silberfarbenen Zifferästchen des Paneels. Die Milchglastüren surrten zur Seite. Willis verschwand im Dunklen. Eine Sekunde danach klakkerte das Neonlicht des Hausflures ein.

Kalle Kühne Willis lebte in BUENOS AIRES-FRIEDENTHAL, einer ehemaligen Proletariersiedlung südlich La Villettes, die es, weil die dreistöckigen Reihenhäuser architektonischen Kultstatus erlangt hatten, unter dem jungen Aufstieg, namentlich BWLern, zu einigem Ansehen gebracht hatte. An einer besonderen Schönheit konnte das nicht liegen, auch nicht an der Bequemlichkeit, eher schon an der zweckradikalen Simplizität eines kleinbauhauslichen Mies van der Rohes. Das ging bei der Fassade los und hörte nicht bei den Türklinken auf; für überflüssig Schmückendes war Raum nicht vorgesehen. Freilich hatte Willis sein Appartement nicht aus den künstlerischen Gründen einer schnörkellosen Lebenshaltung gemietet, sondern schlicht deshalb, weil er hatte seinerzeit gegenüber Ulrike angeben wollen: daß einer wie er sich so eine hippe Wohnung leisten konnte. Dann war es mit der Geliebten schiefgelaufen, er hatte seine nicht sehr lange Strafe abgesessen und war, als er wieder herauskam, ziemlich froh über seine Bleibe gewesen. Also hing er auch an ihr – eine Emotion, die ihrer Ästhetik weder entsprach, noch daß sie, wäre sie ein Wesen gewesen, dafür Verständnis aufgebracht hätte. Auch ging ihm, Willis, hier manches auf den Geist, zum Beispiel seine Nachbarschaft: ordentliche, mit ihren glatten Karrieren eingecremte Menschen meist jüngeren Alters und kinderlos zur Joberfüllung, sowie in Hugues' BILD vernarrte Pensionäre, die über den neuen gecleanten Mittelstand allein der Mißgunst halber ihre Nasen rümpften. So kam Kalle als ihr Parteigänger nicht infrage, doch auch nicht als einer der freundlichen Studienrätin, die links neben ihm wohnte, nämlich Aufgang Mitte rechts, und gegen die pragmatische Affirmation ihrer Mitwelt eine Neigung zur Esoterik ausentwickelt hatte, praktischer Esoterie, *Esot'erje,* hätte Willis gesagt, die ihn ebenfalls nervte. Bachblüten waren, seitlich die letzte Treppe zu seinem Wohnungsstockwerk hinauf, gestreut, und im Wohnungstürrahmen lagen links und rechts neben dem Abtreter Steine, die böse Geister abwehren sollten. Er hatte die Frau sogar in Verdacht, daß sie mit Voodoo-Puppen laborierte, denn seit sie eingezogen war, ging es ihm seltsam schlecht. Nur aber zu Hause. Weshalb er es vermied, allzu frühe heimzukommen; am besten war's, die Nachbarin schlief schon, so daß die Nadeln, mit denen sie bestimmt Puppen durchstach, in ihren Schächtelchen blieben.

Die Hausmodule der Friedenthaler Arkologie ragten nicht sehr hoch hinauf und waren auch nicht wirklich breit: pro Etage gab es fünf Wohnungen, zwei an den Seiten, drei jeweils in der Hinterfront. Willis wohnte im zweiten Stock ganz zur Seite rechts. Aber was ließ ihn sich jetzt an den Traum erinnern, den er in der Nacht gehabt, nachdem er Dorata kennenlernte? In der Wurmbachstraße, ja. Diese Zeit am Meer. Schon hatte der Seewind warm an ihrer beider Ohren gespielt. Sie hatten nur gesessen, Hand in Hand, und auf das Wasser hinausgeblickt. Bereits davon hatte Willis ein schlechtes Gewissen gehabt. Wie zärtlich Dorata »Kalle« sagte! – Und sagte es nun wieder. Er achtete erst nicht darauf, paßte den elektronischen Schlüssel ins Steckschloß. Das Gewissen – oder der Traum – beharrte indes: »Kalle?«

Er halluzinierte. Zu viel getrunken, gar keine Frage. Oder er schlief bereits. Vielleicht von neben an ein Voodoo? Dann war es diesmal ein guter.

Er öffnete die Tür.

»Kalle?«

Nur sehr langsam wandte er nicht nur den Blick und den Kopf, nein, den ganzen Körper nach rechts. Blieb stehen vor seiner halb geöffneten Tür, die Tatzen hingen an seinen kraftlosen Armen. Auch seine Unterlippe hing. Dolly II trat aus dem Dämmern des Treppenhauses, dort, wo es weiter hinaufging. Als manifestierte sich ein Geist. So sei das auch, dachte Willis. Doch stand nun Dolly wirklich dort, und sie rief ihn, flüsternd zwar, aber rief. Habe auf ihn gewartet seit Stunden.

Cordes, während er sich das erzählt, fragt nicht nach, wie viele. Nichts, denkt er, ist so plausibel wie ein Irrtum, den man glaubt. – In seiner Arbeitswohnung sah Deters über den aufgestellten Flachbildschim des Laptops und über die Reihe Lexika hinweg, die auf dem Schreibtisch standen. Er stellte sich vor, wie Cordes, an seinem Schönhauser Küchenfenster, sie stundenlang hat warten lassen – was nicht stimmen konnte. Und dennoch wahr ist.

»Kalle?« Er versteht nicht. Sie ist jetzt ganz bei ihm. »Dolly?« Sie legt ihm den linken Zeigefinger auf die Lippen, nur die Kuppe, ganz leicht schräg. »Du bist«, sagt er, »gelöscht.« »Psst.«

Der Mann ist so hilflos, daß ihn die Holomorfin führen muß; man kann da vor der Tür nicht einfach stehenbleiben. Dolly, in diesem Moment, ist sich vollkommen sicher, so vollkommen sicher ist sie, auch wenn dieser Mann nicht von ihr, sondern von einer Frau geträumt hat damals, nach der sie selbst nur designt ist. War denn von der auch Unbewußtes mitkopiert? – »Wessen sind wir uns eigentlich sicher?«: Böhm, dozierend, in Stuttgart am Katheder. – Daß Dolly II Bruce Kalle Willis drinnen küßte, im Flur seiner Wohnung, nahm er kaum wahr: derart überwältigte es ihn. Was sollte er morgen dem Freund erzählen?

»Sie ist weg!« rief der ihm entgegen, als Willis in der Wurmbachstraße schellte. Es tat weh, den Türöffner summen zu hören. Beklemmt war Willis schon vorher gewesen. Das hatte gar nicht mehr aufgehört. Die Absätze seiner Schuhe knallten durchs Treppenhaus, Echos hallten aus dem marmorierten Stein des Parketts und dem glatten Wandpolier. Es kam eine Stufe, eine nur, links geradeaus ging es zur Tür in den Keller hinab, noch weiter links hinauf, hinter dem Vorsprung aber rechts in Dorata Spinnens, der verstorbenen, Wohnung.

»Sie ist weg!« Broglier war völlig aufgelöst, man kann das nicht mehr Betrübnis nennen, doch Trauer eben auch nicht. Derart hilflos war er. Kaum anders hilflos war Willis gewesen, den ganzen frühen Morgen und Vormittag hindurch, hilflos aber vor Glück und Schuld zugleich. *Wer* denn wegsei, fragte Willis nicht, setzte sich breitbeinig stumm bei dem Freund auf das Sofa, der wieder und wieder die Speicherkarte einschob. »Sie ist einfach zerbrochen, in dem Gerät! Und siehst du? Nichts. Einfach nichts. Ich verstehe das nicht. Verstehst du das?« »Die ist defekt, diese Karte.« »Ja – aber wieso? Als ich wegging, war sie intakt, und Dolly hat da die Fenster geputzt.« »Das wirst du nicht vermissen.« Der Satz war nicht zynisch gemeint. Aber er klang so, auch wenn Broglier das nicht merkte. Willis biß sich auf die Unterlippe. Der Freund versackte im Sessel. »Und jetzt?« »*Was* jetzt?« »Läßt du sie neu programmieren?« Welch eine Flut der Erleichterung, daß der Freund den Kopf schüttelte – aber auch, welch ein Verrat. Er drückte sie, die Flut, gleich nieder. »Nein«, sagte Broglier: »Nein.« Schwieg eine Sekunde, setzte nach: »Du hattest damals recht: Es ist ein Fehler gewesen.«

Wie gern hätte er dem Freund da gesagt, nein, John, das war es nicht, sondern ein Freundesdienst war es – an mir. Doch Kalle Willis schwieg. John dürfe, dachte er, die Wahrheit niemals erfahren. »Wat«, hatte er Dolly II gefragt, »sach ich nu John?« An diesem so sehr frühen Morgen, daß er fast noch Nacht gewesen war. Sie, pragmatisch: »Nichts.« Wie eine echte Frau und fast ein bißchen amazonisch. In ihren Armen war er eingeschlafen, endlich, der massive Mann. Sie hatte noch lange seinen Schädel betrachtet, daran, selbst zu schlafen, war sie noch immer nicht gewöhnt. Hätt es auch gar nicht können, so glücklich, wie sie war. »Nichts wirst du«, als er wieder erwacht war, »ihm sagen.« »Aber er ist mein Freund.« »Ich bin der Dorata zu ähnlich.« »Du b i s t Dorata.« »So seh ich nur aus.« Sie küßte seine Brust, die Lippen tief im Fell. »John ist mir völlig fremd.« Konnte es das geben? Sie ist, dachte Willis, und es tat weh, ein Programm, dessen Kopf er mit den aneinandergelegten Fingern seiner Rechten hob, am Kinn; er sah ihm in die Augen: »Wer hat det mit dir jemacht?« »Magst du es nicht?« »Man kann et wieder machen. Für eenen wieder näksten.« »Das wird nicht geschehen.« »Wie kann ick sicher sein?« »Indem du mich küßt.«

»Und was«, fragte Broglier, »mache ich jetzt?« Warf sich voll Unlust im Sofa zurück, stöhnte, beugte sich abermals vor, nahm den Projektor. »Was tu ich jetzt d a m i t?« »Entsorch det Ding.« Schon wieder kam er sich wie ein Verräter vor, Freundesverräter. »Das wäre, als würfe ich s i e weg.« »Tu doch, watte willst!« – Als Willis nach der folgenden Nachtschicht frühmorgens in Friedenthal heimkam und Dolly noch im Bett fand, legte er sich vorsichtig zu ihr. Sie war bereits wach. Er erzählte.

»Du hast ihm nichts gesagt?« Er schüttelte den Kopf. »Hältst du das durch?« Er küßte sie. Sie nahm ihn an der Hand und führte ihn durch ein von hundert Klonen bewohntes Viertel, wo ihn ein jeder grüßte. Man lud ihn zum Essen, die Kinder kickten mit ihm, spätnachmittags spielten sie Mensch-ärgere-dich-nicht. Sie mieteten eine Doppelkabine. Es war ein strahlender Sonntag, wieder luzide Ägäis. Nirgends die dräuende Thetis. Sie beide allein an dem Strand. Lagen schließlich erschöpft beieinander. Die Einnahmen eines ganzen Tages gingen dafür drauf. Er war sich aber sicher, das hole er schon rein.

Das SANGUE mied er in den folgenden Tagen, scheute die Begegnung mit dem Freund. Doch es zog ihn zum BOUDOIR, wie die Geliebte auch, die meist am späten Nachmittag, fortan, heimfuhr, wenn Willis ausgeschlafen hatte und sie beglückt genug aneinander waren; oft fuhr er selbst sie hin und blieb, auf Kundschaft wartend, am Taxistand in seinem Wagen. Er gewöhnte es sich an, auch nach der Schicht noch einmal im BOUDOIR vorbeizuschauen, denn manchmal war Dorata dann noch da, hatte sich, beispielsweise, mit Thisea festgeredet, die ihre tiefste Freundin wurde. War fast eine Mutter, in deren Zimmer sie dann einschlief, nicht in dem ehemaligen Rosemaries. – Er, Willis, wartete, fragte irgendwann. »Oh, soll sie schlafen.« »Nein, nimm sie nur mit dir.« Manchmal trug er sie sogar, bis an die Beifahrertür.

Wiederum Broglier vermißte nicht den Freund. Denn er hatte Abschied genommen, nun endlich, von Dorata wie von Dolly II. Hatte die Zeit passieren lassen, ihre, dachte er, Endgültigkeit. Mit dem LONGHUINOS war es losgegangen, Garrafff, Unumkehrbarkeit. Der kann man ins Gesicht nicht sehen, sie dreht es einem weg, setzt ihren Schneckenfuß darauf, den weichen, warmen der Melancholie, die man durch Mund und Nase atmet, die Augen unter der flächigen Sohle ihres blinden Dunkels. Deshalb ist Trauer nicht möglich und deshalb nicht Entschiedenheit. Jetzt war entschieden worden – vom Schicksal, dachte er. Das war ihm die Befreiung.

Er hörte auf zu trinken, kehrte in sein längst fast vergessenes, das cicisbeische Leben zurück, das er vor der Zeit mit Dorata geführt hatte. »Du hast schon recht gehabt«, murmelte er vor sich hin, sagte es aber eigentlich dem alten Mentor Lotz, dessen Fotografie er vorgekramt, zwar unter Zeug vergraben, doch aufbewahrt hatte, wie um den alten Lehrer nicht ganz aus seinem Leben zu tun. Überhaupt war er mit Trennungen nie richtig klargekommen, war vielleicht deshalb Heiratsschwindler geworden. Das konnte gut so sein, dachte er und machte binnen einer Woche fünf Damen simultan so glücklich, daß sie die kleinen Beträge und Pretiosen, um die er sie erleichterte, mehr als gern verschmerzten. Es machte ihm nicht wirklich Freude, sie zu bestehlen, aber wußte, es gehöre dazu. Lotzens Lehren wurden ihm neu gegenwärtig. Zumal er nicht länger in Doratas Wohnung wohnenbleiben mochte, zurück in die Hotelzimmer wollte, also mehr Geld brauchte, als sie gekostet hatte. Er zog sogar im ADLON ein, das zu Umsatz wirklich verpflichtet. »Merke dir, Bub, eines: Immer spiele mit g r o ß e m Einsatz! Wer mit kleinem Einsatz verliert, bekommt zum Schaden den Selbstverlust.« Er hörte seinen Mentor so in sich sprechen. »Verliert man mit großem, bleibt immerhin der Stolz.«

Deters hatte das gute Gefühl, eine Klammer geschlossen zu haben – aber nicht er, sondern das Programm hatte es, selbstregulierend, getan; es evolierte autonom. Hatte sich seiner selbst ermächtigt und für noch jeden bisherigen Widerspruch seines Systems eine Lösung gefunden, eine neue, matrische Realität, auch wenn er, Deters, sich unterdessen so sehr in Cordes verstrickt hatte, daß beiden weder Zeit für eine Arbeitssuche blieb, noch dafür, sich dem Jobcenter für Hartz IV anzutragen. Herbst aber auch, in Beelitz, hatte sich darin verstrickt. Obwohl es, möge man es mutwillig nennen, bloß konsequent war, daß er sich selbst, und die Zeuner, mit auf Jasons Liste setzte. Es drängte ihn, dabeizusein, wenn der Argonautenzug aufbrechen würde.

Ohne Geschichte zu leben, bedeutet, hilflos zu sein.

Herbst hatte am Gift der Fiktionen geleckt.

Ich darf Harald Mensching nicht vergessen.

Für Dorata war es neu, eine Freundin zu haben. Überhaupt: jemanden zu haben.

Am späten Abend saß sie im Showroom, am frühen in Rosemaries Zimmer oder dem der besten Freundin.

»Und wie läuft es zwischen euch?« Dorata bekam glänzende Augen. »Du wirst dich entscheiden müssen«, sagte aber Thisea. »Die Schwestern wollen wissen, wo du stehst.« »Ich bin ein Liebes-, nicht ein Kampfprogramm, Thisea.« Die Freundin zuckte mit der Wange, dachte an Točná, an den Achäer und an Brem. Noch erzählte sie der Freundin davon nicht. Deidameia aber sagte: »Ich brauche dich, Markus.«

Sie verließen, sie und Goltz, das BOUDOIR, in dem Jason im Eroticon oben, dachte Die Wölfin, wartete und von Veshya beaufsichtigt war. Sie kamen vorne heraus, Wilhelm-Leuschner-Straße in Rheinmain. Nicht Willis' Taxi stand bereit, aber eines andren, Urs Ledergerbers nämlich. »Guten Abend.« »Guten Abend.« »Kennen Sie eine ruhige Kneipe nahbei? Die um diese Zeit noch geöffnet hat?« Ledergerber fuhr die zwei ins BALL PARÉE, Ecke Münchener Straße. »Neinnein, Sie müssen nicht warten.« Goltz legte die rechte Hand auf den im Volksmund *Checkboy* genannten Handscanner. Sie fuhren ab. Schon schloß sich hinter Deidameia und dem Polizisten die Tür des BALLS PARÉE.

»Wir haben Ungefuggers Tochter.« »Sie haben *was?*« Momentlang schien die Mattheit seiner braunen Augen die Lider aufzuschlagen, dann fielen sie schon wieder darüber. – Man wies ihnen einen Platz an. Abseits, im Halbdunkel, wie's sich für Leute gehört, die etwas miteinander haben. Deidameia wiederholte ihren Satz mit einem »Ja« davor. Die Bedienung kam. Die Kellnerin trug Schürzchen und Haube, so war das hier der Stil. Sie orderten: Goltz Hagebuttentee, Deidameia ein Kännchen Darjeeling. Dann sagte sie: »Michaela Ungefugger.« »Ich versteh nicht, was das bedeutet: Sie *haben* —« »Als Geisel.« Der Polizist verzog keine Miene. »Markus Goltz«, mit gehobener Stimme, »wir stehen kurz vor Stuttgart. Wie sonst wäre das Unglück aufzuhalten?« »Bei Geiselnahme können Sie nicht auf mich zählen.« »Bist du mit deinen Politikern weitergekommen?« Da Goltz schwieg: »Na also.« »Ich bin Polizist, Wölfin.« »Deshalb eben brauche ich dich.« »Tut mir leid.« »Dann wird sie vielleicht sterben müssen. Ich kann sie nicht einfach mehr laufenlassen.« »Was heißt *laufenlassen?*« »Es gibt Zellen im Westen.« Dann erzählte sie kurz. »Ich habe keine Wahl.« »Es ist ein Mädchen!« »Eine junge Frau.« »Aber...« »...*unschuldig?* Meinst du das?« Ihre Wangennarbe glühte.

Kurzes Verstummen, weil die Kellnerin kam und das Bestellte brachte. Goltz roch so sehr nach Buttermilch, daß sie die Hand auf den Mund legen mußte; so heftig kam es ihr hoch. Dabei wippte sie auf die Zehenspitzen, hielt den Drang auf diese Weise unten. Sie taumelte fast, als sie ging.

»Mord«, sagte Goltz, »ist absolut keine Option.« »Und Stuttgart?« Sie merkte, wie pathetisch sie wurde. Was alles war dem Osten angetan worden! – Beherrscht: »Markus, ich will nur, daß du sie herbringst. Es m u ß nicht zum Äußersten kommen.« »*Wo*her?« »Wenn ich dir den Ort nenne, ohne daß du bereit bist...« »Von wegen Klosterschule«, murmelte er. Zu ihr: »Die offizielle Version.« »Sie ist wohl einfach ausgerückt.« »Du kennst die Videos?« »Ich habe davon gehört. Schmutz, wo man hinblickt, in dem reinen Westen.« »Und dein Osten? Dort etwa nicht?« »Das ist etwas anderes. Das ist Not.« Wieder hatte sie die Stimme gehoben. Goltz blieb, wie immer, unbeeindruckt. »Es ist nicht legitim«, sagte er, »öffentliche Gewalt mit privater zu verrechnen.« »Leichtes Reden, Markus.« »Nein, schweres, Deidameia.« Noch nie zuvor hatte er sie bei ihrem Namen genannt. In ihnen beiden rasten Gedankenverbände, ganze Truppen, Kompanien. Goltz hörte von Widerstandszellen im Westen zum allerersten Mal, konnte nicht anders, als vor Der Wölfin Geschick die strategischste Achtung zu haben, fühlte sich zugleich hintergangen. Erstattete er in Pontarlier Meldung, flöge alles auf. Natürlich war ihm das klar. Auch, daß sie ihm nur Vertrauen bewies, weil sie ihn brauchte – wieder einmal, dachte er. Nicht anders als ich. Doch nicht nur sie flöge auf, auch ihrer beider geheime Allianz. Damit er selbst. Mitgehangen, dachte er. Vielleicht wäre es tatsächlich sinnvoll, die junge Ungefugger nach Buenos Aires zu holen. Dann hätte er, Goltz, sie im Blick.

Kurz schauderte ihn, den frostigen Goltz, Deidameias taktische Kälte. Anzumerken war ihm das nicht. Würde Aissa, dachte er, den eigenen Jungen ebenfalls opfern, wenn die revolutionäre Raison das verlangte? Sie würde, ahnte er. Wir sind nicht sicher. Sie selbst aber ahnte es auch. Hätte sie andernfalls soviel Wert darauf gelegt, Jason auch vor sich, der Mutter, in Sicherheit zu wissen? Vielleicht empfand sie es darum als katastrophal, daß Jason aus Kehl fortgelaufen und hierhergekommen war. Doch war sie zugleich erleichtert, wider das Interesse des Widerstands, ihn aus der Schußlinie zu wissen. Und sowieso. Offenkundig war die Zeit vorüber, dem Jungen etwas vorzumachen. Zu schweigen und lange für seine Schwester zu gelten war eine Frage des Überlebens gewesen. Schon der kleine Jason, was sie aber nicht wußte, hatte das verstanden und deshalb schon damals nicht gefragt, weshalb Nanni, seine vorgebliche Mama, so schwarz war, er aber weiß. Aber davon hatte er nichts geahnt, was seinerzeit zwischen der Präsidentengattin und seinem Vater verabredet worden war und was Borkenbrod gegen die Mutter durchgesetzt hatte, so daß sie die zwei, so schweren Herzens, hatte nach Kehl ziehen lassen. – Ob Carola Ungefugger, fragte sich Deidameia, ihr altes Versprechen, weil es den Barden nicht mehr gab, vergessen hatte? Würde doch aber vielleicht dessen Sohn für seinen Nachfolger nehmen und wäre nun, deshalb, diesem verpflichtet?

21

Der unterdessen war erschöpft auf dem Liebeslager seiner Mutter eingeschlafen – Jason, dachte Hans Deters, auf einem Diwan, Neoptolemos auf einem Bett von IKEA. Er hatte sich nicht einmal ausgezogen, geschweige gewaschen. Sogar die Schuhe hatte er noch an. Und klebte, unklare Träume schwitzend, in seinen Klamotten. Schrak auf, trat die Überwurfdecke vom Leib, rollte sich aus dem Bett, zog endlich wenigstens den Anorak aus. Und die Schuhe, sie abstreifend, müde, ohne die Schnürbänder aufzunesteln. Ein Jugendlicher halt. Was mich bei meinem Jungen auch immer aufbringt. Das bekam Deters aber nicht mehr mit, weil dazu übergegangen, exekutive Organisationsstrukturen zu skizzieren.

Blöderweise. Denn Jason legte sich nicht wieder hin, sondern trat ans Fenster und sah auf die Wilhelm-Leuschner-Straße hinaus, die beidseits von Halbhochhäusern flankiert war, darunter einigen Hotels. Paar sich über mehrere Stockwerke hinziehende Parkhäuser. Wieder Hotels. Den Main, der ihr dort im Rücken floß, wo heute Colón lag, gab es nicht mehr, jedenfalls nicht übertag; in den an der Großen Westbrache vorbeigeführten Kanalisationsstrom des Rheins wälzte er als fünfhundert Kilometer lange, flache, hier bereits zehnmeterbreite Vene mit monströsen Spinaten den Abfall, den jener schließlich, hämischstes aller Salaams, im Thetismeer verklappte. Schloß Jason die Augen, dann konnte er den verdrängten europäischen Stoffwechselbrei unter seinen Füßen vibrieren spüren: wie alles, wirklich alles, darauf schwamm. Er kannte all die Namen nicht, aber spürte die ungeheure, eines Tages, Katakombe, wenn Europa Osten geworden wäre – ganz Europa ein mythischer Abraum, dem nach und nach die Mauer zerfiele; Thetis schöbe von draußen gurgelnd herein, von den Skamandern längst ersehnt, den Emiren und Odyssen, Heiligen Frauen, unberührbar alleine der Lichtdom, in den die Kultur konzentriert sei, Gerechtigkeit, Gleichheit und Wohlfahrt für alle, in diesem neuen Paradies gegenentropisch vereint: so vergeistigt jedes Organ von jeder Natur. Die Menschheit über den Wassern, die einfließen und wegwaschen – reißen und die alles restlos bedecken würden, was vormals Geschichte gewesen. Das, alleine im Lichtdom gespeichert, bliebe erhalten: So träumte Ungefugger und träumte die nun zum wirklichen Nullgrund vereinte ECONOMIA, die rein, als restlose Selbstbestimmung des Geistes lebe, nur für sich. Das Selbstbewußtsein in seiner klarsten kollektiven Erscheinung. Niemand rührte das an. Man versuchte, es zu fassen, und faßte doch nichts. Draußen, wofern da noch Land wäre, vernahm man ein Summen als göttliche Stimmen –

So saß der Präsident in der Villa Hammerschmidt an seinem

508

Schreibtisch. Sein Blick, wie unter Drogen, war nicht mehr Eis, sondern matt. Schulze mußte ihn in die Gegenwart räuspern, die Hand bereits nach der Spritze fingernd. Aber der Rheingraben hielt noch.

»Schon gut, Schulze, schon gut.«

Dessen Handy klingelte.

»Einen Moment bitte, Herr Präsident.«

Ungefugger träumte weiter.

Aber es klopfte.

Blick zu Schulze, der schüttelte, hinsehend, den Kopf. Hinter dem hohen Präsidentensessel die Europa-Heraldik, das Gold und das Blaue, darunter die Farben der EWG, noch aus den Zeiten der Firmengründung. Rechts neben dem Schreibtisch die europäische Fahne. Ungefugger beugte sich vor, drückte auf den Knopf der Gegensprechanlage, der Sekretär meldete sich. »Generalleutnant v. Eidelbeck bittet um ein kurzes Gespräch, er wollte nicht warten.« Ungefugger zu Schulze: »Und mit wem sprechen S i e?« »Es geht um Ihre Tochter. Ein Holomorfer hat sie nahe ihrem Pferd auf das Feld gehen sehen … also es aufgezeichnet. Versehentlich.« »Versehentlich«, murmelte Ungefugger. »Und weiter?« »Einen Moment bitte noch, Herr Präsident.« »Eidelbeck ist bereits eingetroffen.« »Soll ich Ihnen den Holomorfen herüberspielen lassen? Sie können sich dann später seine Erinnerung ansehn.« »Veranlassen Sie das, aber Eidelbeck hat Vorrang. Kommen Sie bitte zu Ende mit Ihrem Telefonat.«

Schulze flüsterte Anweisungen noch ins Kabelchen, dann nahm er diskret seinen üblichen Platz rechts hinter dem Präsidenten ein. Der: »Ja bitte!« So sahen beide dem Chef der SchuSta entgegen. Die hatte bereits der vorige Präsident als eine persönliche Geheimpolizei ermächtigt, welcher der Schutz seines Amtes oblag; bald aber selbst schon ihr zunehmend arg gegenübergestanden. Doch unter Schily, Ungefuggers erstem Innenminister, waren ihre exekutiven Fesseln wieder gelockert worden, man stattete sie mit freilich limitierten Notstandsbefugnissen aus. Nach den Erhebungen sowohl des Eintageskrieges, den Aufständen zwei Jahre später, an die während Lough Leane erinnerte, der einst so genannte heilige See, sowie, im Westen, nach den aufgeglühten Aktionen der Myrmidonen ging durch Buenos Aires eine Angst; die noch gar nicht von einem Nullgrund wußte. Zudem hatte sich die SchuSta, neben der vorwiegend in der Datik operierenden Securitate, mit der sich die alte WSK 21 verschmolzen hatte, zu einer gefürchteten Gegenmacht zur von Gerling gegründeten Sicherheitszentrale Koblenz entwickelt; jene, anders als diese, unterstand nicht dem Parlament, sondern lediglich dem Kabinett, allerdings de facto allein dem Präsidenten. Der sie wohlberatenerweise nicht in Buenos Aires operieren ließ, kaum in Pontarlier, selten in der Weststadt, jedenfalls bislang, sondern vor allem im Osten. Für die Villa Hammerschmidt kamen, als eine eigene, geradezu autonome, »sakral« genannte Sonderabteilung der SchuSta, die Schweizergarden hinzu, die einen weisungsunabhängigen Obersten hatten. Auch sie existierten schon zu Zeiten des alten Präsidenten. Besonders deretwegen war Eidelbecks Erscheinen höchst ungewöhnlich, der die sogenannte Säkularität der Organisation befehligte, die, schlagkraftmäßig unvergleichbar größer, das Europäische Heer kontrollierte, aber innerhalb des Präsidentengebäudes keinerlei Befugnisse hatte.

War seinerzeit Schily das Pendant zu Gerling gewesen, so Markus Goltzens eben dieser Generalleutnant Rikbert v. Eidelbeck. Beide, SZK und SchuSta, waren Polizeiorganisationen, anders als jene indes, die sich aus privaten Wachschutzeinheiten geformt hatte, war Eidelbecks, man kann durchaus sagen, »Armee« immer staatlich geblieben. Ihre Ermächtigungen waren von Schily als ein Korrektiv zum ständig wachsenden Einfluß der SZK tatsächlich auch gedacht gewesen. Seit Ungefuggers zweiter Präsidentschaft jedoch, vor allem während der Ostkriege – Operation Wüstensturm etwa, Vorstoß Erster Juni – und in der Allianz mit Skamanders Freischärlern mehr ein Konkurrent des Europäischen Heeres für eine nicht unklug konzipierte Balance asymmetrisch geworden. Heute sicherten die Castren der SchuSta vor allem den fernen Osten Europas, die Beskiden und die asiatisch genannten Abschnitte der Mauer, sowie wenige noch wilde Tundren, in denen es nach wie vor Schänder und Devadasi gab. Erschien jetzt Eidelbeck in Pontarlier, konnte das nur bedeuten, daß es Fortschritt der Unternehmen gab, des zweiten Odysseus habhaft zu werden, oder der Mann hatte vor, seinen Machtbereich zu erweitern und, indem er kurzerhand Fakten setzte, auf die Schweizergarden auszudehnen, die Ungefugger, vertreten durch seinen Ersten Sekretär, direkt unterstanden. – So sah das Deters, als er den Vorgang und die Strukturen skizzierte und weder auf den Haufen Klamotten vor seinem Ofen achtete noch eben mitbekam, wie Jason erwacht war, verschmutzt, verklebt, und sich diese Gedanken um seine Mutter machte.

Das Licht hatte Jason schon angeknipst. Vom Fenster wieder wegtretend, sah er sich im Zimmer um. Unschlüssig zog er zwei Schubladen aus der Kommode und kramte herum: Präservative fand er, Gleitcreme-Tuben, zwei Dildos, Papiertaschentücher, Make-up-Döschen. Er schaute mißtrauisch auf und in den Spiegel. War wirklich ein bißchen spitz im Gesicht: alleine dies der Ausdruck seines Herzleids, das er tatsächlich bewußt gar nicht litt, sagen wir: nicht mehr. Denn darum, um nicht leiden zu müssen, war er zur Ratte geworden und würde Stromer sein. Er war am Grund zu hell, um sich selbst zu betrügen. Sein Unbewußtes reagierte deshalb paradox. So daß er an Michaela gar nicht mehr dachte; ihrer beider Begegnung war ihm zum Trennungsschmerz von der Mutter geworden, gegen die er diesen seltsamen, von dem süßen Geschmack seiner mit dem Vater verlorenen Kindheit fast ganz überdeckten Groll verspürte. Es war, als wäre das kurze, so folgenreiche Aufeinandertreffen im Garten der Villa Hammerschmidt eine ebensolche chamois vergilbte Fotografie, wie man sie sich im Alter von der Jugend andrer ansieht – und insgesamt Kehl und die gemeinsame Zeit mit Aissa dem Barden. Als hätte er, Jason, n i c h t als Junge diese vielen Boote gemalt.

Die Mutter kam und kam nicht. Sie bliebe wohl ganz über Nacht fort. Besser vielleicht, er wäre gleich zu ihr nach Hause geflitzt und nicht in dem Eroticon geblieben; aber ihm mißhagte die Vorstellung, dort auf ihren holomorfen Freund zu treffen. Was dann auch passiert wäre, wie wir auf einem der Screens sehen konnten, daß der Instinkt ihn nicht trog: Im Halbdunkel lagen Deidameia und Kumani schließlich beieinander. Beide schliefen tief. Nachdem sie sich nämlich von Goltz getrennt hatte, war Die Wölfin nicht zu ihrem Sohn, sondern zu dem Geliebten heimgefahren, hatte freilich ans BOUDOIR eine Nachricht für jenen abgehen lassen, derzufolge sie sich morgen erst sähen; er möge verzeihen, sie sei jetzt wirklich zu erschöpft, nicht fähig für ein Gespräch, wie es, was sie sehr wohl wisse, anzustehen habe. Sie machte sich nichts vor, brauchte ihre Kraft. Jason begriff das sehr wohl, sogar schon, bevor ihn die Nachricht erreichte. Flucht sah der Mutter nicht ähnlich.

Er mochte weder mehr warten noch wieder schlafen. Er wollte

aber auch nicht hinaus- und hinuntergehen und einer der Frauen begegnen, die ihn seit Kindheit kannten, wenn auch nicht als den *Sohn Deidameias*. Wie oft hatten sie ihn betreut, wenn die Nanni nicht konnte und ihn auf kurzes vorbeigebracht hatte: wie oft hatte er auf ihrem Schoß, auf ihren Knien gesessen! Sie hatten ihn geschaukelt und mit Süßigkeiten gestopft wie Deidameia eigentlich nie. Um seine Mutter, die vermeintliche Schwester, war immer das Geheimnis gewesen, um sie und den Vater, der das, ein Vater, indessen immer gewesen war.

Es klopfte wieder, diesmal hart. Jason zuckte zusammen, aus seinen Erinnerungen geschreckt und sofort bereit, das Weite zu suchen. Sein Blick flog zum Fenster. Dabei, in Richtung Tür: »Ja?« Keine Antwort. »Hallo?« Er ging hin, zog sie auf, der teppichschwere Gang war leer. Nicht einmal die beiden Frauen, um aufzupassen, waren noch da. Das ganze Haus war ohne Zeit. Jason schaute gleichsam benommen, ihm war sogar etwas schwindlig. Das kam ganz sicher vom fehlenden Schlaf. Anders ließ es sich nicht erklären, daß einer ein Klopfen über Hunderte Kilometer hinweg vernahm. Wäre Deters so zynisch wie Dr. Lerche gewesen, er hätte gedacht: gelungener Witz, dachte Herbst und folgte Cordes' Gedankengang, der in die Villa Hammerschmidt zurückschritt.

Das Portal öffnete sich, beidseits übrigens, mittig schritt der Generalleutnant durch, die schwarzen Stiefel zu gekrümmten Spiegeln des Jenseits gewichst. Nach schwarzem Jenseits wirkte der Mann insgesamt. Zwar hatte Cordes ihn sich erst blond vorstellen wollen, schon der Vorname legte das nah. Doch in des Präsidenten Arbeitszimmer trat ein Mann, der, höhnischerweise womöglich, etwas ausgesprochen Semitisches hatte; er wirkte jedenfalls nach Nahem Osten, unserem, nicht dem der Anderswelt. Er war durchaus schön. Seine Mandelaugen schauten unter der hohen Stirn seine Gesprächspartner geradezu milde an. Das lackschwarze, gelockte Haar war ungebändigt, nur die dichten Brauen gezupft. Hinter vollen Lippen strahlten die weißen, diesem Menschenschlag eigenen Zähne. Nur seine Nase war zu scharf geschnitten, gleichsam senste ihr Grat Eidelbecks Willen den Weg – was um so aggressiver wirkte, als der Mann die Gewohnheit hatte, leicht vorgebeugt zu schreiten; derart schnell übrigens: Man meinte stets, daß er es eilig habe. Das hatte er wohl auch. Die Stirn gesenkt, so daß die Nase vor sich das Meer teilen konnte. Er war von modernster Hightech-Faktur. Innenminister Schily, von Zarczynskis Vorgänger im Amt, hatte diesen Menschen an der absolut richtigen Stelle besetzt, der sich zumal, einer unter wenigen, nicht von Ungefuggers Eisblick beeindrucken ließ. Dafür war zuviel Wüste in ihm. Drohte der Präsident, nahm dieser General schlicht ein wenig die Nase herunter. Die schnitt auch Eis. So eben jetzt.

»Lassen Sie das sein«, Ungefugger mit zusammengebrachten Augenbrauen, »Sie wissen, wie wenig ich das schätze.« Ein leichtes, sehr leichtes Lächeln wehte, fast nicht zu bemerken, über Eidelbecks Gesicht, wozu er sagte: »Aber ich, Herr Präsident. Aber ich.« Schulze, hinter Ungefugger, räusperte sich. »Sie werden«, sagte der Präsident, »Ihre Gründe haben, daß Sie hier unangemeldet…« »Habe ich. Wenn Sie so freundlich wären, Herrn Schulze erst hinauszubitten.«

Das war eine Unverschämtheit, wenigstens ein Übergriff. Den Ungefugger aber überging. Er wußte, und nicht selten hatte er es geschätzt, daß Generalleutnant v. Eidelbeck an Konventionen nicht nur nicht interessiert war, sondern sie für Zeitverlust hielt. Formen als Förmlichkeiten galten ihm als passé. »Selbstverständlich werde ich mich sofort zurückziehen«, sagte Schulze, und er ging tatsächlich, obwohl Ungefugger weder Zeichen noch Laut gegeben hatte. Indem das Faktotum von sich aus reagierte, war dem Generalleutnant ein ganzer Sieg verwehrt, und vielleicht überhaupt der Sieg. So sofort fühlte sich die Sache schal für ihn an. Mit äußerster Dezenz schloß Schulze von außen die Seitentür. »Ist die Information richtig«, fragte Eidelbeck, »daß Sie vorhaben, die Stadt Stuttgart digital aufzulösen?« Dabei hielt er Stirn und Nase nun ganz besonders gekantet, stierhaft nahezu, aber Goltz, logischerweise, fiel die Parallele nicht auf. »Was wollen Sie also, daß ich tue?« fragte er im BALL PARÉE. »Wir brauchen jemanden«, sagte Die Wölfin, »der in die Weststadt kann.« »Wie ich zu meiner Überraschung hörte, sind Sie längst drin.« Die Wölfin schüttelte den Kopf. »Hier geht es um etwas anderes. Wir brauchen jemanden, der für die Weststadt auch befugt ist.« »Nein.« »Was *nein?*« »Ich nehme, sagte ich bereits, an einer Entführung nicht teil.« »Das Mädchen ist das einzige Druckmittel, das wir haben… *wäre* es.« »Ich kenne Ungefugger. Er wird sich nicht erpressen lassen, sondern sich durchsetzen. Und sowieso: für Stuttgart hat er mit Gewißheit längst eine Tochterkopie. Den Verlust würde er nicht einmal merken.« »Kein Elternteil würde je…« »Kein Elternteil?« Goltzens Blick wie Eidelbecks scharf.

Davon zuckten beide zugleich, Deidameia wie der Präsident.

»Nun?« fragte Eidelbeck nach. »Wo haben Sie«, antwortete der Präsident, »diesen Unfug gehört?« »Ah, es ist Unfug. Dann kann ich wieder gehen.« Drehte sich schon weg. Zögerte eine Achtelsekunde. Beugte den Oberkörper vor und schritt zum Portal.

»Warten Sie!« Drehte sich zurück: »Ja?« Ich habe, dachte Hans Deters, diese Szene schon einmal gesehen. »*Wer* erzählt das?« »Das Parlament.« Für einen Moment war Ungefugger tatsächlich sprachlos. »Wie bitte?« »Ich dachte, es wäre gut, Sie über die Gerüchte in Kenntnis zu setzen.« »Da! Nehmen Sie Platz.« »Ich stehe lieber.« »Setzen Sie sich!« Jetzt wagte Eidelbeck den Strauß nicht. Gehorchte. Dafür stand Ungefugger auf. »Also genau: *Wer* redet?« »Das Parlament kommt soeben für ein Mißtrauensvotum zusammen.« »Gegen mich?« »Das trifft zu.« »Ohne Terminsetzung, Fristen? Nicht öffentlich? – Lachhaft.« »Man berät. Meine Aufgabe ist es, Sie auf dem laufenden zu halten.« »Das ist die Aufgabe der Schweizer.« Eidelbeck reaktionslos. »Der Schweizergarden, sag ich!« Weiter keine Reaktion, nur der Blick auf die Fingernägel links. Momentlang Schweigen. Ungefugger: »Von wem geht das aus?« »Meinen Informationen nach hat der Innenminister einberufen.« »Das sieht ihm nicht ähnlich.« Erkläre aber, dachte er, der Schweizergarden Schweigen. »Sie kennen das Ausmaß seines Einflusses.« »Herr von Zarczynski ist loyal.« »Gegenüber den Menschen, dem Volk gegenüber. Das mag sein.« »Was wollen Sie damit sagen?« »Daß er ein Konservativer ist, einer, der *glaubt*, Herr Präsident. An die Menschen und sein Amt.« Allein der Tonfall bekundete, für wie gefühlig Eidelbeck solch eine Haltung hielt. Vor ihm die Generation hatte sich, oft hochkriminell, in den Mitteln vergriffen, doch ihrer Überzeugungen halber, das immerhin. Die seine handelte pragmatisch, ging nach dem Vorteil vor. Das hatte sie von der davor gelernt. »Er steckt nicht dahinter, wollen Sie sagen.« »Was ich *meine*, Herr Präsident, ist ohne Belang.« »Reden Sie einfach frei.« Dem war, das wußte Eidelbeck, so wenig zu trauen, wie dem ganzen Mann und sich selbst. »Meine Meinung ist,« er betonte ›Meinung‹, »daß die Verschwörung von dem Außenminister ausgeht.« »Fischer, ah! Aber, Ei-

delbeck, wirklich gleich *Verschwörung?*« »Es geht ihm, wie Herrn von
Zarczynski, um Stuttgart, denke ich.« Ungefugger hub zu einer Erklärung an, aber Eidelbeck hob seine rechte Hand zum Einhalt. »Sie
müssen sich nicht vor mir, sondern vor der Geschichte rechtfertigen.
Ich bin nur Soldat und tue meine Pflicht. Ein privates Gewissen hat
da wenig zu suchen. Ich bin dem Gesetz, nicht einer allgemeinen Moral verpflichtet.« »Das zeichnet Sie aus.« »Es hat in den letzten Tagen
auffällig häufige Kontakte des Innenministers auch mit der SZK gegeben.« »Solche Kontakte kann ich nicht auffällig finden. Die SZK un-
tersteht dem Innenministerium.« »Nun ja. Doch Mittler war der Herr
Außenminister.« »Und man trifft sich jetzt sofort?« »In den nächsten
Minuten im Hause des Europarats. Deshalb bin ich hier.« Ungefugger
schon zur Seitentür: »Schulze!«, indem er sich aber gleichzeitig fragte, auf wessen Amt der Generalleutnant wohl reflektiere. Außerdem:
»Wieso melden Sie das jetzt erst?« »Weil ich mir sicher sein mußte.«
Schulze kam herein, mit völlig ausdruckslosem Gesicht. »Dann wolln
wir mal«, sagte Ungefugger. Draußen standen zwei Ordonnanzen bereit und im Foyer Geheimpolizisten. »Was solln die hier? Ich möchte keinen Skandal.« »Nur für den, Herr Präsident, Notfall.« »Was für
einer sollte das sein?« Er war nahe daran zu lachen. Doch auch das
nicht ließ der Präsident sich durchgehen. Eidelbeck schwieg auch zu
der Frage.

Sie eilten den Hügel hinunter, der Präsident dem Sicherheitsmann
noch voraus, Schulze direkt hinterher, sowie die Ordonnanzen, dann
erst Eidelbecks kleines Kommando. Fielen im Ratsgebäude ein, fielen
zwei Stockwerke hinauf in einen Nebentrakt. Ungefugger selbst riß
die Tür des kleinen Saales auf, links Eidelbeck, rechts Schulze. Ordonnanzen und Trupp hatten draußen zu warten. »Meine Damen,
meine Herren«, sprach der Präsident übergangslos in die Runde der
Versammelten, »ich höre soeben von Ihrer Zusammenkunft. Ihr offenbar auch außerparlamentarisches Engagement beeindruckt mich.
Deshalb wohnte ich dem gerne bei. Bedauerlich ist nur, daß ich über
einen Dritten Kenntnis erlangte und daraus leider schließen muß,
daß unser Vertrauen gestört ist. Stop! Widersprechen Sie nicht. Machen Sie vielmehr ungestört weiter. Als wäre ich nicht da. Ich möchte
wirklich nur zuhören. Wenn Sie mir das, ich bitte Sie schon sehr, ge-
statten mögen.«

Sie starrten den Unsterblichen wie einen an, der schon vor Wochen verstarb und sich unversehens zu einer Gala eingeladen hat, die aus seinem eigenen Nachlaß finanziert ist. Von Zarczynski erhob sich. Ein paar andere, Minister wie Abgeordnete, erhoben sich. Schließlich blieb nur Fischer sitzen, der Achtung vor guten Repliken hatte. Vor ihm lag das aus den von Goltz herübergespielten Dokumenten erstellte Dossier.

»Meine Damen und Herren, keine Umstände!« schloß Ungefugger die Begrüßung ab und nahm direkt am runden Tisch Platz. »Ich bin nun wirklich kein Anlaß, die Tagesordnung durcheinanderzubringen. Herrn Generalleutnant v. Eidelbeck werden Sie sicher kennen.« Der nickte knapp und setzte sich, zwar unaufgefordert, aber nicht an den Tisch, sondern mit dem Rücken zur linken Seitenwand auf einen der, vielleicht für Beobachter, abseits stehenden Stühle. Schulze blieb stehen, ein wenig nach rechts versetzt direkt hinter dem Präsidenten. »Halten Sie sich bitte nicht weiter auf.« Paarmal schlug leicht die linke Hand auf die Platte, einmal aber stärker,

als Jason hinter sich hatte das Schließwerk der Tür zuschnappen lassen. Er hatte es nicht mehr ausgehalten, wollte nun doch hinab. Hatte die Zähne geputzt, mit dem rechten Zeigefinger, weil er seiner Mutter Zahnbürste nicht benutzen wollte. Dann war er hinaus auf den Gang.

Es gab heute früh keine Wachen an der Tapetentür, *noch* keine, vielleicht. So daß auf ihn niemand aufmerksam wurde. Das BOUDOIR lag, als Jason ins Vestibül trat, leer, der Showroom wirkte verwaist. Dörre spinnige Gebilde aus dornigem, reisigartigem Gras wehten über die kleine Bühne. Schon das hätte Jason mißtrauisch stimmen müssen. Vor allem, daß plötzlich doch wieder Frauen, wie hinzugeschaltet, herumsaßen. Wahrscheinlich waren sie das auch. Keine von denen hatte er je gesehen. Auch das Personal war ausgewechselt worden.

Fahl leuchtete das Licht hinter der Theke, deren Rückwand aus quadratischen, ziemlich edlen Scheiben- und Spiegelpaneelen bestand; die leuchteten wie aus Kristall. Davor je auf Bordchen die Hunderte Flaschen und Fläschchen, alleine zehn Reihen *Baileys* darunter. Die Frauen standen auf Fingerschnippen bereit und waren dennoch nicht da, waren wie Jasons Spiegelbild. Er ließ sich einen Whiskey reichen: Das Kraftfeld, worin das Whiskeyglas schwebte, völlig im Arm der Schimäre versteckt. »Hatten Sie einen guten Tag?« »Es geht so, Ludwig.« »Soll ich Ihnen etwas zu essen bereiten?« »Danke, Ludwig. Ich hab keinen Hunger.« Er nippte. Ihm fiel ein, er habe keinen Namen. Er hatte längst bemerkt: Alledie waren nur dann da, wenn auch er da war. Er konnte, wenn er wollte, schwebende Kameras durch die Gänge sausen lassen, kontrollierte sie hinterm Monitor. Niemals war dann irgend jemand zu sehen. Alles still. Aber seltsam! Bisweilen das Gefühl, streng beobachtet zu sein. Und schon, fühlte er sich auf diese Weise beim Spielen ertappt, füllte Leben die Gänge. Gelang es ihm aber, sein Spiel wieder heimlich zu treiben, blieb alles tot um ihn her. Insofern begriff er, er sei *alleine für sich,* von dem *Anderen* aber, dem Rechner, *gemacht.* Das stimmte aber nicht, denn gemacht wurde er derzeit in Beelitz. Er änderte dabei alles, Aussehen Charakter Bewußtsein, auf seiner Reise durch das All. Archanthropinen Paläanthropinen Neanthropinen lauschen auf ihr Hirnwachstum. Knapp sechshunderttausend Jahre dahin, das Schiff durchzieht seine Strekke. »Lebst du eigentlich, Ludwig?« »Ich denke schon.« »Wie heiß ich, Ludwig?« »Ich verstehe Ihre Frage nicht.« Er wandte sich den Frauen zu, eine von ihnen war noch immer gebückt und hielt den Hintern weiterhin hoch. Zwischen den Beinen, provozierend gewölbt, glitzerte der Mittelstreifen der Feige. »Wie heiß ich, ihr Hübschen?« Sie kicherten nur. Da wurde Jason wütend. Kippte einen der Barhocker um, nahm eine Flasche, schleuderte sie in die Kristallscheiben, die zerschellten aber nicht, zitterten nicht einmal nach.

»Nicht zu fassen!« entfuhr es da Dr. Lerche. »Sogar d a s funktioniert.« »Und er merkt es nicht«, antwortete die Zeuner. Ich sah ihr an, wie sie diese spezielle Form der Machtausübung genoß; sie zitterte leicht, ich legte ihr

21

eine Hand auf die Schulter, flüchtig rieb sie ihre linke Wange daran. Letztlich war sie nicht weniger verdorben als Dr. Lerche, nur eben nicht böse, sondern lust-, nein, wollustbetont. Darin trafen wir uns.

Deshalb entging Dr. Lerche unser Verhältnis fast gänzlich. Er war so ein trockenes Stroh, bekam nicht einmal Sabines lüsterne Geste mit. Obwohl er neben uns saß und sozusagen den Blick auf meinen Händen hatte.

»Weshalb«, fragte er, »lassen Sie den jungen Mann Centaurus A nicht wiederholen?« Sein Sadismus bekam leuchtende Augen. »Sie brauchen Unterhaltung?« »Es wäre dieselbe Geschichte noch einmal?« »Ich habe keine Ahnung, aber wahrscheinlich nicht.« »Kommen Sie schon! Das wär doch richtig witzig!« Unter meiner Hand zitterte Sabine. Ich drückte etwas fester, dann schüttelte ich den Kopf. »Es könnte alles gefährden, auch uns selbst.«

Noch immer lagen die Gerüche des weggeräucherten Hundsgotts in der Luft.

»Unsinn«, sagte Dr. Lerche. »Vielmehr, wir zeigten, wer auf der obersten Ebene spielt!« – Er hatte keine Ahnung von dem anderen Guckkastengucker, der ihn von *seiner* obersten Ebene aus betrachtete und von dorther, sich ebenfalls autonom dünkend, die Angelegenheiten, dachte Cordes, dirigierte. Damit meinte er durchaus nicht Beutlin, der in Wiesbaden erregt mit ansah, wie dieser nächste Guckkastengucker die Beelitzer Programmierer bestimmte und schließlich Dr. Lerche endgültig den Spaß verdarb. Das Wort – *endgültig* – ist so gemeint, wie es klingt.

Wieder war es früher Morgen. Der Kleine schlief noch, Cordes bereitete den Frühstückstisch vor. Es realisierte momentan nicht, daß auch er beobachtet, selbst bloß Teil einer fremden Imagination war, die ihm die Lebensumstände und Charaktereigenheiten eines ganz anderen Menschen zugedichtet hatten. Die Erkenntnis, lediglich gepatcht zu sein, befriedigt keinen unter uns. Was allerdings Hans Deters angeht, war Cordes völlig einverstanden, daß er von dem erfunden sei. Es war schließlich seine, glaubte er, eigene Idee. Er hielt das für ein Spiel. Daß das Eigene indessen nie etwas anderes als Ableitung von andrem ist, das vorherging oder parallelgeht, ist ein so unerträglicher Gedanke, daß wir alles dafür tun, ihn uns verschwinden zu machen.

Deters nicht mehr. Der hatte sowieso nie richtig Substanz gehabt; ist von Anfang an ein Passepartout gewesen, wenn Sie sich erinnern mögen, seit seinem Ausbruch aus Bremen. Das war 1981 gewesen.

Er schlief derzeit auf der Couch, die er, seltsam umsichtig für ihn, sogar bezogen hatte – auf derselben, wir erzählten es bereits, die in Kignčrs' palermitanischem Schlupfwinkel steht. Endlich war es ihm zuviel geworden mit diesem Wäscheberg vor seinem Ofen. So daß er ihn abgetragen und die Stücke in den Wäschekorb geworfen hatte, der bei ihm in der Küche steht. In Wirklichkeit war es kein Korb, sondern sein großer Reiserucksack, den er mit seiner Wäsche immer füllte, praktischerweise, denn war er voll, ging's ab damit in den Waschsalon. So ließe sich nun Niam hinaus in die wirkliche Welt tragen. Doch nichts, gar nichts mehr hatte sich seither in der Wäsche gerührt. Vielleicht erklärt das die seltsame Erleichterung, die Deters überkam, vielleicht auch seine, Cordes muß schreiben: Erschöpfung. So müde war Hans Deters. Nach dem getanen Werk streckte er sich aus, deckte sich zu, schlief ein und glitt, kaum hatte sich sein Bewußtsein auf die andere Seite begeben, in das kurzfristig zum Ewigkeitsraumschiff umgebaute Boudoir, wo jetzt Jason, durch die Tapetentür getreten, im Vestibül vorm Showroom stand und sich selbst als jemand ganz anderem zusah, einem, der mit weiblichen Schimären – also Programmen – spielte. Das ödete ihn schnell. Er kniff die Augen zu, um die Erscheinung loszuwerden. Der Raumer wuchs sich zurück, in den Stripschuppen wieder, weil Herbst und Zeuner das alte System rekalibriert und ihren Möglichkeiten-Ausflug zu Dr. Lerches Ärger abgebrochen hatten. Da lag das Boudoir wieder einsam. Doch ein Riß in der Zeit blieb. Überlagerungen blieben, die nur von außen kenntlich waren, Palimpseste der Chronologie.

Deshalb konnte Jason nichts Ungewöhnliches mehr finden. Er setzte sich, fühlte sich leer. Ein Luftzug streifte, das kam von dieser Einsamkeit her, seine linke Wange, als wäre kosmische Kälte durch den Riß gedrungen, der des atmosphären Schutzschildes war und ein paar Meter neben ihm die mit gerahmten Beardsleys dekorierte Wand um eben diesen Spalt aufklaffen ließ – als sich in einem Schloß, das der vor sich hindämmernde Showroom nun war, ein Schlüssel drehte. Das Geräusch drang offensichtlich von der Eingangstür herüber. Kam wohl endlich die Mutter zurück? Es waren aber nur die Putzfrauen, drei Polinnen. Sie plapperten, lachten und schepperten mit ihren Eimern. Als sie Den Stromer bemerkten, fingen sie zu kichern an. Das trieb dann Jason wieder weg.

Er mochte nicht unverrichteter Dinge davon. Darum kehrte er nach oben zurück, wollte gerade durch die Tapetentür, als Dolly II ins BOUDOIR trat und sich, über die offene, am Gelenk baumelnde Handtasche gebeugt, das Näschen puderte. Willis war bei ihr. Er hatte mit dem TÜV zu tun, deshalb kamen die beiden bereits morgens. Noch immer bediente die Geliebte keinen Freier, durchlebte statt dessen ihre Selbstfindungsphase. Einige Frauen murrten aber schon.

War das jetzt ein Zeitriß? Oder eine Verdichtung? Wann sind die beiden zusammengekommen? Heute nacht, gestern nacht? Liegt es schon Tage zurück? Sie haben in jedem Fall schon Geschichte. Das ist die Anderswelt.

Im Showroom röhrte der Staubsauger. Jason Hertzfeld nahm den Kopf nervös zur Seite. Wollte abermals weg. Spritzendes Getrappel die Tapetentreppe hinauf. Doch hatte ihn Willis schon gesehen.

»Jungschn, wat machstn du hier?!«

Dolly II entzog sich der Zusammenhang; sie kannte Den Stromer nicht. Aber hübsch fand sie ihn, ausnehmend hübsch. Er seinerseits fand sie eklig, aus den bekannten phylogenetischen Gründen. Verzog das Gesicht. Hinten am Gaumen blieb etwas kleben. Nicht unbekannt, selbstverständlich, war er Thisea, die jetzt ebenfalls erschien, indem sie durch die Tapetentür trat, durch die Jason grad wieder weggewollt hatte. So belebte sich das Etablissement. Bald fing die erste Schicht an.

»Guck an, der kleine Jason«, sagte Thisea, »der Bruder Deidameias.«

»Ich bin ihr Sohn«, sagte Jason.

Sie glaubte das immer noch nicht, war nicht dabeigewesen, als Die Wölfin vor etwas mehr als 17 Jahren, hochschwanger war sie da gewesen, über die Grenze gebracht worden war. Der erste Odysseus, Jens Jensen, die Lamia Niam Goldenhaar: von allen denen hatte sie nur immer gehört. Seit etwa sieben Jahren war sie erst hier, nicht von Odysseus erst und dann dem Bruder einer mythischen Mandschu hergeführt, sondern von dem technokratischen Goltz. So sah sie anders auf die Dinge. Otroë, da schon sehr nüchtern, war bei ihr gewesen. Beide hatten, wie die allermeisten, an den kleinen Bruder Jason

geglaubt und an die sehr viel ältere Schwester. Die wenigen Neun-
undvierziger, die es im BOUDOIR noch gab, waren verschworen und
verschwiegen.

»Niemals«, also, erwiderte Thisea. »Du und ihr Sohn! Das ist nicht
mal ein Witz!«

Da rief, übers Staubsaugerröhren aus dem Showroom und übers
Geplapper der polnischen Frauen hinweg, Deidameia herüber:
»Doch, er ist's!« Sie war aus dem Nachbau der Schalt- und Kommandozentrale getreten, man wußte nicht, ob sie selbst oder eine ihrer
Ableitungen. Wie hart sie heranschritt! Etwas war heute nacht geschehen. Bei Kumani geruht zu haben, den Kopf in der Mulde, die sich
aus seiner Schulter und der Brust grub, hatte sie nicht mehr weich-
machen können, ihr nur Sicherheit gegeben. Etwas war da, das nicht
gut war, spürte Thisea.

»Es tut mir wirklich leid, daß ich dich so lange warten ließ.« Dies,
als erstes, die Mutter zu ihrem Sohn. Die ganze Restnacht hatte sie gesprochen, mit sich selbst und ihrem Gewissen, und mit dem Freund.
Bis beide eingeschlafen waren. Und weiter aber gesprochen, durch
den Schlaf hindurch bis in den Morgen hinein. Zu Willis: »Kann ich
Sie nachher einmal sprechen? Wir brauchen Ihre Hilfe…« und mit
Blick auf Dolly II gedacht: ›…einmal mehr.‹ Zu der sah sie den Zusammenhang sofort. Er kam ihr gelegen.

»Klaro«, sagte Willis.

Er brauche aber dann, hatte Goltz verlangt, wie wenn er überredet
wäre, vielleicht sogar überzeugt, einen verläßlichen Fahrer. »Ich kann
für so eine Aktion von meinen Leuten keinen nehmen, und… Ihre
Frauen, Verzeihung, Wölfin, das ging im Osten an.« »Ich kümmere
mich drum.« Hatte sich nun drum gekümmert. »Klaro« sagte Kalle
Kühne, der Taxifahrer Menschenkumpel. Aber der hatte sich ihr angeboten schon des Umstandes wegen, daß er sich mit Dolly verband,
die bis zu ihrem Ende dem Widerstand angehören müßte, nicht nur,
weil der sie ein zweites Mal ins Leben gebracht, sondern prinzipiell.
So sah das Die Wölfin. Es stieg hier niemand aus, nicht einmal, wer in
den Osten zurückging. Ruhe war in diesen Zeiten immer nur bedingt.

»Komm mit«, zu ihrem Sohn – und noch auf der Treppe hoch in
ihr Zimmer: »Du bist jetzt, ich habe das verstanden, alt genug, die
Wahrheit zu erfahren. Aber… – Gib mir ein paar Minuten, mich

zu erklären.« Entsetzlich förmlich sprach sie das, wie keine Mutter spricht, aber auch nicht mehr als Schwester. »Nein, es gibt keinen Grund, mich zu entschuldigen. Wir wollten dich schützen, dein Vater und ich. Was ist«, vordem zu Goltz, »deine Aufgabe? Die Sicherheit der Bürger zu sichern, meine ich. Darauf bist du vereidigt. Das ist der Zweck der SZK …« »Buenos Aires zu schützen.« »Vorm Nullgrund habt ihr versagt.« Daß sie so dachte! Sie sprach es zum ersten Mal aus. – »Niemand konnte ahnen …!« »Aber Stuttgart ahnst du, *weißt* sogar. Also sei«, dies zu Jason wieder, »deines Vater würdig.« Noch auf dem Teppichgang.

Die Wölfin öffnete, vor der Tür stehengeblieben, ihr Zimmer, ließ den Sohn vorausgehen, folgte, zog die Tür wieder zu. »Er hatte eine Sendung, als er mit uns herkam. Ich habe ebenfalls eine Sendung. Wir verteidigen den Osten, wir verteidigen den Menschen – was natürlich ist an ihm.« »Deshalb vögelst du mit einem Computerprogramm?« Er stieß den Kopf vor, doch mitten in die schon schwingende Hand seiner Mutter hinein. Die Frau war schnell. Es war die erste Ohrfeige seines Lebens. Er rieb sich, der übrige Körper erstarrt, die Wange, starrte seine Mutter dumpf dabei an. Konnte nicht denken. Sie hatte knapp, doch scharf geschlagen, erzählte einfach weiter. Eine zweite, meinte er, würde er nicht dulden, niemals wieder. Von keinem. Vielleicht, von seiner Mutter, aber doch. Brannte solch Respekt: wie von eintausend Nadeln. Starrte reaktionsunfähig Deidameia an. Die ihm offenbarte, daß er eine Schwester wirklich habe, nein, nicht sie, doch eine halbe, die sei von demselben Vater gezeugt, seinem, aber von einer anderen Mutter empfangen. Die habe die Schwester ihr anvertraut. Daß von dem Mädchen, Niam Goldenhaar geheißen, die Rede gegangen sei, es sei heilig, dieses Kind, denn nicht die andre Frau, in Wahrheit, sei die, habe es geheißen, Mutter gewesen, auch wenn sie es geboren habe, sondern Thetis, Thetis selbst, von der die Legende weitererzähle, sie, Thetis, habe bereits dem Vater, Niams und Jasons, das Leben geschenkt. Nichts als ein altes fernes Hörensagen, sicher. Man habe aber, zu Zeiten des Eintageskriegs, Furcht vor ihm gehabt. »Wir standen, da schon, ja, im Kampf. Wollten endlich frei sein, allein uns selbst verpflichtet, nicht dem Westen dienen, der uns preßte. Immer weiter rückte er vor. Wir waren seine Fabriken und waren sein Werkzeug, waren seine Maschine. Er unterwarf und besetzte – wo mit den

Billigwaren nicht, da mit seinen Waffen. Mächtig über uns alle.« Da sei die Rede von dem Kind gegangen, geflogen über Land und durch die Wasser geschwommen: daß es den Osten würde aus dem Elend führen. Und später: daß es sein, Jasons, Vater mit einer Führerin gezeugt, einer, vor der sogar dem Westen bange. Daß auch von dessen Großen einer, der den Osten kannte, in den der Osten griff, an diese Legende habe geglaubt und habe das heilige Kind zu sich in den Westen geholt. Daß sie, Deidameia, diesen Mann auch einmal habe gesehen, einmal nur von Auge zu Auge, »fassungslos war ich, so glich er Niams Mutter«, die hätten sie, die Frauen, nur *die Mandschu* genannt, »mir schnürte es den Hals«, damals, als Odysseus die vermeintlich fünfzig Frauen habe über die Grenze gebracht, die Neunundvierzig und den Barden. Sie selbst sei damals die Fahrerin gewesen, die Frauen ins Boudoir zu bringen. Ob er, der Sohn, diese Verhängnisse verstehe, in die hinein er geboren sei, die Machtspiele und Ränke und, sagte Deidameia, »unentwegt versuchten Vernichtungen«. Daß sie sich hätten illegal, nachdem das Kind übergeben war, einquartieren müssen; der Mächtige, Jensen, ein alter Berater des Präsidenten Ungefugger, als der Präsident noch nicht war, habe ihnen Unterschlupf besorgt, »nämlich diesen hier«, sie meinte das BOUDOIR. »Lange vor der Wahrheitsimpfung bauten wir den Widerstand des Ostens mitten in die Stadt hinein. Nur in die Weststadt, lange, kamen wir nicht rüber.« Plötzlich ein Lächeln: triumphal. »Bis vor kurzem«, setzte sie nach. Was zu danken ihm sei, Jason, ihrem Sohn. Daß er nun verstehen müsse, weshalb sie mit ihm nur im Verborgenen habe niederkommen können, als Nutte und als Abschaum, ganz bewußt. »Niemand sollte aufmerksam werden, schon gar nicht jemand von Macht«, besonders nicht Jens Jensen, der Albino. Sie hätte sich ein anderes Leben für den Sohn gewünscht. Daß aber das Leben entschieden habe. »Immer schon wollte ich Kämpferin werden. Das wünschte ich mir bereits als Mädchen. Ich bin von Frauen aufgezogen, die Männer waren schwach und feige. Stumpf gingen sie untertag, man durfte sie auch peitschen«, im Erzgebirge, an das sie, Deidameia, sich kaum noch erinnre. Die Amazonen seien eingefallen, hätten sie mitgenommen. Gewalt sei gar nicht nötig gewesen, sie wäre ihnen, hätten sie die Barbarinnen zurücklassen wollen, jubelnd nachgerannt. Da sei sie fünfzehn oder sechzehn gewesen. »So alt ungefähr wie du jetzt, Sohn.«

Immer wieder, während des langen Kampfes, seien sie ausgehoben worden, erniedrigt immer wieder, zuletzt die Holomorfin Frau Tranteau, die einen anderen Aufstand angeführt. So sei es zur Allianz gekommen, die Myrmidonen auferstanden in dem Zusammenschluß, den sie, Deidameia, führe und vor allem die UHA populär gemacht habe. »Es war auch, Jason, meine Idee!« Diese, die Holomorfen, für ihre Freiheit im Westen, sie, die Amazonen, für den Osten. »Sie gaben uns die Sprache, diese Myrmidonen, weil halb der Osten flach spricht oder mythisch. Sie waren … sind moderner«, und seien ihr lange schon vorausgelaufen, der sogenannten Denaturierung, »ja«, rief Deidameia, »sie verstanden mehr als wir, was dabeiwar zu geschehen und«, sie atmete aus im letzten Wort: »geschieht.« Die Weststadt im Zentrum, dachte sie, und Deters dachte: der Weststadt Ontologie. Deshalb habe sie, Deidameia – »Aissa die Wölfin«, sagte sie –, »die Bewegungen vereint, um Ost und Westen zu vereinen. Nie habe ich Kämpfer gekannt, die entschiedener, mutiger, selbstloser waren als die Holomorfen Frau Tranteaus. Sie haben mir ihr Vertrauen geschenkt, das werde ich nicht enttäuschen.« Daß er, »mein«, sagte sie, »kleiner Sohn«, endlich verstehen und seinen Rassismus ablegen müsse.

Er rieb sich immer noch die Wange. Spitz und überfordert.

»Wie konnte ich«, Cordes lachte auf, als sie den Namen aussprach: »Neoptolemos, dir bei dem allen Mutter sein? Ich wäre erpreßbar gewesen.« Sie zeigte es nicht, aber ihr ging ein Schauer den Körper hinunter, hinten, aus dem Nacken seitlich zu den Schultern und dann als Wasserfall hinab. Um so stolzer hob sie den Kopf, leidvoll, voller Hoffart. »Und da soll ich jetzt Rücksicht auf ein Präsidentenkind nehmen, wenn derart vieles auf dem Spiel steht?«

Da verstand Jason nun gar nicht mehr, was sie damit sagen wollte. Nicht Michaela konnte sie meinen –. Fast ausgerufen hatte sie's, im Ball Parée, und sie schnob vor Wut. Markus Goltz starrte sie mit demselben Blick an, wie nun der Junge tat, mit ganz demselben Ausdruck, starrte sie immer nur an. So viel Osten! dachte Goltz. Seit Točná erlebte er so etwas nurmehr in seinen Kali-Träumen. – »Aber was, Mutter, hättest du, w e n n, getan?« So versuchte Jason, das Gespräch umzulenken. Es interessierte ihn wirklich, wie diese Frau sich verhalten hätte, wäre alles aufgeflogen und er in Gefahr geraten. Da starrte nunmehr fassungslos nicht mehr die Mutter er, sondern die ihn an. Hatte auch, was sie ausgerufen, wirklich nicht verstanden, es weggedrängt, sofort.

Nein, bestimmt hatte sie Michaela nicht gemeint.

»Du hast mich gehen lassen, immer wieder, nach Pontarlier, obwohl du wußtest, wie das hätte enden können? Ich meine, wäre bekanntgeworden, wer ich bin?« »So sind wir doch endlich hinübergekommen! Verstehst du denn nicht, wie wichtig das war?« »Und was war *ich*?« – »Mitten ins Herz hinein, Markus! Mitten hinein!« Beide begriffen immer nicht, nicht Goltz im BALL PARÉE, nicht Jason im Eroticon. »Aber doch...«, sie holte beinahe gesondert Luft, »...die Geschenke!« »Die Geschenke?« Dann zuckte Jasons Gesicht vor Erkenntnis. Es war nicht zu fassen. »Du hast mich«, sagte er endlich, sagte es sehr leise, flüsterte, »mißbraucht.« »Ich bin die Führerin der Amazonen.« »Du hast außerdem ein in mich gesetztes Vertrauen verraten.« »Frau Ungefuggers? Das kannst du nicht ernst meinen. Welch ein Vertrauen soll das sein, Vertrauen einer Schergin?« So daß der Sohn, und wußte es nicht, genau die Worte seines Vaters benutzte; Deidameia wußte es aber. »Sie ist eine dumme Frau«, sagte er nämlich und setzte, indes aus Eigensinn, hinzu: »Aber kein schlechter Mensch. Imgrunde selbst mißbraucht.« »Darauf kommt es nicht an, was wir im Herzen sind. Sondern auf das, wofür wir einstehen mit unserm Leben.« »Sie vertritt schon genug, was ihrem Mann mißfällt.« »Poesie. Darüber nichts hinaus.« »Das sah mein Vater auch so?« »Dein Vater hat gelebt für Träume, ich lebe für die Wirklichkeit.« Daß sie's aber aussprach: – ›hat gelebt‹! Jason fürchtete sich zu fragen. Und das: Wo er, der Vater, geblieben sei?

Da löste diese Mutter den letzten Willen ein, ihres für lange Jahre Gefährten. Sag meinem Sohn, er soll, was ich begann, beenden. »Sag ihm, er soll nach Leuke. Leuke, hörst du?« Auf Thetis fahren, dachte sie, um seinen Namen zu finden. »Was für Geschenke waren das? Was hast du mir immer mitgegeben?« Sie zwang sich neu zur Nüchternheit. »Selbstprojektoren. Für uns der einzige Weg, in die Weststadt zu kommen. Jeder andere führt über kontrollierte Router.« »Ich war dein trojanisches Pferd.« »Du kamst frei hinüber. Nicht einmal Goltz kann das so ohne weiteres.« »Goltz? Ah, der Polizist. Was hast du mit dem?« Deidameia schwieg. »Und wenn ich aufgeflogen wäre?« Deidameia schwieg. »Du hättest mich fragen, hättest einmal vielleicht

Vertrauen haben können.« Er stutzte, dann setzte er höhnisch hinzu:
»Zu deinem Bruder.« »Ich diene der Revolution. Auch dein Vater war
Rebell.« Nun auch noch dieses ›war‹. Und im Ball Parée: »Wir sind
verpflichtet, Markus Goltz.« Sie warf die Feuermähne, die Niamsnarbe glühte. Unbeeindruckt er: »Das entbindet von Menschlichkeit
nicht.« Daß ausgerechnet er so sprach! Ein paar Jahre früher, hätte er
da jemanden so sprechen hören, er hätte Unverläßlichkeit gewittert.

Und was täte *ich?* Die Frage, an sich selbst gestellt, schreckte Cordes hoch. So unversehens, dachte Deters, der unbewußte moralische
Druck, daß er im Schlafen seinen Deckel sprengte, und so tief eingegraben die Konstellationen, die zwischen Personen und Figuren nicht
mehr unterschieden. Was aber täte ich, ich selbst? fragte auch ich
mich, als ich mit den Jungs an der Nebelkammer stand und den zer-
platzenden und neu entstehenden Blasenbildungen zusah. Was hätte
Borkenbrod getan? Was hatte mich einen solchen Konflikt überhaupt
erfinden, Deidameia sich, und Goltz, derart darin verstricken lassen?
Bin ich gewaltbereit genug, meine Aggressionen in einen Roman verschieben zu müssen? Ich war nur, dachte Cordes, einer Spur gefolgt.

Langsam besann er sich. Es war noch dunkel, und er lag. Durch
das aufgesperrte Fenster glitten die Geräusche der Stadt herein; direkt
an der Schönhauser Allee wurde es niemals wirklich dunkel.

Die erste U-Bahn ratterte auf ihrer Hochstrecke vorbei, die Fenster
glitten gelb in Rastern, gelb die ganze Bahn. Ihr Lärm fuhr quasi einmal durch das Zimmer. Neben Cordes lag die Hochbettseite leer: der
kleine Junge bei der Mama. Ich fragte mich, ob denn nicht e r, Cordes, im Technikmuseum Berlins stand und den Jungs diese Zerfalls-
prozesse erklärte. Doch wischte Aissa die Wölfin den Einwand beiseite, der in Goltzens persönliche Frage gehüllt war. Ein persönliches
Meinen und Wünschen hat im Krieg nichts verloren. Der parlamentarische, demokratische Weg war nicht gangbar, seit langem schon
nicht mehr. Noch nie, dachte Deidameia, sei er's gewesen. Wenn es
um grundlegende Veränderungen geht.

Deshalb beharrte Die Wölfin. »Wir haben nicht genug Zeit.« »Ich
bin Polizist«, sagte Goltz jetzt schon zum zweiten Mal. »Also den
Menschen verpflichtet.« Auch sie zum zweiten Mal. »Aus keinem anderen Grund hast du damals den Kontakt gesucht.« Aber sie wußte,
daß das so nicht stimmte. Er hatte ihn gesucht, weil er selbst bedroht

war. Dennoch verfolgte sie ihre Version weiter: »Deshalb hast du dich im Shakaden überzeugen lassen. Ich werde dich auch diesmal überzeugen.« Er brauche aber einen verläßlichen Fahrer. »Ich kann für so eine Aktion von meinen Leuten keinen nehmen, und... Ihre Frauen, Verzeihung, Wölfin, das ging im Osten an.« »Ich kümmere mich drum.« Hatte sich drum gekümmert. »Klaro«, sagte Kalle Kühne und wartete dann im Taxi bereits.

Dolly II war auf ihr Zimmer gegangen, um sich nach dem tiefen Liebesmorgen herzurichten und auch, um, was so schön neu war, ein wenig zu schlafen, das heißt: zu träumen. Thiseas Worte gingen ihr nach. Sie müsse sich entscheiden. Dabei war ihr nicht gänzlich klar, wofür. Ihr Unbehagen auf die glückvolle Nacht war ein kühler Guß, sie mußte sich bedecken. Die Unerbittlichkeit Deidameias. Wie sie sie hoch-, also weggeschickt hatte. Etwas Drohendes, empfand Dolly II, gehe von ihr aus, neuerdings vor allem, seit gestern besonders. Das aber stimmte nicht. Es brach nur der Osten, seine dunkle Strahlkraft, aus ihr heraus. Die Amazonen kannten diese Phasen schon. Sie selbst vergaß das immer mal und war dann selbst überrascht – so kybernetisch tief gehörte sie bereits ins Zentrum. Das hatte sie verändert. Was sie, anders als dort die Frauen, spürte, jedesmal, wenn sie daheim in Landshut war, im Trausnitzer Saal oder sogar der Seligenthaler Abtei. Oft fuhr sie da nicht mehr hin. Vielleicht nur, aber, daß sich Buenos Aires, die alles in allem pragmatische Stadt, ihr aufgedampft hatte. Diese Schicht, wie eine Hautpartie, riß nun. Darunter der Osten; der war es, vermutete Cordes, was Goltz sich tatsächlich ergeben ließ, herbeiließ, den nicht nur moralisch bedenklichen Auftrag anzunehmen; indessen Deters glaubte, daß der Osten gar keine Rolle dabei spielte, sondern Goltz dachte durch doppelte Böden. In Buenos Aires, eben, ließe sich das Fräulein Ungefugger besser als in der Weststadt schützen, wo er weder Befugnisse noch Leute hatte.

»Es muß ihr nichts passieren«, sagte Deidameia, die begriffen hatte, daß der Druck, damit das Mittel fruchte, nicht auf den Vater, sondern die Mutter der Geisel würde ausgeübt werden müssen. Dazu brauchte sie die einverständige Hilfe des Sohnes. Den ließe die Frau an sich heran. Darum allein, wahrscheinlich, weihte sie ihn ein. Goltz hatte schon recht mit seiner Vermutung, daß der Präsident für die Zeit nach dem Lichtdom alle, die ihm wert waren, datisch längst kopiert hatte. Ihm kam es auf Echtheit nicht an. Sollten die Körper nur kaputtgehen, ob seiner Tochter, ob sein eigener –. Vielleicht, nein, wahrscheinlich, ließ er die Ermittlungen nach dem Verbleib Michaelas auch deshalb nicht nachdrücklicher vorantreiben. Er hatte insgesamt andere Sorgen, vor allem jetzt, als er in anscheinend restloser Ruhe, ein Lächeln angedeutet auf den Lippen, im Kreis der Parlamentäre saß und die Planung des Mißtrauensvotums verfolgte, das ihn selbst im Fokus hatte.

Er hörte, erst einmal, kommentarlos an, was man gegen ihn vorbrachte, bedachte selbst die Fürs und Widers. Es war pervers, aber die Angelegenheit bereitete ihm Vergnügen. Einmal im Leben abgewählt zu werden, das war entschieden etwas Neues. Da wollt' er Zeuge sein. Tatsächlich fand auch er die Beweislage drückend, was in der Tat von einer großen Komik war. Um nicht zu lachen, wurde er zunehmend lethargisch. Brach schließlich aber doch in schallendes Gelächter aus. Erhob sich, klopfte an die Kaffeetasse und hielt aus dem Stegreif, eine Katze vor den Mäuslein, die kleine folgende Rede:

Meine Damen und Herren!

Lassen Sie mich bitte einiges geraderücken, besonders, weil ich Ihren parlamentarischen Unmut verstehe. Um so mehr will ich Ihnen versichern, daß es bei dem Projekt um nicht weniger als die Befreiung der gesamten Menschheit geht – erst einmal, das gebe ich zu, nur Stuttgarts leider. Das aber ist der Prototyp. Ich meine die Stadt. Denn der Lichtdom hat Platz für ganz Europa, ja die Welt. Ich zweifle nicht daran, daß sich die anderen Staaten nach und nach uns anschließen werden. Man wird uns – ermessen Sie bitte den Vorteil, den das unserer Volkswirtschaft bietet – um Überlassungen der neuen Technologie ersuchen. Es werden Verträge geschlossen werden, deren Ertrag unseren Bürgern jeglichen Unterhalt garantiert. Doch auch die Sicherheit Europas wird so, und zwar auf Jahrhunderte hin, gesichert werden. Denn das Projekt löst schon jetzt, soweit es realisierbar ist, nicht nur die Energiefrage, sondern wird auch den Konflikten mit dem Osten das Ende setzen, an die wir seit Jahrzehnten derart viele Ressourcen und auch Menschen verloren haben, dabei der Osten ganz wie wir. Soll er sein Land behalten und sein physisches Recht! Ich muß gerade Ihnen nicht von den Kosten sprechen, mit denen er unse-

ren Haushalt belastet. Gleichzeitig wird das Projekt den Konflikt mit Allegheny lösen und geht einem neuen, der vor der Tür steht, aus dem Weg. Ich spreche von Australien. Sie entsinnen sich, meine Damen und Herren, mit gewiß demselben Unmut wie ich der endlosen, unter den Strichen ergebnislos gebliebenen Sitzungsserien des vergangenen Jahres über den alles in allem barbarisch gebliebenen, in die tiefste Vorzeit gebohrten Kontinent. Er würde uns, ohne unsere Verklärung im Lichtdom, in neue Kriege treiben, noch ehe wir unseren eigenen Barbarismus, den im Osten und damit, um das klar zu sagen, in uns selbst, haben zivilisieren können. Um unser Ziel zu erreichen, werden wir uns vergeistigen müssen. Der Herr Außenminister – nicht wahr, Herr Fischer? – wird Ihnen bestätigen können, daß es zwischen Australien und China, ich meine die Piraten, längst schon Verhandlungen gibt. Was ich Ihnen sagen will, das ist, daß sich der Mensch nur selbst befrieden kann. Er muß aus der Natur heraus, muß über Wassern schweben s e l b s t«, er meinte, spürte jeder, Thetis. »Dafür wird uns Stuttgart stehen. Stuttgart ist der erste wirkliche Schritt hinaus in die logische Freiheit, die, sage ich Ihnen, noch nie ein Mensch unternommen hat, wenngleich alleine sie keinen Impuls mehr kennt, der jenseits unserer Selbstverfüglichkeit wirkte, kein Unbewußtes mehr, keine Triebe und keine Instinkte. Stuttgart löst unsere inneren Widersprüche, löst sie einfach auf, meine Damen und Herren. Davon, daß dieses Projekt irgend jemanden gefährden würde – denn das Gegenteil ist der Fall –, kann überhaupt keine Rede sein. Wir stellen lediglich digitale Kopien der Stadt und all ihrer Bewohner her, die sich in keinerlei Weise, außer, daß sie nicht länger gebrechliche Körper haben – kranke Körper, meine Damen und Herren, schmerzende Körper, hungernde Körper – … die sich also in gar keiner, zumal nachteiligen Weise von ihren Originalen unterscheiden. Das Verfahren ist außerdem von der Selbstprojektoren-Technologie hinlänglich bekannt, die wir ohnedies schon, wie Sie wissen, seit Jahren erfolgreich im Einsatz haben. Deshalb verstehe ich Ihre Aufregung nicht und schon gar nicht Ihr Mißtrauen.

Mit flachem Gesicht schaute Präsident Ungefugger, undurchdringlich freundlich, in die Runde. Schwieg. Bewußt offen war die Rede abgebrochen. Er stand weiter, sagte: »Vielleicht ist einmal jemand so lieb«, er sagte wirklich *lieb*, »und erklärt es mir.«

Geräusper, als sich Ungefugger wieder setzte.

»Wieso diese Geheimhaltung, Herr Präsident?«

»Sie wissen, wie schnell das Volk nervös wird.«

»Ich meine die gegenüber dem Parlament.«

»Aber Frau Luysmans, Ihnen ist doch vertraut... daß ich ... ich gebe zu...«, sein Lächeln wurde charmant, »diese dramatische Neigung habe, die mir täglich... na, das wissen Sie doch! von der Linken vorgehalten wird und täglich von der Rechten. Ich habe mich dagegen niemals gewehrt. Wo so viel Schaum geschlagen wird, wird nur der Schaum geschlagen. Das ist das eine. Das andere ist, daß Stuttgart, daß die Entwicklung der gesamten Technologie für Stuttgart, wäre ich dem parlamentarischen Weg gefolgt, endlose Verzögerungen hätte hinnehmen müssen – unverantwortlich in meinen Augen. Hunderte Stimmen hätten, verschwindend wenige darunter mit Kenntnis, mitgesprochen und verhindernd, wahrscheinlich, abgewägt, wo Entschiedenheit und Durchgriff erfordert sind. Meine Damen und Herren, ich nehme es auf mich«, so daß, was er nun sagte, schon wieder Rede war,

mit allen Konsequenzen, die ich nun auch ziehen werde. Denn der Lichtdom und Stuttgart in ihm werden Europas Unverwundbarkeit garantieren. Der Lichtdom wird ihr sichtbares Zeichen sein, ein neuer – schönerer – Regenbogen, den, um das Bündnis zu besiegeln, der Herrgott an den Himmel spannte. Ich selbst werde in ihn vorausgehen, unserem Volk, Europa und der Welt. Denn Thetis, auf eine andre Weise, läßt sich nicht zivilisieren. Das habe ich gelernt in meinen Regierungsjahren.

Er schwieg kurz, hatte abermals mit einer Hebung geendet, so daß ein jeder meinte, daß noch etwas komme; man wartete gespannt und besorgt, bedrückt und erschreckt – denn daß der Mann verrückt war, von Wahn und Größenwahn erfaßt, daran hatte niemand in der Runde auch nur noch irgendeinen Zweifel.

Ich merke, daß Sie zaudern. Dieses Zaudern meinte ich. Der Krieg mit dem Osten ist der Krieg mit uns selbst, mit den Australiern in uns. Besprechen Sie das. Beraten Sie sich. Entscheiden Sie. Ich trete hiermit zurück, stelle mein Amt zur Verfügung.

Indem er den Ton wechselte, von viel zu hoch zu fast privat, endete er wirklich: »Und nun, meine Damen und Herren, lassen Sie sich nicht weiter stören.« Schob seinen Stuhl zurück, erhob sich. Schritt hinaus. Schulze und der Generalleutnant folgten, der sich, als Ungefugger aufgestanden war, gleich mit erhoben hatte, vorausschauend, daß, wenn überhaupt jemand den Präsidenten seines Amtes entheben werde, es dieser selber sei. Ungefugger wiederum, noch während er gesprochen, hatte voller Verachtung gedacht, man solle wohl *die Kirche im Dorf lassen*. Die Macht sei bei ihm, und war's, ob er nun Präsident war oder nicht. Das war schon immer so gewesen, schon lange, bevor er dieses Amt zum ersten Mal angetreten hatte. Ja, eben deshalb hatte er es angetreten, seinerzeit. Jedermann wußte das. Demokratie war eine Form des Marketings. Interessen rangen miteinander, die sich das Volk zuhanden machten. Mehr war dazu nicht zu sagen und würde nie zu sagen sein. Nicht einmal an dem Prinzip der Macht hatte sich etwas geändert: panem et circenses.

Zu Eidelbeck, auf kaum halbem Hang zur Hammerschmidt hinauf: »Sie haben es gehört. Meine Präsidentschaft ist zur Disposition gestellt. Sie sind mir also nicht weiter weisungsverpflichtet.« »Da muß ich Ihnen widersprechen. Noch hat es keine Abstimmung gegeben. Auch kommissarisch ist kein Nachfolger ernannt. Bis es so weit ist, bleiben Sie im Amt und also mein Dienstherr. Das ist mir recht. Ich stehe Ihnen zur Verfügung.« Daß der Generalleutnant, dachte Ungefugger, einen Staatsstreich wolle. Gutes Gefühl für Kräftebalance. Der Mann ist an der richtigen Stelle. Ließ ihn in Glaube und Hoffnung: so bliebe er verfügbar. Dem Präsidenten, schon außer Amt, war alleine am Lichtdom gelegen, nicht an der Regierungsform. Es ging viel mehr um Erlösung. Was nachher mit der Welt geschah, war zweiten, dritten Ranges; mit den Hinterbliebenen würde es Skamander regeln. So der Vertrag.

Schulzes war sich Ungefugger sowieso sicher. Deshalb, kurz bevor sie die Villa erreichten: »Meine Direktiven später. Kümmern Sie sich jetzt um Stuttgart. Verlangen Sie den Major Böhm, der Ihnen die Notwendigkeiten erläutern wird. Ich erwarte, daß ohne mein Wissen und meine Zustimmung niemand Unbefugtes in den Zentralbereich der kybernetischen Anlage Zutritt erhält. Sie haften mir für deren Sicherheit mit Ihrer Karriere.« Da schon fiel, quasi dem Generalleutnant ins Angesicht, die Tür des Präsidentenzimmers zu.

Im Konferenzsaal des Ratsgebäudes stand sie noch auf. Es war, als wehte diesem dem plötzlichen Erscheinen des Präsidenten ziemlich analogen Abgang ein langgezogener Wind nach, spürbar durch die halbe, gleichsam schockierte Schweigeminute; dann gingen Durcheinanderquasseln und ein rufendes, hysterisches Gestikulieren an. Nur Fischer blieb, die Fingerspitzen aneinander, unerhitzt. Ungefugger legte es auf Neuwahlen an; derart sicher schien er sich seiner Sache zu sein. Das warnte den Außenminister; sein Instinkt, sozusagen, pochte.

Von Zarczynski ging um den Tisch. Lächelnd hierhin, lächelnd dahin. Er legte Fischer eine Hand auf die Schulter, beugte sich zu seinem Ohr. »Etwas an dieser Neuwahl macht mir lange Zähne.« Er reckte sich, straffte, der Aristokrat, eröffnete der gesamten Runde: »Liebe Kollegen, bitte Ruhe. Einen Moment. Bitte geben Sie noch nichts an die Presse. Wir müssen das Votum formulieren, *zwei* Voten. Wir müssen den Europatag davon überzeugen, Herrn Ungefugger mit möglichst sofortiger Wirkung die Verfügungsgewalt über den Zentralcomputer zu entziehen. – Bitte setzen Sie sich wieder.« Wartete das Gerücke ab. »Daß wir Neuwahlen brauchen, meine Damen und Herren, steht außer Frage. Doch lassen Sie uns nicht voreilig sein.«

Jeder rechnete im Kopf, welche Parteien Chancen hätten, wessen Kopf sie habe. Jeder kalkulierte damit, daß Ungefugger sich abermals aufstellen lasse: Er hatte sein Amt zur Verfügung gestellt, um das Mißtrauensvotum schmerzlos zu umgehen. Das war ihm gelungen. – Sei ein Interims-Präsident durchzusetzen? Wen gab es denn? Derzeit nicht wirklich einen, sondern mehrere, die einander hart bekämpften. Keinen Populisten aber, schon gar nicht einen, der wie Ungefugger Tribun war. Verfrühte Neuwahlen wären verloren worden. Jeder wußte das. Doch von Zarczynski hegte noch eine andere Befürchtung, sprach sie aber nicht aus. Nichts durfte zum zweiten Odysseus dringen, den man im Osten immer noch suchte, der sich in irgendeinem nächsten Bora Bora verschanzt hatte, wahrscheinlich, auch wenn es von ihm schon lange keine neuen Videos mehr gab. – Wie würden außerdem die Myrmidonen reagieren?

»Neuwahlen, Kollegen, wären zur Zeit kontraproduktiv. Wir müssen statt dessen die Befugnisse des Präsidenten verkleinern. Herr Ungefugger ist zurückgetreten, Sie haben es gehört. Dann lassen wir ihn ohne Amt und auch, vor allem, ohne Aussicht auf ein neues.« Was er aber außerdem nicht sagte: das Problem war nicht einmal so sehr Ungefuggers wirtschaftliche Lobby. Da ließen sich genügend Gegner finden. Doch die SchuSta und, im Osten, die Söldner fühlten sich dem Präsidenten verbunden, nicht dem Parlament, dem sie de jure unterstanden, de facto aber nicht. – Zum ersten Mal in der Geschichte Europas nach der Großen Geologischen Revision war die Drohung eines Putsches zu spüren. Undenkbarkeit. Und doch. Zu viele Parlamentäre, obendrein, waren in Ungefuggers altes Firmenkonsortium verstrickt, zu viele Eigeninteressen beteiligt.

Wir stellen uns ein Bein, dachte Fischer, und schlagen bitter hin. Vor allem dürfe es kein Aufsehen geben. Am liebsten hätte er die Angelegenheit geheimdienstlich behandelt, um die nötige Entscheidungsfindung nicht in den Mühlen des demokratischen Prozesses zermahlen zu lassen, der sie auf dem formalen Prokrustesbett der Verfahrensordnung langstrecken würde. Er dachte tatsächlich, aber nur kurz, an ein Attentat. Die Myrmidonen wären gut dafür, auch, um die Schuld zu tragen. – Ihm wurde schlecht. – Besser, dachte er, ebenfalls nur kurz, man werfe alles hin, Karriere, Verantwortung, Einfluß. Ziehe sich als Pensionär zurück. Wer bleibe, wußte er, der mache sich in jedem Fall, so oder so, an der Grundordnung schuldig. Fischer hatte, anders als von Zarczynski, Skrupel. Der rechtsstaatliche Apparat war viel zu unflexibel, um das Unheil abzuwehren, das sich bereits an die Wand schrieb. Viel zu lange hatte der Präsident frei schalten können, der Populist, der vermittels seiner Coups verlorenes Terrain noch immer rückgewonnen hatte, deren nächster, der Gipfel seiner Hybris, bereits auf dem informationstechnischen Weg war.

»Schulze, eine kleine Meldung bitte: ja, offene Rundmail, üblicher Presseverteiler.« Der Präsident a. D. diktierte:

Ich erlaube mir, Ihnen mitzuteilen, daß mein Kabinett gegen mich ein Mißtrauensverfahren vorbereitet hat. Da mich dies annehmen läßt, auch in der Bevölkerung keine Basis mehr zu haben, habe ich mein Amt soeben mit sofortiger Wirkung niedergelegt.

»Gezeichnet«, schloß er, »Ungefugger«.

So wurde nun im Sturm publik, was von Zarczynski und Fischer noch unter Verschluß halten wollten. Die Rückfragen aber, die spontan zurückdonnerten, beantwortete Ungefugger nicht, geschweige denn mit den bekannten Blitzen seiner Rhetorik; vielmehr gab er sich, wie in Klausur, für niemanden zu sprechen, »es sei denn, Schulze, Sie halten anderes für nötig. Ich danke Ihnen für Ihr Vertrauen.« Was ein seltsamer Satz war, der den Charakter eines Abschieds hatte, zumal ihm ein weiterer, mindestens ebenso merkwürdiger folgte: »Ich will ein Stündchen schlafen.« Noch nie hatte Schulze von seinem Präsidenten so etwas gehört. Tatsächlich wandte sich Ungefugger zum Durchgang in den kleinen Nebenraum, wo eine Couch stand. Schokkierend. Eine Ära ging zu Ende. Er selbst, Schulze, gehe damit, fühlte er, ebenfalls zu Ende. So schlägt die Geschichte eine Seite um, und Gerhard Schröder ist gewesen. Wir gehen hin mit Verwandlung, »und immer geringer schwindet das Außen«, sagte Deidameia. »Wir haben ein Schicksal, das uns mitdreht.« »Aber das ist Geiselnahme!« rief Jason. Nun hatte sie es ihm offen erzählt. – Daß er Michaela Ungefugger kannte, verschwieg er ihr, jetzt sowieso, und erst recht, was er für sie empfand; er gestand sich das ja kaum selbst ein, war nur entsetzt. »Was bist du für ein Mensch!«

Deidameia lächelte nur, hatte keine Zeit für einen solchen Konflikt, der doch auch simpel einer der Generationsfolge war. Das jedoch konnte diese Mutter nicht wissen, die ewige Schwester. Ich hätte den Jungen formen müssen, ihn nicht seinem Vater überlassen dürfen und dessen Träumereien. Nun war es zu spät. Sie hörte die Mandschu: »Zu schöne Knöchel für den Krieg.«

Sie waren Thisea nach oben gefolgt; Willis war hinausgeschickt, um in seinem Taxi zu warten. Links und rechts die Amazonen wieder, zwei. Als Jason und seine Mutter durch die Tapetentür auf die Teppiche traten: »Guten Morgen, die Frauen.« Die beiden Amazonen schlugen knapp je eine Hand auf die Läufe der MPs. Schon fiel die Tür des Eroticons zu. Von einer Schwester ging fortan nie mehr eine Rede.

»Ich habe, dich draußenzuhalten, getan, was ich konnte. Du hättest in Kehl bleiben können, hättest naiv bleiben können. Wir hätten dich als Kurier weiterbenutzt. Jetzt stellst du Fragen. Dann mußt du auch die Antworten tragen.« »Geiselnahme!« Er wollte aufspringen, herumrennen. Blieb aber sitzen. Gegenüber die glasharte Wölfin, die sich nicht irritieren ließ, sondern auf ihrer Linie blieb. »Wenn einer fragt, dann gibt es keinen Ausweg. Darum lassen die meisten geschehen, ohne daß sie fragen. Denen bleibt ihr einfaches Leben. – Glück«, sagte sie und legte ihm die rechte Hand, die er aber wegschlug, an die Wange. »Wenn du wüßtest«, wieder sie, »wie ich dich liebe. Das Leben weist uns aber zu, und wir … wir müssen entsprechen, wenn wir gemeint sind.« »Du heuchelst. Das widert mich an.« »Die Zuweisung, ich nenne sie Schicksal, holt uns immer ein. Es ist zwecklos, sich entziehen zu wollen. Man kann nur scheitern, oder man besteht. Jetzt hat sie d i c h eingeholt. Du hattest sehr viel Freiheit bisher. Andere sind früher gezeichnet, einige von Anfang an. So war dein Vater.« »Was ist mit meinem Vater?« Jetzt fragte er es doch. »Ausgesucht zu sein, bedeutet, geschlagen zu werden. Nein, das ist keine Selbstüberhebung. Wir sind die *Träger,* Jason.« »Was ist mit meinem V a t e r?« »Du bist jetzt ebenfalls ein Träger. Wie ich eine Trägern bin. Wir haben kein Privates. Alles, was wir denken und tun, ist der Geschichte verpflichtet, nur ihr. Ob uns das gefällt, ist ohne Interesse.« »Mutter, bitte: Was ist mit meinem Vater?« »Ich habe ihn geliebt, er liebte eine andere. Mehr ist dazu nicht zu sagen.« »Aber ihr habt mich gezeugt.« »Ich hatte mich geirrt, ich habe geglaubt… als ihr nach Kehl gezogen seid… da…« Stockte. »Ja?« »Ich dachte… die Präsidentenfrau…« Da mußte Jason lachen, fast ein bißchen hysterisch. »Der Papa und diese bizarre Person… das k a n n s t du nicht geglaubt haben!« Er lachte neuerlich. »Er selbst hat's mir gesagt.« »Nein!« »Du warst noch sehr klein.« – Sie entsann sich: ›Eine Mäzenin, soso.‹ ›Es ist eine b e s c h r ä n k t e Frau.‹ ›Du hast mit ihr geschlafen?‹ ›Ich habe eine einzige geliebt.‹ Das war nicht Deidameia gewesen. ›Wirst du mit ihr schlafen?‹ ›Sie ist dumm, sie ist mächtig.‹ – »Sie hat«, sagte Deidameia wieder laut, »deinem Vater ein Boot versprochen.« »M i r hat sie eines versprochen. Es wird *Argo* heißen.« Da verstand Die Wölfin. »Sie projiziert«, sagte sie, »deinen Vater in dich.« »Und er? Wo ist er?« »Er liebte eine g a n z andere, sagte ich, und ja! ich habe mich geirrt.« Schwieg eine Sekunde. »Damals.« Schwieg die nächste Sekunde. Dann: »Er ist mit ihr weggegangen.« Sah ihn, über der Schulter Elena Goltz, am Horizont des Ostens verschwinden, einen Barbaren aus der Vorzeit. Er trug die Frau in eine Ära zurück, die *vor* den Menschen lag. »Wohin?« »Ich weiß es nicht. Es ist sieben Jahre her.« So daß sie spürte, der Augenblick für die letzten Vaterworte sei gekommen.

»Ich soll dir etwas sagen von ihm. Er trug es mir auf, bevor er mit dieser... *anderen*...«, nun doch ein, aber nur kurzes schmerzliches Zuk-
ken, »davonging.« »Es tat dir weh.« »Mir tut niemals etwas weh. Ich
bin die Führerin der Myrmidonen.« Jetzt verstand Jason endlich einmal. Ein Impuls ließ ihn sich erheben. Er wollte die Mutter in den
Arm nehmen. Da sperrte aber sie sich, drückte ihn von sich, herrschte
ihn an: »Laß das!« Insistierend versuchte er es noch einmal, da hatte
er die zweite Ohrfeige seines Lebenswegs weg: »Ich rede mit dir von
deinem Vater, das ist kein Grund, sentimental zu werden.« Sie war das
aber zuerst gewesen. Er rieb sich die Wange. Setzte sich wieder. Murmelte erneut: »Was bist du für ein Mensch?« Abermals, von Ferne:
›Was bist du, Chill, für ein Mensch?‹ Trug davon auch ihr Sohn einen
Teil? »Er wurde, wenn er erregt war, ein... ich weiß nicht, ob man das
Tier nennen kann. Sein Rücken versteifte sich und wurde hart. Wie
Platten die Schuppen.« – Jason plötzlich ins Mark erschreckt.

Aber er schwieg, *ver*schwieg. Weniger ihr als sich selbst. Wich aus:
»Was sollst du...«, zögerte, »ausrichten vom Vater?« »›Vollende, was
ich begonnen. Dann geh aus Buenos Aires hinaus. Fahre auf Thetis,
um deinen Namen zu finden.‹« »Ich habe einen Namen.« »Du weißt,
wie er manchmal war. Dann sprach er, wie ein Achäer, in poetischen
Rätseln.« Jason war zu jung, dachte sie, um Achäer noch zu kennen.
»Du sollst, hat dein Vater gesagt, nach Leuke fahren.« Sie wehrte dem
Gedanken mit der rechten Hand. »Leuke war seine fixe Idee. Schon
immer. Seit ich ihn kenne.«

Sie schwiegen.

Jeder in einer Art Erinnerung.

Plötzlich fragte die Mutter, ganz Aissa wieder: »Woher weißt du
von den 22?« »Ich weiß von keinen 22.« »Du signierst damit.« »Das
war nur ein Einfall. Ich habe keinen Grund. Man muß sich interessant machen.« – Unruhig sah Deidameia ihn an, biß sich auf die Unterlippe. Ihre Nasenflügel bebten. Sie streckte abermals eine Hand
aus, diesmal ihre linke, um dem Sohn durchs Haar zu fahren, zog sie
aber, bevor er sie ein zweites Mal wegschlagen konnte, aus halbem
Luftweg zurück. »Siehst du«, sagte sie, ungeschickt im Ausdruck; für
Kumani zwar gefühlsgeflutete Huri, wußte sie für ihr Kind keinen
Ausdruck. Bei jenem drängte sie der Unterleib, was sie auch nur deshalb zulassen konnte, weil der Geliebte letzten Endes nicht echt für

sie war, nicht wirklich ein Mensch; subkutan war der Osten in ihr zu konkret erhalten. So jemand, jedenfalls, ließe sich leichter opfern als ein Sohn, nein, leichter nicht, doch weniger schwer. Aber das begriff sie jetzt noch nicht, ob als Ellie Hertzfeld oder Wölfin, oder ließ das Begreifen nicht zu. Ihre Gedanken suchten in Jasons Gesicht den Raum danach ab. Sie spürte, da war ein Verrat, doch sah sie nicht, wo. Sie hätte ihn auch nicht sehen dürfen, derart ideologisch war sie, ihre Haltung, daß wir Gleiche seien, wir und die Holomorfen. Ein wenig von dieser Ideologie gehörte, darum, zu ihrer Liebe hinzu, anders, völlig anders als Willis' Liebe zu Dorata, eines Mannes immerhin, der Holomorfe gar nicht mochte, nie gemocht, jedenfalls früher, hatte.

Und wie war die Liebe des Sohns? Unklar zur Mutter, genauso unzugegeben wie die Gefühle für Michaela Ungefugger. Bloß war dieses Jucken wieder losgegangen, als Deidameia von der möglichen Geisel erzählte. Wie ihm die Empörung über seinen Rücken ging! *Wie* war das? Schuppen? Was war mit *Platten* gemeint? – »Du wirst dich entscheiden müssen«, sagte Deidameia,. »Jeder muß das, der erfährt, wer wir sind. Auf wessen Seite, Jason, wirst du stehen, mein kleiner Neoptolemos?«

Ich steh auf Michaelas, sagte es in ihm. So daß er es nicht aussprach.

22

Ebenfalls entschieden hatte sich Goltz. Um 18.30 Uhr stand Willis bereit. Als Treffpunkt war der Berliner TORPEDOKÄFER verabredet worden, den es unterdessen so wenig mehr gibt wie das SILBERSTEIN, worinnen noch immer Deters saß. Oder saß er auch schon dort? Die gewerbliche Fläche längst als BEAKER's vermietet. Da sitzen wir bisweilen nachts auf abgeruppten Stühlen, zerschlissenen Sesseln und an einfachen Gartentischen, Broßmann und manchmal auch Gregor und ich. Jetzt saß er – ja, er saß da – drinnen und sah durch die Scheiben auf die Dunckerstraße hinaus, weil er beobachten wollte, wie Goltz bei Kalle Kühne einstieg. Der war über Ziel und Anlaß der Fahrt noch nicht informiert. Selbstverständlich, er hatte nicht gefragt, war doch nur der Wagenlenker.

»Auf was hast du dich eingelassen?« fragte später Dorata, als er's ihr erzählte. Die Holomorfin war derart entsetzt, daß sie den ganzen Tag in Wilmersdorf herumrannte, schließlich auf der Oranienburger Straße herauskam und im SILBERSTEIN fast mit Broglier zusammengetroffen wäre, der sich dort mit seiner frischsten Akquise verabredet hatte. Deters verhinderte diese Begegnung, die er doch selbst erfunden hatte, in allerletzter Minute. Er kam soeben von der Toilette hoch, schoß auf die Holomorfin zu und nahm sie am Arm. Das verdatterte sie; sie war jedoch derart in Sorgen, daß sie sich von dem fremden Mann wehrlos hinausführen ließ. Der sagte: »John sollte Sie nicht sehen.« Da standen sie schon auf der Straße. »Ja... ja... natürlich«, stammelte sie. Wußte aber gar nicht, was er meinte. Deters wiederum entsann sich unversehens der Frieling, nur war er jetzt für beide, sie und Dolly II, seines Fahrradunfalls wegen ein Hans Deters, dem man das bißchen Blut von der Stirn tupfen mußte. – Völlig falsche Szene, dachte er und geriet erst recht ins Schlingern, als ihm obendrein bewußt wurde, daß er zugleich im TORPEDOKÄFER saß und darauf wartete, daß Goltz erschien. Indessen Willis, in seinem Taxi, längst schon dawar. Die Begegnung mit Dorata, dachte er, sei ihm nur eingefallen, um sich die Wartezeit zu kürzen. Steh ich nicht aber auch im Technikmuseum, mit beiden Jungens, an der Nebelkammer? Er nahm einen Schluck vom Radeberger und lachte, in sich, trocken auf. »Fragen Sie mich bitte nicht, woher ich Sie kenne. Lassen Sie uns nebenan einen Wein trinken gehen. Mein Name ist Hans Deters, mit einem«, lachend, »*Er \ ich* mittendrin.«

Als die beiden das ADERMANN betraten, fing es in der Dunckerund gleichzeitig in der Waldschmidtstraße zu nieseln an; anfangs wehte davon unmerklich nur ein Schleier an die Scheiben: ein alles in allem typischer Novembertag, durch dessen Morgen Goltz aus Richtung Wisbyer Straße angefahren wurde, die Duncker von Nord nach Süd hinunter. Er saß in der dunklen Limousine hinten, die vor der 68 hielt. Der Polizist, in Uniform, darüber ein offener dünner Popeline-Mantel, stieg aus, klopfte zweimal aufs Wagendach, die Limousine fuhr davon. Er überquerte schräg die Straße und stieg bei Willis vorne ein. Schon hob der Gleiter sich an, einen oder anderthalb Meter, glitt ebenfalls davon. Wundersam war nur, daß die paar Leute, die mit Deters im TORPEDOKÄFER saßen, die Science-Ficion gar nicht merkten, obwohl auch sie hinausschauten, jedenfalls manche. Ihnen war gleichfalls entgangen, wie bereits das wartende Taxi nicht etwa am Bürgersteig gestanden, sondern einen Achtelmeter über dem breiten Granit geschwebeparkt hatte. Das hatte Deters sehr fasziniert, auch wenn es ihn, dachte Cordes, ausgesprochen einsam machte. So saß er am Rand der realistischen Seite in einem Blickwinkel, der ausschloß, daß er von draußen gesehen werden konnte. Es wäre nicht gut gewesen, hätte Goltz ihn bemerkt.

Hier, im ADERMANN, bemerkte niemand Dolly II. Für die Kellnerin saß Deters ganz allein. – »Einen«, fragte er Dorata, »Weißwein?« »Gerne. Obwohl…« »Sie sind holomorf, ich weiß.« »…und verzeihen Sie, ein bißchen verwirrt.« Deters lachte. »Ich auch«, sagte er, »weil ich nämlich gerade in zwei Kneipen gleichzeitig sitze.« »Wie meinen?« »Hier und, bei mir Zuhause in der Dunckerstraße, im TORPEDOKÄFER auch.« »Sie wohnen in einer Kneipe?« »Aber nein. Sondern die Kneipe befindet sich unten im Haus.« »Und da sitzen Sie jetzt?« »Ich beobachte einen Polizisten, der fliegend das Fahrzeug gewechselt hat. Ist aber gerade weggefahren.« »Das finden Sie nicht abwegig?« Sie lächelte. »Wenigstens ein bißchen?«

Erst jetzt fiel ihm auf, daß er mit Dolly II zu einem Zeitpunkt sprach, an dem, was er ihr als Zukunft erzählte und tatsächlich im TORPEDOKÄFER beobachten konnte, schon längst geschehen war; erst, was hierauf folgte, konnte überhaupt der Grund für Doratas Verwirrung sein, die wiederum Deters' Eingreifen, im SILBERSTEIN nämlich, nötig werden ließ. TORPEDOKÄFER und ADERMANN waren die breiten Zungen der Klammer, die Michaela Ungefuggers Entführung aus der Weststadt zusammenhielt.

»Sie sind über etwas besorgt, das noch gar nicht geschehen ist«, erklärte Deters der davon erst recht irritierten Dolly II; ›irritiert‹ ist kein Ausdruck: Ihr wurde unheimlich. »Aber soeben«, erklärte Deters weiter, »ging es los.« Überdies sagte er, völlig unverbunden: »Michaela Ungefugger«. Da stand der Wein noch gar nicht vor ihnen.

Die Frau rutschte auf ihrem Stuhl hin und her. Wie komm ich hier bloß weg? Und woher wußte der Fremde bescheid? – Der nickte. »Ja, ich weiß von der Entführung.« Sie kramte in ihrer Handtasche. Wo war der Selbstprojektor? Daß auch Deters holomorf sein könne, auf diesen Gedanken kam sie nicht.

Momentlang wirkte er abwesend, war das wohl auch, weil er immer wieder, obwohl es gar nicht mehr dawar, Willis' Taxi in die Höhe steigen sah. Dann blickte er nervös in dem Lokal herum. War er wirklich der einzige Zeuge des surrealen Vorgangs? Er hatte das dringende Bedürfnis, sich darüber auszusprechen. Aber nur einer der beiden weiteren Frühstücksgäste hatte, und auch nur vielleicht, das nötige Sensorium. Das war Lothar Feix, der, wie morgens schon seit Jahren, ganz links an der Theke vor seinem Bier saß, direkt unter dem dunkelroten Spender von kandierten Mandelnüßchen; vom vielen Angetatschtwerden war die Chromarmatur seines Drehschlosses ebenso blind geworden wie die Metallklappe über der Miniaturschütte. Bärtig, verwuselt, den Blick schon trüb, sinnierte Feix in seinen Parka. Noch wußte Deters nicht, daß der gestoßene alkoholkranke Mann nicht lange mehr zu leben hatte. Der sah auf, aber in die andere Richtung, sah in den Raum hinein, nicht nach draußen, weshalb er Willis' Taxi bemerken hätte gar nicht können.

»Sie sind soeben aufgebrochen«, fuhr Hans Deters fort, »Ihr Mann und dieser Polizist.« »Mein *Mann?*« Es fühlte sich gut an, daß Deters ihn so nannte. Gut und warm. Verläßlich. So daß sie lächeln mußte. Dann aber fragte sie: »Weshalb aufgebrochen?« »Um Michaela abzuholen.« Auf Doratas Blick: »Die junge Präsidententochter.« Da wurde es ihr, Dolly, schon wieder unbehaglich. – »Markus Goltz – kennen Sie ihn?« Allein die Nennung des Namens ließ die Holomorfe verschreckt zusammenzucken. »Wieso die SZK?«

Ah! soweit war sie informiert. In einem zweiten Moment allerdings wurde Deters klar, daß er gar nicht Dolly II gegenübersaß, sondern irgendeiner Schönen, die er im SILBERSTEIN einfach so angesprochen hatte. Sie hatte tatsächlich mit ihm, seiner bizarren Anmache wegen, das Café verlassen. Gleich nebenan, im ADERMANN, waren sie wieder eingekehrt, sie sogar an seiner Hand. Darum lächelte auch er jetzt und konnte sogar einigermaßen auktorial erklären, worum es ging in seiner narrativen Fantasie: »Ein Polizist von hohem Rang läßt sich von einem Taxifahrer in einen streng gesicherten Sektor einer Zukunftsstadt bringen, um eine Geisel da herauszuholen.« Nur daß auch diese Erklärung ihr, der schönen fremden jungen Dame, nicht so vertrauensfördernd vorkam, daß sie etwas anderes glauben konnte, als daß man auf Deters besonders besonnen einwirken müsse. Er tauchte indessen weiter ab: »Buenos Aires, nicht wahr? Also was ich mir ausgedacht habe vor wirklich ewigen Zeiten, da nebenan im Silberstein... – Nun tun Sie nicht so, Dolly! Sie wissen ganz genau, wovon ich spreche!« – Selbstverständlich wußte sie das nicht. »Es ist«, sagte sie, »wirklich besser, wenn ich jetzt gehe.«

Er legte ihr, nur vorsichtig, sozusagen diskret, eine Hand auf den linken Unterarm. »Bleiben Sie bitte!« Sah sie eindringlich an. Zu eindringlich. »Aber Sie müssen doch Fragen haben!« »Was denn für Fragen?« »Wieso Ihr Mann das tun konnte...« »Ja was denn, um Gottes willen?« Außerdem, zum zweiten Mal: *Ihr Mann*. »Mein Freund«, sagte sie. »Also wenn schon.« »Jedenfalls kann ich Ihnen versichern, daß ihn keine Schuld trifft. Er hatte wirklich keine Ahnung.« »Ich möchte zahlen.« »Er hat sich sogar gewehrt, sozusagen. Kalle ist ein aufrechter, guter Mann.« »Wer ist Kalle?« »Sie können auf ihn stolz sein, Dolly.«

Cordes schüttelte den Kopf. Was 'ne Sülze!

Vor seiner Schlaflosigkeit war er die Leiter des Hochbetts hintergeflüchtet und machte sich in der Küche einen Kaffee. *Sie können auf ihn stolz sein* – das ging nun wirklich nicht. Die Kaffeemaschine fing zu blubbern an. Er sah in den Automaten, als säh er in der Waschmaschine fern.

Noch fast eine Minute lang hing Willis' Taxi über den Dächern der am Bordstein parkenden Autos. Dann gab Kalle endlich Gas: »Worauf warten Sie?« hatte Goltz gefragt. »Jibt's bei Ihnen ooch höfliche Zeitn?« Willis hatte die Rechte vom Steuer genommen und sie in die bereits auf seinem Schoß liegende Linke gefaltet. »Wollen Sie nicht fahren?« »Nee, will ick nich.« »Bitte!« »Saang Se ersma juten Tach.« Goltz, ohne Mienenspiel: »Sie wissen, wer ich bin?« »Det is mir sowat von ejaal.« »Wir müssen erst Richtung Köln, dann nehmen wir die Magdeburger Schleuse.« »Juten Tach ooch. Da isse Tür!« »Sie sollen fahren verdammt!« Er hatte jetzt doch den Kopf zur Seite gerissen. »Un wenn Se mir vahaften: uffn Teufel nich: n e e!« Nicht nur Goltz, auch er hatte kurz davor gestanden, die Geduld zu verlieren. »Wat w i l l ick 'nn von Sie? Dat Se juten Tach saang... Männeken, det k a n n doch nich so schwer sein!« »Guten Tag«, sagte Goltz erschöpft. Da gab Kalle Gas. Knapp über den Leisten der übernächsten Fensterfront zischte die Turbine, dann war der Wagen außer Sicht.

»Ich weiß«, sagte Deters und bestellte – irrerweise, denn es stand der Wein da – je einen Milchkaffee für sich und Dorata, »wie Ihnen zumute ist. Übrigens bin ich genauso holomorf wie Sie.« »*Was* sind Sie?«: die *andere* wieder. Mist. Konzentrier dich mal, Hans Deters. Er tat's, und Dolly blickte erstaunt, konnte es gar nicht glauben. »Sie sind …?« Er nickte bestätigend. Ihr Zweifeln aber blieb. So daß Hans Deters als Beweis den Selbstprojektor aus der Tasche zog. Hoffentlich war es der richtige. Wa r es. »Und Ihrer?« fragte er. »Ich habe gedacht, daß es jetzt vorbei ist«, antwortete sie im Tonfall einer klagenden Enthüllung. Schon wieder *eine andre*. »Mein Leben ist von Anfang an kompliziert gewesen. Ich habe gedacht, jetzt wird es gut, mit diesem neuen Mann an meiner Seite. Ich möchte doch gar nicht mehr als ein bescheidenes, zufriedenes Leben. Können Sie das verstehen?« Sie legte sogar eine Hand, die linke, auf Deters' Rechte. »Finden Sie, daß das zuviel verlangt ist?« »Ähm …« Mit großen schönen Augen sah sie ihn an. Doch über den Unterlidern stand etwas Wasser. Deters schob ihr ihr Glas zu, von dem sie folgsam nippte. Auch er hob's, aber seines, an die Lippen. Die Milchkaffees kamen. Abermals ein *Ähm*: »Habe i c h die bestellt?« »Wie bitte?«: die Kellnerin. Die reale Frau war nicht minder überrascht. »Haben Sie«, sagte sie. »Hätten Sie mich aber gefragt … – Andrerseits, ich mag das, wenn die Männer entscheiden.« Restlos bezaubernder Aufblick. »Wenn es um Kleinigkeiten geht.« »Darf ich gleich abkassieren?« »Ohne *ab* … – *kassieren* reicht.« Was 'n das für'n Arschloch? »Lassen Sie, *ich* zahle«, sagte die Reale. »Aber erzählen Sie weiter.« Sie führte den Milchkaffee zu den hellroten Schlangenlippen. Nippte vorsichtig. Blut haftete am Becherrand. »Oh«, sagte sie, »der ist gut, der Wein.« Menschen fühlen sich in Gegenwart von Robotern unwohl, weshalb in Holomorfe früh Genußfähigkeit programmiert worden war.

Deters holte aus, fing von den sich gegenseitig erfindenden Modellwelten zu erzählen an, dem selbstorganisierenden Moment wechselwirkender Phänomene, von Europa Anderswelt Garrafff, Wiesbaden Beelitz Koblenz Stuttgart – bis der realen Frau besondere Gewißheit war, einen Gestörten vor sich zu haben. Doch war sie insoweit beruhigt, als sie ihn für harmlos hielt. Nicht nur das, er wirkte auch seriös, war gepflegt, lallte nicht, hatte überhaupt keine sichtbaren Macken, ja war sogar ganz, fand sie, lecker. Sie vermutete den Einfluß irgendeiner synthetischen Droge. Doch war sich nicht sicher. Daß sie nichts riskierte, war ihr schon deshalb klar, weil das Lokal viel zu belebt war, um selbst gelinde Übergriffe zu erlauben. Im Gegenteil ließ etwas Irrationales, das sie als magisch empfand, sie in ihrer Ambivalenz verharren. Weder mochte sie mehr gehen, noch mochte sie hierbleiben.

Deters war aber viel zu verstrickt, um ein männliches Auge auf sie zu haben. Gemischte Gefühle hatte sie auch davon. »Zum Beispiel Garrafff. Das ist die Welt, die uns programmiert hat. Jedenfalls e i n e von diesen Welten.« Auf ihren Blick: »Schauen Sie, Dolly... oder soll ich Sie Dorata nennen?« »Ich heiße Susi.« Er schüttelte den Kopf, schloß die Augen. »Dorata war ich nie«, sagte Dolly leise. Er: »Wenn man es gewollt hätte, *wären* Sie's gewesen. Und sowieso hätten Sie nicht sterben müssen.« Jetzt wurde es wieder unheimlich. »Nur daß diese Welt dafür grad geschaffen wurde... ich meine, für solche Experimente. Verstehen Sie denn nicht? Wir sind ein Test, der Gewinn bringen soll. Und er bringt ihn auch. Aber schuld daran, letzten Endes, bin ich selbst.« Er stutzte, bemerkte wieder ihren Blick. »Jaja, ich weiß, was Sie denken. Aber ich bilde mir das nicht nur ein, Dolly. Gut, das klingt ein bißchen, nicht nur ein bißchen, größenwahnsinnig, wenn sich jemand für die Ursache der Welt hält. Es ist aber kein Größenwahn und auch nicht diese Welt hier, also nur, insofern sie eine Spiegelung... ach, ich weiß nicht! Sehen Sie, ich glaube ganz dasselbe von Ihnen und von jedem sonst, der hier in unserer Nähe sitzt, der draußen auf der Straße spaziert oder in einem Büro vorm Fotokopierer steht. Vielleicht jeder von uns, wahrscheinlich sogar, verfügt über diese Fähigkeit. Deshalb halten diese unsere Wirklichkeiten so oft, wenn die inneren Welten —— oh Gott!« rief er plötzlich aus und sprang auf.

Er war weiß wie ein Laken, strich sich beide Hände durchs Gesicht. Ein Raptus. Schockhaft. Vielleicht weil er begriffen hatte, um wie unendlich viele Welten es unterdessen ging – *alle* belebt, alle *geworfen* –, und daß die *eigene* Welt, mein reales Berlin, in dem er, Deters, an jenem Junimorgen aufgebrochen war zu dem ersten Spaziergang in seine Imaginationswelt hinein und bis zum SAMHAIN, wo er auf diese Frau gewartet hatte... daß dieses reale Berlin wirklich bedroht war, weil, was Ungefugger in der Anderswelt für Stuttgart plante, auf uns alle zurückwirken würde. Daß es längst nicht mehr um imaginäre Modelle ging.

Er bezwang sich und setzte sich wieder. Seine Augen waren irr. Seltsamerweise wirkte das nicht beängstigend auf die reale Frau, sondern sie war jetzt hoch fasziniert – erst recht davon, daß er abermals in eine Jackettasche griff und einen zweiten Selbstprojektor herausholte, auf dem, matt erhoben, das Logo von Ferrari glänzte. »Sie haben mehrere?« fragte Dolly II erstaunt. »Wieso haben Sie mehrere?« »Nur zwei. Ich hab nur zwei. Und außerdem eine Diskette.« »Was ist das, eine Diskette?« Ein drittes *Ähm:* »Wie bitte?« »Ich verstehe Sie nicht«, sagte Dolly. Aber er war schon wieder in diesem nervösen Zustand, biß seine Unterlippe blaß: »Das... das kann ich jetzt nicht erklären. Ich...« Abermals erhob er sich. »Entschuldigen Sie bitte, Dolly, entschuldigen Sie. Ich sollte gehen.« Tatsächlich lief er, so muß das genannt sein, fort, ließ nicht einmal Geld für die Rechnung da.

Er hatte den beiden, Dolly II und der realen Frau, alles erklären wollen, aber begriffen, wie vergebens das gewesen wäre. »Jeder Gedanke«, stellte sich Cordes in der Schönhauser Allee vor, wie Deters es dennoch versuchte, »den wir denken, löst in einer der möglichen Welten Geschehnisse aus, eine Kette von Geschehen, Dolly. Hier stirbt wer, dort wird jemand befördert, da wieder verliert jemand sein rechtes Bein, oder eine Karen Greifsson, die wir nicht kennen, empfängt einen Leif.« Und wenn wir uns herauszuhalten versuchen, dachte Cordes, wirkt eben d a s auf die Geschehen.

Dolly II konnte ihm wirklich nicht folgen. Er tat ihr irgendwie leid. Sie legte ihm diese Hand auf den Unterarm, als das Zucken durch seinen Körper lief. Wäre sie nicht auf monogam programmiert, sondern bei den Amazonen Hierodule gewesen wie ihre Freundinnen, sie hätte ihm womöglich zu helfen gewußt, aber hatte nur weiter und immer noch weiter zuhören müssen. – Aber. War er denn draußen, vorm Adermann, umgekehrt und wirklich zurückgekommen? Oder hatte er sich, drinnen noch, zusammengerissen, so daß er überhaupt nicht enteilt, sondern sitzengeblieben war? Fand jedenfalls kein Ende, erzählte und erzählte und trank und trank. Bis sie, die reale Frau, sogar hatte lachen müssen. Was ein hausgemachtes Elend! dachte sie. »Ich muß jetzt, Herr Deters, wirklich gehen«, sagte sie irgendwann. Sie war es, die wegen der Rechnung der Kellnerin winkte, auch wenn selbstverständlich er zahlte. Da war er bereits nahe der Dunckerstraße, nicht auf dem Fahrrad diesmal, sondern zu Fuß. Ohne daß er das begriff, wiederholte er Herbsts Heimweg im Epilog des zweiten Anderswelt-Buches. So daß ihn Judith Hedigers Anruf tatsächlich überraschte. »Hallo?« »Hans? Sind Sie schon da?« »Ich ... äh ...« »Das ging ja schnell. Haben Sie also gleich den Bus gekriegt. Ich wollte Ihnen auch nur sagen, daß es sehr schön war. Danke. Es war eine schöne Nacht.«

Dann ging das Gespräch aber anders weiter.

»Also bis morgen«, sagte die Hediger. »Bis morgen« antwortete Deters verwirrt, weil er hätte schwören können, nicht mit einer Judith beisammengewesen zu sein, sondern mit Dolly II im ADERMANN gesessen und plötzlich begriffen zu haben, was zu tun sei. Also rief er die Hediger noch einmal zurück. »Ich vergaß ganz, Judith«, begann er, »daß ich morgen ...« »Ja?« »Ich muß absagen, weil ich nach Stuttgart muß.« »Nach Stuttgart? Aber wieso das?« »Es hängt mit dieser Diskette zusammen. Ich erkläre es Ihnen, wenn ich zurückbin.« Er kappte die Verbindung, während Dolly II, nunmehr fast amüsiert, als wäre der Grund ihrer Besorgnis entkräftet worden, die Oranienburger Straße entlangschlenderte und sich entschloß, nicht eine der Lappenschleusen, sondern die U-Bahn zu nehmen nach Friedenthal hinaus, wo sie ihren Gefährten dann trösten streicheln beruhigen würde, als dieser der, wie er es genannt hatte, »beschissenen Sache« wegen mit seinem Gewissen händelte. Wie käme er da jemals heraus?

Gar nicht.

Er kam gar nicht heraus – »gar nimmer«, um Veshyas, die gern ein bißchen schwäbelte, Formulierung aufzugreifen –

– drehte sich sogar immer tiefer hinein, w u r d e hineingedreht. Nicht zuletzt Jasons wegen, der mit den Myrmidonen doch gar nichts hatte zu tun haben wollen, doch Dietrich von Bern in ihm sah und Hildebrandt in Kignčrs. Zwar tauchte er für ein paar Tage in den Tiefen der kybernetischen Zentralstadt ab, damit seine Graffiti, wie vormals des Vaters Gedichte, an ihrer Legende stricken konnten: einer der 22. Dann aber kam er zurück, weil ihn die Argo nicht mehr freiließ. Und um Michaela zu befreien.

In Pontarlier wurde nunmehr, nachdem der Präsident das Parlament dazu genötigt hatte, das Mißtrauensverfahren eingeleitet. Ungefugger scherte das, wie zu erwarten, nicht. Doch diese 22. »Was i s t das? Was will der Schmierfink?« Er rief den Major Böhm an: »Ist bei Ihnen etwas durchgedrungen?« »Nichts geht hier hinaus, nicht ein Halbsatz, Herr Präsident. Übrigens hat sich der Innenminister bei uns gemeldet.« »Ich weiß. Geben Sie ihm die üblichen Informationen, aber nichts weiteres.« »Selbstverständlich.« »Und die zweiundzwanzig?« »Leider einundzwanzig nur noch. Aber wohlauf, Herr Präsident, wenn auch in ihrer objektiven Lage ein wenig desolat.« »Sie haben die realen Körper gelöscht?« »Wir haben sie gelöscht. Ein Leben ohne sie, das wissen wir jetzt, ist im datischen Raum möglich.« »Gut. Sie werden verstehen, daß uns die neuen Umstände nicht mehr viel Zeit für Experimente lassen.« »Wir sind bereit, Herr Präsident.« »Sie persönlich sind es gleichfalls?« »Selbstverständlich. Wir fiebern Ihrer Ankunft entgegen.«

Über Eidelbeck kein Wort.

»Warten Sie auf das vereinbarte Zeichen.«

Ungefugger genoß das absurde Gefühl, packen zu müssen. Er lachte einmal herzlich auf. Böhm, in Stuttgart, hatte das, zu packen, längst getan: Eingescannt lagerte sein Besitztum, lagerte sogar ein Häuschen, das zu bauen seit fünfundzwanzig Jahren sein Wunsch gewesen, mitsamt Plänen Baugrund Garten, lagerte auch der Zugang zum Fluß auf einer neuen Generation von Speichermedium, die den Vorteil hatte, daß sie sich selbst, insgesamt, auch als *Hardware* nutzen ließ: sie speicherte nicht nur, sondern fungierte überdies als Selbstprojektor. Das Gerät hatte die Kästchen abgelöst. Bisweilen erlaubte sich Böhm die kleine Freude, in der Mitte seines Arbeitszimmers ein Modell des Traumstands erstehen zu lassen, den er dann umschritt, wobei er sich hier und da vorbeugte und durch die Fensterchen in Wohnzimmer Küche Hobbyraum sah. Dies würde seines. Hier würde er leben. Ob er, organisch betrachtet, gestorben wäre, war ihm vollkommen gleich; denn eine bessere Zukunft erwartete ihn. In der kommenden Welt war Zeit so modifizierbar wie alles, nicht nur der Raum. So vor der Freiheit stand der Major Böhm. Die zweiundzwanzig Probanden waren vorausgeschickt worden, um sie trockenzuwohnen.

Als er sie vom Strom nahm, war er gewiß, es sei zu ihrem Guten. Sie seien nun erlöst, so wie bald er selbst. Gingen ins ewige Leben ein. Er handelte gläubig und in Umsicht. Deshalb vergaß er am nächsten Morgen, die Leichen entsorgen zu lassen; er vergaß es den ganzen Tag und auch noch den folgenden über. Schließlich kommunizierte er mit diesen Leuten. Ob sie digitalisiert waren oder real, machte keinen Unterschied. Deshalb hatte er sie ausgeknipst, wie einer auf den Lichtschalter drückt, bevor er sein Zimmer verläßt.

Sie hatten die Projektoren bitter nötig. Denn bereits jetzt, den nackten datischen Räumen überlassen, waren sie völlig ohne Orientierung. Ihre künftige Umwelt gab es noch nicht; sie aus eigner Gedankenkraft zu möblieren, war keiner von ihnen geschult. Dabei hätten sie's, einen gewissen Ladungszustand ihrer Fantasie vorausgesetzt, gekonnt. In den Anderswelten des Lichtdoms würden sich aus Wunsch und Willen Bedürfnisse realisieren lassen, die in unserer trüben Realität, einem Spannungsfeld begrenzter Zeiten und Räume, von naturgesetzter Fremdbestimmung abhängig waren. Damit würde es ein Ende haben. Doch war das Paradies eben noch leer, die Holosuite des Lichtdoms – ganz wie jene Archivdatei, in der für einige Zeit Hans Deters zur Ruhe gelegt worden war.

Man hätte es ihnen leicht machen, hätte ihnen ein wenig Interieur hinterherprogrammieren können, um sie durch den Vorschein der Verläßlichkeit psychisch zu stützen; aber darum ging es nicht. Sondern um das autopoietische Prinzip, das wirkliche Selbstbestimmung überhaupt erst möglich machte. Major Böhm, indem er die ein- bzw. zweiundzwanzig Probanden umkommen ließ, arbeitete an der Nichtbedingtheit des Menschen; er realisierte Ungefuggers Traum: von ihnen allen den Zwang zu nehmen.

Indessen hatte der mit seinem Rücktritt ein wenig zu tun. Schließlich war er keine zu seinem Plan gehörende Volte gewesen, sondern präventiver Zugzwang. Nun baute er ihn als solche ein. Vielleicht mußte er seinen beiden konspirativen Ministern eines Tages noch dankbar sein, denn die politische Kehre lenkte die Öffentlichkeit von dem Stuttgarter Geschehen, dem eigentlichen revolutionären, weitestgehend ab. Bereits einen Tag nach dem Rücktritt war das Web geprasselt voll der Theorien gewesen über vermeintliche Hintergründe. Die Ungewißheit grassierte. Da stand etwas bevor. Wie aufgescheucht Buenos Aires, wiewohl dem Anschein nach von Ruhe. Der Rücktritt war geflüstertes Tagesgespräch an den Ecken der Straßen, in den Restaurants und den Büros. Deidameia berief eine Versammlung ihrer Offiziere ein, Jason war nicht mehr wichtig – doch die Geisel, die unterdessen in Colón angekommen war: in einem Kofferraum herverschleppt. Hans Deters – Cordes hatte ihn hastig seine Tasche packen sehen – war auf dem Weg zum Bahnhof gewesen, als Goltz und Willis jenseits der Magdeburger Schleuse in der Höhe Bonns herausgekommen waren. Abgesehen von Mainz, für das, weil rechtsrheinisch, eine besondere *Quarantäne* galt, den Simmern nächstgelegenen Übergang in die so luxuriöse wie simulative Weststadt der Superreichen und Unsterblichen, sowie einiger weniger, ihres zerbrechenden Rosenatems wegen, rückgratlos Sensibler.

Die Fahrt bis Magdeburg hatte ungefähr eine Stunde gebraucht, die Strecke innerhalb der Schleuse brauchte keine Achtelsekunde. Die Vorrichtung ähnelte ein wenig der von Kehl, nur war hier die Arkologie nicht ganz so nah an den Rhein gebaut. Bonn lag ohnedies schon drüben. Diesseits gab es, im Unterschied zu Straßburg, keinen definierten Stadtknoten. Allerdings hatte man die berüchtigte Brache bis zur Demarkationslinie mit Hauskomplexen überzogen, die sich, etwa einen Kilometer weiter, an dem sich auch hier übertags dahinwälzenden Flußschleim entlangzog. Unter den Häusern herrschte eine ständige Nacht in der Brache, die ungefähr bis Xanten reichte und von Grund bis Dach gegen die nächste Arkologie vermauert war. Dazwischen Stückchen ödes Land bis zur Kehler Trutz, auf dem vereinzelte, meist eingestürzte, derart alte Bauwerke standen, daß man den Eindruck bekam, sie stammten noch aus Zeiten vor der Geologischen Revision. Jasons Bunker gehörte dazu.

Ein Uniformierter löste sich aus dem enviromenten Weiß. Man konnte nicht recht sagen, ob er robot war oder humanoid. »Sie haben Papiere?« Er stutzte. »Oh.« Er hatte Goltz erkannt. »Ich muß dennoch …«

Man war nach dem Sprung immer ein wenig benommen, Kalle sowieso, der Lappenschleusen nicht gewöhnt war. Er fuhr fast nur in Berlin, hatte den Kontakt mit Dematerialisierungsvorrichtungen, so weit das ging, gemieden, noch aus seinen, wie er das nannte, *Zeiten det jesicherten Vorurteils,* aber wohl auch, weil ihm ihre Passage zu teuer war. Bei gewerblicher Nutzung war für die Durchfahrt eine Maut zu bezahlen, das drückte deutlich auf den Umsatz. – Da es bei Bonn keine sich in Flußmitte berührenden arkologischen Sicheln gab, mußte man sich auf die Ausschilderung verlassen, ohne daß überhaupt etwas zu sehen war. Rein datisch kam niemand hinüber – meinte man jedenfalls. Dies war eine gegen die Hacker der UHA und die Myrmidonen sowie gegen ihrerzeit Tranteaus holomorfe Rebellen von der DaPo durchgefochtene Sicherheitsvorkehrung, die Jason Hertzfeld, ohne es zu wissen, hatte unterlaufen helfen.

Kurz war der Energiefluß unterbrochen. Dann kniff das Taxi die Augen zusammen und jagte auf einem Leitstrahl, der es, nachdem es sich in ihn eingeklinkt hatte, fugenlos umklammert hielt, in den hodnischen Nebel hinein. Die *Remote Units* griffen sogar in die Steuerung und Elektrik des Fahrzeuges ein; die auch hatten es drüben zum Stehen gebracht.

»Selbstverständlich.« Goltz reichte die Dokumente hinaus. Mit feuchten Fingern nahm der Grenzer sie entgegen, das Papierplaste knisterte, so zitterte der Mann. Humanoid also, ein Android hätte sich derart bizarr nicht aufgeführt. »Bitte schalten Sie, wenn Sie eines bei sich haben, Ihr Handy aus«, zischelte Goltz seinem Fahrer zu. »Ich will nicht, daß man uns gleich ortet.« »Det is ja nich anne«, erwiderte Willis. Er war kaum weniger nervös als der Grenzer; nur merkte man das nicht so. Daß einer wie er in die Weststadt komme, hätte er nicht mal geträumt. Es hatte ihn nichts hergezogen. Hätte man ihn gefragt, ob er das Meer sehen wolle, er hätte zwar eifrig genickt, doch vor den künstlichen Paradiesen der Weststadt hatte es ihn immer gegraut und ein wenig auch geekelt – vor dem, was man hörte. Da war er noch Dolly II nicht begegnet und nicht Kumani. Seither legten sich seine Vorurteile nach und nach ab.

Kehrten als Urteil zurück. Kaum nämlich hatte der Grenzer die beiden Männer weitergewinkt, kaum daß der Nebel sich lichtete; er wehte zu den Seiten hinweg, faserig erst, dann als eine ferne Wand, die sich geteilt und aufgeklappt hat: da glitten Willis und Goltz in die rosa Welt einer Ansichtskarte von Bärenmarke und Jacobskaffee. Milkakühe muhten, und Marzipanschweinderln liefen herum, die an den Bäuerchen schnoben. Jeder Holzkopf war ein Lächeln. Schneebedeckter Mont Blanc. Die Bächlein sprangen lustig, die Windlein wehten lau. Blütenblätter ein weißes Gestöber gefiederten Samenspornes. Die Streuobstbäume blühten, daneben gleich wurden im Geäst schon bäckchenrote, brandtzwiebacksglatte Äpfel getragen. Bisweilen eine Reiterin, die, dahingepustete Fee, über das Feld flog. Auf der zwischen den Maulbeeren mäandernden Landstraße rasten dort mal ein

G Power G7, da ein lackschwarzer Morgan, und eben kam in Rot ein Triumph in das Bild. Dazwischen rumpelten, die romantische Straße unasphaltiert, Zweispänner, seltener Fünfspänner, auch Landauer, die unsterblichen Nachwuchs kutschierten; die Kutscher auf dem Bock hatten Samtzylinder auf, graue, die gebürstet waren.

Es ging einen Hügel hinan, einen nächsten hinab. Mischwald Tennisplätze Privatflugwiesen. Silbern die blitzenden Chessnas. Horizontelang Hazienden. Die Bauten derart weißgestrichen, daß man sogar des Nachts, von Porsche und Cartier, Sonnenbrillen tragen durfte, ohne sich lächerlich zu machen.

»Fahren Sie nach links«, sagte Goltz, der seit der Grenze geschwiegen hatte. »Ick hab jar nich jewußt, w i e furchtbar det hier is.« »Hunderttausende wünschten sich h e r.« »Aber det jeht doch nich mehr hier, sich nach irjendwat zu sehnen. Für wat lebt man da denn noch?« Goltz schloß die Augen, dachte an die Kali-Träume. »Et s t i m m t ja ooch nix!« rief Willis aus. »Det ist doch allet bloß Schau!«

Er bog in eine Kirschbaumstraße, die, damit sie Allee sein konnte, quer durch einen transparenten Hügel voller Goldähren führte, ihn also einfach durchschnitt; man sah nun beides: sowohl die langgestreckte Straße als auch den sie eigentlich ausschließenden Hügel. Hätten sie gehalten und wären ausgestiegen, Willis hätte zumal eine ganz besonders verstörende Erfahrung gemacht: daß man sowohl die Kirschen von den Bäumen pflücken, sich an die Stämme lehnen, als auch das wogende Getreide umbiegen konnte, und zwar haptisch nacheinander, zugleich indessen optisch. Rechts ging's lindgrün in ein Tal hinab, worin das lange Haar der Weiden in einem Flüßchen spielte, vielleicht war's schon der Simmerbach. Nein, das war unwahrscheinlich. Am Hang der Schwarzwälderhof und auf der Wiesn drum herum der selige Hirte still bei den Schafen, zu Füßen ihm sein Hirtenhund.

Das Taxi fuhr bis zu den Scheiben durch positives Denken. Die Misthaufen, die das Pastiche von Zeit zu Zeit garnierten, dufteten gewiß. Denn durch das zur Hälfte heruntergelassene Fahrerfenster wallte das ausgesuchteste Parfum von Naturspezereien in die Kabine: mit Minze versetzte Blütenmilch, der Almen pures Rosenwasser.

»Det jeht so bis anne Mauer?« Er meinte die im Westen, gegen Thetis. »Das weiß ich nicht. Ich bin nie sehr tief hineingekommen.«

Die Wahrheit war, daß Goltz sich nicht erinnern mochte; denn bis Ornans gekommen war er, seinerzeit, sehr wohl. »Wird aber so sein«, setzte er nach. Dann: »Doch schaun Sie, das da ist wohl Simmern.«

Man konnte die Gebäudesättel, darüber zwei Zwiebeln, davon sicher einer Kirchturmspitze, sehen, die andere gehörte wahrscheinlich zum Rathaus. Gegen Süden löste sich der Flecken in Gebäudchengruppen auf; dahinter die noch unsichtbaren Weinberge der Nahe – da aber, in einem Wingert, Aurels Häuslein: Deidameia hatte Goltz präzis ins Bild gesetzt. Zwar barg das kleine Bauwerk eine von unterdessen mehreren durch die Weststadt getupften Lappenschleusen für myrmidone Holomorfe, sie ließ sich aber nur von denen passieren, nicht auch von realen Menschen. Schon aber das war ein Wunder der technologischen Subversion, wie es dem Widerstand gelingen konnte, mitten in dem Feindgebiet solche Zellen einzupflanzen und die geltende Apartheid damit zu unterlaufen. Doch war das ärgerlich genauso: Welch eine sicherheitstechnische Nachlässigkeit schien in Pontarlier eingerissen zu sein. Schlamperei geradezu. Hätte er, Goltz, die Schweizergarden befehligt, geschweige insgesamt die SchuSta oder auch nur die auf »übergetretene« Avatare fokussierte Securitate, nie wäre dergleichen vorgekommen. Er räusperte sich. Hatte Aissa die Wölfin noch andere, als ihn, Alliierte, von denen er nichts wußte? Hatte sie sich wirklich nur die Schwäche der Präsidentengattin zunutze gemacht? Er spürte, welch eine Härte sie hatte gegen sich selbst an den Tag legen müssen, um sogar den eigenen Sohn in das Feuer zu schicken.

Natürlich ist das Verhältnis von Eltern zu ihrem Kind dem Staatsinteresse von ebenso geringem Interesse, wie es Ungefugger das weitere Schicksal seiner Tochter war. Nicht ohne Interesse ist aber die Verletzung bestehenden Rechts. Wer Goltz verstehen will, muß diesen Unterschied begreifen. Er war nicht empathisch, sondern moralisch. Menschen wie er können, eben deshalb, nicht lieben. Sie dürfen es auch nicht. Als Eltern wären und sind sie katastrophal. – Das konnte Goltz nicht wichtig sein. Er trug sich aber schwer daran, daß unterdessen die moralische Norm mehr von den Terroristen vertreten zu sein schien als von den demokratischen Staatsorganen. In diesem inneren und normativen Widerspruch wurde die Entführung der Geisel in Markus Goltz zu einem lauernden, mahnenden Schmerz.

Gab es denn keine Kontrollen? Längst hätte, daß sie in den Hunsrück eingefahren waren, zumindest von der westlichen DaPo registriert sein müssen. Spätestens jetzt, hier, wäre man abzufangen gewesen; die Signaturen des unangemeldeten Sprungs hätten die Sicherheitskräfte geradezu aufscheuchen sollen. Aber es winkten immer nur die Bäuerchen rüber, und Winzerlein schwenkten die Mützchen ihrer niederen Abkunft. So sicher fühlte sich der Westen. *Wir werden eine Kunstwelt schaffen.* Goltz entsann sich sehr wohl. *Das ist, damit wir uns recht verstehen: eine Welt ohne Kunst.* Man hatte recht, ihr zu mißtrauen. Sie trug die Rebellion.

Die Räder des Wagens knirschten über den Sandschotter, als Willis an Aurels Häuschen hielt. Die Simulation war perfekt. Doch hinter jedem Baum, wußte Goltz, verbarg sich ein Gewebe elektronischer Halbleiter. Ging jemand ohne Schuhe, dann schnitt er sich die Füße auf. Goltz tastete, als er ausstieg, mit der Stiefelspitze um sich. Immer wurde sein Instinkt, kam Goltz in die Weststadt, von einer Art Aberglaube ergriffen.

Holomorfenkinder kamen gelaufen. Sie schauten albern lachend das ihnen komische Auto an; nicht oft kam die Moderne in diese abgelegene, ihre Kutschen und Karren präparierende Gegend. Ihres Programmierers, Michael Klingsporns, Steckenpferd war in der Tat das neunzehnte Jahrhundert vor der

23

Geologischen Revision gewesen. Im Hunsrück hatte er es sich anders denn als bloßen Modellbau realisieren können, in dem er lange vorher zu unerahnter Meisterschaft gelangt war. Seine Landschaftsinszenierungen, fast alle preisgekrönt, waren auf nahezu jeder internationalen Exposition zu sehen gewesen und immer noch zu sehen, seine aus physischem Material und Energie synthetisierten Hybriden heute bereits legendär. So war man nicht grundlos, als sich die Welt neu formierte und weltweit die Morphik der Städte ihren revolutionären Sprung dem Menschen hinterhertat, mit dem Auftrag auf diesen Mann zugekommen, den Hunsrück neu zu designen – entgolten nicht banal durch Geld, sondern mit Unsterblichkeit. Die erlangten, also für ehrliche Arbeit, gewöhnliche Porteños nie. Abgesehen davon, daß weitere Aufträge folgten.

Klingsporn gab sein Allerbestes, verlieh sogar der ihrer Mauernähe wegen heiklen Landschaft Orléans' eine mediterrane, eben nicht atlantische Verklärtheit; sie wurde in einem Atem mit Sombart Kollhoff Schultes gerühmt, die, zusammen mit Kotani, selbstverständlich alle in Europa wirkten, besonders schließlich in den befreiten Gebieten des AUFBAU OST!s. Dabei trieb gerade er, Klingsporn, den sogenannten Kleinen Modellbau voran, verband holomorfe Entwürfe mit sozialem Engagement, was ihn für Ungefugger, der auf seine einfache Herkunft nach wie vor stolz war – ein Pfund, mit dem alle seine Wahlkampagnen gewuchert hatten –, zu einem idealen Baumeister machte. Zweidreimal hatte Kalle Willis sich in den Massenandrang hineingezwängt, vor der Kongreßhalle am Alexanderplatz oder in den Palast der Republik, wo neue Projekte zu sehen gewesen, Entwürfe für architektonische Wettbewerbe. Ganz fasziniert hatte er vor den kunstvollen und künstlichen Environments gestanden, teils tief in Kindheit zurückgefallen. Doch jetzt, in der totalen, totalitären Realität, war für Nostalgie gar kein Raum mehr, zu allgegenwärtig kontrastlos die Süße, thetisfern, muß man sagen. Stoffwechsellos. Er spürte sich schleichend aggressiv werden, ohne doch genau den Grund dafür zu kennen. Denn was er sah, war schön, sehr schön. Es waren vielleicht diese Momente, war diese Fahrt in den Hunsrück, was den gütigen einfachen Mann endgültig zu einem Myrmidonen machte und schließlich, wie es sich Jason Hertzfeld vorgestellt hatte, zu einem Argonauten. Hätte er jetzt gekonnt, er hätte die Fäuste gehoben und sie mit aller Macht auf dieses Faller und Märklin heruntergeschmettert, hätte die ganze Landschaft umgegraben, bzw. ausgeknipst. Doch wurde sie erst in Beelitz frei, diese seine Wut. Sie brauchte seine Rückkehr und daß er den wirklichen Grund für die Erkrankung Doratas nicht nur erfuhr, sondern auch glaubte – die Wahrheit über ihr Siechtum und Sterben, auch wenn die ungebrochene Verwendung der Wörter »wirklich« und »wahr« sehr naiv ist.

»Wat eene Scheiße!«

Er stapfte auf und ab. Dolly II sah von der Couch her zu. Sie hatte ihn gefragt, weil er so drucksig war. »Ich merke doch, daß was ist!« Natürlich wußte sie es schon, Hans Deters' und der Zeitschlaufe wegen, aber wollte es von ihm selbst erfahren. Er druckste weiter. Wirkte konfus und verzweifelt. Sie versuchte, ihn in den Arm zu nehmen. Er stapfte wieder, rief: »Et erzählt eenem ooch keener, worum et eij'ntlich jeht! Hinterher immer ers'!« Blieb stehen, stand, leer die Augen auf der Gefährtin, setzte an, kriegte es nicht hin, kam mit der Sprache nicht heraus. Schüttelte den Kopf, stapfte wieder. Der Präsidententochter verstörter, doch gerade darin stolzer Blick ging ihm nicht aus dem Kopf.

Sie hatten – Aurel, Goltz und er – das Fachwerkhäuschen betreten, es wäre ein Gesindehaus gewesen, hätte es ein Früher gekannt. Da saß die Präsidententochter denn. Verstört, meinten sie, sah sie den Hereintretenden entgegen und schwieg. Sie hielt sich an die Verabredung mit ihrem Wärter, zu dem ihr der Retter geworden war. Aber die Geborgenheit, die Michaela Ungefugger überkommen hatte, bevor und deretwegen sie schließlich hatte einschlafen können, war dahin. Der Tisch und jeder Stuhl in diesem Raum, ein jedes Bild, gefährdete sie, als hegten die Dinge Absichten, Pläne. Es war etwas in Aurel vor sich gegangen. Über meinen Schlaf hinweg ist er ein anderer geworden.

Bevor Goltz und Willis angekommen waren, hatte sie ihn einige Zeit lang weiter, die Lider bis auf Spalte geschlossen, durch die Schleier ihrer Wimpern betrachtet. Aurel hatte auf einem Schemel am Bett gesessen und seinerseits sie angesehen, offen aber und nach wie vor mit tiefem, väterlich-innigem Ausdruck, in den sich zugleich, seitlich von den Augenwinkeln her, etwas Unerbittliches geschoben hatte. Das war nicht mehr gut.

Sie wäre keine Ungefugger gewesen, hätte sie still erduldet. Zu Aurels Erschrecken, doch er faßte sich schnell, schoß sie von ihrer Liege hoch in die Hüfte: »Was wollen Sie von mir?« Er erklärte ihr nicht, wie sie hergekommen war. Als ob sie alles schon wüßte. Sondern sagte nüchtern, daß er sie hierbehalten müsse. »Leider kann ich Sie nicht mehr, wie ich es gerne wollte, gehen lassen.« »Sie wissen, wer ich bin?« Er nickte. »Eben. Ja. Es wäre mir so wahnsinnig viel lieber, wären Sie *irgendeine*« – heftete daran: »Fräulein Ungefugger.« *Frau* Ungefugger.« »Wir sind anders programmiert.« »Da wollen Sie mir Vorschriften machen? Wer ist Ihr Reiter?« »Sie verkennen die Situation.« »Das wollen wir doch einmal sehen!« Sie sprang von dem Lager fast schon herunter, aber merkte wieder, daß sie unter der Decke nackt war. »Wo

sind meine Sachen?« »Ich mußte sie Ihnen … es war alles ganz naß …
Da hinten hängen sie. Vielleicht sind sie ja trocken unterdessen …
aber auch von der Säure …« »Und meine Tasche?« »Auch dahinten …
aber wieso …?« »Ich werde ein Telefonat führen.« »Das kann ich nicht
zulassen.« »Was können Sie nicht zulassen?« »Das Telefonat. Ihr Handy wird sowieso kaputt sein … Wie auch immer: nein, tut mir leid.«

Sie lachte nur auf und glitt entschlossen von der Liege. Dabei
schlüpfte sie in die Jacke; momentlang war ihr Leib zu sehen. Was
für ein Körper! Daß sie ihr Geschlecht nicht verbergen konnte, nicht
das für eine Frau ungewöhnlich muskulöse Gesäß, schien sie nicht zu
scheren. »Also meine Tasche!« Sie nahm die getrockneten Kleidungsstücke von den Lehnen. Fetzen. »Zwingen Sie mich nicht«, bat Aurel,
»Gewalt anzuwenden.« »Sie drohen mir?« Sie rümpfte plötzlich die
Nase, drückte sie in die Weste, verzog ihr Gesicht: »Puh, das stinkt!«
Zu Aurel, wirklich fassungslos: »Was ist das?«

Der war aufgestanden, um der jungen Dame den Ausgang zu ver-
sperren. »Das ist der Westen«, sagte er. »Die Wahrheit über den Westen, Fräulein Un…« – räusperte sich. »Und ja, wenn Sie es so sehen
wollen, drohe ich Ihnen. Das ist schon richtig. Leider, wie gesagt.«
»Ich werde Sie löschen lassen.« »Einen Freien? Nur ich verfüge über
meinen Projektor.« »Freie Holomorfe gibt es nur in der …« Sie stutzte. »Sie sind ein…?« »…freier Holomorfer, ja.« »Wie kommen Sie
in die Weststadt?« »Es tut mir leid, Frau … Verzeihung, ich möchte
doch lieber Michaela zu Ihnen sagen. – Es wäre jedenfalls besser, Sie
zögen sich richtig an…« – Die Ungefugger lachte böse erneut. –
»… auch wenn die Sachen nicht gut riechen. Ich bin diskret, und ich
mag Sie. Nehmen Sie besser Sachen von mir. Sie werden sehr bald abgeholt werden.«

Es war eine Vereinbarung, auf die sie sich stumm einigten, nachdem
sich die Präsidententochter angezogen hatte. Denn beide schwiegen
erst einmal wieder. Die junge Frau, von sich aus, traf keine Anstalten,
auszurücken. Ihre flinke Intelligenz hatte etwas begriffen: Man würde
sie aus der Weststadt nach Buenos Aires bringen, wo sie noch niemals
gewesen war, wohin sie aber, Jasons wegen, sowieso hatte gehen wollen. Die Dinge wendeten sich, wenn auch anders, als sie gedacht, genau in ihre Richtung. Die Chance mochte verschwindend klein sein,
den schrecklichen Jungen dort auch zu finden. Aber es gab sie.

Sie hörten den Wagen. Wie er heranfuhr, wie es knirschte, langsam. Wie er zu stehen kam und wie der Motor ausging. »Das sind sie«, sagte Aurel. »Bleiben Sie bitte sitzen.« Er erhob sich. Sie regte sich nicht in ihrer halbzersetzten Weste, vernahm den Wortwechsel draußen: zivilisiert stellte man einander vor. Momentlang war sie schockiert, als sie, an seiner Stimme, Markus Goltz erkannte, dem sie in Pontarlier zweimal, auf Festakten, begegnet war. Sie waren sich nicht angenehm gewesen. Kalle Willis' Stimme aber war es. Der Mann sei, spürte sie, zu wickeln.

Ihr Instinkt funktionierte.

Sie setzte den größtmöglichen Ausdruck von Entgeisterung auf, eben diesen Blick, der Kalle nicht mehr verließ. Er ermaß die Raffinesse nicht, mit der die junge Dame gleichsam erbschaftshalber temperiert war, das Kind ihres Vaters darin wie in der sinnlichen Leidenschaft, die unter dessen Stiefel allmählich herauskam, das ihrer Mutter. Im Bett erst würde sie blühen.

Dolly II, schon während Willis erzählte, empfand kein Mitleid für die junge Frau, nur Mißbehagen und Skepsis, sowieso, bei allem, was ihren Gefährten und seine Verstrickung anbelangte. Davon wurde ihr Herz, und von sich selbst, verwirrt. Anders Deidameia, die sofort das Kaliber erkannte: wie ebenbürtig die junge Ungefugger war. Dieser Eindruck war wechselseitig. So hielt sich die junge Frau nicht mit Gefühligkeiten auf. »Sie werden damit nicht durchkommen.« »Das werden wir sehen, mein Kind.« »Sie sind nicht die Frau, eine Unschuldige zu töten.« »Das mag stimmen. Ich werde aber rechnen müssen. Eine knappe dreiviertel und schließlich mehrere Millionen Menschen gegen Sie.« »Was meinen Sie?« »Erst einmal meine ich Stuttgart.« »Stuttgart?« Deidameia winkte ab. »Es kann sein, daß ich ein Opfer bringen muß, um alle diese Leben zu retten. Wie, Frau Ungefugger, entschieden denn wohl Sie, wenn Sie an meiner Stelle wären?«

Weiter war da nichts zu sagen.

Dolly II mußte Rosemaries Zimmer räumen. So hatte sie, noch bevor ihr Freund ihr erzählte, ein zweites Mal von der Entführung erfahren.

Kalle druckste herum.

Zwei Wächterinnen bezogen Posten vor Rosemaries Zimmer. »Nur vorübergehend, bitte«, hatte Die Wölfin zu Dolly II gesagt, und Thisea hatte ihr angeboten: »Wenn du magst, kannst du so lange bei mir wohnen.« Aber sie zog nun ganz zu Willis um.

»Eene solche Scheiße!« Stapfte weiter auf und ab, und weiter sah sie ihm zu. Erst, als er wieder stehenblieb, fragte sie leise: »Warum hast du's nicht gleich gestern erzählt?« Er biß sich auf die Unterlippe, antwortete nicht. Sie, wieder, in der seit je erstaunlichen weiblichen Klarheit: »Die Polizei rufen können wir nicht.« »Sowieso nicht… deinetwegen.« Die Gefährtin mußte lachen, es war ihr gar nicht zumute danach. »Darüber mach dir keine Sorgen. Trag mich im SP«, dem Selbstprojektor also, »bei dir…« »Ick meen wat andres.« Wollte abermals stapfen, hob schon den Fuß, bezwang sich. »Außerdem jehört die Polente dazu, stecken alle unter eener Decke!« »Und die Freundinnen«, sagte Dolly II, wobei sie einen ganz eigenen Ton in die Stimme bekam, »würden uns verfolgen, bis keines unserer Elektronen mehr um den eigenen Atomkern kreist.« Als ob sie so was hätte! mußte er denken und schluckte schuldbewußt. Sie aber setzte hintenan: »Auf was hast du dich da bloß eingelassen?«

Nachmittags kam Ellie Hertzfelds halbwüchsiger Sohn in das Boudoir zurück. Dorata konnte nicht wissen, daß Die Wölfin hatte nach ihm suchen und fast eine Hundertschaft Myrmidonen durch Buenos Aires ausschwirren lassen, bis man ihn, Veshya gelang das, auftrieb. Da hockte er mitten im Tokyo Tower über einem alten Graffito seines Vaters. In der Ferne leuchtete das baugewordene Versprechen der KiesingerMoschee zum Europäischen Himmel hinauf und davor, weit davor und immer noch, ganz wie vor sieben Jahre, das Lichtplakat der EWG.

ELLE RECHERCHE VOS COMPÉTENCES

Versonnen starrte Jason es an, so, als wäre er an etwas erinnert – und war es, aber da ging noch etwas anderes mit ihm vor. Auf seinem Rücken juckten die Schuppen. Deretwegen bemerkte er Veshya nicht gleich, die sich, unterm Hodnaknoten aus der Luft materialisiert, neben ihn setzte. – »Hier bist du also«, sagte sie. Jason zeigte hinauf: »Wer ist das? Kennst du sie?« »Das weißt du nicht? Das war Elena Goltz.« »War?« »Sie ist verschollen. Sie verschwand.« »Vor sieben Jahren wie mein Vater?« Erstaunt sah Veshya den jungen Mann von der Seite her an. »In etwa. Ja, das stimmt.« Sie lachte auf. »Was für ein Unfug!« Doch nicht der Barde und dieses Luxusding! – Er wandte ihr endlich das Gesicht zu. »Was willst du eigentlich hier?« »Deine Mutter schickt mich.« »Kann mir gestohlen bleiben.« »Wir brauchen dich, Jason.« »Um weitere Leute zu entführen?« Veshya ungerührt. »Die junge Frau ist jetzt da.« Und mußte lächeln, als sie den plötzlichen Glanz in des Jungen Augen bemerkte. Lächelte auch kurz. »Es geht um, glaube ich, die Frau des Präsidenten.« Damit war ihr selbst nicht wohl, so daß ihr das Lächeln wieder erstarb. »Wir brauchen den Kontakt zu ihr.«

Tief unter den beiden strömte der Gleiterverkehr in den verschiedenen Ebenen der Leitstrahlen, hoch darüber strahlte die Goltz, strahlten weitere Plakate: SIEMENS/ESA BAUKNECHT HYUNDAI. Außerdem die Werbung für den Lichtdom:

Nie wieder Schmerz!

Ringsherum ragten die Widerstände und Elektroden der modernen europäischen Architektur. In der Ferne waren die Orgelpfeifen La Villettes zu erkennen.

»Wie viele«, fragte Jason, »seid ihr?« »Deine Mutter hat mit Widerstand gerechnet.« »Sie hat mich mißbraucht.« »Vielleicht siehst du dir das einmal aus ihrer Perspektive an ... aus u n s e r e r, Jason.« »Auch ich bin kein Freund Pontarliers.« »Du kennst diese Frau. Sie vertraut dir.« »Das ist einmal gewesen.« – Wie, fragte er sich, hat man Michaela in die Zentralstadt bekommen? Hatte sie sich gewehrt, furchtbar hilflos gesträubt? Er sah ihren künstlichen Ausdruck des scheuenden Rehs und hielt ihn für, ganz wie Willis, echt.

Goltz aber hatte Abweisung zu spüren bekommen. »Sie ist kooperativ gewesen«, sagte Aurel, der das merkte. Goltz: »Lassen Sie gut sein. Mir gefällt die Situation ebensowenig wie Ihnen.« »Ach nein?« entfuhr's der Ungefuggertochter schnippisch. Sie sah den Polizisten herausfordernd an. Was er ignorierte. »Das ist alles, was Sie bei sich hatten?« Streckte die Hand nach Michaela Ungefuggers fleddriger Umhängetasche aus. »Nur zur Sicherheit.« Aber doch: »Verzeihen Sie.« Und schüttete den Inhalt auf den Tisch, ging ihn mit spitzem Zeigefinger durch. Einen der beiden Reithandschuhe hielt er, an dessen Zeigefinger, sekundenlang hoch. – Später, während der Fahrt, saß er mit ihr auf dem Rücksitz. »Fahren Sie«, zu Willis, »rechts ran.« Simmern war grad außer Sicht. »Rechts ran?« »Tun Sie, was ich Ih-

nen sage.« Michaela Ungefugger halb gekrümmt über seinem Schoß.
Goltz hielt noch das betränkte weiße Tuch in der Hand. »Wat ham
Se ihr jetan?« »Sie wollen Händchen mit ihr halten? So über den
Rhein? – Nun machen Sie schon!«

Also hielt der Wagen in diesem nördlichen Hunsrück, und die
Bäuerlein winkten den Fremden. Es gab vieles Lerchenschlagen und
in der Ferne die spitzen Schreie kleiner Turmfalken. Ein Fesselballon
stand über dem Diorama und den auf den umliegenden kräftig grünen Anhöhen gesprengselten Dörfern.

Gemeinsam zogen sie den wie einer toten Katze schlaffen Körper
heraus. »Haben Sie die Decken mit?« »Im Kofferraum.« »Gut. Wir
müssen sie jetzt binden. Die Betäubung wird drei Stunden halten. Ich
will kein unnötiges Risiko.« »Det halten Se für keen Risiko, die Klee-
ne im Kofferraum zu schmuggeln?« »Sie haben einen besseren Vorschlag? Nicht einmal ich bekäme sie über die Grenze, wenn jemand
nach Papieren fragt. Den Kofferraum wird man nicht checken, wenn
ich im Wagen sitze.« »Unne Scans?« »Sie fahren, was das Zeug hält,
wenn wir am Posten vorbei sind. Völlig egal, wer hinter uns sein sollte, auch egal, wer vor uns fährt. Zeigen Sie mir, was Sie können.«

Unheimlich gelb war die Sonne, war das Vogelschmettern aus blühenden Oleanderhecken, die rosa und grün den Mittelstreifen der
Fahrbahn entlang bis in die unabsehbare Ferne schäumten.

Goltz und Willis schlossen den Kofferraum. »Die kricht doch
keene Luft!« »Ach was.« Sie fuhren schon wieder. »Können Sie etwas Musik machen?« Goltz hörte sonst niemals Musik. Bereits ganz
nah Buenos Aires, nahe der furchtbare Rhein. Noch war der indes
nicht zu merken. – Sie hörten Dylan zu, der aus einem Fenster des
Quergebäudes Dunckerstraße 68 tönte und die Entführung aus der
Weststadt mit der hiesigen Realität legierte. Noch hielt Deters, nach
seinem kurzen Gespräch mit der Hediger, das Handy in der Hand.
Jetzt steckte er es in seine rechte Hosentasche. Dann trat er durch die
Haustür und stieg das Treppenhaus hoch, im Kopf die Rückfahrt erst
nach Bonn, dann nach Colón. Aber eine andere Grenze drängte sich
vor, die von vor Jahren zum Osten. Den hatte man von Buenos Aires
vermittels eines Laserzaunes getrennt, als es noch die Mandschu gegeben hatte und Niam Goldenhaar verschwand. Auch da hatte eine
Tochter getauscht werden sollen, auch diese eine Geisel.

Es gibt die Strukturen, die sich wiederholen. Erbarmungslos wieder und wieder, durch alle Menschengeschichte. Abermals. Und noch einmal. Bis wir vermeinen, daß nicht wir uns bestimmen, sondern alleine sie, die uns als ihre Medien nutzen. Stand denn nicht eine noch ganz andere, die eigentliche Rechnung offen? *Ihr Leben gegen das der ungefuggerschen Kleinen.* Niams Leben meinte das, damals; noch entsinne ich mich des knirschenden Rheingrabens, ich *hörte* sein Knirschen. Zu Unrecht ist es vergessen. Weshalb es Zeit für Niam wurde, sich ein weiteres Mal zu verpuppen

in dem unterdessen in den Rucksack gestopften Wäscheberg. Der wuchs. Die Wäsche wuchs. Etwas aus ihr wuchs heraus, ganze Stücke zerrissen oder doch eine Socke zerriß, darin das Eichhörnchen Niam gelegen, das Küchlein von Niams Wiedergeburt, schon das Fenster zerbrochen und durch die Straßen gehetzt, das Thier nach Colón, seiner inneren Witterung folgend.

Davon wußte Hans Deters noch nichts, würde es aber gleich erfahren.

Noch machte ihm das Telefonat zu schaffen. In Judiths Stimme verloren, legte er, nachdem er seine Wohnung aufgeschlossen hatte, den Mantel ab. Es war aber komisch kühl in der Wohnung. Ein Zug wehte durchs Arbeitszimmer, der von der Küche herkam. Deters wandte sich dort hin, unter seinen Schuhen knirschte kiesiger Sand. Im Metallrahmen des Fensters gab es keine Scheibe mehr, nur noch fette Splitter und feinere Splitter über das ganze Laminat. Tausende Splitter, Millionen. Diamantenübersät. Verdattert stand Hans Deters da. Aus dem Rucksack war die Wäsche wie Popcorn gequollen. Klebrig faßte sie sich an, wie eingestaubte Reste riesiger Spinnenweben. Zum ersten Mal, seit ihn Sabine aus der Archivdatei gegen mich zurückgetauscht hatte, bekam Hans Deters Angst.

»Höre, Tochter der Thetis, mich, der ich rufe: Z e i t ist es!«

»Verrottet!« rief, abermals im Sangue, Jason Hertzfeld aus. »Sie alle sind verrottet! Egal, ob auf unserer, ob auf der anderen Seite! Niemand hat mehr ein Gefühl für das Rechte. Wir müssen, Freunde, Europa verlassen.«

Keine Spur von Ratte mehr, war er Aissa der Stromer geworden. Er saß mit Kalle zusammen und mit Kignčrs; heute war auch Dorata dabei, die der alte Bukanier immer wieder mißtrauisch beäugte, zumal sie leise einwandte, daß sie Europa gar nicht verlassen könne. »Det is waah.« Willis nickte und schob die Unterlippe vor. »Det kannse nich. Nich ohne Hodna, nich ohne, übahaupt, Harfa un Elektrizität.« »Was ist aber der Mensch? Was macht uns zu einem? Daß wir o h n e das leben können! Daß uns das nicht bestimmt!«

Ein Zucken lief über Doratas Gesicht.

Wobei diese Szene, eine Erinnerung, nicht stimmen kann, weil doch Willis Dorata geheimhielt. Oder hatte er Broglier jetzt *gestanden?* In jedem Fall hätte Jason einmal mit Deters oder auch Eckhard Cordes reden sollen, vielleicht hätten die es vermocht, dem jungen Mann klarzumachen, daß Technologie ein Teil der Kultur ist und ein Mensch ohne sie nun a u c h wieder nichts, g e r a d e nicht der Mensch – sondern daß er sich in einem Spannungsfeld befinde, das er selbst ständig erzeuge; die Holomorfie gehöre dazu wie die Geschichte der Kunstmusik und wie die Künste an und für sich. Zeit sei irreversibel, eine Rückkehr ausgeschlossen, schon gar in die einfache, naive Idealität einer Schlichtheit des Herzens. Natur sei doch selbst ein Voran. Sie in ihm evoliere, nicht er, autark, durch sich. Wohin er, Jason, sich zurücksehne, sei der rohe Zustand des mythischen Ostens, ja nach der Thetis jenseits der Mauer, wo nichts als Zahn um Auge gilt, nicht Recht, sondern der schnellste Jäger siegt, unterwirft und tut, was ihm nur einfällt, mit dem Opfer. Wenn er so leben wolle wie, sagte Willis, ein chinesischer Pirat, wo liege dann der Unterschied, moralisch, zu dem Delikt, dessen er seine Mutter jetzt anklage? Er opfere die Humanität da nicht weniger als Ungefugger auf dem Altar seines neuen sogenannt christlichen Lichtdoms.

So, freilich mit anderen, einfachen Worten, sprach Willis auf den jungen Mann ein und setzte immer wieder hinzu: »Ohne meene Dolly geh'ck nich von hier weck. N i e tu ick det.« »Es kann«, brummte Kignčrs, »sowieso von uns keiner fort. Niemand kann Europa verlassen, egal, was wir sind, ob Morphs oder nicht.« »Ich werde«, sagte Jason, »ein Schiff bekommen.« Darauf Willis: »Toff. Wer paddelt?« »Ich«, sagte Kignčrs und drückte die Muskeln an seiner Brust heraus. »Wenn's eins gibt.« Ein Knopf sprang vom Hemd; er selbst, der Veteran, fing ihn auf. Er hätte eine Stubenfliege aus der Luft käschen können. Die viere lachten. Das Paddeln hatte ihnen für kurzes die Schwere genommen. Doch »Was für ein Schiff?« bohrte Kignčrs nach.

Sie waren zusammengekommen, um zu beraten, Keim und Zelle eines Prozesses, der, selbst Evolution, die Alten entmachten würde, zu denen Kignčrs noch gehörte. Aber auch Willis war nicht mehr jung. Die Alten versinken in das Vergessen oder in das Hörensagen; da sind die Jungen selbst schon Alte und schlittern wie jene den Geschichtsschacht hinab, der keine Ankunft kennt, im Osten die Mandschu und der erste Odysseus, in Buenos Aires Aissa die Wölfin, Aissa der Barde, Jens Jensen im Westen und da, und davor noch, auch Gerling. Ein leeres, bewußtloses Gleiten, das einmal vielleicht noch kurz aufblitzt – schon sind wir weg.

Vorbei.

24

Daß Deidameia objektiv zu weit gegangen war, spürte sie selbst. Aber es gab kein Zurück, auch wenn sie in den eigenen Reihen an Rückhalt verlor, weniger bei der holomorfen Truppe als ausgerechnet bei den amazonischen Frauen. Ihre Aura bekam erst feine, dann stetig deutlicher Risse. Nicht freilich in Landshut, wenn sie die Abtei besuchte, doch in Buenos Aires. Zwar war die einst feurige Huri immer von einem warmen Schein, der Güte war, und von Wärme umgeben gewesen, ein wenig rauh, gewiß, seit sie zur Führerin geworden war, aber doch da. Bis Borkenbrod davon war. Offensichtlich hatte sie sich, diese Aura, auch aus des Barden Gedichten und insgesamt einer Verträumtheit gespeist, die er in seiner Brust trug. Indem er fortgegangen war, waren die Träume mit ihm dahin: zurück blieb militantes Kalkül. Borkenbrod mochte versponnen gewesen sein, oft auch ohne Verlaß für die Bewegung, hatte ihr aber Seele verliehen und Aissa die Wölfin wieder und wieder besänftigt, wenn es galt, menschlich zu sein. Um so eindrucksvoller hatte sich über dem sehnigen Hals der Frauenkopf erhoben, stolzer und drohend die keltische Mähne. Vielleicht vermißte Deidameia ihre weiche Glätte längst; vielleicht war's das, was sie an Kumani band. Doch dieser kam nicht aus dem Osten, hatte nicht der

Alten Recht in sich. *No store of ancient verse.* Seine Zartheit blieb privat, eben verzagt.

Bewußt war Deidameia alles das nicht. Wie sollte es? Eine Führerin ist allgemein, nicht persönlich. Das hatte die Mandschu gewußt und hatte auf ihr Intimes verzichtet; der Präsident wußte es, der erste Odysseus, wahrscheinlich sogar Goltz. Sie selbst ahnte es aber vielleicht, ahnte, daß ihre spezielle Kraft, ihre Schönheit, ihre Mildherzigkeit Eines von außen bedurfte, Eines, der gab und nährte. An ihr rächte sich Leagores Satz, weil sie ihn nicht beachtet: *Wir sind um die Liebe geschaffen, nicht für den Tod gemacht.* Nur daß manchmal ihr Kopf derart schwer war, als wäre er Herz und bedrückt. Das zeigte sie keinem außer Kumani.

»Ich bin so müde.« »Komm zu mir, Schöne, leg deinen Kopf hier hin.« Er strich ihr über die Braue, und manchmal nahm er seine Gitarre und zupfte etwas für sie. Sie lächelte dann und träumte sich in ihre Jugend zurück, zur Seligenthaler Abtei, als alles noch klar gewesen war: auch wohin sie gehörte, daß sie zu den Hierodulen gehörte und Frau war unter Frauen. Bis der Träumer erschienen war, von einer längst vergessenen Freundin, von Meroë, aus Cham hergebracht. Auch das waren, ganz im Gegenteil, keine leichten Zeiten gewesen, doch hatte alles seinen Platz gehabt. Damit war es vorbei gewesen, plötzlich. Da hatte ihre kleinste Vertrauteste, die Sonnenträne Niam, sie gezeichnet und damit unberührbar gemacht. »Glaubst du im Ernst, eine wie ich dürfe lieben?« Deidameia hatte Wochen gebraucht, diesen Satz zu vergessen, seinen Ton, seinen Ausdruck, manchmal pulste er in der Narbe noch durch; das erst gab ihr zur Härte die Kraft. Was sie aber selbst nicht, und niemand, als noch der Barde nah war, wahrgenommen hatte.

»Wieso gehst du immer so«, fragte Kumani, »grob mit dir um? Wieso kannst du dich nicht lieben?« Konnte sie sagen: weil ich Niam verlor? »Ich liebe mich doch. Ich bin eitel, noch immer viel zu eitel, das weißt du aber doch!« »Du bist nicht eitel, sondern schön. Und pflegst es. Aber das sorgt sich nur um die Wirkung und heißt nicht, daß jemand sich liebt.« Erstaunt sah Deidameia ihn an. Manchmal sagte er erstaunliche Dinge, die anderswoher stammten als aus ihm. Borkenbrod hatte vieles von so was gehabt, nicht selbst, nicht persönlich, er war viel zu trocken gewesen; in seinen Versen jedoch. Das auch war es gewesen, die Präsidentengattin zu locken. Und hatte, sie also, rauschhaft geträumt. Das war ihr selbst, so davon durchdrungen, unbegreiflich gewesen, daß ein Solches einfache Verse, an Hauswände geschmiert, auslösen konnten. Deshalb war sie restlos ergeben gewesen, als er damals, mit seinem kleinen Sohn an der Hand, im SPASTIKON erschienen war.

Jetzt stand er abermals da, der Sohn, nicht der Vater, ganz ohne diesen erwachsen geworden. Aissa der Stromer. Er war ein wenig kleiner als Borkenbrod, aber hatte dessen dünne Knochen und dieselbe Zähigkeit. Stand da wie der Barde, abermals im SPASTIKON, schritt in die Gesellschaft der lyrisch Bewegten hinein, streckte seiner Gönnerin, wie sie's gewöhnt war, ein Mitbringsel zu. Die stumm wie er. Daß Jason aber zurückgekommen! Sie hatte es gewußt! Hatte sie's gewußt? Bringt ihm Papier und Kohle! Er soll wieder malen! Die Präsidentengattin glühte. Das wollte aus ihrem Gesicht gar nicht weg. Gerührt und die Schenkel vor Bangnis erregt.

Getuschel vernahm man Gemurmel den rauschenden Klatsch schon voraus.

Selbst wer den jungen Mann noch nicht kannte, erkannte Den Stromer sofort. Nicht dieselbe Klientel besuchte das SPASTIKON, denn dahinein durfte prinzipiell jeder, nicht in die Villa Hammerschmidt aber. In Jasons Kiel indes spülte schon jetzt ein Wasser aus Legenden. Man gaffte. Und raunte sprudelnd weiter.

Deutlich gealtert, ein erwachsener Mann fast, der sechzehn oder siebzehn war? Weit über zwanzig, konnte man denken: so durchschritt er die Reihen. Männer waren heute keine zugegen. Er dachte, sie, die ihn für alt geworden hielt, ist alt geworden, diese Frau, aus Sorge um die verschwundene Tochter und aus Neid auf sie, und ist richtig dick geworden. Doch aber auch gedörrt im Gesicht, wie wenn von den Tränen das Salz sich eingefressen habe.

Links und rechts standen die Wände entlang abwechselnd Spiegel und düstere Spritzlackgemälde; trocknende Liliengewächse, an die Rahmen drapiert, synkopierten sie. Schwarzlackierte Stühle waren davorgeschoben. In einem großen Saal hätte das düster gewirkt, möglicherweise bedrohlich. Hier allerdings, in dem üblicherweise von bürgerlichen Abendgesellschaften und Pensionsfeiern belebten »Salon Westerwelle«, bekam sogar *Gothic* den Charakter der mit Öl auf

564

Tempera gemalten Gediegenheit akademischer Würden, in der sich allerdings etwas Studentisches wie ein Tropfwachs auf Hälsen und Bäuchen ausgeleerter Flaschen erhalten hatte. Das hatte auch etwas historisch Verlassenes, schon deshalb, nachvollziehbarerweise, weil Frau Ungefuggers lyrische Séancen ihre Rückkehr nach Buenos Aires noch nicht genug wieder hatten bekanntmachen können und wohl auch nicht wollen. Jedenfalls hatte die Präsidentengattin wieder den großen Saal des aus der Ruine des Palastes der Republik hervorgegangenen Veranstaltungsortes gemietet. Gedichte sind für Minderheiten, das hat sich nie geändert. Es gab auch noch keine neue Ausgabe der *Journaux de poésie*. Aber die Spiegel beruhigten die Gäste, sie seien nicht allzu allein.

Carola Ungefugger nahm das hübsch eingeschlagene Päckchen entgegen, löste die blaue Schleife und löste achtsam das Zierpapier. Ein leiser, spitz erschreckter Aufschrei und vier Finger vorm Präsidentinnenmund. Schnell das Geschenkchen abgedeckt wieder. Der Blick auf Jason wirr wie verirrt. Der Stromer schaute offen zurück. Das hatte er von seiner Mutter: Waren Entscheidungen getroffen, dann blieb er konsequent.

»Bitte, liebe Freunde, bitte lassen Sie uns allein.«

Niemand reagierte.

»So gehen Sie doch!« Außer sich schon, aber förmlich.

Nurmehr Getuschel.

Da wurde Frau Ungefugger ungehalten, aber kalt, denn doch zu sehr Repräsentantin, um ihre Contenance zu verlieren. »Keine Gedichte heute mehr! Geht geht! Geht schnell!« Als triebe sie Vieh aus dem Raum. Wie Vieh kamen die Leute sich vor. Getuschel Geschimpfe. Was fiel ihr denn ein? Keiner bemerkte ihre Tränen. Sie waren von Schnee. Vielleicht deshalb. »Raus! sag ich. Raus!« Die Sicherheitsbeamten liefen herbei, der präsidiale persönliche Wachschutz.

Dann waren sie allein.

»Woher hast du das?« Er schwieg. »Was soll das?« Er schwieg. Schaute nur. »Ich will wissen, woher du das hast!« Sie öffnete das Schächtelchen erneut, löste eine blonde Strähne Haars da heraus, hielt sie zwischen Daumen und Zeigefinger. »Ich rede mit dir.« »Sie haben mir ein Boot versprochen.« »Was hat das jetzt d a m i t zu tun?« »Alles hat es nun damit zu tun. Ich will das Boot und will es schnell.«

»Wo ist meine Tochter?« »Ein Fünfzigruderer, Sie wissen.« »Was ist das für ein scheußlicher Unfug?« »Ich komme morgen wieder. In Ihr Hotel. Ich will dieses Boot.« – Drehte sich einfach um und ging.

Carola Ungefugger war zu konsterniert, um ihm die Personenschützer nachzuschicken; sie hätte das aber sowieso nicht getan. Sondern starrte in die Verpackung. Michaelas Holzperlenkette lag noch darin. – Wieso tat Jason ihr das an? Das fragte sie sich abends. Stärker aber war die Erinnerung daran, wie sie einst selbst ihren Mann um ein Schiff gebeten hatte: ›… wir setzen fünfzig aus dem Osten hinein. Ich möchte zusehn, wie es hinausfährt.‹ Tatsächlich begab sie sich nach Pontarlier nicht zurück. Informierte auch ihren Mann nicht. Andres wäre hilflos gewesen. Er ließ sich nicht erpressen, auch nicht in Sorge um das eigene Kind. Und sie, Carola Ungefugger selbst? War sie mit einem Mal liebende Mutter geworden und die Verletzungen scherten sie nicht, die ihr die Verachtung der Tochter so viele Jahre lang angetan hatte? In der Tat war die Frau gespalten, unglücklich aber wirklich, seit Michaela verschwunden war. Das wog schwerer als jede Verletzung.

Der Präsident trieb unterdessen seine Abdankung voran; so nannte die Demission sein Stab. In Buenos Aires war sie mit zunehmender Aufregung diskutiert. In den Kneipen wurden Kontras und Pros über die Theken geworfen. Hugues machte besondere Stimmung. Die sogenannte Linke stritt koaliert wie ein Mann. Nationalisten der Apartheid witterten die Stunde: Iren Basken Südtiroler. Katalanen Zyprioten. Europa schien auseinanderzubrechen. Aber der Rheingraben hielt noch.

Ungefugger versah sein Amt, als wär er sein eigener Designeur; Eidelbeck sollte sich kümmern. Die Energie war allein auf den Lichtdom gerichtet und von nur ihm gebunden. Für eine Tochter war da tatsächlich kein Platz. In ein paar Tagen ohnedies schlösse der dann schon avatare Vater den metaphorischen Arm um sie, die avatar ganz ebenso wäre. Geschöpfe wie diese sind nicht infektiös, jedenfalls nicht füreinander. Das fand Ungefugger begeisternd, daß alle Umarmungen niemals wieder einander berühren würden. Ganz nebenbei wäre damit die Seuche erledigt, verlöre an Sinn und Gefahr.

Dennoch, Goltzens unangemeldete Fahrt in den Hunsrück war

ihm selbstverständlich rapportiert. Eidelbecks Leute waren verläßlich, die Staffeln an jedem Checkpoint Charlie präsent. Jedenfalls hatte der Generalleutnant kaum eine Stunde, nachdem Goltz und Willis die Grenze passiert hatten, die Nachricht auf seinem Screen gehabt. Damit hatte Goltz auch gerechnet. Verblüffend deshalb, wie unproblematisch die Rückfahrt war, auch wenn er seinen Fahrer, kaum waren sie durch die Lappenschleuse hindurch, einige allerdings deshalb sinnlose Haken fahren ließ, weil Eidelbeck allein die Anweisung gegeben hatte, den Wagen hodnisch zu signieren, aber ihn nicht aufzuhalten. So ließ sich die Route in Echtzeit mitverfolgen. Ihn interessierte Goltzens Ziel; seiner selbst mußte man gar nicht habhaft werden. Es lag auch gegen ihn noch nichts vor. Nun würde sich das finden. Wofür er sich nicht ganz eine Stunde, nachdem Goltz von dort wieder fort war, seinerseits nach Simmern begab, um den Ort in persönlichen Augenschein zu nehmen. Da befand sich sein sicherheitspolizistischer Gegner in dem kybernetisch dematerialisierten Aggregatzustand, in dem man die Lappenschleusen durchreist und der sich, dozierte Dr. Lerche in seiner von MÄDLE finanzierten Vorlesung zur Empirischen Simulations-Informatik, »von klassischer, also tatsächlicher Holo-Morphität dadurch unterscheidet, daß die Auflösung der Körper in Elektronenmodule, die sich zugleich komprimiert wie gerichtet versenden lassen, an einen *Leiter* gebunden ist – in unserem Fall ist das ein Glasfaserkabel, das die Lappenschleusen, sagen wir: Synapsen, auf je kürzestem Wege verbindet«.

Und weiter in Dr. Lerches Vortrag:

»Anders als Holomorfe lassen sich Menschen nicht frei transmittieren; organische Wesen bleiben stets an ein Medium gebunden, das ihre Identität garantiert. Dieses zäunt sie sozusagen ein. Bekanntermaßen geht in geschlossenen Systemen die Energie nicht verloren, also auch nicht in einem Leiter. Er bewahrt die ichkonstituierenden Partikel, die sich bei Rückkehr in den Realraum wieder zusammensetzen sollen. Für Holomorfe gilt eben anderes, weil deren Leiter nicht eine paramaterielle Bahn ist, sondern das hodnische Milieu selbst. Holomorfe haben keine Identität, ohne deren Eineindeutigkeit sie zerfallen. Vielmehr sind sie lebendige Passepartouts, die wir quasi jederzeit modifizieren können, vergleichbar allenfalls mit noch ungeprägten Säuglingen, deren Programm erst dann geschrieben ist, sind sie erwachsene Bürger geworden. Holomorfe sind Energieverdichtungen im Raum, Menschen hingegen ein Teil des Raumes selbst.«

Er atmete hörbar durch. Sah herum. Sein *Alles klar?* war zu spüren. Dann fuhr er fort:

»In noch leider nur begrenztem Radius kann die Selbstprojektorentechnologie solche Verdichtungen auch außerhalb des Energiedachs erzeugen, nutzt dafür aber, selbstverständlich, dieselben physikalischen Axiome, will sagen, daß der Selbstprojektor von jemandem transportiert werden muß. Denn prinzipiell, also von sich aus, ist auch ein von einem Selbstprojektor realisierter Holomorfer kybernetisch nicht beweglich. Sondern er muß sich, ganz wie ein Mensch, durch den Raum schleppen. In nichthodnischem Raum sind Sprünge nicht möglich oder sind es allenfalls dann, wenn sich am Zielort ein zweiter Projektor befindet, der auf die Signaturen des jeweiligen Maultiers wie ein Empfänger kalibriert ist.«

Ein solcher Projektor, das Sendegerät also, lag auf dem Tisch, als Eidelbecks Leute ihm voran das Gesindehäuschen stürmten. Aurel war längst schon wieder hinaus, sich den Winzerchen und Bäuerlein einzureihen und unauffällig wie die mit dem Mützchen zu winken, sowie jemand vorüberkommt, um die Landschaft zu genießen.

»Herr v. Eidelbeck... das sieht nicht aus...« »...wie die Bleibe eines Westholomorfen.« »Aber eines...« »...freien.« Zu viele Kinkerlitzchen standen herum. »Normale Holomorfe, Karlstein, schaltet man auch in der Zentralstadt ein und aus, und zwar vernünftig nach Bedarf.« Er zeigte knapp mit dem Finger. »Sehen Sie? Zu viele Menschlichkeiten.« »Freie Holomorfe im Westen...« »Tja.« Eidelbeck schnalzte kurz. Er dachte: Subversion. Er dachte: Infiltration. Er dachte: Goltz, soso. Schon überschlug er die Folgen. Die stabilisierte Welt brach auseinander, wenn schon solche wie der beteiligt waren. »Was ist d a s?« Er wies in eine Ecke, vor der ein Stuhl stand. Irgendwas war von der Lehne gefallen.

Der Inspektor bückte sich, hob ein Paar löcheriger Nylons auf, reichte sie Eidelbeck hinüber. Der zog den Schluß. »Dann sind wir jetzt im Bilde. Nehmen Sie«, mit Nicken in Richtung Selbstprojektor, »das Ding da mit. Und lassen Sie die SpuSi das Gebäude durchsuchen. Wir sehen uns in Pontarlier. – Ich denke, ich habe jetzt einen Termin.« Im Wagen telefonierte er, Schulze war am Apparat. »Eidelbeck. Den Präsidenten bitte, sofort.« »Einen Moment.« – »Herr v. Eidelbeck?« »Ich glaube, ich weiß, was mit Ihrer Tochter ist. – Nein, nicht am Telefon. So etwas besser persönlich.« Es ließ sich nicht wissen, wer mithören konnte.

Als er, keine anderthalb Stunden nachher, in Pontarlier einglitt und den Wagen auf den gekiesten Wendehammer vor das vorgezogene Portaldach der Villa Hammerschmidt lenkte, erreichten Goltz und Willis gerade Sevilla. Da hatte es am Hang eines Hunsrücker Bergleins ein imaginäres PLOPP gegeben, worin ein Winzerlein verschwand: wie eine Blase platzt, wenn sie, auf dem Zug einer Bö aus dem Pusteör geblasen, auf Stücke materieller Wahrheiten trifft.

Karlstein steckte sich den Projektor in die seitliche Parkatasche, man würde den Holomorfen befragen – während Kalle nur noch irritiert über die Umwege war, die Goltz ihm zu fahren befahl. »Kein weiteres Wort!«: das direkt nach der Magdeburger Schleuse. Es war nicht leicht, den rein gestischen Anweisungen des Polizeichefs zu folgen. Offensichtlich wollte er Fehlspuren legen, weshalb die Fahrt anfangs nicht nach Berlin, schon gar nicht direkt nach Colón ging, sondern nach Wiesbaden zuerst und mit besonders weiter Umgehung der nächsten Lappenschleuse; nach Mannheim dann, von dort fast nach Stuttgart, aber bei Heilbronn abgebogen, als müßten sie über den Rhein nach Mainz zurück. Schon erneut, bei Randell, gedreht. Kurz vor einem Ausläufer der südlichen Rheinmainer Arkologie drehten sie erneut – einem Gelände aus den Anfangszeiten Europas, das an ins Monströse verzerrten sozialen Wohnungsbau erinnerte, was es auch war: unsaniert, man sah sogar bisweilen einen Baumstumpen aus Vergangenheiten, in denen die Gegend noch bewaldet gewesen. Nirgendwo gab's einen Himmel, nur immer Kabelschächte um Kabelschächte in der Größe auf den Kopf gestellter, klaffender Landebahnen, dazu in ihrerseits Raumschiffsgröße Belüftungs- und Klimablöcke, die mit klumpigen Verdrahtungsvorrichtungen und grellen Lichtlöchern alternierten. Das gab ein wenig Farbe ins Leben kleiner Angestellter.

Goltz hieß zu wenden; er hielt den Kopf halb schräg zurück, als wollte er mit der Geisel im Kofferraum sprechen; die Augen blieben geschlossen. Lauschte er?

Kalle war müde, wollte die Fahrt an ihr Ende bringen. Goltz streckte sie und streckte. Halb Buenos Aires wurde durchquert. Einmal streiften sie Berlin tangential, aber dann jagten sie schon die Avus hinab Richtung Chelsea und von dort nach Potsdam und auf La Villette zu weiter. Auch hier fuhren sie noch, nunmehr unterirdisch, hindurch, tauchten jenseits der hohen Mietshauskomplexe wieder aus dem Untergrund, es wurde momentlang simulativ grün – vor Sevilla gab es weiträumig Referenzprojekte, die Illusionstechnologie der Weststadt nach und nach auf Buenos Aires zu übertragen –, dann schon sahen sie die ersten Hazienden. Ausgerechnet am Bauamt ließ Goltz den Taxifahrer anhalten, allerdings im Rücken des Gebäudes. Dort stand ein Wagen zum Wechseln.

»Wir wurden signiert«, erklärte der Polizist seinem Fahrer, als sie ausgestiegen waren. Kalle wollte sofort zum Kofferraum; Goltz hielt ihn am rechten Oberarm fest und zog ihn ein Stückchen vom Wagen weg. »Ich bin mir sicher, daß man uns abhören konnte. Deshalb die Stille. Hörn Sie mir zu. Schaffen Sie das, einen Unfall zu fingieren?« »Ähm, aber...« »Sie bekommen den Schaden ersetzt. Also schaffen Sie das?« Auf Kalles entsetzten Blick: »Aber nein! Was denken Sie! Ich nehme die Ungefuggertochter mit mir. Wir werden zu Fuß weitergehen. Sie bauen bitte diesen Unfall, damit Sie unkontrolliert weiterkönnen. Haben Sie mich verstanden?« Ohne die Antwort abzuwarten, schritt er zum Kofferraum, öffnete ihn, half der benommenen Ungefuggerstochter heraus. Sie kam erstaunlich schnell zu sich. »Können Sie«, fragte er, »denken?« »Mir ist schlecht.« »Das ist das Narkotikum. Glauben Sie mir, es war angenehmer so für Sie.« »Angenehmer?« Sie betonte höhnisch den Komparativ. Dabei sah sie an sich herunter, klopfte ihre Weste von Staub und von den Spanfitzeln frei, die im Kofferraum gehaftet hatten. »Meine Güte, wie seh ich nur aus!« Daß sie noch jetzt auf Äußerlichkeiten fixiert war! Goltz schüttelte den Kopf. Was ein Mädchen, dachte er. »Kommen Sie jetzt.« Zu Willis: »Und Sie fahren bitte.« »Er«, fragte Michaela Ungefugger, »begleitet uns nicht?« »Sie legen Wert auf ihn?« Willis sah die junge Ungefugger an. Die sah ihn an. »Se hat«, sagte er, »Angst vor Sie.« »Quatsch!« So die Ungefugger. »Keen Quatsch!« »Quatsch ist«, dies wieder Goltz, »hier herumzustehen. Also verschwinden Sie schon. Und was, Fräuleinchen, Sie anbelangt, so verhalten Sie sich bitte unauffällig. Sicher ist Ihnen bekannt, daß ich auch weniger liebenswert sein kann.« »»Liebenswert? Sie kennen dieses Wort?« »Nur deshalb sind Sie hier.« Diese Kehre verstand sie nicht; man sah ihr das an. – »Also los.« Er beugte sie an der linken Schulter, schob sie, drückte sie in den anderen Wagen, einen schwarzen Buick. »Ich soll fahren?« »Das können Sie nicht?« Jetzt ging es die direkte Strecke. Und wie sie fahren konnte! Willis derweil glitt dem beauftragten Unfall entgegen.

Nein, Jason Hertzfeld hatte sich nicht umentschieden, aber die Geiselnahme bot ihnen beiden eine gegen die Willen ihrer Mütter, Michaelas und seiner, protestierende Chance. Wer *richtig* leben wollte – ›w a h r leben‹ dachte Jason –, mußte aus diesem Europa hinaus. Daran schien es nun keinen Zweifel mehr zu geben. Sie brauchten deshalb das Boot und, um es zu bekommen, Michaela. Man konnte es eine Erpressung nicht nennen, denn die junge Frau war schon frei.

Willis stand bei Jason sowieso in der Schuld, seit er sich auf die Entführung eingelassen hatte; von ihm war's zur Bereitschaft der anderen nicht mehr sehr weit; nennen wir sie die *Proto-Argonauten:* Kigněrs, Broglier, Willis selbst; sogar Pal zeigte ein Interesse, das sich in Sympathie drehen ließe. Kumani, selbstverständlich, durfte nichts wissen, aber war dem Veteran und seinem Bruce Kühne ohnedies nicht geheuer. Am Abend, vor dem Sangue Siciliano, hatte Der Stromer ihn gestellt; wo sich die Ratte bei Tage verkroch, wußte kein Mensch. Nur neue Graffiti wurden gefunden. Die Presse nannte sie mythisch. Sie zeigten 22 in jeder denkbaren, dafür geeigneten Weise, Verfluchtseinsängste auszulösen. Die Menschen dachten an Schwarze Magie. Einige machte sie schaudern, andere träumten, wieder andere waren nur enerviert, Ungefugger aber hektisch. Er rief nicht nur Böhm in Stuttgart, rief auch Markus Goltz an. In der SZK direkt.

»Und wer i s t das, der das sprüht?« – Goltz tat uninteressiert. »Was finden Sie, mit Verlaub, daran aufregend?« Der Polizist setzte noch heimtückisch nach: »Es ist nur eine *Zahl.*« »Sperren Sie den Mann weg!« »Wegen eines Graffitos, Herr Präsident?« Der das schon gar nicht mehr wahr. Dabei hatte Goltz selbst einen Sprayer einst einen asozialen Schmierer genannt. Die Spur eines Kali-Traumes stieg in ihm auf. Er kannte die Zusammenhänge, *ihm ahnte,* muß man sagen, Jason. Mitten da hinein legte der Präsident den Hörer auf. Goltz informierte Deidameia. »Ich werde nicht lange mehr Polizeichef bleiben, das ist gewiß. Ich habe Ungefugger noch nie so erlebt.« »Er wird alarmiert sein. Wir haben keine Nachricht mehr von Aurel. Kein Holomorfer kommt mehr nach Simmern hinein.« »Das war abzusehen. Man hat uns bereits bei der Einreise signiert.« »Wieso ließen sie dann die Entführung zu?« »Sie wollten erst erfahren. Die junge Frau ist ihrem Vater nicht wichtig. – Wird dieser Aurel schweigen?« »*Kann* er schweigen, ist die Frage. Er ist ein Programm. Man muß nur seine Syntax ändern.« »Weiß er vom Trojanischen Pferd?« »Nein. Aber man wird versuchen, aus seinen auf alle anderen Signaturen zu schließen. Wir müssen sofort handeln. Tausende Holomorfe habe ich drüben.« »Sie wollen sie aus der Büchse lassen.« »Kommando Pandora«, sagte Deidameia, »ja.« Das Trojanische Pferd und die Invasion der Pandora. »Und die Kleine?« »Unser Ultimatum geht soeben hinaus.«

Als Ungefugger es auf den Screen bekam, von Eidelbeck erst weggefiltert, dann weitergeleitet, ließ er es sich ausdrucken. Das Papier wurde in seinen Fingern Eis und zerbrach wie eine Scheibe zu dünnes Glas. Vor seinen Füßen schmolzen die Splitter. Pfützchen der Erkenntnis blieben. Er rief sofort, er hatte ja kein Herz, Beutlin. »Sind Michaelas genetische Proben intakt?« Alles sei intakt, man habe keinerlei Probleme. »Ziehen Sie Kopien und leiten sie an Major Böhm, Zentrale Stuttgart. Hier der Zugangscode. Sie kommen ohne ihn da nicht durch.«

Er telefonierte Eidelbeck her und ließ sich abermals, der Generalleutnant und Schulze waren dabei, zu Goltz durchstellen. »Was wissen Sie von der Entführung meiner Tochter?« »Das ist neu.« Unbeeindruckt, dieser fischige Mann. Was dachte sich der Präsident, mit wem er sprach? Er sah den Generalleutnant neben sich als den Jungen und sich selbst, sehr gealtert, als einen Gerling. Wie sich Macht ablöst, dachte er und blickte sich in seinem Koblenzer Arbeitszimmer um. Dann sah er auf seine Hände. *Wir leben in einer Übergangszeit, Herr Goltz, wir müssen die Nation körperlos machen.* Stuttgart erst. Dann die ganze Welt.

Da fiel ihm etwas ein, er wußte gar nicht weshalb. Öffnete seine private Dateien-Partition, surfte etwas herum, zog die Schublade seines Schreibtisches auf, nahm einen der Selbstprojektoren heraus, verband ihn über die Steckverbindung mit dem Computer und lud ihn.

Löste die Verbindung, schaltete den Projektor ein. Da stand der dicke Herr Drehmann im Raum. Für den war seit damals Zeit nicht vergangen. Er hatte keine wirkliche Erinnerung mehr, bloß Hunger. Aber immer noch die Angst. So wenig beweglich war er wieder.

Goltz wollte nichts erklären. Als Herr Drehmann zu sprechen anhob, schnitt er ihm durch Heben der Linken das Wort ab. »Melden Sie sich hier«, sagte er, während seine Rechte die Adresse des Boudoirs auf einen Zettel schrieb, den er Herrn Drehmann reichte, »und beeilen Sie sich. Es ist wahrscheinlich nicht mehr viel Zeit.« »Ich weiß gar nicht…« »Ich weiß auch nicht. Nun machen Sie schon.« Als der verwirrte, behäbig schwankende Mann, der sich an eigentlich gar nichts mehr erinnern konnte, bereits in der Tür stand: »Ach so. Eines noch. Ich entschuldige mich bei Ihnen. – Und nun verschwinden Sie!«

Er mußte seinen Rückzug vorbereiten und ahnte nicht, daß auch die Gegenseite das tat; das ahnten aber auch weder Eidelbeck noch Schulze. »Wir brauchen noch ein paar Tage, Herr Präsident, wirklich, wir *brauchen* die Zeit!« Der Major intonierte diesen Satz rundweg beschwörend. »Den Einundzwanzig geht es gut, ja, auch ohne Selbstprojektoren. Es gibt keinerlei Zugriffsmöglichkeit von außen mehr. Aber wir können noch nichts darüber sagen, wie das Verfahren bei einer ganzen Stadt funktioniert. Wir überblicken auch die organischen Zusammenhänge nicht. Wir haben Fehlläufe gehabt. Bitte, diese Tage sind nötig.« Auch das am 1. November. Wir kommen aus der Zeitschlaufe nie mehr heraus, dachte Sabine Zeuner, die all diese Gespräche mithörte und die Protokolle gesondert markierte.

Da war es späte Nacht in Beelitz, sie hatte Schicht. Herbst und Dr. Lerche ruhten jeweils daheim, sollten das jedenfalls tun, um sich auszuschlafen und nächstentags wieder fit zu sein. Vielleicht hätten die Probanden hieran erkennen können, daß sie nur Programme waren: daß, was immer auch geschah und so viele Wochen darüber auch verstreichen mochten, es stets beim 1. November blieb: speziell bei jener einen Nacht vom 31. Oktober auf den 1. November. Hans Deters wußte darum, es machte ihn rein irre. Das einzige, was wirklich verging, waren die Jahre, Jahres*zahlen,* will das sagen, unterdessen schrieb man 2005. Aber w i e d e r den ersten November. Dann schon 2012.

Weshalb er sich hochsetzte im Bett und kurzentschlossen aufstand und sich wieder anzog. Aus der Küche hörte er ein Rascheln. War nicht das Fenster zerbrochen? Die Tausenden Scherben blinkten, wie ein Ton sirrt, auf dem Küchenboden. Die Wäsche durch die Wohnung gezerrt. Er sah nach. Nichts. Alles schlummerte friedlich, die Tassen, die Messer im Besteckkorb, der Wasserkessel auf dem Herd, die Gewürze in ihren Regalen, das Brot unter der langen schmalen Platte, darauf Kartoffeln und Zwiebeln, Medikamente, Sportklamotten und Werkzeug, Dosen, Tupperware, alles durcheinander. Darunter, also im Rucksack, die Wäsche, die ebenfalls schlief. – Er kehrte sich zurück. Seltsam, dachte er, als er auf seinen Schreibtisch schaute: aufgeschlagen lag da ein Buch, das nicht ich, dachte Deters, da hingelegt habe. Ein Schauer durchrann ihn, als er es hochnahm, er sah seine Hände dabei, besah sie, wie sie es hielten. Artur C. Clarkes »2001«, der Roman nach dem Drehbuch. Ich hatte es seit Jahren nicht mehr in der Hand gehabt. Das konnte gar nicht sein ... – bin ich derart wirr? Er schloß es und stellte es ins Regal, zwischen einem alten Chemiebuch und einem anderen Clarke klaffte die Lücke schmal wie ein Geheimnis, an das man besser nicht rührt. Vielleicht dachte Deters deshalb sogleich an Dolly II, wie er tags mit ihr im ADERMANN gesprochen hatte, und an Judith Hediger, vielleicht bekam er deshalb so unvermittelt Lust auf sie. Ich kaufe Brötchen, dachte er, ich überrasche sie mit meinem Besuch.

Jedenfalls hielt er es in der Arbeitswohnung nicht aus. Sein Computer behauptete 4.58 Uhr des ersten November, nein, das hatte Deters nicht bloß geträumt. Aber auch gestern war der erste November gewesen. Nur an einem ersten November, das ist, dachte ich, Gesetz, konnte Niam wieder erwachen. Und Deters radelte dahin zurück, wo sich die Anderswelt ein erstes Mal geöffnet hatte: ins SILBERSTEIN, also SAMHAIN in der Oranienburger Straße. Aber das gab es gar nicht mehr. Auch war in dem touristischen Kiez um diese Zeit nicht viel los. Es nieselte bloß. Alles schrecklich klamm.

Kurz vorher hatte Deters bei Judith angerufen, aber sie nahm nicht ab; wahrscheinlich schlief sie und hörte darum das Handy nicht. Ich werde mal, dachte Deters, ein Brötchen an der Tiburtina essen. Entschied sich statt dessen für den Bahnhof am Alex und radelte für einen der schönsten Blicke Berlins über den Eisernen Steg. Vor der Accademia, deren Bug sich dort in die Themse wölbt, hielt er und lehnte das Fahrrad ans Geländer. Er beugte sich drüber, stützte sich auf und sann. Ihm im Rücken die Friedrichstraße. Ihr im Rücken das Emblem des BEs. Das winkte zum Mercedesstern am Kudamm hinüber. Vor Deters, links unten am Themseufer, das Strandbad Mitte, das nun, im November, geschlossen hatte. Daß es aber auch nicht mehr gab, nicht so wie damals. Sommers war es voll Blitzen gewesen und bauchfrei und hatte vor Düften nach Frauen gebrodelt. Demgegenüber die Accademia, in die unterdessen, aus Charlottenburg, Irene Adhanaris berühmte Kopfplastik verbracht worden war. Und in der Ferne hatte der Fernsehturm seinen Legestachel bis hoch in den Himmel gereckt. Zwischen dem und dem Brückchen eine weitere Brücke. Bisweilen fuhren S-Bahnen, fuhr ein Regionalexpreß, auch mal ein ICE darüber, die Fenster von Fernweh erleuchtet. Man hörte das Rattern durch den tiefen, nachtdunklen Morgen.

Er sog Hans Deters auf. Eckhard Cordes, am Fenster seiner Küche in der Schönhauser Allee, sah ihm zu. Und diesen beiden sah Sabine Zeuner zu, in ihren Computersimulationen; ich sah nicht zu, denn ich schlief noch. Beutlin wiederum hätte uns zwar zusehen können, aber war zum Schlafen endlich einmal nach Hause gefahren, bevor der Präsident ihn anrief, Präsident Ungefugger a. D. Sowieso riß sich Deters jetzt von dem Anblick los. Bestieg sein Rad, es ging auf sechs Uhr morgens, fuhr an den klassizistisch holografierten Universitätsgebäuden vorbei, links erhob sich das blaue Tor von Ischtar. Eine Flucht haushoher sandgelber Mauern sowie das Band des Löwenfrieses führte darauf zu. Man kam da, dachte Cordes, direkt nach dem heutigen Babylon durch: nämlich in einen Spielraum, den Michael J. Stephan entwickelt hatte, ein Freund und Kollege Herbsts, der für die Unterhaltungsabteilung der CYBERGEN tätig war. Die Schnittstelle beider Welten war ein Witz, den sich die beiden Männer geleistet; nicht einmal die Zeuner wußte davon.

An die Mauer gedrückt standen irakische Kleinhändler, seltsam mit Berliner Russen vermischt; auf rohen Gestellen boten die ihr Zeug feil. Essen brutzelte in enormen Töpfen aus Blech. Schon kommt man am Alten Zeughaus Unter den Linden hinaus. Keine drei Minuten sind es nun mehr zum Alexanderplatz. Da ist denn auch endlich Betrieb.

Es regnet immer noch. Deters schiebt jetzt sein Rad. Er versucht es bei Judith erneut. Wie gern kröche er in ihr schlafwarmes Bett! Statt dessen betritt er die Stazione und schaut nach Zugverbindungen für Stuttgart. Ein wenig ist er in Panik. Die Digitalisierung der Stadt wird an einem ersten November stattfinden. An einem ersten November, begreift Codes, ersteht auch der Lichtdom. Doch nicht damit, eigentlich, hat Deters' Panik zu tun. Sondern der Wäscheberg in der Küche hat sich zu rühren begonnen, fliegt in einem nassen Knall auseinander. Aus der Embryonalhaltung wächst – der Rücken streckt sich mechanisch exakt und surrt elektronisch – Niam Goldenhaar heraus. Sie wirft die Küchenplatte um, unter der der Rucksack stand. Medikamente, Sportklamotten und Werkzeug, Dosen, Tupperware, alles kracht durcheinander, segelt und scheppert zu Boden. Da ragt die Lamia aber schon: wieder gewandelt, sah sie wie eine Schwester Skamanders aus, der den kleinen Oisìn, welcher gar nicht wußte, wie ihm geschah, in die Große Westbrache hatte bringen lassen, *verschleppen* muß das heißen, indes er selbst bereits wieder in seinen

25

Schlamm bei Lough Leane zurückgesunken lag. Von dort aus starrte er am Geländer der Zukunft die Geschichte entlang. Das war kein besonders anderer Blick, als Jason Hertzfeld ihn warf, der, die Kapuze übers Feuerhaar seiner Mutter gezogen, gegenüber dem Sangue Siciliano aus dem Unterstand lugte, bis Kalle Willis endlich erschien. Das begab sich um ungefähr dieselbe Zeit, in der Deters am verschlossenen Silberstein ankam.

Kalle hatte noch keinen neuen Wagen, die Versicherung bezahlte seinen Verdienstausfall. Er wollte soeben ins Sangue, um nach Kigncrs und vielleicht auch nach Broglier zu schauen, dem wiederzubegegnen er sich endlich stark genug fühlte.

Hinter sich ein scharfer Pfiff. Er drehte sich um, da stand Jason. »Wat machstn hier, Knirps?« »Ich muß mit dir reden. Und mit dem Alten, wenn er da ist.« »Kingschss?« Lachte auf. »Ick krieje det nich hin, det Wort auszusprechen.« »Ich will Kumani nicht begegnen. Gibst mir einen aus? Ich bin völlig blank.« »Klaro, ick schau maa, oppe Luft rein is.« Winkte Den Stromer herüber.

»PERMESSO!«

Sie stießen an. If you look inside your heart. »Hör zu, dir paßt das doch auch nicht«, you don't have to be afraid, »das mit der Ungefuggertochter.« Of what you are. »Ick will nich reden drüber, hörste?« There's an answer. »Ich werde sie befreien. Aber ich brauche dich dazu.« »Sach mal, h a - s t e dir noch alle?!« Der Stromer stand auf. »Viel Vergnügen mit deinem Gewissen«, sagte er und wandte sich weg, um hinauszugehen.

»PERMESSO!«

Er wischte jedoch nicht in der üblichen rattigen Schnelle davon, sondern ließ sich – ließ also Willis – Zeit, weil der nicht zu den Hellsten gehörte. Und tatsächlich. Da war dieser Blick, dieser Michaela-Ungefugger-Blick. If you reach into your soul. »Nu warte doch!« And the sorrow that you know will melt away.

Kigněrs erschien in dieser Nacht nicht mehr, den mußte Willis eigens kontaktieren. Was er am 1. November mittags tat. Er war mit der Öffentlichen nach Palermo gefahren und deshalb nicht daheim, als Eidelbeck und ein paar Beamte anrückten, um ihn in Haft zu nehmen. Der verunfallte Wagen war unterdessen untersucht, die Grenzsignatur entdeckt worden. Aber Koblenz hatte nicht gehandelt, Goltz schien den Befund bewußt zu ignorieren. Der Mann war mittlerweile überwacht, wußte es auch, tat aber nichts, sondern wartete ab. Was wiederum Eidelbeck nicht wußte, das war, daß auch er beobachtet wurde, er nun freilich von SZKlern, unter anderem von Hünel, den Goltz von Kehl längst abgezogen hatte. So war der Polizeichef über Eidelbecks eigenmächtige Aktion sofort informiert und rief bluffend in Pontarlier beim Präsidenten durch: »Herr Ungefugger, Buenos Aires ist *mein* Zuständigkeitsbereich. Ich muß Sie bitten, Ihre Schu-Sta abziehn zu lassen. Sie hat in Buenos Aires absolut keine Befugnis.« Er wartete nicht auf die Entgegnung, sondern knallte dem Präsidenten den Hörer auf. Danach informierte er Deidameia sowie Fischer und von Zarczynski, die auf Ungefugger parlamantarisch Druck auszuüben versuchten. Das kam den alten Gegnern Hugues und Martinot zu Ohren; sie nutzten es sofort propagandistisch. Ungefugger trieb abermals Skamander aus dem Sumpf. Das Geländer der schlafenden Zukunft war kurz. Doch diesmal wurde der Emir tief in den Osten geschickt. So daß für die Geschichte Europas etwas völlig Unvorhersehbares geschah und die Lamia Niam, die noch völlig unbewußt, noch nichts als ein reiner Instinkt war, der hatte seine Ketten gesprengt, nicht das Küchenfenster, sondern – es war von außen abgeschlossen worden – die Tür der Arbeitswohnung in den Hausflur durchbrach und hinausstob, Quergebäude Dunckerstraße 68. Ein stürzendes gieriges Wasser, so raste Die Unheil die Treppen hinunter und schleuderte die Mutter mit in die Straßen – er hatte nicht nur unrecht, der Präsident, sein Volk und das Land vor einer solchen Natur schützen und ins Gelobte Eden des reinen Geistes leiten zu wollen. Eine Schneise Zerfetzter Gerissener legte sich wie ein in der Mitte geöffneter, beidseits umgeklappter Lappen aus legierten losen Organen blutig vom Fahrdamm der Prenzlauer Allee bis an die Hausmauern rechts und links. Schrie schon Sirenen, man konnte von Glück sagen, daß es noch ein derart früher Morgen war und so wenig Volks auf der Straße.

Die Nachrichtensender buhlten um die exklusiven Rechte an der Ermittlungs-Berichterstattung; die privatisierte Polizei füllte so ihre Lohnkasse auf. Der SoKo ginge es deshalb eine Zeit lang richtig gut; es war zu erwarten gewesen, daß Hugues' *ntv* den Zuschlag bekam. Als erster meldete dann eben dieser Sender die Zweifel daran an, es seien an der Sabotage der U2 und an der Zerstörung des Bahnhofs Alexanderplatz dieselben terroristischen Umtriebe schuld, die den Nullgrund zu verantworten hatten, der bis heute ungesühnt geblieben war. – Hier fiel das mythische Wort zuerst: Lamia.

Die SoKo, von der die Information gekommen war, dementierte, die Stadt Berlin dementierte, Pontarlier dementierte – nicht Ungefugger zwar, sondern von Zarczynski. Dann dementierte, für die SchuSta, Eidelbeck. In jedem Fall ging die Rede um, in Buenos Aires sei der Osten eingebrochen. Das hätte erstarkten Anlaß für eine nächste militärische Operation werden, dem AUFBAU OST! einen weiteren Schub geben können, für den die Porteños, glaubten sie zu ihrem wachsenden Unmut, zahlten. Doch Ungefugger ließ sich nicht einmal hören, und von Zarczynski war Pazifist. Es war auch sofort wieder ruhig, kein zweiter Odysseus, überdies, ließ sich anfangs vernehmen. Ein erschöpfter Frieden, der grau war, resignativ, legte sich wie eine niederschwebende Aschenwolke über die wegen der Aufräumarbeiten gesperrten Terrains. Der Nah- und Regionalverkehr würde monatelang nicht mehr fahren, was lähmend die gesamte Stadt bis in die Zehenspitzen zu spüren bekäme. Die Lamia aber hatte sich nach ihrem ersten, einem so befreienden Wüten in einen leeren Keller verkrochen, um gesättigt zu harren, dort auszuharren für ihre nächste Verpuppung.

Statt also islamistischer Haßflüche auf die gottvergessene westliche Welt, statt der erhabenen Stimme eines Savonarolas oder wenigstens autonomer oder rechtsradikaler Bekenntnisse zertrampelten zur allgemeinen Schockierung, anfangs nur Duldungsstarre der aufgestörten polizistischen wie militärischen Welt, die ersten holomorfen Rebellen das Rosenmeer von Pontarlier. Sie fragten nicht, sie schossen gleich, geschweige, daß sie verhandelt hätten. Ungefugger, der, obwohl zurückgetreten, Präsident noch war, verhängte den Ausnahmezustand. Ihm kam die Entwicklung, beides, recht. So war ihm auch der Nullgrund recht gekommen. Es ließ ihn die wenigen Tage gewinnen, die der Lichtdom nun noch brauchte. Mit aller erdenklichen Härte schoß die Staffel zurück. Nur daß materielle Kugeln wenig ausrichten konnten, eigentlich gar nichts. Es zeigte sich: im Westen waren s i e , Avatare, nicht aber wirklich Menschen zu Haus. Man mußte die Selbstprojektoren treffen, dann gingen die Gegner in Luft auf. Es waren mehrere tausend gegen vielleicht zwei Hundertschaften, die hier kämpften. Schnell war der Energieschirm hochgezogen, der die Villa Hammerschmidt für Holomorfe unzugänglich machte. Drinnen konnte Ungefugger beruhigt seine Verfügungen treffen. Und er traf sie. Sprach an das Volk. Der Holomorfenaufstand in der Weststadt sei ein zweiter 17. Juni. Das sollten sie auch werden, wiewohl es der erste November war, Odysseus' beide neuen Anschläge in Buenos Aires-Berlin. Wir b r a u c h e n den Lichtdom. Doch habe ihm, dem Präsidenten, das Parlament die Gefolgschaft verweigert. Alleine deshalb, als guter Demokrat, sei er demissioniert.

Während dieser Fernsehansprache, und ihretwegen, kippte die öffentliche Meinung erneut. So konnte Ungefugger den Notstand ausrufen lassen, ohne sein Volk zu verraten. Woraufhin Eidelbeck, den der Präsident hatte vortags aus Buenos Aires wieder hatte abziehen heißen, mit einer ganzen Schwadron F16 vor dem Gebäude der Sicherheitszentrale Koblenz anrückte. Er trug Order, Markus Goltz in Haft zu nehmen. Der war indes schon weg. Wen immer man in diesem seltsam nüchternen SZK-Gebäude antraf, das nicht einmal von Zäunen Schlagbäumen Wachen gesichert war, sondern als unangenehm glatter, fensterloser blauschwarzer Klotz mitten in der Asphaltwüste stand, keiner wußte über den Verbleib des Polizeichefs etwas zu sagen. Vor dem, was Eingang zu sein schien – mehr als drei türähnliche, offenbar durch ein Magnetfeld gesicherte Öffnungen gab es nicht – standen Eidelbecks F16er zwar schwer unter Waffen, aber ziemlich hilflos in der Leere herum; wirklich niemand war draußen zu sehen, auch kein Empfang, keine Seitenloge, nichts. Es gab weder Klingel noch Lautsprecher, geschweige denn gab es Bildgeräte. Überdies waren die Milizionäre von der simulativen Weststadt so viel Realität nicht gewohnt, schon gar nicht so viel Glätte. Die und der Anblick der in Zwanzigerreihen in die stille Luft gehängten Gleiter machten sie schwindeln. Und sowieso, daß man keine Seele zu Gesicht bekam! Stand wie zum Abschuß allein und ganz ohne Deckung. In dem Gebäude hingegen schwirrten kopflos aufgescheuchte SZKler durcheinander. Eidelbeck wütete. Wer hatte den Polizeichef gewarnt? Der SchuSta-Mann hatte ein Gespür für den Instinkt, der einen Mann wie Goltz immer wieder aus heikelsten Situationen herauskommen ließ. Sie teilten sich beide darein.

Dieser Instinkt hatte Goltz noch in der Nacht – nach dem Gespräch mit Deidameia und dem kurzen Telefonat mit Ungefugger, sowie einer knappen Besprechung mit Beutlin, der über Ungefuggers Anruf berichtete – die SZK ziemlich eilig fliehen lassen. Man konnte sich leicht ausrechnen, was infolge des in der Weststadt losgebrochenen Aufstands geschehen würde: wenigstens würde es heißen, er, Goltz, habe in der Terroristenbekämpfung mit Absicht geschlampt; und Simmern würde durchermittelt. Tatsächlich konnte er von den neuen Anschlägen gar nichts vorhergewußt haben. Nun war es unumgänglich, abermals mit Der Wölfin zu konferieren, die aber nicht erreichbar war. Verschlüsselt webbte er ihr. Sie würde für den zweiten Odysseus gelten oder für einen dritten. Goltz sah Ungefuggers Geheimpolizei übers BOUDOIR einherfallen, sah, wie sich die Kräfte, und mit welcher Gewalt, über auch die anderen Myrmidonenzentralen stürzten. Schon hatte der blonde Generalleutnant zu Willis einen Trupp geschickt; man sollte sich aber unsichtbar halten. Der war nur ein kleines Licht. Aber er würde sie führen, vielleicht sogar zu Goltz. – Ein Dritter stieß in Palermo dazu, ein älterer, ungepflegter, schwankender Mann. Er schien getrunken zu haben. An der Straßenecke nahm sie alle ein Taxi auf. Ein kleiner Inder saß am Steuer.

Noch sah Cordes aus dem Fenster. Bei ihm war es erst 6 Uhr in der Frühe, doch einige Zeit nach den Explosionen. Die aber hatten ihn geweckt. Nun sah er die Prenzlauer Allee und den Hochbahnhof Alex, sah sie in seinem Kopf, worinnen sie sich über das morgendliche Bild der Schönhauser Allee deckten. Durch den halben Prenzlauer Berg und ganz Mitte krachten die Detonationen dahin und brachten vor dem Nullgrund die Luftwand zum Zittern. Selbstverständlich wußte Cordes nicht, woher der Krach rührte, nicht einmal, was sein wirklicher Grund war, doch seine Fantasie raste nicht weniger als Deters', der, weil sowieso auf dem Weg zum Alex, die drei Lichtfontänen sogar sehen konnte, unter deren Stroboskop das Gebäude in die Luft flog. 233 Leute kamen um. Das war ein Nachbeben des Nullgrunds, wie eigens dafür inszeniert, daß man ihn nicht vergaß. Daß ein Ungeheuer tobte, kam keinem in den Sinn, in jedenfalls keinen anderen als den metaphorischen, der sowieso den zweiten Odysseus für solch ein Ungeheuer nahm. Längst wurde, moralreligiös, von einer Achse des Bösen gesprochen. So wenig war die Mutter, war Thetis in Wahrheit vergessen. Man spürte im Inneren, daß sie sich rächte. Und wischte sein Gespür, es rationalisierend, hinweg. Auch die Harpyien, damals, so *wollte* man es sehen, seien Maschinen gewesen.

Dann, während in Pontarlier noch gekämpft wurde, meldete der zweite Odysseus sich doch: aus irgendeinem karpatischen Unterschlupf, vielleicht einem beskidischen, möglicherweise von noch sehr viel tiefer im Osten. Man sah den bärtigen Mann unter flammenden Augen aus einem Video sprechen. Das sei bereits, sagten Spezialisten, Monate vorher aufgenommen worden, es sei nicht wahrscheinlich, daß der Verbrecher überhaupt noch lebe. Woraufhin nun doch der Präsident sprach, was er sehr ruhig und bestimmt tat. Deutlicher spürte nie die Nation, wem sich vertrauen lasse. Er halte, sagte Ungefugger, an seiner Demission zwar fest, doch könne es Neuwahlen erst geben, sei die momentane Krise überstanden. In der Tat, so nannte er den Zustand, *Krise*. Er werde sich, anders als sein Vorgänger tat, nicht aus seiner Verantwortung stehlen. Den Neuwahlen werde er sich allerdings nicht mehr stellen; er habe eine tiefe Sehnsucht nach Reinheit und Ruhe.

Etwas Mönchiges strahlte er aus, das ihm die auratische Kraft seiner früheren Jahre zurückgab. Pontarlier sei belagert, er könne um Gefahr seines Lebens die Villa Hammerschmidt zur Zeit nicht verlassen. Der Terrorismus zeige nun auch im saubersten Westen seine häßlichsten Hörner – nein, »warzig« nannte er sie: warzigste Hörner. Man werde sie dem Unrecht kappen und den Odysseus jagen. »Wir werden ihn bestrafen.« Daran fand Cordes interessant, der keinen Fernseher besaß und die Ansprache deshalb über den Computer verfolgte, daß Ungefugger nicht von dem *zweiten* Odysseus sprach, möglicherweise deshalb nicht, um den ersten vergessen zu machen. Er hatte sich ein Glas Weißwein einschenken lassen, Nahewein, besaß bisweilen einen Humor. Mit beiden prostete er den Zuschauern zu, bevor das Programm auf eine Werbung für Cloning switchte.

Abermals Verwüstung, abermals Odysseus' Drohung, man werde keine Einmischung des Westens in die Angelegenheiten des Ostens mehr dulden. Einen neuen sehr alten, geradezu einen achäischen Ton schlug der Mann dabei an, argumentierte mit Kungír, dem höllischen Jenseits der Heiligen Frauen, mit einer, sogar, Rückkunft der Hundsgötter, ja der gesamten vom AUFBAU OST! fast schon überplanierten mythischen Welt. Von Thetis ging plötzlich wieder die Rede. Wären nicht so viele Tote zu beklagen gewesen, dann hätte diese Wendung einen großen rhetorischen Witz gehabt. Wer wollte ernsthaft noch von solchem Aberglauben wissen? Die Stratosphäre war, die Ozeane, längst, waren in logisch wirkende Elemente zerlegt, Funktionen handelbarer Mengenlehren; desgleichen Geschlechterverhältnis und Sozialität. Und dann kamen solche Barbaren und mordeten nicht mit Messern und Lanzen, sondern mit der modernsten Technologie. Allah, der nicht ist, tobte durch die Kybernetik und kotzte in den Rosenatem der Reichen. Er zerfetzte ihnen die Schimmel. Was waren das für Menschen, die ihr Leben einer Sache wegen ins Feuer warfen, für die es nicht einmal Zinsen, geschweige Rente gab? Nein, Harpyien waren noch nicht wieder eingesetzt, das ist wahr, kein Bionicle hatte die kriegslogistische Fratze gezeigt. Doch man entsann sich. Die Selbstmordattentäter waren Skandal, denen Ideen näher als ihr Kontoführer standen. Entsetzlich, die Berserker. Was wußten die von Steuererklärung und Vattenfall? vom 40-Stunden-Tag, der drohte?

von Komischer Oper und Schalke 04? Sie statt dessen drohten mit einem lächerlichen Lebenspathos, wo doch in Wirklichkeit alles ironischer Text war. So rasten sie daher. Banden sich Sprengstoff um den Bauch – einen Tauchgürtel, der in die letzten Tiefen zieht, Ozeanografen der allerfrühesten, allerersten Dinge – und dachten an ihre Frau und die Kinder, als sie am Leinchen der Verkabelung zogen. Die Explosion war der Fallschirm, der sie ins nächste Leben sinken ließ: sie stiegen dabei auf, zerschlugen nicht, fielen und stiegen zugleich durch alledie Schreie, geplatzten Organe hindurch und durch die Wolken des Schmerzes. Auf Fetzen der Frau liegen getrost noch die Fetzchen des Mannes. Denn wenn eine Plage kommen will, so fürchtet er sich nicht; sein Herz hoffet unverzagt auf den Herrn. Noch küßt sich eben ein Paar, da sind schon Späne aus einem Plexiglas der interesselosesten Schönheit gedreht. Ein Auge baumelt am Sehnerv wie von dem geknickten Gestänge des Halses herunter. Spirriges Schmauchgas flattert auf. Weinen, Klagen, Sorgen, Zagen wehten überm zerstückten Bahnhof. Das regnete als bachsche Kantate herab, um durch die vier paradiesischen Türen den Märtyrern hinterherzuschwimmen.

In den Sirenen war der Morgen zu ahnen. Reflexe rotierenden Blaulichts jagten in Richtung Hackescher Markt. Paar jugendliche Nachtschwärmer, gothic aus kommenden, den noch zu grabenden Gräbern, paar Torkelnde, fast immer Männer mittleren Alters, einige aufgestylte Handtaschen, eine Tram und zweidrei Radfahrer. So war es auf der Oranienburger um diese frühe Uhrzeit bestellt. *Urzeit,* dachte Cordes.

Unters BERLIN CARRÉE, als sie gesättigt, zog sich die Lamia zurück. Es gab da einen Einschlupf in die Keller. Krallen rissen das Gitter weg. Geronnenes Blut verstopfte die Nüstern, so tief hatte das Ungeheuer seinen Kopf in die Opfer gesteckt, lang und unbefedert der kropfige Hals. Keine Spur mehr Sonnenträne, auch keine Erinnerung, was Niam einmal gewesen.

Cordes, am Fenster, war zum Weinen zumute. Die Aufregung schäumte die Karl-Liebknecht-Straße entlang. Da erreichte Deters den Alex, doch kam nicht, wegen der Polizeisperren, weiter. Es begann zu tagen. Der miese Geruch verbrannten Fleischs, glühenden Metalls, kochenden Betons. Der von Hitze flirrende Luftbrei ein Sarajevostaub, der in die Wohngebiete weht: Schwarzer Staub von Paschtu, in den gehüllt der zweite Odysseus einherging, bevor er, dachte Cordes, in seinen Schlamm zurücksank.

Deters hustete, der Reiz war unangenehm, andere, um ihn her, husteten auch. Am Schlimmsten war die Übelkeit. Zudem Trauer, wortlos gegenüber so viel Verheerung, einem Wort, das von ›Herr‹ kommt, verbissen im Nacken des Krieges wie eine Zecke, die erst satt werden muß, bevor sie hinabfällt. Deters fühlte sich am Kragen gezogen. Er drehte sich um, aber da war nichts. Nur weitere Leute, die gafften, entsetzte Leute, wirre Leute, die zusammen mit ihm von den Plexiglasschildern zurückgedrängt wurden wie Demonstranten, die ein Staat nicht will. Krankenwagen jaulten heran, immer mehr Krankenwagen, der ganze Platz stand schon voll: mit denen und mit Feuerwehr, die noch vereinzelt kokelnde Feuer löschte. Mannschafts- und kleine Einsatzwagen. Die halbe SZK fand sich ein, nun nicht mehr unter Goltzens Kommando. Statt dessen kläffte Eidelbeck Befehle. Deters duckte sich drunter. Dabei bekam er etwas... nein, nicht in die Nase, die war zu voller Paschtu, sondern in sein Gefühl, irgend etwas, das hineinkroch und rief. Er verließ die Pulks, schlich hinten ums Carrée herum, immer die Stirn zu Boden gerichtet, wie wenn er einer Fährte folgte. Stand vor der aufgerissenen Luke, zwei Meter war sie aufgezerrt breit; einen halben mochte sie hoch sein. Scharten in die Verfugung geschnitten, aus der ein Mörtel bröckelte. Deters lauschte hinab, lauschte hinein. Ihm schlug das Herz bis zum Hals. Das Dunkel roch nach staubbedeckter, einer von aller Geschichte vergessenen Braunkohle.

Man achtete nicht auf ihn. Jeder war aufs Unheil am Alex konzentriert, auf Räumfahrzeuge und Hebebühnen, Martinshörner, Schreien. Und auf das TV. Man wollte unbedingt durch die Kamera laufen. Ungefugger hatte mit den Redaktionen Verbindung aufgenommen; zugleich stand er in dauerndem Kontakt mit den Einsatzkommandos. Er zeigte sich dem Volk. Ein Präsident versteckt sich nicht, nein, sondern er reist a n, gerade dann, wenn es Gefahr bedeutet. Nur konnte er, des Aufstandes wegen, aus Pontarlier nicht persönlich hinaus. So daß er aufs neue nach Skamander schickte. Der Gestaltenwandler kam überhaupt nicht zur Ruhe.

Die Ereignisse dieses Tages gingen tatsächlich als zweiter 17. Juni in die Geschichte der Anderswelt ein; der erste war vor Jahren im

Osten niedergeschlagen – der sogenannte Eintageskrieg, zu dem auch d i e s e Erhebung und ihre Niederschlagung würde: zwar brauchte sie *zwei* Tage nunmehr, doch die Erkenntnis eines *eigentlich*-symmetrischen Wesens historischer Ereignisse war eines der faktischen Ergebnisse, zu denen die elektronische Feldforschung der Beelitzer Cybergen kam: Im selbstorganisierten Modell erwies sich Geschichte als ästhetisches Phänomen. Wie die Natur war sie von einer Neigung zum Ausgleich getrieben. Ließ sich dieser nicht erreichen, reagierte sie, ganz wie jene, mit Zerfall. Diesen geradezu *Determinismus der Ähnlichkeit* nannte Woldemar Kraussen das GESETZ DER ASSONANZ, bzw. eine »Regel des gleichen Anlautes«. »Wenn wir die verschiedenen historischen Abläufe grafisch darstellen lassen«, erklärte Zeuner, »entstehen stets ähnliche Muster – Kongruenzen aber, nicht Identitäten.« Und Herbst ergänzte: »Fehlt einem Muster etwas zu seiner Komplettierung, dann holt es sich das von *anderswo*.« Der Vorsitzende Richter: »Was meinen Sie mit ›anderwo‹?« Kurz sahen Zeuner und Herbst sich an. »Mach du!« sagte er. So sie: »Es ergänzt sich aus den Möglichkeiten.«

Für den Moment Stille im Gerichtssaal.

»Geht von uns nun aber jemand«, fuhr Frau Zeuner fort, »hinüber, dann entsteht in der Realwelt ein Vakuum … eine Art Loch, das sich nun seinerseits aus dem Anderswo füllt.« »Was ist das für ein Unfug!« Der Richter schüttelte den Kopf. Lachen der Prozeßbesucher. »Ruhe bitte im Saal.« »Wir versuchen Ihnen nur zu erklären, wieso dieser Avatar«, sagte Herbst, »nach Beelitz kommen konnte.« »Ich bitte Sie! Was hat ein Avatar mit dem Tod Ihres Mitarbeiters zu tun?«

Noch aber lebte Dr. Lerche. Hätte die Zeuner Beelitz beizeiten verlassen, wäre der Totschlag, wahrscheinlich jedenfalls, vermeidbar gewesen. Sie hätte nämlich nicht auf die Idee kommen dürfen, Carola Ungefugger zu erscheinen. Dies war längst kein Modellversuch mehr, dachte Beutlin, der die Verhandlung mitverfolgte, ganz so angespannt, wie er die Kämpfe in der Weststadt mitverfolgt hatte. Nichts davon war zu erwarten, dachte Cordes, nichts war so programmiert gewesen. Gerade darum hatte die Zeuner gedacht, dachte Deters, man müsse sich in eine der Parallelwelten retten – was Beutlin für nicht weniger widersinnig als die Vorstellung hielt, Sabine Zeuner könne auf den Gedanken tatsächlich verfallen, für Carola Ungefugger eine Pallas Athene zu geben oder eine Hera, die ihr, Frau Ungefugger, das Boot auch gäbe, diese über den Gatten erzürnte Göttin, das Jason von ihr als ihm einst gegebenes Versprechen einforderte. Indem sich Zeuner diese Rolle ins Programm schrieb, initiierte sie den tragischen Vorfall selbst, um den sich der Strafprozeß nicht nur drehte, sondern der sein Anlaß war; er setzte ein Geschehen in Gang, das direkten Weges zu der Untersuchung führte, derethalber wir uns jetzt wegen Dr. Lerches Tod verantworten mußten. So gesehen, dachte Cordes, wurde die Reise nach Aia zu einer nach Levkás. Medea ist immerhin Zauberin.

»Was hast du dir nur dabei gedacht?« Fast wie Dorata zu Kalle.

Andererseits gab es für das Delikt – ein Programmierer wird von seinem Programm erschlagen – nicht eigentlich eine juristische Handhabe. Jedoch blieb es eine Tatsache, daß, wie zuvor der Hundsgott, Kalle Willis in die Laborräume der CYBERGEN platzte, um Dorata Spinnen an Dr. Lerche zu rächen. Gleichzeitig schwärmten Myrmidonenkommandos in Berlin, Magdeburg und Leipzig ein und besetzten Ämter und Konsulate. Die Terroristen nahmen Geiseln, sprengten Kaufhäuser, attackierten Züge. Das Wohlstandsland ging in die Knie vor dem realen Krieg. Seit der *Unanimous Declaration* of the States of Europe hatte man den nur nach außen geführt und nach draußen getragen, nämlich in den Osten. Jetzt bombte sich der Krieg mitten in den Überfluß hinein – seit Nullgrund schon. Er hatte durch die unbegrenzten Möglichkeiten einen fetten Strich gemacht. So durcheinandergebracht war das prästabilierte Gefüge der Welt. Wie Skamander aus dem Schlamm, erhoben sich PLO und ETA, Schulter an Schulter, aus der Geschichte. Tschetschenen drängten nach in der Schlange, hoben ebenfalls die Hand.

»Du hättest sie sehen müssen! Carola hat solche Angst um die Tochter!« »Carola Ungefugger?« »Wir hatten ein völlig falsches Bild von ihr!« »Nein. Wir haben es geschaffen.« »Jedenfalls wußte sie nicht ein noch aus. Und fühlt sich obendrein schuldig.« »Du weißt noch, was du sagst?« »Was sollte sie tun? Jason hat ihr keine Kontaktadresse dagelassen.«

Weshalb Frau Ungefugger nach der Wiederbegegnung mit ihrem einstigen Protegé das einzig Vernünftige tat, was sich in ihrer Situation überhaupt denken ließ. Sie schaltete die Polizei, also die SZK, ein, zumal sich ihr Mann um die Entführung seiner Tochter weder kümmern zu wollen noch, in den brutalen Wirren des zweiten 17. Junis, zu können schien. Frau Ungefugger ahnte nicht, daß ihres Mannes SchuSta die SZK übernommen hatte und auch von daher Hilfe nicht mehr zu erwarten war. – »Hilfe können nur noch wir bringen.« Wie Dr. Lerche, in der Lust am Leid seiner Probanden vergnügt, stets zu ihren Ungunsten interveniert hatte, so hatte sie, Sabine, zu ihren Gunsten eingreifen wollen. Deshalb war sie durch das Foyer des Adlons stolziert. Das war noch gut zu verstehen. Aber daß sie zu Willis in den Wagen stieg! Daß sie ihm alles erzählte!

»Was ein fantastischer Roman!« fauchte Polizeirat Grossner, als er sich das Vernehmungsprotokoll noch einmal durchlas. Er war nicht mit Deters unter das Berlin Carrée geschlüpft, hatte die Lamia, da im Keller, nicht gesehen. Er glaubte nicht einmal an sie. Zitternd war, und benommen, Deters aus diesem Loch wieder heraus, war sofort nach Hause zurück. Er wußte genau, was zu tun war: Er mußte den zweiten Selbstprojektor holen, ein schwarz auf gelb sich bäumendes Roß, die Brillenwerbung von Fielmann trug er sowieso immer bei sich. Es schien verrückterweise die einzige Möglichkeit zu sein, Ungefuggers Wahnsinn noch zu stoppen, wenn er, Deters, *wirklich* nach Stuttgart fuhr. Dachte er. Es müsse die Welt von dort aus in die

26

Normalität zurückgesprengt werden. Dabei war es ungewiß, ob das noch möglich war: real zu reisen, nicht nur im Netz der Fiktionen. Er hatte sich das schon gefragt, nachdem er Judith Hediger abermals angerufen hatte, atemlos, kurz nach der Explosion am Alex. Sie hatte auch abgenommen. »Was ist passiert? Wie spät ist es?« »Ich möchte mich auf deinem Bauch zusammenrollen.« Sie lachte müde. »Dann komm her.« »Es ist zu spät. Hast du die Detonationen gehört?«

Vielleicht war er zu lange in dieser Archivdatei gewesen und zu lange selbst schon Avatar; so etwas formt die Leute. Niam, ein flüssiger Albtraum, strömte durch seine Adern. Wie durch Öl war er heimgeradelt. Über die zersplitterte Wohnungstür erschrak er da kaum mehr. Anders als bei der ersten, parallelen Heimkehr war das Küchenfenster heil, deshalb lagen keine Scherben herum. Aber die schmutzigen Klamotten waren auch jetzt über den Boden verteilt. Mit allerlei Zeug, auch mit Geschirr. In Trance schritt er drüber weg, rief nicht mal 110 an. Setzte sich an seinen Laptop, schaute bei *bahn.de* nach den Verbindungen, klingelte danach bei seinem Nachbarn Schueler. »'tschuldigung, bei mir ist eingebrochen worden... ja, furchtbar. – Kannst du einen Moment auf die Tür aufpassen?« Schon wieder runter zum Fahrrad und in die Schönhauser geflitzt, wo ihn Cordes bereits erwartete, der sich das alles ausgedacht hatte oder ausgedacht zu haben glaubte. »Wo ist Ihr Junge?« »Bei seiner Mama.« »Das ist gut. Kommen Sie mit. Sie müssen sich um meine Wohnung kümmern.« »Mein Fahrrad steht auf dem Hof.«

Sie radelten, ein Zwillingspaar, zurück in die Duncker, bzw. in die Waldschmidt, hetzten das Treppenhaus hoch, je zweidrei Stufen auf einmal, zogen sich sprunghaft am Geländer voran. Schuelers Tür stand noch offen. »Das ist Eckhard Cordes, er kümmert sich um alles, solange ich weg bin« – schon war ich los, nahm, nicht ohne einen kritischen Blick auf das Planetarium zu werfen, die S-Bahn bis zum Ostbahnhof, da war es gerade neun Uhr morgens, für Cordes aber zehn. Die Zeiten stimmten nicht aufeinander, immer schleifen wenigstens Minuten nach, manchmal Stunden. Doch kam es darauf an, mich an die Wirklichkeit zu halten. Ich durfte auf gar keinen Fall fantasieren. Das würde das Allerschlimmste: ständig auf den Plastesitz vor mir zu starren und gegen die Gummidichtung der S-Bahn-Scheibe und nachher der im ICE. Was ich in den Tiefen des BERLIN CARRÉES gesehen hatte, gab es nicht, mußte für diese knappen sechs Stunden Fahrt vergessen sein. Meine Erinnerung durfte nicht stimmen, bis ich heil angekommen war. Wenn ich den 9.42er nicht mehr erwischte, führe der nächste ICE bereits eine halbe Stunde später. Der erste ging über Westdeutschland, der zweite über den Osten. Das meint die neuen Bundesländer und nicht die Oststadt der Anderswelt. Wichtig, sich das klar im Bewußtsein zu halten.

Indes Deters zum ehemaligen Hauptbahnhof der Berliner DDR abzog, überlegte ich ein bißchen ratlos, was ich in seiner Wohnung jetzt anfangen sollte, und holte nach, was er, weil keine Zeit geblieben war, versäumt hatte: Ich also rief die 110 an. Drei Polizisten erschienen, ziemlich schnell, von denen einer Grossner hieß. Das weiß ich deshalb so genau, weil er wie der Polizeirat aussah, der später Zeuner und Herbst vernahm. Er war nur etwas jünger. Abermals ist von einer Kongruenz der parallelen Welten zu sprechen, mitnichten von Identität. Allerdings war in dem jungen Mann die Karriere bereits angelegt.

»Wie ist d a s denn passiert?« Seine AIDS-Handschuhe durchwühlten die in alten Tempos und eingetrockneten Tassen verklebte, quer übern Küchenboden verteilte Wäsche und die zerfetzten Reste des schweren Bergrucksacks. »Und was für ein Schleim ist das?« Angeekelt hob er die Hand. An ihren Fingern backte ein widerlicher Rotz. »Is nich m e i n e Wohnung, Herr Kommissar.« Im Herzen war ich selbst längst Terrorist: so aufgeschmissen unser Pragmatismus, so hilflos Realismus, wie lächerlich und doch schmerzvoll verloren in einer mutierenden Natur: sprunghafte Evolution der Technologien, zugleich aber Mythos, dachte ich, Mythos noch vor der Mythologie.

»Lassen Sie davon Laborproben nehmen«: Nicht zu mir, selbstverständlich. Zu mir, mit gehobener Augenbraue, wurde Grossner mit einem Mal scharf: »In genau solch ein Zeug«, sagte er, »sind die Sprengsätze verpackt gewesen, die diese Arschlöcher heute morgen um ihre beschissenen Bäuche trugen.«

Er war alles andere als ein cooler Polizist, ließ den Schrecken noch an sich heran, und an mich. Es verschlug mir, in meiner Erinnerung heute, momenthaft die Sprache. Nichts von alledem war ein Teil meiner Fantasien gewesen, nichts davon gewollt.

Auch von uns nicht, in Beelitz. »Auch ich habe«, flüsterte Beutlin, obwohl er allein im Labor war, »so etwas nie programmiert.« – »Kapieren Sie jetzt, weshalb ich so einen gesteigerten Wert auf Ihre Angaben lege?« Ich mußte mich setzen. Immerhin hatte Grossner nicht ›Daten‹ gesagt. »Das ist *Dämmaterial,* Herr Cordes.« »Ich versteh grad überhaupt nichts.« »Wohin ist Ihr Freund gefahren? Hat er sich irgendwie erklärt?« Ich konnte ihm nichts sagen. Deters war auch zu Grossners Rettung unterwegs.

In dem Moment trat Eidelbeck ein. Er klopfte nicht – wie auch? –, doch er klingelte auch nicht. Stand schon in Deters' Arbeitswohnung. Grossner hätte ihn nicht erkennen können dürfen, schon gar nicht ihn als Vorgesetzten. Daß er es dennoch tat, zeigte, wie intensiv unterdessen die Welten interagierten: sie wechselwirkten unablässig. Das war derart faszinierend, daß ich mich fast wieder beruhigte.

Eidelbeck sah Grossner an, als hätte er gefragt: Ist er das? Dann wandte er sich an mich: »Ich kann Ihnen sehr genau sagen, was hier vorgeht, Herr…« »… Cordes«, sagte Grossner. »… Cordes: Für mich besteht kein Zweifel daran, daß wir eine aktive Sympathisantenzelle der Al Qaida ausgehoben haben.« »Hier? Machen Sie sich nicht lächerlich! Hätt ich Sie dann gerufen?« »S i e haben angerufen?« Er hob eine Augenbraue und sah wieder zu Grossner. »E r hat Sie angerufen?« »Nein, der Nachbar, ein Herr Schueler. Stammheim nimmt grad das Protokoll auf.« *Stammheim!* Ich konnte nur noch schlucken, bevor ich in der Sache, nun wirklich, widersprechen mußte. »So ein Unsinn!« rief ich. »Der Typ hat doch gar keine Ahnung!« Eidelbeck zuckte mit den Schultern. »Halten Sie sich zu unsrer Verfügung.« Wenigstens blieb ich auf freiem Fuß. »Darf ich jetzt wieder heim?« »Ja, gehen Sie. Die Wohnung hier wird versiegelt.«

Man brachte mich mehr oder minder bestimmt bis zum Hausflur. Links schaute durch den Türspalt Deters' Nachbar. Seine Vernehmung war offenbar vorüber. »Sie«, fragte ich, »haben die Polizei gerufen?« »Ähm… wer s i n d Sie?« Es war nicht zu fassen. »Hans hat mich Ihnen doch vorgestellt!« »Sie mir?« Baff sah Schueler zu Eidelbeck und Grossner, die hinter mir standen, baff auch zu diesem Inspektor, was auch immer, Stammheim, der die Tür jetzt ganz aufdrückte. »Ich habe diesen Menschen noch nie gesehen!« Dabei wirkte er in keiner Weise böswillig. Er war nur restlos überfordert. »Hier geht jetzt alles durcheinander!« rief ich. Schueler schüttelte den Kopf. Eidelbeck: »Wir werden das klären.«

Viel Spaß, dachte ich und schloß im Hof verstört mein Rad auf, um in die Schönhauser zurückzufahren, wo weinend mein Junge im Flur stand. Er war kaum zur Hälfte angezogen. Das war jetzt das Schlimmste. Aber er war doch bei seiner Mama gewesen! – Er habe mich, als er erwacht sei, in der ganzen Wohnung gesucht. Auch Katanga sei nicht hiergewesen, mein Mitbewohner unsrer Väter-WG. – Aber ich ließ doch mein Kind nicht allein! Und hatte es getan. Wie konnte ich mich derart irren? war erleichtert zugleich, daß nicht auch Deters Kinder hatte. Wie furchtbar bizarr! »Wo bist du, Papa, denn gewesen?« Eine nasse Angst schüttelte das ausgekühlte Kerlchen. »Entschuldigung, Entschuldigung, wirklich… ich wollte nur eben…« – ja, *was* denn? – »… Brötchen kaufen gehen.« Aber ich hatte Brötchen gar nicht dabei. Was mein heller Sohn sofort registrierte. »Das darfst du nicht tun, du darfst mich nicht einfach alleine lassen, Papa.« »Du bist doch schon ein großer Junge, oder? Das weißt du doch, daß ich höchstens mal nur für ein paar Momente weg bin.« »Das waren aber viele Momente, Paps.«

Ich nahm ihn in den Arm, scherzte, fing mit ihm herumzualbern an. Dabei rasten mir Deters' Arbeitswohnung und Eidelbecks Gebelle durch den Kopf, ein Dämmstoff für Sprengsätze, die mir zugestreckte Hand: deren Finger, hochelegante Krallen, den Tod bringen konnten. So weiblich hatte die Lamia gehaucht: »Hilf mir, Hans Deters, hilf mir j e t z t.«

Ich hatte seltsamerweise einen Anzug an, trug sogar Krawatte; wie ein Bankangestellter sah ich aus, der, als er sich den Kellerschacht hinuntergleiten ließ, Angst um seinen Edelzwirn hatte. Daß er keine Taschenlampe bei sich trug, muß man nicht erwähnen, weil ihn von einem Höhlenforscher schon der Blick auf sein Rentenalter trennte. – Unten floß in den staubigen Geruch nach Braunkohle ein vergorener von Maische. Lauschend stand der Banker still, das Herz bis untern Gaumen pochend. Er spähte durch das Rieselicht, das über Kopfhöhe eine Luke streute, die oben eine Schütte war. Dann ging er vorsichtig durch das Gewölbe weiter, blieb wieder stehen und schloß, um besser hören zu können, für einen Augenblick die Augen.

Der Raum schien zu warten, nicht zu schlafen. Die dunkle Stille vibrierte vor Unendlichkeit, als wäre die Luke eine Schleuse gewesen, hinter der ein Weltall harrt, interesselos, bloß da. So kalt. – Vielleicht drei oder vier Minuten warten wir so. Vermeinen plötzlich, ein Rufen zu hören – nicht aber einer Stimme, sondern eines Gedankens ohne wirklichen Laut. Da hinein das Telefon schellte. Ich fuhr zusammen.

Es brauchte ein paar Sekunden, bis ich mich wieder der Realität stellen konnte. Die Hausverwaltung. Sie sprach aus dem Tiefschlaf. »Miete? *Wie?*« Was wollte man von mir? »Ja? – Ja, Ich kümmere mich drum.« Legte wieder auf. – Einiges war über die Miete hinaus nicht bezahlt, der Strom nicht, weder das Gas noch die Krankenkasse. Die Stille. Maische. Kohle. Entfernter Brandgeruch. Allmählich konnte ich sehen.

Vier Öffnungen von Türen. Zweier Stöcke leer, aber da heraus wehte der Maischegeruch. Indessen waren die Gänge dahinter, so weit sich erkennen ließ, leer. Der dritte war aus Metall und gehörte zu einer fest verschlossenen Brandschutztür. Und eine Holztür noch. Die war nur angelehnt. Ich zog sie vorsichtig auf, gelangte in eine Abstellkammer, in der paar Kartons und, zu Säulen gestapelt, Bierkästen standen. In der hinteren rechten Ecke gab es eine halbgefüllte Kartoffelkiste, die wie ein Kindersarg aussah. Vorsichtig schüttete ich Corn Flakes in das Schüsselchen. Seltsam schaute mein Junge mich an.

»Milch dazu, Junior?«

Jason Hertzfeld unterdessen, Cord-Polor Kignčrs und Bruce Kalle Kühne waren in Pals Wohnung gefahren, Falkensteinstraße 8, und beratschlagten die Befreiung Michaela Ungefuggers. Vor dem alten Mietskomplex, der sich die Aura historischer Hausbesetzer erhalten hatte, waren Eidelbecks SZKler in Stellung gegangen, lauerten aber nur, während die Villa Hammerschmidt weiter unter Beschuß lag. Die holomorfen Rebellen kannten sich auf dem Gelände auffallend aus. Einige durchbrachen sogar den Schutzschild, rückten bis in das Foyer vor, besetzten Liefer- und Hintereingänge, die sie zähe hielten. Nicht nur in Pontarlier, sondern gesamt in der Weststadt brach die Revolte – ›Revolution‹ von den Rebellen genannt – wie auf ein einziges Handzeichen los. Das Gelände von Salin-les-bains, über seine frühen Jahre Ungefuggers Heim und Wirkungsstätte, aber auch Jensens nach seinem entsetzlichen Ende heruntergekommenes Besitztum in Ornans, worinnen heute Pherson lebte, waren in kaum Minuten überrollt; der Ire selbst, der sich, nach ihrer Konsortien Fusion, mit Hugues das Funk- und Postmonopol teilte, kam knapp mit heiler Haut davon. Er floh zu Fuß. Ihm folgte, quasi zeitgleich, der gesamte Rat der 450, deren Mitglied selbstverständlich auch er gewesen war. Daß es bereits einige Zeit vor Nullgrund Absprachen gegeben hatte, Phersons mit Ungefugger, beim Golfspiel damals, wußte der alte Gegner nicht. Konkurrenten bleiben Konkurrenten. Selbst Goltz hatte nichts davon geahnt, ebenso nichts von der öfteren Anwesenheit des Emirs Skamander in Frank Phersons Stammgebäude, dem in Slim City errichteten kleinstadtgroßen Bau, der die Gestalt eines Fernsehers, jedenfalls Bildschirms hatte. Goltz hätte andernfalls verstanden, wie es an Nullgrund zu des zweiten Odysseus durchlaufender Nachrichtenzeile gekommen war. Und Pherson selbst, noch ganz andere

Zusammenhänge, begriff erst, als es schon zu spät war. So blieb ihm nur die Flucht.

Es war früher Mittag. Eine Stunde vorher etwa, um 10.55 Uhr, hatte der ICE, mit dem Hans Deters reiste, in Wolfsburg gehalten, dem ersten Stop seiner *wirklichen* Stuttgarter Reise. Keine Frau hatte sich zu ihm gesetzt, wie einst, dachte er, die halb einen Arm herüberstreckte, um ihre Finger auf beschriebene Seiten zu legen und schnippisch zu fragen: »Was schreiben Sie da?« Er schrieb auch nichts, schon gar nichts, was man für einen langen Brief halten konnte. Er tat nichts, als zu beobachten. Ein genervtes Ehepaar spielte mit seinen beiden nervenden Kindern. Geschäftsleute tippten in Excel-Tabellen. Schräg gegenüber las eine Punkerin DAS ZEN DER GESUNDHEIT. Neben der machte sich eine junge blonde, eigentümlich kompakte Dame Notizen. Dann war da noch ein älterer Mann mit fleischlichen, lappigen Ohrläppchen. Das rechte hatte noch vor kurzem einen Ring getragen, es ließ sich der Durchstich erkennen. Der Mann schaute aus einem inneren Aquarium, das aber so veralgt war, daß er sehen gar nicht konnte. So hatte wohl ich selbst, unter dem BERLIN CARRÉE, durch die Holztür geglotzt, bevor ich durch ihren Rahmen direkt auf Els' Balkon hinausgetreten war, der mehr von einem Dachplateau als von einer Terrasse hatte und hinter dessen kaum hüfthohem Geländе es nahezu fünfzehn Etagen hinabging. Es hatte ein leicht metallisch riechender Wind geweht. Ich hatte mich sofort wieder umgedreht, aber anfangs nicht realisiert, daß ich in eine Imagination eingetreten war, die in die Vergangenheit gehörte. Die seitlich schiebbare Terrassentür war noch da gewesen, durch deren vor ihr wehende Stores man in den Salon hineinsehen konnte. Um nichts in der Welt wollte ich dahin zurück. Nur gab es keinen anderen Weg, wieder einmal nicht. Denn ein paar Schritte weiter geradeaus wäre ich nach Bombay hinuntergestürzt. Hätte ich den Fuß dennoch in den Abgrund setzen und Vertrauen haben sollen wie vor dem Gral ein Dr. Jones? – Ich war zurück in den Keller gewichen.

Die Holztür lehnte ich nur an. Sah zur Kartoffelkiste rüber. So ewig war das Mittelalter: fetter Qualm aus der Hofeinfahrt neben dem OREN, Bereitschaftswagen des Arbeiter-Samariter-Bundes blitzflächig in TECHNICOLOR und Kondensnebel gewoben, das schwirrte alles durcheinander, bildhaft, *flash*haft wie vor der anderen Reise, als

593

ich am Küchentisch gesessen und in der MÄNNER VOGUE geblättert hatte, die mir von Herrn Hallstein gebracht worden war. Solch nutzlose Erinnerungen. Besser, ich gehe weiter. Tat's. Entschied mich für den rechten der beiden leeren Türstöcke.

Es wurde, keine zehn Schritte entfernt, überaus hell. Auf dem dachplateauartigen Balkon von Els' Wohnung kam ich heraus. Vor mir fiel die Wand die ganzen fünfzehn Etagen hinab. Es ging ein leicht metallisch riechender Wind. Sofort drehte ich mich wieder um, realisierte erst gar nicht, in eine Imagination eingetreten zu sein, die in die Vergangenheit gehörte, doch da war nur die seitlich schiebbare Terrassentür, durch deren vor ihr wehende Stores man in den Salon sah. Um nichts in der Welt wollte ich dahin zurück. Es gab aber keinen anderen Weg, wieder einmal nicht. Geradeaus wäre ich nach Bombay hinuntergestürzt. Oder mußte ich einfach den Fuß in den Abgrund setzen und Vertrauen haben wie ein Dr. Jones vor dem Gral?

Wenn ich jetzt abermals zurückgeh, dann komme ich aus dieser Schleife nie mehr heraus. Oder ich verfange mich in dem Wohnzimmer, den Würfen von Bordüren Posamenten schweren Sesseln und würde von einer Frau begrüßt, die *Vorstellung* schon gewesen war, lange bevor mich Deidameias Myrmidonen in dem Energieschacht abgefangen hatten.

Ich faßte mir das Herz. Und tat es: schritt in die Leere.

Ungefähr fünfzig Meter über Kamatipura knipste wer das Bild aus.

Der Gang öffnete sich in einen nächsten, wieder schummerigen Raum, der immerhin zwei Oberlichter hatte, nicht nur eines. Sie sonderten das Streulicht ab. Einen halben Meter überm Boden blieb es in Trauben hängen.

Hier nun hockte sie.

Nein.

Sie war embryonal in eine Ecke gekauert, wirkte dennoch riesig, das Gesicht von eingetrockneten Tränen, denen ihrer Opfer, gezeichnet. So zerlaufen war ihr Make-up. Ich dachte: wenn sie sich schminkt, sind Reste Menschheit noch in ihr.

»Du bist ein solches Monstrum geworden«, sagte ich. Sie streckte ihre Hand aus, eine elegante, lange Hand. Und doch, es waren Klauen. »Hilf mir, Hans Deters«, hauchte sie. »Hilf mir und erlöse mich.«

Kein anderes Geschöpf ließ mich jemals so spüren wie sie, wie eng auf der Lockung Gefahr liegt. Es war die pure Sexualität, ordinär nicht, nicht kultiviert, sondern Prozeß nur, der zu erschaffen und umzubringen, zu gebären und zu reißen, zu lecken und zu verschlingen da war, um zu liebkosen und zu vernichten. Die leibhaftig gewordene Erde in ihrem perfekten Verhältnis.

Hekate aber schluchzte. Wir haben gesiegt, dachte ich. Wir Menschen haben sie niedergeworfen. Weshalb wollte ich da, daß sie aufstand? Weshalb, daß die dreiköpfige Hündin ihre furchtbare Macht zurückerhielt? Die Männer, die sie niederwarfen, hatten ihren Grund gehabt. Die Hündinnen essen das Fleisch von den Leichen und bellen den Mond an.

»Du bellst den Tod an«, sagte ich. Sie knurrte. »Schlaf mit mir«, sagte ich. Sie schüttelte langsam den Kopf. »Nein.« Albtraumhaft langsam. »Du mußt l e b e n.« »Deshalb.« »Deshalb n i c h t.« Ich zog mein Jackett aus, gab es ihr. »Du bist ganz nackt«, sagte ich. Ihr Rücken war flüssig, brodelte, als ob er aus Magma bestünde. Er leuchtete auf, immer wieder, hier, da. Ich sah die Lamia frösteln. »Halt still«, sagte ich und legte ihr das Jackett um. So entsetzlich war sie. War so traurig. Von ferne drangen die Töne einer Welt, die schmal geworden war. »Einheit«, sagte ich. »Einheit«, sagte sie. Und weinte erneut, die Caldera – um sich zu füllen.

27

Carola Ungefugger, als klar wurde, sie käme jetzt nicht nach Pontarlier und überhaupt nicht in die Weststadt zurück, blieb im ADLON wohnen. Man begegnete ihr mit ausgesprochener Achtung, wunderte sich nur, daß sie trotz dieses 17. Junis nur einen einzigen Leibwächter hatte. Man sah die anderen nicht. Die Verzweiflung dieser, noch, Ersten Dame Europas schlug man der politischen Entwicklung zu. Von der Entführung ihrer Tochter war nach wie vor nichts durchgedrungen. Eidelbeck hatte ein eisernes Schweigen verhängt.

Frau Ungefugger, in ihrer Suite, lief immer hin und her, schluckte, ballte ihre Damenfäuste. Woher sollte sie es denn nehmen, das Boot? Es wäre auch ohne den Bürgerkrieg nicht so einfach beschaffbar gewesen. Ihr Versprechen seinerzeit, sie hatte es aus Spaß gegeben, rein aus einer Laune heraus, in Wahrheit aber, weil sie sich ihrer selbst entsonnen, als sie noch jung gewesen war, Michaela noch ganz klein und beide, sie, solch Dummerchen – da eben hatte sie den großen Gatten um so ein Boot gefragt.

Nun saß sie da, konnte nicht mehr hin und konnte nicht mehr her, die so erschöpfte, was sie doch früher nie gewesen, Mutter. Selbst die Demütigungen vergaß sie. Vergessen endlich war Borkenbrod auch und damit Jason, vergessen als Ziel ihrer Sehnsucht. Die Frau saß auf der Kante des Hotelbetts, aber weinte nicht wie die Lamia. Zu leer war sie vor dieser neuen Fülle.

Da hatte sie eine Erscheinung –

»Findest du das eine gute Idee?«

Sabine hatte mich gebeten, die Argo hinzuprogammieren.

»Guten Morgen, meine Lieben«, sagte Dr. Lerche, der in eben diesem Moment hereinkam. Sein Ton war süffig, muß man sagen.

Er setzte sich an seinen Platz, loggte sich ein, schaute die Post nach neuen medizinischen Aufträgen durch. Ich strich mit einem Finger über Sabines linkes Ohr. Keine Ahnung, welch eine Perversion das war, daß uns Dr. Lerches Gegenwart wollüstig machte. Bloß aufzutauchen brauchte er, und es ging los. Noch zwei Wochen vorher war das nicht so gewesen. Sabine schmiegte ihre Wange in meine Hand. »Nun mach schon«, schnurrte sie.

Also fing ich zu tippen an, entwarf erst mal den Rumpf. Schon reizte es mich, ein verschwiegenes Kajütchen hinzuzuprogrammieren, uns als Eroticon, das Ellie Hertzfelds gleichen sollte. Wir hatten zwar wirklich andere Sorgen, doch konnte ich mich schon aus technologischem Ehrgeiz dem Reiz nicht entziehen. Das Boot selbst sollte so geschnitten sein, daß es sich nicht nur durch Windkraft, sondern in Flauten auch rudernd vorwärtsbewegen ließe. Ihm einen Motor und Treibstoff beizugeben, schloß ich aus. Man würde ohnedies nirgendwo nachtanken können. Es war zudem ein Gebot der Wendigkeit – auch wenn es nur Spiel aus Übermut war, der einem erotischen Schwips ähnlicher sah als der Lebensentscheidung, um die es sich, dachte Cordes, doch schließlich handelte.

Die nächste Frage stellte sich, die wenigstens zweitwichtigste, nach dem geeigneten Liegeplatz. Chinesische Piraten, so sollte es aussehen, hatten das Boot vorübergehend zurückgelassen oder auf vergessene Reede gelegt. Das konnte möglich sein auch vor der westlichen Mauer. So war es sogar prophezeit. Überdies würden sich im Westen die holomorfen Rebellen, die schon drüben waren, dem Argonautenzug anschließen können. Also entschied ich mich für eine Mauereinbuchtung bei Clermont-Ferrand, wo durch Ausbruch und Zusammensacken des Puy de Dôme eine unterseeische Caldera entstanden war, Gebärmutter mithin, die von ausströmender Lava gefüllt werden konnte. Daran hatte sich ein kleines, aber langgestrecktes Gebirge aufgefaltet, an dessen Ostzug die Europäische Mauer gelehnt war. Wie Wellenbrecher ragten die Grate der Schären in Thetis hinein.

Flach flog das Kameraauge darüber hin, um Buchten zu finden, neue Busen, die von der Mauer her nicht einsehbar waren. Wo sich solch ein Boot verstecken ließ. Rechts der Flugsimulator, links das Paneel für den Schiffbau, gab ich der Argo die Grundform einer chinesischen Dschunke und Trapeze als Segel. Um es wendig zu machen, stattete ich das Boot zudem mit einem modernen Großbaum aus, eingedenk de La Varendes, demzufolge eine Dschunke über das Wasser dahin*fliegt;* es durchschneide es nicht wie arabische oder europäische Schiffe.

»Schöne wilde Gegend«, sagte Sabine, die mir über der Schulter zusah. Ich ließ das Kameraauge über den Screen fahren, legte den Kopf schräg. »Wie findest du dein Schiff?« »Scroll mal rauf.« »Wir könnten das natürlich auch d a hin…« Sie schüttelte den Kopf und nickte seitlich gegen Lerche. »Besser nicht.« Prompt er: »Was tuscheln Sie da wieder?« Sabine: »Schon gut.« Und setzte sich zurück an ihren Platz. Ich löschte mein Bild, legte aber auf dem Desktop eine Kopie ab. Was man, ich weiß schon, nicht tun soll.

Deshalb stand einer der Zweiundzwanzig plötzlich vor der Argo.

Gestern war das Boot da noch nicht gewesen. Rosbaud starrte das Trapezsegel an. Mit Masten und Takelage hatte das Boot in diesem Nebenzimmer, in das er bei seiner Erkundung der meist völlig leeren Räume gelangt war, eigentlich gar keinen Platz. Tatsächlich ragte die Mastspitze durch die Decke ins Stockwerk darüber. Jedenfalls sah das so aus, auch wenn sie, wahrscheinlicherweise, in der Zimmerdecke einfach aufhörte.

Er bekam den Mund nicht zu. Rief: »Kommt mal alle her!«

Noch waren nicht alle Zweiundzwanzig an ihr neues Leben, besser: neues Bewußtseinsfeld assimiliert; einige fühlten sich immer noch mau, wie benommen, anderen war dauerhaft übel. Da war das Boot eine glückhafte Ablenkung. Wirkliche Orientierung hatte noch keiner. Vor allem ihr Gefühl für die Zeit war geschwunden, so daß sie mit aufeinanderfolgenden Abläufen Probleme hatten, die der Umstand verstärkte, daß die Räume, in denen sie zu sich gekommen waren – alle waren eigentlich *Fluchten* –, gänzlich unmöbliert gewesen. Eben das änderte sich von einem Moment auf den nächsten. Dauernd kamen neue Dinge hinzu: wirkliche Wände und Fenster, die nach und nach auch Aussichten zeigten; und sowieso: Stühle, Tische, Betten, in denen man, rein aus Gewohnheit, zu schlafen markierte. Für die Mittagszeiten schwere Couches und Sessel mit furchtbar hohlen Lehnen. Ein ganzer Schlafsaal dann, am Tag darauf in einzelne Zimmer zerlegt. Jeder sah die Räume anders, nicht grundlegend, zwar, doch in deutlichen Details. Keine Ahnung indes, wo die Notdurft verrichten. Nur *mußte* niemand auch; so kam es nicht zu pikanten Problemen. Ziemlich lange wurde der Umstand überhaupt nicht bemerkt. Denn niemand spürte Hunger. Wie Gegenstände, schon als sie erwachten, sahen einander die elf Männer und zehn Frauen an. Mit dem Eros war ihre Seele gestorben. Niemand sehnte sie zurück. Das soziale Gefühl ward Kalkül. Und plötzlich stand d a s da.

Wobei sich der Ruf erst einmal nicht orten ließ; er klang wie aus einem jeden selbst. Was ebenfalls an den Räumen lag, weil sie so flüssig waren. Man konnte sich, wo man grad stand, in die Luft legen. Wenn man das denn wollte. Hatte ja die Betten und die Sofas. – Aber das? »Ihr faßt es nicht!« Schon standen alle vor dem Schiff. Sie streckten die Hände nach ihm aus und zogen sie immer wieder schreckhaft zurück. Dreie entdeckten das Fallreep und kletterten dran rauf: kleine, hektische Wiesel. Das, was sie sahen, begriffen sie so wenig wie die Präsidentengattin die Erscheinung der griechischen Göttin, die aus dem Nichts im Flurchen der Executive Suite, des ADLONS, zu Fleisch und Blut geworden war, dem Berliner Hotel für die Obersten Dreihundert, und die also sprach: »Ich g e b e dir dein Schiff.«

Medea, wirklich, fassungslos.

Die Erscheinung, einer hochgewachsene Frau von, wie es aussah, südamerikanischem Einschlag, war auch deshalb unheimlich, weil sie sich nicht nur wie nach einer Zeitschrift des frühen 21. Jahrhunderts gekleidet hatte, nach einer Mode lange vor der Geologischen Revision. Sondern weil sie sich ihrer fast kaffeebraunen Haut überhaupt nicht zu schämen schien. Wäre sie nicht auf diese etwas problematische Weise dennoch elegant gewesen, Frau Ungefugger hätte sie für jemanden aus dem Osten gehalten. – Sie blähte ein wenig die Wangen, gab sich damit Haltung. »Wie kommen Sie hier herein?« Daß sich die Person in der Zimmertür geirrt habe, war nicht sehr wahrscheinlich; draußen patrouillierte der Leibschutz. »Was fällt Ihnen ein?!« Die Göttin sagte: »Guten Tag«, und reichte der Sterblichen zur Begrüßung die Hand.

Frau Ungefugger holte Luft. Sollte sie um Hilfe rufen?

Ihr Mund war schon offen. Aber sie besann sich. Es ging auch um die Würde. Zumal die Zeuner, noch immer mit ausgestreckter Hand, nicht in schlimmer Absicht hierzusein schien. Sie lächelte sogar. »Sie brauchen«, sagte sie, » das Schiff.« Schon wieder dieses Schiff. »Ich habe Sie gefragt, wie Sie hereingekommen sind«, insistierte Frau Ungefugger ruhig, doch vibrierte ihre Stimme.

Ich konnte Sabines kleinen Sadismus spüren. Starr saß sie neben mir. Ich stupste sie an, als wäre da, und war's, nichts mehr als alleine der Umriß ihres Körpers. Dennoch bewegten sich die Finger, sie rasten, indem sie tippten, was sie sprach. Frau Ungefuggers Antworten tippten sich selbst, den Tasten eines automatischen Klaviers gleich, den Lettern des Keyboards voraus. Das war vor Dr. Lerche nicht mehr zu verbergen. Mißtrauisch sah er immer wieder herüber. Er blendete sogar die Spiegelmattierung des Versuchsraums weg, so daß wir die Projektion direkt beobachten konnten, die aber sowieso auf dem Illusionsparkett bis zu uns hereinreichte. Da standen die Präsidentengattin und die griechische Göttin gleichsam leibhaftig.

»Was soll denn das jetzt wieder?« schimpfte er.

Ich ließ ihn, wollte mich nicht ablenken lassen. Eine grundsätzliche Frage jagte, wenn auch still, durch mich hindurch. Wenn Sabine zugleich dort und hier sein konnte, was war dann mit *meinem* Körper gewesen, als ich mich, seinerzeit, in die Anderswelt hineinprojiziert hatte? »Dein Geist«, erklärte Sabine, »hat sich in Deters' Körper befunden.« Sie erklärte es, als wir nachher, wie so gerne in der MAASCHANZ, noch etwas essen gingen. »Nicht sofort, nein, er füllte sich mit ihm. Erst hast du gelallt. Ich mußte dich nach Hause fahren und versorgen. Ja, versorgen. Ich ließ dich kurz allein, dann warst du verschwunden. Wahrscheinlich hat dich das System matrisch mit Deters gefüllt. Jedenfalls warst du weg.« Sie habe gar nicht lange herumgerätselt, sondern, wieder von der CYBERGEN aus, versucht, meine Signaturen aus dem Ereignisfeld zu filtern.

Nun saß sie selbst voll Fragen da, ontologischen wie »Was sind wir?«, also solchen, die unsere Philosophie schon lange nicht mehr stellt. Müßige Fragen, wie man sagt. Die aber plötzlich wieder drängten. Hätte nun ich sie nach Hause bringen müssen, um sie zu versorgen? Wer w a r sie jetzt, was war s i e jetzt? Ihre Signaturen, selbstverständlich, blieben erfaßt.

Ich konzentrierte mich zurück in die Szene. In diesem Ton, wie Zeuner da zur Ungefugger, habe, dachte ich, Aphrodite zu Hektor gesprochen. »Ich habe mich«, sagte sie, »zu Ihnen hineinprogrammiert.« Sie schüttelte den Kopf, als die Ungefugger zu dem Telefon griff, das auf der eleganten Bettkonsole stand, sagte nur: »Lassen Sie.« So bestimmt war das gesprochen, daß die Frau ihre ohnedies eher gestische Absicht gleich wieder aufgab. »Sehen Sie, diese Uhr s t e h t. Und die da steht ebenfalls. Und jene dort. – Schauen Sie auf Ihre Armbanduhr.«

Langsam schritt Sabine aus dem Flur in die Suite und sah sich um. »Es gibt keinen Grund, Frau Ungefugger, sich vor mir zu fürchten.« »Dann erklären Sie mir …« »Ich habe eine Argo.« »*Argo?*« »Jason Hertzfelds Boot. – Ihre entführte Tochter …« »Sie sind an der Entführung meiner Tochter beteiligt?« »Oh nein, wirklich nicht … oder nur sehr indirekt«, und fügte an: »Schuldlos. Ohne Absicht.« Dabei beschrieb ihr rechter Arm einen so weiten Bogen, daß er die ganze Welt erfaßte. »Europa ist, Frau Ungefugger, ein Produkt der CYBERGEN. Verzeihen Sie bitte, es führte zu nichts, Ihnen das alles zu erklären. Sie würden mir nicht glauben und könnten es auch nicht.« Sie zeigte auf den großen Screen, der in der vorderen rechten Wand dieses Teiles der Suite integriert war. »Schalten Sie das Gerät bitte an?« Es stand als Fernseher, Bildtelefon, Spielgerät bereit, war ebenso Leinwand wie Sender, projizierte auch, sofern sie eingespeist wurden, Holografien. Ganz so, wie in Beelitz Dr. Lerche und Herbst, dachte Cordes, die Suite im ADLON sahen und der beiden Frauen Gespräch mitverfolg-

ten, hätte es einer kleinen Intervention Beutlins bedurft, um im AD-
LON eine Projektion des Beelitzer Labors erstehen zu lassen. Die Frau-
en hätten dann Dr. Lerche und Herbst, sowie die in ihrem rasenden
Getippe abwesende Zeuner – die Göttin also sich selbst – gesehen.
Aber Beutlin wollte nicht oder, das ist witziger, paßte nicht auf. Allerdings stimmt auch das nicht. Sondern er war von Eidelbeck heimge-
schickt worden: bis auf weiteres beurlaubt.

Frau Ungefugger beugte sich vor, zögerte kurz, drückte RETURN.
Erst gab's eine höfliche Begrüßung durch das ADLON-Team, dann,
phasenverschoben, wurde die Bitte laut, zur internen Verrechnung
flach die Hand an den Bildschirm zu legen; er funktionierte auch als
Scanner. Kein Service war, zumal im ADLON, kostenlos.

Erneutes Zögern. Ein schneller Blick zu der darauf freundlich nik-
kenden Göttin.

Als die Verbindung stand, gab ich die Koordinaten der Schären-
küste ein. Nun konnten zwar auch andere Leute zusehen, falls sie
denselben Kanal geöffnet hatten, aber die würden, über so viel Natur
erschocken, sowieso schnell wieder ausschalten. Zumal niemand die
Zusammenhänge begreifen würde, jedenfalls nicht auf Anhieb.

»Was ist das?« Frau Ungefugger erinnerte sich aber. »Clermont-Ferrand vor der westlichen Mauer.« – Wie sie, in Montbéliard sur Mère
war das gewesen, den alten Präsidenten ins Schiffchen gesetzt und auf
das Salpetermeer hatten hinausschippern lassen. Dunkles Graues, ein
scharfer stinkender Wind hatte von Westen geweht; man hatte Geröl-
le Mülle Schutt Gefaule gesehen verrostete Karosserien Schiffsleiber-
skelette. Eintausenddreihundert Meter hoch war die Mauer damals
gewesen, einhundertdreiundfünfzig Meter breit, massiv Beton, außen
moränenverkleidet. Die Erinnerung daran schauerte sie.

Bei Clermont-Ferrand gab es keinen Zivilisationsmüll, weder
Wracks noch Kerosin, das von den Molen sinterte. Zwar, die Thetis-
zähne blitzten, aber sie hatten gar nichts gefaßt in der Gischt. Alles
wirkte blendend sauber. »Da das Boot. Können Sie's sehen? Dort!«
Sabine legte ihren Finger auf eine Stelle des Screens, so daß sie sich
weiter aufscrollen ließ. Dadurch entfaltete sich die Schäre im ganzen
Hotelzimmer. Brandung schlug gegen die Couch. Auf dem niedrigen Tisch schäumte Feim. »Das ist«, sagte die Präsidentengattin, »Irrsinn.« »Es ist«, erwiderte die Göttin, »eine Möglichkeit. Sie sollten sie

601

ergreifen.« Damit verschwanden das Meer und die Gischt, die Schären und das Boot. Bei uns verschwand das ADLON, und Sabine saß in sich selbst wieder drin.

Das dachte Cordes sich so. So war es aber nicht.

»Ach du Scheiße«, rief Dr. Lerche, als Sabine weitertippte. Er war aufgestanden, zu ihr getreten, hatte sie angestoßen, an ihr gerüttelt. Auch ich war fassungslos. »Sabine, was soll das?« Es war, als erteilten ihre Finger aus einer Absence heraus Befehle.

»Sind Sie eigentlich b e i d e von Sinnen?«

Ich öffnete meinen eigenen Zugang in den Datenraum, bekam Sabines Signaturen auch noch zu fassen, folgte. Sie verließ bereits die Executive Suite, an dem erstaunten Gorilla vorüber, der sogar die Pistole aus dem Holfter zog, aber von Frau Ungefugger, sie war der Göttin auf den Hotelflur gefolgt, mit einem Blick gemäßigt wurde; sie schob dazu seitlich flach die Hände zweimal durch die Luft hinab, in Höhe ihrer Hüfte. Blieb aber stehen vor der Tür, sah ihrer Erscheinung lediglich nach, die bereits vor den Aufzügen stand, den Ruferbutton drückte, sich nicht mehr umdrehte.

Dr. Lerche beugte sich von hinter mir über meine Schulter, legte mir sogar eine Hand auf. »Ja was macht sie denn da?« Die Liftglocke bingte, die Tür glitt zur Seite, Sabine schritt hindurch und trat wenig später unter den irritierten, auch – ihrer Garderobe wegen – belustigten Blicken der Portiers ins Foyer. Lerche: »Holen Sie sie sofort zurück!« Als hätte er etwas geahnt.

Ich hatte das auch längst versucht und versuchte es immer weiter, doch sie, das läßt sich anders nicht sagen, sträubte sich, während Deters, mittlerweile in Hannover zwischenhaltend, ganz im Gegenteil bemüht war, sich weder dieses noch überhaupt etwas vorzustellen, weil eine jede ungeregelte Fantasie abermals den Programmablauf hätte mit möglicherweise unabsehbaren Folgen modifizieren und weitere Fiktionskaskaden lostreten können. Es ist aber nicht leicht, sondern braucht Exerzitien, um, wie der Buddhist sagt, leer zu werden. Statt dessen fing er, Deters, gegen die Zugluft der Air-Condition, zu schwitzen an, die aus dem langem Spalt unter dem ICE-Fenster blies und spürbar seinen Nacken verkühlte. Derart ungeübt war er in kontemplativer Meditation.

Hannover also. Für beinahe ein Jahrzehnt war dieser Bahnhof eine Großbaustelle gewesen. Deters sah in Clara Wittens hochmütig edles, von Natur olivbraunes Antlitz, das sie so hell überschminkt hatte, auch sie eine Ableitung – Funktion, dachte Cordes – Sabine Zeuners, ganz so, wie Judith Hediger eine Ableitung Niam Goldenhaars ist – dabei so ungeheuer gegenwärtig, daß ihre, Judiths, Stimme Deters geradezu durchschoß. »Komm einfach her.« Schon am Alex der Lichtblitz. – Da hatte Lerche mit Kraft die Tür zugeschlagen. Daß er zur Geschäftsführung wollte, begriff ich erst nachher... – ah, Scheiße! Sabine, komm wieder! Ich tippte und tippte. Sie hörte einfach nicht, stolzierte durchs Foyer auf die République hinaus. Kurzes Stutzen. War das dieser Platz? Ja. Der Gesichtslose und Wellington's Monument. Auf dessen anderer Seite der Nullgrund.

Der Platz schwappte vor Japanern. Manchmal sprangen wie Forellen Amis aus dem in aller Disziplin bewegten Spiegel des fernasiatisch überlaufenen Teichs. Homerisch teilte Sabine seine Flut, direkt auf Jason Hertzfeld zu, der auf den Sockelstufen des Denkmals noch gar nicht stand, von dem herunter der Gesichtslose in Richtung auf den Nullgrund schaute.

Willis hatte Jason hergefahren. Außer ihr, Sabine, schien es niemand für bemerkenswert zu halten, daß das Taxi etwa fünf Meter über den parkenden Limousinen schwebte und erst, als der dort unter ihm stehende Wagen vorgerückt war, sich in die Lücke hinabsenkte. Da wäre Der Stromer herausgewieselt, knapp an Sabine vorbei, um seinen Platz am Denkmal einzunehmen. Das sei indes ein, dachte Cordes, Inszenierungsfehler. Denn tatsächlich war er, Der Stromer, kaum daß sich die Beifahrertür des Taxis geöffnet hatte, herausgehüpft und ins ADLON gewieselt. Die Livrierten bekamen ihn nicht zu fassen, nahmen ihn nicht einmal wahr, die unter der baldachinen Sonne vor sich hinschmorten in ihrem einträchtigen Habacht auf die Fahrer der schönen schwarzen, in zwei Reihen wartenden Limousinen. – Jason jagte hoch. Nichts als einen Schatten sahen sie, vor der Suite die Bodyguards, von denen nur einer kenntlich war, an sich und der First Lady vorüberfliegen, die noch immer zu den Aufzugstüren blickte.

Draußen aber, in seinem Taxi, war Willis, der überm Lenkrad seine BILD entfaltet hatte, nicht gewillt, auf seine Pause zu verzichten. »Bin nich frei«, sagte er, als Sabine an die Scheibe klopfte und er sie drittels hinabsurren ließ. »Sie sollten 's aber sein.« Sie zog die Tür auf und glitt in den Wagen. »Ick sach doch, bin besetzt!« »Das wird dauern, glauben Sie mir.« »Ooch dafür werde ick bezahlt.« »Sie zu bezahlen, habe ich gar nicht vor.«

Das machte Kalle baff. Außerdem wurde er nervös, weil ihn diese Kundin, wenn es denn eine war, an seine Dorata erinnerte, nicht so sehr äußerlich, aber in den Blicken und Gesten. Dann fragte sie auch noch: »Du weißt, woran sie gestorben ist?« Wie konnte sie wissen, was er gerade empfunden hatte? Und Jason? Wieso stand der plötzlich in ihrer, Carola Ungefuggers, Suite?

Die Präsidentengattin hatte sich wieder umgewendet und ihrem Gorilla »Ist gut« gesagt: »Nein, keinen Alarm bitte, aber halten Sie die Augen offen.« Dann war sie in ihr Refugium zurück, hatte die Tür wieder geschlossen.

»Oh«, sagte sie anfangs nur, ohne wirklich zu erschrecken. Der Göttin Erscheinung hatte ihr eine Form des Gleichmuts verliehen, der sich als stolze Ergebenheit zeigt. Schweigend sah sie den irgendwie bohrenden Jungen an, so aufeinandergepreßt waren seine Lippen, so dringend sah er zurück, ganz offensichtlich mit sich selbst nicht einig und ebenso offensichtlich getrieben. Einen kurzen Moment lang tat er ihr leid. Wie überfordert er sein mußte!

Sie ging zum Sekretär, setzte sich, und als er etwas sagen wollte, hob sie, ihm Schweigen gebietend, die Hand. Dabei dachte sie sozusagen fließend nach. Dann sagte sie, daß sie es habe, sein Boot – sagte es vollkommen ruhig, so, als spräche sie aus weiter Entfernung, die aber eine Nähe innigst mit sich selbst war. Je ferner uns eine Erinnerung rückt, je tiefer wir aber geprägt von ihr sind, desto mythischer wird sie, abstrakt zugleich und fleischlich.

Schwer zu sagen, ob der Junge etwas von dieser seelischen Bewegung wahrnahm. Er konnte die folgenden Sätze nicht erkennen, verstand sie auch gar nicht, weil Carola Ungefugger sie, aus ihrem Vergessenen heraus, nur murmelte: über den alten Präsidenten und seine Fledermausohren, die er um sich als einen Umhang schlagen konnte, in dem er noch und noch weitergeschrumpft war, und wie sie ihn auf das Bootchen gesetzt, das, angestupst, hinaus auf das Thetismeer gefahren... ›Es wird ganz langsam in der Ferne verschwinden, kleiner werden, immer kleiner werden, verschwinden. Laß uns ein paar Leute draufsetzen, die nie wieder zurückkommen werden.‹ Abermals hörte sie sich zu ihrem Töchterlein sagen: ›Mach winkewinke, mein Kind‹. Als wär sie selbst dieses Kind gewesen, und in den Augen ihrer Mutter hätte ein dunkles Zwielicht geglommen. Das bemerkte Jason, doch konnte es nicht deuten. Denn er wußte von den Allegorien nicht, die uns, wenn wir uns eignen, ergreifen und führen –

Als sich Frau Ungefugger aus ihr, und wieder von dem Stuhl vorm Sekretär, erhob, war sie zu einer Zauberin geworden, machtvoll, Göttin fast schon selbst.

28

»Sabine, mach zu!« Ich trommelte neben der Tastatur auf dem Schreibtisch herum, konnte tippen, wie ich wollte, sie reagierte nicht. Doch ihrerseits tippte sie ständig weiter – *entseelt,* dachte Cordes. In der Tat hatte sie etwas von einer Maschine, die weiter durch- und durchdreht.

»Ich zeige Ihnen«, sagte sie zu Willis, »Dorata Spinnens Mörder. Wollen Sie ihn sehen?«

Wäre Dr. Lerche nicht auf dem Weg zur Geschäftsführung gewesen, sondern hiergeblieben, ich hätte ihn rufen hören können: »Können Sie das denn nicht abschalten?!« Er war wirklich in Panik geraten. So kopflos hatte ich ihn nie erlebt. Schuldgefühle? Nein, – Angst.

»Ick hab, Mädchen, nich die jeringste Ahnung, wasse meinen.« Doch Kalles Abwehr war schon weich. Er wollte noch etwas sagen, aber bekam es nicht heraus, so leuchtete Doratas Blick aus den Augen dieser Frau. »Sie war eine Versuchsperson, ein Programm«, erklärte sie ungerührt, nahezu kühl. »Sie, Ellie Hertzfeld, Toni Ungefugger, Jason, auch Ihr Freund Kignčrs – alles nichts als Testprogramme.«

»Die macht uns doch alles kaputt!« rief jetzt nicht mehr, sondern er schrie es, Dr. Lerche.

»Nennen Sie es ein Versuchsfeld. Darin war Dorata das Hundchen, dem man, bevor man es quält, durch die Stimmbänder schneidet.« Eine Verrückte, gar keine Frage. In Willis stieg trotzdem die Wut. Kurz stand er davor, nicht nur sie rauszuwerfen, sondern auch ihr eine zu knallen – nein, man müßte die Faust nehmen. Doch er bezwang sich, weil er dasselbe schon einmal gehört hatte, im SANGUE, so entsann er sich. Da war dieser Spinner gewesen. – Jetzt machte ihn das starr. Er war wie ein Eis, aus dem etwas schmolz, das er verdrängt hatte. War er denn nicht betrunken gewesen und hatte nicht mit allem Recht der Vernunft geglaubt, nicht als halluziniert zu haben? Und da kommt jetzt so eine Frau, setzt sich aus heiterem Himmel in sein Taxi und nennt auch noch denselben Namen: Lerche. Auf so etwas kommt man nicht von selbst, das ist kein Name, den man erfindet, schon gar nicht im Suff.

»Was erzählt sie denn da?« schrie Lerche abermals. Da hatte Sabine Willis gesagt, er werde den Mann schon erkennen, müsse ihm nur noch begegnen. Dann machte sie PLOPP und war weg. Ich hatte ihre Signaturen endlich erwischt und einkapseln können und so den Avatar, der sie gewesen, aus der Anderswelt gelöscht. – Willis starrte, vom allerletzten Begreifen heruntergestürzt, auf den leeren Beifahrersitz. Eine Holomorfe, schon wieder eine Holomorfe. Trotzdem blieb die Wut.

»Das war knapp«, sagte ich.

»Danke«, sagte Sabine.

Indessen blieb uns keine Zeit, die Geschehen durchzusprechen, denn in diesem Moment kam Lerche zurück und brachte Blumenfeldner mit, der sich mit BAYER, dem Urbild unserer MÄDLE CHEMIE, so unternehmensfördernd verstand, wovon nicht zuletzt Lerches Sadismus profitierte. – Sabine riß sich zusammen. »Ja bitte?« Als wär sie in der normalen Arbeit gestört. Blumenfeldner blickte irritiert Lerche an. »Eben war sie noch ... ich schwör's! d a   d r i n !!« Ich: »Guten Tag, Herr Blumenfeldner.« »Herr Dr. Lerche hat mir ...« »Ja?« »Herr Dr. Lerche?« Indem Sabine ihn ansah. »Ähm«, so Blumenfeldner. – »Sie war eben noch ... noch ... ganz paralysiert war sie! Weil ...« Lerche streckte seine Rechte gegen unser Illusionsparkett aus, in dem man noch die Taxireihe vor dem ADLON sehen konnte und, flirrend übereinandergelappt, die Place de la République sowie den Arc de Triomphe, der zu Wellington's Monument wurde, wenn man ein wenig den Kopf schräg legte; legte man ihn auf der andren Seite schräg, sah man das Brandenburger Tor, gähnend den Nullgrund dahinter – selbst in der Projektion so leer, daß man beklommen schlucken mußte. »Nun schalten Sie das endlich aus!« Blumenfeldner spürte wohl die Drohung. »Ich verstehe nicht richtig«, sagte Sabine. »*Was* war ich?« »Sie war'n da drin!« Lerche mit ausgestrecktem Zeigefinger. »Was ist denn das für ein Unfug?« erwiderte ich und schüttelte den Kopf. Blumenfeldner wand sich. »In der Tat hat mir Herr Dr. Lerche versichert… oh je!« Er lachte bitter auf. »Sie haben recht. Das ist Unfug.« »Moment«, machte Lerche und eilte an seinen Platz: »Ich habe Kopien gemacht, habe alles gespeichert in den letzten Wochen, was hier vorgegangen ist.« Solch ein Denunziant. Er zog eine Schublade auf, holte eine DVD heraus. »Hier. Hier ist alles drauf. Jeder Eingriff – *Über*griff, Herr Blumenfeldner. Ich kann das alles beweisen. Seit Wochen versuchen Frau Zeuner und Herr Herbst, unsere Arbeit zu sabotieren.« »Nun ist's aber gut«, zischte Sabine. Dennoch, ihr Blick auf die DVD wirkte nicht sicher. Blumenfeldner: »Geben Sie das Ding!« Lerche legte es ihm mit triumphalem Seitenblick auf uns in die ausgestreckte Handfläche. »Wir werden sehen«, sagte Blumenfeldner. »Einstweilen darf ich aber bitten, sich weiter um Ihre Arbeit zu kümmern.« Damit verließ er den Raum.

Beutlin hatte das ungute Gefühl schon einige Zeit lang gehabt, daß man ihn überging. Möglicherweise hing die Distanz, die Ungefugger ihn spüren ließ, mit Markus Goltz zusammen, zu dessen Vertrauten er, Beutlin, trotz ihrer gegenseitigen Antipathie, vielleicht sogar wegen ihr, als einer von sehr wenigen seit jeher gehört hatte; jedenfalls war das sein Ruf. Was sein Unbehagen aber aufflammen ließ, das war, daß von einem Tag auf den anderen die genetischen Proben verschwunden waren, die ihm seinerzeit zur Verwahrung anvertraut worden waren. Das hätte Beutlin selbstverständlich zu melden gehabt, aber sein Unbehagen hatte ihn zu schweigen geheißen. Auch Goltz hatte er nicht informiert. Denn wie immer er, Beutlin, zu den politischen Entwicklungen auch stand, er hatte sich auf keinen Fall positionieren wollen. Dann war Goltz untergetaucht. An seinem Koblenzer Schreibtisch saß nunmehr Eidelbeck. Mächtig springt die Geschichte mit Mächtigen u m, deren Halbwertzeit ist kurz. Schon erschien der Generalleutnant in der SIEMENS/ESA, gab dem den Ausdruck einer folgerichtigen Übernahme. »Ich darf Sie bitten, sich zu unserer Verfügung zu halten.« »Ich bin doch hier.« »Sie mißverstehen mich. Bis auf weiteres sind Sie vom Dienst suspendiert.« »Ich wüßte nicht, daß Ihre Befugnis…« »Möchten Sie es direkt vom Präsidenten hören?« – So packte Beutlin nach Jahrzehnten. Viel Privates besaß er nicht, schon gar nicht an seinem Arbeitsplatz. Zu Hause setzte er sich in den Lese- und Musiksessel und schickte sich an – genau so: *schickte sich an* – abzuwarten. Worum es letzten Endes ging, war ihm bewußt. Er fürchtete seine Digitalisierung nicht; sein Körper war ihm nie wichtig gewesen. Auch in der anderen Welt fände sich Verwendung für einen wie ihn.

Der Gedanke hätte auch Goltz leiten können; von Anfang an übrigens. Er konnte selbst nicht mehr sagen, was in ihn gefahren war, sich auf den Schulterschluß mit der Myrmidonin eingelassen zu haben. Was wäre verloren gewesen, hätte auch er der Vision des Unsterblichen zugearbeitet? Nichts als Autonomie, die er doch ohnedies für eine Täuschung hielt. Desolat, weil machtentkleidet, saß er im BouDOIR, untergetaucht, wie man sagt, und wartete auf Aissa die Wölfin, die derzeit ihre Holomorfen wie Schachfiguren schob, Kriegsherrin, die sie jetzt war – aber eine schlechte, wie sich herausstellen sollte. Wer auf die Taktik der ETA trainiert ist, muß konventionelle Strategien meiden. Ungefuggers Milizen – nicht nur die Einheiten der SchuSta, sondern auch Militär aus dem Osten – waren sehr viel schneller herbeigezogen gewesen, als sich die Myrmidonin das vorgestellt hatte, ja geradezu genußvoll ließ der Unsterbliche als eben durch diesen Aufstand reinstallierter Präsident auf die Rebellen zurückschießen. Die schälten die Weststadt halb aus dem Schein und zogen ihr den Balg ab, indem sie die Elektronik zerstörten. Plötzlich saß man im Müll. Frauen und Kinder schrieen vor Ekel. Solche Schrecken wollten auch Ungefuggers politische Gegner nicht, standen bei ihm Schulter an Schulter oder duckten sich unter seine Flügel. Über Hunderte Kilometer gar keine Bäuerlein mehr. Masten aber, spirrig, und hochgeklappte Pilzköpfe, Radiatoren nämlich. Gebietsweise glich die Weststadt dem früheren Osten, dem heutigen hintersten, heißt das. Der Schwarze Staub von Paschtu über den Hazienden. Und bionikle Harpyien, nun also doch. Das kam überraschend, wendete vieles. Die Bionicles stiegen auf und fielen als eiserne Todesbälle, schweiflose Kometen, wieder nieder, die sich, sowie sie auf die Erde prallten, in Gestänge mit Sägediskus und Beyblades auseinanderfalteten. Schrille Bit-Beasts stürzten sich in alles, was organisch war, und griffen an, was sich rührte. Einen Unterschied kannten sie nicht, sie waren pur auf Zerstörung aus.

»Der Feind hat seine Technologie nicht im Griff.« Präsident Unge-fugger abends im TV vorm Kamin. »Er hatte es offenbar schon nicht bei Nullgrund. Bis morgen abend werden wir die Revolte zerbrochen haben. Für Sie und Ihre Angehörigen geht keinerlei Gefahr mehr von ihr aus.« Das meinte die Millionen Porteños, nicht die paar hundert Bürger der Weststadt. Und rechnete mit Thetis nicht.

Tatsächlich schlugen Ungefuggers Truppen die Myrmidonen be-reits zurück, woran eben Bionicles, Beyblades und Bit-Beasts keinen geringen Anteil hatten. Die nisteten sich in hodnischen Energieein-heiten wie die Larven von Schlupfwespen ein, die ihre Wirte von in-nen verzehren – *verbrauchen* ist, eigentlich, bei Energie das richtige Wort. Innert Sekunden platzten weitere Eier und schütteten zu Tau-senden ihrer Genome Träger aus. Die Technologie erinnerte an die säurespritzenden Spinnentierchen, die sich, aggressiv wie nur Amei-senarten, an Leukozyten verpuppten. Fruchtjauchen Salze flossen aus dem versuppenden Feind; seinerzeit war das im Osten zum Einsatz gekommen. Auch Aurel schrie auf und verging, in einer Einzelzelle aber, in der man ihn, um ihn zu quälen, eingeschaltet gelassen hatte. Niemanden, bis zu seinem, diesem, Schluß hatte er verraten.

Da brach Jason durch die Tür. Michaela fuhr im Bett hoch, starr-te Den Stromer fassungslos an, während sich in seinem Rücken Wil-lis und Kignčrs mit den Amazonen herumschlugen und unten, im Showroom die Amazonen mit Eidelbecks SchuSta. Die war geradezu gleichzeitig vorm BOUDOIR angerückt, sowohl von vorne in Rhein-main wie hinten in Colón. Es setzte Prügel jedes gegen jeden. Die Frauen konnten derart schreien, daß einige Feldjäger alleine davon in die Knie gingen. Dazwischen ballerte Kignčrs' halbautomatischer Wüstenadler, doch auch Pfeile schwirrten, und es knatterten milizio-näre kleine MPs. Da flog ein Auge, dort ein Ohr. Der ganze Screen wurde rosa, derart splätterte das Blut. Holomorfe, auch hierorts, und Mensch nicht länger auseinandergehalten; die Scanner zu nutzen, war keine Zeit.

Noch war man bis hinter die Bühne nicht vorgedrungen. Auch die Tapetentür wurde von den Amazonen gehalten. Sie hatten es aber oben mit Jasons Kämpfern zu tun. Thisea knallte eine Faust unters Kinn, die Amazone fiel rückwärts, Kignčrs halb auf ihr. Rechts aus ei-ner der Türen tauchte Sola-Ngozi auf, sah den Typen, nun gab's was, sich schadlos zu halten. Ihr Messer dem Alten hinten am Nacken. Ein Tropfen Rots aus der fleischenen Wulst. Die Linke packte sein Haar, zerrte ihm den Hinterkopf bis in die Schulterflügel. »So sehn wir uns wieder, das ist einmal schön.« Aber Willis stand neben ihr, den alle mochten, *lieb hatten,* muß man sagen. Der sagte nur milde: »Sola, laß es bitte«. Sie sah zu ihm auf, zäh schwitzend drehte sich unter ihr Kignčrs zur Seite. Er ächzte. Thisea bereits auf den Beinen. Was war hier nur los?

»Jason!« rief sie Dem Stromer hinterher. »Was soll das?«

Unten schwoll der Gefechtslärm, alles wüst auf dem Sprung. Aus dem Arsenal die Gewehre gerissen, einer Kammer am Ende des palmenbestandenen, teppichbedeckten Flurs. THEODORA LAOMEDEIA ROSEMARIE VESHYA LYSIANASSA SHAKTI LEAGORE MATA HARI. Da, genau da, war Jason zur jungen Ungefugger hinein. Und da, genau da, sahen die beiden sich wieder, sahen sich wieder und an.

Anagnorisis also. Aber dies war es nicht eigentlich. Sondern Frauen kennen den Nu der Entscheidung, den Männer, wenn überhaupt, nur ertragen; sie, die Frauen, *treffen* sie nicht, sondern in einer Sekunde zur nächsten fällt jeder Zweifel ab: Das geht durch sie hindurch. So durch Michaela.

Sie richtete sich höher aus dem Bett auf, worin sie gelegen und zur Zimmerdecke gestarrt hatte, bis sie eingeschlafen war. Als ob's da Zeppeline zu sehen gäbe und Jasons Bussarde von Kehl. In Wirklichkeit hatte sie an ihren Vater gedacht. Als nun der – war er's denn schon? – *Freund* derart durchgefetzt, hocherregt, schwitzig in der aufgerissenen Tür stand, war ihre Trennung vom Vater für alle kommenden Zeiten vollzogen. Es gäbe, sie wußte es, nie ein Zurück. Erhob sich, derart kurz die Verblüffung, faßte ihre Tasche, sagte, weil kein Alter noch irgendeine Rolle mehr spielte: »Du hast aber lange gebraucht.« Denn das da war ein Mann, und sie nahm seine Hand. Der Kampf auf dem Flur ging sie nichts an. »Wie siehst du eigentlich aus?« Sie zupfte an seinem Anorak. »Das steht dir nicht, dieses Grau.« Mitten im kochenden Brüllen, brutalen Gewühl. Mitten in diesem Krieg. »Und dann noch so 'ne Kapuze!«

Jason stieß das Fenster auf. Willis und Kignčrs sicherten den Fluchtweg. Das Pärchen kletterte ins Dunkel Colóns über eine Feuerleiter aufs Dach hinaus. Die ganze Fassade sang Bernstein: Say it soft and it's almost like praying. »Was ist, worauf wartest du?« Maria Maria Maria. Michaela. So brauste es in ihm. Michaela Gabriela Anna. Die schubste Den Stromer einfach weiter. »Komm schon, komm!« Und übernahm die Führung. – Unter ihnen blaschte Polizeilicht, man hörte megaphones Schreien. Sie waren bereits im Nebengebäude. Über ihnen sirrte das Europäische Dach. Pals Taxi nahm die beiden auf. »Und die Freunde?« »Die kommen schon durch. Ich hab sie gesehen. Mach dir um die keinen Kopf.« »Und wohin?« »Zum Adlon.« »Adlon?« »Ja, direkt ins Adlon.«

Der zweite 17. Juni neigte sich ins Ende. Die Hälfte aller Unsterblichen war nach Buenos Aires geflohen, die andere Hälfte entweder eingekesselt oder in Pontarlier verkrochen. Ungefugger thronte, kann man sagen, dennoch unangreifbar wie nie, vielleicht sogar deshalb. Man sah ihm den Triumph auch an. Wozu sich verstellen? Noch zwar wurde geschossen. Ihm jedoch war das ein Fest. Hätte er noch, wie einst vor Jahren, singen mögen, er wäre ein zweiter Nero geworden. Doch hatte Böhm in der Leitung.

Deters erreichte Frankfurt am Main.

»Halten Sie noch ein paar Stunden aus?« »Tage, Major, Tage, wenn es sein muß.« »Muß es nicht. Ich denke, wir sind jetzt soweit.« »Wann genau?« »Morgen früh.« »Ganz Stuttgart?« »Sie müssen nur herkommen. Sonst leben Sie parallel.« »Ich schaff's hier vermutlich nicht raus.« »Niemand ist dort, Sie zu löschen?« – Es wäre unwürdig, fand Ungefugger, sich über eine Grenze zu stehlen. Er wollte bemerkt sein. Stellte sich vor, wie er sich in einem Bodenloch verbarg, wie man ihn fände, unrasiert, das Haar nicht geschnitten. Die Eisaugen wären dann menschlich geworden. Das kam nicht infrage, nicht ein Prozeß vorm Völkergerichtshof. Gehenkt vor laufenden Kameras? Lieber ging er von selbst. Verfügte, was hier zu tun war und was zu handeln da, und berief Eidelbeck offiziell zu Goltzens Nachfolger.

Der Generalleutnant hatte es sich bereits in dessen Arbeitszimmer eingerichtet, hatte – während seine Leute kämpften – Bilder seiner Frau und der beiden genetisch identischen Jungs auf den Schreibtisch gestellt. Für die Tagesration Magnesium stand eine kleine Silberdose daneben; er rührte es von Zeit zu Zeit in Wasser und trank, hielt sich von Genußmitteln fern. Sicherheitsleute ähneln einander. Von

Deters, übrigens, noch keine Spur. Beutlin hatte geschwiegen; zwar hatte er den Irritanten sehr wohl unterm Kragen seiner Signaturen erfaßt und seither nicht mehr losgelassen. Doch als ihn Eidelbeck mit der gesamten Autorität der hinter ihm stehenden Staatsgewalt aus der SIEMENS/ESA hinauswarf, schaltete Beutlin die Verbindung zu Deters kurzerhand weg. Mochte sich erfüllen, was wollte, er griffe da nicht weiter ein.

Der war, Deters, nun schon in Mannheim. Noch fünfunddreißig Minuten, bis Stuttgart erreicht war. Dann, sofern ihn am dortigen Bahnhof, dachte Cordes, nicht doch noch jemand aufhielt, wären es zehn/fünfzehn Fußwegminuten bis zur STAATSGALERIE. Buenos Aires' Zentalcomputer.

Ein fetter Mann um die fünfzig saß Deters seit Mannheim gegenüber, der einen viel zu engen, absurd in der Taille spannenden Anzug trug. Der Bauch schwer über den Gürtel gewölbt. Eindringlich autoritär sprach er auf seine Begleiterin ein, eine verhärmte, sehr viel jüngere Frau. Er drehte sich zum Küchentisch zurück. Wie sich ineinanderschiebende, feste Fugenlamellen, so rastete die eine Stadt in der anderen ein, die eine Figur in der andern, *er* war es jetzt, Cordes, der im Zug saß, nicht länger Deters – oder Deters eben auch und zugleich, dachte Herbst. Eine Farbschicht wurde über die nächste aufgetragen, und wieder, und wieder. Beutlin aber, indem er Eidelbeck direkt ins Gesicht sah, dachte: »Kann sein, daß du stirbst.« Damit verließ er seine SIEMENS/ESA, für immer – das heißt, ein einziges Mal, doch da nur sehr kurz, kehrte er zurück. Für immer war auch Goltz seines Amtes enthoben, für immer sollte Stuttgart im Lichtdom erstrahlen. Dieses zuerst, dann in ihm Europa vereinigt. Wer es angreifen wollte, griffe fortan hindurch, und wer abends promenierte, sähe aus den hallengroßen Scheiben des neuen Paradieses in die verrottende Welt.

29

Jason und Michaela waren schon durch das Fenster des Nebengebäudes ins Taxi gesprungen, das da wartete, indes sich die Amazonen weiter gegen Kignčrs und Willis verteidigen mußten. Von unten drängten nächste Amazonen, die Eidelbecks Schutzstaffler scheuchten, aus dem BOUDOIR herauf. Ein unabgebrochener Schußwechsel, auch übler Nahkampf tobte, Blut spritzte, Mobiliar zerkrachte, Splitter flogen aus Glas und Spänen, die Palmen längst in Fetzen. Die Frauen kannten so wenig Pardon wie die Soldaten der SchuSta. Alle waren sie restlos barbarisch. Wie Vieh am liebsten hätte Eidelbeck die Amazonen zusammentreiben und niedermähen lassen. Doch sie waren nicht wirklich zu fassen. Hier zwar ging eine in die Knie, da stürzte, platt vornüber, eine andre, doch als man endlich den Kommandoraum, unten, den hinter der Bühne, gestürmt hatte, da ploppte vor den Augen der SZKler so gut wie jeder in sein Nichts. Nur Zenke blieb sitzen, auch Scheck, aber sprichwörtlich auch auf dem Nichts. Schon die Soldaten über ihnen, ihnen die Hände auf die Rücken zu reißen. Handschellen schnappten. Man riß die Leute hoch, stieß sie hinaus, trat sie und führte sie ab. Die trugen ihre Selbstprojektoren in den Jakkettaschen, deshalb merkte man nicht, daß auch sie Dubletten waren, die sich nur wegen der auf die Rücken gefesselten Hände, und weil sie so überrascht worden waren, nicht wegschalten konnten. Sie kamen an die Geräte einfach nicht ran. Nur Herr Drehmann, schon, während die SchuSta noch im Showroom gewütet hatte, war schnell genug gewesen und zerfiel, als Eidelbecks Truppe in die Zentrale brach, fleischfressenden Heuschrecken gleich, Harpyien ganz auch sie, unter den Augen der Polizei, als Deters, knapp hinter Mannheim, genervt zu dem fetten Reisenachbarn hinsah, wie der pausenlos und mit gehobener Stimme den ICE-Clown spielte.

Er, Deters, legte die beiden Selbstprojektoren vor sich auf den Ablagetisch: den mit dem FERRARI-Emblem, »und vergiß nicht, ihn vorher einzuschalten«, sowie den anderen, also sich selbst – und dann noch die alte Diskette. Die Niam ihm wiedergegeben, hielt sie ihm, »erlöse mich«, mit zweien ihrer Krallen hin, im Keller des BERLIN CARRÉES. Wie aufgespießt das Ding. »Ich hab sie verwahrt. Nun ist es Zeit.« Eine Diskette, dreieinhalb Zoll. So schnell die Geschichte. »Alles hat sich verzerrt. Wir sind verzerrt, auch du.« »Du bist ein solches Monstrum geworden.« »Wenn du den Umweg über die Realität nimmst, kannst du sie vielleicht wieder glätten.« Sie war eine Falte in der Menschheitsgeschichte.

»Raus da! Sofort!«

»Na dalli!«

Die Augen der Lamia glühten. Ich aber hatte den Impuls, das Bedürfnis, das Ungeheuer zu küssen. Es war eine Prophezeiung an ihm, die es bloß austrug, ihm aufgetragen von einem Geschick, über das es niemals Macht gehabt, schlimmer, das die Macht besessen hatte, die zarte Sonnenträne in solch ein Grauen umzuformen. Als das war es, im Wortsinn, fatal mit Europa vernäht, geboren bereits für Europa, gegen Europa vielleicht, dessen Entsetzen es schuldlos repräsentierte, schuldhaft aber austragen sollte. Alle Erlösung ist schrecklich, oft erst in den Folgen, in Niam aber Haut und Gestalt und derart erbarmungslos verloren, daß Deters, als er wieder hinauskroch, zu eben dem Rächer geworden war, als den ihn Deidameia losgeschickt hatte, nachdem er denaturalisiert und holomorf wieder zusammengesetzt worden war: ein digitaler Terror-Schläfer, als der er erwacht war. Eine der beiden Selbstprojektoren, die neben der Diskette auf dem Waggontisch lagen, war eine Bombe, ein wie dieser, der Virenzoo, datischer Sprengsatz. Der war anzubringen. Die Konstruktion des Widersinns, dachte ich und erinnerte mich an Laupeyßers Aufbruch, an Falbin und die Zockerei auf dem Herrenklo des Bremer Hauptbahnhofs. *Im Bahnhof lebt die Stadt inwärts gekehrt.* Dann, Blumenfeldner war kaum wieder draußen, stand Willis in der Projektion. Wie ein Charles Bronson, der rotsieht, kam er über die CYBERGEN. Kurz vorher hatte mir Sabine durch das knappe Nicken ihre Kopfes bedeutet, mal besser auf dem Sprung zu sein.

Auf dem Illusionsparkett, aus dem Projektionsraum bis hier herüber, stand das Environment des BOUDOIRS; wir guckten außerdem in die Fickzellen des T27 genannten Nebengebäudes, durch das soeben Michaela und Jason geflohen waren. Mit Müh und Not hatten Willis und Kignčrs dem fliehenden Paar den Rücken freigehalten. Willis hatte einer Amazone einen Flammenwerfer entrissen und setzte den Hierodulengang in Flammen. Die Amazonen wichen zurück. Da waren auch diese beiden Männer, und zur gleichen Zeit, losgerannt und nacheinander durch das Fenster gesprungen. Kignčrs bekam das Geländer der Feuerleiter zu packen und konnte sich halten, Willis aber, mitsamt der Flash M202, fiel ins Leere. Da legte Sabine den Hebel um. »Komm jetzt!« rief sie und schoß mir voraus aus dem Labor. Ich drehte mich in der Tür um. Baff sah Lerche uns nach. Im selben

Moment fing die Projektion zu flirren an. Sabine riß mich zu sich und am Ärmel weiter und hinaus, drehte ihren Schlüssel ins Schlüsselloch und schloß die Tür ab.

»Was soll das?«

»Weg hier! Weg jetzt!«

Da hatte Willis, dachte Cordes, die Beelitzer CYBERGEN schon zu zerlegen begonnen.

Ein paar Straßenzüge weiter wurde Pals Taxi gestellt. Die Hodnafalle langte von der Straße bis fast ganz oben unters Europäische Dach, sperrte diesen Arkologietrakt energetisch ab. Auf so etwas waren Taxifahrer für gewöhnlich eingerichtet; sie hatten meist ein Meldegerät installiert. So auch Pal. Doch war die Flucht derart hektisch vonstatten gegangen, und er war kein Profi, daß er vergessen hatte, es einzuschalten. Deshalb rasten sie mitten hinein und blieben in der Energiepampe stecken. Sofort waren Polizisten um sie und über ihnen, Insektenschwirren, es gab kein Davon.

»Raus da! Aber sofort!«

»Na dalli!«

Pal war ergeben und legte die Hände aufs Steuer. Aber Michaela Ungefugger hatte einen großen Moment. Es drang durch sie durch, wer sie war. »Was fällt Ihnen ein?!« fragte sie und hob nicht einmal die Stimme. Das war genau der Augenblick, in dem Willis zuschlug. Dr. Lerche mitten ins Gesicht. Er war durch die zerberstende Glaswand gesprungen, die man nicht sah, aber die mitten durch das Illusionsparkett ging und das Labor sehr nahe unseren Arbeitsplätzen von dem Versuchsraum trennte, und hatte ihn erkannt, den Studienrat meiner Kindertage. Der Nasensteg brach. Blut schoß dem Mann in die Augen, so viele Jahre nach meinen Quälereien vermittels Bornemann. Als Mensch zu schlecht, als Schwein zu kleine Ohren. Geschichte und Latein. Jetzt kippte Lerche, tot schon im Fallen, um. Ich konnte das nicht als ein Unrecht erleben.

Willis warf den Kopf nach links, den Flammenwerfer auf dem schweißglänzenden Rotbraun seiner Unterarme, und fand sich eingesperrt, sah für sich nur dieses Fickzimmer im Puff T27 der Rheinmainer Taunusstraße, die er deshalb weiterhin – und wieder – für die Wilhelm-Leuschner-Straße hielt; die CYBERGEN ließ ihn Kignčrs nicht mehr erkennen, der außen am BOUDOIR, escudellerseitig, hochgeklommen war und vom Dach herunter durch das Fenster dem Kampfgefährten zuschrie, wozu sein Wüstenadler nach unten, oben und zur Seite Munition verschoß, um sich und den Gefährten, wie man das nennt, herauszuhauen. Der aber, in Beelitz, begriff erst allmählich, in einer Projektion gefangen zu sein. Aber das Bett war echt, der Tisch, die Stühle, die Waschgelegenheit, das Handtuch, doch auch der tote Mann und die Keyboards und Kabel, die Screens, aber seit eben erst, seit er die Flammengarbe gegen die Tür gerichtet hatte, die geplatzt und eben nichts gewesen war als eine große breite Scheibe. Dahinter die Unendlichkeit: der anderen, der Beelitzer nämlich, Realität. Für Willis brach die Projektion zusammen, für Kignčrs indessen wurde sie, erstand sie; jedenfalls sah er den Freund darin und ballerte nun mit ihm in die Geräte. Metallstücke flogen, Stürme aus Glas- und Plexisplittern. Dann war Kignčrs für Willis wieder verschwunden. Durch das Fenster, in dem er sich verkeilt hatte, war eine fremde Gegend zu sehen. Nein, das war nicht mehr Colón.

Unten stürmten Zeuner und Herbst durchs Foyer. »Rufen Sie die Polizei!« Entgeistert starrte der Portier sie an. »Na los doch!« Zu Herbst wieder: »Komm jetzt!« Weiter hinaus auf den Parkplatz und zu ihrem Wagen. »Was hast du vor?« Sie riß ein paar Sachen vom Rücksitz. »Ich brauche andere Schuhe, ich kann nicht mit Stöckeln durch die Anderswelt laufen … Halt mal! So halt doch!« Stützte sich mit der linken Hand auf meine Schulter und zog ihre Pumps von den Füßen, erst einen, dann den andern. Schlüpfte in die Turnschuhe, schimpfte wieder: »Hätt ich nur Jeans angezogen! Ich mach mich lächerlich in Sneakers und Kostüm!« Frauen, dachte ich. Da lief sie schon wieder, eine kleine Tasche und den Übergangsmantel von der Rückbank gezogen, riß mich mit sich mit. Wir stürmten zum Hauptgebäude zurück. Oben im Haus wurde weitergeschossen. »Der legt hier alles kurz und klein!«

Wir nahmen das Treppenhaus, nicht die Lifts.

»Kannst du dir vorstellen, was passiert, wenn Blumenfeldner Lerches Kassiber durchgesehen hat – und wenn Lerche dann … denk doch mal nach!« Sie riß die Tür, die zu den unteren Labors führte, auf, rief »na bitte!« und setzte sich an einen der Computer. Erst, als wir miteinander auf der Place de la République vorm Brandenburger Tor standen, das hier Wellington's Monument hieß, wurde mir klar, was sie in Gang gesetzt hatte.

616

»Ach du Scheiße«, sagte ich.

Noch war der Zugang zum Nullgrund scharf kontrolliert, die Gegend war Bannmeile wirklich g e w o r d e n. Es war wärmer als in Beelitz, ich hatte viel zu viel an. »Und wer holt uns jetzt wieder zurück?« »Vergiß es.«

Tatsächlich hatte Willis bereits die halbe CYBERGEN zerschossen – mit der Pistole nun noch weiter; die Flash M202 lag geleert am Boden. Und Beutlin, der von Wiesbaden aus hätte das Schlimmste verhindern können, saß nicht mehr an den Monitoren, sondern machte es sich zu Hause bequem. Auch die anrückenden Polizeieinheiten richteten kaum noch was aus. Willis hatte sich in einem Nebenraum verbarrikadiert, der einen guten Überblick über den Parkplatz und zwei der drei ausgelagerten Gebäudekomplexe gewährte. Imgrunde war seine Rolle, dachte Cordes, erfüllt. Ab hier sei *Die harder* nur noch Routine. Allerdings hatte Jason Hertzfeld Willis' Namen ganz oben auf seine Liste geschrieben. Das rettet ihm das Leben. Nur deshalb kommt er gegen die Übermacht durch. Außerdem strahlt die gewaltige Detonation, als welche Stuttgarts Digitalisierung Europa erschüttert, bis nach Garrafff hinein, so daß auch Chagadiel, der dortige Staatspräsident, den Notstand ausrufen lassen mußte. Die Dimensionsmembranen rissen, nicht wenig vom einen stürzte ins andre. Plötzlich hatte Berlin ein Stückchen Europäischer Mauer. Dafür stand in Buenos Aires der Berliner Bahnhof Zoo.

Wiederum Zeuner und Herbst riß es nach Garrafff zurück: Da standen sie dann in den rauchigen Trümmern der CYBERGEN, standen auf dem Abbruch eines ehemaligen Balkons, dessen Stützen dreiviertels aus dem Grundstock gezerrt worden waren. Ausgerechnet die ersten Bewohner des kybernetischen Stuttgarts, Böhms einundzwanzig Probanden, kamen so frei. Der Lichtdom spie sie mitten auf die Schönhauser Allee. Die Scheiben klirrten, alles wackelte. Dann wurde es gleißend hell. Cordes hob einen Unterarm vor die Augen, so tief schoß einem der Schmerz ins Gehirn, so irrsinnig war das psychedelisch-psychotische Schaukeln, daß man momentlang zur Seite kippte, sich grad noch so hielt.

Als sich die Augen an die Tagesnacht gewöhnt hatten, standen die Zweiundzwanzig unterm Küchenfenster. Und Michaela Ungefugger, einige Viertel weiter, herrschte die Beamten an: was ihnen einfalle?

wüßten sie nicht, wer sie sei? wollten sie Ärger mit Pontarlier? in diesen Zeiten? Ja, so formuliert sie: *in diesen Zeiten.* Man kümmere sich besser um Wichtiges, etwa um die Schlacht – ja, »Schlacht«, sagte sie – nahbei in dem Puff. Damit nahm sie, der arme Pal saß noch immer am Steuer, Jason bei der Hand und spazierte mit ihm durch die zwei Reihen Uniformierter, den Kopf ganz gehoben, schritt langsam und fest bis zur nächsten Ecke und zischte da erst: »Lauf!« Wie drüben in Beelitz die Zeuner, übernahm auch hier eine Frau die Führung. Jetzt erst rannte die Polizei hinterher. Dann kam der Lichtblitz.

Böhm informierte Eidelbeck, der daraufhin mit Ungefugger webbte, welcher sich soeben in Stuttgart synthetisieren ließ. In Pontarlier hingegen legte der Unsterbliche einen Revolver vor sich hin, eine, wie sie auch Goltz in Gebrauch hatte, Mauser 500, um, wenn es die Zeit war, von der wirklichen Welt ein für alle Male Abschied zu nehmen. Seine Tochter hingegen, ebenso flink wie Der Stromer, verschwand mit dem Freund in den komplexen Windungen der Stadt. Wiederum Zeuner und Herbst klopften sich den Schuttstaub aus ihren Klamotten, nachdem er sie grad noch so am Arm halten konnte, andernfalls sie ins Freie gefallen wäre, fünf oder sechs Meter in die Tiefe. Dafür landete Willis weit südlich Colóns im Kirschblüten-Chelsea. Das nahm er anfangs an. Tatsächlich war es Friedenau. Was wurde er bestaunt, als er verschwitzt in seinem zerrissenen Muskelshirt dastand, über Gesicht und Brust und Nacken verschmiert mit Blut der Dreck. Er war wie benommen. Ich komme, dachte er, aus einem Film.

Für Dr. Lerche kam alle Hilfe zu spät.

»Haben Sie irgendeine vernünftige Erklärung?« fragte der selbst nicht gänzlich unlädierte Blumenfeldner, bevor Zeuner und Herbst zur Vernehmung vorübergehend abgeführt wurden, die beide imgrunde noch immer auf der République standen und deshalb gar nicht begriffen, welch eine Zeitwelle sie nach Beelitz auf den Balkon zurückgeworfen hatte. Als sie sich einigermaßen gerichtet hatten und durchs Haus zum Treppenhaus wollten, hatte die Polizei sie gestellt. Man führte sie nach unten ab, da trafen sie auf Blumenfeldner, der den Arm ausstreckte und schrie: »Die! Die waren dabei! Der arme Herr Dr. Lerche hat mir Kassiber gegeben!« – »Was sagen Sie dazu?« fragte später ein leitender Beamter, der uns das vorhielt. »Gar nichts«, sagte ich. Sah noch Dr. Lerche vor mir, den von früher. Immer hatte er Knickerbocker und Krawatte getragen und gerne grüne Janker. Er faßte uns Jungs an den Ohren, zog sie lang und führte uns so die Albtraumtreppen der Schule bis auf den Pausenhof hinab. Jetzt können wir getrost seinen Namen aus dem Register unserer Traumata streichen.

»Det is vielleicht 'n Ding!« stöhnte Willis, indem er, derart begafft, seine Waffe sinken ließ. Die Leute guckten nach dem Filmteam, den Hängern für das Catering, Schirmen amerikanischer Nächte. »Ach du dicke Jülle!« Er guckte sich um, winkte ein paar Strolchen. »Wo jehts 'n hier zur U-Bahn?« »Da lang, Rambo«, antwortete, und kicherte dabei, der Jungpubertäre. Dann zog der Jugendlichentrupp Willis hinterher, einem, klar, harmlosen Irren. Daß seine Eagle echt war, glaubte keiner. Willis hatte von Gewalt die Schnauze derart voll, daß er nicht mal Anstalten traf, die Burschen zu verscheuchen. Treppte in den Unterleib der Stadt hinab, fand sich aber nicht mehr zurecht, fand sein bekanntes Friedenthal nicht auf dem U-Bahn-Plan, dem über das Gleis weg riesig aus farbigen Kacheln an die Wand mattierten. Es gab nur einen Friedenthal-*Park,* der aber lag in Halensee. Ah doch, da stand es ja. So daß sich Kalle Kühne auf eine der Wartebänke sacken ließ und stumpf vor sich hinstarrte.

Die Paradigmen waren gehörig verwischt. Stuttgarts Digitalisierung hatte auf alle drei Systeme zugegriffen. In Buenos Aires gab es einige Indizien dafür, daß sie – bzw. die Energie, die sie realisierte – von den Lappenschleusen ausging. Aber auch bei uns begannen Kabel zu schmoren. Die Übertragung wurde unstet, wir maßen eine ganz erschreckende Farbverschiebung. Dann überfiel uns ein Tinnitus, der sich aber nicht messen ließ; doch er währte Tage. »Da ist nichts!« rief der allmählich, weil er ihn nämlich selbst hörte, verzweifelnde Arzt, starrte auf seine Apparatur. Es war wie damals mit Ungefuggers Ohr. »Da ist nichts, gar nichts!« Doch Pfeifen in den Ohren. Zum Wahnsinnigwerden. In Wiesbaden hatten ein paar ähnlich hilflose Leute vor den Geräten gesessen und auf den Eingang, escudellerseitig, des BOUDOIRS gestarrt. Noch hatten bewaffnete Schutzstaffler dort gestanden; man sah die eigenen Kollegen. Dann war die enorme Erschütterung auch über die SIEMENS/ESA gekommen. Die Zeitwelle lief voran, Minuten- und Stundenzeiger bäumten sich hinter Gläsern, deren einige barsten, und die Zeiger sprangen heraus. Wecker fingen an zu fiepen, zu jaulen, zu scheppern. Auch das eine Welle. In Hundertstelsekunden desynchronisierte sich die gesamte Kybernetik. Bei Siemens/Esa schmauchten Kabel. Haare, elektrostatisch mit Gegenzeit geladen, verwandelten sich in die Stacheln elektronischer Igel.

Dann kam das Licht.

30

Es füllte alle Straßen und spiegelte sein Scheinen grell in den Hygienebächen. Sie waren wie ein krisseliges, laufendes Silber. Ich mußte an Lough Leane denken. Die Millionen Fenster glichen erblindeten Retinen. Früher hatte die Stadt wie ein Sternenmeer geflimmert. So strahlte der Lichtdom, wie der Präsident es versprochen, bis in den hintersten Osten: ein arktisches Leuchten gleich der schweifhaften, schimmernden, übers Firmament wehenden Krone Apolls, der im Kreise der Olympier über drei, ja vier Netze zugleich Badminton mit ihr spielte. Stuttgart war drin aufgelöst, rein körperlos zu sich gebracht.

Dabei war dies solch ein sonnenstrahlender Herbsttag, als Deters in den Stuttgarter Kopfbahnhof einfuhr. Ich saß noch in dem Großraumabteil. Die Projektoren hatte ich, auch die Diskette, wieder eingesteckt. Ich atmete durch. Dann verließ ich gefaßten Herzens den Zug, wußte, was zu tun war, war jetzt ganz entschieden, sogar ein bißchen zuversichtlich. Dieses Laubbunt!

Für den Zentralcomputer lag die Stadt ideal. Man sah das bereits vom Plafond aus, wie sich die umliegenden Hänge, ein Kessel, dem Himmel öffneten. Alles, dachte Deters, war Schüssel eines Teleskops, das aber nicht empfängt, sondern ausstrahlen sollte.

Ich war nicht unvorbereitet, wußte, wohin ich gehen mußte, nicht nämlich zur Staatsgalerie direkt, sondern durch die unterirdische Passage, die in den Park herausführt. Da erst wäre ich wieder im anderen Europa, erst dort könnte ich hinüberwechseln. Ich mußte nur den Eingang der nächsten Lappenschleuse finden. Die tiefhängende, sehr breite Fahne der Schweizer Helvetia, die im Querschiff des Bahnhofgebäudes von oben hälftig herabhing, versprach *Perspektiven fürs Leben*. Im Längsschiff des Bahnhofs löste sich der Ruf der *Deutsche Post AG*

in einem Licht auf, das Ungefuggers Dom schon vorausahnen ließ:
Körperliches ward unstet, verflimmerte; Rolltreppen trugen beidseits in Unabsehbares hinab. Erst jenseits über den Plafond des Souterrains schwebender Füße in der Materialität von Puppenschuhen und filigranen, an den Ellbogen durchscheinenden Armen versprachen die auffällig eckigen Türen, die unter den gestreckthohen Glasleisten des Ausgangsbogens hinausführten, wieder Stadt und Realität. Darunter leitete die Klettpassage voraus in die Stadt und, spekulierte nun Cordes, durch eine Seitentür direkt in die Andere Welt. Malls haben insgesamt das Zeug zur Denaturierung. Mir aber war nach Lärmen, Rufen, Vogelschreien, war nach Motoren. Deshalb nahm ich nicht die Rolltreppe, sondern blieb übertag. Es war der pure Mutwille. Welch eine Erlösung, als ich hinaustrat! Sechsspuriger Autoverkehr. Wunderbar! Reisebusse, drängelnde, gedrängte PKWs, mitten drin die Absperrung: eine Steigkonsole und Hinkeldölmchen, über die ganze Straßenlänge durch eine eisengliedrige Kette verbunden. Schwer hing sie mehrfach durch. Gegenüber dem Bahnhofsgebäude, das Mussolinis architektonische Monstrositäten vorausnahm, standen Geschäftshäuser der sechziger siebziger Jahre Kaufhäuser Fahnen flatterten darauf in Höhe der umgebenden bewaldeten Hügel. Davor Pavillons.

Deters zog die zusammengefaltete Stadtplankopie aus dem Timer, die ihm damals Deidameia mitgegeben hatte, und orientierte sich. Das Papier war kaum mehr brauchbar, so verknittert, auch ausgeblichen. Offenbar mußte er aber doch die unterirdische Passage nehmen, hätte also wieder umkehren müssen. Da sah er drüben den i-PUNKT der touristischen Anlaufstelle: *Stuttgart Marketing GmbH*. Ich schlängelte mich durch.

»Sie haben einen Stadtplan für mich? Wie komme ich zur Staatsgalerie?« Er verglich beide Pläne. »Sie kennen das neue Kunstmuseum?« Als Deters den Gebäudekubus sah, auf dem Thumbnail einer Fotografie, wußte er, wo er zu suchen hatte. »Das Gebäude wurde soeben erst fertiggestellt«, erklärte die freundliche junge Dame. »Hat Jahre gedauert, aber nun steht es da. Schon faszinierend, dieser Kubus, auch wenn man neue Architektur nicht so mag.« »Gerade fertiggestellt?« »Im Frühjahr eröffnet, ja.«

621

Abermals schaute Deters in die beiden Karten, die er zwischen sich und die Hostess auf den Tresen gelegt hatte. Städtebaulich hatte sich insgesamt viel getan. Offenbar war die STAATSGALERIE nichts als eine Schleuse, die ins Eigentliche führte, in ein Zentrum gleich in doppeltem Sinn, der die Welten direkt aufeinanderlegte. Wahrscheinlich hatten Ungefuggers Techniker, ob Major Böhm, ob Beutlin, eine Konjunktion der, dachte Cordes, Systemzeiten abwarten müssen. Sie erst erzeugte den großen Moment, der sämtliche Tore, die wir heute Schnittstellen nennen, der Anderen Welt öffnen konnte. Nämlich in der kommenden Nacht. Deshalb überraschte mich auch nicht, daß der mit Stuttgart-Fotografien illustrierte Kalender, der hinter der Touristik-Mitarbeiterin an der Wand hing, den 31. Oktober behauptete. Ein rotes offenes Rechteck war über das Datum geschoben. Der erste November war erst morgen, also. Eben. Wir waren nicht in Eile.

Auf Deidameias altem Plan führte der unterirdische Gang direkt zur Staatsgalerie hinüber; ein Kunstmuseum gab es dort noch nicht, dafür auf dem neuen offiziellen Plan nicht den Gang, weshalb es, dachte Deters, sinnlos gewesen wäre, direkt zur Staatsgalerie zu marschieren oder wie ein gewöhnlicher Besucher das Kunstmuseum zu betreten; man mußte anderswie hinein. Andernfalls hätte Deters bloß Eintritt in das normale Museum erlangt, ohne dessen andere Seite, das Innere des Europäischen Zentralcomputers, auch nur zu berühren.

Deters sah auf seine Uhr. Von wegen *er habe keine Eile!* Unversehens begann er, sich um den Ladestand der Projektorenbatterien zu sorgen. Sie durften sich auf keinen Fall vor der Zeit erschöpfen. Nachladen ließen sie sich erst *drüben.* Hier in der Wirklichkeit gab es so wenig Hodna wie Holomorfe, jedenfalls diese nicht auf Dauer. Einige von ihnen waren, wie er selbst, immer mal wieder hinübergewechselt, das freilich schon, hatten sich im fremden Medium aber nie lange halten können, erinnerte sich Cordes am Küchenfenster Schönhauser Allee 101, Kinderwohnung & Väter-WG, Berlin, Prenzlauer Berg. Dort war es Nacht. Samhain. Die einundzwanzig Zweiundzwanzig hatten sich zerstreut. Es waren betrunkene Hooligans gewesen, die im Halloween irokesisch frisiert worden waren. Jetzt grölten sie nach Mitte hinunter: ein sich entfernender Radau, der bis in den frühen Morgen die Nacht für den Tag nahm.

»Ich danke Ihnen«: Stuttgart wieder, 31. Oktober.

Deters verließ den i-PUNKT und wandte sich zum Bahnhof zurück. Ich muß nach innen, dachte er. Auf dem Bahnhofsturm maß unter dem Mercedesstern die letzten paar Stunden der Stadt eine Uhr. Es sah so aus, als lächelte sie. Einbildung, klar. Doch das blasse Ockergrau und die grausam eckigen Arkaden der Architektur bestärkten Deters darin, daß diese Furcht zu irren schon der Irrtum selbst ist. So rannte er über die Straße zurück, trat durch die entsetzlich eckigen Türen und ließ sich, endlich drinnen, in die Passage hinuntertragen. Auf nichts war mehr Verlaß als auf den Instinkt. Deshalb hätten Zeuner und Herbst supervidierend hinter ihre Geräte gehört. Doch sie standen da noch auf der République, und Willis wütete in Beelitz. Als Michaela Ungefugger Jason zum ersten Mal küßte.

Noch nicht.

Aber gleich.

Noch liefen sie fort, immer wieder geduckt, immer wieder sich umschauend fliegend flatternd Jackenzipfel Pferdeschwanz zweimal erschauerte Jason, wenn ihn der eisblaue Blick seiner Freundin traf. Es war da mehr in ihr, als er vermeint hatte. Das machte ihn scheu. Scheu nahm er den Kuß entgegen. Nicht scheu aber sie, die ihn gab, weil sie sich entschieden hatte und vor Klarheit geradezu gleißte. Sie war radikal, nahm ganz oder nicht.

Sie huschten durch Boccadasse und Schöneberg an Potis und Widerständen vorbei, an Mauern aus Chips, Elektroden quer durch Portale, Nomentana, Sechster Bezirk und Sachsenhausen, Akkumulatoren, leuchtende Ampeldioden unter geschwungenen Überführungen, über Geleise, einmal streifte Niam an ihnen vorüber. Den mütterlichen, blutigen Atem blies, der Natur, sie ihnen hinterdrein, bevor auch die Lamia über den Rheingraben, der immer noch hielt, weit hinweg- und bis nach Ornans schleuderte. Von dort aus wandte sie sich nicht etwa westlich Richtung Pontarlier, sondern fegte, ein unausgesetzt detonierender Sprengsatz, auf Clermont-Ferrand zu, um dort die Mauer aufzureißen: sowohl den Argonauten, die ihr folgen würden, als auch der Mutter, Thetis, die von draußen rief, sie wolle einströmen ins Land, um es endlich umzurühren. Der Trichter ihres reißenden Mahlstroms zöge den Mond zurück auf die Erde –

Bevor einen die Rolltreppen vom Plafond der Passage auf die König-straße hinauftragen, gibt es links neben der gläsernen Fahrstuhltür, vielleicht für Bedienstete, einen Nebeneingang. Deters probierte den Knauf, es war offen. Jenseits der Tür ein wie polierter Gang. Sein Bo-den leuchtete in Braungold zum weißen Schimmern der Wände, die voller Bilder hingen. Man kam nicht umhin, auch hier an Ornans zu denken, nämlich die klandestine Galerie des jungen Jensens, in der sich die Lamia wiederfand, in die sie zurückfand, der Digitalisie-rung Stuttgarts nach- und dem erstehenden Lichtdom voraus- und wegentrissen dem ganzen Buenos Aires, so weit nämlich in den We-sten geschleudert, als sich in den Verstrebungen des Tokyo Towers endlich – endlich! – der jungen Ungefuggers und Aissa des Stromers Lippen berührten. Wie dieser Funke durch ihre Mundhöhlen brann-te und ihre Herzen aufglühen ließ, um das allergrößte Feuer, das wir Menschen überhaupt kennen, in ihnen zu entfachen. Da hatte Major Böhm auf diesen kleinen Knopf gedrückt und, gespeist von einer En-ergie, die in der Staatsgalerie erzeugt wurde, glühte das Kunstmuseum auf. Dann blähte es sich schon.

Noch suchte Deters nach der richtigen Fluchttür. Zwar schon war er drinnen; zwar hatte er im oberen Drittel der Rotunde, in die ihn der goldpolierte Gang geführt hatte, Zutritt in den Saal 30 gefunden, worin Beckmann Picasso de Chirico hingen. Aber das war, wußte De-ters, Schein. Die hingen nur zur Tarnung da.

Tatsächlich gelangte er nach vielem Grün und tiefen hohen Trep-penfluchten, ockergraubraun und schweinchenrosa in die Schräge stürzenden Wandlinien, nach leeren hallenden Ecken, hinter denen es neue und riesige wiederneue leere Räume gab, in einen wandro-ten Saal, dessen Decke, einem umgekehrten, hinaufgespiegelten Sok-kel ähnlich, von einer schmale Säulen gestützt war. Aus den runden Oberlichtern stürzte ein Licht, das man anfassen konnte, derart war es zäh substantiell. Man spürt auf der Haut einen Wind, stellte sich jemand hinein. In der Ferne, ganz in der Ferne – und über die Decke gezogen – ein Gitter, oben verglast, indessen das hintere offen. Da-hinter wieder ein Grün. Hiervon ging die Druckwelle aus. Sie erfaßte den Schloßplatz und blies ihre Energie zur Konrad-Adenauer-Straße zurück, zugleich auch nach hinten, nach Norden, zu allen übrigen Blüten der Rose.

Noch aber nicht, noch war nichts zu spüren, außer daß ein Brummen durch den Saal vibrierte, das dem eines im Leerlauf drehenden Motors glich, ein Raunen Gesummsel, ferne entschiedene Apparatur, die auf das Unaussprechlichste geeicht worden war. Ein langes blechernes Spinnenbein kritzelte seine Kurve auf ein sich lethargisch entrollendes Papier, das eine zweite Spindel um sich herumzog. Welch eine bizarre Installation!

»Ist hier niemand?«

Noch eben hatten an den Saaleingängen Museumsdiener auf Schemeln gehockt. Hier nun, in dem roten Saal mit der einzigen Säule, gab es weder Bilder, noch gab es Menschen. Es gab nur das Gitter dort hinten. Das Summen wurde zu Körper. Deters, davor, sah hinauf. Ein heimlicher, neben sich selbst huschender Klangschatten, so war er durch eine Treppenflucht bis hier hinabgekommen – als wäre er dem Saum eines Spins nachgespürt und hätte sich in den Raum bis dahin hinabdrehen lassen, wo er rein Zeit, weil in ihr aufgelöst, ist. – Vorsichtig nahm ich die erste Stufe, die zweite, schon eine dritte. In der rechten Hand Deidameias Projektor, die alte Diskette in der linken. Eine waagrechte Neonröhre begleitete mich über die gesamte Deckenlänge zum übernächsten, überübernächsten Absatz hinauf. Ich gehe eine Himmelsleiter. Es wurde dämmrig und schon Nacht.

Das herabwehende grüne, künstliche Leuchten, das etwas Kubisches hatte, lockte mich weiter. Man komme, dachte Cordes, dachte ich, in dieses Schwarze Loch hinein, nie aber wieder hinaus: *Vagina dentata universalis*. Ich werfe nur eben diese Dinger hinein, dann nichts wie weg. Ach! Ich kannte das doch alles. Dort die Seitentür, da die andere, hier dieser Gang – da hab ich geschlafen, drin bin ich erwacht. Es waren Waben für Millionen Gehirne. Gar nicht abzuschätzen, wie unendlich sich die Räume nach hinten, vorne und zu den Seiten erstreckten, hinauf, hinab. Das schmutzige Ocker der Treppe führte, vom Strahlen des Deckenneons geleitet, mitten da hindurch.

Stehenbleiben. Lauschen. Maschinelles Raunen. Jahrtausendreise nach Centaurus A. Jede Seitentür verschließt ein eigenes Universum. Kopf jeder Raum. Dort vielleicht geht es nach Garrafff, dem spanischen bei Rosas:

GARRAFFF S. A. MADRID

Ich zögerte, ob ich eintreten sollte: ein ungemeiner Sog. Sah mich meine Haut anziehen, unter den Achselhöhlen zippte ich den Reißverschluß zu. Verließ die Fabrik.

DIE FASZINATION DES ECHTEN

Daneben die Tür war nur angelehnt. Sie führte in meine Archivdatei, ich mußte kaum hinsehn. Die Couch in Schwarz, mehrere Tische mit Stühlen davor, die hohle Lehnen hatten, dahinter der Schlafsaal. Schon der Ruf:

»Ihr faßt es nicht!«

Gemeinsam standen wir vor der Argo und streckten die Hände nach ihr aus wie nach TMA-1. Jemand entdeckte das Fallreep. Wir kletterten drauf. Da merkte ich die Täuschung. Nicht weiterdenken! Die Schimären sollten verhindern, dachte Cordes, daß Deters die Himmelsleiter weiter hinanstieg. Der riß sich zusammen. Der ganze Mann wurde Waffe, das merkte Böhm viel zu spät. Es hatte keinen Sinn mehr, noch Wachschutz auf den Eindringling zu hetzen. Nun mußte er halt mit. Doch war unbedingt Ungefugger zu informieren. »Was meinen Sie?« Der präsidente Avatar nickte, sah auf den Screen, aus dem der andere Ungefugger heraussah, der ebenfalls nickte. »Wir kümmern uns später um ihn, wir dürfen uns nicht mehr aufhalten lassen.« Böhm drückte auf den Knopf, *teilnahmslos,* kann man sagen. Und zweierlei geschah.

1. Im realen Stuttgart gab es eine enorme Detonation. Dort hatte, wurde uns erzählt, ein Selbstmordattentäter an seinem Bombengürtel gezogen. Das Neue Kunstmuseum blähte sich, schon weithin Asche Schlacke fliegende Trümmer. *Al Qaidas Dresden* hieß es in der Woche darauf.

2. In Buenos Aires hingegen zischte das Gebäude erst nur ein bißchen, kaum war das hörbar, bevor es einfach mit allem, was drin war, verschwand: mit der Stuttgarter Gesamtdatei, allen Menschen, allen Gebäuden, mit sämtlichen Straßen und Parks und Sandkästen und Abfalleimern und mit Major Böhm sowie den avatarischen Ungefuggers und Deters'.

Das überraschte die Porteños denn doch, wie vor ihren Augen nicht etwa etwas erstand, sondern WUFF machte es, das Geräusch einer implodierenden Gasdichtung, sie merkten gar nicht, die Bürger, daß auch sie WUFF machten. Nichts änderte sich für jemanden. Alle gingen ihren normalen Geschäften nach, selbst, plötzlich, das Kunstmuseum war wieder da und alles nur eine Täuschung gewesen. Aber es war dies genau der Moment, daß Michaela und Jason sich küßten. Schon waren weitere Teile der Zentralstadt in den Lichtdom nachgeholt, man konnte auch wieder verreisen. Dennoch jagte die Zeitwelle weiter durch Europa; sie warf Niam nach Westen und Herbst und Zeuner nach Garrafff zurück. Dann krachte sie gegen die westliche Mauer, die einen Riß davon bekam. Ein Donnern erst, das Knistern dann, die Sollbruchstelle ein fadendünnes, bei Clermont-Ferrand rasend bifurkierendes Fingern, dort, wo die Lamia in Gestalt ihrer Mutter von draußen wüten würde und als Tochter sie selber von innen. Doch da hatten sich die Argonauten schon quer durch die Weststadt geschlagen.

Über der zum Nullgrund gewordenen ECONOMIA erhob sich der Lichtdom. Noch hielt der Rheingraben, doch einmal, bäumte er sich auf, als wäre die Zeitwelle unter ihn gefahren. Sie schäumte hoch. Es gab ein Erzittern um Kehl und um Koblenz. Alles das von einem Kuß. Michaela und Jason saßen inmitten des Tokyo Towers draußen in dem Gestänge und wußten nicht, daß genau hier sein Vater beschlossen hatte, sich seine Geliebte zu holen und zu nehmen. Immer noch hing projiziert in den Himmel Elena Goltzens Lichtplakat:

ELLE RECHERCHE VOS COMPÉTENCES

»Wie schön das ist!«

Sie lauschten hinab und hinauf auf Verfolger Martinshörner Sirenen. Aber da waren nur in der Ferne welche, die galten gar nicht ihnen, sondern den, von hinten, roten und von vorne weißen laminaren Fahrströmen, die sich geschwungen auf ihren Bahnen am Tokyo Tower entlangzogen Richtung Große Brache Sevilla La Villette Wien zwischen den Wolkenkratzern unterm Europäischen Dach Widerständen Konsolen Reklamen aus Tönen und Schimmern. Nordlichter waren's, fernes Leuchten vom Rheingraben her, und dann, als er merkte, daß Michaela Ungefugger gar nicht, wie er, hinunter- und hinwegschaute, sondern nur ihn an, immer nur ihn, Den Stromer Aissasohn der Wölfin des Barden, und als sie ihm diese leidige Kapuze vom Feuerhaar zog und sagte: »sieh mich an!« und fragte: »wer

627

bist du?« womit sie meinte: »bist du es?«, so daß er gar nicht antworten konnte, nicht mit Worten, nur mit diesem bereiten, ergebenen Mund, dem Beben seiner schönen Lippen, auf die Michaela die ihren schmiegte, ganz feucht waren sie, nicht weniger schön und geöffnet – da sengte sich, als sich die Zungen berührten, vom Schloßplatz aus das Stuttgart weg. Es war ein hastiger Schmauchbrand, nicht einmal Schreie waren zu hören. Das eben war der Clou dieses christlichen Todes, der Sinn war's seiner Ewigkeit, daß ihn kein Porteño, den es hinwegnahm, eigentlich merkte, weder seine Kybernetisierung noch das physische Erlöschen. Es war die Auferstehung, eine vergessen ersehnte: im Fleische kann man nicht sagen, *wie* im Fleisch aber doch – oder *fast;* denn eben um die Reinigung vom Fleische war es dem Präsidenten schon, als er's noch nicht gewesen war, also von allem Anfang an gegangen, Schulter an Schulter mit christlicher Dreieinigkeit. So leuchtete allen Beladenen der Lichtdom über dem Haupte Mariae. Als ihn die Menschen sahen, wurden sie von großer Freude erfüllt. Sie gingen in das Haus und sahen das Kind und Maria, seine Mutter. Da fielen sie nieder und huldigten ihm. Dreieinig die Geister des Monotheismus die Brüder vereinigt um Aton, zu dem sie waren zurückgekommen, zur Sonne über der ECONOMIA. So daß wir verstanden, der Nullgrund war nötig gewesen, er war die Tuba gewesen, mirum spargens sonum, den Leitern unserer Auffahrt einen Ort und den Stand zu erschaffen. Wo sonst hätten sie Platz gefunden, all die tausend, ja hunderttausend Sünder, und schließlich die Millionen, die in Ungefugger aufsteigen durften? Sieh, dies ist mein Leib. Nie wieder Schmerz! Denn den Trichter indessen, den die Detonation zwischen den Bergen hinterließ, sahen die Erlösten nur und weiter als jenen Trichter an, den sie zwischen den Bergen ohnedies kannten: als einen Kessel, der sommers die Luft oft unerträglich staut, so daß, wer irgend Zeit hat, die knapp 400 Meter mit der Standseilbahn zum Waldfriedhof hochfährt oder im Auto über Esslingen Richtung Schwäbische Alb. Das war nun alles nicht mehr nötig.

Die Energie raste der vorausrasenden Zeitwelle nach. Ein Zittern in Wellington's Monument, entzündetes Magnesium blaschend in der Länge von anderthalb Kilometern die Champs-Élysées bis an die konservierten Trümmer der Siegessäule hinan, alles in Momenten, die wir *Nus* nennen müssen, das Bild verwackelt Europa als Screen-insgesamt. Ich schlage gegen das Chassis des Bildschirms. Schon wieder so ein Wackelkontakt! Verflixt, was schmort da? – aufspringen, der Stuhl fällt nach hinten

»Was ist denn plötzlich l o s ?!«

K e i n e r begriff's. Drei Monitore durchgeschmort, in zwei weitere hatten sich, wie in Wiesbaden auch, Flecken eingebrannt, die blind waren verschmiertes Glas. Aus anderen Bildschirmen leuchtete etwas, das sich nicht recht erkennen ließ, aber nicht wegzubringen war; nur an Beelitz ging das unbemerkt vorüber, denn da stand kaum noch was, das gemerkt werden konnte. Da hockte verkeilt Polizei mit dem Wachschutz und schwitzte wie Willis, obwohl der schon gar nicht mehr da war, sondern in Chelseas Untergrund auf die nächste U-Bahn sann. Ihn hatte der Weltriß nach da hingeschleudert. Dort, nicht in Friedenau, verspotteten die Jungs ihn, scharten sich oben um den Metro-Eingang und kicherten übers Eisengeländer. Wer hochblickte, sah unter Schiebermützen verschmutzte Gesichtchen. Willis verschwand im Tunnel zum Perron. Da stand er dann vorm Automaten und suchte

31

in seinen Taschen nach Kleingeld. Sibelius wieder, erster Satz der vierten Sinfonie.

Neongrüne Augen.

»Kommen Sie heute abend ins Café Samhain.«

Ich erinnerte mich gut.

Kalle fand keine Münzen. Egal, die Leute rückten sowieso ab, als sie den rüden Mann erblickten. In grauen Trauben Tuschelecken. Erst in der U7, in die er umgestiegen war, nahm man Bruce Willis wieder ernst. Da blickte er ganz bewußt finster. Kein Kontrolleur hätte gewagt, ihn nach dem Fahrschein zu fragen. Er hielt noch die Pistole in der zitternden Hand; er konnte, restlos überfordert, nicht sagen, was wahr gewesen war.

Sämtliche Fahrgäste verließen den Waggon. Nur er blieb drin an der Station Fehrbelliner Platz. Es war bis Friedenthals Park noch ein Stückchen zu fahren. Dennoch wurde Willis nicht weiter gestört, er

konnte stumpf sinnieren. Vielleicht hatte Beelitz den Instinkt ausge-
strahlt, besser den Mann in Ruhe zu lassen, dann sei er, jetzt, nicht
länger gefährlich. War sowieso nur Taxifahrer, einer, der in dem
schlechten Traum erwacht war, Sylvester Stallone zu sein. Er hatte geglaubt, sich wehren zu müssen. Da wollte ihn weder die Polizei noch
der Wachschutz der BVG ein zweites Mal provozieren. Er kam jedenfalls ganz ebenso ohne weitere Anfechtung heim wie Deters in die
Staatsgalerie. Sogar Eidelbecks Leute ließen ihn in Ruhe, die vor seinem Haus patrouillierten. Sie beschatten nur, ihn, nicht Deters, der
sich sehr gut erinnerte, wie er sich seinerzeit besoffen hatte, im SIL-
BERSTEIN, weil die Frau, die er erwartet hatte, nicht gekommen war.
Da hatte es den Kubus des Kunstmuseums noch gar nicht gegeben.
Doch auf dem Titel einer der ganz vorn auf der Theke übereinan-
dergefächerten Magazine hatte er vielleicht eine computergenerierte
Abbildung der Neuen Staatsgalerie gesehen. Deretwegen war es losgegangen mit dieser Fantasie eines europäischen Zentralcomputers.

Jetzt, als ihm das bewußt wurde, ließ es sich nicht mehr ändern.
Zumal ich, als ich im Jahr 2005 vor dem brandneuen Kubus gestanden hatte, gar nicht anders gekonnt hatte, als zu denken: Das ist ein
elektronisches Gehirn! Es ist zur Architektur nur verstellt –. All das
war eine Täuschung gewesen, hervorgerufen von dem Sonnenlicht, in
dem die ganze Stadt schwamm. Jeder flanierte durch den flirrendsten
Sommer. Man war, wie ich, ganz außer sich. Das zeichnete den späten
Kubus in die imaginäre Karte nachträglich ein, die der erste Odysseus
mit in den Osten gebracht. Damals lebte Meroë noch, und Poseidon.

Die Stuttgarter Staatsgalerie besteht aus zwei direkt nebeneinan-
derliegenden Gebäudekomplexen, einem repräsentativ gründerzeitli-
chen sowie dem den Hang hochgebauten, architektonisch weiteren
neuen; den, instinktiv, hatte ich gewählt, obwohl auch dieses Bauwerk noch gar nicht existiert hatte, als Deidameias Karte angefertigt
worden war. Ich war den Hang hinaufgeschritten, hatte aufgesehen.
Erst in der Luft nur ein Raunen, Gebläse; ein akustischer Suchschein,
hatte ich gedacht, tastet das Europäische Dach ab. Schon schoß es
dem nach: dickes flakhaftes Licht, geysirartig, ungeheuer. Einen Moment lang war die Gegend um die Staatsgalerie eins mit dem Nullgrund gewesen.

Als das Licht am Himmel seinen Halt gefunden und den musku-

630

lösen, saurierartigen Arm hineingerammt und gleißend in ihm fest-geschweißt hatte, spannte es sich aus: blähte in der Mitte des Stamms seinen Bauch, breiter, immer breiter, ein mächtiger Schirm aus Licht – man wäre an einen Atompilz erinnert gewesen, hätte er sich nicht erst zu runden, dann schon, je an den dennoch unsteten Seiten, zu kanten begonnen. Im Windsgalopp rasten Fernsehturm und Jubiläumssäu-le hinein und mit wehenden Konturen der wilden Jagd voran; Neu-es Schloß und Daimlerturm folgten, Stiftskirche und Friedrichsbau. Wäre Zeit gewesen, es hätte gedacht werden können, jedenfalls an-fangs, dies werde ein riesenhafter, protuberierender Kugelblitz. Doch war die bauchige Lichtsäule stetig, um die er sich formte. Sie glätte-te, härtete, flachte sich weiter. Bekam klare Konturen, wenn auch nur aus leuchtenden Positronen. Verbrannt, wer da hindurchfassen woll-te. Der ganze Nullgrundboden ward wieder flüssig. Schreie waren zu hören, es rannte, was sich retten wollte, hinaus. Der Sanfte aber, dach-te ich, nicht; der war da schon fort.

Lichtzungen ergriffen die Rückgebliebenen, sie verglühten. So in-tensiv war der Kuß.

»Ich liebe dich«, sagte Jason.

Michaela spürte, dies sei ihr letzter Moment, noch zurückzuwei-chen, noch eine autonome Frau zu bleiben, eine, die sich rein durch sich selbst bestimmt und in sich ruht, nicht in jemand anderem. Aber sie wich nicht, es war ihre Entscheidung, auch wenn sie nicht merkte, wie sie ›Tristan‹ sang, als sie einander auf dem Tokyo Tower erkann-ten, die Rückkehr des biblischen Sinnes das Feuer im Dornbusch. Der ganze Nullgrund arktische Sonne. Alle Wärme war bei dem Paar. Es entzog sie der übrigen Welt und konnte das auch, denn Deters hat-te, zögernd freilich, den einen Selbstprojektor, nicht seinen, sondern das Trojanische Pferd, den mit dem Label FERRARIS – da b e g r i f f er, endlich begriff er, Stuttgart, na sicher!, das Wappen das Pferd – in das vierte Gitterfach von rechts der fünften unteren Reihe dieses grünen Gitters gelegt, das die Stuttgarter Neue Staatsgalerie vom Stuttgar-ter Neuen Kunstmuseum trennt. Und wartete ab. Er hatte nun nur noch die alte Diskette. *Wir müssen in die Maschinen hinein!* hörte er rufen aus einer ewigen Vergangenheit nach hier in die Zukunft, in die er, begriff er, vorausgeschickt worden war: »Sie we,hä,rden's, mein Soh,hä,n, schon richten.«

Er sah sich um, während er wartete.

Es geschah in Wirklichkeit nichts. Der Saal hat rote Wände und Lichtschächte oben und ein verglastes Lichtgitter ebenfalls oben; rechts gibt es eine nur deshalb verschlossene Tür, damit Sie nicht dem Irrtum der Realität erliegen und auf den Gedanken verfallen, sie zu öffnen. Dahinter schlösse sich nämlich eine weitere Parallele möglicher Zeitläufte auf. Das war Hans Deters ebenso bewußt wie Eckhard Cordes, der diese Szene sah, wenn er aus dem Küchenfenster der Schönhauser schaute. Soeben fuhr ihm eine U2 durch sein Gesichtsfeld.

Es klarte.

Es erhob sich der Morgen des 1. Novembers, entstieg dem Samhain grau und bedrückend. Der Mittag schon wird den Lichtdom sehen. Es folgen die kommenden Nächte, die folgenden Jahre – Sekunden, in denen immer weiteres Buenos Aires in den Lichtdom hineingeht, Mannheim bald und Tübingen, dann schon das Rheinmain vor der Mauer. Welch verheißungsvolles Glimmen am Horizont, wenn sich die Arbeiter im Osten in dürren Prozessionen zu den Werktoren schleppen: So sieht man doch immer, wohin einer will und auch kommt, wenn er sich anpaßt und redlich bemüht. Oh Gelobtes Kybernetisches Land! oh der Reine Mutterschoß! oh die Ruhe, die einer braucht! Man legt die Füße hoch, schließt die Augen und merkt auf das Pochen des Herzens und wie der Kreislauf in dieses große Meer schwappt, in das wir zurückkehren wollen, wenn das Reservoir der uns zugedachten Küsse bis zur Neige ausgekostet ist, die noch karg in dem blechernen Lebensnapf schwappt, den einem, wenn es gut geht, Wärter, Herkunft und Schicksal dreimal täglich auf das Klappensimschen unsrer Gefängnistür stellen.

Doch wir sind bescheiden. Wir sehen zumindest endlich das Licht, vor dem sich die Feinde des Wohlstands so ducken, grauenhafte Nachtschattentypen, die von einem Widerstand murmeln, der in Wirklichkeit Mordlust ist; der falsche Odysseus, die Myrmidonen, die Amazonen in ihren zerbröckelnden Städten. Welch niedre Lebensformen das! Dagegen kam sich der geschundene Ostler wie ein leuchtender Heros vor. Kulturwahrer war er. Ein jeder Dreher Verteidiger westlicher Werte. Gebenedeit in der Obhut des Lichtdoms stand der Packer und gab seine Knochen, als Schutzwall gegen Barbaren, auf. Denn zwar, das Unrecht trug man wie seit je. Was schmerzen einen die Knie, was schmerzt uns doch der Rücken! Imgrund schon das Rückrat gebrochen. Zurückgeschlagen, immer, nur in die eigene Fresse. Man wird sich für diesen Schein auch hinmetzeln lassen, allein für die Aura des Lichtdoms.

Nur nicht die Schänder. Die ahnten die Lüge. Entsetzt preßten sie sich die Hand auf die Augen ihrer Finger und klagten wie Kühe. Auch den Heiligen Frauen stand wütiger Schaum vor dem Maul. Doch selbst die aufgeklärten Amazonen waren hilflos. Querdurch den gesamten Osten war zuviel Miliz stationiert, als daß sich hätte noch jemand erheben können. An jeder Dorfecke stand, als Europa erst ins scheinbare Glück, dann schon ins Chaos zurückfiel, ein flinker kleiner Panzer, den pubertierender Halbwuchs besatzte. Um die Städte war sowieso je ein Ring aus Lagern gerückt, die wie Keile waren. Die Castren etwa bei Košice Brno, etwa die Castri beskidy. Selbst dem Schwarzen Staub von Paschtu – eine mikroskopische Milbenflut der allerbösesten Vorstellungskraft – standen Palisaden in den Waden. Da schaut man doch besser zum Horizont und findet Haltung im Lichtschein. Da weiß man, für was. Zu jeder Denunziation ist man bereit, wenn das nur hält. Mag die Mutter, draußen vor der Europäischen Mauer, ihre Ungeheuer schicken! mag sie heulen, wie sie will! wir sind zivilisiert, uns erreicht das nicht mehr. Die Väter haben, hörst du?, gewonnen!

Als die Welle des Zeitdrucks nach Lough Leane gelangt war, darüber hinweggejagt war und hatte sich in den spritzenden Schlamm gedrückt, war das ein solcher Krawall gewesen, daß es die Kröte Skamander weckte. Kaum hatte er sich angehoben und hatte gerade seine Arme in eine erste Verwandlung gedreht, da packte sie ihn am Bauch und hob ihn am Bauch: fast dreihundert Meter weit schleuderte das Geschöpf durchs Gelände und wurde, das brüllende Ding, an einen Silo geschmettert, der zwischen Silberlastern stand.

Weiter und tiefer, dem Lichtdom voran, kreißte die Zeit in den Osten; als schüfe sie – schürfte – erst die Schneise, durch die der Lichtdom zu sehen wäre, wenn er denn stünde. Stand schon. Sie, die ihm vorausschoß, war seine eigene Zeit. Das ging über einen hin und durch einen durch, das schleuderte einen hinweg, schmetterte Skamander ans Hohlblech, er suppte ab, wurde zähes Gepfütz, mußte sich fassen, bis er sich neuformen konnte – dann aber sah er: er wie alle. Sah aber nicht den neugeborenen Zwilling des Heiligen Sees, sah die ausgebrannte Mulde nicht, dieses zweite Loch, die nächste Grube, nun nicht mehr im Osten, sondern mitten in der Zentralstadt zwischen den verstumpten Hügeln der Schwäbischen Alb und dem abgefackelten Schwarzwald, über dessen Höhen die spitzigen Bauten der Johannessiedlung, die Kuben der ESA-Stadt, die Quadratkomplexe Neu-Bambergs hingezogen waren, eine nahezu geschlossene Arkologie, deren meisterhaftes Gewirk nur wahrnehmen konnte, wer hoch darüber hinwegflog. Der auch erblickte die Mulde den Kessel: verlorenes Stuttgart. Nichts war da mehr als ein Braun und ein Grau. Alles verkokelt. Noch tagelang schmauchten Wölkchen aus Rauch vor sich hin. Feuerwehren umstellten den Talkessel in seiner ganzen Weite, rote Kleckse am Kraterrand eines Vulkans. Der hatte sich, vielleicht nur momentlang, erschöpft, ganz sicher momentlang, als sich die Lippenpaare lösten. »Ich liebe dich«: nun auch Michaela. Als könnten Zungenspitzen aufeinander bleiben, saßen die beiden jungen Menschen mitten im Licht. Der Dom war aufgegangen und strahlte herüber. Sie merkten es nicht. Es war ihnen rein ein inneres Licht, das ausrief: Diese zwei gehören einander! Und haben kein Leben neben des andren. Derart hell war es geworden, daß Elena Goltzens Lichtplakat gar nicht mehr recht zu erkennen war.

Während sich um den Protonendom allmählich das halbe Buenos Aires scharte – mühsam weggehalten von Ordnungspolizeibehörde Grenzschutz Militär –, während sich Kalle Willis endlich ausgestreckt hatte in seiner Friedenthaler Wohnung und seinerseits Kignčrs, um ein weiteres Mal betrunken, in Palermo schnaufend im Sessel zusammensackte; Herr Drehmann sah ihm dabei zu – denn ausgerechnet der war es gewesen, dem Kämpen aus der Klemme zu helfen. Nämlich hatte sich der Holomorfe auf dem Dach materialisiert, mitten im Kugelhagel, und er hatte doch solchen Hunger gehabt. Also roch er eine Bäckerei bis drei Straßen weiter. Der Hunger ließ ihn die Luke finden. Man gelangte durch sie sofort aus dem Schußfeld und, einen engen Treppenschacht hinunter sowie einen Keller entlang, der in ein Gebäude der gegenüberliegenden Straßenseite führte. Zwar hätte sich Herr Drehmann rein theoretisch hinüberbeamen können, aber er kam nach wie vor mit der Selbstprojektorentechnologie nicht zurande; außerdem hätte er Kignčrs' zurücklassen müssen. Statt dessen zerrte er den Haudegen vom Dachrand weg. Das wurde Kignčrs' nun nächste Freundschaft –

– während er sich, also, daheim in Palermo, endlich wieder zusaufen konnte, klärte er den Holomorfen über den Stand der Dinge auf, insoweit er selbst informiert war. Deshalb reihte sich der Argonautenschar nun auch Herr Drehmann ein. Pal wiederum, währenddem, hockte noch immer bei der Polizei und ließ Fragen über sich ergehen, die er so wenig zu beantworten wußte wie ganz offenbar der schon damit überforderte Beamte, sie korrekt zu stellen. Cordes, am Küchenfenster, sah ihn deutlich vor sich, als abermals eine U-Bahn sein Gesichtsfeld kreuzte. Das richtete seinen Blick zurück aufs Boudoir, jedenfalls nach Colón, wo sich die Schlacht, die sich die Frauen mit Eidelbecks Leuten lieferten, unterdessen die Calle dels Escudellers rechts und links hinab ausgeweitet hatte, als auch hier, überm Westen, der Lichtdom aufging. Cordes kniff die Augen zusammen, während Carola Ungefugger immer noch im Adlon auf- und abschritt. Ihr Mann, der den Lichtdom in Pontarlier auf dem Screen sah, hatte einen Revolver vor sich auf den Schreibtisch gelegt. Der Unsterbliche hatte den Eindruck, er sei sich selbst vorausgegangen und Zurückgebliebener zugleich. Als solcher empfand er, überraschenderweise, plötzlich einen großen Verlust.

Er ließ sich mit Eidelbeck verbinden.

»Wir haben die Situation«, sagte der, »unter Kontrolle. Nein. Wo Ihre Tochter ist, Herr Präsident, das wissen wir nicht, wir haben sie leider, wie auch den Jungen, verloren. Aber wir werden sie finden.«

»Wir müssen, Geliebte, los«, sagte Jason. »Schau nur: sie haben aufgegeben.« In der Tat, nirgends war Blaulicht zu sehen. Aber vielleicht wurde es vom Lichtdom nur überstrahlt. In der Ferne hörten sie Martinshörner, doch zu dem Lichtdom h i n. Alle, dachte Cordes, zog er an, ein Seelenmagnet, dachte unvermittelt Jason; die Porteños aus Salamanca, Sevilla, Hamburg und Barcelona, sogar aus München und den alemannischsten Kiezen, sowie aus Dresden, Halle, Hersfeld, sogar Gelump aus den Brachen; Polizei, Ungefuggers SchuSta-Leute; alle pilgerten zum Nullgrund, eilten zum Nullgrund; Militär und Grenzschutz sowieso. In den vordersten Reihen fielen Leute vorm Lichtdom auf die Knie, direkt am Natozaun, sofern sie bis dort durchgelassen waren. Andere beteten mit gehobenen Händen, nächste legten die Stirn an den Boden. Wieder welche trugen Transparente Schilder Plakate, nächste standen am Rand und verkauften palettenweise Sonnenbrillen. Fernsehsender fuhren an in gleitenden Trolleys. Planen wurden gespannt. Es war eine Ansprache des Präsidenten verkündet. Der schwieg noch in seinem Pontarlier, sah nur auf den Screen, es war auch nicht e r, der sprechen wollte; der andere, so wußte er, war nunmehr dran. Fischer und von Zarczynski, über die Stuttgarter Katastrophe informiert, beeilten sich neuerlich um ein Amtsenthebungsverfahren, schon war das Kabinett erst, dann das aufgelöste Parlament außerparlamentarisch zusammengetreten, noch wurde in der Weststadt geschossen, noch flackerte das hochentzündliche Öl des myrmidonischen Widerstands.

Goltz hatte sich, Brems Akte im Gepäck, nach Osten aufgemacht. Bei Ingolstadt erreichte ihn das ferne Sonnenlicht des Doms; er wandte sich nur einmal kurz um und der leuchtenden Erscheinung zu, dann schritt er beeilt in Richtung auf die Grenzlinie ab. Noch war er sich sicher, es gab keinen Haftbefehl auf seinen Namen; jetzt aber, da der Lichtdom stand, galt es wirkliche Eile.

Deidameia meldete sich kurz über Funk: das BOUDOIR war aufgegeben, die Amazonen hatten sich über Buenos Aires verstreut, die holomorfen Rebellen, soweit sie über Selbstprojektoren verfügten, in den hintersten Winkeln des Netzes verschanzt. Die übrigen strömten nach wie vor durch ihre Trojanischen Pferde in den Westen ein, hatten aber Order, nicht weiter zu schießen, sondern sich unbemerklich im Hintergrund zu halten. Daß der zweite Eintageskrieg, eigentlich der dritte schon, verloren war, war Aissa der Wölfin und ihrem engeren Stab längst bewußt; nun mußte man den Westkampf wieder im Untergrund führen. Brauchte Maulwürfe Schläfer. Da rollte diese Welle Zeit.

Noch bevor der Ferrariprojektor aktiviert werden konnte und auch in den Zentralcomputer Myrmidonen hätte einbrechen lassen, krachte des Grüne Gitter auseinander. Der Druck faßte Deters, schleuderte ihn nach hinten zurück. Er verlor die Besinnung. Bei uns verschmorten die Screens. Blitze und Zischen. In Wiesbaden hatten sich Flecken eingebrannt, blind verschmiertes Glas. Die Zeit riß, was nicht entfliehen konnte, in kybernetischen Netzen mit sich, warf es auf Wellenberge einer anderen, rückgebrandeten Zeit, deren Gischt, die ganze Welt, auf den Nullgrund. Eine neue ECONOMIA war, aus reiner Energie, erschaffen. Die Äquivalenzform ward von jedem Stoffwechsel frei, tauschbar selbst gegens Auto wurde die Seele, Charakter gegen Schöner Wohnen und Blei nicht nur Gold, sondern Mut. Alles auf ein Augenzwinkern.

Ungefugger – Ungefugger-im-Lichtdom – nahm sein neues Arbeitszimmer in Besitz und ließ sich abermals mit Eidelbeck verbinden. »Lassen Sie meine Tochter, wo sie ist. Es kommt auf sie nicht an. Können Sie den Lichtdom sehen? Wie sieht er aus? Sie haften mir für die Sicherung des Geländes. Haben Sie keine Sorge, ich hole Sie nach.« Hinter ihm stand, noch benommen, Böhm. »So«, sagte Ungefugger leuchtend, »nun fassen Sie sich mal. Und schauen bitte, was mit dem Eindringling ist.«

Bewaffnete rannten vom Kunstmuseum in die Staatsgalerie und ihren roten Saal. Das Grüne Gitter war zerbrochen, Splitter stakten gefährlich schwer in den Raum. Trümmerchen lagen darunter am Boden, darin der Ferrariprojektor, den man darum so wenig fand wie das andere Gerät, das im hinteren Erdgeschoß vor den Meisterarbeiten K. R. H. Sonderborgs lag. In der Staatsgalerie wurden die Reparaturprogrammierer informiert, ein Böhmmorph wackelte an, den Lamakopf vorgestreckt, spuckbereit hinter der Hasenscharte; der informierte das Grüne Gitter in seinem Kopf wieder zurecht und fand den Projektor darum. Ehe er ihn aufheben und betrachten konnte, waren schon drei Holomorfe heraus und hatten ihn zerlegt. Den Projektor mit sich nehmend, hetzten sie in die weiteren Räume davon. – Auf dem Boden des Kunstmuseums wiederum lag eine Diskette. Einer der Museumswärter, kopfschüttelnd, steckte sie ein. Er wußte nicht, was geschehen war, hatte wie die meisten nichts von Stuttgarts und seiner eigenen Digitalisierung mitbekommen. Nur waren ihm Staatsgalerie und Kunstmuseum fortan in eines geschoben. Er sah aus den Fenstern der einen aus den riesigen Scheiben des andren, sah über den sonnenbestrahlten Schloßplatz, sah die Jubiläumssäule wie je, die Rabatten neben dem Rasen, auf dem sich die Studenten fläzten, andere lümmelten in den Cafés. Für den Museumswächter war noch Sommer. Ihn hatte der Zeitdruck in den Juli geworfen.

Als er am Abend nach Degerloch heimkam, leerte ihm Trudel die Jackettaschen. Sie tat das oft und in guter Absicht; immer vergaß er Kleingeld darin. Jetzt zog sie die Diskette heraus, drehte sie einen Moment lang irritiert in den Händen, zuckte mit den Schultern und legte das Ding auf die Garderobe. Dort fand sie Jutta, die Tochter. Und steckte das Ding in ihren alten Computer, den ihre Freundinnen vorsintflutlich nannten. Kaum hatte sie das Laufwerk aktiviert, strömten mythische Subversion und ein phantastisches Unheil durch die geöffneten Pforten des Eurowebs. Nur bekam die junge Dame davon ebensowenig mit wie Hans Deters, der, nachdem er zu sich gekommen war und sich wieder aufgerappelt hatte, allerdings begriff, daß irgendein Major tatsächlich auf einen Knopf gedrückt hatte. Nun stürzte er, Deters, davon, tiefer ins Herz des Zentralcomputers. Er vernahm bereits das Trappeln des Sicherheitsdienstes, riß die nächstbeste Tür auf.

Die Kammer voller Putzgeräte, nicht mal klein, aber furchtbar zugestopft. Bis in den Kehlkopf schlug Deters das Herz. Er kam gar nicht auf die Idee, seinen Selbstprojektor zu nutzen. Ihm war so furchtbar übel, und er war so müde. Hatte fast die ganz Nacht am Küchenfenster gestanden. So daß Cordes für heute seine Fantasie beschloß, ins Bad ging und die Zähne putzte, sich entkleidete und im Kinderzimmer die Leiter auf das Hochbett hinaufkletterte, in dem er einsam einschlief. Sein Junge war bei der Mama. Vor den Fenstern stieg bereits das Morgenrot. Es hatte heute einen irritierenden Nachdruck. Wir bemerkten es alle: ob in Europa, in Garrafff, ob in Berlin. Überall verbreitete sich das Leuchten und irisierte wie ein nach Süden hingeschleudertes Nordlicht – die flammende Krone der Hyperboräer.

V. NEBELKAMMER

I

Eckhard Cordes stand wieder am Küchenfenster der Schönhauser 101 und sah hinaus. Es war noch früh, noch dunkel, sein Junge schlief nicht im Hochbett, sondern auch heute war er bei der Mama. Cordes hielt in der rechten Hand, den Zeigefinger durch den Henkel gesteckt, einen mit süßem Tee gefüllten Kumb, so umschloß die ganze Hand das Gefäß. Vor dem Haus stand ein Müllwagen der BSR, auf dem Dach blinkte gelb das Licht. Der Brenner der Gasetagenheizung raunte, dann ging er mit einem solchen Klacken aus, daß die Morgenstille in den Ohren sirrte. Eben dieses Klacken ließ Brem in seiner Bleibe aufschrecken. Das Geräusch war vom Metallgitter herübergedrungen, das die Garagenflucht zu der sie, so weit das Auge reichte, umgebenden steppenartigen Macchiata öffnete. Erst in der Ferne gab es Erhebungen.

Brem hatte den Ort der guten Übersicht halber gewählt. Zudem waren die beiden Längsseiten des Areals durch die Garagen wagenburgähnlich unzugänglich, die Hinterfront schloß mit der stehengebliebenen Brandmauer einer halbierten Hausruine ab, die zur Tundra wie eine Feste stand: außer der Wand nur klaffende Wohnlöcher, hohle Fenster, die alle ins Leere und nicht mehr weiter gingen. Jedenfalls gab es zur Barackenburg keine Aus- bzw. Eingänge dort; noch zu bewohnten Zeiten hatte lediglich ein heute zugeschütteter Kellergang zu den Garagen geführt.

Abermals dieses Geräusch. Brem sitzt aufrecht, sofort. Seine linke Hand hält ein Messer, nicht eines der *Frosts,* sondern das mit dem silbernen Heft. Es liegt, seit er es nahe Lough Leane in der Scheune gefunden hat, nachts auf dem Tischchen neben seinem Bett, taugt nur zum Töten, schnitzen läßt sich damit nichts; die schartige Klinge würde brechen. Längst ist sie nicht mehr angelaufen, sondern in den Mondschein poliert, dabei derart geschärft, daß man sich mit ihr rasieren könnte. Brems rechter Zeigefinger spürt, indem die Hand sich um den Griff legt, die Einkerbung, dieses P. oder was immer die Ziselierung nun vorstellen mag. Bis heute hat Brem das nicht herausfinden können, sich auch gar nicht weiter drum bemüht. Es ist nicht wichtig, nicht jetzt, sowieso, da er lauscht.

Man hört sanfte Schritte.

Gelbes Messer huscht an die Garagentür, an das hineingeschnittene Fenster. Doch es läßt sich draußen nichts Rechtes erkennen. Möglicherweise hat sich der Eindringling in eine der leeren Garagen gekauert. Ein Vagabund könnte es sein, ein Fahnenflüchtiger vielleicht oder sonstwie Verirrter. Ein Schänderpriester wäre es, immerhin, auf gar keinen Fall; Schänderpriester erscheinen stets in Gruppen. Polizei ist es ebenfalls nicht, aus ganz demselben Grund. Sowieso liegt der Vorfall, dessentwegen Brem gesucht werden könnte, viel zu lange zurück. Momentlang sieht er den Achäer wieder, momentlang steht er in der Menge auf diesem Plätzchen in Točná, bevor er dann, fliegend, hoch zur Wagenbühne springt. Momentlang steht er, zwei Tage später, am verrotteten Heiligen See, dann zieht er das Silbermesser aus der rohen Tür. Streift sich das innere Bild von den Augen. Sieben Jahre, etwa, liegen diese Geschehen zurück.

Er witterte zwar keine direkte Gefahr, auf seinen Instinkt war immer Verlaß; doch er wollte die Eremitage für sich. Andererseits war's ihm zu früh am Morgen, er mochte nicht in die stetige Dämmerung huschen, in Ungefähres und abermals Mord. Der Osten, der Osten, ich will jetzt hier liegen. Der Eindringling kann bis in den Morgen bleiben. Dann scheuche ich ihn weg. Zu Brem herein würde er es lebend nicht schaffen. – Er legte sich unter seine Decken zurück; freilich schlief er nicht mehr sonderlich tief. Ungewohnt, diese Anwesenheit eines anderen.

Die Etagenheizung sprang wieder an, erst der Flamme knappes Schnalzen, dann stand das Rauschen in der Küche. Es war kalt geworden in Berlin, *wetter.de* hatte 20 Grad minus vermeldet. Die Schallschutzscheiben schwitzten. Herbst, das wußte Cordes, hätte von den Tropfen gekostet, die auf der unteren Leiste standen; Herbst mußte immer alles kosten. Hätte einen Mittelfinger vorgestreckt, etwas Flüssigkeit aufgenommen und an seine Lippen geführt. Immer mußte er seinen Mund beschäftigen. Deshalb ständig die Bonbons.

Und Deters?

Der Lichtdom hatte ihn mit sich genommen.

Er kauerte in einer Ecke der Stuttgarter Staatsgalerie; sicherlich suchte man ihn, denn einzwei Male lief jemand an dem Versteck vorbei, in dem er sich vorkam wie damals – ja, *damals,* so empfand er

das – als er, von Herbst aus der Anderswelt gelöscht, in der Archivdatei zu sich gekommen war. Cordes tat, weiter den steingutnen Becher in der Hand, zwei Gedankenschritte nach drüben, in Deters' ver-
siegelte Wohnung, noch hatte es den Lichtblitz nicht gegeben, denn
d i e s e Vorstellung, Deters' Erwachen, spielt früher. Achtsam trat er
auf, um den Mann, der auf seiner oder Kignčrs' Couch noch schlief,
nicht zu wecken. Dann knarrten aber doch die Dielen. Der andre, momentlang gestört, wälzte sich und sprach im Traum: etwas Unverständliches, aber in dem kehligen Laut flappte deutlich sein Gaumensegel.
Cordes war sofort stehengeblieben, um den Mann nicht zu wecken; er
dämpfte sogar sein Atmen. Erst als Deters wieder zu schnarchen begann, rührte er sich. Setzte besonders vorsichtig Fuß vor Fuß. Tastete
an der Wand die unteren Buchreihen ab, mußte, weil es zu dunkel war,
die winzige LCD-Leuchte nutzen, die an seinem Schlüsselbund hängt.
Den Becher stellte er auf eine Arbeitsfläche vor dem Schreibtisch.

In der zweituntersten Reihe über den Hunderten Schallplatten
fand er, was er suchte, fast schon in der Ecke der Außenwand, die
durch beide Fenster auf den zweiten Hinterhof und das sogenannte
Gartenhaus hinaussehen ließ. Da war noch nirgendwo Licht. Er zog
das schmale Buch heraus und setzte sich in den breiten bastbezoge-
nen Besucherstuhl. Von der Couch her kam wieder ein Seufzen, dann
wurde abermals geschnarcht, Deters sägte geradezu. Und Cordes begann die Lektüre. An dem schlichten, bisweilen gestelzten Deutsch,
in das, nach Kubricks Drehbuch geschrieben, Arthur C. Clarkes Roman von Egon Eis übersetzt worden ist, korrigieren wir nichts.

Cordes las, bis der Morgen auch bei Prag zu dämmern begann. Ein
über den Himmel ziehendes tiefes Hell zerrte die falbe Dämmerung
vom Horizont und von den flachen Dächern der Garagen weg, so daß
auf dem Hof der Jeep erst mattgraue lange, dann zunehmend kürzere
Schatten warf. Brem hob die Lider und lauschte gegen die Garagendecke. Hatte er den Eindringling geträumt?

Still, um sich nicht bemerkbar zu machen, erhob er sich, zog sich
etwas über, seine Finger hüpften die Reihe der Flacons entlang, er
wählte und sprühte ein wenig Quaas'an, es werde ein Quaas'an-
Tag, dachte er, und nahm lächelnd das Messer vom Nachttisch. Dann
drückte er die hälftige Garagentür nur ein ganz klein wenig auf und
schlüpfte hinaus.

Wenn er es nicht wollte, konnte niemand ihn gehen hören. Es war, als flöge er auf Mokassins, huschte geduckt die Garagentüren entlang und hinterließ eine ungefähre Duftspur, die oft, bevor seine Gegner ins Dunkel fielen, das letzte war, was sie noch merkten. Sie schnupperten entzückt und bekamen vor diesem Entzücken, und weil das Messer scharf war, ihren Tod gar nicht mit. Brem kannte keine sozialen Gefühle, deshalb quälte er nicht. Man kann das eine empathielose Menschlichkeit nennen.

»Guten Morgen.«

Hell und leise artikuliert. Dicht hinter ihm. Sehr freundlich. Aber Gelbes Messer fuhr zusammen. Aber man sah ihm das nicht an. Er richtete sich, äußerst langsam, auf, so vorgebeugt war er vorangehuscht. Dieser da war schneller als er. Hätte er ihn töten wollen, es wäre schon geschehen.

Noch drehte Brem sich nicht um.

»Guten Morgen«, wiederholte der andre, entschuldigte sich: »Ich wollte Ihre Privatsphäre nicht verletzen, hätte gefragt, aber Sie haben geschlafen.«

Er besaß die Stimme eines, der noch nicht völlig erwachsen ist, nicht nur sanft, sondern auch unsicher, beinahe schüchtern. Das ging mit Behendheit kaum überein. Überdies: »Sie müssen sich nicht fürchten.«

Erst jetzt wendete Brem sich dem Eindringling zu.

Der Junge mochte fünfundzwanzig Jahre zählen, vielleicht weniger. Er trug buntwollene, locker übergeworfene Kleidung, zweidrei Schals, das war nicht recht zu entscheiden. Die Füße steckten in eng gewundenen, ausgesprochen weich aussehenden Stiefeletten, die hoch bis über die Waden reichten; vorne bommelten cremefarbene Glasperlen. Links über der Schulter hing eine Art Rucksack, sowie auf dem Rücken eine Gitarre in ihrem Futteral, dessen Riemen schräg über den Oberkörper lief, indianisch mit Steinen und ebenfalls Perlen besetzt. Brem, das Messer weiter in der Hand, schätzte Fluchtwege ab. Nie hatte er einen so sanften Menschen gesehen.

»Was tust du hier?«

Der Junge hob seine in matter Schönheit schimmernden, nahezu weiblichen Augen. Als er den Blick auf Brems Messer legte, lächelte er. »Wirklich«, sagte er, »Sie müssen nicht...« Verstummte, lächelte weiter. – »Woher kommst du? Und hör mit dieser affigen Siezerei auf.« »Sie sind älter als ich. Man muß sich eine Haltung geben, wenn man ...«, er stockte ein weiteres Mal, »überleben will.« Das hatte, wie es gesprochen wurde, Festigkeit, war dennoch bescheiden. Andernfalls wäre der Tonfall unangemessen gewesen. So blieb das alles einfach sanft. Daß Brem sein Messer noch hielt, wurde ihm peinlich, nur wußte er nicht, wohin er's stecken sollte. Weshalb er ein paar linkische Bewegungen auf den Jungen zu machte, auf die der nicht reagierte.

Um die Situation zu überspielen, fragte Brem: »Magst du einen Kaffee?« »Kaffee? Sie haben ... du hast Kaffee?« Das Gesicht des Jungen wurde noch heller, er strahlte. »Kaffee«, wiederholte er, »hier Kaffee.« Und schloß mit einem Seufzer: »Au ja.« Da mußte Brem lachen, leise, in sich hinein; ihm war ein Sohn geschenkt. »Dann komm mal mit.« In der Garage reihte er das Messer präzise bei den andern Messern ein. »Nun komm schon rein!« Der Junge hatte nur den Kopf vorgestreckt. Neugier und Vorsicht. »Wieso riechst du so gut?« Brem nickte seitlich gegens Regalchen mit den Flacons. »Ich habe einen so intensiven Duft nur bei den Schändern erlebt.« Erstaunt wandte sich Brem, den gefüllten Meßlöffel zwischen Daumen und Zeigefinger, halb über die Schulter zurück. »Schänder? Du kennst Schänder?« »Ich habe bei Heiligen Frauen gelebt.« Damit trat er engültig ein. Er stellte den Rucksack neben die Tür. »Du hast *was?!*« »Ein paar Wochen.« »Das kann ein Mensch nicht überleben.« »Sie haben mir nie was getan. Manchmal kamen Schänder zu ihnen. Weißt du, sie lieben Musik.«

Er saß an Brems Tisch und guckte, während er redete, in weiten, kindlich staunenden Bögen um sich. Die Gitarre hatte er ebenfalls abgenommen, hatte sie behutsam, fast zärtlich auf den Boden gelegt. »Wie schön du es hast. Offenbar hast du Arbeit.« Selbst das war arglos festgestellt. »Wovon lebst d u?« »Ich spiele Gitarre, ich singe ein bißchen. Ich will nach Buenos Aires. Ich möchte Straßenmusikant werden.« »Straßenmusikant?« »Magst du Musik?« Das Wasser kochte. Brem goß, um den Kaffee quellen zu lassen, davon erst nur wenig in den Filter. »Nein. Ich mag Stille.« »Auch Musik kann still sein. Es gibt Musik, davon w i r d die Stille erst still.« »Na ja.« Eine Fingerspitze Salz auf das dunkelbraune, sich hebende duftende Mehl. »Das duftet jetzt schon wieder so«, sagte der Junge. »Wie heißt du?« »Andreas.« »Und weiter?« »Das weiß ich nicht. Und wie heißt du?« »Ich bin Brem.« Keine Reaktion bei dem Jungen, die hätte darauf schließen lassen, er habe den Namen schon einmal gehört. »Du kommst von hier?« »Ich bin aus Wrocław.« »Ich aus Tschernobyl.« »Das ist totes Land.« »Ja. Wunderschön. Weißt du, es gibt Gras da und Bäume. Es gibt Wasser da. Und leere Straßen.« »Wasser?« Die Gegend um Tschernobyl galt selbst den Ostlern als unbetretbar, es war Verbotenes Land. Nur Devadasi gingen da hin. Die Westmilizen mieden, wußte Brem, die Gegend aus Angst vor Verstrahlung. Man nahm an, wer dort hineingetrieben wurde, komme binnen kurzem um. »Die Frauen sind da friedlich.« »Du sprichst von einem Wunder.« »Ich habe ein Lied komponiert. *Fen's country* heißt es. Ich kann es dir vorsingen.« Er bückte sich schon aus dem Stuhl zur Gitarre, nahm sie aus ihrem Futteral. »Nein«, grante Brem.

Er mochte keine Gespräche. Jetzt war ihm eines ins Haus geflogen. Daß er es selbst hereingeholt, ärgerte ihn plötzlich. Er mußte diesen Jungen aber nur wieder ansehen, und seine Grantigkeit verflog. Er goß die beiden Becher voll. »Und wie bist du dahingekommen?« fragte er, nachdem er den einen vor Andreas, den anderen an den eigenen Platz gestellt hatte, an den er sich nun setzte. »Ich bin gewandert«, Der Sanfte lachte, »ich gehe nach Gefühl.« »Und damit willst du ins Zentrum?« »Du meinst, das funktioniert nicht?« Seltsames Wort aus seinem Mund: *funktionieren*. »Weißt du, was das Zentrum i s t?« »Eine Stadt.« »... und w i e das Zentrum ist?« »Es ist schwer, weißt du, hier zu überleben. Die Leute haben doch selbst nichts.« »Junge, ein Rat: Bleib da weg. Wer etwas hat, der gibt nichts. Nur wer nichts hat, gibt. Das ist ein Gesetz. Wenn du so schön singen kannst, wie du sagst, brauchen die Leute hier dich viel mehr. Die hören dir sicher lieber zu.« »Du«, sagte Andreas, »nicht.« »Ich nicht, nein. Ich bin auch ein Mörder.« Das schien den Jungen nicht zu erschrecken. »Kannst echt Kaffee kochen«, sagte er und hob den freundlichen Blick.

Wie Brem das erstaunte, ließ er sich nicht anmerken; er dachte spontan: Wer unter Devadasi gelebt hat, ist *wirkliche* Greuel gewöhnt. Vielleicht war Der Sanfte verrückt. Verrücktheit war, wußte Brem, den Devadasi heilig. Es gab brutale Verrückte, aber auch solche voller Güte. Denen hebt sich der Unterschied von Ich und Welt vollständig auf. Die lächeln auch für Mörder. Deshalb bohrte er nicht nach.

Den Jungen, dachte er, hat irgend etwas so geschädigt, daß die Wirklichkeit an ihn nicht mehr herankommt. Er fragte aber doch: »Was ist mit deinen Eltern?« »Was meinst du?« »Deine Eltern.« »Was sollen Eltern *sein?*« »Na Vater, na Mutter.« Verständnislos sah der Verrückte Brem an. Der räusperte sich. »Schon gut, tut mir leid.« »Was tut Ihnen leid?« »Schon gut.« Blöde Macke, dieses Gesieze.

Der Sanfte hielt die Gitarre auf den Knien, lehnte sie nun an den Stuhl. Eine mitteltönig dunkle, etwas metallische Resonanz, die, schien es Brem, allezeit in der Stimme des Jungen mitschwang, rührte davon, auch vorher schon, auch jetzt wieder. Das hatte in der Tat etwas Erstaunliches, etwas, das nicht innen entstand, sondern von außen kam, als wäre es nicht eine Eigenart der Stimmbänder, sondern Gabe, im Wortsinn: Der Junge schläft, vielleicht nach einer Flucht, er ist vielleicht ohnmächtig umgesunken, ein Haus im Osten, dachte Cordes, das die Schänder eines Nachts überfielen. Metzeln nieder, was da atmet, links rechts schwingen die Krallen durch Hals, Gesicht und Brust. Oder: MANN ERSCHIESST FRAU UND KINDER. Aber der Junge überlebt, ein schwarzer Vorhang fällt ihm auf die Augen. Der hebt sich vielleicht ein Leben lang nicht. Er will auch gar nicht mehr schreien, will nicht länger weinen. Nichts als schlafen will er und rollt sich zusammen. Da erscheint, von barockgelber Aura umflossen, Maria. Sie schwebt. Nicht den Boden, aber die Stirn des Jungen berührt sie, der ihr – sie hält ihr eigenes Kind – zu schwer ist, um auch ihn zu tragen. Nicht ein Vorhang ist es, was vor der Erinnerung an das Entsetzen dunkelgütig bewahrt, sondern ein Licht – wie sich der Funke, gelb wie die Aura, vom Zeigefinger der Gebenedeiten löst, ein Tropfen Wassers aus Millionen Geschwistern, so e r sich von den göttlichen Zellen. Den anderen. Das schmilzt dem Jungen in die Stirn.

Es gab auf ihr, dieser Stirn – Brem kniff leicht die Augen zusammen –, tatsächlich einen Fleck, eine Pigmentstörung selbstverständlich, und doch ein Drittes Auge, nicht zwar genau in der Mitte, sondern nach links ein wenig versetzt. Ein Muster muß nicht perfekt sein. Dort, dachte Brem, war der Funke eingedrungen und hatte den Geist des Jungen zur Gnade verwirrt. Zur Gnade und, offenbar, zur Musik. Hätte Brem, wie Kignčrs, Gedichte gelesen oder auch nur ein wenig von Rilke gekannt, er wäre deshalb gewarnt gewesen und hätte gewußt, wer das ist und wem allein es vergönnt ist, unversehrt aus dem Hades zurückzukehren. Aber vielleicht, dachte ich, weiß Der Sanfte selbst nichts davon und nicht, woher er stammt und wer ihm die Gabe vererbte? Hat diesem denn wer von dem Vater erzählt? Wo wuchs er auf und bei wem? Bei dem sicher nicht. Und die Mutter? Letztlich, dachte Cordes, war Der Sanfte eines Tages zu sich gekommen wie Deters in seiner Archivdatei: tastend, so weich die Augen, und was sie sahen, verstanden sie nicht. Alles war Software, jede Iris ein opaker heiliger Tropfen, worin sich über der Zarathustrafanfare ein fötaler Blick riesig dem Zuschauer zudreht.

Die Raumkapsel stand auf dem blankpolierten Parkett eines eleganten Hotelzimmers. In jeder Stadt auf der Erde gab es Dutzende solcher Zimmer. Deters starrte auf einen Kaffeetisch, eine Couch, einige Stühle, einen Schreibtisch, Lampen, ein Bücherregal mit Illustrierten und eine Vase mit Blumen. An einer Wand hing van Goghs »Brücke in Arles«, auf der anderen Kandinskys »Blauer Reiter«. Er hatte das Gefühl, daß er, wenn er die Schreibtischschublade aufzöge, darin eine Gideonbibel fände. War er in dieser Region der Milchstraße, die er nicht einmal orten konnte, in eine Hollywood-Dekoration geraten? Wenn er aber den Verstand verloren hatte, dann waren seine Halluzinationen überraschend klar. Alles glich der Realität, und nichts verflüchtigte sich, wenn er ihm den Rücken kehrte. Das einzig störende Element in dieser alltäglichen Szenerie verkörperte die Raumkapsel.

Minutenlang rührte sich Deters nicht von seinem Sitz. Er erwartete, daß die Vision verschwinden würde, aber nichts dergleichen geschah. Wenn es sich um ein Trugbild handelte, war es zumindest so raffiniert ersonnen, daß er es in keiner Weise von der Wirklichkeit zu unterscheiden vermochte. Vielleicht wurde er bloß getestet; dann mochte nicht nur sein Schicksal, sondern das des ganzen Menschengeschlechts davon abhängen, wie er sich in den nächsten Minuten verhielt. – Nein nein, das dachte Deters nicht; es entsprach ihm nicht, dachte Cordes, so zu denken, und er blickte über das aufgeschlagene Buch hinweg, um darüber nachzusinnen. Das Schicksal des ganzen Menschengeschlechts war Hans Deters nämlich vergleichsweise wurscht, jedenfalls in dieser Formulierung. Dennoch las Cordes noch einen Absatz weiter. »Doch es gab noch das Problem der atembaren Luft –« – wirklich, nein!, zu ungelenk!

Eckhard Cordes lachte auf, er wußte nicht wirklich, warum. Es war ein Impuls, als er neuerlich auf die Schönhauser Allee hinaussah. Ein Küchenfenster als Meditationsort. Er lachte auch nur leise, wollte weder in der Duncker Deters wecken noch hier seinen Jungen. War der denn da? Nein, war er nicht.

Cordes erhob sich aus dem schweren englischen Stuhl und legte das Buch seitlich auf den Schreibtisch. Dann tat er die zwei Gedankenschritte vors Küchenfenster der Schönhauser zurück. Die Müllabfuhr war da, aber der Müllwagen rührte sich schon seit Minuten nicht; nicht ein in Orange Uniformierter ließ sich blicken. – Endlich kam d o c h Bewegung in die Szene. Erst hörte man Gerumpel, schon schob ein Mann der BSR den brusthohen Abfallbehälter an die hintere Lademechanik des Müllautos, klinkte den Deckel ein und ließ den Inhalt verklappen. Den geleerten Behälter rollte er zurück auf den Hof. Das war natürlich nicht mehr zu sehen.

Der Becher geleert. Cordes goß nach. Tat Zucker, sehr viel Zucker hinzu, lauschte auf nebenan und sann weiter. Auf was ich so komme um halber sechs Uhr morgens, dachte er. Andere Leute bereiten sich jetzt fürs Hinausgehen vor oder sind noch über ihre Morgenzeitung gebeugt, muffeln an Brötchen und Toast. Tausende, Hunderttausende Leute, ganz irr wird, wer sich das vorstellt. Welten. Welten, die in Busse und Bahnen steigen. Grüne Welle für Vernunft. Tausende Busfahrer dann und dreihundertfünfzig Polizisten, die die Ströme überwachen.

Also Deters und Der Sanfte. Wie sie zu sich kommen, der eine, entkörpert, in einer Datei, der andere, anscheinend ohne Erinnerung, zwischen Macchia geworfen, verschleppt und liegengelassen. Es ist auch da früher Morgen. Die Dämmerung ist als Schleier übers Entsetzen geworfen, aus weiter Ferne das Sirenenpfeifen einer Fabrik zu vernehmen, schwarze Prozessionen, bleistiftdünn, ziehen ihrer Maloche entgegen. So beginnt Der Sanfte seine Odyssee durch das Land. Je länger er geht, desto deutlicher markiert das Dritte Auge seine Stirn. Cordes sieht in Beutlins Labor bei SIEMENS/ESA hinüber. Er kneift die Lider zusammen, blickt abermals hin. Nur die andere Schönhauser Seite, zwischen der und hier die Hochstrecke der U2 verläuft. Prompt rattergleitet ein Zug durch das Bild. Wie spät ist es? Welchen Tag haben wir? Den eisigen 30. Januar 2006, nein, 31. Oktober 2012, aber immer noch den 1. November.

2

»Wie lange«, fragte Brem, »willst du bleiben?« »Nicht lange. Weil ich doch in die Zentralstadt will.« Brem schüttelte den Kopf. »Du verstehst nicht«, sagte er, verstand aber selbst nicht, *sah* ihn gehen: die Gitarre am Rücken, ein bunter Ziehdurchdiewelt, der immer und immer kleiner wird und schließlich ganz davon ist, ins ferne Zittern der Luft eingegangen. Dann bin ich wieder allein.

Brem spuckte aus, spuckte durch die offengebliebene Garagentürhälfte, es war ein gespuckter Fluch auf sich selbst. Auf ein Sentimentales, das er nicht an sich kannte. Es hatte dafür keine Umgangsform. »Du brauchst einen Ausweis. Hast du einen Ausweis?« Der Sanfte sah Gelbes Messer nur an. »Du brauchst eine Sozialversicherung, du mußt dich melden.« »Melden?« »Du gibst deine Freiheit dahin. Für was? Weißt du das denn? Kräftig bist du, man wird dich zu einer Arbeit zwingen, die du nicht willst. Oder sie schleppen dich in eine der Brachen.« Er unterbrach sich und erklärte: »Eine Brache ist so was wie das hier, nur kleiner.« Der Sanfte lachte. »Wie das? Wozu?« »Gefängnisse sind teuer. In den Brachen regelt alles sich selbst. Man hat sie sehr schnell durchwandert.« »Das ist nicht gut.« »Besser, du wärst in deinem Tschernobyler Paradies geblieben. Also wenn's stimmt, was du erzählst.« »Ich könnte es dir zeigen.« »Ich bin gerne hier. Mit meinen Gedanken.« »Was für welche?« »Es sind Flüsse.« »Die Gedanken?« »Manchmal habe ich einen Auftrag. Der schickt mich fort für paar Tage. Es wäre nicht schlecht, wenn dann wer aufpaßt. Die beste Garage außer der hier ist die dritte gleich rechts vorne.« »Ich darf also bleiben?« »Noch einen Kaffee?«

Am Nachmittag horchte Brem auf. Er tat sonst nichts, als vor seiner Baracke zu sitzen. Der Sanfte hatte mit vielem Gerumpel Platz in dieser dritten Garage geschaffen, hatte aus einer anderen eine alte Matratze hineingeschleppt, die er aber vorher sehr sorgsam wusch. Den Wasserhahn, von Brem mit Argwohn bewacht, hatte er selbst im Feld gefunden; man merkte, er kannte sich aus mit der Freiheit. Auch war er still, sprach Brem nicht mehr an. In das Fensterchen stellte er eine angeschlagene Vase und dahinein einiges Gepflückte, dem er zu trinken gab; er hatte nun etwas, offenbar, sich darum zu kümmern. Brem sah den Geschäftigkeiten erstaunt zu. Nur einmal erhob er sich und schliff drinnen Messer. Er meditierte, wenn er nicht dachte. Horchte. Da kamen diese Klänge. Es war nichts als Geklimper, aber in jedem Ton schwang eine Ferne. Der Sanfte schüttete vor seine Garage schmal eine Terrasse auf, zwei Sessel ein Tisch aus zwei Brettern, über herangewuchtete Stumpen gelegt. Auch darauf Vase und Gräser. Doch dort saß er nicht, sondern saß drinnen, war nicht zu sehen. Klimperte klampfte.

Brem ratterte nach Prag. Schaute bei der Bank vorbei. Schaute in einen Euroweb-Zugang. Was derzeit in Buenos Aires los war, wußte er schon. Ein Päckchen mit Parfums war gekommen, nicht nur Geld. Im Intershop kaufte Brem vielerlei ein, verstaute es im Jeep, ratterte zurück, kam an drei Milizen vorbei; die Leute nahmen die gestreckte Hand an die Mützen.

Andreas saß diesmal, abends, draußen. Er sah schweigend zu, wie Brem die vielen Tüten schleppte. Brot, Wurst, Käse, sogar Wein, eine Zweiwochenration tiefgefrorenen Fleischs. Mußte dreimal hin und her. »Bei mir wird nicht gehungert«, sagte er. »Und wenn du willst, nun gut, dann spiel mir jetzt was vor.« – Er hörte nur zu, kommentierte nicht. Stand auf, brummig, zog sich in seine Garage zurück. Merkte, daß er weinen wollte, wurde wütend. Ich werfe den Kerl morgen raus. Schlief ein. Wachte auf. Stapfte rüber. Da saß der Junge und sah ihn an mit dem Blick. Brem streifte bis ans Gatter, schaute in die Gegend, ging brummig in seine Garage zurück. Wartete auf die nächsten Akkorde. So ging das Tag um Tag. Er fing an, die Devadasi zu verstehen. Die hatten aber sicher nicht gekocht. Wie nun absurderweise er. Er deckte seinen Tisch, zwei Gedecke, setzte sich dran vor die Mahlzeit und wartete auf Den Sanften. Der kam aber nicht. Der ließ ihn wirklich in Frieden. Der wollte aufgefordert sein. Am zweiten Abend schmiß Brem viel Essen weg – eine Sünde in dem armen Osten; das spürte er selbst. Am dritten fragte er. Was ihn nur noch grimmiger machte.

Deshalb merkte er nicht, daß Der Sanfte nie schlief. Immer, kam

Brem bei ihm vorbei, auch nachts, saß er da und schaute aus seinen großen Augen. Oder war über ein Bild gebeugt, zeichnend: dünne Linien zeichnend, Wellchen, Kämmchen. Informell. Er brauchte oft lange für eines.

»Als ich zu mir kam«, erzählte Der Sanfte, »hatte ich alles vergessen, alles von vorher, verstehen Sie?« »Du.« »Verstehst du?« »Die Erinnerung kam niemals zurück?« »Die Erinnerung kam niemals zurück. Aber da ist ein Gefühl, wenn ich die Gitarre spiele. Wangen, sehr weich, und eine Hand auf meinem Haar. Ich fühle, wie sie drin wühlt. Ich höre eine Stimme. Wenn das kommt, fange ich zu singen an.« Und was es an Tieren gibt in der Gegend, auch Räuber, das legt sich.

So eine Woche nach Des Sanften Einzug.

Brem saß vor der Garage auf dem Betonstumpf und schnitzte eine seiner schrecklichen Breughelfiguren. Erst hatte die Gitarre nur geklimpert, dann hatte Der Sanfte ein Stück von Purcell gespielt. Alle Musik, die einmal schön war, bleibt in den Steinen. Sie vergeht nicht, sondern in ihnen wird sie gespeichert. Man müsse sie nur finden, sagte Der Sanfte, und zu öffnen verstehen. Er hatte so eine Art. Fand die Steine immer. Das hatte er vom Vater. If Music be the Food of Love. Aber das Metrum war nicht sicher, Der Sanfte war Autodidakt.

»Was ist ein Autodidakt, Papa?«

»Jemand, dem sich, was schön ist, ganz von alleine lehrt.«

Noch hatte Brem nicht aufgeblickt. Aber dann.

Der Sanfte sang nicht laut. Er merkte auch gar nicht, daß er sang. Es war so eine Frequenz, die ging wie durch Rauch durch die Wände. Das reichte kilometerweit. Das Frost glitt vom geschundenen Holzstück. Gelbes Messer starrte darauf, die gekrümmte Seele weinte darin: es war seine erste Figur, die bezauberte. Es war auch nicht er, der sie geschaffen hatte, das spürte er sofort – so wenig, wie es Der Sanfte war, der sang. Sondern das Holzstück schnitzte sich selbst. The food of love war's gewesen, Brem die Hand zu führen.

Deidameia, hätte sie das zu sehen bekommen, wäre vor lauter glücklichem Schrecken zusammengefahren und hätte unmittelbar, in der Seligenthaler Abtei, in der Sonnenträne Augen geschaut. So sah die Figur nämlich aus: wie das Eichhörnchen Goldhaar, das Niam vor ihrer ersten Verpuppung gewesen war, nur noch sehr viel kleiner, kaum eine Handspanne hoch:

Über die überflutete Welt,
Werde ich getragen vom Wind.
Ich steige herab in Tränen wie Tau.

»Was haben Sie da geschnitzt?« – Es war Brem aber peinlich. Er grunzte. Als das Dritte Auge zu schimmern begann. »Schenken Sie es mir?« Brem zuckte mit den Schultern, warf eine Hand, schlenkernd. »Das habe ich lieb«, sagte Der Sanfte, höhlte beide Hände um die Figur und drückte sie leicht an die Brust. »Danke.« »Zieh schon Leine.« Brem war, als bräche man ein Stück seines tauenden Steinherzes ab. Er zog sich den Ärmel über die Augen. Der Sanfte drehte sich um und ging mit seiner Figur davon. Gelbes Messer spuckte ihm scharf hinterher. Dann nahm er ein anderes Holzstück und schnitzte wieder die Hölle.

Der Sanfte stellte die zweite Niam auf ein Regalchen. Das brachte er in Brusthöhe über dem Kopfende seiner Matratze an. Damit war er einen halben Tag lang beschäftigt. Dann schrieb er sein Kassiber, nur Stichworte, freilich, er *behielt* alles, was er hörte und sah. Aber man braucht einen Faden, an dem man sich hindurchführt. Der ist aus Begriffen gesponnen. Messer. Klapptür im Boden. Hängende Lider. Jeep CJ–7. Die Düfte und die Wachsamkeit.

Es war eine sehr kleine Schrift: die Wörter hatten schmale Buckel, ihre Silben erstiegen eine Höhe und stiegen zum Wortschluß hinab. Diese Texte, die jeder eine Woche legierten, glichen der Oberfläche einer Pfütze, über die der Wind geht, eines Seechens in der Bö. Wie Kalligrafien hätte sie Der Sanfte an die Wand hängen können; niemand hätte Kassiber in diesen Ornamenten geglaubt. Er konnte sie offen liegenlassen. Nahm die Gitarre und setzte sich hinaus.

Brem wartete darauf, daß Der Sanfte wieder sang. Das gefolterte Holzstück ersehnte es. Der Sanfte sang aber nicht. Also wurde es weitergeschändet. Nur daran war Brem die Wut anzumerken, eine innere Not, die sich tief in ihm verloren, die fluchtgeschlafen hatte. Ansonsten saß er still bis auf die schnitzende Mordhand.

Der Tag verstrich.

Der Abend kam.

Brem stellte den Nachtmahr zu den andren Dämonen und setzte Wasser für Spaghetti auf, goß aus dem Vorrat, der in großen milchigen Plastikkanistern neben der Spüle stand, in den Topf. Dann schnitzte er wieder, diesmal Zwiebeln und Knoblauch. Er wußte, als in der Ferne das Licht erschien, er mußte für einiges fort. »Was ist das?« fragte Der Sanfte, es war einen kurzen Moment lang taghell in der Garage geworden, schließlich ein Scheinen verblieben. Sie waren zum Gatter geschritten, hatten stumm nach Nordwesten geschaut. Dort schien eine unbewegliche Sonne: matt zwar, doch Drohung. Verheißung dachten die Ostler aber.

»Ich fahr ein paar Tage hinaus«, sagte Brem. »Paß auf, daß niemand was stiehlt.«

Der Sanfte hörte es in Brems Garage scheppern. Dann kam Gelbes Messer heraus, warf den Sack hinten in den Jeep, stieg ein, startete. Andreas öffnete das Gatter, Brem rumpelte hinaus. Aber rumpelte nicht westlich, nicht nördlich, sondern nach Süden. Der Sanfte schloß das Gatter, nahm sein Kassiber, notierte Datum und Uhrzeit. Fast eine Woche blieb er allein. Die neue Sonne erlosch nicht.

Die Katastrophe kam hier versetzt.

Derweil war Goltz schon über die Grenze. Niemand hatte ihn aufgehalten. Bei Obereßfeld erwartete ihn Thisea, die herübergefahren war, um ihn zu führen. Er hatte von Nürnberg aus verschlüsselt gewebbt, wußte aber nicht, ob seine Nachricht noch angekommen war. Um Thisea hatte er eigens gebeten. »Warum«, hatte sie Die Wölfin gefragt, »ich?« »Er kennt dich. Ich nehme an, das ist der Grund.«

Sein mobiles Telefon hatte Goltz bereits in der Zentralstadt ausgeschaltet. Er hatte nur den Akku gezogen, nicht aber auch den Chip zerstört, und das Gerät in ein Päckchen verpackt, so auf die Post gebracht und nach Rheinmain geschickt. Damit gewann er den Vorsprung. Eidelbecks Leute machten Augen, nachdem das MEK aus dem Südbahnhof gestürmt und drüben, Diesterwegplatz, in das Postgebäude gestürzt war, um dieses Päckchen entgegenzunehmen. Der Generalleutnant selbst lächelte nur bitter, derart kochte er. Fragte beherrscht: »Wo ist das aufgegeben worden?« Nun nahm man d o r t die Spur auf. Doch da war Goltz, wie ein Tropfen in Wasser, bereits in den Osten eingegangen.

Man muß das wörtlich nehmen. Die Kali-Träume hatten ihn geholt. Was immer er tun wird, tut nicht mehr er. Sofort sah Thisea, die kluge, ihm das an, als er heranschritt, immer noch etwas steif in den Gliedern, immer noch so, als hielte er ein Mace-Stöckchen unter den rechten Arm geklemmt. Doch er beorderte nichts mehr, mochte er Uniform tragen, wie er nur wollte. »Danke«, sagte er und nickte knapp, »daß Sie gekommen sind.« »So kannst du hier nicht rumlaufen.« Thisea nahm ihn am Arm. Sie hatte ihre damenhafte Buenos-Aires-Kombination gegen ein lockeres jutefarbenes Kleid getauscht, das in der Taille geschnürt war. Dazu trug sie stiefelettenhohe Mokassins und die Sonnenbrille. Ganz Amazonin wieder. Nur der breite Munitionsgurt fehlte noch, der schräg über den Oberkörper läuft und rechts die Brust so flachdrückt, daß auch deshalb die Legende entstand.

Goltz wirkte verlegen.

Sie bugsierte ihn in ein Café. Obereßfeld war konturlos in die Arkologie verschmolzen; paar Geschäfte gab's und lieblose Gastronomie, weil für Geschmack nicht Zeit noch Geld, und Bildung war hier niemals gewesen. Der AUFBAU OST! hatte Eile gehabt; der Westen schröpfte wie seit je. Privater Wachschutz stand vor den Wänden und sah auf Tische Stühle Kuchen. »Setz dich dahin, warte kurz.« War weg, kam wieder, zwei Tüten. »Zieh dir das an.«

Goltz ging zur Toilette, einer Art Verschlag für die Notdurft, verriegelte, kleidete sich um: graue Cordjeans, einen schwarzen Pullover, eine wetterfeste Jacke, militärgrün gefleckt, mit Kapuze. Er zog seine Mauser aus dem Gürtelfutteral und steckte sie sich untern Pullover in den Hosenbund. Die Uniform legte er zusammen und sorgsam in die Tüte. Ledergurt und Holfter obenauf. Er wußte, daß er es nie wieder anlegen würde, entsann sich der Pensionierungsfeierlichkeit im Achten Ulmer Staffelsaal seines Gönners Gerling, erinnerte sich an Andrzei Wilms' und wie er, Goltz, den Alten durch den Magnetschacht hinaufeskortiert und, während er Dateien studierte, in einem Wagen für sich gelassen hatte. »Ich lasse Sie zwei Stunden allein«, hatte er gesagt; der alte Gerling aber nur, dem allein sein Traum im Gesicht stand: »Dummer Junge.« Diese zwei Wörter stiegen in Goltz wieder auf. Und »Dummer Junge« sprach er selbst, nicht laut, aber schüttelte über sich selbst den Kopf. Dann öffnete er den Verschlag dieses Klos, schritt aus seinem Buttermilchgeruch und schloß ihn hinter sich ein.

»Das ist nun besser«, sagte Thisea und wollte hinzufügen: »Richtig menschlich siehst du aus.« Aber sie merkte, es ging in Goltz etwas vor. Der Mann war die reine Endgültigkeit. Sie konnte nicht umhin, Ehrfurcht zu empfinden: so falsch kam es ihr vor, ihn führen zu sollen. Etwas Vermessenes haftete dran. Er wäre bis Landshut, wo er Asyl erhalten sollte, alleine durchgekommen.

»Du willst nicht nach Landshut.« Goltz reagierte nicht. Sie wiederholte ihren Satz. »Ich will den zweiten Odysseus finden«: Er sprach ohne Stimme. Der Schwarze Staub von Paschtu. »Wirst du mich hinbringen?« »Deidameia will …« Er winkte ab, sah Thisea stumm an. Sie merkte, sie wurde nervös. »Das kann ich nicht tun. Ich habe Befehl auf Landshut.« Goltz lächelte matt. »Bitte? Nein. Nein.« »Und niemand weiß, wo er ist«, wich sie aus. »Ob es ihn überhaupt gibt. Für so etwas sind wir nicht ausgerüstet.« Sie mußte nicht von den Hunderten Westmilizen erzählen, den Schutztruppen und dem stehenden europäischen Heer, das, weiter und weiter erfolglos, im Osten zusammengezogen worden war.

Er sah sie immer nur an. Dann, während in ihr die Gedanken flogen, entnahm er seiner Aktenmappe eine Karte, entnahm auch Balthus' schmale Mappe, klappte die Karte viertels auf, schob sie Thisea stumm übern Tisch zu. Sein rechter Zeigefinger wies. Dann sagte er: »Da will ich hin. Ich habe da einen Kontaktmann.« Thisea starrte auf die Karte, schob die Sonnenbrille hoch. Etwas ging von dem Blatt aus. Goltz zog eine lasergedruckte Fotografie heraus, schob auch die hinüber. »*Der* wohnt da a u c h«, sagte er. Thiseas Gesicht wurde hart, als sie den Mann erkannte und begriff, weshalb Goltz ausgerechnet um sie gebeten hatte.

> »Ihr nun aber, zu denen Eris jetzt spricht, Euch zu wecken,
> Ihr erbärmlich Geduckte: seht nun auf und erhebt Euch!
> Sichert den Schwestern und Brüdern im Westen die Flanken und stellt euch
> Amazonen und jedem sonst, der sich wehrt, mit zur Seite!
> Schlagt und treibt sie hinweg, die eure Kinder verderben
> Und das Land, das Euch nähren will, rohe ausschlachtend aufzehrn.
> Aber ihr seid das Volk! Und nur ihr die Erben des Landes!«

Wie das durch Točná gehallt war, dieses Ihr-seid-das-Volk! Zum ersten Mal seit Jahrzehnten gab einer die Menschen sich selber zurück. Das stieg vom Platz auf, über den der Achäer seine letzten Verse wie

über ein Meer dahingerufen hatte und nicht wie nur gegen zwanzig/
vierundzwanzig geduckte Häuser. Dann schwieg er plötzlich. Doch
seine Augen glühten, ein Flattern und Zucken, das lohend verlosch –
in das Meer aber war gewaltig geblasen. Die Stimmen, die die Wellen waren, murrten. Sich vorbereitend türmten sie sich. Nur daß keiner da war, gegen den sie sinnvoll hätten wüten und sich brechen
können.

Brem stand immer noch unerkannt; auch er, ohnedies, wäre ein
Falscher gewesen. War der Richtige aber, den sich sammelnden Auf-
ruhr zu dämmen. Das wußte er. Der Westen selbst war ihm egal. Er
diente dem, ganz Herr & Knecht, der jeweils ihm diente. Mir geht
nichts über mich. Dort der Achäer diente ihm n i c h t, sondern war
ihm gefährlich, sehr sogar: Zöge er weiter herum und wiegelte auf, er
brächte Haltung in die Leute, Bewußtsein und Stolz. Deshalb verteidigte Brem sein Haus. Sprang vor, man sah ihn fliegen aus dem Stand.
Krachend landete er auf den Brettern des Wagens, da war die linke
Hand schon an die Stirn des Achäers gelegt und Erissohns Kopf nach
hinten gerissen, so daß die Kehle aufschien, weiß erst, dann rot eine
schmale hineingeschnittene Kette, aus der es

3

spritzte. Noch heute sah Thisea jeden einzelnen Tropfen: wie rote,
langsam durch ein Öl wandernde Blasen. – Zu schnell war der Mörder hinfort.

Es durchfuhr Thisea, als sie die Fotografie jetzt ansah, etwas, das sie
für Scham hielt. Wie der Zweite Eintageskrieg auch, Jahre nach dem
Ersten und diesmal nicht im Osten, ja ohne ihn geführt, verloren war,
blieb auch nun nur Resignation. Doch anders als damals, als sie, den
Neunundvierzig nach, in den Westen gegangen, war sie nicht mehr
bereit, ihre persönliche Not im Interesse irgendeiner Sache hintan-
zustellen. Es hätte anders ihr Herz zerrissen. Zugleich spürte sie, daß
Goltz sie verführte, so zivil, wie er dasaß, karg fast, unscheinbar blaß,
ein ältlich gewordener Konfirmand, dem Aura, der die Macht folgt,
abging. Keiner in diesem DDR-Café ahnte auch nur, welch einfluß-
reicher Mann das noch vor einigen Tagen gewesen war.

657

»Wie hast du ihn gefunden?« »Er wäre viel früher zu finden gewesen. Also bringst du mich hin? Du weißt, wie er i s t.« »Ja. Ich weiß, wie er ist. Wir brauchen Verstärkung.« »Das dachte ich.«

Sie zahlten, brachen auf. Sie hatte auch für ihn eine Sonnenbrille dabei. »Setz das auf, das brauchst du.« »Ich weiß«, sagte er. In der Karl-Hofmann-Straße stand der Wagen. Von der scharf geschnittenen, nahezu fünfzig Meter hohen und vierzig Meter langen Verkehrsschlucht blickten beidseits Hunderte Fenster auf die beiden herab. Bevor sie fuhren, begab sich Thisea in einen Internet Point. Noch einmal sagte sie: »Warte hier«, und ging abermals.

Als sie zurück war und den Motor wieder startete: »Zwei Schwestern werden uns bei Plzeň erwarten.« Eine halbe Stunde später waren sie aus der Arkologie hinaus. Bis zur nächsten dehnten sich Brachen und Baustellen, die nur die Entfernung klein wirken ließ. Himmelhohe Masten standen, absurd mächtige Masten, in Abständen von Kilometern, Verdickungen und, von denen ausgehend, geschwungene Gräten obenauf, zerbrochene Skelette überdimensierter Schiffsbäuche: Spannwerke für das weiterzuziehende, bis hierher aufzuziehende Europäische Dach. Absurd nicht sie, absurd nur der winzige Mensch, den das umfaßte. Europa, dachte Cordes, nimmt in die Arche den Osten hinein; noch war er nichts als Terrasse zur Sintflut, ein verwüsteter Park bis an die östlichste Mauer heran, die dort die Sintflut abhielt. Die Arche war aber selbst schon die Sintflut, drinnen die andere, neue kybernetische Arche der, dachte Thisea, Auserwählten in der Gestalt dieses Lichtdoms.

Im Freien war wieder sein Strahlen zu sehen, auch jetzt, bei Tag. »Daß er das geschafft hat, daß wir ihn das haben schaffen lassen!« Das preßte Thisea durch die Zähne. Goltz schwieg. Es breche, dachte Cordes, eine Neue Zeit an. Den Schein sah auch er, über dem ganzen Himmel über Berlin. Ein Weltenbrand, könnte man denken. Er kniff die Augen zusammen. Da war nicht einmal Raum für Angst, obwohl der Dom unentwegt weitere Orte in sich hineinnahm; erst paar Dörfer um den Stuttgarter Trichter, dann, bizarrerweise, Osnabrück. Mal hier, mal dort verpuffte die Realität, als blichen Kreise auf den Landkarten aus, auf die, zum Beispiel, Säure geflossen, oder als ginge ein riesiger unsichtbarer Ratzefummel über die wirkliche Welt. Man wußte nicht, ergab das ein Muster? Die Orte nahmen sich aus dem

Realen einfach heraus, auch Waldstücke, Seen. Das fand im Lichtdom einen Platz? Möglicherweise. Doch, dachte Cordes, nicht unbedingt in alter vertrauter Ordnung. Die sozialen Folgen, die das hatte, würden erst allmählich deutlich; es gab – so weit dieses Wort noch angemessen ist: *natürlich* – noch keine Erfahrungswerte.

Ungefugger arbeitete fiebernd; b e i d e Ungefuggers, heißt das. Der im Lichtdom digitalisierte trieb Major Böhm zur Eile an, setzte strategische Marken, »das will ich als nächstes, dann dieses, dann das«; Ungefugger, in Pontarlier, deckte ihm den Rücken. Wobei es keinen Sinn mehr hatte, von einem »realen« zu sprechen, der substantieller als die digitale Kopie sei. Beide stimmten sich ab vorm abendlichen Kamingespräch, das noch immer übertragen wurde, täglich, ohne Bruch; daß es der Präsidenten zwei gab, erfuhr die Bevölkerung nicht.

Derweil drückte Eidelbeck eisern die Notstandsmaßnahmen durch. Er hatte das Euroweb bezwungen, selbst Hugues und Martinot gebeugt, durch die Kieze knirschten ohrenbetäubend vibrierende Olifants vom Typ Mk1A. Ihre Bässe durchschüttelten ganze Wände und derart die Böden, daß die Geschirre in den Schränken klirrten und Fensterscheiben rissen. An nahezu jeder Ecke stand ein kleiner Leopard und bleckte die Kanone; einige Soldaten lehnten an den in den Asphalt verbissenen Ketten.

Die Myrmidonen blieben verstreut. Deidameia hatte Mühe, sie unbemerkt zusammenzusammeln. Es war nur dem Netzwerk der UHA zu danken, daß das bisweilen auch gelang. Unterm Strich waren Aissa der Wölfin ein paar wenige Amazonen verblieben. Die Allianz der holomorfen und humanoiden Rebellen schien auseinandergebrochen zu sein; die Niederlage dieses Zweiten Eintageskrieges saß tiefer noch als die erste und die große Erhebung danach. Daß sich Vandalen rotteten – Plünderungshorden, Rocker, Neonazis, Autonome, die ihren Spaß an Brandsätzen hatten, Molotowcocktails, faustgroßen Steinen –, spielte der Notstandsgesetzgebung zu. Eidelbeck hatte das Recht, schien's, auf seiner Seite. Man müsse jetzt, wußte Die Wölfin, verhandeln, um Schadensbegrenzung, gerade im Interesse des Ostens, zu betreiben. Auch links des Rheins blieb die Niederlage spürbar. Doch da war es eine des Westens. Nicht nur, weil die Illusionen nicht renoviert werden konnten, sondern, weil ein Ungeheuer, hieß es, die Unsterblichen jage. Unvermittelt fiel es meuchelnd in Hazienden ein, bewegte sich entlang einer Schneise, die es selbst geschlagen hatte, von Metz bis Dijon, trieb den Schrecken strikt nach Südwesten, riß da kurz sein Wild, zerstückte ein nächstes dort und verschwand. So daß, weil Buenos Aires gegen die verlorenen Weiten des Westens, in denen kaum mehr ein Bäuerlein winkte, weniger unsicher wirkte, der Reichtum weiter in die Zentralstadt emigrierte: nicht Emigranten in zerschlissener Kleidung, sondern herausgeputzte, propere Flüchtlingssurfer waren das, in Tennisschuhen, die Frauen in Pumps und alle nur vom Schmuck gebeugt, die Männer von ihrem Dünkel. Daimler, Cadillacs, BMWs und Rolls Royces rollten von Westen nach Mitte über den Rhein und unter ihm durch. Die Lappenschleusen mied man. Es waren numerisch nicht viele Menschen, eintausend vielleicht, vielleicht nur 900; einst waren es 450 gewesen.

Da man weiter nach Osten nicht konnte und in den Osten nicht wollte, setzte auch die umgekehrte Bewegung ein: Plötzlich war für Porteños der Westen freigeworden, von dem sie oft geträumt. Über das rasende Ungeheuer, nämlich, war in den Nachrichten nichts durchgedrungen. Nun trafen an den sich kreuzenden Übergängen Unsterbliche und Prominente mit wie in Völkerwanderungen drängelndem, ihrem gleichsam eigenen Fußvolk aufeinander. Das steckte unentwirrbar ineinander, weshalb nicht annähernd so hart durchgegriffen werden konnte, wie Lage und Stabilität es, um die Ordnung zu hüten, verlangten. Ganze Horden aufgebrachter Bürger schlugen sich den Weg hindurch frei, bei Kehl, hinter Koblenz, vor Metz. Die Tunnel hallten vor Schreien Hupen Sirenen. Autonome drängten nach, vermummt trotz Vermummungsverboten, auch hier wurden Steine geworfen. Bei Kehl gab es sogar eine Schießerei.

Das Chaos nutzte Aissa der Stromer. Als Cordes sich das vorstellte – Schönhauser Allee, Küchenfenster, der Lichtdom leuchtet in den Blick –, sind sie, die Argonauten, bereits hinüber: Jason Hertzfeld und Michaela Ungefugger, die wieder Reithandschuhe trägt, und immer eng bei, ja an ihnen der Hildebrandt Kignčrs und Kalle von Bern, was Verona bedeutet; mit ihnen John Broglier und Sola-Ngozi, die Deidameia mitgeschickt hatte; sie ihrerseits verblieb in Buenos Aires. Sie mochte nicht fliehen; so nämlich, als Flucht, empfand sie den Aufbruch. Immer noch hoffte sie, die Bewegung und ihren Osten retten zu können. Die Apartheid war zusammengebrochen; das doch immerhin hatte der zweite 17. Juni bewirkt, wenn auch nur für das Zentrum und die Weststadt. Sie aber, Deidameia, war dem Osten verpflichtet. Der und nicht Buenos Aires hatte sie geschickt, der erste Odysseus, die alte Mandschu. Sie komme, hatte Deidameia gesagt, wenn es irgend gehe, mit Kumani nach. Sie wußte, daß das nicht stimmte. Es zog sie nach Landshut zurück. Aber auch dem widerstand sie, beklommen die Geschehen überblickend, teils sogar, nach der Befreiungsaktion ihres Sohnes, reuig, dabei vollkommen sicher, daß sie nicht anders gekonnt, und machte sich bereit zu ertragen, was käme, sowie es, soweit sie's vermöge, zu richten.

Immer nahe bei Kalle war Dolly II; er trug sie, also ihren Projektor, in seiner Hemdbrusttasche. Mit dabei waren ferner der alte EA Richter, der noch weniger gerne zurückgeblieben wäre als Pal; des weiteren Lysianassa und Shakti, die ein bißchen nervös an ihrer Stirnnarbe, weil die so juckte, pulte. Drei weitere Amazonen noch. Und Yessie Macchi. Sowie Carola Ungefugger. Die hatte nämlich mit ihrem Mann telefoniert. »Ich komme heim.« »Was willst du hier? Es gibt ein ›heim‹ nicht mehr.« »Doch, ich komme. Ich habe Michaela gefunden.« »Wir haben andere Sorgen.« Er gab aber auch keine Anweisung, seine Frau zurückzuhalten. Es kam darauf nicht an. Vor ihm auf dem Schreibtisch lag der Revolver. Ungefugger wartete auf den rechten Moment. Bald würde sich alles erfüllen; er wollte den Lichtdom aber erst noch gesichert sehen. Daß der Großteil Europas darin war. Dann mochte Thetis kommen.

Es war sein größter diplomatischer Zug. Abermals bestellte er Skamander ein, so mußte der aus seinem Schlamm wieder heraus. Es war nicht ganz sicher, ob er es schaffte bis nach Pontarlier. Bis an den Rhein zwar sicher. Aber dann? Die Weststadt klaffte wie eine verletzte, vor der Blüte geschnittene, weheblutende Knospe, die aufgebrochen war. Beunruhigende Daten: Die Strömungsgeschwindigkeit des Rheins war gehemmt, die Stockung zwar nicht spürbar, aber man konnte sie messen. Als drückte von außerhalb der Mauer Meer – von *unter*halb zumal – hinein.

Skamander schaffte es. Als er sich aus dem Wasser hob, troff die fischige Haut von ihm ab. Aus des Emirs rohem Fleisch formte sich die Uniform. Darinnen ward das Monstrum Mensch, grausam starr in Ungefuggers Präsidentenzimmer dann. Starr und indiskret starrte er auf den Revolver, der vor dem Unsterblichen lag. Verhehlte nicht einmal Abscheu. Ungefugger brachte dem einen Gleichmut entgegen, der seinerseits an Verachtung grenzte. »Es ist bald so weit«, sagte er und gab so den größten Verrat zu, den die Geschichte bisher kannte, den aber er mit bestem Gewissen für einen Akt der Erlösung hielt. »Es ist wieder Zeit für Odysseus.«

Sie vorbereiteten den Untergang der wirklichen, soweit sie zivilisiert war, Welt. Der Emir Skamander verbeugte sich knapp. »Dann kommen *wir*«, sagte er. Ungefugger nickte. »Sowie der Lichtdom geschützt ist.«

Der Emir war fast zeitgleich mit Brem aufgebrochen. So hatte der kaum Vorsprung. Jener zog unter der Erde durch die Wasseradern, dieser über Land. Wasser war, wußte Ungefugger, das einzige, was dem Lichtdom gefährlich bleiben würde. Aber er sagte es nicht. Und sowieso: v i e l Wasser – weniges würde verdampfen. Der Präsident blieb deshalb unruhig, *beide,* meint das, blieben es. »Du mußt sie aufhalten«, sagte der eine zu dem anderen. »Sie darf die Mauer nicht erreichen.« »Wer?« »Von der prophezeit worden ist.« – Der reale Präsident verstand nicht sofort. »Wen meinst du?« »Das heilige Kind.« Das war, dachte der Ungefugger von Pontarlier, nichts als eine Legende, die sich schon längst erledigt habe. »Wo sind wir verwundbar?« fragte er, während Major Böhm über seinen Koordinaten saß, justierte, berechnete. Dem blieb die Frage dunkel. Er war Kybernetiker, nicht Sicherheitsexperte. Eidelbeck sollte sich kümmern. »Lassen Sie einen Todesstreifen um den Lichtdom graben«, befahl Ungefugger. »Sagen Sie, das sei zum Schutz der Porteños. Wie es damals mit Sarajevo gemacht worden ist, aber moderner. Bitte nicht Clausewitz wieder.«

Der Generalleutnant gab seine Anweisungen, dachte aber nicht an Wasser, wie überhaupt fast niemand mehr an Thetis dachte, die ihre Absprache mit dem Rheingraben traf. Die zweite europäische Mauer wurde errichtet, die nicht über zwanzig Meter Höhe hinauskam und auch nicht kommen sollte. Der Lichtdom sollte weiterleuchten.

Soeben verschwand Karlsruhe.

Dann kybernetisierte es Bremen hinweg.

Carola Ungefugger sah die Tochter wieder; mit der zusammen holte Jason, aus dem ADLON, die Präsidentengattin ab. Die Mutter breitete die Arme aus, Michaela guckte zur Seite. Hart war sie immer gewesen, hart wie ihr Vater, jetzt war sie energisch zudem. Da war kein Mädchen mehr in ihr, alles war nun Frau. Carola Ungefugger ließ, eine Geste der Traurigkeit, fast schon Not, die Arme sinken. Ihr Blick, der kurz über Jason ging, schien zu fragen: Wieso bist du jetzt mein Schwiegersohn? Wollt' ich nicht dich für mich? Doch so war das nicht gewesen, Jason war immer nur Ersatz gewesen. Plötzlich begriff sie das. Weshalb sie nicht mehr wußte, wie sie sich verhalten sollte. War sie nicht Mutter? War sie das jemals gewesen? Sie spürte, wie überflüssig sie war, immer schon gewesen war. Nein, die Tochter war ihr nicht entglitten, sondern sie hatte sie niemals gehabt, vielmehr als eine abgelehnte Fremde neben ihr einhergelebt. Nicht, daß sie das nicht schon vorher gewußt hätte, das hatte sie, war der Erkenntnis aber ausgewichen, als wäre es darum noch immer gegangen, ein Star der Musicals zu werden, der über die Familie ihre Karriere stellt. In Wahrheit war es, dachte sie, die Macht ihres Mannes gewesen, was ihr so wert gewesen war, daß eine Liebe zu der Tochter nie hatte wachsen, nicht einmal keimen können. War nun gekeimt. Jetzt plötzlich brach sie auf. Sie war darauf noch immer nicht vorbereitet: wie physisch sie sein kann und nun war. Michaelas furchtbarer Pornostreifen, die ganzen Bilder, dann ihr Verschwinden, dann die Entführung waren ihr Setzling gewesen, so stand der Baum nun da, aber hatte eine entsetzliche Krone. Das alles fraß sich in einer einzigen Sekunde durch ihr Herz. So maskenhaft stand sie dort in der Suite.

Es war keine Zeit. »Wir müssen sofort los«, sagte Jason, der von dem Innenleben dieser Frau so wenig mitbekam wie ihre Tochter. Es ging ihm rein um das Boot, die versprochene Argo. Er nahm die Präsidentengattin beim Arm und führte sie geradezu ab. Es sei schon in Ordnung, bedeutete der Blick, den Carola Ungefugger dem Wachmann zuwarf. Wie durch eine Trance ging die Frau, wie durch ein Wasser, das ihr bis zur Brust reichte. Unten stand ein kurzgeschlossener Kleinbus mit dunkel getönten Scheiben. Pal fuhr, nicht Willis. Der saß wie ein Neodymblock auf dem Beifahrersitz. Auch Sola-Ngozi mit im Wagen. Herr Drehmann war ebenfalls dabei. – »Wo kommen wir am besten durch?« fragte Jason die Präsidentengattin –

direkt, ohne Umschweif –, die, ebenso plötzlich wie zur liebenden Mutter geworden, wieder Staatsfrau wurde. Aus dem Nu entschieden für alle Konsequenzen, antwortete sie: »Kehl. Sie sollten mich aber nach vorne lassen. Mein Mann weiß, daß ich zurückwill. Das gibt mir Autorität.« Mißtrauisch hatte Sola-Ngozi ihre Augen auf die Frau. »Ich setz mich dazu«, sagte sie. Jason schüttelte den Kopf. »Nein, es muß jemand Harmloses sein.«

Rebellen würden die Argonauten drüben erwarten, Holomorfe, die den zweiten 17. Juni im Westen überlebt hatten. Deidameia sprach von etwa dreißig Leuten. So zählte, dachte Cordes, die Truppe bereits fünfundvierzig. »Sag mir Bescheid«, sagte Deidameia, »an welchem Übergang ihr in die Weststadt eindringt.« »Bei Kehl, sagt die Frau«, sagte Jason. Deidameia: »Und ... ihretwegen ... keinen Abstecher, verstehst du?, nach Pontarlier. – Wo soll dieses Boot liegen?« Jason ins Handy zur Präsidentengattin, die mit den anderen im Bus wartete: »Wo die Argo liegt...« Wieder zur Mutter: »Bei Clermont-Ferrand.« »Clermont-Ferrand?« »Ja. Clermont-Ferrand hat sie gesagt.« Ohne auch nur einmal zu sagen, wer ›sie‹ war.

Sie waren zu einer der Notzentralen gefahren, einer Baustelle mit mehreren Zelten und Pausencontainern. Dort warteten die übrigen. Deidameia gab Jason einen Kuß auf die Stirn. Er entschlüpfte ihrer Umarmung, überwand sich und reichte Kumani die Hand. »Sorry«, sagte er, »war nicht so gemeint das alles.« Der nahm den Friedensschluß nicht an. Er hatte dennoch eine Bitte. »Ja?« »Ich muß erst *sie* fragen«, er meinte Deidameia und wisperte ihr ins Ohr. Die zog die Brauen zusammen. Aber sie wurde weich, man konnte es sehen, aber nur kurz, verhärtete schon wieder. »Sie ist zu alt. Wir wissen nicht *genau.*« »Laß uns ihr die Gelegenheit geben.« »Wartet noch einzwei Stunden«, Deidameia zu den anderen. So waren auch ihre Entschlüsse seit je: schnell. Das war jetzt eine, wenn auch unausgesprochen, bemerkenswerte Allianz, die wie ein Seil straff zwischen ihr und der Präsidentengattin gespannt war. »Nein, wartet n i c h t, fahrt voraus. Doch wartet bei Kehl auf mein Zeichen.«

Es schellte, Frau Kumani öffnete. Sie sagte keinen Ton, als sie, mit halb fragendem, halb entschiedenem Ausdruck ihren Sohn in der Tür stehen sah und neben ihm die Freundin. Sie trat zur Seite, ihr rechter

Arm bat gestisch herein. »Wir haben nicht viel Zeit«, sagte ihr Sohn und umarmte sie nicht. »Was ist?« »Wir wollten ... ich ...« »Ihr Sohn glaubt, und ich«, übernahm Die Wölfin das Wort, »stimme ihm zu, daß wir Ihnen eine Entscheidung nicht vorenthalten dürfen.« Auch darauf nicht ein Moment der Irritation. Lediglich: »Ich möchte mich einen Augenblick setzen.« Die Besucher blieben stehen. »Sie werden es nicht überleben«, sagte Deidameia. Kumani: »Auch nicht, wenn wir es schaffen.« »Nur so lange«, sagte seine Mutter, »bis die Batterien leer sind. Ich weiß. Es ist das Meer.« Deidameia nickte. »Kein Hodnaschirm, nur Sonne.« »Du mußt nicht, Mutter, aber ich dachte ...« »Schon gut. – Und«, zu Deidameia, »Sie?« »Ich gehe nicht mit. Ich habe meine Verantwortung. Es ist aber wichtig, daß jemand bei dem Jungen steht – meinem«, sagte sie, »– der die Rebellen wirklich kennt, nicht nur als Kämpfer.« »Seit wann«, nicht einmal Frau Kumanis Tonfall änderte sich, »wissen Sie von mir?« »Wer Sie ... *sind?*« Frau Kumani nickte. »Denken Sie«, antwortete Deidameia wie seinerzeit der Mutter die Mutter, »eine Rebellin spürt nicht die andere? Sie wußten auch, wer ich bin, nicht wahr?« Frau Kumani lächelte. »Ich habe ein paar Minuten ge b r a u c h t.« Wieder ernst zu ihrem Sohn: »Es tut mir leid, daß ich es dir verschwiegen habe, aber anders ging es nicht.« »Ein hartes Leben muß das gewesen sein.« »Als ich ausgestiegen bin?« »Daß Vater und ich nicht wissen durften.« Sie lächelte, schüttelte abermals den Kopf. »Nein«, sagte sie. »Es war ein gutes, erfülltes Leben. »Ich liebte. Und ich liebe n o c h. Das ist weit mehr, als andere haben. Jetzt schließt es sich sogar.« Indem sie Deidameia wieder ansah: »Dafür danke ich Ihnen, mein, verzeihen Sie, Kind. Es ist ein wenig komisch, finden Sie nicht? Ich bin eine alte Frau, doch melde mich zurück.« Kumani: »Mama.« »Oft bin ich aufgestanden nachts, manchmal, wenn ich Sehnsucht hatte. Dann habe ich die alten Waffen befühlt, die immer noch versteckt sind.« Dem Sohn wurde schwindlig. – Die Wölfin: »Wer sind Sie gewesen unter Tranteau?« »Ich war Yessie Macchi.«

Kumani wußte nicht, wer das war, aber Deidameia, fast, hätte sich ins Knie gebeugt. Doch war sie zu stumm: ihr ganzer Körper verstummte. Die allerengste Vertraute Frau Tranteaus. Ihr Gehirn war sie genannt worden. Heldensagen gingen von ihr bei den Myrmidonen und Haß und Abscheu vor ihr in dem ganzen, vom Terrorismus geschüttelten Buenos Aires. Eines Tages war sie, die auch Odysseus des Westens geheißen, von einem Moment auf den nächsten verschwunden. Untergetaucht, so nannte es die SZK. Oder erschossen worden und verscharrt. 250.000 Euro waren auf ihre Ergreifung ausgelobt worden. Die Prämie galt noch heute.

Deidameia sah nicht die alte Frau, sondern ihren Freund an. Der Sohn Yessie Macchis. Der Mann, den ich liebe, ist der Yessie Macchis Sohn. Es war lächerlich und grauenhaft und rasend erhebend zugleich. So hätte auch er, hätte er's begriffen, gefühlt: wie viele Diskussionen waren das Zuhause gewesen – wie oft war der Junge gegen die politische Ignoranz seiner Eltern angerannt! – Und nun?

»Und dann?« Das fragte die Macchi. »Was sollen wir dann auf dem Meer?« Deidameia: »Die Menschen überleben lassen. Nicht viele. Aber Menschen.« – Nun wären, dachte Cordes am Küchenfenster, die Argonauten sechsundvierzig. Fehlten nur noch vier. »Das haben Sie«, sagte Frau Kumani, »gut gemacht, Aissa – ich darf Sie doch so nennen?« Sie saßen in dem Gleiter, der sie zum wartenden Kleinbus brachte. »Das haben Sie gut gemacht mit meinem Sohn. Er ist erwachsen geworden.«

Deidameia hatte längst gehandelt, noch vor dem Lichtdom, einige Zehnminuten vorher. Noch hatten sich Michaela Ungefugger und Jason Hertzfeld nicht geküßt, sondern waren eben, von der Streife beinahe festgesetzt, in den Untergrund davongeflitzt, indessen Pal von den Polizisten festgenommen worden war. Waren zum Tokyo Tower hinüber, den sie gemeinsam erstiegen. Nicht nur die SZKler verfolgten sie, nicht nur Eidelbecks SchuSta, drei Amazonen auch. Als das Liebespaar den Abstieg begann, weil des Lichtblitzes wegen alles aus den Fugen geraten, selbst Polizisten und Milizen rannten verwirrt, da nahmen die Frauen die beiden entgegen. So wirklich zärtlich war das. Seitlich der kleine Bus war geöffnet, da sollten sie beide hinein. Es war derselbe gestohlene Wagen, der vorm ADLON stehen würde, derselbe, der die Argonauten nach Kehl bringen sollte.

»Was war das für eine Aktion?!« So zornig Deidameia. Die beiden Kinder vor ihr stur. »Was hast du dir, Jason, dabei gedacht?!« Er blieb bockig. Nur Michaela Ungefugger hob das Gesicht, nein, senkte es erst gar nicht, und ihre Augen blitzten. »Was denken Sie, wie mein

Mann auf meine Entführung reagiert? Meinen Sie, daß er stillhält?«
Ihr Mann! Das kleine verzogene Biest meinte tatsächlich ihren, Deidameias, Sohn! – Sie hatte wirklich gesagt: ›mein Mann‹?

Thisea, neben Deidameia, räusperte sich. Die sah geradeaus, dachte nach, doch aber nicht ohne einen Spott, der seinerseits nicht ohne
Resignation war. Was ihren Vater anbelangte, hatte die junge Zicke
sowieso recht, zumal des Lichtdoms wegen nun auch noch die letzten
Fundamente zerfielen, die der Widerstand hatte. Ganz wie die Werte
und der Mensch, ohne den es sie gar nicht gab. Was hätte sich noch
erpressen lassen? Deters war zu spät ins Innere Stuttgarts gelangt.

Eidelbeck trat vor Fischer und von Zarczynski, bei denen drei Beamte. Es ging darum, das Parlament wieder in den Griff zu bekommen. »Sie wissen, weshalb ich hier bin. Ich nehme Sie des Staatsver-
rates wegen fest. Sein Sie so freundlich, mir zu folgen.« Alle sechs
standen. Von Zarczynski und Fischer sahen sich nicht an. »Sie machen einen Fehler«, sagte von Zarczynski aber, »Sie machen einen großen Fehler.« »Das wird das Gericht entscheiden.« »Das wird«, entgegnete der Minister, »die Geschichte entscheiden.« Und Fischer: »Es
wird solch ein Gericht nicht mehr geben.« Eidelbeck entzog sich diesem Argument, weil es ihm egal war. Statt dessen: »Ich hoffe, daß wir
zivilisiert bleiben können. Ich möchte keine Gewalt anwenden lassen. Wenn ich also bitten darf.« Während Deidameia immerhin fragte: »Was hattet ihr denn vor?« Michaela sah den Geliebten an. Der
bockte aber weiter. Deidameia kam von selbst drauf. »Dein Hirngespinst. Das Boot.« Abermals, immer, wo sie hinsah: Legenden. »Es ist
kein«, sagte Jason leise, »Hirngespinst.« »Ah, mein Herr Sohn kann
wieder sprechen.« »Sie hat es mir gesagt.« »Wer?« »Meine«, sagte die
Präsidententochter, »Mutter.« Deidameia lachte trocken, beinah höhnisch. Sah aber, unsicher werdend, zu Thisea, die ernst geblieben
war – so unabweisbar spürte sie, hier ging etwas Entscheidendes vor.
»Ich brauche jede Hand, jeden Kopf«, sagte Deidameia. Jason konnte
nicht mehr an sich halten. »Merkst du denn nicht, daß alles für immer verloren ist?« Deidameia konnte nicht glauben. »Mutter!« rief
Jason, drängend jetzt, gepreßt. Und wieder entschied Die Wölfin im
Nu und bereit, die Folgen zu tragen. »Ich gebe euch sechs Frauen mit.
Alleine werdet ihr es nicht schaffen. Der Westen ist fast wie der Osten
jetzt.« »Danke«, sagte Michaela Ungefugger, indessen der Junge bloß

nickte. Die Präsidententochter sah Der Wölfin in die Augen, als wäre sie Frau Kumani gewesen, die der Frau ihres Sohns eine Forderung stellt. In auch demselben Ton, obwohl die Stimme jünger war, fügte sie hinzu, daß sie auf Jason aufzupassen verspreche.

Das hätte man komisch finden können. Pragmatische Leute empfinden so, wenn sich etwas ihrem Verständnis entzieht. Doch Deidameia kam aus dem Osten, hatte Sinn für das Pathos, wenn Feuer in ihm brennt. Als ein bißchen später der Kleinbus vorgefahren wurde und man einstieg – Jason war auf die Laderampe gesprungen –, nickte Deidameia zur Seite, wo die junge Ungefugger mit Sola-Ngozi sprach, und sagte: »Ich nehme Sie beim Wort.« Die sich schon gar nicht mehr erinnerte: »Wie?« Deidameia, lächelnd: »Sie sind, in der Tat, eine gute Frau für meinen Sohn.«

Der war so voller Energie jetzt! Nicht nur, weil Michaela bei ihm war und seine Mutter eingestimmt hatte. Sondern er würde hinausfahren und die Argonauten anführn. Er spürte die Kladde in seiner Gesäßtasche. Er war so handlungswild, vergaß ganz seinen Rücken, von dessen Gebären die Mutter nichts wußte. Sie ahnte nicht einmal was. – Man hatte die Argonauten zusammenklauben müssen. Den restlos fertigen Willis hatten sie, er sah noch immer verschmiert aus, aus Friedenthal abgeholt; gerade heimgekommen mit der U-Bahn von Chelsea aus Beelitz, war er verstumpft von den Geschehen, Verschiebungen, Räumen. Sah immer wieder Dr. Lerches entgeisterte Fresse, bevor er zuschlug, sah die Straßenjungs ihm albern nachhöhnen, sah sich in Doratas Arme sinken, da stürmten die Frauen herauf, Veshya unter ihnen. Draußen ging es, wegen Eidelbecks Leuten, schon wieder nicht ohne Gewalt ab. Kaum anders bei Kigněrs. Der war sogar betrunken, hatte, nachdem es ihm gelungen war, sich nach Palermo durchzuschlagen, ohne zu zögern zur Flasche gegriffen. Herr Drehmann fand sich bei ihm. Da trällerte der Sittich. Die Frauen s c h l e p p t e n Kigněrs weg, anders läßt es sich nicht sagen. Der Wellensittich sang. Er sang nicht laut, aber stetig. Und singend wurde Kigněrs in den Kleinbus geladen. Broglier wiederum hatten sie vorher schon, zusammen mit Pal, der sich als Fahrer anbot, im SANGUE SICILIANO aufgegabelt, worin der kleine Inder, um sich von seiner Vernehmung zu erholen, eingefahren war. Alles war fluchthaft, als wäre jedes Planen vergessen. Was für ein Haufen, dachte Deidameia. Haltung zeigten nur die Frauen, ob Sola-Ngozi, ob die Amazonen insgesamt, ob Frau Kumani, ob die junge Ungefugger oder deren Mutter.

Die beiden Hintertüren schlagen zu. Es wird dunkel, nur durch die Spalts fällt Licht, Jason knipst eine Lampe an. Alle sind geduckt vor dem Sprung, die Muskeln kontrahiert; wegen Straßenkontrollen muß man auf Kampf gestellt sein. Doch kommen sie ungehindert bis an die Lappenschleuse heran, werden in ihre Moleküle zerpixelt. Schaun Sie nur hin, man kann den Effekt ganz gut bei gerippten Filmen erkennen, wenn das Programm einen Fehler hat oder kurz aussetzt. Momentlang sehen wir kleine Quadrate; erst indem der Wagen auf der anderen Seite wieder herauskommt, setzt sich das Bild neu zusammen, weil da die Pixel wieder verschmelzen.

»Das habt ihr doch sicher schon gesehen«, sagte ich, hatte erzählt und erzählt im Technikmuseum. Und dabei gar nicht gemerkt, daß nicht nur die beiden Jungens lauschten, wobei sie in die Nebelkammer sahen, sondern eine Traube von Leuten hatte sich um uns zusammengefunden, zwanzig, vielleicht dreißig Menschen.

»Oh entschuldigen Sie«, sagte ich.

»Nein«, sagten sie, »erzählen Sie weiter.«

»Könnt Ihr Euch das vorstellen?« Ich legte einen Finger auf das Dach des Glaskastens. Auch die übrigen Zuhörer beugten sich vor und drängelten sogar. Wir sahen die kleinen blasigen Raupen erscheinen und zergehen, ein Aufgepustetwerden und das ständig dem folgende tonlose Platzen. Wir spürten das auch in uns selbst: erscheinen, kurz bleiben, dann gehen. Schon wieder andernorts. Und wieder.

»Das ist unheimlich«, sagte jemand.

»Das«, sagte ich, »sind w i r.« Wiederum zu meinem Jungen: »So bist du in deiner Mama entstanden, als wir dich riefen. Diese instabilen Raupen da, sie merken nicht, wie schnell sie vergehen; sie haben den Eindruck von Dauer, von sehr großer Dauer. Die Wahrheit darüber kommt erst am Ende unseres Lebens ans Licht. Da sind wir dann nämlich gleich schon vorbei.« – Vorbei, dachte Cordes am Küchenfenster, wie Elena Goltz und Chill Borkenbrod, vorbei wie der erste Odysseus, wie Meroë, wie die Mandschu, wie Gerling und der alte Jensen. Das ganze Streben der Menschheit war darauf aus, diesem

669

Vorbei ein Bein zu stellen, um ein Bleiben zu erzwingen. Nun gab es den Lichtdom, in dem es erreicht war. Alles, alles bliebe erhalten und so, wie es war: kein Altern, keine Gebrechen, niemandes Tod. Statt dessen ständige Gegenwart. Toni Ungefugger war es gelungen – nicht für sich allein, sondern für sein ganzes Land. Man kann das bewundern, sollte den Preis aber kennen und wissen, ob man ihn wirklich begleichen will.

Die Ostler und viele der Porteños sowie die Myrmidonen wollten n i c h t. Die Ungeheuer wiederum, Thetiskinder aus einer in die Zukunft verkapselten mythischen Vergangenheit, dachten, sie machten bei alledem ihren Schnitt. Das war der Pakt, den Ungefugger mit ihnen geschlossen: Wir ziehen uns aus eurer von uns besetzten Welt zurück, dafür habt ihr den Lichtdom zu schützen. Doch war diese Rechnung ohne Thetis gemacht. Sie wollte a l l e s zurück, jedes Geschöpf zurück in den Bauch. Koexistenz war ihr kein Wert, nicht prä- noch poststabilierte Harmonie, die sich den Gesetzen ihrer Natur entziehen wollte – ihrer, um es zwar verknappt, dachte Cordes, aber deutlich auszusprechen: Sexualität. Sie, Thetis, war das Dunkel zwischen den kosmischen Schenkeln. In der Nebelkammer ließ sich erkennen, auf welche Weise sie wirkte.

Wir spürten es alle.

Jemand fragte: »Wo bleibt bei alledem unsere Autonomie?«

»Was, Papa, ist Autonomie?«

»Wenn man glaubt, sich nach eigenem Willen entscheiden zu können.«

Ein Museumswächter erschien und warf einen Blick herüber; als Gruppe fielen wir auf. Aber er schob wieder ab.

»Was erzählen Sie da?« rief leise einer der Hörer. »Wir sind freie Menschen und haben eine Wahl.«

»Das hat auch Markus Goltz geglaubt«, antwortete ich. »Schauen Sie in diesen Kasten und meditieren Sie über das, was Sie sehen.«

»Goltz? Wen meinen Sie?«

»Er saß«, nahm ich den Faden wieder auf, »in seinem ungewohnten Zivil neben Thisea im Wagen und starrte vor sich hin. Sie hatten unterdessen das ferne Leuchten des Lichtdoms im Rücken, ebenfalls die wuchtig aufgemauerte Arkologie, die, wo sie sie verließen, in Baustelle überging. Meilenweit Baustelle, von Bulldozern geplättete, von Abrißbirnen zertrümmerte Ruinen, ganze Dörfer waren niedergemacht, tauchten zu Seiten des Weges auf. Der Asphalt ein einziges Schlagloch. Was Fahrspur gewesen, war ein Archipel von Inseln in einem ausgetrockneten Strombett, und wo vor Jahren Wald gestanden hatte, gab es noch Stumpen, die für Riesen Zahnstocher waren. Überall lagen Wellblechteile herum, meist von Rost so rot, daß man sie hätte zerreiben können: sie waren nur noch Schorf. Macchia und eine Art Heidekraut bedeckte die Böden, selten stand mal eine Art Konifere.

Goltz merkte immer noch nicht, was ihm fehlte. Auch Thisea merkte es nicht. Zwischen seinen Beinen stand die Plastiktüte mit der Uniform. Der Wagen rumpelte schlimm. Im Osten konnten Gleiter nicht fahren; das Spannungsfeld zwischen Feldstärkenschild und dem Boden fehlte, worin in Buenos Aires die hodnamagnetische Aura des Leitstrahlnetzes entstand. Es wurde auch noch nicht an Spannungsmasten gebaut. Nur hier und da ragte, klinkrig und schmal wie ein Docht, ein halbzerfallener Turm auf, der in uralten Zeiten als Feuermelder gedient haben mochte. Bis zum Ersten Eintageskrieg hatte der Westen diese seltsamen Bauwerke für Spähposten verwendet, zu Zeiten der Mandschu und als die Schänder bis fast an den Laserzaun durch die Gegend gestreift waren. Als Borkenbrod aus Cham ausgezogen war. Als er Niam das Eichhörnchen zeugte. Als es den ersten Odysseus noch gab. Goltz hatte das selbst noch erlebt. Er kam sich wie ein Nestor vor, den die Zeit zu einer überlebten Idee werden ließ. An Thisea band ihn Geschichte.

Sie erreichten Plzeň. Der zahllosen Baukräne wegen hatten sie den Ort schon von weitem ausmachen können. Man fuhr in die Wand gleichsam hinein, vielleicht zehn Stockwerke über einem, offene Kabelschächte zu den Seiten, die Kabel mitunter mannesarmdick, und Kabelrollen von Lastwagenhöhe, Tonnen, Gespirre, paar Geschäfte dazwischen. Man sah kaum Leute. Die meisten arbeiteten jenseits der Wände.

Thisea parkte den Wagen, »wart hier« sagte sie, »ah ja«, sie streckte die Hand zu Goltzens Beinen aus, »das sollten wir besser entsorgen. Gibst sie mir?« Er zögerte nicht. Wippend verschwand die Frau um eine nächste Ecke, die Tüte hing am Arm. Ohne die Tüte kam sie wieder, zwei Frauen bei ihr, man sah denen die Amazone nicht an; nur die Gesichter waren verwittert. »Lea, Sisrin.« Die Frauen schlüpften hinten rein. Als sie saßen: »Das ist Goltz.« Kaum, daß er nickte. Thisea legte beide Hände aufs Steuer, startete. Schon fuhr man aus dem Ort wie aus der Wand heraus, einer hohen Mauer vor einem unendlich sich weitenden Park von Metallen und Schutt. Der Westen drang in den Osten wie Metastasen vor. Erst nun verbanden sich die bis dahin autarken Synapsen: Trutze, die selbst kleinste Orte enorm aufwuchern ließen. Jedenfalls bis Prag, weiter hatte es AUFBAU OST! wohlstandstechnisch bislang nicht geschafft. Und mußte es nun nicht mehr schaffen, da es den Lichtdom gab. Das wußte hier bloß keiner, wie sehr man aufgegeben war; der Lichtdom wurde als das Siegel auf der Erlösung empfunden, die dem Osten versprochen.

4

Nach und nach holte der Präsident den Westen in sein Reich. Er verfuhr nur anfangs großzügig, nahm anfangs nur die zähesten der alten Opponenten aus, etwa Hugues und vor allem Pherson; jenen, wenn er *gebeten* hätte, hätte er abtestiert, dieser aber sollte für alle Zeiten gebannt sein, und alle seine Mitarbeiter, bis hinunter zu den Hausmeistern, mit ihm. Kränkung und Sorge saßen tief, daß des zweiten Odysseus Drohung, damals bei Nullgrund, als Nachrichtenband unter den Kursnachrichten mitgelaufen war. Jemand hatte den Emir Skamander gesehen, der das wohl letzlich bewirkt. Wie das Monstrum den Nullgrund durchschritt. Solch eine mythische Fratze! Wie er sich wandelte am Fluß. Bei PHERSON'S LTD. konnten davon immer noch Aufnahmen liegen. Denn dieses gab es: Wie er, in Uniform, zur Hammerschmidt hinaufstieg, selbst der Handschlag war dokumentiert, mit dem der Pakt besiegelt war. Es mußte in seinem, Ungefuggers, eigenem Zimmer eine versteckte Kamera geben. Keinen Tag nach dem Handschlag war die Szene im Fernsehn übertragen worden und in den Eurowebkanälen. Eine infame Fälschung, so ließ am Tag des Lichtdoms das Kabinett verkünden; selbst dem, Mißtrauensvotum hin oder her, ging die Unterstellung zu weit.

Nach dem Lichtdom verstummte Pherson. Er wollte sich einschmeicheln vielleicht. Auch Bekenner, die glühend in Videos sprachen, gab es nicht mehr, als eine Ortschaft nach der andren verschwand. Schwelbrand vom Zentrum zu den Rändern. – Es komplizierte allerdings die Arbeit Major Böhms beträchtlich, daß ihn Ungefugger-im-Lichtdom mit seinen Ausschlüssen beschwerte. Stundenlang saß er über Listen, um einzelne Namen aus dem Netzwerk der Errettung zu streichen.

Wiederum faßte Ungefugger-in-Pontarlier einen Entschluß. Man mußte Der Unheil den Weg abschneiden, die bereits hinter Dijon war und sich Richtung Südwesten im Wortsinn voranfraß. Diesmal leitete er selbst die Schwadronen. Es war ein Impuls; den Revolver nahm er vom Schreibtisch und steckte ihn ein. Er war mitleidlos, aber feige nie gewesen. Ihm zur Seite, wie stets, Schulze, dessen Ohr-Spiralgerät nicht mehr funktionierte. Er nahm das stoisch hin, ließ es dennoch, typisch für ihn, in der Muschel.

Sie folgten einer Panzerkolonne aus fünf Fahrzeugen, der ihrerseits zwei VBL Zobel, flinke Späh-, bzw. Aufklärungspanzer, vorausgefahren waren. Insgesamt, mit Jeeps, waren es elf Gefährte. In spitzem Winkel, auf dessen Scheitelpunkt auch Die Unheil zulief, rollten sie beeilt. Das sich aus beider Richtungen ergebende Dreieck wurde von einer dritten Linie geteilt, die den Weg, von Kehl aus, der Argonauten vorzeichnete.

Zu denen war nun, noch am Ausgangspunkt der Sehne, auch Frau Kumani gestoßen. Sie wirkte – als hätte sie die vielen Jahre mit ihrem Mann nur geträumt – ein wenig versetzt; in einer Wach- oder Schlafpause zwischen zwei Einsätzen waren ihr die Lider zugefallen, der Herzschlag hatte sich gemäßigt und das ruhig werdende Atmen war in ihre Ehe geströmt. Plötzlich wird gegen den Pfosten geschlagen. Jemand ruft: »Macht euch bereit!« Schon sitzt man wieder da und hat die MP auf den Knien.

Die Argonauten waren unbewaffnet, selbst Kignčrs hatte seine Halbautomatik zurücklassen müssen. Schweren Herzens zwar, doch sah er es ein: Jeder Scan während der Rheinüberquerung hätte sie verraten. Für Waffen sollten drüben, wenn sie hinzugestoßen seien, die Myrmidonen sorgen, Holomorfe freilich, weshalb bei dem derzeit über weite Areale beschädigten Illusions-Environment ein letzter Verlaß nicht auf sie wäre. »Wir brauchen aber Schwimmwesten. Bekommen wir die drüben? Reale, nicht holomorf.« – Pal, der Inder, ging sie organisieren.

Sie schritten zu Fuß, diese sechzehn Leute; kurzfristig, nach Sichtung der Lage, entschieden sie, den Wagen zurückzulassen. Sie entschieden gegen Frau Ungefuggers heftigen Protest; es blieb ihr nichts übrig, als sich zu fügen. Einmal kam die Hysterikerin in ihr wieder durch, deren dicke, unterschichtige Variante, als sie schimpfte und die Arme warf. »Mutter, nun hör endlich auf!« zischte Michaela. Dieser unvermittelten Autorität war nichts zu entgegnen.

Sie gingen nicht als gesamte Gruppe hinüber, sondern zu zweit, zu dritt, zu viert. Zwei Amazonen zogen den Karren mit den Schwimmwesten. Posten standen rechts und links, etwa einen halben Kilometer vor der Lappenschleuse, deren Öffnung unter dem Vorhang, der nach wie vor die Weststadt über die gesamte Länge des Rheins einem jeden Einblick versperrte, nach Öffnung nicht aussah, sondern elektronisch verschmiert war, voll grauen Lichtschnees, aus dem noch und noch Fahrzeuge kamen, v o r dem sich aber Porteños drängelten, die unbedingt nach Kanaan wollten. Die abzuwehren die Posten längst aufgegeben hatten; sie versuchten nur noch, die Ströme irgendwie zu kanalisieren. Übermüdet sahen sie aus, wenn es Menschen waren, indes die Holomorfen matt, als gingen ihre Batterien zur Neige, die sie hierstadts eigentlich nicht brauchten. Die Argonauten drängten sich in die Menge. Keiner kontrollierte den Karren, nur einer sah die Schwimmwesten und lachte: derart absurd war ihm ein solcher Transport. Als schritten sie in den zu Boden geholten Bildschirm von Panasonic am Times Square, so verschwand das eine Grüppchen, das nächste, verschwanden die beiden letzten. Kignčrs, der immer noch sang, aber nun, um nicht allzudoll seinen Kopfschmerz zu merken, und Jason, als letzter, folgten, jeder für sich, hintennach. Sie blieben auch drüben in Straßburg erst noch getrennt. Als Sammelpunkt war das Schiff des Münsters bestimmt.

Dieser erste November war auch im vorderen Westteil Europas ein künstlicher Regentag. Man merkte noch nichts von den Zerstörungen, Straßburg war schmucke, bunte Kleinstadt geblieben; ein Paradies sozusagen; gar nichts von Arkologie. Verwirrt, staunend, mit aufgerissenen Mündern liefen unter viergeschossigem alemannischem Fachwerk abgerissen Porteños herum. Wir haben es richtig gemacht,

674

dachten sie, wir sehen die Weststadt. Die Weststadt ist herrlich, sie reicht uns Trauben durch die Luft. Auch Herr Drehmann dachte das. Aber gehörte zur Truppe. Ich habe, fühlte er, ein Zuhause. Das war neu. Und daß man ihn respektierte. Lange schon kein Maultier mehr.

Für die Porteños indes, nach vielen Stunden des Herumlaufens, wurde der Ausflug zum Schrecken: schon als es daranging, sich eine Bleibe zu suchen. Selbst, wer zahlen konnte, blieb oft auf der Straße hängen, so überfüllt die Unterkünfte. Die Leute quetschten sich in Treppenfluren. Manch einer kehrte zerschlagen nach Buenos Aires zurück, um es gleich nächsten Tages noch einmal zu versuchen. Manche ließen sich in den Gassen nieder, denen eines Mittelalters aber, das clean war wie ein OP, schliefen mit den Rücken zur schmucken Hauswand. Nächste verließen das Städtchen westwärts. Die kamen an im Grausen. Denn was in Straßburg noch funktionierte, die hodnische Illusion, lag jenseits der Stadtgrenze brach. Man stand da auf teils dürren, teils meterbreiten Gitterstreben, die von Harfa gespeist worden waren, um die Illusionen wie einen Zirkus aufzuziehen; riesige Sendemasten, die drohend starrten, korrespondierten dem Netz. Da diese Gitter nicht direkt auf dem Erdboden lagen, sondern ungefähr vier Meter über ihm ausgespannt waren, fielen nicht wenige Leute hindurch. Brutal schlugen sie auf. Sie krepierten, weil sie niemand versorgte. Deshalb vernahm, wer aus Straßburg herauskam, schon von nahem Wimmern und Schreien. Wenige Landstriche waren intakt. Die lockten mit grünen Hügeln und Bäumen wie stets, und mit Äckern, auf denen noch Bäuerlein winkten. Wenn die Simulation plötzlich zerflatterte, fiel man auch hier in das Tiefe. Lag da mit gebrochenem Bein, sah über sich nur noch die Streben, wie Rastermeridiane, des Gitternetzes, als wär man kurz vor dem Hafen des ersehnten Hawaiis in einem Meer der Leere versunken, aber sähe es noch locken, das lockende Hawaii, jenes freilich unsres Innren, und es grinste hämisch.

Nach wenigem Fragen, man sah das Münster fast überall, langten die Argonauten an. Kein bessrer Ort, sich zu finden. Hätte das Münster nicht diesen einen Turm gehabt, es wäre gedrungene Sphinx gewesen: *war* es, doch täuschte mit seiner Funktion. Nicht aber Jason. Er hatte das Gefühl, daß er heimkam – was er wenig beruhigend fand.

Was ihn sogar beunruhigte. Ohnedies erfaßte ihn, kaum hatte er einen Fuß neu in die Weststadt gestellt, eine witternde Fahrigkeit, die zu der Ratte, doch nicht zum Stromer paßte. Es zog ihn zur Schwester, der wirklichen, nicht zur Mutter: Daß jene nur halb die Schwester war, spielt für die Thetisabkunft keine Rolle. Immerhin, er verpuppte sich nicht, ihm blieb die Verwandlung, fast, erspart. Jedenfalls wurde er nicht Ungeheuer wie Niam; auch war ihm der Blutrausch so fremd wie seinem Vater. Nur sein Rücken juckte furchtbar; Blasen schien er zu schlagen, die in der Nebelkammer platzten. Sein Rückgrat, bis zum Steiß hinab, kochte unter dem Hemd. Michaela, als einzige, merkte, wie er die Kiefer zusammenbiß, und spürte seine Bakkenzähne knirschen.

»Was hast du?«

»Nichts«, sagte er, »nichts.« So bockig wieder, so, imgrunde, voller Angst.

Er kratzte sich dauernd, doch kam an die Stellen nicht heran. In ihren wenigen Nächten hatte seine Freundin die eigenwilligen Verhärtungen gestreichelt, die immer, wenn er erregt war, sich durch die Haut des Rückens drückten. Jetzt faßte sie da hin, versuchte es. Er wich aus. Sie standen unter dem stupenden Tympanon des Münsters.

Jason verdrehte den Körper. »Laß das!« »Es geht dir nicht gut.« »Es geht mir vorzüglich.« Sein ganzer Körper Westdrift. Es hätte der Präsidentengattin nicht bedurft, nach Clermont-Ferrand zu finden.

An der war nichts mehr Medea, sie wirkte nur ergeben. Manchmal erlöschen die Allegorien, die sich schon vorbereitet, zumindest angekündigt haben, weil andre sie nach Art von Wellen überlappen. »So platzen sie«, erklärte ich an der Nebelkammer, »schon vor ihrer Zeit. Etwas ist nachgekommen und hat sie verdrängt. Auf uns macht das den Eindruck der Zufälligkeit. In Wahrheit legen sich verschiedene Muster aufeinander, nächste dringen nach. Der ganze Raum ist voll davon. Die Muster drücken sich durch die Wände, die drinnen werden davon nach draußen gepreßt. – Es gibt keine Leere.«

»Aber im Weltall, Papa.«

»Auch da nicht, mein Sohn. Nur, weil wir etwas nicht sehen können, bedeutet das nicht, daß da nichts ist. Oder glaubst du, es sei ein Zufall, was den Kometen auf seiner einbeschriebenen Bahn hält? Doch ist, sagen wir: im Sternbild des Kentauren, vor Millionen Jahren aus wiederum G r ü n d e n ein Teilchen abgesprengt worden, das nun seinen Weg durch das All nimmt, um eines ganz bestimmten Tages, diese Millionen Jahre später und wenn ihn nicht abermals andere Gründe, die zum Beispiel die Gestalt von Asteroiden angenommen haben, davon abhalten … um dieses einen fernen Tages den Weg des Kometen zu kreuzen und auf ihn derart einzuwirken, daß sich sein Kurs um ein Geringes verschiebt. Woraufhin er in die Atmosphäre der Erde taucht und in Arizona niederkracht, um sämtliche Dinosaurier zu töten. Da kannst du noch heute den Krater sehen. – Meinen Sie wirklich, meine Damen und Herren, das sei in unserem Leben anders, bloß weil es so knapper bemessen ist?«

»Und die Freiheit?«

»Carola Ungefuggers Freiheit bestand darin, zu dem, was mit ihr geschah, eine Haltung zu finden. Das gelang ihr schließlich. Wie konnte sie ahnen, daß sie – vor allem: an wen? – die Allegorie bloß weitergereicht hatte, von ihrer Hand in die andre, die sie nahm? Schauen Sie sich die Geschichte dieser Frau doch nur an! Wohin es sie geführt hat! Eine solch einfache Person noch zu Anfang, von ihrem Mann so benutzt. Es ist für diese *My Fair Lady* schon nicht leicht gewesen, Europas Erste Dame zu werden. Da tritt die Poesie auf sie zu, und sie verfällt ihr. Langsam, sie merkt es selbst nicht, wird sie von ihr unterspült und aus der sauberen Welt ihres Mannes gewaschen, so treibt sie an fremden, von Amazonen belebten Gestaden an. Die nun nehmen sie auf. Und unter denen steht sie jetzt, steht bei den Myrmidonen. Ein wenig sehr, wie ihre Anlage es will, auseinandergegangen um die Hüften; steht sie in dem tiefen Mittelschiff der Kirche und blickt in die Apsis. So bang kam man sich plötzlich vor, so zerfallen war ihr Leben, das einst für das Shopping gemacht war und, bis zum Ohrverlust ihres Mannes, für die Musicals. Hatte nicht auch er früher gerne gesungen? Nun nahm ein fremder, ruhiger, weihrauchduftender Schoß sie auf. Weil aber dieses Schiff nicht nur sie, sondern alle bedrückt, bleibt ein jeder allein in seiner Einsamkeit und ist dennoch zugehörig.

Dabei konnte Frau Ungefugger nicht einmal sagen, wer von den Ihren Mensch war – nur daß die Tochter ihr weiterhin fremd blieb, ja ferne; ferner sogar als die resolute, herbe Holomorfin, die Frau Macchi hieß, aber ihren Namen hoheitsvoll, als Sola-Ngozi sie mit ihm

677

ansprach, von sich abwies. »Ich leugne nicht meinen Mann«, sagte sie. Pikiert, weil so zurechtgewiesen, zuckte die schöne Amazone zusammen.

So standen sie in dem heiligen Raum.

5

Erst nach und nach kamen die dreißig Holomorfen unter dem Portal des Münsters zusammen, aber alle blieben sie draußen. Vor Gotteshäusern hatten sie immer Respekt, ob vor Moscheen, ob vor Tempeln oder Synagogen. Selbst Frau Kumani war nur zögernd eingetreten, alleine ihrer Gefährten wegen und weil sie Yessie Macchi war. Weil sie die Freunde mit einer solchen Ehrfurcht, muß man sagen, *geleiteten,* und das waren Frauen. Lysianassa ging neben ihr rechts, Shakti links, und Sola-Ngozi gleich vor ihr; die drei andren Amazonen folgten. Instinktiv machten sie sich zum Schutzraum um die große Frau.

Die übrigen Argonauten, locker um diese Gruppe verteilt, merkten nichts.

»Hier *glaubt* ihr«, sagte Frau Kumani und bekam ihrerseits eine Achtung vor Menschen, eine Achtung vor deren Geist noch im Kleinsten, wie er Holomorfen sonst abgeht jenseits ihrer Programme. Sola-Ngozi schnob durch die Nase. »Ich doch nicht!« »Aber du spürst«, sagte Frau Kumani lächelnd, »daß du es *kannst.*« »Sie spüren es n i c h t?« fragte, eher emphatisch als neugierig, Shakti. »Doch«, antwortete Frau Kumani in fast demselben Ton, »das eben ist es. Ich danke euch allen dafür.«

Jason wurde immer nervöser. Ihn beklomm das Gotteshaus besonders. Wo blieben die fehlenden dreißig? Rattig, und wie sich vor Räude kratzend, strich er die dumpfen Mauern der beiden äußeren Schiffe entlang. Wieder sah ihn Michaela, die schweigend und abwehrend neben ihrer Mutter gestanden hatte und ihrem Freund mit den Blicken gefolgt war, fragend-ernst an. »Was ist los?« Er war, bonaparteblickig vorgebeugt und ebenso am Rücken die Hände verschränkt, kurz bei den Amazonen stehengeblieben. Flattrig blickte er über sie hin. Sprach es jetzt aus. Weil er so nah war, konnte Frau Kumani das hören und trat, die Amazonen wie einen Vorhang beiseiteschlagend,

678

aus der Gruppe. »Sie werden«, erklärte sie es ihm, »aus freien Stücken den Dom nicht betreten, sondern draußen auf uns warten.«

Das verstand nicht Aissa der Stromer. Doch es war so.

Hingegen begriff EA Richters verständiger Kunstsinn sofort; mit zwei Amazonen verließ er Gottes Bau. Bruce Kalle Willis ging mit ihm. Den erkannten drei Rebellen, zogen sich in der gaffenden Menge ballend zu ihm hin, Klümpchen in Brei, die sich zaghaft bewegten. »Geh rein und gib Jason Hertzfeld Bescheid.« Willis eilte. Nun waren die fünfzig fast komplett. »Wie kommen wir weiter? Besorgt einen Wagen.« Zehn Holomorfe lachten, sechs machten sich für den Diebstahl auf, Willis und mit ihm Kignčrs, die zwei aber nur für die Waffen. Sie brachen in einen Laden für Jägerbedarf; der Inhaber, ein Holomorfer, sah regungslos zu, wie sich die beiden mit paar Pistolen, Messern, fünf Remingtons bepackten, Kaliber 22–250. Von Diebstahl hatte des Holomorfen Programm nie gehört. Er war so fasziniert, daß man ihn gar nicht abstellen mußte.

Was sich nur schleppen ließ, wuchteten die Diebe sich auf. Willis zog los, den anderen Bescheid zu geben, wo man Kignčrs und ihrer beider Beute abholen müsse. »Na du«, sagte der Kämpe zu dem Holomorfen, der mit ihm warten blieb, »da staunst du, wie ich sehe. Komm, ich sag dir ein Gedicht.« Wie in den alten Zeiten war das: Ostkrieg, Brem, Skamander. *Un lago torvo il cielo glauco offende.* – Mit sechs Autos waren die Rebellen schon zurück, als Willis Dem Stromer Bescheid gab. Die parkten in den Seitenstraßen, man mußte nur noch hin, glitt keine Stunde westlich aus der Stadt. Kignčrs und die Waffen, unter den vom Abschied traurigen Augen des Händlerholomorfen, hob man, in der Vorbeifahrt, fliegend zu sich herein. Es sah wirklich ganz so aus, als hätte er, der Händler, das Verlangen, den Leuten nachzuwinken. Er tat das aber nicht, sondern ging in seinen Laden zurück und räumte etwas auf. Dann meldete er den Überfall, weil er allmählich begriff. Er tat es ergeben unerregt, lächelte für Polizei desgleichen. Aber Eidelbeck tobte, als ihm berichtet wurde. Ließ sich mit Ungefugger verbinden, dem von Pontarlier, der aber auch schon unterwegs war. »Sie müssen sie aufhalten«, sagte der Präsident. »Sie müssen sie unbedingt aufhalten.« Er wußte aber gar nicht, warum.

In Koblenz war derzeit nichts weiter zu verfügen. Nach Osten, Goltzens wegen, wollte Eidelbeck nicht selbst; man hatte Spitzel da genug. Tauchte der Mann dort irgendwo auf, käme er sofort in Haft. Das war keine Frage. Der Generalleutnant entschied und brauste sogleich über Metz, mit drei Gruppenführern. Wie ein Stahl wollte er in die anderen Linien fahren, um sie zu durchtrennen.

Übrigens nahm er Beutlin mit.

Jason war während der Fahrt einige Zeit über sein Skizzenbuch gebeugt und schrieb jeden einzelnen Namen in die Liste. Dann zeichnete er Frau Kumanis Portrait.

Hans Deters, der in seinem Winkel im Lichtdom hockte und auf die Häscher lauschte, war immer noch Dave Bowman. Er sagte freilich nicht: »Mein Gott, es ist voller Sterne«, sondern schaute sich bloß um. Seine zweite kybernetische Wiedergeburt ließ ihn sich abermals der ersten entsinnen, in der leeren Archivdatei damals. Er schritt durch das unwandelbare, hallende Ensemble von Stilmöbeln, versuchte, da saß er am Tisch und tupfte sich immer mal wieder mit der Serviette die Lippen, eine Erbse auf die Gabel zu pieksen, sah sich wiederum gealtert, sah sich greis, zitternd auf dem Bett, vor dem der Monolith stand, nach welchem vergeblich der sterbende Henry Miller als nach einem Mädchen zu greifen versucht. Das sah Deters auf seinen Händen, auf ihrer von den vorstehenden Adern blau und den Sehnen durchzogenen Haut.

So war er zu sich gekommen.

Er hatte viel geliebt, er hatte unendlich, so kam es ihm vor, gelebt. Aber schaute auf seine Hände. Sie waren 49 Jahre alt. Nun war er 51 und dachte erneut: Ich habe Hände. Das beschäftigte ihn derart intensiv, daß er sich anfangs nicht einmal umsah. Als er es tat, erst da, bemerkte er, daß dieser Raum keine Fenster besaß. Er lauschte. Man hörte nur ein stilles Summen.

Anfangs konnte er Gegenstände kaum erkennen, dann kamen vier Stühle und ein Tisch, danach die Couch, auf der er saß, dazu. Es brauchte abermals ein wenig Zeit, bis er begriff, daß er selbst es war, der das Mobiliar hineinstellte und an die richtigen Plätze rückte, daß es sein eigenes Gehirn war, das tapezierte und die Bilder aufhing – jenes zum Beispiel, nachdem der ganze Kubrick wieder gelöscht war, aus Fichtes Nerthus-Serie. Vor Jahren hatte er die tafelgroße expressionistisch handkolorierte Collage im Rheinmainer Städel gesehen, noch bevor er nach Berlin gegangen war. In ihn *gefahren* war sie wie in die Sau der Dämon.

Aber was stand *da?* Ein Schauer durchzog ihn, als er die in eine Ecke gerückte Kartoffelkiste entdeckte. Sollte er hinübergehen, in die Knollen greifen, sich einen Durchblick wühlen und sähe dann, in einem darunterliegenden Raum, den die Kiste verdeckte, den anderen Deters wieder, jenen aus den Jahren 1981/85/89? Er ließ es bleiben, dachte momentan auch nicht an die Diskette, sondern fühlte sich matt, fühlte sich sogar erleichtert, als wäre da nichts mehr, das jemand hätte wollen können. Der ganze Körper kontemplativ. Ich habe Hände. Er sah hinein, sah Borkenbrod sich durch die Oststadt schleppen, den Rücken immer grade, dieser zähe Mann, nackt die Frau, die sich längst nicht mehr wehrte, über seiner linken Schulter. Noch war Lough Leane weit, doch Chill hörte den Gesang der kleinen, mythisch grausamen Schweine. Sie schrien, die es nicht mehr gab, von innen durch seine Ohren. Deters schaute und schaute auf den Screen, wandte sich dann um.

Er richtete sich auf, die Häscher waren weit, waren in anderen Räumen. Er ging hinaus, zögernd zwar, aber sicher. Er klopfte irgendwo. Herr Drehmann öffnete ihm. »Treten Sie ein.« Herr Drehmann sagte weiter nichts, sondern setzte sich in einen Sessel und las in einem Buch. Nein, er sagte d o c h noch etwas, weil Deters nämlich im Türstock stehenblieb. »Der Computer steht im Nebenraum, hier, schauen Sie, gleich rechts. Er läuft bereits. Sie müssen nur die Maus berühren, dann sehen Sie's.« Damit tauchte er das Gesicht in seine Lektüre zurück.

Deters schritt hin, setzte sich an den Schreibtisch, zögerte wieder, schickte sich indes die Maus schon anzufassen an. Zog die breite mittlere Schublade auf. Hunderte Disketten, umeinandergeworfen, lagen darin, und jedes trug das FIELMANN-Emblem. Lauter Ichs, dachte Deters. Er wurde einfach nicht wach, dabei hatte er tagelang nichts getan, als zu schlafen. Wie bin ich denn hierhergelangt? Das spielte gar keine Rolle. Was hatte ihn geweckt?

Als er die Maus endlich bewegte und auf den für einen Moment erknisternden Bildschirm sah, schaute er Herbst, der soeben in den Durchgang zum ersten Hof der Dunckerstraße 68 oder Waldschmidt-

straße 29 trat, um in seine Wohnung zu gelangen. Eine kleine Neu-
gierde empfand er. Nicht ohne ironische Spannerlust belauschte er
Herbsts Telefonat mit Judith Hediger. Er sah auch Cordes, sah ihn am
Küchenfenster zur Schönhauser Allee. Es war angenehm, die wechselnden Geschehen zu betrachten. Er sah mich vor der Nebelkammer
erzählen und wie ich immer weiter erzählte; die Jungens sah er und
sah Sie, wie Sie ganz ebenfalls an der Nebelkammer stehen, um mir
zuzuhören. Goltz sah er in seinen neuen Klamotten neben Thisea auf
dem Weg nach Prag. Er sah die Argonauten im Straßburger Münster.
Sich selbst sah er auch. Wie er erwachte.

Ein paar Minuten verstrichen.

Deters erhob sich, rückte den Stuhl vor den Schreibtisch, wandte sich um. Wandte sich in die nahezu spiegelnde, schwarzmarmor-
ne Fläche hinein, die von dem Raum und, drehte er sich zurück, nun
auch von dem Schreibtisch, dem Stuhl und dem Computer zurück-
blieb. Er stand mitten in einer Schnittstelle zwischen Mensch und
Maschine, stand in einem Neuro-Computer. Gyndroid. Das irritierte ihn nicht. Er war unbedrängt im interesselosen Wohlgefallen angekommen, die Evolution verfloß – ein Strom in ein Delta – sehr
flach zu sämtlichen Seiten. Ich habe aber Hände. Nur deshalb sah er
sich um, nur wegen seiner Hände sah er auf. Eigentlich hätte er bis in
alle Ewigkeiten hockenbleiben und weitermeditieren mögen. Aber er
spürte: es geht um die Hände.

»Um unsere Hände geht es«, sagte ich und legte meine Rechte auf
den Glaskasten. »Vergeßt das niemals, Jungens«, ich blickte jetzt nur
die zwei an, »daß ihr Hände habt!« Mit dem Zeigefinger meiner Linken fuhr ich über Adern und Sehnen der Rechten. »Er ist eine Verpflichtung, unser Körper. Er hebt uns aus aller Simulation heraus.
Deshalb müssen wir ihn ehren. Kein Gott langt an ihn heran – so
wenig wie irgendein Satz an die volle, tiefe, unendliche Existenz eines
einzigen Glases Wasser. Diesem hier«, ich nahm die Hand vom Glaskasten wieder weg und ließ sie seine Form nachzeichnen, »setzen wir
unsere Hände entgegen und sagen: Mag alles auch nur Schein sein
und wir selbst seien nichts als eine der momentanen Verdichtungen
drin, so i s t es doch Verdichtung. Und glaubt mir, die Ewigkeit und
die Ewigen, sollte es so etwas geben, sie beneiden uns darum. Er ist
begründet, dieser Neid. Denn was wir Menschen in siebzig, vielleicht

neunzig Jahren und ganz selten in einhundert, einhunderteins unterbringen müssen, all unsere Sehnsüchte, unseren Ehrgeiz, unsere Liebe und unseren Lebenshunger«, dabei sah ich besonders meinen kleinen Sohn an, »das haben die Unsterblichen auch, ganz gewiß. Sie haben davon genausoviel wie wir. Aber sie müssen ihren Vorrat auf die Ewigkeit verteilen, so daß sie nie v i e l fühlen, nie viel auf einmal erfahren, sei es an Leben, sei's an Genuß, sei es auch an Not. Was bei uns, weil es sich drängen muß, so sehr in die Tiefe und Höhe reicht, was intensiv ist am Menschen, das müssen Götter *strecken*. – Du weißt, Sohn, wie lang die Ewigkeit ist?«

»Das ist, wenn es nicht aufhört.«

»Wie viele Jahre?«

»Eintausendzwanzigsechshundert Jahre. Einemillionfünfhundertdreitausend Jahre. Als die Saurier noch lebten. Und nach vorn.«

»Und noch mehr. Stell dir vor, du hast einen Apfel und zehn Minuten, ihn zu essen. Wie viele Bisse nimmst du in dieser Zeit?«

»Viele. Ich krieg den Apfel auf.«

»Dann hast du keinen mehr, nicht wahr?«

»Dann hab ich keinen mehr.«

»Das ist es, was ein Gott befürchtet. Daß er irgendwann nichts mehr hat. Und wie mit dem Apfel, so ist es auch mit Gefühlen, Genüssen, der Liebe, dem Geliebtwerden, unserem Vorrat daran. Wir dürfen, ja wir müssen verschwenden, wenn wir nur irgend, bevor wir sterben, berührt und erlebt haben wollen, was uns zugemessen ist. Die Götter nicht. Die dürfen nur winzige, noch winzigere Stückchen abbeißen von ihrem Apfel. Diese winzigen Stückchen sind so winzig, daß die Götter fast nichts mehr schmecken. Die Ewigkeit ist ja so lang. Verglichen mit ihr, sind selbst hundert Äpfel wenig. Manche nehmen deshalb g a r keine Bissen, aus reiner Angst, daß der Apfel irgendwann alle ist und sie dann nichts mehr von ihm haben. So daß er verdirbt. U n s e r e Zähne aber k r a c h e n ins Fruchtfleisch, ganze Brocken reißen wir heraus und kauen sie und schlucken, und wir sind voll von dem Saft. Weil wir das können und dürfen, deshalb beneiden die Götter, die Ewigen, uns, und, sollte es nur den EInen geben, beneidet uns ER in seiner erbarmungslosen Einsamkeit. Gegen ihn, mein Junge, sind wir reich – sofern wir verschwenden. Und genau das müssen wir tun, wollen wir eines Tages nicht sagen müssen: das habe ich versäumt.«

Ich sah die anderen Zuhörer an, schwieg einen Moment, sie schwiegen auch. Dann sagte ich, wieder zu meinem Jungen gewandt: »Aber wir zahlen für unseren Reichtum. Wir zahlen für ihn mit genau dem, was ihn überhaupt erst ermöglicht: daß wir nicht dauernd, sondern so begrenzt sind wie diese Raupenkörper.« »Ich denke«, wandte eine Hörerin ein, »ich hab Sie also so verstanden, daß wir dem doch unsere Hände gerade entgegensetzen! Wie kann das sein, wenn Sie andererseits sagen, wir seien wie diese Raupenkörper?« »Wir nehmen unsere Vergänglichkeit a n, sagen: Nur w e i l unsere Hände vergänglich sind, ist ihnen diese Tiefe eigen, können wir Schmerz empfinden und Wärme. Nur der Vergänglichkeit wegen können wir andere Körper fühlen, eine Schulter, eine Brust. Wir aber möchten seine Schönheit halten. Daß sie n i c h t hält, sondern vieles manchmal nur ein Jahr währt, darunter leiden wir, obwohl gerade diesem Umstand alle Intensität zu verdanken ist.« »Und was ist nun mit den ... wie nannten Sie sie: *Argonauten?*«

Ich spürte, wie Cordes, indem er durch sein Küchenfenster sah, zu uns ins Technikmuseum herunterblickte, in *unsere* Nebelkammer, wie versonnen, wie neugierig, aber auch wie ermattet er nachdachte. Es war so vieles geschehen, seit Deters, seinerzeit, zu dem Spaziergang aufgebrochen war. Auch das schon war Nebelkammer gewesen, wie er im Silberstein saß, aus dem er nicht mehr herausfand. Wie sich weitere und immer weitere Nebelkammern in dieser Nebelkammer aufgetan hatten, wie aber alle Personen, von denen sie jeweils belebt wurden, einzigartig waren und verloren, hin- und hergerissen in ihren Kämpfen um Wahrheit, die jedesmal konkret war und um Konkretes geführt. Daß es sinnlos war, zwischen Falschem und Echtem, Imaginärem und Realem zu unterscheiden. Alleine darauf kam es an, auf die Intensität jedes Momentes zu achten. Das ging im Nu durch mich hindurch, während sich in mir die Antwort formulierte:

»Wissen Sie«, sagte ich, »die Argonauten sind eine Splittergruppe jener Guerilla, die ich Myrmidonen genannt habe – manch einer unter Ihnen würde sie vielleicht Terroristen nennen. Tatsächlich sind es Rebellen. Sie wehren sich dagegen, daß man ihnen das Schmerzempfinden nimmt, sie um die Begrenztheit, von der ich spreche, betrügt. Sie wollen sterblich bleiben, um ihren Apfel nicht auf Jahrmillionen aufzuteilen und den Genuß, der sonst so gestreckt werden muß, daß ihn die Zunge nicht mehr merkt. Auf sie kommt es an wie auf die Hand. Der ganze Kampf gegen den Westen, den die Frauen im und aus dem Osten und die Rebellen in Buenos Aires führen, den sogar Brem führt, der das nicht weiß, den seit über etwa siebenhundert Seiten auch Goltz geführt hat, der vorher siebenhundert Seiten lang die Gegenseite vertrat, geht letztlich darum: uns die Sterblichkeit zu erhalten. Ungefuggers Lichtdom n i m m t sie den Menschen und läßt sie inkonkret werden: Sie werden abstrakt. Der Lichtdom und das Neue Kybernetische Christentum, das dieser Präsident repräsentiert, sind so furchtbar nicht, weil sie die Menschen um ihre Freiheit berauben, frei sind wir alle sowieso nicht. Sondern es zieht uns aus der Natur heraus, löst uns von Geburt und Sekret ab, Zeugung und Tod. Wenn wir den Stoffwechsel verlieren, verlieren wir die Lust, die Wollust, verlieren die Ergriffenheit. So utopisch meine Erzählung Sie anmuten mag, so real berichtet sie doch von diesem Prozeß einer, im Wortsinn, ungeheueren Vergeistigung. Der Lichtdom macht aus uns Gespenster, schlimmer noch: den e i n e n Geist. Ungefähr mit Aton hat das begonnen.

Deshalb ist es so witzig wie gerecht, daß die Diskette mit Geistern vollgespeichert ist, die, nach Stuttgarts Digitalisierung, der Wachmann auf dem Boden des Neuen Kunstmuseums fand und die, wegen Trudes, seiner Frau, Manie, ihm abends die Taschen auszuleeren, soeben in dem uralten PC ihrer Tochter Jutta steckt. Diese Geräte können Disketten noch lesen, haben noch so ein Laufwerk. Deshalb konnten jetzt die Geister in den Lichtdom strömen, Naturgeister, kleine distinkte Vertreter jeder einzelnen Pflanze, die wirklich existierte, jedes einzelnen Bachlaufs, aber auch unsrer Träume: Kobolde, Leprechauns, Ellefolkler, Zwerge, *folletti*, Feen, *dames vertes*, auch Vampire. Es war eine Tausendschaft des Vielen und damit, in der symbolischen Hinsicht, die heidnische Gegengewalt gegen einen Einzigen, wider die abstrakte Gewalt des Jehova-Prinzips. Sie müssen das bitte verstehen. Während das Einzige vernichtet, was sich ihm nicht beugt, wehren sich zwar die Amazonen, wenn Schänder sie angreifen, und sie bringen Schänder auch um, aber so, wie wir einen Hai töten würden, der uns attackiert. Indessen kämen sie nie auf die Idee, den Hai-an-sich auszurotten; er hat, sie wissen das und respektieren's, dasselbe Lebensrecht wie wir, auch wenn sich das mit unserer Vorstellung von Harmonie nicht vereinbart.

Nun hatten diese Geister lange, länger als Deters, geschlafen, hatten eine ganze Ära verschlafen, hatten die Große Geologische Revision verschlafen und Zweitmond, geschlafen hatten sie wie die Schläfer auf ihrem Weg nach Centaurus A. Sie brauchten, als sie erwachten, ebensolange wie Deters, sich zu besinnen, der abermals seine Hände bestarrte. Deshalb machten sie sich, während der kleine Argonautenkonvoi in Richtung auf Clermont-Ferrand aufbrach, erst allmählich auf ihren datischen Weg, so daß sie von den Programmierern des Lichtdoms lange nicht bemerkt wurden. Bisweilen knallte mal ein Chip, oder ein Serviceprogramm stürzte ab. Mehr geschah erst einmal nicht. Doch es war in Gang gekommen.

Auf Nullgrund wurde an der zweiten Mauer weitergebaut, da schritt die Arbeit bestens voran. Ungefugger-im-Lichtdom war vollauf zufrieden. Mittlerweile war Kaiserslautern im Lichtdom aufgegangen, und Eidelbeck jagte mit seiner Truppe über den knirschenden Rheingraben Richtung Dijon, um Jason den Weg abzuschneiden. Vorher war er bei Beutlin gewesen. In seinem ewigen Sparkassenanzug mit um den Hemdkragen geknotetem Polyesterschlips hatte ihm der nach seinem Klingeln geöffnet. »Ich brauche Sie. Machen Sie sich fertig.« »Wofür? Ich bin entlassen. Hat sich daran etwas geändert?« »In der Weststadt sind die Illusionen zusammengebrochen.« »Haben Sie etwas anderes erwartet? Und was soll ich da tun?« »Ich kann es mir nicht leisten, in der Auswahl meiner Alliierten wählerisch zu sein. Sie verstehen etwas von der Sache, und ich vertraue Ihnen nicht. Das ist nicht die schlechteste Voraussetzung, um gemeinsam etwas zu erreichen. Was, das müssen Sie wissen. Niemand kennt die Weststadt besser.« »Theoretisch, als Programmwerk.« »Sie sind mit dem Grundplan vertraut.« »Da ist inzwischen so viel umdefiniert worden!« »Ich kann nicht mit Hunderten arbeiten.« »Einzusehen.« »Deshalb bitte ich Sie, mich zu begleiten.« »Ah! Sie befehlen nicht.« »Nein.« »In den Westen?« »Es wird nötig sein, neu Illusionen zu erzeugen, auch wenn sie kurzfristig sein sollten. Ich habe keine Ahnung, wie es drüben jetzt aussieht.« »Ich auch nicht.« »Nun haben Sie Gelegenheit. – Nehmen Sie mit, was nötig ist. Apparaturen, so was. Aber je schmaler das Equipment ...« »Schon klar.« Beutlin winkte ab. »Ich muß vorher in mein ... gewesenes Labor.« »Man wird Sie fahren.« – Beutlin stand schon in der Wohnzimmertür, um seine Sachen zu holen, drehte sich zurück: »Und wenn ich mich weigern würde?« Mit einem feinen Lächeln. »Sie sagten, daß Sie nicht befehlen.« »Das ist richtig. Aber ich«, Eidelbeck legte die rechte Hand an das Holfter, »habe auch kein Problem damit, Sie auf der Stelle zu erschießen.« »Ah ja«, sagte Beutlin und ging packen.

Fünf Minuten später saßen sie in Eidelbecks Gleiter und hoben in Richtung Wiesbaden ab. Beutlin lächelte in seinem Konfirmationsanzug weiterhin fein. Eidelbecks wenn auch beherrschte Nervosität schien ihn zu amüsieren; dem Mann ging gar nichts schnell genug. Dabei hatte er, dachte Beutlin, nicht die geringste Ahnung von den beunruhigenden Bewegungen, die unter des Rheingrabens ganzer Länge die tiefere Tektonik erschütterten. Vom Entsetzlichsten, dachte Cordes, ahnte aber auch Beutlin nichts, der Lamia Niam Goldenhaar, die plötzlich, bereits zwei Drittel ihres blutgebadeten Weges geschlagen, inmitten einer gelb leuchtenden Umbria aus Sonnenblumen stehenblieb und sich ebenso unmittelbar – immer geduckt schnellte das Ungeheuer voran – aufrichtete, als hätte sie etwas empfangen. Sie knurrte leise, und ihre Nüstern bebten. Schließlich machte sie kehrt, die Vorderklauen wieder auf dem Boden.

Die Sterblichkeit bewahren. Das ging auch Goltz durch den Kopf, als er sich neben Thisea, auf dem Polster der Rückbank saßen Sisrin und Lea, durch die Gegend rumpeln ließ. Er wurde das Gefühl von Abschied nicht los, war unruhig zugleich und melancholisch. »Dummer Junge«, flüsterte er.

»Wie?« Thisea sah zu Seite.

»Nichts ... Verzeihung.«

Sie waren jetzt nahe heran und wurden vorsichtig, drosselten das Tempo, hielten am Rand der Piste, ein gutes Ziel für Heckenschützen. »Wir sollten zu Fuß weitergehen«, sagte Thisea. »Der Busch wird uns Deckung geben.« Mehr Deckung gaben die verlassenen, ausgeweideten Autos, die, noch aus der Zeit vor AUFBAU OST!, mit verrottenden Kühlschränken, verbeulten Eimern, durchgerosteten Blechkannen und ähnlichem Sperrmüll bis an den Horizont der Steppe standen. Buenos Aires hatte den Schrott vergessen, schien es. Gesindel verbarg sich darin, manch ein Schlägertrupp. Unbewaffnet

mied man solche Gebiete. Räumkommandos kamen erst vor Grund-
steinlegung neuer Arkologien. Dann freilich krachten monströse Wagen heran, mechanische Roboter, bisweilen Heere aus Tagelöhnern,
die den Schrott auf die Kipper wuchteten. Voll krachten die wieder
davon, scheppernd, rumpelnd, röhrend, um das Zeug in Thetis' aus-
geschlachtetem See zu verklappen. Noch konnte er es fassen. Nicht
lange aber mehr, und Lough Leane würde zugeschüttet sein, jede
Mutterspur planiert. Dann wäre ihr europäisches, meinte man, Auge
geschlossen. Es waren bereits die flachen nüchternen Riesenbauten
von Möbellagern zu ahnen und die Leichtbauweise-Malls, an denen
man schon jetzt, überland, alle vier Kilometer vorbeifuhr. »Bleib bei
ihm«, befahl Thisea Sisrin und huschte – nach einem Blick auf Goltz'
Plan – mit Lea davon, um das Terrain zu erkunden.

Nach zehn Minuten waren sie zurück. »In den Garagen«, sagte sie,
»ist nur einer. Und das ist nicht *der*. Auch der Jeep steht nicht drin-
nen.« »Er könnte auswärts für Besorgungen sein.« »Warten wir ab.«
Sie schlichen sich alle vier an, beobachteten das Gelände, die Frauen
Katzen vorm Sprung gleich, so dicht an den Boden gelegt, Hüften
und Oberschenkel leicht gehoben. Goltz saß hinter einem in Drittel-
höhe zur Seite gesplitterten Baum; an dem stehengebliebenen hohen
Stumpf hingen noch der Stamm und seine ausgedorrte fasrige Krone.
Bevor er sich niederhockte, hatte er, von einem erwachenden Kali-
Traum gewarnt, gegen das verkrüppelte Holz getreten. Paar Bohrer
waren weggefegt.

»Mistzeug!«

Sie warteten bis zum Abend, bis Einbruch der im Osten, permanenter Entladungen halber, stets hellgrauen Nacht. Aus Nordwesten
leuchtete Drittmond flach über dem Horizont. Das war der Lichtdom. Brem ließ sich für seine Rückkehr wirklich Zeit. Aber Der Sanfte war von Weile zu Weile zwischen den Baracken zu sehen. Er wer-
kelte an seiner provisorischen Terrasse herum, verschwand abermals,
man hörte von drinnen versuchsweises Klampfen. Schließlich kam er
wieder heraus und setzte sich in einen der beiden Sessel vor das Tischchen, dessen Vase er mit frischen Gräsern bestückt hatte, lehnte die
Gitarre an ein Bein, spielte nicht mehr.

Die vier entschieden sich vorzurücken; nicht sich weiter anschlei-
chend, sondern offen im geschlossenen Pulk. Als ob eine Gruppe Spa-

688

ziergänger geschlendert käme, so hätte das aussehen können, wären nicht zwei der Frauen bewaffnet gewesen. Thisea drückte das rasselnde und quietschende Gatter auf. Direkt hinter ihr schritt Goltz; dann, sichernd, folgten Lea und Sisrin.

Der Sanfte hatte sie schon bemerkt, als sie sich aus ihren Unterständen aufrichteten, war aber ruhig sitzengeblieben; hatte die vier nur beobachtet, ihrem Näherkommen zugesehen. Er blieb immer noch sitzen, als Thisea ihn ansprach. Lächelte. Das irritierte die Frauen, aber nicht Goltz, der sich in seiner Kapuzenjacke und der Cordjeans nach vorn schob. »Guten Tag, Andreas«, sagte er. Ein Schatten flog über das Gesicht Des Sanften. Das war der Mann, der ihn mit Der Wölfin aus der Brache geholt hatte, der ihm diesen verdeckten Dienst aufgetragen. Er solle tun, hatte Deidameia gesagt, was der Mann will. Die Spieler hätten die Plätze gewechselt, die Karten seien neu gemischt. Das solle er wissen. Sympathisch gewesen war ihm Goltz aber nicht. Das war so geblieben. Er hatte Angst vor ihm. Sein Drittes Auge, jetzt, momentlang Grauer Star.

»Herr Goltz«, er stand zögernd auf, »ich…« »Ich brauche Sie«, sagte Goltz, »woanders.« »Ich verstehe Sie nicht. Ist die Frau auch hier?« Klar, wen er meinte. »Sie hat mich geschickt«, sagte Goltz. »Setzen Sie sich wieder.« Setzte sich seinerseits, direkt, als der gehorcht hatte, vor Den Sanften, der mit unsicherem Blick auf Lea und Sisrin zu dem dritten Sessel zeigte. Die beiden Frauen schüttelten knapp ihre Köpfe und nahmen auf Thiseas Wink, die sich statt ihrer setzte, an den vorderen Garagen Stellung, rechts und links vom Gatter.

»Wo ist«, fragte Goltz, »Brem?« »Weg. Für eine Woche, hat er gesagt.« Thisea ballte die rechte Hand. »Wir brechen morgen auf«, sagte Goltz. »Erzählen Sie, was Sie gesehen haben.« »Ich habe doch meine Berichte…« »Nehmen Sie sie mit. Jetzt packen Sie das Nötigste. Nur leichtes Gepäck. Wir werden zu zweit sein, die Damen kehren in ein paar Stunden zu ihrer Einheit zurück.« »Selbstverständlich«, sagte Der Sanfte. »Es wird kein Ausflug. Möglicherweise kommen wir nicht wieder.« Blickte Dem Sanften präzise zwischen die Augen. Der fragte aber nicht. »Europa hat sich umentwickelt«, sagte Goltz, »seit Sie hier sind.« Der Sanfte stellte noch immer keine Frage. Vielleicht wunderte er sich, doch wenn, dann merkte das niemand. Man konnte den Eindruck gewinnen, es werde an ihm vorbeigesprochen, als spielte er gar keine Rolle. »Du willst nicht wissen«, fragte Thisea, »wohin es geht?« Ihr gefiel der junge Mann, er strahlte etwas Poetisches aus. Damit war sie nicht wirklich vertraut. Aber etwas davon hatte auch Borkenbrod gehabt. »Wir wollen in den Schwarzen Staub von Paschtu.« Da ging ein Zucken, doch, durch die Miene Des Sanften. »Ihr wollt den zweiten Odysseus finden.« Darauf schwiegen alle. Jeder verblieb für Minuten in den eigenen Gedanken.

Dann sprachen sie weiter, jenes und dieses, nichts von Bedeutung. Dann ging Der Sanfte packen. Gegen ein Uhr nachts begab man sich zur Ruhe: Goltz und Der Sanfte in Des Sanften Garage, die Frauen draußen; je eine Schwester hielt Wache am Gatter. Thisea schlief, Sisrin schlief, Der Sanfte schlief. Goltz schlief. Erwachte. Wußte nicht, was es war. Gegenüber am Boden schnarchte Der Sanfte. Sonst war alles still. Dennoch, etwas war anders. Seitlich aufgerichtet sah er auf die Uhr. Es war schon nach drei. Doch bevor er begriff, was es war, das sich verändert hatte, und als er diesen Duft gewahrte, war Markus Goltz schon tot.

6

Hans Deters war in dem gyndroiden Gang stehengeblieben, dessen Kybernetik der konturierten Architektur einer Maschine entsprach und dennoch so viel Organisches hatte, etwas von Stoffwechsel, Entstehen, Verfall. Er lauschte. Hunderte, schien's ihm, Türen gingen von hier ab. In meines Vaters Hause sind tausend Wohnungen, dachte er und dachte an Software. Er öffnete eine weitere Tür, trat ein und stand staunend vor der Argo. So hatte seinerzeit Klaus Balmer vor dem Taj Mahal gestanden, bevor Goltz den scheckkartenkleinen Projektor zerbrochen und ihm, nicht nur gleichsam, vor die Füße geworfen hatte. Gewiß war auch das am 1. November geschehen oder am 31. Oktober. Vielleicht griff Samhain, sowie es geöffnet, auch rückwärts in die Zeit.

Deters legte den Kopf in den Nacken und blickte den Mast hinauf, den leichte Takelage, kaum mehr als Stag und zwei schmale Wanten, aufgerichtet hielt und der in der Decke dieses Raumes verschwand. Der war ansonsten leer, es stand wirklich nur dieses gestreckte flache Boot darin mit seinem leicht erhöhten Unterstand am Heck, aus dem hinten sehr lang das Steuerruder ragte. Wachsam schritt Deters um die Argo einmal herum. Zweimal fünfundzwanzig bunte Metallknäufe hatte sie im Schanzkleid, wo wahrscheinlich die Riemen aufgelegt wurden; Lippen oder andere Nuten waren nicht zu erkennen. Unterm Bugspriet, aus dem, einer Ramme ähnelnd, der kurze spitze Vordersteven wuchs, war die Figur eines Kentauren angebracht, nur halb, aber auf eine Weise ausgeführt, daß der gesamte untere Vorderrumpf zu Brust und Bauch des Pferdeleibes, eines aber groben, wurde. Zumal das Gesicht hatte kaum Züge, auch waren die Arme Torso geblieben. – Deters' Schritte hallten, als ginge er durch einen leeren Saal. Dabei war der Raum nicht groß. Er hätte so ein Boot gar nicht fassen können. Wo die Argo an eine Wand stieß, wich sie, trat man näher heran, zurück.

Auch von diesem Raum, einer Wohnwerft, dachte Herbst, gingen verschiedene Türen ab. Nicht schwer, dachte Cordes, sich in dieser Unendlichkeit zu verstecken, zumal hier keiner Hunger hat. Nie. Und keiner muß mehr trinken. Wahrscheinlich gab es tatsächlich nie wieder Schmerz, doch deshalb auch keine Entwicklung. Wer in den Lichtdom kam, war stillgesetzt im ewigen Leben – sofern nicht, erklärte ich Sabine, jemand von außen die Energiezufuhr unterbricht, eines Tages, und den Lichtdom zum Erlöschen bringt.

Wir hatten uns durch Polizei- und Feuerwehrsperren gedrängt, mußten uns zweidreimal ausweisen, dann waren wir in dem Gebäude der CYBERGEN wieder drin. Willis hatte es schlimm zugerichtet: Überall stieg noch schwelender Rauch auf. Alles starrte vor Feuerwehrern und Klitsch, stank nach nasser Verschmorung. Blumenfeldner, heftig gestikulierend, sprach in seinem mörtelbeschneiten Anzug auf zwei Männer ein, die ich nicht kannte und sofort für das hielt, was sie waren: Kriminalpolizisten. Bevor wir bemerkt wurden, zog ich Sabine zur Seite; wir nahmen den kleinen Umweg durch die Kantine. »Wir müssen unbedingt sehn, was noch heil ist.« Wir ahnten die Vernehmungen, die folgen würden und die ich schon in der Erinnerung hatte, und wollten ihnen entgehen.

Sie nickte nur.

Anderswo standen ebenfalls Polizisten, außerdem liefen die Feuerwehrer durch das Haus. Wir eilten das Treppenhaus hinauf, mieden die Lifts. Auch oben war alles voll Polizei Sanitätern Feuerwehr. »Was wollen S i e denn hier? Bitte verlassen Sie sofort das Gebäude. Das geht mir wirklich auf die Nerven, daß ich das dauernd wiederholen muß!« »Selbstverständlich, entschuldigen Sie.« Wir schoben rückwärts ins Treppenhaus ab. »Was tun wir jetzt?« »Wenn wir wieder nach Buenos Aires wollen, müssen wir an eines der Geräte.« »Wollen wir's denn?« »Bist du schon mal auf einem Fünfzigruderer zur See gefahren?« »Was eine Frage! Nein.« »Ich denke, das sollten wir uns geben.« »Wir können's an Menschings Platz versuchen.«

Sie waren ziemlich perplex, als sie den vor sechs Screens und über drei Tastaturen gebeugt sitzen sahen. Neben ihm lehnte ein großer, ziemlich professionell wirkender Rucksack. »Was machst d u denn noch hier?« Wiederum ihn schien unser Erscheinen nur kurz zu verdutzen. »Machen Sie bloß die Tür zu«, zischte er, »sonst kriegt das jemand mit!« »Was mit?« »Irgendwer muß doch auf unsere Babys aufpassen.« *Babys!* »Das tun wir jetzt«, erwiderte ich, »und sowieso ist im Zentralrechner alles gebackupt.« »Irrtum. Das Interface hat 'nen Schlag abgekriegt. Darum bin ich ja noch mal hoch.« Sabine warf mir einen Blick zu. »Okay«, sagte ich, »gut gemacht. Aber jetzt übernehmen wir.« Er blieb einfach sitzen und wandte sich wieder dem Gerät zu. »Sie können gehen«, wiederholte ich. »Vielleicht«, gab Sabine zu bedenken, »ist es gut, wenn uns jemand von außen supervidiert. Solang das noch geht.« Sie hatte nicht unrecht. Aber es bedeutete, Mensching einzuweihen. Er war nicht überrascht. »Ich komme mit«, sagte er. »Das hatte ich sowieso vor.« »Was?« »Da reinzuspringen.« »Kommt nicht in Frage.« Er zeigte auf seinen Rucksack. »Wenn Sie in See stechen, bleibe ich sicher nicht hier.« »In See stechen?« Er lächelte verschmitzt. »Ihnen fehlt noch ein Argonaut. Neunundvierzig sind es erst, wenn ich richtig gezählt habe.« Kein Zweifel, er war intelligent. »Wo sind die jetzt«, fragte Sabine, »... Harald?« Trat neben Mensching und beugte sich vor. »Hinter Straßburg.« Sabines Finger rasten über die zweite Tastatur. »Tatsächlich schon in der Weststadt!« Sie tippte schneller, warf die Hände hoch. »Scheiße, ich komme nicht rein!« »Du bist im falschen Planquadrat, versuch es«, sagte Mensching. »weiter nördlich der Champagne. Auch Sprenkel im Elsaß haben noch Illusionen, in die wir reinspringen könnten, genau wie die Rhône-Alpes. Ebenso möglich wäre das Centre um Ardentes. –

Wart mal.« Auch er tippte wieder. »Ja, das könnte klappen.« Sabine, den Kopf zu mir wendend: »Paßt du auf da, ob jemand kommt?« Ich drehte das Ohr zur Tür und lauschte. »Und«, fragte Sabine, »Buenos Aires?« »Da funktioniert noch alles, aber wir müßten dann *physisch* über den Rhein, wo noch die Hölle los ist. Ich glaub nicht, daß wir da durchkommen. Außerdem holt Ungefugger dauernd neue Kieze in den Lichtdom.« »Still mal!« Schritte auf dem Gang. Dreivier Leute vielleicht. »Da kommt wer.«

Ich huschte hinter die Tür, Sabine in die Spalte zwischen Großrechner und Wand, Mensching war im Nu unterm Tisch der Computerkonsolen verschwunden. Die Tür ging auf, jemand schaute herein. Ich hielt den Atem an. Es kratzte furchtbar im Hals. Auf keinen Fall hüsteln, mich auf keinen Fall räuspern. Ich würgte trocken. Jedes Rascheln der Kleidung hätte uns verraten.

Die glimmenden Bildschirme ließen die Leute nicht argwöhnisch werden. Da hatten wir Glück. Auch nicht, daß die Neonröhren brannten. Nicht einmal Menschings Rucksack fiel ihnen auf. »Alles ruhig, hier ist nix«, sagte einer und zog die Tür wieder zu. Die Schritte entfernten sich zur nächsten Tür. Auch sie wurde geöffnet und geschlossen. Die Schritte entfernten sich weiter. Dann war Ruhe. – »Okay«, machte ich.

Mensching kroch unterm Tisch wieder vor, kehrte mit Sabine an die Konsolen zurück. Ihre Sneakers quietschten auf dem Boden. Ich versuchte es noch mal: »Überlegen Sie gut, was Sie tun. Es gibt wahrscheinlich kein Zurück.« »Wer will das schon? Außerdem bin ich in Cambridge ein ziemlich guter Stroker gewesen.« »Ein was?« »Boat Races«, sagte Mensching. Sabine auf meinen Blick: »Jährliche Ruderrennen auf der Themse.« »Na toll. – Können Sie mit Waffen umgehn?« »Sie vielleicht?« »Hört auf!« Sabine. Recht hat sie, dachte Cordes und sah den dreien durch sein Küchenfenster zu. Über den Häusern begann es zu tagen. Eine Flut Aufräumarbeiter würde sich über die Cybergen ergießen.

»Also los!« Mensching an der Tastatur. Nur mit der rechten Hand. Die linke lag auf dem Rucksack. »Was wolln Sie bloß damit?« Er antwortete nicht. Stattdessen: »Wie macht man das mit der Projektion?« Sabine, ohne von den Tasten aufzusehen: »Kümmer dich um die Koordinaten. La Capelle. Den Rest besorge ich.« Zu mir: »Paß du bitte hier auf.« Wir mußten absolut synchron sein. »Auf drei? – *Eins, zwei...*« Benommen stand ich auf dem Ardennenhang. Mir war übel, so schnell war das gegangen.

Wo waren die anderen?

Es war sehr warm, wie ein später Hochsommer. In der bergigen Gegend stand östlich Wald. Lange hatte ich nicht mehr solches Grün gesehen. War ich denn *da?* Es war nicht das gleiche Gefühl wie damals, als ich mich an Deters' Stelle in die Anderswelt projiziert hatte; das Stadtbild, allein daß es eine Stadt gewesen war, so sehr sie sich auch von Beelitz und Berlin unterschied, hatte der Erfahrung etwas Normales und Vertrautes verliehen. Diesmal war es anders. Derart nahe war das Loiretal zu spüren, ungeheuer aber, albtraumartig hell. Hatte nicht Robert Hugues seine Besitzungen hier? Der war nun sicher auch schon ins Zentrum geflohen.

Unweit, in der Niederung, lag ein kleines Gut, das Haupthaus aus schwergrauen Steinen errichtet, halbflach schiefergrau gedeckt; die Hütte daneben wahrscheinlich ein Schuppen. Sie hatte keine Fenster, doch ein doppelflügliges Holzportal. Auf dem Hof wuchs eine enorme Blutbuche, in deren Schatten ein Trecker stand, fabrikneu leuchtete sein Rot. Misthaufen erkannte ich, verschiedenes Gerät. Um den ganzen Bauernhof drei weite Koppeln, je von Drahtzäunen geraint, von denen ich aber nur die Pfosten ausmachen konnte, in den sie eingehakt waren. Kein Mensch war zu sehen und kein Tier. Sollte ich rufen? Ich wollte nicht riskieren, daß jemand aufmerksam wurde.

Kaum war ich den Almhang ein paar Schritte hinunter auf das Gut zugeschritten, schnitt sich über mir, von drüben, der nächsten unfaßbar grünen Erhebung her, ein maschinelles Zischen in dieses Sommerparadies. Ich drückte mich hinter ein Gebüsch, spähte hoch. Ein Geschöpf flog über die Erhebung – *Geschöpf,* anders kann ich es nicht nennen. Sogar zwei Geschöpfe waren es, *Bionicles,* dachte Cordes, Kampfroboter mit organischem Hirn. Der eine hatte weinrote Extremitäten, der andere an ihrer Statt dunkelblaue Schienen, die durchsehbar und deren einzelne Glieder vermittels gepanzerter Scharniere verbunden waren. Durch Sehschlitze glommen orangenfarbene Augen. Klammerartige Stahlzangen waren die Hände; was sie hielten, konnte Gerät, es konnten Detektoren, aber auch Waffen sein.

Die Dinger füllten das Tal mit einem furchtbar gepreßten Pfei-

694

fen, dem, wie Düsenjägern unter der Sonne, über die Erde Schatten vorausliefen. Dann gab es einen solchen Knall, daß ich vor Ohrschmerz aufschrie – da waren die Geschöpfe längst über den eigenen Schall hinaus übers ganze Tal weggeflogen, der noch für Sekunden, schien's, in der Luft verblieb. Die Kampfmaschinen hatten, so stellte Cordes sich das vor, die nächste Koordinate ins Zielkreuz genommen. Wahrscheinlich waren sie nicht auf organisches Leben, sondern darauf programmiert, holomorfe Rebellen aufzuspüren und zu eliminieren. Sonst wäre ihnen Herbst nicht entkommen.

Wo waren, verdammt noch mal, Sabine und Mensching?

Besser, ich blieb hier hocken in meiner, wörtlich zu nehmen, schockierten Muskulatur. Erst, als ich wirklich sicher war, daß die bioniklen Kampfflieger nicht zurückkamen, erhob er, dachte Cordes, sich und eilte vorgebeugt auf das Gutshaus zu. Vielleicht war er dort weniger gefährdet, vielleicht hatten drinnen sogar die Gefährten Schutz gefunden. Doch alles war von Menschen geleert. Nur noch ein paar Kühe, jetzt doch, konnte ich sehen, im Stall, und einige Hühner pickten gluckend. Außerdem gab es einen großen schwarzen Hund an der Kette, der mich verbellte, als ich noch näher herankam. Ich sah zu, das Haus zu erreichen. Nicht, daß sein Gekläff die Bionicles doch noch zurückzog.

Ich drückte, weil niemand auf mein Klopfen reagierte, die Klinke hinunter und trat ein. Momentlang lähmte mich erneut der Schrecken. Denn ich sah weder eine Inneneinrichtung, noch überhaupt ein Zimmer. Alles starrte vor Weite und Weiß. Nicht einen einzigen Gegenstand gab es, vor allem, unfaßbar, weder Wände noch Fenster, sondern, hätte ich einen weiteren Schritt hinein getan, ich wäre in ein Nichts gefallen. Ich stoppte vor dem nichtsichtbaren Boden, wie man vor einem Abgrund zurückbebt. Schon das Wort *Raum* ließ sich nicht anwenden. Er war tatsächlich nicht mitprogrammiert worden.

Ich balancierte im Türstock, mußte mich seitlich festhalten. Klar, daß es für die Weststadt unwesentlich war, ob es in den für Holomorfe geschaffenen Häusern überhaupt etwas gab. Wozu auch? Den Unsterblichen und Reichen genügte der schöne äußere Schein, Hirtenspiel, die Welt als Gobelin. Gut möglich, daß es auch mich löschen würde, probierte ich einen einzigen weiteren Schritt. In keinem Fall würde ich noch irgend etwas erkennen können, auch nicht länger den

Rückweg aus dem Nichts. Was dann mit meinem wirklichen Körper geschähe, der in Beelitz, wie ich meinte, weiter, doch reaktionslos, vor den Monitoren saß, erstarrt vielleicht, blind in die Ferne blickend, das stellte ich mir besser gar nicht erst vor. Immerhin blieb die Tür, in der ich mich festhielt, intakt. Von dem kleinen Schieferbaldachin beschirmt, kam ich mir immerhin einigermaßen verborgen vor.

Vorsichtig drehte ich mich wie in die wirkliche Welt zur Landschaft zurück, deren satte Farbigkeit mich aber ebenfalls schwindeln machte. Wenigstens hatte der Hund zu bellen aufgehört und sich, so weit die Kette ihn ließ, nach irgendwo verzogen. Es gab so oder so kein Zurück. Weder wußte ich, wo diese Ardennen aufhörten, noch, wo ich die Freunde suchen konnte. Mir blieb alleine die Hoffnung, daß auch sie den Hof entdecken würden und sich ganz wie ich von ihm anlocken ließen. Also warten, im Rücken die nur draußen von den idyllisch bröckelnden, warmen, weil sonnenbeschienenen Hauswänden umrahmte, unendliche schaurige Leere.

7

Aus Buenos Aires verschwand nach wie vor Kiez für Bezirk für Rione. Hatte sich eben noch eine Arkologie unabsehbar vor den Augen ihrer Porteños ausgebreitet, war schon nur noch Trichter, in den die von nichts mehr abgestützten Seiten stürzten, Stadtlawinen, Boccadasses, Karlsruhes. Um die Panik in Grenzen zu halten, zensierte Eidelbecks Notstand Presse und Nachrichtenagenturen. Tatsächlich wurde offiziell nirgendwo über das Ungeheure geschrieben, jedenfalls weder gedruckt noch gesendet. Sogar die Blogosphäre schwieg – wo aber nicht, rückten Uniformierte an und beschlagnahmten Computer, Telefone, Software. Das Drittel fast einer ganzen Generation verschwand in den Verhören. Dennoch, das Netz ließ die Berichte wie Lauffeuer rennen, so daß es eben doch zu einer zusätzlichen Panik kam, weil sich die Bewohner ganzer Stadtteile in die Weststadt hinüberzuretten versuchten. Im Zentrum gab es, trotz der militärischen Präsenz, Plünderungen. Kilometerlange Autokolonnen verstopften Ausfallstraßen, andere Wagen brachen wie Schwärme in die arkologischen Höhen auf. In diesen Schrapnells stürzte gerade für die mehrfach gegliederten Ebenen des privat genutzten Luftraums das strenge Reglement der LVO zusammen, auf das sich seit der Gleitertechnologie der weitaus größte Bereich der zivilen Infrastruktur verlassen mußte. Denn die Arkologien maßen vom Fundament bis auf das Flachdach nicht selten zwei- bis dreihundert, seltener vierhundert Meter Höhe; die Stockwerke dazwischen waren von offenen Decken geprägt, die für Ein- und Durchfahrten dienten. Da schwirrte alles wirr durcheinander. Weil das Europäische Dach selbst gesperrt bleiben mußte, rückten zu seiner Sicherung Hundertschaften Milizen an. Von bürgerkriegsähnlichen Zuständen, wie einige Blogger schrieben, konnte dennoch nicht die Rede sein. Vielmehr war es ein pures, gänzlich unpolitisches Chaos.

Nicht nur die Menschen waren von ihm erfaßt; auch einige Holomorfe, indessen nicht sehr viele, irrten in Panik durch die wühlenden Massen, da mochten ihre Programme so definiert sein, wie sie nur wollten. Steuerungstheoretisch war das nicht zu verstehen, aber doch, vielleicht deshalb, von großer verzweifelter, ja einer bizarren Komik, zumal die meisten anderen Maultiere nach wie vor ungerührt ihrer Arbeit nachgingen. Was eben hochgradig witzig war, wie die sich um das Chaos gar nicht scherten, nicht um Brandschatzungen noch Plünderungen, oft nicht einmal bewegt von ihren verschwundenen Arbeitsplätzen. Sondern standen in der Leere und wußten nicht vor noch zurück. Warteten, bis ihre Dienstzeit vorbei, zogen, dann wieder wohlgemut, heim, die Aktentasche unterm Arm, zwischen den Tausenden Porteños, die so, und mit Recht, außer sich waren, an Karambolagen ganzer Konvois vorüber und Schaufensterscheiben, in die handballgroße Steine flogen, alles ein Kreuzberger Erster Mai unter schwirrendem Gleiterverkehr in den zunehmend instabilen Schatten der illusionistischen Architektur.

Aus Buenos Aires zischten Friedenthal, wo Willis' Heim gewesen, und Salamancas Bollen weg; der Bahnhof und Fernsehturm am Alexanderplatz verschwanden; dann zerploppte die Akropolis, Kollhoffs Museumsquartier am Hang darunter blieb aber einstweilen stehen. Man konnte, von einer Mall vor den Gemüse- und Obststeigen aus, wo man hatte eben noch nach einer Schale leuchtender, artifiziell erglühtester Erdbeeren gegriffen, furchtbar stumme Schläge erleben und fand sich von Augenblick zu Nu in einem schwingenden Gitternetz wieder: anderes war um einen nicht mehr herum. Wie man, und wieso, davongekommen war, weshalb dem Lichtdom entgangen, ließ sich nicht sagen. Das Geschrei solcher Auserwählten war groß. Mancherorts sah es aus wie in Berlin vor der Gründung Europas. Einige Porteños, deren Bewußtsein in den Wäschetrommeln des *Positive thinkings* geschleudert worden war, meinten sogar, Stücke der historischen Mauer erkennen zu können; es waren aber nur die Wände angrenzender Arkologien, die noch nicht im Fokus erfaßt warn – je Hunderte Meter zum Europäischen Dach hinauf, dazwischen die Porteños, bißchen Müll noch, nichts weiter sonst. Wie die Berliner Mauer ausgesehen hatte, wußte sowieso niemand mehr. Sie zog sich durch eine winzig gewordene Vorzeit weit vor dem Todesstreifen an der Großen Geologischen Revision entlang, hatte ihrerseits, was Thetis ist, nicht mehr gewußt.

Nunmehr die nächste Mauer erstand um Nullgrund und Lichtdom. Major Böhm hatte, in Einvernehmen mit Eidelbeck, verfügt, daß sie nicht programmiert, sondern herkömmlich errichtet werde. Zwar lungerten Gestalten da herum, die nicht zu Arbeitern und Planungsstab gehörten; als solche kamen ausschließlich im Lichtdom programmierte Holomorfe zum Einsatz, an die sich kein Porteño herantraute. Die Arbeiter ähnelten den Harpyien zu sehr. Dennoch wuchsen, den geduckten Häuschen aus Burgenzeiten gleich, Papp- und Holzbaracken zunehmend dicht an den Lichtdom heran, auch Zelte, ganze, kleinen Slums gleiche Verbände konnte man sehen. Von denen, wahrscheinlich, gingen Raubzüge aus. Dennoch verfuhr die Bauaufsicht insgesamt japanisch mit ihnen: Niemand scherte sich um sie, es sei denn, der Fortgang der Arbeit wurde behindert. Dann freilich wurde durchgegriffen, in ganz derselben Gleichgültigkeit. Unter dem Kuratel des massiven Polizeiaufgebots, wenn eine der provisorischen Siedlungen geschleift worden war, verhielten sich die übrigen Hüttendörfler bis zur Demut friedlich. Ja, im Schein der Hoffnung, die dieser Lichtdom verkörperte, erstand die *Flower power* neu, eine popdurchmischte, sektisch anmutende Solar-Religion, die sich in Boygles und Techno-Lasses synthetischen Klängen, zu *Trance* genannten Motetten synthetisiert, zelebrierte. Dem Chaos gewann der Karpfenköpfige eine ravende Feuerlaune ab. Und Lasse schrie und ließ es

schreien: »Gute Laune!« Das strömte nur so vom TRESOR bis zum
KELLER durch die feiernden Clubs. Es ward die Sonnenblume zum
Signet eines aus eschatologischen Gründen recht kurzlebigen Markt-
segments der Musikindustrie. Der Panhandel florierte nunmehr besonders.

Bisweilen ließ sich Lasse in den Hüttendörfern sehen. Drin wurde
er, dieser Myop, wie ein Prophet gefeiert. Er hatte sich eh schon auf
Timothy Leary besonnen, predigte ihn als Drittes Testament, wozu er,
zu hämmerndem elektronischen Beat, den Lichtdom als einen Dritten Tempel ausrief. So unversehens wurde der Nullgrund Moriah,
הר הבית; auch übrigens der zweite Odysseus, als es die ECONOMIA zerstörte, hatte ihn so genannt: الشيف الحرم. Noch in ihrem Niedergang wußte die Ökonomie, das Heil aus dem Honig der Äquivalenz
zu gewinnen, die wie ein übersüßtes bernsteinfarbenes Harz zu zwar
giftigen, aber Kristallen von unschätzbarem Mehrwert erstarrte.

Daher kam Bruno Leinsam, der unterdessen Balmers Position eingenommen hatte, an vordem unerahnte Kundschaft. Nicht nurmehr
Porteños standen bei ihm an, vor allem im Osten warteten Schlangen.
Dahin hatte er sich abgesetzt, logierte seit einer Woche im Shakaden
des Ostens und organisierte von da aus das Geschäft. Den Vertrag
über den von Balthus erstandenen Grund hatte er mitgenommen.
Dort wollte er sich – gut weit, dachte er, vom Lichtdom entfernt –
eine private Villa errichten und war soeben im Aufbruch begriffen,
um das Gelände ein erstes Mal zu begehen. Seine Vorstellung entstammte bislang alleine den Plänen.

Als es klopfte.

»Ein Herr Masud für Sie.«

In das von Leinsam umprogrammierte Protzbüro – zu Elena Goltzens Zeiten war der Raum zwar edel, aber karg designt gewesen –
trat, ohne das »Bitte sehr« der Sekretärin abzuwarten, ein deutlich
arabischer Mann in aber westlicher Geschäftskleidung. Nur um sein
schwarzbärtiges, recht breites Gesicht, das aus einem kräftigen Unter-
kiefer wuchs, trug er, locker geschlungen, eine schwarzweiß gewab-
te Kufiya. Er stützte sich auf einen Gehstock, sein linkes Bein schien
lahm zu sein oder eine Prothese. Bei aller Schwerfälligkeit, die den
Mann sich derart wankend voranschreiten ließ, war ihm unheimli-
cherweise etwas Flinkes zu eigen. Gleichzeitig vermittelte er einen

melancholischen Eindruck, den sein herber, fast harter Stolz noch betonte. Der ließ keinen Zweifel, was dieser Mann von dem kötrigen Westler Leinsam hielt.

»Ich bin Abu Masub«, hub er an, ohne den EWG-Chef überhaupt zu begrüßen, »und Sie haben etwas, das uns gehört.« Damit nahm er Platz. »Ich weiß nicht, was Sie meinen«, erwiderte Leinsam unsouverän. Er war schlichtweg schockiert, hatte sofort Angst. »Sie haben nahe Prag ein Grundstück erworben, das dem Verkäufer nicht gehört hat. – Der Name Balthus ist Ihnen sicher Begriff.« Jetzt reagierte Leinsam allerdings schnell. »Herr Balthus hatte Vollmachten.« Sich seiner Position besinnend, lehnte er sich zurück, suchte nach einem Lächeln und setzte, als er es gefunden hatte, nach: »Wüßte ich, wer Sie sind, gewährte ich Ihnen vielleicht Einsicht in die Unterlagen.« »Die brauchen wir nicht. Herr Balthus ist für – vielleicht sagt Ihnen der Name ebenfalls etwas – Stefan Korbblut tätig gewesen, der wiederum im Auftrag des Unternehmens, für das auch ich, wie für den EInzigen, hier vor Ihnen sitze, zum Preise Allahs einigen Besitz erwerben sollte. Dieser war und ist für den Bau von Moscheen bestimmt. Indem Herr Balthus uns betrog, hat er nicht nur unseren Propheten hintergangen, was schon Lästerung genug ist, sondern er hat«, unversehens, nur kurz, wurde Abu Masuds Ton scharf, »den Futuhat geschädigt. Zu Ihren Gunsten nehme ich an, daß Sie dabei nicht mittun wollten, vielmehr, um es in Ihrer Begrifflichkeit zu sagen, gutgläubig gehandelt haben.« »Ich sollte Sie hinauswerfen lassen.« »Machen Sie sich keine Umstände. Eine Rückkehr nach Buenos Aires, derzeit, Herr Leinsam, halten Sie ganz sicher selbst nicht für geraten. Sie kämen auch kaum bis zur Grenze. Außerdem haben wir den Eindruck, daß Pontarlier die Regelung der europäischen Sache aus der Hand geglitten ist, was Ihren Interessen wiederum entgegenkommen sollte. Deshalb hat der EInzige erwogen, bei Ihnen Milde walten zu lassen.«

Nur das ernste, schwere Gesicht des Besuchers hielt Leinsam davon ab, tatsächlich Alarm zu schlagen.

»Selbstverständlich, wenn Sie seine Güte annehmen wollen, dann werden Sie sich zu dem Höchsten, dessen Name unnennbar ist, bekennen müssen. Doch damit hat es Zeit. Der Höchste leiht dem Bußfertigen stets sein Ohr.« Er lächelte sein warmes, trauriges Lächeln. Dabei sahen sich die Männer in die Augen, der zunehmend in sich sackende, gleichzeitig in seinem Sessel irgendwie zappelnde Leinsam und der stilgebundene, voller Würde, Orientale. »Mächtig ist al-Dschabbār«, setzte Abu Masud fort. »Ich bin mir also gewiß, Sie werden sich der Wahrheit des Qurans nicht länger verschließen wollen. Doch braucht dies selbstverständlich, zum Zeichen Ihrer Sühne, eine kleine, doch ergebene Gegenleistung.«

Leinsam beruhigte sich ein wenig. Er begann, ein Geschäft zu wittern, wenn auch ein heikles.

»Was für eine Leistung stellt er sich denn vor, der Prophet?« fragte er. Das war nicht ganz ohne Spott. Abu Masud schien das zu überhören. »Sie werden uns das Alleinverfügungsrecht übertragen, jedoch als Eigentümer eingetragen bleiben.« Das war endlich einmal klar gesprochen. Deshalb: »Für die 15.000 Euro?« »Ihre bereits investierten.« »Das ergibt ein Nullgeschäft.« »Dunkel sind die Wege des Höchstens.« »Haftbar bin außerdem dann ich.« »Futuhat, Herr Leinsam. Alles geschieht zum Preisen des Propheten. Er sagt uns, was zu tun ist. Allahu akbar. Der EInzige erwartet Gefolgschaft auch von Ihren Mitarbeitern in Buenos Aires.« Leinsam wurde es kalt. »Wir hätten dann operative Quran...«, mit sardonischem Lächeln, »...kapellen.« Darum also ging es. Leinsam dachte: Maskierte Gegenschulen zur KiesingerMoschee. »Das ist nicht so leicht«, wandte er ein, »wie Sie denken. Wir haben Meinungsfreiheit im Westen.« Abu Masud hob die rechte Hand. »Ich brauche Bedenkzeit«, sagte Leinsam. Da schob sein Gegenüber die von einem doppelten hellblauen Stein verschlossene Manschette seines weißen Hemdsärmels zurück und sah auf eine für diesen mächtigen Unterarm viel zu kleine Uhr. »Nutzen Sie sie. Sie haben zwei Minuten.« Und leise hintennach: »وبركته السلام عليكم ورحمة الله«: Mögen der Friede, die Gnade und der Segen Gottes mit Ihnen sein.

Möller alias Balthus stand in Rheinmain an einer vom Verkehr vollgestopften Rampe, die zu der offiziellen Lappenschleuse hinüberführte, durch welche man, sofern im Besitz eines gültigen Tickets, auf das Europäische Dach zum Flughafen Rheinmain kam, dessen Start- und Landebahnen sich weit hinaus über eine der Molen dehnten, mit denen die Mauer bis zu vier Kilometer lang in das Thetismeer faßte. Stand man darauf, sah man deutlich, wie rigoros an ihnen die Säuren gefressen hatten. In gut geschützten Kapseln, die wie metallische Wanzen seeseits der gigantischen Mauerwand saßen, steuerten Abenteurer und Cyborgs die Reparaturmaschinen. Holomorfentechnologie war außerhalb des Europäischen Daches nicht einsetzbar, jedenfalls nicht ununterbrochen. Aber auch Robotanlagen hatten sich für Arbeiten auf Thetis als nicht sehr günstig erwiesen. Deshalb fanden hier grobe Frauen und Männer ein Betätigungsfeld, das sich ihnen noch allenfalls beim Militär eröffnet hätte; anders als aber dort herrschte an der Mauer keine hierarchische Disziplin. Solch eine scheuten diese nicht selten heftigen Menschen, deren Waghalsigkeit zu stur war, um sich fügen, geschweige sie in den Dienst einer allgemeinen Idee stellen zu können. Weder kam es ihnen auf Aufstieg oder sonstwie eine Karriere an, noch auf eine andere Macht überhaupt als auf die über alleine sich selbst. Dennoch wurden sie extrem hoch bezahlt, und ihre Innung – eine Art Gewerkschaft, die offiziell nicht anerkannt war – war gefürchtet, schon weil der Interkontinentalverkehr auf die Tätigkeit der Desperados angewiesen war.

Wenige wurden noch alt. Der ständige Umgang mit Säuren in zumal einer solch permanenten Thetisnähe griff den Organismus an; zumal galt unter ihnen, sowie sie draußen waren, nichts als ein Faustrecht. Drinnen lebten die, die von ihnen Mensch geblieben, in geschlossenen Gemeinschaften, die, wie die Castren im äußeren Osten, durchaus lagerähnlich, freilich unbefestigt waren. Sie selbst legten darauf, daß unter ihnen das zivile Gesetzbuch nicht galt, einen entschiedenen Wert. In Pontarlier sprach man euphemistisch von Reinigungsdörfern, der offizielle Begriff war *Casino*. Wie ehemals die Wagenburgen der Zigeuner waren die Casinos nomadisch, zogen von Einsatzgebiet zu Einsatzgebiet. An den Flughäfen war es indessen zur – das boshafte Wort hatte einst von Zarczynski geprägt – »Seßhaft« gekommen; es spielte auf den Umstand an, daß durchaus nicht alle Mitglieder der Innung ihr ohne Not angehörten. Zwar einte die meisten ein Ekel vor dem, was sie in ihren Dienst nahm: vor dem der nachthetischen Zivilisation typischen Illusionismus. Hinter manchen stand aber nichts als kriminelle Vergangenheit. Denen war keine Wahl geblieben, wenn die Gefängnisdirektion ihnen so die Begnadigung anbot – ohne, selbstverständlich, eingestandenes Wissen Pontarliers. Nicht nur die Villa Hammerschmidt, nein, auch das Parlament hatte diesbezüglich immer schon lieber geahnt als gewußt.

Selten saß Yaksha selbst, der Furchtbare, in den Gesprächen, stets aber einer der Mauerräte, meist hochkultiviert und vertrauenerweckend. Der hielt mit dem Risiko nicht hinter dem Berg. Bereits nach wenigen Monaten nahmen die Reinigungskräfte ein Aussehen an, das jede Rückkehr unmöglich machte, schon gar die versprochene, vertraglich garantierte ins bürgerliche Leben inklusive der neuen Identität. Nach den zehn verpflichteten Jahren waren aller Gesichter zu faustgroßen Pusteln verquollen, jedes Atmen geschädigt. Das aber hieß noch gutgegangen. Dennoch war es objektiv besser, ein solches kurzes, doch immerhin hitziges Leben als das eingesperrte und würdelose unter Yaksha auf Rügen zu führen. Auch dort sah niemand das Meer so weinrot, wie es war. Yaksha hatte außerdem recht: »Sie leben wieder in völliger Freiheit.« Wer die zehn Jahre überstand, war allerdings, abgesehen von den körperlichen Deformationen, auch seelisch außerstande, sich noch in zivil regulierte Sozialitäten zu fügen. Das mit einem Herzensdrittel doch immer ersehnte bürgerliche Dasein war dann erst recht, was es für diesen Menschenschlag schon vorher gewesen: zu ruhig und zu harmlos, man hätte denn den Eindruck gehabt, in einer Fernsehshow zu leben.

Was Mauerrat und Gefängnisleitung indessen verschwiegen, waren die genetischen Kapriolen, die der Nachwuchs solcher Freigelassenen schlug. Da man so unter sich blieb, schloß sich der allergogenen Formenfreude der Natur das Erbgut dieser Menschen auf. Bereits ihre Enkel waren nicht länger Frauen und Männer. Viele von ihnen wären ohne hochtechnisierte Prothetik nicht mehr lebensfähig gewesen. Doch sorgte Pontarlier dafür, die Entwicklung dieser Arten vermittels wiedernächster Freiwilliger ins alte Erbgut zurückzukreuzen. Dabei gehörte es zur Evolution, daß der Mensch sich mit den Maschinen verschnitt. Zum Beispiel wuchs ein ausgesprochen solider, wenn auch Seitenweg der Genetik mit dem gehandhabten Werkzeug zusammen. Diese Wesen wurden mit demselben Öl betankt, das die Geräte schmierte. Sie kamen von der Mauer nie wieder los – nicht metaphorisch, obwohl: das auch, vielmehr konkret bis zum Tod. Sie konnten sich vom Rost ernähren, den sie von den Oberflächen schliffen. Andere spritzten ihre Ausscheidungen in Löcher und Risse. Die härteten in der Mauer aus und gaben ihr erneuerte Stabilität. Die Art wuchs mit dem Bau zusammen, der sie barg.

Der einfache Porteño wußte von alledem nichts. Dabei galt ein Gleiches für ihn. Zwar, es gab bisweilen Reportagen. Doch galten sie für übertrieben oder politisch gefärbt; oft waren sie tatsächlich pure linke Agitation. Und Pontarlier wies sowieso jede Verantwortung von sich. Das konnten auch Gutinformierte als eine pragmatische Haltung nachvollziehen. Was blieb der Regierung denn übrig? Europa war von der Mauer und diese von den Molen abhängig. Daß sich die Reinigungskräfte unter den widrigen, leider jedoch gegebenen Bedingungen selbstorganisiert weiterentwickelt, ja erfüllungstechnisch vollendet hatten, war letzten Endes nur zu begrüßen, auch wenn das dem humanitären Menschenbild nicht in den Kram passen konnte. Im Zweifel für die Notwendigkeit: Welt ist nicht moralisch, hatte der Präsident oft gedacht und nicht zuletzt deshalb die Entwicklung des Lichtdoms so unbedingt vorantreiben lassen. Dieser erst garantierte Moral.

Balthus etwa, von nichts als Verkaufstrieb getrieben, wußte sofort, als er das neue Leuchten sah, es gebe nun nichts mehr zu handeln: Kein Mehrwert sei mehr abzuschöpfen. Eine Gesellschaft, die es dahin

8

gebracht hat, wird, dachte er, sterben. Der lebendige Austausch erliegt oder steht doch davor zu erliegen. Man könne sie nur noch verlassen.

Eben das hatte er vor. Deshalb war er schon, bevor der allgemeine Run auf die Weststadt losgegangen war, nach Rheinmain davon, hatte als Ziel aber nicht abermals die Andenstaaten, denn dort lauerten Sheik Jessins Häscher. Das war ihm völlig bewußt. Selbst Allegheny wäre noch zu nah gewesen. Vielmehr schien ihm das einst vergessene Australien neuen Schäfergrund, für Wölfe, zu versprechen. Außer ein paar Globetrottern wollte kein Mensch dahin. Der Kontinent kannte kein Schutzdach, lag offen unter der Sonne. Balthus lief also keine Gefahr, daß die Flüge ausgebucht waren, obwohl es für den Zivilverkehr nur wenige gab, allerdings auch nur wenig Transporter. In Mörfelden-Walldorf mußte Balthus den Kapitän eines solchen bestechen. Er steckte ihm drei Rolexblender zu. Prahlend ließ sich der Mann damit sehen, dann stellte er den Passagierschein aus. Er erinnerte, dieser Pilot, an eine Reinigungsmutation, was den momentan sehr vorsichtigen Balthus erst hatte vor ihm zurückschrecken lassen. Doch dessen Eitelkeit konnte beruhigen, weil's sich mit so was *rechnen* ließ.

An einem vierten November wurde Balthus erwartet und stand auf dieser Rampe, der gleichsam Gangway in die zum Flughafen führende Lappenschleuse. Ihm im Rücken Gedränge und Geschreie, aus dem er sich wie ein Tropfen Öl aus einem Fettmeer löste. Die wenigsten Leute hatten Tickets. Alle aber taten, wie wenn sie welche hätten. Wann immer vorn an der Sperre jemand abgewiesen und zurückgeschickt wurde, meist ganze Gruppen, heulten Ärger und Wut durch die Menge. Steine und Flaschen wurden geworfen. Polizisten rückten an, disziplinierten die Leute. Balthus konnte nur hoffen, daß man den Transsubstantiator nicht ordnungshalber schloß.

Er hatte sowieso kein gutes Gefühl, behielt seine Umgebung scharf im Auge, blieb aber äußerlich ruhig. Fuhr sich hin und wieder mit den hornigen Fingernägeln der Rechten durchs angelockte, über die Jahre ergraute, an den Spitzen sogar weiße Haar. Besah dann seine Fingerkuppen. Seine Linke hielt das Ticket. Er nahm den Koffer hoch. Man quetschte sich einen Zentimeter, die Gepäcke wuchtend, voran. Rechts leuchtete der Lichtdom durch ein geripptes Glasdach. Im Westen, hatte Balthus gehört, regiere das Chaos noch schlimmer. Ein weiterer Zentimeter. Der Flugkapitän würde auf Balthus nicht warten.

Wieder schäumte die Menge, wieder rief das Ordner auf den Plan. Schlagstöcke hieben nicht, wiesen aber drohend. Lautsprecher schnarrten, brüllten schon. Was das Gedränge nur noch mehr erregte. Paar Leute gerieten in Streit. Ein Schuß fiel, das war von zweien der erste. Jener, anders als dieser, würde gedämpft sein, ginge ins Leere des aufgelösten Molekülverbands, den Abzug eine Spur zu spät gezogen. Der Finger hätte nicht zögern dürfen, aber es waren zu viele sich quetschende Menschen im Weg. Martinshörner tobten. Eine Bahn schnitt durch die Masse, als würde eine Torte geteilt, die Hälften keilhaft auseinandergeschoben. Weich ist und rot, was an dem Kuchenmesser klebt. Von der gegenüberliegenden Seite, aus der weitere und weitere Menge herbeidrängte, wurde, direkt an Balthus vorbei, eine nächste Bahn durch das Gelee geschnitten. Die Arme sehr weit ausgeholt, sensten drei Gummiknüppler durch das Volk; kaum daß man sie sah, wich man zur Seite. Sanitäter folgten, die eine Trage zu dem Verletzten trugen. Ein wenig hintennach, wortwörtlich rückwärts gehend, nach rückwärts sensend, drückten weitere Polizisten heran. Vor ihnen führte ein nächster einen Dobermann, dem der abgelöste Maulkorb vor der knochigen Brust baumelte. Dahinter schloß sich die Menge.

Balthus sah seine Chance. Nahm sie wahr. Doch jemand andres, hinter ihm, auch, trieb den Sanitätern im Fahrtwasser nach. Obwohl er sich auf einen Gehstock stützte, war Balthus, den er verfolgte, nurmehr wenige Meter vor ihm. Das Trüppchen erreichte die Stelle des Unheils.

Balthus hatte verstanden. Er steckte seine rechte Hand in die Tasche. Wie gut, daß er das Stethoskop bei sich hatte. Damit drehte er sich um. »Lassen Sie mich durch!« rief er. »Ich bin Arzt!« Er mußte dreimal rufen. Dann ließ man ihn sich über den Verletzten beugen. Glasig starrten dessen Augen. Die Kugel war durch den Unterleib gegangen, der Hosenstoff über der rechten Leiste hatte sich dunkel mit Blut vollgesogen. Balthus riß dem Mann das Hemd auf, auch das Unterhemd weg, steckte sich die elfenbeinfarbenen Kegelchen des Stethoskops in die Ohren und ging langsam mit der Hörplatte über den halb nackten Oberkörper hin. »Geben Sie die Decke«, sah fordernd, auch wie genervt über deren Trägheit, zu den Sanitätern hoch. Deshalb hatte keiner die Idee, ihn nach seinem Ausweis zu fragen. Unterdessen war der Verfolger nahe heran und hatte den mit einem Schalldämpfer verschraubten Colt aus dem Hosengurt gezogen.

»Da ist nichts mehr zu machen«, sagte Balthus und zog dem toten Körper die leinene Decke bis übers Gesicht. Die Sanitäter stellten die Trage auf ihre vier Stumpen, oben faßte einer dem Toten unter die Achseln, der andere, der zwischen dessen Beine trat, bückte sich, griff unter die hinteren Oberschenkel. So den schlaffen Leib hoch- und hinüberhauruckt.

Die Menge wallte abermals auf. Nur wer direkt an der Trage stand, verhielt sich stumm, zumindest betroffen. Man wurde gegen die Sanitäter, Polizisten und Balthus gepreßt. Nächster Schlagstockeinsatz. Schreien, Wut. »Warten Sie!« Ein Polizist, nun doch, zu Balthus. »Wir brauchen Ihre Angaben, Doktor.« Er versuchte, einem Kollegen Bescheid zu winken. Um Formularkram sollte es gehen. Das ließ sich nicht abwarten, nicht in Balthus' Situation. Er drückte sich, der halb noch hockte, nach hinten in die Menge, die sich, suckelnder Mund eines riesigen Plattwurms, über ihm schloß. Drin richtete er sich auf, langsam rückwärts in dem Schlund, glitt weiter die Rampe hinauf. Die Polizisten verwirrt. Wo war der Arzt hin? Auch der Verfolger warf die Blicke. Vor ihm eine Menschenwand, wogend, um ihn Menschenschlick, der gegenanschlug, zähe Schreigischt, Prasseln vom Feim der eingezogenen Köpfe. Blicke auf ihn, Spritzer, er steckte die Waffe unters Jackett, hielt den Finger aber am Abzug, doch tat, schwer auf dem Gehstock der massige Körper, behindert. Wurde zur Seite gedrängt, als die um sich schlagenden Ordner den Rückweg zu bahnen begannen, von der nun sehr viel schwerer gewordenen Trage gefolgt und ihren beiden Trägern und der nun abermals rückwärtsweichenden Nachhut. Nur von dem sechsten Polizisten nicht, nicht von dem Dobermann. Der witterte nervös und winselte nach Wild, indes sein Herrchen etwas gullihaft Rotierendes bekam: Es drehte sich um die eigene Achse, ein Zentrifügchen in den dickflüssigen Strudeln eines sich immer weiter zur Lappenschleuse wälzenden Moores aus Menschen. Das flößte in einem seiner äußeren Arme den Verfolger um das Sternenzentrum herum, bis endlich auch er weiterkam, die 45er *Colt automatic* abermals gezogen, Waffe aus dem Arsenal der Mudschaheddin Sheik Jessins. Dabei war dieser Revolver einst zur Abwehr der Islamisten gedacht. Wie war er in die Hände des Roten Mahmuts geraten? Der jetzt weit ausholender Arme, sie schwangen, durch den öligen kreiselnden elenden See vorankam. Erblickte Balthus bereits an der Sperre. Sah ihn das Ticket vorweisen, den Ausweis zeigen. Keine Ahnung, dachte Cordes, wie Balthus ans Visum gekommen war. Alles, immer, ist fraglich an dem Mann. Das Bodenpersonal ließ ihn jedenfalls durch. Mahmut zielte. Er stand auf den Zehenspitzen. Den Nacken des Verräters im Fokus eines gefühlten Visiers, zog sich der Zeigefinger durch, grob dabei den rechten Arm hinauf: Da flog die Kugel schon, um Millimeter jedoch zu hoch abgeschossen, so daß es Balthus rechtzeitig noch davonreißen konnte, den ganzen Mann in den Leerraum. Die Kugel fauchte knapp über seine rechte Schulter hinweg, die in demselben Moment fort war. Sie, mit dem übrigen Körper, war nur noch Molekülverbund, der durch die Elektronik jagte und sich im beinah selben Augenblick jenseits wieder zusammensetzte, vor der hinteren Kabinentür nämlich, mitten auf der Gangway. Indem er dort das Flugzeug betritt, verlieren wir ihn aus den Augen. Wir können aber sicher sein, daß einer wie er auch in Australien sein Auskommen findet.

Nicht so der Rote Mahmut. Dem schlug ein Unterarm hart auf die Kehle. Der Dobermann verbiß sich in seinen linken Oberschenkel. Zu plötzlich kam dieser Schmerz, um wirklich des Mannes Gehirn zu erreichen, doch machte er ihn hilflos. Hilflos tauchte auch er in die Menge zurück. Als wäre er Stein in dem Sumpf und sackte, sackte über ihm Masse, sackte ihn zum Grund. Dort drückte ihm der Bluthund auf die Brust. Geifer tropfte von den Kiefern, aufgesprungen das Gebiß, weißes Flutlichtleuchten der Fänge, drüber und drunter wie aus Neonhelle rotes Zahnfleisch. So gar nicht Paradies der Huris, sondern Kerberos allein. Mit scharfer Wucht zertrat der Polizist dem Roten Mahmut die Knöchel seines rechten Unterarms. Da erst ließ der, fast schon ohne Bewußtsein, den Revolver los. Gepackt beim Haar und in den tiefschwarzen Bart gegriffen, riß man den schlaffen Oberkörper hoch. Riß die Hände auf den Rücken. Der Polizist war routiniert um den halb aufgerichteten Niedergestreckten herum. Die Zahnrasten schnappten, der Handschellen, beidseitig zu. Dann wurde der Mann an der Kette zwischen den Ratschen ganz auf die Beine gezerrt und, als die Kollegen gekommen, weggeführt. Verlassen blieb sein Gehstock liegen.

»So war das«, sagte ich.

»Is ja 'n richtiger Krimi«, ließ sich einer der Hörer vernehmen. »Warum schreiben Sie nicht Bücher?«

»Das macht mein Papa doch«, sagte mein Junge. »Das ist nämlich sein Beruf.«

»Schauen Sie in diese Nebelkammer. Stellen Sie sich das vor, daß, wie wir in sie hineinblicken können, auch jemand anderes in die unsere schaut, die, in der wir selbst sind. Der sieht dann unsere Welt, unsere Lieben, sieht unseren Beruf und unsere Straßen, alles, was uns vertraut ist, Orte, Städte, Länder, die Kriege und Verkehrsunfälle. Unsere Krankenhausaufenthalte. Während Sie mir aber zuhören, sitze ich außerhalb dieser Nebelkammer, die selbstverständlich wieder nur eine, wenn auch sehr viel höherdimensionierte ist – sitze ich und tippe in einen Computer, was ich Ihnen erzähle und auch, was Sie mich eben fragten und was daraufhin mein Junge gesagt hat, sowie, was ich nun geantwortet habe. – Glauben Sie im Ernst, ich könne so was und in solcher Sprache aus dem Stegreif formulieren?«

Die Replik ließ Eckhard Cordes kurz auflachen, als sie ihm am Küchenfenster eingefallen war. Eine nächste dunkelgelbe U-Bahn rauschte durch das Bild.

»Sie haben ja 'n Knall!« Technikmuseum.

Ich: »Sie finden die Idee verrückter als das, was Sie sehen? Unglaubwürdiger als die unentwegten Raupenkörper unter diesem Glas? Halten Sie sich bitte vor Augen, daß die Vorgänge darin sichtbar nur *gemacht* werden, aber auch dann geschehen würden, sähen wir sie nicht. Sie sind überall.«

»Auch in der Mama«, sagte mein Sohn und guckte die Leute mit seiner wichtigsten Kindermiene an. »Und auch in mir und in Jascha.«

»So ist es«, sagte ich, während Cordes, am Küchentisch zurück, in seinen Laptop tippte:

```
Daß wir, die Programmpartikel, alle anfangen kön-
nen, mit unserem Programmierer, einem sich selbst
organisierenden Programmierenden, bewußt zu in-
teragieren, allenfalls das ist das Utopische an
meinem Unternehmen.
```

9

Allmählich hatte die Panik auch auf die Brachen übergegriffen. Da es dort so gut wie nichts zu plündern gab, ging es anderweitig drunter und drüber. Die groben Rechtsprinzipien begannen zu zerfallen, die sich über die Jahre unter den Internierten entwickelt hatten. Es war, als wirkte des Lichtdoms Leuchten auf alles zersetzend, das in der wirklichen Welt Verläßlichkeit besessen hatte. Doch wie im Osten nahm man genau das für ein Versprechen. Das Licht war geradezu Fanal, sich auch hierorts zu erheben. Zumindest rannte man gegen die Demarkationsgrenzen an, als die elektrische Sperren, Mauern und Zäune fungierten, die permanent die Gelände umschreitenden Patrouillen einmal beiseite. Nicht nur mit denen gab es Schußwechsel und Prügeleien.

Die Westbrache war dreiseitig durch die oft zwei-, dreihundert Meter zum Himmel hinauflangenden unverputzten Mauern der angrenzenden Arkologien verschlossen; auf der offenen Seite begrenzte sie der säurevolle Rhein. Hoch über dem nördlichen Drittel zog außerdem, ein von brobdingnagschen Säulen getragener, weinrot metallener, flacher Bogen, der Ponte 25 de Abril bis an den offenen giftigen Fluß. Dort gab es einen Checkpoint Charlie; die vermittels mehrfach aneinandergeknüpfter Stacheldrahtbollen unzugängliche Mauer wehrte den Einblick. Allerdings ließ sich auf den Wachtürmen zuweilen jemand Uniformiertes blicken und zeigte seine MP. Kam ein Brachler dem Checkpoint zu nahe, wurde geschossen. Normalerweise hielt man deshalb Abstand. Die meisten Hauptsiedlungen lagen ohnedies im Süden, nur wenige auch nördlich der Westschleuse. Die herrliche Brücke war – den Internierten der Regenbogen, an dessen Enden die Schätze der Freiheit vergraben sind – Unsterblichen und Prominenten vorbehalten, sowie Politikern. Die fuhren nun alle nach Buenos Aires hinein. Sofern sie durch die gegendrängenden Massen hindurchkamen, die sich um das Verbot nicht mehr scherten. Das sah zwar in der Brache niemand; aber Gerüchte gingen davon um.

Auch Oisìn kamen sie zu Ohren.

Nach seiner Internierung hatte er sich niemandem angeschlossen, sondern hauste abseits in der wenig aufmunternden Gesellschaft seiner Depression zwischen drei Kühlschränken, zwei abgestorbenen Birnbäumen und mehreren blinden Fernsehgeräten, die er sich zu Sitzmöbeln arrangiert hatte. Zwischen die Bäume und einen ausgedienten Laternenmast war direkt an der alten Bundesstraße eine durchsichtige, längst eingerissene Plane als Dach gespannt, deren einer lappiger Zipfel, da es nur diese drei Knüpfpunkte gab, unentwegt flatterte: ein ziemlich lästiger Wimpel.

Vom Rhein her wehte übler Geruch, neuerdings böig scharf; die miasmischen Eruptionen hatten auf der Flußoberfläche deutlich zugenommen. Das wirbelte Ahnungen von einem nahenden, noch viel größeren Unheil auf als dem, in dem man ohnedies lebte. Vielleicht hielt dies die stammesähnlichen Gruppen, in die sich die meisten Internierten zusammengeknäult hatten, davon ab, auf Oisìn loszugehen. Es war sonst Usus, jeden Neuling sofort unter die Hierarchien zu biegen; das dafür opportunste Mittel war Gewalt. Den Finnsohn

710

aber ließ man in Ruhe, ja schien ihn gar nicht wahrzunehmen und er die andren auch nicht oder nur kaum. Nur, wenn es um das Essen ging, mußte man zusammenkommen. Das Zentrum versorgte die Internierten zwar, aber kontrollierte die Zuteilung nicht.

Als die Ausbruchswelle losging, näherte sich der zunehmend eigenbrötlerische Oisìn immer wieder dem Rhein, den alle andren mieden. Da sann er. Er war, trotz gelegentlichen Hungerns, gut in Form, absolvierte täglich sein Programm: Langlauf, Liegestütze, Klimmzüge, Situps für den Bauch und den Rücken. Unterdessen konnte er Baumstumpen stemmen. Sein vordem eher weiches Gesicht hatte sich unter dem metallschwarzen Haar zusammengezogen, Falten durchkerbten die Wangen, was sein Antlitz konturierte und ihm die männliche Schönheit einer Autorität gab, einer zu frühen vielleicht, doch aus Gründen der Erfahrung, nicht des altklugen Hochmuts. Unversehens wölbten sich die Lippen und bekamen Schwung. Dagegen die Nase wirkte schmaler als früher, ihr leichter Adlerbogen schien den jungen Menschen auszurichten – kurz: Er war zum Mann geworden.

Als Mann stand er da, die Hände in den Taschen der zerspleißten Hose, und sah hinüber in das, was seine Heimat gewesen. Sah ja aber nichts. Da schwebte noch immer der hodnasche Vorhang von ganz Süd nach ganz Nord, milchige Schlieren eines Nebels, den, wer klug war, ignorierte. Es war auch nicht wirklich die Weststadt, wonach Oisìn sich sehnte, nicht waren es die milden Hügel des grünen Burgunds, schon gar nicht der Wald, der das *Lycée de vents* in Belfort umgab, oder die Wiesen. Das war ihm alles längst falscher Schein. Etwas ganz anderes zog ihn dahin, das er nicht benennen konnte. Er werde gebraucht, spürte er. Da wartete etwas auf ihn. So daß er sich besann, wer er war, in Wirklichkeit, am Seelengrund – nicht der verwöhnte, von Ungefugger aus allem Erbe der Macht herausgehaltene, allzu effeminierte Enkel eines schwachen, ins Vergessen dahingesunkenen Präsidenten. Einer vielmehr, der etwas ins Lot bringen mußte. Jemand, der verpflichtet war. Wovon er in den Illusionen des Wohlstands, die ihn umgeben hatten, gar nichts hatte wissen können. Jetzt aber. Jetzt wußte er's. Und ballte die Hände zu Fäusten,

während Cordes abermals aufgestanden war, um aus dem Fenster zu sehen, sich dann einen nächsten Kaffee genommen und erneut an den Laptop gesetzt hatte. Er zündete sich eine Zigarette an und rauchte, sinnend dabei wie Oisìn, aber so wenig wie der kam er auf eine Lösung. Jemanden wie Skamander hätte das Rheingift nicht geschert, der wäre in den Fluß geschritten und hätte ihn durchschwommen. Oisìn war aber Mensch. Außerdem saß niemand mehr in Beelitz, der programmierend eingreifen konnte. Sabine Zeuners kurzer Auftritt als Athene blieb eine, zumal poetologisch nicht ganz seriöse Episode, indessen der, der mit den beiden Jungs im Berliner Technikmuseum stand, nichts als fantasieren konnte. »So wenig Wahrheit ist daran«, sagte ich, »an der erzählerischen Freiheit.«

Tage, wenn nicht Wochen schienen vergangen zu sein, seit wir drei, die beiden Jungs und ich, zur Nebelkammer gekommen waren und ich meine Geschichte begonnen hatte. Doch noch immer standen die Zuhörer um uns herum. – Ich sah zur Uhr, war ein wenig erschöpft, kaum anderthalb Stunden waren verstrichen. »Seid ihr nicht ein bißchen müde?« fragte ich die Jungs. »Ich kann auch zu Hause weitererzählen.« »Na Sie sind gut!« So protestierte die Gruppe um uns herum. »Jetzt sehn Sie ein Problem und wollen kneifen.« »Er könnte«, bemerkte grübelig Jascha, »eine Zeitmaschine …« »Ja, jemand hat in der Brache eine Zeitmaschine gebaut, und Oisìn findet sie«, schlug auch mein Junge vor. »Auf dem Gelände findet er ein Boot«, das kam aus dem übrigen, meinem erwachsenen Publikum. »Das ist unwahrscheinlich«, widersprach ich. »Dieser Fluß ist doch nichts mehr als ein polychemisches Gemisch aus Säuren, Ölen, auch explosive Stoffe darunter. Deswegen die dauernden Protuberanzen. Nein, ich glaube, ich muß Sie enttäuschen. Mir fällt jetzt grad nichts ein.« »Oder die aufgebrachte Menge stürmt die Lappenschleuse d o c h.« »Glaub ich nicht. Es mißlingt den Posten, das stimmt, die Zugänge zur Weststadt zu halten. Aber dort sind es Porteños, also weitgehend gesetztreue Bürger von Buenos Aires, auf die geschossen werden müßte. Das tun die Posten nicht. In den Brachen hingegen leben Verbrecher, auch Schwerverbrecher, keine Wache würde mit denen zimpern.« »Und wenn die Wachen mit in den Lichtdom hineingenommen worden sind? Dann gibt es da gar keine mehr.« »Ungefugger wird sich hüten, Böhm auch nur Grenzgebiete der Brachen digitalisieren zu lassen. Wenn Buenos Aires im Lichtdom aufgegangen sein wird, werden die an die Brachen grenzenden Arkologien weiterhin stehen. Für deren Anwohner wie für die Wächter wird es ein schlimmes Erwachen geben. Mit einem Mal alle Wohnungen offen, es fehlen die Wände, die nach Osten zeigten, es fehlen die Straßen Geschäfte, kaum noch war ein Gleiter zu sehen, der Blick fiel die oft Hunderte Meter ins Leere hinab, in Kahlheit rohe Trichter Ödnis, soweit das Auge blickte. Elend schritten die wenigen übrigen Leute hinein, kleine Züge aus Menschen, die in Richtung auf den Lichtdom wanderten, der verheißungsvoll drohend am Horizont leuchtete. Jetzt wollte auch der Letzte ihn sehen.

Da gaben die Wachmannschaften tatsächlich, an den Lappenschleusen, nach, und die Verbrecher strömten hinaus. Wen sie trafen, den machten sie nieder, jedenfalls in den ersten Stunden. Dann besann man sich auf die neue Situation und bildete, wie in den Brachen, mehr oder minder organisierte Banden, die, wäre nicht Thetis gekommen, das alles zu ertränken, mit den Jahren zu Stämmen geworden wären, einander teils verfeindet, teils alliiert. Denn die alten Ungeheuer aus dem Osten streiften herüber, die ersten Schänder waren gesehen, ihnen folgten Hundsgötter, dann schon Devadasi.

Das halbe Gebiet des ehemaligen Buenos Aires war kontaminiert. Der Rhein hatte einen Großteil überschwemmt. Anderswo standen bröckelnde Hochhäuser, nicht selten stürzte es von Mauerwerk und Metallpfosten herunter auf das, was nur noch annähernd Straße war. Es ist ja nicht so, daß in den Stadtteilen wenigstens die Gebäude stehengeblieben wären. Nur, was illusionistische Architektur war, verschwand, also rund ein Drittel aller Bezirke querdurch von Rheinmain bis München, von Koblenz bis Bayreuth. Die Hodnakraftwerke, aus denen sich die holomorfen Gebiete mit Energie versorgt hatten, waren, mithin jede Harfaerzeugung, zum Erliegen gekommen. Deshalb löste sich schon das Europäische Dach auf und darüber der Hodnaschirm, so daß die Sonne ungehindert durch den seit Jahrzehnten, vielleicht einzwei Jahrhunderten vernichteten Ozonschild brannte. Keiner, den der Lichtdom nicht aufnimmt, wird nunmehr alt. Wird's aber einer, mutiert er wahrscheinlich.

Und dann geschah, wovon sie alle weggestarrt: Der Rheingraben brach. Er brach nicht ein, sondern aus. Thetis schoß aus der riesigen, nationenlangen Senke. Da waren die Argonauten schon über die Mauer und auf dem die Mauer durchbrüllenden Meer. Ganz wie der Achäer es vorausgesehen hatte:

»Das begreift, daß ihr Schild und Wappen sein müßt dem Osten,
wenn sie donnernd, die Kehle der Schwalbe, es kundtut, das Ende
jener Herrschaft, die unerbittlich im nichtenden Fortschritt
Raub und Entwürdigung säend, Land und Bewohner versklavt hat.
Silberfüßges Meer, sich erschwemm'des, holt sich den Erdkreis,
jeden, der widerstrebt, opfernd, bald heim in sein Wasser.
Deshalb, wer gut ist und klug, der stellt sich der Thetis zur Seite,
um für Freiheit und Recht der Mutter sein Leben zu setzen.«

Erneut ließ Erissohn eine Sprechpause wirken. Momentlang sah er mit
glühenden Augen – in Wirklichkeit waren sie matt – in die abermals
unruhig werdende Schar seiner Hörer, als mit derselben Geschwindigkeit, die ihn würde Markus Goltz töten lassen, Gelbes Messer vor-
sprang und hinauf auf die Bühne schnellte. Es blitzte Borkenbrods pe-
liadisches Messer. Thisea, die sofort begriff, schrie auf. Eris, als letzte
Lebensempfindung, nahm einen Duft mit hinüber. Sein Kopf klappte
nach hinten, der Schnitt war sehr tief, aber eine Sehne hielt, weshalb
er, Erissohn, zwar schwankend, noch halbsekundenlang stehenblieb.
Dann krachte er auf die Sparren. Gelbes Messer war da schon fort,
hetzte lautlos um die Häuser herum zu seinem Jeep. Unaufgeregt fuhr
er heim. Während ganz Točná schrie. Einige Leute kreischten sogar,
warfen die Hände zum Himmel. Andere rannten verrückt durcheinander und erbrachen sich, während – Thisea als erste, verbittert stand
sie neben der Leiche, verbittert hob sie den Kopf, nahm die Witterung auf – Amazonen und Goltzin sich endlich an die Verfolgung des
Mörders machten. Nur Otroë blieb als Wache bei dem Wagen zurück.
Nicht noch einmal würde Thisea den Mörder entkommen lassen.
Dachte sie, als sie erwachte, aufgeschreckt in dem Sessel vor Des
Sanften Garage. Sie lauschte. Die Nachtstille durchschrie zuweilen
eine Krähe. Man konnte am Himmel sogar die leisen Entladungen
hören. Gegenüber Thisea, in dem anderen Sessel, schlief Sisrin ruhig
und fest. Zwischen den Frauen stand das Tischchen mit der Vase, im
dämmrigen Licht erschreckend fahle Gräser darin. Das war so etwas
von ruhig, daß Thisea den Eindruck hatte, es habe sich etwas bewegt.
Sie richtete sich auf, erst den Oberkörper, die Arme durchgedrückt,
auf die Lehnen gestützt ihre Hände, dann schon stand sie, beugte sich
vor, huschte zum Gatter. Das rettete ihr Leben. Denn der duftende
Schatten war bereits auf ihren Rücken gefallen, er war ihr nur noch
nicht über die Schulter, deshalb roch sie ihn nicht.

714

Sie fand die Schwester, sah den Schnitt, die Klaff, es brauchte keinen Duft mehr; der hatte sich ohnedies schon zerflattert. Thisea zauderte nicht. Sie griff nicht nach Lea, deckte sie für ihre letzte Ruhe nicht zu. Sondern huschte herum, alles im Nu: die Tote finden, sich herumwerfen, an Des Sanften Garage heran und hinein, dieses Mal war es KUSIA (Malz), aber nicht Borkenbrods, sondern ein anderes Messer, eines der *Frosts*, das sich schon, von Goltz abgelassen, an den noch schlafenden Sanften heranschlich. Mit einem einzigen Schlag streckte die Amazone Brem nieder. Er fiel so lautlos, wie er mordete, nach vorn, fiel auf das Lager Des Sanften. Den weckte der hingeschlagene Körper. Verwirrt, gar nicht erschreckt, kam er zu sich. Nach zehn halben Sekunden fing er plötzlich zu schreien an, wovon auch Sisrin erwachte. Die Pistole am ausgestreckten Arm, hetzte sie in die Garage.

»Licht machen«, zischte Thisea, und weil Der Sanfte so schrie, weshalb Sisrin das Zischen nicht gehört hatte, brüllte sie: »Licht machen, verdammt!« Dann gab sie Dem Sanften eine Ohrfeige, damit ihm das Schreien verstumme. Schockiert sah er Thisea an. Das Mal auf seiner Stirn war dunkel und tief.

Die Amazone fesselte Brem mit ihrem Gürtel, dann noch mit einer Schnur, die sich in einem der Regale als sauber gewundenes Knäuel fand. Derweil sah Sisrin nach Goltz. Sie schüttelte den Kopf. Noch im selben Atemzug war ihm die Decke bis übern Scheitel hochgezogen; unten schauten, unangemessen für einen solchen Mann, absurd die nackten Füße heraus. Sisrin deckte das untere Laken darüber und über seine Schienbeine.

Der Sanfte saß, wirr, die eigene Decke über die Knie gezogen. Er hielt sich mit den Händen an den Zipfeln fest. Den Rücken an der Garagenwand, blickte er ins Leere.

»Den hast ja verschnürt«, sagte Sisrin. Dann, momentlang blickirr: »Was ist mit Lea?« Weil Thisea schwieg, schossen der Freundin die Tränen aus den Augen, zugleich, im selben Augenblick, hob sie ihre XC-Σ, um auf den Gefesselten abzudrücken. Ihr Zeigefinger hatte den Abzug noch nicht einziehen können, da war ihr von Thisea der Arm hochgerissen. Die Kugel jagte durch die Garagendecke.

»Warum läßt du das Schwein leben?« »Auch ich will ihn tot. Doch sind wir Frauen, nicht Mörder. Er ist ein Vieh, aber wir schlachten ihn nicht. Außerdem will ich wissen, was e r weiß. Wenn er nicht spricht, darfst du ihm die Ohren abschneiden.« »Was dir alles einfällt.«

Es war nicht ganz heraus, ob Brem ohnmächtig blieb oder sich verstellte. Sisrin nahm ihn am Haar, riß seinen Kopf hin und her. Sie würgte und spie dem Reglosen den grünen Flatschen zwischen die Augen. Das seimte zäh auf dem linken Nasenflügel und der Wange und blieb kleben. Thisea blickte herum. Nahm den Krug, wollte das Wasser – sie holte regelrecht aus – dem Mörder in die Fresse – hielt plötzlich ein, besann sich, drehte sich, tat zwei Schritte und übergoß statt dessen Den Sanften. Der schüttelte sich. »Komm zu dir. Wir brauchen dich jetzt.« Zu Sisrin: »Paß du auf dieses Arschloch auf, während der Junge und ich Goltz begraben.« *Verscharren* aber dachte sie: Helden werden verscharrt. Der Ruhm ist die Sonne des Helden: ausgerechnet Trotzki fiel ihr ein. »Wir werden auch Lea begraben, du kannst nachher Abschied nehmen. Dem hier«, sie zeigte verbal auf Den Sanften, »traue ich nicht.« Auch sie spuckte aus, aber auf den Boden.

Der Sanfte, pudelnaß, weinte. Aber gab sonst keinen Laut mehr. Die Tränen waren ein stummes fließendes Wasser. Seine zweite Berührung mit dem gewaltsamen Tod. Niemand konnte ahnen, er am allerwenigsten, daß damit auch in i h m etwas starb. Daß Orpheus ihn verlassen hatte. Ganz wie er gekommen war: durch Schuld, die, dachte Cordes, verklärt werden wollte. Zugleich hatte er Oisìns Idee.

Der hatte beobachtet, daß der Rhein nicht nur träg nach Norden floß, sondern es gab Strömungsbewegungen, die schräg verliefen, kreiselnd, gegenläufig. Vielleicht langten sie bis ans drübige Ufer. Das wäre eine Chance.

Er verließ seinen Unterschlupf, nahm nichts mit außer einem Karren, zog südwärts, immer dem begradigten Rheinlauf folgend. Das Risiko war ihm bewußt. Er entsann sich, daß von alten, lange vor der Geologischen Revision angelegten Asbestdeponien erzählt worden war, ihrerseits Brachen bereits damals. Die seien Brache wahrscheinlich geblieben, in die neue, größere Brache hineingenommen.

Bisweilen fragte er wen nach dem Weg.

Es ging nur Ungefähres um.

Ich brauche dünnes Material, dachte er, es muß sich formen lassen. Ich brauche einen Mundschutz. Wanderte von Halde zu Halde, füllte seine Karre mit Kram, Schnüre Decken Kleidungsstücke, kam schließlich an ehemals gesperrtes Gebiet, die Zäune drittels niedergerissen. Immer wieder schaute er zum Rhein: Wo ließ es sich hinübertreiben? Was den Asbest betraf, so konnte er nur raten. Man hatte den Schülern TRGS 519 gezeigt, auch Textilien aus bläulichem Krokydolith, grünem Serpentin, sowie die industriellen Nachfolgestoffe: *Krokydolmen – Serpenen III – Krokyserpen Minus;* die wurden, bei Einsätzen im Osten, vor allem zur Entsorgung und Reinigung der vor Zeiten stillgelegten Atomkraftwerke gebraucht. Hatten sich über die Jahre aber ebenfalls als karzinogen erwiesen, nicht weil sich Fasern lösten, nein, dieses Problem hatte die Nutzchemie längst gelöst, sondern weil Harfa mit ihnen interagierte und eine Strahlung freisetzte, die Radium ähnlich war. Also waren auch diese Gegenstände, vor allem Kleidungsstücke Branddecken Dachverspannungen, entsorgt und meist in Thetis verklappt worden, teils aber in den Brachen zwischengelagert, um sie erst später abzutransportieren. Das war, als sich die Brachen mit Häftlingen füllten, nicht ohne Absicht unterblieben.

Oisìn zwängte sich durch die klaffende Stacheldrahtsperre, überkletterte die schulterhohe Mauer dahinter und stand vor dem Depot, einer schuppenartigen, nicht sehr geräumigen Baracke, die als Aufenthalts- und Kontrollraum gedient haben mochte. Es gab eine Reihe aufgebrochener Spinde, aber auch, an den alten Arbeitsplätzen, aus den Flächen gezerrte Kabel und an den Wänden darüber Armaturen hinter blindgewordenem rundem Uhrglas, sowie in der Ecke eine Kochstelle, zwar ohne Herdplatten, aber man sah noch die Eintiefung, in der das austauschbare Gasbehältnis gestanden, und die Führungsöffnung für den Zuleitungsschlauch. Das alles war längst geplündert, geradezu ausgeschlachtet worden, aber wirklich aufhalten, sich hier drinnen gar einrichten wollen, das hatte niemand. Zumal sich das eigentliche Lager unterirdisch ausdehnte. Es war durch eine aufgebrochene Brandschutztür zugänglich, hinter der steile gitterrostartige Treppenstufen ins Dunkle führten. Wie das Geländer waren sie völlig intakt. Sogar milchig verglaste Lampen, da strombetrieben, ließen sich einschalten. Drunten, in den ausgedehnten Sälen des Kellers, wurde Oisìn fündig.

Fast einen ganzen Tag brauchte er, um sein Material hinaufzuschaffen, zu zerren und es zu wuchten, und einen weiteren halben Tag, um

es, nahe am wadentief verschlammten Rheinufer, zusammenzubau-
en: aus den Asbestpappen eine Art Boot, das sich oben schließen ließ,
aber ohne den sozusagen Deckel rechts niedriger als links gebaut war.

Man beobachtete ihn. Erst kamen Kinder und Jugendliche, dann
auch schon Männer, die stumm zusahen, wie der verrückte Mensch
da werkte. Gelächter ging durch die Leute, als er sich in Schicht um
Schicht Krokydolmenstoffe wickelte. »Schiebt mich rein!« rief er den
Gaffern außerdem zu. Die blieben tumb, wo sie standen. »Wer traut
sich?« Abermals wurde gelacht. Endlich fanden sich dreie, dem bizarren Selbstmord zur Hand zu gehen, der Abwechslung versprach.
Das immerhin. Selbstentleibungen, zu denen es besonders Verzweifelte immer wieder mal trieb, hatten Gebrauchswert, wenn man zusehen
durfte. Brachler wußten so was zu schätzen.

Während zwei das kastenförmige Asbestding festhielten, hoben
die beiden anderen dem Yeti, der sich vor lauter Schutzanzug so gut
wie gar nicht bewegen konnte, in das Gefährt hinein; eigentlich *kippten* sie ihn, hoben ihn erst an den Oberschenkeln, dabei selbst bis
über die Waden in der Jauche, und ließen ihn über den Rand ins
Boot schlagen. Am Ufer hatten unterdessen andere Brachler Stangen
Knüppel Bretter aufgetrieben, mit denen man Oisìn immer weiter
vom Ufer wegstieß, bis die morastige wie strudlige, blasenwerfende
Strömung am Boot tatsächlich zerrte, das sich schaukelnd zu drehen
begann, doch langsam wie in Fieberträumen, hätten die Gaffer nicht
derart gejohlt. Weiter und weiter zog es der riesige böse Fluß von dem
Ufer weg. Gelbe und grüne Flämmchen züngelten zwischen Jauche
und Asbest. Dann waren Yeti und Sarg in den grauen Nebel des Hod-
navorhangs eingegangen.

Derweil wartete Herbst noch immer unter dem kleinen Vordach des
Bauernhauses. Offenbar begann auch in den Ardennen die Energie
knapp zu werden, denn wiederholt wurden Bäume Wäldchen Hänge
unstet im Bild und verschwammen in einer Art Denaturalisierungs-
flattern. Eine Kuh stand bloß noch auf den Vorderbeinen, rupfte aber,
obschon der Hinterleib fehlte, Gras aus der Weide, und die Hühner,
die eben noch hysterisch herumgepickt hatten, hinterließen von sich
nur den Dreck, und der Hofkomplex selbst löste sich, Gebäude für
Gebäude, auf. Freilich konnte Herbst das nicht sehen in seinem Un-

terstand. Vom Bauernhaus stand nichts anderes außer der Vorderfront mehr. Von hinten her fraß er sich weg. Gleich würde es auch Herbst in eine Tiefe stürzen, oder er hinge schwerelos in der kybernetischen Leere und wüßte nicht einmal, ob es ihn abtrieb. Sähe nur beklommen zu, wie die ganze Welt verging – vor ihm, still, direkt, der Boden jetzt, dann die geharkten Wege und die nahen Mauern und der Wald. Da klingelte sein Mobiltelefon.

Hektisch kramte er in seiner linken Hosentasche. Kam nicht dran. Es hatte sich zwischen den Bonbons in verknorkelten Papiertaschentüchern verfangen. Er wühlte und wühlte. Als er das Gerätchen endlich herausgezogen hatte, kriegte er die Klappe nicht mehr rechtzeitig auf. – »Scheiße!«

Immerhin gab es Netz. Nur war die Nummer unterdrückt, so daß er nicht zurückrufen konnte, und in die Mailbox, die sich geradezu brav anwählen ließ, hatte niemand gesprochen. Außerdem hätte es irgendwer sein können, der ihn eben zu erreichen versucht. Cordes entsann sich eines Anrufes, den er vor Jahren auf der besatzten Westbank aus einem deutschen Callcenter entgegengenommen hatte: irgendeiner Versicherungstante. Da hatte vermutlich auch eben ein studentisches Mädel von der untergehenden Welt aus ihm antragen wollen, seinen Handyvertrag zu verlängern, oder zu wissen begehrt, welchen Günther Jauch er, Herr Herbst, favorisiere: ob eher Thomas Gottschalk oder Stefan Raab. Er hätte deshalb aufgelacht, wäre nicht soeben der ganze Rest des Bauernhauses mitverschwunden; wie nackt stand Herbst im Freien. Der weiße fühllose Schnee eines Bildschirms, der nichts mehr empfängt, blieb zurück. Vorsichtig steckte ich die linke Hand da hinein. Auch sie verschwand. Aber ich fühlte sie weiter. Schnell zog ich sie zurück. Da klingelte das Mobilchen ein zweites Mal. Diesmal war ich schnell genug.

»Hallo?«

Nämlich war's an

dem:

Während Mensching und Zeuner nebeneinandergestanden und eilig getippt hatten, Mensching weiterhin nur mit der rechten Hand, seine andere hielt stur den Rucksack gefaßt, hatte Zeuners Hüfte Menschings rechten Oberarm berührt – deshalb waren sie während des Teleportationsvorgangs beisammengeblieben; Herbst hingegen, der, um auf Schritte zu horchen, an der Tür gestanden hatte, war von einer anderen harfischen Welle erfaßt und in ihr anderswohin getragen worden. In den Ardennen hatte sie ihn, ganz wie von Mensching vorgesehen, abgesetzt. Der selbst und seine Chefin jedoch, der kaum merklichen Berührung wegen, wären beinahe in der Gülle des Rheins wiedererstanden, dann augenblicklich in Brand aufgegangen. Sie hatten Glück gehabt.

Wenige Meter vom Ufer kamen sie auf einer metallischen Ebene zu sich, die wirklich rein flach gewesen wäre, hätte sich nicht rechts von Horizont zu Horizont der Hodnavorhang dazwischengeschoben. Die beiden Menschen nahmen sich darauf wie winzige Spielsteine aus. So war es geradezu erleichternd, daß man den Rhein noch sah – eine wenn auch häßliche letzte Verläßlichkeit, verläßlich freilich wie Lava, die sich voranwälzt und unter den heftig gleißenden Fumerolen glühende Blasen schmatzen läßt – und das über fünfzig, sechzig Metern Breite bis zur noch sichtbaren Mitte des Stroms. Vor die andere Seite war der Vorhang gezogen.

Mensching, als er sich wieder zusammengesetzt, reagierte sofort und tippte in sein iPad, warf den Kopf, tippte erneut. »Was ist das?« »Ein Kompaß.« »Das ist ein Kompaß?!« Mensching, ziemlich spitz, über das Gerät hinweg: »Gecrackt und bißchen umgebaut.« »Das funktioniert?« »Ich test' es grad aus.« – Sie standen in der Höhe von Andernach. »Und Herbst?« »Das muß ich nicht ermitteln, den wird es genau an der Zielkoordinate abgesetzt haben.«

Sie starrten klamm auf den Fluß.

»Wie kommen wir da hin?« Mensching, statt eine Antwort zu geben, machte sich abermals an dem iPad zu schaffen. »Mal gucken, ob ich eine Verbindung bekomme.« »Hier? Vergiß es.« Er wählte auf seinem Handy, erklärte zugleich: »Wir könnten noch immer im Intra-

net der Cybergen geladen sein. – Sò!« Lauschte auf einen Ton, erklärte dabei weiter: »Beelitz umgibt uns wie eine äußere Haut. Aber die
Welten sind sowieso durchlässig. Vielleicht funktionieren wir deshalb
als Sender.« »Und als Empfänger?« Er nickte. Da rief Herbst schon
in sein Telefon: »Verdammte Scheiße, wo seid ihr?« – Mensching gab
das Handy an Zeuner weiter: »Na bitte.« Herbst: »Sabine, was ist los?
Hier ribbelt sich die Welt auf!« »Ich sag dir besser nicht, wie es h i e r
aussieht. – Harald, wie viele Kilometer sind es in die Ardennen?«
Mensching tippte wieder. »Runde dreihundert Kilometer«, sagte er.
Zeuner: »Wir brauchen einen Wagen. Oder…« Zu Herbst: »Gibt's
bei dir in der Nähe ein Auto?« »Eben gab's noch einen Traktor. Der ist
jetzt aber auch weg. Hier löst sich alles auf. Hab ich doch gesagt. Und
gebt mir eine Rückrufnummer!«

Mensching, plötzlich, sah irritiert aus. Den Blick gehoben, schaute er über den Fluß. Er schien seinen Augen nicht zu trauen. »Was
ist los?« »Guck mal! Was ist d a s ?« »Was?« »Schau doch!« Zeuner
ins Handy: »Moment mal.« Aus dem Mobilchen: »Was ist los bei
Euch?« – Mensching legte flach die horizontal gehaltene Hand über
Nasenwurzel und Brauen. Spähte. Seine Linke wies den Blick. Da sah
die Zeuner es auch. Über den Strom schob sich etwas heran, das war
von jenseits des Vorhangs gekommen! Sah wie ein Sarg aus. Cordes
hatte beides, an seinem Küchenfenster, deutlich vor Augen: Zeuner
und Mensching bei Andernach, das es aber nicht mehr gab, sondern
nur diese Fläche, durch die indes der fürchterliche Fluß zog, an dessen Säureufer, der Realität, sie dieses Ding näherkommen sahen, sowie – in den nur noch marginalen Ardennen – den hilflosen Herbst.
Dort füllte sich die mit blassen ausgedehnten Flecken, unter denen
ein Boden sichtbar wurde, ein Unterrost, muß man sagen, da ein un-
endliches Gitter, das auf – eigentlich aber *unter* – der sich löschen-
den Landschaft lag wie geodätisch Meridiane – doch waren die nicht
nur gezeichnet, sondern wirklich eingezogen, ein sehr konkretes Netz
aus Stahl. Darunter ging es Meter hinab. Im eigentlichen Boden, tief,
waren die Pfosten, Millionen Stangen, befestigt, die es trugen, in die
Erde, wahrscheinlich, gerammt, daran dann, oben, die Welt von Horizont zu Horizont geknüpft war; man konnte die Verdickungen der
massiven Halteknoten sehen. Unten gurgelten Abwässerläufe, vielleicht auch Bäche, Ströme, und alle paar hundert Meter, mathema-

tisch exaktes Spielfeld, ragten dünne hohe Antennen hinauf, die das Harfa verstrahlt zu haben schienen, teils jetzt noch verstrahlten, dort, wo die Landschaft noch funktionierte; wo nicht, da klafften die ekkigen Leeren des Gitternetzes. Am schlimmsten war der aufsteigende halb organische, halb chemische Fäulnisgeruch.

Herbsts Handy meldete sich, er probierte vielleicht nur die Nummer aus.

»Wieviel Saft hat dein Akku noch?« fragte Sabine. »Vielleicht für einen Tag.« »Dann bleib, wo du bist, rühr dich einfach nicht von der Stelle. Wir rufen wieder an.« »Hier fliegen Kampfmaschinen herum, ich brauche Deckung.« »Rühr dich nicht von der Stelle, sag ich.« Herbst hörte sie zu Mensching sprechen: »Kannst du seinen g e n a u e n Aufenthalt bestimmen?« »Sicher ... aber ...« Wieder ins Telefon: »Spar unbedingt Energie. Such Deckung, aber nicht zu weit weg. Wir kommen irgendwie zu dir.« Damit unterbrach sie die Verbindung.

Das Boot, oder was das nun war, drehte sich weiter und weiter, furchtbar langsam aber; wie auf Sirup schleppte es, als hielten es die Nebelfetzen fest. »Komm!« Unfaßbar, doch dabei schnell, die zähe wirkende Strömung. Zeuner und Mensching konnten dem Nachen kaum folgen, wie er nach Norden weitertrieb, dabei zugleich stetig näher dem Ufer, in dessen Schlamm er schließlich, hundert Meter weiter, steckenblieb. Mensching, als sie auf einer Höhe mit ihm waren, pustete, hielt sich die Seiten. Das Ding trudelte wieder, schien sich losreißen zu wollen. Unklar, wie lange es noch verfangen bliebe. »Kriegen wir das irgendwie an Land?« Sie entdeckten einen auseinandergerutschten Stapel teils rostiger Stangen, die ineinandergesteckt werden konnten, wahrscheinlich überschüssiges Antennenmaterial, oder es war von Reparaturen übriggeblieben. Mensching nahm eine hoch, die etwa zwei, zweieinhalb Meter Länge hatte, doch leichter als Aluminium war. So daß ein Mensch alleine eine zweite Stange draufstecken konnte. Man sah sofort die Nut. Das hätte knapp jetzt gereicht. Aber in den Fluß zu waten, um diese sperrige, sich in keiner Weise durchbiegende Angel nach dem Boot auszuwerfen, daran war nicht einmal entfernt zu denken – derart drohend stank der Fluß. Auch legte sich das Boot soeben auf die Seite, als würde von innen sein Gleichgewicht gestört, ja, es begann, sich seitlich aufzuschaukeln.

Mensching ließ die Stange wieder fallen, ging zu Sabine zurück, stand hilflos neben ihr, staunte wie sie dem kenternden Ding zu. Sie konnten beide nicht wissen, daß Oisìn es eben darauf angelegt hatte, daß ihn das Boot in die Gülle entlud. Genau dafür war es steuerbords niedriger als backbords gebaut. Einem Langsack gleich kippte Oisìn heraus, fand am Grund Halt, richtete sich – ein B-Movie-Monster, dachte am Küchenfenster Cordes – aus der Schlempe auf. Stapf für Stapf gewann er schwankend das Ufer.

Zeuner und Mensching starrten fassungslos weiter. Da besann er, Mensching, sich, drehte sich um, lief wieder zu den Stangen, teils mußte er von Meridian zu Meridian über den Gitterrost springen, teils langten weite Schritte. Er kam mit der fallengelassenen Stange zurück, streckte sie ihm zu, dem Ungeheuer aus dem Sumpf, das sie auch wirklich mit seinen umwickelten Händen ergriff. Sie reichte grad so hin. Sabine faßte mit an. So zogen sie Oisìn heraus, der gleich einem flatschigen Sack zu Boden fiel, das heißt, in die Knie ging und vornüberkippte. Sie rissen ihm die schmorende Verpackung vom Leib, verätzten sich zweidreimal die Finger, fluchten, schrieen leise auf, aber arbeiteten verbissen weiter und warfen das abgelöste Zeug Asbest, oder was immer das war, nach rechts, nach links. Es klatschte auf den Boden, schmauchte, oder fiel zwischen die Öffnungen des Rosts hinab. Im Fallen konnte man es zischen hören.

Sie bissen die Zähne zusammen.

»Wie erbärmlich!« Das war das erste, was Oisìn von sich gab, als er wieder bei sich war. Mensching reichte ihm die Plastikflasche aus seinem Rucksack. Er hat an alles gedacht, dachte Zeuner. Dachte zugleich, über Oisìn: Was für ein schöner Mann! Sie hielt jetzt von ihm, merkte Mensching, Abstand, seltsam, aber fragte: »Du bist da echt rüber?« Dabei dachte sie: Das also ist ein Finnsohn. »Ich bin Sabine«, sagte sie. Auch Mensching stellte sich vor. Des alten Präsidenten Enkel: »Ich bin Oisìn.« Soviel Sorgfalt, dachte Zeuner, habe ich damals aufgewendet, diesen Mann zu programmieren. Jetzt war er kein Programm mehr, nicht mehr, jedenfalls, für sie. Und so wen hat die kleine Zicke, sie meinte Ungefuggers Tochter, nicht gewollt. Was eine dumme Kuh!

»Und was willst du hier im Westen?« Mensching nahm seine Flasche zurück. »Hier ist nichts mehr.« »Und was wollt i h r dann hier?« Mensching warf Zeuner einen schnellen Blick hinüber. Hinter ihnen dehnte sich die reine Mathematik, dehnte sich unendliche Geometrie, waren spitze Winkel, Tangenten. Vor ihnen stank und floß, was einmal Rhein gewesen war, jetzt noch, doch mächtig, Chemie. – Zeuner zuckte mit den Schultern. Mensching: »Ich glaube nicht, daß er das versteht.« »Was versteht?« fragte Oisìn. »Laßt uns erst mal von hier weg.« »Was ist denn passiert?« Oisìn wirkte betroffener, je öfter er sich umsah. Zeuner erzählte ihm von der Digitalisierung der Welt. Bei dem Wort Lichtdom horchte Oisìn auf. Den, die kybernetische Sonne, hatte er selbst leuchten sehen. Das war nicht nur erzählt worden. Bis hierhin, durch den Vorhang über dem Rhein, drang dessen Licht aber nicht.

Mensching spekulierte. Es war möglich, daß die Illusionen zusammengebrochen waren, weil der Lichtdom Europa Energie entzog, viel, sehr viel Energie, offenbar jegliche der Weststadt. Er ließ sie einfach zerfallen. Vielleicht, dachte Cordes, daß Ungefugger meinte, auf diese Weise seine großen Konkurrenten loszuwerden, vielleicht aber auch, weil ihm Buenos Aires und seine Menschen tatsächlich wichtiger waren: wirklich ein Erlösungswerk. Wären alledie im Lichtdom aufgenommen, erst dann, womöglich, würde er ebenfalls des Zentrums Energie auf den Lichtdom richten. Dann erst fiele der hodnische Vorhang, ebenso wie die Grenze zum Osten. Mutanten, Schänder, Hundsgötter und Amazonen strömten dann herein, um wie Heuschreckenschwärme über ganz Europa herzufallen. Die Ära Skamander begänne, seine, möglicherweise, Schreckensherrschaft, vielleicht aber auch, dachte Cordes, nichts als ein nächster Schritt der Evolution, aus der sich die Menschheit im Lichtdom herausgenommen hatte. – Nein, Oisìn verstand nicht, erst recht nicht, als ihm Mensching die Parallelwelten zu erklären versuchte. Was für ein wirres Zeug! dachte der Finnsohn. Aber er konnte nicht umhin, die neue Realität zu akzeptieren, die hoch abstrakt, ja mathematisch und doch zugleich so fühlbar war.

Die drei brachen auf. Mensching hatte seinen Rucksack geschultert: Langsam schritten sie, aber entschieden, über die bald schon glasschwarze glatte Fläche, einer Konsole der Matrix. Noch hielten sie sich halblinks vom Rhein, dann ließen sie ihn in spitzem Winkel hinter sich, der sich, nach Stunden, in der Ferne verlor. Jetzt gab es überhaupt keinen Anhaltspunkt mehr, nur noch die Planquadrate, sehr große und je nach Gitternetz kleinere, aus denen der Boden bestand, der oft nun immerhin bedeckt war. Von aber was, ließ sich nicht sagen. Man erkannte nur immer wieder, in exakten Abständen, die hochragenden Antennen. Indessen bleckten zwischen den zirkelscharfen Rändern die Tiefen.

Die drei folgten einem der Meridiane. Menschings Kompaß maß die Entfernung von einer Antenne zur nächsten mit 466,9201 Metern, mithin kam jedes Antennenquadrat auf 2,18 Quadratkilometer. »Die Feigenbaumzahl«, erklärte Mensching, »δ mal hundert. Interessant. Ich hätte eher auf π, die Kreiszahl, getippt.« Es gab keine Hügel, keine Wälder und, außer tief unter ihnen, kein Wasser. Sie wanderten verloren durch eine Mathematik, abweisender als jede Sahara. Die Augen fanden nichts, das sich hätte als schön, gar erhaben erleben lassen. Gegen das war selbst die steppige halbvermüllte Landschaft Osteuropas paradiesisch, durch die in beinah entgegengesetzter Richtung vier andere Menschen, auf ihrer Suche nach dem zweiten Odysseus, zogen: Thisea, Sisrin, Der Sanfte und Brem. Die hatten aber Autos, Thisea den Wagen und Brem seinen Jeep. So kamen sie erheblich schneller voran als die drei Argonauten. Doch auch vor ihren Augen, sofern sie sich zurückdrehten, gingen die illusionstechnischen Arkologien, die der AUFBAU OST! hochgezogen hatte, in Luft auf, alle die flachen Möbellager, Tanken und Malls. Schauten sie aber nach vorn, dann dehnte sich die Tundra.

Nachdem Goltz und Lea begraben waren, waren Der Sanfte und Thisea zu dem von Sisrin bewachten, nicht gefesselten, sondern verschnürten Brem zurückgekommen, der weiterhin ohne Bewußtsein zu sein schien. Thisea hatte der Schwester nichts als einen Kopfwink gegeben, und die verstanden. Sie ging hinaus, um ihrerseits Abschied zu nehmen. Zweimal hörte man aus der Garage ein Schluchzen von solcher Gewalt, daß nicht nur durch Thiseas Gesicht ein Zucken geradezu schoß. Vielmehr schien es sogar an den Mörder zu rühren, weil der nun doch einen Laut gab. Freilich nicht mehr als ein Ächzen. Thisea ging in die Hocke, sah ihn scharf an, verpaßte ihm drei Ohrfeigen. Davon kam er zu sich. Er erkannte die Amazone trotz ihrer Sonnenbrille sofort. Lächelte. »Sie sind gut«, sagte er. »Nehmen Sie meine Anerkennung entgegen.« »Gut ist d e r da gewesen«, antwortete Thisea. Ihre Stimme schien auf das Lager zu deuten, auf dem noch vor kurzem Goltz gelegen hatte. »Das war ein mutiger Mann. Überhaupt«, betonte sie, »*Mann.*« »Ich kannte ihn. Er war ein Sadist. Dich aber kenne ich auch.« Sie wußte sofort, daß er Točná meinte.

> »Dieses vorzubereiten, für Brot und als Borke all jener,
> die mit ihm zu erträumen wagten, was sie befreie,
> ward er aus einem Ei, und träumte von Levkás Vulkanen:
> Blüten spuckten sie, schnee-erblühende tuffene Glöckchen.
> Dahin bald brach er auf, als leis die Freundin ihn holte,
> und zur Mandschu, der Freundin, brachte, als Mann und der Tochter,
> Thetis', Vater, der er so bald, und erfüllt, war geworden,
> daß ihn die Frauen, gerührt und liebesbedürftig und wider
> ihrer harten Herrin Befehl, verkleidet versteckten,
> bis ihn listig ein rotgesicht'ger Feldherr enttarnte.«

Thiseas Antlitz von Holz. Sie bezwang den Impuls, dem Mörder abermals eine zu knallen, mit dem Gedanken, sie werde ihm die Fresse zerschmettern. Tat es nicht, sondern fragte: »Weshalb?« »Weshalb *was?*«

Sisrin schaute nach dem Rechten, Der Sanfte saß wieder auf dem Bett. Es war eher eine Pritsche zu nennen. Er hatte das Bedürfnis, auf seiner Gitarre zu spielen, aber traute sich nicht, auch nur nach ihr zu greifen. Stumm war er der Amazone zur Hand gegangen, als sie begonnen hatte, die Gruben auszuheben. Stumm hatte er dabeigestanden, als sie, leise murmelnd, an den zwei Hügelchen Abschied genommen. Dann hatte sie sich gefaßt.

In dieses innere Bild hinein: »Weshalb du ihn umgebracht hast.« »Das mußt du i h n fragen.« Da war so etwas wie ein bitterer Ton. »Ihn?« Thisea sah Den Sanften an. Begriff. Lachte auf. »Sie haben dir einen Spitzel untergeschoben.« Zu Sisrin: »Er ist auf einen Spitzel reingefallen.« Zum Sanften: »Das hat er nicht gewußt. Daß du für Goltz gearbeitet hast.« »Für Die Wölfin«, sagte Der Sanfte. »Außerdem, ich arbeite nicht. Ich singe und höre nur zu.« »Dann laß ihn singen«, sagte Brem. »Du wirst dann verstehen.« »Ich weiß schon davon.« »Und für wen arbeitest d u?« Sisrin hockte sich neben Thisea vor Brem. »Du bist Söldner.« »Gelbes Messer«, sagte Der Sanfte. »Das ist Gelbes Messer.«

Nun ging ein Schauern durch den Raum. Von Gelbes Messer hatten sie alle gehört, Gelbes Messer war die düstere Legende, mit der man, zu Zeiten der Mandschu, Kinder zum Gehorchen brachte. Gelbes Messer war ein Geist, geschaffen aus rauchlosem Feuer. »Ein sehr leiblicher Dämon aber jetzt«, sagte Sisrin, die zu jung war, um die Erzählungen noch aus erster Hand zu kennen, »ein sehr verschnürter Dämon auch.« »Ist es wahr«, fragte Thisea, »daß du dein Messer jedem bietest, der dich bezahlt?« Man sah ihr an, daß sie stumm mit sich stritt. Brem antwortete nicht. »Nein«, beschloß Thisea die innere Schlacht. »Zu gefährlich. Wir können dich nicht am Leben lassen.« »Ganz, wie du meinst.« »Aber höre, was e r«, sie meinte Markus Goltz, »vorgehabt hat. Vielleicht wird dir das dann die höchste Bezahlung, die du jemals bekamst. – Du weißt, was der Lichtdom ist? Du weißt, was geschieht?« »Der Mann hat für den Westen gearbeitet«, sagte Brem unvermittelt, und auch er meinte Goltz. »Nein. Das war vorbei. Das war schon damals vorbei.« »Eine neuerliche Erhebung im Osten hätte neuen Krieg bedeutet.« »Deshalb hast du den Achäer erstochen?« »Er brachte Unruhe. Ich will Stille. Habe mein Leben eingerichtet.« »Das ist der einzige Grund?« »Ein besserer läßt sich nicht denken.« »Für dich.« »Außer mir i s t nichts. Frei bin ich von dem was ich los bin.« Da kriegte seine linke Wange Thiseas flache Hand abermals zu spüren. Der Schlag war peitschend scharf. Das ganze Gesicht fiel schräg zur Seite; der leere Ausdruck ging auch von der Rötung nicht weg. Der Anflug eines noch stärkeren Lächelns kam da hinzu. »Weißt du, was der Lichtdom ist? hab ich gefragt!« Neben ihr, Thisea, hatte Sisrin die XC-Σ gehoben und sie mit ausgestreckten Armen auf den Verschnürten angelegt. Die Mündung zitterte direkt vor seiner Stirn. »Ihr wolltet mir etwas vorschlagen.« »Wir sind bald a l l e frei von dem, was wir los sind«, zischte Thisea. Wort für Wort preßte sie durch ihre Zähne. »Das Gelbe Messer wird dann ein *wirklicher* Dschinn sein, ein Computerdämon, Brem. Wie gefiele dir das? Ein Knopfdruck oder zweidrei kleinere Modulationen, und Gelbes Messer steht in Spitzenröckchen neben dem Präsidenten, wenn's dem genehm ist, und serviert ihm, mit nichts als diesem Schürzchen bekleidet, den Tee auf einem Tablett.« Sie legte die Rechte auf Sisrins Unterarme und drückte sie sanft, die Pistole, hinab. »Ein angemessenes Schicksal, find ich, dir Freiem. Da sollten wir ihn, nicht wahr, Schwester?, doch nicht umbringen wollen – oder«, dies wieder zu Brem, den sie bei alldem nicht aus dem Blick ließ, »Herr Ungefugger verzichtet auf den Osten und nimmt nur Buenos Aires *zu sich*. Dann wird es sich hier anders regeln, noch ganz anders, als du auch nur befürchten kannst. Dann bricht«, sie hob die Stimme, sprach tonvoll jetzt, aber immer noch nicht laut, »eine andere Welt aus. Das wird die Zeit der Ungeheuer. Die fragen dann erst recht nicht nach deiner splendiden Isolation. Und Söldner brauchen sie auch nicht.«

Brem schwieg. Behielt sein Lächeln bei. Aber dachte nach. Blei die Garage. Aus einer Ecke schnarrte ein Bohrer: das typische Geräusch, in das sich Geknackse mischte, auch mal ein Krähenschrei von draußen. Der Sanfte sah dem Bohrer zu. Wahrgenommen hatte ihn jeder, doch keiner rührte die Hand. Schon war das Insekt wieder verschwunden. Bewegungslos blickte Der Sanfte seiner imaginären Spur hinterher. Imgrunde sah er anderem nach – einem, von dem er nichts mehr wußte, weder, was es gewesen war, noch, daß er es verloren hatte.

»Ihr habt«, sagte Brem, »einen Bohrer.« »Sollten wir alleine aufbrechen müssen, wird er seine Freude an dir haben.« »Was willst du von mir?« »Er«, womit sie Goltz zum vierten Mal meinte, »hatte etwas vor. Wir werden das vollenden.« »Wir?« Die Schwester zuckte erschrocken. »Thisea!« Die hob nur die Hand. »Wir werden es ohne Beistand nicht schaffen, wenn es überhaupt zu schaffen ist. Wahrscheinlich werden wir sterben, er dort«, Der Sanfte, »sie hier«, Sisrin, »ich und, wenn du uns begleitest, du.« »Das kannst du«, rief Sisrin, »nicht tun!« »Aber mit dir, vielleicht, haben wir eine Chance. Du kannst dir deine Garage erhalten.« Sie straffte sich, wenngleich sie hocken blieb. »Wir werden den zweiten Odysseus finden.«

Brem lachte auf, trocken, nicht zynisch. Sein Augenpaar flitzte über die drei. »Ihr habt keine Ahnung, auf was ihr euch einlaßt.« »Ahnung schon.« »Du kannst ihm nicht vertrauen«, sehr schnell und gestoßen Sisrin, »wenn wir ihn losmachen, bringt er uns um im geeigneten Moment.« »Damit hat sie recht«, so Brem. Thisea konterte, dann stehe er halt bald im Schürzchen mit nackten Hinterbacken bei Ungefugger und serviere ihm den Tee. Sie erhob und kommandierte: »Mach ihn los.« »Nein ...« »Mach ihn los!«

Brem rieb seine Handgelenke, rieb seine Beine, streckte sich, erhob sich ebenfalls, sprach Den Sanften an. »Du hast mich entsetzlich enttäuscht.« Der, völlig verloren: »Ich habe nichts getan, ich habe nur *gesehen*.« »Spitzel.« Sisrin: »Gerade du mußt das sagen!« »Wir sollten so bald als möglich los«, sagte Brem, »ich werde meinen Jeep holen. Dann meine Waffen verladen. Will mich jemand bewachen, muß er mitkommen.« »Das werde ich tun«, sagte Thisea. Zu Sisrin: »Du holst u n s e r e n Wagen. Und du«, dies zum Sanften, »bleibst hier und packst zusammen.« Brem: »Was du erklären wolltest, wegen des Lichtdoms, kannst du mir während der Fahrt erklären. Ich nehme mal an, wir fahren Konvoi. Ihr laßt mich in dem Jeep kaum allein.« »Sicher nicht.« »Es geht in den tiefen Osten, vermutlich.« »In die Beskiden …« »… den«, ergänzte Brem, »Schwarzen Staub von Paschtu.« Er wußte, er brauchte seine Parfums.

11

»Allahu akbar, Herr Leinsam«, sagte Abu Masud, bevor er ging. Er hatte Leinsam gefragt, ob er über Balthus' Aufenthalt etwas wisse, und hatte vom Nullgrund gesprochen, hatte ihn »سورة الماعون« genannt, *al-Ma'un,* »das Jüngste Gericht«, wie wenn er daran glaubte. Dann war die Tür geschlossen worden und Bruno Leinsam wieder allein gewesen.

Stumm starrte er vor sich hin. Hätte er sich noch absetzen können? Wohin denn, wenn's denn gedeihlich war? Es wollte seinen Luxus genießen. Er war der Chef der EWG. Die Weststadt war untergegangen, in Buenos Aires herrschte das Chaos. Da nutzte sein Vermögen ihm nichts, zumal, spürte Leinsam, wenn sich der Osten erhöbe. Eine Koalition mit Abu Masud böte vielleicht etwas Schutz. Eine starke Ordnungsarmee konnte nicht schaden. Dennoch, obwohl er nicht daran glaubte, den Mudschaheddin entwischen zu können, traf er nachmittags ein paar administrative Verfügungen und packte eine Reisetasche mit Nötigstem voll. Die sollte jetzt immer in Reichweite stehen. Jederzeit würde sich, Pontarlier gegenüber, einwenden lassen, man habe ihn genötigt – klugerweise sah er davon ab, die SZK zu benachrichtigen. Wer konnte wissen, ob nicht bereits und wie tief die Hand der, dachte er, islamistischen Organisation in den europäischen Polizeiapparat faßte? – und gegenüber Abu Masud: das sei für den Fall, daß die Westtruppen kämen.

Tatsächlich rückte ein Trupp u. a. deutlich wehrhafter Orientalen an und forderte, allein durch seine Erscheinung, im Shakaden Quartier. Wachen standen quer durch das damit besetzte Gebäude. Sie hielten sich aber zurück, diese Mudscheddin, obwohl sie mehr als den Eindruck ausgebildeter, straff geführter Soldaten den gepreßter Söldner machten, die sich allein aus Furcht nichts durchgehen ließen; einige sahen sogar nach Arbeitern des nunmehr erlegenen AUFBAUs OST! aus. Denn eben nicht alle waren Orientalen. Die andren hatten wahrscheinlich ihr Brot verloren und ahnten, daß es der neuen Hoffnung, die der Lichtdom war, nicht auf sie ankam. Möglicherweise waren es auch aktivierte Schläfer, die aus Buenos Aires eingeschleust waren, über Monate und Wochen hinweg und nach und nach aus den Andenstaaten, um erst den Nullgrund und nun, Pontarliers Kapitulation vor h e r, das Fundament für den Zweiten Heiligen Sieg des Islams auszuheben, dem der neue Imam des Westens so lästerlich im Weg stand. Der Erste Sieg hatte, noch vor der Großen Geologischen Revision, des damaligen Englands Staatsbankrott nach sich gezogen; vor diesem Zweiten, glaubte Leinsam, falle Europa insgesamt in die Knie.

Mit neuen Machthabern stellt man sich gut: Leinsam wäre auch konvertiert. Vielweiberei habe, wenn man sie sich leisten konnte, einiges für sich. Auch deshalb, mag sein, ließ Leinsam die Mudscheddin gewähren. Was hätte er, andererseits, gegen sie ausrichten können? Zwar verhielt er sich reserviert, wies die Belegschaft aber an, zuvorkommend zu sein. Ohnedies neigen Menschen zum Anschluß. So wurden aus der neuen Zentrale des Ost-Shakadens nicht wenige EWG-Filialen auch in Buenos Aires infiltriert.

Abu Masud, an dem immer noch selben Nachmittag, machte sich mit fünf Kämpfern zu Brems Garagengelände auf. Schnell war das Areal gesichert, das kleine Refugium besetzt. Die Kämpfer merkten, bis eben hat hier jemand gelebt. Schon fanden sie die Gräber. Anhand noch frischer Wagenspuren war es nicht schwer, sich einen Reim auf die Geschehen zu machen. Brems Garage wurde durchwühlt. Man fand die Bodensenke. Ein paar Pistolen waren zurückgeblieben und Packen Karten Zeichnungen Skizzen, deren jedes Papier Abu Masud gewissenhaft studierte. Abends entrollten die Männer vor den Garagen die Gebetsteppiche und dankten DEm, DEr ihnen zusah. Dann putzten sie ergeben die Gewehre. Genaht war die Stunde, da der Mond gespalten werden wird.

Alles lief in die Endzeit. Die durcheinanderfliehenden Porteños kopflos und ohne eigentliches Ziel; m i t Ziel aber sowohl die vier, die in ihren Wagen den Schwarzen Staub von Paschtu suchen fuhren, wie auch, in entgegengesetzter Richtung, im Westen, Jasons Argonauten; außerdem Ungefuggers und Eidelbecks Suchtrupps, diese alle auf Clermont-Ferrand zu, und einiges hintennach Zeuner Mensching Oisìn; aber auch die Lamia, die sich, erst den Kopf aus den Millionen Sonnenblumen gehoben, geduckt hatte, um kehrtzumachen: Ein leises, so erzählten wir, und warnendes Geknurr ließ sie hören. Sie hatte einen Satz zu erfüllen, das wußte sie noch nicht. Dennoch war es ganz, wie in Točná und lange d a v o r, in Ornans einem alten Präsidenten, prophezeit, als d e r Präsident noch nicht war: daß seine Zeit gekommen sei, er sich bald ausruhen könne, denn sie werde nun für die sorgen, für die er sorgen nicht habe können. Oder hatte sie's doch schon gewußt, als das Mädchen bereits, als das sie mit ihrem Vater von dem Feldherrn nach Westen gebracht worden war?

> »Dieser hatte, Odysseus, Trödel den Frauen zu Füßen,
> schimmernd verlockenden, ausgebreitet, geplünderten: Ketten,
> Gabeln, blinkenden Tand, und aber dazwischen ein Stückchen
> des, Achill längst verloren, Eis, dem einst er entschlüpft war.
> Sein sei die Schale! so rief da der Barde. Was half ihm, Achilles,
> ach, das weibliche Kleid? Den Edelsten rissen zum Kriege,
> neunundvierzig an Frauen dazu, des Feldherrn, Odysseusens, Finten,
> um sie zu tauschen, Niam, des Goldhaars, Mädchenerscheinung.«

Für Ungefugger-im-Lichtdom galt es, die Endzeit endgültig herzustellen: ein für allemal eingekapselt ins Imaginäre näherte sich, doch im Lichtdom ohne Gericht, das Paradies dem Menschengeschlecht; da wurde niemand in die Hölle geworfen, sondern es verblieb in ihr, wer nicht taugte. Gott wählte deshalb genau. Auch insofern kam Böhm dem Präsidenten nicht schnell genug voran, der immer wieder die Listen durchging, »der nicht, der auch nicht«. Dauernd war die Apparatur umzukalibrieren. Man erwartete dringend des Lichtdoms Schutzmauer Fertigstellung. Es war bereits von neuen Anschlägen zu hören. Nicht Myrmidonen führten die aus, nicht aber auch der zweite Odysseus. Ungefugger-im-Lichtdom wußte das.

»Und der Emir Skamander?« fragte Böhm.

Ungefugger zuckte die Achseln. Man merkte ihm nichts an. Nichts

von seinem Vertrag. Dieses Geheimnis wollte der Menschheitsbeglük-
ker a l s ein Geheimnis in das Paradies mit hinübernehmen. Jede Endlösung will, daß Spätere nichts von ihr ahnen. Schuldlos sollen sie sich
fühlen, sonst wär ihr Paradies verwirkt. »Und er ergriff den Drachen,
die alte Schlange, das ist der Teufel und der Satan, und fesselte ihn
für tausend Jahre«, murmelte Ungefugger-im-Lichtdom vor sich hin,
»und warf ihn in den Abgrund und verschloß ihn und setzte ein Siegel oben darauf, damit er die Völker nicht mehr verführen sollte, bis
vollendet würden die tausend Jahre« – während Abu Masud, indem er
seinen Gebetsteppich zusammenrollte, ganz ebenso leise vor sich hin-
sprach: »Wahrlich, die Rechtschaffenen werden in der Wonne sein,
und wahrlich, die Unverschämten werden in der Dschahim sein. Sie
werden dort brennen am Tag des Gerichts. Und sie werden nicht imstande sein, daraus zu entrinnen.«

Das, in der Tat, war unmöglich. Freilich sah man es in Buenos
Aires noch immer nicht ein, auch wenn die Seismographen über die
gesamte Länge des Rheins tektonische Alarme registrierten. Die Weststadt allerdings hatte es mehr als begriffen – jetzt, endlich, kam man
dem Osten nah, dachte Herbst, der in der bis auf wenige Flecken ent-
materialisierten Wirklichkeit auf dem letzten Boden stand, den man
Ardennen noch nennen konnte, ja, den es überhaupt noch gab. Darum her die Leere des metallischen Unendlichkeitsgatters. Hie und da
stak eine Sendestange, die ihre Imaginationskoordinate nicht mehr
speisen konnte. Bis an jeden Horizont ging das so. Hätte nicht der
exkrementale, zugleich ein scharfer Geruch nach Chemie in der Luft
gelegen und mir dauernd den Magen gedreht, die Landschaft wäre
zu unwirklich gewesen, um für Realität gehalten werden zu können.
Ich versuchte, die Ausdünstungen zu analysieren, weil mir das half,
die Übelkeit niederzuzwingen. Irgendwas zwischen ungeputztem Klo
und Autowerkstatt. Deshalb, zwar, hatte ich s c h o n Angst, aber sie
war nicht wirklich die meine, sondern kam mir ganz ebenso synthetisiert vor. Als hätt ich was gespritzt. Ich mußte auf einem Bein balancieren. Der einzig sichere Griff, absolut lächerlich, war der um mein
kleines Mobiltelefon.

Auf dem schmalen Gitternetz, von dem über die ganze Sicht der
einige Meter darunter befindliche Boden als von so dünnen wie eng-
maschigen Breiten- und Längengraden überzogen war, liefen, etwas

erhobener, eine Art Metallpfade, denen, dachte Cordes, zuzutrauen war, daß sie einen Menschen *hielten.* Sie waren Grate und nicht einmal schmal: maßen vielleicht einen dreiviertel Meter von Seite zu Seite; andere waren sogar noch breiter. Als die Weststadt erbaut worden war, mochten sie Mechanikern und Technikern als Bau- und Versorgungssteige gedient haben; schließlich hatte, vielleicht sogar auf Loren, Material herbeigeschafft werden und auch die Nutzfahrzeuge hatten irgendwo geparkt werden müssen. Diese Wege fielen deshalb nicht sofort ins Auge, weil sie aus einem durchscheinenden Material bestanden; wahrscheinlich mußte es strahlungsdurchlässig sein. Champagnerfarben schimmerte es über dem silberigen Gitternetz.

Herbst drückte auf REDIAL. Das Freizeichen war unsicher, flattrig. Aber die Verbindung kam zustande. »Wo seid ihr?« »Wir schauen nach einem Wagen. Hier ist noch ein bißchen was intakt. Wir melden uns.« »Ich steh auf einem gigantischen Präsentierteller, Sabine. Ich muß hier weg!« »Hast du auch dieses Gitternetz?« »Ja.« »Tu ein paar Schritte, nicht mehr. Vieles ist nur perspektivisch gelöscht.« »Was heißt das?« »Warte, ich geb dir Harald, der wird's dir erklären.« – Geraschel, sie reichte das Handy weiter. Ich hörte ein Räuspern, dann Mensching. »Wissen Sie, was geschieht, wenn sich Wellen überlagern?« »Physikunterricht… warten Sie…« »Das Signal verschwindet… obwohl es da ist. Durch den Energiemangel sind sehr viele Sender ausgefallen, doch einige senden weiter. Das führt zu neuen Knotenbildungen. Es kann gut sein, daß Sie nur einige Meter zurücklegen müssen und dann in einem völlig sicheren Imaginationsfeld stehen. Die Illusionen der Weststadt sind löchrig, aber nicht gänzlich verschwunden. Verstehen Sie?« »Nein.« »Tun Sie einfach, was ich sage. Gehen Sie ein paar Schritte nach rechts oder nach links oder geradeaus. Sie werden sehen.« Wieder Sabine: »Spar den Akku. Melde dich nur, wenn's unbedingt sein muß.«

Und weg.

Herbst schaute aufs Display, schaute hoch, schaute durch Nichts. Nervös kramte er ein Bonbon aus dem Jackett, wickelte das Papier ab, steckte sich das Bonbon in den Mund und ließ das Papier fallen. Dann faßte er sich ein Herz und wagte die Schritte. Das Meridianchen hielt. Es war sogar leicht hinüberzuspazieren, nur rechts und links hinabsehn mochte ich nicht. Paar Meter ging es da runter. Doch woraus bestand der Grund? Und wer, wenn man abrutscht, kann einen finden?

Langsam – Cordes sah dem fasziniert zu – tastete Herbst sich voran. Fuß vor Fuß. Viel schlimmer, als zu balancieren, war die kochende innere Melange aus Ekel Verlassenheit Furcht. Die Irrealität tobte in meinen Ohren. Herbst hatte das schreiende Bedürfnis, sie sich zuzuhalten. Dabei mußte er doch nur den Mut aufbringen, sich auf das Unsichtbare einzulassen und einem fremden, aber gegebenen Normsystem zu trauen. Vielleicht würde er sogar auf das Nichts schreiten können, das ihn dann sogar hielte.

Tatsächlich.

Kaum war er vierfünf Meter weiter, trat er durch eine transparente Wand aus Energie und stand neben Vieh mitten auf der Koppel, an die bergauf der leise rauschende Wald. In der Ferne tuckerte ein ländlicher Kleintransporter die asphaltierte Provinzstraße entlang. Aber er befand sich nur mit einem Teil seines Körpers in der Ökologie, mit Kopf und Hals und rechts der Hand; so hatte bei Flammarion der Wanderer in den Himmel geguckt. Der Rest von ihm war draußen geblieben.

Ich zog mich zurück.

Wieder das karg entsetzende Gitternetz, lautere, Gestalt gewordene Mathematik. Da streckte ich meine Rechte abermals aus. Sie verschwand nicht, sondern verblieb in dem arithmetischen Raum. Als ich auch den Kopf in das Illusionsfeld steckte, war die Landschaft wieder da, und eben nicht nur zu sehen, sondern zu fühlen hören riechen; sogar der Gestank war verschwunden. Es duftete nach dem Gras und nach Pollen und herb von dem Wald her, wenn die Brise drehte. Die Sonne überflutete Wiesen und Stein. Es zwitscherten Nähen und Fernen. Vielleicht«, sagte ich, »sagt uns das mehr über uns und unsere Art zu sein, als jedes physikalische Experiment, dessen nicht nur Ergebnisse, sondern auch Aufbau ihrerseits von dem bewirkt sind, was wir wahrnehmen.«

»Absolut irre«, entfuhr es einer jungen Zuhörerin.

Die Gruppe derer, die meinen und Katangas Jungen, mich und die Nebelkammer umstanden, war nicht kleiner geworden, aber ich sah, als ich aus meiner Erzählung aufblickte, daß sich einige ausgetauscht hatten; manche waren vielleicht weitergegangen, und neue Leute waren, irritiert oder bloß neugierig, herzugekommen.

»Das ganze klingt«, kommentierte einer der neuen, »Sie müssen schon verzeihen, aber... wie eine theologische Meditation. Eine Spekulation, wenn Sie so wollen.«

Ich sah zu ihm hin – und wußte sofort, daß es höchste Zeit war zu gehen. Keine Ahnung, wie lange ausgerechnet *er* schon zugehört hatte. Woher er gekommen war. War er denn nicht im Lichtdom?

»Los, Jungs, es ist spät.«

»Nicht schon, Papa!«

»Bitte, wo's doch grad so spannend ist.«

»Doch, wir müssen.«

»Fürchten Sie sich?« fragte der Mann. »Fürchten Sie sich vor den vielen Türen, die Sie geöffnet haben? Dann kommt das unverantwortlich spät, um das einmal kritisch anzumerken.« Er warf einen mich zugleich ermahnenden wie einen zurechtweisenden Blick auf die Jungs.

Es war Hans Deters.

»Als erstes einmal brauchen wir Waffen«, sagte Oisìn. »Waffen?« Zeuners Schritt war Synkope. »Er hat recht«, kommentierte Mensching. »Wir sind nicht in Beelitz.« »Was ist Beelitz?« fragte Oisìn. »Ein Ort in einem Land, das Frieden hat«, Sabine. »Hat *te*«, Mensching. »Den hatte die Weststadt auch.« Zeuner und Mensching warfen sich einen neuerlichen Blick zu: Der Satz hatte befriedigt geklungen... drücken wir es, dachte Cordes, s o aus: *seltsam* befriedigt.

Sie erreichten die erste Ortschaft, in der es noch Menschen gab – wenn man diese Geschöpfe so nennen konnte. Sie schienen die Fremden nicht wahrzunehmen. Man konnte sie aber berühren, kurz an der Schulter etwa, sie sogar beiseiteschubsen. Ihnen kam das offenbar vor, als wären sie zum Beispiel gestolpert, berappelten sich, manche schimpften dann oder lachten und setzten ihren Weg meist kopfschüttelnd fort. Fragte man sie nach dem Weg, reagierten sie nicht. Sie reagierten auf gar nichts außer sich selbst und das, was sie kannten. Offenbar hatten sie noch nicht begriffen, was geschehen war und immer weiter geschah. Das hatte nun noch viel Beklemmenderes als die illusionistischen, von jeder Seele geleerten Orte, durch die die drei Argonauten schon vorher gekommen waren. Durch Energie- und Feldvorhänge, Vorhänge aus reiner hodnischer Spannung hinter, nein, *in* den Dörfern und Straßen, über Weiden und dann wieder in den bloßen mathematischen Raum. Auf einer Höhe waren sie schließlich herausgekommen, die auf Kleinindustrie hinabsehen ließ. Links vor ihnen stand, direkt am Hang, eine Parkbank, und hinter ihnen gab es ein Wäldchen, vor dem, ohne sich irgend stören zu lassen, ein Sprung Rehe äste. Rechts stieg der Berg in eine tiefhängende Wolkenschicht an, der Gipfel war nicht zu sehen. Ein Sandpfad lief in lockeren Kurven zu der Ortschaft und der Fabrik hinunter, aus deren hohem blaßroten Schornstein der Frieden des Jahrhunderts rauchte. Es ließ sich nicht erkennen, was hier produziert wurde. Disneyland produziert nicht, es modelliert Genres. Doch unten war Betriebsamkeit. Leute liefen durcheinander. Man hörte Rufe, auch Singen. Das ging bis an das von dort aus kaum zwei Kilometer entfernte, an einem schmalen Flußlauf gelegene Sägewerk, vor dem sich lange geschälte Baumstämme stapelten; teils waren sie roh angeflößt. Auf der Landstraße zwischen da und der Ortschaft tuckerten zwei Pickups aus der »Lassie«-Serie, wiewohl direkt auf den Kais Pkws und Transporter einer jüngeren Gegenwart standen. Man konnte sogar Gabelstapler erkennen. Nur Gleiter gab es keine.

»Werden diese Wagen *halten?*« Mensching zuckte mit den Schultern. »Kann sein, daß unsere Präsenz, die Energie, derethalber wir existieren, auf die Wagen übergeht. Daß sie ihnen Stabilität verleiht. Gut möglich.« »Probiern wir's. Wir haben sowieso keine Wahl.«

Oisìn ging das Hin- und Hergerede, weil er inhaltlich wenig verstand, ein bißchen auf die Nerven. In seiner Brachenzeit hatte er gelernt, unmittelbar zuzufassen. »Los jetzt!« rief er betont ruppig. Das lag auch an der Zeuner: Anders als sie ihn, mochte er sie nicht. Es kann sein, daß sein Instinkt bereits etwas über sie ahnte, das Herbst, dachte Cordes, noch verborgen war. Mensching: »Waffen werden wir da aber nicht finden.«

Sie wollten nicht auffallen, *schlenderten* also den Weg hinunter. Zweidreimal kamen ihnen Spaziergänger entgegen, die, wie auf dem Lande üblich, grüßten. Die also bemerkten sie. Oder nicht? Jedenfalls schienen sie nicht wahrzunehmen, wie seltsam diese Fremden waren. »Die Programme«, erklärte Mensching, »reagieren auf Körperstrahlung, nicht auf Körper.« Fern rief ein Kuckuck. »Aufs Portemonnaie klopfen«, sagte die Zeuner und hob ihre Handtasche. Da mußten wir lachen. Nur Oisìn blieb streng.

Sie langten bei der Fabrik an. Auch die Kontrolleure an dem heruntergelassenen, in einer Gabel ruhenden rotweißen Schlagbaum nahmen die Fremden nicht als Fremde wahr, sondern grüßten sie, sogar wie alte Vertraute. So kamen sie einfach hindurch. Wenige Meter weiter hasteten Arbeiter im Blaumann. In einem der drei Oberlichter einer doppelstöckigen Baracke döste der Aufseher, auf dem Fensterbrett die Unterarme. Die Augen geschlossen, genoß er die Sonne auf seinem Gesicht. Dann blinzelte er offenbar, denn er lächelte verschlafen herunter, so lethargisch wie einverstanden mit der Welt. Das hatte etwas vom Irrsinn der Einfalt, insgesamt war die Szenerie von einer Sanftmut, die an Kälte grenzte. Man hätte ebenso weitergelächelt, wären am Wegrand Arme verhungert. Zudem konnte diese heile Welt jederzeit auch hier als etwas verschwinden, das nie gewesen war. Manchmal war das bereits zu erkennen. Jedenfalls bemerkten die drei bisweilen Spalte einer reinen Leere, die sich aus dem Boden hoben. Es genügte, den Kopf ein wenig zu wenden, um das Gitternetz wiederzuerkennen, das unter alle Erscheinungen gelegt war. Wenn einem das widerfuhr, legte man den Kopf ganz schnell wieder auf die andere Seite.

Sie sprachen darüber nicht, als hätte ein Eingeständnis die Bedrohung vergrößert. Ausgemacht war's dennoch nicht, ob sie den Wagen, für den sie hergekommen waren und auf den kleinen Fuhrpark zuschritten, überhaupt starten und dann, außerhalb der noch intakten Konsole, fahren könnten.

Auf Französisch: »Entschuldigen Sie, wie heißt dieser Ort?«

Der Arbeiter zog höflich die Mütze und antwortete ohne zu zögern »Saint Maize«. Mensching speiste den Namen in sein Handgerät und nickte, als sie weiterschritten, vor sich hin, blieb dann abrupt stehen. Sabine entfuhr ein kurzes gepreßtes Aufschrein. Direkt vor ihnen klaffte, unversehens aufgesprungen, ein vielleicht einen halben Meter breiter Spalt, der bis in den Zenit reichte, doch auch bis schätzungsweise drei Meter unter das matrische Gitter zu ihren Füßen, das, worauf sie standen und allezeit gingen. Hatte es aber anderswo geblitzt oder silbrig geschimmert, waren die Streben hier dunkel. Daß dies von Rost rührte, merkte nur, wer die Lider zusammenkniff und sich konzentrierte. Stellte man die Pupillen scharf, wurde das Dunkle merkwürdig schorfrot. Vor allem blieb diese Klaff, anders als die bisherigen Irritationen, s t e h e n, aus welcher Perspektive man auch auf sie sah. Sogar um sie herumgehen, wie um ein Ding, konnte man. Mensching und Zeuner taten es rechts, Oisìn links. Selbst auf ihrer Rückseite blieb die Klaff sichtbar.

»Wir müssen uns beeilen.«

»Also los.«

Schon rissen weitere Klaffs auf, nicht sehr nahe beieinander, aber furchtbare, wie vom Himmel herabstürzende opake Stalagtiten, die von ihren Mittelgraten aus aufrissen, den Nähten eines Vorhangs gleich, der sich zu beiden Seiten wegzieht. Von weit oben, dachte Cordes, würde die Gegend einer Steinplatte gleichen, in die ein unsichtbares Bohrgerät nicht nur ein Loch nach dem andren bohrte, sondern diese Löcher hatten etwas von Schwelbränden. Die Platte schmauchte von innen her weg, und wieder wurde das Gitternetz sichtbar. Das wirkte sich bis in Cordes' Küche aus. Denn indem er sich derart auf seine Vorstellungen einließ, ging der Lichtdom auch über der Schönhauser Allee auf: leuchtete in Cordes' Küche geradezu grell hinein, auch wenn man den Ursprung des Lichtes, jenseits des entfernten Fernsehturms – um ihn zu sehen, hätte sich Cordes aus dem Fenster hinauslehnen oder nebenan auf Katangas Balkon treten müssen –, nicht genau ausmachen konnte, sondern nur ein ungefähres Schimmern; hier aber war es derart hell, daß Cordes die Augen zusammenkneifen mußte. Momentlang wurde ihm schlecht. Zuviel geraucht, das mochte der Grund sein. Benommen trat er drei Schritte zurück, zumal er an Deters denken mußte, der im Lichtdom durch die Gänge schlich, in der Stuttgarter Staatsgalerie, hochbedacht die Füße setzend, um nicht doch noch einer Wache bemerkbar zu werden. Aber niemand schien in der Nähe zu sein. Die Staatsgalerie wirkte vielmehr wie ein zahllose Male ineinander gefalteter, darum unendlicher Raum, der dennoch, ganz wie der Lichtdom, begrenzt war. Türen neben Türen, deren jede Hans Deters, wenn er eine öffnete, um in den nächsten Saal zu treten, nur immer tiefer in den Lichtdom gelangen ließ, indessen Cordes begriff, daß eine von ihnen direkt in seine Wohnung und damit diese Küche führte. Gut, dachte er, daß der Junge jetzt nicht hier ist.

Er schenkte sich vom Kaffee in den Kumb nach, wandte sich vom Fenster weg, wandte sich, den Becher in der Hand, in den Flur und guckte links ins Kinderzimmer, das wie immer unaufgeräumte, durch und durch chaotische. Immerhin war es *da*. So ebenfalls, den Flur zur anderen Seite lang, das Bad und das zweite Zimmer der Wohnung, Katangas, der ausgegangen war. Blieb noch die Fenstertür zu dem kleinen Balkon, unter und vor dem die erwachte Schönhauser hatte zu lärmen begonnen. Cordes öffnete aber nicht, zum einen, weil er das Zimmer nur ungern betrat, wenn der Mitbewohner nicht da war, zum anderen, weil er plötzlich Angst bekam, träte er auf den Balkon hinaus, plötzlich selbst im Lichtdom zu stehen. Freilich hätte ihm das mit jeder anderen Tür ganz ebenso geschehen können, ob im Treppenhaus der Schönhauser Allee 101, ob in einem der Nachbarhäuser, ob in Kreuzberg oder Pankow. So daß er, als er in die Küche zurückging und ihre rechts angelehnte Tür passierte, in der Küche gar nicht ankam, sondern in einem Treppenflur stand, der ganz sicher auch nicht der seines Hauses war, sondern dem Gang eines Amtes glich, irgendeiner Behörde: Siebziger/Achtziger-Jahre-Architektur.

Sollte er die Stufen hinauf oder hinab? Es war egal. Er war auch gar nicht erschrocken, sondern ging, als er sich entschieden hatte, wie sediert. Sah wieder den Fernsehturm vor seinen Augen und hatte sekundenlang das Gefühl, es sei seine sputnikhafte silberne Kuppel, was dieses Leuchten verstrahle – eine quasi lichtgewordene Funkenergie, die ganz Berlin von Blankensee bis Reinickendorf, von Köpenick bis Spandau erfaßte. So war es ein enormer Zufall, daß er – es war ein Treppenflur der Staatsgalerie, den Deters schließlich hinabging – nach mehreren Türen, die nur leere Räume, oft einfache Kammern waren, ausgerechnet im ersten Stock des SPECTRUMS des Berliner Technikmuseums herauskam. Da nahm er an, nur kurz auf der Toilette gewesen zu sein, hatte, des Dranges wegen, dem Mann nicht länger zuhören können, der mit seinen zwei Jungen an der Nebelkammer stand und erzählte.

Jetzt irritierte ihn die Menge doch sehr, zu der die vormals noch kleine Zuhörerschaft in den wenigen Minuten angewachsen war. Ich begriff plötzlich: der da war ich selbst. Aber ich hütete mich, jemanden auf diese neue Dimensionenwindung anzusprechen. Vielmehr überkam mich das Gefühl von Erlösung, weil es doch offenbar leicht war, dem Lichtdom zu entkommen. Ich müßte lediglich das Museum verlassen, würde zu Fuß die wenigen hundert Meter zur U-Bahn gehen, Gleisdreieck, dort die Treppen hinauf auf den Bahnsteig, um auf die U2 zu warten, die mich zur Schönhauser bringen würde. Dann nur nicht den Fehler begehen, zur 101 zu spazieren, sondern in die S-Bahn umsteigen, für nur eine Station, Prenzlauer Allee, von da nach rechts zu Fuß, abermals rechts, in die Ahlbecker, und in keinen fünfundzwanzig Minuten wäre ich wieder Zuhause: Dunckerstraße, Arbeitswohnung.

Doch aber das ging nicht. Die Kinder waren bei mir. Ich trug Verantwortung für sie. Konnte sie indessen nicht sehen, weil sich zwischen ihnen und mir, der ich kurz austreten gewesen war, diese Menschenmenge drängte. Ich drückte mir einen Weg durch die Leute, »'tschuldigung, bitte, Entschuldigung«. Aber stand doch selbst noch da, als wäre ich nicht weggewesen, stand neben beiden Knaben und erzählte immer weiter. Hob aus meiner Erzählung heraus meinen Blick und hatte momentlang den Eindruck, daß ich mich erkannte. Es war aber nicht ich, sondern Hans Deters, der da so plötzlich unter den Zuhörern stand und ebenfalls zuhörte, obwohl er hier gar nicht sein konnte, weil er doch im Lichtdom herumirrte, durch die Räume der Stuttgarter Staatsgalerie. Das brachte mich völlig aus dem Konzept. Ich merkte, wie ich zu stottern begann. Meine Erzählung stockte, indessen Deters, der den anderen schon vorher erkannt hatte, sofort die Gefährdung begriff, die diese Begegnung bedeuten konnte. Sie riskierte nicht nur ihrer beider und der Kinder Wohl, sondern auch das sämtlicher Zuhörer, weil sie das, was er, Deters, vor Jahren in Gang gesetzt hatte, nun auf die übertrug.

Der andere begriff es, dachte Cordes, nicht. Deters schüttelte mißbilligend, doch nur leicht den Kopf, um nicht aufzufallen, die Leute nicht auch noch selbst auf diesen Irrsinn zu stoßen, der ihm allerdings, hoffte er, den Weg aus dem Lichtdom eröffnet hatte, so daß er wieder frei war – wenn er sich denn zu dem Gang Richtung U-Bahn endlich durchrang. Andererseits hätte genau das den Lichtdom sich an die reale Welt andocken lassen können. Dann wäre er selbst, dachte Cordes, der Virus gewesen, den einzuschleusen dieser Vater dabei war.

Er stand tatsächlich wieder in der Küche. Wie er dahingekommen war, verstand er nicht. So im Geschehen. So im Denken. Doch es machte die Intensität dieses Lichtes klar, und seine Wirkmacht, das, er beugte sich am Fenster vor, tatsächlich von hinter dem Alex herüberzuglühen schien. Wenn, dort an der Nebelkammer, dieser Mann nicht sofort damit aufhörte, die Membranen aufzutrennen, vermittels derer die wirkliche Welt von den fantastischen Räumen getrennt ist, dann ging bald jeder, der seinen Erzählungen folgte, in den mehrdimensionalen Schlaufen verloren, durch die Deters seit seinem ersten Spaziergang zum SILBERSTEIN geirrt war und immer weiter irrte.

Begriff er es nun doch? Unvermittelt brach er seine Erzählung ab und schien sogar wirklich gehen zu wollen. Er legte jedem seiner Jungs flach eine Hand in die Nacken, um sie, die Kinder, durch den Menschenpulk zu dirigieren. Ich wollte aber sichersein, wollte mit ihm sprechen, weshalb ich mich vorwärts- und durchdrängte und direkt vor ihn hintrat. Ob er einen Moment für mich habe. Ich bat, seitlich gegen die Wand: »Bitte. Unter vier Augen.«

Wir sahen einander an, dachte Cordes, wie ehemals Vertraute, die einander fremdgeworden waren. Dennoch stand der alte Verlaß, der vor allem gemeinsames Wissen gewesen war, plötzlich neu im Raum, mitten darin, oder wir waren, dachte er, wie einander Fremde aus aber einer eigenen, nur nach uns benannten, untergegangen geglaubten Sprache.

»Wartet bitte einen Moment«, sagte er zu den Kindern und, leiser, zu mir: »Sie sind Herr Deters? Das können Sie aber nicht sein.« »Bitte«, sagte ich. »Nicht hier. Wirklich.« »Sie müßten, wenn es Sie gäbe, im Lichtdom sein.« »Ich bin im Lichtdom«, sagte ich, »das ist es ja grade.« Dabei gingen wir langsam zur Seite. Die Leute sahen uns zu, dachten aber, das sei jetzt das Ende der Vorstellung, so daß sich die meisten von ihnen langsam zerstreuten. Die, immerhin, waren schon mal gerettet. »Ist Ihnen überhaupt bewußt«, fragte ich, »welche Schleusen Sie hier öffnen?« »Schleusen?« »Denken Sie nach ... sein Sie mal klar! Sie meinen, mich zu erfinden, und dann stehe ich vor Ihnen. Allein schon, daß wir uns *erkennen* ...!« »Das stimmt. Ich habe Sie erkannt, sogar sofort. Aber wenn das stimmt, dann ist das hier alles ...« »... Lichtdom.« – Schluckte er?

»Wer ist das, Papa?« – Der Junge war uns nachgekommen und zog nun seinen Vater am Ärmel. »Moment noch, Junior. Bitte.« An die letzten verbliebenen Zuhörer: »Verzeihen Sie, aber die Geschichte ist nun zu Ende.« Dann schickte er seinen Jungen mit einem liebevollen Klaps an die Nebelkammer zurück, von wo der etwas ältere Bursche zu uns herüberschaute. – Schließlich wieder zu mir: »Wir sind uns, glaube ich, schon ein anderes Mal begegnet. Deshalb kann es am Lichtdom nicht liegen.« »Daran erinnere ich mich nicht. Vielleicht verwechseln Sie mich.« »Bestimmt nicht. Aber Sie haben sich verändert. Wir sind uns sogar schon mehrfach begegnet.« »Wahrscheinlich halten Sie mich für jemanden, der in der aufgelösten Weststadt festsitzt.« »Die Weststadt hat sich aufgelöst?« »Die Illusionen sind kollabiert.« »Oh«, machte er. Worüber Cordes lachen mußte. »Was wir erfinden, das geschieht.« »Alles, was gedacht werden kann. Ich, übrigens, heiße Herbst.« »Eben. Ich weiß. Sie selbst sitzen in der Weststadt fest, in den Ardennen – oder dem, was sie einmal gewesen sind.«

Er warf einen Blick auf die Jungs, wandte sich zu Deters zurück, der in die ausgestreckte Hand nicht einschlug. Irgendwie verletzt zog Herbst sie zurück. »Bitte«, sagte er, »wir müssen jetzt los. Der Junge muß zu seiner Mama zurück. Aber wir könnten heute abend sprechen, da hab ich noch nichts vor. Kommen Sie zu mir, ich sorge für den Wein.« Er zog sein Portemonnaie heraus und entnahm ihm eine Visitenkarte. »Meine Adresse.« »Das ist nicht weit von mir«, sagte Deters, »zu Fuß kaum fünfzehn Minuten.« »Ich weiß.« »Sicher.« »Also dann um neun?« »Ich werde da sein«, sagte Deters, war sich ganz sicher aber nicht. Denn zwar war er offensichtlich tatsächlich wieder in Berlin. Das hatte nicht mehr als einige Schritte aus der Stuttgarter Galerie heraus, nicht mehr als eine Tür noch gebraucht. Dann die U2 und sein Daheim. Aber genau deswegen fürchtete er Türen, so auch den Ausgang aus dem Gebäude des SPECTRUMS.

Indessen passierte er ihn, ohne wieder in der Staatsgalerie oder, dachte Cordes, meiner Küche zu landen. Während ich mir, als ich mich mit den Jungens aufmachte, sicher war, daß Deters nicht herkommen würde, sondern ebensoschnell aus meinem Leben wieder verschwinden, wie er hineingeraten war. Alles nur meine Erfindung. Tatsächlich klingelte er abends nicht etwa bei mir, sondern bei Cordes.

Verblüfft sah der den an. »Hier wohnt n i c h t Alban Nikolai Herbst?« Cordes lachte. »Verzeihen Sie. Sie wollen eine Romanfigur sprechen?« »Wie bitte? – Hier, ich habe den Wein mitgebracht.« »Jetzt sagen Sie mir bitte nicht, daß Sie Hans Deters heißen, Hans *Erich* Deters, mit einem komischen Zwischenraum in Ihrem zweiten Vornamen.« »Wollen Sie meinen Paß sehen?« »Selbst wenn! Er wäre eine Fälschung. Aber bitte, kommen Sie erst einmal herein.« – Er trat zur Seite, lud mit der rechten Hand ein. – »Aber leise bitte. Mein Junge schläft.« »Ich denke, er ist bei seiner Mama?« »Wie kommen Sie d a r auf? – Nein, heute schläft er bei mir. Aber der Junge meines Mitbewohners ist bei seiner Mutter.« »Und der?« »Wird sicher gern ein Gläschen mit uns trinken. – Ah, Rheingau. Sie scheinen mich wirklich ein bißchen zu kennen. Jedenfalls haben Sie Geschmack.« – Cordes verstellte sich, ganz klar, als wäre er völlig Herr der Lage. An sich hätte er schockiert sein müssen, wenn nicht sogar in Panik geraten.

Sie nahmen am Küchentisch Platz, nachdem Cordes Gläser aus dem Regal genommen, hingestellt, seinen Laptop zugeklappt und an die Seite geschoben hatte. Katanga setzte sich dazu. Cordes stellte die Männer einander vor. Sie sprachen in die Nacht. Wenn es denn so war. Denn auch das ist nur eine Möglichkeit. In der Wirklichkeit war der Vater mit seinen Jungens an der Nebelkammer stehengeblieben. Er hatte Deters zwar in der Zuhörermenge erkannt, und dieser wohl ihn, aber es war ihm, Deters, zu heikel vorgekommen, einen direkten Kontakt aufzunehmen. Es mußte genügen, ihn durch sein Erscheinen zu warnen. In der Tat, jeder andere wäre alarmiert gewesen, wäre sich, viel mehr noch, bedroht vorgekommen. Er wollte, Deters, auch wirklich heim. Weshalb er die Gelegenheit so schnell wie möglich nutzte. Aufatmend, in seine tiefste Lunge, sog er die frische Luft dieses ersten Novembers, eilte um den Hauptbau des Technikmuseums herum auf die Luckenwalder Straße und die entlang zum Gleisdreieck, wo er wirklich die U2 nahm, um wirklich in die Dunckerstraße 68 zurückzukommen. Es war beinah nicht zu fassen. Solch ein Gefühl von Glück! Lachend stürmte er das Treppenhaus des Quergebäudes hoch in den dritten Stock, schloß seine Tür auf – alles war so, wie er es verlassen hatte. Es gab auch die erzählten Verwüstungen nicht, schon gar nicht ein amtliches Siegel an der Wohnungstür. Kein geplatzter Rucksack, keine zerfetzte Wäsche, kein zerborstenes Fenster. Keine Scherben auf dem Küchenboden. Wirklich, wirklich nichts davon. So daß Hans Deters, dachte Cordes, mich eben n i c h t besucht, sondern Katanga, als er, in eine Art Parka vermummt, heimkommt, sieht mich allein vor dem Laptop sitzen. Aber zwei Gläser stehen vor mir. Den Scherz hab ich mir erlaubt. Aus einem Glas trinke ich, das andere, stell ich mir vor, leert sich von selbst.

»Noch einen Wein?« fragte ich. Da hatte Katanga die Küche wieder verlassen und sich zur Nacht in sein Zimmer begeben.

Doch Deters war nicht mehr zurückzuholen. Wahrscheinlich war ich zu müde. Anstelle mich aber zu Bett zu begeben, konzentrierte sich Cordes wieder auf seine Erzählung. Jedenfalls wollte er es, aber auch das gelang ihm nicht. Weshalb er, statt das eine oder das andere zu tun, noch einmal ans Küchenfenster trat und beim Hinaussehn Lust auf einen Absacker bekam. Er drehte sich um, ging ins Kinderzimmer, lauschte aufs gleichmäßige Atmen seines schlafenden Jungen, trat leise wieder auf den Flur, durchschritt ihn zu anderen Seite und klopfte bei Katanga. Der Freund saß am Computer. »Ist das okay, wenn ich mal für ein Stündchen rausgeh? Mein Junge schläft ganz fest.« »Mach nur. Ich bleib eh noch etwas wach.«

Cordes nahm den Schlüssel, verließ die Wohnung, schloß sein Fahrrad unten auf. Dann radelte er zum Lichtdom, also dem alten Nullgrund, wo gar nichts leuchtete außer dem angestrahlten Brandenburger Tor, das sozusagen sein Eingang ist. Jugendliche Touristen johlten auf dem Pariser Platz. Liebespaare schritten. Die hohe Kuppel des Reichstages leuchtete noch. Neben dem floß tintig die Spree.

Ein leichter Nieselregen sprühte auf Eckhard Cordes nieder.

13

Sie hatten sich – Sabine Zeuner, Harald Mensching, Alban Herbst – für einen geräumigen Range Rover entschieden. Oisìn fummelte unterm Lenkrad herum, um den Wagen kurzzuschließen. Faszinierend, wie geschickt er war, nachdem es der technisch viel versiertere Mensching einige Male erfolglos versucht hatte. »Laß mich mal, rück mal!« So hatte Oisìn das in die Hand genommen und unter dem Steuerrad den bauchigen Kasten aufgestemmt, nachdem Mensching sich auf den Beifahrersitz hinübergezogen hatte. Währenddem stand Zeuner draußen neben dem Wagen und beobachtete die Leute, die sich um die drei gar nicht scherten; unaufgestört döste der Aufseher in seinem

Fenster weiter, auch wenn er dabei hersah. Man war fürs Fehlen der Alltagsroutinen so wenig wie für die Touristen gemacht, die sich vorm Brandenburger Tor noch und noch fotografierten; dauernd blaschten Blitzlichter, als Cordes vom nächtlichen Reichstag durch das obere Stückchen Tiergarten, sein Fahrrad schiebend, wieder heranspaziert war. Es war nun schon nach ein Uhr nachts, Samhain, dachte er. Er war am aus dem Lehrter Stadtbahnhof entstandenen Bahnhof Atocha gewesen. Auch dort liefen die Leute glücklich wie Maschinen.

Keine halbe Minute später sprang der Wagen an, den nun auch Zeuner bestieg. Oisìn machte ihr Platz, kletterte nach hinten, damit sie sich ans Steuer setzen konnte. Mensching navigierte nach seinen Koordinaten aus dem iPad. Zu gleicher Zeit wie im Shakaden des Ostens neben Leinsams Schreibtisch stand an Beutlins Couch ein gepackter Koffer, der, wie sein Besitzer, darauf gewartet hatte, digitalisiert und in den Lichtdom geholt zu werden. Statt dessen nahm ihn Eidelbeck mit sich. Wiederum in Beelitz ließ der wütende Blumenfeldner nach Zeuner und Mensching suchen, die verschwunden waren; nicht einmal telefonisch erreichte man sie. Daß sie in einer kybernetischen Weststadt mit Oisìn in dem Rover saßen, hätte sich Blumenfeldner nicht einmal vorstellen können, so pragmatisch real, wie er war.

Erst setzten sie ein paar Meter in knapper Kurve zurück, dann ließ Zeuner die Räder durchdrehen, und der Rover schoß in schärferer Kurve vorwärts direkt auf den Schlagbaum zu. So ging es los. Zweimal hupte Zeuner, der Schlagbaum hob sich. Von links kamen zwei Wagen, die warteten die dreie noch ab. Dann bog der Rover auf die Straße, folgte für ein paar Minuten dem asphaltierten Illusionsverlauf, drehte nahe einer in die Wirklichkeit heraus- oder, je nach Blickwinkel, in sie hineingeschnittenen arithmetischen Spalte schroff bei und jagte mitten hinein. Die Zeuner gluckste vor Mutwillen, als der Wagen einfach über dem Gitternetz schwebte, jedenfalls sah es so aus. Hinter ihnen schloß sich wieder die Illusion. Derart schnell ging das vonstatten. Eine sichtbare Orientierung gab es nun nicht länger; allein auf Menschings Koordinaten war noch, wenn überhaupt auf etwas, Verlaß.

Herbst aus den Ardennen rief wieder an.

»Ich hab doch gesagt, du sollst den Akku sparen!«: Zeuner. Zu den andern: »Scheiße, ist der nervös. Wie lange werden wir brauchen, bis wir bei ihm sind?« »Zwei Stunden, nicht länger, wenn das Fahrzeug hält.«

Herbst war aber gar nicht nervös, jedenfalls nicht mehr. Hatte sein Insch'allah gefunden und sich in den Schatten einer Buche gesetzt; den Rücken an den Stamm gelehnt, kaute er auf einem Grashalm. Soweit er von hier aus erkennen konnte, wurden die Autos, die den noch sichtbaren Abschnitt der nahen *Route nationale* befuhren, von niemandem gesteuert. Sie waren völlig leer. Solch ein generierter Friede, der sich auf Herbst wie Bienensummsen übertrug, sediert von Illusionen, gegen deren Brüchigkeit sich sowieso nichts tun ließ. Man sitzt drin wie im Kino, und unerbittlich läuft die Handlung, unerbittlich und präzis. Wo aber der Regenbogen, am Ende der Parabel, die Erde berührt, da können jederzeit die nächsten Harpyien über den Horizont steigen, die außerhalb der Illusionsräume, wenn auch nur bisweilen das metallisch schimmernde Firmament überjagend, nicht als Bionicles, sondern als Funken, die Sternschnuppen ähneln, zu erkennen wären: Meridian für Meridian wie Flakschein entlangtastende Lichtobjekte. Zeuner Mensching Oisìn bemerkten sie zwar, wußten jedoch nicht, was das war. Sie hielten diese Funken für Entladungsphänomene. Hätten sie nicht insgesamt den Eindruck eines geschlossenen Programmraums gehabt, eines technischen *Spiel*raums geradezu, sie wären sich noch viel bedrohter vorgekommen. Nein, sie glaubten nicht, daß man sie verfolgte oder auch nur beobachtete, doch fühlten sich als Fremdkörper, die eine fremde Organik stören. Mit dem Nullgrund war die Leukopoese aus dem Ruder gelaufen: das Abwehrsystem hatte sich allergisch chronifiziert.

Daß so etwas geschehen könne, hatten weder die beiden Programmierer in ihr kybernetisches Kalkül einbezogen, die mit einem ihrer, jedenfalls einstigen, Partikularprogamme, Oisìn also, im Rover saßen, noch war eine solche Möglichkeit von Dr. Lerche oder einem anderen Wissenschaftler bei CYBERGEN je auch nur angedacht worden – schon aber gar nicht, daß ein zweiter Odysseus den Abwehrprozeß in Angriffsprozesse umsteuern und ihm das jemand, schon gar Ungefugger selbst, ermöglichen würde, b e i d e Ungefuggers, muß das heißen: der im Lichtdom und der andere, der in bewaffnetem Konvoi Richtung Clermont-Ferrand unterwegs war –

– als die präsidiale Schwadron plötzlich aufgehalten wurde. Ein schrilles Kreischen unversehens. In oder als dessen Folge einer der beiden VBL Zobel aus der Fahrtrichtung geschleudert und über das Gitternetz hochgeworfen wurde. Albtraumhaft-langsam um sich selbst rotierend, schoß der kleine Panzer schräg hinauf und davon. Zu sprachlos, als daß ihnen Zeit war, sich zu fürchten, starrten die Menschen hinterher, vielleicht eine halbe Sekunde – dann riß man die Waffen in Bereitschaft. Aber niemand feuerte. Es war auch nichts zu sehen außer einer energetischen, unscharfen Energiesilhouette von der Höhe zweier Männer, die sich hier formte, dort konturierte und schon wieder woanders war. Wann immer sie sich in einer Gestalt konkretisierte, die aber zunehmend größer wurde, griff sie einen der Wagen an. Von denen ging jeder hinaufkreischend ab wie der erste.

Vielleicht hatte sich kurz die Harfazufuhr unter dem westlichen Hodnaschirm stabilisiert. Denn zugleich baute sich eine neue Illusion auf. Sie wehte sozusagen herab. Genau so sah das aus: wie eine sich aus dem Nichts materialisierende riesige Flagge, die aber als ein horizontweiter Fallschirm fällt, auf der sich die Weide und in der Ferne sogar die Ausläufer einer kleineren Ortschaft zeigten, je links und rechts davon Haziendien. Die Flagge legte sich über das Gitternetz, und die Hügel blieben stehen, der Wald, sogar die Gebäude, die ein wenig an Ungefuggers alte Liegenschaft in Salins-les-Bains erinnerten. Indessen war das die flache Gegend hinter Cádiz. Man sah plötzlich Weiden voller Stiere und sah Störche, Tausende Störche, die unter dem wolkenlosen Urlaubshimmel zu beiden Seiten der Autobahn von Córdoba nach Jerez wie fremde, aufrechte Früchte in den Zweigen der locker verstreuten Bäumchen hockten und wahnsinnig klapperten. Das ging bis an den Horizont. Der Eindruck war unstet, gab dem Trupp aber momentlang Orientierung. Zugleich bekam er ein Ziel, was die Schrecken allerdings nicht milderte. Denn zwar nahm auch die aggressive Energiestruktur Gestalt an. Doch solch ein Geschöpf hatte noch niemand gesehen, wie es, eine Frau, gar keine Frage, aber ein furchtbarer weiblicher Cyborg, wieder und wieder nach den auf der Autobahn stehenden Fahrzeugen griff. Sie griff direkt in die nicht gepanzerten hinein, pflückte sich einen Soldaten. Den führte sie mit der Rechten zum Maul, derweil die Linke das Fahrzeug in den Himmel schnippte. Das Geschöpf aß die Soldaten nicht auf, sondern biß ihnen nur die Köpfe ab. Die warf es achtlos dann weg, leckte sich dabei das Blut von den Lefzen. Nun stand die Illusion aber zeitweilig nur ab etwa Knie-, bzw. Wagenradhöhe, so daß einige Leichen einfach durch das Gitternetz fielen. Da ließ schon die Lamia ihr Medusenhaupt hierhin zucken, schon wieder dahin. Ihre Nüstern weiteten sich, bebten. Sie wurden erregend eng, als sie die Witterung bekam. Sie roch ihn, Toni Ungefugger, und riß sich herum. Selbst durch die schußsicheren Scheiben seines schweren Wagens war dem Unsterblichen direkt in beide Augen gefaßt. Er stemmte seinen Eisblick dagegen. Das Eis aber schmolz. Da weinte er vor Angst. Er wollte aber Haltung. Und weinte doch und weinte.

Endlich eröffnete die Schwadron das Feuer. Auch die kleinen Panzer feuerten aus den beweglichen Rohren. Fauchend schlug die Lamia zur Seite, rutschte die kurze Lähne hinunter zu einem Bach, der da sprang, kam zwischen den Stieren wieder hoch, über ihr Störche, von deren Geklapper die Luft wie Hornissen. Abermals griff das Ungeheuer an, knallte zurück, die Schußgarben rissen aus ihm Fetzen. Die Panzerkanonen warfen sie neuerlich um. Immer wieder stand sie auf, blutete die grünen Hinterleiber von Fliegen, die mit einem Kreischen aufschwärmten. Man konnte die Lamia nicht töten, aber verwunden offenbar. – Ah! Gab sie auf? Der hohe Kopf verzerrt, nur noch ein Stumpf links der Arm, aus dem Tausendfüßler Bluts, die tausend Füßchen rannten, spraken. Weitere Schüsse, immer weitere krachten in ihre Biodynamik. Fauchend, knurrend, zischend – der gezackte Echsenschwanz riß einen endlosen Zaun dabei um, der sich im Schuppenkamm verfangen hatte –, so wich sie weiter und weiter nach hinten, drängte zwischen die dunklen, warmen Stierleiber, die Tiere waren gelangweilt, sie hoben kaum die mächtigen Stirnen, durch die der Beschuß so wirkungslos, so unbemerkt hindurchging wie durch die Tausenden Störche, die auf ihrem Weg von Afrika auf diesen Feldern Flugpause machten. Da federte die Lamia zweimal in den Knien und setzte, in eine kraftvolle Kippe gestreckt, in einem Bogen himmelwärts aus der südandalusischen Illusion hinaus. Damit war sie verschwunden.

Von den fünfzehn Fahrzeugen blieben noch neun, doch vier davon längs auf der Seite. Von dreien stieg spirrer Rauch auf. Die Kanonenrohre schmauchten. Es roch nach Elektrizität Schießpulver trocknendem Heu. Man brauchte ein paar Sekunden, um sich zu besinnen; noch wagte niemand, die heilgebliebenen Wagen zu verlassen und nach dem angerichteten Schaden zu sehen. Nur aus den umgekippten kletterten Soldaten. Doch sowieso blieb die Provinz Jerez de la Frontera nur noch fünf Minuten stehen. Schon jetzt schnitten sich blinde Streifen aus ihr heraus, die ließen ins mathematische Koordinatennetz blicken und in, darunter, die Leere. Dann brach die Illusion gänzlich zusammen: Flirren erst, nun Bildschirmschnee.

14

Beutlin hatte etwas gebastelt. Wie nahezu jeder Programmierer hatte sein Charakter etwas von jenen röhrenradiophilen Jungs behalten, die, in den quasi historischen Zeiten vor der Großen Geologischen Revision, ihre Zimmer mit Elektroden vollgestopft hatten, mit Widerständen und Potis, Transformatoren und Spulen; immer war da ein geöffneter Fernseher oder dergleichen auf dem vollgehäuften Schreibtisch gestanden, zu Meßgeräten führende Kabel ringelten sich aus ihnen heraus. Dazwischen, wenn sie schon älter gewesen, quoll ein Aschenbecher über, die ausgeknickten Kippen direkt auf der Platte. Doch Eidelbeck besaß weder genug Humor noch die Erinnerungen Cordes', um diesen herumwuselnden Sparkassenfilialleiter für komisch nehmen zu können. Statt dessen verärgerte ihn seine Unsystematik. Schließlich hatte Beutlin sein Zeug aber doch in zwei kleinen Kisten und einer Plastiktüte untergebracht.

Kaum, daß sie im Gleiter saßen und auf die nächste Lappenschleuse zurasten, fingerte er mit einem akkubetriebenen Lötkolben und unteramlangen Batterien herum. Doch nicht nur das. Er machte sich obendrein an der Verkleidung zu schaffen, die über dem Fußraum des Beifahrersitzes die Klappe des Handschuhfaches hielt, schraubte danach die Konsole unter der Schaltung auf, obwohl sie Eidelbeck, der das Gefährt steuerte, immer wieder bedienen mußte. »Was fummeln Sie da rum?« »Wenn ich Ihnen helfen soll, müssen Sie mich schon machen lassen. Dies hier«, Beutlin hob ein etwa brieftaschengroßes metallenes Quäderchen, das wie ein externes Computerlaufwerk aussah,

»ist ein Hodnaprojektor. Vielleicht kann er ein paar Illusionen wiedererzeugen, aber das braucht viel Energie. Und das hier«, er hob ein nächstes Kästchen, »ist ein Wandler, der – wenn auch sehr begrenzt – aus Elektrizität Harfa erzeugen kann. Ich versuche, den Transformator mit der Energie unseres Wagens zu speisen. – Und jetzt lassen Sie mich bitte arbeiten.« »Ich kann so nicht steuern!« »Ihre Sache. Vielleicht geht's gut, vielleicht digitalisieren wir uns nachher selbst. Darauf kommt's wohl nicht mehr an. Wenn Sie das anders sehen, dürfen Sie mich gerne erschießen.«

Zu der Frechheit schwieg Eidelbeck; sie digitalisierten sich, als sie in die Lappenschleuse fuhren, ohnedies. Dreivier Uniformierte standen vor dem Übergang auch eher *herum*. Nach dem Westen drängelnde Porteños waren hier nicht zu sehen. Eidelbeck ließ kurz halten, winkte einen der Beamten heran: »Was ist passiert?« »Alle sind rüber. Ein paar kamen irre geworden zurück.« »Irre?« »Ballaballa. Sie hätten mal denen ihre Augen sehen sollen!« »Und Sie? Was machen Sie noch hier?« Der Mann zuckte mit den Achseln. »Pflicht ist«, sagte er, »Pflicht.« »Steigen Sie ein, wir können jemanden brauchen wie Sie.« »Nein bestimmt nicht! Nicht, nachdem ich diese Leute gesehen habe!« »Sein Sie so gut.« Das war in seinem Ausdruck derart freundlich, daß der Mann regelrecht zusammenzuckte. »Wie heißen Sie?« »Herburger.« Eidelbecks Blick kurz auf die Rangstreifen. »Dann mal hinein, Unterleutnant. Ihre Dienstwaffe ist scharf?« Als die anderen zwei Grenzer ihren Kollegen in den Wagen steigen sahen, nahmen sie Reißaus.

(Bei Deters klingelte das Mobilchen. Auf dem Display erkannte er, daß Judith Hediger anrief. Deters klappte das Gerät kurz auf, dann schnell wieder zu. Er war und bliebe daheim. Es gelang ihm, nicht zurückzudenken, auch, nicht an Cordes zu denken. Das konnte er, weil er kein Kind hatte und deshalb auch nicht in die Kinderwohnung Schönhauser hinübermußte. Die Parallelen hören irgendwann auf, Deters ist eben k e i n *alter ego*.* Auch Puck und Troll, die beiden Kater, waren wieder da. Sie kamen zwar, um Futter krähend, ganz

---

* Übrigens bin ich unterdessen in die Bamberger Villa Concordia gereist und schon deshalb von Deters, freilich auch von Cordes, für ein Jahr ziemlich abgeschnitten. Jetzt muß ich mir erfinden, was zumindest d i e s e r sieht.

aufgeregt an und strichen Deters fordernd-kräftig um die Waden, waren aber in keiner Weise verwahrlost und schon gar nicht ausgehungert. Er war offenbar wirklich nur ausgewesen und ganz sicher für nicht länger als, sagen wir, einen halben Tag. Also doch nur ein Spaziergang?)

Ich vertrieb mir die Zeit mit eingeklammerten Gedanken. Es blieb überaus warm, blieb überaus schön in den Ardennen. Überaus leer fuhren unten auf der *Route nationale* diese Wagen: hübsche kleine Pkws, Smarties, dachte ich, Smarties auf Rädern. Doch immer mehr Streifen schnitten sich aus der Landschaft heraus; sie schienen zu wandern zu wehen dabei – wie Stores, die Luftzug bläht. Das hatte etwas Hypnotisches oder, wie das einmal hieß, *Psychedelisches,* als säße ich in einem Sessel und ließe eine Droge mich die Verwirrungen genießen, die sie aus der Wirklichkeit zupfen. Nur daß die wahre Wirklichkeitsverzerrung die Einbildung des Sessels war und der eingenommenen Drogen.

Ich schlüpfte aus meinem Jackett, tastete nach den Zigaretten, fand sie, aber das Bic war leer, und ich hatte keine Streichhölzer. Ärgerlich. Hier käme nun wirklich niemand vorbei, den man um Feuer angehen konnte. Die nächsten Häuser standen zu weit weg, ich wär da eh nicht hingekommen. Zumal ich doch hier warten sollte. Also steckte ich die Zigarette ins Päckchen zurück.

In diesem Moment klingelte endlich das Mobilchen – zu früh, dachte ich. Waren die andren schon da? Unwahrscheinlich. Tatsächlich meldete sich Judith Hediger. »Wo bist du grad?« »In der Weststadt, jedenfalls dem, was von ihr noch steht.« »Bitte?« »Das verstehst du nicht ... ich ...« »Klingt nach 'nem neuen Virenzoo.« »Ist auch einer, nur sitz ich mittendrin. Vor allem darf ich das Handy nicht zu lange blockieren.« Wie hatte sie es geschafft, zu mir durchzukommen? »Wie hast du mich erreichen können?« »Was 'n das für 'ne Frage? Deine Nummer hab ich eingetippt. – Magst du heute abend zum Essen kommen? Ich hab ein Lamm in der Röhre.« »Dir ist die Situation nicht klar.« »Welche Situation?«

Witzig, wie wenig sie begriff, auch ein bißchen lästig, vor allem aber beklemmend. Vielleicht war ich wirklich auf Drogen. Dann hätte es nicht geschadet, hätte sie bei der CYBERGEN nach meinem Verbleiben gefragt. Ich konnte sie auch bitten, in der Dunckerstraße nach dem Rechten zu schauen; bei Gregor lag ein zweiter Schlüssel. Aber ich verwarf die Idee. Und da auch kam … tatsächlich! –: Durch einen der Entwirklichungsstreifen schoß ein schwarzer Rover heraus, krachte mit scheppernden Stoßstangen auf die Wiese und rumpelte über sie auf mich zu. Das waren sie!

»Judith, ich kann jetzt nicht … andermal … sorry.«

Ich klappte das Deckelchen übers Gerät, drückte mich am Baumstamm hoch, wischte mir den Schweiß aus den Brauen. Starrte den Freunden entgegen. – Wer saß da bei ihnen? Nicht zu fassen – Oisìn! Er kannte mich nicht, klar, ich aber ihn. Noch zu seines Großvaters, des vormaligen Präsidenten, Zeiten, hatte ich an Sabines Programm mitgeschrieben.

»Ihr habt mich gefunden Gott sei Dank.« »Kannst dem da danke sagen.« Sie nickte gegen Mensching. Der grinste nur. »Abgefahren, was?« Womit er die Weststadt zu meinen schien. »War mir gerade unklar, ob wir einer *Folie à deux* aufsitzen, ich meine *à quattre*.« »Wir ja, er nicht.« Grinsend zeigte Mensching auf Oisìn, der, stumm und ernst wie ein indianischer Krieger, von der Rückbank des Rovers hersah. Sein Fenster war heruntergelassen. »Nur daß wir in dieser *Folie* ziemlich draufgehen können. Ich meine, es kommt auf das, was ist, nicht an. Nur darauf, wie es wirkt.« »Und was will er hier?« Mensching zuckte mit den Schultern. »Aber los jetzt«, sagte er.

Wir schritten zum Wagen, ich stieg hinten zu Oisìn. – Beeindruckend, diese Augen.

Sabine, wieder am Steuer, gab Gas, indessen Cordes immer noch in der Gegend um den Nullgrund nach Spuren der Anderswelt suchte, zwischen Atocha und Reichstag und Brandenburger Tor immer hin und her. Möglicherweise war er schon, schließlich war es bei ihm Nacht, den Polizisten aufgefallen, die in der Gegend patrouillierten. Noch ein paar Runden, und sie würden seinen Paß sehen wollen. Mußte nicht sein. Wirklich nicht. Also radelte ich über die Spreebrücke weg, von der direkt vor Nullgrund die Druckwelle ausgegangen war, fuhr über Weidendamm und Tucholskystraße davon, machte aber beim Silberstein halt, schloß das Rad in gebührender Entfernung von der Synagoge an einen Laternenmast und betrat das Café für einen Kakao. Da war es längst wieder Tag. War ich zwischenzeitlich zurück in der Schönhauser gewesen? Das konnte gar nicht anders sein, schon meines Jungen wegen. Jedoch entsann ich mich nicht mehr.

Besonders klamm wurde mir, als herinnen Judith Hediger saß, die nicht so sehr verstört als vielmehr beleidigt auf ihr Handy starrte. Soeben hatte ihr Herbst die Verbindung sozusagen auf die Gabel geknallt. Doch nicht nur sie saß in dem Lokal, sondern auch Bruno Leinsam, der sich umentschieden und Shakaden und Osten fluchtartig verlassen hatte. Er war einem Impuls gefolgt – vorgestern nacht. Da hatte er in seinem Büro gesessen und vor sich hingestarrt, dann entschlossen den kleinen Wandtresor geplündert und, weil die Geldscheinbündel anders nicht hineingepaßt hätten, die Hälfte seiner Sachen wieder aus dem Koffer gezerrt. Letzte Heftchen Kitzlerpulver trug er bei sich, für den Notfall, wie er dachte. Woraufhin er ausgesprochen vorsichtig seine Bürotür geöffnet hatte, und, als er niemanden bemerkte, in den von der spärlichen Nachtbeleuchtung beschienenen Flur getreten und losgeschlichen war. Es gab an den Wänden hie und da Monitore, in denen man angrenzende Flure und Räume sehen konnte, sogar Kotani Hall im Stockwerk hierunter ließ sich überschauen: An den dortigen Eingängen, in der Tat, standen Mudschaheddin und hielten offenbar Wache.

Quasi auf Zehenspitzen, so trat er heraus, wurde logischerweise dennoch bemerkt, aber der Gottesdiener ließ ihn gewähren. Das schwarzbärtiges Gesicht sah ihm, in den Augen mattbraune, dunkle Güte, unbewegt nach. Als Leinsam um die nächste Ecke verschwand, aber, da glitzerten sie, und der Orientale folgte. Er hatte keine Eile.

Leinsam erreichte die Freitreppe. Quer über die gesamte Vorderfront des Gebäudes langend, führte sie auf den Vorhof hinab. Nach halber Höhe wurde jede Stufe zur gesonderten Pein. Denn zwar drehte sich Leinsam nicht um, spürte aber in seinem Rücken einen Kämpfer Allahs nach dem anderen, und zwar aus sämtlichen Türen treten. Auch der Schwarzbärtige erschien. Etwa zehn, fünfzehn Männer standen schon oben, zwanzig dann, dreißig, und sahen in prophetischer Ruhe dem Chef der EWG hinterher. Erst, als der seinen Wagen aufgeschlossen, Platz genommen sowie das Fahrzeug gestartet hatte und im Schrittempo über das Gelände rollte, wandten sich die Mudschaheddin wieder um und tauchten ins Dunkle des nun endgültig Där al-Harb, das Haus des Krieges, gewordenen Shakadens zurück. Alles blieb still.

So war das gewesen.

Dann war Leinsam in Buenos Aires zurück, übrigens ohne, wie er vorgehabt hatte, an der alten Laserzaungrenze bei seiner Verwandtschaft vorbeigeschaut zu haben, über die seinerzeit, als die Ostfabriken noch von Bedeutung gewesen, der Pulverhandel abgewickelt worden war. Er war zu nervös und zu mißtrauisch gewesen. Sowieso und erst recht, als er all die geplünderten Läden sah, die zerschmissenen Schaufensterscheiben und vielerorts, wo die Illusionsarchitektur aus dem Stadtbild radiert worden war, neue Brachen voll umgekippter oder sonstwie verunfallter Autos; die Leitstrahlnetze schienen ausgefallen zu sein, so daß einige Gleiter direkt aus der Luft herabgestürzt waren. Karosserien ragten drittels aus Hausdächern heraus. Es gab zur Seite geknickte Hydranten, aus denen unentwegt Wasser schoß, während die Leute stoisch ihren Geschäften nachgingen, oder sie planten den Fortzug, sofern sie nicht sowieso schon kopflos geflohen waren und mit ihren Wagen die Verbindungsschleusen verstopften. Nur so ist zu erklären, daß niemandem auffiel, daß dieses Wasser, das aus den Hydranten kam, salzig war. Nicht überall, doch in sehr vielen Straßen.

Natürlich bemerkte auch Leinsam es nicht. Allerdings funktionierte sein Instinkt, so daß er auch nicht mehr seine alte Ulmer Wohnung aufsuchte, obwohl dort weitere Heftchen des Kitzlerpulvers lagen, ein kleines Lager geradezu, das man hätte gerade jetzt gut abschlagen können. Ist wirkliche Flucht nicht möglich, sind die Menschen besonders auf die innere aus. Sondern er mietete sich in ein sevillanisches Hotel ein, das er eine Nacht und einen Tag lang nicht verließ. Dann hielt es ihn dort nicht. Er brauchte ein Flugticket, wollte, wie Balthus, Europa insgesamt den Rücken kehren. Soviel zu den Ratten auf den sinkenden Schiffen.

Es gab entsetzlich lange Wartelisten. Wo immer Leinsam an diesem Tag auch fragte. Weil öffentliche Verkehrsmittel nur noch unzuverlässig fuhren, kam man nicht einmal leicht von Reisebüro zu Reisebüro. Die U-Bahnen der BVG blieben in den Schächten bisweilen einfach stehen. Und seinen Wagen wollte er nicht nehmen – nicht nur wegen der massiven Verkehrsstaus, die sich wegen defekter Ampel- und sonstiger Leitsysteme quer durch die halbe Zentralstadt zogen. Sondern er war sich nicht sicher, ob nicht sein edler Benz die Wut des unedlen Mobs auf sich zöge, der auf den Straßen vandalierte und sich stündliche Schlachten mit der Polizei lieferte. In Seitengassen wurden Frauen vergewaltigt, weil selbst der Primitivste seinen realen Körper wiederentdeckte. Der blieb, wenn alles verschwand. Zumal der Webverkehr war überlastet, was auch die Lappenschleusen, jedenfalls zu einem Teil, unpassierbar machte. Ein Serverausfall stand hinter dem vorigen an. Ihre Abfolge knäulte sich im Cyberraum wie an den Bahnhöfen und Reisebüros die Masse kopfloser Leute. Immerhin hatte sich Leinsam in eines von denen hineindrehen können und, verdeckt unter der Hand, der Touristikkauffrau ein Heftchen zugeschoben. Erstaunt sah sie auf, die Gier sofort in den Augen. Auf Gier war wie seit jeher Verlaß. So bekam er, was er wollte, und war, als er für den abendlichen Rotwein ins SILBERSTEIN einkehrte, ausgesprochen guter Dinge. Endlich konnte er ein wenig ausspannen. Er mochte sich nicht mehr verkriechen, schon gar nicht in seinem Hotel. Vielmehr kannte er einen ausgesprochen luxuriösen Infomaten, elegant auch im Design. Vielleicht funktionierte der noch. Zwei Heftchen Kitzlerpulver, vielleicht mit etwas Pan versetzt, waren die besten Voraussetzungen, um eine Frau abzuschleppen. Es war ihm nach Geschlecht.

Sein Blick fiel auf die Hediger. Er hatte noch nie ein Gefühl für Verhältnismäßigkeiten besessen, so daß er nicht spürte, wie wenig ausgerechnet diese Frau zu ihm paßte. Ihre Kühle lockte ihn vielmehr, auch daß sie derart hochgewachsen war. Er hatte Lust an hochgewachsenen Frauen, auch wenn sie ihn selten erhörten. Also setzte er sich nicht weit von ihr in eines der niedrigen 5oer-Jahre-Sesselchen, ließ sich seinen synthetischen Wein kommen und wartete auf die Gelegenheit. Momentan jedoch telefonierte die Frau, jedenfalls versuchte sie es. Dann starrte sie pikiert ihr Handy an. Leinsam hatte keine Ahnung, daß Judith Hediger weder ihn bemerkte. noch irgend etwas von dem sah, was er sehen konnte, nicht die Zerstörungen, nicht die Panik. Für sie gab es Buenos Aires nicht, sie lebte allein in Berlin. Folgerichtigerweise entging ihr dieser ganze Mann; er existierte für sie schlichtweg nicht. Das wäre aber sowieso der Fall gewesen, wenn nicht aus ontologischen, dann doch des Desinteresses halber. Leinsams Platz war real für sie leer. Daran änderte es auch dann nichts, als sich Cordes zu ihr setzte, nachdem er hereingekommen war und zu Leinsams Verärgerung so höflich darum gebeten hatte, daß sie es ihm gestattete. Immerhin waren rundum wenige Tische ohne Gast. Sein, fand Hediger, höchst eigenwilliger Einstieg in ein Gespräch ließ Leinsam freilich nicht wirklicher werden. »Wissen Sie«, sagte er nämlich, »ich gehe allezeit schwanger mit einem Roman. Darin spielen auch Sie eine Rolle.« Für die Frau blieb Leinsam noch dann unsichtbar, als Cordes sie eigens auf ihn aufmerksam machte. »Wenn Sie mir nicht glauben, schauen Sie dieses Männchen an! Dort, sehen Sie?« »Nein. Wo? Welches Männchen?« »Ich kann Ihnen seine halbe Lebensgeschichte erzählen!« Frau Hediger lachte auf. Was ein sympathischer Spinner! Aber dann sagte Cordes: »Falls Sie mir immer noch nicht glauben, sollte ich Ihnen vielleicht erklären, weshalb soeben Ihr Freund Herbst das Telefonat derart abrupt beendet hat.«

Das machte sie nun staunen.

»Sagen Sie Eckhard zu mir. Sofern Sie mir erlauben, daß ich Sie Judith nenne.« Er lächelte. »Haben Sie mich verfolgt, mich beobachtet?« Zu Leinsams Befriedigung ging sie auf Distanz. »Woher kennen Sie überhaupt meinen Namen?« Ihr flinker Blick irrte über ihre auf dem Tisch liegenden Unterlagen: Timer, Zeitung, den Stift; lag schon auf ihrer Tasche. Vielleicht gab sich ein erklärendes Indiz. »Ich weiß viel mehr, Frau Hediger. Etwa, daß Sie sowohl mit Hans Deters als auch mit Herrn Herbst ... Verzeihung, aber: geschlafen haben.« Das jetzt machte sie ärgerlich. Aber auch nervös. Nur deshalb blieb sie sitzen. »Bin ich ein öffentliches Tagebuch?« »Für Bruno Leinsam sicher nicht.« »Wer ist Bruno Leinsam?« »Der Mann dort.« Aber da sitzt doch keiner! wollte Frau Hediger rufen, da wurde sie plötzlich von Cordes an der linken Handwurzel gepackt. Er war leichenblaß mit einem Mal. »Um Gottes willen!« zischte er. »Raus hier, Judith! Schnell hinaus!«

Abu Masud, auf seinen Gehstock gestützt, hatte das SILBERSTEIN betreten.

»Lassen Sie los!« Doch er zerrte sie weiter. Sie rutschte aus, verlor einen Pumps und schrie vor Wut. Dahinein krachte, freilich nur Cordes' hörbar, der Schuß. Auch Leinsam hörte ihn nicht, nicht *mehr*. Da waren die beiden schon in der Tür. Cordes stieß Frau Hediger auf die Straße, stürzte hinterher, drehte dabei den Kopf zurück. Das Geschoß trat aus Leinsams Stirn, die er gesenkt hatte, wieder heraus und schlug in die Tischplatte ein.

»Laufen Sie! Na los doch!«

»Sie sind ja restlos übergeschnappt!«

Ins empörte Schnappen des letzten Wortes detonierte, so daß man es gar nicht mehr hören konnte, direkt vor der Synagoge die Autobombe. Rasende Feuerstifte schossen links und rechts, komplette Module des Transits, in dem die Explosion gezündet worden war, flogen, rasten, so wuchtig sie auch waren, durch die Luft und kamen scheppernd auf. Feuerwolken, schmauchendes Brennen. Der Kleintransporter war mit dem übrigen Verkehr die rechte Fahrspur der Oranienburger entlanggefahren, hatte plötzlich abgebremst, als würde spontan nach einem Parkplatz geschaut. Cordes hatte das nur sehen müssen, um die Hediger sofort aufs Pflaster zu werfen und sich selbst über sie – alles, mußte man meinen, aus purem Instinkt. SÜŞGÜL FLEISCHEXPORT stand, in fetten Lettern, auf der Karosserie des Ladekastens. Das ist politisch nicht korrekt, es war aber so. Die hintere Ladetür des Transits schoß knapp über die beiden zu Boden gepreßten Körper, knallte drei Meter weiter gegen einen Laternenmast, schlingerte verbeult, bekam noch einmal Auftrieb und scheuerte über die knirschenden Karosserien dreier parkender Wagen. Glas splitterte. Schon heulten von nahezu überall her Martinshörner. Man hörte ein paar hilflose Schüsse. Die Beifahrertür des Transits hatte wie ein flacher Meteor die linke Scheibe des SILBERSTEINS durchschlagen.

Zwei Polizisten und fünf Passanten kamen bei dem Anschlag ums Leben. Es gab außerdem einige Verletzte. Die Synagoge allerdings, die Ziel des Anschlags gewesen zu sein schien, wurde nur leicht an der Fassade beschädigt. Er gehörte, darüber waren die Behörden sich bald einig, in eine Serie von Attentaten, deren Absicht vor allem war, Unsicherheit und Angst zu schüren. Wäre es wirklich um die Synagoge gegangen, hätte man eine andere Art Sprengstoff gezündet. Jemand sprach sogar von einem Ablenkungsmanöver, ohne aber erklären zu können, wovon auf diese bestialische Weise abgelenkt werden sollte.

Hediger und Cordes kamen mit Schrunden, die Frau allerdings, überdies, mit einem schweren Schock davon, an dem sie noch wochenlang laborierte. – »Woher haben Sie das gewußt?« Man hörte Schreie von drinnen. »Woher haben Sie das gewußt?« Sie war kaum zu beruhigen, heulte, jaulte, schrie. Wollte nicht vom Boden hoch. »Es ist vorbei, es ist vorbei«, Cordes, immer und immer wieder. Doch war genau so hilflos wie die Frau. – Sanitäter halfen ihnen auf. »Sie müssen hier weg, haben Sie sich verletzt? Wir müssen absperren, verzeihen Sie.« Man sah nach den Wunden, versorgte sie provisorisch. »Wollen Sie in ein Krankenhaus?« »Neinnein, es geht schon.« »Suchen Sie Ihren Arzt auf.« Von dem Kleintransporter stand nicht mehr als das verkokelte, weiterschmauchende Fahrgestell: alles übrige hatte sich ringsum verteilt. Erst viel später fand man Reste des Selbstmordattentäters, aber Cordes wußte bereits jetzt, daß ihn die Gebißanalyse als Abu Masud, genannt Der Rote Mahmut, identifizieren würde; bereits an 9/11, einem Anschlag auf das World Trade Center der wirklichen Welt, sei dieser Mann, wie es hieß, beteiligt gewesen.

15

Abu Masud war zur Zeit des afghanischen Widerstandes gegen die sowjetische Invasion in einer Widerstandseinheit ausgebildet wurde, die sein Namensvetter Ahmad Schah Massoud geleitet hatte. Nun hatte er das Olympische Feuer des Dschihads ins wirkliche Berlin getragen. »Der war dabei! Dieser Mann war dabei!« Vier Polizisten, wahrscheinlich von der in der oberen Tucholskystraße benachbarten israelischen Gemeinde hergelaufen, faßten mich, ich konnte sagen, was ich wollte. Ich hatte Hediger und Cordes aus dem SILBERSTEIN herausstürmen sehen, hatte auch den Schuß von drinnen gehört, es war doch alles meine Erzählung: Ich hatte mit Leinsams Liquidation gerechnet, mit dieser Bombe aber nicht.

»Was meinen Sie mit ›alles meine Erzählung‹?«

Zwei Männer vernahmen mich, beide in Zivil. Draußen vor dem Verhörraum, in dem es außer uns dreien nur diesen Tisch und zwei Stühle gab, stand ein Uniformierter Wache, wohl für den Notfall: falls ich aufspringen, die Beamten angreifen würde, so etwas. Doch war ich viel zu konfus, um an Flucht nur zu denken; außerdem war ich nicht James Bond. Ich meine Timothy Dalton, nicht Daniel Craig. Nun hatte es mich selbst, ganz wie meine Personen, mit in die Erzählung hineingerissen. Das war nicht mehr witzig.

Jemand hatte mich – *wollte* mich haben – an der unteren Oranienburger aus dem Transit aussteigen und dem Fahrer Zeichen machen sehen. Tatsächlich war ich von dort gekommen, hatte im Café HACKESCHER HOF Gregor getroffen, der mir eine Unterschrift für etwas geben wollte, das hier nicht hergehört, und während ich auf ihn wartete, war mir Leinsams Ende eingefallen. Das hatte ich dann, wie ganz zu Anfang des Anderswelt-Zyklus direkt vor Ort, im SILBERSTEIN nämlich, in mein Handmanuskript niederschreiben wollen, so daß ich, um die Ecke in die anfangs überaus schmale, einspurige Oranienburger biegend, dort hingeschlendert war. Weshalb ich nicht auf dem rechten Gehsteig geblieben war, sondern die Straße am kleinen Monbijouplatz überquert hatte, um neben dem Park weiterzuspazieren, weiß ich nicht mehr. Jedenfalls hatte ich dann dem SILBERSTEIN gegenübergestanden, auf der anderen Straßenseite, und versucht, durch die Scheiben zu schauen, versucht, mir Hediger Cordes Leinsam vorzustellen, sie richtiggehend zu imaginieren, und auch, wie Abu Masud das Café betritt und von Cordes erkannt wird, der daraufhin Hediger packt, um sie aus der Gefahrenzone zu bringen, in die sie dadurch nun gerade hineinliefen, in der ich aber auch selbst stand. – Nichts davon war den Beamten klarzumachen, zumal nicht nur einer, sondern gleich zwei Zeugen auf ihrer Version beharrten.

Erst nach vielem Hin und Her ließen sie mich Gregor anrufen, der mir zwar, schon als Anwalt, das beste Alibi geben konnte, das sich denken ließ; aber der Verdacht gegen mich blieb, übrigens bis heute, bestehen. »Seien Sie sicher«, sagte der ältere der beiden Polizisten, ein leicht gedrungener, finsterer Mann in der Cord-Kombination eines Lateinlehrers für die Unterstufe, »daß wir Sie überführen werden. Auch Sie machen irgendwann Fehler.« Natürlich recherchierten sie meine verschiedenen Publikationen, sowohl die zu 9/11 und zur Afghanistan-Intervention, als auch zum Irankrieg. Auch meine unverhohlenen Sympathien für Carl Johannes Verbeen blieben sicher nicht geheim. Meine Verbundenheit mit dem Orient sprach deutlich gegen mich, wenn sie auch letztlich nichts anderes ausdrückte als eine Mentalität, die sich verwandt fühlt. Man fand sogar heraus, daß ich mich seinerzeit – im Speisewagen des ICEs – geweigert hatte, mich gemeinsam mit den anderen Reisegästen für die vom Lokführer verordnete Schweigeminute im Gedenken an die Opfer von Ground

Zero zu erheben, und daß ich, als deshalb gemurrt worden war, geantwortet hatte: »Für die 500.000 iranischen Kinder, deren Opfer Mrs. Albright *etwas, das man leider hinnehmen müsse*, genannt hat, sind Sie doch auch nicht aufgestanden und haben ihrer gedacht.« All das findet sich noch heute in den Akten der Polizei. Wahrscheinlich hörte man längst mein Telefon ab. Sogar mein Laptop sollte konfisziert werden; nur weil die Indizienlage zu dürftig war, wendete Gregor das ab. Immerhin ging es um mein Arbeitsgerät. Dennoch, ich blieb unter Beobachtung.

Erstaunlich, wie schnell man sich an so was gewöhnt. Ich fing sogar an, Witze darüber zu reißen. Verließ ich meine Arbeitswohnung, um etwas einkaufen zu gehen, grüßte ich fortan mir völlig unbekannte Passanten oder vor der Toreinfahrt Herumstehende wie alte Bekannte. Jeder von denen konnte ein mich bespitzelnder Schatten sein. So etwas verbindet. Bei einem Mann war ich mir sogar sicher, weil er über Stunden vor meinem Haus auf- und abging. Übrigens sah er aus wie Der Sanfte, dem seit dem Mord an Goltz das Traurigsein nicht mehr aus dem Gesicht gewichen war; er sang auch nicht mehr. Eigentlich war dem Umstand, daß man ihn mitnahm, damit die Grundlage entzogen; immerhin hatte ihn Goltz wegen seiner orphischen Gabe dabeihaben wollen. Ungeheuer liegen gern zu Füßen schöner Lieder.

Aber der Orpheus war in Dem Sanften zerbrochen. Er ahnte es, doch sprach ja nicht. Sie waren ihm alle gleichermaßen schrecklich: Sisrin, die neben ihm am Steuer saß und auf der Unterlippe kaute, sowie der Mörder und die Amazone, die ihnen in Brems Jeep hinterherfuhren. Thisea ihrerseits wußte, daß sie, und zwar o h n e Kommando, ein Todeskommando fuhr. Sie hatte gar nicht erst versucht, Kontakt zur Wölfin aufzunehmen; hatte sogar, um nicht noch in offenen Konflikt mit ihrem Entschluß zu geraten, ihr Mobiltelefon, das über einen satellitengesteuerten Zugang ins Euroweb verfügte, in der Garage Des Sanften zurückgelassen. Wo die Mudschaheddin es fanden.

»Interessant«, hatte Abu Masud geflüstert und das Ding eigenhändig nach Buenos Aires gebracht, um den Chip entschlüsseln zu lassen. Seine Leute bauten unterdessen Brems Areal zu einem bewehrten Stützpunkt aus. Masud selbst wurden die Daten nicht mehr bekannt. Weshalb er und nicht jemand aus dem Fußvolk Leinsam liquidieren solle, war später nie zu erfahren. Vielleicht war seine Deckung durchsichtig geworden, vielleicht gab es Intrigen innerhalb der Al Qaida. Jedenfalls wurde ihm Scheik Jessins Order als verschlüsselte avi-Datei übers Netz zugespielt. Keinem Mudschaheddin stellt sich die Frage, ob er gehorcht. Es stellt sich überhaupt keine Frage: *fard al-kifāya*. Ein Schahīd zaudert so wenig, wie es die Amazone tat, die mit ihren Begleitern bereits weit über Hradec Králové hinaus bis ins ehemalige Polen vorgestoßen war. Die vier hielten aufs höhere Gebirge zu, das sie gut im Blick hatten; zumal waren die Wälder ringsum seit Zeiten versehrt. Bisweilen kamen Barackendörfer in Sicht; es standen am Fahrstreifen sogar wieder Suppenkannen, deren sich kaum noch ein Junger erinnert. Milizen hingegen waren weit und breit nicht zu sehen; vielleicht hatten sie die Geschehnisse von Buenos Aires zerstreut.

»Einmal angenommen«, sagte Brem leise und stierte dabei geradeaus durch die Windschutzscheibe; der Fahrtwind ging ihm durchs Haar. Thisea hatte das ihre unter einem Kopftuch zusammengenommen. »Einmal angenommen, wir schaffen, was sonst keiner geschafft hat, und finden den zweiten Odysseus. Was willst du dann von ihm?« »Den Beweis, daß er in Ungefuggers Auftrag gehandelt hat. Daß der Dschihad nichts damit zu tun hat. Oder wenig.« »Und dann?« »Dann bringst du ihn um: das kannst du doch gut.«

Thisea hatte ihm erzählt, was sie wußte: vom Lichtdom, von den in Lough Leane gekippten Schuttspuren des Nullgrunds, von dem frühen, halb bestätigten Verdacht. »Ihr glaubt an einen Pakt?« Brem wußte nicht genau, warum: aber Skamander fiel ihm ein. Der Dschihad, im Osten, war immer eine Sache der Heiligen Frauen gewesen; Sheik Jessin, von dem erst in den letzten wenigen Jahren die Rede gegangen war, hatte sich Kungír zunutze gemacht, mehr nicht, wie ein pornografischer Akt. Das Dunkle Paradies der Devadasi; so hingegen hatte er, Brem, immer darüber gedacht. Das war wenig plausibel fürs Patriarchat; Heilige Frauen, zumal so verstreut, verfügten gar nicht über die Technologie, einen Nullgrund zuwege zu bringen. Darüber machte sich Gelbes Messer, während er fuhr, seine Gedanken. Sie machten sich *ihm*, um das präzise auszudrücken. »Vielleicht«, sagte er, »müssen wir gar nicht da hin.« »Wohin?« »In den Schwarzen Staub. Das ist vielleicht gar nicht nötig. Vielleicht ist schon d e r Mythologie.« »Ich verstehe nicht.« »Von dem Emir Skamander hast du gehört?«

Wer hätte das nicht?

Brem zog einen Flacon aus der Tasche, roch daran, rieb das linke Handgelenk am Fläschchenhals. Danach ging ein malziger Duft von ihm aus. Thisea spürte, er bereite sich aufs Töten vor. Brem wiederum erinnerte sich, daß Skamander zu Zeiten des Ostkriegs engsten Feindkontakt mit Devadasi unterhalten hatte. Stand der monströse Gestaltenwandler nicht also schon von seiner Art her den Säuglingsfressern nah? Mochten schon damals Freundschaften geschlossen worden sein – Allianzen über alle die Toten hinweg? Aber Brem war kein Großinquisitor, kanonische Meditationen lagen ihm so wenig wie der jesuitische Sophismus, der den Teufel mit Gott ins prästabilierte Gefüge der Macht bringen will. Das war ihm alles zu dünn, als daß er die mechanische Statik des monotheistischen Weltbilds gegens heidnische Zerfließen hätte halten wollen. Weshalb ihm der Grund eines solchen möglichen Paktes verschlossen blieb. Brem dachte in persönlichen Vorteilskategorien: daß einer wie Ungefugger sich selbst opfern könne, nur um ein Prinzip zu wahren, ging ihm nicht ein. Dennoch zog ihn der Instinkt zu Skamander. Der hatte ihn durch die Kriege am Leben erhalten.

»Wende!« zischte er. »Wir müssen zurück. Wir müssen nach Lough Leane.« »An den Heiligen See?« »An den Heiligen See, den verkotzten.« Er kramte in seiner weiten rechten Jackentasche, holte ein längliches Tuchbündel heraus, das war jetzt ein nächster Gedanke. Er wickelte das Peleus-Messer daraus aus und legte es vor sich auf die Konsole unter die Windschutzscheibe. »Oh«, machte Thisea, »wo hast du das her?« »Du kennst es? Ich fand es in einer Scheune nahe dem See.« »Es ist Aissas des Barden.«

Weitere theologische Spekulationen wären anzuschließen gewesen: Weshalb hatte die Mutter das eigene Junge verspeist oder doch verspeisen lassen, das ausgeschickt war, ihre Rechte in den Rechten des Ostens zu wahren? War der Halbling letztlich zu sehr Mensch geworden, und die Viertelthetis Lamia, in der das g a n z e Meer wieder durchbrach, sollte vollenden, wozu der Sohn nicht imstande gewesen? Gibt es in den historischen Geschehen einen teleologischen Sinn? Oder ist selbst e r – sind die *Sinne* – der Wandlung unterworfen, sind es veränderbare, zusammen- und wieder auseinanderfließende Verdichtungen von Lebens- und Gestaltungsformen, in der niemand, letztlich, bleibendes Recht hat? Eine solche Vorstellung wäre, dachte Cordes, Thetis wie gleichermaßen Ungefugger widerlich: daß es sowenig ein Erstes Wahres wie ein Letztes Paradies gibt und sowohl Lichtdom wie Meer von höchst bedingtem Gesetz sind.

»Wir verändern uns«, murmelte Cordes und wußte: das gilt auch für den Menschen als Art. Deidameia und Kumani, als Paar, waren, auch wenn ihnen nicht mehr viel Zeit blieb, auf einem rechten Weg. Die Natur probte den nächsten Evolutionsschritt – nicht mehr einen des Grobgriffs, der sich im Cyborg, auf die Zukunft gesehen, unfruchtbar amalgamierte: Man gebiert kein Metall, und Metall wandelt sich niemals zu Geist; das sind die Grenzen der Metamorphose. Wohl aber Energie in Organ und dieses in jene: die ohnehin die Hand in die Hand gelegt haben.

Davon wußte niemand, es wußten das die beiden auch selbst nicht, als die Argonauten für die erste Nacht tief in der zerpixelten Weststadt

Notturno
(Beginn)

teils in ihren Fahrzeugen lagerten, teils an sie gedrängt waren, die wie eine einerseits geöffnete Wagenburg im Drittelkreis parkten. Jeweils vier Leute hielten Wache, kippelnd auf den Gitterrosten oder an einen alten, nunmehr funktionslosen Energiemast gelehnt; Shakti, das Gewehr in der rechten Ellbogenbeuge, stand sogar auf einer Motorhaube. Wie eine Indianerin sah sie aus, die frisch die Weihen der Kriegerwürde empfangen hat. Tatsächlich trug sie um den Hals einen mit bunten Steinen verzierten Medizinbeutel. Eine kleine Feder lugte aus dessen Rosette heraus, und besonders stolz wirkte der matte Hautglanz ihrer Narbe, über die etwas Haar fiel. Unter und vor der Amazone – oder hinter ihr, wenn sie in die mathematische Landschaft schaute – lagen die dunklen Schütten der Schlafenden. Gegen den Wagen gelehnt stand EA Richter, der aus dem Environment versonnene Gemälde in seinen Geist malte. Drüben, beim anderen Wagenburgende, sah man Pal und Yessie Macchi in leisem Gespräch, von dem raschelnde, ganz selten auch nach Ton klingelnde Silben herüberwehten. Der Boden war, soweit sich von einem noch sprechen ließ, nichts als eine ins Halbdunkel schimmernde, gleichsam vernickelte Fläche.

Shakti und Richter schwiegen lange. Etwas zog sie zueinander. Den ganzen Tag lang hatten sie das schon gespürt, aber wollten es sich und den andern nicht zeigen. Doch in der sirrenden Leere der geometrischen Nacht raschelte bisweilen das Seufzen des Wunders auf, von dem wir nun erzählen möchten. Dieses Seufzen konnte weinen, und es weinte auch kurz. Da war das Wunder geschehen.

»Wenn wir hier lebend wieder wegkommen«, sagte Richter endlich, doch ohne den Kopf zu heben, »werde ich anders malen als jemals zuvor.« »Schöner?« fragte Shakti. Der Horizont war hell, darüber standen Fenster aus Nacht. Es war vielleicht die erste, die sie jemals gesehen hatten, und auch jetzt nur andeutungsweise, da der Feldstärkenschild noch hielt; doch hatten die Ozonlöcher einige Läden im Firmament aufgeklappt: deshalb gab es mit einem Mal Sterne. »So schön wie d a s?« »Ich habe immer nur erzählen hören davon.« EA Richter: »Stell dir das vor! Wenn das nicht nur solche Öffnungen sind, sondern wenn... wenn alles, a l l e s...« »...derart funkelt? Auf Thetis soll es so funkeln nachts.« »Das sind Legenden.« »Vielleicht nicht.« »Zwischen uns und der Welt...«, er verstummte, und Shakti fragte nicht nach. Sie wußte, er hebe wieder an.

So war es.

»...es ist wie ein Schleier, der sich nun hochzieht. Aber der Schleier hat uns geschützt.« »Na ja, ›geschützt‹?« »Wir konnten uns definieren. Durch Abgrenzung. Das i s t ein Schutz. Wir werden jetzt geöffnet.« »Einige von uns nicht.« Richter wußte, was, nein, *wen* sie meinte. »Es ist ein gutes Paar«, sagte er. »Wir alle neigen dazu, Paare zu bilden. Wir bereiten uns auf das Neue vor, bereiten das Neue s e l b s t vor, auch wenn nicht wir es sind, die das Heilige Land betreten dürfen.« Shakti verstand die Anspielung nicht. »Du sprichst wie eine Devadasi«. »Das sind die furchtbaren Frauen?« »Menschenfresser. Kungír.« »Es gibt die wirklich?« fragte er, wollte aber gar keine Antwort, so schnell war sein Gedanke gewesen: »Vielleicht sind die nichts als der Schatten, den das schöne Versprechen geworfen hat, als wir es verrieten.« »I h r verriet, im Westen, wir im Osten hielten dran fest. Und tun es noch.« Jetzt verstummte s i e, jetzt setzte s i e hintennach: »Gemordet haben wir alle, wir nehmen uns nichts. Nur: um was?«

Abermals ein Seufzen. Richter streckte langsam die rechte, bis auf den Zeigefinger zusammengenommene Hand aus und ließ diesen einmal den Weg der Narbe entlangziehen. Das Wunder nämlich, es wollte sich wiederholen. Es wiederholte sich nicht nur in Deidameia und Kumani, sondern in Willis und Dolly II beinahe ebenso; das war außergewöhnlich. Das andere Wunder, in das sich, aber viel leiser, Michaela Ungefugger und Jason Hertzfeld schliefen, war den Menschen vertraut. Es ist drum nicht weniger herrlich. Sola-Ngozi wußte das und lag schlaflos. Neben ihr lag Kignĕrs, den sie allmählich zu mögen begann. Mit plötzlicher Achtung vor ihm fing das an; aber er war nicht *der Mann.* So lag sie einsam und wollte keinen Ersatz, sie legte nicht einmal eine Hand zwischen die Beine, sondern verharrte auf dem Rücken, die Arme längs des Körpers, starrte in den Himmel, worin sich immer wieder ein neues Fenster auftat. Sie wußte nicht, sie ahnte nicht, daß schon unterwegs war, wer da neben ihr fehlte: Ihre Sehnsucht ließ meinen Satz ganz zerfallen, er fügt sich nicht ins Das-bist-du. So lange nicht, bis Oisìn zu den Argonauten hinzugestoßen sein wird; das werde, dachte Cordes, gleich am nächsten Morgen geschehen.

Auch Zeuner und ihre drei Gefährten ruhten, auch Ungefuggers Leute, aber die saßen noch lange umeinander, der Präsident, sein Faktotum, Eidelbeck und Beutlin. Sie starrten ebenfalls die sich öffnenden Himmelsfenster an. Beutlin, der ziemlich fror, war fasziniert, Ungefugger angeekelt; Eidelbeck und Schulze nahmen eines wie das andre. Sie alle ahnten nichts von dem Wunder – so wenig wie von der Lamia, die, wenn Oisìn zum ersten Mal Sola-Ngozi sieht und sie ihn, abermals in die Schwadron einbrechen wird: aber dann gezielt.

Ihr Blutdurst hatte, als sie so zurückgeschlagen war, in eine andere Richtung gewittert, und sie war ihr gefolgt. Doch vor Wundern, da sie sie selber mitunter bewirkt und gar nicht wirklich weiß, wieso sie so etwas kann, hat auch eine Göttin Mutter Achtung. So war Niam, ein gewölbter fasriger Strang aus eilender Elektrizität, ums Argonautenlager herumgehuscht, sie hatte sogar den Bruder gewittert, Halbbruder, heißt das, hatte so etwas wie Freude, das Aufblitzen einer lange verlorenen Helligkeit in den Körper bekommen; *Goldenhaar* hatte sie einmal geheißen und *Eichhörnchen* – so hatte der Vater sie genannt. Sie wurde darüber fast milde, und als auch sie das Wunder spürte und war doch selbst die Frucht eines Wunders, eines bösen vielleicht, eines Wunders aber doch –

(wie schon ihr Vater gewesen, der Halbgott mißratener Sohn der Thetis und eines Seemanns, wie der Achäer in Točná hatte erzählt, bevor
er, Erissohn, umgekommen war:

»Thetis Jörmundrand selbst hat zeugen sich lassen durch Peleus
ihn, Achilles, den Sohn, der Erhebung barmherzigsten Sänger.
Ich war der Seezeugung Zeuge: sah ihn, den Mondschaum gischtend
rot heraufsprühn, ein Mondblut, Feuer aus Wasser, und Schreie
hört' ich, wüstgrünster Meeresumarmung entbrüllende Wollust,
kammbewehrte der Schlange, elende aber des Peleus,
der sich heldhaft immer noch wehrte, bald schon ertrunken,
Tränen in Tau, der im Winter heiß die erfrorene See beißt,
doch die Kälte nicht anrührt, die ihn umschlingt und erstarrn macht.
Ich nunmehr hob da den Arm, und ich schleuderte, ihn zu erlösen,
zielgerecht die Harpune den Wühlenden grad in die Mitte
ihres furchtbaren, schien es, Kampfes, damit ihm ein Ende
endlich würde und Peleus den letzten Trost von den Freunden
abschiedsgut empfing'. Und wirklich enttauchte die Schlange,
laichte schließlich und schwamm dann von Nowy Targ weiter bis Stare
Miasto, wo sie, schlafend und stumm, harrte des Sohnes
Ankunft, um die versunkenen Kirchen am Meergrund geschlungen.«)

– da hätte die Lamia als Niam-wieder gerne geschlafen, hätte den
Kopf in eine Schulterbeuge gedrückt und in die Achselhöhle geatmet,
bevor sie laminar davon- und zurückhuschen würde, um ihr Opfer zu
nehmen: zu spät doch. Was sie nicht wußte. War schon weg.

»Du willst«, fragte Richter unvermittelt, aber sah immer noch nicht
auf, »daß ich mich nachher zu dir lege?« »Ja«, antwortete Shakti, ebenfalls ohne einen Blick auf den Mann zu werfen. »Wir möchten nicht
ausgeschlossen sein wie er«, konstatierte Richter. Vielleicht war dies
die pragmatischste Liebeserklärung, die einer Frau überhaupt gemacht werden kann. Shakti mußte nicht fragen, um zu wissen, daß er
Kignčrs meinte, dessen Traum unter die immer wieder rufenden Seufzer den tiefen Baß seines weinenden Schnarchens mischte. Wovon
Sola-Ngozi hilflos gerührt war in ihrem Alleinsein, dessen Amazo-
nenstolz es sich versagte, dem gequälten Mann wenigstens wieder die
Decke über die nackte Schulter zu ziehen; als eine Mutter dem Kind.
   So war doch, alles in allem, das Argonautenlager eine Glocke des
Lebens. Sie glich einer transparenten Blase, einem Schutzraum inmit-
ten der geometrisch sich entkörperten Welt. So sehr nach digitalen

Plänen sah die aus, voller Graphen aus Längengraden und Tangenten, daß man sogar ihre Kugelform erkannte. Das war nahezu aufdringlich, dieses Modellhafte, das an eine 3-D-Projektion nicht nur erinnerte, sondern es war. Permanent warf sie irrsinnig schnell rechnende Tabellen Matrices aus, die auf der gewölbten, blauschwarz grundierten Fläche der aufgelösten Weststadt wie eine Spiegelung der sich zunehmend öffnenden Fenster wirkten, die durchs Europäische Dach in den Sternenhimmel blicken ließen. Allein diese sechsundvierzig Wesen, nur vierzehn von ihnen organisch, und vier davon wachten, standen noch für die dingliche Wahrheit ein, für *Haut,* auch die, die schliefen, und gerade die, die beisammenschliefen, um diese Wahrheit fortzupflanzen. Aber auch darin, zugleich, waren sie eine Funktion und setzten weniger ein Prinzip als eine Haltung fort. Um diese ging es, tief seelisch, EA Richter; um diese ging es ebenfalls Shakti. Was beide von den anderen Paaren unterschied, war, daß sie es wußten. Wir handeln wie Menschen, weil wir das s i n d. Und wir wollen das sein, niemand und nichts soll uns erlösen. In Shakti und Richter hallte etwas nach, das vor Monaten Deidameia ausgesprochen hatte: »Wir wollen, Hans Deters, nicht korrekt leben. Wir wollen Risiken. Wollen Rauschgifte nehmen und mit überhöhter Geschwindigkeit fahren. Wollen übernächtigt sein und uns betrinken, w o l l e n leiden, weil das die Lust anfacht.« Sie hatte sich unterbrochen damals und war sich mit einem »Na ja« durchs Haar gefahren; das hatte ein wenig verlegen ausgesehen. – Doch ich mußte meine Fantasie unterbrechen. Und zwar aus

16

drei Gründen:

Zum einen ging das Telefon, zum anderen gleichzeitig die Türschelle.
»Moment eben!« rief ich in den Hörer und rannte zur Tür. Zeitgenössische Postboten haben die Eigenart, nur ganz kurz zu klingeln und darauf schnellstens das Weite zu suchen, damit sie nicht drei Stockwerke hochsteigen müssen, wenn die Sendung nicht in den Briefkasten paßt. Aber es war bereits zu spät; mittags fand ich darin den blauen Benachrichtigungswisch, man habe versucht, mir etwas zuzustellen, aber ich sei nicht zu Hause gewesen. Ich möge die Post

im Briefzentrum abholen kommen. Ich mußte außerdem aufs Klo. Als ich zum Schreibtisch zurückkam, war's mit dem Telefonklingeln vorbei. So daß ich mich des dritten Grundes entsann: daß das Wunder dieser Nacht nicht geschehen k o n n t e, nicht dort in der Weststadt jedenfalls. Schließlich waren Deidameia und Kumani gar nicht bei den Argonauten, sondern in Buenos Aires geblieben.

Im Wortsinn: enttäuschend. Nicht, daß der Erzählung ein solcher Fehler beigebracht ist, sondern daß Wunder nicht geschehen. Aber, wissen Sie, ich bin trotzig und lasse diesen Fehler jetzt stehen. Nein, da wird nichts berichtigt, sondern in der transparenten Lebensglocke des Notturnos weitererzählt. Zwar beigemischt Deidameias »Na ja«, dessen Ironie in Wahrheit nicht verlegen, sondern traurig ist; dennoch halten Cordes und ich an dem Wunder fest. Willis und Dolly II eignen sich leider nicht als seine Träger, denn wenn die Argo in See sticht, bleibt der Holomorfin, auch wenn sie heute nacht ein Wunder empfängt, nicht genug Zeit, es auszutragen: Willis wird ihr beigestanden haben, als sie zergeht als eine der ersten. Sie aber löst sich in Meerschaum auf wie in Luftschaum Frau Kumani ihr folgt. Er sah, steife Böen zerrten ihr im Haar, seiner Geliebten dabei zu, wandte den Blick nicht ab und hielt ihre Hand, bis sie ins Meer sprang. Das muß man sagen: tapfer, der Mann. Lange sah er ins Nichts, dann drehte ihn Kignčrs, ihn bei beiden Schultern fassend, auf den Planken vom Meer weg und nahm ihn in den Arm. Mann unter Männern. Die Argo hob und senkte sich, rollte stampfte, auf den Wogen einer weinroten halbschweren See. Willis machte sich los, trat langsam, zauderte, an die Reling zurück, nahm die rechte Hand, in der der Projektor, gegen die Brust und warf sie dann v o n der und den in die See. Einem kleinen Diskus gleich drehte er sich in der Luft und schnitt halbschräg in die Wölbung eines Wogenbergs, der sich über ihm schloß.

Er versank im Nu.

Notturno
(Beschluß)

Es war Zeit für die Ablösung; die beiden Zweiergruppen wachten zeitversetzt, so daß Frau Kumani und Pal noch aufbleiben mußten. Herr Drehmann und Broglier waren eingeteilt und kamen heran; Kignčrs sollte durchschlafen, hatte Der Stromer bestimmt. Der Kämpe hatte wieder getrunken, wütend hatte ihm Aissa den Flachmann entrissen und diesen in die Geometrie geschleudert; es klirrte nicht, als er auftraf.

Shakti sprang von der Motorhaube: Ein wenig ins Sprunggelenk hinuntergefedert, sah sie momentlang wie eine Silberlöwin aus. Herr Drehmann merkte nicht, was sich zutrug zwischen ihr und EA Richter; der Holomorfe dachte schon wieder an Felchen und Lende in Salbei. Broglier aber spürte, was in der Luft lag, ein Spannungshauch: Gleich küssen sie sich. Doch er ließ sich das nicht ansehn, wirkte insgesamt in etwas Irdisches eingedunkelt. Daß sein Freund Kalle Dolly II Nacht um Nacht erstehen ließ, wußte er seit vorhin. »Nein, ich möchte sie nicht sehen. Tu das, wenn ich den Rücken wende.« Mehr hatte er nicht dazu gesagt. Er sehnte sich nach der Mauer dem Hinüber nach Meer. Er war auch dagegen gewesen zu lagern, aber Aissa der Stromer ließ sich in sein Befehlen nicht reden. Nun kam in ihm die Mutter durch, vom Vater war kaum noch andres als das Träumen geblieben, und auch dies nicht wie früher. Weil es Michaela Ungefugger gab, weil s i e sein Träumen war.

Momentan träumten sie i n einander, ihrer beider leises Stöhnen führte ein Gespräch aus Küssen, die Lebensflüsse flossen wie ein amazonisches Delta ins amazonische andre: alles war Mündung. Hoch darüber flimmerten immer mehr Sterne.

»Geht schlafen«, sagte Broglier, drehte sich zu Herrn Drehmann. »Komm, Dickerchen«, sagte er liebevoll, »ich hoffe, du kannst 17 & 4.«

Konnte er nicht.

Shakti, ganz Sehne, schritt davon, Richter folgte ihr. Sie sprachen nicht, als sie sich legten. Sie schlossen die Augen, bevor sich ihre Lippen berührten. Shakti küßte wie Irene Adhanari: Sie hat immer feucht geküßt, mit leicht geöffnetem Mund, auch dann, wenn sie nicht begehrte, auch einfach nur zum Gruß. Immer war es, als küßte sie von innen. In dieser Nacht wurde Richter abermals Vater, Jason Hertzfeld desgleichen.

»Ich habe empfangen«, sagte auch Deidameia, die Lippen in Kumanis rechter Halsbeuge. »Nein«, sagte er, »das geht nicht, wir können nicht zeugen, ich bin holomorf: das hast du, ich dank dir, vergessen.« Er irrte sich. Er war der erste und blieb der letzte seiner Art, der zu zeugen vermochte, wie Dolly II die letzte, um zu empfangen.

Sie aber vergeblich. Indessen es Die Wölfin gespürt hatte, was geschehen war. Es war erst dieser Höhepunkt gewesen, alles war naß von ihrem Schweiß, in dem der geliebte Mann schwamm, ihr Körper Vulva insgesamt, so war der Orgasmus gewesen: schluckend und aus sich schleudernd zugleich. Dann, wenig später, hatte sich der Unterleib momenthaft schmerzend zusammengezogen: ein Stich, als der kleine Torpedo schwänzelnd die Membran des Eies durchstieß. Da sagte sie es, sagte, empfangen zu haben. Sie kannte das Gefühl, obwohl sie sich ihrer Nacht mit dem Barden nicht mehr entsann. So verlangend hatte sie sich um Kumani gelegt, so verlangend-dicht hatten die inneren Lippen, auf- und niederstreifend, an ihm geleckt und dabei das neue Leben, damit es entstehe, aufgesogen.

Als sie mit dem Buben niederkam, gab es Kumani schon lange nicht mehr. Sie wurden Bauern, der Sohn und die Jannismutter, bestellten Felder auf den europäischen Bergen, die an das neue Meer herangrenzten, in das Buenos Aires und der dreiviertel Osten versunken waren. In der weiten Nachbarschaft lebten andere Menschen. Keiner je erfuhr, wer diese Frau gewesen, aber alle verspürten einen Respekt. Sie wohnten etwas außerhalb des Dorfes.

Einmal fragte Jannis: »Wer war mein Vater?«

»Ein wunderbarer Mann, mein Sohn.«

Sie lebten in einem Holzhaus, hatten Schober und einiges Land eingezäunt. Hielten Ziegen Hühner. Die Alpen hatten sich über und über mit lichten Wäldern bezogen, nur weit oben blieb es schroff. Da dann auch lag Schnee. Die Sommer waren heiß, die Winter konnten bitter werden. Es gab, hellgrau, die Abzeichen fast aber weiß, kleine Löwen in der Gegend, sowie Bären, auch Adler. Wirkliche Nächte gab es, Schwalben und Sterne. Aber in der nordöstlichen Ferne glomm noch ein *Hof,* glomm aus dem Meer herauf, er wurde immer matter. Als seinerseits Jannis sich verband, mit der Loisltochter, war das schließlich erloschen; das erlebte die Mutter ebenso noch wie das erste Enkelsgeschwister. Die Kinder wurden gleichfalls Bauern, begruben die Großmutter erst, dann ihren Vater. Auch deren Kinder Bauern. Deren wiederum Bauern und Jäger. Und ebenfalls deren. Erst dann, als jede Spur eines Früher verweht war, regte sich der Kreislauf erneut, und jemand brach auf, die Welt zu erkunden. Ein anderer wurde Erfinder. Darüber legen wir eine Decke der Zuversicht.

Jannis wurde also in Buenos Aires gezeugt. Nicht im BOUDOIR, nicht in Deidameias Wohnung, nicht einmal in der Gegend, sondern weit ab davon in der Wohnung eines den Behörden unauffällig gebliebenen halbspanischen Sympathisanten, der in Braunschweig, einem Komplex der Harzer Arkologie, Maschinenbau studierte und ein leidlicher Posaunist war: Jens Maßmann mit Namen; standesamtlich hatte der Vater sich durchgesetzt, genetisch aber die Mutter: Ein hochgewachsener, dunkelhäutig eleganter, durchaus eitel wirkender Hallodri, im Innern aber unbeugsam mutig. Noch der Katastrophe lachte er ins Gesicht und baute ihr vor, baute seinerseits ein Boot, das er, weil er so voll Spotts war, ›mein Noah'chen‹ nannte. Er hatte die geologischen Befunde für ernst genommen und war dann vorbereitet gewesen, als der Rheingraben brach und Thetis' Tsunami d a r über und von der Weststadt her über Buenos Aires kam. Das Boot war zu allen Seiten verschließbar, es ließ sich aber nicht steuern, war nichts als eine innenverplombte Röhre; man trieb in ihr bloß dahin.

Maßmann sah Der Wölfin ihren neuen Zustand eher als der werdende Vater an. Als die beiden morgens zum Frühstück erschienen und in Deidameias Kopf bereits die Einsatzpläne des Tages schwirrten, zwirbelte er sein Dalíbärtchen, lächelte und sagte: »Jetzt mußt du vorsichtiger werden, Ellie. Das ist jetzt vorbei mit deiner Verantwortung für eine Sache, du hast jetzt eine fürs Leben.« Sie wollte aufbrausen, die Führerin der Myrmidonen, Kumani hustete kurz, begriff nicht. Da fiel ihr Blick in Maßmanns. Und sie schwieg. Maßmann nahm Deidameia beiseite. »Was glaubst du, noch erreichen zu können? Gegen wen willst du Widerstand leisten? Pontarlier ist vorbei, wir werden mit Problemen zu tun bekommen, die keine politischen sind, und das für Jahrzehnte. W e n n ihr noch etwas Sinnvolles tun wollt, dann führt so viele Menschen wie möglich heil aus diesem Gomorrha heraus.« Er zeigte den beiden den Bauplan seines Bootes.

»Du bist dir sicher?« fragte Deidameia.

»Du dir nicht?«

Sie schwieg.

»Das Alte Europa stirbt«, sagte Maßmann, »es stirbt als Kulturraum, und seine Menschen sterben mit. Wahrscheinlich wird Allegheny aufsteigen oder die *Church of Latter-day Saints* oder beide, kann aber sein, daß der Islam die Übermacht stellt. W i r tun's ganz sicher n i c h t mehr.«

Die Verbindung mit den anderen Kontinenten war nun zusammengebrochen, es starteten keine Flugzeuge mehr, und Schiffe stachen sowieso nicht in See; selbst der Container- und Energietransport mit den Inseln, die Hodna von Zweitmond luden, war eingestellt. In Berlin wuchs der Lichtdom, aus Europa nahm er Gemeinde für Gemeinde hinweg. Er machte, wie verabredet, der Natur Platz und Skamanders Monstrositäten, zog sich in den Fingernagel der Kybernetik zusammen – für Holomorfe die einzige Möglichkeit zu überleben.

Sie sprachen darüber, und Maßmann riet Kumani: »Sieh zu, daß du rechtzeitig in eine Arkologie kommst, die der Lichtdom erfaßt. Dann hast du noch einige Jahre zu leben.« Kumani schüttelte den Kopf. »Ich bleibe bei meiner Frau.« »Dann wirst du sterben.« »Er hat«, sagte Deidameia, »recht.« »Ich wußte, was mich erwartet.« »Vielleicht würden«, so Maßmann mit Blick auf Deidameia, »ein paar Widerständler im Lichtdom-selbst ganz gut gebraucht.« Und zu Kumani: »Es ist d e i n e Welt.«

Deidameia hätte dem Freund den Einsatz befehlen können. Aber sie wußte, er würde sich auflehnen; das wäre ein *dummer* Kampf gewesen. Außerdem spürte sie Jannis so in sich und fragte zur Überraschung der beiden anderen: »Wie soll der Junge heißen?« Wieder reagierte Maßmann schnell. »Kennst du Jannis Ritsos?« fragte er. Also kam das Wunder zum Namen. Daß später des erwachsenen Jannis' Züge denen des griechischen Dichters ein wenig glichen, ist aber Zufall.

Noch am Vormittag gab Die Wölfin Order und schwor die Ziele der Myrmidonen um. Und weil sie ihr zweites Kind gern im Osten ausgetragen hätte, doch die Pflicht hielt sie hier, dachte sie besorgt an Thisea, die da hingeschickt worden war, ohne daß bislang irgend eine Nachricht zurückgekommen wäre. Und sie nahm Abschied von Veshya, die ebenfalls, und ebenfalls eines Kindes wegen, heim in den Osten wollte. Der schien ganz verstummt zu sein.

Deidameia hatte keine Zeit für Nervositäten.

Mit einem Mal tauchten in Buenos Aires' wirren Kneipen, worin diejenigen Porteños, die nicht in die allgemeine Raserei verfallen wollten, ihren Untergang in Alkoholexzessen begingen, missionarisch wirkende Untergründler auf. Flugblätter wurden verteilt, auf die Maßmanns einfacher Archebau als Anleitung kopiert war. Kaum wer nahm das für ernst, die Leute lachten; nicht wenige der über so viele Jahre als Terroristen gefürchteten Kämpfer wurden rein zum Gespött. Nicht selten mußten sie sich, höhnisch mit Bier überkippt, von dannen trollen. Guerillas ohne definierten oder wenigstens definierbaren Feind werden zu Narren. Den meisten Myrmidonen blieb das letztlich nur deshalb erspart, weil Thetis so viel schneller war. Es ging allein ums Überleben. Zudem brach der Dschihad in die Panik. Was der Lichtdom noch oder sowieso stehenließ, explodierte, Trümmer und Anatomien flogen umher. Es war der d r i t t e Dschihad; der erste hatte einiges v o r der Großen Geologischen Revolution zum Heiligen Sieg des Islams und, bevor der Tagebau auf dem Mare tranquilium angegangen worden war – kurz darauf wurde Jefferson Millnes erschossen –, zu Englands Staatsbankrott geführt. Den zweiten Dschihad führten im Osten Heilige Frauen und Schänder. Den dritten nun Sheik Jessins Mudschaheddin.

Dann kam furchtbar die Mutter: Wer Leben gibt, darf es auch nehmen, sagt Auda ibu Tayi. Wieder schwammen die Menschen, wo sie vorher gewohnt hatten. Geologen werden nach einer Handvoll Säkulen vom Entstehen des Europäischen Binnenmeers sprechen; was nicht völlig korrekt ist, da die See nach Norden hin weit und offen in den Atlantik übergeht; dort sprechen sie von den Niederländischen Tiefen. Nicht viele Menschen brachten Deidameias Terroristen heil da heraus. Sie selbst hockte zusammengepreßt mit Kumani und Maßmann in dessen archiger Röhre; die drei trieben auf der Flut dahin, trieben zur Schweiz; während des Treibens verschwand Kumani ins Nichts.

– Seht ihr?« sagte ich. »Schon wieder ist eine Raupe geplatzt. Sie hat, könnte man sagen, einer nächsten Platz gemacht. – Und n o c h eine. Und wieder.

Da streckte in der Nebelkammer Die Wölfin ihre Beine aus und die Trauer; beides zugleich. Sie weinte nicht. Aber irgendwann blutete ihr die Unterlippe. Maßmann, um der Freundin Kraft zu geben, hielt eine Stunde lang ihre rechte zitternde Wade umfaßt.

17

Thiseas Vierertrupp näherte sich Lough Leane.

Der verhunzte Heilige See war von aller Produktion verlassen: die Belegschaft längst zerstreut; einige Leute hatten heimzukehren versucht und waren heimgekehrt. Auch Milizen gab es nicht mehr. Deshalb stand niemand an den Schlagbäumen. Die Gegend roch nach Altöl und warmem Metall. So roch es auch plötzlich weit im Westen, im mathematisch gehäkelten Koordinatennetz, aus dem einmal, fast muß man schon von ›einst‹ sprechen, die Illusionen gestrahlt waren: Der Geruch fiel scharf und warm wie Geschlechtsduft in Ungefuggers und Eidelbecks Schwadron ein. Das geschah am sehr frühen Morgen.

Der Präsident war im Fahrzeug geblieben, der kalte Mann hatte Angst. Es spricht f ü r ihn, daß er sie erst bekam, als es einen Grund dafür gab, der sich auch erfüllte. Erst jetzt verkrampften sich seine Finger ins Ende. Daß sein Eisblick nicht länger nützte, hatte er schon gestern erfahren. Er spürte erstmals die Trennung: daß Ungefugger-im-Lichtdom jemand anderes war als e r, der zwar organisch unsterbliche, aber eben doch organische und deshalb *umbringbare* Mann. Telomeren A kann abgetrennt werden, das braucht nicht mehr als Messer oder Zahn oder Kugel. So daß Ungefugger in seinen letzten Momenten zu einem Atheisten wurde, der in die endlose Leere seiner Vergänglichkeit blickt. Er fing an, sein Fleisch zu lieben, hing sich in der Tür fest, aus der die Lamia ihn hinausreißen wollte und hinausriß, sein halbes Gesicht bereits in der Schnauze, der vorgeschossene Giftzahn durchs rechte, das fehlende, Ohr, schon den Schädel zu einem Achtel geknackt. Durch das Ohr, dessen holomorfe Prothese sich seit gestern abend aufgelöst hatte, drang da ein Klümpchen Gehirns, den Zahn zu umschmiegen. Deshalb vernahm es Niam Goldenhaars Abschiedssätze in sich selbst, war selbst der Goldenhaar Resonanzkörper – G o l d e n h a a r, ja!: Denn Präsident Ungefugger sah nicht das reptilige Monster wie all die anderen in der Schwadron, die bewaffnet herbeieilten, doch keiner wußte, ob er schießen durfte; sogar Eidelbeck zögerte; nein, Ungefugger – wieder T o n i Ungefugger geworden, aber als ein Junge von zehn, der noch träumt und den ein Mädchen von elf riß, die junge Tigerin ein graziles harmloses Kitz, geschaffen aus nichts als Sanftmut und Furcht – Ungefugger sah das

Heilige Mädchen – und nicht einmal dies, sondern das Eichhörnchen, für das ihr Vater sie genommen hatte ... es ließen diese Schmerzen ihn halluzinieren. Er halluzinierte, alles in kaum Sekunden, letzten Sekunden, die Verse von Točná –

>»Wer von allen konnte ahnen, wer Niam würde?
Wer sah zuerst den Zahn, den sie bleckte unter dem Gaumen?
Wem denn sprach sie zuerst zu, über wen denn die Rinder
lächelten? Wer formt die Waffen, Welle zu Welle, und wer von
Berg zu Berg? Nicht ein Halbjahr alt war das heftige Mädchen,
daß es herumlaufen konnte. Noch troff Milch aus den Brüsten
ihr, der Mandschu, und in Schwällen; Schalen stellte sie drunter.
Welch ein Vlies war das wehend Haar der entzückenden Kleinen!
Aber bereits verpuppt in ihr war die Trauer, die rächend
ihn schon, Odysseus, bestrafte und bald des Schlimmsten Berater.«

– und hatte ihn nicht nur gefunden, nun, sondern zwischen den Kiefern und Krallen. Starr sahen seine Leute zu und hörten, auch sie, den letzten Knacks, der fast ein Matschlaut war. Da gab Eidelbeck endlich den Schießbefehl. Was nur herausfahren konnte aus Läufen, was aus Laserwaffen und kybernetischer Technologie, machte binnen Sekunden aus Ungefuggers nahem Umkreis ein explodierendes Inferno, das so heiser wie schrill zum Sternenhimmel langte und in langen vibrierenden, grellflatternd abreißenden Fingern zerstob. Das metallische Koordinatengitter ums Fahrzeug und seine Insassen schmolz, die klumpig verhärtete Schlacke krachte drei Meter drunter auf. Sie dampfte nicht, glühte nicht mal, jedes – jegliches – Leben darin für alle Zeiten versteint.

Sprachlos stand ganz woanders Der Sanfte. Er hatte die schöne Figur, die ihm Brem geschenkt, in der Hand gehalten, um sie wieder und wieder zu betrachten – da sprang sie von selbst aus seiner Hand heraus, nein, sie entglitt ihm nicht nur, sondern sprang wirklich, schlug auf dem Boden auf und platzte. Wie kann das sein, wie kann Holz auseinanderspritzen, als wäre es Glas? Das verstand er nicht, und weinte.

Thetis aber, die entsetzt verspürte, daß die Tochter derart verschieden, heulte auf vor der Europäischen Mauer. Ein Stahl ging ihr durch den Leib. Zum ersten Mal seit langem rannte sie besinnungslos-den-

Kopf-als-Ramme nehmend gegen diese Mauer wieder an. Die bekam einen nächsten Haarriß, ganz fein ging er kilometerlang durch sie hindurch wie durch brechendes Eis. Und ein drittes Mal, WUMM, sie teilte sich auf, die Mutter, in Mütter, rannte schon im Norden zugleich, rannte im Osten, Hunderte Tausende Mütter, Große Mütter, heißt das, in Hekaten hatte die wütige Trauer Thetis zerspalten, und einer jeden wuchs der Leib. Denn Trauer, die Wut wird, ist allerreinste Kraft: da es nichts zu verlieren gibt, hindert sie nichts. Schon kondensierte die Mauer inseits Europas zu dünnen Sintern zusammenwachsende Tropfen; man hätte die Risse knistern hören können, doch dafür war keiner mehr da. Erst die Argonauten, als sie Clermont-Ferrand erreichten, ahnten, was geschah, und auch die kleine Gruppe um Zeuner, die sich, dank Mensching, endlich gefunden hatte. Hatte die Nacht, nicht länger freilich als drei Stunden, durchruht. Oisìn hatte nicht einmal das getan, sondern aufrecht dagestanden und allezeit, ganz ebenso schlaflos ins Weite geblickt wie andernorts die ihm bestimmte Frau. Die Gefahr indes, die, wenn sie sich so nennen läßt, *zivile,* war für die vier vorüber. Denn Eidelbeck, nach dem Tod des Präsidenten, sah keine Notwendigkeit mehr, den Argonauten hinterherzujagen: Was sollten sie noch anstellen in der verendeten Weststadt? Es war wichtiger, nach Buenos Aires zurückzukehren und dort irgendwie – und sei es, dachte er, mit der Faust – Ordnung zu schaffen. Einen Kontakt mit Pontarlier bekam er derzeit so wenig wie mit der Zentralstadt; möglicherweise sah es dort ähnlich wie hier aus. Durch Ungefuggers Tod war zwar die Befehlsgewalt kommissarisch auf ihn übergegangen, doch da sein Interesse an politischer Macht nicht sehr ausgeprägt war, verlangte es ihn nach Order. Er ließ den Trupp wenden und in Richtung Pontarlier, nach Süden also, abdrehen. Da dann standen die Männer vor einem Drittel Parlamentsgebäude, zwei Drittel waren informatisch gewesen und deshalb verschwunden. Das einst riesige Haus wirkte nach plastifizierter Ruine: man konnte von draußen direkt in die Amtszimmer Besprechungssäle Sekretariate hineinsehen. Fast überall fehlten die Wände, manchmal die Böden sogar, dann war das Inventar, soweit materiell, zwei bis drei Stockwerke hinuntergekracht. Menschen sah man keine, nur ein paar Holomorfe, deren Programm sie, als wäre gar nichts geschehen, irre geschäftig herumlaufen ließ. Manche wußten mit der neuen Situation so wenig anzufangen, daß sie auf den Simsen vor weggekommenen Treppen oder leeren Liftschächten standen und darüber verzweifelten, wie jetzt die Etage zu wechseln sei.

Eidelbeck, Beutlin und zwei Soldaten fuhren zum Regierungsgebäude weiter. Von der Villa Hammerschmidt stand quasi gar nichts mehr; nur den Garten gab es noch, worin sich Michaela Ungefugger und Jason Hertzfeld kennengelernt. Jahre, sagt unser Herz, liegt das zurück. Immerhin bekam er von hieraus telefonisch Kontakt mit der Koblenzer Sicherheitszentrale. Was er erfuhr, frappierte ihn, auch wenn er sich das nicht anmerken ließ.

»Der Präsident hat die Regierung vom Lichtdom aus übernommen.« »Welcher Präsident?« »Präsident Ungefugger selbstverständlich.« »Das kann nicht sein. Der Präsident ist umgekommen.« »Was erzählen Sie da?« »Das kann ich nicht so einfach erklären. Aber glauben Sie mir, ich war dabei, als er starb.« »Solch ein Unfug! Verzeihen Sie. Grad eben hat er eine Ansprache gehalten. Also kommen Sie schnell zurück. Es hat sich eine Gegenregierung gebildet, in Rheinmain. Man hat die Paulskirche besetzt. Unter Zarczynski und Fischer.« »Ich dachte, die sitzen ein? Was ist bei Ihnen los? Aber gut. Geben Sie mir eine Verbindung mit dem… dem Präsidenten.« Zu Beutlin: »Verstehen S i e das?« Der nickte. »Ja«, sagte er, »das verstehe ich ausgesprochen gut.« »Erklären Sie's mir auf dem Weg.«

Das Telefonat mit Ungefugger-im-Lichtdom kam zustande.

18

Verwirrt sah ich über den mir unversehens zugeschobenen braunen Umschlag hinweg, über die kleine Tischplatte und den Milchkaffee darauf, über den Aschenbecher daneben: eine sehr schmale Brust hatte das Männchen dahinter, insgesamt Knabengestalt, aber ein altes strenges, von einem schon ergrauenden Vollbart, doch lackschwarzem Haar gerahmtes, gleichsam geschnitztes Gesicht.

»Allah ist groß in seiner Dankbarkeit«, sagte dieser kleine Mann. »Er belohnt seine Diener.« »Ich verstehe nicht richtig.« »Ah nein?« »Nein.«

Ich saß im TORPEDOKÄFER, es war eine Woche nach dem Anschlag

777

auf die Synagoge. Etwas getrunken hatte ich, ich geb es zu. Ich war mir auch nicht völlig sicher, ob, was soeben passierte, nicht eine wiederneue Halluzination war und als solche eine Folge der Arbeit an Argo. Seit dem Vorfall hatte ich zweimal mit Judith Hediger telefoniert, um mir sicher zu sein, daß es wenigstens s i e gab. Wobei es mir nicht unlieb gewesen wäre, hätte es sie *nicht* gegeben.

Zögernd legte ich eine Hand auf den Umschlag. Ich stand unter Beobachtung, das machte alles besonders prekär. Der Araber lachte. »Na, dann sehn Se ma zu«, sagte er mit beinah berlinischem Zungenschlag. Stand auf, legte die Hand aufs Herz, sprach »as-Salaam 'alaikum« und ging. Der Umschlag vor mir blieb liegen. Ich öffnete ihn die ganze Stunde lang nicht, die ich noch im TORPEDOKÄFER weitertrank. Draußen vor den Scheiben stand einer meiner Schatten. Es wäre das beste gewesen, ich hätte ihn angesprochen, ihm vielleicht sogar den ungeöffneten Briefumschlag übergeben, auf den zwei Tage später ganz folgerichtig der Kommissar zu sprechen kam, weil er mich zu einer nächsten Vernehmung vorgeladen hatte. Ihm schienen die Sitzungen allmählich zur fiesen Gewohnheit zu werden.

»Sie können doch jetzt wirklich nicht mehr bestreiten ...« »Doch, ich bestreite.« »Aber das ist doch ganz offensichtlich Ihr Blutgeld! Blutgeld. Sie widern mich an. Wie kann man sein eigenes Land verraten!«

Ich hätte ihm entgegnen können, daß unser Land, unsere eigene Kultur vom Orient ganz ebenso geprägt sei wie vom Hellenismus, ja ihm letztlich die Alphabetisierung verdanke; weiters, daß der semitische Raum sowieso eine unserer Herkünfte und schon deshalb Teil unserer Kultur sei; ich hätte ihm mit Tausendundeiner Nacht entgegnen können und mit der Astronomie, mit unseren Zahlen – aber dann hätte ich auf verzwickte Weise etwas zugegeben, das gar nicht zuzugeben w a r. Ohnedies hätte der Mann nichts verstanden, schon gar nicht, daß ich mich dem Araber zugehöriger fühlte als ihm, und zwar aus Gründen, die in der Klangschönheit wurzeln. »Ich bin für etwas bezahlt worden«, sagte ich, »an dem ich keinen Anteil habe. Das ist ein Versehen. Aber es ist *Geld,* und Sie werden unterdessen wissen, wie es ökonomisch um mich bestellt ist.« »Und dann S i e«, rief er aus, »mit Ihrem *Namen* und dieser Herkunft!« Ich ließ mich nicht provozieren. »Wenn ich also bitten darf«, sagte ich und streckte die Hand

aus. Er legte die seine, die linke, auf Umschlag und Geld, schüttelte
den Kopf. Nicht ohne Sadismus erwiderte er: »Das ist konfisziert. Wir
müssen es auf Spuren untersuchen.« »Sie können mich kreuzweise«,
sagte ich, »und zwar am Arsch.«

Da ein Zeuge dabei war, wurde die Beleidigung teuer.

Auf dem Gang vor dem Vernehmungszimmer kam mir Eidelbeck
entgegen. Da er mich nicht kannte, erkannte er mich nicht. Ich, kurz
stehenbleibend, sah ihm nach. Dann verließ ich das Gebäude und
war erleichtert, daß es sich nicht in Koblenz befand, sondern tatsächlich in Berlin. Dennoch sah ich – oder ahnte ich – in der Ferne das
ungewisse schimmernde Leuchten, mit dem, wenn sie bereits unter-
ging, die Sonne immer noch nachstrahlt, des Lichtdoms. So war auch
für meine eigene Realität nicht mehr heraus, was zur Wirklichkeit gehörte. Ich selbst fuhr mit den Argonauten durch die dematerialisierte
Weststadt Richtung Clermont-Ferrand, und i c h saß auf der Rückbank hinter Thisea und Brem, saß als ein Dritter Unmerkbarer bei ihnen; hinter uns rumpelte der Wagen Sisrins und Des Sanften her. Wir
stoppten vor der Schranke zu Lough Leane.

»Was sollen wir hier?« Brem brummte etwas. »Wie?« »Vielleicht ist
er auch gar nicht da.« »Wer?« »Der Emir Skamander.« Thisea kannte
ihn aus dem Fernsehen, aus den Nachrichten, von Gerüchten. »Ein
Mutant«, sagte sie. »Was willst du von dem?« »D e r Mutant vielleicht«, antwortete Brem. »Und auch d a bei, ob es ein Mutant ist, bin
ich mir nicht sicher. Er ist einer der gefährlichsten Männer, die ich je
sah... – na ja«, brummte er dem hinterher, »... *Männer*...«

Sie ratterten aufs Gelände. Es fing zu stinken an, der See stank;
daß er einst für heilig gegolten, ließ sich nicht begreifen. »Hier in der
Nähe«, sagte Brem, »habe ich das gefunden.« Er legte die Hand auf
Borkenbrods Peleusmesser, das auf der Konsole vor der Windschutzscheibe lag. »Wenn es das Messer Aissas des Barden ist, dann ist Aissa
der Barde tot.« »Was hat er hier gewollt?« »Das muß d u wissen. Ich
kannte ihn nicht, hab nur von ihm gehört.«

Sie hielten, stiegen aus. »Die laß im Wagen«, graunzte Brem und
nahm Dem Sanften die Gitarre aus der Hand, schlug die Fahrzeug-
tür zu. Dann sicherten sie die Umgebung. Aber die Gegend blieb verwaist. Dennoch schien Brem nicht beruhigt zu sein. »Er kann alles
sein, kann die Gestalt jedes Geschöpfes annehmen.« Weil er, dach-

te ich, die Essenz jeglichen Geschöpfes war, eine Essenz: Flüssigkeit, das fließend Unstete, das wir eben auch sind und gegen das Präsident Ungefugger und mit ihm die Menschheitsgeschichte seit jeher angetreten waren, es ins Ewig-Bleibende Verläßliche zu wandeln. Skamander war, dachte Cordes am Küchenfenster, der grausame Aspekt, der brutale Aspekt dieses Flüssigen: stand für Trennung und Verlust und Qual, für amputierte Beine, für zerschossene Mägen, für die im Kindbett verstorbene Frau, das verhungernde Kind, von dem man, so dünn ist es mittlerweile, fast nur noch die riesigen Augen sieht. Skamander war die Personifizierung der Fühllosigkeit von Natur; das machte ihn monströs, nicht seine Gestalt. Freilich war die Monstrosität Ungefuggers-im-Lichtdom nicht geringer, sie war nur der andere jener Pole, zwischen die das sich ständig wandelnde Feld der Evolution vorwärtsspülend gespannt ist, paar Surfer darauf, paar Surfer darunter, die meisten übrigen – welches wirklich *die meisten* meint, das »übrigen« ist zynisch – strudelten davongerissen mit. Von denen der Großteil ersoff.

Unheimlich war's in der Gegend, unheimlich still; unheimlich lag der Gestank dahingerotteter Gerätschaft in der Luft, unheimlich das ganze 20-Kilometer-Loch des verwesenden Sees. Unheimlich standen die Monstermörser für den industriellen Abfall, das zähe, wie Lavazapfen aus endstakenden Rohren hängende Cyanidharz, die verlassenen Caterpillars und sonstigen Baumaschinen. Die spitzen ausgehungerten Kranarme. Der Schotter, aus vertrockneten und gepreßten Leichen gekieselt. Man spürte, wie diese ruinierte Landschaft nach dem Wasser schrie, nach Fluten: Mach mich hinweg! schrie sie, überspül mich! Laß mich vergessen–ergessen–gessen: das dreifüßige Echo eines verstummten, aber um so intensiver spürbaren Tinnitus aus Zerfetzung Not Ekel Selbstekel – – alles alles Verlust.

Selbst Brem schien beklommen zu sein, obwohl er das Gelände kannte und so hartgesotten war. Obwohl er einst, zur Zeit der Ostkriege, derart oft zur Einsatzbesprechung hiergewesen war; von hier aus, nicht selten, war man losgezogen. »Schwarzer Staub«, murmelte er und streifte dabei mit den Fingerspitzen der rechten über eine Tonne, sah sich die grauen Fingerspitzen dann an. »Was meinst du?« So Sisrin. »Der Schatten Tora Boras.« Thisea, aufmerkend: »Ist Skamander Islami?« Brem, abfällig: »War Nullgrund das Ergebnis des dritten oder des zweiten Jihads?« Thisea pfiff durch die Zähne. Brem, hinterher, streng: »W e i ß t du's?« »Du glaubst ... Skamander ...?« »Noch glaube ich nichts. Aber wenn einer fähig wäre, wenn einer den zweiten Odysseus hätte vorstellen können ...« »... wenn einer obendrein diese Kontakte hätte«, ergänzte Thisea und dachte an die bekannten öffentlichen Besuche Skamanders beim Präsidenten; immerhin war er während der Ostkriege dessen führender Feldherr gewesen, »ja ...: d a n n.« Nullgrund. Der Lichtdom. »Und Sheik Jessin?« fragte Sisrin. »Ich denke«, sagte Brem, »er hat die Zeitläufte genutzt.«

Der Sanfte sah von einer zum andren, verstand nichts.

Sie hatten die beiden Wagen im Schutz einer bunkerähnlichen Baracke geparkt, waren ausgestiegen, schritten vorsichtig gegen den See, die Gewehre im Anschlag. Brem hielt das Peleusmesser umfaßt. Sie suchten die Umgebung fast eine Stunde lang ab.

»Wir werden warten.«

Brem zeigte auf die Kuppel eines kleinen Wasserturms, die auf vier massiven Metallbeinen stak; direkt darunter war ein Versorgungshäuschen montiert, von dem aus, wahrscheinlich, der Kranarm bedient worden war. »Wir beide«, er meinte Thisea und sich, »nehmen dort Stellung. Du«, dies zu Sisrin, »sicherst von da drüben das Terrain.« Sisrin schaute fragend Thisea an, die nickte nur; Brems Befehlston war angemessen. »Und achte auf den Jungen, daß der uns nicht verrät.« Das war nicht als Anspielung gemeint, wirkte aber so.

Sie warteten eine Stunde, warteten einen halben Tag. Es zeigte sich niemand, nicht ein Geschöpf, selbst der See, selbst die Luft schienen sich nicht zu rühren. »Wir sind nicht vorbereitet«, sagte Thisea, »wir haben kaum Wasser.« Brem völlig unbewegt. Das wollte eine Kämpferin sein. Er hatte nicht einmal Lust auszuspucken. – Ein paar weitere Stunden später erwies es sich, daß sie recht hatte. Nicht ihret-, nicht Sisrins halber und schon gar nicht wegen Brem, die alle drei, auch wenn der Durst sehr fraß, keinerlei Rührung zeigten, sondern wegen Des Sanften, dem es bereits nach einem halben Tag schlechtzuwerden begann. Schon sprangen ihm die Lippen, und sein Blick wurde glasig. Sisrin wurde erst dann darauf aufmerksam, als er neben ihr, leise zwar, stöhnte; hätten sie nicht ohnedies halb gelegen, halb gehockt, er wäre unweigerlich zusammengesackt. »Du mußt etwas trinken«, sagte sie, schüttelte ihn vorsichtig, »bleib wach, ich komme gleich zurück.«

Sie huschte zum Wasserturm hinüber, weil sie dort etwas zu finden hoffte. Doch schon Thisea hatte vergebens die Öffnung probiert: der Kessel restlos ausgetrocknet. Jetzt marderte Sisrin die Leiter herauf, flüsterte oben: »Er kippt um, er kippt uns um.«

Brem schnalzte einmal. Thisea entschied. »Dann bleib du hier, wir treiben Wasser auf und etwas zu essen. Wie weit ist der nächste Ort entfernt?« »Fünfsechs Kilometer, aber i c h sollte fahren, ich kenne mich aus.« »Jemand muß bei dem Jungen wachen, das solltest nicht du sein.« »Vielleicht doch. Es wäre für uns alle besser.« Brem zeigte nicht auf das Messer, das war gar nicht nötig. »Also komm mit, ich fahre.« Zu Sisrin: »Du bleibst bei dem Jungen. Wenn sich etwas tut, zeigt euch nicht. Beobachtet nur.«

Alle drei kletterten die Leiter hinab, Brem gab abermals Flüssigkeit aus dem Flacon auf sein linkes Handgelenk. Sisrin huschte zurück zu Dem Sanften, Thisea und Brem eilten geduckt zu den Wagen. Sie bemerkten nicht den Nöck, der ihnen nachglotzte; wie eine rostige schwimmende Tonne sah der aus, bevor er sich, als der Motor angelassen wurde, dehnte und in die Länge wuchs, Brudermorph der im Westen mordenden Lamia: Krokodil erst, ungeheure Schnauze, Löwe dann, Raptor zugleich, schließlich halbmenschlich sich aufrichtend, halbgöttlich antik, ließe sich's sagen; Witterung hatte das Tier alarmiert, den Hybriden, es war ihm ein bekannter – von früher Ferne bekannter – Geruch in die Nüstern gekommen – und so fein er war, so doch legendenschwer von einer Geschichte, die rein persönlich war, soweit sich bei einem Geschöpf wie dem Emir Skamander von etwas solchem sprechen läßt. Es war ein nur vieren bekanntes Geheimnis, nur Ungefugger noch, heute, der im Lichtdom, wußte davon.

Skamander und der erste Odysseus waren einander lange vor dem historischen Ersten Eintageskrieg begegnet – und an seinem 17. Juni zum zweiten Mal, als der halbe Osten gerufen hatte »Thetis Yellama!« und »Thetis udho!«, als von Cham bis Červená Voda, von Wien bis Bratislava sich gegen Pontarlier das Volk erhoben hatte, und Odysseus, selbst erstaunt über die Gewalt dieser unvorhersagbaren revolutionären Gleichzeitigkeit, mit den Landshuter Frauen gegen die bereits Ungefuggers Logistik unterstellten Westmilizen marschiert war. Die Ungeheuer waren in die Fabriken eingefallen, in die Dörfer, waren gegen den Laserzaun gerannt, hatten aber nicht Freund und Feind trennen können und ganz ebenso unter den Amazonen gewütet – bis singend Orpheus Riesenblender die Stimme erhob. Da legten sich die Monstren zu den Lämmern, die unversehens in ihnen waren. So auch Skamander – er kannte Lämmer aber nicht, doch hatte des Orpheus Stimme den jungen Gestaltenwandler wäßrig gemacht. Und ließ ihn nun ein zweites Mal zerfließen.

Das erste Mal lag lange zurück, noch keiner hatte damals von Odysseus gesprochen. Den gab es da nämlich noch nicht, nicht *als* Odysseus, der sich einige Zeit, bevor er auf See fuhr, wie so viele Jahre nachher angeblich der zweite, in die Beskiden flüchten würde – nach jenen beiden Abmachungen, die er, noch nicht zum Achäer geworden, sondern in Buenos Aires als Terrorist erst mit Gerling und dann, da w a r er dann schon Achäer gewesen, mit dem alten Jensen getroffen. Also zu diesem zweiten Mal stießen Odysseus und Skamander in Höhe Mariánské Lázně aufeinander – und Skamander *roch* den Feldherrn, schon von einer Panik erfaßt, die er gar nicht begriff. Seine erste militärische Niederlage folgte daraus. Nur eine noch, endgültig, folgte, eine dritte Begegnung mit dem ersten Odysseus gab es nicht mehr. Nur eben die mit einer Stimme, die *wie* dessen war. Man kann sagen, es sei, daß sich Skamander seit Nullgrund s e l b s t Odysseus nannte, eine postume Rache an diesem dem Ungeheuer ungeheuren Feldherrn gewesen. Das nun rächte wiederum der. Durch seinen nichts von alledem kapierenden Sohn.

Zur Zeit der ersten Begegnung hatte der alte Jensen – der im Osten Baugrund inspizierte – ein nasses Häufchen Elend, das war von Skamanders orphischem Trauma geblieben, von einem in der flachen Gegend auffälligen Hang gewischt: dort, wo es aussah, als wäre eine Walze über Menschen gerollt, und darinnen darüber breitete sich eine weinende Pfütze. Denn wirklich, das Ding – wenn es eines war – weinte. Jensen wrang das seltsame Geschöpf in eine transparente Plastetüte und nahm es mit sich in den Westen; noch hatte er des alten Präsidenten Liegenschaft in Ornans nicht erworben und vielleicht deshalb das Ding seinem sozusagen Dienstherrn geschenkt, dessen Berater er gewesen; der Akt hatte vieles von Spott gehabt. So kam das jugendliche Monstrum, von zu schönem Gesang völlig zerrüttet, in Toni Ungefuggers Besitz, der zu dieser Zeit Präsident noch nicht war. Den der Osten ekelte. Der aber vielleicht nun etwas, wider Jensens Absicht, begriff, und das junge Monstrum heilte und aufzog – in aller Heimlichkeit; eingeweiht war nur Schulze gewesen, und der auch nur hielt den direkten Kontakt, als klarwurde, daß das Geschöpf über Intelligenz und Bewußtsein verfügte. Möglicherweise war es sogar Schulzes eigene Idee gewesen, sich nicht etwa des zweifelhaften Geschenkes gleich wieder zu entledigen, sondern in ihm sich eines der Ostmonstren gefügig zu machen – wie später dann die Rede davon gegangen war, an den Erhebungen des 17. Junis sei Ungefuger selbst, der den alten Präsidenten genötigt hatte, ihm das europäische Heer zu unterstellen, nicht ohne die eine und/oder andere schürende Handreichung beteiligt gewesen: wie Undercover-Agenten den Verbrecher anstiften, zu einem erst zu werden, um ihn dann um so besser fassen und überführen zu können. Aber das war nur Rumor.

Nicht Rumor war die *Aufzucht* Skamanders gewesen, der nunmehr von einem gänzlich ungerichteten bösen Geist – als welcher das junge Geschöpf, ständig sein Erscheinen verändernd, durch die Bergwelt gestreift war, gleichermaßen Devadasi zwickend wie Hundsgötter ärgernd und den Ostsiedlern eine ganz besondere Qual, aber nur unstet als schwarze Energie – zu einem Handlanger der Macht, zu dem Erfüllungs-Emir erwuchs, als welcher er später gefürchtet war. Sehr früh bereits wirkte ein Versprechen, auch wenn es niemals ausgesprochen wurde: Bereite mir den Osten vor, so daß der Sprung hinaus möglich wird. Was zurückbleibt, das lasse ich dir und laß dich dann frei, kleiner Djinn im Flaschenlabor; dann wird, daß man dir das Leben gab, abgeschuldet sein und du und die Deinen bekommen, und auch Thetis bekommt dann die Welt zurück, die wir ihr, sie begradigend, entrissen haben.

Wie eine monströse Graugans war der junge Skamander auf seinen Lorenz Ungefugger fixiert. Endlich ließ man das Geschöpf erstmals hinaus. Ohne Risiko war das nicht gewesen; in eine Suppenkanne gesperrt wurde Skamander in den Osten gebracht; ganz allein fand er den Weg nach Hause zurück: Salins-les-Bains – saß plötzlich da in seinem alten Sessel, den er, formte er sich in Menschengestalt, immer nutzte. Er war durch die Wasserleitung gekommen. Schulze nahezu erblassend, Ungefugger schon wenige Minuten später zur Stelle. Er schickte Schulze hinaus; nicht einmal der erfuhr, was man besprach.

Aber fortan gab es den *Emir* Skamander, zwar Emir-noch-nicht, aber bald. Erst wurde er als Rekrut ins Heer übernommen und gleich in den Osten abgestellt. Er war es dann, der untergründig wühlte, für den Aufstand wühlte, auf daß Ungefuggers Militär den 17. Juni niederschlagen konnte. Die Gleichzeitigkeit der Erhebung rührte eben da her.

Wenn wir hierüber schrieben, Skamander sei *böse* gewesen, so ist das nicht eigentlich wahr. Nennt ihr den Hurrican böse, wenn er über Mittelamerika stürmt, oder den Tiger, der einen Menschen reißt, einen Erdrutsch? Doch er w u r d e es, wurde es d a in dieser Betonbaracke, die seine Jugendlandschaft war, aus der er so wenig herauskam wie fast zeitgleich mit ihm Eris, den sich der alte Präsident in Ornans verwahrte, »gib mir was, Präsident!« die Hand ausgestreckt, krallig von einer Gier, die doch Not ist, und obwohl auch dieser Mann, Ungefuggers Vorgänger im Amt, damals Präsident noch nicht gewesen war, wenngleich der staubdichte Raum in dieser Baracke, die mitten in der Tulpenlandschaft stand, aber anders als die, real war. Darauf kam selbstverständlich keiner. Auch Jensen, übrigens, wußte von dem allen nichts; sogar seinen Observanten, dem kleinen privaten Abschirmdienst, der nach Jensens entsetzlichem Tod und Ungefuggers Präsidentschaft in dessen Sicherheitsstaffel übernommen wurde, entging, was in der Baracke geschah. Wie jeder andere, der den Unsterblichen kannte, hätte Jensen Ungefugger ohnedies eines solchen Abkommens nicht für fähig gehalten – weniger aus moralischen Gründen, ganz gewiß nicht, sondern weil Ungefugger sich von allem fernhielt, was unrein war, ungerichtet, unkonturiert; die sexuelle Neigung zu alten Vetteln einmal außer Acht gelassen; denn unter der *litt* dieser Mann! Wie hätte er sich da einem modrig Ungefähren annähern wollen? Jensen vermutete, Ungefugger habe das Ding in den Ausguß gekippt – zumal er nichts mehr weiter drüber hörte und sich Ungefugger ihm und insgesamt keinem anderen gegenüber je über ›das Geschenk‹ geäußert hat. Von Schulze abgesehen, selbstverständlich.

Ohne den hätte er sein Unternehmen kaum zuwege gebracht, aber es ging um *die Sache,* die früh geplante Sache, den kybernetisch-christlichen Feldzug, der vorbereitet werden mußte, ging um die, wie Ungefugger glaubte, *Reinigung des Geistes vom Körper:* Sollte Skamander Körper bleiben, sollte er allen Körper in sich vereinen und in der Welt lassen, derweil das Befreite Geistige sich in andere Sphären, in paradiesische Höhen erhob. Ungefugger war, wie jeder Gläubige, überzeugt, war es wie die Führer der Inquisition, wie die Conquistadores, wie Lenin Stalin Hitler, wie George Bush und Sheik Jessin. Seine Überzeugung machte ihn zum Propheten und zum Weltenwandler, den die Mission, meinte er, und nicht etwa eine Bedeutung der eigenen Person väterlich-strenge über die Menschen erhob und ihnen, den Naiven, den rechten Weg wies. Der Gestaltenwandler diente Ungefugger für ein Konkordat: Was dieses für Pius XI., war Ungefugger der Pakt mit Skamander; Nullgrund, dachte Cordes am Küchenfenster Schönhauser Allee, war Ungefuggers Reichstagsbrand. Es ›traf sich‹, daß ein zweiter Odysseus die Schuld nahm, um die sich, zugleich und paradoxerweise, in den UNDA auch Ahmad ibn Rashid al Jessin bewarb, der wiederum, vermittels Korbblut, indirekt und ohne dessen Zutun, mit Hans Deters vernetzt war. Über den ich, denn er ist gerettet und wird sich, wenn er klug ist, nunmehr aus den Geschehen heraushalten, eigentlich nichts mehr schreiben wollte.

19

Doch müssen wir die Begegnung mit dem ersten Odysseus noch zu Ende erzählen, des Emirs Skamander Trauma, das ihn nun so aufmerken, sich derart zusammenziehen ließ, als er aus dem Schwarzen Staub von Paschtu nach Lough Leane zurückkam, in die Form fand und sich unmittelbar wieder zusammenzog, weil ihn ein Geruch zurück in die Furcht des Kleinen Jungen sperrte, der einst auch dieses monstrige Vieh, wie jeder von uns, gewesen war: ein *Kind.*

20

Es lag der Schattenduft verwelkender Astern über dem fruchtbaren, allein für Pflanzen aber, sanft geschwungenen Sattel des Tieflands. Für Mensch und Tier bedeutete längerer Aufenthalt in solchen Gebieten nur Krankheit. Man mußte weg, wo es fruchtbar war: auch dies ein Erbe des Westens. Sogar Bäume gab es Busch grünbraune Moose, in denen einer bis zu den Oberschenkeln versank. Die Pflanzen starben zwar immer schnell ab, doch die Vegetation *als Arten* gedieh: nächste Pflanzen, wiedernächste; eine schäumende Aufeinanderfolge radioaktiv bewirkter giftgrüner Generationen, dazwischen Flechten unzerreißbare wütende Stränge und brackige Seen im lang dahingestreckten vergüllten Tal. Daher der Duft: Schänder zogen hindurch, hatten wenige Opfer gefunden, dann gar keine mehr, und in Orlické hory sowieso nicht, dem Adlergebirge, aus dessen Klüften sie auf der Suche nach Nahrung herunter in die Ebene schnürten – aber einander meidende Haufen. Nur eine Gruppe besaß einen Hundsgott. Nur die war einigermaßen gefeit.

Überwachsen Ruinen Baracken. Mittendrin klaffte ein verlorener Meiler in seiner umzäunten Rodung. Die sah wie der Freigangsplatz eines Zuchthauses aus; verrottet aber Wächter und Bewachte; unerlöst gespensteten ihre Seelen. Das gab den Schändern tiefes Glück. Die vorderen Priester hielten, während sie, steif in den Hüften, schritten, ihre linken Hände in Schulterhöhe hoch, die tentakligen Fingerspitzen vorgeknickt. Sie drehten sie häufig; das waren Radare: Schänder *sahen* so. Nicht Angst hatte sie vor sich hergetrieben. Sie waren völlig gemütlos. Der Instinkt leitete sie wie das andere, das s i e sah: nicht der kleine Odysseus, noch nicht, der ebenfalls in der Gegend, jungenhaft sie auskundschaftend, umherstreifte und vom Meer noch nichts wußte und auch nicht, daß er ein Feldherr des Ostens werden würde –, sondern eine ebenso junge, ja *neuere* Schöpfung der industriellen Abfallverwertung, die die Natur selber betreibt. Aus allem, denn der Tod ist ihr Lehm, zeugt sie Formen von Leben.

Es gibt etwas Gerechtes in solchen Geschöpfen; das schon bezeugt, daß von ›böse‹ die Rede nicht sein kann: sie sind aggressiv gegenüber allem, was ihnen zur Nahrung dient. Sind Menschen darin anders? Das höchst locker gefügte, doch zähe Gebilde hätte aus Dr. Spinnens militärischer Zweckforschung stammen können, sein Wesen unterschied sich nicht von dem der Flatschen und jener biotechnischen Ameisenstämme, die bei Feindberührung aus den Leukozyten platzten, unterschied sich nicht im *Willen,* nicht in der Absicht: zu töten und zu verdauen. Aus dem Wegwurf der Hochtechnologie hatte es sich mit organischen Sporen verbunden. Man kann das nicht scharf genug sehen: Die Zivilisation selbst, je ausgeprägter und feiner sie ist, erzeugt neu den Mythos, das heißt einen Zustand, der sich nur noch mythisch erfassen läßt. Wo physiologische Organik eigentlich nicht mehr möglich war, ging sie fruchtbare Bündnisse mit ihren im Wortsinn Erbfeinden ein. So entstanden die Mutanten: experimentelle Evolutionssprünge waren sie, deren Natur – menschlich betrachtet – nichts weiter fehlte als Zeit. Eine *geraffte* Zeit waren sie, die stoffwechseln mußte, als sie zu Atem gelangte. Dafür stellte die industrieverklappte, von Atommüll durchseuchte Pardubicer Seenlandschaft das Labor. Gott würfelt, das ist gar keine Frage. Aber Ian Malcolm sagt: *Das Leben findet einen Weg.* Nun fiel es, entsetzlich wütend einmal mehr, in die Schänder ein. Und nahm eine frühe feste Gestalt an, *Blut ist Leben,* um auch anderwärts zu zitieren, die trank und trank sich ihm zu. Das Geschöpf wuchs und begann, für wahr zu nehmen. Es erblickte erstmals Konturen Gestalten, die waren nicht er. Doch: *er?* Wieso das? Weshalb nicht *sie?*

Pflanzte es sich eines Tages fort? Die uralte Frage: Gibt es mehrmals solche wie mich? War er nicht mehrmals? Doch eines konnte er nie, lernte er nie: mit sich selber verschiedene Wege zu gehen. Er breitete sich aus, sehr weit, das gewiß, er konnte sich flachen runden, aber immer blieb etwas mit ihm und ihm verbunden, und war es nur ein Faden. Das alles erfuhr er erst später, als er zu sprechen gelernt und lernte, daß er *war.* Es kann gut möglich sein, daß überhaupt erst sein Trauma ihm dazu verhalf, daß er ohne diese Begegnung pure Energie geblieben wäre, ein Vulkanausbruch geblieben wäre. Wir wissen es nicht. Aber wir ahnen, daß Bewußtsein aus der Verletzung rührt.

Der Hang, den die Schänder eben noch hinabgezogen, sah schon wie eine Suhle aus, als hätte eine Horde Wildschweine in frisch Verstorbenen kaum schon Begrabenen gewühlt, hätte sie aufgewühlt, in ihren Leibern gewühlt: an die fünfzehn Quadratmeter blutiger Schwamm, in dem Skamander, der so noch nicht hieß, sich in die Gestalt einer gigantischen Kröte hockte, niederhockte, um ruhend zu verdauen. Als ihn etwas störte, *jemand* störte; er nahm ihn sofort als Gefahr wahr. Ein Wind, der nach Chemie und gelöschtem Holzfeuer roch, ging durch den hügeligen Sattel des Atomwalds, aber das war es nicht; die Drohung kam von woanders; vor allem war sie menschlich. Des Ochsenköpfigen Konvoi, der, dreißig Mann stark war das Sicherheitscorps, unweit durch die Gegend streifte, weil es den alten Jensen – diesmal nicht in Gerlings Begleitung, denn der war nach Nürnberg beordert –, immer tiefer in den Osten zog, wäre für das Geschöpf nichts als weitere Opfer gewesen.

Von der anderen Seite, aus Südwesten, kam diese Form aus einem Teich dahergeweht: wenn es sich irgendwo niederließ, stand da eine Pfütze, die, indem es weiterwehte, sich mit ihm davonverdampfte. Das war der kindische Skamander, vielmehr Wasserkobold als ein Monstrum; aus einem Modderpilz, der in verklappten Wässern gedeiht und immer nah an Fabriken Müllabladehalden schlimmem Restöl, gern auch bei lecken Reaktoren, war er als Frucht herausgesuppt, aber in keiner Weise schon derart verbunden-körperlich, daß hätte von einem Ich gesprochen werden können. Er besaß ein rudimentäres Bewußtsein, war sonst nur Trieb und hungrig. Er war eben auch noch gar nicht Skamander. So nennen wir ihn nur, um bereits da auf ihn zeigen zu können.

Seinerzeit erinnerte auch noch das nahe Prag an eine verlassene Geisterstadt. Es gab rundherum Stützpunkte der Schutztruppen und auch drinnen eine Kommandozentrale, wegen des Prager Linzer Lochs, dem späteren Lough Leane; aber die meisten Stadtbezirke, hieß es, seien von den Amazonen beherrscht – was das Militär gegenüber Pontarlier und öffentlich sowieso bestritt, weil man die Amazonen doch offiziell jagte. Jedenfalls lag der AUFBAU OST! noch fern; der Einfluß Pontarliers war im Osten damals gering. Nur Jensen, eben, fuhr immer wieder hinein, es trieb ihn, es lockte ihn; zugleich machten seine Exkursionen das Land urbar für später. Er plante Ostfabrik für Ostfabik, sprang mit den Ostlern als mit ausbeutbaren Naturschätzen um. Vielleicht ließen sich auch die aufgelassenen Atommeiler der Gegend wieder in Betrieb nehmen. Um das zu erkunden, war er hier. In einen von denen mußte sich sein Trupp dann verkriechen. Denn nicht nur wurde er auf einer Lichtung, der die alte Straße zugeführt hatte, von zwei der Schändergruppen angegriffen – mit denen war leicht fertigzuwerden –, sondern gänzlich unerwartet brachen auch Heilige Frauen fratzig aus dem Busch: »Yellama Yellama!« Sie stürzten sich zwischen die kämpfenden Westler und Schänder, waren nicht hungrig wie diese, sie waren nur gierig nach Blut.

Säuglingsopfer führten sie bei sich.

Angewidert nahm Jensen auch diese Schlacht auf, obwohl sein Corps deutlich unterlegen war. Sie schafften es, den Devadasi eines der Kinder zu entreißen, dann jagten sie in ihren Geländewagen auf den nächsten Unterstand zu, krachten durch die verrottende Sicherheitsanlage, rissen meterlang Stacheldraht mit sich. Erde spritzte von den Reifen, die Motoren jaulten, dazu knallten nach hinten die Schüsse, und die Schreie der Devadasi zerfetzten die Luft. »Yellama! Yellama! Thetis udho!« Seinerseits das noch verbliebene Restchen Schänder wurde von ihnen grauenvoll niedergemacht, nur die beiden Hundsgötter rührten die Frauen nicht an. Die folgten nun denen ergeben; die Schnauze nahe am Boden, Kummerfalten auf der Stirn den Oberkörper hinabgebeugt, watschelten sie auf zwei Beinen. Jensen und die Männer, die den Angriff überlebt hatten, verbarrikadierten sich im funktionslos gewordenen Kühlsystem des Reaktors.

Das war alles längst erzählt.

Nicht aber, wie unweit der anderen Rotte, die ausgeschwärmt war, das Bündel Energie auch d a hineinfiel, mitten zwischen die Frauen, nun auch diese verzehrend – wie aber plötzlich der junge Odysseus erschien, der damals noch ganz Orpheus war; zwar schon so rotgesichtig wie später, aber nicht so kompakt. Er war da noch Kind und hieß Babek. Zwölf Jahre war der Lauser alt. Ein ausgesprochen hypermotorischer Junge. Das tägliche Umherstreifen hatte ihm die Narben eines Wolfsbalgs in den Oberkörper gewetzt. Denn wild wie ein Wolfskind, das war er. Seine Eltern, obwohl rumänische Zigan, die, auf der Flucht vor Thetis, von wiederum deren Eltern durch die Mauerklaff bei Košice hereingebracht worden waren, konnten, seit er fünf oder sechs war, den Knaben kaum halten, versuchten das auch gar nicht; er kehrte nach seinen Ausflügen immer wieder zurück. Und erzählte dann. Und w i e er erzählte! Er b e s a n g, was er sah: Babek hatte eine silberhelle stetige Stimme, die Stimme eines Sirenenkinds. Wer sie hörte, blieb stehen auf seinem Weg, wandte sich, kam herbei und lauschte offenen Mundes. Der Vater spielte Bandoneon, der Junge sang dazu. Damit verdiente die Familie ihren Tag und die Woche und fühlte sich sicher im Osten, selbst damals. Orpheus' Stimme befriedete stundenlang sogar Schänder, selbst Heilige Frauen wurden so sanft, daß man ihnen über den Kopf streicheln konnte. Babek behielt, als er durch den Stimmbruch war, diese Stimme über den tiefen Sprachklang des Mannes hinaus. Nur die Hundsgötter waren nicht zu becircen, nichts rührte sie, aber die taten einem nichts.

Auch nicht erzählt war, wie Orpheus zu Odysseus wurde, nämlich im Zentrum, wohin der alte Jensen ihn mit sich genommen. Denn als die Schlacht mit den Schändern vorüber, zu denen im Blutrausch die Devadasi gestoßen, und als sich das Feldglück in Unglück gewendet, als die Männer so, zitternd vor Ekel und Panik, angespannt, grimmig, in diesem Meiler hockten, verschwärmten plötzlich die Monstren. Es war wie ein Traum: Eben noch hatten sie mit ihren Krallen die Verschanzung Barrikaden wegzureißen aufzureißen versucht, es krachte schepperte fetzte Verkleidungen schrien – da, mit einem Mal, trat eine solche Stille ein, daß man durchs Dunkel die Ventilatorenlamellen der Angst flattern hörte. Durch dieses Flappen schwebte die jenseitsferne Stimme einer ins dreigestrichene C-Dur hinaufgestimmten menschlichen Windharfe herein. Niemand konnte sich erklären, woher das rührte, sowieso nicht, man war aufs Überleben aus, das war alles, saß eng geduckt, die Finger spannten um die Waffen, bis die Handballen schmerzten, so lauschte man auch auf den Ansturm; da hatte keiner für solch eine Kunst einen Sinn, ja verdächtigte sie, nichts als ein weiteres Blitzen der Drohung zu sein. Doch in Jensen fraß sie sich ein. Seit diesem Tag war er für den Westen verdorben. Anfällig fürs Metaphysische war er ohnedies schon gewesen, das hatte ihn immer in den Osten gezogen.

So stille war's, so jagte das Atmen, so lief der Schweiß in die Augen. Man wartete die ganze Nacht. Nichts Schlimmes tat sich mehr – außer, freilich, in ihnen, da begann bereits die Verstrahlung ihr Werk, um es, je nach Konstitution, wenige Monate später oder Jahre danach unerbittlich zu beschließen. Alle Männer starben an ihr, nicht schon hier im Osten, aber im Westen dann siechten sie hin. Wie man die Angst atmend ausstieß, so sog man den langsamen Tod atmend ein. Doch er zeigte noch gar kein Gesicht. Denn als man sehr früh morgens aus dem Unterschlupf hinauskroch, war die Gegend von allem Ungeheuren leer, war ungeheuer einzig in seiner grünen Dschungelwüste, ein furchtbar fruchtbarer Behauptungswille, der das Einzelne umgräbt und umgräbt und über den trostlosen Fabrikschutt düngt, in sonstigen Abfall. In Sekunden trieb der Wald und verlor seine Blätter, auf ölig schillernde Teiche, als Synapsen, trudelnd, vielfache Fährten chemischer Dendriten als Bäche. Teich war verbunden mit Teich, ein Netzwerk geilster Kontaminierung. Immer wieder bleichten Knochen, von Mensch von Tier. Schivas kleine diamantharte Zähne hatten an ihnen herumgeknurpst.

21

Also weiters nicht erzählt worden ist, wie aus Orpheus Odysseus wurde. Und immer noch Skamanders Trauma nicht. Immer noch *ahnen* wir erst, was geschah.

22

Jensens Corps saß in dem Atommeiler fest, von draußen drängten in Batzen die Frauen. Sie klebten an den Rahmen, preßten sich gegen die Sperren und ineinander, während in ihren Rücken, instinktiv, sich der dritte Schändertrupp ins Halbschwarz der Ostnacht davondrückte; nie wurde es doch restlos dunkel über dem Land, überall schimmerte etwas milchig hindurch, und manchmal, in der Ferne und wenn man auf eine höhere Sicht gelangte, sah man die feinen Nähte der Entladungsblitze über dem Laserzaun. Den gab es damals noch.

Babek hatte sich abseits verborgen und die Schlacht gespannt, ja aufgeregt beobachtet in seinem Gebüsch. Jetzt erst, als sich die Devadasi vor dem Meilereingang knäulten, kam er aus seiner Deckung hoch. Wollte davon. War aber hin- und hergerissen von den in ihm jagenden Impulsen: eingreifen nicht eingreifen? zu wem halte ich?

So stand der Junge in der dämmrigen Ostnacht. Wollte dann fort. Aber hatte im Urwald den Weg verloren. Eine nicht-konkrete Angst begann ihn zu füllen; er wußte nicht, woher sie kam, denn seiner Gabe wegen, so singen zu können, war er objektiv nicht gefährdet. Der Anblick der Männer aus dem Westen hatte ihn deshalb viel mehr als die Monstren verstört. Wie in den meisten Ostlern ging auch in Babek manches durcheinander: Man war gegen den Westen voller Verachtung, zugleich doch wurde nichts so sehr ersehnt, als endlich selbst in den Westen zu kommen, am Westen zu partizipieren. In den Ostlern paarten sich Neid mit Wut und Verbitterung; der kleine Orpheus trug davon einigen Teil. Vielleicht hatte er zwar, was ihm – er hätte bloß zu singen brauchen – leichtgefallen wäre, nicht in den Kampf eingegriffen, aber doch auch gespürt: die einen waren *Menschen:* die hatten auf seinen Beistand Recht. Wahrscheinlich rührte Babeks nächtliche Verwirrung also von einem leisen Schuldgefühl, das sich nicht einfach wegschlucken ließ, auch wenn es das typische eines Kindes war, das Schuld nur ungefähr spürt und noch begriffslos, nämlich so, als hätte man imgrunde ein g u t e s Gewissen.

Babek war sensibel, er ward mit der Sache zunehmend uneins. Die innere Desorientierung, die sich nicht zugeben durfte, nicht wollte, auch wohl nicht konnte, verschob sich auf die äußere des vermeintlichen Sich-verlaufen-Habens. So daß seine Irrfahrt begann – zehn Jahre währte sie, auch wenn Odysseus später gern übertrieb und aus, sagen wir, Gründen der Anschaulichkeit von *zwanzig zweiunddreißig vierzig* sprach. Man muß ihm zugutehalten, daß sich zu den ersten zehn in Buenos Aires weitere zehn auf Thetis addierten, so daß er wenigstens mit ›zwanzig‹ nicht log.

Während der Junge auf der Erhöhung stand und noch auf den Meiler in der Ebene blickte – um den herum war das Gelände gerodet geblieben, fruchtbar wirkte die Strahlung erst auf ein wenig Entfernung –, hatten ihn die Schänder als ein Opfer ausgemacht. Wenn sie der Hunger leitete, vermochten sie ebensowenig wie die Heiligen Frauen, einem schon gefällten Entschluß nachzugehen, etwa dem, sich, nächtlich-nahe Pardubice, aus der Gefahrenzone zu bewegen. Sondern ihre Gigantenfinger sahen und zogen. Grollend schob sich der Pulk den hinteren Hügel hinauf. Anfangs merkte Babek das nicht. Sondern ging einen Schritt hierhin, einen Schritt dahin, kam mit der Angst nicht zurecht. Imgrunde zog es ihn zu dem Meiler hinunter, um doch noch einzugreifen, doch noch irgend etwas zu tun. Aber er war zwölf Jahre alt und was ihm schon als sehr kleinem Jungen oft träumte: die Sterne über dem Meer, war bislang nichts gewesen als eine quellende Fantasie, die zu nichts als zu Gestaltung und realisierendem Aufbruch drängte.

Nun führte der Schänderzug an Skamanders Blutsumpf vorüber, auch das hätten die priestrigen Ungeheuer nicht ignorieren dürfen: sie traten sogar in den sich verkrustenden Modder hinein, worin doch weiterhin die energetische Gefräßigkeitskröte hockte, die davon mit einem solchen Kreischen auffuhr, daß es auch den Jungen wachriß. Er schleuderte herum, beugte sich vor, sah aber nichts, huschte näher durchs Gebüsch, Schatten durch Schatten und zu dem fremden Schatten hin: zu dem fressenden Skamander – wie eine Fliege fraß er: suppte Verdauungssekret über die Nahrung und saugte sie, die sich zersetzte, daraufhin auf. Ganze Körperteile riß das Vieh aus den Schändern, besabberte sie und schlotzte. Er war Gestalt geblieben, dunkel, das blasse Himmelslicht grünnaß reflektierend, der fette Kopf riß sich zur Seite, glotzte das sehnige Menschenkind an, das auf der Kuppe hinter drei Bäumen stand, deren Blüten das Ausmaß eines abgeschnittenen Elefantenkopfs hatten und so weich und naß wie dessen Anschnitt waren. Das Mutantenkind roch besser als die Schänder. Der Speichel rollte sich einem davon derart um die Zunge, daß man nicht widerstehen konnte. Weshalb Skamander von den neuen Opfern Abstand nahm, um dieses allerneuste Wild zu reißen.

Da hub Babek zu singen an: seine Stimme war so sphärisch hoch. Sie sang Purcell, wenn sie's auch nicht wußte, sang *Che farò senza Euridice?*, sang, daß aus des Hades Abgründen Tränen stiegen wie das Wasser frisch gebohrter Brunnen: in einem so knabigen wie weisen Diskant, der aus dem Strom des Mythos schöpft. Derart viel Unschuld war darin frei, daß sogar die toten Schänder zu weinen begannen. Und Skamander zerflatterte. Ein Frost ging ihm in den Leib hinunter; was Nahrung den einen Geschöpfen, ist anderen Gift. Man hätte Mäntel und Decken um sich schlagen können, diese Kälte zieht d o c h durch die Feldkraft, vermittels derer das Molekül die Gestalt hält. In dem Kind, das Skamander noch war, löste es die Moleküle voneinander und Positronen Elektronen aus den Atomen. Was Skamander von alledem wahrnahm, war nur ein Geruch – nicht den astrigen der Schänder, sondern Babeks Geruch, der einer bereits des erwachenden Geschlechts war; die Haut am Skrotum riecht so. Das Geschöpf hörte gar nicht die Töne, von denen es bereits, zerfallend, herabregnete. Es regnete Skamander. Eine Übelkeit spürte er noch, dann zerstäubte ihn die Melodie. Eine Pfütze blieb zurück. Jenseits des leichigen Schänderpfuhls. Zuckte in der stillen Qual.

Babek sah das nicht, hatte Skamander gar nicht wahrgenommen und nicht bemerkt, daß es etwas gab wie den, hatte nur die Schänder gesehen, wie sie erstarrten, dann fielen, wie sie dann weinten, wie dann etwas auf ihn zusprang, das man nicht anfassen konnte oder das sogar eine Einbildung war – und vielleicht hielt der Junge auch den kurzen Skamanderschauer für Tränen, die später fielen als die Augen, aus denen sie quollen. Für einen Moment schwebte der Schauer in der Luft, unter der es getroffen zusammenbrach, dann fiel er dem leise aufplatschend nach. Für eine weitere Sekunde stand Babek nur da. Ganz benommen. Dann bekam er einen gewaltigen Schrecken, einen Kinderschrecken, und weil darüber seine Angst ebenso zerflatterte, wie das Ding vaporisiert war, das später einmal Skamander würde, rannte er durch Gebüsche und Nacht davon, bis er Seitenstiche hatte und nicht mehr konnte. Da hatte er sich erst richtig verlaufen. Weil er aber so müde wurde und sowieso die Angst davon war, legte er sich zwischen die Lappen, wo's

23

warm war und etwas Gras gab, und er, allein, schlief ein, während Jensens Männer und dieser selbst aus ihrem Meiler in die entstandene Stille lauschten. Wirklich waren die Frauen fort, sie hatten aufgemerkt, als der Sang vom Hang herunterwehte und dann das Aufkreischen gellte – eines aufgestöberten Pavians, so klang das. Sie hatten sich alle umgewandt, im Dämmerlicht die Köpfe gehoben, waren, von wieder d i e s e r Witterung gelockt, hinweg: solch eine Sehnsucht durchdrang sie. Solch ein Versprechen, solch eine ihre Erlösung suchende Trauer! Aber sie gelangten nur an einen verlassenen Ort voller Toter, hielten die Pfütze für Tau und hatten im Nu alles vergessen: die verschanzten Männer in dem aufgelassenen Reaktor die Melodie ihre Sehnsucht. Nur der Haß kam zurück und trieb sie böse weiter.

Knapp drei Stunden später wagten sich die Männer endlich durch die Barrikaden, blinzelten vor Übermüdung, angespannt zum Zerreißen, in den beginnenden Morgen. Das Baby weinte, es brauchte zu essen. Die Fahrzeuge standen unangerührt; Intelligenz besaßen Devadasi jedenfalls nicht. Die Waffen im Anschlag, bestiegen die Männer ihre Wagen. Jensen war ganz bei sich; er ahnte, was ihnen allen bevorstand. Man spürte nichts, aber der andere Kampf, einer i n den

Körpern, war schon begonnen. *Insch'allah,* dachte Jensen. Zumal ging ihm der Klang nicht aus dem Kopf; von nun an wird er auf Kunst aus sein, brachte von den späteren Reisen immer wieder Schnitzereien mit in den Westen, so war er sogar einmal Brem begegnet; und Skulpturen schmuggelte er noch, aber von dieser Reise Odysseus.

Den, das Baby und Skamander. Denn bevor der Trupp endlich abfuhr, schickte Jensen noch eine Patrouille durch die nahe Gegend; man war jetzt vorbereitet, hätte sofort geschossen. Jensen wollte wissen, in welche Richtung die Devadasi abgezogen waren, wollte eine Miliz da hinbefehlen. Er schloß sich den fünf Männern an, die anderen sechs blieben in den Wagen. Die Schritte knirschten unter den Stiefeln. Dörre Macchia knisterte Steine klackten ratschten – v i e l Stein war überall Stumpen. Dann schon das Moos und der Giftwald. Man sah nirgends Hütten nahbei. Auch die tumbsten Leute begreifen, es braucht nur etwas mehr Zeit. Es gab kniehohe Pilze.

Das Trüppchen fand die Schänderkadaver. Der Pfuhl war eingetrocknet. Nicht weit daneben entdeckte Jensen die Pfütze. Es hatte lang nicht geregnet, wo kam die her? Er beugte sich hinunter, glotzte ochsig, der Bulle: die Pfütze war bewegt, doch es ging kein Wind. Als der Mann einen Finger hineinsteckte, war es, als hörte er ein Jammern, als wollte die Pfütze davo n; man konnte sehen, wie sie sinternd hinwegrann. Das war etwas Neues, das sei einmal ein Souvenir, dachte er und wischte es auf, tat die ganze Feuchtigkeit in die Tüte; in Wiesbaden ließ er sie untersuchen, bevor er die neue Lebensform – seine Lippen ausgesprochen gespitzt – Toni Ungefugger schenkte.

Doch jetzt, als sie wieder am Wagenkonvoi zurückwaren und er die alte, völlig unkrautüberwachsene Straße wiedergefunden hatten, als sie in sie eingeschert und vielleicht drei Kilometer Richtung Westen gefahren waren, stand dieser Junge am Rain – nein, er stand nicht, sondern ging vor sich hin, kam ihnen entgegen. Er schien in Gedanken zu sein, er sang, deshalb bemerkte er den Wagentrupp zu spät – und flitzte in den Wald. Jensen ließ stoppen und hetzte dem Kind drei Männer auf den Hals. Die waren schneller als Babek, auch gerissener gegen den Schmerz, den ihm die Dornen federnder Pflanzenpeitschen ins Gesicht rissen. Vor Not und reflexhaft, als die Männer ihn packten, fing Orpheus zu singen an. Doch nur bei Monstren verfängt das, nicht bei den Menschen. Die werden von Schönheit, anders als Tiere und Götter, nicht gut. Aber sind fasziniert.

»Du hast gesungen«, sagte der Ochsenköpfige, als man ihm den Kleinen am Schlafittchen vorführte. »Du hast gesungen heute nacht.« Babek, stur, blieb stumm. »Was hat so geschrien?« Keine Antwort. »Na gut. Dann singe!« Nichts. »Woher bist du?« Stumm. »Packt ihn hinten mit rein! – Nein! Wartet mal!« Er zog eine Mundharmonika aus seiner auf die Outdoor-Hose genähten linken Oberschenkeltasche. Die hing wie ein Säckchen bis knapp übers Knie. »Hier, Junge... damit du dich beruhigst.« Dann nickte er verstärkend. Die Männer brachten Babek fort.

Es gab damals noch Organfabriken im Osten; da galt es dem Westen kaum als Delikt, dem Osten ein Kind zu entführen. Zwei Kinder waren es nun, das Baby und der Junge. Die Geschichte der Asiatin ist längst erzählt; beide Kinder brachte Jensen gegen die Vorschrift ins Zentrum. Ihn zu kontrollieren, wagte niemand. Die Asiatin nahm er bis in die Weststadt mit. Verteidigte seinen Willen seine Entscheidung, stand sogar ein Strafverfahren durch und zahlte das Bußgeld. Ohne mit der Wimper zu zucken und unter Nötigung Ungefuggers; er wußte um dessen Neigung, er ließ das durchblicken ein einziges Mal. Das genügte. So machte der seinen Einfluß geltend – widerwillig, aber ja seinerseits, Skamanders wegen, nicht im Gesetz.

Unversehens war Cordes an seinem Küchenfenster in den Thetis-Roman zurückgelangt, den Hans Deters, damals im SILBERSTEIN, vor sich hinfantasiert hatte, als er sich langsam, auf eine Frau wartend, betrunken hatte, die ihm dann unter der Hand von Niam Goldenhaar zur Lamia entglitt und schließlich auch erschienen war, als ein reales Wesen zwar, aber als Lamia doch – und auch Goltz war mit zwei Polizisten, mit Schwanlein und Klipp, in den kultischen Raum der Kneipe geplatzt. Alles saugt die Anderswelt ein und füllt sich damit: Prall will sie sein, nicht distinkt. Leben selbst ist sie, und je mehr die Kultur es von sich hinwegweist, um so gewaltiger wachsen seine Substanzen der Anderswelt zu: Da ist dann unendlich viel Nahrung für sie, während wir selbst immer dürrer werden – gleich, ob wir das, uns damit selbst überhöhend, ›vergeistigt‹ nennen. Der Geist ist ein Rauch und ganz wie ein solcher das Zeichen, es sei da etwas, das lebte, verbrannt. Die Anderswelt aber, die eigentlich nur ein Hauch war, nichts als Aberglaube Fantasie, fängt organisch zu pumpen an und ist bereits Organ, dachte Cordes. Er war schon seines kleinen Jungen wegen auf Leben verpflichtet, der Junge rettete ihn, der Junge ließ es nicht zu, daß einer wie er abstrahierte. Sondern sein Kind hielt ihn naß.

Der Junge, ein anderer, ließ auch den alten Jensen sich immer weiter vom Westen entfernen. Zu einer Familie in San Lorenzo wurde Orpheus anfangs gegeben. Da riß er nach zwei Tagen aus. Jensen ließ ihn aufspüren, gab ihn zu einer anderen Familie. Auch da riß er aus. Der Junge wollte immer wieder in den Osten zurück. Jensen wollte ihn nicht lassen. Aus Liebe, aus egozentrischer Liebe vielleicht, aus Liebe aber doch. Orpheus begann, ihn zu hassen. Orpheus verabscheute den Ochsenköpfigen, er sagte das auch. »Du bist widerlich, du platzt fast vor Machtgier. Du beugst ihr alles, was gut ist. Auch das, was du liebst. Sonst wärst du nicht hier in dieser entseelten Stadt. Sonst wärest du drüben bei solchen, wie die meinen sind.« Jensen lachte barsch. Erbittert starrte der Junge dem massigen Mann ins Gesicht.

Kinderhaß bleibt; Kinderhaß heilt nicht: Damit i s t erzählt, wie Orpheus zu Odysseus wurde. Und auch, was Jensens Liebe zu Haß läuterte, die e i n e Liebe – die andere zu der kleinen Asiatin freilich nicht. Die blieb und wurde nach Jahren geschlechtlich. Brachte ihm Jens Jensen, den Sohn, und brachte eine verwachsene Tochter zur Welt, kurz bevor er, der alte Jensen, starb. Die Tochter wurde Landshuter Mandschu: Lykomedite Zollstein, von dem gejagten Odysseus aufgrund einer Vereinbarung mit Goltzens Vorgänger Gerling in den Osten gebracht. Von Borkenbrod empfing sie dann Niam. So sind die Zusammenhänge, die losen Fäden sind verknüpft. Weshalb wir zurück in die Gegenwart können, worin nicht nur sinnierend Cordes aus dem Küchenfenster schaut, während Skamander den Geruch des ersten Orpheus, ausgeströmt von dessen Sohn, in die Nase bekommt und sich, einem Dörrobst um seinen Kern gleich, zusammenzieht, und auf dem Rastergitter der entillusionierten Weststadt ziehen, vor allem, die Argonauten noch immer, nunmehr nur noch von den vier Abenteurern gefolgt, gegen das Mauerstück bei Clermont-Ferrand.

Jason selbst pfiff die Truppe an. Michaela saß bereits am Steuer, sie fuhr, weil sie von beiden besser fuhr; Jason hatte sowieso keinen Füh-

798

rerschein, Michaela allerdings auch nicht. »Ich kann reiten, also versteh ich, ein Fahrzeug zu lenken«, sagte sie mit einer Festigkeit, die so gespannt wie ihre Oberschenkelmuskeln war und über jeden Einwand resolut hinwegsprang: »Du hast doch nur herumgesessen dein ganzes Leben lang.« Da hatte Aissa der Stromer gelacht, Yessie Macchi zugenickt, die bei der jungen Ungefugger zum Morgenplausch stand, bevor es denn losging. Sie hielt, wie in alten Zeiten, bereits ihr Gewehr. »Und Sie«, sagte Michaela, »haben Ihr Training a u c h nie verloren.« »Kindchen, sage du zu mir. Dann kann ich dir etwas antworten, das nicht ohne Bedeutung ist.« »Yessie?« »Nein, *Frau Kumani,* ich bin holomorf und will auch dazu stehen. Mein Mann stand ebenfalls dazu.« *Frau Kumani* und *du?* Das ist komisch.« »Bei jedem ALDI ist es so«, dabei lachte leise die Frau. »Und *was* willst du mir sagen?« »Schau mal, deine Mutter…«, auf daß die, die alleine abseits stand, nichts merke, ruckte Frau Kumani nur mit dem Kopf in die Richtung, »…nein, zieh nicht solch ein Gesicht! Sondern schließe Frieden. Da ist, ich spüre das, eine Gefahr.« »Gefahr? Pah! Woher soll die rühren?« »Ich weiß es nicht. Aber es ist etwas angefangen. Nenn es ein Schicksal. Das will sich erfüllen. Dann ist so etwas ganz besonders nicht gut, nicht zwischen Müttern und ihren Kindern.«

Hatte Frau Kumani wirklich von Medea geträumt? Ahnte sie etwas davon? hatte gesehen, wie eine Mutter ihr Kind zerriß, es entzwei-, dem Jason ihrer beider eigenes Blut riß? das hier nicht seines w a r, doch ihm angehörte – ah! diese mächtigen Allegorien, die sich auf uns, i n uns stürzen. Nie sind sie *genau,* immer ist ihr Wiedererscheinen nur ähnlich, so daß wir nicht merken, wenn sie uns fassen. Wir brauchen dazu Menschen vom Range der Macchi. »Nur Unheil kommt aus solcher Feindschaft, Unheil für alle, du«, sagte sie, »unerbittliche Jasonfrau.« Michaela Ungefugger schnob. Im Lager laute Bewegung. Es war nicht viel Zeit. »Habt ihr euch je umarmt?« fragte Frau Kumani. »Nein«, sagte Michaela Ungefugger, »jedenfalls entsinn ich mich nicht.« »Ich denke, i h r seid die Menschen! Ich denke, i h r habt die Seele?«

Denn, in der Tat, der Präsidentengattin war der Anblick des Paares zunehmend schmerzhaft geworden, so daß erneuter Groll in ihr wühlte; leise erst, immer wieder schüttelte Carola Ungefugger den Kopf, um das loszuwerden. Es wollte nichts nützen, übernahm sie: Neid

Verlassenheit Inakzeptanz. Was hatte sie denn für ein Leben geführt? ein solches erbärmliches Leben im Reichtum! Was hatte ihr Mann ihr angetan! Nun sollte sein Kind – denn ihres war es nie gewesen, hatte sich von ihr distanziert und allein dem kalten Vater zugeneigt – sogar nun, da sie sich g e g e n den gewandt, nahm sie noch immer ihrer Mutter Hand nicht; sie grüßte nicht einmal, schenkte ihr keinen Blick, sondern hatte, dachte Carloa Ungefugger, die Kälte des Vaters geerbt; ach was würde Jason noch leiden!, dem das selbstverständlich aufgefallen war, wie sich seine Freundin gegenüber der Mutter verhielt, und vielleicht war der sogar das Schlimmste: der Mitleidsblick, den Aissa der Stromer der verschmähten Mutter bisweilen zuwarf – hatte sie das nötig? –, – – nun sollte also Toni Ungefuggers Kind die Geborgenheit und zugleich die Freiheit erlangen, die ihr, der Mutter, lebenslang versagt war, und das Kind sollte durchkommen mit all seiner Kälte? – So ging das in Carola Ungefugger quer und kreuz, wuchs an, nahm völlig Besitz von ihr, Stunde um Stunde. D a s war's, was der anderen Mutter, Frau Kumani, nicht entging, wie sich die Miene der verschmähten Mutter verdüsterte und die Frau einen starren Blick bekam, in dem der Haß sich sammelte. Sie hatte sich in der Gewalt, das wohl, aber es brauchte, dachte Frau Kumani, nur einen Zünder, um der Fassung zu entgleiten. »Du mußt die Feindschaft beenden«, sagte sie, »für uns alle. Aber vor allem, mein Kind, für dich selbst.«

Jeder anderen hätte die verwöhnte Präsidententochter ihre zikkigste Nase gedreht, vor Yessie Macchi aber hatte sie eine Achtung wie vor Der Wölfin. Momentlang war sie nachdenklich, das war ihr anzusehen: dieser Schattenschimmer, der über die helle Plastik ihres Gesichtes lief. Dann sagte sie, ohne aufzusehen: »Ich werde drüber nachdenken«, und startete den Motor. Der Stromer kam herbeigeeilt, nickte Frau Kumani zu und sprang mehr in den Wagen, als daß er ihn bestieg. Rufe flatterten, man machte sich Mut in der ganzen sichtbaren Mathematik: mehr gab es an Landschaft doch nicht als diese Meridiane und hinabklaffende exakte metrische Flächen. Nur selten ragte noch so etwas wie ein Baum heraus oder der pedantische Rest eines aus der Imagination geschnittenen Hauses. Gefährlich war dabei, daß durch solche Reste zwar ebenso einfach wie durch einen Nebel zu fahren war; hingegen hatten sich die Längen- und Breitengrade materialisiert: Michaela Ungefugger, deren und Jasons Wagen die Kolonne anführte, mußte deshalb sehr genau steuern, um auf diesen Meridianen auch zu bleiben; jede versehentliche Seitenlenkung hätte den und wahrscheinlich die folgenden Wagen in die Tiefe stürzen lassen können, wo nichts mehr als Stein war – grober unebner Erdmantel, über den die Kabel der defekten Illusionsanlagen liefen.

Je weniger von der Welt noch da, das heißt: sichtbar war, um so intensiver drängte es die Menschen aus Europa hinaus: Unter der Hand, gleichsam, war ihnen alles verlorengegangen, woran sie einmal oder wovon sie geglaubt hatten, daß es wahr sei. Selbst die Holomorfen waren zunehmend erschüttert, beklemmt zumindest. Sie hatten sich das Ritual erschaffen, echt zu sein; dessen Störung traf nun auch sie, ihr Selbstbewußtsein und ihre Würde.

»Ich wüßte gerne einen Weg«, sagte Broglier zu Kignčrs, der neben ihm schweigsam im Wagen saß; hinter den beiden saßen Kalle Willis und Pal, »sie alle mit hinauszuretten.« – Kignčrs blieb stumm. »Weshalb bleiben sie nicht hier? Weshalb befiehlt diese erstaunliche Frau«, unnötig zu sagen, wer gemeint war, »ihren Leuten nicht, umzukehren und neu anzufangen in Buenos Aires... *anders* anzufangen... – Hör mal, Cord: Das ist doch ihre *Art!*« »Sie haben eine solche Ehre«, bemerkte Pal, in die Schlucht der beiden Vordersitze vorgebeugt, um besser verstanden zu werden. »Ich habe diese Leute immer für Energiemaschinen gehalten... für *Sachen*. Ich fühl mich ganz schön scheiße.« »Wir müßten an Hodna herankommen...« »Weißt du, wieviel Batterie das braucht?« Pal fiel zurück, nun schwiegen alle vier. Cordes' Kameraauge wich von ihnen zurück, von der Kolonne zurück, die immer winziger wurde. Ameisenautos. Weit durch Luft und Meridiane, soweit der Fensterrahmen es zuließ, kreiste der Blick, strich über die Hochstrecke der U2, entdeckte die kleine Gruppe um Zeuner, zoomte sie näher, zog sie die halbe Schönhauser Allee entlang über den Plafond zu sich her. Auch bei denen war die Gegend quasi nur noch Koordinate, alles war grob: war Mechanik gewordene Kybernetik, an der sich stoßen konnte, wer nicht achtgab. Zugleich war eben auch das Illusion, es konnte sich alles jederzeit ändern, auf gar nichts war Verlaß. »Vergeßt nur nicht«, sagte Mensching, der als der Computer- und Spielefreak, der er seit früher Jugend gewesen war, die Übersicht besser behielt als die anderen drei, »daß wir in einem Programm sind, nach wie vor, daß wir darin auch bleiben wollen, aber nicht hier...

Gott, ist das alles primitiv!« Jeden Gegenstand, der vor ihnen auf-
tauchte, jeden verlorenen Sendemast, jedes Residuum Metall und Organik übersetzte er in 1 und 0 und ließ seinen Kompaß Schlüsse daraus ziehen. Herbst hingegen war furchtbar schlecht von dem allen, er
sprach gar nicht mehr; auch die Zeuner nicht, die sich, wie bei schwerer See ein seekrank gewordener Skipper, rein auf die Strecke konzentrierte und das Elend ihres Magens pragmatisch nicht zuließ. Nur die
Lippen kniff sie, dennoch, zusammen. Wie sie hier, saß auch im Leit-
wagen von Jasons Truppe eine Frau am Steuer, Michaela Ungefugger,
die ganz genau so sicher und rasant fuhr wie Sabine Zeuner; nur mit
der Orientierung gab es, bei dieser, Probleme. Für die war, neben ihr,
Mensching da, der stets gegenwärtige, stets auf seinen Gerätchen her-
umtippende Kybernetiker – ein Steuermann fürwahr! Er sah gar nicht
mehr hoch, sagte immer nur: »Strich drei auf vier, nach links halten,
Achtung, das ist ein Scheinmeridian, bloß nicht drauflenken!« Im übrigen kamen die vier, die eben nicht Konvoi, sondern einen einzelnen Wagen fuhren, trotz aller sinnverwirrenden Hindernisse sehr viel
schneller als die Argonauten voran.

Manche Meridiane erhoben sich aus den Senken, über die das Gitternetz führte, unmittelbar und wie gefrierende Blitze, die stehenblie-
ben und eine blendende Helligkeit reflektierten, von der niemand
wußte, woher sie ausgesandt war. Sekundenlang schimmerten hie und
da unstete Landschaften auf, hologrammhafte, doch gesichtsfeldwei-
te Ansichtskarten aus Sprühstaub, in den wer hineinbläst, schon zer-
fasern und zerflattern sie wieder: die ganze Gegend grüne Hügel und
manchmal darin hälftige Ortschaften mit Verkehrsschildern und Am-
peln, Goldregen in den gepflegten Vorgärten. Dann wieder fuhren
die vier in einen Fluß hinein, die Autoschnauze gleichsam heruntergenommen, man erwartete das Platschen, kniff schon die Augen, die
Lippen zusammen, weil sich das Wasser ins Gefährt schütten würde,
monsunartig von allen Seiten strömend hineingekippt, doch nichts
davon passierte, sondern man fuhr einfach über den Meridian weiter,
das machte nicht einmal PUFF, als die Erscheinung verschwand und
sich vor den Blicken abermals die grenzenlose, abgerundete Planeten-
öde dieser Koordinatenwelt erstreckte.

»Aufpassen! Da klafft etwas, da ist die Strecke nicht stetig!« Zeuner, instinktiv, riß das Steuer herum. Herbst und den zunehmend

stoischen Oisìn riß es zur Seite. Sie standen. »Hier kommen wir nie heil durch«, sagte Sabine. Ihr Atem flatterte. »Wenn du Pause machst, dann nicht«, sagte Mensching. »Wer Pause macht, verliert.« Sie gab wieder Gas.

Weiter und weiter ging's dahin, jetzt die andere Seite der Schönhauser Richtung Pankow hinauf. Cordes konnte bereits in der Ferne – objektiv ließ es sich so weit nicht blicken – den Argonautenzug ausmachen, noch hinter der Vinetastation der U2. Imgrunde blickte auch er in ein Gerät, wenn auch ein, dachte ich, inneres, blickte in den Babbelfisch seines Kopfes, der alledies nicht erzeugte, sondern interpretierte. Denn es war doch nicht Nichts da, aber was… *was?* – eine uns erhaltene, nicht auflösbare Frage. Die Menschen haben schon recht, sich nur auf das einzulassen, was sie kennen und alles übrige aus ihrem Leben, wenn sie's denn einigermaßen gewiß leben wollen, herauszufiltern. Wahrscheinlich machte farbiges Sehen den Octopus ebenso verrückt wie es uns verrückte, nähmen wir *sie* permanent wahr, die Polarisation des Lichtes.

Dann sahen die vier Jasons Zug wirklich: noch einen Faden nur, aber beweglich stetig, er verschwand nicht, sondern zog am Horizont dahin. Kaum noch zwanzig Kilometer bis zur Mauer, dieses Ungetüm, das Europa vom Meer trennt. Es trieb sie, b e i d e Gruppen, etwas an, zog es: ein Versprechen auf Unmittelbares, auf Schaum Gischt Kälte – eine Empfindung, der man nicht *glauben* mußte, um sie zu wissen, ein Schmerz, dem sich wieder vertrauen ließe, und den Genüssen – auch dann, wenn, und vielleicht sogar weil, sie Gefahren bargen, gegen die das Amaterielle die ganze menschliche Geschichte hindurch angestemmt worden war. So strebten diese Menschen recht eigentlich der Rückkehr zu, nur die Holomorfen nicht. Durch jene aber ging ein seltsames Glück, eine Art leidenschaftliche Freude, nicht unähnlich der eines Kindes, das im Nebenzimmer auf Weihnachtsmann und Bescherung harrt. Gar nicht mehr stillsitzen kann es und lauscht und spitzt durchs Schlüsselloch. Allein Carola Ungefugger blieb verdüstert.

Sie hielten. Jason ließ die Schwimmwesten verteilen, auch an die Holomorfen, die ihre Hodnaprojektoren so dicht wie möglich gegen Wasser verpackten. Es war eigenartig: Alle sie wußten, sie gingen in den Tod, sagen wir: in die Auslöschung, aber niemand wollte zurück.

Dabei sprach sie Der Stromer noch einmal darauf an, um sie freizustellen. Auch aber sie wollten sehen, was das denn sei, reale Welt. So sehr sie reine Wesen der kybernetischen Zivilisation waren, so viel war doch von ihren Schöpfern, so viel von deren Unbewußtem mit in sie hineinprogrammiert. – Oder wirkte etwas anders noch? War es eine Freiheit, die durch das Würfelspiel der Götter entstand? Das ist auch für uns selbst nicht zu entscheiden.

Da stieg Michaela Ungefugger aus – »einen Moment nur«, sagte sie zu Jason –, stieg aus und ging, sich standhaft das Herz fassend, über den stählernen Meridian, der blau und kalt unter ihren Füßen strahlte, schritt wie eine Soldatin die Wagenkolonne halb bis nach hinten entlang. Neben ihr fiel der Scharfkant des Abgrunds hinab. Sie mied den milden Blick Frau Kumanis, die im dritten folgenden Jeep saß, aber Kignčrs' Blick traf sie für eine Viertelsekunde, die eine lange Minute war: derartig verstehend und zugleich so erbarmend geworfen, daß sie schluckte – ging noch einige Wagen weiter bis zu dem, worin ihre Mutter saß.

Sie stellte sich mit dem Herzen zum Wagen, direkt vor die vordere Rücktür. Ihre Mutter sah düster nach vorn, dann plötzlich fast erschrocken zu ihrer Tochter hinaus; das aufgestaute Leiden, das ihr Gesicht bereits zur Maske eingewelkt hatte, wie man sie Toten abnimmt, begann zu bröckeln. Erst nur ein Gipsstaub stieg davon hoch, als fräste etwas durch ihre Fläche und sägte die Maske vorsichtig auf. Schon spritzten Bröckchen, nur winzige noch; dennoch griff sich Carola Ungefugger an die Brust. Schwaches, drehendes Blut, wie wenn einem schlecht wird. Sie stöhnte leise und kippte zur Seite, wo sie Herrn Karols – auf den Vordersitzen saßen Shakti und EA Richter – Schulter stützte; seine linke Hand faßte nach ihrer Schulter. »Was ist mit Ihnen?« Shakti und Richter schauten nach hinten. Richter schaute zu Michaela Ungefugger und begriff. »Nichts… ich…«, brachte Carola Ungefugger heraus. »Wir sollten«, so Richter, »einen Moment…« Er nickte Shakti zu. Beide stiegen aus, wobei Shakti Herrn Karol einen Wink gab, ihnen zu folgen. Der wußte aber nicht, ob das tun.

Carola Ungefugger fing sich, versuchte, sich inneren Halt zu geben. »Ich muß eben… bitte…« Etwas anderes in ihr stürmte vor, das war die Medea, die begriff und sich wehrte, so unversehens – und so beschämend leicht – exorziert zu werden. »Warum fahren wir nicht weiter?« fragte sie barsch durch den Mund ihrer Wirtin. Doch Shakti und Richter waren hinaus.

Michaela Ungefugger stand da und sah durch die Autoscheibe ihre Mutter an. Die schaute angestrengt weg. Shakti öffnete auf der Fahrerseite die hintere Wagentür. EA Richter schritt vorn um die Motorhaube, von Michaela Ungefuggers, die keinen Ton sagte, Präsenz sehr beeindruckt. »Na kommen Sie schon.« So Shakti zu Herrn Karol. Sie reichte ihm die Hand. Der nahm sie und stieg endlich ebenfalls aus. Carola Ungefugger und die Medea in ihr blieben im Wagen alleine zurück. Die Tochter stand weiter davor. Die Mutter blickte wieder starr nach vorn. Der Kampf wäre noch minutenlang weitergegangen, hätte nun nicht auch Michaela Ungefugger eine Wagentür geöffnet. »Bitte komm«, sagte sie. Es war so viel Not in der Älteren. »Na komm.«

Shakti, EA Richter und Herr Karol waren auf den übernächsten Wagen zugegangen, wo sie mit den darin wartenden Holomorfen, um nicht indiskret zu wirken, zu plaudern begannen. Weshalb keiner hörte, was sich nunmehr zwischen den beiden Frauen zutrug, zwischen Mutter und Tochter. Jeder blickte weg, als die Jüngere die Ältere in den Arm nahm. Nur Jason Hertzfeld, von ganz weitem, nicht. »Na ja«, sagte er männlich, indes sich

24

Skamander, in seiner Panik, zurückwandte. Wie sollte er wissen, daß Der Sanfte gar nicht mehr zu singen verstand, schon gar nicht ohne die Gitarre, die im Wagen geblieben war? daß diesen Menschen die Begegnung mit einem Mord hatte kraftlos gemacht? und sowieso war der nicht sein Vater und hatte die ererbte Befähigung nie strategisch genutzt. Er wußte auch gar nicht, was geschah, er war so entkräftet, daß er nicht einmal erschrecken konnte, als sich das Ungeheuer anhob; aber Sisrin erstarrte momentlang, zischte dann etwas, preßte sich sofort die Hand vor den Mund. Es war keine Gelegenheit, den anderen eine Nachricht hinterherzuschicken, es wäre *gehört* worden, dachte sie und sah, wie das Vieh Mensch ward. In seiner Panik war der Emir Skamander erstanden, der sich aber umdrehte und weglief mit flatterndem Hasenpanier. Es war nicht zu fassen. Als Sisrin nachher Thisea und Brem davon erzählte, glaubten die es kaum, vor allem nicht Brem. Der Sanfte hatte von allem nichts mitbekommen. »Wovon sprecht ihr?« »Von dem angeblichen zweiten Odysseus, einem Feigling.« »Ein Feigling war er nie«, sagte Gelbes Messer. »Der Emir Skamander ist das gausamste und mutigste Geschöpf, das ich kenne. Anders hätte ich nicht Befehle von ihm entgegengenommen.« »Und nun?« »Ist das Opfer geschwächt, schellt die Stunde des Jägers.« »Kannst du wieder gehen? Willst du hierbleiben besser?« Noch immer hielt Der Sanfte die Feldflasche fest. »Es geht schon«, sagte er und: »Nein, ich möchte nicht allein sein.« Er wirkte nach wie vor verstört.

Sie schlichen, links- und rechts-, vor- und zurückschauend dabei, an die Stelle, aus der Skamander laut Sisrins Erzählung emporgekommen war, durch den beiseitegeschobenen Metalldeckel nämlich eines Abwasserkanals. Im erstarrten Schlamm, der das Metallrund teils bedeckte, teils war er links heruntergerutscht, waren deutlich Stiefelabdrücke, des Emirs wahrscheinlich, zu sehen. Sie führten auf einen flachen Hangar zu. Die Gruppe teilte sich, zwei schlichen dort, zwei schlichen da. Brem zog Den Sanften mit sich, es war nicht die Zeit zu diskutieren. Thisea und Sisrin hielten sich links; ein gutes Gefühl für die Frauen, wieder zusammen auf einem Kriegszug zu sein und niemanden Fremdes bei sich zu haben. Von Tonne zu Tonne, hinter denen, einer nach der anderen, die beiden Kampfpaare Deckung nahmen, hinter verlassenen Hängern Kabelhaufen Schuttkippen, kamen sie näher an den Hangar heran. Der Sanfte war ungelenk, mehrmals ergriff ihn Brem und riß ihn mit einem einzigen Ruck auf die Knie. Außer heiserem Krähenkreischen und dem Schleifen ihrer Drilliche gab es kaum einen Laut.

Sie langten an, drückten sich an das grobe Wellblech und vertikale Latten eines verschmutztgrauen Holzimitats. Zu beiden Seiten einer derart breiten Pforte, daß Kipper hindurchfahren konnten, gab es vorne je zwei Fenster, je ein weiteres Fenster war in die Seiten eingelassen, eventuell befanden sich auch vier an der Rückfront; keine Läden, nur billiges nacktes Glas. Das rechte vordere stand offen. Von dorther jammerte geduckt etwas raus.

Brem gab Thisea das Zeichen, das offene Fenster zu sichern, Der Sanfte sollte hinter ihm stehenbleiben. Er selbst schlich zur Pforte vor, enorm nach dem Malz von Kusia riechend; es war, als entströmte der Duft direkt seiner Haut. Offenbar war er erregt, schlich dennoch derart schnell, daß Sisrin, obwohl die Augen auf ihn gerichtet, gar nicht sah, w i e er sich bewegte. Eben noch hatte er unterm hinteren Fenster gekauert und stand schon an der Tür, die er aufzog, das gab überhaupt kein Geräusch. Doch er verschwand nicht nach drinnen, nein, blieb stehen, richtete sich sogar auf, rechts das Peleusmesser umfaßt, aber nicht zum Stich gehoben, sondern locker wie den anderen Arm, ließ er die Hand herunterhängen. Indem die Tür geöffnet war, war auch das Jammern lauter geworden, zwar immer noch gedrückt, doch mit identifizierbaren Konturen: ein Weinen und Wimmern.

Gelbes Messer sprach nicht, sondern starrte ins Dämmern, begriff vielleicht nicht, was er sah. Die anderen drei, langsam, kamen herzu, stellten sich daneben. Sahen nun auch den mächtigen Emir Skamander. In eine Ecke gehockt, hielt er beide Hände und die Unterarme über dem Kopf. Nicht, daß er so zitterte, war das Erbärmliche, sondern wie unstet seine Gestalt wie etwas war, das nicht wirklich werden kann, es aber immer wieder versucht. Solch ein ungeboren Halbgeborenes, daß einen das Mitleid ergriff und in gleichem Maß Abscheu.

»Emir«, sagte Brem endlich, als fragte er: von seiner Verblüffung die erste Silbe des Wortes betont. Nichts als das Schluchzen antwortete. Thisea hob ihre Waffe, Brem, der rechts von ihr stand, legte seine Hand auf den Lauf und drückte ihn herunter. »Nicht«, sagte er. »Noch nicht.« Tat zwei Schritte in die Lagerhalle hinein. Als da Der Sanfte folgte, von Sisrin hinter Thisea hergeschoben, jammerte Skamander heftig auf und versuchte, irgend etwas auszudrücken, das jedoch, derart gebrabbelt, unverständlich blieb.

»Was sagt er? Was will er?« »Emir«, wieder Gelbes Messer, »Sie haben Angst?« Er war fast persönlich verletzt. Genau so klang das. Wieder versuchte Skamander zu sprechen; unterhalb seiner Brust bestand er aus nichts als ungeformter Materie, die aber die Uniformhose noch halten konnte, aus deren Beinlöchern unten was herausquoll. »Ich versteh nur immer so was wie: ›nicht singen, nicht singen.‹« Thisea begriff zuerst. »Goltz«, sagte sie, »Goltz hat das gewußt.« »Was gewußt?« »Nicht jetzt!« Dabei gab sie Dem Sanften einen derben Stoß, damit er bloß die Klappe hielt. Brem bekam's mit und flüsterte perplex: »Vor dir hat er Angst?« Thisea, ebenfalls stimmlos: »Vor seinem Gesang.«

Damit das so nicht weiterging, daß man sich ausgerechnet jetzt zurechtdiskutierte, faßte sie Den Sanften am linken Oberarm und zog ihn mit sich, nämlich auf Skamander weiter zu. »Reiß dich zusammen!« schnauzte sie den wimmernden Emir an.

Es war ein Bluff.

Das kapierte Brem und kapierte, weshalb die Frauen solch einen Wert auf die Gegenwart des Jungen gelegt hatten. Gern hätte er durch die Lücke seiner Vorderzähne gepfiffen, ließ das aber bleiben. Stattdessen trat er seinerseits näher, Thisea und Dem Sanften zur Seite, das Peleusmesser kräftiger im Griff. Sisrin blieb, den Lauf ihrer MP überm linken Unterarm, an der Tür stehen, zog die Sonnenbrille vom Haar herab und schaute hinaus, dann wieder hinein, abermal hinaus, fast immer beides zugleich. Die verödete Gegend und sowieso Lough Leane, der furchtbare See, lagen still.

Thisea schob Den Sanften ein weiteres Stückchen vor sich. Es sah aus, als drückte sich Skamander noch dichter an die Wand, eine sich flachende Masse. »Sing ihm vor«, sagte die Amazone. Skamanders Wimmern bekam etwas Aufheulendes. »Na gut«, wieder die Amazone, »laß es noch bleiben.« Und zu Skamander: »Wir haben aber Fragen.« Zum Sanften wieder: »Geh hinaus, damit er sich fassen kann. Bei unserem ersten Ruf aber singst du.«

Der Sanfte schritt über dunkle Watte, immer wieder darin einsakkend. Sisrin stützte ihn, geleitete ihn, ließ den Türflügel offen.

Erst als beide nicht mehr zu sehen waren, formte sich Skamander zum Emir.

»Es ist mir peinlich«, sagte er und versuchte, sich durch seine Uniform Haltung zu geben; dabei sah er Brem an, der antwortete: »Mir auch.« Von solcher Männerseele verstand nun Thisea nichts und schon gar nichts von dem, was beide Mörder Ehre nannten. Aber sie war eine Frau und spürte, das lasse sich nutzen. Auch das war überaus männlich: Um der Begegnung Zivilisiertes zu geben, sah sich Brem nach etwas um, das sich als Tisch nutzen ließ, denn in der Form eines Menschen fühlte Skamander wie einer. Man mußte sich zueinandersetzen, die beiden Menschen hie, der Emir dort. Nur so war ein Gespräch dann möglich: mit einer Kröte mit einem Monstrum wäre kein Verständigen gewesen, nur stumpfer, wechselseitig phylogenetischer Haß. Alleine seiner Ehre wegen, die zur Gestalt eines Menschen gehörte, würde, wußte Brem, Skamander auch nicht zu fliehen versuchen, weder als Wasserschnelle durch den Boden noch durch das Fenster als ein Rabe. Und wegen seiner Furcht vor Des Sanften Gesang griffe er die Gegner nicht an, jedenfalls solange er glaubte, daß der Junge singen noch könne. Nur aus diesen Gründen, den scheinbar äußerlichen der Gestaltung, den inneren aber seines Vermeinens, wurde die politische Ahnung gewiß.

»Immerhin«, sagte abschließend Brem, »er hat dich nicht betrogen.«

Er meinte Ungefugger.

Thisea konnte nur den Kopf schütteln: Wie konnte sich einer so weit von seinen Interessen entfernen, daß er das vermeintliche Innenleben des Feindes in seine Haltung einbezog? Daß er sie mitfühlte? Welch eine Augenwischerei! Doch Skamander schien Gelbes Messer gut zu verstehen: »Er hat Wort gehalten. Ja.« »Und daß du nun verlierst, liegt nicht an ihm.« Brem kurz zu Thisea: »Aber euch Menschen hat er betrogen«, der Satz klang, als gehörte Brem nicht dazu; und wieder an Skamander: »nicht euch Monstren. Nicht einmal Thetis.« »Es besteht kein Grund zur Dankbarkeit«, erwiderte Skamander, »es war eine Abmachung, war ein Vertrag.« Goltz' Mörder nickte, schwieg, ergänzte schließlich: »Oder doch. Vielleicht hat er Thetis doch betrogen, wenn auch nur um sich.«

Das sah Eidelbeck ähnlich. Er hatte derweil, in Buenos Aires zurück, gehandelt, und zwar anders, als Ungefugger-im-Lichtdom wollte. Eidelbeck war politischer Pragmatiker, *Realist,* wie man das nicht ganz zutreffend nennt. Für ihn war Präsident Ungefugger tragisch umgekommen und der, der sich für ihn ausgab, eine Schimäre, der er weder jetzt verpflichtet war, noch sei er es jemals gewesen. Er hatte das bereits während ihres ersten, noch von Pontarlier aus, geführten Telefonats so empfunden. »Sie haben sie nicht abfangen können?« war das erste, was der imaginäre Präsident gefragt hatte. Sie seien angefallen worden, hatte Eidelbeck erzählt, den ganzen Polizeitrupp habe das Vieh auseinandergesprengt; von Ungefuggers Tod aber erzählte er nichts. »Dann kommen Sie jetzt zurück! Wir brauchen Sie in der Zentralstadt. Der Lichtdom ist befestigt, da ist keine Gefahr mehr«, doch die neue Gegenregierung schien den Avatar, Ungefugger-im-Lichtdom, nervös zu machen, »Sehen Sie zu, daß das wieder in Ordnung kommt, überhaupt: daß in der Stadt endlich wieder Ruhe herrscht.« Denn auch im Lichtdom laufe das, was von draußen jetzt hereinkam, nicht selten amok weiter. Böhm hatte deshalb geraten, mit weiteren Dematerialisationen einstweilen zu warten. »Wir haben nicht mehr«, rief Ungefugger, »so viel Zeit! Das sind Ihre eigenen Worte.« »Ich habe nicht genug Ressourcen, alle Leute gleichzeitig umzuprogrammieren. Es gibt Traumata, Herr Ungefugger!« »Was heißt das?« »Man beharrt auf seiner Panik. Das ist ein Sicherheitsrisiko.« Immerhin war die Mauer um den Lichtdom fertig. Man mußte aber sichergehen, daß man sie draußen respektierte, nicht etwa niederriß, ob aus Zorn, Verzweiflung oder Haß, spielte keine Rolle. Die Wiederherstellung der Ordnung war deshalb oberste Maxime. Danach, seinet-, Ungefugger-im-Lichtdoms wegen, möge die wütende Thetis Buenos Aires gerne verschlingen. So wütend war er vor diesem chaotischen Elend. Nie hatte er so viele Tote gewollt, sondern nur immer Reinheit. Sein halbes Volk würde ausgelöscht werden.

Es war dies kein Gefühl von Schuld, schon gar nicht einer persönlichen, sondern eine moralische Empfindung von objektivem Charakter, die einer schmerzhaften, und schmerzlichen, Sinneswahrnehmung glich – eine Moralität, die aus der abstraktesten Denkbewegung rührte. Deshalb war auch kein Mitleid darin, sondern es blieb das Kalkül eines sachlichen Eingeständnisses, sein Amt nicht gut verwaltet zu haben. Das bohrte in dem avataren Mann, es ließ ihn innerlich rasen. Wie immer noch nicht, offenbar, der Natur beizukommen war. Wenn frisch kybernetisierte Porteños in Panik verfallen konnten, obwohl sie nicht anderes mehr waren als Funktionen von 1 und von 0, war überhaupt nichts gewonnen worden. Dann blieb die Irrationalität, die Ungefugger so tief verabscheute, in ihrem faktischen Recht. Er ahnte nicht, wie sie sich zudem aus einer noch ganz anderer Quelle in seinem Christlichen Weltreich verteilte – vermittels der Diskette, die Jutta, die Tochter des Degerlocher Museumswächters, in ihren Computer eingesteckt hatte. Es gab nur ständig und immer mehr technische Ausfälle, deren Ursache den Kybernetikern schleierhaft war. Sie meinten, sie überblickten nicht ganz ihre Apparatur. Daß die sich *prinzipiell* nicht überblicken ließe, *nicht mehr* jedenfalls, nicht, seit die mythologischen Wesen, wie einst ein Birkengeist gefordert, Einfluß gefunden hatten, den Hineinfluß – das hätten sie nicht geglaubt. Doch erschienen, in Salamanca-im-Lichtdom zum Beispiel, plötzlich fünfzehn Nachttischlampen, die neugierig über die Cuesta-di-Sancti-Spíritus-im-Lichtdom spazierten und schabernackigst zur, im Lichtdom, Calle de Gran Via weiter. Wie dünne, an ihren Enden verdickte Schwänze zuckelten die Kabel nach, und die Quasten ihrer Stecker klackerten über den Bordstein. An der Ecke Pinto-im-Lichtdom lösten sich drei Lampen aus der Gruppe, betraten eine Bar, hopsten auf die Hocker, und indem sie ihre Hälse genügend reckten, um über den Tresen schauen zu können, bestellte jede einen Osborne.

Die Nebelkammer glühte.

Es war dunkel geworden im Haus SPECTRUM des Berliner Technikmuseums. Nur bisweilen flackerte die Nachtbeleuchtung ein, wenn der als Nachtwächter jobbende Student während eines müde unternommnen Rundgangs Geräusche gehört zu haben vermeinte. Bei seinem dritten, dachte Cordes, sah er die Nebelkammer leuchten, allerdings nur matt. Sie leuchtete wie ein sich von innen erhellender Nebel.

Es war der 1. November.

Delf Grünauer, so heißt der Student, rieb sich die Augen und sah ein weiteres Mal zur Uhr. Es war 2.43 Uhr. Von Geisterstunde konnte keine Rede mehr sein. Was der Samhain ist, wußte der junge Mensch da noch nicht; er kannte es nur als einen ulkenden Kürbis und aus den blutigen Movies, die »B« von »Blut« kommen lassen. Deshalb – n u r deshalb, denn in Wirklichkeit war es so nicht – fiel Grünauer ein heller flatternder Dampf auf, der aus den Seiten der Nebelkammer drang; vielleicht war die mit Polymeren isolierte Verfugung undicht geworden, in welcher der Glasdeckel der Apparatur auf der Metallwanne ruhte. Vor allem wurde es immer mehr dieses Nebels, er füllte unversehens den ganzen Raum. Natürlich müssen wir uns fragen, warum der Junge da nicht abhaut. So ist das aber immer in diesen Filmen. Er tritt sogar noch näher an die Nebelkammer heran. Dabei wissen wir alle genau, daß ihn das gleich umbringen wird oder ihm noch viel Grausameres antun.

Nein, dachte Cordes, und strich die Szene durch.

Neu.

Plötzlich liegt dem Studenten eine tatzige Hand auf der rechten Schulter, und zwar erschreckt er, aber als er sich umdreht, steht da ein dicker, gemütlich wirkender Mann von um die fünfzig, sechzig Jahren und grinst den jungen Grünauer an. »Tja, hä!« macht er. »Da bin ich also wieder. Und we,hä,r sind S i e?«

25

Eidelbeck, nach seinem Telefonat mit Ungefugger, fand die Zentralstadt in einer ebenso inneren Revolte vor, die als Vandalismus und Plünderung tobte, wie einer offenen, die aggressiv gegen die Staatsorgane zielte. Überdies waren aus Buenos Aires wegen der Digitalisierung ganze Bezirke verschwunden. Es sah aus, als wären diese Gebiete einfach aus dem Stadtplan radiert. Auf ihnen erstreckten sich nun wieder Brachen, unter denen man das für die Weststadt typische Gitternetz erkannte. Die Porteños mieden sie, sowohl die zivilisierte Bevölkerung wie der derart durch die noch stehenden Straßen und Häuser rasende, durch die Hygienebäche patschende und spritzende Mob, *mobile vulgus,* daß unterdessen beinah jeder, der noch seinen Pflichten nachgehen wollte, daran gehindert wurde, indessen die unsterblichen Reichen, deren Rat der 450 sich aufgelöst hatte, in ihren Privatjets davongeflogen waren, entweder das, nach Allegheny oder in die UNDA, oder auch sie mußten sich verkriechen, bis sie der Lichtdom aufnahm. Ganz ohne Dienstherren lösten sich zudem, ein gesellschaftlicher Schwelbrand, all die privaten Waschschutzgesellschaften auf, die in Buenos Aires umfassend Funktionen der staatlichen Polizeibehörden übernommen hatten, und stammesähnliche Verteilungskriege fingen an. Mißbrauchsakte wurden zur gewaltsamen Unterdrückung ganzer Kieze. Man sprach von Polizeibaronen, hörte von Schlachten in den Präsidien. Die Schutzgelderpressung blühten. Zudem waren die in den Brachen internierten Kriminellen, weil an den Zugängen niemand mehr den Dienst versah, nach Buenos Aires hineingeströmt. Es herrschte, dachte Eidelbeck, totale Anarchie, Entropie, dachte Cordes, gegen die von Zarczynskis und Fischers Rheinmainer zivile Gegenregierung nicht die geringste Chance hatte. Hier

konnte nur noch brachialmilitärisch durchgegriffen werden, mit ab-
soluter Befehlsgewalt eines einzigen klaren Kopfes. Den selbstverständlich Eidelbeck hatte.

Er zögerte auch nicht und erklärte sich, der SZK und SchuSta hinzu, zum Oberbefehlshaber des Europäischen Heeres. Von Zarczynski,
der ihn nach Frankfurt bestellte, sah ihn nur an. Kein Wort Legitimität.
Beide Männer besprachen die Situation ohne Groll. Sie mußten sich
gegenseitig nicht erklären. Eidelbeck fuhr nach Koblenz. Besetzte sein
Büro, traf Verfügungen und ließ unter den Wachschutzgesellschaften
aufräumen, derweil Rheinmain die geflüchteten Unsterblichen enteig-
nete; Hugues war dageblieben, auch Karpov. Sie versuchten ihrerseits,
Einfluß auf Frankfurt zu nehmen. Pontarlier gab es schon nicht mehr.
Als von Zarczynski, dem Karpov seit langem ein Dorn im Auge gewesen, den Mann wegen illegalen Organhandels anklagen ließ, setzte der,
ihm gehörte rund ein Drittel der Mietliegenschaften Europas, Tausende vor allem armer Leute auf die Straße, was die Empörung der Plebs
nun gegen Frankfurt lodern ließ, so daß man Paulskirche, Römer und
Schirn, zusammen Sitz der Übergangsregierung, unter Militärschutz
stellen mußte. Den Machtzuwachs hatte Eidelbeck. Ihn unterstütz-
te nun auch Hugues öffentliches Informationsnetz: Nahezu alle Zeitungen, das Fernsehen, die Netzprovider waren schon seit langem in
seinen Firmenkonsortien konzentriert. Damit wäre sogar dann vorsichtig umzugehen gewesen, hätte der Mann die Abläufe selbst kontrolliert; doch er war so sehr in Sach- und Geschäftszwänge eingebunden, daß von einer personalisierten Führung gar keine Rede mehr sein
konnte. Persönlich ist er in diesem Roman, dachte ich, sowieso nie in
Erscheinung getreten, der nun zur Chronik der letzten Tage Europas
wurde. Hugues war mehr ein Prinzip gewesen als reale Person und
durch und durch matrisch – auch darin Ungefuggers entschiedenster,
ja ontologischer Gegner. Im Vergleich zu ihm war Ungefugger vor-
modern, und zwar bis in seine kybernetische Lichtdoms-Erscheinung,
nämlich weil er, ob man ihn haßte oder ihm huldigte, ihn verabscheute oder bekämpfte, ein identischer Mensch gewesen war und nicht,
wie Hugues, nur Struktur. Und blieb's im Lichtdom weiter.

An nahezu jeder Straßenecke standen gepanzerte Fahrzeuge, mitunter auch Zobel und Welpen, kleine, auf besondere Flinkheit hin
konstruierte Leopardengeschwister. Frankfurt ließ Eidelbeck, um

Stärke und Entschiedenheit zu zeigen, aus dem Osten weiteres Militär abziehen. Der Schwarzer Staub zog hinter ihm her, an dem, als Fußzeug Sheik Jessins, der Terror haftete. Die Obermainbrücke wurde gesprengt, der Kölner Dom flog in die Luft. In den Stadtteilen Hamburg Bari Sevilla kam es zu Gefechten, von denen keiner wußte, ob nicht auch hier schon der Dschihad oder ob nur Meute tobte. Für Frankfurt war das alles prekär. Es balancierte auf einem Vierseil der Demokratie, das zwischen dem fundamentalistischen Terror, der bürgerliche Lynchraserei, purem Vandalismus und Eidelbecks Macht gespannt war, die einen Militärputsch fürchten ließ.

Doch mit dem Schwarzen Staub hielt etwas noch anderes Verstörendes Einzug: Als ob die sexuelle Lust gemerkt hätte, daß ihr schärfster Gegner an Terrain verlor, fingen die Leute an, in Parks, an Flußufern, mitten auf der Straße sogar, übereinander herzufallen, rissen sich die Kleider von den Leibern und fickten, wen man nur faßte, nicht etwa die Mudschaheddin, auch weniger die primitiven Rotten, sondern die vormals angepaßtesten Bürger. Je cleaner sie gewesen waren, desto bewußtseinslos geiler waren sie nun, da sie das Ende nahen spürten, gar nicht so sehr ihrer Physis, vielmehr ihrer bisherigen Lebensführung und -haltung. Die Evolution nahm einen Rotstift und strich in Form eines Kreuzes den Homo consumus aus. Wir trauen uns, klagten die Frauen, nicht mehr auf die Straßen, und packten den Männern, die grade nah warn, wahllos zwischen die Beine. Was man sich, Ansteckung fürchtend, weggedrückt hatte, schoß aus der innersten Mitte des Menschen dem Menschen zurück ins Geschlecht. Die Infomaten wurden aus den Haltern gerissen. Gröbere Leute gingen mit Stühlen auf die Geräte los. Der Maschinensturm hub an und warf auch Holomorfe, gerade sie, in den Abgrund, egal, ob sie Seele an Seele vorher mit ihren Menschen gelebt, vielleicht sogar als Freund empfunden gewesen. Überdies bekamen es die Milizen mit agitativen Affichen zu tun, meist Projektionen, die vor der neuen Sintflut warnten. Aissa die Wölfin unterzeichnete sie. Die Myrmidonen jehovabekehrt? Indessen, das war esoterischer Prophetismus, nicht etwa Kanonik, in der, wie wir wissen, ›Kanone‹ steckt.

Niemand sah wirklich mehr durch. Allabendlich aber, weiterhin, Ungefuggers-im-Lichtdom Kaminstimme, immer dasselbe Rooseveltbild, als würde wie seit je aus Pontarlier gesendet. Wenn sich das in den Bars von Santa Margarita und Colón über Theke, Wirtskopf und die Wirrköpfe hin auf das matte Glas der Heimkino-Screens projizierte, schaute aber, anders als früher, niemand mehr hin; die Einschaltquoten waren insgesamt in den Keller gegangen, auch an COLUMBO 2117 oder SEX AND NEW YORK gab es kaum mehr Interesse. Selbst die Stadien blieben leer oder wurden in orgiastischer Absicht genutzt. Da übrigens ließ Eidelbeck nicht eingreifen; besser, dachte er wohl, die Leute rammeln, als daß sie die Ordnung bürgerkriegstätlich gefährden, und trugen ihr Risiko wenigstens selbst, die Krankenkassen nun hin oder her. Er spürte hier überdies, ständig den Lichtdom vor Augen, einen Einspruch des Lebens gegen den Tod, einen der gesamten *Art*.

Unterdessen hatte ich die gerichtliche Vorladung erhalten. Gregor, mein Anwalt, der sie erwartet hatte, blieb nervtötend ruhig. »Das Verfahren ist doch absurd«, sagte er. »Das stellen die gleich wieder ein. Weil du etwas beschrieben hast, das Wirklichkeit wurde, kann dich kein Mensch als Sympathisanten belangen, schon gar nicht wegen Mittäterschaft.« Ich war mir da nicht so sicher. Doch er hatte recht. Man mußte mir sogar das konfiszierte Geld zurückerstatten, das allerdings zu einem Teil, wegen der Beamtenbeleidigung, draufging, deretwegen man mich dann doch noch verdonnerte. Worüber Cordes sehr auflachen mußte, bis ihm klarwurde, daß er an seinem Küchenfenster gar nicht mehr stand, sondern tatsächlich mit den zwei Jungs, noch immer nämlich, an der Nebelkammer. Da sprach er längst nicht mehr zu Leuten, geschweige zu den Kindern, sondern nur noch mit sich selbst. Genau das hatte seine Zuhörer nervös gemacht; weil er so abdrehte, hatte durch sie etwas hindurchgedreht wie in Točná, damals, der Achäer durch die dörflichen Lauscher, die sich vor der Laderbühne scharten – wie Erissohn so gänzlich in Gedanken und Erzählung versunken gewesen und dann, nahezu erschrocken, herausgeblinzelt hatte, kurz bevor Brem ihn erstach –, wie ihnen der Achäer da eine solche Zuversicht schenkte.

»Nicht ist fest umzäunt die Grenze des Lebens; ein Gott treibt,
Ja, es treibt der Mensch sie zurück, die Keren des Todes.«

– »Papa?« fragte unsicher mein Junge.

815

Unsicher sah der Vater zurück, sah unsicher auch in die Gruppe, kam sich wie der Achäer vor, als wäre der, nicht er selbst, aus einem Traum erwacht und fände sich als ganz jemand anderes vor. Seine Hand lag noch immer auf dem Deckel der Nebelkammer.

»Weiter!« rief einer der Zuhörer aus; offenbar war deren Unruhe ihnen selbst gar nicht deutlich geworden; vielleicht hatte meine Absence, die die Geschehen auf den Innenhäuten meiner Lider als einen Spielfilm ablaufen ließ, auch nicht sehr lange gedauert, bestimmt nicht länger als eine Sekunde, die nach innen, in sich, gedehnt worden war. Cordes war solch ein Phänomen schon früher widerfahren. Er erinnerte sich, wie sich sein auf einer vereisten Fahrbahn ins Schleudern geratener R4 immer langsamer und langsamer gedreht und in einer Zeitlupe, durch die eine höchste Gegenwart blickte, auf die Leitplanke zugerutscht war und durch diese hindurch auf den Baum. Da war er noch ein junger Mann gewesen, der gerade seinen Führerschein bekommen hatte. Anders als damals der Freund auf dem Beifahrersitz hatte der kleine Junge allerdings, hier vor der Nebelkammer, die Veränderung in seinem Vater gespürt. Cordes konnte nicht ahnen, daß diese Szene von mir bewirkt war und er sie nur erlebte, weil mir das so gefiel. So nah waren sie einander, dachte er. »Papa?« fragte der Junge ein zweites Mal. Und Jascha: »Und dann?« »Ich habe einen Moment lang gedacht...« Ich brach aber ab. Setzte wieder an, schaute in die Zuhörerschaft. »Ja?« fragte eine junge Dame. Ich: »Wo hab ich aufgehört?« Ohnedies seltsam, daß diese Leute einfach blieben. Es waren sogar noch welche hinzugekommen.

Ich sah zur Uhr, sah die Jungens an, sah unruhig über meine Zuhörer hin. »Wir müssen, verzeihen Sie, wirklich los.« Besann mich: »Habe ich von dem Erzähler erzählt?« »Wem?« »Wie?« »Demjenigen, der uns erzählt? Daß ihm ein Araber Geld zugesteckt hat wegen eines Anschlages, der ein reines Ergebnis seiner Fantasie, ein *Durchgangs*ergebnis, heißt das, war? Nein? Wie? Ich merk schon, daß Sie noch vieles nicht wissen! Also: —« –

– und er setzte neu an, obwohl ihn hätte beunruhigen müssen, daß neuerdings *unsere* Zeit sehr viel schneller als die der Anderswelt lief, die bereits um Monate zurücklag, als ob sie sich ebenso dehnte, wie es in Cordes' Erinnerung die Momente seines Unfalls getan hatten, und zwar, je näher die Argonauten der Mauer kamen. Innerhalb eines geschlossenen Systems registriert man so etwas nicht, wird seiner nur in Bezug auf ein andres gewahr. Deshalb entzog sich der Vorgang dem Bewußtsein, sowohl Zeuners wie Herbsts und Menschings. Sie waren außerdem mit anderem befaßt, denn ihr Wagen hatte sich Jasons Trupp nun auf bereits deutliche Sicht genähert. Das war selbstverständlich bemerkt worden. Der Stromer ließ aber nicht halten, gab lediglich Order, die Waffen in Anschlag zu bringen.

Man sah sie nun bereits, die Europäische Mauer – einen titanischen, weil den gesamten Horizont einnehmenden künstlich-glatten, perfekt geschnittenen eisengrauen Wall, besteckt mit Hunderten aus der Entfernung spirrig wirkenden Strahlenmasken, deren Spitzen, zur Seite gebrochenen Pilzköpfen gleichend, die hodnastrahlenden Sendetrichter trugen. Von ihnen aus wurde die Energie zu Empfangsmast und Empfangsmast geleitet; von ihnen aus bis hochgewölbt ins Firmament war das Europäische Dach aufgespannt, ein mehrfaches energetisches Feld, das, quasi ein konvexer Deckel über dem ummauerten Europa, der Mauer auflag, so daß Europa insgesamt Arkologie-für-sich war, modelliert aus Hunderttausenden kleinerer Arkologien und diese wiederum aus Milliarden Wohnungen Büros Geschäften – imgrunde alles eine einzige Mall; nur noch der Osten nicht oder nur zu kleinem Teil, weil sich dort der Bau, ein Hineinbau, noch lange nicht vollendet hatte. Jetzt war er zum Erliegen gekommen.

Das Schicksal des wo nicht schwindenden, da zerrissenen Buenos Aires sprach sich erst langsam unter den Ostlern herum; das Schicksal der Weststadt war noch zur Gänze unbekannt. Wie die Porteños nach Westen, strömten Ostler deshalb weiter ins Zentrum. Es hielt sie an den Grenzübergängen niemand mehr auf, schon gar nicht wurde noch auf die Wahrheitsimpfung geprüft, geschweige ihr jemand unterzogen. Nicht wenige dieser Ostler machten bei den Plünderungen mit. Man kann sagen, sie hielten sich schadlos und kamen, mit reicher Beute derart bepackt, daß ihre Rücken schmerzten, oft schnell in den Osten wieder zurück, um nächstentags, Wikinger des Landes, erneut auf den Raubzug zu gehen. Wie Buenos Aires vormals sie, schlachteten sie nun die Stadt aus, getrieben von einer Mischung aus Rache und Gier. Andere profitierten indirekt und überfielen diese Beutezüge, wenn sie heimkehrten; in den Übergangsgebieten spezialisierte sich Weglagerei.

Da traten die Mudschaheddin auf den Plan. Strategisch begrenzt auf den Osten, installierten sie den Islam als neue Ordnungsmacht. Imam Sheik Jessin, um die vorhandene Machtverteilung zu nutzen, hatte eine Allianz mit den noch intakten Frauenstädten verfügt: all jenen, die sich gegen Deidameias, von der man kaum mehr was hörte, wenigen Weisungen sperrten. Schon Kali, seinerzeit, hatte sich zu Odysseus geschlagen. Die Amazonen verweigerten aber das Kopftuch. Für ihre Städte hob der Imam das Gebot deshalb auf, doch wurde Männern untersagt, sie zu betreten; kann sein, daß Jessin sie, die Städte, als eine Art persönlichen Harem ansah. Kann ebenfalls sein, daß die Frauen seine Haltung sehr bewußt und strategisch auf ihr eigenes Schachbrett stellten. Daß ihr Bündnis über die Zeiten des Chaos hinaus kaum Bestand haben würde, war ganz sicher beiden Seiten bewußt. Es erklärt indes, weshalb bisweilen ein Gotteskämpfer Seite an Seite mit einer Amazone erschien, ihr Kopf wie seiner von der Kufiya, nicht etwa Hidschab bedeckt, dazu beider Augen hinter den dunklen Gläsern; von den Gesichtern erkannte man beinahe nichts. Ich sah sie in ihren Kluften sitzen, wie die Mannschaften national konkurrierender Fußballclubs einander je gegenüber, voll Hochmut die eine Seite – pah! nur Frauen sind's – über die andre – pah! das sind nur Männer. Reibungslos verlief das Beratschlagen nicht. Beide Seiten, allerdings, mußten anerkennen, sich in Sachen Härte nichts zu nehmen.

Es war im Osten, dessen Bewohner – ›Hunde‹ nannten die Mudschaheddin sie für sich – daran gewöhnt waren, sich unter fremden Fäusten zu ducken, sehr viel leichter, zumindest Durchschaubarkeit wieder herzustellen, jedenfalls im *nahen* Osten – im ferneren der Beskiden auch nicht, schon gar nicht dahinter, wo Schänderpriester und Devadasi Morgenluft zu wittern begonnen hatten und aus ihren Verstecken krochen, in die sie das Westmilitär als Vieh getrieben hatte, das man für Schlachter aufspart. Mordbereit schlug sich das jetzt den Schwarzen Staub von den Klamotten und streifte es sich aus dem Haar.

Und der zweite Odysseus?

»Wir können ihn nicht leben lassen«, flüsterte Brem Thisea zu. Man mußte das nutzen, daß er noch Mensch war und nicht als Fisch entglitt oder als Amphibie, nicht sich, der böse Geist, in die Atmosphäre verfügte und von da hinab in die Hölle, die sein Heim war. Noch konnte man ihn halten, der ergeben vor sich hinstarrte, auch wenn in seinen Augen zugleich eine Bewegung war, schnelle Bewegung, ja kaum merklich. Vielleicht begann er zu ahnen, daß von Dem Sanften eine Gefahr gar nicht ausging. Daß er sich geirrt hatte, aufgesessen alleine der Projektion seines Traumas. Nicht trügerisch, indessen, war, was er hörte, nämlich Brems geflüsterten Satz. Doch da klappte schon sein Kopf nach hinten. Das Peleusmesser senste so schnell, daß man es gar nicht sehen konnte. Da lag dann der Kopf auf dem Boden, und der sitzende Körper des Emirs fiel zur Seite um und vom Stuhl. Das klang, wie wenn ein klitschnasses Bettzeug hinab auf glatte Kacheln klatscht.

»Was tust du?!« Thiseas Frage war ein Aufschrei, den man kaum verstand.

»Faß an!«

Skamander nur noch eine Masse, die immer flüssiger wurde. Thisea und Brem faßten hinein. Zu den Seiten sich immer weiter verflachend, breitete sich Skamander aus. Eine gesonderte Pfütze das, was Kopf gewesen war. »Das darf auf keinen Fall mehr zueinander!« Brem fauchend zu Sisrin. »Wisch das weg!« Die Amazone schmierte mit dem rechten Stiefel in die andere Pfütze zurück. Immer wieder. Sie tat das angeekelt. »Aufwischen!« Fliegend sah Gelbes Messer sich um. Ein Gefäß, er brauchte ein Gefäß. Wir brauchen z w e i Gefäße. »Du bist ein Idiot!« schimpfte Thisea. »Wir hätten dieses Ungetüm als Zeugen gebraucht, als Beweis!« »Ah ja?« Wem w i l l s t du denn etwas beweisen? Hilf besser mit, das Zeug hier reinzuschöpfen.« Er hielt einen Eimer in der Rechten und eine halbleere Motorenölflasche in der anderen, schwarz und mit roter Aufschrift auf dem grünen Etikett. »Nun mach schon!« Er reichte Thisea den Eimer.

Der Sanfte war in die Lagerhalle zurückgekommen, stand innen aber nur an der Tür. Sprachlos sah er Tarantino zu, wie der seine burlesken Brutalitäten zynisch in Szene setzen ließ. Kɪʟʟ Bɪʟʟ Mᴇᴇᴛs Hᴏᴍᴇʀ, dachte ich. Das Skriptgirl, weil es vom verspritzten Kunstschleim was abbekommen hatte, wischte sich mit einem Tempo übers linke Auge und die Wange, wobei es grantig fluchte: »Was eine Schweinerei!« Der Gaffer lachte. Tarantino befahl nach Warhol-Art: »Leute, bitte, da muß noch mehr Blut hin, *grünes* Blut… also wirk-

lich! Und paßt doch auf das Licht auf!« Drei weitere Strahler klackten
an. »Nee, so geht das nicht! Ihr seht doch, daß das reflektiert!«

26

Ich hatte wirklich keine Ahnung, wieso ich mich hatte breitschlagen
lassen, mir diesen widerlichen Film anzusehen. Jetzt wirkte auch der,
wie ein anderer, früher, in den Roman hinein. Else freilich, meine Begleiterin, schien ihr Vergnügen zu haben. Über Tarantino waren wir
gleich zu Beginn unsres Treffens uneins gewesen. »Haben Sie *das* gesehen? Haben Sie *jenes* gesehen? Wie wollen Sie da bitte schön mitreden?« Um mitreden zu können, war ich mit ihr ins Kino gegangen,
ich kannte damals tatsächlich nur »Pulp Fiction«, der ganze Hype um
den Trash war mir verdächtig gewesen.

Es war September oder Oktober – wobei … –

Cordes sah mich zusammenzucken: etwa der *31.* Oktober? der
Abend vor Samhain? Verzeihen Sie, Leserin, aber dieser Gedanke, Leser, drängt sich mir grade furchtbar auf. Wie auch immer. Brem Thisea Sisrin kriegten das Zeug zu Milhauds »Vif«, diesem ironisch hüpfenden Klavierstück, das ich soeben höre, in die Behältnisse rein und
schleppten die vor den Augen Des Sanften, dem übel wurde, aus der
Lagerhalle. Brem hatte noch eine dritte, aber diese voll Öl, aufgetrieben. Genau 2 Minuten 37 Sekunden, zeigt mein Foobar-Player
an, braucht das Stück von Milhaud. Dann war das Öl über und in
die Skamanderbehälter, den Kanister und den Eimer, ausgekippt und
von Gelbes Messer in Brand gesetzt worden. Es quiekte heraus. Fetter
Rauch stieg davon auf. Was übrigblieb? Im Eimer eine Schlacke und
der Kanister Schlacke selbst. Der gab Geräusche nicht mehr von sich.

»Das war's«, sagte zufrieden Brem.

»Und nun?«

»Nun trennen sie sich, unsere Wege.«

Thisea mußte an Markus Goltz denken: daß hier sein Mörder
stand. Der, aber vor allem der ihres Mannes. Auch Sisrin zog die Augenbrauen zusammen. Der Sanfte, abermals die Kontrolle verloren,
übergab sich. So drängte ihm die Übelkeit zum Zungenhals hinaus. Er röchelte. Nächster Gurgelschwall – ein echter, übrigens, dem

Schauspieler war wirklich schlecht geworden. Tarantino mußte die Kamera bloß draufhalten lassen.

Else, neben mir, lachte. Damit war sie nicht allein. Das halbe Kino lachte.

Ich ärgerte mich. Während sich Cordes, am Küchenfenster, freute. Es war seine Rache dafür, daß ich ihn so unversehens ins Technikmuseum zurückgestellt hatte und er nun ein zweites Mal mit den Jungs heimgehen mußte. Aber noch erzählte er, erzählte, wie Zeuner Herbst Mensching die Argonauten eingeholt haben und an Wagen um Wagen vorbei bis ganz nach vorne preschen – was eine ziemlich halsbrecherische Aktion war, weil der Meridian, über den sie hinjagten, gerade zwei Wagenbreiten hatte. – Etwa zehn Meter über den Kopf der Kolonne hinaus stieg Sabine auf die Bremse und stellte den Wagen derart schräg, daß den Argonauten gar nichts anderes übrigblieb, als ebenfalls zu halten.

Mir war von der Raserei so schlecht wie dem armen Schauspieler, der Tarantinos Sanften gab. Außerdem hatte ich Angst. Angespannt saß ich, wirklich naß vor Angst, neben dem entschlossen blickenden Oisìn auf der Autorückbank. »Du bist komplett bescheuert«, sagte ich. Mensching drückte seine Füße in den Unterboden und hob den gespannten Unterleib über den Sitz, wozu er die obere Rückenpartie ins Polster seiner Rückenlehne preßte. »Geschafft«, sagte er und steckte sich das iPad in die rechte, breit aufgesetzte Hosentasche. Sabine sagte gar nichts. Sie, Mensching und Oisìn stiegen aus, ich blieb noch sitzen. »Nun reiß dich zusammen! Wir haben hierher *gewollt,* nun sind wir da.« Sie öffnete meine Autotür. »Komm schon raus.« Kigncrs, Willis und, irgendeinem Impuls folgend, Sola-Ngozi verließen ebenfalls ihre Wagen. »Du bleib mal besser zurück, Mädchen«, sagte Kigncrs. Sie schüttelte nur den Kopf. – Auch Jason war ausgestiegen, hob da, für die Wagen hinter ihm, den rechten Arm: Man solle sitzenbleiben, vielleicht ihm Feuerschutz geben. Die junge Ungefugger blieb ebenfalls nicht mehr im Wagen.

Cordes verfolgte das wie aus einem darüber kreisenden Hubschrauber, wie man auf dem stählernen Meridian, der an eine endlose Brücke erinnerte, aufeinander zuging, zusammen mit Michaela Ungefugger der energische Jason vom vorderen Wagen der Argonauten aus, die anderen, indem sie sich langsam, ihrerseits ihm zu, von ihrem schräggestellten Rover entfernten. Es war eine lange Glieniker Brücke aus den Zeiten, da man aus der Kälte kam und inhaftierte Spione tauschte, nur daß die einen Schwimmwesten trugen, was einigermaßen absurd aussah, und daß zu dieser einen endlos weitere Brücken beidseits parallelgespannt waren, so weit der Blick nämlich reichte, den der monströse eisengraue Wall bis an die Horizonte links und rechts begrenzte. Erst er setzte den Gittern ein gigantisches Ende. Hinter dem, aber das sah man auch aus dem tief kreisenden Hubschrauber nicht, das Thetismeer in seinem schweren Grau. Als noch die Illusionen funktionierten, war auf die gigantische Mauer blau und weiß die Ägäis projiziert gewesen.

Die Gruppen trafen aufeinander.

Sabine ergriff zuerst das Wort.

»Wir haben noch gefehlt«, sagte sie, »ihr seid noch nicht vollzählig.« »Das verstehe ich nicht«, antwortete Jason. »Wer seid ihr?« »Det Männeken hab ick irjendwo schon ma jesehn.« Willis zeigte auf mich. »In Buenos Aires. Is aber her.« »Sie irren sich«, sagte ich müde, »Sie meinen nicht mich, sondern Hans Deters.« »Ihr müßt fünfzig sein«, beharrte Sabine, »sonst stimmt eure Geschichte nicht.« Mensching konnte nicht anders, als plötzlich loszukichern. »Nimm dich zusammen«, pfiff ich ihn an. Und zu Jason Hertzfeld, wobei ich mir einbildete, lächeln zu können: »Ich bin Herbst und habe dies alles erfunden. Sabine hat recht: ihr müßt fünfzig sein, um freizukommen.« »Wieso fünfzig? Und was heißt ›erfunden‹?« Nicht minder irritiert wirkte die junge Ungefugger, die wirklich, dachte ich, hübsch war – nein, Unfug! Sie war schön. Das übertraf bei weitem ihr Design. Weshalb ich momentlang versucht war, die ganze Geschichte umzuerzählen, um mich selbst mit der jungen Frau zusammenzubringen. Aber sie hatte keinen anderen Blick für mich als den ihrer Irritation, in die sich skeptische Neugier und ein instinktives Mißtrauen mischten. Wen sie freilich länger und mit warmem Erstaunen ansah, das war Oisìn, ihren ehemaligen Internatsmitschüler. Sie konnte gar nicht glauben, erst, wen sie da wiedersah, so männlich war der Finnsohn geworden. »Hallo Oisìn«, brachte sie endlich heraus. »Tag, Micha«, antwortete der, restlos uninteressiert an ihr; weder von seiner besessenen Verliebtheit noch von dem Haß war ihm irgend etwas zurückgeblieben.

»Ihr kennt euch?« fragte Jason. »Aus Schulpforta«, sagte Michaela. »Mein Vater hat ihn da wegholen lassen.« Dazu schwieg Oisìn. Dennoch war er nicht unbewegt, so wenig wie, eben, Sola-Ngozi. Die Amazone hatte den jungen Mann angesehen und gewußt, das übertrug sich auf ihn. Man müßte gar nicht mehr reden. Schon hatten beide das Gefühl, sie hätten bereits beieinandergelegen und sich für nie mehr als einzwei Stunden jemals getrennt. Sie konnten nicht ahnen, daß sie ein Ausdruck waren des Wunders der vergangenen Nacht, dem wir den Titel Notturno gegeben.

Von alledem bekam, außer den zweien selbst, nur Kignčrs etwas mit. Schmerzlich ging ein Zucken über sein von Besenreißern und Scharten gezeichnetes Gesicht. Wenigstens wollte er, spürte er, Sola-Ngozi noch einmal berühren, und wär es nur an der rechten Schulter, unabsichtlich sozusagen, zum Abschied jedenfalls und allein aus Liebe, aber mehr noch, um Achtung zu bekunden. Er war für die Amazone viel zu alt, das wußte er selbst, und außerdem in Trauer, wenn auch nicht mehr einer, die sich zerstören will. Und er wußte um den Sittich. Der, und Kignčrs' innere Diskretion, erlaubte ihm diese Berührung nicht.

»Ihr wollt euch uns anschließen«, sagte Jason, »auch wenn ich nicht ganz verstehe, weshalb. Doch können wir jede Hand gebrauchen… jede«, fügte er hinzu, »*reale* Hand.« Er mußte nicht erklären, was er meinte. So daß Mensching schon wieder nicht recht an sich halten konnte und, wenngleich mehr in sich selbst gesprochen, sich zu bemerken nicht verkniff: »Wir sind wahrscheinlich realer als ihr alle zusammen.« Der Stromer vernahm es und runzelte für ein Momentchen Brauen und Stirn. Dann winkte er innerlich ab und je zu den Wagen zurück. Vorher teilte er, so unwidersprochen wie unwidersprechbar, die Gruppen neu auf. Wo noch ein Platz in seinen Fahrzeugen frei war, sollte jeweils einer der Neuen hinzu; den Rover brauchte man nicht.

Er wandte sich schon um, entschieden. Aber Sola-Ngozi und Oisìn blieben stehen, beisammen, wenn auch, ohne sich anzufassen. Jason herrschte sie zurückgedreht an: »Was ist?« Dann begriff er und ärgerte sich. Michaela Ungefugger legte ihm die linke, vom Reithandschuh durchbrochen behandschuhte Hand auf seinen rechten Unterarm, der schon wütend gehoben wurde. »Laß sie«, sagte sie, und er ließ sie sinken. »Na gut«, grollte er und mischte die Gruppen noch einmal um. Herbst kam in den zweiten Wagen, Mensching zu Frau

Kumani, bei Sola-Ngozi war ohnedies noch ein Platz frei gewesen. Mit nichts als einem einzigen Blick zog sie Oisìn mit sich. Die Zeuner kam in dem Wagen hinter dem der Präsidentengattin zu sitzen, die Athene wiedererkannte. Davon schrak sie kurz auf und gab einen Laut von sich, der so von einem Schmerz bewirkt zu sein schien, daß Herr Karol abermals besorgt nach ihrer Schulter griff. Doch sie hatte sich bereits wieder in der Gewalt, drehte nur den Kopf und schenkte dem Holomorfen, ihn beruhigend, ein kurzes Lächeln, das Dankbarkeit ausdrücken sollte. Herr Karol rieb sich verlegen das Kinn, weil ihn das seltsam erleichterte.

Die Kolonne fuhr neu an. Aber der Rover stand da im Weg.

Michaela Ungefugger, mit einem Mutwillensblick auf Jason, der nickte, drosselte das Tempo, fuhr vorsichtig auf den Rover auf, gab langsam mehr Gas und schob ihn, bis er, geradezu lautlos, über die Kante des Meridians hinabfiel. Man hörte auch den Aufprall nicht, den es gegeben haben mußte. Dennoch hatte ich das Gefühl, es sei das letzte Band gerissen, das die anderen und mich mit der wirklichen Welt noch verbunden hatte. Außerdem entsetzte der Anblick der geradezu übermenschlichen Europäischen Mauer, je näher wir ihr dann kamen – so himmelshoch türmte sie sich auf und reichte so furchtbar in die Ferne. Über uns Argonauten wurde es dunkel; wir konnten weder aus den Front- noch den Seitenscheiben unserer Fahrzeuge den Sims der Mauer auch nur mehr ahnen. Auch der wäre eine Monstrosität.

Wir hielten, und alle stiegen aus. Es rauschte das Blut in den Ohren. Jeder legte den Kopf in den Nacken, wir starrten geradezu senkrecht hoch. Dabei war die Mauer beidseits ein sich hinaufverjüngender Keil, dessen Spitze, wahrscheinlich, geflacht. Keinerlei Wolken, nicht Sonne noch Vögel. Der Himmel allein das ungefähre Gleißen des Europäischen Dachs. Das Ende der Welt, dachte ich. Kein Meerlaut war zu hören. Es ging auch kein Wind. Aber wir w u ß t e n ums uns erwartende Tosen, stünden wir erst einmal oben. Hinter uns verloren sich die flachen, unbegrenzt endlosen, lebensfernen Gitternetze der Mathematik in einem Ungewissen, das nie gewiß gewesen war. Der Blick fand da nirgendwo Halt, auch nicht zu den Seiten. Wandte man das Gesicht wieder nach vorn, schlug einem die Mauer gegen die Stirn.

Wie hinaufkommen aber? Die alten Lifts schienen nicht mehr zu existieren, jedenfalls war keiner zu sehen. Es gab auch keine Zugänge – sofern direkt in die Mauer überhaupt welche eingelassen waren. Eintausenddreihundert Meter reichte das Ungetüm in die Höhe, wir waren dagegen nichts, waren kaum Körnchen Sand gegenüber solch einer Unfaßbarkeit, die sich der Behauptungswille des Menschen als künstlichen Gürtel umgeschnallt, anmaßend ihn um die Selbstzucht gezogen hatte, um seine Moral und seine tiefen Gläubigkeiten, um die nagenden Zweifel und die Unbehaustheit, die sie ihm machten, um sein Austausch- und Bildungsbegehren und die Erkenntniswut, die nicht nur ein Produkt sein wollte, sondern selber formen; um seine Genußsucht und den Willen zur Macht, aber auch seines Mitleidens halber, also wegen seiner Fähigkeit, wirklich den Mitmenschen zu fühlen – mithin zum Schutz des Zivilisierten gegen den blinden Mord- und seelenlosen Freßwahn der ganzen Natur, ja des, fühlten wir, Weltalls.

Wer darum jemals das Kapital *gefrorene Arbeit* genannt hat, würde die Europäische Mauer eine erstarrte Kultur genannt haben müssen, diesen ungeheuren, in seiner fassungslosen Länge irrdimensionierten Grabstein, dieses halbschräg in den Boden gerammte Abendland zur Begrenzung eines Friedhofs von Giganten, die kein Vergessen zulassen wollte. Das ging über alle Köpfe hinaus, über unsere, die der anderen Argonauten und auch der Holomorfen. Niemand, für Zehnminuten, hatte ein Wort.

Wäre man weit genug entfernt gewesen und hätte hinab durch ein Teleskop geschaut, das am Rand des, sagen wir, Mare tranquillitatis aufgestellt worden war, man hätte meinen können, in ein Europa hinunterzusehen wie, im Berliner Technikmuseum, Cordes und seine beiden Jungens in die Nebelkammer, in der sich für kurz einige Blasen ganz nahe der vorderen Seitenscheibe bäumten, wie wenn sie sich gegen sie erlösungsirr aufbäumen wollten. Doch standen wir selbst bis über beide Augen in dem übersättigten Alkoholdampf; selbst bäumten wir uns auf wie die Teilchen: Denn das ist das Leben.

Auch für die Holomorfen galt das, für sie vielleicht sogar mehr, denn sie und nicht wir blieben auf die geschwärzten Platten aus Metall angewiesen und würden verzischen, sowie sich die Batterien erschöpften. Vielleicht sahen sie die Mauer deshalb noch beklommener als wir – doch ebenso entschieden, sie zu überwinden. Wir teilten, alle, das Gefühl, sie stehe für etwas Fremdes und abweisend Kaltes, dessen Gestalt erfroren sei; in ihr erstarrt jedoch etwas ehemals Freies und Warmes, ein Gütiges, das wir gemeinsam hatten, eigentlich, wir Menschen und die Holomorfen, aber die Tiere auch und Pflanzen – etwas im ganzen Universum Einzigartiges: wiederum Leben. In dieser Mauer war es zum Stillstand gebracht, war aus uns, und sie saugte weiter, herausgesaugt worden, in trutzige Tiegel gegossen und zu Mörtelsand zerstäubt, der dann, unser aller Sehnsucht, in der Mischmaschine mit der Daseinsangst, dem Zement, vermengt worden und in ihr und als Mauer selbst ausgehärtet war, zunehmend höher und länger und länger und länger.

Nur Carola Ungefugger, die schon früher an der Mauer gewesen, ja über sie hinausgeleitet worden war, damals, als sie und ihr Mann, ihrer beider kleines Mädchen dabei, das Schrumpfemännchen des vormaligen Präsidenten aufs Deck des Modellchens jener anderen Argo gesetzt und auf Thetis hatten hinausschippern lassen – sie, Carola, hatte ihrem Töchterchen »mach winke winke, mein Kind« zugescherzt und die Hand der Kleinen geführt; das Bootchen hatte direkt auf die Verschlußlamellen zugehalten, war beschleunigt worden, vorn hatte sich der Bug angehoben, brutzelnde Wellchen an den Seiten; so war es durch die Schleuse hindurch, draußen von einer mächtigen Woge sofort erfaßt und der heilen Familie für immer aus den Augen gehoben worden... –, nur Carola Ungefugger war nicht schockiert. Vielleicht erkannte sie die Wiederholung zwar als solche nicht, spürte sie aber, als hätte, daß sie eines Tages selbst hinausfahren würde, bereits damals jemand bestimmt und hätte sie bloß einer Testung unterzogen, so, genau so, fühlte sie jetzt. Sah die Mauer gar nicht mehr an. Erinnerte sich, wie sie damals ihren Mann um eine eigene Argo gebeten und daß nun die Göttin sie ihr, wenn man ihr glauben konnte, hatte erschaffen, die aus dem Wagen hinter dem ihren. Die mochte die einzige sein, den Argonauten über die Mauer zu helfen, dachte Carola Ungefugger. Dachte aber auch an die seit vorhin wiedergewonnene Tochter, die, zu der von allen geteilten Beklemmung hinzu, eine ihr unklare Empfindung hatte, welche aus ganz derselben Erinnerung rührte.

Sie war noch ein Kleinkind gewesen, vier, allenfalls fünf Jahre alt, wenn wir uns recht entsinnen. So daß es eher einem Geruch als einer

Erinnerung glich, was der Anblick der Mauer in ihr aufsteigen ließ: Hilflosigkeit und Nichtverstehen. Sie sah nicht einmal das süße Präsidentenmännchen mehr, das ihrem von der Mutter geführten Winken bestimmt nur deshalb nicht hatte zurückwinken können, weil es nicht bei Bewußtsein gewesen war, sondern wie eine hingekippte Spielfigur auf dem Deckchen des Modellboots gelegen hatte, nachdem ihm von Toni Ungefugger endgültig schachmatt gesagt worden war und bevor des unsterblichen Firmengründers rechter Zeigefinger es umgeschnipst hatte. Das hatte einen psychischen Reflex in dem Mädchen bewirkt. Der gezielte Sadismus ihres Vaters und der verschobene ihrer Mutter, sowie der Sadismus, den die Staatsraison hat, hielten das älter werdende Kind aus Selbstschutz dazu an, sich auf die kalte Seite des Vaters zu stellen, bis endlich Jason erschienen war, ihr seine Hand auf den Beutel zu legen, in dem die Drachenzähne klikkern; er war bereits offen gewesen, um wieder nächste Schrecken zu säen. Da hatte, ach Allegorie, die Liebe ihren Einspruch getan.

Michaela Ungefugger seufzte. Ihr war plötzlich schlecht. Momentlang ließ sie ihren Kopf auf der linken Schulter Des Stromers nieder, ließ die Schwäche aber nicht weiter zu, sondern stieg wieder ins Auto und legte ihre Hände auf das Steuerrad. Dann sprang das Geschehen in flinken Fraktalen. Jason rief seine Leute zurück in die Wagen, beorderte aber einen Myrmidonen zur Wache an der Mauer; außerdem draußen blieben, wahrscheinlich zur Beratung, die, sagen wir, Offiziere: Kigněrs, Willis, Broglier, Frau Kumani und Carola Ungefugger, deren Tochter, weil sie dazugehörte, wieder aussteigen mußte. Nicht so die vier neuen, die unter *ferner liefen* liefen. Das hatte Herbst schon befürchtet, als sie getrennt worden waren. Er schaute durchs Heckfenster des ihm zugewiesenen Wagens nach der Zeuner, von der jedoch nichts zu sehen war; der Mauerschatten, der auf die hinteren Autoscheiben fiel, machte ein Hindurchsehen unmöglich. Er konnte aber, durch die Frontscheibe, die Gruppe um Den Stromer die Mauer einige zehn Meter weit abschreiten sehen. Jason zeigte nach hier und nach dort, entlang dem letzten sichtbaren Längsmeridian, einer Plattform geradezu, bizarrem Plafond, hinter dem die Mauer, einige Kilometer weiter, fast rechtwinklig nach Westen bog, wahrscheinlich auf Lausanne hin einem Breitengrad nachlief. Clermont-Ferrand befand sich genau in der Ecke dieses gewaltigen Knicks, bzw. hatte es sich dort befunden, als noch die Illusionsmaschinerie funktionierte. Herbst kniff die Augen zusammen und konnte Vorrichtungen erkennen, die über die halbe Höhe zu einer Ebene hinaufstiegen, darauf die Arbeiter vergleichsweise geschützt gewesen waren.

Tatsächlich gab es dort eine Art Schiene, in die Gondeln Werkzeughäuschen Kräne gehängt waren; das ließ sich tatsächlich ganz gut erkennen. Sie hatten, fahrbar in Höhe und Länge, ganz offensichtlich der Wartung dieses Mauersegmentes gedient. Jetzt war niemand mehr da, der dem nachgehen wollte. Das hätte auch keiner mehr können, denn die Anlagen waren nur noch Fragmente: offenbar waren viele ihrerseits holomorf gewesen, einige sogar hybrid, so daß pockenartig bizarre, funktionslos gewordene Einzelstücke auf der Mauerwand hockten. Auch zu Füßen der Mauer, heruntergekracht und teils zerschellt, ragten Ruinenteile solcher Installationen. Aber von der Ruheebene aus führte eine nächste Kette von Pocken ganz, offenbar, bis auf das Oben, das jedoch wie eine geronnene Milch nahtlos ins Europäische Dach überging. Ich kam mir vor wie in einen Karton gesetzt.

»Wir fahren direkt in den Winkel!« rief Jason. »Dort versuchen wir's!« Schritt, von den anderen gefolgt, zu den Wagen, als ein spürbarer Ruck durch die Erde bebte. Die ganze Mauer ächzte, und der bei ihr verbliebene Myrmidone schrie auf, aber nicht deshalb, sondern weil er das Wasser entdeckt hatte, das weit über seinem Kopf aus dem Beton drang. Er hatte erst gedacht, es habe zu nieseln begonnen. Doch war der Regen salzig, sprühte als Vorhut des Meeres in kleinen Fällen herab. Aus einem Haarriß kam das, nein, aus zweien, vielleicht sogar dreien. Nicht zu sagen, wie viele, über die Hunderte von Kilometern, es insgesamt schon gab.

»Los jetzt! Schneller, Leute!«

Jason winkte dem Posten. Der rannte her. Hektisch jaulten die Motoren. Türen knallten. Die Wagen schossen vor. Die Argonauten mußten oben stehen, bevor der Mauerdamm brach. Die hereinbrechende Flutwelle würde ungeheuer werden. An das Ende Europas zu denken, war keine Zeit. Es war sowieso schon allen verloren, auch wenn an den Rheingraben noch gar nicht mitgedacht wurde, dessen Zeit gekommen war, nun nicht mehr zu halten, und der, unmittelbar nach einem brutalen, ganze Kieze, die vor Hörschmerz aufschrieen, ertaubenden Knall, ein Viertel des ihn über Hunderte Kilometer durchwälzenden Stroms zu einem einzigen senkrecht hochschießenden Geysir machte, einer Geysir*wand:* Für eine volle Minute stand sie zwischen West- und Zentralstadt, bevor sie sich nach Buenos Aires hinüberneigte und wellenartig brach. Ihr gischtender Kamm krachte Kilometer entfernt davon auf. Hinter ihm sackte die volle Wassermasse und schlug schon mit erstem Aufprall alles tot, alles flach, was unter ihr lag; nicht einmal zu rechtem Ersaufen blieb Zeit. Durch diesen Aufprall schlug ein Teil des Wasser aber zurück. Das fiel nun neuerlich. Die Amplituden brauchten fast eine halbe Stunde, um glattes Meer zu werden – länger sogar, denn immer neues Meer kam vom unteren Rheingraben-Innen, so daß selbst die Platten rissen, die das Land auf dem Erdmantel trugen. Dann erst brüllte Thetis auch durch die Mauer, brüllte von allen Seiten zugleich, ob von Westen oder Osten; nur der Alpenzug war für die Sintflut zu hoch. Ansonsten war Thetis gerecht. Sie wählte, anders als der im Lichtdom, nicht aus; ob Ungeheuer oder Mensch, war ihr gleich.

Das erlebten die Argonauten nicht mehr. Wenn man ein solches Wort angesichts des endgültigen Verlustes von Heimat und einer ganzen Kultur verwenden darf, hatten sie Glück, zumal es nicht viele Menschen gab, die sich in den von den Myrmidonen beworbenen Maßmann-Archen retten konnten. In Buenos Aires hörte das Chaos geradezu plötzlich auf, weil es ertrank. Mit ihm ging auch der Dritte Dschihad zugrunde, dessen oberster Imam, Sheik Jessin, in seinen Vereinten Andennationen freilich davonkam, von wo aus er ihn feldherrnmäßig befehligt hatte. Der gläubige Mann begriff die Naturkatastrophe als Gottesgericht und dankte Allah. Doch erwachte seine Aufmerksamkeit nach dem Gebet, denn der Unaussprechliche selbst – wir finden ihn nur im Klang seines Namens – forderte nunmehr, sich Allegheny zuzuwenden; da ging Sheik Jessin eine bedingte Allianz mit der Church of Latter-day Saints ein. Die Strategie lag auf derselben Linie, die schon den Pakt mit den Amazonen hatte denkbar gemacht; was aber, sinnierte Cordes, als er momentlang den Thetistsunami in die Schönhauser Allee prallen und sich über jegliches ergießen und es in sich mitreißen sah – tatsächlich nicht mehr in diese Erzählung gehörte, die sich nunmehr

dem Ende entgegenschleudert, unserer und der Anderswelten Chronik – es würde denn ein neuer Roman, den ich nicht mehr schreiben
will, nicht über etwas, das Jüngeren als mir gehört. Denn mein eigenes Leben versinkt schon.

Dabei hatte der Rheingraben, noch, gehalten; noch war die tektonische Dehnungszone nur in den Meßgeräten auffällig aktiv. Noch
versuchte die Frankfurter Gegenregierung, Buenos Aires zurück in
eine Ruhe zu bringen, von der aus sich ein bürgerliches, das man so
auch nennen kann, wieder regeln lasse. Noch schlugen Eidelbecks eiserne Fäuste jeden Kiez. Und noch verließen, soeben, Thisea, Sisrin,
Gelbes Messer und Der Sanfte, der seine Gitarre zurückbekam, Lough
Leane's verkommenen Heiligen See. Vorher hatte Brem die Schlak-
ken entsorgt, die größere in Thetis' dreckiges Auge geschleudert und
durch die kleinere ein Loch gebohrt, in das ein Karabinerhaken griff:
wie ein Skalp hing sie Brem an der Feldjacke und baumelte trophäen,
wenn er nachher ging. Thisea würde, sowie sie es sähe, verachtungsvoll
sagen: »Du bist pervers«, und er, ohne des Tonfalls zu achten, nüchtern »Nein, sondern siegreich« entgegnen. Vorher hatten sie noch ein
paar Minuten an dem See gestanden, in dem die größere Schlacke
versank: direkt am Uferabhang er, hinter ihm Thisea und Sisrin; auch
der nach wie vor desolate Sanfte war gefolgt, aber, er war wie in Trance, in einigem Abstand – hatten auf den riesigen dunklen, unbewegt
ausgestreckten Schlammspiegel gestarrt, der tief unter ihnen wie einer
Titanin sumpfschwarzer Handspiegel lag. Es ging Versuchung davon
aus. Was Wasser zu sein schien, Schlamm indes und Gülle war, lockte. Sie ahnten nicht, diese Menschen, daß das Thetisauge ein nasser
Ausgang war; sie hätten tatsächlich nur springen, hätten Helena und
Achilles nachspringen müssen und wären, befreit, auf der Pappelinsel
heimgekommen. Sogar hätte Der Sanfte wieder zu singen gewußt.
Doch keiner von ihnen war gläubig. Deshalb hörten sie zwar etwas,
aber konnten es nicht deuten, nicht einmal den Klang als Klang begreifen. Statt dessen kehrten sie um und machten sich jeder auf seinen Weg in den Tod.

Die beiden Frauen wollten nach Ingolstadt zu den Amazonen, wo
sie vielleicht von Deidameia eine Nachricht fänden. Hingegen Brem

zog es in sein Refugium zurück. Er sehnte sich nach der *splendid isolation* seiner Garagenbaracke; dort wollte er neu auf den Stufen sitzen und probieren, ob sich aus Skamanders Kopfschlacke wohl eine Figur herausschnitzen ließ; eine andere Sehnsucht hatte er nicht. Natürlich wußte er, daß vom Westen kein Geld mehr zu erwarten war. Darum wollte er seinen Panhandel aufleben lassen. So pragmatisch dachte er schon wieder. In den Zeiten innerer Nöte, die von den äußeren herrühren, steigt der Bedarf nach Betäubung. Zumal wäre der Markt jetzt unreguliert; die europäische Polizei hatte gewiß anderes zu tun, als sich um bescheidene Dealer zu kümmern.

Und Der Sanfte? Auch er wanderte, aber für sich und sprachlos, wanderte beinahe ohne innere Bilder in die Richtung auf den tiefen Osten hinein, vielleicht, um seine Lieder wiederzufinden. Um seinen Vater zu finden, könnte man sagen, sei er aufgebrochen, und wenn nicht eben den, dann doch für seine, Orpheus', Stimme. Die Frauen hielten ihn davon nicht ab, auch wenn sie es, vor allem Brems wegen um den Jungen besorgt, versuchten. Dessentwegen auch, nur vorgeschoben wegen Des Sanften, bat Thisea die Freundin, ihren Wagen anzuhalten. Da war Brem soeben außer Sicht. »Ich bleibe hier«, sagte sie, »steige hier aus.« »Wie?!« »Fahr du allein, warte nicht auf mich. Ich werde aber nachkommen.« »Was hast du vor?« »Frage nicht. Folge nicht.« Sisrin begriff. Es war dies privat und zu tun. »Sei vorsichtig«, sagte sie nur. Da stand Thisea schon draußen.

Sie nahm das Gewehr in die Rechte, beugte leicht den Oberkörper und schnellte, da fuhr Sisrin eben an, davon. Doch auch ohne das hätte Brem, den Der Sanfte im übrigen gar nicht weiter interessierte, sein Ziel nicht erreicht. Zwar wäre er der Garagenburg wohl nahegekommen, aber hätte sie als einen derart militärisch gesicherten Stützpunkt vorgefunden, daß selbst er, der Unsichtbare, es für aussichtslos befinden mußte, sich das Refugium zurückzuerobern. Wär es ihm dennoch gelungen, er hätte es für jede kommende Zeit gegen eine permanente Übermacht verteidigen müssen. Nach so etwas war ihm schon lange nicht mehr. Doch ist auch dieses eine Musik, die wir, Leserinnen und Leser, nicht mehr hören würden. Wir täten vielmehr besser daran, von Zeit zu Zeit durch unser Küchenfenster hinaus auf die Schönhauser Allee zu schauen oder über den Bamberger Barockgarten hin wie jetzt ich: ob nicht auch in der Regnitz der Wasserspiegel steigt. Denn um Naturkatastrophen ist es wie um Revolutionen bestellt: Man sieht sie schon, man ahnt sie zumindest, es glaubt sie aber keiner. So daß wir uns ehrlichsten Herzens in den Rücken geschossen fühlen. Dessen, sofern man noch kann, klagt man das Schicksal dann an. Später indes will, wer wider alles Erwarten verschont oder doch am Leben geblieben, das Unheil immer schon vorher gewußt haben.

Auch Veshya kam um. Das wäre vielleicht, in einer Maßmann-Arche, zu verhindern gewesen, aber die Sehnsucht hatte sie so in den Osten gezogen, daß ihr an einem wiederneuen Europa gar nicht gelegen gewesen wäre. Bereits die Große Geologische Revision hatte dem Kontinent zu viel Land abgenommen. Eine neue Verbitterung mochte die zähe Frau nicht mehr teilen, nicht mit Deidameia an dem nächsten Thetismeer stehen, nun wirklich und abermals einem *Mittel*meer, und in die Weiten hinaussehn, unter denen die versunkene Heimat läge. Dabei ging es ihr gar nicht um die. Ach, hätte doch Deidameia g e w u ß t! »Komm mit, ich bitte dich!« Als hätte Die Wölfin gebettelt. Maßmann war dabeigewesen, der und Kumani. Aber die Freundin, Veshya, hatte nur den Kopf geschüttelt und zu erklären versucht. »Ich habe es dir nie erzählt, aber ich hatte… h a b e einen Sohn.« »Du warst schwanger.« Deidameia hatte sich sehr wohl erinnert, wie sich der Bauch ihrer Freundin gehoben, damals, nicht lange, nachdem der erste Odysseus sie, die Frauen, Borkenbrod und Niam an die Grenze gebracht hatte und sie, unter Jens Jensens abgewandtem Blick, nach Buenos Aires hinüberwaren. Auch Veshya hatte damals geboren, aber ein totes Kind: so hatte es geheißen. »Du hast gelogen«, hatte jetzt Aissa gesagt. Veshya hatte genickt, »wie du« dann gesagt und sich erklärt: »Du hättest mich nicht bei dir gelassen… nicht *bei uns*…« »Ich habe selbst ein Kind geboren!« »Eben. Und es, wie ich, alleine gelassen.«
Da hatte Deidameia geschwiegen.
Geschwiegen hatten sie alle einige Zeit.
»Ich werde also zurückgehen.« »Du weißt, wo er ist?« »Nein. Ich habe ihn weit weg von den Frauen aufziehen lassen. Anders hättest du davon erfahren.« »Du bekamst nie eine Nachricht?« »Nur in der ersten Zeit. Dann riß die Verbindung. Ich ließ nachfragen. Er war einfach davon. Niemand wußte mehr. Es war nicht leicht, Deidameia.«

Sie konnte nicht wissen, dachte Cordes, daß eines Tages eine Horde Schänder in das beskidische Dorf eingefallen war wie bei Grimmelshausen die Schar Landsknecht' in des Knans, des Simplicissimi, Haus und hatte die Seelen geschächtet. Es gibt keinen sauberen Krieg, da hatte Pontarlier sagen können, was es nur wollte. Da mochte Eidelbeck es sagen oder von Zarczynski, Fischer oder Sheik Jessin. Die nahe stationierten Westmilizen, von aufsteigendem Rauch alarmiert, erreichten den Ort der Katastrophe zu spät und fanden nur Trümmer und Leichen. Daß der Junge noch lebte, der neben dem Brunnen mit, schien es, eingeschlagener Stirn lag, merkten sie nicht. Für tot blieb er liegen.

Zu sich gekommen wie ein bewußtloses Tier. Das aber seltsam singen konnte. Es hatte nie zuvor gesungen, doch, aber nicht so, sondern nur ungelenk die Kinderreime. Jetzt aber kamen Schakale, um ihm die Hände zu lecken. Verwundert sah er die Tiere an und ließ sie Tiere sein. Bohrer legten sich auf die Rücken und wiegten, wenn er sang, die Panzer ihrer Bäuche. Pflanzen öffneten ihre bereits zur Nacht geschlossenen Blüten. In seiner Stimme, zur Güte besänftigt, das Leid der ganzen Welt. Das zog die Heiligen Frauen an. Die Bestien setzten sich und weinten. Scheu und bewundernd huschten ihre Blicke über sein Stirnmal. Er begriff nicht, aber behielt jedes Bild. Und zeichnete, wenn er nicht sang. Die Frauen brachten ihm zu essen, die bösen Gesichter voll Weh. Wollte er fortgehn, folgten sie ihm, gingen sie, folgte er. Die Gegenden, die er sah, behielt er in seinem Kopf wie außerdem alles, was jemand sagte. Mit ihnen, den Bildern, füllte er ihn, weil die Verwundung ihn ausgeleert hatte. Sie ersetzten ihm die Erinnerung, ihnen sang er Lieder. Es kam zu einer Schlacht Frau gegen Frau. Die Sonnenbrillen flogen, zerbrachen, zersplitterten. Die Amazonen rissen das Kind von den Rasenden weg. »Wie hat er die Mänaden denn überleben können?« Als er nachts, statt zu weinen, sang, verstanden sie. Sie dachten an Odysseus, der schon gefangen war. Der, wie man dann hörte, furchtbar verreckte. Der 17. Juni war verlorengegangen, Milizionäre besetzten Landhut und schändeten die Seligenthaler Abtei. Diesen Jungen sollten sie nicht in die Finger bekommen – das schworen sich die Frauen und verdingten um horrendes Geld Schleuser aus den Reihen der Soldaten. Schon seit Jahren hatten die immer mal Ostler über die Grenzen geführt. Jede einzelne

Schwester gab ihren Obolus, dann ging sie, die korrupte Bande, gegen Westen ab.

Sie hatte nicht vor, das idiotische Kind wirklich hinüberzubringen, sondern feixte sich was, als Landshut außer Sicht war. Doch einer der Vaganten hatte eine Gitarre bei sich. Der Sanfte faßte sie an und spielte. »Woher kannst du das?« Der sanfte Idiot sah lächelnd auf und sang. »Wir bitten dich, sing weiter«, sagten die Schurken. Der Wagen rumpelte über Schlaglöcher, man flog kurz von den Sitzreihen, die zu beiden Seiten der Ladefläche montiert waren, und knallte kurz wieder drauf. Grün obendrüber die flappende Plane. Keiner der Männer begriff, daß sich hier ein Geschehen wiederholte und fast in derselben Gegend – *fast*, nie gleich, wiederholen sich Muster, so ähnlich aber, daß man sie verwechselt. Es wurde Gitarre, was vorher Mundharmonika. Nun wollten diese Schleuser schleusen. Deidameia ließ den Jungen bei Bayreuth entgegennehmen, aber gar nicht erst ins BOUDOIR bringen; es wäre zu gefährlich gewesen, damals besonders, als es noch Jensen observierte. Veshya sah das Kind nie, begriff bis heute, sowenig wie Deidameia, die Zusammenhänge nicht. Ebenfalls erfuhr Der Sanfte nicht, wie nah die Mutter war; er hatte von Eltern kaum eine Idee. Ohne jemals von ihnen gehört zu haben, kam er nun um, und bevor er wieder zu Haus war, erzählte ich an der Nebelkammer.

Die beiden Jungs, als ob sie verstünden, sahen mich an, auch die Hörer sahen mich an. Schritt denn die Zeit gar nicht weiter? Waren wir nicht schon einmal, zweimal weggegangen, längst heimgegangen, hatten das Technikmuseum verlassen, waren ans Tempelhofer Ufer vorgeschlendert, um in dem unübersichtlichen Wirrwarr der Luckenwalder Straße die U2 zu erreichen? Ich entsann mich genau und stand dennoch immer und immer weiter im ersten Stockwerk des SPECTRUMS BERLIN, die Hand wieder und wieder auf die Nebelkammer gelegt, ohne daß ich merkte, dachte Cordes, was sich darin zusammenbraute, daß vielleicht ich selbst es zusammenbraute, es *anzog:* über den Gedanken an die Katastrophe zog sie wirklich herbei. Das ist die Drehung des positiven Denkens, seine Inversion – aber hier, in diesem Roman, ist es kein Term mehr der Psychologie, sondern kybernetische Realität. Genau das mochte damals in Točná Brem gefühlt haben, als ihn der Entschluß, Erissohn zu töten, packte und er sich derart entschieden nach vorn auf die Wagentribüne hinaufwarf, das Messer umfaßt und nicht ahnend, daß er etwa sieben Jahre später dafür würde büßen müssen, weil die Frau, die den Achäer geliebt, sich schadlos an ihm hielte. Das aber ahnte er, daß Erissohns Prophezeiungen allein, weil er sie aussprach, in die Wirklichkeit drängten. Daß es außerhalb unserer selbst Gewalten gibt, Energieformen, die darauf reagieren, daß man sie denkt: ein Magnetismus der Möglichkeiten von Schicksal.

Es trieb Thisea der Wille einer kalten, jedenfalls längst erkalteten Rache, denn imgrunde war sie weder mehr erbittert, noch fühlte sie weiter den Haß. Der war mit Skamanders Exekution in ihr gestorben. Vielmehr war es der *Gedanke* von Gerechtigkeit, was sie erfüllte. Vielleicht war auch eine Spur Suizidalität dabei, da sie doch wußte, wen sie mit Brem zum Gegner hatte. Eine Spur Sorge um Den Sanften war noch beigemischt, aber wirklich nur noch wenig. Nachdem der Točnáer Mörder in Richtung seiner Garagen abgefahren und Dem Sanften weit schon voraus war, glaubte sie nicht eigentlich, daß er ihn später noch würde suchen wollen, geschweige, daß er ihn fände.

Der dachte in der Tat nicht daran, sondern fuhr scharf geradeaus. Der Sanfte blieb, zu Fuß nicht marschierend, nein, sondern trödelnd, wie ein Träumer geht, in der kargen Landschaft aus Baumstumpf und Macchia zurück, als wir an ihm vorbeifuhrn. Er wurde immer und immer kleiner und verschwand im verwackelnden Bild, weil Sie von der Rückbank des Jeeps, Sie sind noch ein Kind, aus dem schmalen Plastiklicht der Heckplane schauen, die Ellbogen auf den Sitz gelegt, und der Wagen holpert und springt: so geschottert ist diese Piste und voller Schlaglöcher. Wenn Sie dann wieder nach vorne sehen, sich richtig hingesetzt haben, weil Ihre Mutter oder Ihr Vater Sie ermahnt hat, dann erkennen Sie bereits einen Anflug der Prager Arkologie. Als erstes sehn Sie die Kräne, die nunmehr verwaist sind, weil der AUFBAU OST! eingestellt wurde. Ganz vorne aber, ganz ganz weit weg, erhebt sich als ungefährer Hof ein schimmerndes Leuchten. Das ist der Lichtdom.

Man war alarmiert in Rheinmain – oder Frankfurt am Main, wie die Arkologie wieder hieß. In der Paulskirche tagte permanent das Notparlament. Nicht nur noch der, das *nur* nur in Häkchen, Zustand der Mauer alarmierte, deren nördliche Grenze hier schon überaus nahe verlief, sondern des Rheingrabens wegen brüllten die Seismographen

geradezu, der SIEMENS/ESA im Ortsteil Wiesbaden, und die Abdeck-
gläser sprangen, so daß zu allem sonstigen Chaos Evakuierungsmaß-
nahmen einsetzen mußten – es kam zu einem neuerlichen Treffen
Deidameias mit Fischer und von Zarczynski –, sondern da war mit
einem Mal so gar kein Protest mehr aus dem Lichtdom zu hören. Es
verschwanden auch nicht mehr Ortsteile Städte. Ungefuggers Gesicht
wurde nicht länger auf die Screens, sei es der Fernsehgeräte, sei es der
Heimkinoschirme projiziert, sei es der Computer. »Was ist da drinnen geschehen?« fragte Fischer Aissa die Wölfin: »Haben Sie eine Ahnung?« »Wie sollte ich?« »Wir haben Wichtigeres zu tun«, wandte der
beherrschte von Zarczynski ein. »Wie viele solche Archen können wir
bauen?«

Es war das vielleicht größte Moment der Geschichte des Neuen
Europas, daß Myrmidonen und Regierungsverantwortung sich in das
Geschick der Porteños teilten, wenn auch nicht ins Geschick des ganzen Volkes. Denn an den Osten ließ sich nicht mehr denken. Auch
w e n n Deidameia an ihn dachte, an die Frauenstädte dachte, Regensburg und Dresden und Brno und, sowieso, Landshut. Wie zog es
sie, dahin aufzubrechen, um wenigstens das Allerschlimmste zu verhindern. »Fahrt in die Berge! Fahrt so schnell und so hoch ihr nur
könnt!« hatte sie hinübergewebbt. Deshalb fand Sisrin, als sie Landshut endlich erreichte, alles dort bereits leer und sah nicht einmal mehr
die Wagenkolonnen, die aus den Städten gezogen, seltsamerweise von
Westmilizen eskortiert, aber eben nicht gefangen, sondern geschützt:
Das hatte Fischer veranlaßt. Wer das unter den Frauen verdächtig
fand, alliierte sich mit dem Dschihad. Jedenfalls Deidameia blieb in
Buenos Aires, Seite an Seite mit Eidelbeck, dessen SchuSta zum Ka-
tastrophenschutz wurde, die Feinde, Truppen wie Führer, handelten
Hand in Hand.

Sie wußten alle, daß es zu spät war.

Neben Deidameia stand Kumani, ernst, entschieden; er war nun
völlig ein Mann. Hätte ihn Yessie Macchi doch sehen können! hätte
diese Mutter sehen können, wozu Die Wölfin und der europäische
Weltenlauf diesen Jungen gemacht – sie wäre mit einem Lächeln und
nicht solcher Sorge das Fallreep der Argo hinauf, nachdem man die
brechende Mauer erklommen hatte und auf der anderen Seite hinunter war, Jason Hertzfeld und Michaela Ungefugger allen voran, die

Zeuner nah hinterher. Es blies ein scharfer, säuriger Wind über Thetis, die überhaupt nicht wühlte, sondern ungewöhnlich still und ewig hingebreitet lag. Fast liebenswürdig sah das aus. Denn es war stolz, dieses Meer, war zu stolz, um jetzt, wo es wußte, daß es siegte, noch weiteres Aufhebens darum zu machen. Vielleicht ließ es die Argonauten alleine deswegen gehen; es wäre ihm leicht gewesen, die Gefährten mit einem einzigen Wasserarm, der sie ertränkend davonreißt, sich in die Wasserbrust zu drücken. Nein, es war nicht rachsüchtig. Sollten die Fünfzig ihr Abenteuer wagen – ungewiß genug, wie das endet und wo. – Vor ihren, sagen wir, *phylogenetischen* Feinden, deren Existenz die

28

Menschen hatte den natürlichen Kräften entziehen sollen, vor den Holomorfen also, hatte sie, Thetis, sogar die allerhöchste Achtung: jetzt, da es nur noch auf die natürlichen Kräfte ankommen würde und diese Geschöpfe zivilisatorischer Hybris freiwillig in den Untergang gingen. So auch grüßte Frau Kumani das Meer, als sie es sah; sie verbeugte sich sogar leicht. Sie dachte: Das also bist du, empfang mich. Ich bitte dich nur, mach es meinem Jungen leicht.

Jason wiederum trug eine magellanische Stirn. Er war nun gar nicht mehr Stromer – er war Aissa der Eroberer, der sich durchsetzen und den Seeweg nach Leuke finden wollte, Levkás, dem Traum seines Vaters. In einer seltsamen Scheu sah die verwöhnte, energische Michaela zu ihm auf, die wundersamerweise die rechte Hand ihrer Mutter hielt. Wie ins Jenseits tauchende Brücken sahen die enormen Molen aus, die bis Hunderte Meter weiter im Meer standen.

Vor ihnen allen Himmelsbläue, doch weniger blau war das Meer. Seine Farbe changierte verdächtig. Immer wieder wurde es weinrot. Unten hinter ihnen das metallisch abstrakte Gitternetz, in das die europäische Zivilisation Natur aufgelöst hatte: man mußte im Innern nicht lange wählen. Es war rein unnötig, daß die Mauer ihre Risse so sehr weitete, das Knistern durch Mensch und Holomorfen blasend, ein vulkanisches Drohen, das unter aller Füßen bebte. Man hörte sogar ein leises plätscherndes Knistern, vielleicht, daß Thetis warnen wollte.

Beeilt euch! Ich warte nicht mehr lang! Vielleicht war ihrem Stolz diese Ehrfurcht nicht angenehm, die ihre Gegner empfanden. Vielleicht ist das Meer sehr viel weniger eitel, als der flirrende Sonnenglanz uns glauben macht, der sich, flächig silbern und von bisweilen goldenen Spitzen pointilliert, auf ihren kaum merklichen Wogen wiegt. Zur Siegesfeier, immerhin, hatte Thetis das schwere Zementgrau ab- und ein türkises Blau darübergeworfen, über das Weinrot Homers, das immer wieder durchkam, doch seinen Enkel noch nicht erkannt.

So standen, direkt hinter ihm, seiner Frau und deren Mutter, die engsten Gefährten:

– Bruce Kalle Willis, dessen Hand aber nur deshalb auf seinem Herzen lag, weil in der Brusttasche Dollys II. Selbstprojektor steckte;

– John Broglier, der, sich unversehens wieder als Frauenfreund fühlend, gern an einer Blüte gerochen hätte, die er zwischen Daumen und Zeigefinger hielte, bevor er die blutrote Päonie, sie ihm opfernd, ins Meer würfe;

– Cord-Polor Kignčrs, wikingersch am Kurzschwert die Hand, so umschlossen seine kurzen Finger die holomorfe Pistole, durch die seine Desert Eagle seit Straßburg ersetzt worden war;

– Frau Yessie Macchi Kumani, die an ihren Sohn dachte, weil sie das Gefühl hatte, in dem Meer einer anderen Mutter zu begegnen, einer, die gerade wegen ihrer tiefen Gegnerschaft genauso tief *verstand;*
und schließlich, neben Kignčrs,

– Sola-Ngozi, die, ohne daß der hätte etwas sagen müssen, von dem grantigen Haudegen in die Freundesgruppe aufgenommen war, rein selbstverständlich; so war sie hier eine neue Deidameia geworden und hatte sich als solche zum Partner

– Oisìn genommen, der ebenfalls dabeistand.

Ein wenig von dieser Gruppe getrennt hatte sich aus Pal und dem alten EA Richter, sowie, ihre Schulter an die seine gelegt, Shakti ein nächstes Fähnlein gebildet, zu dem außerdem Lysianassa, ihre drei Freundinnen, erstaunlicherweise aber auch die Herren Drehmann und Karol gehörten. Weiters beisammen standen die ›wirklichen‹ Menschen: Zeuner – sie war wieder zu uns hergeschickt worden – Mensching Herbst, beklommen von einer solchen Realitätsmacht. Und schließlich, sie wirkten zum Exerzieren abgestellt, so stramm standen sie, die übrigen Argonauten. Der hätte hinzugerechnet werden sollen, ein Sänger, fehlte aber; den, wie seinen Vater Odysseus, hatten die Zeit- und Romanläuft' im Osten gelassen. So daß eben auch kein Listenreicher da war, die Reise zu begleiten. Wir können nicht oft genug betonen, daß sich Allegorien immer nur ungefähr verwirklichen; aber selbstverständlich kann Cordes Den Sanften einfach hinzudenken. Keiner hindert ihn daran. So daß wir ihn, Den Sanften, dann doch bei dieser Truppe stehen sehen, aber ein bißchen abseits. Doch das Mal auf seiner Stirn scheint zu glühen. Denn er begreift, daß ihn die Heiligen Frauen, zu denen er zurückkehrt, diesmal wirklich zerreißen werden, als Thetis von tief aus dem Osten hereinschlägt, wo die Mauer ganz ebenfalls bricht. Nur gegen das schweizerische Hochland wird sie stehenbleiben; dahin gelangt auch das Meer nicht. Im Osten jedoch ist der tosende Krach, durch den die Wasser brüllen, von einer solcher Gewalt, daß Des Sanften Gesang gar nicht mehr durchdringt. Schon sind die Mänaden über ihm – auch davon hatte in Točná der Achäer erzählt:

»Doch nicht jeder vermag es und will's. Verwilderte Frauen
drehen Glück und Erlösung gierig herum; nur ein Sanfter
angehalten im Werden, konnt' Frieden und Herz ihnen schenken.
Sie jedoch, wenn die Mauer ertobend sich bricht, und die Zorn'ge
Einfällt, vergötzen weiter Kungírs verschlingende Kräfte.
Ihn, den Felsen vernahmen und den mit Empfindung das Bergwild
glückhaft erschaudernd belauschte, werden sie wütend zerreißen,
ihn, der erstmals die Hände vergebens ihnen zu ausstreckt.
Glied für Gliedmaß vor den grausen Mänaden, so liegt er
brach und wehe entleibt, hoch in die Luft seine Seele
ausgeatmet indes, weil jäh den rasenden Frauen
Thetis selbst, die den Kopf ergriffen, ihn meerseits mit fortreißt.
Heftig umwinden die Wogen ihn, Strudel spülen ihn weiter,
bis das Ufer der methymnäischen Lesbos erreicht ist.«

Nein, es war nicht Brem, der an Orpheus Rache nahm, Rache scherte ihn nicht länger, wohl aber glaubten die Devadasi, als erst das Getöse und bald danach Thetis-selbst über sie kam: sie wolle ein Opfer, ein neues und das, was ihnen selbst am nächsten und hatte ihnen so viel Frieden gebracht. Das, dachten sie, habe Thetis gefrevelt. Nachdem sie den Mann zerrissen, hielten sie der Flut den singenden Kopf entgegen: als teilte die sich dann. Aber das tat sie nicht. Sie riß zerfetzte alles, was sie mitriß, nur nicht diesen Kopf. Den ließ sie, dachte Cordes am Küchenfenster der Schönhauser Allee, ganz oben auf den Wogen treiben. Er sah ihn, wenn er durchs Glas der Nebelkammer blickte. Er hörte ihn sogar durch die Abdeckung hindurch, als wäre die nicht nur transparent, sondern löcherig porös – weshalb mir eine ganz andere Stelle einfällt in einem anderen Roman, in welchem die Bildschirme ein ultrafeines Netz sind, so deutlich klang aus ihnen das Lachen der Elfen heraus. Nein, ich zitiere jetzt nicht; wir haben schon genug auf den Keller angespielt, worin es eine Kartoffelkiste gibt, die, schaut sie einer nur genau genug an, nahezu das Aussehen der Nebelkammer hat. Alles, alles ist enthalten darin, wie wir es in der größeren sind und diese größere in einer noch sehr viel größeren ist: Wer kann sagen, ob nicht alle zugleich platzen werden, wenn Rheingraben und Mauer brechen –

– wobei es nicht nur d a s war, was Europa versenkte. Vielmehr führte das andere Geschehen, das noch nachzutragen ist, zu diesem, weil ein weiterer Nullgrund, vom Shakaden des Ostens aus dirigiert, längs des Rheingrabens mehrere Kernkraftwerke in die Luft fliegen ließ: Hodnawerke Atomkraftwerke; nun tatsächlich als Angriffswelle des Heiligen Kriegs Sheik Jessins. »Herzlich Willkommen zu Ihrem Programm ›Der wöchentliche Nachrichtenüberblick für die Gemeinschaft der Muslime‹, so begrüßte die Stimme des Kalifats die Porteños, und zwar just zu der Zeit und über denselben Sender, die sonst dem Präsidenten vorbehalten war – *gewesen* war. Es war die erste Übertragung dieser Art, bei Nullgrund hatte der Qital noch nur als laufende Fußzeile gesprochen, jetzt gab's auch Bilder und die Ankündigung – »in einer halben Stunde« – des neuen Angriffs. Diesmal sah man Abu Masud al-Sarkawis Nachfolger, Mohammed Ben Sarhawi, in des zweiten Odysseus Rolle. Er hielt etwas in der Hand, wenn man näher hinsah: eine Art Joystick von aber gänzlich unerotischer Art. Den hatten weder Natur noch Dolly Buster designt. Wenn überhaupt an etwas, so war man wie seinerzeit bei den Harpyien an Kinderspielzeug erinnert: so werden Carrera-Autos beschleunigt gebremst. Das begriffen wir alle zu spät, es kam auch nicht mehr darauf an. Der Prophet, nicht höhnisch lächelnd, nein, nicht zynisch schauend, sondern ernst und ruhig und harmonisch in seiner Mission, er war uns trotz des schwerdunklen Bartes beinah sympathisch, ja wir fanden ihn *schön* – der Prophet drückte langsam den Knopfschaft herunter. Die Detonationen bäumten den Rheingaben. Ben Sarkawi sprach hinein: »Wir grüßen die nahende Morgenröte.«

Das stand noch aus, als Thisea Brems Wagenspuren folgte. Daß sie langsamer als der Mörder vorankam, machte ihr nichts aus. Er würde irgendwann rasten, sie nahm sich die Zeit, über ihn zu kommen wie über seine Opfer sonst immer er. Sie huschte anfangs, von dörrem Buschwerk verborgen, ein paar Meter neben Dem Sanften vorbei. Der hörte nichts als den Gesang, den er suchte. Die Lyra, also seine Gitarre, schlug er nicht, sondern trug sie auf dem Rücken. Er ahnte, daß, wie es ein Schock war, der ihn seines Sanges beraubte, allein ein Schock ihn ihm auch wiedergeben könne – nicht aber ahnte er, daß dies fast zweieinhalb Jahrtausende nach ihrem Entstehen die alte Erzählung nachvollziehbar erklärt, weshalb sein abgeschlagener Kopf noch weitersingen konnte. Vielleicht erinnern wir uns, daß es ein Schlag des Kopfes gegen den Brunnen gewesen, Dem Sanften die Erinnerungen gegen die Musik zu tauschen. Was ihn am meisten peinigt jetzt, i s t nämlich die Erinnerung: an eine ungefähre Mutter, an einen Transport, ins Dunkle versteckt, irgendwohin, an eine n i c h t ungefähre Mutter, ein grobes gütiges Gesicht und viel Liebe und an einen Vater, der ganz wie diese neue Mutter war; an Spielgefährten schließlich, mit denen man über dürftige Felder und durch Abraumhalden jagte, an die Landsknechte dann, Dreißigjähriger… ah nein! *Ost*krieg: die Schänder, die ins Haus einfielen und Meuder und Knan… – er weint, Der Sanfte, heult auf dem Weg. Da ist Thisea schon lange vorüber. Singen können möchte er wieder. Aber das Mal, auf seiner Stirn, erlosch.

Drei Möglichkeiten gibt es zu sühnen: sich zu bestrafen, anderen Gutes zu tun oder den Menschen Werke zu schaffen, in die du die Verhängnisse bannst. Die Gedanken gingen in Dem Sanften während dieser Wanderschaft um, die in seine Kindheit führte. Wie damals, so war der Osten nicht länger befriedet, seit aus Pontarlier keine Direktiven mehr kamen und nur wirre aus Frankfurt, das den Osten wie jenes nicht kannte. Das Netz der europäischen Castren, von denen aus die militärischen Einheiten das Land überwacht hatten, verschliß und zerriß; nicht wenige Soldaten, denen die katastrophalen Verhältnisse in Buenos Aires zu Ohren gekommen waren, desertierten. Die meisten waren ohnedies abgezogen worden. Zwar gab es grausam beherzte Offiziere, die Erschießungen nicht scheuten, aber die auflösende Bewegung durchdrang die Truppen zu allgemein, als daß man sie noch in den Griff bekommen hätte; Partialpotentatismus wäre eine Alternative gewesen, doch war man Demokrat: *Zaunkön'ge hausen,* wie Sie wissen. Die paar Adler, die solch ein Privatregime wagten, überlebten nicht lang. Nicht nur krochen die Schänder aus ihren Verstecken, auch Devadasi erstanden aufs neu'; abermals, abgestandendste Morgenluft witternd, kochten die Säuglingsopferungen auf, aber man mußte, um Babys noch zu kriegen, weit nach Westen. Konfuse Schutztruppen, die Wege der Schänder und Devadasi, sowie – in umgekehrter Richtung – der Amazonen aus den Frauenstädten kreuzten einander; niemand wußte mehr recht, was wer war. Endzeiten wird alles Samhain. Allerdings sind sie immer zugleich auch Beginn. So standen wir auf der Mauer und sahen weiterhin aufs Meer, suchten die ungeheuren Molen nach den Schären Clermont-Ferrands ab. Das reflektierende Silberstrahlen, als wär's ein kristallen blinkender Nebel, verbarg sie unsern Augen. Bis Jason sich an Carola Ungefugger wandte: »Wo liegt es denn nun, dieses Schiff?« Die aber, ohnedies imgrunde ohne Wissen, kaute noch auf ihren Lippen, weil sie immer wieder Anstöße von Tränen hatte: Die Tochter hielt ihr die Hand so fest. Jason wiederholte barsch seine Frage. Das ließ Frau Ungefugger erst richtig unstet werden. Es war doch alles nur, auf dem Bildschirm im ADLON, eine Erscheinung gewesen, sie wußte gar nichts genau. Schließlich drehte sie sich zu den drei Menschen, streckte den Arm gen Sabine aus und rief durch eine Böe: »Frag die! frag die!« Das mußte sie noch zweimal wiederholen, bis Der Eroberer zwar nicht verstand, aber begriff. »Sie, *sie* hat mir das Schiff gezeigt!«

»Du?« – Sabine sah wie um Rat mich an. – »Komm her!« Das war eindrücklich, genügend und berechtigt autoritär. Sie nahm meine Hand, trat vor, mich zur Seite. Aber auch Mensching blieb, uns im Rücken, nah. Wenn, dann gemeinsam. »Erkläre mir das.« »Das verstehst du nicht.« »Das entscheide *ich.*« »Nein.« Er fixierte sie und hatte nun etwas von Aguirre. Aber Sabine senkte ihren Blick nicht. »Hören Sie zu«, sagte ich. »Es ist jetzt völlig egal, wie wir in diese Geschichte verwickelt und mit der Argo verbunden sind. Hier bricht gleich die

Welt auseinander. Dann wird es zu spät sein.« »Er hat recht«, sagte Michaela Ungefugger. Jason: »Also geht ihr vor, wenn ihr den Weg kennt.« »Ich weiß, wo die Argo liegt«, so nun Sabine, »aber wie man dahinkommt, nicht.« Darauf ich: »Wir müssen über die Mole dort.« Hertzfeld drehte sich zu seinen Leuten, hob den Arm und gab das Zeichen zum Aufbruch. »Bleibt nah an mir.«

Es war keinen Moment zu früh. Hinter ihnen ging ein Knistern Krachen Brüllen los. Donnernd schoß ein Wasserarm, der erst den Umfang eines Autobusses, dann schon, sich stauchend, den eines Hochhauses hatte, durch die porös gewordene Mauer, die sich aufbog, nicht etwa stürzte. »Komm mit!« rief ich, nach dem immer noch abseitsstehenden, hilflos sinnierenden Sanften greifend. »Komm mit uns mit! Denk nicht mehr nach!«

Wir rannten, was das Zeug hielt, die wie eine Landebahn breite Mole entlang; sie wurde, ihrer Länge halber, gar nicht merklich schmaler. Da sie senkrecht in den Wasserdruck hineinstand, merkte sie ihn nicht, sondern beharrte, schien's, unerschüttert. Irgendwo mußten Abgänge sein Wartungsanlagen, zumindest Zugänge; so lief unsere Gruppe zu beiden Seiten aufgelöst, lief quasi jeder für sich hastete schaute. Immer wieder Schreien, das Meer aber ruhig. Nur in unseren Rücken tobte das furchtbare Pfeifen, mit dem der Thetistöchter Fänge an beiden Bruchseiten der über sämtliche eintausenddreihundert Meter bis zum Boden hinab aufgerissenen Mauer vorbeischrammten und die ganzen einhundertdreiundfünfzig Meter Breite entlang, die sie weiter und immer noch weiter aufbogen. Unten lief der Riß keilförmig zu; noch war da der Westen verkrampft, gab sich dem Wasser nicht hin. Oben indes schossen bereits massive Betonquader wie Meteoriten mit. Das sah aber nur Cordes, wir sahen es nicht; und auch er nur für einen winzigkleinen Moment, dann spritzte das Wasser aus einer der Raupen heraus, die sich nicht blähte, nein, ebenso sich aufbog wie die Mauer bei Clermont-Ferrand. Schon durchstieß es mit einem unfaßbaren Lärm den Glaskasten. Die Hörer schrien auf, waren sekundenlang starr, ich brüllte nur: »Weg hier!«, packte die Jungs, gab dem Älteren einen Schubs. »Lauf, Jascha, renn, was du kannst!« und hatte mein Kind auf dem Arm, da ging die ganze Nebelkammer in die Luft wie ein geköpfter Hydrant. Was für Massen Wassers! ein Geysir! Nicht umdrehen, nein! Der wendige Jascha war durch die panisch rennenden Leute schon hindurch. Für mich war es schwerer, meine Vaterliebe hieb um sich. Ich deckte den Leib meines Sohns mit den Armen, der heftig meinen Hals umklammerte. Unter meiner linken Achselhöhle hindurch faßte seine rechte Hand fest in den Rückentrizeps, die kleinen Fingernägel Meißelchen, die in mein Fleisch gestoßen. »Papa! Papa!« »Ich bring dich hier raus, ich bring dich hier raus, das verspreche ich!« »Die Mama, die Mama!« »Hab keine Angst, ich liebe dich.«

Hinter uns Rennenden – Hunderte, kam es mir vor, Leute schrieen plötzlich auf – schoß das Wasser schon die Stufen herunter. Die ersten Menschen gerieten ins Rutschen, andere stolperten über sie, fielen auch, kopfüber gingen manche ab und knallten lawinenartig den vor ihnen Flüchtenden in die Kniekehlen. Ich bekam grad so das Geländer zu fassen; im Seitenblick sah ich Jascha den Ausgang erreichen und hinausrennen. Die Alarmsirene des Hauses ging los, das machte alles noch schrecklicher. Als wären wir Wasser selbst, so schoß es strömte uns aus dem Spectrum hinaus. Weitere Fluten drängten nach. Oben im Haus brachen die Scheiben, das Wasser sprang ins Freie, leckte die Wände herunter. Der Junge und ich schafften es heil, rannten zu Jascha hinüber, der uns zuschrie den rechten Arm hob winkte. Kreischen Jaulen Martinshörner schon. Hinüber auf die Brücke, das war die Rettung. Als wir uns zurückdrehten, sahen wir das Wasser über die Straße des Tempelhofer Ufers strömen und von dort direkt in den Landwehrkanal.

29

Da hörte es auf, mit einem Mal. Da war mit einem Mal wieder Ruhe. Die Straße aber naß und das abschüssige Gelände des Spectrums verschlammt auf dem Parkplatz. Die Fenster *blieben* zerbrochen, es war keine Halluzination gewesen, die Zerstörung objektiv. Objektiv und unerklärlich. Und zwar auch dann, wenn es später hieß, es sei ein Wasserrohr gebrochen; von der Nebelkammer war nirgendwo die Rede. Doch wir hatten es gesehen, Jascha, mein Sohn und ich, sowie alle Zuhörer, die meiner Erzählung gefolgt waren. Es gab auch Leserbriefe im Tagesspiegel, in denen Leute, die offenbar dazugehört hatten, auf den wahren Sachverhalt pochten, aber vermutlich ohne Echo blieben. Dennoch, ihr Leser, ich wußte, was geschehen war, wirklich geschehen: Eine Welt, von der unseren durch eine hauchdünne Membran getrennt, war an einer Stelle, am Zentrum Samhains, durchbrochen worden, hatte sich aber, ich weiß nicht warum, beruhigt. Vielleicht war im Wechselwirken der Dimensionen ein Ausgleich hergestellt worden, vielleicht aber nicht, nicht dauerhaft. Vielleicht brach alles in naher oder fernerer Zukunft abermals aus. Und was, dachte ich, ist mit dem SILBERSTEIN? Hätte nicht dort ein solcher Ausbruch ganz ebenso erfolgen müssen?

Ich fuhr also hin, vier Tage nach dem Vorfall. Hella war auch da. Diesmal bedachte sie mich nicht mit ihrem spöttischen Blick, zumal, als ich sie fragte, ob es hier in den letzten Tagen ein Unglück gegeben habe. Erschrocken sah sie mich an. »Woher weißt du das?« Ich war klug genug, mit den Achseln zu zucken. Sie: »Das ist vielleicht eine Scheiße!« »Was ist passiert?« »Magst was trinken?« »Ein Bier, ja. Also. Was ist los?« »Alles vollgelaufen, Wasserrohrbruch. Aber was für einer! Der Keller steht bis zur Decke voll, seit vier Tagen wird unentwegt gepumpt. Die Leute kriegen es nicht in den Griff.« »Seit vier Tagen?« »Am frühen Abend ging das los.« »Hast du das mit dem Technikmuseum gelesen?« »Nee.« Ich erzählte kurz, aber nur die Version von dem Bruch. »Da auch? Es gab so was an vielen Orten, alles zur quasi gleichen Zeit ... So steht das in der Zeitung. Wart mal, hier ...« Sie drehte sich um, ich saß am Tresen, sie reichte mir die TAZ herüber. Da stand das mit dem SPECTRUM nicht drin, aber von anderen Wasserrohrbrüchen quer durch Berlin. »Im Tagesspiegel haben sie vom Technikmuseum erzählt«, sagte ich. »Sieh einmal nach.« »Ja, aber wie soll denn so was zusammenhängen? Das geht doch gar nicht!« »Nein«, sagte ich, »das geht nicht.«

Wir wechselten hilflos das Thema.

Das Wasser im SILBERSTEIN stieg in den nächsten Tagen weiter. Jetzt stand es schon in den Toiletten und kam aus den Toiletten heraus. Es war eine grausige Schweinerei. Vor der Synagoge wachten außer den kleinen Panzern Wagen der Stadtreinigung. Schwere Schläuche wanden sich über den Bürgersteig ins SILBERSTEIN, sowie durch Luken in die Keller des Hauses. Nichts davon in den Häusern nebenan, nicht in der Synagoge, weder im Orèn noch im Adermann. Es war tatsächlich nicht zu verstehen – nicht *real,* dachte Cordes, der jeden Tag nachsehen fuhr. Dabei hatte er Sorgen wegen der Schönhauser. Da brach aber nichts. Doch das Kellergeschoß des Planetariums stand unter Wasser. Auch dort stieg es immer noch weiter. Das Gebäude war rundum abgesperrt. Cordes stand unter den Gaffenden, ging paarmal mit dem Jungen hin.

Und Deters' Dunckerstraße 68?

Cordes radelte auch dort hin, klingelte. Es öffnete niemand; was Wunder, da ich doch gar nicht da war, sondern für dieses eine Jahr in Bamberg. Immerhin fragte er im Ladenbüro des Dinor-Feuerlöschservices unten an der Straße. Seltsame Vorfälle? Nein, ganz sicher nicht. Wer er denn sei? Ein Freund von mir. Dann solle er am besten mich selber fragen. Man war mißtrauisch, wußte von Bamberg; ein Freund hätte informiert sein müssen.

Cordes verließ den Laden also unverrichteter Dinge, der Torpedokäfer hatte noch geschlossen, man macht jetzt immer erst ab nachmittags auf. Und ich werde den Teufel tun, Cordes meinen Bamberger Aufenthalt denken zu lassen. Damit die Verkettung der Unmöglichkeiten nicht auch hier noch losgeht. Es würde Herrn Dr. Lipom schon an der Regnitz gefallen, denke ich mir. Darum will ich es einmal s o sagen: Ich habe mich nicht nur aus den Romangeschehen zurückgezogen, sondern mich versteckt. So seh ich aus den weiten Scheiben meines Studios über Terrasse, Steinbrüstung und Barockgarten hinweg auf eine Regnitz, die ebenso braun und schwerschnell dahinströmt wie das Geschick der Anderswelt, hier aber aus dem einfachen Grund, daß die Turbinen der Steinmühle das Wasser derart ziehen. Sollte ich das Buch zu Ende bringen, bevor ich nach Berlin zurückgehen werde, besteht zumindest eine Chance, daß es sich dann endgültig schließt und ich auf der Kastanienallee n i c h t unvermuteterweise eine meiner Figuren um ein Zigarettenfeuer anspreche, das dann zu einem Flächenbrand wird. Es geht schließlich auch um mein Kind. Ich möchte den Jungen, das werden Sie verstehen, nicht solchen Gefahren aussetzen, wie es ganz zweifelsfrei, wenn auch unwillentlich, Cordes getan hat. Können Sie sich vorstellen, daß sein Sohn noch jemals vergessen wird, was im Technikmuseum geschah? daß also auf Realität nicht der geringste Verlaß ist? Das ist schon für einen Mann wie mich schwer genug akzeptierbar. Eile also, eile! Die Nebelkammer ist zerstört und klafft auf. Helfen Sie mir, sie wieder zu schließen.

»Hier geht es runter!« Broglier mußte das mehrmals brüllen, und Willis, der Schulter an Schulter bei ihm gerannt war, brüllte mit. Er zerrte auf dem Karren die Schwimmwesten mit. Tatsächlich führte eine nahezu unendlich lange Leiter in die Tiefe hinab. Längs von ihr gingen schmalere Plateaus zu den Molenseiten ab, fünfzig oder mehr je links und rechts, alle zehn Meter eines; darüber metallene Spannanlagen Kränchen Schienen für Wartungsgondeln, diese selber sah man nicht. Sowieso keinen Menschen. Aber endlich die Schären. »Wer nicht schwindelfrei ist, in die Mitte!« Dazu gehörte ich. Anders Sabine. Sie stieg als erste, noch vor Hertzfeld und Michaela, in die Stufen, denen folgten Willis und Broglier, schließlich wir anderen alle, der orientierungslos wimmernde Sanfte bei mir. »Du bist der Sohn von Odysseus!« schnauzte ich. »Verhalte dich auch so!« Hinten sicherten Kignčrs, Sola-Ngozi und Oisìn unseren Trupp.

An sich war der Abstieg, da keine starken Böen gingen, ungefährlich, zumal die Endlosleiter fast über ihre ganze Länge von einem durchbrochenen Metallgeflecht gesichert war, so daß man in einer Art Röhre hinabstieg. Ganz sicher gab es auch Fahrstühle, aber wir hatten nicht die Zeit, sie zu suchen. Es wäre Aissa dem Eroberer wohl auch zu riskant gewesen, sie zu benutzen: weder auf Hodna noch Elektrizität war Verlaß. Wir mußten nur Fuß unter Fuß setzen, Hand unter Hand um die je nächste Sprosse legen; mir schlug das Herz bis zum Zungenhals hoch. Jeder von uns schleppte sein Zeug, manche schleppten Waffen, andere den Proviant, der uns geblieben war, vor allem Wasser. Es kam mir wie eine Stunde vor, bis wir unten auf dem zerklüfteten Gelände anlangten. Da gab es nur Fels und Klippe und eine Gischt, die von so hoch oben lediglich als eine weiße Linie sichtbar war. Nun war sie voll türkisgrün. Das fiel mir nicht gleich auf, sondern etwas anderes, etwas Fürchterliches: Das Meer nämlich selber, nein, es war nicht blau, sondern tatsächlich rot: rot wie das Blut des Katholizismus. Mir wurde davon schlecht.

Nicht nur mir.

Wir starrten.

Dann übergab ich mich. Auch Der Sanfte übergab sich, und Carola Ungefugger, und Broglier, sogar Willis – ich weiß nicht, wer noch alles. Ich kann auch den Geruch nicht beschreiben, ich meine nicht den scharfen, der von der plötzlichen Kotze kam, sondern den unklaren fremden der Thetis. Er drückte sich in die Nase den Mund, ja: es war, als füllte er die Augen. *Die Farbe,* begriff ich, war der Geruch. Nur die Felsen wirkten noch irgend vertraut. In unseren Rücken die ungeheure Mole, die jetzt blaßgrün aussah, sowie einen Kilometer entfernt die noch viel ungeheurere ebenfalls blaßgrüne Europäische Mauer mit ihrer – strahlend weißen! – Klaff, durch die immer und immer weiter das Meer jetzt fast schon ruhig wogte. Wie ein Blut. Denn auch dort und vor uns war alles weinrot. Der Himmel aber, er war gelb. Als wär er S o n n e – *g a n z.* Die hatte sich unermeßlich konkav um unsere Erdhälfte gelegt.

Ich weiß nicht, wer zuerst in die Besinnung zurückfand. Jemand stieß mich an, stieß auch Den Sanften an. Es war Oisìn. »Wir müssen weiter.« Ja aber was sollten wir da? Wohin? Ich spürte, man kann hier nicht überleben, man kann in dieser Welt das Wasser nicht trinken und wird kein Festland finden. Doch selbst wenn: was für eines? Wär da ein Menschenleben möglich? Nicht nur die Holomorfen werden sterben, wir alle wir alle!

Keinen Schritt wollte ich weiter.

Mensching rannte her. Ich war starr. Er redete auf mich ein. In einer hastigen inhaltslosen Sprache. Was wollte er von mir? Bis Oisìn, der auch noch dastand, zuschlug. Ich spürte etwas brechen, zwischen den Augen; ein so stechender Schmerz, daß ich endlich zu mir kam. »Verdammt noch mal, der läßt uns doch hier, wenn du nicht endlich spurst!«

Wirklich war der Dreivierteltrupp schon voraus; Aissa würde sich nicht aufhalten lassen. Rücksichtslos riß er die Argonauten mit sich. »Wohin denn noch? Zurück? Das ist vorbei, Mensch! Begreife das!« Mensching faßte mich rechts unter die Achsel, Der Sanfte griff links zu. So schleppten sie mich den Argonauten nach, Oisìn, stramm ausschreitend, voraus, Sola-Ngozi entgegen, die einige zehn Meter entfernt auf uns wartete, wie wenn sie die Verbindung zum übrigen Trupp halten wollte. Bei ihr stand Kignĕrs. Er hatte aus unklaren Gründen seine Waffe gezogen. Wirklich, man schleppte mich. Dabei war der Weg nicht einfach, sondern verglitscht von Algen, die eine stürmischere See auf die Klippen geleckt hatte, zudem scharfkantig und voller neonblau leuchtender Muscheln. Der Fels wiederum, je tiefer wir uns in die Schären hineinschlugen, wurde weißer und immer unerträglicher weiß. Unerträglich die Berührungen unter den Achseln. Sie ekelten mich, ich wollte nicht angefaßt werden. Wahrscheinlich war diesem Abscheu zu verdanken, daß ich die Herrschaft über meine Beine wiedererlangte – allein, um für mich sein zu können. »Gut jetzt. – Gut jetzt!« Ich schüttelte die Griffe ab. »Aber lauf schneller.« »Wo ist Sabine?« »Bei Jason.« »Sie wollte nicht warten?« Er schüttelte den Kopf. »Nein, wollte sie nicht. Sie ist...« »Was?« »Ach nichts. Aber komm jetzt.«

Auch Oisìn, bereits ziemlich weit vorne, drehte sich noch einmal um. Er winkte ärgerlich zur Eile. Sola-Ngozi hatte ihre Rechte auf seine linke Schulter gelegt. Ein schönes Paar, dachte Cordes, als er die Szene imaginierte. Einmal wieder hatte er ein wirklich absurdes Gespräch hinter sich: mit dem Kommissar, der die Manie entwickelt hatte, auch zwischen dem Attentat vor der Synagoge und der Berliner Welle von Wasserrohrbrüchen unbedingt einen Zusammenhang herzustellen, deren Klammer ausgerechnet ich sei. Sein Wahrnehmungsvermögen schien sich ins Grenzenlose zu verschieben: als hätte die Al Qaida ihren Dschihad auf die Berliner Wasserwerke konzentriert und spielte nun, mich als Mittelsmann, ein terroristisches Spiel ohne Grenzen. Cordes schwieg dazu und stritt alles ab. Die Sache war einfach nur lästig, zumal der Kommissar für den eigentlichen Charakter der Gefährdung gar kein Sensorium hatte.

»Sie haben im SPECTRUM direkt n e b e n der Nebelkammer gestanden!« »Ah, Sie geben zu, daß das Wasser aus der Nebelkammer schoß! Begreifen Sie denn nicht, wie unmöglich das eigentlich ist?« »Ein letztes Mal: Wie haben Sie und Ihre Kumpane das gemacht?« Das war so über eine Stunde gegangen. Dann hatte ich wieder weggedurft. »Na, wie war's?« fragte Katanga.

»Du faßt es nicht.«

Auf dem Küchentisch neben dem Laptop lagen Prospekte und Computerausdrucke von Reiseanbietern. Nämlich war ich nach dem Verhör an einem Reisebüro vorbeigekommen, hatte ein Angebot gelesen – eine einwöchige Nilfahrt – und unmittelbar begriffen, daß wir wegmußten aus Deutschland, aus Europa, mein Sohn und ich und, ja!, auch seine Mama. Und Katanga und Jascha. Überhaupt die Freunde. Daß man nicht bleiben durfte. Nicht bleiben konnte. Wie ihnen das erklären?

Um nicht endgültig für einen Irren gehalten zu werden, begann ich, Nachrichten über unerklärliche Ereignisse zu sammeln, die ich in verschiedene Ordner tat, um möglichst bald Beweis führen zu können. Insofern kam mir die Kette dieser Wasserrohrbrüche entgegen. Das reichte aber nicht, um gegen den geballten Realitätsglauben meiner Nahen anzukommen. Fast wünschte ich mir, eines der Anderswelt-Ungeheuer tauchte auf dem Alex auf, ein Schänder hätte schon völlig genügt, vielleicht noch eine Horde Devadasi. – Verstehen Sie, weshalb ich so großen Wert darauf lege, daß Cordes nichts von Bamberg erfährt? wenn er schon derartige Mittel erwägt? Wobei mir grad siedendheiß einfällt, daß ich auf meinem Dunckerbriefkasten einen Zettel angebracht habe, auf dem meine derzeitige Adresse steht. Was, wenn der Mann eines dummen Zufalls wegen ins Treppenhaus gelangt ...? – ach du Scheiße!

Ich springe auf, der Stuhl kippt nach hinten. Ich muß nach Berlin, dringend, muß diesen Zettel entfernen. Oder, Moment, Gregor hat einen Schlüssel. Wo ist das Mobilchen? Ich ruf ihn an, bitt ihn, noch heute in die Duncker rüberzufahren und ihn abzureißen, diesen blöden Fetzen Papier. Was hab ich den drei-, ja vierfach mit Klebeband fixiert, als ich zudem den Briefkasten zuklebte, damit sich nicht die Briefe darin stopfen! Hat eh nix genutzt; mein »Bitte nachsenden« wird von der Deutschen Post, die neuerdings auch an Nachsendeaufträgen Geld verdienen will, hartnäckig ignoriert – so daß, hörte ich, schon die GASAG nach mir sucht. Was einem ein wiederum sicheres Gefühl verleiht: daß man heutzutage noch abtauchen kann, daß das Netz eben auch dann nicht allüberschließend geknüpft ist, wenn man selbst noch die Hinweise gibt.

»Sag mal, ein wenig spinnst du aber s c h o n«, meint allerdings Gregor, »ich fahr doch nicht wegen solch eines Unfugs den ganzen Weg zum Prenzlauer Berg hoch.« »Es hat Eile, es hat Eile!« »Hör auf, du bist da wieder in eine deiner Ideen verstrickt. Ich muß jetzt was tun, sei nicht bös.« Er legte auf. Daß ich ›spinnte‹, war sicher nicht ganz der treffende Begriff, und zwar auch für Cordes nicht, obwohl er deutliche Anzeichen einer sich zumindest abzeichnenden Psychose entwickelte, jedenfalls in den Augen seiner Freunde. Derweil Hans Deters, nahezu vollständig in die Realität zurückgekehrt, in den Armen Judith Hedigers endlich eine, sagen wir, quasi-bürgerliche Existenz begann; daß ausgerechnet in den ihren, unterstreicht das ›nahezu‹, aber nur für uns, die wir wissen, aus welcher, nun ja, *Sphäre* sie stammt. Jedenfalls *hielt* sie sich, wurde nach einem Jahr schwanger, und die beiden gründeten einen Hausstand, den weder ein Wasserrohrbruch noch jemals mehr eine Diskette gefährdet. Der schlimme Alltag allerdings, der tägliche Einkauf, das permanente Beieinander-die-Zähne-Putzen, die Steuererklärung, die Hypotheken und die Existenz eines Fernsehgeräts werden vielleicht auch diese Liebe wie Pilze auf der Chandoszunge der Monogamie zerfallen lassen, vielleicht aber auch nicht – wir wissen es nicht und wollen's nicht wissen. Denn jede Betrachtung ist Eingriff. Nur dieses sei noch erzählt: daß ich hörte, Deters sei zurück nach Frankfurt am Main gezogen und habe seine alte Tätigkeit an den Börsen wiederaufgenommen. Das allerdings wird seine Partnerschaft ebenfalls nicht wenig belasten.

Cordes wiederum – ich beobachtete es, aus den genannten Gründen hilflos, ich mußte einfach vorsichtig sein –, Cordes sah überall Anzeichen anderer Welten in die unsere hinüberbrechen. Er hatte tiefe Angst. Schließlich ging er kaum noch außer Haus. Einen irrationalen Wahn nannten es seine Bekannten, er selbst Existenznot. Und die Frau, um die er sich so sorgte, strengte wegen des gemeinsamen Kindes, um dessen Schicksal er noch weit mehr als um sein eigenes bangte, ein Sorgerechtsverfahren an, das er verlor. Früher hätte er gekämpft, jetzt hielt er aus, nicht unähnlich mir in meinem Bamberger Schlupfwinkel, meiner, wenn man so will, *social splendid isolation*. Das Kind kam weniger und weniger zu ihm. Wahrscheinlich fing der Junge sich tatsächlich vor dem unrasierten, schließlich wirrbärtigen Vater zu fürchten an, der an der Beweislast für etwas schleppte, das sich nicht beweisen läßt. So offenbar es alles auch ist. Der wortkarg wurde, seine Arbeit schleifen ließ, so daß die Schuldenlast anwuchs. Der dann alleine fortging, irgendwohin; schifft sich auf eine nächste Thetis ein, findet einen anderen, viel ferneren Unterschlupf als ich und geht dort langsam, so schweigend wie düster, unseren Blicken verloren.

Verloren aber auch, dachte ich, seien wir: Es würde tödlich enden, kaum daß wir die Argo bestiegen hätten – wenn es das Boot überhaupt gab, wenn sich meine Programmierung hier wirklich realisiert haben sollte. Schon daran zweifelte ich, allein, weil mir derart schlecht war. Doch die Leute waren, das Weinrot hin, das Weinrot her, wie hypnotisiert. Sie begriffen nicht das Unheil, schienen auch weder mehr die Farbverschiebungen wahrzunehmen noch ihren furchtbaren Geruch. Als hätten sie sich umjustiert, bzw., als wirkte die ständige selbstgenerierende Programmierung des Systems, der wir die Porteños ausgesetzt hatten, auch ohne supervidierende Kybernetiker weiter. Bei Sabine war das am auffälligsten; sie trug fast schon einen so unerbittlichen Ausdruck wie Aissa Hertzfeld Aguirre, dem zur Seite sie suchte: besessen zwischen den Schärenklippen, deren leichiges Blaß sich eklig vor uns auftürmte und in dem wir, die beiden immer voran, herumkletterten, um diese Argo zu finden: drohend entblutet alles. Sämtliches Rot sog das Meer auf. Und Michaela Ungefugger, die eine Konkurrentin zu wittern begann, sog an einem neuen Groll. So daß sich, vielleicht über das Händereichen, in das nicht die Mutter, sondern Medea einschlug, das allegorisch Angedachte nun vielleicht doch noch erfüllte. Das wurde mir in diesen Momenten mehr als bewußt, das machte mich noch elender, aber auch endlich entschieden. Sie muß aus Jasons Nähe! dachte ich. Sie muß ganz unbedingt auf Distanz.

Ich wollte Mensching beiseite nehmen, um mit ihm zu sprechen und auch ihn vorzuwarnen, aber da erscholl ein Ruf. Das Boot war gefunden. Unvermittelt griff eine riesige zehnfingrige Hand aus Wolken über den gelben Himmel, der ein schmieriggraues Orange auf das Weinrot legte und so schwer über die weißen Felsen strich, als wäre sein Schatten nächtliche Beleuchtung: eine ganz verzerrte Hand, wie bei Fotografien, die monströs das Nahe zeigen, das an dem scheinbar Fernsten hängt.

30

Brem hatte sich zur Nacht gelegt, neben den Jeep auf seine Matte. Wie wenn er im Einsatz war, schlief er nicht ruhig, sondern in Schüben von vielleicht zehn Minuten, hob dann immer den Kopf, lauschte momenthaft, das Messer in der Rechten, und schlief wieder ein. Das hatte etwas von einer Katze, die zumindest e i n Auge achtels aufhält. Doch, anders als sie, hatte er wenig geschlafen in den letzten Tagen, es war keine Zeit für die ihm so liebe Kontemplation gewesen, in der er stundenlang vor seiner Garage gesessen und nichts anderes getan hatte, als hin und wieder ein wenig zu schnitzen und den Weltlauf weniger zu bedenken, als ihn durch sich hindurchziehn zu lassen. So war er erschöpfter, als er wußte. Er war nicht länger aufmerksam.

Die Gegend war hügelig, fast schon gebirgig. Es gab sogar, von der verwahrlosten Straße rechts und links je an die dreihundert Meter entfernt, etwas wie Wälder, auch wenn die Bäume, die zwar dicht standen, alle etwas Verkrüppeltes hatten, teils abgestorben wirkten. Hindurch hatte sich eine zähe, lebenswillige Gestrüpart entwickelt, die hinaufklettern konnte und ohne instrumentelle Gewalt kaum zu durchdringen war. Von AUFBAU OST! war hier noch gar nichts zu ahnen; eher war das Land, ohne daß spürbar Menschen eingegriffen hätten, eine Ansammlung verschiedener Biotope, in denen Natur mit Existenzformen experimentierte, die den Zurichtungen und synthetischen Giften der Hochtechnologie gewachsen waren. Sowieso die Schänder, wie teils die Devadasi, Hundsgötter und Bohrer, in gewissem Sinn auch die seinerzeitigen Flatschen, waren Ergebnisse solcher Experimente der Evolution. Daß man geneigt ist, sie Mutationen zu nennen, zeigt nichts als eine Abwehr durch den Begriff, der Entwicklungen und Zeit einen harmonischen Rhythmus aufzwingen will; ›harmonisch‹ meint ›menschlich‹, menschen*gerecht,* das Wort ist gänzlich anthropomorph und entstammt der ptolemäischen Weltsicht, die der Monotheismus beerbt hat.

Thisea schoß. Was eine Frau ist, dachte sie, jetzt weißt du, was eine Frau ist. Wozu gehörte, daß Brem den Schuß gar nicht merkte. Nur Männer brauchen sichtbaren Sieg.

Die Amazone hatte auf eine seiner Schlafphasen gewartet, dann war sie vorgeschnellt und hatte, die Mündung nah an seinem Kopf, abgedrückt. Das war weder feige noch hinterhältig, sondern gerecht: indem Brem bewußtseinslos umkam wie die meisten seiner eigenen Opfer, im Krieg die Feinde, im Frieden Erissohn und Goltz. Rache will bemerkt werden; schon insofern ging es um Rache dann doch nicht. Außerdem hatte Brem, ein sonderbarer Charakter war er gewesen, sichtbare Siege genau so wenig gebraucht. Aber seine Parfums. Diese Spur hatte er immer d o c h hinterlassen. Aber eine *voraus*.

Fast im selben Moment rollte – als wäre es ein zweites Echo des Schusses – das Krachen der Hunderte Kilometer entfernten, der brechenden Mauer über den Osten – und zwischen Weststadt und Buenos Aires, über seine gesamte Länge, riß für Thetis der Rheingraben auf. Was einst der hodnische Vorhang gewesen, wurde nun Wasser, erst das vergüllte des Stroms, dann schon salzig aus Meer: stand für kaum eine Sekunde, dann knallte es, Tsunami, schwappte, alles ein einziger Brecher, in die Stadt und rollte dem Krachen unaufhaltsam nach. Am ehemaligen Laserzaun brüllten die Wellen ineinander, aufgewirbelt aufgegischtet auf ihrem Weg von jenen, die aus Norden kamen, zeitgleich. Wenige Archen hob der wirbelnde Kamm, von dem hochgerissen Noahs und Lots sich zu retten versuchten, weibliche, männliche, und Kinder. Ein irrsinniges Zischen begleitete die Westflut, weil die Wasser in die defekten, aber offenbar noch elektrisch geladenen Illusionsgeneratoren des Gitternetzes faßten, die sich kurzgeschlossen entluden. Blitze über dem ganzen nassen Beben.

Als sich Thisea umwandte, zurückwandte, nachdem sie dem Mann das Peleusmesser aus einer seiner Hände genommen, es einen Moment in den ihren gewiegt und gedacht hatte: ich sollte es vergraben, wie wenn man einen Menschen begräbt – als sie so ins blasse Nachtgrau starrte und – als erstes Echo schrie noch hohl eine Krähe – dieses Krachen hörte, dem die Gedonner der Wasser folgten, die umschmetterten wegschmetterten mitschmetterten, was in Front an Geschöpf stand und an Bau, der sich wie immer auch erhob – so daß sie gar nicht begriff, nicht einmal erschrak, derart sinnesbetäubend riß die Welle dieses Tosens herbei – als sie sich also umwandte, um zu gehen, da war dann das Wasser schon da. Es nahm ihr das Messer. Sie ließ einfach los, ließ insgesamt los wie auch Veshya, die es bei St. Pölten erfaßte, bis wohin sie unterdessen gelangt war. Auch sie hatte keine Zeit für Gedanken, so schnell kam Thetis über sie alle. Nicht einmal an ihren Sohn dachte sie, weil es ihr den Mund so aufriß und so salzig in sie einschlug. Der ist in einem Strang dieser Erzählung aber gerettet, im zweiten freilich werden ihn, und zwar eben jetzt, die Mänaden zerreißen.

In jenem starrte Der Sanfte das verlassene Boot an und ihn der brustgeschwollene Cheiron unter dem Bugspriet. Derart frisch der braune Anstrich, daß das Gefährt geradezu normal wirkte, wie es da, im Weinrot nur lose vertäut, halb schwamm, halb auf dem Weiß lag, aus einem Zeichenpapier herausanimiert. Die Brust des Kentauren schwoll, und zu den Seiten standen je fünfundzwanzig Riemen frisch gestrichen hinauf. Zudem gab es einen Mast, allerdings nur Stag und zwei schmale Wanten als Takelage, doch auch den waagrechten Baum dran sowie im Heck einen Aufbau, der vielleicht die Kapitänskajüte barg und die Messe.

Alle fünfzig Argonauten, etwas erhöht in den Klippen, sahen hierauf hinab. »Da liegt sie«, sagte Sabine nicht ohne Triumph in der Stimme und wurde dafür mit einem bösen Blick Michaela Ungefuggers bedacht. Hertzfeld, der die Spannung zwischen den Frauen nicht merkte, lachte und hob seine herrische Stirn. Was war aus dem jungen Jason geworden! Wer ahnte, daß der Aguirre in ihm Ausdruck von Selbstbeherrschung war? Wobei dieses, das Selbst, doch so zweifelhaft ist, denn sein Rücken juckte nicht nur, nein, er t o b t e. O dieses weinrote Meer! Jede Sehne gespannt, die Muskulatur flüssiges Eisen.

»Jetzt los!« brüllte er.

»Ihr seid so was von«, fluchte ich, »wahnsinnig.« »Wahnsinn dürfte«, kommentierte Mensching, »unsere einzige Chance sein. Also reiß dich zusammen. Es sieht so aus, als käme jetzt erst die Flut. Wir hatten Ebbe, Alter.« – *Ebbe?* Das? – Doch was die Notwendigkeiten anbelangte, hatte er recht. Auch wenn dieses umgangssprachliche »Alter« mich verdutzte, weil es nach einem fast vergessenen Freund, Andreas Werda hieß er, klang – aus ganz ganz fernen Zeiten. Als ich ihn ansah, war er es. Hatte ich ihn nicht zuletzt, Teppichflut fallender Bilder!, bei Sombart gesehen? Wann war das gewesen? In welchem meiner Leben? Oder nein... nein, das war Deters gewesen, nicht ich, der ihn da getroffen hatte. Ein Sombart hat in Garrafff nie existiert. »Na los!« rief er. »Was glotzt du?« Er gab mir einen Stoß, der mich denn auch vorantaumeln ließ. *Laupeyßer* dachte ich und dachte *Falbin*. Welchen Weg war das gegangen! Und rannte seinem Ende zu, dachte ich in Bamberg, denke ich, während es draußen herrlich heiß ist und die ganze Welt noch in Ordnung an ihrer Oberfläche – was auch immer darunter wühlen mag, und ich höre Dr. Lipoms Baßgeraunze Benn zitieren. Aber das mag daran liegen, daß Bamberg und Hannoversch Münden einander nicht ganz unähnlich sind.

Mir steht ein Meer vor Augen,
oben Bläue, doch in der Tiefe waberndes Getier

Lassen Sie mich ein Bild einstellen, eines von Ror Wolf, das sehr genau zeigt, was ich meine.

»Was glotzt du?« Ebenfalls jetzt erst der – unsanfte – Stoß. Während ich voranwankte, flogen die Errungenschaften durch meinen Kopf, die wir mitnahmen: die paar technischen Geräte, zu denen vor allem Waffen gehörten, die waren indessen holomorf und würden nicht lange halten; Menschings/Werdas kleiner Illusionsnavigator, sowie das kulturelle Wissen, das wir hatten: Beethovens späte Streichquartette und Michael Mantler gehört zu haben, von den Rolling Stones zu wissen, von Stockhausen, von Grimmelshausen Kleist Döblin Niebelschütz. Daß nichts davon zurückbleibt als das, was wir seelisch mit uns nehmen. Es konnte keine Lösung sein, mit der Argo zurück in die Bronzezeit zu rudern. Aber wenn schon, dann müßte es eine andere Bronzezeit sein, dachte ich stolpernd, eine, für die das Gesetz des Fortschritts durch Regression galt. Sowieso, denn wir gingen mit künstlichen Geschöpfen auf die Reise, auch wenn man das jetzt noch nicht merkte. Für Sabine, Mensching und mich gab es keinen Unterschied zwischen Anderswelt-Menschen und Holomorfen mehr, so wenig wie zwischen den Anderswelt-Menschen und uns. Mir raste zudem durch den Kopf, daß wir alldies in einem Computer durchlebten. Es müßte nur irgendwer den Strom abstellen, und die Welt hörte auf. Aber wie gut, daß Der Sanfte dabei war, der, ohne es zu wissen, unsere Gesänge in die Kybernetik trug, der sie als Erbschaft in sich hatte, als – Natur. Und mir wurde klar, ob hier in Bamberg, ob später wieder in Berlin, daß es mir allezeit darum gegangen war und ging: *hinüberzutragen,* was es wert war, gewesen, was die Kultur ist und Kunst ist, es hinüberzutragen in das Neue, das sich jetzt so furchtbar weinrot geöffnet hatte.

Es öffnete sich wirklich: wie ein Maul oder wie sich das Rote Meer geteilt hat, als Israel Ägypten floh. Es klaffte zu den Seiten, schräg, wie eine Wasserrutsche, doch organisch, ein Schlund. Zu den Seiten standen die Fluten als gewölbte, je rechts und links hinweggischtende Wände, obenauf so knochenweiß wie der Fels. Beweglich aber, wirblig, denn immer wieder drückten sich neue Wellen hinauf: bestimmt fünfhundert Meter längs in Thetis hinein. Daß man, dachte ich, so gar keinen Zahn sah!

Wir mußten uns beeilen, noch mehr beeilen, fast hasten. Die Argo hatte begonnen, über die Zunge des Meerschlunds hinabzurutschen, die hatte sich vorne, wo das Schiff auflag, erhoben, man sah ihre beiden Spitzen, die waren noch wie mit den Felsen vertäut, leckten aber langsam hinauf, als die Zunge sich immer noch weiter hob. Das Meer selbst ließ die Argo zu Wasser. Es wollte sie mit ihrem Rachenzäpfchen taufen.

Die ersten erkletterten das Reep.

»Los, weiter!«

Man konnte Peitschen und Schüsse knallen hören. Die gab es nicht, nein, ich hörte sie dennoch, sah Kisten Proviants und sonstige Ladung gestapelt neben dem Schiff; auch das war nicht wahr, dennoch wurde das hochgewuchtet, wurde das an Bord gezerrt. Überall Schreien, teils triumphal, teils gar nicht mehr bewußt. Niemand außer mir schien Angst zu haben, niemand sich darüber klarzusein, was hier eigentlich geschah, welcher Zivilisationsbruch sich vollzog. Ich begriff, daß es keinen weiteren Sinn hatte, von Computerprogrammen zu sprechen, schon gar nicht von diesem speziellen, sondern daß das, was Illusion war, wirklich war. Wir unterschieden uns nicht von unseren Geschöpfen, nicht von einem einzigen Avatar der CYBERGEN. Ich hätte nur gerne gewußt, was derzeit in Beelitz passierte, im realen Deutschland, in Europa, der Welt. Gab es noch jemanden, der mich erfand und sitzt ruhig in einem Bamberger Künstlerhaus und sieht die Regnitz nicht steigen? Oder liefen unsere Anderswelten, alle, Hand in Hand, verschoben wahrscheinlich, aber doch ineinander? Hier verwirklicht sich eines, dort ein anderes, wiederum da das nächste, aber die Grundbewegung ist nahezu identisch? Auch ich ergriff nun den Handlauf, zog mich hoch, halb schob mich Andreas, der wieder nach Harald Mensching aussah. Ich war wie in Trance: einer aus Panik, einer aus Traum. Langsam zog ich mich über die Reeling. Schon legte die Zunge die Argo wie einen Keil hart schräg, und wir gewannen Fahrt. Mit wahnsinniger Macht schlugen wir hinten auf. Es ging nicht tiefer hinab. Thetis ließ ihren Kopf in die Kinngerade gleiten und wandte ihn herum, das Maul zwar weiter geöffnet, aber ohne uns zu schlucken. So starrten wir alle heraus. Sie wandte den Kopf zur Ebene ihres Wassers. Wir starrten und starrten. Packten feste zu, ließen die Wanten nicht los, die den kurzen Mast in ihrer Spannung hielten. Jason Hertzfeld hatte endlich wieder eine Hand Michaelas genommen, sich auf seine Frau besonnen. Hoffentlich hielt das. Diese hielt eine Hand ihrer Mutter. Gleich hinter den beiden stand Sabine und sah schon bereit aus: Sie wollte sich den Mann gewinnen und Michaela ein Erbteil ihrer Mutter zukommen lassen, vor dem die nun bewahrt worden war. Ich ahnte die Söhne, die Michaela Jason gebar, ich sah den Drachenwagen schon, auf dem die Zauberin davonfuhr. Ich sah, daß sich unter Jasons Hemd auf seinem Rücken etwas regte, als wäre dort ein Tier versteckt, ein langes, schmales Tier. Zu dem war seine ganze Wirbelsäule geworden.

Die Paare, alle, noch, standen beisammen: Michaela/Jason, Shakti/ EA Richter, Sola-Ngozi/Oisìn. Ich selbst hätte gern bei Sabine gestanden, aber was einmal gewesen war, das war nun gewesen. Beisammen stand das Paar Karol/Drehmann, und Lysianassa blickte zu Mensching herüber, auch sie leider nicht zu mir. Dann die Freunde: Kignčrs, das Wasserzeichen der Poesie in seiner Armeejackentasche, und Pal und Willis, der auch Teil eines Paares war, aber nicht mehr für lange: sie wußte das, die Hand, die auf seiner Hemdbrusttasche lag und den Projektor fühlte.

Frau Kumani war zu den Holomorfen getreten. Hier gehöre ich hin, so sah das aus. – Diese Wesen waren dann die ersten, an die Riemen zu eilen, weil sie begriffen, daß ein Boot *geführt* werden will, und sie wußten nicht, wieviel an Zeit ihnen blieb. Ich sah sie später alle vergehen, eine nach dem anderen, das war nicht mal ein Platzen. Sie wurden durchscheinend für einen Moment, dann waren sie weg. Keiner nahm Abschied; das Ritual, das Yessie Macchis Mann noch hatte erleben dürfen, hatte seinen Grund verloren. So ging auch sie selbst. Ging auch ohne Abschied. Nur Dolly II ließ ihn sich nicht nehmen, das war schon erzählt, und sprang in die See. Dann war die ganze Daseinsform erloschen, wir, ihre Schöpfer, waren als Erben allein. Und doch wohl selbst geschöpft.

Neben mir stand Mensching, der würde sich später erst, in ein paar Tagen, mit der Amazone verbinden. Er spitzte seine Lippen, als auch Thetis ihre spitzte und uns – nach einem vorsichtigen, doch tiefen Atemholen – hinauspustete, als sie die Zunge wölbte, die Argo darin als Geschoß, als dann die Bö von hinten kam, längst war das geteilte Meer zischend zusammengeklatscht. Aus dem Seegang sah nur noch Thetis' Schlangenkopf hervor. Wir spürten, wie sich ihre Wasserlungen blähten. Die Dünung hob uns, senkte uns, war schon keine Dünung mehr, war unfaßbar Seegang. Wir stampften und rollten, dachten wir. Doch da erst spie uns Thetis aus. Mit einem Krachen, das mehrfach schräg durchs Boot ging, ja als bräche der Mast, schlugen wir, für uns gelassen wieder, auf. Und die Argo

VI. TAUCHT' IN DIE WOGEN DES MEERES.

Es krachten die hölzernen Planken hart und unwillig wie auf steinernen Boden; es schrieen auf, als würden sie reißen, die straff, um den Mast festzuhalten, angezogenen Wanten; fast alle Trossen verzerrten in ihren Knoten. Niemand war fähig, dem wütigen Meer die eigne Kraft und den eignen Willen entgegenzustemmen; wild erhoben sich über das Schiff, wie Gebirge, die Wellen; schlagend und schäumend prallten sie nieder, wie wenn sie der Menschen Hochmut meinten, den sie zu ducken von Thetis gerufen, die dabei war, die Grenze um ihr verlornes Europa einzuschleifen. Mit allem Haß, die sie hatte, durchbrach sie gleichzeitig westlich und östlich die Mauer, zugleich aus des Rheines Graben, der über die ganze Länge bebte, herauf, und neues mesozoisches Meer, das einlief, bedeckte Länder und Städte.

Es floh, floh auf die sicheren Höhen, wer noch lebte, und sah nach Osten, bangend, von woher Uraltes, neu sich erhebend, über Europa, wie Horden, kam, es aufzuteilen Hand in der Hand mit dem Wasser, Hand in Hand aber auch, nachdem es, das Meer, wieder still und, seines Siegs zufrieden, glatt ward wie schimmerndes Silber und der Totschlag, wie Tiere, die satt sind, sich wieder zum Schlafen legte, mit überlebenden Menschen. So finde Europa, dacht' ich, wenn auch übergangshalber, Ruhe. Denn bleibend wäre nur, bis seine Quelle ausgeschöpft sei der Energien, die ihn versorgten, der Lichtdom. Wir sahen achtern ihn leuchten, schon Horizont, herausgenommen aus dem Prozeß des, unumkehrbar sich wandelnd, Lebens – Monade, die sich verewigt stillsetzt, selbstverklärt als Gesellschaft, erhoben ohne Geschichte fortan, ohne Hoffnung und ohne Träume. Reines Dasein, wenn's nichts mehr will: Das wird sich vergessen.

Wir alle, als sich das Meer beruhigte um uns, weil Thetis kundgab, daß wir als Feind nicht, sondern eines Versprechens halber, und wegen vergeßnen Vertrauens den Seeweg versuchten, sahen flüchtig zurück, nämlich keines Gedanken galt Umkehr, jedes war Abschied. Die erste ging über Bord, schon erlosch ein zweiter. Schnell noch umfingen die Freunde einander, bevor wir mit uns allein warn: wer Mensch war. Nicht Trauer, Traurigsein wurde. Da, zu Jason gekehrt, rief, heftig ihr Blick, Michaela: »Mann! Was sinnest nun du, des ungebändigte Willkür diesen und jenen begünstigt, den einen bald und den andern mit dem wechselnden Glück der schrecklichen Waffen erfreuet? Dir liegt immer das Ziel im Sinn, wohin es gesteckt sei, darum steck es nun weiter und nimm unser Ruder und führ es!« Damit wandt' sie sich um, und sie schritt ihm voraus an den Bug, den wilden, vom Wind ganz zerwirbelten Schopf sich beiläufig richtend. Er, noch sinnend, folgte, aber drehte sich zackig knapp herum, um zu rufen: »Verzurrt den Mast neu, setzt Segel!« Darauf schritt er zur Freundin, und beide beugten sich übers Schanzkleid, während an Mast und Mastschwein, ihn festziehend, wir uns mühten und andre die Riemen ergriffen, um kraftvoll zu pullen, bis sich in dem raumen Wind unser Segel killte, dann prall ward. Sirrend schnitt das Boot durchs Wasser, als Jason den Kurs belegt hatte. Heckseits bald war er und führte das Ruder; die Freundin vorne am Bug überm Spriet stand fest und erspähte, ob Klippen ragten so nahe dem Land, ob sie, die Dünung, noch Gleichmaß habe oder an Riffen sich breche und schäume.

Noch sprach nicht einer von uns. Lautlos entschwanden ein Mann nach dem andern, Frau nach der Frau, in das Nichts. Doch manche von ihnen, als Nacht war, erstmals, sahn noch, bevor sie gingen, was sie erträumt: – die Sterne. Unbegreiflich, daß sie wirklich am Himmel warn! Ihr Schweigen, dort, war ein andres, tieferes noch als unsres. Dazu das Meer, die Geräusche, jetzt, in dem Dunkel, das von der Lichter so nagelspitzem Funkeln gespickt war; Gurgeln, Klatschen von Wasser gegen Holz, und ein Singen, seltsam aufwogend fein, wie von verletzten Sirenen, die um verlorene Lust klagen und hoffen, es werde, sie zu erlösen ein Mann sein, der sich zu opfern bereit sei; Schreien von nächtlichen Vögeln, die niemals an Land gehn, sondern Nest und Gelege hoch in Wolken bewohnen, Abgesandte von Leuke, uns zu führen vielleicht, warn – ewigen Liebesgenuss und unendlicher Kinder Umgebung glückbehangnes Versprechen, das schon von Alters her Menschen Kraft und große Ausdauer gab, die unüberwindbar selbst dem mühvollsten Ziel entgegentreibt, so entfernt es immer auch sei, verkündend; dann die ewigen Brisen, die die Wogen mit leichten Federn, glättenden, kämmen, über Meilen der tiefsten Schwärze hinweg, und auch die singt, singt wie zum Himmel hinan und tief hinein in das endlos stumme, ruhende All, das herabsah auf uns, die hinaufsahn stundenlang, so schien's mir, als die Argo in Fahrt gekommen, von nur noch dem Wind geschoben. Die Riemen verblieben in den Dollen festgemacht.

Wir standen zusammen. Jason dennoch entfernt, ein aufrechter Schatten am Ruder, stehend steinernen Blicks, weil strikt gewillt, unsern Kurs zu halten, ohne doch nautische Kenntnis, aber von sichrem männlichen Spüren, der Mutter, Deidameia, so gleichend jetzt: nicht abzubringen. Zweifel kennt nicht, wer handelt, sondern er richtet sein Augenmerk allein auf die Sendung. So tat's die Mutter ihm vor, und der Vater erträumte so Leuke. Was sich erblich in uns erhält, wenn in andrer Gestalt auch, unsre Autonomie entscheidet darüber gar nichts. So stand auch sie, die Freundin, vorne am Bugspriet und spähte starr voraus, wie wenn sich ihr Körper in Lieb und Umarmung einig sei mit dem Schwarz und dem Seegang und so mit dem Wind verschmolzen in die der zunehmend tieferen Nacht Elemente, sie und Jason, doch beide jeder alleine für sich. Nur wir, die anderen alle, blieben beisammen und manche hielten Hände, denen die Hände leise entglitten, jener, die es auslosch einen dem anderen nach. Es stiegen davon weiche Seufzer wie Blasen, die unterm Himmel zerplatzten, auf. Die Ankunft war und der Abschied Eines ihnen und uns.

Ergriffen spürten wir alle, die es mit den Freunden erlebten, als dünnte der eigne Leib sich aus, unser Atmen zunehmend enger, doch aber weiter werden zugleich, weil wirklicher, echter, konkreter, da nun nichts mehr präsent als tatsächlich Wasser und Wind und Haut und flatterndes Haar und die kühle Nacht, die so tief war wie die See unter ihr und in ihr flimmernd die Sterne. Andere schmiegten – ach, wie aus Scham – tränenbenäßt die Wange, doch kurz nur, dem Rücken ihres Vormanns ein; die Endgültigkeit, der Ernst, ein heiliger, ununverbindlich endlich, das Holz, das Tuch und jeder Geruch, den die Nacht in ihrer Achselhöhle getragen und nun herausließ, als die Arme, die ihren, sich hoben, umfingen uns Wesen mit der Gewißheit von Tieren, die vom Jagen satt heimkehrn, müde, doch können nicht schlafen, sondern ein Auge bleibt immer halb auf Feinde geöffnet achtsam hinaus in den weiten Äther. Schrecklich blicket ein Gott da, wo Sterbliche weinen, dachte ich, der hinaufsah wie alle und ebenso stumm war, ebenso war wie alle, gemeinsam Mensch vor dem Weltall, ungeschützt vom Zivilen, offen, unüberdacht von regulativen Gesetzen, die binden, aber im Innen doch die, wenn sie auch nur noch Erinnern, Kultur und was uns, während weiterzugeben, gemeinsam Verpflichtung wäre, gefühlte und nicht bloß, weil's uns auferlegt wurde, ohne daß wir erfuhrn, noch gar empfanden und weder fassen noch – dieses schon gar nicht! – es schmecken und riechen und ansehn konnten; derart abstrakt war ein jeder, bis wir uns lösten, in die Gesetze gebunden. Jetzt waren wir wieder Freie, die sich allein entscheiden nicht nach dem Wort, das geschrieben, sondern flüssig, je wie der Umstand verlangt und nicht Regel, nicht mehr nach Lobbys, Umsatz und nach strategischem Wägen. Einfach waren wir wieder geworden, und einfach, was Recht ist.

So sann ein jeder, bevor wir uns auf die Lager zum Schlafen legten, dem ersten auf See, und manche sannen noch lange weiter. Der Traum erst erlöste sie, der von der glucksenden Bordwand aufstieg, der ewige Meertraum, den uns die Herkunft aufs neue immer wieder bereithält, ob Frauen, ob Männern; schon Kinder wissen von ihm, und wohl ohne Vermittlung, denn erst, wenn wir altern, geht uns unvermerkt die alte Verbindung verloren, und sie versinkt in der Adoleszenz. Auf des reifen Bewußtseins ozeanischem Grund aber ruht sie nur aus, bis der Traum sie aufweckt. Dann steigt sie, erfüllt von Ruhe, zum Luftholn hinauf in unseren Atem und höher und kleidet Decken und Wände, wehrlos und frei von der Wehr, die, um zu schützen, das Ich sich aufgerichtet und um sich herum befestigt hat. Ufer, immer, machen sie flüssig und Boote, auf denen wir schlafen. Boot und ein Ufer ist selbst doch der Schlaf.

Das Gurgeln und Glucksen währte. Von Zeit zu Zeit ertönte zum Jammern des Windes, der unser Segel blähte, der Ruf nach der Ablösung. Endlich nämlich ging auch Jason zur Ruhe. Ich sah ihn, wie er sich legte. Nicht aber Michaela zur Seite; sie blieb die ganze Nacht dort stehen am Bug, staunend, entschieden und wie, als wär der Spriet sie selbst und wiese der krabbligen See die Furche, in der wir ohne Not uns dahinsegeln ließen, anvertraut ihr wie getraut die Welle der Welle, Woge die Woge hebend, senkend und abermals hebend, nicht länger Getrennte, sondern nun aufgenommen, rückgenommen in sie, Natur: als Geschöpfe einig mit dem Vergehen und nächstem, jedes neuen Entstehenden Schmerz, der, wie seine Zwillingsschwester Lust, ein bedingtes Kind ist des atmenden Daseins. Wenn sie grenzenlos würden, lösten beide sich auf ins Nichts als Ungefühlte und niemand wüßte von ihnen noch von uns. Denn sie brauchen sich, wie wir ihrer Gegenwart bedürfen, ständig, der Trauer, der Hoffnung, des Tages kurzen, selten nur mehr als Stunden währenden Glückes. Damit endet's: Nie wieder Schmerz. Es ist das der Tod schon, den ich über mir glimmen sah als funkelndes Leuchten längst vergangener Sterne im Schwarz des samtenen Lohens leerer und kalter, endlos weiter fühlloser Räume. Wie er gewiß und lebendig, der Mast – und das bauchige Segel war seine Lunge – da s t a n d! aufrecht und hoch in den Lack des Firmamentes gespitzt, wie wenn er Linien hinein, wie Schriftzeichen, ritzte, geführt von seeseits, wie von der Woge angehoben und abgestrichen die führenden Glieder – Knöchel, Daumen und Zeigefinger Poseidons, so dacht' ich, Amphitrites vielleicht, der Nymphe, Konturen skizzierend gegen die Nacht, arabeske Spuren von Sehnsucht, die sie und Menschen eint mit den Göttern, irdischen, die wir erfanden, um uns dauernd ein Abbild zu schaffen, des Todes jedoch gewärtig, u m ' s so zu tun.

Das Gurgeln, das Glucksen, und manchmal schlugen spritzige Brecher, kleine, über das Deck hin, angestachelt vom Wind, den dauernden, wechselnden Brisen, die nach Tang und nach Fisch rochen und mit sich die Lieder trugen, »die ihr schon völlig vergessen, ja weggedeckt hattet in dem Lärm eurer niemals verstummenden, treibenden Städte«. Also sprach wer und regte mein Herz und hob, an der Hand mich führend, leicht mich hinauf, und also wandelten wir nun um den erhabenen Rand des immer wachsenden Schlafes, ich und die Göttin, im Traum, die blauen glänzenden Augen gegen das Meer gewendet, versuchende freundliche Worte, die ich noch für wirkliche hielt, derweil wer mich anstieß, aus meinem Argo-Traum hinaus und in das Café zurück, aus Gurgeln und Glucksen, die Wellen sprühten zur Theke. Müde sah ich, Alleingebliebener, hoch: einer jungen Frau ins Gesicht, die aufzuräumen begonnen. Sie stellte schon alle Stühle umgekehrt auf Tische und Tresen; ich hatte dabei gestört offenbar. Sie brauchte den Platz.

Ich war tatsächlich einziger Gast noch. Frühe am Morgen schien es zu sein. Aber war das wirklich das Silberstein hier? Ich fragte, drauf zischend sie: »Samhain« – welche Dwarssee! Jähe brauste der Zephir und nadlig spritzte die Gischt aufs Deck, und mit solcher Gewalt, daß all die Schläfer erwachten. Noch war das Schwarz für das Auge undurchdringlich; nur hoch das Sternenzelt, drin funkelte's weiter. Niemand vermochte, weder luvseits noch lee, Horizonte und Meere zu scheiden. »Willst du nicht heimgehn?« hört' ich zwar, aber meinte, es habe etwas gesprochen, das naß auf den Planken gestanden und irre, eine Sirene, um sich blickte – suchend, verloren, leer. Ich sah sie aber nicht, doch s p ü r t e sie nah sein: neue Umverwandlung, die in Okeanos Strömen Niam erfaßt und uns nachgeworfen, als Eichhörnchen wieder, habe, schuldloses Kind, das nun frei von furchtbarer Sendung sei. Ich hörte sie lachen, abermals hell, doch das war nur mir alleine vernehmlich. »Bitte, geh jetzt heim, ich muß hier zumachen jetzt.« Und sie berührte mich leicht an beiden Schultern und rüttelte mich aus dem Sinnen, damit ich an dem Ende der Erde die niedersteigenden Rosse, daß sie endlich ruhten, zurückbräct' heim ins Gestüt wie mich auch selbst, um zu schlafen. Und wirklich rutscht' ich vom Hocker, zahlte, nahm meinen Mantel und ging. Der Boden jedoch, er schwankte. Finster warn Nacht und Straßen. Ich pfiff mir ein Taxi, und aber neuerlich stand ich an Bord unterm Segel und duckte unter dem Baum mich, der jählings ausschlug, als das Boot halste. Rufe, heisere, schollen durchs Schwarz nach dem fröhlichen Tag zu, als es wie dämmerndes Nebelgrau in schimmernde Frühe sank und so langsam verblich, daß es fast keiner bemerkte. Schon erleuchtete glanzvoll alle, die mit uns, der Morgen. Solch ein Blau, das wir niemals vorher gesehen, umfing uns. Blendend strahlten glatt wie Azur dieses Meer und der Himmel, beide, und Wärme umflutete uns wie die heiligen Seher, wenn sie Künftiges schauen frei von Argwohn und Zweifeln, sondern in Harmonie, die schon so lang ich entbehrte. Sie war's, die mein Gespür die hohe Woge durchschneiden fühlte, als halsend das Boot neu auf den Kurs ging, sich leeseits legte, Jason aufrecht am Ruder nur sechs an die Riemen ordnend, derweil wir andren unbeklemmt auf die See sahn, wie sie, gleißend saphiren, zum Ende der Welt sich erstreckte: Ganz so kam es uns vor. Wir spürten, neu auf uns selbst zu sehen, als es, das Taxi, hielt.

Der Fahrer, es war nicht Kalle Bruce Willis, der Freund, war einfach ein Türke, der müde Hand und Quittung nach hinter sich streckte, als ich's verlangt, nachdem er, doch voll Besorgnis, daß ich, was zu bezahlen, »fünfundzwanzig« sagte, ihm würde prellen, besoffen, wie ich es nun einmal war. Wo die Rosse H e l i o s herführt, war es unmöglich, das Portomonnaie aus der Hose zu ziehen, weil er böse, der Baum, wie ein Rohrschwanz ausschlug, doch ohne daß ein warnender

Ruf getan, Manöver zu künden. Etwas hob uns von unten hoch, das niemandem sichtbar. Da aber Rufe, ja Schreie! Alles rannte verquer und panisch umher. Das Ruder faßte nicht mehr ins Wasser, keiner der Riemen. Furchtbar still aber blieb es umher. Kein Tosen, nicht einmal Wind mehr ging. Die Ohren geschlossen, schien es, hievte's uns bis in Himmelsregionen, die gänzlich Luft nur und Wind, bis der Bug sich herumbog abwärts, und rasend stürzten allewir mit, wie hypnotisiert, wir Erstarrten, die sich an jedes klammerten, das uns irgendwie Halt gab. Angebunden war keiner, weder hatte die Zeit gelangt, die Sicherheitsleinen mit Karabinern in Umlaufleinen klikken zu lassen, noch warn die Lasten gesichert. So mein Portemonnaie im scheußlichen Stürzen zu fassen, war unmöglich; so viel ich auch rutschte, den Hintern versuchte anzuheben. Der Fahrer guckte genervt, als ich seitlich ganz in die Polsterung einsank zum Schutz vor der Meerwut, in die wir hilflos stürzten wie in den ungeheueren Krater, der die See uns geworden war.

»Wir werden ertrinken, alle«, rief ich, »ertrinken!«

Thetis aber, mit andrer Welle, fing unser Boot, indem sie's schräge an Achtern ansog und so unterm Vordeck stützte, daß wir den Kamm entlang auf zum Surfen gebreiteter Spur dahinfliegen konnten. Backbords, wo ich, kaum eine Armlänge weit von der Gischt – so schräg lag das Boot – noch entfernt, mich festhielt, sirrte der Kiel wie Messer, die einer schleift, und heiß überstrahlte die Sonne uns und das Meer und die schwindelmachende, rasende Fahrt, bis selbst den Geringsten erhob der Todesgefahren Verachtung.

Endlich sprach wieder jemand, endlich erklangen neu Rufe, aber stolze, die nicht mehr furchtsam waren und weithin übers Wasser zu hörn noch an fernsten Ufergestaden, stellt' ich mir vor, als schlaghaft die Seitentür – »Raus jetzt!« – sich aufriß. Aber keinem steht ein herrlicher größeres Los vor als dem, welcher im Streit unzähliger Männer der erste ohne Frage gilt, die europäischer Abkunft sind und jetzt mit Orkanen unendliche Kämpfe durchstritten. Dennoch sog es mich jäh von Bord; ich fühlte ihn zerren: »Kotz jetzt bloß nicht noch los!« Und ich fiel hinaus auf das Pflaster, hart mit dem Kopf, daß es derart knallte, daß Blut mir und Sterne, wo sich Himmel und Meer bewegten in flammendem Anteil, eh' die Erinn'rung verlöschen der argonautischen Kühnheit und herkulischer Kraft nicht mehr die Erde gedenken, quer durch Augen und Lider bissen, was ihn, den Fahrer, so sehr entsetzte, daß er, den Lohn ganz vergessend, davon, in wilder Fahrerflucht, floh.

Der Motor heulte, die Räder drehten durch, als die Freunde, bei-gesprungen, der Springflut mich, den bewußtlos liegenden, fast schon seewärts gesaugten und in die Tiefe verlornen Mann mit vereinten, am ausgeworfenen Rettungsnetz und an Tauen raffenden Armen einhol-ten – schließlich der Kranz der ruhigen Männer und Frauen, die mir, als wenn wir wärn in sicherem Hafen gelandet, Stirn und Hand ver-banden und mich von der Arbeit des Ruders und vom schrecklichen Kampf mit unbezwinglichen Wellen vorerst freistellten, weil ich vom Schrecken mich ausruhen sollte. Da war die See schon nicht mehr entbrandet, nur daß die Fahrt so schnell war, immer noch schneller wurde. Doch was mich erfaßt und derart heftig weg von der Reling geleckt, blieb ein Rätsel, bis ich, allmählich zu mir kommend, sah, wo ich lag und daß ich für mich war und kein Mensch in der wachenden Nähe. Dies war nicht Meer, sondern Stein, naß nicht die Woge; ein Nieseln war es, was mich klamm und fröstelnd aufwachen ließ und dumpf begreifen, was wirklich und wahr und nicht illusionär war. Denn zwar reizt es den Mann, zu sehn die drängende Menge seinet-wegen versammelt, im Leben, gierig des Schauens, und so freut es ihn auch, den holden Sänger zu denken, der des Gesanges Kranz mit sei-nem Namen verflechtet; aber sinnvoller ist's, als blutend liegenzublei-ben, sich von der Straße und heim zu bringen, auch wenn es schwer-fällt, klarzuwerden, zumal jede Regung der Muskeln und Sehnen, sei's eines Fingers nur, schmerzt, zu schweigen besser von Kopf und Nak-ken, die von tosendem Schwirren und elendem Reißen furchtbar an-gefüllt waren und, aufwärts vom Magen, dem Schlechtsein, das auch die Freunde schließlich ergriff, selbst die härtesten Kämpfer, da sie doch vorher niemals das Wogenrollen erlebt des massigen Meeres.

Sieben, schon acht, fast die Hälfte lag seekrank. Bitter hielt, am Achterdeck stehend, Jason den Kurs, um jedem Gieren zu wehren, das, uns vom Kamm drückend, Fall und kenternd zu Tod gebracht hätte, unmöglich die Rettung. Ich lag weiter gelähmt. Das Nieseln schwoll zu Regen an und heftigem Schütten. Immer mehr gurgeln-des Wasser stieg. Doch eh er obsiegt', der unvermeidliche Jammer, kam ich mühsam zu mir und erhob mich mühsam, doch endlich willens, nüchtern zu werden. Alles war dreckig, vermatscht und klebte, vollgesogen mit Schweiß und verkrustetem Spritzblut, mir am Leib. Meine Stirn schickte pulsende, pumpende Feuer, als ich dann stand und mich schwankend vorwärts zur Haustür bewegte, die nicht fünf Meter weg war, aber einige Autos parkten enge davor. Da mußt' ich durch irgendwie und hielt an Seitenspiegeln mich fest und den oberen Messingleisten, die aber Halt nicht wirklich gewährten. Ich rutschte aus und fiel, die Lackierung schrammend, halb auf die Erde zwischen die Räder, kriegte den Abtritt zu fassen des linken Wagens, eines Mercedes 500, wie ich verschwommen meinte, erkennen zu können; scheißteuer, erwischte man mich. So fluchend stemmt' ich mich hoch und warf fahrig sichernde Blicke. Niemand, des war ich gewiß, war da, der Zeuge gewesen, nur der Regen in seinem, unerschütterlich, Rauschen.

Kaum aber stand ich recht da, durchfuhr mich ein jähes Erschrekken: Das war völlig undenkbar, was ich zugleich aber deutlich sah: den Torpedokäfer, den seit schon Jahren geschlossnen. Löset die Rätsel nicht der undurchdringlichen Zukunft, hört' ich, obwohl so lang schon vergangen, daß dieser Name dort stand auf dieser Schwelle! Solch ein Irrsinn! Doch meiner Täuschung kam jetzt kein Boot mehr zu Hilfe, noch Bilder von Meer und Wind und rasendem Segeln.

Nüchtern der Eingang des Hauses, feuchtklamm unterm Gekritzel. Unrenoviert wie vor Jahren, wirkte roh noch das Holz, war der Anstrich zu Fladen zerblättert. Ganz so der Hinterhof, als ich hineintrat. Wie wenn die Zeit sich umgekehrt, war alles wie damals so ganz noch erhalten. Es war nicht zu fassen. Selbst das Treppenhaus meines mittleren Quergebäudes, worin ich weiterhin lebte, schien zurück in die Neunz'ger versetzt, die Decke ein schräges Dach aus krissligen, mattgefärbten, trockenen Fladen. Tritt für Tritt, am Geländer ziehend, kam ich hinauf und wollte aufsperren. Aber der Schlüssel rutschte vom Schloß ab. Noch mal. Wieder. Drinnen ertölte aufgeregt Katzenmaunzen. Puck und Troll! Die warn doch lange schon tot! Dann war die Tür endlich auf, und die Kater, beinschmeichelnd buckelnd, krähten um Futter, graunzten, schnurrten, bekamen sich gar nicht ein vor Seligkeit. Ich begriff nicht, handelte wie mechanisch und taub, als nun wirklich das Wasser abermals übers Deck schlug, salziges, kaltes, das mich weckte – die Freunde hingen, gegen das Krängen, die stets vorsichtigen Männer, steuerbords über der Reling – ging ich schleppend, der Futterdosen wegen, zur Küche, eh sich endlich die Argo grad vor den Wind und lotrecht stellte. Ich hörte, wie jemand pfiff, Entwarnung zu geben, sackt' auf mein Lager zurück und kramte: Wo war der Dosenöffner? der, wo er hingehörte, wieder einmal nicht lag, sondern lag bei den Socken, die in die Küche auch nicht gehörten. Egal! Denn die Katzen rissen, wild vor Gier, mir die Näpfchen glatt aus den Händen. Welch ein Schlotzen und Schnurren ging da los! als sie nun fraßen und ich auf die Couch im Wohnzimmer fiel, erledigt und ausgelaugt von bohrenden Bildern und Szenen, elend, weil es doch nichts als rein der Rausch war, worin ich – halb zu Hause, doch halb noch an Bord meines segelnden Schiffs – mit Freunden die menschliche Suche nach Zukunft menschlich aufs Meer trug:

(Vorhang).

Berlin, Herbst 2001 – Frühjahr 2013.